북부

● 도시　• 마을
◆ 성　❖ 폐허가 된 성

귀신 들린 숲
서리엄니산맥
새도타워
장벽
왕이 잃은 해안
캐슬블랙　선물의 땅
퀸스크라운　바닷가 이스트워치
얼음만
곰섬
라스트허스
라스트리버
통래이크
카홀드
아드레전오도
딥우드모트
늑대숲
드레드포트
윈터펠
토르헨스퀘어
고분 지대
화이트나이프
왕의 가도
스토니쇼어
배로턴
솔트스피어
화이트하버
위도스위치
모트카일린
올드캐슬
넥
바이트해
그레이워터위치
재자매섬
핑거스
강철 군도
트윈스
블랙타이드
그레이트윅　파이크
시가드
이어리
아린 협곡
솔트클리프　할로우
그린포크
올드스톤스
피의 관문
파이크
리버런
붉은포크
레드포크
럼벌팰스톤

© 2011 Jeffrey L. Ward

검의 폭풍

**2**

* 이 도서의 국립중앙도서관 출판예정도서목록(CIP)은 서지정보유통지원시스템 홈페이지 (http://seoji.nl.go.kr)와 국가자료공동목록시스템(http://www.nl.go.kr/korisnet)에서 이용하실 수 있습니다. (CIP제어번호: CIP2018021514)

얼음과 불의 노래 제3부

A SONG OF ICE AND FIRE

# GEORGE R. R. MARTIN

# 검의 폭풍

**조지 R. R. 마틴** 장편소설

**이수현** 옮김

# 2

은행나무

# 목차

# 대너리스

도트락 정찰병들이 상황을 전해주기는 했지만, 대니는 직접 보고 싶었다. 조라 모르몬트 경이 그녀와 함께 자작나무 숲을 달려 비탈진 사암 등성이를 올라갔다. "이만하면 충분히 가깝습니다." 그는 정상에서 대니에게 경고했다.

대니는 암말의 고삐를 당기고 들판 너머, 그녀의 앞길을 가로막은 융카이 군대가 있는 곳을 보았다. 흰 수염이 적의 숫자를 헤아리는 가장 좋은 방법을 가르쳐준 바 있었다. "5000인가." 그녀는 잠시 후에 말했다.

"저도 그렇게 생각합니다." 조라 경이 그쪽 방향을 가리켰다. "양옆에 있는 게 용병단입니다. 기마 창병과 기마 궁수에, 근접전에 대비한 장검들과 도끼들이 있지요. 좌익에는 '둘째 아들들'이, 우익에는 '폭풍 까마귀'가 있습니다. 각각 500명 정도씩입니다. 깃발이 보이십니까?"

융카이의 하피는 발톱에 긴 사슬이 아니라 채찍과 쇠 목걸이를 쥐고 있었다. 하지만 용병단은 자기들이 복무하는 도시의 깃발 아래에 자기네 군기를 휘날렸다. 오른쪽 군기에는 교차한 벼락 모양 사이에 네 마리 까마귀가 그려졌고, 왼쪽 군기에는 부러진 검이 들어갔다. "중앙은 융카이가 직접 맡았군." 대니가 말했다. 멀리서 보면 아스타포의 장교들과 구분이 가지 않았다. 반짝이는 높은 투구와 번득이는 구리 원반을 꿰매어 단 망토까지. "저들이 이끄는 건 노예 병사들인가?"

"대부분은 그렇습니다. 하지만 거세병과는 다릅니다. 융카이는 전사 노예가 아니라 침실용 노예를 훈련시키기로 유명합니다."

"경의 생각은 어떤가? 우리가 이 군대를 꺾을 수 있을까?"

"쉽지요." 조라 경이 말했다.

"그러나 피를 흘리지 않을 순 없겠지." 아스타포가 무너진 날, 그 도시의 벽돌에 많은 피가 스며들었지만 그중에 대니와 대니의 사람들이 흘린 피는 거의 없었다. "여기 전투에서 이길 수는 있겠지만, 그 정도 대가를 치르고도 도시를 점령할 수 없고."

"그 정도 위험은 언제나 있습니다, 칼리시. 아스타포는 무사안일에 빠져 취약했습니다. 융카이는 사전에 경고를 받았습니다."

대니는 생각해보았다. 융카이의 노예상이 거느린 군대는 대니의 군대에 비해 규모가 작았으나, 용병단은 말을 타고 있었다. 도트락인들과 함께 오래 말을 달린 덕분에, 말에 오른 전사가 보병에게 무슨 일을 할 수 있는지에 대해 유념할 수밖에 없었다. '거세병은 기병의 돌격을 견딜 수 있겠지만, 다른 해방 노예들은 살육당하겠지.' "노예상들은 떠들기를 좋아하지. 내가 오늘 저녁 천막에서 그자들의 말을 듣겠다고 전하시오. 그리고 용병단장들도 초대해. 같이는 말고. 폭풍 까마귀는 정오에, 둘째 아들들은 두 시간 후에."

"명대로 하겠습니다." 조라 경이 말했다. "하지만 오지 않는다면……."

"올 거요. 드래곤도 보고 싶고 내가 무슨 말을 하는지도 듣고 싶을 테고, 영리한 자들이라면 내 힘을 가늠해볼 기회라고도 생각할 테니까." 대니는 말을 돌렸다. "내 천막에서 기다리겠소."

청회색 하늘과 상쾌한 바람이 군대로 돌아가는 대니를 배웅했다. 그녀의 진영을 깊게 빙 두를 참호는 이미 반쯤 파였고, 숲에는 날카로운 말뚝을 만들기 위해 자작나무 가지를 부러뜨리는 거세병이 가득했다. 거세병들은 무방비한 진영에서는 잠을 자지 못했다. 적어도 '회색 벌레'는 그렇게 주장했다. 회색 벌레도 그곳에서 작업을 지켜보고 있었다. 대니는 잠시 말을 멈추고 그와 이야기를 나누었다. "융카이가 전투 채비를 갖췄다."

"잘됐습니다, 전하. 이 병사들은 피에 목이 마릅니다."

대니가 거세병들에게 스스로 장교를 선택하라고 명령하자, 회색 벌레가 거의 압도적인 찬성으로 최고직에 뽑혔다. 대니는 그 위에 조라 경을 두어 지휘 훈련을 하도록 했고, 망명 기사는 아직까지 그 젊은 거세병이 엄하지만 공정하고, 빨리 배우며, 지치지 않고, 세세한 부분에 끊임없이 관심을 기울인다고 말했다.

"'현명한 주인들(the Wise Masters)'이 우리를 맞이하기 위해 노예 군대를 소집했어."

"융카이의 노예는 한숨을 내쉬는 일곱 가지 방법과 쾌락을 주는 열여섯 가지 자세를 배웁니다, 여왕님. 반면 거세병은 세 가지 창을 다루는 방법을 배웁니다. 여왕님의 회색 벌레가 보여드리고 싶습니다."

대니는 아스타포 함락 이후에 거세병이 매일 새로운 노예 이름을 뽑는 관습도 폐지했다. 자유인으로 태어난 이들은 대부분 원래 이름으로 돌아갔다. 아직 기억하고 있던 이들은 말이다. 다른 이들은 영웅이나 신들의 이름을 땄고, 낯낯은 부기나 보석, 심지어는 꽃 이름을 쓰기도 해서 대니의 귀에는 아주 이상하게 들리는 이름을 지닌 병사들이 생겼다. 회색 벌레는 회색 벌레로 남았다. 대니가 이유를 묻자 그는 이렇게 대답했다. "이건 행운의 이름입니다. 이놈이 태어날 때 받은 이름은 저주받았습니다. 이놈이 노예가 되었을 때 갖고 있던 이름입니다. 하지만 회색 벌레는 폭풍의 딸 대너리스가 이놈을 해방시키신 날 이놈이 뽑은 이름입니다."

대니는 말했다. "전투를 하게 된다면, 회색 벌레가 용맹함만이 아니라 지혜로움도 보여주길 바란다. 달아나거나 무기를 버리는 노예는 누구든 살려주도록. 죽는 노예가 적을수록 더 많은 이들이 남아서 이후에 우리에게 합류할 것이야."

"이놈이 기억하겠습니다."

"그럴 줄 안다. 정오까지 내 천막으로 와라. 내가 용병단장들을 대할 때 그대도 다른 장교들과 함께 내 곁에 있길 바란다." 대니는 은마에 박차를 가해 진영 안으로 들어갔다.

거세병들이 세워둔 경계선 안에는 천막들이 질서 정연하게 위로 이어졌고, 대니의 높은 금빛 대형 천막이 중앙에 서 있었다. 그리고 대니의 숙영지 가까이에 두 번째 진영이 있었다. 크기가 다섯 배에 달하고 이리저리 혼란스럽게 뻗어나간 이 두 번째 진영에는 참호도, 천막도, 파수병도, 말들을 따로 묶어두는 곳도 없었다. 말이나 노새가 있는 사람들은 누가 훔쳐 갈까 봐 옆에 두고 잤다. 염소, 양, 반쯤 굶주린 개들이 여자들과 아이들과 노인들 사이를 자유롭게 돌아다녔다. 대니는 아스타포를 치료사와 학자, 사제가 이끄는 해방 노예들의 평의회에 맡겨두고 떠났다. 그녀는 모두 현명하고 공정한 이들이라 생각했다. 그럼에도 수만 명이 아스타포에 남지 않고 그녀를 따라 융카이까지 오려고 했다. '나는 그들에게 도시를 줬건만, 대부분은 너무 겁에 질려서 그걸 받지도 못했어.'

잡다하게 모여 있는 해방 노예들의 군대는 대니의 군대가 작아 보일 정도로 컸지만, 그들은 득이라기보다는 짐이었다. 당나귀나 낙타, 황소라도 있는 사람은 백 명 중 하나 정도였고, 대부분 노예상의 무기고에서 약탈한 무기를 가지고 있었지만 실제로 싸울 만큼 강한 사람은 열 명 중 하나였으며, 그나마 훈련을 받은 적도 없었다. 그들은 샌들을 신은 메뚜기 떼인 양

지나가는 땅을 초토화시켰다. 그래도 대니는 조라 경이나 혈맹기수들이 권하는 대로 그들을 버릴 수가 없었다. '내가 저들에게 자유라고 말했어. 이제 와서 날 따라오는 건 자유가 아니라고 말할 수는 없어.' 그녀는 해방 노예들의 요리 불에서 피어오르는 연기를 바라보며 한숨을 삼켰다. 그녀는 세상 최고의 보병들을 두었을지도 모르지만, 세상 최악의 보병들도 거느리고 있었다.

대니의 천막 입구에는 흰 수염 아르스탄이 서 있었고, 힘센 벨와스는 근처 풀밭에 다리를 접고 앉아서 무화과 한 그릇을 먹고 있었다. 행군 중에는 대니를 지키는 임무가 그 두 사람의 어깨에 떨어졌다. 그녀는 조고, 아고, 라카로를 그녀의 혈맹기수일 뿐 아니라 코(도트락 말로, 부관을 뜻한다)로도 만들었고, 지금 그들은 그녀를 지키기보다 도트락인들을 지휘하는 데 더 필요했다. 대니의 칼라사르는 작아서 말 탄 전사가 서른 명 남짓밖에 되지 않는 데다 대부분이 머리를 땋지도 못한 소년들과 허리가 굽은 노인들이었다. 그렇다 해도 대니에게 기병은 그들뿐이었기에, 그들 없이 움직일 수는 없었다. 거세병들이 조라 경의 주장대로 세상에서 제일 뛰어난 보병대라 해도, 그녀에게는 척후대와 별동대 역시 필요했다.

"윤카이는 전쟁을 하려 해." 대니는 천막 안으로 들어가서 흰 수염에게 말했다. 이리와 지키가 바닥에 카펫을 깔고 미산데이는 무미건조한 공기를 달게 만들어줄 향에 불을 붙였다. 드로곤과 라에갈은 방석 위에 서로 몸을 말고 자고 있었지만, 비세리온은 대니의 빈 욕조 가장자리에 앉아 있었다. "미산데이, 윤카이인은 어떤 언어를 쓰지? 발리리아어인가?"

"그렇습니다, 여왕님." 아이가 대답했다. "아스타포와는 다른 방언이지만, 이해하지 못할 정도로 다르진 않습니다. 이곳의 노예상들은 스스로를 '현명한 주인들'이라 칭합니다."

"현명한?" 대니가 방석 위에 다리를 접고 앉자, 비세리온이 흰색과 금색의 날개를 펴고 퍼덕퍼덕 그녀 곁으로 날아왔다. "얼마나 현명한지 어디 보자." 그녀는 드래곤의 뿔 아래 비늘 덮인 머리를 긁어주며 말했다.

조라 경은 한 시간 후에 폭풍 까마귀의 지휘관 세 명을 대동하고 돌아왔다. 그들은 반짝이는 투구에 검은 깃털을 달았고, 셋이 지위와 권위 면에서 동등하다고 주장했다. 대니는 이리와 지키가 와인을 따르는 동안 그들을 관찰했다. 프렌달 나 게즌은 몸이 떡 벌어지고 얼굴이 크며 검은 머리가 희끗희끗해진 기스인이었다. 대머리 살로르는 콰스인다운 창백한 얼굴에 뺨을 가로지르는 일그러진 흉터가 있었다. 그리고 다리오 나하리스는 티로시인치고도 눈에 띄게 화려했다. 턱수염은 세 갈래로 나누어 눈동자와 같은 파란색으로 물들였고, 곱슬머리는 옷깃까지 흘러내렸다. 뾰족한 콧수염은 금색으로 칠했다. 옷은 모조리 노란색 계열이었는데, 옷깃과 소맷동에서는 버터 빛깔의 미르산 레이스가 거품처럼 쏟아져 내렸고, 더블릿에는 민들레 모양으로 만든 놋쇠 메달을 꿰매 붙였으며, 허벅지까지 올라오는 가죽 장화에는 금세공 장식을 길게 넣었다. 도금 고리를 이어 만든 허리띠에는 부드러운 노란색 스웨이드 장갑을 끼워놓았고, 손톱은 파랗게 칠했다.

용병들을 대표해서 입을 연 것은 프렌달 나 게즌이었다. "끌고 온 폭도들은 다른 곳으로 데려가는 게 좋을 거요. 아스타포는 배신을 통해 빼앗았지만, 융카이는 그렇게 쉽게 떨어지지 않아."

"폭풍 까마귀 500명 대 나의 거세병 1만 명이라." 대니가 말했다. "내 비록 어린 계집애에 불과하고 전쟁을 잘 알지 못하지만, 그래도 승산이 나빠 보이는데."

"폭풍 까마귀는 혼자 싸우지 않소." 프렌달이 말했다.

"폭풍 까마귀는 싸우지 못할 거야. 천둥이 울리자마자 달아나겠지. 어쩌면 지금 달아나는 게 좋을지도 모르겠군. 용병들은 신의가 없기로 악명이 높다던데. 둘째 아들들이 편을 바꾸는데 그대들이 신의를 지켜 무슨 소용일까?"

"그런 일은 일어나지 않아." 프렌달이 꿈쩍도 하지 않고 말했다. "설령 그런다 해도 상관없소. 둘째 아들들은 아무것도 아니야. 우린 융카이의 충직한 남자들과 함께 싸울 거요."

"창을 든 침실 노예들과 함께 싸우겠지." 대니가 고개를 돌리자 땋은 머리에 달린 종 두 개가 조용히 울렸다. "일단 전투가 벌어지면 자비를 청할 생각은 말라. 하지만 지금 내 군대에 합류한다면 융카이가 지불한 돈도 간직하고, 약탈품도 일부 가질 수 있을뿐더러 이후에 내가 내 왕국에 들어가면 더 큰 보상을 내리리라. '현명한 주인들'을 위해 싸운다면 그대들이 받을 대가는 죽음이다. 나의 거세병들이 성벽 아래에서 그대들을 죽이고 있을 때 융카이가 성벽을 열 것 같은가?"

"여자가 나귀처럼 울어대는데, 나귀 울음소리만큼이나 못 알아듣겠군."

"여자?" 대니는 쿡쿡 웃었다. "그건 날 모욕하려고 한 말인가? 내가 그대를 남자로 여겼다면 그 모욕을 돌려줄지도 모르겠군." 대니는 그와 시선을 마주쳤다. "나는 타르가르엔 가문의 폭풍의 딸 대너리스, 불타지 않는 자, 드래곤의 어머니이며 드로고의 기수들에게는 칼리시요, 웨스테로스 칠왕국의 여왕이다."

프렌달 나 게즌은 대답했다. "기껏해야 기마군주의 창녀일 뿐이지. 우리가 이긴 후에 내 종마와 접붙여주마."

힘센 벨와스가 아라크를 뽑았다. "원하시면 힘센 벨와스가 저놈의 못난 혀를 잘라서 어린 여왕께 바친다."

"아니다, 벨와스. 내 이들에게 안전하게 돌려보낼 것을 약속했다." 대니는 미소 지었다. "말해보게 — 폭풍 까마귀는 노예인가, 자유인인가?"

"우리는 자유인 형제들로 이루어진 단체요." 살로르가 선언했다.

"잘됐군." 대니는 일어섰다. "돌아가서 그 형제들에게 내 말을 전하라. 몇 명은 죽음 대신 황금과 영광을 얻겠다고 할지 모르지. 답변은 내일 듣겠다."

폭풍 까마귀 단장들은 한꺼번에 일어섰다. "우리 대답은 거절이다." 프렌달 나 게즌이 말했다. 그 동료들은 프렌달을 따라 천막을 나섰지만…… 다리오 나하리스는 나가면서 슬쩍 뒤를 돌아보고 고개를 숙여 정중하게 인사했다.

두 시간 후에 둘째 아들들의 단장이 혼자 도착했다. 그는 엷은 녹색 눈에 허리까지 늘어지는 덥수룩한 적금색 수염을 기른 거대한 브라보스인이었다. 이름은 메로였지만, '거인의 서자'라 자칭했다.

메로는 와인을 쭉 들이켜고 손등으로 입을 닦더니 대니에게 음흉한 시선을 던졌다. "내가 고향에 있는 유흥가에서 당신의 쌍둥이 자매를 따먹은 것 같은데. 혹시 본인이었나?"

"설마. 이렇게 거대한 남자라면 분명 내가 기억할 테지."

"그래, 그렇겠지. 어떤 여자도 거인의 서자를 잊진 못하거든." 브라보스인은 지키에게 잔을 내밀었다. "그 옷을 벗고 내 무릎에 앉으면 어때? 날 즐겁게 해주면 내가 둘째 아들들을 당신 곁으로 데려올지도 모르지."

"그대가 둘째 아들들을 내 곁으로 데려온다면, 나도 그대를 거세하지 않을지도 모르겠군."

거한은 웃음을 터뜨렸다. "꼬마 아가씨, 예전에 어떤 여자가 이빨로 날 거세하려 했던 적이 있어. 지금 그 여자에겐 이가 없지만, 내 검은 변함없이 길고 굵지. 이 자리에서 꺼내서 보여줄까?"

"그럴 필요 없네. 내 내시들이 잘라낸 후에 느긋하게 살펴볼 수 있을 테니까." 대니는 와인을 한 모금 마셨다. "내가 어린 계집애에 불과하고, 전쟁을 모른다는 건 사실이야. 그러니 500명으로 1만 명의 거세병을 어떻게 꺾을 생각인지 설명해봐. 내가 워낙 아는 게 없어 그런가, 그대들이 이기긴 어려워 보이는데."

"둘째 아들들은 더 나쁜 경우를 만나서도 이겼어."

"둘째 아들들은 더 나쁜 경우를 만나서 달아났지. 코호르에서, 3000명의 거세병이 버텼을 때 말이야. 혹시 그 일을 부인하는 건가?"

"그건 둘째 아들들을 거인의 서자가 이끌기 전, 아주 오래전의 일이야."

"그렇다면 둘째 아들들이 그대에게 용기를 얻는단 말인가?" 대니는 조라 경을 돌아보았다. "전투에 임하면 이자부터 죽이게."

망명 기사가 미소 지었다. "기꺼이 그러겠습니다, 전하."

그녀는 다시 메로에게 말했다. "물론 그대는 다시 달아날 수도 있어. 우리는 막지 않을 거야. 융카이에서 받은 금을 가지고 떠나게."

"어리석은 소녀라도 브라보스의 거인을 본 적이 있다면 꼬리를 돌릴 일이 없다는 걸 알 텐데."

"그렇다면 남아서 날 위해 싸워."

"당신이 싸울 만한 가치가 있는 건 사실이야." 브라보스인이 말했다. "내가 자유의 몸이라면 기꺼이 당신이 내 칼에 입 맞추게 하겠어. 하지만 난 융카이의 돈을 받고 성스러운 맹세를 한 몸이야."

"돈은 돌려줄 수 있지. 내가 그보다 더 많은 돈을 지불하겠다. 나에겐 정복할 도시가 더 있고, 세상 반대편에 날 기다리는 왕국도 있어. 내게 충성을 다한다면 둘째 아들들은 두 번 다시 고용주를 찾지 않아도 된다."

브라보스인은 덥수룩한 붉은 수염을 잡아당겼다. "더 많은 돈에다가, 입 맞춤도 준다 이건가? 아니면 입맞춤 이상? 나처럼 웅장한 사내에게 어울리게?"

"어쩌면."

"당신 혀는 아주 달 것 같아."

대니는 조라 경의 분노를 느낄 수 있었다. '내 검은 곰이 입맞춤 운운하는 소리를 싫어하는군.' "오늘 밤에 내가 한 말을 생각해보라. 내일 답을 들을 수 있을까?"

"그럼." 거인의 서자는 히죽 웃었다. "내 지휘관들에게 가져가게 이 맛있는 와인 한 병 줄 수 있을까?"

"큰 통으로 가져가도 좋다. 아스타포의 훌륭한 주인들이 둔 저장고에서 가져왔으니, 마차 몇 대분은 있다."

"그렇다면 마차 하나를 주시지. 좋은 뜻을 전할 겸."

"갈증이 대단하군."

"나야 어느 모로 보나 대단하지. 그리고 형제들이 많거든. 거인의 서자혼자 술을 마시진 않아, 칼리시."

"그렇다면 마차를 내어주지. 내 건강을 빌면서 마시겠다고 약속한다면."

"좋아!" 메로는 쩌렁쩌렁하게 외쳤다. "좋아, 좋아! 당신에게 세 번 축배를 올리며 마시고, 내일 해가 뜨면 답을 가져오겠다."

그러나 메로가 나가자 흰 수염 아르스탄이 말했다. "저놈은 웨스테로스에도 악명이 자자합니다. 저 태도에 현혹되지 마십시오, 전하. 오늘 밤 여왕님의 건강을 빌며 세 번 축배를 들고 내일은 여왕님을 범할 놈입니다."

"이번만은 노인 말이 맞습니다." 조라 경이 말했다. "둘째 아들들은 오래된 용병단이고 용맹이 없지 않았지만, 메로의 지휘하에서 '용감한 형제단'만큼 지독한 집단으로 변했습니다. 저 남자는 적만이 아니라 고용주에게도 위험합니다. 그래서 여기 나와 있는 겁니다. 자유도시들은 이제 저자를 고용하려 하지 않아요."

"내가 원하는 건 저자의 명성이 아니라 500의 기병이오. 폭풍 까마귀쪽은 어떻소, 그쪽에는 희망이 있을까?"

"아뇨." 조라 경이 직설적으로 말했다. "프렌달은 기스 혈통입니다. 아스타포에 친족이 있을 가능성이 높습니다."

"안타깝군. 흠, 어쩌면 싸울 필요가 없을 수도 있어. 융카이가 뭐라고 할지 기다려 봅시다."

융카이의 사절단은 해가 질 무렵에 도착했다. 위풍당당한 흑마를 탄 50명에 거대한 하얀 낙타를 탄 한 명이었다. 투구는 머리통의 두 배는 되는 높이여서, 기름을 발라 이리저리 뒤틀고 높이 세우고 빚어낸 머리 모양을 망치지 않게 만들어졌다. 리넨 치마와 튜닉은 짙은 노란색으로 물들였고, 망토에는 구리 원반들을 꿰매 달았다.

하얀 낙타를 타고 온 남자는 그라즈단 모 에라즈라고 했다. 여위고 단단한 몸에, 드로곤에게 얼굴이 타버리기 전까지 크라즈니스가 짓던 것과 비슷한 하얀 미소가 특징이었다. 머리카락은 이마 앞쪽에 유니콘 뿔 모양으로 틀어 올렸고, 토카 가장자리에는 금색 미르산 레이스를 달았다. "융카이는 아주 오래된 데다 영광스러운 곳입니다, 도시들의 여왕님." 대니가 천막 안으로 맞아들이자 그가 말했다. "저희 방벽은 튼튼하고, 귀족들은 긍지 높고 사나우며, 평민들은 두려움을 모릅니다. 저희 혈통은 발리리아가 아직 우는 아이였을 때도 오래된 제국이었던 고대 기스의 혈통입니다. 멈춰서서 대화에 나서다니 현명하십니다, 칼리시. 여기는 쉽게 정복하지 못하실 겁니다."

"잘됐군. 내 거세병들은 싸움을 반길 거요." 그녀가 회색 벌레를 쳐다보자 그는 고개를 끄덕였다.

그라즈단은 대범하게 어깨를 으쓱였다. "피를 바라신다면, 흘리시지요. 거느린 내시들에게 자유를 주셨다 들었습니다. 거세병에게 자유란 물고기에게 모자만큼이나 의미 없는 것이지요." 그는 회색 벌레를 보고 웃었지만, 거세병은 돌로 깎은 듯 무표정했다. "저희는 살아남은 자들을 다시 노예로 삼을 것이고, 그 노예들을 이용하여 아스타포를 폭도에게서 탈환할 것입니다. 여왕님도 노예로 만들 수 있다는 점, 의심치 마십시오. 리스와 티로시의 윤락가에서라면 남자들이 마지막 타르가르옌과 잠자리를 하기 위해 넉넉한 돈을 지불할 겁니다."

"내가 누구인지 안다니 잘됐군." 대니가 온화하게 말했다.

"저는 야만적이고 무분별한 서쪽 지역에 대해 잘 아는 것을 자랑으로 여깁니다." 그라즈단은 달래듯이 두 팔을 펼쳤다. "그런데, 왜 우리가 서로에게 가혹하게 말해야 합니까? 여왕님이 아스타포에 잔인한 짓을 행하신 것은 사실이지만, 저희 융카이인은 세상에서 가장 관대한 사람들입니다. 여왕님이 싸울 상대는 저희가 아닙니다. 저 먼 웨스테로스에서 아버지의 왕좌를 되찾기 위해 모든 군세를 모아야 할 텐데 왜 저희의 강력한 벽에 군세를 허비하신단 말입니까? 융카이는 여왕님이 그 일에 노력을 기울여 잘되시기만을 바랍니다. 그 점을 증명하기 위해 여기 선물을 가져왔습니다." 그라즈단이 손뼉을 치자 호위병 두 명이 청동과 금으로 테를 두른 묵직한 삼나무 궤짝을 들고 나섰다. 그들은 궤짝을 대니의 발치에 놓았다. 그라즈단이 매끄럽게 말했다. "금화 5만 닢입니다. 융카이의 현명한 주인들이 우정의 표시로 드리는 겁니다. 무상으로 주어지는 금이 핏값을 치르고 얻는 약탈보다 낫지 않습니까? 그러니 대너리스 타르가르옌, 이 궤짝을 받고, 떠나십시오."

대니는 슬리퍼를 신은 작은 발로 궤짝 뚜껑을 밀어 열었다. 사절의 말대로 금화가 가득했다. 대니는 금화를 한 줌 쥐어 손가락 사이로 흘려보았다. 금화는 눈부시게 반짝이며 우수수 떨어졌다. 대부분 새로 주조하여 한쪽에는 계단 피라미드 모양을, 반대쪽에는 기스의 하피를 찍은 금화였다. "아주 예쁘군. 내가 그대의 도시를 점령하면 이런 궤짝을 얼마나 찾게 될까?"

그라즈단은 클클 웃었다. "못 찾으실 겁니다. 그런 일은 없을 테니까요."

"나도 그대에게 줄 선물이 있네." 대니는 궤짝을 쾅 닫았다. "사흘을 주지.

사흘째 아침에 노예들을 내보내게. 전부 다. 모든 남자, 여자, 아이에게 무기를 들리고 각자 들 수 있는 한도껏 식량과 옷과 돈과 물건을 들게끔 해. 이 모든 것은 봉사한 세월에 대한 대가로 주인의 소유물 중에서 자유롭게 고르도록 하고. 모든 노예가 떠나면 성문을 열고 내 거세병들을 안으로 들여 도시를 수색하고, 노예로 남은 자가 없는지 확인토록 하게. 이렇게 한다면 융카이는 불타지도 약탈당하지도 않을 것이며, 폭행당하는 이 하나 없을 것이야. 현명한 주인들은 원하던 평화를 얻고, 실로 현명하다는 사실을 증명하게 되겠지. 어떻게 생각하나?"

"당신이 미쳤다고 생각합니다."

"그래?" 대니는 어깨를 으쓱이고 말했다. "드라카리스."

드래곤들이 응답했다. 라에갈은 쉭 소리를 내며 연기를 내뿜었고, 비세리온은 이를 부딪쳤으며, 드로곤은 소용돌이치는 검붉은 불길을 뱉었다. 그 불길이 그라즈단의 토카 자락에 닿았고, 순식간에 비단에 불이 붙었다. 사절이 욕설을 내지르고 팔을 두드리면서 궤짝 위로 넘어지는 통에 카펫 위로 금화가 쏟아졌다. 흰 수염이 그 몸에 물 한 병을 퍼부어서 불길을 잡았다. "내가 안전하게 오갈 수 있다고 맹세했잖습니까!" 융카이의 사절은 울부짖었다.

"융카이인은 다들 토카 하나 그을었다고 그렇게 징징거리나? 토카 정도는 내가 사주지……. 사흘 안에 노예들을 다 내보낸다면 말이야. 그러지 않으면 드로곤이 이보다 더 따뜻한 입맞춤을 선사할 것이다." 대니는 코에 주름을 잡았다. "그대가 일을 본 모양이군. 금화를 챙겨서 떠나고, 현명한 주인들에게 내 메시지를 전하라."

그라즈단 모 에라즈는 손가락질을 했다. "이 오만함을 후회하게 될 거다, 창녀. 이 작은 도마뱀들이 널 안전하게 지키진 못해. 이놈들이 융카이 가까이 10리만 들어와도 하늘을 화살로 채울 것이다. 드래곤을 죽이기가 그렇게 힘들 것 같나?"

"노예상 하나 죽이기보다는 어렵겠지. 사흘이다, 그라즈단. 가서 전하라. 사흘째 저녁에는 그대들이 성문을 열든 말든 내가 융카이 안에 있을 것이다."

그 융카이인이 대니의 숙영지를 떠났을 때쯤에는 밤이 깊었다. 달도 없고 별도 없고, 서쪽에서 바람만 부는 음울한 밤이 될 예정이었다. '딱 알맞게 깜깜한 밤이야.' 대니는 생각했다. 사방에 타오르는 불이 언덕과 들판에 작은 오렌지색 별을 흩뿌린 것 같았다. "조라 경, 혈맹기수들을 소집하시오." 대니는 쌓아 올린 방석 위에 앉아서 드래곤들을 거느린 채 그들을 기다렸다. 모두 모이자 그녀는 말했다. "자정에서 한 시간 후면 적당하겠지."

"예, 칼리시." 라카로가 말했다. "무엇에 적당하단 말씀입니까?"

"공격을 시작하기에."

조라 모르몬트 경이 얼굴을 찌푸렸다. "용병들에게는—"

"내일 답을 듣고 싶다고 했지. 오늘 밤에 대해서는 아무 약속도 하지 않았어. 폭풍 까마귀는 내 제안을 두고 싸우고 있을 거야. 둘째 아들들은 내가 메로에게 준 와인을 마시고 취할 것이고. 융카이인들은 사흘이 있다고 믿겠지. 이 어둠을 틈타 장악한다."

"우리 군을 감시하는 척후병이 있을 겁니다."

"그리고 어둠 속에서 그 척후병들은 타오르는 화톳불 수백 개를 보겠지. 뭔가 보기나 한다면 말이지만." 대니가 말했다.

"칼리시." 조고가 말했다. "척후병들은 제가 해치우겠습니다. 그자들은 기마인이 아니라 말에 탄 노예상에 불과합니다."

"그 말대로다." 대니는 그 말에 동의했다. "삼면에서 공격해야 할 거야. 회색 벌레, 네 거세병들은 오른쪽과 왼쪽에서 놈들을 공격하고, 나의 코들은 기마병을 이끌고 쐐기형으로 중앙을 꿰뚫는다. 노예 병사들은 말에 오른 도트락인 앞에서 절대 버티지 못할 것이다." 대니는 미소 지었다. "분명 나는 어린 계집애에 불과하고 전쟁에 대해 별로 알지 못하지. 어떻게 생각하나, 여러분?"

"과연 라에가르 타르가르옌의 동생이십니다." 조라 경이 서글픈 미소 비슷한 것을 지으며 말했다.

"맞습니다." 흰 수염 아르스탄이 말했다. "그리고 여왕이시지요."

세부 사항을 정하는 데 한 시간이 걸렸다. '이제 가장 위험한 순간이로군.' 대니는 지휘관들이 명령을 받들고 떠나자 생각했다. 캄캄한 밤이 적에게 그들의 움직임을 숨겨주길 기도할 수밖에 없었다.

자정 무렵, 조라 경이 힘센 벨와스를 물리치고 뛰어들었을 때는 덜컥 겁이 났다. "거세병들이 숙영지로 숨어들려는 용병 하나를 잡았습니다."

"첩자인가?" 두려웠다. 하나를 잡았다면, 얼마나 많은 수가 빠져나갈 수 있었을까?

"선물을 가져왔다고 주장합니다. 파란 머리를 한 노란 광대입니다."

다리오 나하리스였다. "그자로군. 무슨 말을 할지 들겠네."

망명 기사가 다리오 나하리스를 데려오자 대니는 두 남자가 이렇게 다를 수가 있을까 자문했다. 조라 경이 거무스름하다면 이 티로시인은 희었다. 기사가 건장하다면 이자는 늘씬했다. 조라는 머리가 벗어지고 있는 반면 이자는 우아하게 머리채를 늘어뜨렸고, 모르몬트가 털투성이라면 이자는 피부가 매끈했다. 그리고 대니의 기사가 수수하게 입은 반면 이자는 공작도 밋밋해 보일 정도로 화려했다. 이번 방문을 위해 찬란한 노란색 의복 위에 무거운 검은색 망토를 걸치기는 했지만 말이다. 그는 한쪽 어깨에 묵직한 천 자루를 메고 있었다.

그 남자가 외쳤다. "칼리시, 제가 선물과 기쁜 소식을 가져왔습니다. 폭풍까마귀는 당신의 것입니다." 그가 미소 짓자 입속에서 금니가 번득였다. "다리오 나하리스 역시 당신 것입니다!"

대니는 반신반의했다. 이 티로시인이 첩자로 왔다면, 이런 선언은 제 목을 구하려는 절박한 계책에 지나지 않을 수도 있었다. "프렌달 나 게즌과 살로르는 뭐라고 하고?"

"별말이 없지요." 다리오가 자루를 풀자 대머리 살로르와 프렌달 나 게즌의 머리통이 대니의 카펫 위에 굴러떨어졌다. "제가 드래곤 여왕께 드리는 선물입니다."

비세리온이 프렌달의 목에서 새어 나온 피 냄새를 맡더니 죽은 자의 얼굴에 정통으로 불덩이를 내뿜어 핏기 없는 두 뺨에 새까맣게 물집이 일어나도록 태워놓았다. 드로곤과 라에갈이 구운 고기 냄새에 들썩였다.

"그대가 한 짓인가?" 대니는 메스꺼워하며 물었다.

"달리 누구겠습니까." 다리오 나하리스는 대니의 드래곤들 때문에 당황했다 해도 그 사실을 잘 숨겼다. 겉모습만 보면 세 마리 드래곤이 아니라 쥐를 가지고 노는 세 마리 새끼 고양이라도 보는 것 같았다.

"왜지?"

"그야 여왕님이 너무나 아름다우시니까요." 그의 두 손은 크고 강했으며, 매서운 푸른 눈과 심하게 휜 매부리코에는 화려한 맹금류 같은 사나운 기색이 있었다. "프렌달은 수다만 심하고 필요한 말은 적었지요." 그의 옷차림은 호화로웠지만 함부로 다룬 티가 났다. 장화에는 소금 얼룩이 졌고, 손톱 칠은 깨어졌으며, 레이스는 땀에 절었다. 대니는 그의 망토 끝이 너덜거리는 것을 볼 수 있었다. "그리고 살로르는 자기 콧구멍에 금이라도 있는 것처럼 코를 팠어요." 그는 두 손목을 교차하고, 손바닥을 칼자루 끝에 올려놓은 채 서 있었다. 왼쪽 옆구리에는 만곡을 이루는 도트락의 아라크가, 오른쪽에는 미르의 스틸레토가 꽂혀 있었다. 두 자루 모두 칼자루는 외설스러운 자세로 벌거벗은 금빛 여인 한 쌍이었다.

"그 멋진 칼은 잘 쓸 줄 아는가?" 대니가 물었다.

"죽은 자가 말을 할 수 있다면 프렌달과 살로르가 그렇게 증언해드릴 겁니다. 저는 여인을 사랑하고 적을 베고 훌륭한 식사를 하지 않은 날을 살아 있는 날로 치지 않습니다……. 그리고 제가 제대로 산 날의 수는 하늘의 별만큼 헤아릴 수 없지요. 저는 살육을 아름다운 장면으로 만드는 놈이고, 수많은 곡예사와 불의 춤꾼이 제 반만큼이라도 잽싸고, 제 반의반만큼이라도 우아할 수 있었으면 좋겠다고 신들을 향해 울었답니다. 제가 죽인 자들의 이름을 모조리 고해바칠 수도 있겠으나, 그러자면 제 말이 끝나기 전에 여왕님의 드래곤들은 거성만큼 크게 자라고, 융카이의 벽은 무너져 노란 먼지가 될 것이며, 겨울이 왔다가 가고 다시 올 것입니다."

대니는 웃고 말았다. 다리오 나하리스라는 자의 허풍이 마음에 들었다. "검을 뽑아 나를 섬기겠다고 맹세하라."

다리오는 눈 깜박할 사이에 아라크를 검집에서 뽑았다. 다른 모든 면모와 마찬가지로 항복할 때도 별나서, 순간 몸을 낮추더니 얼굴을 대니의 발가락에 갖다 댔다. "제 검은 여왕님의 것입니다. 제 목숨은 여왕님의 것입니다. 제 사랑은 여왕님의 것입니다. 제 피, 제 몸, 제 노래, 모두 여왕님의 것입니다. 저는 당신의 명에 따라 살고 죽겠습니다, 아름다우신 여왕님."

"그렇다면 살아라." 대니가 말했다. "그리고 오늘 밤 나를 위해 싸워라."

"그건 현명한 생각이 아닙니다, 여왕님." 조라 경이 다리오를 차갑고 엄한 눈길로 노려보았다. "이자는 전투에 이길 때까지 감시를 붙여 이곳에 두시지요."

대니는 잠시 생각해보고 고개를 저었다. "이자가 우리에게 폭풍 까마귀를 넘길 수 있다면, 기습은 확실해져."

"그리고 만약 이자가 배신한다면, 기습에 실패하게 됩니다."

대니는 용병을 다시 내려다보았다. 그리고 그자의 미소에 얼굴을 붉히며 시선을 돌렸다. "그러지 않을 거야."

"그걸 어떻게 아십니까?"

대니는 드래곤들이 한 입씩 뜯어 먹고 있는 새까만 살덩어리를 가리켰다. "저것을 진실성의 증거로 보겠네. 다리오 나하리스, 폭풍 까마귀단을 준비시키고 있다가 나의 공격이 시작되면 융카이의 뒤를 쳐라. 무사히 돌아갈 수 있겠나?"

"놈들이 저를 막으면 정찰 중이었는데 아무것도 못 봤다고 하겠습니다." 티로시인은 일어서서 절을 하고 나갔다.

조라 경은 뒤에 남았다. "전하." 그는 지나치게 무뚝뚝한 어조로 말했다. "실수하셨습니다. 우리는 그자에 대해 아무것도 모르고—"

"대단한 전사라는 건 알지."

"대단한 떠버리겠지요."

"그자는 우리에게 폭풍 까마귀단을 데려올 거야." '그리고 눈이 파랗지.'

"충성심도 불분명한 용병 500명입니다."

"이런 시절에는 모든 충성심이 불분명해." 대니는 조라를 일깨웠다. '그리고 나는 앞으로 두 번 더 배신당하겠지. 한 번은 돈 때문에, 한 번은 사랑 때문에.'

"대너리스, 저는 당신의 세 배는 나이를 먹었습니다. 저는 인간이 얼마나 거짓된 존재인지 봐왔습니다. 믿을 만한 사람은 드물고, 다리오 나하리스는 그런 사람이 아닙니다. 수염마저도 가짜 색깔을 물들이지 않았습니까."

그 말에는 대니도 화가 났다. "반면 그대는 정직한 수염을 붙이고 있다고 말하려는 건가? 내가 믿어야 하는 남자는 그대뿐이라고?"

조라는 굳었다. "그런 말씀을 드린 적은 없습니다."

"그대는 매일같이 그렇게 말해. 피아트 프리는 거짓말쟁이고, 자로는 계략꾼이고, 벨와스는 허풍쟁이고, 아르스탄은 암살자고…….  내가 아직도 순진한 소녀라 말 속에 숨은 말을 듣지 못하는 줄 아는가?"

"전하—"

대니는 밀어붙였다. "그대는 나에게 누구보다 좋은 친구이자, 비세리스가 꿈도 꾸지 못할 만큼 좋은 형제가 되어주었소. 그대는 내 퀸스가드의 첫 번째 기사요, 내 군대의 지휘관이며, 내가 가장 귀하게 여기는 조언자이고, 내 훌륭한 오른팔이오. 나는 그대를 예우하고 존중하며 귀히 여기지만— 조라 모르몬트, 그대를 욕망하지는 않아. 그리고 그대가 세상 모든 다른 남자를 내 곁에서 밀어내어 내가 오직 그대에게만 기대게 하려는 것이 이제 진절머리가 나는군. 그렇게 되진 않을 테고, 그렇게 된다 해도 내가 그대를 더 사랑하게 되진 않을 거요."

대니가 말을 시작했을 때 모르몬트의 얼굴은 시뻘겋게 달아올랐으나, 말을 끝냈을 무렵에는 다시 창백해져 있었다. 그는 돌처럼 가만히 서 있다가 차갑고 퉁명스럽게 말했다. "여왕님께서 명하시면—"

열기라면 대니에게 두 사람 몫만큼 있었다. "명하지. 명하노니, 이제 거세 병들을 보러 가시오, 경. 싸워 이겨야 할 전투가 있으니."

조라가 나가고 나자 대니는 드래곤들 옆에 놓인 베개에 몸을 던졌다. 조라 경에게 그렇게 날카롭게 말할 생각은 아니었는데, 그의 끝없는 의심이 결국 대니 안의 드래곤을 깨웠다.

'조라는 날 용서할 거야. 난 그 사람의 주군이니까.' 대니는 스스로를 타일렀다. 그러나 조라가 다리오에 대해 옳은 건 아닐까 하는 생각이 들었다. 갑자기 너무나 외로워졌다. 미리 마즈 두르는 그녀가 영영 살아 있는 아이를 낳지 못하리라 예언했다. '타르가르옌 가문은 나로 끝나겠구나.' 그렇게 생각하니 슬펐다. 그녀는 드래곤들에게 말했다. "너희가 내 아이들이다. 내 사나운 세 아이들. 아르스탄이 드래곤은 인간보다 오래 산다고 하니, 너희는 내가 죽은 후에도 계속 살겠지."

드로곤이 그녀의 손을 깨물려고 목을 구부렸다. 드로곤의 이빨은 아주 날카로웠지만, 이렇게 놀다가 정말로 다치게 하는 일은 없었다. 대니는 소리 내어 웃고는, 드로곤이 포효하며 꼬리를 채찍처럼 휘두를 때까지 이리저리 굴렸다. '어제보다 꼬리가 길구나. 내일은 더 길어지겠지. 빠르게 자라고 있어. 이 아이들이 더 자라면 나에게도 날개가 생기겠지.' 드래곤에 올라타면 아스타포에서처럼 그녀가 직접 병사들을 이끌고 전투에 나설 수 있을 테지만, 아직은 그녀의 몸무게를 감당하기에 너무 작았다.

자정이 지나자 숙영지에 고요함이 내려앉았다. 대니는 시녀들과 함께 대형 천막에 남았고, 흰 수염 아르스탄과 힘센 벨와스가 지켜 섰다. '기다림이 제일 힘들어.' 자신의 이름을 건 전투가 자신을 빼고 벌어지는 동안 멍하니 천막 안에 앉아 있으려니 대니는 반쯤은 다시 아이가 된 기분이었다.

시간이 거북이처럼 기어갔다. 지키가 뭉친 어깨를 문질러 풀어준 후에도 대니는 잠을 이룰 수가 없었다. 미산데이가 '평화인'의 자장가를 불러주겠다고 했지만, 대니는 고개를 저었다. "아르스탄을 데려오너라."

노인이 왔을 때, 대니는 흐라카 가죽 안에 몸을 웅크리고 있었다. 그 가죽의 퀴퀴한 냄새를 맡으면 아직도 드로고가 떠올랐다. "사람들이 날 위해 죽어가는데 잠을 자게 되진 않는군, 흰 수염. 괜찮다면 라에가르 오빠에 대해 더 이야기해다오. 그대가 배에서 해준 이야기, 어떻게 라에가르가 전사가 되어야겠다고 결심했는지에 대한 이야기가 마음에 들었다."

"그리 말씀해주시다니 친절하십니다."

"비세리스는 라에가르가 여러 마상 시합에서 이겼다고 했어."

아르스탄은 하얗게 센 머리를 정중하게 숙였다. "비세리스 전하의 말을 부인할 생각은 아니오나……."

"그러나?" 대니는 날카롭게 말했다. "말해보게. 명령이야."

"라에가르 왕자님의 기량이야 의심할 여지가 없었으나, 그분이 시합 목

책 안에 들어가시는 일은 드물었습니다. 그분은 로버트나 제이미 라니스터처럼 검의 노래를 사랑하는 분이 아니었어요. 그건 그분이 해야 할 일, 세상이 부여한 임무였습니다. 라에가르 왕자님은 그 임무를 잘 수행하셨습니다. 그야 모든 일을 잘하셨으니까요. 그게 그분의 천성이었습니다. 하지만 그 일에서 즐거움을 느끼지는 않으셨어요. 사람들은 그분이 기마 창보다 하프를 훨씬 더 사랑한다고 했지요."

"분명히 우승한 마상 시합이 있긴 했을 텐데." 대니는 실망해서 말했다.

"젊은 날의 왕자님은 스톰스엔드 마상 시합에서 눈부시게 말을 달리며 스테폰 바라테온 공, 제이슨 말리스터 공, 도르네의 붉은 독사, 그리고 왕의 숲 무법자들의 대장으로 악명 높았던 시몬 토인으로 밝혀진 수수께끼 기사를 거꾸러뜨리셨지요. 그날 아서 데인 경을 상대로는 기마 창을 열두 개나 부러뜨리셨습니다."

"그러면 오라버니가 우승자였나?"

"아닙니다, 전하. 그 영예는 마지막에 라에가르 왕자님을 말에서 떨어뜨린 다른 킹스가드 기사에게 돌아갔습니다."

대니는 라에가르가 말에서 떨어진 시합에 대해 듣고 싶지 않았다. "그렇다면 오라버니가 우승한 시합은 무엇이었지?"

"전하." 노인은 머뭇거렸다. "그분은 가장 성대하게 열린 마상 시합에서 이기셨습니다."

"그게 어느 시합이었나?" 대니가 물었다.

"휀트 공이 거짓 봄의 해에 신의 숲 호수 옆 하렌홀에서 연 마상 시합입니다. 유명한 사건이었지요. 마상 창 시합 외에도 옛날식으로 기사들 일곱 팀이 출전하여 싸우는 난전이 열렸을 뿐 아니라 궁술 시합과 도끼 던지기 시합, 경마, 가수들의 시합, 배우들의 연극, 그리고 수많은 잔치와 놀이가 벌어졌습니다. 휀트 공은 부유한 만큼 인심이 좋았지요. 휀트 공이 선포한 두둑한 상금에 도전자가 수백 명 몰려들었습니다. 심지어 오랫동안 레드킵을 떠나지 않았던 여왕님의 부왕께서도 하렌홀을 찾으셨지요. 칠왕국에서 가장 강대한 영주들과 가장 강력한 대전사들이 그날 시합에 참여했고, 드래곤스톤의 왕자께서 그들 모두를 꺾으셨습니다."

"하지만 그 시합에서 오라버니는 리안나 스타크에게 사랑과 미의 왕관을 씌우셨지!" 대니가 말했다. "오라버니의 부인인 엘리아 공녀가 그 자리에 있었건만, 오라버니는 왕관을 스타크 처녀에게 수여했고, 그 후에는 그 여자를 약혼자로부터 훔쳐 달아났어. 어떻게 그럴 수가 있었을까? 도르네 여인이 오라버니를 그렇게 박대했나?"

"오라버님의 마음속에 무엇이 있었는지 짐작하는 것은 제게 주제넘은 일입니다, 전하. 엘리아 공녀는 언제나 병약하긴 하셨으나, 선하고 품위 있는 분이었습니다."

대니는 어깨에 걸친 사자 가죽을 더 단단히 여몄다. "비세리스는 언젠가 다 내가 너무 늦게 태어난 탓이라고 했지." 당시에 맹렬히 부인하며, 비세리스에게 오히려 오빠가 여자로 태어나지 않은 탓이라고까지 말했던 기억이 났다. 비세리스는 건방지게 군 죄로 대니를 심하게 때렸었다. "내가 제때 태어났다면 라에가르는 엘리아가 아니라 나와 결혼했을 테고, 그랬다면 모든 게 달라졌을 거라고 했어. 라에가르가 부인과 행복했다면 스타크 처녀를 필요로 하지도 않았겠지."

"그랬을지도 모릅니다, 전하." 흰 수염은 잠시 머뭇거렸다. "하지만 저는 라에가르 왕자님에게 행복이라는 게 있었는지 잘 모르겠습니다."

"그렇게 말하니 오라버니가 굉장히 시큰둥한 사람이었던 것 같군." 대니는 반문했다.

"시큰둥한 게 아니라, 그게 아니라…… 라에가르 왕자님에게는 어떤 비애감이 있었습니다. 마치……." 노인은 다시 머뭇거렸다.

"말하라." 대니가 재촉했다. "마치……?"

"……파멸의 예감 같은 것이요. 여왕님, 그분은 슬픔 속에 태어나셨고, 그 그림자가 평생 그분에게 드리워져 있었습니다."

비세리스는 라에가르의 탄생에 대해 딱 한 번밖에 말하지 않았다. 어쩌면 비세리스에게도 너무 슬픈 이야기였는지 모른다. "라에가르를 따라다닌 건 서머홀의 그림자였지. 그렇지 않소?"

"맞습니다. 그럼에도 왕자님이 가장 사랑하는 곳은 서머홀이었습니다. 가끔 하프만 들고 서머홀을 찾으시곤 했지요. 킹스가드 기사들도 그곳에는 따라가지 못했습니다. 그분은 무너진 홀에서 달과 별을 이고 주무셨고, 돌아올 때마다 노래를 하나씩 지어 오셨습니다. 그분이 은현이 달린 키 높은 하프를 연주하며 황혼과 눈물과 왕들의 죽음에 대해 노래하는 것을 들으면, 그분이 자기 자신과 자신이 사랑하는 이들에 대해 노래한다는 느낌을 지울 수가 없었습니다."

"찬탈자는 어떤가? 그자도 슬픈 노래를 연주했나?"

아르스탄은 쿡쿡거렸다. "로버트요? 로버트는 웃기는 노래를 좋아했고, 음탕한 노래일수록 좋았습니다. 취했을 때만 노래를 했는데, 그것도 〈에일 한 통〉이나 〈술통이 쉰넷〉 아니면 〈곰과 아름다운 처녀〉 같은 노래였지요. 로버트는―"

대니의 드래곤들이 한 몸처럼 고개를 들고 포효했다.

"말들이!" 대니는 사자 가죽을 움켜쥐고 벌떡 일어섰다. 바깥에서 힘센 벨와스가 고함을 지르는 소리가 들리고, 다른 목소리들이 들렸으며, 수많은 말들의 소리가 들렸다. "이리, 가서 누가……"

천막 덮개가 젖혀지더니 조라 모르몬트 경이 들어왔다. 그는 먼지투성이에 피가 튀어 있었으나, 그 외에는 전투에 해를 입은 흔적이 없었다. 망명 기사는 대니 앞에 한쪽 무릎을 꿇고 말했다. "전하, 전하께 승리를 가져왔습니다. 폭풍 까마귀단이 변절했고, 노예들은 무너졌으며, 둘째 아들들은 말씀하신 대로 너무 취해서 싸우지 못했습니다. 200명이 죽었으나 대부분이 융카이인입니다. 융카이의 노예들은 창을 던지고 달아났고, 융카이의 용병들은 항복했습니다. 포로가 수천 명입니다."

"우리 쪽 사상자는?"

"십여 명입니다. 최대한으로도."

대니는 그제야 미소를 지을 수 있었다. "일어나시오, 나의 훌륭하고 용감한 곰이여. 그라즈단은 붙잡혔소? 아니면 거인의 서자는?"

"그라즈단은 여왕님의 조건을 전하러 융카이로 갔습니다." 조라 경이 일어섰다. "메로는 폭풍 까마귀가 돌아선 것을 깨닫자마자 달아났습니다. 추격자들을 보냈으니 머지않아 잡힐 겁니다."

"아주 좋소. 용병이든 노예든 나에게 신의를 맹세하는 이들은 살려주시오. 투항하는 둘째 아들들의 수가 충분하다면 용병단을 온전히 유지하고."

다음 날 그들은 융카이까지 남은 30리를 행진했다. 그 도시는 붉은 벽돌이 아니라 노란 벽돌로 만들어졌으나, 그 점을 빼면 허물어져가는 벽과 높은 계단 피라미드, 성문 위에 올라선 거대한 하피까지 아스타포와 판박이였다. 벽과 탑마다 노궁 궁수와 투석병이 우글거렸다. 조라 경과 회색 벌레가 병사들을 배치했고, 이리와 지키가 대형 천막을 세웠으며, 대니는 그곳에 앉아서 기다렸다.

사흘째 날 아침, 도시 문이 열리고 노예들이 줄지어 나오기 시작했다. 대니는 그들을 맞이하기 위해 은마에 올랐다. 노예들이 지나가자 어린 미산데이가 그들에게 그들의 자유는 폭풍의 딸 대너리스, 불타지 않는 분, 웨스테로스 칠왕국의 여왕이자 드래곤의 어머니 덕분이라고 말했다.

"미사!" 갈색 피부의 남자 하나가 대니를 향해 외쳤다. 그는 어깨에 어린 여자아이를 태우고 있었는데, 그 아이도 가느다란 목소리로 같은 말을 외쳤다. "미사! 미사!"

대니는 미산데이를 보았다. "저들이 뭐라고 외치는 거지?"

"기스의 말입니다. 오래되고 순수한 언어지요. '어머니'라는 뜻입니다."

대니는 가슴속이 가벼워지는 느낌이었다. '나는 결코 살아 있는 아이를 낳지 못해.' 그녀는 떠올렸다. 들어 올리는 손이 떨렸다. 어쩌면 미소를 지었는지도 모르겠다. 분명히 미소를 지었을 것이다. 그 남자가 씩 웃으며 다시 외쳤고, 다른 사람들도 이어받았으니 말이다. 다들 소리쳤다. "미사! 미사! 미사!" 모두가 대니를 향해 웃고, 손을 뻗고, 그 앞에 무릎을 꿇었다. "마엘라." 누군가는 그렇게 외쳤고, 또 누군가는 "아엘랄라" 아니면 "콰세이", "타토"라고도 했다. 어떤 언어로 말하든 의미는 같았다. '어머니. 나를 어머니라고 부르는구나.'

구호가 점점 커지고 퍼져나갔다. 너무나 커져서 대니의 말이 겁을 먹을 정도였다. 은마는 뒷걸음질 치며 고개를 젓고 은회색 꼬리를 휘저었다. 구호는 융카이의 노란 벽을 흔들 정도로 커졌다. 성문으로 점점 더 많은 노예들이 쏟아져 나왔고, 그들은 나와서 구호를 같이 외쳤다. 그들은 이제 서로 밀치고 넘어져가며 대니를 향해 달려왔고, 그녀의 손을 만지고, 그녀의 말갈기를 쓰다듬고, 그녀의 발에 입 맞추고 싶어 했다. 대니의 가엾은 혈맹기수들은 그들 모두를 물리칠 수 없었고, 힘센 벨와스마저도 어쩔 줄 몰라 으르렁거리기만 했다.

조라 경은 대니에게 자리를 떠나라고 했지만, 대니는 불멸자들의 집에서 꿨던 꿈을 기억하고 말했다. "저들은 나를 해치지 않을 거야. 저들은 내 아이들이오, 조라." 그녀는 소리 내어 웃고는 말 옆구리를 건드려 그들에게 달려갔다. 머리채에 달린 종이 달콤한 승리의 종소리를 울렸다. 그녀는 말을 속보로 움직이다가, 구보로 달리다가, 땋은 머리를 휘날리며 질주하기 시작했다. 대니 앞에서 해방 노예들이 갈라졌다. "어머니." 백 명이, 천 명이, 만

명이 외쳤다. "어머니." 그들은 나는 듯이 달리는 대니의 다리에 손가락을 스치며 노래했다. "어머니, 어머니, 어머니!"

# 아리아

아리아는 저 멀리 오후 햇살 속에서 금빛으로 빛나는 거대한 언덕 모양을 바로 알아보았다. 하이하트까지 돌아온 것이다.

해 질 무렵에 그들은 그 언덕 위에서 안전한 야영지를 마련하고 있었다. 아리아는 베릭 공의 종자인 네드와 함께 영목 그루터기로 이루어진 원 주위를 걷다가 그중 하나에 올라서서 서쪽으로 사라져가는 마지막 햇살을 지켜보았다. 이 위에서는 북쪽에서 날뛰는 폭풍을 볼 수 있었지만, 하이하트는 빗줄기 위에 서 있었다. 그러나 바람에서 벗어나지는 못했다. 돌풍이 어찌나 거세게 부는지, 누군가가 뒤에서 망토 자락을 잡아당기는 것만 같았다. 그러나 몸을 돌리면 아무도 없었다.

'유령이야.' 아리아는 떠올렸다. '하이하트엔 유령들이 있어.'

그들은 언덕 꼭대기에 큰 불을 지폈고, 미르의 토로스는 그 옆에 다리를 접고 앉아서 세상에 오직 그것만 존재한다는 듯이 불길 속을 들여다보았다.

"뭐 하는 거야?" 아리아는 네드에게 물었다.

"사제님은 가끔 불길 속에서 뭔가를 봐요." 종자가 대답했다. "과거. 미래.

멀리서 일어나는 일들을요."

붉은 사제가 보고 있는 풍경을 볼 수 있을까 싶어서 아리아도 눈을 가늘게 뜨고 불을 쳐다보았지만, 눈에 눈물만 고여서 얼마 못 가 고개를 돌렸다. 겐드리도 붉은 사제를 지켜보다가 불쑥 물었다. "정말로 그 안에서 미래를 볼 수 있습니까?"

토로스는 한숨을 내쉬며 불에서 시선을 돌렸다. "여기에서는, 지금은 아니야. 하지만 그래, 어떤 날에는 빛의 군주께서 나에게 예지를 주시지."

겐드리는 의심이 가득한 얼굴이었다. "제 스승님은 당신이 술고래에 사기꾼이라고, 그렇게 형편없는 사제는 또 없을 거라고 했어요."

"그거 너무하구나." 토로스는 클클 웃었다. "사실이지만, 그래도 너무해. 네 스승이 누구였지? 내가 널 알았더냐?"

"난 강철 거리에 있는 무기제조 장인 토보 모트의 견습생이었어요. 당신이 장검을 사러 오곤 했죠."

"맞다. 나한테 값을 두 배로 물려놓고는 불을 붙였다고 잔소리했지." 토로스는 크게 웃었다. "네 스승 말이 맞아. 난 별로 독실한 사제는 아니었지. 난 여덟 형제의 막내로 태어났기 때문에 아버지가 붉은 신전에 줘버렸다만, 내게 선택권이 있었다면 이 길을 택하진 않았을 거야. 기도문도 읊고 주문도 외우긴 했지만, 부엌 기습을 주도하기도 했고, 가끔 내 침대에 들어온 여자가 발견되기도 했지. 참 짓궂은 여자들이야. 어떻게 내 침대에 들어왔는지 모르겠어.

하지만 나는 언어에 재능이 있었지. 그리고 불길 속을 들여다보면, 가끔씩 이것저것을 보기도 했어. 그렇다 해도 난 쓸모 있다기보다는 골칫덩어리였기 때문에, 결국 신전에서 일곱 신에 푹 빠진 웨스테로스에 군주님의 빛을 전파하라며 날 킹스랜딩으로 보내버린 거야. 아에리스 왕이 워낙 불을 사랑하다 보니 개종할지 모른다는 생각이었지. 안타깝게도 화염술사들의 재주가 나보다 낫더구나.

하지만 로버트 왕은 날 좋아했어. 처음 불타는 검을 들고 난전에 참여했을 때, 케반 라니스터의 말이 놀라서 뒷발로 서다가 케반 경을 떨어뜨렸는데, 로버트 왕이 얼마나 요란하게 웃던지 그러다가 배가 터지는 줄 알았지 뭐냐." 붉은 사제는 그 기억을 떠올리며 미소 지었다. "하지만 장검을 그런 식으로 다루면 안 되지. 그것도 네 스승 말이 맞아."

"불은 먹어치운다." 베릭 공이 두 사람 뒤에 서 있었다. 그의 목소리에 깃든 뭔가에 토로스는 바로 입을 다물었다. "불은 먹어치워. 다 먹어치우고 나면 아무것도 남지 않지. 아무것도."

"베릭, 다정한 친구여." 사제는 번개 영주의 팔뚝에 손을 댔다. "무슨 말을 하는 겁니까?"

"다 예전에도 했던 말이야. 여섯 번이라고 했나, 토로스? 여섯 번은 너무 많아." 그는 돌연 몸을 돌렸다.

그날 밤에는 바람이 늑대처럼 울부짖었고, 서쪽에는 바람에게 진짜 울음소리를 가르쳐주는 진짜 늑대들이 있었다. 노치, 앤가이, 문타운의 메렛이 파수를 맡았다. 네드, 젠드리, 그리고 다른 이들 대부분이 깊이 잠들어 있을 때 아리아는 말들 뒤로 살금살금 움직이는 작고 하얀 형체를 보았다. 울퉁불퉁한 지팡이를 짚고서 가느다란 흰머리를 제멋대로 휘날리는 그 여자는 키가 1미터가 되지 않았다. 불빛을 받은 두 눈이 존의 늑대처럼 빨갛게 빛났다. '그 녀석도 유령(고스트)이었지.' 아리아는 슬며시 다가가서 무릎을 꿇고 지켜보았다.

그 난쟁이 여인이 초대도 받지 않고서 불가에 앉았을 때, 베릭 공은 토로스와 렘과 같이 있었다. 난쟁이 여인이 달아오른 석탄 같은 눈동자로 그들을 흘겨보았다. "잉걸불과 레몬이 다시 날 받들러 왔군. 시체 영주 나리도 오셨고."

"불길한 이름이로군. 그 이름은 쓰지 말라고 부탁했을 텐데."

"그래, 그랬지. 하지만 죽음의 악취가 생생하구려, 나리." 그녀는 남은 이가 하나뿐이었다. "와인을 주지 않으면 가버릴 거야. 내 뼈는 늙었어. 바람이 불면 관절이 아픈데, 이 위에서는 언제나 바람이 불지."

"꿈을 알려주면 은사슴을 한 닢 드리리다." 베릭 공이 엄숙하고 예의 바르게 말했다. "우리에게 알려줄 소식이 있다면 은화를 또 하나 드리고."

"은사슴은 먹지도 못하고 타지도 못해. 내 꿈에 대한 대가로 와인 한 부대를 주고, 소식에 대한 대가로는 저기 노란 망토를 뒤집어쓴 커다란 바보가 입을 맞춰줘." 자그마한 여인은 킬킬거렸다. "그렇지, 혀도 좀 넣고 질펀하게 말이야. 너무 오래됐어. 너무 오래됐다고. 저 녀석 입에선 레몬 맛이 나고, 내 입에선 뼈 맛이 나겠지. 난 너무 늙었어."

"그러게." 렘이 불평했다. "와인과 입맞춤을 찾기엔 너무 늙었어. 노파가 나한테 받을 건 칼등으로 한 대 맞는 것뿐이야."

"내 머리카락은 한 줌씩 빠지고, 나에게 아무도 입을 맞추지 않은 지 천 년은 됐어. 이렇게 늙는다는 건 힘든 일이야. 그렇다면 노래라도 받지. 소식을 전해주는 대신 일곱 톰에게 노래 한 자락 듣겠어."

"톰의 노래를 듣게 해주리다." 베릭 공이 약속하고 와인 부대를 건넸다.

난쟁이 여인은 턱으로 와인을 흘려가며 꿀꺽꿀꺽 마셨다. 그녀는 와인 부대를 내려놓고 주름진 손등으로 입가를 닦더니 말했다. "시큼한 소식에 시큼한 와인이라니, 이보다 더 어울릴 수 있을까? 왕이 죽었다네. 그만하면 충분히 시큼한가?"

아리아의 심장이 목구멍까지 뛰어올랐다.

"어느 망할 왕이 죽었다는 거야, 노파?" 렘이 물었다.

"젖은 왕. 크라켄 왕이 죽었다네. 내 그 왕이 죽는 꿈을 꾸었으니 그자는 죽었고, 이제 철 오징어들은 서로 반목하게 됐어. 아, 그리고 호스터 공도 죽었지만, 그 소식은 이미 알겠지? 왕들의 홀에서는 염소가 혼자 앉아서 열에 들떠 있는 동안 거대한 개가 덮치려 하네." 노파는 다시 술 부대를 입가에 들어 올리고 쥐어짜면서 와인을 한참 마셨다.

거대한 개. 사냥개 말일까? 아니면 그 형인 달리는 산더미? 아리아는 잘 알 수가 없었다. 둘 다 노란색 바탕에 검은 개 세 마리가 달리는 문장을 썼다. 아리아가 죽여달라고 기도하는 자들 중에 절반은 그레고르 클리게인 경 밑에 있었다. 폴리버, 던센, 친절한 라프, 티클러, 그리고 그레고르 경 본인까지. '어쩌면 베릭 공이 그놈들을 모조리 목매달지도 모르지.'

"빗속에서 울부짖는 늑대도 꿈꾸었네만, 아무도 그 비탄의 소리를 듣지 못했네." 난쟁이 여인이 말했다. "북에 피리에 나팔에 비명까지, 머리가 터질 것 같은 소음도 꿈꾸었지만 제일 슬픈 소리는 작은 종소리였어. 어느 잔치에 앉은 처녀가 머리카락 대신 단 자주색 뱀들이 이빨에서 독액을 흘리는 꿈도 꾸었네. 그리고 나중에 그 처녀를 다시 꿈에서 보았는데, 눈으로 빚은 성에서 사나운 거인을 죽이고 있더군." 노파는 고개를 홱 돌리고 어둠 속에 있는 아리아를 똑바로 보며 미소 지었다. "넌 나에게 몸을 숨기지 못해. 이리 가까이 오거라."

차가운 손가락이 아리아의 목을 쥐는 것 같았다. '공포는 칼보다 더 위험하다.' 아리아는 스스로에게 되뇌며 일어서서 조심스럽게 불가로 다가갔다. 언제든 달아날 수 있게 발끝으로 걸었다.

난쟁이 여인은 어두운 붉은 눈으로 아리아를 찬찬히 보더니 속삭였다. "네가 보인다. 네가 보여, 늑대 아이야. 피의 아이야. 죽음의 냄새를 풍기는 게 저 나리인 줄 알았더니……." 노파는 작은 몸을 흔들며 흐느끼기 시작했다. "네가 내 언덕에 오다니 잔인하구나, 잔인해. 난 서머홀의 슬픔을 먹고 산다. 네 슬픔은 필요 없어. 여기에서 사라져라, 어두운 마음아. 사라져라!"

그 목소리에 깃든 두려움이 엄청났기에, 아리아는 혹시 이 여자가 미친 걸까 생각하며 한 발자국 뒤로 물러섰다. "애한테 겁주지 마시오." 토로스가 항의했다. "저 아이는 해가 되지 않아요."

레몬클록 렘의 손이 부러진 코로 올라갔다. "그 점은 그렇게 확신하지 맙시다."

"저 아이는 내일 우리와 함께 떠날 거요." 베릭 공이 작은 여인에게 단언했다. "저 아이의 어머니가 있는 리버런으로 데려가는 중이오."

"아니야." 난쟁이 여인이 말했다. "그쪽이 아니야. 지금 강은 검은 물고기가 지키고 있어. 아이 어머니를 원한다면 트윈스에서 찾아. 거기에서 결혼식이 열릴 거야." 노파는 다시 킬킬거렸다. "분홍색 사제, 네 불 속을 보면 보일 거다. 하지만 지금 여기에선 아니야. 넌 여기에서 아무것도 보지 못해. 여기는 아직 옛 신들에게 속해 있으니…… 옛 신들은 나처럼 쪼그라들고 약해졌을지언정 죽지는 않고 여기 머물러 있지. 그리고 불길도 좋아하지 않아. 참나무는 도토리를 기억하고, 도토리는 참나무를 꿈꾸고, 그루터기는 그 둘 안에 사는 법. 그리고 그들은 최초인이 주먹에 불을 쥐고 왔던 때를 기억하지." 노파는 네 번에 걸쳐 와인을 다 마셔버리고 술 부대를 던져버린 후, 지팡이로 베릭 공을 가리켰다. "이제 내 대가를 받겠어. 약속했던 노래를 들어야겠다."

그래서 렘은 모피를 덮고 자고 있던 일곱 현의 톰을 깨우고, 나무 하프를 손에 들고 하품을 해대는 그를 불가로 데려왔다. "전과 같은 노래로?" 톰이 물었다.

"아, 그래. 제니의 노래를 들어야지. 다른 노래도 있나?"

그래서 톰은 노래했고, 난쟁이 여인은 눈을 감고 천천히 앞뒤로 몸을 흔들며 가사를 중얼거리다가 울었다. 토로스는 아리아의 손을 꽉 잡고 한쪽으로 데려갔다. "평화롭게 노래를 음미하게 해주자. 저이에게 남은 건 저것뿐이니."

'내가 해치려던 것도 아닌데' 아리아는 생각했다. "트윈스 이야기는 뭐였지? 어머니는 리버런에 계시잖아. 아니야?"

"거기 계셨지." 붉은 사제는 턱 밑을 문질렀다. "결혼식이라고 했겠다, 알아보자. 캐틀린 부인이 어디 계시든 베릭 공이 찾아낼 거다."

오래지 않아서 하늘이 뚫렸다. 번개가 치고 천둥이 언덕 위에 울려 퍼지더니, 비가 앞이 보이지 않을 만큼 쏟아졌다. 난쟁이 여인은 나타났을 때처럼 갑자기 사라졌고, 무법자들은 나뭇가지를 모아 조잡한 피신처를 세웠다.

비는 그날 밤 내내 쏟아졌다. 아침이 오자 네드, 렘, 그리고 방앗간지기 와티는 오한이 들어서 깨어났다. 와티는 아침 식사도 넘기지 못했고, 어린 네드는 열에 들떴다가 덜덜 떨기를 번갈아 했으며, 만져보면 피부가 축축했다. 노치는 베릭 공에게 북쪽으로 반나절 말을 달리면 버려진 마을이 하나 있다고 말했다. 그곳이 비가 조금이라도 약해지기를 기다리며 피신하기에 더 낫다고 말이다. 그래서 그들은 안장에 올라 거대한 언덕 아래로 말을 재촉했다.

빗발은 누그러들지 않았다. 그들은 숲과 들판을 지나 말을 달리고, 맹렬한 물줄기가 말의 배까지 올라오도록 불어난 개울을 걸어서 건넜다. 아리아는 쫄딱 젖어서 벌벌 떨면서도 비틀거리지 않겠다고 다짐하며 망토 두건을 눌러쓰고 몸을 웅크렸다. 메렛과 머지가 곧 와티만큼 심하게 기침을 해댔고, 가엾은 네드는 갈수록 상태가 비참해졌다. "투구를 쓰면 빗방울이 철을 두드려서 머리가 아파." 네드가 불평했다. "하지만 투구를 벗으면 머리카락이 젖어서 얼굴에 달라붙고 입에 들어가."

겐드리가 제안했다. "칼 있잖아. 머리카락이 그렇게 성가시면 박박 밀어 버려."

'겐드리는 네드를 좋아하지 않아.' 아리아가 보기에는 괜찮은 아이였는데 말이다. 약간 수줍어하긴 해도 본성이 나쁘지 않았다. 아리아는 언제나 도르네인은 몸집이 작고 피부가 거무스름하며 머리 색도 검고 작은 눈도 검다고 들었지만, 네드의 눈은 크고 파랬다. 워낙 짙어서 자주색으로 보일 정도로 파란 눈이었다. 그리고 머리카락은 옅은 금발로, 꿀색이라기보다는 재색에 가까웠다.

"베릭 공의 종자로 지낸 지는 얼마나 됐어?" 아리아는 네드가 비참한 상황에서 생각을 돌리게 하려고 물었다.

"우리 고모와 약혼하면서 날 시동으로 받아들이셨어요." 네드는 기침을 했다. "그때 난 일곱 살이었는데, 열 살이 되자 베릭 공이 종자로 올려주셨죠. 난 고리 꿰기 시합(말을 달리며 높이 매달린 고리에 창끝을 꿰는 시합)에서 상도 한 번 탔어요."

"난 기마 창을 배운 적이 없지만, 장검으로 싸운다면 널 이길 수 있어." 아리아가 말했다. "누굴 죽여본 적 있어?"

이 질문에 네드는 놀란 것 같았다. "난 열두 살밖에 안 됐어요."

'난 여덟 살 때 남자애를 죽였어.' 아리아는 그렇게 말할 뻔했지만, 그러지 않는 편이 낫겠다고 생각했다. "하지만 전투에는 참여했겠지."

"네." 별로 자랑스러워하는 목소리는 아니었다. "머머스포드에서요. 베릭 공이 강에 빠졌을 때, 빠져 죽지 않도록 그분을 끌고 강둑에 올라가서 내 장검을 들고 지켰죠. 하지만 싸울 필요는 없었어요. 베릭 공의 몸에 부러진 기마 창이 꽂혀 있으니 아무도 우릴 괴롭히지 않았죠. 다시 모였을 때는 초록 거겐이 베릭 공이 말에 오르도록 도와줬고요."

아리아는 킹스랜딩에서 죽인 마구간지기 소년을 떠올렸다. 그 후에는 하렌홀에서 목을 그어버린 위병이 있었고, 호숫가 요새에서 죽인 아모리 경의 부하들이 있었다. 위즈와 치즈윅, 그리고 족제비 수프 때문에 죽은 자들도 셈에 들어갈지 잘 모르겠지만…… 갑자기 무척 슬퍼졌다. "우리 아버지도 네드였어." 아리아는 말했다.

"알아요. 수관의 마상 시합 때 봤어요. 올라가서 그분께 말을 걸고 싶었지만, 무슨 말을 해야 할지 모르겠더군요." 네드는 흠뻑 젖은 연자주색 망토 속에서 몸을 떨었다. "아가씨도 마상 시합 때 있었나요? 언니분은 봤어요. 로라스 티렐 경이 그분에게 장미를 줬죠."

"언니에게 들었어." 너무나 오래전 일 같았다. "언니 친구인 제인 풀은 너희 베릭 공에게 푹 빠졌고."

"베릭 공은 우리 고모와 결혼하기로 했어요." 네드는 불편한 얼굴이었다. "그렇지만 그건 예전 얘기죠. 베릭 공이……."

'……죽기 전?' 아리아는 네드의 목소리가 작아지다가 어색한 침묵이 내려앉자 생각했다. 말발굽이 쭉 빨리는 소리를 내며 진흙에서 빠져나왔다.

"아가씨?" 네드가 마침내 말했다. "아가씨에게 천출 형제가 있죠……. 존 스노우라고?"

"지금은 장벽에 있는 밤의 경비대야." '난 리버런 말고 장벽으로 가야 할지도 몰라. 존이라면 내가 누굴 죽였든, 내가 머리를 빗었든 안 빗었든 상관하지 않을 거야…….' "존은 서출이지만 나와 비슷하게 생겼어. 내 머리를 헝클어뜨리며 '귀여운 동생'이라고 부르곤 했지." 아리아는 존이 제일 보고 싶었다. 존의 이름을 말하기만 해도 슬퍼졌다. "존에 대해서는 어떻게 알아?"

"내 젖형제예요."

"형제라고?" 아리아는 이해가 가지 않았다. "하지만 넌 도르네 사람이잖아. 어떻게 너와 존이 혈연일 수 있어?"

"젖형제예요. 혈연이 아니라. 내가 어렸을 때 어머니에게 젖이 없어서, 월라가 날 먹여야 했거든요."

아리아는 갈피를 잃었다. "윌라가 누구야?"

"존 스노우의 어머니요. 들은 적 없어요? 윌라는 오랫동안 우리를 위해 일했어요. 내가 태어나기 전부터."

"존은 어머니가 누군지 몰라. 어머니 이름도 몰랐어." 아리아는 네드를 조심스럽게 쳐다보았다. "네가 그 사람을 알아? 정말로?" '날 놀리는 걸까?' "거짓말이면 네 얼굴을 때려줄 거야."

"윌라는 내 유모였어요." 네드는 거듭 진지하게 말했다. "우리 가문의 명예를 걸고 맹세해요."

"가문이 있어?" 멍청한 질문이었다. 기사의 종자였으니 당연히 가문이 있겠지. "너 누구야?"

"아가씨?" 네드는 난감한 얼굴이었다. "난 에드릭 데인이에요. 스…… 스타폴의 영주요."

뒤에서 젠드리가 신음했다. "귀족들 간의 만남이구먼." 지긋지긋하다는 투였다. 아리아는 지나치는 나뭇가지에서 시든 야생 능금을 하나 따서 젠드리에게 던졌다. 능금은 젠드리의 둔한 황소 머리를 때리고 날아갔다. "아야. 아프잖아." 젠드리는 눈 위쪽을 문질렀다. "대체 어떤 숙녀가 사람들에게 능금을 던진대?"

"지독한 숙녀지." 갑자기 후회가 밀려왔다. 아리아는 네드를 돌아보았다. "누군지 몰라봐서 미안해요. 영주님."

"제 잘못이지요, 아가씨." 네드는 아주 정중했다.

'존에게 어머니가 있어. 윌라, 이름은 윌라야.' 다음에 만나면 말해줄 수 있게 기억해둬야 했다. 아리아는 아직도 존이 "귀여운 동생"이라고 불러줄까 궁금했다. '난 이제 별로 귀엽지 않아. 다르게 불러야 할 거야.' 일단 리버런에 도착하면 존에게 편지를 써서 네드 데인이 해준 말을 전할 수도 있으리라. "그러고 보니 아서 데인이 있었지. 아침의 검이라고 불리던 기사."

"내 아버지가 아서 경의 형이었어요. 고모가 아샤라 데인이고요. 하지만 고모에 대해서는 잘 몰라요. 내가 태어나기 전에 '백석검(Palestone Sword)' 탑 꼭대기에서 바다에 몸을 던졌으니까."

"왜 그랬는데?" 아리아는 놀라서 물었다.

네드는 경계하는 얼굴이었다. 아리아가 자기에게도 뭔가 던질까 봐 걱정하는지도 몰랐다. "아버님에게 들은 적 없어요? 스타폴의 아샤라 데인 아가씨에 대해서?"

"없어. 아빠랑 아는 사이였어?"

"로버트가 왕위에 오르기 전에요. 고모는 거짓 봄의 해에 하렌홀에서 아가씨 아버님과 형제분들을 만나셨어요."

"아." 아리아는 달리 무슨 말을 해야 할지 몰랐다. "그런데 왜 바다에 뛰어든 거야?"

"마음이 무너져서요."

산사라면 한숨을 내쉬며 진정한 사랑을 두고 눈물을 흘렸겠지만, 아리아는 바보 같다고만 생각했다. 하지만 네드의 면전에 대고 고모에 대해 그렇게 말할 수는 없었다. "누구 때문인데?"

네드는 머뭇거렸다. "내가 말할 문제는 아닌……."

"말해줘."

네드는 불편한 얼굴로 아리아를 보았다. "알리리아 고모가 그러는데 아샤라 고모와 아가씨 아버님이 하렌홀에서 사랑에 빠졌―"

"그럴 리가 없어. 아버지는 어머니를 사랑하셨어."

"분명히 그러셨을 거예요, 아가씨. 하지만―"

"아버지가 사랑한 사람은 어머니뿐이었어."

"그렇다면 서자는 양배추 잎사귀 밑에서 찾았겠네." 젠드리가 뒤에서 말했다.

아리아는 젠드리의 얼굴에 던질 능금이 또 있었으면 좋겠다고 생각했다. "아버지는 명예로운 분이었어." 아리아는 화가 나서 말했다. "그리고 너한테 얘기하는 것도 아니었어. 넌 스토니셉트로 돌아가서 그 여자애의 멍청한 종이나 울리지 그래?"

젠드리는 그 말을 무시했다. "최소한 너희 아버지는 내 아버지와 달리 서자를 기르긴 했잖아. 난 내 아버지 이름도 몰라. 분명히 어머니가 맥줏집에서 집으로 끌고 오던 다른 놈들과 비슷한 냄새 나는 술주정뱅이였겠지. 어머니는 나한테 화가 날 때마다 '네 아버지가 여기 있었다면 널 흠씬 패줬을 거야'라고 그랬어. 내가 아버지에 대해 아는 건 그게 다야." 그는 침을 뱉었다. "흠, 지금 아버지가 내 앞에 있다면 내가 흠씬 패줄지도 모르지. 하지만 아마 죽었을 테고, 너희 아버지도 죽었으니, 너희 아버지가 누구와 잤든 무슨 상관이야?"

아리아에게는 상관이 있었지만, 이유는 스스로도 잘 알 수가 없었다. 네드가 당황시켜서 미안하다고 사과하려 했지만 듣고 싶지 않았다. 아리아는 말 옆구리를 눌러 둘 다 뒤로하고 달렸다. 궁수 앤가이가 몇 미터 앞을 달리고 있었다. 아리아는 앤가이를 따라잡고 말했다. "도르네인은 거짓말을 잘하지?"

"그걸로 유명하지." 궁수는 씩 웃었다. "물론 그 작자들은 우리 변경 지역 사람들을 두고 똑같이 말하지만 말이야. 이젠 또 뭐가 문제야? 네드는 좋은 애야⋯⋯."

"멍청한 거짓말쟁이야." 아리아는 뒤에서 들려오는 무법자들의 고함 소리를 무시하고 길을 벗어나서 썩은 통나무를 뛰어넘고 물보라를 튀기며 개울 바닥을 건넜다. '다들 나한테 거짓말만 더 하려고 해.' 그들에게서 도망칠까 생각도 해봤지만, 무법자들은 수가 너무 많았고 이 땅을 잘 알기도 했다. 어차피 잡힐 거라면 도망쳐봐야 무슨 소용일까?

결국 아리아 옆까지 달려온 사람은 하윈이었다. "어딜 가는 거예요, 아가씨? 막 달려가버리면 안 돼죠. 이 숲에는 늑대도 있고 더 나쁜 것들도 있다고요."

"난 겁나지 않아. 그 네드란 애가 그러는데……."

"그래요, 들었어요. 아샤라 데인 아가씨. 오래된 얘기죠. 저도 지금 아가씨보다 어렸을 때 윈터펠에서 들은 적이 있어요." 하윈은 아리아의 마구를 꽉 잡고 말 머리를 돌렸다. "그 이야기가 사실일 것 같진 않아요. 하지만 사실이면 또 어때요? 네드 영주님이 그 도르네 아가씨를 만났을 때는 아직형님인 브랜던이 살아 있었고, 캐틀린 부인과 약혼한 건 그분이었으니, 아버님의 명예에는 흠이 없어요. 마상 시합만큼 피가 끓어오르는 일은 없으니, 밤에 천막 안에서 속삭임 정도는 오갔을지도 모르죠. 속삭임, 아니면입맞춤, 아니면 더 있었을지도 모르지만 그게 무슨 해가 됩니까? 봄이 왔다고, 적어도 그때는 다들 그렇게 생각했고 양쪽 다 누군가와 혼인을 약속한 상태도 아니었는걸요."

"그렇지만 그 사람은 자살했어." 아리아는 머뭇거리며 말했다. "탑에서 바닷속으로 뛰어들었다고 했다고."

"그랬죠." 하윈은 아리아를 끌고 돌아가며 순순히 인정했다. "하지만 그건 슬픔 때문이었을 거예요. 오빠인 아침의 검을 잃었으니까요." 그는 고개를 저었다. "그냥 그런 거예요, 아가씨. 다들 죽었어요. 그냥 그런가 보다 해요……. 그리고 제발, 리버런에 도착하거든 어머님에게 이 이야긴 하지 마세요."

그 마을은 노치가 장담한 위치에 있었다. 그들은 회색 돌로 지은 마구간에 피신했다. 지붕은 절반만 남아 있었지만, 나머지 절반만으로도 마을에 있는 다른 건물들보다는 나았다. 사실 그건 마을이 아니라 새까만 돌과 오래된 뼈일 뿐이었다. "라니스터가 여기 살던 사람들을 다 죽였어?" 아리아는 말들의 몸을 말려주는 앤가이를 도우며 물었다.

"아니." 앤가이는 바닥을 가리켰다. "돌에 이끼가 얼마나 두껍게 자랐는지 봐. 오랫동안 아무도 돌을 움직이지 않았다는 뜻이야. 그리고 저기 벽에서 나무가 자란 것도 보이지? 여긴 오래전에 불탔어."

"그럼 누가 한 짓이야?" 젠드리가 물었다.

"호스터 툴리." 노치는 이 지역에서 태어난, 허리가 굽고 여윈 데다 머리가 희끗희끗한 사내였다. "여긴 굿브룩 공의 마을이었지. 리버런이 로버트를 지지한다고 선언했을 때 굿브룩은 왕에게 충성하는 신하로 남았고, 그래서 툴리 공은 불과 검으로 굿브룩을 벌했어. 트라이던트 전투 이후 굿브룩의 아들이 로버트와 호스터 공과 화해했지만, 그렇다고 죽은 사람에게 도움이 되진 않았지."

침묵이 내려앉았다. 젠드리는 아리아에게 묘한 눈빛을 던지더니, 눈을 돌리고 말을 솔질했다. 밖에서는 비가 내리고 또 내렸다. 토로스가 선언했다. "불이 필요하겠어. 밤은 어둡고 공포가 가득하며, 너무 축축하기도 하잖아? 너무 축축해."

행운아 잭이 마구간 칸막이를 쪼개 마른 장작을 만들고, 노치와 메렛이 불쏘시개용 지푸라기를 모았다. 토로스가 직접 불씨를 일으켰고, 렘이 커다란 노란색 망토로 불길이 큰 소리를 내며 소용돌이칠 때까지 부채질을 했다. 곧 불길이 마구간 안이 뜨거워질 정도로 커졌다. 토로스는 그 앞에 다리를 접고 앉더니, 하이하트 꼭대기에서처럼 지그시 불길 속을 들여다보았다. 아리아는 토로스를 열심히 지켜보았고, 한번은 그의 입술이 움직였을 때 "리버런"이라고 중얼거리는 소리를 들은 것 같았다. 렘이 기침을 하면서 왔다 갔다 움직이자 긴 그림자가 발맞추어 성큼 걸었고, 일곱 톰은 장화를 벗고 발을 문질렀다. "리버런으로 돌아가다니 내가 미쳤지." 가수는 불평을 늘어놓았다. "툴리는 이 늙은 톰에게 행운이 되어준 적이 없어. 날 하늘 가도로 올려 보낸 건 라이사였는데, 거기서 달 형제들이 내 금과 말과 옷까지 빼앗았지. 협곡의 기사들 중엔 아직도 내가 하프만 들고 겸손한 모양새로 피의 관문까지 걸어가던 모습을 이야기하는 작자들이 있다고. 그 작자들은 문을 열어주기 전에 〈생일맞이 소년〉과 〈용기 없는 왕〉을 노래하게 했어. 위안이라곤 그중에 세 놈이 웃다가 죽었다는 것뿐이야. 그 후로 다시는 이어리에 가지 않았고, 〈용기 없는 왕〉은 캐스털리록의 금을 다 준대도 다시는—"

"붉은색과 금색으로 포효하는 라니스터." 토로스가 말하더니 벌떡 일어나서 베릭 공에게 갔다. 렘과 톰도 지체 없이 합류했다. 아리아는 그들이 무슨 말을 하는지 들을 수 없었지만, 가수가 계속 아리아 쪽을 흘끔거렸고 한번은 렘이 화가 나서 벽에 주먹을 내리쳤다. 그러고 나자 베릭 공이 아리아에게 가까이 오라고 손짓했다. 절대 가까이 가고 싶지 않았지만, 하윈이 등에 손을 대고 앞으로 밀었다. 아리아는 두 걸음 걸어가서는 두려움에 차서 머뭇거렸다. "베릭 공." 아리아는 베릭 공이 무슨 말을 할지 기다렸다.

"말하게." 번개 영주가 토로스에게 명령했다.

붉은 사제는 아리아 옆에 쪼그리고 앉아서 말했다. "아가씨, 군주께서 리버런을 보여주셨어. 불바다에 뜬 섬 같더군. 불길이 긴 진홍색 발톱을 달고 뛰어오르는 사자 모양이었어. 그리고 그 사자들이 포효하는 소리란! 라니스터의 바다였어. 리버런은 곧 공격받을 거야."

아리아는 배를 한 대 얻어맞은 기분이었다. "아니야!"

"애야, 불길은 거짓말을 하지 않아. 내가 눈먼 바보다 보니 가끔 잘못 읽을 때는 있지만, 이번에는 잘못 읽지 않았어. 라니스터가 곧 리버런을 포위할 거야."

"롭이 물리칠 거야." 아리아는 고집스러운 표정을 지었다. "전처럼 롭이 또 이길 거야."

"아가씨 오빠는 거기 없을지도 몰라." 토로스가 말했다. "어머님도 마찬가지고. 불길 속에서 둘 다 보지 못했거든. 노파가 말했던 결혼식, 트윈스에서 벌어진다는 결혼식…… 그 노파에게도 나름 이것저것을 아는 방법이 있지. 영목들이 그 노파가 자고 있을 때 귓가에 속삭여주거든. 노파가 아가씨 어머니가 트윈스에 갔다고 하면……"

아리아는 톰과 렘을 돌아보았다. "당신들이 날 잡지만 않았어도 난 거기가 있었을 거야. 집에 갔을 거라고."

베릭 공은 아리아의 폭발에 아무 관심도 보이지 않고, 지친 듯 예의를 갖추어 물었다. "아가씨, 혹시 외종조부가 어떻게 생겼는지 아는가? 일명 검은 물고기로 불리는 브린덴 툴리 경 말이야. 혹시 그분이 아가씨를 알까?"

아리아는 비참한 기분으로 고개를 저었다. 어머니가 검은 물고기 브린덴 경에 대해 하는 말은 들어봤지만, 기억도 못 할 만큼 어렸을 때가 아니라면 만난 적이 없었다.

톰이 말했다. "검은 물고기가 알지도 못하는 여자애를 두고 두둑하게 지불할 가능성은 없겠죠. 툴리는 원래도 심술궂고 의심 많은 족속인데, 우리가 가짜를 판다고 생각할 겁니다."

"우리가 설득해야죠." 레몬클록 렘이 주장했다. "저 애가 믿게 만들든가, 하원이 설득하든가 하면 됩니다. 리버런이 제일 가까워요. 전 리버런으로 데려가서 돈을 받고 끝내버렸으면 좋겠습니다."

"그러다가 성안에서 사자들이 우릴 잡으면?" 톰이 말했다. "우리 영주님을 우리에 넣어 캐스털리록 꼭대기에 매달고 싶어 안달이 났을 텐데."

"난 잡힐 생각이 없다." 베릭 공이 말했다. 말하지 않은 한마디가 허공에 남았다. '산 채로는.' 베릭 공이 말하지 않았어도 모두가, 아리아마저도 그 말을 들었다. "그렇다 해도 무작정 안 갈 순 없지. 늑대와 사자 양쪽 군대가 어디 있는지 알고 싶군. 샤나가 아는 게 있을 테고, 밴스 공의 학사가 좀 더 알겠지. 에이콘홀이 멀지 않아. 우리가 정찰병을 보내 정보를 모으는 동안 스몰우드 부인이 우리를 거둬줄……."

베릭 공의 말이 북소리처럼 아리아의 귀를 때렸고, 갑자기 더는 참을 수가 없었다. 아리아는 에이콘홀이 아니라 리버런에 가고 싶었다. 스몰우드 부인이나 알지도 못하는 외종조부가 아니라 어머니와 롭 오빠를 보고 싶었다. 아리아는 몸을 홱 돌려 문밖으로 뛰쳐나갔고, 하윈이 팔을 잡으려 들자 뱀처럼 빠르게 몸을 틀어 벗어났다.

마구간 밖은 아직도 비가 쏟아지고 있었고, 서쪽 멀리 번개가 번득였다. 아리아는 최대한 빨리 달렸다. 어디로 가는지도 모르는 채, 그저 혼자 있고 싶었다. 그 모든 목소리들로부터 벗어나고, 그들의 공허한 말과 지키지 못한 약속들로부터 멀어지고 싶었다. '난 리버런으로 가고 싶었을 뿐이야.' 하렌홀을 떠날 때 겐드리와 핫파이를 데리고 나온 게 잘못이었다. 혼자인 편이 더 나았을 것이다. 혼자 있었다면 무법자들이 그녀를 잡지도 않았을 테고, 지금쯤이면 롭과 어머니와 함께 있었을 것이다. '걔들은 나랑 같은 무리가 아니었어. 그랬다면 날 떠나지 않았겠지.' 아리아는 진흙탕 웅덩이를 철벅이며 지나갔다. 누군가가 아리아의 이름을 부르고 있었다. 하윈 아니면 겐드리였을 테지만, 번개가 치고 반 박자 후에 언덕을 울린 천둥소리에 묻혀버렸다. 아리아는 화가 나서 생각했다. '번개 영주라니. 죽을 수는 없을지 몰라도 거짓말은 할 수 있는 작자였어.'

왼쪽 어딘가에서 말 울음소리가 들렸다. 아리아는 마구간에서 50미터도 달려오지 않았을 텐데 이미 뼛속까지 젖었다. 이끼 낀 벽이 비를 조금이라도 막아주지 않을까 싶어서 무너진 집 구석에서 허리를 숙였다가, 그곳에 있던 보초를 정통으로 들이받을 뻔했다. 쇠 장갑을 낀 손이 아리아의 팔을 거칠게 잡았다.

"아프잖아." 아리아는 그 손아귀에서 벗어나려 했다. "놔줘. 돌아갈 생각이었어. 난……."

"돌아가?" 산도르 클리게인의 웃음소리는 돌을 긁는 쇳소리 같았다. "집어치워라, 늑대 소녀야. 넌 내 거야." 그는 한 손만으로 아리아를 들어 올려, 발길질을 하는 그녀를 질질 끌고 기다리는 말을 향해 걸어갔다. 차가운 빗물이 두 사람을 때리고 아리아의 고함 소리를 쓸어 갔다. 아리아는 예전에 사냥개가 던졌던 질문밖에 생각할 수 없었다. '개들이 늑대들에게 어떻게 하는지 아냐?'

# 제이미

열은 끈질기게 이어졌지만, 잘린 데는 깨끗하게 아물어갔고 콰이번은 그의 팔이 위험한 상태를 벗어났다고 했다. 제이미는 하렌홀과 피투성이 극단과 타스의 브리엔느를 다 뒤로하고 떠나고 싶어 안달이 났다. 레드킵에서 진짜 여자가 그를 기다리고 있었다.

"킹스랜딩까지 가는 길에 경을 돌보도록 콰이번을 함께 보내지." 출발하는 날 아침에 루스 볼턴이 말했다. "콰이번은 경의 아버지가 감사의 뜻으로 시타델을 압박하여 사슬 목걸이를 돌려줄지도 모른다는 가망 없는 희망을 품고 있소."

"우리 모두가 가망 없는 희망을 품고 살지. 콰이번이 내 손을 다시 만들어준다면 아버지가 대학사로 만들어줄 거요."

강철 정강이 월튼이 제이미의 호위대를 이끌었다. 퉁명스럽고 무뚝뚝하며 무자비한 데다 뼛속까지 단순한 군인이었다. 제이미는 평생 그런 부류들과 복무했다. 월튼 같은 남자들은 주인의 명에 따라 죽이고, 전투 후에 피가 끓으면 강간하고, 할 수 있으면 약탈을 했지만, 전쟁이 끝나면 집으로 돌아가서 창을 괭이와 맞바꾸고 이웃집 딸과 결혼해서 빽빽거리는 아이들

한 떼거리를 길렀다. 그런 남자들은 질문 없이 복종하기는 해도, 본성은 용감한 형제단처럼 악의와 잔인함으로 똘똘 뭉쳐 있지 않았다.

두 무리 모두 같은 날 아침에, 비를 예고하는 차가운 회색 하늘을 보며 하렌홀을 떠났다. 아에니스 프레이 경은 사흘 전에 왕의 가도를 향해 북동쪽으로 행군해 갔다. 볼턴은 그 뒤를 따를 예정이었다. 그는 제이미에게 말했다. "트라이던트는 범람했소. 루비 여울이라 해도 건너기가 어려울 거요. 아버님에게 따뜻한 안부 인사를 전해주겠소?"

"당신이 롭 스타크에게 내 안부를 전해주면."

"그래야지."

용감한 형제단 몇 명이 마당에 모여서 일행의 출발을 지켜보았다. 제이미는 그들이 선 곳으로 말을 달렸다. "졸로. 내가 떠나는 걸 보러 나오다니 친절하기도 하군. 피그. 티미온. 날 그리워해주겠나? 마지막으로 나누고 싶은 농담은, 섀그웰? 내가 가는 길을 밝혀주지 그래? 그리고 로지, 나에게 작별의 입맞춤이라도 하러 왔나?"

"꺼져, 불구." 로지가 말했다.

"그렇게 말한다면야. 하지만 안심하게나, 난 돌아올 거야. 라니스터는 언제나 빚을 갚는다네." 제이미는 말 머리를 돌려 강철 정강이 월튼과 그의 200명 부하들에게 다시 합류했다.

볼턴은 전투 복장을 우스꽝스럽게 만드는 외팔이 신세를 무시하고 제이미를 기사답게 입혀놓았다. 제이미는 허리띠에 장검과 단검을 차고, 안장에는 방패와 투구를 걸고, 사슬 갑옷 위에 짙은 갈색 전포를 걸쳤다. 그러나 라니스터의 사자 문장이나 킹스가드 기사로서 제이미의 권리인 순백의 문장을 과시할 정도로 바보는 아니었다. 그는 무기고에서 너덜너덜하고 쪼개진 낡은 방패를 하나 찾아냈는데, 페인트칠이 여기저기 떨어져 나갔는데도 아직 은색과 금색 바탕에 그려진 로스스턴 가문의 커다란 검은 박쥐 문양이 대부분 보였다. 로스스턴은 휀트 가문 이전에 하렌홀을 쥐고 있었던 강력한 가문인데, 오래전에 죽어 없어졌으니 아무도 제이미가 그 문장을 지니고 있다고 항의할 일이 없었다. 그는 누구의 사촌도 아니고, 누구의 적도 아니고, 누구의 맹약검사도 아니고…… 요컨대, 아무도 아니었다.

그들은 하렌홀의 성문 가운데서 작은 편인 동쪽 문으로 나가서 10킬로미터 가까이 간 후에 루스 볼턴의 군대와 헤어져 남쪽으로 방향을 틀었고, 한동안 호숫길을 따라갔다. 월튼은 가급적 왕의 가도를 피하고, 농부들이 이용하는 길과 신의 눈 호수 근처 짐승 길을 선호했다.

"왕의 가도가 더 빠를 텐데." 제이미는 최대한 빨리 세르세이에게 돌아가고 싶었다. 서두른다면 조프리의 결혼식에 맞춰 도착할 수도 있으리라.

"전 말썽을 원치 않습니다." 강철 정강이가 말했다. "왕의 가도를 따라가다간 누굴 만날지 몰라요."

"두려울 게 없지 않나? 병사가 200명인데."

"그렇지만 수가 더 되는 자들도 있을 수 있지요. 제 주인께서 경을 아버님께 안전하게 데려가라 하셨으니, 그렇게 할 겁니다."

'이 길은 전에 와본 적이 있어.' 제이미는 몇 킬로미터 더 가서 호수 옆에 버려진 방앗간을 지나칠 때 생각했다. 예전에 방앗간집 딸이 그를 보고 수줍게 웃고, 방앗간 주인이 "마상 시합은 반대쪽입니다요, 기사님" 하고 외치던 자리에 이제는 잡초만 무성했다. '내가 그걸 몰라서 그리로 갔을까.'

아에리스 왕은 제이미의 임관식을 성대한 볼거리로 만들었다. 제이미는 왕의 대형 천막 앞에서, 왕국 절반이 지켜보는 가운데 흰 갑옷을 입고 초록색 풀밭에 무릎을 꿇고서 서약을 읊었다. 제럴드 하이타워 경이 그를 일으켜 세우고 어깨에 하얀 망토를 둘러주자 솟아오른 함성은 이렇게 오랜 시간이 지난 지금도 기억이 생생했다. 하지만 아에리스는 바로 그날 밤에 심술궂게 변하여, 하렌홀에 일곱 킹스가드가 다 있을 필요는 없다고 선언했다. 제이미는 킹스랜딩으로 돌아가서 뒤에 남은 왕비와 어린 비세리스 왕자를 지키라는 명령을 받았다. 하얀 황소가 제이미는 휀트 공의 마상 시합에 참여할 수 있게 그 일은 자기가 맡겠다고 나섰는데도, 아에리스는 거절했다. "제이미 경은 여기에서 어떤 영광도 얻지 못해. 이제는 타이윈이 아니라 내 것이다. 내가 적합하다 생각하는 일을 할 것이다. 내가 왕이야. 내가 지배하고, 제이미 경은 복종하는 거다."

제이미는 그제야 이해했다. 그에게 하얀 망토를 선사한 것은 그의 검술이나 기마 창 실력도 아니고, 왕의 숲 형제단을 상대로 벌인 무용 때문도 아니었다. 아에리스가 그를 선택한 것은 그의 아버지를 괴롭히기 위해서였고, 타이윈 공의 후계자를 강탈하기 위해서였다.

이렇게 세월이 흐른 지금도 그 생각을 하면 쓰라렸다. 그리고 그날, 새로 얻은 하얀 망토를 두르고 빈 성을 지키러 남쪽으로 달려가던 그때는 거의 견딜 수 없을 지경이었다. 할 수만 있다면 그때 그 자리에서 망토를 뜯어버렸을 테지만, 너무 늦었었다. 그는 왕국 절반 앞에서 서약을 했고, 킹스가드는 평생 복무했다.

콰이번이 다가왔다. "손 때문에 힘드십니까?"

"손이 없어서 힘드네." 아침이 제일 힘들었다. 꿈속에서 제이미는 온전한 몸이었고, 새벽마다 반쯤 깬 채로 손가락이 움직이는 느낌을 받았다. '그건 악몽이었어.' 그의 일부는 아직도 사실을 믿으려 들지 않고 속삭이곤 했다. '악몽이었을 뿐이야.' 하지만 그러다가 그는 눈을 떴다.

"어젯밤에 찾아간 사람이 있었을 텐데요. 즐거우셨으리라 믿습니다만?" 콰이번이 말했다.

제이미는 서늘한 눈으로 그를 보았다. "그 여자는 누가 보냈는지 말하지 않더군."

학사는 겸손하게 미소 지었다. "열도 거의 가셨으니, 약간의 운동을 즐기시지 않을까 싶었습니다. 피아는 꽤 기교가 좋지 않던가요? 그리고 참으로…… 적극적이지요."

확실히 그렇기는 했다. 그 여자는 제이미가 아직 꿈을 꾸고 있나 생각했을 정도로 빠르게 방으로 들어와서 옷을 벗어젖혔다.

그는 그 여자가 담요 안으로 들어와서 그의 성한 손을 잡아 자기 가슴에 올리고 나서야 발기했다. 꽤 귀여운 성격이기도 했다. "저는 경께서 휀트 공의 마상 시합에 와서 왕에게 망토를 하사받으셨을 때 어린 여자애였답니다." 그 여자는 그렇게 고백했다. "하얗게 차려입으신 모습이 어찌나 잘생겼던지. 게다가 모두가 경이 얼마나 용감한 기사인지 말했지요. 전 가끔 다른 남자와 있을 때 눈을 감고 제 위에 있는 게 매끈한 피부에 금빛 곱슬머리를 지닌 경이라고 상상한답니다. 하지만 당신을 얻게 될 줄은 생각지도 못했어요."

그 후에 그 여자를 내보내기는 쉽지 않았지만, 제이미는 그래도 내보냈다. '나에겐 여자가 있어.' 그는 스스로를 일깨웠다. "거머리 치료를 해주는 사람마다 여자를 보내나?" 그는 콰이번에게 물었다.

"바고 공이 제게 여자들을 보내는 일이 더 많지요. 바고 공은 그…… 전에 제게 검사를 받고 싶어 합니다. 뭐랄까, 예전에 현명하지 못한 사랑을 한 적이 있어서 다시는 그러고 싶어 하지 않는다고 해둘까요. 하지만 걱정 마십시오, 피아는 아주 건강합니다. 타스의 처녀도 그렇고요."

제이미는 그를 쏘아보았다. "브리엔느 말인가?"

"예. 튼튼한 처녀더군요. 아직 숫처녀 그대로고요. 적어도 어젯밤까지는요." 콰이번은 쿡쿡 웃었다.

"바고가 브리엔느를 검사하라고 보냈다고?"

"맞습니다. 바고 공은…… 깐깐하다고 해둘까요?"

"몸값 때문인가?" 제이미가 물었다. "그 여자 아버지가 딸이 아직 숫처녀라는 증거를 요구하나?"

"못 들으셨습니까?" 콰이번은 어깨를 으쓱였다. "셀윈 공이 보낸 까마귀를 받았습니다. 제가 보낸 편지에 대한 답장이었지요. 저녁 별 셀윈 공은 딸을 안전하게 돌려보내면 금화 300닢을 주겠다고 제안했습니다. 제가 바고 공에게 타스에는 사파이어가 없다고 했는데, 들으려고 하질 않아요. 저녁 별이 자길 속이려 한다고 믿고 있습니다."

"금화 300닢이면 기사 한 명 몫으로는 상당한 몸값이야. 염소는 받을 수 있는 걸 받아야 해."

"그 염소는 하렌홀의 영주이고, 하렌홀의 영주는 흥정을 하지 않습니다."

예상했어야 하는 소식인데도 짜증이 났다. '그 거짓말 덕분에 한동안은 무사했잖아, 계집. 그 정도로 고마워하라고.' "그 여자의 처녀막이 나머지 부분만큼 단단하다면 염소가 뚫고 들어가려다가 거시기를 부러뜨릴걸." 그는 농담을 했다. 제이미는 브리엔느가 강간 몇 번쯤 당해도 살아남을 만큼 강하다고 판단했지만, 너무 심하게 저항하면 바고 호트가 그 여자의 손과 발을 자르기 시작할 터였다. '그렇다 한들 내가 무슨 상관이야? 그 계집이 멍청하게 굴지 말고 내 사촌의 장검을 쥐게 해줬다면 나도 아직 손이 붙어 있을지 모르는데.' 싸움이 붙었을 때 첫 번째 검격으로 그 여자의 다리를 자를 뻔하기는 했지만, 그 후에 브리엔느는 생각 이상의 실력을 보여주었다. '바고 호트는 그 여자가 얼마나 괴이하게 강한지 모를 거야. 조심하는 게 좋을걸. 안 그러면 그 여자가 그 앙상한 목을 꺾어버릴 테니까. 얼마나 달콤한 일이겠어?'

콰이번을 상대하는 데 지쳤다. 제이미는 말을 빨리 몰아 대열 앞으로 향했다. 네이지라는 이름의 작고 둥그런 북부인이 화평 깃발을 들고 강철 정강이 앞을 달리고 있었다. 칠각별을 얹은 깃대에 일곱 개의 긴 꼬리를 늘어뜨린 무지개색 줄무늬 깃발이었다. 그는 월튼에게 물었다. "북부인들은 다른 종류의 화평 깃발을 써야 하지 않나? 일곱 신이 당신들에게 무슨 의미가 있지?"

"일곱 신은 남부인의 신이지요. 하지만 우리가 경을 아버님에게 안전하게 데려가기 위해 필요로 하는 것도 남부인의 평화니까요."

'내 아버지라.' 제이미는 타이윈 공이 아들의 썩어버린 손이 있든 없든 상관없이 염소의 몸값 요구를 받아들였을까 궁금했다. '검을 잡는 손을 잃은 검사가 무슨 가치가 있지? 캐스털리록의 금 절반? 금화 300닢? 아니면 아무 가치도 없을까?' 그의 아버지는 결코 감상에 과하게 흔들리는 법이 없었다. 타이윈 라니스터의 아버지인 타이토스 경이 언젠가 제멋대로 구는 휘하 봉신 타벡 공을 잡아 가둔 적이 있었다. 경외할 만한 상대였던 타벡 부인은 그 대답으로 라니스터 세 명을 붙잡았고, 그중 하나가 타이윈 공과 약혼한 조안나의 형제인 젊은 스태퍼드였다. "내 사랑하는 남편을 돌려보내지 않으면 그이가 해를 입는 만큼 이 세 명이 당하게 될 거예요." 부인은 캐스털리록에 그렇게 써 보냈다. 젊은 타이윈은 아버지에게 타벡 공을 세 조각 내서 돌려보내라고 했다. 그러나 타이토스 경은 타이윈보다 온화한 사자였기에, 타벡 부인은 멍청한 남편을 몇 년 더 데리고 살았고 스태퍼드는 결혼하고 자식을 두고 실수를 저지르며 옥스크로스 전투 때까지 살았다. 그래도 타이윈 라니스터는 캐스털리록처럼 버텨냈다. '그리고 이제 난쟁이만이 아니라 팔 병신 아들까지 두게 됐군요, 아버지. 얼마나 싫어하실까……'

그들을 이끌어 간 길은 불타버린 마을을 통과했다. 타버린 지 1년 이상되었으리라. 오두막집들은 지붕을 잃고 새까맣게 타버렸지만, 주위를 둘러싼 들판에는 잡초가 허리까지 자라 있었다. 강철 정강이가 멈춰 서서 말에게 물을 먹여도 좋다고 외쳤다. '여기도 알아.' 제이미는 우물가에서 기다리며 생각했다. 지금은 주춧돌 몇 개와 굴뚝만 남은 자리에 작은 여관이 하나 있었고, 제이미는 그곳에 에일을 한잔하러 들어갔었다. 검은 눈의 하녀가 치즈와 사과를 가져왔지만, 여관 주인은 돈을 받지 않으려 했다. "킹스가드 기사님을 제 지붕 아래 모시다니 영광입니다." 그 남자는 그렇게 말했었다. "제가 손주들에게 말해줄 이야깃거리죠." 제이미는 잡초를 뚫고 튀어나온 굴뚝을 보며 그 여관 주인이 손주들을 두기는 했을까 생각했다. '손주들에게 언젠가 킹슬레이어가 자기 에일을 마시고 치즈와 사과를 먹었다고 했을까, 아니면 나 같은 놈을 먹였다는 사실도 인정하기 부끄러워했을까?' 제이미가 답을 알게 될 가능성은 없었다. 그 여관을 태운 게 누구든 간에 손주들도 죽였을 테니까.

허깨비 손가락이 꽉 쥐어지는 느낌이 들었다. 강철 정강이가 불을 피우고 음식을 먹는 게 좋겠다고 하자 제이미는 고개를 저었다. "난 여기가 싫어. 계속 달리지."

해 질 무렵까지 그들은 호수를 떠나 참나무와 느릅나무 숲을 통과하는 바큇자국 길을 따라갔다. 강철 정강이가 야영지를 만들기로 결정했을 때는 제이미의 팔이 욱신거리고 있었다. 고맙게도 콰이번이 드림와인 한 부대를 가져왔다. 월튼이 파수를 세우는 동안 제이미는 불가에 팔다리를 뻗고 누워 돌돌 만 곰 가죽을 나무 그루터기에 올려 베개로 삼았다. 그 계집이라면 기운을 내기 위해 먹고 나서 자야 한다고 했겠지만, 배고픔보다는 피곤이 심했다. 그는 눈을 감고 세르세이의 꿈을 꾸길 빌었다. 열에 들뜬 꿈은 언제나 정말 생생해서…….

그는 벌거벗은 채 홀로 서서 적에게 둘러싸여 있었고, 사방에서 돌벽이 짓눌러왔다. '캐스털리록이야.' 그는 알았다. 머리 위로 그 어마어마한 무게를 느낄 수 있었다. 그는 집에 있었다. 온전한 몸으로 집에 있었다.

그는 오른손을 들어 올려 손가락을 쥐었다 펴면서 힘이 깃드는지 확인했다. 섹스만큼이나 기분이 좋았다. 검술 시합만큼 좋았다. '네 손가락과 엄지까지.' 손이 잘리는 꿈을 꿨지만 그건 사실이 아니었다. 안도감에 현기증이 났다. '내 손, 내 멀쩡한 손.' 몸만 멀쩡하다면 아무것도 그를 해칠 수 없었다.

주위를 둘러싼 크고 어두운 십여 개의 형체는 고깔 모양 두건이 달린 로브로 얼굴을 감추고 있었다. 손에는 창이 들려 있었다. "너희는 누구지?" 그는 그들에게 물었다. "캐스털리록에는 무슨 볼일이냐?"

그들은 답하지 않고 그저 창끝으로 그를 찌르기만 했다. 그들이 미는 대로 내려갈 수밖에 없었다. 그는 꼬불꼬불한 통로를 따라, 바위를 통째로 깎아 만든 좁은 계단을 내려가고 또 내려갔다. '난 올라가야 해. 내려갈 게 아니라 올라가야 해. 왜 내가 내려가고 있지?' 그는 꿈속 특유의 확신으로 땅속에 그의 파멸이 기다리고 있음을 알았다. 그곳에는 뭔가 어둡고 무시무시한 것이, 그를 원하는 무엇인가가 도사리고 있었다. 제이미는 멈춰 서려 했지만, 창끝이 그를 찔러 계속 걷게 만들었다. '내 장검만 손에 있다면 아무것도 날 해칠 수 없을 텐데.'

계단이 갑자기 끝나고 메아리가 울리는 어둠이 나왔다. 제이미는 앞에 거대한 공간이 있음을 느꼈다. 그는 돌연 멈춰서 허공 가장자리에서 비틀거렸다. 창끝이 그의 등을 찔러 심연으로 내몰았다. 그는 고함을 질렀지만, 추락은 짧았다. 그는 부드러운 모래와 얕은 물에 손발을 짚고 착지했다. 캐스털리록 아래 깊은 곳에는 물이 흐르는 동굴이 있었지만, 이 장소는 낯설었다. "여긴 어디지?"

"네가 있을 곳." 목소리가 메아리쳤다. 백 개의 목소리, 천 개의 목소리, 여명기에 살았던 영리한 란 이후 살아온 모든 라니스터들의 목소리였다. 하지만 대부분은 아버지의 목소리였고, 타이윈 공 곁에는 창백하고 아름다운 모습으로 타오르는 횃불을 손에 든 누이가 서 있었다. 그들이 함께 만든 아들 조프리도 있었고, 그 뒤에는 금발의 어두운 형체 십여 명이 더

서 있었다.

"누이야, 아버지가 왜 우릴 여기로 데려왔지?"

"우리? 여긴 네가 있을 곳이야, 형제. 이건 너의 어둠이야." 동굴에 불빛이라곤 그녀의 횃불뿐이었다. 그녀의 횃불이 세상의 유일한 빛이었다. 그녀는 떠나려고 몸을 돌렸다.

"나와 함께 있어줘." 제이미는 간청했다. "날 여기 혼자 버려두지 마." 하지만 그들은 떠나가고 있었다. "날 어둠 속에 버려두지 마!" 이 아래엔 뭔가 끔찍한 게 살았다. "최소한 검이라도 줘."

"검이라면 이미 줬다." 타이윈 공이 말했다.

그의 발치에 장검이 있었다. 제이미는 물속을 더듬어 칼자루를 쥐었다. '검만 있으면 아무것도 날 해치지 못해.' 장검을 들어 올리자 끝에 흰 불길이 피어오르더니 검날을 따라 번지다가 칼자루에서 한 뼘을 남기고 멈췄다. 강철 그 자체의 색깔을 띠었으며 은청색으로 타는 그 불 덕분에 어둠이 밀려났다. 제이미는 몸을 웅크리고 귀를 기울이며, 어둠 속에서 무엇이 튀어나올지에 대비한 채 원을 그리며 움직였다. 장화 속으로 흘러드는 물은 발목까지 올라왔고 심하게 차가웠다. '물을 조심해.' 그는 스스로에게 말했다. '그 안에 뭐가 살지 몰라. 깊이 숨겨진……'

뒤에서 커다란 물보라 소리가 일었다. 제이미는 그 소리를 향해 몸을 홱 돌렸지만…… 희미한 빛에 드러난 것은 무거운 사슬에 두 손이 묶인 타스의 브리엔느일 뿐이었다. 그 여자는 고집스럽게 말했다. "난 당신을 안전하게 지키겠다고 맹세했어. 맹세를 했다고." 그녀는 벌거벗은 채 두 손을 제이미에게 들어 올렸다. "부탁이오, 경. 괜찮다면."

쇠사슬이 비단 자락처럼 갈라졌다. "검을." 브리엔느가 간청했고, 그러자 검집과 검대까지 갖춘 장검이 나타났다. 그녀는 굵은 허리에 검대를 찼다. 빛이 너무 흐려서, 제이미는 얼마 떨어지지 않은 곳에 서 있는데도 그녀를 잘 볼 수 없었다. '이런 빛 속에서 보니 거의 미녀처럼 보이는걸.' 그는 생각했다. '이 빛 속에서는 기사처럼 보이기도 해.' 브리엔느의 장검 역시 불이 붙더니 은청색으로 불탔다. 어둠이 조금 더 물러났다.

"그 불길은 네가 살아 있는 한 타오를 거야." 세르세이의 외침이 들렸다. "그 불길이 죽으면 너도 죽는 거야."

"누이야!" 그는 고함쳤다. "내 곁에 있어다오. 내 곁에!" 대꾸 없이 멀어지는 조용한 발소리만 들렸다.

브리엔느는 장검을 앞뒤로 움직이며 은색 불길이 일렁이고 변화하는 모습을 지켜보았다. 그 발밑의 잔잔한 검은 수면에 불타는 검이 비쳐 보였다. 그녀는 제이미의 기억대로 크고 강했지만, 어쩐지 지금은 좀 더 여성스러운 몸으로 보였다.

"이 밑에 곰을 키우나?" 브리엔느는 장검을 쥔 채 걸음을 딛고, 몸을 돌리고, 귀를 기울이며 조심스럽게 천천히 움직였다. 한 걸음 옮길 때마다 작게 물보라가 일었다. "동굴 사자? 다이어울프? 곰? 말해주시오, 제이미. 여기엔 뭐가 살지? 어둠 속에 뭐가 살지?"

"파멸이야." 그는 곰도 없고 사자도 없다는 것을 알고 있었다. "파멸뿐이야."

두 개의 장검이 내뿜는 서늘한 은청색 빛 속에서 그 덩치 큰 계집은 창백하고 사나워 보였다. "여기가 마음에 들지 않는군."

"나도 마음에 들지 않아." 그들의 검날이 작은 빛의 섬을 만들었지만, 주위에는 끝없는 어둠의 바다가 펼쳐져 있었다. "발이 젖잖아."

"놈들이 우리를 데려온 길로 돌아갈 수 있을 거요. 내 어깨에 올라서면 터널 입구에 손이 닿을 거요."

'그러면 난 세르세이를 따라갈 수 있겠지.' 생각만으로도 성기가 단단해지는 것을 느낄 수 있었기에, 그는 브리엔느가 보지 못하게 몸을 돌렸다.

"들어봐요." 그녀가 그의 어깨에 손을 얹자 그는 갑작스러운 접촉에 몸을 떨었다. '따뜻하군.' "뭔가 오고 있소." 브리엔느가 장검을 들어 올려 그의 왼쪽을 가리켰다. "저기."

그는 그게 보일 때까지 어둠 속을 노려보았다. 어둠 속에서 뭔가가 움직이고 있었는데, 제대로 알아볼 수가 없었다…….

"말을 탄 남자가 하나. 아니, 둘이군. 기수 둘이 나란히 서 있소."

"여기, 캐스털리록 밑에서?" 말이 되지 않았다. 그럼에도 하얀 말을 탄 기수 둘이 나타났다. 사람이나 말이나 갑옷을 걸치고 있었다. 두 마리 군마는 느린 걸음으로 어둠 속에서 나왔다. 제이미는 그들이 아무 소리도 내지 않는다는 사실을 깨달았다. 물이 튀는 소리도, 갑옷이 철컹거리는 소리도, 말발굽 소리도 없었다. 그는 침묵 속에서 아에리스의 알현실로 달려오던 에다드 스타크를 떠올렸다. 그때도 눈만 말을 했었다. 판단을 다 끝낸 차가운 회색 눈동자, 영주의 눈동자.

"스타크, 당신인가?" 제이미가 외쳤다. "어디 와봐. 살아 있을 때도 당신이 무서웠던 적은 없으니, 죽은 후에도 무섭지 않아."

브리엔느가 그의 팔을 잡았다. "더 있어."

제이미도 보았다. 그들은 모두 눈으로 만든 갑옷을 입은 것처럼 보였고, 어깨 뒤로 안개 끈이 휘날렸다. 투구의 면갑은 닫혀 있었지만, 제이미 라니스터는 그들의 얼굴을 보지 않아도 누구인지 알 수 있었다.

다섯 명은 과거 그의 형제들이었다. 오스웰 휀트와 존 대리. 도르네의 공자 르윈 마르텔. 하얀 황소 제럴드 하이타워. 아침의 검 아서 데인 경. 그리고 그 옆에는 안개와 비탄으로 이루어진 왕관을 쓰고 긴 머리카락을 흩날리는 라에가르 타르가르옌이, 드래곤스톤의 왕자이며 철왕좌의 정당한 계승자가 왔다.

"너희들에게는 겁 안 나." 그는 상대가 양쪽으로 갈라지자 몸을 돌리며 외쳤다. 어느 쪽을 마주 봐야 할지 알 수 없었다. "하나씩이든 한꺼번에든 싸우지. 하지만 저 여자와는 누가 싸울 거야? 빼놓으면 화낼 텐데."

"난 이 사람을 안전하게 지키겠다고 맹세했소." 브리엔느가 라에가르의 그림자에게 말했다. "난 성스러운 맹세를 했어요."

"우리 모두가 맹세를 했다." 아서 데인 경이 너무도 슬픈 목소리로 말했다.

그림자들이 유령 말에서 내려섰다. 그들이 장검을 뽑자 아무 소리도 나지 않았다. "아에리스는 도시를 불태우려고 했어. 로버트에게 잿더미만 남기려고." 제이미가 말했다.

"그분은 너의 왕이었다." 대리가 말했다.

"너는 그분을 안전하게 지키겠다고 맹세했다." 휀트가 말했다.

"그리고 아이들도, 아이들에 대해서도." 르윈 공자가 말했다.

라에가르 왕자는 차가운 빛을 내며 타올랐다. 하얀 빛도, 붉은 빛도 아닌 어두운 빛이었다. "난 네 손에 내 아내와 아이들을 맡겼다."

"아버지가 그 아이들을 해칠 거라곤 생각도 못 했어." 제이미의 장검에 타오르던 빛이 약간 희미해졌다. "난 왕과 같이 있었고……."

"왕을 죽이고 있었지." 아서 경이 말했다.

"왕의 목을 긋고 있었어." 르윈 공자가 말했다.

"네가 목숨을 바치겠다고 맹세한 왕을." 하얀 황소가 말했다.

칼날을 따라 타오르던 불이 꺼져갔고, 제이미는 세르세이가 했던 말을 기억했다. '안 돼.' 공포가 그의 목을 움켜쥐었다. 그러더니 검이 꺼져버렸고, 브리엔느의 장검만 타오르는 가운데 유령들이 달려들었다.

"안 돼. 안 돼, 안 돼, 안 돼. 안 돼애애애애애애!"

쿵쾅거리는 심장으로 퍼뜩 깨어나고 보니 별이 빛나는 밤의 숲속이었다. 입안에 쓴 물이 느껴졌고, 덥고도 추웠으며, 식은땀을 흘리며 덜덜 떨고 있었다. 오른손을 내려다보니 손목이 보기 흉한 단면을 둘둘 감은 가죽과 리넨 천으로 끝나 있었다. 갑자기 눈물이 솟아올랐다. '분명히 느꼈어. 손가락에 힘이 들어가는 걸 느꼈다고. 장검 손잡이의 거칠거칠한 가죽도 느껴졌고. 내 손이……'

"경." 콰이번이 자애로운 얼굴에 걱정스럽다는 듯 주름을 잔뜩 잡은 채 옆에 무릎을 꿇고 앉았다. "무슨 일입니까? 소리 지르시는 걸 들었는데요."

강철 정강이 월튼은 완고한 얼굴로 두 사람을 내려다보고 서 있었다. "무슨 일입니까? 왜 비명을 지른 거예요?"

"꿈이야……. 꿈이었을 뿐이야." 제이미는 잠시 갈피를 잃고 주위 야영지를 보았다. "난 어둠 속에 있었지만, 손이 돌아와 있었어." 그는 잘린 팔을 보고 다시 구역질을 느꼈다. '캐스털리록 지하에 그런 곳은 없어.' 배 속은 텅 빈 채로 아팠고, 나무 그루터기를 베고 잤던 머리는 쿵쿵거렸다.

콰이번이 그의 이마를 만졌다. "아직 열감이 있군요."

"열에 들뜬 꿈이었지." 제이미는 손을 뺐다. "도와줘." 강철 정강이가 그의 성한 손을 잡고 일으켜 세웠다.

"드림와인을 한 잔 더 드릴까요?" 콰이번이 물었다.

"아니, 오늘 밤에 꿈은 충분히 꿨네." 그는 동이 트려면 얼마나 남았을까 생각했다. 어쩐지 눈을 감으면 다시 그 어둡고 축축한 곳으로 돌아가게 되리라는 것을 알고 있었다.

"그러면 양귀비즙은 어떻습니까? 그리고 열을 가라앉힐 약은요? 아직 몸이 약하십니다. 주무셔야 해요. 쉬셔야 합니다."

'그럴 생각은 전혀 없어.' 달빛이 제이미가 머리를 대고 누웠던 나무 그루터기를 희게 빛냈다. 이끼가 하도 두껍게 앉아서 미처 알아차리지 못했는데, 이제 보니 하얀 나무였다. 윈터펠이, 그리고 네드 스타크의 심장 나무가 생각났다. '스타크는 아니었어. 절대 그자는 아니었어.' 그렇게 생각했지만,

베인 나무는 죽었고 스타크도 다른 모두도 죽었다. 라에가르 왕자와 아서 경과 아이들. 그리고 아에리스. 아에리스는 특히나 확실히 죽었다. "유령을 믿나, 학사?" 그는 콰이번에게 물었다.

학사의 얼굴이 이상해졌다. "예전에 시타델에서 우연히 빈방에 들어갔다가 빈 의자를 보았지요. 그러나 몇 분 전에 어떤 여자가 그곳에 있었다는 걸 알았습니다. 그 여자가 앉았던 자리 쿠션이 움푹 들어가 있었고, 천은 아직 따뜻했으며, 그 여자의 향기가 남아 있었거든요. 우리가 방을 떠날 때 향기를 남긴다면, 우리가 이 삶을 떠날 때 영혼의 일부도 남겠지요?" 콰이번은 두 손을 펼쳤다. "하지만 최고학사들은 제 생각을 싫어했지요. 흠, 마르윈은 마음에 들어 했지만, 그분 하나뿐이었습니다."

제이미는 손가락으로 머리를 빗어 넘겼다. "월튼, 말에 안장을 얹게. 돌아가고 싶군."

"돌아가요?" 강철 정강이는 의혹이 가득한 눈으로 그를 보았다.

'내가 미쳤다고 생각하는군. 미쳤는지도 몰라.' "하렌홀에 두고 온 게 있어."

"지금 하렌홀은 바고 공의 것입니다. 바고 공과 피투성이가 극단요."

"자네 병력이 두 배는 되잖아."

"제가 명받은 대로 경을 아버님에게 데려가지 않으면, 볼턴 공이 제 껍질을 벗기실 겁니다. 킹스랜딩으로 계속 갑니다."

예전의 제이미라면 미소와 위협으로 맞받아쳤겠지만, 외팔이 불구자는 두려움을 일으키기 힘들었다. 그는 동생이라면 어떻게 할지 생각했다. '티리온이라면 방법을 찾아냈겠지.' "라니스터는 거짓말을 한다네, 강철 정강이. 볼턴 공이 얘기 안 해주던가?"

상대는 의심스럽게 얼굴을 찌푸렸다. "했다면요?"

"날 하렌홀까지 데려가주지 않으면, 내가 아버지에게 부를 노래는 드레드포트의 영주가 듣고 싶어 하던 노래가 아닐 수도 있어. 심지어는 볼턴이 내 손을 자르라고 명했고, 강철 정강이 월튼이 칼을 휘둘렀다고 말할지도 모르지."

월튼은 그를 빤히 쳐다보았다. "사실이 아닙니다."

"사실이 아니지만, 내 아버지가 누굴 믿을까?" 제이미는 미소 지었다. 세상 그 무엇도 무섭지 않던 시절에 웃던 대로 웃으려 했다. "그냥 돌아가는 편이 훨씬 쉬울 거야. 금세 다시 길을 떠날 것이고, 킹스랜딩에 가면 자네가 두 귀로 듣고도 못 믿을 만큼 달콤한 노래를 불러주지. 자네는 감사의 뜻으로 여자도 얻고, 두툼한 금화 지갑도 받게 될 거야."

"금화요?" 월튼은 그 말에 솔깃했다. "얼마나 많이요?"

'잡았군.' "왜, 얼마나 원하나?"

그리고 해가 뜰 무렵에 그들은 하렌홀까지 절반을 돌아간 상태였다.

제이미는 전날보다 더 말을 재촉했고, 강철 정강이와 북부인들은 그 속도에 맞출 수밖에 없었다. 그래도 그들이 호숫가 성에 도착했을 때는 정오 무렵이었다. 비를 예고하며 어두워져 가는 하늘 아래 거대한 성벽과 다섯 개의 거대한 탑이 어둡고 불길한 모습으로 서 있었다. '죽은 성 같군.' 성벽은 텅 비었고, 성문은 다 닫아서 빗장을 질러놓았다. 하지만 옹성 높은 곳에 깃발 하나가 늘어져 있었다. '코호르의 검은 염소야.' 제이미는 손을 입가에 대고 외쳤다. "거기 너! 성문을 열어라, 안 그러면 내가 걷어차서 부순다!"

콰이번과 강철 정강이까지 거들고 나선 후에야 위쪽 성곽에 머리통이 하나 나타났다. 그 남자는 눈을 크게 뜨고 그들을 내려다보다가 사라졌다. 잠시 후에 쇠창살문이 올라가는 소리가 들렸다. 성문이 열리고, 제이미 라니스터는 말에 박차를 가해 벽을 통과했다. 살인 구멍 밑을 지날 때도 거의 신경 쓰지 않았다. 그는 염소가 그들을 들여보내지 않을지도 모른다고

걱정하고 있었는데, 아무래도 용감한 형제단은 아직까지 그들을 동맹으로 생각하는 모양이었다. '바보들.'

외벽 안뜰에는 아무도 없었다. 생명의 흔적이라도 보이는 곳은 석판 지붕을 얹은 긴 마구간뿐이었는데, 제이미가 지금 관심을 둔 것은 말들이 아니었다. 그는 고삐를 당기고 주위를 둘러보았다. '유령의 탑' 뒤쪽 어딘가에서 소리가 들리고, 남자들이 대여섯 가지 언어로 고함을 치고 있었다. 강철정강이와 콰이번이 제이미 양쪽으로 다가왔다. "찾으러 온 걸 찾아서 다시떠납시다." 월튼이 말했다. "피투성이 극단과 부딪치고 싶지 않습니다."

"부하들에게 칼자루에서 손을 떼지 말라 이르면, 극단 놈들도 자네들과부딪치려 하지 않을 거야. 2대 1이라는 거 기억하나?" 멀리서 들려온, 희미하지만 흉포한 포효에 제이미의 고개가 홱 돌아갔다. 그 포효는 하렌홀의성벽에 부딪쳐 메아리쳤고, 웃음소리가 바다처럼 밀려왔다. 그는 갑자기 무슨 일이 벌어지고 있는지 깨달았다. '우리가 너무 늦게 온 건가?' 배 속이뒤집혔다. 그는 말에 박차를 가해 전속력으로 외벽 안뜰을 가로지르고 아치형 돌다리 아래를 지나 '통곡의 탑'을 돌고 흐름돌 마당을 통과했다.

그자들이 그녀를 곰 구덩이에 넣어놓았다.

검은 왕 하렌은 곰 놀리기 놀이조차 사치스럽게 하고 싶어 했다. 곰 구덩이는 너비가 10여 미터에 깊이가 5미터에 가까웠고, 벽은 돌로 대고 바닥에는 모래를 깔았으며 대리석으로 만든 장의자를 6단으로 둘러쌌다. 제이미는 서툴게 말에서 내리면서 용감한 형제단이 그 자리를 4분의 1밖에 채우지 못했다는 사실을 알아보았다. 다들 아래에서 벌어지는 광경에 열중한나머지 구덩이 건너편에 앉은 용병들 말고는 아무도 그들의 도착을 알아차리지 못했다.

브리엔느는 루스 볼턴과 저녁을 먹을 때 입었던 어울리지 않는 가운을그대로 입고 있었다. 방패도, 흉갑도, 사슬 갑옷도, 심지어는 가죽 갑옷도 없이 분홍색 새틴과 미르산 레이스뿐이었다. 염소 놈이 그 여자를 여자처럼 입혀놓는 편이 더 재미있다고 생각했는지도 몰랐다. 가운은 절반이 너덜너덜해져서 늘어졌고, 브리엔느의 왼팔은 곰이 긁어놓은 자리에서 피를 떨어뜨리고 있었다.

'그래도 검은 쥐어줬군.' 그 여자는 한 손으로 검을 쥐고 옆으로 움직이며 곰과 거리를 벌리려 하고 있었다. '소용없어. 경기장이 너무 작아. 공격해서 빨리 끝내야 해. 질 좋은 강철이라면 어떤 곰과도 상대가 된다고.' 하지만 그 여자는 접근전을 두려워하는 것 같았다. 피투성이 극단이 그녀에게 모욕과 음탕한 제안을 비처럼 쏟아냈다.

"이건 우리가 상관할 바가 아닙니다." 강철 정강이가 제이미에게 경고했다. "볼턴 공이 저 계집은 저들 것이니, 좋을 대로 하라고 했어요."

"저 여자 이름은 브리엔느야." 제이미는 내려가면서 화들짝 놀란 용병 십여 명을 지나쳤다. 바고 호트는 제일 아래 단의 영주용 좌석을 차지하고 있었다. "바고 공." 그는 소란 속에서 외쳤다.

코호르인은 마시던 와인을 뱉을 뻔했다. "킹쓸레이어?" 바고 호트는 얼굴 왼쪽에 얼기설기 붕대를 감고 있었는데, 귀 위를 덮은 천에 핏자국이 비쳤다.

"저기서 저 여자를 끌어내."

"넌 빠져, 킹쓸레이어. 어딜 또 잘리고 씹지 않다면." 그는 와인 잔을 내저었다. "네 잡년이 내 귀를 물어뜯었어. 저년 애비가 몸값을 제대로 안 내려는 것도 당연하지."

제이미는 함성 소리에 뒤를 돌아보았다. 그 곰은 키가 2미터 50센티미터였다. '털가죽을 쓴 그레고르 클리게인이로군.' 그는 생각했다. '하지만 그놈보다 더 똑똑한 것 같은데.' 그래도 그 곰은 괴물 같은 대검을 휘두르는 산더미처럼 공격 거리가 길지 않았다.

곰은 격노해서 소리를 지르며 커다란 누런 이빨이 가득한 입안을 보였다가 다시 네 다리로 내려서서 곧장 브리엔느에게 돌격했다. '기회야. 공격해! 지금!' 제이미는 생각했다.

그러나 브리엔느는 칼끝으로 무력하게 쿡 찌르기만 했다. 곰은 주춤했다가 우르르 소리를 내며 다시 전진했다. 브리엔느는 왼쪽으로 미끄러져서 곰의 얼굴을 다시 찔렀다. 이번에는 곰이 앞발을 들어 올려 검을 쳐냈다.

'조심스럽군.' 제이미는 깨달았다. '다른 인간과 싸워본 거야. 검과 창에 다칠 수 있다는 걸 알아.' 하지만 그렇다고 오래 물러서지는 않을 것이다. "죽여버려!" 제이미가 외쳤지만, 그 목소리는 다른 고함 소리 사이에 묻혀버렸다. 브리엔느는 그의 목소리를 들었는지 여부를 드러내지 않았다. 그녀는 벽을 계속 등지고 구덩이 안을 돌았다. '너무 가까워. 저 곰이 브리엔느를 벽에 밀어붙이면……'

곰이 어설프게 몸을 돌렸으나 너무 멀고 너무 빨랐다. 브리엔느가 고양이처럼 잽싸게 방향을 바꿨다. '그래야 내가 기억하는 여자지.' 그녀는 뛰어올라 곰의 등을 내리쳤다. 곰은 포효하며 다시 뒷다리로 일어섰다. 브리엔느는 비틀거리며 물러섰다. '피가 왜 안 보이지?' 그러다가 그는 퍼뜩 이해했다. 제이미는 바고 호트를 돌아보았다. "시합용 검을 줬군."

염소는 껄껄대고 웃으며 와인과 침을 튀겼다. "당연한 쏘리."

"그 망할 몸값 내가 내지. 금이든, 사파이어든, 원하는 걸로 주겠어. 저기서 끌어내."

"저년을 원해? 가써 데려와보든지."

그래서 그는 그렇게 했다.

그는 성한 손을 대리석 난간에 대고 휙 뛰어넘은 후, 모래 바닥을 때리며 몸을 굴렸다. 곰이 쿵 소리를 듣고 몸을 돌리더니 쿵쿵거리며 이 새로운 침입자를 조심스럽게 지켜보았다. 제이미는 한쪽 무릎을 세웠다. '일곱 지옥에 걸고, 이제 어쩐다?' 그는 모래를 가득 쥐었다. "킹슬레이어?" 브리엔느가 놀라서 말했다.

"제이미야." 그는 몸을 일으키며 곰의 얼굴에 모래를 내던졌다. 곰은 허공을 때리며 불길을 뿜듯 포효했다.

"여기서 뭐 하는 거요?"

"멍청한 짓을 하고 있지. 내 뒤로 와." 그는 브리엔느 쪽으로 원을 그리며 그녀와 곰 사이에 끼어들었다.

"당신이 내 뒤로 와요. 내겐 검이 있어."

"칼날도 세우지 않고 끝도 뭉툭한 검이지. 내 뒤로 오라니까!" 그는 모래에 반쯤 묻힌 뭔가를 발견하고 성한 손으로 낚아챘다. 꺼내고 보니 아직 푸르죽죽한 살점이 매달린 데다 구더기가 기어 다니는 사람 턱뼈였다. '멋지군.' 그는 누구 얼굴을 쥐고 있는 걸까 생각했다. 곰이 슬금슬금 접근해 왔기에, 제이미는 팔을 돌려 그 뼈와 살점과 구더기를 곰의 머리 쪽으로 던졌다. 거의 1미터는 빗나갔다. '이렇게 쓸모가 없어서야, 왼팔도 잘라버려야겠군.'

브리엔느가 뛰어서 앞으로 나서려 했지만, 제이미가 다리를 걸어차자 쓸모없는 검을 쥔 채 모래밭에 쓰러졌다. 제이미가 그 몸을 넘어가는데 곰이 돌진해 왔다.

텅 소리가 나더니 곰의 왼쪽 눈 밑에 깃털 달린 화살이 돋아났다. 곰의 쩍 벌린 입에서 피와 침이 흐르고, 화살이 또 하나 다리에 박혔다. 곰은 뒷발로 서서 포효하더니, 제이미와 브리엔느를 다시 보고 그쪽으로 절뚝거리며 다가가려 했다. 노궁 몇 개가 더 발사되고, 화살이 털과 살을 갈랐다. 이렇게 가까운 거리에서라면 궁수들이 못 맞힐 수가 없었다. 화살이 철퇴처럼 몸을 때리는데도 곰은 또 한 걸음을 옮겼다. '저 가엾은, 멍청하고 용감한 놈.' 곰이 팔을 휘두르자 제이미는 고함을 치고 모래를 걸어차며 춤추듯 옆으로 피했다. 곰은 자기를 괴롭히는 놈을 따라가려다가 등에 또 화살을 두 대 맞았다. 곰은 마지막으로 울부짖고 나서 털썩 주저앉더니, 피에 물든 모래밭에 뻗어 죽었다.

브리엔느는 장검을 움켜쥐고 짧고 불규칙하게 호흡하며 다시 무릎을 세웠다. 강철 정강이의 궁수들이 노궁을 다시 감아 재준비하는 사이 피투성이 극단은 저주와 협박의 말을 외쳤다. 제이미는 로지와 세 발가락이 장검을 뽑아 들고, 졸로가 채찍을 푸는 것을 보았다.

"네놈이 내 곰을 죽였어!" 바고 호트가 날카롭게 외쳤다.

"그리고 날 방해하면 너도 똑같이 해주마." 강철 정강이가 맞받아쳤다. "저 계집은 우리가 데려간다."

제이미가 말했다. "저 여자 이름은 브리엔느야. 타스의 처녀 브리엔느. 그러고 보니 아직 처녀겠지?"

그녀의 넙데데하고 못생긴 얼굴이 새빨개졌다. "그렇소."

"아, 다행이군. 난 처녀만 구하거든." 제이미는 바고 호트에게 말했다. "넌 몸값을 받게 될 거야. 우리 둘 몫을 다. 라니스터는 빚을 갚거든. 이제 밧줄을 가져와서 우릴 끌어내."

"집어치워." 로지가 으르렁댔다. "저것들 죽여버려, 호트. 안 그러면 죽도록 후회하게 될 거야!"

코호르인은 망설였다. 그의 부하들 절반은 취했고, 북부인들은 정신이 말짱한 데다 수도 두 배였다. 노궁수 몇 명은 이미 준비를 끝냈다. "끌어 올려." 바고 호트는 그러고 나서 제이미에게 말했다. "내가 자비를 베풀기로 한 거다. 네놈 아버지에게도 전해."

"그러지요, 영주님." '그런다고 너한테 좋을 건 없겠지만.'

강철 정강이 월튼은 하렌홀에서 5리는 멀어져서 성벽에 선 궁수들의 사정거리를 벗어난 후에야 분노를 터뜨렸다. "미쳤습니까, 킹슬레이어? 죽으려고 작정했어요? 아무도 두 손만으로 곰과 싸우진 못해요!"

"맨손 하나에 잘린 팔 하나였지." 제이미는 정확하게 말했다. "하지만 그 곰이 날 죽이기 전에 자네가 곰을 죽일 거라 생각했어. 그러지 않으면 볼턴 공이 오렌지처럼 자네 껍질을 벗겨버릴 테니까, 안 그래?"

강철 정강이는 멍청한 라니스터라고 욕을 퍼붓더니 말에 박차를 가해 대열 앞쪽으로 달려가버렸다.

"제이미 경?" 아직도 지저분한 분홍색 새틴과 찢어진 레이스를 걸친 브리엔느는 여자라기보다는 가운을 걸친 남자처럼 보였다. "고마운 마음이긴 하지만…… 멀리 가 있었을 텐데요. 왜 돌아왔습니까?"

신랄한 답변이 열 가지는 떠올랐고, 뒤로 갈수록 더 잔인한 말이 떠올랐지만, 제이미는 어깨만 으쓱이고 말했다. "당신 꿈을 꿨거든."

# 캐틀린

롭은 어린 왕비에게 세 번 작별 인사를 했다. 한 번은 신과 인간들이 보는 신의 숲, 심장 나무 앞에서였다. 두 번째는 쇠창살문 아래에서였는데, 제인이 롭을 오랫동안 끌어안고 그보다 더 오랫동안 입맞춤을 나눴다. 그리고 마지막으로 텀블스톤을 넘어서 한 시간 후에, 제인이 땀투성이가 되도록 말을 몰아 질주해서 젊은 왕에게 자기도 데려가달라고 청했을 때 다시 한번 작별했다.

캐틀린은 롭이 그 행위에 감동받았지만, 당황하기도 했음을 알아보았다. 습도 높고 흐린 날이었고, 빗방울이 떨어지기 시작했으며, 자기 군대 절반을 앞에 두고 빗속에 서서 눈물에 젖은 어린 아내를 달래려고 행군을 멈추는 것이야말로 롭이 가장 하고 싶지 않을 일이었다. 캐틀린은 그 둘을 지켜보며 생각했다. '롭이 온화하게 말하긴 하지만, 분노가 깔려 있어.'

왕과 왕비가 대화하는 동안 그레이윈드는 두 사람 주위를 끊임없이 배회했다. 물기를 털고 비를 향해 이빨을 드러낼 때만 한 번씩 멈출 뿐이었다. 마침내 롭이 제인에게 마지막으로 입을 맞추고, 그녀를 리버런으로 데리고 돌아가라고 십여 명을 추린 후 다시 말에 오르자, 다이어울프는 장궁으로 쏜 화살처럼 앞으로 달려나갔다.

"제인 왕비님은 정이 많으시군요." 절름발이 로타르 프레이가 캐틀린에게 말했다. "제 누이들과도 비슷합니다. 지금도 로슬린은 춤을 추고 트윈스 주위를 돌면서 '툴리 부인, 툴리 부인, 로슬린 툴리 부인'이라고 노래하고 있을 거라 장담하지요. 내일이면 신부의 망토를 걸쳤을 때 어떨지 그려보려고 리버런의 붉은색과 푸른색 천 조각을 뺨에 대고 있을 테고요." 그는 안장 위에서 몸을 틀어 에드무어를 향해 미소 지었다. "그런데 툴리 공께선 이상하게 조용하시군요. 기분이 어떠십니까?"

"스톤밀에서 전투 나팔 소리를 듣기 직전과 비슷하군요." 에드무어의 말은 반만 농담이었다.

로타르는 기분 좋게 웃어젖혔다. "공의 결혼도 행복한 결말을 맺길 기도합시다."

'그렇게 되지 않는다면 신들의 가호를 빌 수밖에.' 캐틀린은 말 옆구리를 눌러 동생과 절름발이 로타르를 두고 앞으로 달려나갔다.

롭은 제인을 곁에 두고 싶어 했지만, 캐틀린이 리버런에 남아야 한다고 주장했다. 왈더 공이 결혼식에 왕비가 빠진 것을 모욕으로 받아들일지도 모르지만, 왕비가 참석하는 것 또한 다른 종류의 모욕으로 노인의 상처에 소금을 뿌릴 것이다. "왈더 프레이는 혀가 독살스럽고 기억력은 오래가지." 그녀는 아들에게 경고했다. "네가 동맹의 대가로 그 노인의 비난을 버텨낼 만큼 강하다는 점은 의심하지 않는다만, 노인이 거기서 제인을 면전에 두고 모욕할 때도 가만히 앉아 있기에는 네가 네 아버지를 너무 많이 닮았어."

롭은 그 논리를 부인할 수 없었다. '그래도 나에게 골이 났지.' 캐틀린은 지친 심정으로 생각했다. '롭은 벌써부터 제인을 그리워하고, 제인의 부재를 내 탓으로 돌리고 있어. 좋은 조언이었다는 걸 알면서도 그래.'

크래그에서 그녀의 아들과 함께 온 여섯 명의 웨스털링 중에서 곁에 남은 사람은 하나뿐이었다. 왕의 깃발을 든 레이널드 경, 제인의 형제였다. 롭은 타이윈 공에게 포로 교환 동의를 받자마자 제인의 숙부인 롤프 스파이서에게 젊은 마틴 라니스터를 골든투스로 데려가는 임무를 맡겼다. 일은 절묘하게 이루어졌다. 롭은 마틴의 안전에 대한 두려움을 내려놓았고, 갤버트 글로버는 동생인 로벳이 더스큰데일에서 배를 탔다는 소식을 듣고 안심했으며, 롤프 경은 중요하고도 명예로운 일을 맡았고…… 그레이윈드는 다시 왕 옆에 있게 되었다. '있어야 할 곳에.'

웨스털링 부인은 자식들과 함께 리버런에 남았다. 제인, 제인의 여동생 엘레니아, 그리고 남겨진다는 사실에 심하게 불평한 롭의 종자 어린 롤럼까지. 하지만 롤럼을 두고 가는 것 역시 현명한 결정이었다. 이전까지는 올리바 프레이가 롭의 종자였는데, 누이의 결혼식에 참석할 게 분명했다. 그 앞에 자기 자리를 대신한 사람을 내보이는 것은 현명하지 못할 뿐 아니라 친절하지 않은 일이었다. 레이널드 경으로 말하자면, 그는 쾌활한 젊은 기사였고 왈더 프레이가 어떤 모욕을 가하더라도 자신을 자극할 순 없다고 맹세했다. '우리가 참아내야 하는 게 모욕만이기를 기도해야겠지.'

그러나 캐틀린은 두려웠다. 그녀의 아버지는 트라이던트 전투 이후 결코 왈더 프레이를 믿지 않았고, 캐틀린도 늘 그 점을 의식했다. 제인 왕비는 리버런의 높고 튼튼한 벽 안에서 검은 물고기의 보호를 받는 편이 제일 안전할 것이다. 롭은 검은 물고기에게 '남쪽 경계의 관리자'라는 새로운 칭호도 내렸다. 트라이던트를 지킬 수 있는 사람이 있다면 브린덴 경이었다.

그럼에도 캐틀린은 숙부의 우락부락한 얼굴이 보고 싶어질 테고, 롭은 브린덴 경의 조언을 그리워할 터였다. 브린덴 경은 롭이 승리한 모든 전투에 일조했다. 갤버트 글로버가 그 대신 척후대와 별동대 지휘를 맡았는데, 충직하고 한결같은 좋은 사람이었지만 검은 물고기만큼 걸출하지는 못했다.

롭의 행군 열은 선두를 보호하는 글로버의 척후대 뒤로 몇 킬로미터를 이어졌다. 선봉대는 그레이트존이 이끌었다. 캐틀린은 본대에서 강철 옷의 사내들을 지고 터벅터벅 걷는 군마들에 둘러싸여 있었다. 그다음은 수송대였다. 식량과 사료, 야영 물품, 결혼식 선물, 그리고 걸을 수 없을 만큼 약한 부상자들을 실은 짐마차 행렬을 웬델 맨덜리 경과 그의 화이트하버 기사들이 지켜보았다. 그 뒤에는 양과 염소 떼, 앙상한 소 떼들이 뒤따랐고 그 뒤에는 발이 부은 얼마 안 되는 종군 민간인들이 따라왔다. 더 뒤로 가면 로빈 플린트와 후위대가 있었다. 뒤쪽으로는 몇천 리에 걸쳐 적이 없었으나, 롭은 만반의 대비를 하려 했다.

총 3500명이었다. 속삭이는 숲에서 피를 흘리고, 주둔지 전투에서, 옥스크로스에서, 애시마크에서, 크래그에서, 라니스터의 부유한 서쪽 언덕 지대를 누비며 검을 피로 물들인 3500명이었다. 에드무어의 몇 안 되는 친구들을 빼면, 트라이던트 영주들은 왕이 북부를 되찾는 동안 강역을 지키기 위해 뒤에 남았다. 앞에는 에드무어의 신부와 롭의 다음 전투가 기다리고 있었다……. '그리고 나에게는 죽은 아들 둘과 텅 빈 침대, 그리고 유령이 가득한 성이 기다리고 있지.' 즐거움이라곤 없는 전망이었다. '브리엔느, 어디에 있나? 내 딸들을 데리고 돌아오게, 브리엔느. 그 애들을 안전하게 데리고 돌아와.'

그들을 송별하듯 뿌리던 빗방울은 정오 무렵 가랑비가 되었고, 밤이 지나도록 그칠 줄 몰랐다. 다음 날에 북부인들은 해를 아예 보지 못하고, 빗물이 눈에 들어가지 않도록 두건을 눌러쓴 채 무거운 하늘 아래를 달렸다. 길을 진흙밭으로 바꾸고 들판은 진창으로 만들며 강물을 불리고 나뭇잎을 떨궈버리는 호우였다. 계속 쏟아지는 빗소리에 수다를 떨기조차 힘들었기에 다들 할 말이 있을 때만 입을 열었는데, 그럴 때는 드물었다.

"우리 군은 보기보다 강합니다, 부인." 매기 모르몬트가 말을 달리며 말했다. 캐틀린은 그동안 매기와 그녀의 맏딸인 데이시를 좋아하게 되었다. 그 둘은 제이미 라니스터 일에 대해 대부분의 사람들보다 이해심을 보였다. 딸 쪽은 키가 크고 말랐고, 어머니 쪽은 키가 작고 통통했지만, 둘 다 비슷한 가죽옷과 사슬 갑옷을 입고 방패와 전포에는 모르몬트 가문의 검은 곰을 그려 넣었다. 캐틀린이 보기에는 숙녀가 입기에 이상한 복장이었으나, 데이시와 매기는 전사로서도 여자로서도 타스의 브리엔느보다 안정감이 있었다.

데이시 모르몬트가 쾌활하게 말했다. "전 모든 전투에서 젊은 늑대 곁에서 싸웠어요. 젊은 늑대는 아직 한 번도 진 적이 없죠."

'그래. 하지만 다른 모든 것을 잃었지.' 캐틀린은 그렇게 생각했지만, 큰 소리로 할 말은 아니었다. 북부인들에게 용기는 부족하지 않았으나, 그들은 집에서 멀리 떨어져 있었고 젊은 왕에 대한 믿음 외에는 지탱할 것이 많지 않았다. 그 믿음은 어떤 대가를 치르고서라도 지켜야 할 것이었다. '난 더 강해져야 해.' 캐틀린은 스스로에게 말했다. '롭을 위해 강해져야 해. 절망했다간 슬픔에 먹혀버릴 거야.' 모든 것이 이 결혼에 달렸다. 에드무어와 로슬린이 서로에게 만족한다면, 늦장 프레이 공이 진정해서 롭과 다시 힘을 합친다면…… '그렇다 해도, 라니스터와 그레이조이 사이에 낀 우리에게 승산이 얼마나 있을까?' 캐틀린은 감히 생각하기도 꺼려졌으나, 롭은 거의 그 문제에만 몰두했다. 캐틀린은 야영을 할 때마다 아들이 지도를 연구하며 북부를 되찾을 작전을 찾는 모습을 보았다.

동생인 에드무어에게는 다른 걱정거리가 있었다. "왈더 공의 딸들이 다 그 노인네처럼 생기진 않았겠지, 설마?" 에드무어는 자기 친구들과 캐틀린과 함께 높은 줄무늬 천막 안에 앉아서 물었다.

"어머니도 서로 다르니 그 처녀들 중에 몇 명쯤은 반반할 수밖에 없지."

마크 파이퍼 경이 말했다. "하지만 그 늙은 악마가 뭐 좋다고 공에게 예쁜 딸을 주겠소?"

"그럴 이유가 없지." 에드무어는 우울하게 대꾸했다.

캐틀린은 참을 수가 없었다. "예쁘기야 세르세이 라니스터가 예쁘지." 그녀는 날카롭게 말했다. "그보다는 로슬린이 머리 좋고 충성심 강하며 튼튼하고 건강하길 기도하는 편이 더 현명할 게다." 그녀는 그 말만 하고 나가버렸다.

에드무어는 이 일을 좋게 받아들이지 않았다. 다음 날 그는 행군 내내 캐틀린을 피했고, 마크 파이퍼와 라이몬드 굿브룩, 파트렉 말리스터, 그리고 젊은 밴스들과 같이 지냈다. '친구들이야 농담이 아니고서는 잔소리를 하지 않겠지.' 캐틀린은 그날 오후 그들이 한마디도 건네지 않고 옆을 지나쳐 달려가자 스스로에게 말했다. '난 언제나 에드무어에게 너무 엄했고, 이제는 슬픔 때문에 하는 말마다 뾰족해졌어.' 캐틀린은 동생을 질책했던 것을 후회했다. 그녀가 눈물을 더 뽑지 않아도 비는 하늘에서 충분히 내리고 있었다. '그리고 예쁜 아내를 원하는 게 그렇게 끔찍한 일일까?' 캐틀린은 처음 에다드 스타크를 보았을 때 느꼈던 어린아이 같은 실망감을 기억했다. 그녀는 에다드가 브랜던의 젊은 판일 줄 알았는데, 잘못된 생각이었다. 네드가 좀 더 작고 얼굴이 더 평범했으며, 훨씬 우울했다. 말은 예의 바르게 했지만, 건네는 말 속에서 그녀는 격분했을 때만큼이나 웃음소리도 대단했던 브랜던과는 사뭇 다른 냉정함을 느꼈다. 그녀의 처녀성을 가져갔을 때도, 그들의 사랑은 열정이라기보다는 의무였다. '하지만 우린 그날 밤에 롭을 만들었어. 우리가 함께 왕을 만든 거야. 그리고 전쟁이 끝난 후 윈터펠에서, 네드의 우울한 얼굴 아래 숨은 다정하고 선한 마음을 알고 나서는 어떤 여자 부럽지 않은 사랑을 누렸지. 에드무어가 로슬린에게 같은 경험을 하지 못할 이유가 없어.'

신들의 뜻인지, 그들의 행군로는 롭이 첫 대승을 거둔 '속삭이는 숲'을 관통했다. 그들은 그 운명의 밤에 제이미 라니스터의 부하들이 그랬듯, 좁고 갑갑한 계곡 바닥을 구불구불 흐르는 개울을 따라 움직였다. '그때는 더 따뜻했지.' 캐틀린은 기억을 떠올렸다. '나무들은 아직 초록색이었고, 개울물이 둑을 넘지 않았어.' 지금은 낙엽이 개울물을 메우고 바위와 나무뿌리 사이에 젖은 채로 쌓여 있었으며, 한때 롭의 군대를 숨겨주었던 나무들은 이제 초록색 잎사귀를 갈색 반점이 흩어진 탁한 금색으로, 그리고 녹슨 쇠와 마른 피가 연상되는 붉은색으로 갈아입었다. 가문비나무와 병정소나무만이 아직 녹색으로 남아, 구름의 배를 찌르는 높고 어두운 창처럼 솟아 있었다.

'그 후로 죽은 게 나무들만은 아니지.' 그녀는 생각했다. '속삭이는 숲에서 싸우던 밤에 네드는 아직 아에곤의 높은 언덕 지하감옥에 살아 있었고, 브랜과 리콘은 윈터펠 성벽 안에 안전하게 있었어.' 그리고 테온 그레이조이는 롭 옆에서 싸웠고, 킹슬레이어와 검을 마주 댈 뻔했다고 허풍을 떨어댔다. '그랬더라면 좋았을 것. 카스타크 공의 아들들 대신 테온이 죽었다면, 얼마나 많은 악행이 사라졌을까?'

캐틀린은 전장을 지나면서 예전에 이곳에서 벌어진 학살의 흔적을 보았다. 뒤집힌 채로 빗물이 들어찬 투구, 쪼개진 기마 창, 말 뼈. 이곳에서 쓰러진 이들 일부에게는 돌탑을 쌓아주었으나, 이미 청소동물들이 파헤쳐놓았다. 떨어져 흩어진 돌멩이 사이로 밝은색 천 조각과 반짝이는 금속 조각도 보였다. 한번은 흘러내리는 갈색 살 아래 두개골 모양이 드러나기 시작한 얼굴이 그녀를 마주 보기도 했다.

그 모습을 보자 네드는 어디에 몸을 뉘었을까 궁금해졌다. 침묵의 자매들은 할리스 몰렌과 소규모 의장대의 호위를 받으며 북부로 네드의 뼈를 가져갔다. 네드가 윈터펠에 도착해 성 아래 어두운 지하묘지에서 형인 브랜던 옆에 놓이기는 했을까? 아니면 할과 침묵의 자매들이 지나가기도 전에 모트카일린의 문이 닫혔을까?

3500명의 기수들이 구불구불 계곡을 따라 속삭이는 숲의 심장을 관통했지만, 캐틀린 스타크는 지금보다 더 외로웠던 적이 없었다. 매 순간 리버런에서 더 멀어졌고, 그녀는 다시 리버런을 보게 되기는 할까 싶어졌다. 다른 많은 것들처럼 리버런도 영영 잃어버린 것은 아닐까?

닷새 후, 척후대가 불어난 물이 페어마켓에 놓인 나무다리를 쓸어 가버렸다는 경고를 전하러 돌아왔다. 갤버트 글로버와 가장 대담한 부하 두 명이 말을 탄 채로 양 여울(Ramsford)에서 사나운 블루포크를 헤엄쳐 건너려고 시도했다. 말은 두 마리가 물살에 휩쓸려 빠져 죽었고, 기수는 한 명 죽었다. 글로버는 가까스로 바위에 매달려 있다가 구조됐다고 했다. 에드무어가 말했다. "봄 이후로는 강물이 이렇게 불어난 적이 없어. 그리고 이 비가 계속되면 수위가 더 높아지겠지."

"더 상류에, 올드스톤스 근처에 다리가 하나 있어요." 아버지와 함께 이 지역을 자주 돌아다녔던 캐틀린은 기억했다. "더 오래되고 작은 다리지만, 그래도 아직 있다면—"

"그 다리도 사라졌습니다." 갤버트 글로버가 말했다. "페어마켓의 다리보다 먼저 쓸려 갔어요."

롭은 캐틀린을 쳐다보았다. "다리가 또 있나요?"

"없다. 그리고 여울은 건널 수가 없을 거야." 캐틀린은 기억을 더듬었다. "블루포크를 건널 수 없다면 세븐스트림스와 해그스마이어를 통과해서 빙 돌아야 해."

"늪지대에다 길이 나쁘거나 아예 없을 거야." 에드무어가 경고했다. "행군이 느려지겠지만, 그래도 도착은 하겠지."

"왈더 공은 분명히 기다릴 겁니다." 롭이 말했다. "로타르가 리버런에서 새를 날렸으니, 우리가 간다는 걸 알 거예요."

"그래. 그리고 왈더 공은 쉽게 발끈하는 데다가 의심이 많지." 캐틀린이 말했다. "이 지연도 의도적인 모욕이라고 받아들일지 몰라."

"아주 잘됐네요. 지각한 것도 용서해달라고 하죠. 숨 쉴 때마다 사과해야 하다니 참 불쌍한 왕이 되겠네요." 롭은 씁쓸한 표정을 지었다. "볼턴은 비가 내리기 전에 트라이던트를 건넜다면 좋겠네요. 왕의 가도는 북쪽으로 쭉 뻗어 있으니 행군하기는 더 쉬울 거예요. 보병들이라곤 해도 우리보다 먼저 트윈스에 도착할 겁니다."

"그리고 볼턴의 병사들을 합치고 내 동생의 결혼식을 보고 나면, 그다음에는?" 캐틀린이 물었다.

"북부로 가야죠." 롭은 그레이윈드의 귀 뒤를 긁었다.

"둑길로? 모트카일린을 뚫고?"

롭은 수수께끼 같은 미소를 지었다. "그것도 한 가지 길이고요." 캐틀린은 그 말투를 듣고 아들이 더는 말하지 않을 것을 알았다. '현명한 왕은 자기 의견을 드러내지 않는 법이야.' 캐틀린은 스스로를 일깨웠다.

그들은 줄기차게 내리는 빗속을 여드레 더 달려서 올드스톤스에 도착해 블루포크가 내려다보이는 언덕 위, 오래전 강의 왕들이 지냈던 성채의 폐허 안에 진을 쳤다. 잡초 사이에 남은 주춧돌들이 어디에 성벽과 아성이 서 있었는지 알려주기는 했지만, 돌덩어리는 대부분 이 지역 평민들이 가져가서 헛간과 성소와 요새를 세우는 데 써버린 지 오래였다. 그래도 한때 거성의 안마당이었던 중앙에는 물푸레나무들 사이에 허리까지 올라오는 갈색 풀에 반쯤 가려진 거대한 조각 묘가 남아 있었다.

묘 뚜껑은 그 속에 뼈를 누인 남자를 닮게 조각해놓았지만 비와 바람이 할 일을 끝낸 후였다. 그 왕이 턱수염을 길렀다는 사실은 알아볼 수 있었으나, 그 외에는 얼굴이 다 반질반질하게 이목구비를 잃었고, 입과 코와 눈 그리고 머리에 얹은 왕관의 흔적만 남아 있었다. 두 손은 가슴팍에 올린 돌 전투 망치 위에 포개져 있었다. 한때 그 전투 망치에는 이름과 역사를 이야기하는 룬 문자들이 새겨져 있었으나, 세월에 다 닳아 없어졌다. 돌 자체도 구석구석 깨지고 금이 갔으며, 이끼가 하얗게 퍼진 탓에 여기저기 색깔이 변했고, 왕의 발 위로 기어오른 들장미 넝쿨이 거의 가슴까지 이어졌다.

캐틀린이 찾았을 때 롭은 그곳에서, 그레이윈드만 곁에 둔 채로 짙어지는 어스름 속에 음울하게 서 있었다. 비는 잠시 그쳤고, 롭은 머리에 아무것도 쓰지 않았다. "이 성에 이름이 있나요?" 캐틀린이 다가가자 롭이 조용히 물었다.

"내가 어렸을 때 평민들은 모두가 '올드스톤스(Oldstones, 오래된 돌무더기)'라고 불렀다만, 아직 왕들의 성이었던 시절에는 분명 다른 이름이 있었겠지." 오래전에 아버지와 함께 시가드에 가다가 여기에서 야영을 한 적이 있었다. '피터도 같이 있었지······.'

"노래가 있죠." 롭은 기억을 되살렸다. "올드스톤스의 제니, 머리에 꽃을 꽂고."

"우리 모두가 결국에는 그저 노래가 될 뿐이야. 그것도 운이 좋을 경우에나." 캐틀린은 그날 화환까지 쓰고 제니 역할을 했었다. 그리고 피터는 그녀의 잠자리 왕자가 된 척했다. 캐틀린은 열두 살이나 되었을까, 피터는 어린아이였다.

롭은 묘소를 찬찬히 살폈다. "이건 누구 무덤이죠?"

"여기에는 강과 언덕의 왕 트리스티퍼 4세가 누워 있지." 캐틀린은 예전에 아버지에게 그 왕에 대해 들었다. "제니와 제니의 왕자가 있기 수천 년 전, 최초인들의 왕국이 안달인의 맹공 앞에서 하나씩 쓰러지던 시절에 트라이던트부터 넥 지역까지 다스리던 왕이지. 사람들은 그를 '정의의 망치'

라 불렀단다. 백 번의 전투를 치러 아흔아홉 번을 이겼다고, 가수들은 그렇게 말하지. 그리고 트리스티퍼 왕이 이 성을 세웠을 때는 웨스테로스에서 가장 강한 성이었다." 그녀는 아들의 어깨에 손을 얹었다. "그는 일곱 안달 왕들이 연합해서 공격해 온 백 번째 전투에서 죽었지. 트리스티퍼 5세는 그에 미치지 못했고, 곧 왕국을 잃었으며, 그다음에는 성과 마지막 혈통도 잃었다. 안달인이 오기 전까지 천 년 동안 강역을 다스리던 머드 가문은 트리스티퍼 5세와 함께 죽었지."

"후계자가 기대를 저버린 셈이군요." 롭은 한 손으로 풍상에 닳은 거친 돌을 쓸었다. "제인에게 아이를 남겨두고 왔다면 좋겠는데……. 시도는 많이 했지만, 확신할 수가 없네요……."

"보통 처음에 바로 아이가 생기진 않아." '내 경우에는 생겼지만.' "백 번째라 해도 마찬가지지. 넌 한참 젊다."

"젊고, 왕이죠. 왕에게는 반드시 후계자가 있어야 해요. 제가 다음번 전투에서 죽어도, 왕국이 저와 함께 죽어선 안 돼요. 법에 따라 다음 계승자는 산사이니, 윈터펠과 북부는 산사에게 넘어갈 거예요." 롭의 입매가 굳었다. "산사와 산사의 남편에게 넘어가겠죠. 티리온 라니스터에게. 그건 용납할 수 없어요. 용납하지 않겠어요. 그 난쟁이가 북부를 손에 넣어선 안 돼요."

"안 되지." 캐틀린은 동의했다. "제인이 아들을 낳을 때까지 다른 후계자를 지명해둬야 해." 그녀는 잠시 생각했다. "네 아버지의 아버지에게는 형제가 없었지만, 그 아버지에게는 방계였던 레이마르 로이스 공의 어린 아들과 결혼한 누이가 있었다. 그분들이 딸을 셋 두었는데, 모두 협곡의 영주들과 결혼했어. 분명히 웨인우드와 코브레이일 거다. 막내딸은…… 템플턴 가문인 것 같은데……."

"어머니." 롭의 목소리에는 날카로운 기색이 있었다. "잊으셨나 본데, 아버지에겐 아들이 넷 있었습니다."

캐틀린은 잊지 않았다. 들여다보고 싶지 않아도 늘 거기 있었다. "스노우는 스타크가 아니야."

"윈터펠을 본 적도 없는 협곡의 어느 영주들보다야 존이 훨씬 스타크죠."

"존은 밤의 경비대 형제야. 아내도 맞이하지 않고 땅을 소유하지도 않겠다고 맹세했지. 검은 옷을 입은 형제는 평생 복무해."

"그거야 킹스가드 기사들도 그렇죠. 그런데도 라니스터는 쓸모가 없어지자 바리스탄 셀미 경과 보로스 블런트 경의 어깨에서 하얀 망토를 찢어버렸어요. 제가 경비대에 존 대신 백 명을 보낸다면, 분명히 존을 서약에서 풀어줄 방법을 찾아줄 겁니다."

'마음을 굳혔구나.' 캐틀린은 아들이 얼마나 고집스러워질 수 있는지 알았다. "서자가 후계를 이을 순 없어."

"왕명으로 적출 인정을 받지 않는 한은 그렇죠. 그거라면 결의형제를 서약에서 풀어주는 것보다 훨씬 많은 선례가 있어요."

"선례라." 캐틀린은 쓸쓸하게 말했다. "그래, 아에곤 4세는 죽으면서 서자들을 모조리 인정해버렸지. 그래서 얼마나 많은 고통과 슬픔과 전쟁과 살인이 벌어졌지? 네가 존을 믿는 건 안다. 하지만 존의 아들들을 믿을 수 있겠니? 아니면 그 아들들은? 대담한 바리스탄이 징검돌 제도에서 마지막 블랙파이어를 베어버리기까지 블랙파이어 참칭자들은 다섯 세대에 걸쳐 타르가르옌을 괴롭혔다. 네가 존을 인정해버리면, 서자로 돌려놓을 길은 없어. 그 아이가 결혼하고 자식을 낳으면, 네가 제인에게 둘 아들들은 결코 안전하지 못할 거다."

"존은 절대 제 아들을 해치지 않아요."

"테온 그레이조이가 브랜이나 리콘을 해치지 않았을 것처럼?"

그레이윈드가 트리스티퍼 왕의 묘 위로 뛰어오르더니 이를 드러냈다. 롭의 얼굴은 차가웠다. "그건 부당할 뿐 아니라 잔인한 말씀이네요. 존은 테온이 아니에요."

"너는 그러길 기도하겠지. 네 누이들에 대해선 생각해봤니? 그 애들의 권리에 대해서는? 북부가 꼬마 악마에게 넘어가선 안 된다는 데에는 나도 동의한다만, 아리아는 어쩌고? 법에 따라 아리아가 산사 다음이야……. 네 적통 누이이고……."

"……그리고 죽었죠. 놈들이 아버지의 목을 베어버린 이후 아무도 아리아를 보거나 소식을 듣지 못했어요. 왜 자신을 속이세요? 브랜과 리콘과 마찬가지로 아리아도 죽었고, 놈들은 난쟁이가 아이를 얻고 나면 산사도 죽일 거예요. 제게 남은 형제는 존밖에 없어요. 제가 자식 없이 죽게 된다면 존이 북부의 왕으로 제 뒤를 이었으면 좋겠어요. 어머니가 제 선택을 지지해주시길 바랐어요."

"그럴 순 없다. 다른 일이라면 뭐든 널 지지한다, 롭. 모든 일에. 하지만 이건 안 돼……. 이런 어리석은 짓은. 그런 부탁은 하지 말아라."

"그럴 필요도 없죠. 전 왕이에요." 롭은 돌아서서 걸어가버렸고, 그레이윈드가 무덤에서 뛰어내려 그 뒤를 따라 달렸다.

'내가 무슨 짓을 한 거지?' 캐틀린은 트리스티퍼 왕의 석묘 옆에 홀로 서서 피곤한 마음으로 생각했다. '에드무어를 화나게 하더니, 이제는 롭을 화나게 했구나. 하지만 난 그저 진실을 말했을 뿐이야. 남자들이란 진실을 차마 듣지 못할 만큼 연약한 걸까?' 그때 하늘이 대신 울기 시작하지 않았다면 그 자리에서 울었을지도 모른다. 캐틀린은 겨우 천막으로 돌아가서 말없이 앉아 있었다.

이후 며칠 동안 롭은 사방 어디에나 있었다. 그레이트존과 함께 선봉대 앞에서 말을 몰고, 그레이윈드와 같이 정찰을 하고, 로빈 플린트와 후위대가 있는 곳까지 달려가기도 했다. 남자들은 젊은 늑대가 해 뜨자마자 제일 먼저 일어나고 밤이면 제일 마지막에 잔다고 자랑스레 말했지만, 캐틀린은 롭이 잠을 자기는 하는 걸까 궁금했다. 롭은 그의 다이어울프와 마찬가지로 굶주리고 여위어갔다.

가랑비 속을 뚫고 달리던 어느 날 아침, 매기 모르몬트가 말을 걸었다. "부인, 우울해 보이십니다. 잘못된 일이라도 있나요?"

'내 남편도 죽고, 아버지도 돌아가셨지. 아들 둘은 살해당했고, 딸은 신의 없는 난쟁이에게 시집가서 그 남자의 역겨운 아이를 낳게 생겼고, 다른 딸은 사라져서 죽은 것 같고, 마지막 남은 아들과 하나뿐인 남동생은 둘다 나에게 화가 났어. 잘못될 게 뭐가 있냐고?' 하지만 그건 매기 여영주가 듣고 싶어 하는 대답에 넘치는 진실이었다. "이 지독한 비 때문에 그래요." 캐틀린은 진실 대신 그렇게 대답했다. "우린 지금까지도 많이 고통받았고, 앞에는 위험과 슬픔이 더 기다리고 있지요. 이럴 때일수록 나팔을 울리고 깃발을 용감하게 휘날리며 담대하게 마주해야 합니다. 그런데 이 비가 사기를 꺾네요. 깃발은 젖어서 축 늘어지고, 다들 망토 속에 몸을 웅크린 채서로 말도 별로 하지 않아요. 우리의 심장이 가장 뜨겁게 타올라야 할 때이 지독한 비가 심장을 싸늘하게 식히고 있어요."

데이시 모르몬트가 하늘을 올려다보았다. "그래도 화살이 쏟아지는 것보다는 비가 낫지요."

캐틀린은 어쩔 수 없이 미소를 지었다. "아무래도 나보다 아가씨가 더 용감한가 봅니다. 곰섬의 여자들은 다 이런 전사들인가요?"

"암곰들이죠, 예." 매기 부인이 말했다. "그렇게 되어야 했어요. 옛날에는 강철인들이 장선을 타고 약탈하러 오거나, 얼어붙은 해안에서 야인들이 왔죠. 남자들은 십중팔구 고기 잡으러 가서 없고. 뒤에 남은 여자들이 스스로와 아이들을 지키지 않으면, 잡혀가는 거였거든요."

데이시가 말했다. "저희 성문에는 조각이 하나 있어요. 곰 가죽을 걸치고

한 팔에는 아이를 안고 젖을 먹이는 여자예요. 반대쪽 손에는 전투 도끼를 쥐고 있죠. 바람직한 숙녀의 모습은 아니겠지만, 전 언제나 그 여자가 좋았어요."

매기가 다시 말했다. "제 조카인 조라가 바람직한 숙녀를 집에 데려왔었죠. 마상 시합에서 마음을 얻어서요. 그 여자가 그 조각을 어찌나 싫어하던지."

"그래요, 그리고 나머지도 다 싫어했죠." 데이시가 말했다. "리네스, 그 여자는 금실 같은 머리에, 피부는 크림 같았어요. 하지만 그 보드라운 손은 도끼를 잡을 손이 아니었죠."

"가슴도 아이에게 젖 먹일 가슴이 아니었지." 매기가 퉁명스럽게 말했다.

캐틀린도 그들이 누굴 말하는지 알았다. 조라 모르몬트는 두 번째 아내를 윈터펠 연회에 데려왔었고, 한번은 2주 동안 손님으로 묵기도 했다. 캐틀린은 리네스 부인이 얼마나 젊고, 얼마나 아름답고, 얼마나 불행했는지 기억했다. 어느 날 밤은 리네스가 와인을 몇 잔 마신 후에 캐틀린에게 북부는 올드타운의 하이타워가 있을 곳이 아니라고 고백한 적도 있었다. "한때 어느 리버런의 툴리도 똑같이 느꼈지요." 캐틀린은 그녀를 달래주려고 부드럽게 대답했었다. "하지만 시간이 흐르자 여기에서도 사랑할 만한 것을 많이 찾아냈어요."

'이젠 다 잃었지.' 캐틀린은 생각했다. '윈터펠과 네드, 브랜과 리콘, 산사, 아리아, 다 잃었어. 롭만 남았지.' 결국에는 캐틀린 안에도 리네스 하이타워가 너무 많고, 스타크는 너무 적었던 걸까? '나도 도끼를 휘두를 줄 알았다면 모두를 더 잘 지킬 수 있었을지도 모르는데.'

하루 또 하루가 흐르고, 비는 계속 쏟아졌다. 그들은 블루포크 상류까지 쭉 올라가며 강이 뒤엉킨 실개천과 개울로 변하는 세븐스트림스를 지난 후, 반짝이는 녹색 웅덩이들이 방심한 자들을 집어삼키고 부드러운 지면이 어미 젖을 빠는 굶주린 아기처럼 말발굽을 빨아 당기려 드는 해그스마이어를 통과했다. 진전이 느린 정도가 아니었다. 짐마차 절반은 진흙탕에 버려야 했고, 짐은 노새들과 짐말들에게 나눠 지워야 했다.

제이슨 말리스터 공이 해그스마이어의 늪지대 사이에서 그들을 따라잡았다. 말리스터 공이 행렬을 이끌고 달려왔을 때는 아직 낮이 한 시간도 더 남아 있었지만, 롭은 즉시 행군을 멈췄다. 레이널드 웨스털링 경이 왕의 천막으로 캐틀린을 데려가러 왔다. 그녀의 아들은 화로 옆에 앉아서 무릎에 지도를 펼쳐놓고 있었다. 그레이윈드는 롭의 발치에서 잤다. 그레이트존이 함께 있었고, 갤버트 글로버, 매기 모르몬트, 에드무어, 그리고 캐틀린이 알지 못하는 비굴한 인상의 통통한 대머리 사내가 있었다. '이자는 귀족이 아니군.' 캐틀린은 낯선 남자를 보자마자 알았다. '전사도 아니야.'

제이슨 말리스터는 캐틀린에게 자리를 양보하려고 일어났다. 이제는 갈색 머리가 절반 넘게 세었지만, 그래도 시가드의 영주는 여전히 잘생긴 남자였다. 키가 크고 늘씬했으며, 윤곽이 뚜렷한 턱은 깨끗하게 면도했고, 광대뼈는 높이 솟았으며, 회청색 눈동자는 강렬했다. "스타크 부인, 언제 뵈어도 기쁘군요. 제가 좋은 소식을 가져온 것 같습니다."

"우리에겐 좋은 소식이 절실히 필요하지요." 캐틀린은 머리 위 천을 시끄럽게 두드리는 빗소리에 귀를 기울이며 자리에 앉았다.

롭은 레이널드 경이 천막 문을 닫을 때까지 기다렸다가 입을 열었다. "신들이 우리의 기도를 들어주셨습니다, 여러분. 제이슨 공이 우리에게 올드타운의 상선인 미라함호 선장을 데려와주셨어요. 선장, 나에게 했던 이야기를 다시 해주게."

"예, 전하." 그 남자는 두꺼운 입술을 초조하게 핥았다. "제가 시가드 전에 마지막으로 들른 곳이 파이크의 로드스포트였습니다. 강철인들이 반년 넘게 절 붙들고 있었지요. 발론 왕의 명령으로요. 다만, 음, 요점만 말씀드리자면, 죽었습니다."

"발론 그레이조이가?" 캐틀린의 심장이 펄쩍 뛰어올랐다. "발론 그레이조이가 죽었다는 말인가?"

작고 초라한 선장은 고개를 끄덕였다. "파이크가 섬 돌출부에 세워져서, 부분적으로는 다른 바위들과 섬들에 다리로 이어져 있는 건 아시지요? 제가 로드스포트에서 듣기로는, 서쪽에서 비와 천둥과 함께 돌풍이 불어왔고, 늙은 발론 왕이 다리를 건너고 있을 때 돌풍이 다리를 잡고 조각을 내버렸답니다. 발론 왕은 만신창이가 되어 퉁퉁 불어서 이틀 후에 해안에 밀려 올라왔지요. 게들이 눈을 먹어버렸다고 하더군요."

그레이트존이 큰 소리로 웃었다. "그런 고귀한 눈알을 먹다니, 왕게들이었으려나?"

선장은 고개를 끄덕거렸다. "예, 그렇지만 그게 다가 아닙니다, 아닙죠!" 선장은 앞으로 몸을 기울였다. "그 동생이 돌아왔습니다."

"빅타리온 말인가?" 갤버트 글로버가 놀라서 물었다.

"유론 말입니다. 까마귀 눈이라고들 부르지요. 이제까지 돛을 올린 해적 중에 가장 시커멓다고 해서요. 몇 년 동안 소식이 없었는데, 발론 공이 차가운 시체가 되자마자 '침묵'호를 타고 로드스포트에 들어온 겁니다. 검은 돛에 붉은 선체에다, 승조원은 벙어리들이지요. 아사이에 있다가 돌아왔다고 들었습니다. 하지만 어디에 있었든 간에 이젠 집에 돌아왔고, 곧장 파이크로 진격해서 해석좌에 엉덩이를 붙이고는, 보틀리 공이 반대했더니 소금물 통에 빠뜨려 죽였어요. 전 그때 상황이 혼란스러운 틈을 타서 벗어날 수 있겠다는 희망을 품고 미라함호로 달려가서 닻을 올렸지요. 실제로 벗어났고, 그래서 여기 온 겁니다."

그 남자가 이야기를 끝내자 롭이 말했다. "선장, 전해준 소식 고맙네. 보상을 받게 될 거야. 우리 이야기가 끝나면 제이슨 공이 자네를 배로 다시 데려가줄 걸세. 부디 밖에서 기다려주겠나."

"그러믄요, 전하. 그럽지요."

선장이 왕의 천막을 나가자마자 그레이트존이 웃음을 터뜨렸지만, 롭이 눈빛으로 조용히 시켰다. "테온이 했던 말의 절반만 사실이라 해도, 유론 그레이조이는 누가 왕이라고 생각할 만한 사람이 아닙니다. 테온이 죽지 않았다면 테온이 정당한 후계자겠지만…… 강철 함대를 지휘하는 건 빅타리온이죠. 까마귀 눈 유론이 해석좌를 차지했는데 빅타리온이 모트카일린에 남아 있으리라곤 믿을 수 없군요. 돌아가야 할 겁니다."

"딸도 하나 있습니다." 갤버트 글로버가 상기시켰다. "딥우드모트와 로벳의 아내와 자식을 잡고 있는 여자요."

롭이 말했다. "그 여자가 딥우드모트에 남는다면, 쥐고 있을 것도 그게 다일 겁니다. 딸도 그 형제들과 상황이 다르지 않고 오히려 더하지요. 유론을 축출하고 자기 권리를 주장하려면 집으로 돌아가야만 할 거예요." 롭은 제이슨 말리스터 공을 돌아보았다. "시가드에 함대가 있습니까?"

"함대 말씀이십니까? 장선 여섯 척과 전투 갤리선 두 척입니다. 약탈자들을 상대로 제 해안을 지키기에는 충분하지만, 강철 함대를 상대하기는 무리입니다."

"그런 걸 요구할 생각도 없습니다. 강철인들은 파이크를 향해 출항할 거예요. 테온이 강철인들의 사고방식에 대해 말해줬지요. 모든 선장은 자기 배의 왕이라고요. 모든 선장이 계승권에 목소리를 내고 싶어 할 겁니다. 말리스터 공, 공의 장선 두 척을 독수리곶을 돌아서 넥 지역, 그레이워터워치까지 보내야겠습니다."

제이슨 공은 머뭇거렸다. "그 늪지대 숲에는 개울이 십여 개 흐르는데, 하나같이 얕고 미사(微沙)투성이에 지도에도 없습니다. 저라면 그걸 강이라고 부르지도 않겠어요. 그 물길들은 언제나 이동하고 변합니다. 모래톱과 올가미, 서로 엉킨 썩은 나무가 끝도 없지요. 게다가 그레이워터워치는 움직입니다. 어떻게 제 배들이 그곳을 찾지요?"

"내 깃발을 휘날리면서 상류로 올라가세요. 호상민들이 찾아올 겁니다. 하울랜드 리드에게 내 전언이 닿을 기회를 두 배로 늘리기 위해 배가 두 척 갔으면 합니다. 한 척에는 매기 부인이, 두 번째 배에는 갤버트가 탑니다." 롭은 호명한 두 사람을 돌아보았다. "두 분은 북부에 남아 있는 내 영주들에게 전할 편지를 가져갑니다. 혹시나 두 분이 붙잡히는 불운에 대비하여 모두 거짓 명령을 담은 편지이지요. 혹시 잡히게 되면 두 분은 북부로 가고 있었다고 말해야 합니다. 곰섬으로, 아니면 스토니쇼어로 돌아가고 있었다고요." 롭은 한 손가락으로 지도를 두드렸다. "모트카일린이 열쇠예요. 발론 공도 그걸 알았기에 그레이조이 세력의 단단한 핵심과 함께 동생 빅타리온을 그리로 보낸 겁니다."

"후계 문제로 시끄럽든 말든, 모트카일린을 버린다면 강철인들은 바보 멍청이들이죠." 매기 여영주가 말했다.

"그렇지요." 롭은 그 말을 인정했다. "빅타리온은 대부분을 수비군으로 남길 겁니다. 하지만 빅타리온이 데려가는 인원이 많을수록 우리가 싸울 상대는 줄어들죠. 그리고 그가 선장들은 많이 데려갈 거라고 봐도 좋아요. 지도자들 말입니다. 해석좌에 앉고 싶다면 자기를 지지해줄 사람들이 필요할 테니까요."

"둑길로 공격할 생각은 아니시겠죠, 전하." 갤버트 글로버가 말했다. "접근로가 너무 좁습니다. 부대를 전개할 방법도 없어요. 모트카일린 점령에 성공한 예가 없습니다."

"남쪽에서는 그렇죠." 롭이 말했다. "하지만 북쪽과 서쪽에서 동시에 공격해, 강철인들이 둑길로 올라가는 군대를 내 주력 부대라 생각하고 싸우고 있을 때 뒤에서 덮친다면 승산이 있습니다. 일단 볼턴 공과 프레이 군과 합치고 나면 병력이 1만 2000을 넘게 될 겁니다. 그 병력을 셋으로 나누어 반나절 사이를 두고 둑길을 올라가려고 합니다. 그레이조이가 넥 지역 남쪽에 눈을 둔다면 내 전군이 모트카일린으로 몰려드는 모습을 보겠지요.

내가 중앙을 지휘하는 동안 루스 볼턴이 후위를 맡을 겁니다. 그레이트존은 선봉대를 이끌고 모트카일린을 때려요. 강철인들이 혹시 누가 북쪽에서 넘어오지는 않나 생각할 겨를이 없을 만큼 맹렬하게 공격해야 합니다."

그레이트존이 킬킬거렸다. "그 넘어오는 작자들은 빨리 움직여야 할 겁니다. 안 그러면 전하께서 얼굴도 비치기 전에 제 병사들이 벌 떼같이 몰려들어 모트카일린을 따낼 테니까요. 전하께서 천천히 오시면 제가 선물로 드리지요."

"그런 선물이라면 기쁘게 받지요." 롭이 말했다.

에드무어는 얼굴을 찌푸리고 있었다. "전하, 강철인들을 후방에서 공격하자는 얘기인데, 어떻게 북쪽으로 갈 생각입니까?"

"넥 지역에는 어느 지도에도 나오지 않는 길이 있습니다, 숙부님. 호상민들만 아는 길이지요. 늪지대 사이에 있는 좁은 오솔길, 그리고 오직 작은 배만 따라갈 수 있는 갈대 속 물길입니다." 롭은 전령의 임무를 맡은 두 명을 돌아보았다. "하울랜드 리드에게 내가 둑길을 올라가기 시작하고 이틀 후에 안내인을 보내라고 전하세요. 내 군기가 휘날리는 중앙 전장으로요. 트윈스를 떠나는 군대는 셋이지만, 모트카일린에 도착하는 건 둘뿐일 겁니다. 내 군대는 넥 지역으로 녹아들었다가, 피버강에 다시 나타날 겁니다. 일단 숙부님이 결혼한 후에 잽싸게 움직이기만 한다면, 올해가 끝나기 전에 모두 적절한 위치를 잡을 수 있습니다. 강철인들이 전날 밤에 들이부은 꿀술에서 깨어나려고 망치로 머리를 두드리는 사이에요."

"이 계획 마음에 드는구먼." 그레이트존이 말했다. "아주 마음에 들어."

갤버트 글로버는 입가를 문질렀다. "위험부담이 있습니다. 호상민들이 전하를 저버린다면……."

"그렇다고 전보다 나빠질 건 없지요. 하지만 그런 일은 없을 겁니다. 내 아버지는 하울랜드 리드의 가치를 아셨어요." 롭은 지도를 돌돌 만 후에야 캐틀린을 쳐다보았다. "어머니."

캐틀린은 긴장했다. "이 계획에 내가 맡을 일도 있나요?"

"어머니의 역할은 안전하게 계시는 겁니다. 넥 지역을 뚫고 가는 여정은 위험할 테고, 북부에는 전투만이 기다리고 있어요. 하지만 말리스터 공이 친절하게도 전쟁이 끝날 때까지 어머니를 시가드에 안전하게 모시겠다고 합니다. 그곳이라면 편안하게 지내실 거예요."

'이게 존 스노우에 대해 반대한 벌인가? 아니면 여자로 태어났다는 사실에 대한, 아니면 어머니라는 사실에 대한 벌일까?' 모두가 그녀를 쳐다보고 있다는 사실을 깨닫는 데 잠시 시간이 걸렸다. '다들 알고 있었구나.' 캐틀린은 깨달았다. 놀랄 일도 아니었다. 그녀는 킹슬레이어를 풀어줌으로써 친구를 잃었고, 그레이트존이 여자들은 전장에 있을 자리가 없다고 말하는 걸 한두 번 들은 것도 아니었다.

캐틀린의 분노가 얼굴에 뻔히 보였던지, 그녀가 입을 열기도 전에 갤버트 글로버가 말했다. "부인, 전하께서 현명하신 겁니다. 부인께서는 같이 가시지 않는 게 좋습니다."

"캐틀린 부인께서 와주신다면 시가드가 밝아질 겁니다." 제이슨 말리스터 공이 말했다.

"날 죄수처럼 가두려는 거군요." 캐틀린이 말했다.

"귀빈이지요." 제이슨 공이 주장했다. 캐틀린은 아들을 돌아보고 딱딱하게 말했다. "제이슨 공에게 나쁜 뜻은 없다만, 계속 너와 함께 갈 수 없다면 차라리 리버런으로 돌아가고 싶다."

"전 아내를 리버런에 두고 왔어요. 어머니는 다른 곳에 계시길 바랍니다. 보물을 한 지갑에 보관하면 털어 가려는 놈들의 일만 쉬워지지요. 결혼식이 끝나면 어머니는 시가드로 가세요. 왕명입니다." 롭이 일어섰고, 그렇게 순식간에 캐틀린의 운명은 정해졌다. 롭은 양피지를 집어 들었다. "하나만 더. 발론 공은 떠난 자리에 혼돈을 남겼습니다. 나는 같은 실수를 저지르지 않겠어요. 그러나 나에겐 아직 아들이 없고, 동생인 브랜과 리콘은 죽었으며, 누이는 라니스터와 혼인했습니다. 누가 내 뒤를 이을 수 있을까 오랫동안 어렵게 생각해봤어요. 이제 여러분이 나의 진실하며 충성스러운 영주로서 내 결정의 증인이 되어 이 문서에 인장을 찍을 것을 명합니다."

'실로 왕이로구나.' 캐틀린은 패배하여 생각했다. 롭이 모트카일린에 준비한 덫이 방금 그녀를 사로잡은 덫만큼 잘 작동하길 빌 뿐이었다.

# 샘웰

'화이트트리.' 샘은 생각했다. '제발, 제발 여기가 화이트트리여라.' 그는 화이트트리를 기억했다. 화이트트리는 샘이 그린 지도에, 북쪽으로 가는 길목에 있었다. 이 마을이 화이트트리라면, 그들이 어디에 있는지 알 수 있었다. '제발, 그래야 해.' 어찌나 간절히 바랐던지 발에 대해서도 잠시 잊고, 종아리와 허리와 거의 감각 없이 뻣뻣하게 얼어버린 손가락의 통증마저 잊었다. 심지어 모르몬트 공과 크래스터와 시귀와 다른 자들도 잊었다. '화이트트리이게 해주세요.' 샘은 듣고 있을지도 모르는 아무 신에게나 기도했다.

하지만 야인 마을은 다 비슷해 보였다. 이 마을 중앙에는 거대한 영목이 자랐지만…… 하얀 나무가 있다고 화이트트리 마을인 건 아니었다. 화이트트리의 영목이 이 나무보다 크지 않았던가? 샘이 잘못 기억하는 건지도 몰랐다. 새하얀 나무줄기에 새겨진 얼굴은 길고 슬펐다. 눈에서 흘러내려 마른 수액이 붉은 눈물을 그렸다. '우리가 북부로 갈 때도 이렇게 보였던가?' 샘은 떠올릴 수가 없었다.

그 나무 주위로 지붕에 이엉을 인 한 칸짜리 굴집 몇 채와 이끼 덮인 긴 통나무 회관 하나, 돌우물 하나, 양 우리 하나가 서 있었다……. 그러나 양은 없었고, 사람도 없었다. 야인들은 집만 빼고 가진 것을 다 챙겨서 서리엄니산맥으로 만스 레이더와 합류하러 가버렸다. 샘은 그 점에 감사했다. 밤이 오고 있었고, 한 번쯤은 지붕 밑에서 자면 좋을 터였다. 너무나 피곤했다. 마치 반평생을 걷기만 한 것 같았다. 장화는 너덜거렸고, 발에 잡혔던 물집은 다 터져서 굳은살이 되었지만, 이제는 또 그 굳은살 아래에 새로 물집이 생겼고, 발가락은 동상을 입고 있었다.

그래도 걷든가 아니면 죽든가였다. 길리는 아직 출산의 후유증으로 약한 데다 아기까지 안고 있었다. 샘보다는 길리가 말을 타야 했다. 말 하나는 크래스터의 요새를 떠나고 사흘 만에 죽었다. 반쯤 굶어 죽은 그 가엾은 말이 그만큼이나 버틴 게 놀라웠다. 어쩌면 샘의 무게가 끝장을 냈는지도 몰랐다. 둘이 말 한 마리를 같이 타볼 수도 있었겠지만, 샘은 같은 일이 또 일어날까 두려웠다. '그보다는 내가 걷는 게 낫지.'

샘은 길리가 회관 안에서 불을 지피게 두고 굴집들을 들여다보았다. 불은 길리가 더 잘 피웠다. 샘은 도무지 불쏘시개에 불을 붙일 수가 없었고, 지난번에 부싯돌과 강철로 불꽃을 튀겨보려 했을 때는 칼에 손을 베이기만 했다. 길리가 상처를 싸매주었지만, 그의 손은 뻣뻣하고 쓰라렸으며 예전보다도 더 움직임이 서툴러졌다. 상처를 씻고 붕대를 갈아야 한다는 건 알지만, 상처를 보기가 무서웠다. 게다가 장갑을 벗기에는 너무 추웠다.

빈집들에서 무엇을 찾을 수 있을지는 몰랐다. 야인들이 남겨둔 음식이 있을 수도 있으리라. 한번 보기는 해야 했다. 북쪽으로 가던 도중 들른 화이트트리에서는 존이 오두막집들을 수색했었다. 샘은 어느 집 어두운 구석에서 바스락거리는 쥐 떼 소리를 들었지만, 다른 곳에는 낡은 지푸라기와 오래된 냄새, 그리고 연기 구멍 아래에 잿더미밖에 없었다.

그는 영목으로 돌아가서 잠시 나무의 얼굴을 살펴보았다. '우리가 봤던 얼굴이 아니야.' 그는 인정하기로 했다. 그 나무는 화이트트리에 있던 영목의 절반도 되지 않는 크기였다. 붉은 눈에서 피가 흘러내렸는데, 그것도 기억나지 않는 부분이었다. 샘은 어색하게 무릎을 꿇었다. "옛 신들이시여, 제 기도를 들어주십시오. 제 아버지의 신은 일곱이었지만 저는 경비대에 합류할 때 여러분께 서약을 했습니다. 저희가 길을 잃었을까 걱정입니다. 배도 고프고, 너무 춥습니다. 제가 지금 어떤 신들을 믿는지 잘은 모르겠지만…… 제발, 거기 계시다면 저희를 도와주세요. 길리에겐 어린 아들이 있습니다." 생각할 수 있는 기도의 말은 그게 다였다. 어스름이 짙어졌고, 영목 잎사귀들은 바스락거리며 천 개의 핏빛 손을 흔들었다. 존의 신들이 샘의 기도를 들었는지 여부는 알 수 없었다.

샘이 회관으로 돌아가보니 길리가 불을 피워놓았다. 길리는 모피 옷을 풀고 불가에 다가앉아서 아기에게 젖을 물리고 있었다. '저 녀석도 우리만큼 굶주렸어.' 샘은 생각했다. 노파들이 크래스터의 요새에서 식량을 빼돌려 주기는 했지만, 이제는 그것도 거의 다 먹었다. 샘은 사냥감이 넘치는 데다 사냥개와 사냥꾼들의 도움까지 받았던 혼힐에서도 형편없는 사냥꾼이었다. 여기 이 끝도 없는 텅 빈 숲에서 샘이 뭐라도 잡을 가능성은 거의 없었다. 호수와 반쯤 얼어붙은 개울에서 낚시를 해보려던 노력도 마찬가지로 실패했다.

"얼마나 더 가야 해요, 샘?" 길리가 물었다. "아직도 멀었나요?"

"그렇게 멀진 않아요. 전처럼 멀진 않아요." 샘은 어깨를 으쓱이고, 어색하게 바닥에 앉아서 다리를 접으려 했다. 오래 걸은 탓에 허리가 진저리 나게 아파서 지붕을 떠받치는 나무조각 기둥에 등을 기대고 싶었지만, 불은 회관 중앙의 연기 구멍 아래에 있었고 편한 자세보다 온기가 더 절실했다. "며칠만 더 가면 도착할 거예요."

샘에게는 지도가 있었지만, 여기가 화이트트리가 아니라면 지도도 별 쓸모가 없었다. '그 호수를 도느라 동쪽으로 너무 간 거야. 아니면 내가 되돌아왔을 때 너무 서쪽으로 갔거나.' 샘은 초조하게 생각했다. 그는 호수와 강을 싫어하게 되었다. 이 지역에는 나룻배나 바지선이라곤 없었고, 따라서 호수를 빙 돌고 건널 만한 여울을 찾아서 걸어야만 했다. 덤불을 헤치고 가기보다는 짐승 길을 따라가는 편이 쉬웠고, 산등성이를 오르는 것보다는 빙 둘러 가는 편이 쉬웠다. '배넨이나 디웬이 같이 있었다면 지금쯤 캐슬블랙에 도착해서, 휴게실에서 발을 녹이고 있었겠지.' 하지만 배넨은 죽었고, 디웬은 그렌과 구슬픈 에드와 다른 사람들과 함께 사라졌다.

'장벽은 길이가 500킬로미터에 높이는 200미터가 넘어.' 샘은 기억을 일깨웠다. 계속 남쪽으로 가기만 하면 늦든 빠르든 장벽을 찾게 될 것이다. 그리고 남쪽으로 가고 있다는 점만은 확신했다. 낮이면 태양을 보고 방향을 찾았고, 맑은 밤이면 얼음 드래곤의 꼬리를 따라갈 수 있었다. 말 한 마리가 죽은 후부터는 밤에 이동을 거의 못 했지만 말이다. 보름달이라 해도 숲속은 너무 어두웠고, 샘이나 마지막 남은 조랑말의 다리가 부러지기도 너무 쉬웠다. '지금쯤이면 남쪽으로 꽤 왔을 거야. 그럴 수밖에 없어.'

다만 그만큼 확신할 수 없는 것은 그들이 동쪽이나 서쪽으로 얼마나 벗어났는지 여부였다. 그들은 장벽에 도착할 것이다……. 하루, 아니면 2주 안에. 그보다 더 멀리 떨어져 있을 리는 없었다, 분명히……. 하지만 어디에 도착할까? 그들이 찾아야 하는 곳은 캐슬블랙에 있는 문이었다. 천 리에 걸쳐서 장벽을 통과하는 문은 그곳밖에 없었다.

"장벽이 정말로 크래스터가 하던 얘기만큼 커요?" 길리가 물었다.

"더 커요." 샘은 쾌활하게 말하려고 했다. "어찌나 큰지 그 뒤에 숨은 성은 볼 수도 없을 정도죠. 하지만 성은 있어요. 보게 될 거예요. 장벽은 온통 얼음이지만, 성은 돌과 나무로 만들어져 있어요. 높은 탑도 있고 깊은 지하실도 있고 벽난로에서 낮이고 밤이고 불을 때는 커다란 회관도 있어요.

그 안이 얼마나 따뜻한지 못 믿을 거예요, 길리."

"그 불가에 서 있을 수 있을까요? 나랑 이 아이랑? 오랫동안은 아니라도, 따뜻하게 몸이 녹을 때까지만이라도요."

"원하는 만큼 얼마든지 서 있을 수 있어요. 먹고 마실 것도 있을 거예요. 뜨거운 멀드와인과 양파를 넣은 사슴 고기 스튜 한 그릇, 그리고 오븐에서 막 꺼내 손가락이 델 정도로 뜨거운 흑의 빵까지." 샘은 불가에서 손가락을 움직이려고 장갑을 한 짝 벗었다가, 곧 후회했다. 추위로 마비되어 있던 손에 감각이 돌아오자 울어버릴 만큼 아팠다. 그는 아픔에서 신경을 돌리려고 말했다. "가끔은 형제 하나가 노래를 불러요. 대리언이 제일 잘 불렀지만, 대리언은 이스트워치로 보내버렸어요. 그래도 아직 할더가 있어요. 토드도요. 진짜 이름은 토더지만, 두꺼비처럼 생겨서 다들 토드라고 부르죠. 토드는 노래하길 좋아하는데 목소리는 끔찍해요."

"당신도 노래해요?" 길리가 모피 자락을 추스르더니 아기를 반대쪽 가슴으로 옮겼다.

샘은 얼굴을 붉혔다. "아…… 아는 노래가 있긴 해요. 어렸을 땐 노래 부르기를 좋아했죠. 춤도 췄는데, 아버지가 내가 그러는 걸 좋아하지 않았어요. 깡충거리고 싶으면 안마당에서 장검을 들고 뛰어다녀야 한다나요."

"남부 노래 좀 불러줄 수 있어요? 아기에게?"

"원한다면요." 샘은 잠시 생각했다. "나와 내 누이들이 어렸을 때, 자러 갈 때가 되면 성사가 불러주던 노래가 있어요. 〈일곱의 노래〉라고 하는데요." 샘은 목청을 가다듬고 가만히 노래했다.

아버지의 얼굴은 엄하고 굳세지.
앉아서 옳고 그름을 판단하시며
우리 목숨의 길고 짧음을 가늠하는 분,

그분은 어린아이들을 사랑하시네.

어머니는 생명이란 선물을 주시지.
모든 아내들을 굽어살피시며
온화한 미소로 모든 고통을 끝내시는 분,
그분은 어린아이들을 사랑하시네.

전사는 적 앞에 맞서서
어딜 가나 우리를 보호하시네.
검과 방패와 창과 활을 드신 분
그분은 어린아이들을 지켜주시네.

노파는 무한히 현명하고 늙으셔서
우리의 운명이 펼쳐지는 모양을 보시네.
반짝이는 황금 등불을 들어 올리신 분,
그분은 어린아이들을 이끄시네.

대장장이는 낮이고 밤이고 일을 해서
인간의 세상을 바로잡으시네.
망치와 쟁기, 밝은 불을 드신 분,
그분은 어린아이들을 위해 물건을 만드시네.

처녀는 하늘에서 춤을 추시지.
그분은 모든 연인들의 한숨 속에 살고
그분의 미소는 새들에게 나는 방법을 가르치며

어린아이들에게는 꿈을 준다네.

우리 모두를 만드신 일곱 신들
우리가 외치면 귀 기울이시네.
그러니 눈을 감고, 쓰러지지 말아요.
그분들이 너희를 봐주실 거야, 어린아이들을.
그저 눈을 감고, 쓰러지지 말아요.
그분들이 너희를 봐주실 거야, 어린아이들을.

샘은 마지막으로 그 노래를 불렀을 때를 떠올렸다. 어머니와 함께 아기 디콘에게 자장가로 불러줬었다. 아버지는 그들의 목소리를 듣고 있다가 벌컥 화를 내며 끼어들었다. "더는 못 들어주겠네." 랜딜 공은 부인에게 엄하게 말했다. "그 말랑말랑한 성사의 노래로 애 하나를 망치더니, 이 아기에게도 똑같이 할 생각이오?" 그러더니 그는 샘을 보고 말했다. "노래를 정해야겠거든 가서 여동생들에게나 불러주거라. 내 아들 가까이 있지 말고."

길리의 아기는 잠들었다. 너무나 작고, 너무나 조용한 아기여서 샘은 겁이 났다. 그 아기에게는 이름도 없었다. 길리에게 물어봤더니, 두 살이 되기 전에 이름을 붙이면 운이 나쁘다고 했다. 너무 많은 아이가 죽었다고.

길리는 젖꼭지를 모피 안으로 집어넣었다. "예쁜 노래였어요, 샘. 노래 잘하네요."

"대리언의 노래를 들어봐야 해요. 꿀술같이 달콤한 목소리죠."

"크래스터가 날 아내로 맞았던 날 우리도 세상에서 제일 단 꿀술을 마셨어요. 그때는 여름이었고, 별로 춥지 않았죠." 길리는 어리둥절한 표정으로 샘을 보았다. "그런데 여섯 신만 노래한 건가요? 크래스터는 언제나 남부인들은 일곱 신을 섬긴다고 했는데요."

"일곱이 맞아요. 하지만 아무도 이방인에 대해서는 노래하지 않아요." 이방인의 얼굴은 죽음의 얼굴이었다. 샘은 이방인에 대해 말하기만 해도 마음이 불편했다. "뭔가 먹어야겠어요. 조금이라도요."

이제는 나무처럼 딱딱해진 검은 소시지 몇 개밖에 남지 않았다. 샘은 얇게 몇 조각씩 썰었다. 소시지를 써느라 손목이 아팠지만, 그래도 배가 고팠기에 고집스레 썰었다. 썬 조각을 오랫동안 씹으면 부드러워지면서 맛있어졌다. 크래스터의 아내들은 소시지에 마늘을 넣었다.

식사를 끝낸 후에 샘은 변을 보고 말을 돌보려고 양해를 구하고 밖으로 나갔다. 북쪽에서 살을 에는 바람이 불어왔고, 샘이 지나가자 나무에 달린 잎사귀들이 그를 향해 바스락거렸다. 말이 물을 마실 수 있도록 개울물 위에 깔린 살얼음을 깨야 했다. '안으로 데려가는 게 좋겠어.' 아침에 깨어났다가 말이 밤새 얼어 죽은 꼴을 보고 싶진 않았다. 길리는 설령 그런 일이 일어난다 해도 계속 갈 것이다. 샘과 달리 그녀는 아주 용감했다. 샘은 캐슬블랙으로 돌아가면 그녀를 어떻게 해야 할지 알았으면 좋겠다고 생각했다. 길리는 샘이 원하기만 하면 그의 아내가 되겠다고 계속해서 말했지만, 검은 형제들은 아내를 두지 않았다. 게다가 그는 혼힐의 탈리였고, 결코 야인과 결혼할 순 없었다. '뭔가 생각해내야겠지. 그래도 살아서 장벽에 도착하기만 하면 다른 건 문제가 안 돼. 조금도 문제가 안 돼.'

말을 끌고 회관으로 가기는 쉬웠다. 말을 안으로 들이는 건 쉽지 않았지만, 샘은 포기하지 않았다. 샘이 조랑말을 안에 들여놓았을 때 길리는 이미 졸고 있었다. 그는 말을 구석에 묶어놓고 불에 새 장작을 넣은 후, 무거운 망토를 벗고 야인 여자 옆 모피 속으로 기어들었다. 그의 망토는 셋을 다 덮을 만큼 커서 체온을 유지해주었다.

길리의 몸에서는 젖내와 마늘과 퀴퀴한 낡은 모피 냄새가 났지만, 이제는 샘도 그 냄새에 익숙해졌다. 샘이 느끼기에는 좋은 냄새였다. 그는 길리

옆에서 자는 게 좋았다. 오래전, 혼힐에 있는 커다란 침대에서 두 여동생과 같이 자던 시절을 떠올리게 했다. 그 시절은 랜딜 공이 그렇게 자니 여자애처럼 말랑말랑해지는 거라고 생각했을 때 끝났다. '하지만 내 추운 방에서 혼자 잔다고 더 용감해지거나 독해지진 않았지.' 그는 지금 이 모습을 볼 수 있다면 아버지가 뭐라고 할까 궁금했다. '제가 다른자 하나를 죽였습니다, 아버지.' 그렇게 말하는 상상을 했다. '제가 흑요석 단검으로 찔렀어요. 제 결의형제들은 이제 절 슬레이어 샘이라고 불러요.' 하지만 상상 속에서도 랜딜 공은 믿지 않고 얼굴만 찡그렸다.

그날 밤 꿈은 기이했다. 그는 혼힐 성에 돌아가 있었지만, 아버지는 그곳에 없었다. 이제는 샘의 성이었다. 존 스노우가 함께 있었다. 늙은 곰 모르몬트 공도, 그렌과 구슬픈 에드와 핍과 토드와 다른 경비대 형제들도 다 같이 있었는데, 검은색이 아니라 밝은색 옷을 입었다. 샘은 연단 위에 앉아서 모두에게 연회를 베풀고, 아버지의 대검인 '심장의 파멸'로 구운 고기를 두껍게 썰어 냈다. 달콤한 케이크와 꿀을 탄 와인이 있었고, 노래와 춤이 있었으며, 모두가 따뜻했다. 연회가 끝나자 그는 자러 올라갔다. 어머니와 아버지가 지내던 영주의 침실이 아니라 한때 여동생들과 같이 썼던 방으로 갔다. 다만 그 방의 크고 부드러운 침대에는 여동생들이 아니라 길리가 기다리고 있었고, 크고 텁수룩한 모피만 뒤집어쓴 채 가슴에서 젖을 흘리고 있었다.

그는 식은땀과 두려움에 젖어 퍼뜩 깨어났다.

불이 다 타서 붉은 잉걸불에서 연기만 피어오르고 있었다. 어찌나 추운지 공기 자체가 얼어붙은 것 같았다. 구석에서는 조랑말이 히힝거리며 뒷다리로 통나무를 걷어찼다. 길리는 아기를 안고 불가에 앉아 있었다. 샘은 벌린 입으로 하얀 입김을 내뿜으며 힘겹게 일어나 앉았다. 회관 안은 검고도 검은 그림자들에 잠겨 어두웠다. 팔에 난 털이 곤두섰다.

'아무것도 아니야. 추워서 그런 것뿐이야.' 샘은 스스로에게 말했다.

그때, 문가에서 그림자 하나가 움직였다. 커다란 그림자였다.

'아직도 꿈을 꾸고 있는 거야.' 샘은 기도했다. '아, 아직 자고 있는 걸로 해주세요. 악몽인 걸로 해주세요. 저 남잔 죽었어, 분명히 죽었어, 죽는 걸 봤단 말이야.' 길리가 흐느꼈다. "아기 냄새를 맡고 온 거예요. 냄새를 맡은 거야. 갓난아기에게선 생명의 냄새가 나니까, 생명을 가지러 온 거야."

크고 어두운 형상이 상인방 아래로 몸을 숙이더니 회관 안으로 들어와 서 어기적어기적 그들에게 다가왔다. 어슴푸레한 불빛 속에서 그 그림자는 작은 폴이 되었다.

"꺼져." 샘이 쉰 목소리로 말했다. "우린 널 원치 않아."

폴의 두 손은 석탄처럼 검고, 얼굴은 우유처럼 희었으며, 두 눈은 새파랗 게 빛났다. 수염은 서리가 맺혀 하얗게 보였고, 한쪽 어깨에는 까마귀 한 마리가 앉아서 그의 뺨을 쪼며 죽은 살을 먹고 있었다. 샘의 방광이 터졌 다. 다리 아래로 뜨끈한 액체가 흐르는 느낌이 났다. "길리, 말을 달래서 데 리고 나가요. 그렇게 해요."

"당신은—" 길리가 입을 열었다.

"나한테는 그 칼이 있어요. 드래곤 유리 단검요." 그는 일어서면서 더듬 더듬 단검을 꺼냈다. 처음 갖고 있던 칼은 그렌에게 줬지만, 다행히도 크 래스터의 요새에서 도망치기 전에 잊지 않고 모르몬트 공의 단검을 챙겼 다. 그는 단검을 꽉 쥐고 불가에서 떨어졌다. 길리와 아기에게서 떨어졌다. "폴?" 용감하게 말하려고 했지만, 끽끽거리는 소리가 나왔다. "작은 폴. 나 알아? 나 샘이야, 뚱보 샘, 겁먹은 샘. 당신이 날 숲에서 구해줬지. 내가 한 걸음도 더 못 걷겠다 싶었을 때 날 들고 가줬어. 아무도 그런 일은 할 수 없 었는데, 당신이 해줬지." 샘은 칼을 손에 들고 훌쩍거리면서 물러섰다. '난 정말 겁쟁이야.' "우릴 해치지 마, 폴. 부탁이야. 왜 우릴 해치려는 거야?"

길리가 지저분하고 단단한 바닥을 허우적거리며 물러났다. 시귀가 고개를 돌려 길리를 보았지만, 샘이 "아니야!" 하고 외치자 다시 샘에게 고개를 돌렸다. 어깨에 앉은 까마귀가 그 망가진 하얀 뺨에서 살점을 뜯어냈다. 샘은 단검을 내밀고, 대장장이의 풀무처럼 씨근덕거렸다. 회관 저편에서 길리가 조랑말이 있는 곳에 도착했다. '신들이시여, 제게 용기를 주세요.' 샘은 기도했다. '이번만은 제게 조금이라도 용기를 주세요. 길리가 도망칠 때까지만이라도.'

작은 폴이 다가왔다. 샘은 물러서다가 거친 통나무 벽에 부딪쳤다. 그는 단검이 떨리지 않게 두 손으로 꽉 잡았다. 시귀는 드래곤 유리를 무서워하는 것 같지 않았다. 그게 뭔지 모를지도 몰랐다. 시귀는 천천히 움직였지만, 작은 폴은 살아 있었을 때도 동작이 빠른 편이 아니었다. 그 뒤에서는 길리가 조랑말을 달래 문 쪽으로 몰고 가려 했다. 하지만 조랑말은 시귀의 독특하고 차가운 냄새를 맡았는지, 갑자기 말을 듣지 않고 뒷발로 일어서더니 발굽으로 차가운 공기를 때리려 들었다. 폴은 그 소리를 듣더니 샘에게 관심을 잃어버린 듯 몸을 돌렸다.

생각하거나 기도하거나 무서워할 시간이 없었다. 샘웰 탈리는 앞으로 몸을 던져 작은 폴의 등에 단검을 꽂았다. 시귀는 몸을 반쯤 돌린 상태라 샘의 공격을 보지 못했다. 까마귀가 날카로운 소리를 지르며 날아올랐다. "넌 죽었어!" 샘은 시체를 찌르며 외쳤다. "넌 죽었어, 넌 죽었다고." 그는 소리를 지르며 찌르고 또 찔러서 폴의 무거운 검은색 망토를 크게 찢어놓았다. 칼날이 모직 망토 아래 쇠사슬을 때리고 부서지면서 사방에 드래곤 유리 조각이 날았다.

샘이 흐느끼자 검은 공기 속에 하얀 안개가 일었다. 그는 작은 폴이 몸을 돌리자 쓸모없는 칼자루를 떨구고 서둘러 뒤로 물러섰다. 샘이 다른 칼, 모든 형제가 가지고 다니는 강철 단검에 손을 뻗기도 전에 시귀의 검은 손이 그의 목을 잡았다. 폴의 손가락이 어찌나 차가운지, 타는 듯한 느낌이 들었다. 그 손가락들이 샘의 부드러운 목살을 파고들었다. '도망쳐요, 길리, 도망쳐.' 그렇게 소리치고 싶었지만, 입을 열자 목이 졸리는 소리만 나왔다.

더듬거리던 손가락이 겨우 단검을 찾아냈지만, 시귀의 배에 찔러 넣자 칼끝이 쇠고리를 때리고 미끄러지면서 칼이 샘의 손아귀에서 날아갔다. 작은 폴의 손가락은 가차 없이 조여들더니, 방향을 돌리기 시작했다. '내 머리통을 떼어내려는 거야.' 샘은 절망하여 생각했다. 목이 얼어붙은 느낌이었고, 폐에는 불이 붙었다. 주먹질을 하고 시귀의 손목을 잡아당기기도 했으나 소용없었다. 폴의 다리 사이를 걷어찼지만 소용없었다. 세상은 두 개의 푸른 별과 끔찍하게 참담한 고통, 그리고 눈물이 눈에 고인 채로 얼어붙을 만큼 맹렬한 추위로 오그라들었다. 샘은 꿈틀거리며 절박하게 팔을 잡아당기다가…… 앞으로 몸을 기울였다.

작은 폴은 몸집이 크고 힘이 셌지만, 그래도 샘이 몸무게는 더 나갔고, 최초인의 주먹에서 보니 시귀들은 움직임이 서툴렀다. 갑작스러운 중심 이동에 폴은 비틀거리며 한 걸음 물러섰고, 산 사람과 죽은 사람은 함께 쓰러져버렸다. 그 충격에 한쪽 손이 샘이 목에서 떨어졌고, 그는 얼음장 같은 검은 손가락이 돌아오기 전에 잽싸게 숨을 들이마실 수 있었다. 입안에 피 맛이 가득했다. 그는 고개를 돌려 단검을 찾다가 흐릿한 오렌지색 불빛을 보았다. '불!' 잉걸불과 재만 남았지만 그렇다 해도…… 그는 숨을 쉴 수도, 생각을 할 수도 없었다……. 샘은 폴을 질질 끌고 몸을 옆으로 비틀었다……. 그의 팔이 지저분한 바닥 위로 마구 움직이며 손을 더듬고, 뻗고, 잿더미를 헤집다가 마침내 뭔가 뜨거운 것을 찾아냈다……. 새까맣게 탔지만 검은 표면 안에 붉은색과 주홍색 열기를 품고 있는 숯덩이였다……. 그는 그 숯덩이를 잡고 폴의 입안에 처넣었다. 이가 깨지는 게 느껴질 정도로 세게.

그래도 시귀의 손아귀는 풀리지 않았다. 샘은 마지막에 그를 사랑한 어머니와 그가 실망시킨 아버지를 생각했다. 주위에서 회관이 빙빙 도는 가운데 폴의 깨진 잇새로 피어오르는 연기가 보였다. 그러더니 죽은 남자의 얼굴에 확 불이 붙고, 손이 떨어져 나갔다.

샘은 공기를 빨아들이며 힘없이 몸을 굴렸다. 시귀는 불타고 있었고, 살이 시커멓게 타면서 수염에서 서리가 뚝뚝 떨어졌다. 샘은 까마귀의 새된 소리를 들었지만, 폴은 아무 소리도 내지 않았다. 폴이 입을 열자 불길만 뿜어져 나왔다. 그리고 두 눈은…… 사라졌다. 그 푸른 빛은 이제 없었다.

그는 문으로 기어갔다. 공기가 차가워서 숨 쉬기가 아팠지만, 그건 그래도 달콤한 아픔이었다. 그는 몸을 숙이고 회관 밖으로 나가서 외쳤다. "길리? 길리, 내가 죽였어요. 길—"

길리는 아이를 품에 안은 채 영목을 등지고 서 있었다. 시귀들이 주위를 둘러싸고 있었다. 열 명, 아니 스무 명도 넘었다……. 한때 야인이었던 자들도 있어서 아직까지 털가죽을 걸치고 있었지만…… 그보다 많은 수가 샘의 형제들이었다. 시스터맨 라크, 조용한 발, 라일스가 보였다. 체트의 목에 난 종기는 검은색이었고, 부스럼에는 얇게 얼음이 덮여 있었다. 그리고 한 명은 머리가 반쯤 날아가서 확실히 알 순 없지만 헤이크처럼 보였다. 그들은 가엾은 조랑말을 갈가리 찢어놓고, 피가 떨어지는 붉은 손으로 창자를 끌어내고 있었다. 조랑말의 배에서 허연 증기가 피어올랐다.

샘은 흐느끼는 듯한 소리를 냈다. "이건 불공평해……."

"공평." 까마귀가 그의 어깨에 내려앉았다. "공평, 공펴엉, 공포." 까마귀는 날갯짓을 하며 길리와 함께 비명을 질렀다. 시귀들이 길리에게 거의 다 갔다. 샘은 영목의 검붉은 잎사귀들이 바스락거리며, 그가 알지 못하는 언어로 서로에게 속삭이는 소리를 들었다. 별빛 자체도 일렁이는 것 같았고, 사방에서 나무들이 신음하며 삐걱거렸다. 샘 탈리는 굳은 우유처럼 하얘졌고, 눈은 접시만큼 커졌다. 까마귀들이었다! 까마귀들 수백, 수천 마리가 영목의 새하얀 가지에 앉아서 잎사귀 사이로 눈을 빛내고 있었다. 그는 까마귀들이 소리를 지르며 부리를 벌리는 모습을 보고, 검은 날개를 펼치는 모습을 보았다. 까마귀들은 날카롭게 울고 퍼덕거리면서 성난 구름 떼처럼 시귀들에게 내려갔다. 체트의 얼굴 주위에 몰려들어 파란 눈을 쪼고, 파리 떼처럼 시스터맨의 몸을 덮고, 헤이크의 쪼개진 머리통 안을 파냈다. 어찌나 까마귀가 많은지 고개를 들자 달이 보이지 않을 정도였다.

"가." 그의 어깨에 앉은 까마귀가 말했다. "가, 가, 가."

샘은 뛰었다. 입에서 서리를 토하듯 뿜어내며 뛰었다. 사방에서 시귀들이 신음 소리도 울음소리도 없이 기묘한 침묵 속에서, 자기들을 공격하는 검은 날개와 날카로운 부리를 향해 팔을 휘저었다. 그러나 까마귀들은 샘을 무시했다. 샘은 길리의 손을 잡고 영목 옆을 빠져나갔다. "가야 해요."

"하지만 어디로요?" 길리가 아기를 안고 급하게 따라왔다. "저놈들이 우리 말을 죽였는데, 어떻게……."

"형제여!" 그 소리는 수천 마리의 까마귀 소리를 뚫고 밤을 갈랐다. 숲속에서 머리끝부터 발끝까지 검은색과 회색으로 얼룩덜룩하게 감싼 남자가 엘크를 타고 서 있었다. "여기요." 엘크 기수가 외쳤다. 얼굴은 두건에 가려져 있었다.

'검은 옷을 입고 있어.' 샘은 길리를 그쪽으로 재촉했다. 어깨까지만 해도 3미터에 달하고 뿔의 너비도 그만큼 넓은, 거대한 엘크가 그들을 태우려고 무릎을 굽혔다. "여기." 기수가 장갑 낀 손을 뻗어 길리를 뒤에 태웠다. 그다음은 샘 차례였다. "고맙습니다." 샘은 헉헉거리며 인사했다. 그리고 내민 손을 잡은 후에야 기수가 장갑을 낀 게 아니었음을 깨달았다. 그의 손은 검고 차가웠으며, 손가락은 돌처럼 단단했다.

# 아리아

산마루에 다다라서 강을 본 산도르 클리게인은 고삐를 확 잡아당기고 욕을 퍼부었다.

검은 쇠 같은 하늘에서 떨어지는 빗줄기가 녹색과 갈색의 급류에 만 개의 검을 꽂아 넣고 있었다. '1.5킬로미터는 되겠네.' 아리아는 생각했다. 소용돌이치는 물 위로 솟은 50여 그루의 나무 끄트머리가 물에 빠진 사람들의 팔처럼 하늘을 향해 가지를 뻗고 있었다. 두껍게 쌓인 젖은 잎사귀들이 물가를 메웠고, 물길을 좀 더 따라가면 사슴인지 죽은 말인지 모를 하얗게 부어오른 뭔가가 빠른 속도로 하류로 쓸려 가는 모습이 보였다. 소리도 있었다. 마치 개가 으르렁거리기 직전에 내는 소리처럼 들릴 듯 말 듯한 낮은 굉음이었다.

아리아는 안장 위에서 꼼지락대다가 등을 파고드는 사냥개의 갑옷 사슬을 느꼈다. 사냥개가 아리아에게 팔을 두르고 있었다. 그는 화상을 입은 왼팔에 보호용으로 강철 완갑을 꼈는데, 붕대를 갈 때 보니 그 아래 살은 여전히 짓무른 상태였다. 하지만 그 화상이 아프다 해도 산도르 클리게인은 티를 내지 않았다.

"이거 블랙워터강이야?" 비와 어둠 속에서, 길도 없는 숲과 이름도 없는 마을들을 뚫고 너무나 오래 말을 달린 탓에 아리아는 위치감각을 완전히 잃어버렸다.

"저게 우리가 건너야 하는 강이라는 것만 알면 돼." 클리게인은 가끔 대답을 해줬지만, 말대꾸는 하지 말라고 경고했다. 첫날 그는 많은 경고를 했다. "다음에 또 날 때리면 네 손을 등 뒤로 묶어놓을 거다. 다음에 또 도망치려 들면 두 발을 묶어놓을 거다. 또 한 번 비명을 지르거나 고함치거나 날 깨물면 재갈을 물릴 거야. 말 한 마리에 둘이 같이 탈 수도 있고, 널 도살장에 가는 돼지처럼 묶어서 말 등에 얹어놓을 수도 있지. 선택은 네가 해라."

아리아는 말을 타고 가는 쪽을 선택했지만, 첫 야영지에서 사냥개가 잠들었다 싶을 때까지 기다렸다가 크고 울퉁불퉁한 돌을 찾아서 그 못생긴 머리통을 찍으려고 했다. '그림자처럼 조용히.' 아리아는 그렇게 되뇌며 산도르 쪽으로 기어갔지만, 충분히 조용하지는 못했다. 사냥개는 잠들어 있지 않았다. 아니면 깨었는지도 모르겠다. 어느 쪽이든 간에 그는 눈을 뜨고 입을 비틀면서 아무렇지도 않게 아리아의 손에서 돌을 빼앗았다. 아리아가 할 수 있는 일이라곤 그를 걷어차는 것뿐이었다. "이번엔 넘어가마." 그는 돌을 덤불 속으로 내던지며 말했다. "하지만 멍청하게 한 번 더 시도했다간 다칠 줄 알아라."

"미카처럼 그냥 죽여버리지 그래?" 아리아는 빽 소리를 질렀다. 그때까지는 아직 반항적이었고, 겁먹기보다는 화가 나 있었다.

그는 아리아의 튜닉 앞섶을 잡고 화상 입은 얼굴 바로 앞까지 끌어당긴 다음 대답했다. "다음에 또 그 이름을 뱉으면 차라리 죽었으면 할 정도로 두들겨 팬다."

그 후로 그는 자러 갈 때마다 아리아를 말 담요에 말고 위아래를 밧줄로 묶어서 포대기에 싸인 아기처럼 꼼짝 못 하게 만들었다.

'블랙워터일 거야.' 아리아는 강물을 때리는 빗줄기를 보며 그렇게 판단했다. 사냥개는 조프리의 개였다. 그러니 조프리와 왕대비에게 넘기려고 레드킵으로 데려가고 있겠지. 어느 길로 가고 있는지 알 수 있게 태양이 나오면 좋을 텐데. 나무에 자란 이끼는 보면 볼수록 혼란스럽기만 했다. '킹스랜딩 앞을 흐르는 블랙워터는 이렇게 넓지 않았지만, 그건 비가 내리기 전이니까.'

"여울은 다 사라졌겠고, 헤엄쳐서 건널 마음도 없다." 산도르 클리게인이 말했다.

'건너갈 방법이 없어. 베릭 공이 분명히 우릴 따라잡을 거야.' 아리아는 생각했다. 클리게인은 추적을 떨치기 위해 덩치 큰 흑마를 심하게 몰아붙였고, 세 번이나 되돌아간 데다, 한번은 불어난 개울물 한가운데로 1킬로미터 가까이 달리기까지 했다……. 그래도 아리아는 아직까지 뒤를 돌아볼 때마다 무법자들이 보이기를 기대했다. 소변을 보러 덤불에 들어갈 때는 나무줄기에 이름을 새겨서 그들을 도우려고도 했는데, 네 번째로 그랬을 때 걸리는 바람에 더는 못 하게 됐다. '상관없어. 토로스가 불길 속에서 날 찾아낼 거야. 아직 찾지 못했다면 말이지만.' 어쨌든 아직은 그들이 아리아를 찾지 못했고, 일단 저 강을 건너면…….

"해로웨이 마을이 멀지 않을 거다." 사냥개가 말했다. "루트 공이 늙은 안다하르 왕의 머리 둘 달린 수마(水馬)를 기르는 곳이지. 어쩌면 그걸 타고 건널 수도 있을 거야."

아리아는 늙은 왕 안다하르에 대해 들어본 적이 없었다. 머리가 둘 달린 말도, 특히나 물 위를 달릴 수 있는 말은 본 적이 없었지만, 무슨 뜻인지 묻지 않는 편이 나았다. 아리아는 사냥개가 말 머리를 돌리고, 산등성이를 따라 하류로 달려가는 동안 입을 다물고 뻣뻣하게 앉아 있었다. 그래도 이쪽으로 달리니 비가 등을 때렸다. 빗물이 눈을 찔러 앞이 잘 보이지 않는 것도, 우는 것처럼 뺨을 타고 흐르는 것도 이제 지겨웠다. '늑대는 울지 않아.' 아리아는 다시 한번 다짐했다.

아직 정오를 지난 지도 얼마 되지 않았는데, 하늘은 해 질 무렵처럼 어두웠다. 태양을 보지 못한 게 며칠째인지 몰랐다. 아리아는 뼛속까지 젖었고, 안장 때문에 아팠으며, 코를 훌쩍거렸고, 몸이 욱신거렸다. 열도 있었고 가끔은 걷잡을 수 없이 몸이 떨렸지만, 사냥개에게 아프다고 말했더니 으르렁거리기만 했다. "코 닦고 입 다물어라." 그는 이제 자기 말이 바큇자국이나 짐승 길을 제대로 따라가리라 믿고 안장 위에서 반쯤은 잤다. 그의 말은 육중한 준마로, 군마만큼이나 덩치가 컸지만 그보다 더 빨랐다. 사냥개는 그 말을 '이방인'이라고 불렀다. 한번은 산도르 클리게인이 나무에 오줌을 싸러 갔을 때, 아리아가 그 말을 훔치려고 했다. 잡히기 전에 말을 타고 내뺄 수 있다고 생각했는데, 이방인이 아리아의 얼굴을 물어뜯으려 했다. 제 주인과 있을 때는 늙은 거세마처럼 온순했지만, 다른 때는 털빛이 검은 만큼이나 성질이 고약했다. 말이 그렇게 잽싸게 깨물거나 걷어찰 수 있을 줄은 몰랐다.

그들은 강가를 따라 몇 시간을 달리고, 진흙탕이 된 지류 두 개를 첨벙거리며 건넌 후에야 산도르 클리게인이 말했던 곳에 도착했다. "해로웨이 마을이다." 그는 그렇게 말하고 나서, 그곳을 보더니 다시 말했다. "일곱 지옥이여!" 그 마을은 물에 잠겨 황폐해져 있었다. 불어난 물이 강둑으로 흘러넘쳤고, 해로웨이 마을에 남은 것이라곤 초벽 여관 위층, 가라앉은 성소의 칠각 돔, 석조 원형 탑 3분의 2, 곰팡이 슨 초가지붕 몇 개, 그리고 굴뚝 숲뿐이었다.

하지만 아리아는 원형 탑에서 피어오르는 연기와, 아치 창문 아래에 단단히 묶인 넓은 평저선을 보았다. 그 배는 노걸이가 십여 개에 뱃머리와 배

꼬리에는 커다란 목각 말 머리가 있었다. '머리가 둘 달린 말이라고 했지.' 아리아는 그 말뜻을 깨달았다. 갑판 한가운데에는 초가지붕을 인 나무집이 한 채 있었고, 사냥개가 입가에 손을 대고 소리를 지르자 그 집에서 남자 둘이 나왔다. 또 한 명은 장전한 노궁을 잡고 원형 탑 창문에 나타났다. "원하는 게 뭐야?" 남자는 소용돌이치는 갈색 물 너머로 외쳤다.

"우릴 건네줘." 사냥개가 마주 외쳤다.

배에 탄 남자들이 서로 의논을 하더니, 팔이 굵고 등이 굽은 희끗희끗한 회색 머리 사내가 난간 쪽으로 걸어왔다. "돈이 들 거야."

"지불하지."

'뭘로?' 아리아는 궁금했다. 무법자들은 클리게인의 금화를 빼앗았지만, 베릭 공이 은화와 동화를 좀 남겨주었는지도 몰랐다. 뱃삯은 동화 몇 닢 정도면 될 것이다…….

뱃사람들이 다시 이야기를 나누었다. 마침내 등이 굽은 남자가 몸을 돌리더니 고함을 쳤다. 비를 맞지 않으려고 두건을 눌러쓴 남자 여섯 명이 더 나타났다. 더 많은 남자들이 요새 창문 밖으로 나와 갑판 위로 뛰어내렸다. 그중 절반은 친척이라고 보아도 될 만큼 등이 굽은 남자와 생김새가 비슷했다. 몇 명은 사슬을 풀고 긴 장대를 집어 들었고, 또 몇 명은 무겁고 넓적한 노를 노걸이에 끼워 넣었다. 배가 방향을 돌리더니, 양쪽으로 부드럽게 노를 저으며 얕은 물을 향해 슬금슬금 기어 왔다. 산도르 클리게인은 그 배를 맞이하러 말을 달렸다.

배꼬리가 언덕 비탈에 쿵 하고 부딪치자, 뱃사람들은 말 머리 조각 아래에 있는 넓은 문을 열고 무거운 참나무 판자를 내렸다. 이방인은 물가에서 주저했지만, 사냥개가 말 옆구리를 누르며 통로로 올라갈 것을 재촉했다. 갑판에 오르자 등이 굽은 남자가 기다리고 있었다. "충분히 젖으셨소, 경?" 남자는 웃으며 물었다.

사냥개는 입을 씰룩거렸다. "난 네놈의 망할 재치가 아니라 배가 필요해." 그는 말에서 내린 후에 아리아를 옆으로 끌어 내렸다. 뱃사람 하나가 이방인의 고삐에 손을 뻗었다. "나라면 안 그러겠다." 클리게인이 말하는 순간 말이 발길질했다. 뱃사람은 펄쩍 뛰어 물러서다가 빗물에 젖은 갑판에 미끄러져 엉덩방아를 찧으며 욕을 했다.

등이 굽은 뱃사람은 이제 미소를 지우고 까다롭게 말했다. "건네드릴 수는 있는데, 금화 한 닢이오. 말에 또 한 닢. 꼬마에게 또 한 닢."

"금화 세 닢?" 클리게인은 짖듯이 웃었다. "금화 세 닢이면 망할 배를 사고 말겠다."

"작년 같으면 그럴 수도 있었겠지. 하지만 이 강에선 바다까지 백 킬로미터를 쓸려 가지 않으려고만 해도 장대와 노를 잡을 일꾼이 더 필요하거든. 선택하쇼. 금화 세 닢을 내든가, 아니면 그 지옥마에게 물 위를 걷는 방법을 가르치든가."

"난 정직한 강도가 좋더군. 좋을 대로 해. 금화 세 닢⋯⋯. 북쪽 강둑에 안전하게 내려주면 주지."

"지금 주든가, 아니면 안 가겠소." 남자는 굳은살이 박인 두꺼운 손바닥을 내밀었다.

클리게인은 장검을 검집째로 흔들어 풀었다. "선택해. 북쪽 강둑에서 금화를 받든가, 남쪽 강둑에서 강철을 받든가."

뱃사람은 사냥개의 얼굴을 쳐다보았다. 아리아는 그 남자가 사냥개의 표정을 보고 망설이는 것을 알 수 있었다. 그 남자 뒤에는 손에 노와 단목 장대를 쥔 튼튼한 남자가 열 명 넘게 서 있었지만, 그중 누구도 도우러 달려 나오지는 않았다. 다 함께 힘을 합치면 산도르 클리게인을 제압할 수도 있겠지만, 그는 쓰러지기 전에 적어도 서너 명은 죽일 것이다. "댁이 돈을 확실히 낼지 내가 어떻게 알지?" 등이 굽은 남자가 잠시 후에 물었다.

'안 낼 거야.' 아리아는 외치고 싶었지만, 입술만 깨물었다.

"기사의 명예를 걸지." 사냥개는 웃지도 않고 말했다.

'이 남자는 기사도 아니야.' 아리아는 그 말도 하지 않았다.

"그럼 그러지." 뱃사람은 침을 뱉었다. "그럼 갑시다, 어두워지기 전에 건네줄 수 있소. 말은 묶어두시오. 항해 중일 때 그놈이 미쳐 날뛰는 건 원치 않으니. 아들과 같이 몸을 녹이고 싶다면 선실 안에 화로가 있수다."

"난 이놈 아들이 아니야!" 아리아는 격분했다. 그건 사내아이로 보이는 것보다 더 나빴다. 너무 화가 난 나머지 정체를 말해버릴 뻔했는데, 산도르 클리게인이 옷깃 뒤를 잡고 한 손으로 갑판 위에서 들어 올렸다. "그 망할 입 좀 닥치고 있으라고 몇 번 말해야 하나?" 그는 아리아를 이가 부딪칠 정도로 세게 흔든 다음에 팽개쳤다. "들어가서 저 남자 말대로 몸이나 말려라."

아리아는 시키는 대로 했다. 커다란 무쇠 화로가 시뻘겋게 빛나며 방 안을 숨막히는 열기로 채우고 있었다. 그 옆에 서서 손을 데우고 몸을 약간이나마 말리니 기분이 좋았지만, 아리아는 발아래 갑판이 움직이는 것을 느끼자마자 다시 앞문으로 나갔다.

머리 둘 달린 말은 물에 잠긴 해로웨이의 굴뚝과 지붕 끄트머리 사이를 헤치고 서서히 얕은 물속을 나아갔다. 십여 명이 노를 잡았고 네 명은 장대를 쥐고서 바위나 나무, 아니면 물에 잠긴 집에 너무 가까워지면 밀어내는 역할을 맡았다. 등이 굽은 남자는 키를 잡았다. 빗방울이 매끈한 갑판 바닥을 두드리고 앞뒤로 높이 솟은 말 머리 조각에 튀었다. 아리아는 다시 폭삭 젖으면서도 신경 쓰지 않았다. 보고 싶었다. 노궁을 쥔 남자는 아직도 원형 탑 창문에 서 있었다. 배가 탑 아래를 미끄러져 지나자 그 남자의 시선이 아리아를 따라왔다. 그 남자가 사냥개가 말했던 루트 공일까 궁금했다. '별로 귀족처럼 보이진 않는데.' 하지만 그렇게 말하자면 아리아도 마찬가지였다.

일단 마을을 벗어나서 강에 제대로 진입하자, 물살이 훨씬 강해졌다. 아리아는 회색 안개비 사이로 반대편 강변에 선착장을 표시하는 높은 돌기둥을 알아볼 수 있었지만, 그 기둥을 보자마자 배가 하류로 밀려가면서 선착장에서 멀어지고 있음을 깨달았다. 노잡이들은 더 열심히 노를 저으며 격노한 강과 싸우고 있었다. 잎사귀들과 부러진 나뭇가지들이 전갈석궁으로 던진 것처럼 빠르게 스쳐 지나갔다. 장대를 쥔 남자들은 몸을 내밀고 가까이 오는 물건은 뭐든 밀어내고 있었다. 강 가운데는 바람도 더 심했다. 상류를 보려고 고개를 돌릴 때마다 빗줄기가 얼굴을 한가득 때렸다. 이방인은 발아래에서 갑판이 움직이자 비명을 올리며 발길질했다.

'난간 너머로 뛰어내리면, 사냥개가 내가 없어진 걸 알기도 전에 강물에 쓸려 가겠지.' 어깨 너머를 돌아보니 산도르 클리게인은 겁먹은 말을 진정시키려고 씨름하고 있었다. 그에게서 벗어나는 데 이보다 더 좋은 기회는 오지 않을 것이다. '하지만 빠져 죽을 수도 있어.' 존은 아리아가 물고기처럼 헤엄친다고 하곤 했지만, 물고기라 해도 이 강에서는 어려움을 겪을 수 있었다. 그렇다 해도 물에 빠져 죽는 쪽이 킹스랜딩보다는 나을지 모른다. 아리아는 조프리를 생각하며 슬금슬금 뱃머리로 다가갔다. 갈색 진흙탕이 되어 빗줄기를 맞고 있는 강물은 물이라기보다는 수프처럼 보였다. 아리아는 물속이 얼마나 차가울까 생각했다. '여기서 더 젖을 것도 없잖아.' 아리아는 난간에 한 손을 올렸다.

하지만 뛰어내리기 전에 터져 나온 갑작스러운 고함 소리에 고개가 돌아갔다. 뱃사람들이 장대를 손에 들고 달려오고 있었다. 아리아는 잠시 무슨 일인지 이해하지 못하다가, 뒤늦게 보았다. 뿌리째 뽑힌 거대한 검은 나무가 그들을 향해 돌진해 왔다. 이리저리 얽힌 뿌리와 가지가 거대한 크라켄의 뻗은 팔처럼 물 위로 솟아 있었다. 노잡이들은 배가 전복되거나 선체가 꿰뚫리는 충돌을 피하려고 미친 듯이 물을 밀어냈다. 노인이 용을 써서 키를 비틀자 뱃머리에 조각된 말이 하류로 방향을 돌렸지만, 너무 느렸다. 나무는 갈색과 검은색으로 반짝거리면서 충차처럼 그들을 향해 돌진해 왔다.

나무가 뱃머리에서 3미터도 떨어지지 않은 곳까지 왔을 때 뱃사람 두 명이 장대로 저지하는 데 성공했다. 장대 하나는 부러지면서 마치 배가 쪼개지듯이 길게 콰지직 소리를 냈다. 하지만 두 번째 남자는 용케 나무줄기를 세게, 가까스로 배를 피할 만큼 밀어내는 데 성공했다. 나무는 몇 센티미터 사이를 두고 배 옆을 스쳐 지나가면서 발톱처럼 나뭇가지로 말 머리를 할퀴었다. 이제 벗어났다고 생각했을 때, 그 괴물의 위쪽 가지 하나가 배를 제대로 때렸다. 배가 부르르 몸을 떠는 것 같았고, 아리아는 미끄러지다가 한쪽 무릎을 세게 찧었다. 부러진 장대를 들고 있던 남자는 그리 운이 좋지 못했다. 아리아는 그 남자가 난간 너머로 넘어지면서 내지르는 소리를 들었다. 다음 순간에는 사나운 갈색 물이 그를 뒤덮었고, 남자는 아리아가 다시 일어서기도 전에 사라져버렸다. 다른 뱃사람이 밧줄 타래를 낚아챘지만, 밧줄을 던져줄 상대가 없었다.

'하류 어딘가에 떠밀려 올라갈지도 몰라.' 아리아는 스스로에게 그렇게 말하려 했지만, 공허하게 울리는 말이었다. 헤엄을 쳐보려던 마음이 싹 사라졌다. 산도르 클리게인이 피 나게 맞기 전에 다시 안으로 들어가라고 외치자 아리아는 순순히 안으로 들어갔다. 그때쯤 배는 그들을 바다로 실어가고 싶어 하는 강물에 맞서 항로로 돌아가려고 싸우고 있었다.

겨우 강가에 도착했을 때는 선착장에서 하류로 3킬로미터는 내려간 곳이었다. 배가 강둑을 어찌나 세게 때렸는지 장대가 또 하나 부러졌고, 아리아도 다시 넘어질 뻔했다. 산도르 클리게인은 아리아를 헝겊 인형처럼 가뿐히 들어 이방인의 등에 올려놓았다. 뱃사람들은 지쳐서 흐릿한 눈으로 그를 쳐다보기만 했지만, 등이 굽은 남자는 손을 내밀었다. "금화 여섯 닢이오. 뱃삯으로 세 닢, 내가 잃은 사람 몫으로 세 닢."

산도르 클리게인은 주머니 속을 뒤지더니 구깃구깃한 양피지 조각을 뱃사람의 손에 툭 건넸다. "자. 열 닢 가져."

"열 닢?" 뱃사람은 어리둥절해했다. "이게 뭐요?"

"죽은 남자의 어음이다. 금화 9000닢쯤 되지." 사냥개는 아리아 뒤에 훌쩍 올라앉더니 아래를 내려다보며 심술궂은 미소를 지었다. "그중 열 닢은 너희 거다. 나머지는 언젠가 찾으러 돌아올 테니 다 써버리진 마."

그 남자는 눈을 가늘게 뜨고 양피지 조각을 내려다보았다. "글이로군. 글이 무슨 소용이야? 금화를 주겠다고 약속했잖아. 기사의 명예를 건다며."

"기사들에게 명예 따윈 없어. 이젠 배울 때도 됐잖아, 노인장." 사냥개는 이방인에게 박차를 가해서 빗줄기 속을 달렸다. 뱃사람들이 등 뒤에서 욕설을 퍼붓고 한두 명은 돌을 던졌다. 클리게인은 돌멩이나 욕이나 다 무시했고, 오래지 않아 그들은 멀어지는 강물의 굉음을 뒤로하고 어두운 숲속 깊숙이 들어갔다. "배는 아침까지 다시 건너가지 않을 테고, 저놈들도 다음에 오는 바보들에게는 종이에 쓴 약속을 받지 않을 거다. 네 친구들이 우릴 따라오려면 엄청나게 헤엄을 잘 쳐야 할 거야."

아리아는 몸을 웅크리고 입을 다물었다. 그리고 뚱하니 생각했다. '발라 모르굴리스. 일린 경, 메린 경, 조프리 왕, 세르세이 왕대비. 던센, 폴리버, 친절한 라프, 그레고르 경, 티클러. 그리고 사냥개, 사냥개, 사냥개.'

비가 그치고 구름이 걷힐 무렵에는 아리아가 너무 심하게 떨면서 코를 훌쩍여서 클리게인이 밤 이동을 멈추고 불을 피우려고 할 정도였다. 하지만 그들이 모아들인 나무는 너무 젖어 있었다. 클리게인이 무슨 짓을 해도 불이 붙지 않았다. 결국 그는 넌더리를 내며 장작을 발로 차버렸다. "일곱 지옥에 빌어먹을." 그는 욕을 했다. "난 불이 싫어."

그들은 참나무 아래 축축한 바위에 앉아, 잎사귀에서 천천히 물이 떨어지는 소리를 들으며 딱딱한 빵과 곰팡이 핀 치즈, 훈제 소시지로 차가운 저녁을 먹었다. 사냥개는 단검으로 고기를 자르다가 아리아가 칼을 쳐다보는 눈빛을 알아차리고 눈을 가늘게 떴다. "꿈도 꾸지 말아라."

"아무 생각 안 했어." 아리아는 거짓말을 했다.

그는 코웃음으로 생각을 전하면서도 두껍게 자른 소시지를 건넸다. 아리아는 사냥개를 지켜보면서 소시지를 물었다. "난 네 언니를 때린 적이 없다만, 네가 덤비면 때릴 거다. 날 죽일 방법을 생각하는 건 그만해라. 하나도 좋을 게 없으니."

대꾸할 말이 없었다. 아리아는 소시지를 씹으며 차갑게 사냥개를 노려보았다. '돌처럼 단단하게.' 그렇게 생각하면서.

"그래도 내 얼굴을 똑바로 보긴 하는군. 그건 인정해주마, 꼬마 암늑대야. 내 얼굴이 마음에 드냐?"

"아니. 다 타서 흉해."

클리게인은 치즈 한 덩이를 단검으로 찍어서 건넸다. "넌 어린 바보다. 네가 달아난들 뭐 좋을 게 있다고? 그래봐야 더 나쁜 놈에게 잡히기만 할걸."

"안 잡혀." 아리아는 우겼다. "그리고 더 나쁜 놈은 없어."

"내 형을 모르는군. 그레고르는 코를 곤다고 사람을 죽인 적도 있어. 자기 부하인데도." 사냥개가 히죽 웃자 화상을 입은 부분이 팽팽하게 당겨지면서 입매가 이상하고 기분 나쁘게 뒤틀렸다. 그쪽 얼굴에는 입술이 없고, 귀도 흔적만 남아 있었다.

"난 네놈 형을 만나봤어." 이제 와서 생각해보니 산더미는 사냥개보다 나쁠지도 몰랐다. "그놈과 던센과 폴리버, 친절한 라프와 티클러."

사냥개는 놀란 것 같았다. "어쩌다가 네드 스타크의 귀한 딸이 그런 놈들을 알게 됐지? 그레고르가 애완 쥐새끼들을 궁정에 데려가는 일은 없는데."

"마을에서 마주쳤어." 아리아는 치즈를 먹고, 딱딱한 빵에 손을 뻗었다. "호숫가 마을에서 놈들이 겐드리와 나와 핫파이를 잡았지. 초록 손 로미도 잡았지만, 다리를 다쳤다는 이유로 친절한 라프가 죽여버렸어."

클리게인은 입을 씰룩였다. "널 잡았다고? 내 형이 널 잡았어?" 그는 반쯤은 으르렁거리고 반쯤은 꾸르륵거리는 듣기 싫은 웃음소리를 냈다. "그레고르는 네가 누군지 몰랐군, 그렇지? 알았을 리가 없어. 알았다면 발길질하고 비명을 질러대는 널 끌고 킹스랜딩으로 돌아가서 세르세이의 무릎에 던졌을 테니 말이야. 아, 거 고소하군. 그놈 심장을 꺼내기 전에 꼭 말해줘야겠는데."

사냥개가 산더미를 죽이겠다고 말하는 게 처음이 아니었다. "하지만 형이잖아." 아리아는 의심에 차서 말했다.

"넌 죽이고 싶은 형제가 없냐?" 그는 다시 웃었다. "아니면 자매라든가?" 그 순간 아리아의 얼굴에서 뭔가를 봤는지, 사냥개가 몸을 가까이 기울였다. "산사로군. 그렇지? 암늑대가 예쁜 새를 죽이고 싶어 하는군."

"아니야." 아리아는 내뱉듯이 말했다. "내가 죽이고 싶은 건 너야."

"내가 네 어린 친구를 두 조각 내서? 난 개 말고도 많이 죽였다. 넌 그래서 내가 괴물이라고 생각하겠지. 글쎄, 그럴지도 모르지만 내가 네 언니의 목숨을 구하기도 했거든. 폭도들이 그 애를 말에서 끌어 내린 날, 내가 폭도들을 헤치고 네 언니를 성까지 데려가지 않았다면 롤리스 스토크워스와 같은 꼴이 났을 거다. 그리고 산사는 나에게 노래를 불러줬지. 그건 몰랐지, 안 그래? 네 언니가 나에게 달콤한 노래를 불러줬다 이거야."

"거짓말." 아리아는 바로 말했다.

"넌 네가 생각하는 것보다 모르는 게 많아. 블랙워터라고? 일곱 지옥에 걸고, 여기가 대체 어딘 줄 알아? 우리가 어디로 가고 있다고 생각하나?"

아리아는 그의 목소리에 담긴 냉소 때문에 머뭇거렸다. "킹스랜딩으로 돌아가는 거잖아. 날 조프리와 왕대비에게 데려가겠지." 아리아는 이미 그게 아니라는 사실을 깨달았다. 사냥개가 질문을 던지는 방식만으로도 알 수 있었다. 그래도 뭔가 말하긴 해야 했다.

"멍청하고 뵈는 것 없는 꼬마 암늑대." 사냥개의 목소리는 쇠줄처럼 거칠고 단단했다. "조프리는 꺼지라고 해, 왕대비도 꺼지라고 하고, 그 여자가 동생이라고 부르는 그 비틀린 작은 가고일도 꺼지라고 해. 난 그놈의 도시도, 그놈의 킹스가드도, 그놈의 라니스터하고도 끝났다. 개가 사자들과 뭘 한단 말이야?" 그는 물주머니를 잡고 꿀꺽꿀꺽 물을 마시더니, 입을 닦고 아리아에게 건네며 말했다. "그 강은 트라이던트였다, 꼬마야. 블랙워터가 아니라 트라이던트야. 가능하다면 머릿속에 지도를 그려봐라. 내일이면 우린 왕의 가도에 닿을 거다. 그 후에는 빠른 속도로, 트윈스까지 곧장 올라가는 거야. 네 어머니에게 널 넘겨주는 건 내가 될 거다. 고결하신 번개 영주나 불 피우는 사기꾼 사제, 그 괴물이 아니고." 사냥개는 아리아의 표정을 보고 히죽 웃었다. "몸값 냄새를 맡을 수 있는 게 네 무법자 친구들뿐인 줄 알아? 돈다리온이 내 금을 빼앗았으니, 난 널 빼앗았지. 넌 그놈들이 나한테서 훔쳐 간 돈의 두 배는 값이 나갈 거다. 네가 두려워하는 대로 라니스터에게 다시 판다면 더 받을지도 모르지만, 그렇게는 안 해. 아무리 개라도 걷어차이다 보면 질리기 마련이야. 그 '젊은 늑대'에게 신들이 두꺼비에게 주신 것만큼이라도 머리가 있다면 날 영주로 삼고 자길 섬기라고 빌겠지. 본인은 아직 모를지 몰라도 내가 필요하거든. 어쩌면 내가 젊은 늑대를 위해 그레고르를 죽일지도 몰라. 그건 좋아하겠지."

"롭은 절대 널 받아들이지 않을 거야." 아리아는 내뱉었다. "넌 안 돼."

"그렇다면 금화나 받을 수 있는 만큼 받고 면전에 웃어주고 떠나야지. 날 거두지 않는다면 죽이는 게 현명할 테지만, 그러진 않을 거야. 내가 들은 바로는 제 아버지를 너무 닮았거든. 나야 상관없지. 어느 쪽이든 내가 이겨. 그리고 암늑대 너한테도 나쁠 거 없지. 그러니까 낑낑거리면서 날 물어뜯으려 드는 건 그만해라, 지겹다. 입 다물고 내가 시키는 대로만 하면, 네 외삼촌의 결혼식인지 뭔지에 맞춰 도착할지도 몰라."

# 존

말이 지쳐 쓰러질 지경이었지만, 존은 속력을 늦춰줄 수가 없었다. 마그나보다 먼저 장벽에 도착해야 했다. 안장이 있었다면 안장에 앉은 채로 잤을 텐데, 그게 없으니 깨어 있는 동안 말 위에 앉아 있기도 힘들었다. 다친 다리는 점점 더 고통스러워졌다. 상처가 나을 만큼 오래 쉴 수가 없었고, 말에 오를 때마다 상처가 새로 찢겼다.

어느 언덕을 올라서 언덕과 평원 사이를 뚫고 갈색으로 북쪽을 향해 구불구불 이어지는 바큇자국 깊이 팬 왕의 가도를 보았을 때, 존은 암말의 목을 두드리며 말했다. "이젠 저 길을 따라가기만 하면 돼. 곧 장벽이야." 그 무렵 그의 다리는 나무토막처럼 뻣뻣했고, 열 때문에 머리가 멍해서 두 번이나 엉뚱한 방향으로 말을 몰았다.

'곧 장벽이야.' 그는 휴게실에서 멀드와인을 마시고 있을 친구들을 그려 보았다. 홉은 주전자 앞에, 도날 노이는 대장간에 있을 테고, 아에몬 학사는 까마귀 장 아래 자기 방에 있으리라. '그리고 늙은 곰은? 샘, 그렌, 구슬픈 에드, 나무 의치를 낀 디웬……' 존은 누구라도 최초인의 주먹에서 탈출했기를 빌 수밖에 없었다.

이그리트도 머릿속을 많이 차지했다. 그는 그녀의 머리카락 냄새, 몸의 온기를 기억했다……. 그리고 그녀가 노인의 목을 가를 때 지었던 표정도. '그녀를 사랑한 건 잘못이야.' 어떤 목소리가 속삭였다. '그녀를 떠난 건 잘못이야.' 다른 목소리는 그렇게 주장했다. 아버지도 존의 어머니를 버리고 캐틀린 부인에게 돌아갔을 때 이렇게 마음이 나뉘었을까. '아버지는 스타크 부인에게 맹세한 몸이었고, 난 밤의 경비대에 맹세한 몸이야.'

열이 너무 심해서 어디 있는지도 모르고 몰스타운을 지나쳐 달릴 뻔했다. 그 마을은 대부분이 지하에 감춰져 있었고, 이울어가는 달빛에 보이는 건 작은 오두막집 몇 채뿐이었다. 매춘굴은 변소만 한 헛간이었고, 바람에 흔들리는 붉은 등이 어둠을 뚫고 노려보는 핏발 선 눈동자 같았다. 존은 매춘굴에 붙은 마구간에 들어가 말에서 내렸고, 암말의 등에서 반쯤 굴러 떨어지면서 소리를 질러 두 아이를 깨웠다. "새 말이 필요해. 안장과 굴레가 있는 걸로." 그는 반론을 용납하지 않는 말투로 말했다. 마구간지기 소년들은 말과 함께 와인 부대와 갈색 빵 반 덩이도 가져왔다. "마을을 깨워. 경고를 전해라. 장벽 남쪽에 야인들이 있어. 소지품을 모아서 캐슬블랙으로 가." 그는 다리의 통증에 이를 갈면서 새로 받은 검은색 거세마에 몸을 끌어 올리고, 북쪽으로 힘겹게 달렸다.

동쪽 하늘에서 별들이 희미해질 무렵, 앞쪽에 장벽이 나타났다. 장벽이 숲과 아침 안개를 뚫고 솟아올랐다. 달빛이 비쳐 얼음이 희미하게 빛났다. 그는 거세마를 재촉하여, 거대한 얼음 절벽 아래에 망가진 장난감들처럼 모여 있는 캐슬블랙의 돌탑과 목조 건물이 보일 때까지 진흙으로 미끄러운 길을 달렸다. 그때쯤에는 장벽이 새벽빛을 받아 분홍색과 자주색으로 빛났다.

바깥채들 곁을 지나치는 그를 막아서는 파수병은 없었다. 아무도 그를 막으러 나오지 않았다. 캐슬블랙은 그레이가드만큼이나 폐허 같아 보였다.

안뜰에 깔린 돌 틈으로 뻣뻣한 갈색 잡초가 자랐다. 오래된 눈이 플린트 막사 지붕을 덮고, 존이 늙은 곰의 개인 집사가 되기 전에 썼던 하딘의 탑 북쪽 면에 쌓여 있었다. 사령관의 탑은 창문으로 연기가 터져 나왔던 자리마다 검댕 손가락이 줄을 그어놓았다. 모르몬트는 그 화재 이후 왕의 탑으로 거처를 옮겼지만, 지금은 그 탑에도 불빛이 보이지 않았다. 땅바닥에서는 200미터 높이의 장벽 위에 파수병들이 걷고 있는지 여부를 알 수 없었지만, 커다란 벼락 모양으로 남쪽 얼음 면을 타고 올라가는 거대한 나무 계단에는 아무도 보이지 않았다.

그래도 무기고 굴뚝에서는 연기가 오르고 있었다. 흐린 북쪽 하늘을 배경으로 보일락 말락 한 연기 한 자락이었지만, 그것으로 충분했다. 존은 말에서 내려 절뚝거리며 무기고로 걸어갔다. 열린 문에서 여름의 뜨거운 입김 같은 온기가 쏟아져 나왔다. 안에서는 외팔이 도날 노이가 불 앞에서 풀무질을 하고 있었다. 그는 소리를 듣고 고개를 들었다. "존 스노우?"

"달리 누구겠어요." 열병과 피로, 다리의 상처에도 불구하고, 마그나와 그 노인과 이그리트와 만스, 그 모든 것에도 불구하고 존은 미소 지었다. 돌아오니 좋았다. 소매를 걷어붙이고 턱에는 검은색 수염이 거칠거칠한 뱃집 큰 노이를 보니 좋았다.

대장장이는 풀무를 쥐고 있던 손을 풀었다. "너 얼굴이……."

얼굴에 대해서는 거의 잊고 있었다. "변신자 하나가 제 눈을 파내려고 했어요."

노이는 얼굴을 찌푸렸다. "흉터가 있건 매끈하건 간에, 다시는 못 볼 줄 알았던 얼굴이구나. 네가 만스 레이더에게 넘어갔다고 들었다."

존은 똑바로 서 있기 위해 문을 잡았다. "누가 그랬어요?"

"자먼 벅웰. 2주 전쯤 돌아왔지. 벅웰의 정찰대가 두 눈으로 똑똑히 봤다고, 네가 양가죽 망토를 걸치고 야인들 옆을 달리고 있었다고 했어." 노이는 그를 보았다. "양가죽 망토는 사실이군."

"다 사실이에요." 존은 자백했다. "어느 정도는요."

"그러면 내가 장검을 뽑아서 널 찔러야 하나?"

"아뇨. 전 명령에 따라 행동하고 있었어요. 반쪽 손 쿼린의 마지막 명령요. 노이, 수비군은 어디 있어요?"

"네 야인 친구들을 상대로 장벽을 지키고 있지."

"그건 알겠는데, 어디를요?"

"사방을. 개 머리 하르마가 연못가 우즈워치에 모습을 보였고, 래틀셔츠는 롱배로, 울보는 아이스마크 근처에서 보였어. 장벽을 따라 사방에 있어……. 여기 나타났다가, 저기 나타났다가, 퀸스게이트 근처를 오르다가, 그레이가드 문을 도끼질하다가, 이스트워치에 몰려들었다가……. 하지만 검은 망토가 보이기만 하면 사라지지. 다음 날에는 또 어디 나타날지 모르고."

존은 신음을 삼켰다. "양동 작전이에요. 만스는 우리가 얇게 퍼지길 바라는 거예요, 모르겠어요?" 그리고 보웬 마시는 그 뜻대로 하고 있었다. "문은 여기 있어요. 공격도 여기로 와요."

노이가 방을 가로질렀다. "네 다리가 피에 절었다."

존은 멍하니 다리를 내려다보았다. 사실이었다. 상처가 다시 벌어진 것이다. "화살에 맞아서……."

"야인 화살이겠지." 그건 질문이 아니었다. 노이는 팔이 하나뿐이었지만, 그 팔은 근육으로 두꺼웠다. 그는 한 팔로 존을 부축했다. "얼굴이 새하얀 데다 몸이 펄펄 끓는구나. 아에몬에게 데려가야겠다."

"시간이 없어요. 장벽 남쪽에 야인들이 있어요. '퀸스크라운'에서부터 이 문을 열러 올라오고 있어요."

"숫자는?" 노이는 존을 반쯤 들어 올려서 문밖으로 나갔다.

"120명. 그리고 야인치고는 무장을 잘했어요. 청동 갑옷에, 강철도 섞여 있어요. 여기엔 몇 명이나 남아 있죠?"

"40명쯤. 불구들과 병자들, 그리고 아직 훈련 중인 풋내기 몇 명."

"마시가 떠났다면 누굴 수호성주로 임명했어요?"

무기 장인은 큰 소리로 웃었다. "신들이 보우하사, 윈튼 경이지. 이 성에 남은 마지막 기사. 그런데 윈튼 스타우트는 그걸 잊어버린 것 같고, 아무도 굳이 알려주러 가지 않았다. 그러니 지금 지휘관은 나인 것 같구나. 불구자 중에서 제일 성질 더러운 놈."

그나마 다행이었다. 외팔의 무기 장인은 쉽게 흔들리지 않고 억센 사람인 데다 전쟁 경험도 많았다. 반면 윈튼 스타우트 경은……. 다들 한때는 훌륭한 사람이었다고 입을 모았지만, 그는 80년을 순찰자로 살았고, 힘도 지혜도 잃어버렸다. 한번은 저녁을 먹다가 잠들어서 완두콩 수프에 빠져 죽을 뻔한 적도 있었다.

"네 늑대는 어디 갔냐?" 노이는 안마당을 가로지르면서 물었다.

"고스트요. 장벽을 기어오를 때 떠나보내야 했어요. 그 녀석이 여기로 돌아오길 빌었는데."

"미안하구나. 그 늑대는 흔적도 못 봤다." 그들은 까마귀 장 아래에 있는 긴 나무 아성 안, 학사의 방문으로 절뚝절뚝 올라갔다. 무기 장인이 문을 걷어찼다. "클라이다스!"

잠시 후에 어깨가 처지고 구부정한 자그마한 검은 옷의 사내가 문밖을 내다보았다. 작고 벌건 눈이 존을 보자 커졌다. "그 녀석 눕혀요. 학사님을 데려오죠."

벽난로에 불이 타오르고 있었고, 방 안은 답답하기까지 했다. 온기 때문에 졸음이 왔다. 존은 노이가 눕혀주자마자 세상이 빙빙 도는 것을 멈추려고 눈을 감았다. 머리 위 까마귀 장에서 큰까마귀들이 까악거리며 불평하는 소리를 들을 수 있었다. "스노우." 한 마리가 말했다. "스노우, 스노우, 스노우." 존은 그게 샘이 시킨 짓임을 기억해냈다. 샘웰 탈리가 안전하게 돌아온 걸까, 아니면 새들만 돌아온 걸까?

오래지 않아 아에몬 학사가 왔다. 그는 검버섯이 핀 손을 클라이다스의 팔에 얹고, 조심스럽게 조금씩 발을 끌고 걸으며 천천히 움직였다. 가느다란 목에는 철과 납, 주석, 그 외 다른 기본 금속들 사이로 금과 은으로 만든 사슬이 반짝이는 무거운 사슬 목걸이가 늘어져 있었다. "존 스노우. 기운을 회복하면 네가 본 것, 네가 한 일을 모조리 말해줘야 한다. 도날, 와인을 한 주전자 불에 올리고, 내 인두도 달구게. 벌겋게 달아올라야 해. 클라이다스, 네가 지닌 날카로운 단검이 필요하겠다." 학사는 백 살도 넘어서 쪼그라들고, 머리털도 잃고, 약한 데다가 눈도 멀었다. 하지만 뿌연 눈은 아무것도 보지 못할지라도 머리는 예전과 다를 바 없이 명민했다.

"야인들이 와요." 존은 클라이다스가 그의 바지에 칼을 대고, 오래된 피가 엉겨 붙고 새로 흘린 피에 젖은 두꺼운 검은 천을 가르는 동안 말했다. "남쪽에서요. 우린 장벽을 기어올랐고……."

아에몬 학사는 클라이다스가 존의 조잡한 붕대를 잘라내자 냄새를 맡았다. "우리라고?"

"저도 같이 있었어요. 반쪽 손 쿼린이 제게 야인들에게 합류하라고 명령했어요." 존은 학사의 손가락이 상처를 찌르고 더듬자 얼굴을 찡그렸다. "텐족의 마그나가— 아아아아, 아프네요." 그는 이를 악물었다. "늙은 곰은 어디 있습니까?"

"존…… 이런 말을 하려니 슬프지만, 모르몬트 사령관은 크래스터의 요새에서 결의형제들 손에 살해당하셨다."

"형제…… 우리 형제요?" 그 말이 준 아픔이 아에몬의 손가락이 준 아픔보다 백배는 더 컸다. 존은 마지막으로 보았을 때, 옥수수를 달라고 까악대는 까마귀를 팔에 얹고 천막 앞에 서 있던 늙은 곰의 모습을 떠올렸다. '모르몬트가 죽었다고?' 최초인의 주먹에서 벌어진 전투의 흔적을 보았을 때부터 그렇지 않을까 생각하기는 했지만, 그렇다고 타격이 덜하지는 않았다. "누구였습니까? 누가 배신한 거예요?"

"올드타운의 가스, 잘린 손 올로, 비수……. 도둑과 비겁자와 살인자 들이었지. 이런 일이 생길 줄 알았어야 했어. 경비대는 예전 같지 않아. 도둑놈들을 억제하기에는 정직한 남자들이 너무 적어." 도날 노이는 학사의 칼을 불 속에 넣고 돌렸다. "제대로 된 형제들은 열 명쯤 돌아왔다. 구슬픈 에드, 거인, 네 친구 들소. 그 형제들에게 이야기를 들었지."

'겨우 십여 명?' 모르몬트 사령관과 함께 캐슬블랙을 떠난 수는 200명이었다. 정예 경비대원 200명. "그러면 마시가 사령관이 된 건가요?" 늙은 석류는 정이 가는 사람이었고 성실한 집사장이었지만, 야인 군대를 마주하기에는 비참할 정도로 어울리지 않았다.

"사령관 선정 회의를 열 수 있을 때까지 당분간은 그렇지." 아에몬 학사가 말했다. "클라이다스, 그 병을 가져오너라."

'사령관 선정.' 반쪽 손 퀴린과 제레미 라이커 경이 둘 다 죽고 벤 스타크는 아직 실종 상태니, 누가 남아 있을까? 보웬 마시나 윈튼 스타우트 경이 아니라는 점만은 분명했다. 토렌 스몰우드, 아니면 오틴 위더스 경이 최초인의 주먹에서 살아남았을까? '아니, 코터 파이크나 데니스 말리스터 경이 될 거야. 하지만 어느 쪽?' 섀도타워와 이스트워치의 지휘관들은 둘 다 훌륭한 남자였으나, 매우 달랐다. 데니스 경은 정중하고 예의 바르고 나이가 많은 만큼 기사다운 반면, 파이크는 서자 출신의 젊은이로 말이 거칠고 지나칠 정도로 대담했다. 더 나쁜 것은 그 둘이 서로를 싫어한다는 점이었다. 늙은 곰은 언제나 그 둘을 멀찍이 떼어놓아, 장벽 양쪽 끝에 배치했다. 존은 말리스터가 강철인들을 뼛속까지 불신한다는 사실을 알고 있었다.

찌르는 듯한 통증이 존에게 당면한 문제를 일깨웠다. 학사가 그의 손을 꽉 쥐었다. "클라이다스가 양귀비즙을 가져올 게다."

존은 일어서려고 했다. "그럴 필요는—"

"필요할 거야." 아에몬은 단호하게 말했다. "이건 아플 거다."

도날 노이가 방을 가로질러 와서 존을 다시 밀어 눕혔다. "가만히 있지 않으면 묶어버린다." 대장장이는 한 팔로도 존을 어린아이처럼 다루었다. 클라이다스가 녹색 병과 둥그런 돌 잔을 들고 돌아왔다. 아에몬 학사는 액체를 잔에 가득 따랐다. "마시거라."

그사이 용을 쓰다가 입술을 깨물었는지, 걸쭉한 흰 물약 맛에 피 맛이 섞였다. 구역질이 올라오는 것을 참기만도 쉽지 않았다.

클라이다스가 따뜻한 물이 담긴 수반을 가져왔고, 아에몬 학사는 존의 상처에서 피와 고름을 씻어냈다. 부드러운 손길이었지만, 가벼운 접촉만으로도 존은 비명을 지르고 싶어졌다. "마그나의 부하들은 규율이 잡혀 있고, 청동 갑옷을 입었어요." 그는 말했다. 말을 하면 다리에서 신경을 돌리는 데 도움이 되었다.

"마그나는 스카고스의 영주지." 노이가 말했다. "내가 처음 장벽에 왔을 때 이스트워치에 스카고스인들이 있어서, 마그나에 대해 얘기하던 걸 들은 기억이 있다."

"내 생각에 존은 그 말을 예전 의미로 쓰는 것 같군." 아에몬 학사가 말했다. "가문 이름이 아니라 직위로 말이야. 옛 언어에서 나온 말이지."

"그 자체가 영주라는 뜻이죠." 존은 맞장구를 쳤다. "스티르는 서리엄니 산맥에서 한참 북쪽으로 올라간 텐이라는 지역의 마그나예요. 자기 부하만 백 명을 거느리고 있고, 우리만큼이나 선물의 땅을 잘 아는 약탈자도 스무 명 있습니다. 그렇지만 만스가 그 나팔을 찾아내지 못하긴 했어요. 겨울의 나팔요. 만스가 우유강에서 파내려던 게 그거였어요."

아에몬 학사는 수건을 손에 든 채 멈칫했다. "겨울의 나팔은 오래된 전설이야. 장벽 너머의 왕이 정말로 그런 게 존재한다고 믿는단 말이냐?"

"거기선 다들 믿어요." 존이 말했다. "이그리트가 그러는데 무덤을 50개도 넘게 열어봤다고 해요……. 우유강 계곡 전체에 퍼진 왕과 영웅의 무덤을 다……. 하지만 결코……."

"이그리트가 누구지?" 도날 노이가 날카롭게 물었다.

"자유민 여자요." 이그리트를 이 사람들에게 어떻게 설명할 수 있을까? '따뜻하고 영리하고 재미있고 남자에게 입을 맞추거나 목을 그어버릴 수 있는 여자예요.' "스티르와 같이 있지만, 이그리트는 그렇지가…… 젊어요. 아니, 아직 어려요. 거칠긴 하지만 그녀는……." '그녀는 불을 피웠다는 이유로 노인을 죽였죠.' 혀가 잘 돌아가지 않는 느낌이었다. 양귀비즙 때문에 머리가 흐려졌다. "그 여자와 서약을 깼어요. 그러려던 건 아니었는데, 그런데……." '잘못이었어. 그녀를 사랑한 것도 잘못이고, 버린 것도 잘못이야…….' "제가 충분히 강하질 못했어요. 반쪽 손이 저한테 야인들과 같이 달리면서 지켜보라고, 주춤거리면 안 된다고 명령했는데, 전……." 머릿속에 젖은 솜뭉치가 들어찬 기분이었다.

아에몬 학사가 존의 상처를 다시 냄새 맡았다. 그러더니 피투성이가 된 천을 다시 수반에 집어넣고 말했다. "도날, 달군 칼을 주겠나. 존을 꽉 잡고 있게."

'난 비명을 지르지 않을 거야.' 존은 벌겋게 달궈진 칼날을 보고 그렇게 다짐했지만, 그 맹세도 지키지 못했다. 도날 노이가 존을 잡고, 클라이다스가 학사의 손을 인도했다. 존은 움직이지 않았지만 주먹으로는 탁자를 때리고, 때리고, 또 때렸다. 통증이 너무나 커서, 그 통증 안에서 작아지고 약해지고 무력해지는 느낌이었다. 어둠 속에서 우는 아이가 된 느낌이었다. '이그리트.' 존은 살 타는 냄새가 나고 자신이 내지른 날카로운 비명이 귀에 울리자 생각했다. '이그리트, 어쩔 수 없었어.' 반 박자 동안 통증이 사그라드나 싶더니, 칼날이 다시 그를 건드렸다. 존은 의식을 잃었다.

파르르 떨리는 눈꺼풀을 들어 올렸을 때, 그는 두꺼운 모직물에 감싸여서 멍하니 누워 있었다. 움직일 수가 없었지만 상관없었다. 그는 잠시 이그리트의 다정한 손길이 보살펴주는 꿈을 꾸다가, 마침내 눈을 감고 잠들었다.

다음번에 깨었을 때는 그렇게 평온하지 않았다. 방 안은 어두웠지만, 담요 아래에서는 통증이 돌아왔고 쑤시는 다리를 살짝만 움직여도 뜨거운 칼날이 파고드는 느낌이었다. 존은 아직 다리가 붙어 있나 확인하려다가 힘들게 그 사실을 배웠다. 그는 숨을 몰아쉬며 비명을 삼키고 주먹을 두드렸다.

"존?" 촛불이 하나 나타나더니, 기억에 또렷한 얼굴이 그를 내려다보았다. 커다란 귀. "움직이면 안 돼."

"핍?" 존이 손을 뻗자 핍이 그 손을 움켜쥐고 꽉 잡았다. "넌 가버렸을 줄 알았어……."

"늙은 석류하고 말이지? 아냐, 내가 너무 작은 데다 애송이라고 생각해서 놔두고 갔어. 그렌도 여기 있어."

"나도 여기 있어." 그렌이 침대 반대편으로 걸어왔다. "잠들었지 뭐야."

존은 목이 말랐다. "물." 존이 헐떡이며 말하자 그렌이 물을 가져와서 입술에 댔다. 존은 물을 한참 마시고 나서 말했다. "최초인의 주먹을 봤어. 피며, 죽은 말들이며……. 노이가 열 명쯤 돌아왔다고 했는데…… 누가 왔어?"

"디웬은 돌아왔어. 거인하고 구슬픈 에드, 다정한 도넬 힐, 울머, 왼손잡이 루, 회색 깃털 가스. 넷인가 다섯인가 더 돼. 나하고."

"샘은?"

그렌은 시선을 피했다. "샘이 다른자 하나를 죽였어, 존. 내가 봤어. 네가 만들어준 드래곤 유리 단검으로 찔렀지. 그 후에 우린 그 녀석을 슬레이어 샘이라고 불렀는데, 샘은 싫어했어."

'슬레이어 샘이라.' 샘 탈리보다 더 전사 같지 않은 전사를 상상하기가 힘들었다. "어떻게 된 거야?"

"두고 왔어." 그렌은 비참한 목소리로 말했다. "흔들어도 보고 소리도 질러보고 뺨도 때려봤어. 거인이 일으켜 세우려고 했는데, 너무 무거웠어. 샘이 훈련받을 때 땅바닥에 몸을 말고 누워서 울던 거 기억해? 크래스터 요새에서는 울지도 않더라. 비수와 올로는 식량을 찾느라 벽을 뜯어내고 있었고, 가스와 가스는 싸우고, 다른 몇 명은 크래스터의 여자들을 강간하고 있었어. 구슬픈 에드는 비수 패거리가 자기네가 한 짓을 떠들지 못하게 충성파를 다 죽일 거라고 생각했고, 우리가 2대 1로 수가 밀렸어. 우린 샘을 늙은 곰 옆에 두고 왔어. 샘이 움직이려고 하질 않았어, 존."

'너흰 샘의 형제였잖아.' 그렇게 말할 뻔했다. '어떻게 걜 야인들과 살인자들 사이에 버려둘 수가 있어?'라고 말할 뻔했다.

"아직 살아 있을지도 몰라." 핍이 말했다. "우리 모두를 놀래주면서 내일이라도 말을 타고 올지 모르지."

"만스 레이더의 머리를 들고 말이지." 존은 그렌이 밝게 말하려고 애쓰는 것을 알 수 있었다. "슬레이어 샘답게!"

존은 일어나 앉으려고 했다. 처음 시도했을 때 못지않은 실수였다. 그는 소리를 지르며 욕설을 뱉었다.

"그렌, 가서 아에몬 학사님 깨워." 핍이 말했다. "존에게 양귀비즙이 더 필요하다고 말씀드려."

'그래.' 존은 생각은 그렇게 했지만 말은 달리 나왔다. "아니야. 마그나가……."

"우리도 알아." 핍이 말했다. "장벽 위 파수병들에게 남쪽을 잘 지켜보라고 해놨고, 도날 노이가 왕의 가도를 감시하라고 웨더백 능선에 사람을 보냈어. 아에몬 학사님이 이스트워치와 섀도타워에 새를 보내셨고."

아에몬 학사가 그렌의 어깨에 한 손을 얹고 침대 옆으로 다가왔다. "존, 스스로에게 너그럽게 굴거라. 깨어난 건 다행이다만, 몸이 나을 시간을 줘야 해. 상처를 끓인 와인에 담그고 쐐기풀, 겨자씨, 곰팡이 핀 빵으로 만든 습포제를 붙였다만, 쉬지 않으면⋯⋯."

"쉴 수가 없어요." 존은 통증과 싸우며 일어나 앉았다. "만스가 금방이라도 들이닥칠 텐데⋯⋯. 수천 명 군사에다 거인들에 매머드에⋯⋯. 윈터펠에는 소식을 보냈나요? 왕에게는?" 이마에서 땀이 뚝뚝 떨어졌다. 그는 잠시 눈을 감았다.

그렌이 이상한 표정으로 핍을 보았다. "존은 모르는구나."

"존." 아에몬 학사가 말했다. "네가 떠난 사이에 많은 일이 일어났고, 그중에 좋은 일은 거의 없었다. 발론 그레이조이가 다시 왕을 자칭하고 장선들을 북부로 보냈다. 왕들이 사방에서 잡초처럼 돋아나서 그들 모두에게 청원을 보냈다만, 아직 아무도 오지 않는구나. 왕들에게는 병력을 급히 쓸 일이 있고, 우리는 멀리 떨어져 잊힌 상태야. 그리고 윈터펠은⋯⋯. 존, 마음을 다잡거라⋯⋯. 윈터펠은 이제 없다⋯⋯."

"이제 없다뇨?" 존은 아에몬의 하얀 눈과 주름진 얼굴을 응시했다. "제 동생들이 윈터펠에 있어요. 브랜과 리콘⋯⋯."

학사는 존의 이마를 만졌다. "정말 안타깝구나, 존. 네 동생들은 테온 그레이조이의 명으로 죽었다. 그 아비의 이름으로 윈터펠을 점령한 후의 일이지. 그리고 네 아버지의 휘하 영주들이 윈터펠을 되찾으려 하자 테온이 성에 불을 질렀어."

"네 동생들의 복수는 이루어졌어." 그렌이 말했다. "볼턴의 아들이 강철인을 다 죽였고, 테온 그레이조이는 그놈이 한 짓에 대한 대가로 산 채로 가죽을 벗겼다더라."

"안타까운 일이야, 존." 핍이 존의 어깨를 꾹 쥐었다. "우리 모두 안타까운 마음이야."

존은 테온 그레이조이를 좋아한 적이 없었지만, 그래도 테온은 아버지의 대자였다. 발작적인 통증이 다시 다리를 쥐어짰고, 다음 순간 그는 다시 등을 대고 누워 있었다. "뭔가 잘못 안 거야." 그는 고집했다. "퀸스크라운에서 다이어울프를, 회색 다이어울프를 봤어…… 회색…… 날 알고 있었어." 브랜이 죽었다면, 오렐이 자기 독수리 안에 살아남은 것처럼 브랜의 일부도 그 늑대 안에 살아 있을 수 있을까?

"이걸 마셔." 그렌이 잔을 입가에 댔다. 존은 마셨다. 머릿속이 늑대와 독수리, 동생들의 웃음소리로 가득 찼다. 그를 내려다보는 얼굴들이 흐릿하게 멀어졌다. '죽었을 리가 없어. 테온이 그랬을 리가 없어. 그리고 윈터펠은…… 회색 화강암과 참나무와 쇠로 만들었는데, 탑 위에는 까마귀들이 맴을 돌고, 신의 숲에 있는 뜨거운 웅덩이들에서 물이 흐르고, 돌로 만든 왕들이 왕좌에 앉아 있는 윈터펠이…… 어떻게 윈터펠이 사라질 수가 있지?'

꿈이 찾아왔을 때, 그는 집으로 돌아가서 아버지의 얼굴을 한 거대한 흰 영목 아래 뜨거운 웅덩이에서 물을 튀기고 있었다. 이그리트가 같이 있었고, 웃으면서 털가죽을 벗고 태어난 날처럼 벌거벗은 몸이 되더니 그에게 입을 맞추려 했다. 하지만 그는 그럴 수가 없었다. 아버지가 지켜보는 앞에서 그럴 순 없었다. 그는 윈터펠의 혈통, 밤의 경비대원이었다. '난 사생아를 만들지 않을 거야.' 그는 이그리트에게 말했다. '안 해. 안 할 거야.' "넌 아무것도 몰라, 존 스노우." 그녀가 속삭였다. 그녀의 피부가 뜨거운 물에 녹아내리고, 뼈에서 살덩이가 흘러내리더니 두개골과 뼈만 남았다. 웅덩이가 부글거리며 탁한 붉은빛으로 물들었다.

# 캐틀린

　그들은 그린포크를 눈으로 보기 전에 소리로 먼저 들었다. 거대한 짐승이 으르렁거리듯 끊임없이 물소리가 이어졌다. 작년, 롭이 여기에서 군대를 둘로 나누고 강을 건너는 대가로 프레이를 신부로 맞겠다고 맹세했던 때의 1.5배 너비로 격류가 끓어올랐다. '그때 롭에게는 왈더 공과 그의 다리가 필요했고, 지금은 그때보다 더 필요하구나.' 소용돌이치며 흘러가는 탁한 녹색 강물을 지켜보는 캐틀린의 마음에는 불안이 가득했다. '이 강을 걸어서나 헤엄쳐서 건널 방법은 없고, 강물이 다시 빠지려면 한 달은 있어야 해.'

　트윈스에 가까워지자 롭은 왕관을 쓰고 캐틀린과 에드무어를 불러 옆을 달리게 했다. 레이널드 웨스털링 경이 새하얀 바탕에 스타크의 다이어 울프가 그려진 깃발을 들었다.

　빗속에서 나타난 문루 탑들이 흐릿한 회색 유령 같았다가, 가까이 달려갈수록 실체를 얻었다. 프레이 성채는 성 하나가 아니라 둘이었고, 강 양쪽에 거울상처럼 마주 선 젖은 돌성 사이를 거대한 아치 다리가 잇고 있었다. 다리 중앙에는 '물의 탑'이 서 있어서, 강이 그 밑을 똑바로 빠르게 달려갔다. 강둑에 낸 수로가 쌍둥이 탑 각각을 섬처럼 둘러싼 해자를 형성했는데, 비는 그 해자를 얕은 호수로 바꿔놓았다.

캐틀린은 그 격류 너머로 동쪽 성을 에워싸고 진을 친 수천 명의 병사를 볼 수 있었다. 천막 바깥에 세운 기마 창에 줄줄이 늘어진 깃발들이 물에 흠뻑 젖은 고양이들 같았다. 비 때문에 깃발의 색깔도 문양도 알아볼 수가 없었다. 대부분이 회색으로 보였지만, 이런 하늘 아래에서는 어차피 온 세상이 회색이었다.

"여기서는 조심히 행동해라, 롭." 그녀는 아들에게 주의를 주었다. "왈더 공은 민감한 독설가이고, 그 아들들 중에 몇 명쯤은 분명히 제 아버지를 닮았을 거다. 도발에 넘어가선 안 돼."

"전 프레이를 알아요, 어머니. 제가 프레이를 얼마나 잘못 대했는지도 알고, 제게 프레이가 얼마나 필요한지도 압니다. 성사처럼 상냥하게 굴 거예요."

캐틀린은 앉은 자리에서 불편하게 움직였다. "도착했을 때 다과를 내오면 무슨 일이 있어도 거절하지 말아라. 주는 대로 받고, 모두가 볼 수 있는 곳에서 먹고 마셔라. 아무것도 내오지 않으면 빵과 치즈와 와인 한 잔을 달라고 하고."

"배고프진 않은데, 몸부터 말리면……."

"롭, 내 말 들어. 일단 왈더 공의 빵과 소금을 먹으면 네겐 손님의 권리가 생기고, 왈더 공의 지붕 밑에서는 환대의 법칙이 널 지켜줄 거야."

롭은 두려워한다기보다는 재미있어하는 얼굴이었다. "제겐 절 지킬 군대가 있어요, 어머니. 빵과 소금을 믿을 필요는 없다고요. 하지만 왈더 공이 구더기가 들끓는 까마귀 스튜를 주고 싶어 한다 해도 냉큼 받아먹고 한 그릇 더 달라고 할게요."

서쪽 문루에서 두꺼운 회색 모직으로 만든 무거운 망토를 휘감은 프레이 네 명이 달려 나왔다. 캐틀린은 고(故) 스테브론 공의 아들 라이먼 경을 알아보았다. 왈더 공의 맏아들인 아버지가 죽었으니, 라이먼이 트윈스의 후계자였다. 두건 아래 보이는 얼굴은 살집이 있어 넓적하고, 우둔해 보였다. 다른 세 명은 그의 아들이자 왈더 공의 증손자들 같았다.

에드무어가 짐작을 확인해주었다. "변비 걸린 얼굴을 한 마르고 창백한 남자가 맏이인 에드윈이야. 수염을 기른 강단 있는 녀석은 검은 왈더라고, 끔찍한 놈이지. 적갈색 말에 탄 불행한 얼굴의 청년이 피터인데, 형제들은 여드름 피터라고 부르지. 롭보다 한두 살 위인가 그런데, 왈더 공이 열 살 때 나이가 세 배나 많은 여자와 결혼시켜버렸어. 맙소사, 로슬린이 저치를 닮지 않았으면 좋겠는데."

그들은 멈춰 서서 트윈스의 주인들이 다가오기를 기다렸다. 롭의 깃발은 장대에 축 늘어져 있었고, 오른쪽에서는 꾸준히 떨어지는 빗방울 소리가 불어난 그린포크의 물소리와 뒤섞였다. 그레이윈드가 꼬리를 빳빳하게 세우고 어두운 금빛 눈을 가늘게 뜨며 앞으로 나섰다. 프레이 일행이 5, 6미터 앞으로 다가왔을 때 캐틀린은 그레이윈드가 내는 소리를 들었다. 거센 강물 소리와 하나처럼 들리는 깊은 으르렁거림이었다. 롭은 놀란 얼굴이었다. "그레이윈드, 이리 와. 이리 와!"

다이어울프는 그 말을 듣는 대신 으르렁거리며 앞으로 뛰어나갔다.

라이먼 경의 승용마가 공포에 질려 히힝거리며 물러섰고, 여드름 피터의 말은 뒷다리로 일어서면서 주인을 팽개쳤다. 자기 말을 통제한 사람은 검은 왈더뿐이었다. 그는 칼자루에 손을 뻗었다. "안 돼!" 롭이 외쳤다. "그레이윈드, 이리 와. 이리." 캐틀린은 다이어울프와 프레이의 말들 사이로 말을 움직였다. 암말은 발굽으로 진흙을 튀기며 그레이윈드 앞으로 끼어들었다. 늑대는 방향을 틀더니, 그제야 롭이 부르는 소리를 들은 것 같았다.

"스타크는 보상을 이런 식으로 합니까?" 검은 왈더가 칼을 뽑아 들고 외쳤다. "늑대를 우리에게 풀다니, 지독한 인사로군요. 이러려고 온 겁니까?"

라이먼 경이 말에서 내려 여드름 피터를 일으켰다. 피터는 진흙투성이였지만 다치지는 않았다.

"나는 여러분의 가문에 저지른 잘못을 사과하고, 내 외숙부의 결혼식을 보려고 왔소." 롭이 안장에서 훌쩍 내려섰다. "피터, 내 말을 타시오. 그대의 말은 벌써 마구간까지 절반은 돌아갔겠군."

피터는 자기 아버지를 쳐다보고 대답했다. "전 형제들 뒤에 타고 가면 됩니다."

프레이 일행은 경의를 표하지 않았다. "늦게 오셨습니다." 라이먼 경이 말했다.

"비 때문에 지연이 됐소." 롭이 말했다. "까마귀를 보냈을 텐데요."

"그 여자는 안 보이는군요."

라이먼 경이 말하는 '그 여자'가 제인 웨스털링이라는 사실은 모두가 알았다. 캐틀린은 미안하다는 듯 미소 지었다. "제인 왕비는 여행을 너무 많이 한 탓에 지쳤답니다, 경들. 좀 더 안정이 되면 기꺼이 방문할 거예요."

"할아버님께서 좋아하지 않으실 겁니다." 검은 왈더는 장검을 검집에 넣었지만, 그렇다고 말투가 우호적으로 바뀌지는 않았다. "할아버님께 그 여자에 대해 많이 얘기했더니 직접 보고 싶어 하셨거든요."

에드윈이 헛기침을 했다. "물의 탑에 전하께서 묵으실 방을 마련해뒀습니다." 그는 롭에게 조심스럽게 예의를 지켰다. "툴리 공과 스타크 부인의 방도요. 휘하 영주분들 역시 환영하오니 저희 지붕 아래 묵으면서 결혼식 피로연에 참석하시길 바랍니다."

"내 병사들은?" 롭이 물었다.

"할아버님께서도 유감스러워하시지만 이렇게 큰 군대를 먹이거나 재우는 건 무리입니다. 저희 병력에게 줄 음식과 여물도 겨우 짜냈거든요. 그렇다곤 해도 전하의 병사들을 방치하진 않을 겁니다. 강을 건너서 저희 숙영지 옆에 진을 친다면, 모두가 에드무어 공과 신부의 건강을 위해 축배를 들게끔 와인과 에일 통을 전달하겠습니다. 비라도 피할 수 있게 반대쪽 강둑에 커다란 연회 천막을 세 개 쳐두었습니다."

"영주님이 참으로 친절하시군. 내 병사들이 고마워할 거요. 비에 젖으며 먼 길을 달려왔으니."

에드무어 툴리가 말을 앞으로 몰았다. "내 약혼녀는 언제 만나게 되겠소?"

"안에서 기다립니다." 에드윈 프레이가 장담했다. "혹시 로슬린이 수줍어하더라도 용서하십시오. 가엾게도 오늘을 너무나 초조하게 기다렸으니까요. 하지만 우선 비를 피해서 이야기를 계속할 수 있을까요?"

"그러시죠." 라이먼 경이 다시 말에 오르며 여드름 피터를 뒤에 태웠다. "따라오시죠. 아버지가 기다리십니다." 그는 승용마의 말 머리를 트윈스 쪽으로 돌렸다. 에드무어가 캐틀린 옆으로 다가와서 불평했다. "늦장 프레이 공이 우리를 직접 맞이하는 게 적절하다는 것 정도는 알았을 텐데 말이야. 난 프레이의 예비 사위일 뿐 아니라 주군이고, 롭은 프레이의 왕이잖아."

"동생아, 네 나이가 아흔하나라면 과연 얼마나 빗속에 말을 달리고 싶겠니." 그러나 그게 다일지는 알 수 없었다. 왈더 공은 보통 지붕이 있는 가마를 타고 다녔으니, 비를 그대로 맞지는 않았을 터였다. '일부러 모욕하는 걸까?' 그런 거라면, 앞으로 받게 될 많은 모욕 중 첫 번째일 수도 있었다.

문루에서 말썽이 또 있었다. 그레이윈드가 도개교 중간에서 움직이질 않으려 들더니, 빗물을 털면서 쇠창살문을 향해 울부짖었다. 롭은 초조하게 휘파람을 불었다. "그레이윈드. 왜 그래? 그레이윈드, 이리 와." 하지만 다이어울프는 이만 드러낼 뿐이었다. '여기를 싫어하는구나.' 캐틀린은 생각했다. 롭이 쪼그리고 앉아 늑대에게 가만히 말을 걸고 나서야 겨우 쇠창살문 아래를 통과시킬 수 있었다. 그때쯤에는 절름발이 로타르와 왈더 리버스가 와 있었다. 리버스가 말했다. "물소리를 두려워하는 겁니다. 짐승들은 범람한 강을 피할 줄 알지요."

"젖지 않은 개집과 양 다리 한 짝이면 괜찮아질 겁니다." 로타르가 쾌활하게 말했다. "제가 우리 견사장을 부를까요?"

롭이 대답했다. "이 녀석은 개가 아니라 다이어울프요. 그리고 녀석이 믿지 않는 남자들에게는 위험하지. 레이널드 경, 그레이윈드와 같이 있게. 이래서는 왈더 공의 대연회장에 데리고 들어갈 수 없겠어."

'교묘하게 해결했구나.' 캐틀린은 생각했다. '롭은 이 조치로 웨스털링도 왈더 공의 시야에 들지 않게 했어.'

늙은 왈더 프레이는 통풍과 쉬이 부러지는 뼈에 상한 몸이었다. 그들이 들어갔을 때 왈더 프레이는 높은 의자에 쿠션을 깔고 무릎 위에는 담비 로브를 얹고 앉아 있었다. 그 의자는 검은색 참나무로 등받이에는 아치 다리로 연결된 튼튼한 한 쌍의 탑 모양을 조각했는데, 워낙 크고 육중하다 보니 그 안에 감싸인 노인이 기이한 어린아이처럼 보였다. 왈더 공에게는 독수리 같기도 하고, 족제비 같기도 한 구석이 있었다. 앙상한 어깨 앞으로 뻗은 긴 분홍색 목에 노령으로 검버섯이 핀 대머리가 얹힌 모양이 그랬다. 움푹 들어간 턱 아래에는 살이 빠진 피부가 늘어졌고, 눈은 흐릿하니 진물이 흘렀으며, 이가 다 빠진 입은 끊임없이 움직이면서 어미 젖을 빠는 아기처럼 공기를 빨아들였다.

여덟 번째 프레이 부인이 왈더 공의 높은 의자 옆에 서 있었다. 왈더 공의 발치에는 그보다 나이가 적은 그의 판박이가 앉아 있었는데, 등이 구부정하고 마른 오십 줄의 사내로 값비싼 푸른색 모직물과 회색 새틴 옷에 작은 놋쇠 종을 단 왕관과 목걸이로 괴이하게 치장했다. 두 사람은 눈만 빼고 놀라울 정도로 닮았다. 프레이 공의 눈은 작고 흐릿하고 의심에 찬 반면, 젊은 쪽 남자의 눈은 크고 순하고 텅 비어 있었다. 캐틀린은 왈더 공의 자식 중 하나가 오래전에 반편이를 낳았다는 사실을 기억했다. 그동안에는 그들이 찾아올 때마다 크로싱의 영주가 이 손자를 보이지 않게 숨겨두었다. '언제나 저런 광대 왕관을 쓰고 있었을까, 아니면 롭을 조롱하려고 씌운 걸까?' 그것은 캐틀린이 감히 꺼낼 수 없는 질문이었다.

프레이의 아들들과 딸들, 손주들, 남편들과 아내들, 하인들이 나머지 공간을 꽉 채웠다. 하지만 입을 연 사람은 그 노인이었다. "내가 무릎을 꿇지 않아도 용서하시구려. 내 다리가 예전같이 움직이질 않는다오. 다리 사이에 달린 물건은 멀쩡하지만 말이야, 흐." 왈더 공은 롭의 왕관에 눈길이 닿자 입이 벌어지면서 합죽이 같은 미소를 그렸다. "청동 왕관을 쓰다니 가난한 왕이라고들 하겠소이다, 전하."

"청동과 철이 금과 은보다 강하지요." 롭이 대꾸했다. "옛 겨울의 왕들은 이런 칼날 왕관을 썼소."

"드래곤들이 왔을 때 그 왕관은 별 소용이 없었지요. 흐." 반편이는 그 '흐' 소리가 재미있었던지 머리를 가로저어 왕관과 목걸이를 잘그랑거렸다. 왈더 공이 말했다. "전하, 아에곤이 내는 소리는 용서해주시지요. 이놈은 호상민보다도 머리가 나쁜 데다, 왕을 만난 적이 없어서 말입니다. 스테브론의 자식 놈이지요. 우리는 징글벨이라고 부릅니다."

"스테브론 경에게 들은 적이 있어요." 롭은 반편이를 향해 미소 지었다. "잘 만났네, 아에곤. 그대의 아버님은 용감한 남자였어."

징글벨은 종을 울렸다. 징글벨이 미소를 짓자 한쪽 입꼬리에서 가느다랗게 침이 흘렀다.

"귀하신 호흡을 아끼시구려. 이놈보단 요강에 대고 말을 거는 게 나을 거요." 왈더 공은 다른 이들에게 시선을 옮겼다. "흠, 캐틀린 부인, 우리에게 돌아오셨구려. 그리고 젊은 에드무어 경, 스톤밀의 승자도 오셨군. 이젠 툴리 공이지, 참, 기억해둬야겠어. 공은 내가 아는 다섯 번째 툴리 공이라오. 다른 넷은 나보다 일찍 죽었지, 흐. 공의 신부가 여기 어디 있을 거요. 신부를 보고 싶을 테지."

"그렇습니다."

"그렇다면 봐야지. 하지만 옷은 입은 채요. 얌전한 데다가 처녀라서 말이야. 잠자리에 들기 전에는 벗은 몸은 못 볼 거요." 왈더 공이 키득거렸다. "흐. 곧 보게 되겠지, 곧." 그는 목을 길게 빼고 주위를 살폈다. "벤프레이, 가서 네 누이를 데려와라. 빨리 움직여. 툴리 공이 리버런에서부터 먼 길을 왔다." 사등분 문양의 전포를 입은 젊은 기사가 절을 하고 나갔고, 노인은 다시 롭을 돌아보았다. "그런데 전하의 신부는 어디 계신가? 아름다운 제인 왕비 말이오. 크래그의 웨스털링이라 들었는데, 흐."

"리버런에 두고 왔어요. 라이먼 경에게도 말했지만, 여행을 더 하기엔 너무 지쳐 있어서요."

"그것 참 말도 못 하게 슬프군요. 내 이 약한 두 눈으로 보고 싶었는데 말입니다. 우리 모두 그랬지, 흐. 그렇지 않나, 부인?"

창백하고 호리호리한 프레이 부인은 자기를 부르자 화들짝 놀라는 것 같았다. "네, 네, 그렇지요. 우리 모두 제인 왕비님께 경의를 표하고 싶었답니다. 분명히 아름다운 분이시겠죠."

"아름답습니다, 네." 캐틀린은 롭의 목소리에 깃든 얼음 같은 차분함에서 그 아버지를 연상했다.

노인은 그 목소리를 듣지 않았거나, 들었어도 관심을 두지 않는 모양이었다. "내 소생들보다 아름답겠지요, 흐? 그렇지 않다면야 그 여자의 얼굴과 몸이 어찌 왕이 했던 엄숙한 약속을 잊게 만들 수 있었겠나."

롭은 이 도발을 품위 있게 참아냈다. "어떤 말로도 그 일을 바로잡을 수 없다는 건 나도 알지만, 난 공의 가문에 내가 저지른 잘못을 사과하고 용서를 구하러 여기까지 왔어요."

"사과라, 흐. 그래, 그러고 보니 사과하겠다고 맹세하셨지. 난 늙었지만 그런 건 잊지 않는다오. 어떤 왕들과는 다르게 말이오. 젊은이들이란 예쁜 얼굴과 단단하고 훌륭한 젖가슴을 보면 아무것도 기억을 못 해, 그렇지 않소? 나도 똑같았지. 어떤 자들은 내가 지금도 그렇다고 할지 몰라요, 흐흐. 하지만 그런 생각은 틀렸소. 전하만큼이나 틀렸어. 하지만 이제 전하는 보상을 하러 여기까지 오셨지. 그런데 전하가 퇴짜를 놓은 건 내가 아니라 내 딸들이오. 그러니 사과도 그 애들이 들어야 하지 않을지요, 전하. 내 처녀 딸들이 말이오. 여기, 한번 보시오." 왈더 공이 손가락을 흔들자 벽에 붙어 있던 여자들이 연단 앞에 줄지어 섰다. 징글벨도 명랑한 종소리를 내며 일어서려고 했지만, 프레이 부인이 소매를 잡아 주저앉혔다.

왈더 공이 이름을 줄줄이 읊었다. "내 딸인 아르윈이오." 그는 열네 살짜리 소녀를 두고 말했다. "시레이, 내 적출 중에서는 막내딸이지. 애미와 마리안느는 손녀들이고. 애미는 세븐스트림스의 페이트 경과 결혼시켰는데, 산더미가 그 멍청이를 죽여버리는 바람에 되찾아왔지. 저 아이는 세르세이지만, 어미가 비스버리(beesbury)였기 때문에 '작은 벌(Little Bee)'이라고 부른다오. 또 손녀들이군. 하나는 왈다, 그리고 나머지는…… 흠, 뭔지 몰라도 이름들이 있겠지……."

"전 메리예요, 할아버님." 한 명이 말했다.

"네가 말이 많은 것만은 알겠구나. 말 많은 애 옆은 내 딸인 티타요. 그다음엔 다른 왈다. 알릭스, 마리사…… 네가 마리사 맞니? 그런 줄 알았다. 늘 저런 대머리는 아니오. 학사가 머리를 밀어버렸는데, 곧 다시 자랄 거라고 맹세하더이다. 저 쌍둥이는 세라와 사라." 그는 실눈을 뜨고 좀 더 어린 소녀 하나를 내려다보았다. "흐, 넌 또 왈다였던가?"

그 소녀는 네 살이 넘지 않아 보였다. "전 아에몬 리버스 경의 딸인 왈다예요, 증조할아버님." 아이가 무릎을 굽혀 인사했다.

"말을 하기 시작한 지는 얼마나 됐느냐? 그렇다고 네가 쓸 만한 말을 할 리는 없겠지. 네 아버지도 그런 적이 없으니. 게다가 그놈은 서자의 아들이야, 흐. 나가라, 여기엔 프레이만 올라오길 바란다. 북부의 왕이 천한 것들에게 관심이 있겠나." 징글벨이 머리를 주억거리며 종을 울리는 가운데 왈더 공은 롭을 흘긋 보았다. "옜소, 다 처녀들이오. 흠, 과부가 하나 있긴 하지만 경험 있는 여자를 좋아하는 남자도 있지. 전하는 이 중 누구라도 얻을 수 있었소."

"선택이 불가능했겠군요." 롭이 조심스럽게 예의를 갖춰 말했다. "하나같이 너무나 매력적입니다."

왈더 공은 코웃음을 쳤다. "이런데 나보고 눈이 나쁘다고 하는군. 뭐, 그래도 몇 명 정도는 괜찮을 거요. 나머지는…… 흠, 상관없는 일이지. 어차피 북부의 왕에게는 부족했으니 말이야, 흐. 이제 무슨 말씀을 하셔야지?"

"숙녀 여러분." 롭은 말도 못 하게 불편한 얼굴이었지만, 이 순간이 올 것을 알고 있었고, 주춤거리지 않고 할 일을 마주했다. "누구나 자기가 한 말을 지켜야 하거니와, 왕들은 더더욱 그렇소. 나는 여러분 중 하나와 결혼하겠다고 맹세해놓고 그 맹세를 깼소. 여러분에게는 잘못이 없어요. 내가 한 짓은 여러분을 모욕하려 함이 아니라, 내가 다른 이를 사랑했기 때문이오. 어떤 말로도 이를 바로잡을 수 없다는 건 알지만, 여러분 앞에 용서를 구하러 왔소. 크로싱의 프레이와 윈터펠의 스타크가 다시 한번 친구가 되기를 바라오."

어린 여자아이들은 안절부절못했다. 나이가 좀 더 많은 여자들은 검은 참나무 옥좌에 앉은 왈더 공이 말을 잇기를 기다렸다. 징글벨은 앞뒤로 몸을 흔들며 목걸이와 왕관에 달린 종을 울렸다.

"좋군." 크로싱의 영주가 말했다. "아주 훌륭하셨소, 전하. '어떤 말로도 이를 바로잡을 수 없다'라, 흐. 말 잘했소, 잘했어요. 그래도 결혼식 피로연에서 내 딸들과 춤추기를 거부하진 않았으면 좋겠군요. 늙은이 마음 흐뭇해지게 말이오, 흐." 왈더 공은 주름진 분홍색 머리통을 끄덕거렸다. 머리에 종이 달려 있지 않을 뿐, 반편이 손자와 거의 똑같은 동작이었다. "그리고 여기 왔구려, 에드무어 공. 내 딸 로슬린이오. 내 제일 귀한 어린 꽃이지, 흐."

벤프레이 경이 로슬린을 데리고 들어왔다. 그 둘은 어느 모로 보나 동기간이었다. 나이로 미루어 보아 둘 다 여섯 번째 프레이 부인의 자식들이었다. '로스비였지.' 캐틀린은 기억을 돌이켰다.

로슬린은 나이에 비해 몸집이 작았고, 막 우유 목욕을 하고 나온 것처럼 피부가 하얬다. 얼굴은 좁은 턱에 섬세한 코, 커다란 갈색 눈이 보기 좋았다. 숱 많은 밤색 머리는 에드무어의 두 손에 딱 잡힐 만큼 가느다란 허리까지 구불구불 흘러내렸다. 연푸른색 가운의 레이스 보디스 속에 든 가슴은 작지만 모양이 잡혀 있었다.

로슬린이 무릎을 굽혔다. "전하. 에드무어 공. 제가 공을 실망시키지 않았으면 좋겠네요."

'정반대야.' 캐틀린은 생각했다. 동생은 그녀를 보고 얼굴을 환하게 빛내고 있었다. "당신은 내게 큰 기쁨이오. 그리고 앞으로도 쭉 그럴 거요." 에드무어가 말했다.

로슬린은 앞니 두 개 사이에 작은 틈이 있어 미소를 아꼈지만, 그것은 귀엽기까지 한 흠이었다. 캐틀린은 생각했다. '충분히 예쁘다만, 몸집이 너무 작구나. 그리고 로스비 사람이야.' 로스비 집안사람은 튼튼한 경우가 없었다. 캐틀린은 홀 안에 있는 좀 더 나이 많은 처녀들의 골격이 더 마음에 들었다. 왈더 공의 딸인지 손녀딸인지는 확실치 않았지만, 그 아이들에게는 크레이크홀 가문의 외모가 보였고, 왈더 공의 세 번째 아내가 그 집안 출신이었다. 아이를 낳기 좋은 넓은 골반, 아이들을 먹이기 좋은 큰 가슴, 아이들을 안기 좋은 튼튼한 팔. 크레이크홀은 언제나 뼈대가 컸고 힘이 좋았다.

"영주님께선 친절하시군요." 로슬린 아가씨가 에드무어에게 말했다.

"아가씨는 아름다우시오." 에드무어는 그녀의 손을 잡고 일으켜 세웠다. "그런데 왜 울고 있는 거요?"

"기뻐서요. 기뻐서 웁니다."

"그만하면 됐다." 왈더 공이 끼어들었다. "울고 짜고 소곤거리는 건 결혼하고 나서 해도 된다, 흐. 벤프레이, 네 누이를 방으로 데려가거라. 결혼식 준비를 해야지. 그리고 잠자리 준비도, 흐. 제일 달콤한 부분이지. 다 합쳐서 말이야, 다 합쳐서." 왈더 공은 입을 오므렸다 폈다. "음악이 있을 거야, 참으로 달콤한 음악이. 그리고 와인도, 흐, 붉은 와인이 흐르겠지. 그리고 잘못된 것들을 바로잡는 거야. 하지만 지금은 지쳤을 테고 젖어서 내 바닥에 물을 뚝뚝 흘리고 있군. 불과 뜨거운 멀드와인, 그리고 원한다면 목욕물이 여러분을 기다리고 있소. 로타르, 손님들을 거처로 안내해드려라."

"난 병사들이 강을 건너는 모습을 봐야 합니다, 왈더 공." 롭이 말했다.

"길을 잃진 않을 텐데." 왈더 공이 불평했다. "전에도 강은 건너봤잖소, 응? 전하께서 북쪽에서 내려오셨을 때 말이오. 전하는 강을 건너고 싶어 했고 난 건널목을 제공했고, 전하는 어쩌면 혹시 또 모른다는 소리 따윈 안 했지, 흐. 하지만 좋을 대로 하시구려. 원한다면 한 명씩 손을 잡고 건네주신대도 상관없소."

"왈더 공!" 캐틀린은 거의 잊을 뻔했다. "음식을 좀 내주신다면 반갑겠습니다. 빗속에서 먼 길을 달려와서요."

왈더 프레이가 입을 우물거렸다. "음식이라, 흐. 빵 한 덩어리와 치즈 약간에, 소시지 정도면 될까."

"와인을 함께 마시면 좋겠군요. 소금도." 롭이 말했다.

"빵과 소금이라. 흐. 아무렴, 아무렴." 노인이 손뼉을 치자 하인들이 와인 병과 빵, 치즈, 버터가 담긴 쟁반을 들고 들어왔다. 왈더 공도 레드와인 한 잔을 집어서 검버섯 핀 손으로 높이 들어 올렸다. "손님들, 내 귀한 손님들. 내 지붕 아래, 내 식탁 앞에 여러분을 환영하오."

"환대에 감사드립니다." 롭이 대꾸했다. 에드무어가 따라 했고, 그레이트 존, 마크 파이퍼 경, 그 외 다른 사람들도 따라 했다. 그들은 왈더 공의 와인을 마시고 그의 빵과 버터를 먹었다. 캐틀린은 와인을 맛보고 빵을 약간 먹으면서 훨씬 기분이 나아졌다. '이제 우린 안전해.'

그 노인이 얼마나 옹졸할 수 있는지 알기에, 캐틀린은 주어진 거처가 을 씨년스럽고 휑하리라 예상했다. 그러나 프레이는 그들에게 후한 대접을 준비해둔 모양이었다. 혼례용으로 주어진 방은 크고 호화로웠으며, 기둥마다 성안의 탑을 닮게 조각해둔 거대한 깃털 침대가 장악하고 있었다. 침대 커튼은 툴리의 붉은색과 푸른색으로 만드는 예의를 발휘했다. 널빤지 바닥에는 달콤한 냄새가 풍기는 카펫이 깔렸고, 덧문이 달린 긴 창문이 남향으로 나 있었다. 캐틀린의 방은 그보다 작았지만 가구가 잘 갖춰진 데다 편안했고, 벽난로에는 불이 붙어 있었다. 절름발이 로타르가 롭에게는 왕에게 걸맞은 특별실이 주어졌다고 확인해주었다. "뭐든 필요한 게 있으면 위병에게 말씀하시면 됩니다." 로타르는 절을 하고 물러나서 절뚝거리며 나선계단을 내려갔다.

"우리 위병을 보초로 세워야 해." 캐틀린은 동생에게 말했다. 문밖에 스타크와 툴리 병사들이 있으면 더 편하게 쉴 것 같았다. 왈더 공과의 접견은 그녀가 걱정했던 것만큼 고통스럽진 않았지만, 그래도 그녀는 이 일을 얼른 끝내고 싶었다. '며칠만 더 참으면 롭은 전투를 향해 떠나고, 난 시가드로 편안한 포로 생활을 하러 가겠지.' 제이슨 공이 정중하고 공손하리라는 점은 의심치 않았지만, 그래도 그 생각을 하면 우울해졌다.

아래쪽에서 기병들의 긴 행렬이 성에서 성으로 이어지는 다리를 건너면서 나는 말발굽 소리가 들렸다. 짐이 무겁게 실린 마차가 지나가면서 돌바닥이 덜컹거렸다. 캐틀린은 창가로 가서 밖을 내다보며 롭의 군대가 동쪽 쌍둥이 탑으로 나가는 것을 지켜보았다. "빗발이 줄어드는 것 같구나."

"우리가 안에 들어오니까 말이지." 에드무어는 불 앞에 서서 온몸에 온기를 쬐었다. "로슬린은 어떻게 생각해?"

'너무 작고 연약해. 아이를 낳기는 힘들겠어.' 하지만 동생은 그 처녀를 마음에 들어 하는 것 같았기에, 캐틀린은 이렇게 말할 수밖에 없었다. "사랑스럽더구나."

"로슬린은 날 좋아하는 것 같아. 그런데 왜 울고 있었을까?"

"결혼식 전날의 처녀잖니. 눈물을 흘리는 건 당연해." 라이사는 결혼식 날 아침에 눈물로 호수를 만들었지만, 존 아린이 어깨에 크림색과 푸른색 망토를 둘러줄 때는 물기 없는 눈으로 활짝 웃는 데 성공했었다.

"로슬린은 내가 기대도 못 했을 만큼 예뻐." 에드무어는 캐틀린이 무슨 말을 하기 전에 한 손을 들어 올렸다. "더 중요한 것들이 있다는 건 나도 아니까, 설교는 접어두시죠, 성사님. 그렇다곤 해도…… 프레이가 행진시킨 다른 처녀들 봤어? 경련이 있는 처녀는? 병들어 덜덜 떠는 거였나? 게다가 그 쌍둥이 얼굴에는 여드름 피터보다 더 얽은 자국이 많더라. 그 여자들을 봤을 때는 로슬린이 대머리에 애꾸에 징글벨 정도의 지능에 검은 왈더의 성질을 지닌 여자일 줄 알았어. 그런데 로슬린은 예쁠 뿐 아니라 순해 보인단 말이지." 에드무어는 당혹스러운 얼굴이었다. "늙은 족제비가 나에게 끔찍한 여자를 붙여주려던 게 아니었다면, 왜 내가 고르지 못하게 했을까?"

"네가 예쁜 얼굴을 좋아하는 거야 유명하잖니." 캐틀린은 동생을 일깨웠다. "어쩌면 왈더 공이 정말로 네가 신부와 행복하게 지내길 바라는지도 모르지.' '아니면 네가 부스럼 하나에 멈칫거려서 자기 계획을 다 뒤엎을까 봐 그랬을지도 모르고.' "아니면 로슬린이 그 노인이 제일 아끼는 딸인지도 몰라. 리버런의 영주라면 프레이의 딸들 대부분이 기대할 수 있는 것보다 훨씬 좋은 혼처니까."

"그건 사실이야." 그러나 에드무어는 여전히 불안해 보였다. "혹시 로슬린이 불임일 수도 있을까?"

"왈더 공은 자기 손자가 리버런을 잇기를 원해. 너에게 불임의 아내를 붙여줘서 무슨 소용이 있겠어?"

"아무도 데려가지 않을 딸 하나를 치우는 거지."

"별로 좋을 게 없어. 왈더 프레이가 성마른 노인일지는 몰라도, 멍청한 사람은 아니야."

"그래도…… 가능성이 있을까?"

"가능성은 있지." 캐틀린은 마지못해 대답했다. "여자들이 어렸을 때 걸리면 임신 능력을 잃게 되는 병이 있기는 해. 하지만 로슬린 아가씨가 그런 병에 시달렸다고 믿을 이유는 없어." 캐틀린은 방을 둘러보았다. "솔직히 말하면, 프레이가 내가 예상한 것보다 훨씬 우리를 환대해주는구나."

에드무어는 웃음을 터뜨렸다. "가시 돋친 말 몇 마디에 기분 나쁜 눈길 정도면, 왈더 공에게는 호의나 다름없지. 난 그 늙은 족제비가 우리 와인에 오줌을 싸고 우리가 와인 맛을 칭찬하게 만들 줄 알았어."

캐틀린은 그 농담에 이상하게 마음이 술렁거렸다. "괜찮다면 난 이 젖은 옷을 좀 갈아입어야겠다."

"원하는 대로 해." 에드무어는 하품을 했다. "난 한 시간쯤 자야겠어."

캐틀린은 자기 방으로 물러났다. 리버런에서 가져온 옷 상자가 침대 발치에 놓여 있었다. 캐틀린은 젖은 옷을 벗어서 불가에 널고, 툴리의 붉은 색과 파란색으로 만든 따뜻한 모직 드레스를 입었다. 그리고 머리를 감고 빗고 말린 후에 프레이 사람들을 찾아 나섰다.

캐틀린이 연회장에 들어섰을 때 왈더 공의 검은 참나무 옥좌는 비어 있었지만, 왈더 공의 아들들 몇 명이 불가에서 술을 마시고 있었다. 절름발이 로타르가 그녀를 보고 어색하게 일어섰다. "캐틀린 부인, 쉬고 계실 줄 알았는데요. 어떻게 도와드릴까요?"

"이분들은 형제분들인가요?" 캐틀린이 물었다.

"형제들, 이복형제들, 사촌들과 매부들이지요. 레이먼드와 저는 어머니가 같습니다. 루시아스 바이프렌 공은 제 이복 누이인 리테네의 남편이고, 데이먼 경은 그 둘의 아들입니다. 제 이복형제인 호스틴 경은 부인께서도 아실 테지요. 그리고 이쪽은 레슬린 하이 경과 그 아들인 하리스 경, 도넬 경입니다."

"만나서 반가워요, 여러분. 퍼윈 경은 없나요? 롭이 렌리 공과 이야기를 해보라고 날 보냈을 때, 퍼윈 경이 스톰스엔드까지 오가는 길을 호위해줬지요. 다시 만날 날을 기대하고 있었어요."

"퍼윈은 여기 없습니다." 절름발이 로타르가 말했다. "부인의 인사를 전하겠습니다. 뵙지 못해 안타까워할 겁니다."

"분명히 로슬린 아가씨의 결혼식에 맞춰 돌아오지 않겠어요?"

"그러려고는 했는데, 이 비 때문에……. 부인께서도 강이 어떻게 됐는지 보셨지요."

"봤지요." 캐틀린이 말했다. "친절을 베풀어, 이 성의 학사에게 안내해줄 수 있을까요?"

"어디 불편하십니까, 부인?" 각진 턱이 강해 보이는 건장한 남자, 호스틴 경이 물었다.

"여인네 질환이지요. 경이 걱정하실 문제는 아닙니다."

언제나 친절한 로타르가 캐틀린을 데리고 연회장을 빠져나가서 계단을 오르고 지붕 다리를 건너 또 다른 계단까지 안내했다. "꼭대기에 있는 작은 탑에서 브레넷 학사를 찾으실 수 있습니다, 부인."

캐틀린은 학사도 왈더 프레이의 아들이 아닐까 생각하고 있었지만, 브레넷의 외모는 프레이가 아니었다. 그는 엄청나게 뚱뚱한 대머리에 턱이 둘인 사내로, 로브 소매에 까마귀 똥이 묻은 모양을 보니 아주 깔끔한 성격은 아니었지만 그래도 꽤 상냥했다. 캐틀린이 로슬린 아가씨의 출산 능력에 대한 에드무어의 걱정을 이야기하자, 브레넷은 작게 웃었다. "동생분께서는 걱정하실 필요 없습니다, 캐틀린 부인. 로슬린 아가씨가 몸집이 작고 골반이 좁기는 합니다만, 그분 어머님도 똑같았는데 베타니 부인은 왈더 공에게 해마다 아이를 낳아주셨거든요."

"그중에 유아기를 넘긴 아이는 몇이었나요?" 캐틀린은 직설적으로 물었다.

"다섯입니다." 브레넷은 소시지처럼 통통한 손가락을 꼽았다. "퍼윈 경. 벤프레이 경. 작년에 서약을 하고 지금은 협곡의 헌터 공을 섬기는 윌라멘 학사. 아드님의 종자로 일했던 올리바. 그리고 막내인 로슬린 아가씨까지요. 아들 넷에 딸 하나. 에드무어 공께서는 어떻게 해야 하나 싶게 많은 아들을 얻으실 겁니다."

"에드무어가 기뻐하겠군요." 그러니까 그 처녀는 얼굴만 예쁜 게 아니라 다산의 소질도 있다는 이야기였다. '에드무어도 이제 안심하겠지.' 캐틀린이 보기에 왈더 공은 에드무어가 불평할 여지를 남겨두지 않았다.

캐틀린은 학사의 방을 떠나서 곧장 거처로 돌아가지 않고, 롭에게 갔다. 로빈 플린트와 웬델 맨덜리 경이 같이 있었고, 그레이트존과 더불어 제 아버지보다 더 커지기 직전인데도 여전히 스몰존이라고 불리는 그 아들까지 있었다. 모두 흠뻑 젖은 몰골이었다. 그리고 그들보다 더 젖은 남자 하나가 하얀 모피를 두른 연분홍색 망토를 걸치고 불 앞에 서 있었다. "볼턴 공."

캐틀린이 말했다.

"캐틀린 부인." 볼턴 공이 작은 소리로 말했다. "괴로운 시절이지만, 그래도 다시 뵈니 기쁩니다."

"그렇게 말해주다니 친절하시군요." 캐틀린은 방 안에 드리운 음울함을 느낄 수 있었다. 그레이트존마저도 우울하게 가라앉아 있었다. 그녀는 그들의 어두운 얼굴을 보고 말했다. "무슨 일이지요?"

"라니스터가 트라이던트에 있습니다." 웬델 경이 비참하게 말했다. "제 동생은 다시 사로잡혔어요."

"그리고 볼턴 경이 윈터펠 소식을 더 가져왔어요." 롭이 덧붙였다. "죽은 사람이 로드릭 경만이 아니었어요. 클레이 세르윈과 레오발드 톨하트도 죽었다는군요."

"클레이 세르윈은 아직 어린아이였건만." 캐틀린은 슬픔에 잠겨서 말했다. "그렇다면 사실인가요? 모두 죽고 윈터펠이 사라졌다는 게?"

볼턴의 색이 엷은 눈이 캐틀린을 마주 보았다. "강철인들이 성과 겨울 마을을 다 태웠습니다. 성 사람들 일부는 제 아들 램지가 드레드포트로 데려갔습니다."

"공의 서자는 심각한 범죄로 고발당했습니다." 캐틀린은 날카롭게 상기시켰다. "살인, 강간, 그리고 더 나쁜 범죄로요."

"맞습니다." 루스 볼턴이 말했다. "그 녀석의 피가 오염되었다는 사실은 부인할 수 없지요. 그러나 램지는 두려움을 모르는 데다 교활하기도 해서 싸움을 잘합니다. 강철인들이 로드릭 경을 베고, 곧이어 레오발드 톨하트를 죽이자 램지가 전투를 이끌어야 했고, 잘 해냈지요. 램지는 북부에 그레이조이가 하나라도 남아 있는 한 검을 검집에 넣지 않겠다고 맹세했습니다. 어쩌면 이런 복무가 사생아 혈통 때문에 저지른 범죄 약간 정도는 감해줄지도 모르지요." 그는 어깨를 으쓱였다. "아니면 말고요. 전쟁이 끝나면 전하께서 판단하고 심판하실 일입니다. 그때까지는 저도 왈다 부인에게 적통 아들을 얻었으면 좋겠군요."

'차가운 남자야.' 캐틀린은 새삼스럽게 깨달았다.

"램지가 테온 그레이조이에 대해서도 언급했소?" 롭이 물었다. "테온도 죽었소, 아니면 달아났소?"

루스 볼턴은 허리띠에 찬 주머니에서 너덜너덜한 가죽 조각을 꺼냈다. "제 아들이 편지에 동봉했습니다."

웬델 경은 살찐 얼굴을 돌려버렸다. 로빈 플린트와 스몰존 엄버는 눈빛을 교환했고, 그레이트존은 황소처럼 콧방귀를 뀌었다. "그건…… 살가죽이오?" 롭이 말했다.

"테온 그레이조이의 왼손 새끼손가락 가죽입니다. 제 아들이 잔인하기는 합니다. 그러나…… 두 어린 왕자님의 목숨에 비하면 살가죽 약간이 뭐란 말입니까? 캐틀린 부인이 왕자님들의 어머니시니, 이 작은…… 복수의 상징을 부인께 드릴까요?"

캐틀린의 마음속 일부는 그 역겨운 전리품을 움켜쥐고 싶어 했지만, 그녀는 그 충동에 저항했다. "치우세요. 제발."

"테온의 가죽을 벗긴다고 내 동생들이 살아 돌아오진 않아요." 롭이 말했다. "난 그놈의 살가죽이 아니라 머리통을 원합니다."

"테온은 발론 그레이조이의 하나뿐인 아들입니다." 볼턴 경이 모두가 잊고 있다는 듯 부드럽게 말했다. "그리고 이제는 강철 군도의 적법한 왕이지요. 사로잡힌 왕은 인질로서 대단히 가치가 있습니다."

"인질?" 그 말이 캐틀린의 신경을 건드렸다. 인질 교환은 자주 있는 일이었다. "볼턴 공, 우리더러 내 아들들을 죽인 남자를 풀어주자는 건 아닐 테지요."

"누가 해석좌를 차지하든 간에 테온 그레이조이를 죽이고 싶어 할 겁니다." 볼턴이 지적했다. "쇠사슬에 매여 있다 해도 숙부들보다 정통성이 있으니까요. 저는 테온을 잡고 있다가, 강철인들에게 직접 테온을 처형하는 대가로 상당한 몸값을 요구하자고 제안합니다."

롭은 마지못해 그 제안을 고려해보더니, 결국 고개를 끄덕였다. "그래요. 좋습니다. 그럼 살려두지요. 당장은요. 우리가 북부를 되찾을 때까지 드레드포트에 안전하게 잡고 있도록 해요."

캐틀린은 루스 볼턴을 다시 돌아보았다. "웬델 경이 트라이던트에 라니스터가 있다고 했는데요?"

"맞습니다. 제 탓입니다. 하렌홀을 떠나기 전까지 너무 늑장을 부렸어요. 아에니스 프레이는 며칠 전에 출발해서 루비 여울에서 트라이던트를 건넜지요. 어려움이 없었던 건 아니지만 건너기는 했어요. 우리가 도착했을 때는 강이 격류가 되어 있더군요. 작은 배로 병사들을 실어 나르는 수밖에 없었는데, 배가 너무 적었습니다. 제 병력의 3분의 2를 북쪽 강둑으로 옮겼을 때 라니스터가 아직 강을 건너지 못한 병사들을 공격했습니다. 노리, 로크, 벌리 병사들이 주었고 월리스 맨덜리 경과 화이트하버 기사들이 후위를 맡고 있었지요. 저는 트라이던트 반대편에 있어서 무력했습니다. 월리스 경은 최대한 우리 병사들을 모아서 맞섰지만, 그레고르 클리게인이 중기병으로 공격해서 병사들을 강으로 몰아넣었습니다. 베인 수 못지않게 많은 수가 빠져 죽었지요. 더 많은 수가 달아나긴 했습니다만, 나머지는 사로잡혔습니다."

캐틀린은 그레고르 클리게인은 언제나 나쁜 소식이었다는 생각을 했다. 롭이 산더미를 상대하기 위해 남쪽으로 다시 진군해야 할까? 아니면 산더미가 여기로 올까? "그러면 클리게인이 강을 건넜나요?"

"아닙니다." 볼턴의 목소리는 부드럽지만 단호했다. "여울에 군사 600명을 남겨뒀습니다. 계곡과 산맥과 화이트나이프강 출신의 창병들, 혼우드 장궁병 백 명, 자유기수와 방랑기사 일부, 그리고 그들을 강화할 스타우트와 세르윈의 강병들로요. 로넬 스타우트와 카일 콘돈 경이 지휘를 맡았습니다. 아실 테지만 카일 경은 고(故) 세르윈 공의 오른팔이었습니다. 사자들이라고 늑대들보다 헤엄을 잘 치진 못하지요. 수위가 내려가지 않는 한 그레고르 경은 강을 건너지 못할 겁니다."

"등 뒤에 산더미를 두고 둑길에 진입하는 건 최악이지." 롭이 말했다. "잘해줬어요."

"분에 넘치는 말씀입니다. 저는 그린포크에서 통탄할 만한 패배를 겪었고, 글로버와 톨하트는 더스큰데일에서 더 지독하게 패배했습니다."

"더스큰데일." 롭은 그 말을 욕처럼 뱉었다. "약속하는데, 로벳 글로버는 그 패배의 책임을 지게 될 거예요."

"어리석은 짓이었지요." 볼턴 공은 수긍했다. "하지만 글로버는 딥우드모트가 함락됐다는 사실을 안 이후 경솔해져 있었습니다. 슬픔과 공포는 사람을 그렇게 만듭니다."

더스큰데일은 이미 끝난 이야기였다. 캐틀린의 걱정거리는 다가올 전투였다. "내 아들에게 병력을 얼마나 데려왔습니까?" 그녀는 루스 볼턴에게 날카롭게 물었다.

볼턴은 기묘하게 색이 없는 눈동자로 그녀의 얼굴을 잠시 바라보다가 대답했다. "기병 500명 정도에 보병 3000명입니다. 주로 드레드포트 병사들이고, 일부는 카홀드 병사입니다. 카스타크의 충성심이 의심스러운 지금이니 카홀드 병력을 가까이 두는 게 좋겠다고 생각했지요. 수가 더 되지 않아 유감입니다."

"그 정도면 충분할 거예요." 롭이 말했다. "볼턴 공은 후방 지휘를 맡으세요. 외삼촌이 결혼하고 잠자리를 하는 대로 넥 지역으로 출발할 생각입니다. 집으로 가는 겁니다."

# 아리아

그린포크에서 한 시간 떨어진 곳에서, 짐마차가 진흙탕을 힘겹게 나아가는데 별동대가 닥쳤다.

"고개 숙이고 입 닥치고 있어라." 별동대 세 명이 박차를 가해 다가오자 사냥개가 경고했다. 기사 한 명에 종자 두 명이었는데, 경장을 하고 발이 빠른 승용마를 타고 있었다. 클리게인은 상태가 좋지 않은 한 쌍의 늙은 짐말에게 채찍을 휘둘렀다. 커다란 나무 바퀴 두 개가 한 바퀴 돌 때마다 도로에 난 깊은 바큇자국에서 진흙을 밀어내느라 짐마차가 삐걱거리고 흔들렸다. '이방인'은 마차에 묶여서 뒤따라왔다.

그 성질 나쁘고 덩치 큰 말은 방호구도, 마갑도, 마구도 걸치지 않았고, 사냥개 자신은 얼룩덜룩한 녹색 평복 차림에 짧은 흑녹색 망토를 걸치고 두건으로 머리를 가렸다. 눈만 내리깔고 있으면 얼굴은 보이지 않고 앞을 보는 눈동자의 흰자위만 보였다. 초라한 농부 행색이었다. 그러나 덩치가 큰 농부이기는 했다. 그리고 아리아는 그 거친 천으로 짠 평복 속에 가죽 방호구와 기름을 친 사슬 갑옷이 있음을 알고 있었다. 아리아는 농부의 아들 아니면 돼지치기쯤으로 보였다. 짐마차 뒤에는 소금에 절인 돼지고기네 통과 식초에 절인 돼지 발 한 통이 실렸다.

말 탄 기수들은 가까이 다가오기 전에 흩어져서 그들을 에워쌌다. 클리게인은 마차를 멈추고 그들이 마차를 살펴보기를 기다렸다. 기사는 창과 장검을 갖추었고 두 종자는 긴 활을 들고 있었다. 종자들의 가죽조끼에 달린 휘장은 기사의 전포에 수놓인 상징의 축소판이었다. 적갈색 바탕에 금색 대각선, 그 위에 검은색 쇠스랑이 들어간 문장이었다. 아리아는 처음 마주치는 별동대에 정체를 드러낼 생각을 하고 있었지만, 생각 속의 별동대는 언제나 가슴에 다이어울프를 단 회색 망토의 남자들이었다. 엄버의 거인이나 글로버의 주먹만 달고 있어도 위험을 감수했을지 모르지만, 쇠스랑 기사에 대해서나 이 기사의 주군이 누구인지는 알지 못했다. 윈터펠에서 아리아가 보았던 문장 중에 쇠스랑과 제일 가까운 문장이라면 맨덜리 공의 인어가 손에 든 삼지창 정도였다.

"트윈스에 볼일이 있나?" 기사가 물었다.

"결혼식에 쓸 절인 돼지고기입죠, 나리." 사냥개가 눈을 내리깔고 얼굴을 감춘 채 우물우물 대답했다.

"소금에 절인 돼지고기는 맛있을 때가 없더라." 쇠스랑 기사는 클리게인은 쓱 보고 지나갔고 아리아에게는 아무 관심도 두지 않았지만, 뒤에 매인 이방인은 오랫동안 쳐다보았다. 그 수말이 농사에 쓰는 말이 아니라는 건 한눈에 알 수 있었다. 종자 하나는 그 큰 흑마가 말을 물려고 드는 바람에 진흙탕에 팽개쳐질 뻔했다. "이 짐승은 어쩌다 손에 넣은 건가?" 쇠스랑 기사가 물었다.

"저희 마님께서 데려가라고 하셨습니다요, 나리." 클리게인은 송구해하며 말했다. "젊은 툴리 공께 드리는 결혼 선물입죠, 나리."

"무슨 마님? 네가 섬기는 분이 누구지?"

"훤트 노마님입니다요, 나리."

"말 한 마리로 하렌홀을 다시 살 수 있다고 생각하시는 건가?" 기사가 물었다. "맙소사, 늙은 바보들 같은 바보가 또 있을까?" 어쨌든 기사는 길을 계속 가라고 손을 내저었다. "그럼 가보게."

"예, 나리." 사냥개가 채찍을 다시 휘두르자, 늙은 짐말들은 지친 걸음을 다시 옮겼다. 멈춰 선 사이에 바퀴가 진흙에 깊이 박혀서, 짐말들이 몇 분을 끌어서야 겨우 빼낼 수 있었다. 그 무렵 별동대는 달려가버린 후였다. 클리게인은 마지막으로 그들을 쳐다보고 코웃음을 쳤다. "도넬 하이 경이다. 저놈에게 셀 수도 없이 여러 번 말을 빼앗았지. 갑옷도 마찬가지고. 한 번은 난전에서 죽일 뻔도 했어."

"그런데 어떻게 널 못 알아본 거야?" 아리아가 물었다.

"그야 기사는 바보들이고, 하찮은 농민을 두 번 쳐다본다는 건 놈에게 있을 수 없는 일이니까." 그는 짐말들에게 채찍을 날렸다. "눈 내리깔고 공손하게 말하고 '나리, 나리'거리면 대부분의 기사는 널 쳐다도 보지 않아. 놈들은 평민보다 말에 더 관심을 두지. 내가 타고 있는 걸 봤다면 이방인도 알아봤을지 몰라."

'하지만 네 얼굴은 알았겠지.' 아리아는 그 점을 의심치 않았다. 산도르 클리게인의 화상은 한번 보면 잊기 힘든 것이었다. 투구 속에 흉터를 감출 수도 없었다. 그 투구가 으르렁거리는 개 모양으로 만들어지지 않는 한은 말이다.

그래서 짐마차와 식초에 절인 돼지 발이 필요했던 것이다. "난 사슬에 묶여서 네 오라비 앞에 끌려 나갈 생각 없다." 사냥개는 그렇게 말했다. "그래도 네 오라비 병사들을 베고 갈 일은 없는 게 좋겠지. 그러니까 속임수를 쓴다."

왕의 가도에서 우연히 만난 농부가 짐마차와 짐말, 옷, 그리고 식료품 몇 통을 제공해주었다. 물론 기꺼이 제공한 것은 아니었다. 사냥개가 검을 겨누고 빼앗았다. 농부가 강도라고 욕하자 그가 대답했다. "아니지, 징발대원이지. 속옷은 남겨둔 걸 고맙게 여겨라. 이제 그 장화도 벗어. 안 그러면 다리를 잘라버린다. 네가 선택해라." 그 농부는 클리게인만큼 몸집이 컸지만, 그래도 장화를 포기하고 다리를 보존하는 쪽을 택했다.

저녁이 되어서도 그들은 아직 그린포크와 프레이 공의 쌍둥이 성을 향해 가고 있었다. '거의 다 왔어.' 아리아는 생각했다. 신이 나야 한다는 건 알지만, 배 속이 꽉 뭉쳤다. 그동안 시달린 열병 때문일지도 모르지만, 아닐 수도 있었다. 지난밤에는 악몽을, 끔찍한 꿈을 꾸었다. 이제는 정확히 무슨 꿈이었는지 기억할 수가 없었지만, 그 느낌만은 하루 종일 이어졌다. 아니, 오히려 심해졌다. '공포가 칼보다 더 위험하다.' 지금 아리아는 아버지가 말했던 대로 강해져야 했다. 이제 아리아와 어머니 사이에는 성문과 강, 그리고 군대밖에 없었고…… 그 군대는 롭의 군대였으니, 여기에 진짜 위험은 없었다. 그렇지 않은가?

하지만 루스 볼턴이 그 군대에 속해 있었다. 무법자들의 입을 빌리자면 거머리 영주 말이다. 그 점을 생각하면 불안했다. 아리아는 피투성이 극단만이 아니라 볼턴에게서 벗어나려고 하렌홀에서 도망쳤고, 달아나기 위해 볼턴의 위병 목을 그어야 했다. 아리아가 한 짓이라는 걸 알았을까? 아니면 젠드리나 핫파이 탓으로 돌렸을까? 어머니에게도 말했을까? 아리아를 보면 볼턴이 어떻게 할까? '아마 볼턴은 날 알아보지도 못할 거야.' 요사이 아리아는 영주의 술잔 담당이라기보다는 물에 빠진 생쥐처럼 보였다. 그것도 물에 빠진 어린 수컷 생쥐. 사냥개가 이틀 전에 아리아의 머리를 몇 움큼 잘라냈는데, 요렌보다 더 지독한 이발사여서 머리 한쪽을 반은 대머리로 만들어놓았다. '롭도 분명 날 못 알아볼 거야. 심지어는 어머니도 모를 걸.' 어머니가 마지막으로 보았을 때, 그러니까 에다드 스타크가 윈터펠을 떠나던 날에 아리아는 어린 여자애였다.

성이 보이기 전에 음악부터 들렸다. 울부짖는 강물과 머리를 두드리는 빗소리 너머 멀리서 북소리, 놋쇠 나팔 소리, 가늘고 날카로운 피리 소리가 희미하게 전해졌다. "결혼식을 놓쳤군." 사냥개가 말했다. "하지만 잔치는 아직 하나 보다. 곧 널 없앨 수 있겠어."

'아니, 내가 널 없앨 거야.' 아리아는 생각했다.

도로는 거의 북서쪽으로 이어졌으나, 이제 사과나무 과수원과 비에 폭삭 젖어 쓰러진 옥수수밭 사이에서 서쪽으로 방향을 틀었다. 마지막 사과나무를 지나쳐서 언덕을 오르자 갑자기 성과 강, 그리고 숙영지가 한꺼번에 펼쳐졌다. 수백 마리 말과 수천 명의 병사가 있었는데, 대부분은 성문을 마주하고 나란히 선 거대한 회관 같은 큰 연회 천막 세 군데 주위를 돌고 있었다. 롭은 성벽과 거리가 있는 높고 마른 지대에 숙영지를 세웠으나, 그린포크가 강둑을 넘으면서 부주의하게 설치한 천막 몇 개까지 집어삼켰다.

여기에서는 성에서 흘러나오는 음악 소리가 더 크게 들렸다. 북소리와 나팔 소리가 숙영지 위를 흘렀다. 하지만 가까운 쪽 성에 있는 악사들과 반대편 강둑에 선 성의 악사들이 다른 노래를 연주해서, 음악이라기보다는 싸우는 소리처럼 들렸다. "별로 솜씨가 좋진 않네." 아리아가 평했다.

사냥개는 웃음소리 같기도 한 소리를 냈다. "라니스포트에 사는 귀머거리 노파도 이 소음에 대해 불평하겠구먼. 왈더 프레이가 눈이 침침해졌단 소린 들었지만, 귀가 먹었다는 말은 없었는데 말이야."

아리아는 저도 모르게 낮이었으면 좋았겠다고 생각했다. 해가 있고 바람이 분다면 깃발들을 더 잘 볼 수 있었을 것이다. 스타크의 다이어울프, 아니면 세르윈의 전투 도끼나 글로버의 주먹이라도 찾았을 것이다. 그러나 밤의 어둠 속에서는 모든 색이 회색으로 보였다. 비는 거의 안개에 가까운 보슬비로 잦아들었지만, 이전에 내린 폭우로 모든 깃발이 행주처럼 젖어서 읽을 수가 없었다.

진지 주위에는 조잡한 나무 방어벽 삼아 짐마차와 수레를 둘러놓았다. 그곳에서 위병들이 그들을 멈춰 세웠다. 아리아는 장교가 들고 있는 등불 빛으로 그자의 망토가 붉은색 눈물방울이 흩어진 연한 분홍색임을 알아보았다. 그 밑에 있는 남자들은 심장께에 거머리 영주의 휘장인 드레드포트의 살가죽 벗겨진 남자 모양을 수놓았다. 산도르 클리게인은 별동대를 만났을 때와 똑같은 이야기를 늘어놓았지만, 볼턴의 장교는 도넬 하이 경보다 매서운 인물이었다. "소금에 절인 돼지고기는 영주의 결혼식 잔치에 어울리는 고기가 아니야." 그는 경멸하듯 말했다.

"식초에 절인 돼지 발도 가져왔습니다요, 나리."

"그것도 잔치용은 아니지. 잔치는 반쯤 끝났어. 그리고 난 우유나 빠는 남부 기사가 아니라 북부인이야."

"집사님이나 요리사를 찾으라고 들었는데……."

"성은 닫혔다. 귀족분들을 방해해선 안 돼." 장교는 잠시 생각해보더니 말했다. "짐은 저기, 연회 천막 옆에 부릴 수 있겠지." 그는 쇠 장갑을 낀 손으로 방향을 가리켰다. "에일을 마시다 보면 배가 고파지기 마련이고, 프레이 노인장은 돼지 발 몇 개쯤은 그리워하지 않을 거야. 어차피 그런 걸 먹을 이빨도 없으니까. 세지킨스에게 물어보면 어떻게 해야 할지 알 거야." 장교가 소리쳐 명령하자 부하들이 짐마차 하나를 옆으로 굴려서 그들을 들여보냈다.

사냥개의 채찍에 몰린 마차는 천막들 쪽으로 굴러갔다. 아무도 그들에게 신경 쓰지 않았다. 그들은 물을 튀기면서 알록달록한 대형 천막들 앞을 지나갔다. 젖은 비단 벽이 안에 든 등잔과 화로 불빛을 받아 마법 등불처럼 분홍색, 황금색, 초록색으로 빛났다. 줄무늬에 번개무늬, 격자무늬며 새와 짐승, V 자 무늬와 별무늬, 바퀴와 무기 그림이 반짝였다. 아리아는 도토리 여섯 개가 맨 아래에 셋, 그 위에 둘, 그 위에 하나의 형태로 쌓여 있는 노란색 천막을 보았다. '스몰우드 문장이야.' 까마득히 멀리 떨어진 에이콘 홀과 아리아를 보고 예쁘다고 말했던 스몰우드 부인이 떠올랐다.

펠트나 돛천으로 만든, 어둡고 속이 비치지 않는 천막이 비단 천막의 스무 배는 있었다. 보병이 40명씩 들어갈 수 있을 만큼 큰 막사용 천막들도 있었지만, 그것도 세 채의 거대한 연회용 천막에 비하면 작기만 했다. 보아하니 술자리가 벌어진 지 몇 시간은 지난 듯했다. 아리아는 숙영지에서 으레 들리는 히힝대는 말 울음소리와 개 짖는 소리, 어둠을 뚫고 움직이는 짐마차 소리, 웃음소리와 욕설, 강철과 나무가 부딪치고 덜그럭대는 소리에 뒤섞인 요란한 건배 소리와 잔 부딪치는 소리를 들었다. 성에 다가갈수록 음악 소리가 더 커졌지만, 그 모든 소리 아래에는 더 깊고 어두운 소리가 있었다. 불어난 그린포크가 굴에 들어앉은 사자처럼 으르렁대고 있었다.

아리아는 몸을 비틀고 고개를 돌리며 한꺼번에 모든 것을 보려고 했다. 다이어울프 문장을, 회색과 흰색으로 꾸민 천막을, 윈터펠에서 알던 얼굴을 찾고 싶었다. 보이는 것이라곤 낯선 사람들뿐이었다. 갈대밭에서 변을 보고 있는 남자를 보았지만, 그 남자는 에일벨리가 아니었다. 어느 천막에서 깔깔대며 뛰쳐나온 반쯤 벗은 여자를 보았지만, 회색이라고 생각했던 천막은 연한 파란색이었고 그 여자를 쫓아 나온 남자는 더블릿에 늑대가 아니라 사향고양이를 그려 넣었다. 어느 나무 아래에서는 궁수 네 명이 장궁 오늬에 밀랍 입힌 시위를 걸고 있었지만, 아버지의 궁수들은 아니었다. 학사 하나가 앞을 가로질러 갔지만 루윈 학사라기에는 너무 젊고 말랐다. 아리아는 트윈스를, 불이 켜진 곳마다 은은하게 빛나는 높은 탑 창문들을 올려다보았다. 안개비 속에서 두 개의 성은 낸 할멈의 이야기 속에서 튀어나온 것처럼 으스스하고 신비로워 보였다. 그 성도 윈터펠이 아니었다.

연회용 천막들 앞이 제일 붐볐다. 넓은 천막 문은 젖혀서 묶어두었고, 남자들이 뿔잔과 주석 잔을 손에 들고 들락거렸다. 종군 매춘부와 함께 움직이는 남자들도 있었다. 아리아는 사냥개가 첫 번째 천막 옆을 지나칠 때 그 안을 흘긋 보았는데, 수백 명이 장의자를 메우고 꿀술과 에일과 와인 통 주위에 몰려 있었다. 안에는 움직일 공간도 거의 없었지만 아무도 신경 쓰지 않는 것 같았다. 그래도 그들은 따뜻하고 젖지도 않았다. 춥고 젖은 아리아는 그들이 부러웠다. 노래를 부르는 사람도 있었다. 안에서 흘러나오는 열기 때문에 문 주위에 내리는 안개비가 수증기를 피워 올렸다. "에드무어 공과 로슬린 부인에게 건배." 누군가가 소리쳤다. 모두가 술을 마셨고, 또 누군가가 외쳤다. "이번엔 젊은 늑대와 제인 왕비에게 건배."

　　'제인 왕비는 누구지?' 아리아는 잠시 의아해했다. 아리아가 아는 왕비는 세르세이밖에 없었다.

　　연회용 천막들 밖에는 불구덩이를 파고, 나무와 생가죽을 엮은 조잡한 가림막으로 비를 막았다. 비가 똑바로 떨어지기만 한다면 말이다. 그러나 강에서 바람이 거세게 불어왔기에 빗방울이 들이쳐서 불길이 쉭쉭거리고 소용돌이쳤다. 하인들은 그 불길 위에서 꼬챙이에 꿴 고기를 돌리고 있었다. 그 냄새를 맡자 아리아의 입에 침이 고였다. "멈추지 않을 거야? 천막 안에 북부인들이 있어." 아리아는 그 남자들의 수염을 보고, 얼굴을 보고, 곰 가죽과 바다표범 가죽 망토를 보고, 슬쩍 들린 건배 소리와 노랫소리로 그들이 북부인임을 알았다. 카스타크와 엄버와 산에 사는 북부인들이 있었다. "분명히 윈터펠 사람들도 있을 거야." 아버지의 사람들, 젊은 늑대의 부하들, 스타크의 다이어울프들……

　　"네 오라비는 성안에 있을 거다. 네 어머니도 마찬가지지. 가족을 보고 싶은 거냐, 아닌 거냐?"

　　"보고 싶어. 세지킨스는 어쩔 건데?" 장교는 세지킨스를 찾으라고 했었다.

"세지킨스는 뜨거운 부지깽이나 들고 설치라고 해." 클리게인이 휘두른 채찍이 안개비 사이로 쉭 소리를 내며 말 옆구리를 내리쳤다. "내가 만나고 싶은 건 네 망할 오라비야."

# 캐틀린

북이 두둥 두둥 두둥 울리고 그녀의 머리도 같이 울렸다. 대연회장 끄트머리에 자리 잡은 위층 악사석에서 파이프가 울고 플루트가 지저귀었다. 깽깽이가 끽끽거리고, 나팔이 울어대고, 작은북의 가죽이 활기찬 가락을 울렸지만, 그 모두를 움직이는 것은 큰북 소리였다. 손님들이 먹고 마시고 서로에게 고함을 쳐대는 동안 악기 소리가 서까래에 메아리쳤다. '이걸 음악이라고 부른다면 왈더 프레이가 귀가 먹은 게 틀림없어.' 캐틀린은 와인을 홀짝이며 징글벨이 〈알리산느〉에 맞춰 활보하는 모습을 지켜보았다. 어쨌든 캐틀린은 이 가락이 〈알리산느〉를 의도했다고 생각했다. 이 연주자들이라면 〈곰과 아름다운 처녀〉일 수도 있었다.

밖에는 아직도 비가 내렸지만, 트윈스 안 공기는 뜨겁고 탁했다. 벽난로에 불이 이글거렸고 벽을 따라 줄줄이 놓인 쇠 걸이에서는 횃불이 연기를 피웠다. 그러나 대부분의 열기는 모두가 잔을 들어 올리려면 옆 사람의 옆구리를 찔러야 할 정도로 빽빽하게 장의자에 몰려 앉은 결혼식 하객들의 몸뚱이에서 뿜어져 나왔다.

연단 위조차도 캐틀린이 좋게 받아들이기에는 좁았다. 라이먼 프레이 경과 루스 볼턴 사이에 앉았더니 양쪽 모두의 체취가 제대로 풍겼다. 라이먼 경은 웨스테로스에 곧 와인이 떨어질 것처럼 마셔댔고, 겨드랑이에서 땀을 엄청나게 흘렸다. 레몬수로 목욕한 모양이었지만, 어떤 레몬으로도 그 시큼한 땀 냄새를 가릴 수는 없었다. 루스 볼턴의 체취는 좀 더 향기로웠지만 그것도 달가운 냄새는 아니었다. 그는 와인이나 꿀술보다 향료를 넣은 포도주를 좋아했고, 먹기는 적게 먹었다.

식욕이 없다고 볼턴을 나무랄 수도 없었다. 결혼식 연회는 묽은 리크 수프로 시작해서 초록 콩과 양파와 비트로 이루어진 샐러드, 아몬드 우유에 데친 강꼬치 고기, 식탁에 놓이기도 전에 식어버린 으깬 순무 무더기, 젤리처럼 조리한 송아지 뇌, 그리고 힘줄 많은 소고기 푸딩으로 이어졌다. 왕에게 차려 내기에는 형편없는 식사였고, 송아지 뇌는 캐틀린의 속을 뒤집어놓았다. 그래도 롭은 불평 없이 먹었고, 에드무어는 신부에게 정신이 팔려 식사에 신경 쓰지 않았다.

'에드무어가 리버런에서부터 트윈스까지 오는 길 내내 로슬린에 대해 불평했다고는 상상도 못 하겠군.' 남편과 아내는 같은 접시로 먹고, 같은 잔으로 마시고, 한 모금 마실 때마다 쪽쪽 입을 맞췄다. 에드무어는 대부분의 요리를 내저어 물렸다. 캐틀린은 그 점을 나무랄 수 없었다. 그녀 자신의 결혼식 연회에서 받은 음식이 얼마나 적었는지 기억이 났다. '내가 맛을 보긴 했던가? 아니면 내내 네드의 얼굴만 뚫어져라 보면서 어떤 사람일까 생각했던가?'

가엾은 로슬린은 누군가가 얼굴에 미소를 꿰매어 붙인 듯 계속 웃고 있었다. '글쎄, 결혼한 처녀지만 아직 잠자리는 하지 않았으니까. 예전의 나만큼이나 겁먹고 있겠지.' 롭은 프레이 가문 처녀들 중에서 가장 성적 매력이 강한 알릭스 프레이와 아름다운 왈다 사이에 앉아 있었다. 왈더 프레이가 그렇게 말했었다. "결혼식 피로연에서 내 딸들과 춤추기를 거부하진 않앉으면 좋겠군요. 늙은이 마음을 기쁘게 해줄 테니 말이오." 이제 왈더 공은 꽤 기쁠 터였다. 롭은 왕답게 의무를 다했다. 양쪽 처녀들과 춤을 추고, 에드무어의 신부, 그리고 여덟 번째 프레이 부인, 그리고 과부 애미와 루스 볼턴의 아내인 뚱뚱한 왈다, 여드름 심한 쌍둥이 세라와 사라, 심지어는 왈더 공의 막내로 여섯 살이나 됐을까 말까 한 시레이와도 춤을 췄다. 캐틀린은 크로싱의 영주가 만족했을지, 아니면 왕과 춤을 추지 못한 다른 모든 딸과 손녀딸을 두고 불평할지 궁금했다. "누이분들이 춤을 아주 잘 추는군요." 캐틀린은 분위기를 띄우려고 라이먼 프레이 경에게 말했다.

"고모들과 사촌들입니다." 라이먼 경은 와인을 들이켰다. 땀방울이 뺨을 타고 수염으로 흘러내렸다.

'퉁명스러운 사내인 데다 취했군.' 캐틀린은 생각했다. 늦장 프레이 공이 손님들을 먹이는 데 있어서는 인색할지 몰라도, 술에는 인색하지 않았다. 에일, 와인, 꿀술이 바깥에 흐르는 강처럼 빠른 속도로 흘렀다. 그레이트존은 이미 고함쳐대는 주정뱅이였다. 왈더 공의 아들 메렛은 그와 대작 중이었지만, 휠렌 프레이 경은 두 사람과 맞먹으려다가 이미 의식을 잃었다. 캐틀린은 엄버 공이 멀쩡한 정신으로 남아 있는 편이 좋았지만, 그레이트존에게 술을 마시지 말라고 하는 건 몇 시간 동안 숨을 쉬지 말라는 것과 비슷했다.

스몰존 엄버와 로빈 플린트는 롭 근처에, 각각 아름다운 왈다와 알릭스 맞은편에 앉아 있었다. 둘 다 술을 마시지 않았다. 파트렉 말리스터와 데이시 모르몬트까지 합쳐서 그렇게 네 명이 오늘 저녁 롭의 호위를 맡았다. 결혼식 잔치는 전투가 아니지만, 남자들이 술에 취하는 곳에는 언제나 위험이 있었고, 왕은 지키는 사람 없이 있어선 안 됐다. 캐틀린은 그 점이 기꺼웠고, 검대들이 벽에 박힌 못에 걸려 있다는 점은 더욱 기꺼웠다. '송아지 뇌 요리를 대하는 데 장검이 필요한 사람은 없지.'

"다들 제 남편이 아름다운 왈다를 선택하실 줄 알았지요." 왈다 볼턴 부인이 음악 소리에 먹히지 않게 목청을 돋우어 웬델 경에게 말했다. 뚱뚱한 왈다는 연한 파란색 눈에 축 늘어진 노란 머리, 그리고 거대한 가슴을 지닌 동그란 분홍색 공 같은 여자였지만 목소리는 듣기 싫게 가늘고 떨렸다. 그녀가 분홍색 레이스와 다람쥐 모피를 두르고 드레드포트에 있는 모습을 그리기는 힘들었다. "그렇지만 저희 할아버님께서 루스에게 지참금으로 신부의 몸무게만큼 은을 주겠다고 하셔서, 볼턴 공이 저를 고르신 거예요." 그녀가 웃음을 터뜨리자 턱살이 흔들렸다. "저는 아름다운 왈다보다 40킬로그램은 더 나가는데, 그게 기뻤던 건 처음이에요. 이제 전 볼턴 부인이고 제 사촌 조카는 곧 열아홉이 되는데 아직도 처녀잖아요. 가엾게도."

캐틀린은 드레드포트의 영주가 그런 수다에 아무 관심도 두지 않는 것을 알 수 있었다. 그는 가끔 이 요리 한 입, 저 요리 한 숟가락을 먹고 짧고 힘센 손가락으로 빵을 찢기도 했지만, 식사는 그의 관심을 얻을 수 없었다. 볼턴은 결혼식 연회가 시작될 때 왈더 공의 손주들을 위해 건배하며, 날카롭게도 왈다와 왈다는 자기 서자가 보살피고 있다는 말을 하고 넘어갔다. 캐틀린은 왈더 공이 눈을 가늘게 뜨고 허공을 빨면서 볼턴을 바라보던 모습에서 그가 그 말 속에 숨은 위협을 들었음을 알았다.

'이보다 즐겁지 않은 결혼식이 또 있었을까?' 캐틀린은 그렇게 생각하다가 가엾은 산사가 꼬마 악마와 결혼한 것을 기억하고 말았다. '어머니시여, 그 아이에게 자비를 베푸소서. 산사는 순한 아이입니다.' 열기와 연기와 소음 때문에 속이 울렁거렸다. 악사들이 수가 많고 소리가 클지는 몰라도 특별히 재능이 있지는 않았다. 캐틀린은 와인을 한 모금 더 마시고 시동에게 잔을 다시 채우게 했다. 몇 시간만 더 참으면 최악의 부분은 끝날 것이다. 하지만 내일 이 시간이면 롭은 또 다른 전투를 향해 떠난다. 이번에는 모트카일린에서 강철인들과 싸우기 위해서. 오히려 그 생각을 하면 마음이 놓인다니 이상하기도 했다. '롭은 전투에서 이길 거야. 롭은 전투마다 다 이겨. 그리고 강철인들에겐 왕이 없지. 게다가 네드가 롭을 잘 가르쳤어.' 북소리가 울리고 있었다. 징글벨이 다시 한번 폴짝폴짝 뛰어서 지나갔지만, 음악 소리가 너무 커서 징글벨의 종소리도 들리지 않을 정도였다.

소음 사이로 갑자기 두 마리 개가 고기 한 조각을 두고 싸우면서 으르 렁대는 소리가 들렸다. 요란한 웃음소리가 오르는 사이 개들은 서로를 물 어뜯으며 바닥을 굴렀다. 누군가가 개들에게 에일 한 병을 부어서 떼어놓았다. 한 마리는 절뚝거리며 연단 앞으로 다가왔다. 흠뻑 젖은 개가 몸을 터느라 프레이의 손자 세 명에게 에일을 뿌리자 왈더 공의 이 빠진 입이 벌 어지며 요란한 웃음소리가 터져 나왔다.

캐틀린은 그 개들을 보고 다시 한번 그레이윈드가 있었으면 좋겠다고 생각했지만, 롭의 다이어울프는 어디에도 보이지 않았다. 왈더 공은 다이어 울프를 연회장 안에 들이지 않으려 했다. "전하의 야생 짐승은 사람 살 맛을 봤다고 들었소이다, 흐." 노인은 그렇게 말했다. "목을 찢는다고 말이오. 내 로슬린의 결혼식 잔치에, 여자들과 어린것들, 내 사랑스러운 무고한 아이들 사이에 그런 짐승을 풀어놓진 않겠소."

"그레이윈드는 내가 있는 한 아무에게도 위험하지 않아요." 롭은 그렇게 항변했다.

"내 성문에도 계시지 않았소? 그 늑대가 내가 마중 보낸 손자들을 공격했을 때 말이오. 얘기 다 들었어요, 못 들었을 거란 생각은 마시오, 흐."

"해가 되진 않았고—"

"해가 되진 않았다고? 아무 해도 없었다고? 피터는 말에서 떨어졌소, 떨어졌단 말이오. 난 아내 하나를 같은 식으로 잃었지. 말에서 떨어져서." 왈더 공은 입을 오므렸다 내밀었다. "아니, 부인이 아니라 매춘부였던가? 서자 왈더의 어미였지, 그래, 이제 기억이 나는군. 말에서 떨어져서 머리가 부서졌어. 피터가 떨어져서 목이 부러졌다면 전하는 어쨌겠소, 흐? 손자 대신 사과의 말이나 또 하시게? 아니, 아니, 아니야. 귀하께서 왕일지는 몰라도, 왕이 아니라곤 안 하겠소, 북부의 왕이시지, 흐. 하지만 내 지붕 밑에선 내 규칙을 따라요. 늑대냐 결혼식이냐 택하시구려, 전하. 둘 다는 못 가져요."

캐틀린은 아들이 격분했음을 알 수 있었지만, 그래도 롭은 끌어낼 수 있는 최대한의 예의를 갖추어 양보했다. 아들은 그녀에게 말했었다. '왈더 공이 구더기가 들끓는 까마귀 스튜를 주고 싶어 한다 해도 냉큼 받아먹고 한 그릇 더 달라고 할게요.' 그리고 롭은 그렇게 했다.

그레이트존은 왈더 공의 핏줄을 또 한 명 만취하게 만들었는데, 이번에는 여드름 피터였다. '저 젊은이는 3분의 1도 안 되는 몸집으로 뭘 기대한 거야?' 엄버 공은 입을 닦고 일어서서 노래하기 시작했다. "곰이 한 마리 있었다네, 곰이, 곰이! 검은색과 갈색에 털투성이였지!" 취기에 걸걸해져서 그렇지, 아주 듣기 싫은 목소리는 아니었다. 안타깝게도 위쪽에 자리한 깽깽이와 북과 플루트는 〈봄의 꽃들〉을 연주하고 있어서 〈곰과 아름다운 처녀〉와는 포리지 그릇에 든 달팽이만큼이나 어울리지 않았다. 가엾은 징글벨마저도 이 불협화음에는 귀를 막았다.

루스 볼턴이 알아들을 수 없을 만큼 조용히 무슨 말을 중얼거리더니 화장실을 찾아서 나갔다. 갑갑한 연회장에는 끊임없이 오고 가는 손님들과 하인들의 소음이 가득했다. 캐틀린은 기사들과 지위가 낮은 귀족들을 위한 다른 연회가 반대편 성안에서 요란한 소음을 내고 있을 것을 알았다. 왈더 공이 천출 자식들과 자손들을 그쪽으로 보내버렸기 때문에, 롭의 북부인들은 그 연회를 '서자 연회'라고 불렀다. 서자들이 더 좋은 시간을 보내고 있는 건 아닐까 확인하려고 몰래 빠져나간 손님들도 분명 있을 것이다. 어떤 손님들은 숙영지까지 나갔을 수도 있었다. 프레이는 평범한 병사들도 리버런과 트윈스의 결혼을 축하하며 술을 마실 수 있게 와인과 에일과 꿀술을 마차 몇 대분이나 제공했다.

볼턴이 비운 자리에 롭이 앉았다. "몇 시간만 더 있으면 이 광대극도 끝나요, 어머니." 롭은 그레이트존이 꿀 같은 머리카락의 처녀에 대해 노래하는 동안 작은 소리로 말했다. "검은 왈더도 이번만은 양처럼 순해졌네요. 그리고 에드무어 삼촌은 신부에게 아주 만족한 모양이에요." 그는 캐틀린 너머로 몸을 내밀었다. "라이먼 경?"

라이먼 프레이 경이 눈을 깜박이다가 말했다. "전하. 예?"

"북으로 진격할 때 올리바에게 종자를 맡아달라고 부탁하고 싶소만, 여기엔 보이질 않는군. 올리바는 반대쪽 연회에 있소?" 롭이 물었다.

"올리바요?" 라이먼 경은 고개를 저었다. "아니요. 올리바는 아닙니다. 갔어요……. 성에서 떠났어요. 할 일이 있어서."

"알겠소." 롭의 목소리는 알겠다는 느낌이 아니었다. 라이먼 경이 더 말하지 않자 왕은 다시 일어섰다. "한 곡 추시겠어요, 어머니?"

"고맙지만 사양하마." 머리가 지끈거리는 상황에서 춤이라니 정말 원치 않는 바였다. "왈더 공의 딸들 중에 너와 춤을 추면 기뻐할 사람이 있겠지."

"아, 그렇겠죠." 포기한 미소였다.

악사들은 그때쯤 〈철 기마 창〉을 연주하기 시작했고 그레이트존은 〈활기찬 청년〉을 노래하고 있었다. 누군가가 그들을 잘 이어주면 훨씬 조화로워질지도 몰랐다. 캐틀린은 라이먼 경을 돌아보았다. "친척 중에 한 분이 가수라고 들었는데요."

"알레산더 말씀입니까. 사이먼드의 아들이죠. 알릭스와 남매고." 그는 알릭스가 로빈 플린트와 춤을 추고 있는 방향으로 술잔을 들어 보였다.

"알레산더가 오늘 밤 우리를 위해 노래를 해줄까요?"

라이먼 경은 눈을 가늘게 뜨고 캐틀린을 보았다. "알레산더는 안 됩니다. 멀리 있어요." 그는 이마에 맺힌 땀을 닦더니 벌떡 일어섰다. "실례합니다,

부인. 실례해요." 캐틀린은 라이먼이 비틀거리며 문으로 걸어가는 모습을 보았다.

에드무어는 로슬린에게 입을 맞추며 손을 꽉 잡고 있었다. 연회장 안 다른 곳에서는 마크 파이퍼 경과 댄웰 프레이 경이 술 마시기 놀이를 하고, 절름발이 로타르는 호스틴 경에게 뭔가 재미있는 이야기를 했으며, 좀 더 어린 프레이 중 하나는 까르륵거리는 여자애들 앞에서 단검 세 개를 던졌다 받는 곡예를 하고 있었고, 징글벨은 바닥에 앉아서 손가락에 묻은 와인을 빨았다. 하인들이 즙 많은 분홍색 양고기 조각이 높이 쌓인 커다란 은쟁반을 들고 나왔는데, 저녁 내내 본 것 중에 가장 입맛 도는 요리였다. 그리고 롭은 데이시 모르몬트를 이끌고 춤을 추러 가는 중이었다.

매기 부인의 맏딸도 쇠사슬 갑옷 대신 드레스를 입자 꽤 예뻤다. 키가 크고 호리호리했으며, 수줍은 미소가 긴 얼굴을 밝혀주었다. 데이시가 무도장에서도 훈련장에서만큼 우아할 수 있다는 사실을 보니 즐거웠다. 캐틀린은 매기 모르몬트가 이제쯤 넥 지역에 도착했을까 궁금했다. 매기는 다른 딸들을 데려갔지만, 데이시는 롭의 전투 동지로서 그 곁에 남는 쪽을 택했다. '롭은 충성심을 불러일으키는 네드의 재능을 이어받았어.' 올리바 프레이도 롭에게 헌신했었다. 올리바는 롭이 제인과 결혼한 후에도 곁에 남고 싶어 했다고 하지 않았던가?

검은색 참나무로 만든 두 개의 탑 사이에 앉아 있던 크로싱의 영주가 검버섯 핀 두 손을 마주쳤다. 연단에 앉은 사람들도 들을까 말까 한 희미한 소리였지만, 아에니스 경과 호스틴 경이 듣고 술잔으로 식탁을 두드리기 시작했다. 절름발이 로타르가 합세했고, 마크 파이퍼와 댄웰 경과 레이먼드 경도 가세했다. 곧 손님들 절반이 식탁을 두드려댔다. 마침내는 관람석에 앉은 악사들도 신호를 알아듣고, 피리와 북과 깽깽이 소리가 잦아들다가 조용해졌다.

"전하." 왈더 공이 롭에게 외쳤다. "성사가 기도문도 읊었고, 서약도 오고 갔으며, 에드무어 공이 내 귀염둥이에게 물고기 망토도 걸쳐줬지만, 아직 두 사람은 남편과 아내가 아닙니다. 검에는 검집이 필요하고, 결혼식엔 잠자리가 있어야지요, 흐. 전하 생각은 어떻습니까? 두 사람을 잠자리로 보낼까요?"

스무 명이 넘는 왈더 프레이의 아들들과 손자들이 잔을 다시 두드리며 외치기 시작했다. "잠자리로! 잠자리로! 잠자리로 갑시다!" 로슬린의 얼굴이 하얘졌다. 캐틀린은 그 처녀가 두려워하는 게 처녀성을 잃는 것일까, 잠자리 의식 자체일까 생각했다. 형제자매가 그렇게 많으니 이 관습이 낯설지만은 않을 터였지만, 잠자리에 드는 장본인이 되면 또 이야기가 달랐다. 캐틀린의 결혼식 밤에는 조리 카셀이 급하게 옷을 벗기려다 캐틀린의 가운을 찢어버렸고, 술 취한 데스몬드 그렐은 음란한 농담을 던질 때마다 사과하고 또 다른 농담을 던졌다. 더스틴 공은 캐틀린의 벗은 몸을 보더니 네드에게 저 가슴을 보니 어머니 젖을 떼지 못했더라면 좋았을 걸 싶다고 말했었다. '가엾은 사람.' 캐틀린은 생각했다. 더스틴 공은 네드와 함께 남쪽으로 달려갔다가 다시는 돌아오지 못했다. 오늘 밤 이 자리에 있는 사람들 중 몇이 해가 바뀌기 전에 죽을까. '아마 너무 많겠지.'

롭이 한 손을 들어 올렸다. "왈더 공이 생각하기에 적당한 때라면, 잠자리를 하게 합시다."

롭의 선언에 찬성의 함성이 올랐다. 위쪽 관람석에서는 악사들이 다시 피리와 나팔과 깽깽이를 집어 들고 〈왕비는 샌들을 벗어 던지고, 왕은 왕관을 벗어버렸네〉를 연주하기 시작했다. 징글벨은 이쪽 발에서 저쪽 발로 옮겨 깡충거리며 왕관을 울렸다. 알릭스 프레이가 대담하게 외쳤다. "툴리 남자들은 다리 사이에 거시기 대신 송어가 있다면서요. 그걸 일으켜 세우려면 벌레를 먹여야 하나요?" 그 말에 마크 파이퍼 경이 마주 외쳤다. "프레이 여자들은 문이 하나가 아니라 둘이라고 들었는데!" 그러자 알릭스가 말했다. "맞아요, 하지만 당신같이 작으면 두 문이 다 닫혀서 빗장이 질린답니다!" 웃음소리가 요란하게 이어지다가, 파트렉 말리스터가 식탁 위로 기어올라서 에드무어의 외눈박이 물고기에게 건배를 했다. "이 얼마나 훌륭한 강꼬치 고기인지!" 그는 단언했다. "아니에요, 분명히 새끼 잉어일걸요." 캐틀린 옆에 있던 뚱뚱한 왈다 볼턴이 외쳤다. 그러더니 다시 모두에게서 "잠자리로! 잠자리로!"가 울려 퍼졌다.

손님들이 연단으로 몰려들었고, 제일 취한 사람들이 제일 앞에 있었다. 사내들과 사내아이들은 로슬린을 둘러싸고 번쩍 들어 올렸고 처녀들과 어머니들은 에드무어를 잡아 일으켜 옷을 당기기 시작했다. 에드무어는 웃어대며 여자들에게 음탕한 농담을 던졌지만, 음악 소리가 너무 커서 캐틀린에게는 들리지 않았다. 그러나 그레이트존의 목소리는 들렸다. "이 자그마한 신부는 나한테 넘겨." 그는 우렁차게 외치며 다른 남자들을 밀어젖히고 로슬린을 한쪽 어깨에 업었다. "이 작은 신부 좀 보라지! 살점이라곤 붙어 있질 않구먼!"

캐틀린은 그 처녀에게 안타까움을 느꼈다. 대부분의 신부들은 농담을 되받아치려고 하거나 최소한 즐기는 척이라도 했는데, 로슬린은 뻣뻣하게 질려서 떨어질까 두렵다는 듯 그레이트존을 붙잡고 있었다. '울고 있기도 해.' 캐틀린은 마크 파이퍼 경이 신부의 한쪽 신발을 벗기는 모습을 보다가 깨달았다. '에드무어가 저 가엾은 아이를 살살 다뤘으면 좋겠구나.' 악사석에서는 아직도 쾌활하고 난잡한 음악이 쏟아져 내려왔다. 노래 속 왕비는 이제 가운을 벗었고, 왕은 튜닉을 벗었다.

캐틀린은 동생을 둘러싼 여자들 사이에 합세해야 한다는 사실을 알았지만, 그래봐야 모두의 즐거움을 망치기만 할 터였다. 지금 그녀가 느끼는 감정에 제일 맞지 않는 것이 음탕함이었다. 에드무어는 분명 누나가 빠져도 용서할 것이다. 괴로움에 시달리는 심술궂은 누나보다야 활기차고 잘 웃는 프레이 떼의 손에 옷이 벗겨져서 잠자리에 드는 게 훨씬 즐거울 테니.

남자와 처녀가 옷가지를 흘리며 들려 나가는 사이, 캐틀린은 롭도 뒤에 남아 있음을 알았다. 왈더 프레이는 그 점을 두고 딸에 대한 모욕이라고 여기고도 남을 만한 성격이었다. '롭도 로슬린의 잠자리 의식에 참여해야 해. 하지만 내가 그걸 말하는 게 적당할까?' 캐틀린은 긴장했다가, 다른 사람들도 남아 있음을 알았다. 여드름 피터와 휠렌 프레이 경은 식탁에 머리를 대고 잠들어 있었다. 메렛 프레이는 와인을 한 잔 더 따랐고, 징글벨은 돌아다니면서 접시에 남은 음식을 조금씩 훔쳐 먹고 있었다. 웬델 맨덜리 경은 양 다리 한 짝을 게걸스레 공격하고 있었다. 그리고 물론 왈더 프레이 공은 도움을 받지 않고 자리를 떠나기엔 너무 몸이 약했다. '그렇지만 롭은 가길 바랄 거야.' 캐틀린은 그 노인이 전하께선 왜 내 딸이 벌거벗은 모습을 보기 싫어하느냐고 묻는 목소리가 들리는 것만 같았다. 북소리가 다시 둥둥 둥둥 둥둥 울리기 시작했다.

캐틀린 외에 연회장에 남은 유일한 여인인 데이시 모르몬트가 에드윈 프레이 뒤로 걸어가더니, 그의 팔을 가볍게 건드리면서 귀에 뭔가 속삭였다. 에드윈은 꼴사나울 정도로 난폭하게 몸을 비틀어 빼며 지나치게 큰 소리로 말했다. "아니오. 춤은 출 만큼 췄소." 데이시는 창백해져서 물러났다. 캐틀린은 천천히 일어섰다. '방금 무슨 일이 일어난 거지?' 조금 전까지만 해도 피곤함만 가득했던 심장을 의혹이 움켜쥐었다. 그녀는 스스로를 타이르려 했다. '아무것도 아니야. 장작더미에서 그럼킨을 보는 거야. 슬픔과 두려움에 질린 늙고 어리석은 여자가 되어가고 있어.' 하지만 그녀의 얼굴에 뭔가가 드러난 모양이었다. 웬델 맨덜리 경마저 알아차릴 정도로. "뭐가 잘못됐습니까?" 그는 두 손에 양 다리를 잡은 채로 물었다.

캐틀린은 대답하지 않고 에드윈 프레이를 쫓아 나섰다. 관람석에 자리 잡은 악사들은 마침내 왕과 왕비를 태어난 날의 벗은 모습까지 이끌었다. 그들은 거의 사이를 두지 않고 완전히 다른 노래를 연주하기 시작했다. 아무도 가사를 읊지는 않았지만, 캐틀린은 듣는 순간 바로 〈카스타미어에 내리는 비〉를 알아들었다. 에드윈은 서둘러 문으로 향하고 있었다. 캐틀린은 음악에 몰려 더 빨리 달렸다. 그녀는 여섯 걸음을 재게 놀려서 그를 붙잡았다. "긍지 높은 영주는 말했지, 그대가 누구이기에 내가 고개 조아려야 하나?" 그녀는 에드윈의 팔을 잡고 돌려세우려다가, 비단 소매 아래에 쇠고리 감촉을 느끼고 얼어붙었다.

캐틀린은 입술이 터질 정도로 세게 그를 후려쳤다. 그녀는 생각했다. '올리바, 그리고 퍼윈, 알레산더, 모두 이 자리에 없어. 그리고 로슬린은 울었지……'

에드윈 프레이는 그녀를 밀어냈다. 음악이 다른 모든 소리를 묻어버리고, 돌 자체가 연주하는 것처럼 벽마다 메아리쳤다. 롭은 에드윈을 화난 눈으로 보고는 앞을 막으려고 움직이다가…… 갑자기 옆구리에, 어깨 바로 아래에 화살이 꽂히면서 비틀거렸다. 롭이 그 순간 비명을 질렀다 해도 피리와 나팔과 깽깽이 소리가 그 소리를 집어삼켰다. 캐틀린은 두 번째 화살이 롭의 다리를 꿰뚫고, 롭이 쓰러지는 것을 보았다. 위층 관람석에 있던 악사 절반이 손에 북과 류트 대신 노궁을 쥐고 있었다. 캐틀린은 아들을 향해 달려가다가, 뭔가 등을 때리는 바람에 딱딱한 돌바닥에 엎어졌다. "롭!" 그녀는 비명을 질렀다. 스몰존 엄버가 가대 탁자에서 상판을 들어올리는 모습이 보였다. 스몰존이 그 나무 판을 왕의 몸 위로 날리는 사이에도 노궁 화살이 하나, 둘, 셋 나무에 꽂혔다. 로빈 플린트는 단검을 들어 내리찍는 프레이들에게 둘러싸여 있었다. 웬델 맨덜리 경은 양 다리를 손에 든 채 육중하게 몸을 일으켰다. 화살 하나가 그의 벌린 입으로 들어갔다가 목 뒤로 빠져나갔다. 웬델 경은 앞으로 엎어지면서 가대 위에 얹힌 나무 판을 쓰러뜨렸고 잔과 병과 쟁반과 접시, 순무와 비트와 와인이 이리저리 튀고 엎어지고 바닥에 쏟아졌다.

캐틀린은 등에 불이 붙은 느낌이었다. '롭에게 가야 해.' 스몰존이 양 다리로 레이먼드 프레이의 얼굴을 후려쳤다. 하지만 스몰존이 검대에 손을 뻗자 노궁 화살 하나가 그를 무릎 꿇렸다. "금빛 털이든 붉은 털이든 사자에게는 발톱이 있고." 루카스 블랙우드가 호스틴 프레이 경에게 베여 쓰러지는 모습이 보였다. 밴스 가문 사람 하나는 하리스 하이 경과 씨름하다가 검은 왈더에게 오금을 잘렸다. "내 발톱 역시 길고 날카롭다오." 노궁이 도넬 로크, 오언 노리 외에 대여섯 명을 쓰러뜨렸다. 젊은 벤프레이 경은 데이시 모르몬트의 팔을 잡고 있었지만, 캐틀린은 데이시가 반대쪽 손으로 와인병을 잡고 벤프레이의 얼굴에 깨부순 후 문으로 달려가는 모습을 보았다. 문은 데이시가 도착하기 전에 활짝 열렸다. 머리부터 발까지 갑옷으로 감싼 라이먼 프레이 경이 밀고 들어왔다. 그 뒤로 프레이의 중장병 십여 명이 문을 메웠다. 모두 무거운 긴 도끼로 무장하고 있었다.

"자비를!" 캐틀린이 부르짖었지만, 나팔 소리와 북소리와 쇠 부딪치는 소리가 그녀의 간청을 덮어버렸다. 라이먼 경은 데이시의 배에 도끼를 박아넣었다. 그때쯤에는 다른 문들에서도 사슬 갑옷 위에 덥수룩한 모피 망토를 걸치고 손에 무기를 든 남자들이 쏟아져 들어왔다. '북부인들이야!' 캐틀린은 잠시 그들이 구하러 왔다고 생각했다. 그중 한 명이 도끼를 크게 두 번 휘둘러 스몰존의 머리를 날려버리기 전까지는 그랬다. 희망은 폭풍을 만난 촛불처럼 꺼져버렸다.

학살극 한복판에서, 크로싱의 영주는 참나무 조각 옥좌에 앉아서 탐욕스러운 눈으로 상황을 지켜보고 있었다.

몇 걸음 떨어진 바닥에 단검이 떨어져 있었다. 스몰존이 탁자를 엎을 때 날아왔는지도 모르고, 죽어가는 누군가의 손에서 떨어졌는지도 몰랐다.

캐틀린은 그쪽으로 기어갔다. 사지가 납덩이 같았고 입안에는 피 맛이 났다. '왈더 프레이를 죽여버리겠어.' 그녀는 스스로에게 말했다. 징글벨이 단검에 더 가까운 위치에서 탁자 밑에 숨어 있었지만, 그는 캐틀린이 단검을 낚아채는 동안 몸을 움츠리기만 했다. '저 늙은이를 죽여버리겠어. 그것만이라도 할 수 있어.'

그때 스몰존이 롭의 몸 위로 날린 나무 판이 움직이더니, 롭이 힘겹게 무릎을 세우고 일어났다. 옆구리에 화살이 하나, 다리에 또 하나, 가슴에 또 하나가 박혀 있었다. 왈더 공이 한 손을 들어 올리자 북소리만 빼고 음악이 멈췄다. 캐틀린은 멀리서 벌어지는 전투의 소음과 가까이에서 거칠게 울부짖는 늑대 울음소리를 들었다. '그레이윈드.' 그녀는 너무 늦게 떠올렸다. "흐." 왈더 공이 롭을 보고 킬킬거렸다. "북부의 왕이 일어나시는군. 우리가 전하의 부하들을 몇 놈 죽인 것 같소. 아, 하지만 내가 사과드리리다. 그러면 모든 게 다 괜찮아지겠지, 흐."

캐틀린은 징글벨 프레이의 긴 회색 머리채를 움켜쥐고 숨은 곳에서 끌어내며 외쳤다. "왈더 공! 왈더 공!" 북소리가 둥 둥 둥 느리게 울려 퍼졌다. "이만하면 됐소. 이제 됐어. 배신을 배신으로 갚았으니 이제 끝냅시다." 캐틀린은 징글벨의 목에 단검을 갖다 대는 순간 브랜의 병실에서 있었던 일이, 자신의 목에 와 닿던 칼날의 감촉이 되살아났다. 북소리가 둥 둥 둥 둥 둥 울렸다. "제발 부탁이오. 그 애는 내 아들이야. 내 맏아들이자, 마지막 남은 아들. 롭을 보내줘요. 롭을 보내주면 이 일을 잊겠다고 맹세하겠소……. 당신이 여기에서 저지른 일을 다 잊으리다. 옛 신과 새로운 신들 앞에 맹세해요. 우린…… 우린 복수하지 않을 것이고……."

왈더 공은 못 믿겠다는 눈으로 그녀를 보았다. "바보나 그런 헛소리를 믿을 거야. 내가 바보인 줄 아시나, 부인?"

"공이 자식을 둔 아버지인 줄 압니다. 날 인질로 잡아요. 아직 죽이지 않았다면 에드무어도 인질로 잡고. 하지만 롭은 놓아줘요."

"안 돼요." 롭의 목소리는 희미한 속삭임이었다. "어머니, 안……."

"된다. 롭, 일어나라. 일어나서 걸어가, 제발, 제발. 네 몸을 구해……. 날 위해서가 아니라면 제인을 위해서라도."

"제인요?" 롭은 탁자 끝을 잡고 억지로 몸을 일으켰다. "어머니, 그레이윈드가……."

"그레이윈드에게 가거라. 어서, 롭. 여기서 걸어 나가."

월더 공이 코웃음을 쳤다. "내가 왜 그러게 놓아두겠나?"

캐틀린은 징글벨의 목에 댄 단검에 힘을 줬다. 멍청한 프레이는 눈을 굴리며 캐틀린에게 말없이 애원했다. 지독한 냄새가 훅 끼쳤지만, 그녀는 둥 둥 둥 둥 끊임없이 울리는 부루퉁한 북소리만큼이나 그 냄새에도 신경 쓰지 않았다. 라이먼 경과 검은 월더가 빙 돌아서 그녀의 뒤쪽으로 움직였지만, 그것도 신경 쓰지 않았다. 그녀에게는 원하는 대로 해도 상관없었다. 가두든, 강간하든, 죽이든 상관없었다. 그녀는 이미 너무 오래 살았고, 네드가 기다리고 있었다. 두려움은 오직 롭을 위해서만 존재했다. 그녀는 월더 공에게 말했다. "툴리의 명예를 걸고, 스타크의 명예를 걸고 당신 아들의 목숨을 롭의 목숨과 바꾸겠소. 아들 대 아들이오." 손이 너무 심하게 떨려서 징글벨의 머리에 달린 종이 다 울렸다.

북소리가 울렸다. 둥 둥 둥 둥 둥. 노인의 입술이 오므라들었다가 튀어나왔다. 캐틀린의 땀에 젖은 손에 들린 단검이 떨렸다. "아들 대 아들이라, 흐." 그는 그 말을 되뇌었다. "하지만 그놈은 아들이 아니라 손자야……. 게다가 별로 쓸모 있었던 적이 없지."

검은색 갑옷에 피가 튄 연분홍색 망토를 걸친 남자가 롭에게 걸어갔다. "제이미 라니스터가 인사 보내신다." 그는 롭의 심장에 장검을 꽂고 비틀었다.

롭은 약속을 어겼을지 모르나, 캐틀린은 약속을 지켰다. 그녀는 아에곤의 머리를 세게 잡아당기고 단검이 뼈에 닿을 때까지 목을 잘랐다. 뜨거운 피가 손가락 위로 흘렀다. 징글벨의 작은 종들이 쟁그랑 쟁그랑 쟁그랑 울리고 북소리는 둥 둥 둥 울렸다.

마침내 누군가가 그녀의 손에서 단검을 빼앗았다. 뺨으로 흘러내리는 눈물이 식초처럼 따가웠다. 사나운 까마귀 열 마리가 날카로운 발톱으로 그녀의 얼굴을 할퀴며 살을 뜯어내고, 피에 붉게 물든 깊은 고랑을 남겼다. 입술에서 피 맛을 느낄 수 있었다.

'너무 아프구나.' 그녀는 생각했다. '네드, 우리 아이들이, 우리의 귀여운 아기들이 전부…… 리콘도, 브랜도, 아리아도, 산사도, 롭도…… 롭…… 제발, 네드, 제발, 멈춰줘요. 아픔을 멈춰줘……' 그녀의 얼굴이, 네드가 사랑했던 얼굴이 너덜너덜하게 찢길 때까지 하얀 눈물과 붉은 눈물이 함께 흘러내렸다. 캐틀린 스타크는 두 손을 들어 올리고 긴 손가락으로, 손목으로, 가운 소매 아래로 흘러내리는 피를 지켜보았다. 느리게 움직이는 붉은 벌레들이 그녀의 팔을 기어서 옷 안으로 들어갔다. 간지러웠다. 캐틀린은 간지러움에 웃다가 비명을 질렀다. "미쳤군." 누군가가 말했다. "정신이 나갔어." 그리고 또 누군가가 말했다. "끝내." 그리고 한 손이 그녀가 징글벨을 잡았을 때처럼 그녀의 머리채를 잡아당겼고, 그녀는 생각했다. '안 돼, 하지 마, 내 머리채는 자르지 마. 네드는 내 머리를 좋아해.' 그때 강철이 그녀의 목에 닿더니, 붉고 차갑게 파고들었다.

# 아리아

이제 그들은 연회용 천막을 뒤로했다. 그들은 진흙과 뜯긴 풀을 짓이기며 빛 속을 벗어나서 다시 어둠 속으로 들어갔다. 앞에 성 문루가 솟아올랐다. 아리아는 벽 위를 움직이며 바람이 부는 대로 춤을 추는 횃불 빛들을 볼 수 있었다. 젖은 사슬 갑옷과 투구에 불빛이 희미하게 빛났다. 트윈스를 연결한 어두운 돌다리에서도 횃불이 움직이고 있었는데, 대열을 이루며 서쪽 강둑에서 동쪽 강둑으로 흘러갔다.

"성은 닫히지 않았어." 아리아가 문득 말했다. 장교는 성이 닫혔다고 했는데, 그 말이 틀렸다. 쇠창살문은 아리아가 지켜보는 동안에도 위로 올라가고 있었고, 도개교는 이미 불어난 해자 위로 내려와 있었다. 프레이 공의 위병들에게 가로막힐까 두려웠던 아리아는 너무 초조한 나머지 미소도 짓지 못하고 잠시 입술을 씹었다.

사냥개가 갑자기 고삐를 당기는 바람에 아리아는 짐마차에서 떨어질 뻔했다. "일곱 지옥에 빌어먹을." 사냥개가 욕하는 소리가 들리더니 왼쪽 바퀴가 부드러운 진흙 속으로 내려앉았다. 짐마차가 천천히 기울었다. "내려라." 클리게인은 아리아에게 고함을 치며 손바닥 끝으로 어깨를 때려 밀어냈다. 아리아는 시리오가 가르친 대로 사뿐하게 내려앉았다가, 얼굴이 진흙투성이가 되어 바로 다시 일어났다. "뭐 하자는 거야?" 아리아가 소리를 질렀다. 사냥개도 뛰어내린 후였다. 그는 짐마차 앞좌석을 뜯어내고 그 밑에 숨겨둔 검대에 손을 뻗었다.

아리아는 그제야 기수들이 강철과 불의 강을 이루며 성문에서 쏟아져 나오는 소리를 들었다. 군마들이 도개교를 건너며 내는 천둥 같은 소리조차도 성에서 울려 퍼지는 북소리에 가려졌다. 사람도 말도 판금 갑옷을 걸쳤고, 열 명 중 하나는 횃불을 들었다. 나머지는 도끼와 뾰족 못이 박힌 긴 자루 도끼, 그리고 뼈를 부수고 갑옷을 깨는 무거운 칼을 들었다.

어딘가 멀리서 늑대가 울부짖는 소리가 들렸다. 숙영지의 소음과 음악과 거칠게 흐르는 낮고 불길한 강물 소리에 비하면 크지 않은 소리였지만, 그래도 아리아는 그 소리를 들었다. 하나 귀로 들은 것은 아닐지도 몰랐다. 그 소리는 분노와 슬픔으로 날카롭게 벼려진 단검처럼 아리아를 훑고 지나갔다. 성에서는 기수들이 점점 더 쏟아져 나왔다. 기사와 종자와 자유기수, 횃불과 긴 자루 도끼…… 네 줄로 나란히 선 대열이 끝도 없이 이어졌다. 그리고 그들 뒤에서도 소리가 났다.

돌아보니 아까까지만 해도 셋이었던 연회용 대천막이 둘밖에 없었다. 가운데에 서 있던 천막이 무너져 있었다. 순간 아리아는 뭘 보고 있는지 이해하지 못했다. 그러다가 무너진 천막에서 불길이 치솟았고, 다른 천막 두 개가 무너지면서 기름을 먹인 무거운 천이 안에 있던 사람들 위로 내려앉았다. 불화살이 허공을 갈랐다. 두 번째 천막에도 불이 붙었고, 세 번째 천막에도 불이 붙었다. 비명 소리가 어찌나 큰지 음악 소리 사이로도 무슨 말인지 알아들을 수 있었다. 불길 앞에서 어두운 그림자들이 움직였는데, 입고 있는 강철 갑옷이 멀리서도 오렌지빛으로 번쩍였다.

'전투야.' 아리아는 알았다. '전투야. 그리고 기수들이…….'

천막을 더 바라볼 시간이 없었다. 강이 둑을 넘어 범람하면서 도개교 끝에서는 검은 강물이 소용돌이치며 말의 배에 이를 정도로 올라왔지만, 그래도 기수들은 음악 소리에 맞춰 박차를 가하고 물을 튀기며 달렸다. 이 번만은 양쪽 성에서 같은 음악이 흘러나왔다. '이 노래 알아.' 아리아는 퍼 뜩 깨달았다. 일곱 톰이, 무법자들이 수도사들과 함께 맥줏집에 머물렀던 비 오는 밤에 해준 노래였다. "긍지 높은 영주는 말했지, 그대가 누구이기 에 내가 고개 조아려야 하나?"

프레이 기수들은 진흙과 갈대밭을 뚫고 힘겹게 나아가고 있었지만, 몇 명이 짐마차를 보았다. 아리아는 기수 세 명이 본대를 떠나서 얕은 물을 달려 다가오는 모습을 보았다. "그저 털색이 다른 고양이일 뿐, 내가 아는 진실은 그것뿐."

클리게인이 단칼에 이방인의 밧줄을 자르더니 그 등에 뛰어올랐다. 준 마는 주인이 원하는 바를 알고 귀를 바짝 세우더니 다가오는 군마들을 향 해 달렸다. "금빛 털이든 붉은 털이든 사자에게는 발톱이 있고, 내 발톱 역 시 길고 날카롭다오. 그대 못지않게 길고 날카롭다오." 아리아는 수백 수천 번이나 사냥개의 죽음을 기도했지만, 지금은……. 지금 아리아의 손에는 진흙에 미끄러워진 돌덩이가 쥐여 있었고, 언제 그 돌을 집었는지 기억나 지도 않았다. '이걸 누구에게 던지지?'

아리아는 클리게인이 첫 번째 긴 자루 도끼를 쳐내는 순간 난 쇳소리에 펄쩍 뛰었다. 클리게인이 첫 번째 상대와 맞붙는 사이 두 번째는 뒤로 돌 아가서 등을 겨누었다. 이방인이 휙 도는 바람에 타격은 사냥개를 스치기 만 했고 헐렁한 농부 옷이 찢어지면서 그 속에 입은 사슬 갑옷이 드러났 다. '1 대 3이야.' 아리아는 아직도 돌멩이를 꽉 쥐고 있었다. '분명히 저놈 들이 사냥개를 죽일 거야.' 아리아는 아주 짧은 시간 동안 친구였던 푸주 한 아들 미카를 생각했다.

그러다가 세 번째 기수가 다가오는 것을 보았다. 아리아는 짐마차 뒤로 움직였다. '공포가 칼보다 더 위험하다.' 북소리와 전투 나팔 소리와 피리 소리, 요란하게 히힝대는 말 울음소리, 강철이 부딪치는 날카로운 소리를 들을 수 있었지만, 그 모든 소리가 까마득히 멀게만 느껴졌다. 오직 다가오는 기수와 그 손에 들린 긴 자루 도끼만 존재했다. 그 남자는 갑옷 위에 전 포를 걸쳤는데, 프레이를 나타내는 두 개의 탑이 보였다. 아리아는 이해가 가지 않았다. 외삼촌이 프레이 공의 딸과 결혼하는 자리였으니, 프레이는 오빠의 친구들일 텐데. "그러지 마!" 아리아는 기수가 짐마차를 돌아서 다가오자 빽 소리를 질렀지만, 그 남자는 신경도 쓰지 않았다.

그 남자가 돌진해 오자 아리아는 돌을 던졌다. 언젠가 겐드리에게 야생 능금을 던졌을 때처럼. 그때는 겐드리의 미간을 정통으로 맞혔지만, 이번에는 빗나갔고 돌은 기수의 관자놀이에 빗맞고 튕겨 나갔다. 돌진을 멈출 수는 있었지만 그 이상은 아니었다. 아리아는 발끝으로 진흙을 밟으며 뛰어 물러나서 다시 한번 짐마차를 방패로 삼았다. 기사는 속보로 뒤쫓아 왔고, 투구 눈구멍에는 어둠밖에 보이지 않았다. 돌은 그 투구를 우그러뜨리지도 못했다. 그들은 한 바퀴, 두 바퀴, 세 바퀴를 돌았다. 기사가 욕을 했다. "언제까지나 도망을 —"

도끼날이 기사의 뒤통수를 정통으로 찍으며 투구와 그 속의 두개골을 부수고 안장에서 얼굴부터 떨어지게 만들었다. 그 뒤에는 아직 이방인에 올라앉은 사냥개가 있었다. '어떻게 도끼를 얻은 거야?' 아리아는 물어볼 뻔하다가 상황을 보게 되었다. 다른 프레이 기사 중 하나는 죽어가는 말 아래 깔려서 얕은 물에 잠겨 있었다. 세 번째 기수는 대자로 누워서 움직임이 없었다. 그 남자는 목가리개를 하지 않았고, 부러진 칼이 턱 아래를 30센티미터 정도 뚫고 나왔다.

"내 투구 가져와." 클리게인이 으르렁거렸다.

투구는 짐마차 뒤에, 식초에 절인 돼지 발 통 뒤에 실린 말린 사과 자루 바닥에 들어 있었다. 아리아는 자루를 뒤집어 쏟고 투구를 사냥개에게 던졌다. 그는 한 손으로 투구를 낚아채 머리에 썼다. 이 남자가 앉아 있던 자리에는 이제 강철 개만 남아서 불을 향해 으르렁대고 있었다.

"우리 오빠는……."

"죽었다." 그가 마주 외쳤다. "놈들이 병사들을 도살하면서 왕을 살려뒀을 것 같냐?" 그는 숙영지 쪽으로 머리를 돌렸다. "봐라. 보란 말이다, 넨장."

숙영지는 전장이 되어 있었다. 아니, 전장이 아니라 도살장이었다. 연회 천막에서 치솟는 불길이 하늘에 닿을 듯했다. 막사 천막도 몇 개가 타고 있었고, 비단 천막도 50여 개가 불탔다. 사방에서 검이 울었다. "이제 그 성에는 빗물만 흐느낄 뿐, 듣는 이 아무도 없다네." 기사 두 명이 도망치는 남자를 뒤쫓는 모습이 보였다. 불타는 천막 하나에 나무통이 떨어져서 터지더니, 불길이 두 배는 높이 치솟았다. '투석기야.' 성에서 기름 아니면 역청 같은 것을 투석기로 날리고 있었다.

"가자." 산도르 클리게인이 한 손을 내밀었다. "여길 빠져나가야 해. 당장." 피 냄새를 맡은 이방인이 초조한 듯 고개를 젖히고 콧구멍을 벌름거렸다. 노래가 끝났다. 이제는 북소리만 남아서, 괴물의 심장 소리처럼 강 위로 느리고 단조롭게 둥 둥 소리를 울리고 있었다. 검은 하늘은 울고, 강은 그르렁대고, 사람들은 욕을 하며 죽어갔다. 아리아는 이까지 진흙을 묻혔고 얼굴은 젖어 있었다. '비야. 빗물이야. 그것뿐이야.' "여기까지 왔잖아." 아리아는 소리쳤다. 가늘고 겁먹은, 어린 계집애 목소리 같았다. "롭이 바로 저 성에 있어. 어머니도 저기 있고. 문도 열려 있어." 프레이 병사들은 더 나오지 않았다. '여기까지 왔는데.' "어머니를 데리러 가야 해."

"멍청한 어린 계집." 불길이 투구 주둥이에 반사되어 강철 이빨이 번득였다. "저기 들어가면 못 나와. 프레이가 네 어머니 시체에 입은 맞추게 해줄지 모르지."

"우리가 어머니를 구할 수 있을지도 몰라⋯⋯."

"너 혼자 해보든가. 난 아직 죽기 싫다." 그는 짐마차에 등을 붙인 아리아 쪽으로 말을 몰았다. "남거나 떠나거나다, 암늑대야. 살거나 죽거나. 네가—"

아리아는 몸을 획 돌리고 성문을 향해 달렸다. 쇠창살문이 내려오고 있었지만, 속도가 느렸다. '더 빨리 달려야 해.' 하지만 진흙 때문에 발이 느려졌고, 그다음에는 물 때문에 빨리 뛸 수가 없었다. '늑대처럼 빨리 달려.' 도개교가 올라가기 시작하자 다리에서 물이 천 자락처럼 떨어져 내리고 진흙이 뭉텅이로 떨어졌다. '더 빨리.' 요란한 물소리를 듣고 고개를 돌려보니 이방인이 물보라를 일으키며 뒤따라오고 있었다. 아직 피와 뇌수에 젖은 긴 자루 도끼도 보였다. 그리고 아리아는 달렸다. 이제는 오빠를 위해서도, 어머니를 위해서도 아니고 스스로의 목숨을 위해 달렸다. 이제까지 그렇게 뛰어본 적 없을 만큼 빨리 달렸다. 고개를 숙이고 발로 강물을 휘저으며, 미카가 그랬을 것처럼 뛰어 달아나려 했다.

사냥개의 도끼가 아리아의 뒤통수를 때렸다.

# 티리온

그들은 자주 그랬듯 둘이서 저녁을 먹었다.

"완두콩이 너무 익었네요." 부인이 한번 대화를 시도했다.

"상관없소. 양고기도 마찬가진데, 뭘." 그는 말했다.

농담이었지만, 산사는 그것을 비판으로 받아들였다. "죄송합니다."

"왜? 요리사가 미안해야지. 당신이 아니라. 완두콩은 당신 분야가 아니오, 산사."

"제가…… 남편 심기가 상하니 제가 죄송하지요."

"내가 어떤 불만을 느끼든 완두콩과는 관계가 없어요. 내 심기가 상하는 건 조프리와 내 누나, 그리고 아버지, 그리고 망할 300명의 도르네인 때문이오." 그는 오베린 공자와 함께 온 귀족들을 도시를 마주 보는 모퉁이 요새에 배치했는데, 레드킵에서 내보내지 않으면서 티렐과 가장 멀리 둘 수 있는 곳이었다. 사실 충분히 멀지는 않았다. 벌써 플리바텀 급식소에서 패싸움이 일어나 티렐 중장병 하나가 죽고 가갈렌 공의 병사 둘이 화상을 입었으며, 안마당에서는 메이스 티렐의 작고 주름살 가득한 어머니가 엘라리아 샌드를 "독사의 창녀"라고 부르는 보기 흉한 대치 상황이 있었다. 오베린 마르텔은 티리온을 볼 때마다 정의는 언제 집행되느냐고 물었다. 너무 익은 완두콩은 티리온의 걱정거리 중에서 제일 작은 것이었으나, 어린 아내에게 어떤 짐이든 얹어줄 생각은 없었다. 산사에게는 산사대로 슬퍼할 일이 넘쳤다.

"완두콩은 이만하면 됐소." 그는 무뚝뚝하게 말했다. "초록색이고 둥글면 됐지, 완두콩에 뭘 더 바랄 수 있겠소? 자, 부인이 기뻐한다면 내 한 번 더 먹으리다." 그가 손짓하자 포드릭 페인이 티리온의 접시에서 양고기가 보이지 않을 정도로 완두콩을 많이 떠서 옮겼다. '멍청한 짓이었어. 이제 이걸 다 먹지 않으면 산사가 또 죄송해할 거 아냐.' 그는 스스로에게 말했다.

저녁 식사는 그들의 수많은 식사가 그랬듯이 긴장된 침묵 속에서 끝났다. 그 후 포드가 잔과 접시를 치우는 사이, 산사가 티리온에게 신의 숲에 가봐도 되겠느냐고 물었다.

"하고 싶은 대로 해요." 그는 아내의 야간 예배에 익숙해져 있었다. 산사는 왕실 성소에서도 기도를 드렸고, 어머니와 처녀와 노파에게 자주 초를 켰다. 솔직히 티리온은 그런 독실한 모습을 과하다고 생각했지만, 산사 같은 처지라면 그래도 신들의 도움을 간구할지 몰랐다. 그는 분위기를 띄우려고 말했다. "솔직히 나는 옛 신들에 대해 잘 몰라요. 언젠가는 당신이 내게 가르쳐줄 수도 있겠지. 나도 같이 갈 수도 있고."

"아니에요." 산사는 즉시 대답했다. "그…… 그런 제안을 해주시다니 친절하지만, 그렇지만…… 예배랄 것도 없어요. 사제도 노래도 촛불도 없으니까요. 그저 나무들과 소리 없는 기도만 있죠. 지루하실 거예요."

'생각보다 날 잘 아는군.' "아무래도 그렇겠지. 은총의 일곱 측면에 대해 웅얼거리는 성사의 목소리만 듣다가 잎사귀 바스락거리는 소리를 들으면 기분이 좋을 것도 같지만……" 티리온은 나가보라고 손을 내저었다. "부인 영역을 침범하지 않으리다. 따뜻하게 입고 나가요. 바깥은 바람이 찹니다."

무슨 기도를 올리는지 묻고 싶은 충동을 느꼈지만, 산사는 너무나 의무에 충실한 나머지 정말로 대답을 해버릴지도 몰랐고, 그게 티리온이 알고 싶은 내용은 아닐 듯했다.

그는 산사가 나간 후에 일을 하러 돌아가서 리틀핑거가 남긴 장부의 미궁 속에서 금화를 조금이라도 추적해보려 노력했다. 피터 베일리시가 금이 가만히 앉아서 먼지가 쌓이게 두지 않았다는 점만은 확실했지만, 티리온은 그 회계를 해석하려고 하면 할수록 머리가 아팠다. 금화를 보물고에 가둬두느니 새끼를 치자는 말이야 좋지만, 이 장부에 보이는 모험들 중 어떤 것은 일주일 묵은 생선보다 더 냄새가 났다. '그 망할 개새끼들이 왕실에서 빌려 간 돈이 얼마인 줄 알았더라면 조프리가 그렇게 빨리 '사슴뿔의 사람들'을 성벽 너머로 날려버리게 두지 않았을 텐데.' 브론을 보내 그자들의 후계자를 찾게 했지만, 아무래도 은연어에게서 은화를 짜내려 드는 짓이나 다름없을 듯했다.

아버지의 부름이 도착했을 때, 티리온은 보로스 블런트 경을 보고 처음으로 기뻐할 수 있었다. 그는 고마운 마음으로 장부를 닫고, 기름등을 불어 끄고, 어깨에 망토를 걸치고 뒤뚱뒤뚱 성안을 가로질러 수관의 탑으로 향했다. 산사에게 조심하라 일렀던 대로 바람이 매서웠고, 공기에서 비 냄새가 났다. 타이윈 공의 볼일이 끝나면 신의 숲으로 가서 산사가 젖기 전에 데려오는 게 좋을지도 몰랐다.

하지만 수관의 개인 방에 들어서서 세르세이, 케반 경, 파이셀 대학사가 타이윈 공과 왕을 에워싼 모습을 보는 순간 그 모든 생각이 머릿속에서 날아가버렸다. 조프리는 방방 뛰다시피 했고, 세르세이는 자만심이 묻어나는 미소를 짓고 있었으나, 타이윈 공은 언제나와 다를 바 없이 음울해 보였다. '아버지는 웃고 싶어도 못 웃을지 몰라.' 티리온은 물었다. "무슨 일입니까?"

아버지가 그에게 양피지 두루마리를 건넸다. 누군가가 펴놓았으나 여전히 둥글게 말리려 하는 양피지였다. 편지에는 이렇게 쓰여 있었다. "로슬린이 맛있고 통통한 송어를 잡았소. 로슬린의 형제들이 그 아이에게 결혼 선물로 한 쌍의 늑대 가죽을 줬다오." 티리온은 양피지를 뒤집어서 깨어진 인장을 살폈다. 밀랍은 은회색이었고, 찍힌 문장은 프레이 가문의 쌍둥이 탑이었다. "크로싱의 영주가 시인이 되려고 하나요? 아니면 우리를 당황시키려는 건가요?" 티리온은 코웃음을 쳤다. "송어는 에드무어 툴리일 테고, 늑대 가죽은……."

"그놈이 죽었어!" 조프리가 어쩌나 자랑스럽고 행복하게 말하는지, 누가 들으면 조프리가 롭 스타크의 가죽을 벗긴 줄 알 지경이었다.

'처음엔 그레이조이, 이번엔 스타크라.' 티리온은 지금도 신의 숲에서 기도하고 있을 어린 아내를 생각했다. '지금도 아버지의 신들에게 오빠에게 승리를 가져다주고 어머니를 안전하게 지켜달라 기도하고 있겠지.' 옛 신들도 새로운 신들만큼이나 그 기도에 귀 기울이지 않는 모양이었다. 어쩌면 그는 거기서 위안을 얻어야 할지도 몰랐다. "이번 가을에는 왕들이 낙엽처럼 떨어지는군요. 우리의 작은 전쟁은 저절로 이기는 모양새인데요."

"저절로 이기는 전쟁은 없단다, 티리온." 세르세이는 달콤한 독을 담아 말했다. "우리 아버지가 이 전쟁을 승리로 이끄신 거야."

"전장에 적이 남아 있는 한 이긴 게 아니다." 타이윈 공이 경고했다.

"강역 영주들은 바보가 아니에요." 왕대비가 맞섰다. "북부인들이 없으면 저들이 감히 하이가든과 캐스털리록과 도르네 연합에 맞설 꿈이나 꾸겠어요. 파멸하기보다는 항복을 택하겠죠."

"대부분은 그렇지." 타이윈 공이 동의했다. "리버런이 남지만, 왈더 프레이가 에드무어 툴리를 인질로 잡고 있는 한 검은 물고기도 위협하지 못할 거다. 제이슨 말리스터와 타이토스 블랙우드는 명예를 위해 계속 싸울 테지만, 말리스터는 프레이 가문이 시가드에 가둬둘 수 있고, 적당한 동기만 있으면 조노스 브라켄은 동맹을 바꾸어 블랙우드를 공격하게 설득할 수 있지. 그래, 결국에는 다들 무릎을 굽힐 거야. 난 관대한 조건을 내밀 생각이다. 우리에게 항복하는 성은 모두 살려줄 것이다. 하나만 빼고."

"하렌홀요?" 아버지를 아는 티리온이 말했다.

"용감한 형제단은 없어지는 편이 왕국에 좋다. 그레고르 경에게 그 성을 공격하라 일렀다."

'그레고르 클리게인이라.' 아버지가 산더미를 도르네의 정의에 넘기기 전에 마지막까지 써먹으려는 모양이었다. 용감한 형제단은 대못에 꽂힌 머리통들로 끝날 테고, 리틀핑거는 그 멋진 옷에 피 한 방울 튀기지 않고 하렌홀에 들어갈 것이다. 그는 피터 베일리시가 아직 협곡에 도착하지 않았는지 궁금했다. '신들이 자비로우시다면 바다에서 폭풍을 만나 가라앉으련만.' 하지만 언제 신들이 특별히 잘해준 적이 있었던가?

"놈들은 다 베어버려야 해." 조프리가 불쑥 말했다. "말리스터와 블랙우드와 브라켄…… 전부 다. 다 배신자들이야. 다 죽여버렸음 좋겠어요, 할아버지. 난 관대한 조건 같은 거 안 둘 거야." 왕은 파이셀 대학사를 돌아보았다. "그리고 난 롭 스타크의 머리통도 갖고 싶어. 프레이 공에게 편지를 써서 말해. 왕명이라고. 그 머리통을 내 결혼식 때 산사에게 내줄 거야."

"전하." 케반 경이 충격받은 목소리로 말했다. "그분은 이제 전하의 외숙모입니다."

"농담이에요." 세르세이는 미소 지었다. "조프리가 진심일 리가 있나요."

"진심이야." 조프리는 고개를 삐딱하게 틀었다. "그놈은 배신자였으니까 그 멍청한 머리통을 갖고 싶어. 산사가 거기다 입 맞추게 만들 거야."

"안 돼." 티리온의 목소리는 탁했다. "산사는 이제 네가 고문할 장난감이 아니야. 그 점을 알아둬라, 괴물아."

조프리는 콧방귀를 뀌었다. "괴물은 외삼촌이지."

"내가?" 티리온은 고개를 기울였다. "그렇다면 나에게 더 조심스럽게 말해야겠구나. 괴물이란 위험한 짐승이고, 지금은 왕들이 파리처럼 죽어나가는 철이니."

"그런 말을 한 죄로 당신 혀를 잘라버릴 수도 있어." 소년 왕은 시뻘게져서 말했다. "내가 왕이야."

세르세이가 보호하듯 아들의 어깨에 손을 얹었다. "난쟁이 놈이야 원하는 만큼 협박하라고 하렴, 조프리. 저게 어떤 놈인지 아버지와 숙부님이 보셨으면 좋겠구나."

타이윈 공은 그 말을 무시하고 조프리에게 말했다. "아에리스도 사람들에게 자기가 왕이라는 걸 일깨워야 한다고 생각했지. 그리고 혀를 잘라내기도 좋아했다. 그 점에 대해서는 일린 페인 경에게 물어봐도 될 거다. 답은 듣지 못하겠지만."

"일린 경은 아버지의 꼬마 악마가 조프리에게 도발한 것처럼 아에리스를 화나게 한 적이 없어요." 세르세이가 말했다. "방금 하는 말 들으셨죠. '괴물'이래요. 국왕에게요. 게다가 협박을……."

"조용히 해라, 세르세이. 조프리, 네 적이 네게 거역하면 강철과 불로 답해야 한다. 하지만 적이 무릎을 꿇으면 부축해 일으켜야 한다. 그러지 않으면 어떤 자도 다시는 네게 무릎을 꿇지 않을 거야. 그리고 '내가 왕이다'라고 말해야 한다면 결코 진정한 왕이라 할 수 없다. 아에리스는 그 점을 영영 이해하지 못했지만, 너는 이해해야 해. 내가 너를 대신해 전쟁에서 이기고 나면, 우리는 왕의 평화와 왕의 정의를 복구할 것이다. 네가 신경 쓸 피는 마저리 티렐의 처녀 혈뿐이야."

조프리는 그 말을 부루퉁하고 뚱한 얼굴로 받아들였다. 세르세이는 아들의 어깨를 꽉 잡았지만, 어쩌면 목을 잡았어야 했을지도 모른다. 그 소년은 모두를 놀라게 했다. 조프리는 피난처로 안전하게 돌아가는 대신 반항적으로 다가서서 말했다. "아에리스에 대해 그런 말을 하지만, 할아버지는 아에리스를 무서워했잖아."

'이런 세상에, 이거 재미있어졌잖아?' 티리온은 생각했다.

타이윈 공은 말없이 연한 녹색 눈에 박힌 금빛 반점을 반짝이며 손자를 관찰했다. "조프리, 할아버지께 사과드려라." 세르세이가 말했다.

그는 어머니의 손길을 뿌리쳤다. "내가 왜? 모두가 그게 사실인 걸 알아. 내 아버지는 모든 전투에서 이겼어. 아버지가 라에가르 왕자를 죽이고 왕관을 빼앗는 사이에 어머니의 아버지는 캐스털리록에 숨어 있었잖아." 소년은 할아버지에게 반항적인 눈길을 보냈다. "강한 왕은 말만 하지 않고 대담하게 행동하는 거야."

"지혜로운 말씀 고맙습니다, 전하." 타이윈 공은 듣는 사람의 귀가 얼어붙어 떨어질 정도로 차갑게 예의를 갖춰 말했다. "케반 경, 전하께서 피곤하신 것을 알겠네. 안전하게 침실로 모시게. 파이셀, 전하께서 푹 주무시도록 가벼운 약을 처방해드리면 어떤가?"

"드림와인을 드릴까요?"

"드림와인 같은 거 먹고 싶지 않아." 조프리가 고집을 부렸다.

타이윈 공은 구석에서 쥐가 찍찍거린다는 듯이 흘려들었다. "드림와인이면 되겠군. 세르세이, 티리온, 남거라."

케반 경은 조프리의 팔을 꽉 잡고 킹스가드 두 명이 기다리는 문밖으로 나갔다. 파이셀 대학사는 휘청거리는 다리로 최대한 빨리 쫓아 나갔다. 티리온은 선 자리에 남았다.

"아버지, 죄송해요." 세르세이는 문이 닫히자 말했다. "제가 말씀드렸다시피 조프리는 언제나 고집이 세서……."

"자기 고집이 센 것과 멍청한 것 사이에는 아주 큰 차이가 있다. '강한 왕은 대담하게 행동한다'고? 누가 그런 말을 해준 거냐?"

"절대 제가 한 말은 아니에요. 로버트가 한 말을 들었거나……."

"아버지가 캐스털리록에 숨어 있었다는 말은 로버트가 했을 법합니다." 티리온은 타이윈 공이 그 부분을 잊지 않길 원했다.

"그래요, 이제 기억이 나네요." 세르세이가 말했다. "로버트는 종종 조프리에게 왕은 대담해야 한다고 했지요."

"그러면 너는 뭐라고 했느냐? 난 로버트 2세를 철왕좌에 앉히려고 전쟁에서 싸운 게 아니다. 그 아이는 제 아비에 대해 조금도 마음 쓰지 않는 줄 알았다만."

"그 애가 왜 마음을 쓰겠어요? 로버트는 조프리를 무시했어요. 제가 허락했다면 때리기도 했을걸요. 아버지가 저와 결혼시킨 그 난폭한 남자가 고양이를 두고 한 장난 가지고 조프리를 세게 때려서 유치가 두 개나 빠졌었다고요. 내가 한 번만 더 그러면 자고 있을 때 죽이겠다고 했더니 다시는 때리지 않았지만, 때로는 말을……."

"해야 할 말을 했을 것 같구나." 타이윈 공이 손가락 두 개를 흔들어서 무뚝뚝하게 세르세이를 내보냈다. "가봐라."

세르세이는 분해하면서 나갔다.

"로버트 2세가 아니라 아에리스 3세인데요." 티리온이 말했다.

"그 아이는 열세 살이다. 아직 시간은 있어." 타이윈 공은 창가로 걸어갔다. 아버지답지 않았다. 보이고자 하는 모습보다 더 당혹한 게 분명했다. "따끔하게 가르쳐야겠다."

따끔한 가르침이라면 티리온도 열세 살에 받은 바 있었다. 그는 조카에게 안타까운 마음마저 느낄 뻔했다. 반면, 그 아이보다 따끔한 교훈이 더 필요한 사람은 없었다. "조프리 얘기는 그만하죠." 그는 말했다. "펜과 까마귀로 이기는 전쟁이라셨던가요? 축하드려야겠습니다. 아버지와 왈더 프레이가 이 일을 계획한 지 얼마나 된 겁니까?"

"표현이 마음에 안 드는구나." 타이윈 공이 딱딱하게 말했다.

"그리고 전 상황을 모르는 게 마음에 안 듭니다."

"네게 말해줄 이유는 없었다. 이 일에 네 역할은 없었어."

"세르세이는 들었나요?" 티리온은 알고 싶었다.

"맡은 역할이 없는 사람은 아무도 듣지 못했다. 들은 사람도 알 필요가 있는 만큼만 들었고. 너도 비밀을 지킬 방법이 달리 없다는 걸 알아야 한다. 특히나 여기에선 더 그렇지. 내 목적은 위험한 적을 최대한 싼값에 없애는 것이었지, 네 호기심을 채워주거나 네 누이에게 중요한 사람이란 기분을 느끼게 해주는 것이 아니었다." 그는 얼굴을 찌푸리며 덧창을 닫았다. "티리온, 넌 분명 꾀가 제법 있다만, 있는 그대로 말하자면 넌 말이 너무 많다. 입이 싼 것이 네 실패의 원인이 될 거다."

"조프리가 제 혀를 뜯어내게 두셨어야죠." 티리온이 말했다.

"날 부추기지 않는 게 좋을 게다." 타이윈 공이 말했다. "그만하자. 오베린 마르텔과 그 수행단을 어떻게 달래는 것이 제일 좋을지 생각 중이었다."

"오? 이건 저도 알아도 되는 이야깁니까, 아니면 혼자 검토하시게 나가드릴까요?"

그의 아버지는 비아냥을 무시했다. "오베린 공자가 여기 있다는 사실 자체가 불운하다. 그 형은 조심스럽고 합리적이며, 교묘하고 신중하고 심지어 약간은 나태하기도 하지. 모든 말과 행동의 결과를 저울질하는 남자야. 하지만 오베린은 언제나 반쯤 미친놈이었다."

"오베린이 도르네가 비세리스를 지지하게 하려 했다는 건 사실입니까?"

"아무도 그 얘긴 하지 않지만, 사실이다. 내가 모르는 비밀 전언을 지닌 까마귀들이 날고 파발이 달렸지. 존 아린이 르윈 공자의 뼈를 돌려주러 배를 타고 선스피어로 가서 도란 대공과 함께 앉아 전쟁에 대한 이야기를 모두 끝냈다. 하지만 로버트는 그 후에 두 번 다시 도르네에 가지 않았고, 오베린 공자가 도르네를 떠나는 일도 드물었다."

"흠, 지금은 도르네 귀족 절반을 끌고 여기 와 있고, 하루하루 안달을 내고 있습니다." 티리온이 말했다. "오베린의 주의를 돌릴 만한 킹스랜딩 매춘굴을 안내해줘야 할까 봅니다. 자고로 만능으로 쓰이는 방법 아니겠습니까? 제 방법을 쓰시지요, 아버지. 라니스터 가문이 나팔을 불었는데 제가 응하지 않았다는 말이 돌지는 않게 하자고요."

타이윈 공의 입매에 힘이 들어갔다. "아주 우스꽝스럽구나. 네게 알록달록한 광대 옷과 종이 달린 작은 모자를 지어줘야겠느냐?"

"그걸 입으면 조프리 국왕 전하에 대해 아무 말이나 지껄여도 됩니까?"

타이윈 공은 다시 앉아서 말했다. "내 아버지의 어리석음을 감당한 걸로 족하다. 네 어리석은 짓까지 참아주진 않겠어. 그만 됐다."

"그렇게 기분 좋게 청하시니 좋습니다. 안타깝게도 붉은 독사는 기분 좋게 굴지 않겠지만 말입니다……. 그레고르 경의 머리통만으로 만족하지도 않겠고요."

"그러니 더욱 그놈에게 그걸 건네주지 말아야지."

"안 준다고요……?" 티리온은 충격받았다. "숲에 야수가 가득하다는 데에는 생각이 같은 줄 알았는데요."

"그래봐야 작은 야수들이다." 타이윈 공은 깍지 낀 두 손을 턱 아래 괴었다. "그레고르 경은 우리를 잘 섬겼다. 왕국 안의 다른 어느 기사도 우리의 적들에게 그 정도 공포를 불러일으키진 못해."

"오베린은 그레고르가 장본인이라는 것을 알고……."

"그놈은 아무것도 모른다. 소문을 들었을 뿐이지. 마구간의 헛소문과 부엌에 도는 중상을 말이야. 그레고르 경이 오베린에게 자백할 리 만무하고. 난 도르네인들이 킹스랜딩에 있는 한 그레고르 경을 멀리 떨어진 곳에 둘 작정이다."

"오베린이 찾으러 온 정의를 요구하면요?"

"엘리아와 그 자식들을 죽인 건 아모리 로치 경이라고 할 거다." 타이윈 공은 차분하게 말했다. "그러니 물어보거든 너도 그렇게 말해라."

"아모리 로치 경은 죽었는데요." 티리온은 덤덤하게 말했다.

"바로 그거다. 하렌홀 함락 후에 바고 호트가 아모리 경을 곰에게 던져 줘서 갈기갈기 찢었다. 그만하면 오베린 마르텔의 마음을 달래기에 충분히 소름 끼치는 최후가 아니냐."

"그걸 정의라고 부르신다면……."

"그게 정의다. 네가 꼭 알아야겠다면 말이지만, 나에게 그 여자아이의 시신을 가져온 건 아모리 경이었다. 아직도 제 아비가 자길 지켜줄 수 있다고 믿었는지, 라에가르의 침대 밑에 숨어 있던 걸 발견했다더군. 엘리아 공녀와 아기는 한 층 아래 육아실에 있었고."

"흠, 그건 말이 되고, 아모리 경이 부인할 일도 없겠죠. 오베린이 그럼 로치에게 명을 내린 건 누구냐고 물으면 어떻게 말씀하시겠습니까?"

"아모리 경은 새로운 왕에게 환심을 살 희망을 품고 저 혼자 행동한 것이다. 로버트가 라에가르를 미워한 건 비밀도 아니었지."

티리온도 인정해야 했다. '통할 수도 있겠군. 하지만 독사가 좋아하진 않을 거야.' "아버지의 간계에 의문을 표할 자격은 없습니다만, 제가 아버지 입장이라면 로버트 바라테온이 자기 손에 피를 묻히게 됐을 겁니다."

타이윈 공은 정신 나간 사람을 보듯 티리온을 쏘아보았다. "그렇다면 넌 광대 옷을 입어 마땅하다. 우린 로버트의 대의에 늦게 합류했어. 우리의 충성심을 보여줄 필요가 있었어. 내가 그 시체들을 왕좌 앞에 늘어놓자, 우리가 타르가르엔 가문을 영영 저버렸다는 사실을 아무도 의심하지 못했다. 그리고 로버트가 안심하는 게 눈에 보였지. 멍청한 놈이었지만 그런 로버트라도 왕좌를 지키려면 라에가르의 아이들은 죽어야 한다는 걸 알고 있었거든. 그러나 그놈은 스스로를 영웅으로 보았고, 영웅은 아이들을 죽이지 않지." 아버지는 어깨를 으쓱였다. "너무 잔인하게 해치웠다는 점은 인정하마. 엘리아는 해칠 필요가 없었으니, 그건 완전히 바보짓이었고 말이다. 엘리아 혼자는 아무것도 아니었지."

"그렇다면 왜 산더미가 엘리아를 죽인 겁니까?"

"내가 엘리아는 살려두라고 말하지 않았기 때문이다. 엘리아에 대해 언급이나 했나 모르겠구나. 그때는 더 급한 걱정거리가 있었다. 네드 스타크의 선봉대가 트라이던트에서 남쪽으로 짓쳐 오고 있었고, 나는 우리가 서로 검을 겨누게 될지도 모른다는 걱정을 했다. 그리고 아에리스가 앙심만으로 제이미를 죽일 수도 있었다. 내가 제일 두려워한 건 그거였다. 그것과…… 제이미가 직접 저지를지도 모르는 짓." 타이윈 공은 주먹을 쥐었다. "그리고 그때는 아직 그레고르 클리게인이 덩치가 크고 전투에서 무시무시하다는 것 말고 그놈에 대해 이해하지 못했었다. 강간은…… 아무리 너라도 설마 내가 그런 명령을 내렸다고 생각진 않겠지. 아모리 경도 라에니스에게 그 못지않게 짐승 같았다. 이후에 아모리 경에게 왜 두 살…… 세 살 먹은 여자애를 죽이는 데 50번이나 찔러야 했냐고 물었지. 라에니스가 자길 걷어차면서 비명을 멈추지 않더라는구나. 로치에게 신들이 순무에게 준 만큼만 재치가 있었어도 다정한 말 몇 마디와 부드러운 비단 베개로 조용히 시켰을 것을." 타이윈 공의 얼굴이 혐오감에 일그러졌다. "피를 묻힌 건 그놈이었다."

'하지만 아버지는 아니라는 거죠. 타이윈 라니스터에겐 피가 묻지 않으니까.' "롭 스타크를 죽인 건 부드러운 비단 베개였나요?"

"에드무어 툴리의 결혼식 연회에서 날아간 화살이었다. 그 녀석은 전장에서는 너무나 조심스러웠어. 병사들을 질서 정연하게 다스렸고 별동대와 호위병에 둘러싸여 지냈지."

"그러면 왈더 공이 자기 지붕 밑에서, 자기 식탁 앞에서 롭 스타크를 죽였단 말입니까?" 티리온은 주먹을 쥐었다. "캐틀린 부인은요?"

"역시 죽었을 거다. 늑대 가죽 한 쌍이라고 했으니까. 프레이는 캐틀린 부인을 포로로 잡을 작정이었다만, 아마 뭔가 틀어졌겠지."

"손님의 권리는 끝이군요."

"피를 손에 묻힌 건 내가 아니라 왈더 프레이다."

"왈더 프레이는 젊은 아내를 희롱하고 받은 모욕마다 되쎂으려고 사는 짜증 많은 노인입니다. 분명히 그자가 이 흉측한 닭을 까긴 했겠지만, 보호해주겠다는 약속도 없이 이런 짓을 벌였을 리는 없지요."

"너라면 그 녀석을 살려주고 프레이 공에게는 동맹 따위는 필요 없다고 했겠지? 그랬으면 그 늙은 바보는 곧장 스타크의 품으로 돌아가고 전쟁은 1년을 더 끌었을 게다. 식사 자리에서 십여 명 죽이는 것보다 전투로 만 명을 죽이는 게 왜 더 고결한지 설명해봐라." 티리온이 대답하지 않자 아버지는 말을 이었다. "어떻게 보아도 싼 대가였다. 일단 검은 물고기가 항복하고 나면 왕실이 에몬 프레이 경에게 리버런을 줄 것이다. 란셀과 대븐은 프레이의 딸들과 결혼해야 하고, 조이는 나이를 먹으면 왈더 공의 아들 중 하나와 결혼해야 하며, 루스 볼턴이 북부의 관리자가 되어 아리아 스타크를 집으로 데려간다."

"아리아 스타크요?" 티리온은 고개를 갸웃했다. "그리고 볼턴이요? 프레이가 혼자 행동할 배짱이 없다는 건 알았지요. 아리아라…… 바리스와 자슬린 경이 반년 넘게 수색했는데, 아리아 스타크는 분명히 죽었습니다."

"렌리도 블랙워터 전투 전까지는 죽어 있었지."

"무슨 말씀입니까?"

"너와 바리스가 실패한 일에 리틀핑거가 성공했나 보지. 볼턴 공은 그 아이를 자기 서자와 결혼시킬 거다. 몇 년 동안은 드레드포트가 강철인들과 싸우게 두고, 스타크의 다른 휘하 영주들을 따르게 할 수 있는지 두고 보자. 봄이 오면 모두 다 힘이 다해서 무릎을 꿇을 준비가 되어 있을 게다. 북부는 산사 스타크가 낳은 네 아들에게 갈 거야……. 네가 아들을 낳을 만큼 남자답게 군다면 말이다. 잊지 말아라. 처녀성을 취해야 하는 건 조프리만이 아니다."

'잊지 않았습니다. 아버지는 잊으셨길 빌었죠.' "그러면 산사 스타크가 언제 제일 임신하기 좋을 것 같습니까?" 티리온은 독액이 뚝뚝 떨어지는 목소리로 아버지에게 물었다. "우리가 어떻게 자기 어머니와 오빠를 죽였는지 말해주기 전일까요, 후일까요?"

# 다보스

잠시 동안 왕은 그 말을 듣지 못한 사람 같았다. 스타니스는 그 소식에 어떤 즐거움도, 노여움도, 불신도 보이지 않았다. 안도하는 모습조차 아니었다. 그는 이를 악문 채 지도 탁자를 응시하다가 물었다. "확실한가?"

"아니, 시체는 저도 못 봤습니다, 전하." 살라도르 산이 말했다. "하지만 도시에선 사자들이 뛰어다니며 춤을 춥니다. 평민들은 핏빛 결혼식이라고 부르더군요. 프레이 공이 그 청년의 머리통을 잘라내고 그의 다이어울프 머리를 꿰매어 붙이고는, 머리에 왕관을 못으로 박았다고들 합니다. 그 어머니도 살해당해 벌거벗겨진 채 강에 던져졌다고 하고요."

'결혼식에서.' 다보스는 생각했다. '그 지붕 밑에 손님으로 들어서, 그의 식탁 앞에 앉아서 말인가. 프레이 놈들은 저주받았구나.' 다시 불타는 피 냄새를 맡고, 화로의 뜨거운 석탄 위에 놓인 거머리가 지글거리며 타들어 가는 소리를 듣는 것 같았다.

"그자를 죽인 것은 군주님의 진노였소." 액셀 플로렌트 경이 선언했다. "를로르 님의 손이 한 일이오!"

"빛의 군주를 찬양하라!" 귀가 크고 입술 위에 털이 난 야위고 우울한 얼굴의 가혹한 여인, 셀리스 왕비가 외쳤다.

"를로르의 손이 검버섯 피고 마비됐다던가?" 스타니스가 물었다. "이 일은 어떤 신보다도 왈더 프레이의 솜씨 같은데."

"를로르께서는 필요한 도구를 고르십니다." 멜리산드레의 목에 걸린 루비가 빨갛게 빛났다. "그분의 방식은 수수께끼 같지만, 누구도 그분의 불같은 의지를 거역할 수 없습니다."

"누구도 그분을 거역할 수 없습니다!" 왕비가 외쳤다.

"조용히 하시오. 아직 밤의 불을 피우지 않았소." 스타니스는 지도 탁자를 살폈다. "늑대는 후계자를 남기지 않았고, 크라켄은 너무 많이 남겼군. 이대로는 사자들이 다 먹어치울 텐데⋯⋯. 산, 강철 군도와 화이트하버에 사절을 보내기 위해 자네의 가장 빠른 배가 필요하겠어. 사면을 제안할 것이다." 이를 딱딱 부딪치는 소리를 들으니 사면이라는 말이 그의 마음에 얼마나 안 드는지 알 수 있었다. "반역을 참회하고 정당한 왕에게 충성을 맹세하는 사람 모두에게 완전 사면령이다. 다들 알아야 해⋯⋯."

"알지 못할 겁니다." 멜리산드레의 목소리는 부드러웠다. "죄송합니다, 전하. 이게 끝이 아닙니다. 죽은 자들의 왕관을 이어받기 위해 더 많은 거짓 왕들이 일어날 것입니다."

"더?" 스타니스는 기꺼이 그녀를 목 졸라 죽일 듯한 얼굴이었다. "찬탈자가 더 나온다? 배신자가 더 나온다고?"

"불길 속에서 보았습니다."

셀리스 왕비가 왕 옆으로 갔다. "빛의 군주가 당신을 영광의 길로 안내하고자 멜리산드레를 보내셨습니다. 그분의 말에 주의를 기울이세요. 를로르의 성스러운 불길은 거짓말을 하지 않습니다."

"거짓은 많고도 많소. 내게는 설령 이 불길이 진실을 말한다 해도 그 안에 혼란이 가득해 보이는군."

"왕의 말을 듣는 개미는 그 말을 제대로 이해하지 못할 수도 있지요." 멜리산드레가 말했다. "그리고 신의 불타는 얼굴 앞에서 모든 인간은 개미입니다. 제가 때로 경고를 예언으로, 또는 예언을 경고로 착각했다면 잘못은 책이 아니라 책을 읽은 사람에게 있습니다. 하지만 이것만은 확실히 압니다. 지금 사절과 사면은 거머리만큼도 전하에게 도움이 되지 않을 것입니다. 전하께선 왕국에 신호를 보여주셔야 합니다. 전하의 힘을 증명하는 신호를요!"

"힘?" 왕은 코웃음을 쳤다. "드래곤스톤에 1300명, 스톰스엔드에 300명이 있다." 그의 손이 지도 탁자를 쓸었다. "나머지 웨스테로스는 내 적들의 손안에 있지. 내게 함대는 살라도르 산의 함대뿐이다. 용병을 고용할 돈도 없어. 자유기수들을 내 명분 아래로 끌어들일 약탈품이나 영광의 전망도 없다."

셀리스 왕비가 말했다. "전하께서는 300년 전 아에곤보다 많은 병사를 거느리고 계십니다. 없는 것이라곤 드래곤뿐이지요."

스타니스가 왕비에게 던진 눈빛은 어두웠다. "아에곤 3세의 드래곤 알을 부화시키기 위해 아홉 현자가 바다를 건넜다. 성왕 바엘로르는 반년 동안 자기 알을 두고 기도했고, 아에곤 4세는 나무와 철로 드래곤을 만들었어. 눈부신 불길 아에리온은 변신하겠다고 와일드파이어를 마셨지. 현자들은 실패했고, 바엘로르 왕의 기도는 응답받지 못했으며, 나무 드래곤은 불타버렸고, 아에리온 왕자는 비명을 지르며 죽었어."

셀리스 왕비는 요지부동이었다. "그중 누구도 를로르의 선택을 받지 못했습니다. 그 도착을 미리 알리는 붉은 혜성이 하늘을 가로질러 불타지도 않았습니다. 영웅들의 붉은 검 '빛의 인도자'를 휘두른 자도 없었어요. 그리고 아무도 대가를 치르지 않았습니다. 멜리산드레 님이 말씀해주실 거예요. 생명의 대가는 오직 죽음뿐입니다."

"그 아이 말이오?" 왕은 내뱉듯이 말했다.

"그 아이요." 왕비가 동의했다.

"그 아이요." 액셀 경이 반복했다.

"난 그 아이가 태어나기 전부터 그 불쌍한 아이에게 죽도록 넌더리가 났지." 왕은 불평했다. "그 아이의 이름은 내 귓속의 아우성이고 내 영혼에 드리운 검은 구름이오."

"그 아이를 제게 주시면 다시는 그 이름을 듣지 않으셔도 됩니다." 멜리산드레가 다짐했다.

'그렇겠지. 하지만 저 여자가 그 아이를 태울 때 내는 비명 소리를 듣게 될 겁니다.' 다보스는 입을 열지 않았다. 왕이 명하기 전까지는 말하지 않는 게 현명했다.

"를로르 님을 위해 그 아이를 제게 주세요." 붉은 여인이 말했다. "그러면 오랜 예언이 실현될 것입니다. 전하의 드래곤이 깨어나 돌로 만든 날개를 펼 것입니다. 왕국은 전하의 것이 될 테고요."

액셀 경이 한쪽 무릎을 꿇었다. "제가 무릎 꿇고 간청합니다, 전하. 돌 드래곤을 깨워 배신자들이 벌벌 떨게 하소서. 아에곤처럼 전하도 드래곤스톤의 주인으로 시작하셨습니다. 아에곤처럼 정복하실 것입니다. 거짓된 자들과 줏대 없는 자들이 전하의 불길을 느끼게 하십시오."

"전하의 아내로서 저도 간청합니다." 셀리스 왕비는 기도하듯 두 손을 잡고 왕 앞에 두 무릎을 꿇었다. "로버트와 델레나가 우리 침대를 더럽히고 우리의 결합에 저주를 내렸어요. 그 아이는 그 둘의 사통이 낳은 썩은 열매입니다. 제 자궁에서 그놈의 그림자를 들어내면 제가 적통 아들을 여럿 낳아드릴 것입니다." 그녀는 왕의 다리를 붙잡았다. "아이 하나에 불과합니다. 그것도 당신 형님의 욕정과 제 사촌의 수치로 태어난 아이요."

"그 아이는 내 핏줄이오. 날 붙잡지 마시오, 여인이여." 스타니스 왕이 그녀의 어깨에 손을 얹더니, 어색하게 그녀의 두 손에서 벗어났다. "로버트가 우리의 결혼 침대에 저주를 내렸을지는 모르지. 나에게 수치를 줄 생각은 없었다고, 너무 취해서 그날 밤 어느 침실에 들어갔는지도 몰랐다고 맹세하더군. 하지만 그게 중요한가? 진실이야 어떻든 그 아이는 잘못이 없소."

멜리산드레가 왕의 팔에 손을 얹었다. "빛의 군주께선 무고한 이들을 아끼십니다. 그보다 더 귀한 희생은 없어요. 왕의 핏줄과 그분의 흠 없는 불에서 드래곤이 태어날 것입니다."

스타니스는 왕비를 떼어냈던 것처럼 멜리산드레의 손길을 뿌리치지 못했다. 붉은 여인은 모든 면에서 셀리스와 달랐다. 젊고, 풍만하며, 갸름한 얼굴과 구릿빛 머리카락, 그리고 기이한 붉은 눈이 이상하게 아름다웠다. "돌이 생명을 얻는 모습을 본다면 경이롭겠지." 스타니스는 마지못해 인정했다. "그리고 드래곤을 탄다는 건……. 아버지가 처음 나를 궁정에 데려갔을 때가 기억나는군. 로버트가 내 손을 잡고 있어야 했어. 나는 네 살도 되지 않았으니, 로버트는 다섯 살 아니면 여섯 살이었을 거야. 우린 나중에 드래곤이 무서운 만큼이나 왕이 고귀하다는 데 생각을 같이했지." 스타니스는 코웃음을 쳤다. "몇 년이 지나서 아버지가 말해주시길, 아에리스는 그날 아침에 왕좌에 다치는 바람에 수관이 그 자리를 대신했다더군. 우리에게 대단한 인상을 남긴 인물은 타이윈 라니스터였던 거야." 그의 손가락이 탁자 표면에 닿더니 옻칠을 입힌 언덕들 위를 가만히 따라갔다. "로버트는 왕관을 썼을 때 드래곤 머리뼈를 다 내렸지만, 차마 그걸 부수지는 못했지. 웨스테로스 위에 드래곤이 날개를 편다면…… 그건 정말……."

"전하!" 다보스가 나섰다. "제가 한 말씀 올려도 되겠습니까?"

스타니스는 이가 딱 부딪칠 정도로 세게 입을 다물었다. "나의 비 숲의 영주여. 그대가 말을 하지 못할 바에야 내가 왜 그대를 수관으로 삼았겠나?" 왕은 한 손을 휘저었다. "하고 싶은 말을 하라."

'전사여, 제게 용기를 주소서.' "제가 드래곤에 대해서도 잘 모르고 신들에 대해서는 더 모릅니다만…… 왕비님께서 저주에 대해 말씀하셨지요. 신들과 인간들이 보기에 친족 살해자보다 더 저주받은 사람은 없습니다."

"를로르와 그 이름을 말해선 안 될 다른 자 외에 다른 신은 없소." 멜리산드레의 입이 단단한 붉은 선을 그렸다. "그리고 소인배들은 자기가 이해하지 못하는 것을 저주하지요."

"저는 소인배입니다." 다보스는 인정했다. "그러니 왜 당신의 그 엄청난 돌드래곤을 깨우기 위해 그 아이, 에드릭 스톰이 필요한지 말씀해주십시오." 그는 그 아이의 이름을 최대한 자주 말하기로 결심하고 있었다.

"생명의 대가는 오직 죽음뿐입니다. 위대한 선물은 위대한 희생을 요구하지요."

"그 천출 아이의 어디에 위대함이 있습니까?"

"그 아이의 핏줄에는 왕의 피가 흐릅니다. 그 피 몇 방울로도 무슨 일을 할 수 있는지 봤을ㅡ"

"저는 당신이 거머리를 태우는 모습을 봤습니다."

"그리고 거짓 왕 두 명이 죽었지요."

"롭 스타크는 크로싱에서 왈더 공에게 살해당했고, 발론 그레이조이는 다리에서 떨어졌다고 들었습니다. 당신의 거머리들이 죽인 게 누굽니까?"

"를로르의 힘을 의심하는 거요?"

'아뇨.' 다보스는 그날 밤 스톰스엔드 지하에서 멜리산드레의 자궁에서 꿈틀꿈틀 기어 나오던 살아 있는 그림자를, 그녀의 허벅지를 밀던 검은 손을 지나치게 잘 기억하고 있었다. '여기에서 조심하지 않으면 나에게도 그림자가 찾아올지 모르지.' "양파 밀수꾼이라 해도 양파 두 개와 세 개는 구분합니다. 왕이 하나 모자라요."

스타니스가 짧게 웃음을 터뜨렸다. "정곡을 찔렀군. 둘은 셋이 아니오."

"분명히 그렇습니다, 전하. 왕 하나는 우연히 죽을 수 있고, 둘도 그렇지만……. 셋이라면? 조프리가 힘이 넘칠 때, 군대와 킹스가드에 둘러싸여서 죽는다면 군주님의 힘을 보여주는 일이 아닐까요?"

"그럴 수 있지." 왕은 한 마디 한 마디를 내놓기 싫다는 듯이 말했다.

"아닐 수도 있지요." 다보스는 두려움을 숨기려고 최선을 다했다.

"조프리는 죽을 거예요." 셀리스 왕비가 자신만만하게 선언했다.

"이미 죽었을지도 모릅니다." 액셀 경이 덧붙였다.

스타니스는 그들을 짜증스럽게 쳐다보았다. "훈련받은 까마귀인가? 차례차례 울어대는군. 그만하면 됐네."

"여보, 제 말을―" 왕비가 간청했다.

"왜? 둘은 셋이 아니오. 왕도 밀수꾼만큼이나 숫자를 잘 센다오. 가봐도 좋소." 스타니스는 그들에게서 등을 돌렸다.

멜리산드레가 왕비를 부축해 일으켰다. 셀리스는 뻣뻣하게 걸어 나갔고, 붉은 여인이 그 뒤를 따랐다. 액셀 경은 뒤에 남아서 다보스를 마지막으로 쳐다보았다. '불쾌한 얼굴에 불쾌한 눈빛이로군.' 다보스는 시선이 마주치자 생각했다.

다른 사람들이 나가고 나자 다보스는 목청을 가다듬었다. 왕이 시선을 들었다. "왜 자네는 아직 여기에 있나?"

"전하, 에드릭 스톰에 대해……."

스타니스는 날카롭게 몸짓했다. "그만두게."

다보스는 밀어붙였다. "전하의 따님은 에드릭 스톰과 같이 수업을 받고, 매일 아에곤의 정원에서 같이 놉니다."

"나도 알아."

"무슨 일이 생긴다면 공주님이 슬퍼하실―"

"그것도 알아."

"직접 한번 보시면―"

"이미 봤네. 그 아이는 로버트를 닮았어. 그래, 그리고 로버트를 숭배하지. 그 사랑하는 아비가 자식을 얼마나 자주 생각했는지 그 아이에게 말해줄까? 내 형은 아이를 만드는 일은 좋아했지만, 태어나고 나면 귀찮아했지."

"전하의 안부를 매일 물어봅니다. 그 아이는―"

"내 화를 돋우는군, 다보스. 그 서자에 대해서는 더 듣지 않겠다."

"그 아이 이름은 에드릭 스톰입니다, 전하."

"이름이 뭔지는 알아. 그보다 더 적절한 이름이 있을까? 그 이름은 사생아라는 사실과 고귀한 태생, 그리고 그 아이가 몰고 온 혼란을 공공연히 나타내지. 에드릭 스톰. 그래, 내가 그 이름을 말했다. 이제 만족하나, 수관?"

"에드릭은―"

"―아이 하나야! 그 아이가 이제까지 태어난 사내아이 중 최고라 해도 상관없네. 나는 왕국에 의무가 있어." 왕의 손이 지도 탁자를 쓸었다. "웨스테로스에 사내아이가 몇이나 살지? 계집아이는 몇이나 있고? 남자는 얼마나 많고, 여자는 얼마나 많나? 멜리산드레는 어둠이 그 사람들을 다 집어삼킬 거라고 해. 끝나지 않는 밤이 온다고 말이야. 그 여자는 예언에 대해 말해…… 바닷속에서 다시 태어난 영웅, 죽은 돌에서 깨어난 살아 있는 드래곤…… 그 여자는 신호들을 이야기하며 그게 나를 가리킨다고 맹세하네. 난 왕이 되게 해달라고 한 적이 없고, 이런 걸 청한 적도 없어. 그렇다고 내가 그 여자의 말을 무시할 수 있을까?" 그는 이를 갈았다. "우리는 스스로의 운명을 선택하지 않아. 그럼에도 우리는…… 우리는 의무를 다해야 하지. 안 그런가? 크든 작든, 우리는 의무를 수행해야 해. 멜리산드레는 불길 속에서 나를, '빛의 인도자'를 높이 들고 어둠에 맞서는 내 모습을 보았다고 맹세하네. 빛의 인도자라!" 스타니스는 경멸하듯 코웃음을 쳤다. "예쁘게 반짝거리기는 하지만, 이 마법 검은 블랙워터에서 평범한 철검보다 나을 게 없었어. 드래곤이라면 그 전투를 뒤집었겠지. 한때 아에곤이 지금 나처럼 여기에 서서 이 탁자를 내려다보았네. 아에곤에게 드래곤이 없었다면 지금 우리가 그를 정복자 아에곤이라고 부를까?"

"전하." 다보스가 말했다. "그 대가가⋯⋯."

"나도 대가는 알아! 어젯밤에 벽난로를 들여다보다가 나도 불길 속에서 뭔가를 봤어. 왕을 보았는데, 머리에 불의 왕관을 얹고 불타고 있었지⋯⋯. 불타고 있었어, 다보스. 왕관이 왕의 살을 먹어치우고 왕을 잿더미로 만들어버렸네. 내가 그게 뭘 의미하는지 알기 위해 멜리산드레의 말을 들어야 할 것 같나? 아니면 자네의 말을?" 왕이 움직이자 그의 그림자가 킹스랜딩에 떨어졌다. "조프리가 죽는다면⋯⋯ 왕국 전체에 비하면 사생아 하나의 목숨이 뭐란 말인가?"

"전부죠." 다보스는 조용히 말했다.

스타니스는 이를 악물고 그를 보았다. "나가라." 그는 한참 만에 말했다. "괜히 말을 잘못 뱉어서 지하감옥으로 돌아가기 전에 나가."

때로 강풍이 너무 심하면 돛을 접을 수밖에 없다. "알겠습니다, 전하." 다보스는 절을 했지만, 스타니스는 이미 그에 대해 잊어버린 것 같았다.

다보스가 돌북 성을 떠났을 때는 안마당이 싸늘했다. 낚시터에서 불어 온 찬바람에 성벽에 늘어선 깃발들이 요란하게 펄럭였다. 다보스는 공기 속의 소금 냄새를 맡을 수 있었다. 바다였다. 그는 그 냄새를 사랑했다. 그 냄새를 맡으면, 갑판을 다시 걷고 돛을 올리고 마리아와 어린 두 아이가 있는 남쪽으로 배를 몰고 싶어졌다. 그는 매일같이 그들을 생각했고 밤에는 더 많이 생각했다. 그의 마음속 일부분은 데반을 데리고 집에 가고 싶기만 했다. '그럴 순 없어. 아직은 아니야. 난 이제 영주이고 왕의 수관이야.

왕을 저버릴 순 없어.'

그는 시선을 들어 성벽을 올려다보았다. 성곽 요철이 있어야 할 자리에서 천 개의 괴물과 가고일이 그를 내려다보았다. 모든 조각상이 서로 달랐다. 와이번, 그리핀, 마귀, 만티코어, 미노타우로스, 바실리스크, 지옥견, 코커트리스 외에 천 개의 기기묘묘한 생물들이 성 흉곽에서 자라난 것처럼 돋아나 있었다. 그리고 드래곤이 사방에 있었다. 대연회장은 엎드린 드래곤 모양이었다. 사람들이 그 벌린 입으로 들어갔다. 취사장은 몸을 동그랗게 만 드래곤 모양으로, 오븐에서 나오는 연기와 수증기가 콧구멍으로 뿜어져 나왔다. 탑들은 성벽 위에 웅크리거나 날아오르려고 자세를 잡은 드래곤들이었다. 바람의 웜(wyrm, 날개 없는 드래곤)은 도전의 소리를 지르는 듯 했고, 바다 드래곤 탑은 파도 저편을 심각하게 노려보았다. 그보다 더 작은 드래곤들이 성문을 이루었다. 벽에 돋아난 드래곤 발톱이 횃불을 거머쥐고, 거대한 돌 날개들이 대장간과 무기고를 감쌌으며, 꼬리는 아치와 다리, 외부 계단을 형성했다.

다보스는 발리리아의 마법사들은 보통 석공들처럼 돌을 자르거나 깎지 않고, 도공이 진흙을 다루듯 불과 마법으로 돌을 다루었다는 말을 종종 들었다. 하지만 지금은 그런 생각이 들었다. 만약 저게 다 진짜 드래곤인데, 돌로 변한 것이라면?

"붉은 여인이 저것들을 살려낸다면 성이 무너져 내리겠구먼. 대체 어느 드래곤이 방과 계단과 가구로 가득하단 말인가? 창문에다, 굴뚝도 있고. 변소 통로까지 있잖아."

다보스가 고개를 돌려보니 살라도르 산이 옆에 있었다. "이건 내 배신을 용서했다는 뜻인가, 살라?"

늙은 해적은 한 손가락을 흔들었다. "용서야 하지. 잊진 않겠어. 클로섬에 있는 금 더미가 다 내 것이 될 수도 있었는데 말이야. 그 생각을 하면 늙고 지친 기분이 드는구먼. 내가 가난뱅이로 죽으면 내 처첩들이 양파 영주 자네를 저주할 거야. 셀티가르 공에겐 이제 내가 맛볼 수 없는 맛 좋은 와인에다가 손목에서 날아오르게 훈련시킨 바다 독수리, 그리고 심해에서 크라켄을 불러오는 마법 나팔이 있었단 말이지. 그런 나팔이 있으면 티로시와 다른 성가신 것들을 끌어내리는 데 아주 유용하다고. 그런데 내가 그 나팔을 불 수 있나? 아니지, 왕께서 내 오랜 친구를 수관 삼으시는 바람에 글렀어." 그는 다보스에게 팔짱을 끼고 말했다. "왕비의 사람들은 자네를 좋아하지 않네, 친구. 어떤 수관이 자기 나름의 친구를 만들고 있다는 말이 들리는데 말이야. 사실인가, 응?"

'듣는 게 너무 많군, 이 늙은 해적.' 밀수꾼은 조류만이 아니라 사람도 잘 알아야지, 그렇지 않으면 오래 밀수하면서 살아남지 못한다. 왕비 쪽 사람들은 빛의 군주의 열렬한 추종자로 남을지 몰라도, 드래곤스톤의 평민들은 평생 알고 살았던 신들에게 다시 돌아가고 있었다. 그들은 스타니스가 주술에 걸렸다고, 멜리산드레가 그로 하여금 일곱 신을 외면하고 어둠에서 나온 어느 악마 앞에 고개 숙이게 만들었다고, 그리고…… 그중에서도 최악의 죄는…… 그 여자와 그 여자의 신이 스타니스를 저버린 것이라고 말했다. 그리고 기사와 귀족 중에도 똑같이 생각하는 사람들이 있었다. 다보스는 그런 사람들을 찾아내어, 선원을 고를 때와 똑같이 주의 깊게 골라냈다. 제랄드 가워 경은 블랙워터에서 용감하게 싸웠는데, 그 후에 추종자들이 난쟁이와 죽은 남자에게 쫓기게 놓아두다니 를로르는 약한 신이 틀림없다고 말한 적이 있었다. 앤드류 에스터몬트 경은 왕의 사촌이었고 오래전에 왕의 종자로 일했었다. 나이트송의 서자는 스타니스가 안전하게 살라도르 산의 갤리선들로 갈 수 있게 후방을 지휘했었는데, 그 성격만큼이나 맹렬하게 전사 신을 숭배했다. '왕비의 사람들이 아닌 왕의 사람들이지.' 하지만 그 사람들을 자랑하고 다닐 일은 아니었다.

"어떤 리스 해적이 언젠가 말하길 좋은 밀수꾼은 눈에 띄지 않는다고 했지." 다보스는 조심스럽게 대꾸했다. "검은 돛에 소리 나지 않는 노를 갖추고, 혀를 함부로 놀리지 않는 선원들을 둔다고 말이야."

리스 해적은 소리 내어 웃었다. "혀가 없는 선원이면 더 좋겠지. 읽지도 쓰지도 못하는 덩치 크고 힘센 벙어리라면 말이야." 하지만 그 말을 하고 나서 산은 좀 더 진지해졌다. "하지만 누군가가 자네 등을 지켜준다는 걸 아니 기쁘네, 친구. 왕이 그 아이를 붉은 여사제에게 줄 것 같나, 어떤가? 작은 드래곤 한 마리면 이 거대한 전쟁을 끝낼 수 있지."

오랜 습관 때문에 '행운'에 손이 올라갔지만, 이제는 목에 손가락뼈가 걸려 있지 않았다. 다보스는 말했다. "그러지 않으실 거야. 그분은 자기 혈육을 해치지 못해."

"렌리 공이 그 말을 들으면 기뻐하겠군."

"렌리는 무장한 반역자였어. 에드릭 스톰에겐 어떤 죄도 없어. 전하는 공정한 분일세."

살라는 어깨를 으쓱였다. "두고 봐야지. 아니면 자네가 두고 보든가. 나는 바다로 돌아가네. 지금도 악랄한 밀수꾼들이 주인에게 적법한 대가를 치르지 않기를 바라면서 블랙워터만을 가로지르고 있을지 몰라." 그는 다보스의 등을 두드렸다. "조심하게나. 자네와 자네의 말 없는 친구들 다. 자네는 이제 아주 대단해졌지만, 높이 올라갈수록 떨어지는 길도 깊어진다네."

다보스는 바다 드래곤 탑의 계단을 올라 까마귀 방 아래 자리 잡은 학사의 방으로 향하면서 그 말을 생각했다. 너무 높이 올라왔다는 건 살라가 말해주지 않아도 알았다. '읽지도 쓰지도 못하는 데다가, 영주들에게는 멸시받고, 통치에 대해 아는 것도 없는데 어떻게 내가 왕의 수관이 될 수 있지? 난 성의 탑이 아니라 배의 갑판에 있어야 할 사람이야.'

필로스 학사에게도 그렇게 말한 적 있었다. 학사는 이렇게 답했다. "귀공은 뛰어난 선장입니다. 선장은 배를 지배하지 않나요? 선장은 불안하고 위험한 물속을 누비고, 돛을 올려 강해지는 바람을 받고, 폭풍이 올 때를 알고 폭풍을 극복하는 최선의 방법을 알아야 하지요. 이 일도 똑같습니다."

필로스는 친절을 담아 한 말이었지만, 그의 장담은 공허하게 울렸다. "그렇게 같지가 않습니다!" 다보스는 그렇게 항변했다. "왕국은 배가 아닙니다……. 그러니 다행이지요. 이 왕국이 가라앉진 않을 테니. 그래요, 난 나무와 밧줄과 물을 압니다. 하지만 지금 그게 쓸모가 있을까요? 스타니스 왕을 왕좌로 인도할 바람을 어디서 찾는단 말입니까?"

학사는 그 말에 웃었다. "바로 그겁니다, 수관님. 말은 바람이고, 수관님이 분별을 발휘해서 제 말을 날려버리셨군요. 전하께서도 수관님에게 무엇이 있는지 아실 것 같습니다."

"양파요." 다보스는 우울하게 말했다. "전하께서 내게 찾으신 건 양파죠. 왕의 수관은 명문가 귀족으로 현명하고 잘 배운 사람, 전투의 지휘관 아니면 대단한 기사여야……."

"리암 레드와인 경은 전성기에 세상에서 제일 대단한 기사였고, 왕을 섬긴 수관 중에서는 최악의 수관이었습니다. 머미슨 성사의 기도는 기적을 일으켰지만, 수관이 되자 곧 온 왕국이 그분의 죽음을 기도하게 됐지요. 버터웰 공은 재치 있기로 유명했고, 마일스 스몰우드는 용기로 유명했으며, 오토 하이타워 경은 학식으로 유명했지만, 하나같이 수관으로서는 실패했습니다. 출생을 두고 말하자면, 드래곤 왕들은 혈육을 수관으로 선택할 때가 많았는데 부러진 창 바엘로르와 잔혹 왕 마에고르만큼이나 다양한 결과를 낳았습니다. 반면에 늙은 왕이 레드컵의 도서관에서 뽑은, 대장장이의 아들이었던 바스 성사는 40년간 왕국에 평화와 번영을 가져다줬습니다." 필로스는 미소 지었다. "역사를 읽어보세요, 다보스 공. 그러면 공의 의심에 근거가 없음을 아시게 될 겁니다."

"읽을 줄을 모르는데 역사를 어떻게 읽습니까?"

"누구든 글을 읽을 수 있습니다." 필로스 학사가 말했다. "마법이나 고귀한 혈통 같은 건 필요 없어요. 제가 전하의 명에 따라 공의 아드님에게 읽기를 가르치고 있습니다. 공에게도 가르쳐드리고 싶군요."

친절한 제안이었고, 다보스가 거절할 수 없는 제안이기도 했다. 그래서 그는 매일 바다 드래곤 탑 꼭대기에 있는 학사의 방으로 가서 두루마리와 양피지와 두꺼운 가죽 장정본을 들여다보며 인상을 쓰고 몇 마디라도 더 파악하려고 애쓰게 되었다. 그렇게 애를 쓰다 보면 머리가 아플 때가 많았고, 패치페이스만큼이나 엄청난 바보가 된 기분이 들었다. 아들인 데반은 열두 살밖에 안 됐지만 아버지를 한참 앞섰고, 시린 공주와 에드릭 스톰에게는 읽기가 숨쉬기만큼이나 자연스러운 듯했다. 책에 있어서는 다보스가 그들 가운데 가장 어린 아이였다. 그래도 그는 끈질기게 계속했다. 그는 이제 왕의 수관이었고, 왕의 수관은 글을 읽어야 했다.

바다 드래곤 탑의 좁고 꼬불꼬불한 계단은 골반뼈를 다친 크레센 학사에게 괴로운 시험이었었다. 다보스는 아직도 한 번씩 그 노인이 그리웠다. 스타니스도 분명히 그럴 터였다. 필로스는 영리하고 부지런했으며 악의 없어 보였지만 너무 젊었고, 왕은 크레센만큼 필로스를 신뢰하지 않았다. 크레센은 스타니스와 정말 오랜 세월을 함께했다…… 멜리산드레와 충돌하여 죽기 전까지는.

계단을 다 오른 다보스는 패치페이스의 소리일 수밖에 없는 조용한 종소리를 들었다. 공주의 어릿광대는 충직한 사냥개처럼 학사의 방문 밖에서 공주를 기다리고 있었다. 밀가루 반죽처럼 무르고 어깨가 축 처진 데다 넓적한 얼굴에는 붉은색과 초록색 사각형 문신이 얼룩덜룩 새겨진 패치페이스는 주석 들통에 사슴뿔을 묶어서 만든 투구를 썼다. 뿔에는 종이 십여 개 달려 있어 그가 움직일 때마다 잘그랑거렸다…… 그 어릿광대는 가만히 있을 때가 거의 없었으니 사실상 늘 종이 울린다는 뜻이었다. 그는 가는 곳마다 딸랑거리고 잘그랑거렸다. 필로스가 시린의 수업에서 그 광대를 내쫓은 것도 당연했다. "바닷속에서는 늙은 고기가 어린 고기를 먹는다네." 어릿광대는 다보스를 보고 중얼거렸다. 광대가 머리를 끄덕거리자 종이 딸랑거리고 잘그랑거리며 울렸다. "나는 알아, 나는 안다네, 오 오 오."

"이 위에서는 어린 물고기가 늙은 물고기를 가르치는구나." 앉아서 읽으려고 할 때처럼 늙은 기분이 들 때가 없는 다보스가 말했다. 가르치는 사람이 나이 든 학사 크레센이었다면 달랐을지 모르지만, 필로스는 그의 아들뻘이 될 만큼 젊었다.

학사는 책과 두루마리에 뒤덮인 긴 목재 탁자 앞에 앉아서 세 아이를 마주하고 있었다. 시린 공주는 두 소년 사이에 앉았다. 아직까지도 다보스는 아들이 공주와 왕의 서자와 함께 있는 모습을 보는 데서 엄청난 기쁨을 느꼈다. 데반은 이제 그냥 기사가 아니라 영주가 될 것이다. 비 숲의 영주가. 다보스는 그 칭호를 직접 누리는 것보다 아들이 받게 되리라는 데 더 자부심을 느꼈다. '데반은 글도 읽지. 타고난 것처럼 읽기도 하고 쓰기도 해.' 필로스는 데반이 근면하다고 칭찬했고, 훈련대장도 데반이 검과 기마창에 소질이 있다고 했다. '그리고 데반은 신실하기도 하지.' "형들은 빛의 성으로 올라가서 빛의 군주 곁에 앉았어요." 데반은 다보스가 형들 넷이 어떻게 죽었는지 말해주자 그렇게 대답했다. "밤의 불 앞에서 형들을 위해 기도하고, 아버지를 위해서도 기도할게요. 아버지가 마지막 날까지 군주님의 빛 속을 걸을 수 있도록요."

"오셨어요, 아버지." 데반이 인사했다. 다보스는 데반이 그 나이일 적 데일과 너무나 닮았다는 생각을 했다. 맏아들 데일은 종자 복장을 갖춘 데반처럼 좋은 옷을 입은 적이 없었지만, 각지고 평범한 얼굴과 솔직 담백한 갈색 눈, 흩날리는 가느다란 갈색 머리카락이 똑같았다. 데반의 뺨과 턱에는 금색 털이 약간 나 있었는데, 복숭아털이라기에도 무색할 솜털이었지만 그래도 그 아이는 자기 '수염'에 맹렬한 자부심을 보였다. '예전에 데일도 그랬지.' 데반은 탁자 앞에 앉은 세 아이들 중에 제일 나이가 많았다.

그러나 에드릭 스톰이 키가 8센티미터는 더 크고 어깨와 가슴도 더 넓었다. 그 점에서 에드릭은 아버지를 닮았고, 아침마다 검과 방패 수업도 빼먹지 않았다. 어린 시절의 로버트와 렌리를 알 만큼 나이가 있는 사람들은 로버트와 렌리를 닮기로는 스타니스보다 그 사생아 소년이 더 닮았다고 했다. 새까만 머리에 짙은 푸른색 눈, 입과 턱과 광대뼈까지. 오직 귀만이 어머니가 플로렌트 가문임을 일깨웠다.

"아, 안녕하세요, 수관님." 에드릭이 따라 했다. 사납고 자부심 강한 소년일지는 몰라도 그 아이를 키운 학사와 수호성주와 훈련대장은 예의를 잘 가르쳤다. "삼촌을 보고 오셨나요? 전하는 어떠세요?"

"잘 계십니다." 다보스는 거짓말을 했다. 솔직히 말하면 왕은 초췌했고 근심이 가득해 보였지만, 이 소년에게 자신의 두려움을 얹어줄 필요는 없었다. "제가 수업을 방해한 게 아니었으면 좋겠군요."

"막 수업을 끝낸 참입니다." 필로스 학사가 말했다.

"다에론 1세에 대해 읽고 있었어요." 시린 공주는 슬프고, 상냥하고, 다정하며 도저히 예쁘다고는 할 수 없는 아이였다. 스타니스는 딸에게 각진 턱을 물려주었고 셀리스는 플로렌트 특유의 귀를 물려주었으며, 신들은 잔인한 지혜로 요람 속 아이에게 회색비늘병을 가해서 소박한 외모를 절충하는 게 좋겠다고 여겼다. 그 병은 시린의 목숨과 시력에는 영향을 미치지 않았지만, 뺨과 목 절반을 딱딱하게 갈라진 회색으로 만들어놓았다. "그분은 전쟁에 나가서 도르네를 정복했어요. 다들 젊은 드래곤이라고 불렀대요."

"그분은 거짓 신들을 숭배했어요." 데반이 말했다. "하지만 그것 빼고는 위대한 왕이었고, 전투에선 굉장히 용감했죠."

"그랬지." 에드릭 스톰이 동의했다. "하지만 내 아버지가 더 용감하셨어. 젊은 드래곤도 하루에 전투 세 개를 이기진 못했잖아."

공주가 눈을 휘둥그레 뜨고 에드릭을 보았다. "로버트 백부님이 하루에 전투 세 개를 이겼어?"

서자 소년은 고개를 끄덕였다. "아버지가 휘하를 소집하기 위해 처음 집에 오셨을 때였어. 그랜디슨 공, 카페런 공, 펠 공이 서머홀에서 군세를 합해서 스톰스엔드로 진군할 계획이었는데, 아버지는 그 계획을 정보원에게 듣고 즉시 모든 기사와 종자를 거느리고 그리로 달려갔지. 공모자들이 하나씩 서머홀에 도착하자 아버지는 셋이 합세하기 전에 차례차례 박살을 냈어. 일대일로 싸워서 펠 공을 죽이고 그 아들인 은도끼를 사로잡았지."

데반이 필로스를 쳐다보았다. "정말 그렇게 된 거였나요?"

"내가 그렇다고 했잖아. 안 그래?" 에드릭 스톰은 학사가 대답할 겨를도 없이 말했다. "아버지는 셋을 다 박살 냈고, 너무나 용감하게 싸웠기 때문에 그 후에 그랜디슨 공과 카페런 공은 아버지를 따르게 됐어. 은도끼도 마찬가지였지. 아버지는 누구에게도 진 적이 없어."

"에드릭, 허풍을 떨면 안 됩니다." 필로스 학사가 말했다. "로버트 왕도 누구나와 마찬가지로 패배를 겪으셨어요. 애시포드에서 티렐 공에게 지기도 했고, 마상 시합에서도 여러 번 지셨지요."

"그렇지만 질 때보다 이길 때가 많았어. 그리고 트라이던트에선 라에가르 왕자를 죽였지."

"그건 맞습니다." 학사가 인정했다. "하지만 이제 그만 인내심을 발휘하여 기다려주신 다보스 공에게 제 관심을 돌려야겠군요. 다에론 왕의 도르네 정복에 대해서는 내일 더 읽지요."

시린 공주와 소년들은 예의 바르게 작별 인사를 했다. 다들 나가고 나자 필로스 학사는 다보스에게 다가왔다. "수관님께서도 도르네 정복을 조금

시도해보시겠습니까?" 그는 얇은 가죽 장정본을 탁자 위로 밀었다. "다에론 왕은 우아하고 간결하게 글을 썼고, 그분의 역사에는 피와 전투와 용맹이 넘치지요. 아드님은 아주 열광하더군요."

"내 아들은 열두 살도 안 됐어요. 나는 왕의 수관입니다. 괜찮다면 편지를 또 한 통 주시지요."

"원하시는 대로 하지요." 필로스 학사는 탁자 위를 뒤지며 다양한 양피지 조각을 펼쳤다가 밀어냈다. "새로운 편지는 없군요. 예전 편지라도……."

다보스도 누구나처럼 재미있는 이야기를 좋아했지만, 스타니스가 재미있게 지내라고 그를 수관으로 임명했을 리는 없었다. 그의 최우선 의무는 왕의 통치를 돕는 것이고, 그러기 위해 그는 까마귀들이 가져오는 소식을 이해해야 했다. 뭔가를 배우기 위한 제일 좋은 방법은 그 일을 하는 것이었다. 돛을 다루는 일이든, 두루마리를 다루는 일이든 마찬가지였다.

"이거라면 목적에 맞을지 모르겠군요." 필로스가 편지 한 통을 건넸다.

다보스는 구깃구깃한 작은 네모꼴의 양피지를 펴놓고 가늘게 뜬 눈으로 작고 빽빽한 글씨를 들여다보았다. 읽기가 눈에 무리를 준다는 점은 일찍부터 알았다. 가끔은 시타델이 글씨를 제일 작게 쓰는 학사에게 우승 상금을 주는 게 아닐까 싶기도 했다. 필로스는 그 말을 듣고 웃음을 터뜨렸지만…….

"다섯…… 왕에게." 다보스는 '다섯'에서 잠시 머뭇거렸다. 글자로 적혀 있는 경우를 잘 보지 못해서였다. "장벽…… 너…… 너무?"

"너머." 학사가 바로잡았다.

다보스는 인상을 썼다. "장벽 너머의 왕이…… 남쪽으로…… 온다. 태……태……."

"대."

"대군…… 대군으로 야인들을 이끌고 온다. 모…… 모르…… 모르몬트 공이 기…… 기……."

"귀. 귀신 들린 숲입니다." 필로스가 손가락 끝으로 그 단어 아래에 줄을
그었다.

"……귀신 들린 숲에서 까마귀를 보냈다. 고…… 공격…… 공격받고
있다?"

"맞습니다."

그는 기뻐하며 힘들여 계속 읽었다. "그…… 그 후로 다른 새들이 편지
없이 왔다. 우리는…… 모르몬트가 모든…… 모든 병략…… 아니, 병력과
함께 죽은 게 아닌가 걱정이다. 모르몬트가 모든 병력과 함께 죽은 게 아닌
가 걱정이다……." 다보스는 지금 읽고 있는 게 무슨 내용인지 퍼뜩 깨달
았다. 그는 편지를 뒤집어보고, 붙어 있던 밀랍이 검은색이었음을 확인했
다. "이건 밤의 경비대에서 온 편지군요. 학사님, 스타니스 왕이 이 편지를
보셨습니까?"

"처음 도착했을 때 알레스터 공에게 가져갔습니다. 그때는 그분이 수관
이셨죠. 왕비님과 의논하셨을 겁니다. 제가 답장을 보낼지 여쭤보았더니 바
보짓 말라고 하시더군요. '전하께선 전하의 전투를 치를 병사도 부족하신
데, 야인들에게 낭비할 병력이 있겠느냐'고 하셨어요."

그건 사실이었다. 그리고 다섯 왕 운운하는 부분은 확실히 스타니스의
화를 돋웠을 것이다. "오직 굶주린 사람만이 거지에게 빵을 구걸하지." 그는
중얼거렸다.

"뭐라고 하셨습니까?"

"내 아내가 예전에 했던 말입니다." 다보스는 끝이 잘려나간 손가락으로
탁자를 두드렸다. 처음 장벽을 보았을 때 그는 데반보다 어렸고, 자갈고양
이호를 타고 로로 우호리스 밑에서 일하고 있었다. 로로 우호리스는 협해
위아래에서 '눈먼 사생아'로 알려져 있었지만, 실제로는 눈이 멀지도 않았

고 천출도 아니었다. 로로는 스카고스를 지나 '전율하는 바다'로 항해해 가서 무역선이라곤 본 적이 없는 작은 만 백여 곳을 방문했다. 그는 강철을, 그러니까 장검과 도끼와 투구와 질 좋은 쇠사슬 갑옷을 가져가서 모피, 상아, 호박, 흑요석과 바꿨다. 자갈고양이호가 남쪽으로 방향을 틀었을 때는 선창이 가득 차 있었지만, 바다표범만에서 검은 갤리선 세 척이 나타나더니 자갈고양이를 이스트워치로 몰아넣었다. 그들은 화물을 잃었고 눈먼 사생아는 야인들에게 무기를 팔았다는 죄목으로 머리통을 잃었다.

다보스는 밀수꾼 시절에 이스트워치에서 거래를 했었다. 검은 형제들은 적으로 두면 힘들었고 고객으로서는 좋았다. 딱 맞는 화물을 실은 배라면 말이다. 하지만 다보스는 그들의 돈을 받는 동안에도 눈먼 사생아의 머리통이 자갈고양이의 갑판을 구르던 모습을 잊지 않았다. 그는 필로스 학사에게 말했다. "어렸을 때 야인을 몇 명 만나봤습니다. 제대로 된 도둑들이면서 형편없는 흥정꾼들이었지요. 한 명이 우리 선실 여급과 달아나기도 했어요. 대체로 야인들은 여느 인간과 마찬가지로 보였습니다. 공정한 사람도 있고, 썩은 놈들도 있더군요."

"인간은 인간이지요." 필로스 학사가 맞장구를 쳤다. "편지 읽기로 돌아갈까요, 수관님?"

'그래, 난 왕의 수관이지.' 스타니스가 이름은 웨스테로스의 왕일지 몰라도, 실제로는 지도 탁자의 왕이었다. 그는 드래곤스톤과 스톰스엔드를 쥐고 있었고, 살라도르 산과 불안한 동맹을 맺고 있었다. 그게 전부였다. '어떻게 경비대가 스타니스 왕에게 도움을 요청할 수가 있지? 그분이 얼마나 약한지, 전투에서 어떻게 졌는지 모르는지도 몰라.' "스타니스 왕이 이 편지를 보지 못하신 게 확실합니까? 멜리산드레도요?"

"예. 그분들에게 이 편지를 가져가야 할까요? 지금이라도?"

"아닙니다." 다보스는 즉시 말했다. "알레스터 공에게 가져갔을 때 의무는 다한 겁니다." '멜리산드레가 이 편지에 대해 알았다면……' 그 여자가 뭐라고 했었지? '그 이름을 말해서는 안 되는 자가 힘을 모으고 있어요, 다보스 시워스. 곧 추위가 오고, 끝나지 않는 밤이 닥칠 것입니다……' 그리고 스타니스는 불길 속에서 환영을 보았다. 눈밭에서 공포스러운 것들에 둘러싸인 횃불의 원을.

"수관님, 괜찮으십니까?" 필로스가 물었다.

'난 두렵습니다, 학사.' 그렇게 말할 수도 있었다. 다보스는 살라도르 산이 해준 이야기를, 아조르 아하이가 사랑하는 아내의 심장을 찔러서 '빛의 인도자'를 담금질했다던 이야기를 떠올렸다. '아조르 아하이는 어둠과 싸우기 위해 아내를 죽였어. 스타니스가 아조르 아하이의 재림이라면, 에드릭 스톰이 니사 니사의 역할을 수행해야 하는 걸까?' "생각에 잠겨 있었습니다, 학사님. 죄송합니다." '야인 왕이 북부를 정복한들 무슨 해가 있겠어?' 스타니스가 북부를 쥔 것도 아니었다. 그를 왕으로 인정하길 거부한 사람들을 지켜줘야 할 이유가 없었다. "다른 편지를 주시지요." 그는 불쑥 말했다. "이 편지는 너무……."

"……어렵나요?" 필로스가 대신 말했다.

'곧 추위가 오고, 끝나지 않는 밤이 닥칠 것입니다……' 멜리산드레가 속삭였다. 다보스는 말했다. "……심란하군요. 너무…… 심란해요. 다른 편지로 부탁합니다."

몰스타운을 태우는 연기가 그들을 깨웠다.

존 스노우는 왕의 탑 꼭대기에서 아에몬 학사가 준 완충재를 댄 목발에 기대어 회색 연기 자락을 지켜보았다. 존이 도망쳤을 때 이미 캐슬블랙을 급습할 희망은 잃었겠지만, 그렇다 해도 스티르가 이렇게까지 대놓고 접근을 경고해줄 필요는 없었다. '우릴 죽일 수도 있겠지만, 아무도 침대에서 도살당하진 않을 거야. 내가 그 정도는 한 셈이군.' 그는 생각했다.

다리는 아직도 무게를 실으면 불에 덴 듯 아팠다. 오늘 아침에 새로 빤 검은 옷을 입고 장화 끈을 매기 위해 클라이다스의 도움을 받아야 했고, 겨우 그 일을 끝냈을 때는 양귀비즙에 빠져 죽고 싶어졌다. 그러나 그는 드림와인 반 잔을 마시고 버드나무 껍질을 씹고 목발을 짚었다. 웨더백 능선에 봉화가 타고 있었고, 밤의 경비대에는 손이 하나라도 더 필요했다.

"난 싸울 수 있어요." 존은 사람들이 말리려 들자 그렇게 주장했다.

"다리가 다 나았나 보지?" 노이는 코웃음을 쳤다. "그렇다면 내가 살짝 차도 괜찮겠지?"

"안 그러면 좋긴 하겠네요. 뻐근하긴 하지만 절뚝거려도 잘 돌아다닐 수 있어요. 필요하면 서서 싸울 수도 있고."

"창의 어느 쪽을 야인에게 꽂아야 하는지 아는 사람이라면 전부 다 필요해."

"그야 뾰족한 쪽이죠." 존은 언젠가 어린 여동생에게 그 비슷한 말을 했던 것을 기억했다.

도날 노이는 까슬까슬한 턱을 문질렀다. "싸울 수도 있겠지. 장궁을 들려서 탑에 올려주마. 거기서 떨어지더라도 울면서 날 찾아오진 말아라."

그는 돌투성이의 갈색 들판을 뚫고 바람이 몰아치는 언덕을 넘어 남쪽으로 구불구불 이어지는 왕의 가도를 볼 수 있었다. 마그나는 오늘이 다가기 전에 그 길로 올라올 것이다. 손에는 도끼와 창을 들고 등에는 청동과 가죽으로 만든 방패를 멘 텐족이 그 뒤를 따라올 것이다. '염소 그리그, 쿠오트, 종깃덩어리, 그리고 나머지 야인들도 같이 오겠지. 그리고 이그리트도.' 야인들은 그의 친구였던 적이 없었다. 친구로 받아들이지 않았다. 그러나 이그리트는…….

그녀의 화살이 살과 근육을 뚫고 박혔던 허벅지가 욱신거렸다. 그는 그때 노인의 눈동자도, 그리고 머리 위에서 천둥이 치는 동안 노인의 목에서 뿜어져 나오던 검은 피도 기억했다. 하지만 무엇보다도 그 작은 동굴을, 횃불 빛에 비치던 그녀의 벌거벗은 몸을, 그의 입술 아래 열리던 그녀의 입과 그 맛을 기억했다. '이그리트, 오지 마. 남쪽으로 가서 약탈을 하고, 네가 그렇게 좋아하던 둥근 탑을 하나 골라서 숨어. 여기에선 죽음밖에 찾지 못할 거야.'

마당 저편에서는 낡은 플린트 막사 지붕에 올라선 궁수들 중 하나가 바지 끈을 풀고서 활 구멍에 대고 오줌을 쌌다. '멀리로군.' 떡 진 오렌지색 머리로 누구인지 알아보았다. 다른 지붕과 탑 위에도 검은 망토를 걸친 남자들이 보였지만, 열에 아홉은 지푸라기로 만든 허수아비였다. "허수아비 파수병이지." 도날 노이는 그들을 그렇게 불렀다. '까마귀가 세운 허수아비라니. 심지어 겁을 먹을 대로 먹은 까마귀들이.' 존은 생각했다.

뭐라고 부르건 간에, 그 지푸라기 병사들은 아에몬 학사의 생각이었다. 어차피 창고에는 입을 사람보다 훨씬 많은 바지와 조끼와 튜닉이 있으니, 그 속에 짚을 채우고 검은 망토를 입혀서 파수병으로 세우면 안 될 게 뭔가? 도날 노이는 그것들을 탑마다 세우고 창문 중에 절반을 채웠다. 심지어 창을 쥐거나 옆구리에 노궁을 낀 병사도 있었다. 텐족이 멀리서 보고 캐슬블랙의 방어 상태가 너무 좋으니 공격하기 어렵다고 생각해주길 희망할 뿐이었다.

존은 실제로 숨을 쉬는 형제 둘과 허수아비 여섯과 함께 왕의 탑 지붕에 있었다. 귀머거리 딕 폴라드는 활 구멍에 앉아서 바퀴가 매끄럽게 돌아가도록 꼼꼼하게 노궁을 청소하고 기름칠하고 있었고, 올드타운에서 온 청년은 쉴 새 없이 흉벽을 돌면서 지푸라기 병사들의 옷을 만지작거렸다. '자세를 잘 잡아두면 저 인형들이 더 잘 싸울 거라 생각하나 보지. 아니면 이 기다림이 나만큼이나 저 녀석의 신경도 너덜너덜하게 만들고 있거나.'

그 청년은 존보다 나이가 많으며 열여덟 살이라고 주장했지만, 그래봤자 여름풀만큼이나 풋내기였다. 밤의 경비대의 모직 옷과 가죽 방호구와 사슬 갑옷을 걸치고 있어도 다들 그 청년을 새틴이라고 불렀다. 나고 자란 매춘굴에서 얻은 이름이었다. 검은 눈과 매끈한 피부, 까마귀 같은 곱슬머리가 여자애처럼 예뻤다. 그러나 캐슬블랙에서 반년을 지내면서 손이 단단해졌고, 도날 노이는 새틴이 노궁을 잡을 만하다고 했다. 그러나 다가올 일을 마주할 용기가 있느냐는…….

존은 목발을 짚고 탑 위를 절뚝절뚝 걸었다. 왕의 탑은 캐슬블랙에서 제일 높은 탑은 아니었다. 제일 높다는 영예는 높고 가늘고 무너져가는 '기마창'이 쥐고 있었으나, 오텔 야윅은 그 탑이 언제 무너질지 모른다고 했다. 왕의 탑은 가장 튼튼한 탑도 아니었다. 왕의 가도 옆에 선 '위병 탑'이 깨부수기는 더 힘든 탑이었다. 하지만 왕의 탑은 어지간히 높고 어지간히 튼튼했으며, 장벽 옆에 자리를 잘 잡고 장벽 문과 나무 계단 아래를 내려다보고 있었다.

존은 처음 캐슬블랙을 직접 보았을 때, 성벽이 없는 성을 짓다니 왜 그렇게 멍청했을까 생각했었다. 벽도 없이 어떻게 방어를 할 수 있단 말인가?

"방어할 수 없지." 숙부는 그렇게 말했다. "그게 핵심이야. 밤의 경비대는 왕국의 다툼에 관여하지 않겠다고 맹세했다. 그러나 몇 세기가 흐르는 동안 현명하기보다 교만한 사령관들이 서약을 잊고 야심을 부려 우리 모두를 파멸시킬 뻔했어. 런셀 하이타워 사령관은 유언으로 경비대를 자기 서자에게 넘겨주려고 했지. 로드릭 플린트 사령관은 스스로 장벽 너머의 왕이 되려고 했고. 트리스탄 머드, 미친 마크 랜켄펠, 로빈 힐…… 600년 전에는 스노우게이트와 나이트포트의 지휘관들이 서로 전쟁을 벌였다는 사실을 알고 있느냐? 그리고 총사령관이 막으려 들자 둘이 힘을 합쳐 사령관을 살해했다는 사실은? 윈터펠의 스타크가 개입해서…… 둘의 머리를 베어야 했어. 스타크는 쉽게 그 일을 해냈지. 그들의 성채가 방어에 적합하지 않았기 때문이야. 밤의 경비대는 제오 모르몬트 이전에 996명의 총사령관을 두었고, 대부분은 용기와 명예를 지닌 이들이었지만…… 우리에겐 비겁자와 바보도 있었고, 우리 나름의 독재자와 미치광이도 겪었다. 우리가 살아남은 것은, 칠왕국의 영주들과 왕들이 누가 우리를 이끌건 간에 우리는 그들에게 위협이 되지 않는다는 사실을 알기 때문이야. 우리의 적은 북쪽에만 있고, 북쪽에는 장벽이 있지."

존은 생각했다. '다만 이제는 그 적들이 장벽을 지나 남쪽에서 오고 있고, 칠왕국의 영주들과 왕들은 우리를 잊어버렸지. 우린 망치와 모루 사이에 끼었어.' 벽이 없는 캐슬블랙은 지킬 수 없었다. 도날 노이도 누구 못지

않게 아는 사실이었다. 그는 얼마 안 되는 수비군에게 말했다. "성은 그놈들에게 아무 소용이 없다. 주방, 휴게실, 마구간, 탑까지…… 다 가지라고 해. 우린 무기고를 비우고 장벽 위로 올릴 수 있는 저장품은 옮긴 후에 장벽 문 주위에서 방어한다."

그래서 캐슬블랙에도 결국 벽 비슷한 것이 생겼다. 저장품으로 초승달 모양의 3미터짜리 방벽을 세웠는데, 못이 든 궤짝과 소금에 절인 양고기 통, 나무 상자, 검은색 모직물 더미, 쌓아 올린 장작, 잘라낸 목재, 불로 달군 말뚝, 그리고 곡식 자루들을 쌓아서 만들었다. 이 조잡한 방벽은 꼭 지켜야 할 두 가지를 감싸고 있었다. 북쪽으로 나가는 문과, 얼음 속 깊이 박힌 나무줄기 같은 큰 기둥들의 지지를 받으며 비틀거리는 번개처럼 지그재그로 장벽 표면을 타고 올라가는 거대한 나무 계단의 시작점이었다.

몰스타운(Mole's town, 두더지 마을)의 마지막 두더지 몇 명이 형제들의 재촉을 받아가며 아직까지 계단을 오르고 있는 모습이 보였다. 그렌은 어린아이를 품에 안고 있었고, 두 층 아래의 핍은 노인을 부축해 오르고 있었다. 가장 나이 많은 마을 사람들은 아직도 쇠 우리가 다시 내려오기를 기다리고 있었다. 존은 한 어머니가 두 아이를 양쪽 손에 하나씩 잡고 이끄는 사이, 조금 더 나이가 많은 소년은 그녀를 지나쳐서 계단을 달려 올라가는 모습을 보았다. 그들로부터 60미터 위에서는 '하늘색 수'와 '숙녀 멜리아나'(그녀의 친구들은 모두 그녀가 숙녀가 아니라고 입을 모았지만)가 층계참에 서서 남쪽을 보고 있었다. 그들에게는 연기가 더 잘 보일 터였다. 존은 달아나지 않기로 한 마을 사람들은 어떻게 됐을까 생각했다. 언제나 달아나기엔 너무 고집스럽거나 너무 멍청하거나 너무 용감한 사람들, 달아나느니 싸우거나 숨거나 무릎을 굽히겠다고 생각하는 사람이 있기 마련이었다. 텐족이 과연 그들을 살려줄까.

'그놈들을 공격했어야 했어.' 존은 생각했다. '말에 오른 순찰자 50명만 있어도 도로에서 차단할 수 있었어.' 하지만 그들에겐 50명의 순찰자도 없었고 말은 20마리도 없었다. 수비군은 아직 돌아오지 않았고, 그들이 지금 어디에 있는지는 물론이고 도날 노이가 수비군에게 보낸 기수들이 어디에 있는지조차 알 길이 없었다.

'우리가 수비군이야.' 존은 스스로에게 말했다. '그런데 이 꼴을 봐.' 보웬 마시가 뒤에 남겨둔 형제들은 도날 노이가 경고한 대로 늙은이와 불구자와 풋내기였다. 존은 그중 몇 명이 낑낑거리며 계단 위로 통을 올리는 모습과, 다른 몇 명이 방책을 쌓는 모습을 볼 수 있었다. 언제나 느린 뚱뚱한 늙은 '맥주 통', 나무 의족을 달고 활기차게 깡충거리는 '남는 장화', 자기가 광대 플로리안의 재림인 줄 아는 반쯤 미친 이지, 도르네인 딜리, 장미 숲의 붉은 알린, 젊은 헨리(쉰 살이 훌쩍 넘었다), 늙은 헨리(일흔 살이 훌쩍 넘었다), 털북숭이 할, 메이든풀의 점박이 페이트. 몇 명이 왕의 탑에서 내려다보는 존을 보고 손을 흔들었다. 몇 명은 그를 외면했다. '아직도 내가 변절자라고 생각하는군.' 입맛이 썼지만, 존은 그들을 나무랄 수 없었다. 결국 그는 사생아였다. 다들 사생아는 육욕과 기만으로 태어나, 본성이 변덕스럽고 믿을 수 없다는 것을 알고 있었다. 그리고 존은 캐슬블랙에서 친구만이 아니라 적도 많이 만들었다……. 래스트만 해도 그랬다. 존은 언젠가 샘웰 탈리를 그만 괴롭히지 않으면 고스트를 시켜서 목을 찢어버리겠다고 그를 협박한 적이 있었고, 래스트가 그런 일을 잊지는 않았을 것이다. 래스트는 지금 마른 낙엽을 모아서 계단 아래에 쌓고 있지만, 한 번씩 멈춰 서서 존에게 기분 나쁜 시선을 던졌다.

"아니야." 아래쪽에서 도날 노이가 몰스타운에서 온 남자 세 명에게 고함을 쳤다. "역청은 승강기로, 기름은 계단 위로, 노궁 화살은 4층, 5층, 6층 층계참으로, 창은 1층과 2층 층계참으로 보내. 라드는 계단 아래에, 그래, 거기, 판자 뒤에 쌓아. 고기 통은 방책으로 가고. 지금 날라, 이 쟁기나 미는 바보들아, 당장!"

'노이는 영주의 목소리를 가졌어.' 존은 생각했다. 아버지는 언제나 전투 중에는 지휘관의 검술 실력 못지않게 폐활량이 중요하다고 했었다. "명령을 들을 수가 없다면, 그 사람이 얼마나 용감하건 똑똑하건 소용이 없어." 에다드 공이 아들들에게 그렇게 말했기에, 롭과 존은 윈터펠의 탑을 올라서 마당을 사이에 두고 서로에게 소리를 지르곤 했었다. 도날 노이는 롭과 존의 목소리를 다 묻어버릴 정도로 목소리가 컸다. 몰스타운 사람들은 모두 그를 무서워했는데, 노이가 언제나 머리통을 떼어버리겠다고 하고 다녔으니 무서워하는 게 당연했다.

몰스타운의 마을 사람 4분의 3은 존의 경고를 받아들여 캐슬블랙으로 피난했다. 도날 노이는 아직 창을 쥐거나 도끼를 휘두를 힘이 있는 남자들은 모두 방책 수비를 돕든가, 그걸 못 하겠으면 집으로 돌아가서 텐족에게 도박을 걸어봐도 된다고 선언했다. 그는 무기고를 털어 그들의 손에 질 좋은 무기를 쥐어주었다. 대형 양날 도끼, 면도날처럼 날카로운 단검, 장검, 철곤, 대못이 박힌 철퇴까지. 징 박힌 가죽조끼와 쇠사슬 갑옷을 입고, 다리에 정강이받이를 차고 머리통을 어깨 위에 붙여두기 위한 목가리개까지 차니 몇 사람은 병사처럼 보이기도 했다. '흐린 빛 속에서 슬쩍 보면 말이지.'

도날 노이는 여자와 아이에게도 일을 시켰다. 싸우기엔 너무 어린 아이들은 물을 나르고 불을 살피고, 몰스타운의 산파는 클라이다스와 아에몬 학사를 도와 부상자를 돌볼 것이며, 세 손가락 홉에게는 갑자기 꼬챙이를 맡고 주전자를 젓고 양파를 썰 조수들이 어떻게 해야 할지 모를 정도로 늘어났다. 창녀 두 명은 싸우겠다고 나서기까지 했고, 120미터 위 계단에 위치를 배정받을 만한 노궁 기술도 선보였다.

"춥네." 새틴은 망토 겨드랑이에 두 손을 끼우고 서 있었다. 두 뺨이 빨갛게 달아올랐다.

존은 억지로 미소를 지었다. "추운 건 서리엄니산맥이지. 이건 상쾌한 가을 날씨야."

"그렇다면 평생 서리엄니를 볼 일은 없었으면 좋겠네. 올드타운에 있을 때 와인에 얼음 넣기를 좋아하는 여자애를 알았거든. 얼음이 있기 제일 좋은 데는 거기 같아. 와인 속." 새틴은 남쪽을 흘긋 보고 얼굴을 찌푸렸다. "허수아비 파수병들이 놈들을 쫓아준 걸까?"

"희망은 품을 수 있지." 불가능한 이야기는 아니었지만…… 그보다는 야인들이 몰스타운에서 강간과 약탈을 하느라 잠시 멈췄을 가능성이 더 높았다. 아니면 스티르가 어둠을 틈타서 움직이려고 밤을 기다리는지도 몰랐다.

정오가 지나도록 왕의 가도에는 텐족의 흔적도 보이지 않았다. 하지만 탑 안에서는 발소리가 들려왔고, 계단을 오르느라 얼굴이 벌게진 미련퉁이 오언이 뚜껑 문 밖으로 불쑥 나타났다. 한쪽 팔에는 빵 바구니를, 반대쪽 팔에는 치즈 덩어리를 끼고 한 손에는 양파 주머니를 달랑거리고 있었다. "홉이 밥 먹이랬어. 여기 한동안 붙어 있을 때를 대비해서."

'아니면 우리의 마지막 식사겠지.' "고맙다고 전해줘, 오언."

딕 폴라드는 돌덩이처럼 귀가 먹었지만 코는 멀쩡했다. 딕이 바구니에 손을 넣어 하나를 끄집어낼 때도 둥근 빵은 오븐의 온기로 따끈따끈했다. 그는 버터도 찾아내서 단검으로 빵에 발랐다. "건포도가 들었어." 딕은 행복하게 말했다. "견과류도." 딕의 발음은 분명치 않았지만, 일단 익숙해지고 나면 이해하기 쉬웠다.

"내 것도 먹어도 돼. 배고프지 않아." 새틴이 말했다.

"먹어." 존이 말했다. "또 언제 기회가 올지 몰라." 그는 둥근 빵을 두 개 먹었다. 견과류라고 한 것은 잣이었고, 건포도 외에 말린 사과 조각도 들어가 있었다.

"야인들이 오늘 올까요, 스노우 나리?" 오언이 물었다.

"오면 알게 될 거야. 나팔 소리가 들리나 귀를 기울이고 있어." 존이 말했다.

"두 번. 야인이 오면 두 번이죠." 오언은 담황색 머리에 키가 크고 붙임성 있었으며, 지치지 않는 일꾼인 데다 나무일을 하거나 투석기를 고치거나 할 때는 놀라울 정도로 손재주가 있었지만, 스스로가 기꺼이 말해주기로 아기 때 어머니가 머리부터 떨어뜨리는 바람에 지력의 절반은 귀로 새어 나가버렸다고 했다.

"어디로 가야 하는지는 기억해?" 존이 물었다.

"도날 노이가 나보고 계단으로 가랬어요. 난 3층 층계참으로 올라가서, 야인들이 방책을 넘어오려고 하면 노궁으로 쏠 거예요. 3층 층계참요. 하나, 둘, 셋." 그는 머리를 끄덕거렸다. "야인들이 공격하면 왕이 와서 도와주겠죠, 그렇죠? 왕은 엄청난 전사예요, 로버트 왕요. 분명히 올 거예요. 아에몬 학사님이 새를 보냈어요."

그에게는 로버트 바라테온이 죽었다는 말을 해봐야 소용없었다. 전에도 잊어버렸고 이번에도 잊어버릴 것이다. "아에몬 학사님이 새를 보내셨지." 존은 맞장구를 쳤다. 그래주면 오언이 행복해하는 것 같았다.

아에몬 학사는 많은 새를 날려 보냈다⋯⋯. 한 왕이 아니라 네 왕에게 보냈다. 편지 내용은 이러했다. '야인들이 문 앞에 있습니다. 왕국이 위험합니다. 가능한 모든 도움을 캐슬블랙으로 보내주십시오.' 까마귀들은 올드타운과 시타델같이 먼 곳까지도 날아갔고, 강력한 영주 50여 명의 성에도 날아갔다. 북부의 영주들이 가장 큰 희망이었기에, 그들에게는 두 마리씩 보냈다. 엄버와 볼턴에게, 세르윈 성과 토르헨스퀘어에, 카홀드와 딥우드모트에, 곰섬, 올드캐슬, 위도스위치, 화이트하버, 배로턴, 그리고 개울 지대에, 산속에 사는 리들과 벌리와 노리와 하클레이와 월 씨족의 요새들까지 검은 새들이 호소하는 편지를 가져갔다. '야인들이 문 앞에 있습니다. 왕국이 위험합니다. 모든 병력을 이끌고 와주십시오.'

까마귀에게는 날개가 있을지 몰라도, 영주와 왕에게는 날개가 없다. 설령 도움이 온다 해도 오늘 오지는 않을 터였다.

오전이 오후로 넘어가면서 몰스타운에서 오르던 연기는 날아가고 남쪽 하늘은 다시 맑아졌다. '구름이 없군.' 존은 생각했다. 다행이었다. 비나 눈이 오면 모두 끝일 수도 있었다.

클라이다스와 아에몬 학사는 권양기로 움직이는 우리를 타고 안전하게 장벽 꼭대기에 올라가 있었고, 몰스타운의 여자들도 거의 그랬다. 검은 망토를 걸친 남자들이 탑 위를 분주하게 걸어 다니며 마당 너머로 서로에게 소리를 질렀다. 셀라다르 성사는 방책에 있는 남자들을 이끌고 기도를 드리며, 전사 신에게 힘을 달라고 간구하고 있었다. 귀머거리 딕 폴라드는 망토를 덮고 웅크린 채 잠들었다. 새틴은 요철 성곽 안을 돌고 돌고 또 돌며 천 리를 걸었다. 장벽은 눈물을 흘렸고 태양은 새파란 하늘을 기어가듯 움직였다. 저녁이 다 되자 미련퉁이 오언이 흑빵 한 덩어리와 홉이 제일 잘하는 요리인 걸쭉한 양파와 에일 수프에 넣어 요리한 양고기를 한 통 가지고 다시 왔다. 딕도 그 냄새에는 깨어났다. 그들은 양고기를 남김없이 먹고 빵 조각으로 통 바닥을 닦았다. 다 먹었을 무렵에는 해가 서쪽에 낮게 걸렸고, 캐슬블랙 전체에 날카로운 검은 그림자가 드리웠다. 존은 새틴에게 말했다. "불을 피우고, 주전자에 기름을 채워."

존은 문에 빗장을 지를 겸, 뻣뻣한 다리를 좀 움직여볼 겸 아래층으로 내려갔다. 존도 그게 실수라는 것을 곧 알아차렸지만, 그래도 그는 목발을 움켜쥐고 하려던 일을 해냈다. 왕의 탑으로 들어가는 문은 쇠 징이 박힌 참나무였다. 텐족을 지연시킬 수는 있겠지만, 들어오려고 한다면 막지는 못할 터였다. 존은 빗장을 지르고, 변소에 갔다가 —이게 마지막 기회일 수도 있었다 ― 통증에 얼굴을 찌푸리며 절뚝절뚝 지붕으로 다시 올라갔다.

서쪽 하늘은 피멍색으로 변했지만 머리 위 하늘은 새파랗다가 자주색으로 변해갔고, 별이 나오고 있었다. 존은 허수아비 하나를 벗 삼아서 요철 사이에 앉아 '종마'가 하늘을 달리는 모습을 바라보았다. '아니면 뿔 달린 왕인가?' 고스트는 지금 어디에 있을까 궁금했다. 이그리트에 대해서도 생각했다가, 스스로에게 미친 짓이라고 말했다.

물론 그들은 밤에 왔다. '도둑들처럼.' 존은 생각했다. '살인자들처럼.'

나팔 소리가 울리자 새틴은 오줌을 싸버렸지만, 존은 못 본 척했다. "가서 딕의 어깨를 잡고 흔들어." 그는 올드타운 청년에게 말했다. "안 그러면 싸움 내내 잘 수도 있어."

"난 무서워." 새틴의 얼굴은 무섭도록 하얘졌다.

"저들도 그래." 존은 목발을 성곽 요철에 기대어놓고 장궁을 집어 들어, 매끈하고 굵은 도르네 주목을 구부려서 홈에 활시위를 걸었다. "확실하게 맞힌다는 보장이 없을 때는 화살을 낭비하지 마." 그는 새틴이 딕을 깨우고 돌아오자 말했다. "이 위에 화살이 넉넉하게 있기는 하지만, 넉넉하다는 게 무궁무진하다는 뜻은 아니야. 그리고 장전할 때는 요철 뒤로 들어가고. 허수아비 뒤에 숨으려고 하면 안 돼. 지푸라기로 만들었으니 화살이 뚫고 들어올 거야." 딕 폴라드에게는 굳이 지시하지 않았다. 딕도 어둡지 않으면 입술을 읽을 수 있었고 남이 하는 말에 신경도 썼지만, 딕은 이미 다 아는 이야기였다.

세 사람은 둥근 탑 삼면에 위치를 잡았다.

존은 허리에 화살통을 걸고 화살을 하나 뽑았다. 화살대는 검은색이었고, 화살 깃은 회색이었다. 존은 시위에 화살을 메기면서 언젠가 테온 그레이조이가 사냥을 하고 나서 했던 말을 떠올렸다. "멧돼지한테는 엄니가 있고 곰한테는 발톱이 있지." 테온은 늘 짓던 미소를 지으며 말했었다. "그래도 회색 거위의 깃털처럼 치명적인 건 없어."

존의 사냥 실력은 테온의 절반에도 미치지 못했지만, 그렇다고 장궁이 손에 설지는 않았다. 돌벽에 등을 붙이고 무기고 주위를 도는 어두운 그림자들이 보였지만, 화살 하나를 낭비할 만큼 잘 보이지는 않았다. 멀리서 고함 소리가 들렸고, 위병 탑에 있던 궁수들이 땅바닥을 향해 화살을 날리는 모습이 보였다. 존에게 영향을 미치기엔 너무 멀었다. 하지만 50미터쯤 떨어진 옛 마구간에서 벗어나는 세 명의 그림자를 보았을 때는 존도 활 구멍으로 움직여서 활을 들고, 시위를 당겼다. 상대가 달리고 있었기에 존은 그대로 기다리고, 기다리다가…….

화살은 조용한 쉭 소리를 내며 시위를 떠났다. 다음 순간 끙 소리가 나더니, 마당을 뛰어가는 그림자가 둘밖에 남지 않았다. 그 둘은 더 빨리 달렸지만, 존은 이미 화살통에서 두 번째 화살을 뽑은 후였다. 이번에는 너무 서두르는 바람에 화살이 빗나갔다. 다시 화살을 메겼을 때는 야인들이 사라지고 없었다. 그는 다른 표적을 찾다가 텅 빈 '사령관의 탑' 주위를 서둘러 도는 네 명을 발견했다. 달빛이 그들의 창과 도끼에 반사되어 어른거리고, 둥근 방패에 그려진 불쾌한 그림들을 비췄다. 해골과 뼈다귀, 구렁이, 곰 발톱, 흉하게 일그러진 악마의 얼굴들……. '자유민들이야.' 텐족은 청동 테와 돌출 장식을 붙인 검은색 가죽 방패를 들고 다니는 데다가, 방패에 아무 장식도 하지 않았다. 이것들은 야인 약탈자들이 쓰는 좀 더 가벼운 버들고리 방패였다.

존은 거위 깃털이 귀에 닿도록 시위를 당기고, 조준하고, 화살을 놓은 다음 다시 메기고, 당겼다가 놓았다. 첫 번째 화살은 곰 발톱 방패를 꿰뚫었고, 두 번째는 목을 꿰뚫었다. 그 야인은 비명을 지르며 쓰러졌다. 왼쪽에서 귀머거리 딕의 노궁이 낮은 소리를 울렸고, 잠시 후에는 새틴의 노궁이 울었다. "한 명 잡았어!" 소년이 쉰 목소리로 외쳤다. "한 명 가슴에 맞혔어."

"하나 더 잡아." 존은 외쳤다.

이제는 표적을 찾을 필요가 없었다. 고르기만 하면 되었다. 존은 화살을 메기고 있던 야인 궁수 하나를 쓰러뜨린 다음, '하딘의 탑' 문을 부수던 도끼잡이에게 화살을 쏘았다. 화살은 빗나갔지만, 그 야인은 참나무에 박혀서 부르르 떨리는 화살을 보고 다시 생각한 모양이었다. 존은 그 남자가 달아날 때가 되어서야 종깃덩어리라는 사실을 알아보았다. 반 박자 후, 플린트 막사 지붕에 있던 늙은 멀리가 종깃덩어리의 다리에 화살을 박았고, 종깃덩어리는 피를 흘리며 뺐다. '이제 부스럼에 대한 불평은 그만하겠군.' 존은 생각했다.

존은 화살통이 비자 새 화살통을 챙겨서 다른 활 구멍으로 이동해 귀머거리 딕 폴라드와 나란히 섰다. 존은 귀머거리 딕이 한 번 쏠 때마다 화살을 세 번씩 날렸지만, 그건 장궁의 장점이었다. 노궁이 관통력은 더 좋다고도 했지만 아무래도 더 느리고 다시 장전하기가 성가셨다. 야인들이 서로에게 고함을 지르는 소리가 들리더니, 서쪽 어딘가에서 전투 나팔 소리가 울렸다. 세상은 달빛과 어둠으로 이루어졌고, 시간은 끝없이 메기고 당기고 놓는 순환이 채웠다. 야인의 화살 하나가 옆에 선 지푸라기 파수병의 목을 찢었지만, 존 스노우는 알아차리지도 못했다. '텐족의 마그나를 한 번만 확실히 쏘게 해주세요.' 그는 아버지의 신들에게 기도했다. 마그나는 존이 미워할 수 있는 적이었다. '제게 스티르를 주세요.'

손가락이 뻣뻣하게 굳고 엄지에서는 피가 났지만, 그래도 존은 화살을 메기고 당기고 놓았다. 불덩이가 보여서 돌아보니 휴게실 문에 불이 붙어 있었다. 그 거대한 목조건물 전체가 타오르는 것도 순식간이었다. 세 손가락 홉과 그의 몰스타운 조수들이 장벽 위에 안전하게 가 있다는 걸 아는데도 배를 한 대 맞은 기분이었다. "존." 귀머거리 딕이 불분명한 발음으로 외쳤다. "무기고." 놈들이 지붕 위에 있었다. 하나는 횃불을 들고 있었다. 딕이 더 잘 쏘려고 활 구멍으로 훌쩍 뛰더니 노궁을 어깨에 걸고 횃불을 든 남자에게 화살을 날렸다. 그는 빗맞혔다.

아래쪽에 있던 궁수는 빗맞히지 않았다.

딕 폴라드는 소리 하나 내지 않고, 난간 너머로 머리부터 넘어갔다. 아래 마당까지는 30미터였다. 존은 쿵 소리를 들으면서 화살이 어디에서 날아왔는지 보려고 지푸라기 병사 너머를 내다보았다. 귀머거리 딕의 시체에서 3미터도 떨어지지 않은 곳에 가죽 방패와 너덜너덜한 망토, 숱 많은 붉은 머리카락이 보였다. '불의 입맞춤을 받은 머리카락. 행운의 상징.' 그는 활을 들어 올렸지만, 손가락이 떨어지지 않았고 그녀는 나타났을 때처럼 획 사라져버렸다. 그는 욕을 하며 몸을 돌려 대신 무기고 지붕에 보이는 남자들에게 화살을 날렸지만, 그것도 제대로 맞히지 못했다.

그 무렵에는 동쪽 마구간에도 불이 붙어서 검은 연기와 불타는 건초 조각들이 쏟아져 나오고 있었다. 지붕이 무너지면서 솟아오른 불길의 포효가 어찌나 큰지, 텐족의 전투 나팔 소리마저 묻어버릴 지경이었다. 텐족 50명이 머리 위로 방패를 들어 올리고 바짝 붙어서 왕의 가도를 달려오고 있었다. 채소밭을 뚫고, 판석 마당을 건너, 오래된 마른 우물 주위로도 다른 이들이 우글우글 다가왔다. 세 명은 까마귀 방을 얹은 목재 요새의 아에몬 학사 거처 문을 부쉈고, '침묵의·탑' 위에서는 장검과 청동 도끼가 맞붙는 필사적인 전투가 벌어지고 있었다. 그 무엇도 중요하지 않았다. '춤판이 이동했군.' 그는 생각했다.

존은 절뚝거리며 새틴에게 가서 어깨를 잡고 외쳤다. "같이 가자." 둘은 북쪽 난간으로, 왕의 탑에서 장벽 문과 도날 노이가 통나무와 나무통과 옥수수 자루를 쌓아서 만든 임시 벽이 내려다보이는 위치로 이동했다. 텐족이 먼저 도착했다.

그들은 반투구를 썼고, 긴 가죽 셔츠에 얇은 청동 원반을 꿰매어 붙인 차림새였다. 많은 수가 청동 도끼를 휘둘렀지만 몇 명은 이가 나간 돌 도끼를 썼다. 짧은 창을 든 텐족이 더 많았다. 나뭇잎 모양의 창 촉이 불타는 마구간의 불빛을 받아 붉게 빛났다. 그들은 옛 언어로 소리를 지르며 방책을 급습, 도날 노이가 계단 위에 배치한 궁수들이 노궁과 장궁 화살을 퍼붓는 가운데 창을 찌르고 청동 도끼를 휘두르며 옥수수와 피를 엇비슷하게 쏟았다.

"어떻게 하지?" 새틴이 외쳤다.

"저놈들을 죽여야지." 존은 손에 검은 화살을 들고 마주 외쳤다.

궁수들에게 이보다 더 쉬운 과녁은 없었다. 텐족은 초승달 모양의 방책으로 돌진해서 검은 옷을 입은 남자들에게 가려고 부대와 통을 기어오르면서 왕의 탑에는 등을 보이고 있었다. 존과 새틴은 우연히도 같은 표적을 골랐다. 그 남자는 방책 꼭대기에 도달한 순간에 목에 장궁 화살을 맞고, 어깨뼈 사이에 노궁 화살이 박혔다. 반 박자 후에 장검 하나가 남자의 배를 찔렀고 그는 뒤에 있던 남자 위로 떨어졌다. 존은 화살통에 손을 뻗었다가 다시 통이 비었음을 알아차렸다. 새틴은 노궁을 다시 감고 있었다. 존은 새틴을 내버려두고 화살을 더 가지러 갔지만, 세 걸음도 옮기기 전에 1미터 앞에서 쾅 소리를 내며 뚜껑 문이 열렸다. '젠장, 문이 부서지는 소리도 못 들었어.'

생각을 하거나 계획을 하거나 도움을 청할 시간이 없었다. 존은 활을 떨구고 어깨 너머로 손을 뻗어 '긴 발톱'을 검집에서 빼낸 후, 탑에 처음 올라온 머리통 한가운데에 박아 넣었다. 청동은 발리리아 강철에 상대가 되지 않았다. 검날은 그 텐족의 투구를 쪼개고 두개골 깊숙이 박혔고, 그 남자는 왔던 길로 굴러떨어졌다. 고함 소리를 들은 존은 그 뒤에 다른 사람이 몇 명 더 있음을 알고 물러서면서 새틴을 불렀다. 다음에 올라온 남자는 뺨에 노궁 화살이 박혀서 사라졌다. "기름." 존이 말하고, 새틴은 고개를 끄덕였다. 둘은 불 옆에 놓아둔 두꺼운 누비 천 조각을 잡아채 같이 무거운 끓는 기름 주전자를 들어 올린 다음, 구멍 아래 텐족들에게 부었다. 뒤이어 올라온 비명은 존이 이제껏 들은 어떤 비명보다 더 끔찍했고, 새틴은 토할 것 같은 얼굴이었다. 존은 뚜껑 문을 걸어차서 닫은 다음, 무거운 쇠 주전자를 그 위에 놓고 예쁘장한 청년을 거세게 흔들었다. "구역질은 나중에 해." 존은 외쳤다. "가자."

난간을 떠난 지 몇 분밖에 지나지 않았건만, 아래쪽은 모든 게 달라져 있었다. 검은 형제 십여 명과 몰스타운 남자 몇 명이 아직 상자와 나무통 위에 서 있기는 했지만, 야인들이 초승달 위에 벌 떼같이 몰려들어 그들을 밀어내고 있었다. 존은 야인 하나가 래스트의 배에 창을 세게 밀어 넣어 허공에 들어 올리는 모습을 보았다. 젊은 헨리는 죽었고 늙은 헨리는 적에게 둘러싸여 죽어가고 있었다. 이지가 미치광이처럼 웃으면서 빙빙 돌고 칼질을 하는 모습을 볼 수 있었다. 망토를 펄럭이며 이 통에서 저 통으로 뛰어다니던 이지의 무릎 바로 아래에 청동 도끼가 박혔고, 웃음소리는 부글거리는 비명 소리로 변했다.

"무너지고 있어." 새틴이 말했다.

"아니." 존이 말했다. "무너졌어."

일은 빠르게 벌어졌다. 두더지 하나가 달아나고 또 하나가 달아나더니, 갑자기 마을 사람 전원이 무기를 던지고 방책을 버리고 도망쳤다. 검은 형제들끼리 버티기엔 수가 너무 적었다. 존은 형제들이 대형을 갖추어 제대로 후퇴하려고 애쓰는 모습을 보았지만, 창과 도끼를 든 텐족이 밀려오자 형제들도 달아나기 시작했다. 도르네인 딜리가 미끄러져 엎어지자 야인 하나가 그 등에 창을 꽂았다. 느리고 숨이 달리는 '맥주 통'이 맨 아래 계단에 거의 도착했을 때, 텐족이 그의 망토 끝을 잡아서 끌어당겼지만…… 도끼가 날아오기 전에 노궁 화살이 텐족 남자를 쓰러뜨렸다. "잡았어." 새틴이 환호하는 사이 맥주 통은 비틀거리며 계단으로 가서 네 발로 기어오르기 시작했다.

장벽 문은 잃었다. 도날 노이가 닫아서 사슬을 걸어두기는 했으나, 손만 뻗으면 그 자리에 있었다. 불빛을 받아 붉게 빛나는 쇠창살도, 그 뒤의 차가운 검은 터널도. 아무도 그 문을 지키려고 후퇴하지 않았다. 안전한 곳은 비뚤배뚤한 나무 계단을 따라 200미터를 올라간 장벽 꼭대기뿐이었다.

"넌 어떤 신에게 기도해?" 존이 새틴에게 물었다.

"일곱 신." 올드타운 청년이 대답했다.

"그럼 기도해. 넌 네가 섬기는 새로운 신들에게 기도해. 난 옛 신들에게 기도할 테니까." '다 틀렸어.'

뚜껑 문의 혼란 덕분에 화살통 채우기를 잊고 있었다. 존은 절뚝거리며 지붕을 가로질러 가서 그제야 화살을 채우고, 활도 집어 들었다. 주전자는 놓아둔 자리에서 움직이지 않았으니, 당장은 안전한 상황 같았다. '춤판은 이동했고, 우린 관람석에서 구경하고 있지.' 존은 절뚝절뚝 돌아가면서 생각했다. 새틴은 계단에 있는 야인들에게 화살을 쏜 다음, 난간 요철 뒤에 몸을 숙이고 노궁을 재장전했다. 예쁘장할지는 몰라도 잽싼 청년이었다.

진짜 전투는 계단 위에서 벌어졌다. 도날 노이는 제일 낮은 층계참 두 층에 창병을 배치해두었지만, 미친 듯이 도망치는 마을 사람들에게 공포가 전염되어 그들도 달아나기 시작했고, 텐족이 뒤처지는 사람은 누구든 죽이는 가운데 3층까지 질주해 올라갔다. 그보다 더 높은 층에 있던 노궁수들과 장궁수들이 도망쳐 올라오는 사람들의 머리 위로 화살을 날리려 애쓰고 있었다. 존은 화살을 하나 걸고, 당겼다가 놓으면서 야인 하나가 계단에서 굴러떨어지자 기뻐했다. 불 때문에 장벽이 울고 있었고, 불길은 얼음 위로 춤을 추며 일렁거렸다. 살기 위해 달리는 남자들의 발걸음에 계단이 흔들렸다.

존은 다시 한번 화살을 걸고 당겼다가 쏘았지만, 이쪽에는 존과 새틴뿐이었고 계단을 쿵쾅거리며 승리에 취해 사람을 죽여대는 텐족은 60~70명에 달했다. 4층에서는 검은 망토를 걸친 형제 세 명이 장검을 들고 나란히 서 있었고, 전투가 짧게나마 다시 이루어졌다. 하지만 버텨 선 형제가 셋뿐이었으니, 곧 야인들의 물결이 그들을 휩쓸고 계단 위에 피를 떨구었다. "전투에서 달아날 때가 가장 취약하다." 에다드 공이 언젠가 존에게 해준 말이었다. "병사에게 달아나는 사람이란 상처 입은 짐승과 같다. 피가 끓어오르게 만들지." 5층의 궁수들은 전투가 다다르기도 전에 달아났다. 완패였다. 피투성이 궤멸이었다.

"횃불 가져와." 존은 새틴에게 말했다. 불 옆에는 기름천으로 윗부분을 감싼 홰 네 개가 쌓여 있었다. 불화살도 십여 개 있었다. 올드타운 청년은 홰 하나를 불에 찔러 넣고 환하게 타오를 때까지 들고 있다가, 불붙지 않은 나머지를 옆구리에 끼고 돌아왔다. 새틴은 다시 아까처럼 겁에 질린 얼굴이었다. 존도 겁이 났다.

스티르를 본 것은 그때였다. 마그나 스티르는 터진 옥수수 자루와 부서진 나무통과 친구와 적의 시체를 넘어 방책을 오르고 있었다. 청동 미늘 갑옷이 불빛을 받아 어둡게 반짝였다. 승리의 풍경을 살피기 위해 투구를 벗은 스티르는, 그 귀가 없는 대머리 개자식은 웃고 있었다. 손에는 청동 장식 창 촉을 붙인 긴 영목 창이 들려 있었다. 그는 장벽 문을 보자 창으로 문을 가리키며 주변에 선 텐족 대여섯 명에게 옛 언어로 뭔가를 외쳤다. 존은 생각했다. '너무 늦었어. 네가 직접 부하들을 이끌고 방책을 넘었다면 몇 명은 구할 수도 있었을 텐데.'

위에서 전투 나팔 소리가 길고 낮게 울렸다. 장벽 위가 아니라 60미터쯤 올라간 계단 9층, 도날 노이가 선 곳에서였다.

존은 불화살 하나를 시위에 메겼고, 새틴이 횃불로 화살에 불을 붙였다.

존은 난간으로 다가가서 시위를 당기고, 조준하고, 놓았다. 타닥거리는 화살이 불의 꼬리를 끌며 아래쪽으로 날아가더니 텅 소리를 내며 과녁에 박혔다.

스티르가 아니었다. 계단이었다. 더 정확하게는, 도날 노이가 계단 아래에 1층 층계참까지 쌓아놓은 나무통과 궤짝과 자루 들이었다. 라드와 등잔 기름이 든 나무통, 낙엽과 기름천이 든 자루, 장작과 나무껍질과 대팻밥이었다. "다시." 존은 말했다. "다시." 그리고 또 "다시." 다른 장궁수들도 모두, 범위 안에 있는 모든 탑 꼭대기에서 화살을 날렸다. 장벽 앞에 떨구려고 높은 호를 그리게끔 쏘아 올리기도 했다. 존은 불화살을 다 쏜 후에는 새틴과 함께 횃불을 붙여서 활 구멍으로 던졌다.

저 위에서도 불이 피어올랐다. 오래된 나무 계단은 스펀지처럼 기름을 빨아들였고, 도날 노이는 계단을 9층부터 7층까지 기름에 적셔두었다. 존은 노이가 횃불을 던지기 전에 같은 편 사람들이 어떻게든 안전한 곳까지 올라갔기를 빌 수밖에 없었다. 검은 형제들은 그래도 계획을 알고 있었지만, 마을 사람들은 아니었다.

나머지는 바람과 불이 다 했다. 존이 할 일은 지켜보는 것뿐이었다. 위아래에 불이 붙으니 야인들은 갈 곳이 없었다. 일부는 계속 올라가다가 죽었다. 일부는 내려가다가 죽었다. 일부는 선 자리에 남았고, 역시 죽었다. 상당수는 불에 타기 전에 계단에서 뛰어내렸고 추락으로 죽었다. 스무 명 남짓이 아직 불 사이에 갇혀서 서로 붙어 있을 때, 열기로 얼음이 갈라지면서 몇 톤의 얼음과 함께 계단 아래쪽 3층이 통째로 떨어졌다. 존 스노우가 텐족의 마그나, 스티르를 본 것은 그게 마지막이었다. '장벽은 스스로를 지킨다.' 그는 생각했다.

존은 새틴에게 마당까지 내려가는 길을 부축해달라고 부탁했다. 다친 다리가 너무 아파서 목발을 짚고서도 걷기가 힘들었다. "횃불을 가져와." 그는 올드타운 청년에게 말했다. "누굴 좀 찾아봐야겠어." 계단 위에 있던 사람은 거의 다 텐족이었다. 분명히 자유민 몇 명은 달아났을 것이다. 마그나가 아니라 만스의 사람들 말이다. 그중에 그녀가 있을지도 몰랐다. 그래서 그들은 뚜껑 문으로 습격했던 사람들의 시체를 지나서 아래로 내려갔고, 존은 한쪽 겨드랑이에 목발을 짚고 반대쪽 손은 올드타운의 남창이었던 청년에게 얹은 채 어둠 속을 돌아다녔다.

마구간과 휴게실은 그때쯤 다 타서 연기가 피어오르는 잿더미가 되어 있었지만, 불은 아직도 맹위를 떨치며 장벽 계단을 하나씩 하나씩, 층계참을 하나씩 하나씩 오르고 있었다. 가끔 삐걱대는 소리가 들리다가 크롸롹 소리가 나면 장벽이 또 한 덩이 떨어져 내렸다. 공기 중에는 재와 얼음 결정이 가득했다.

쿠오트는 죽어 있었고, 돌 엄지는 죽어가고 있었다. 제대로 알지 못했던 텐족들의 죽은 모습과 죽어가는 모습도 보았다. 피를 많이 잃고 약해졌지만 아직 살아 있는 종깃덩어리도 찾았다.

이그리트는 가슴에 화살이 꽂힌 채 '사령관의 탑' 아래 오래된 눈밭에 누워 있었다. 얼음 결정이 얼굴 위에 내려앉아 달빛을 받으니 반짝이는 은가면을 쓴 것처럼 보였다.

그 화살은 검은색이었지만, 흰 오리 깃털이 달려 있었다. '내 화살이 아니야. 내 화살이 아니야.' 스스로에게 그렇게 말했지만, 마치 그의 화살같이 느껴졌다.

존이 이그리트 옆 눈밭에 무릎을 꿇자 그녀가 눈을 떴다. "존 스노우." 그녀는 아주 조용히 말했다. 화살이 폐를 뚫은 것 같았다. "이건 제대로 된 성이야? 그냥 탑이 아니고?"

"그래." 존은 그녀의 손을 잡았다.

"잘됐네." 그녀가 속삭였다. "제대로 된 성을 하나는 보고 싶었거든. 내가…… 내가 죽기……."

"넌 성을 백 개는 볼 거야." 그는 약속했다. "전투는 끝났어. 아에몬 학사님이 봐주실 거야." 그는 그녀의 머리카락을 만졌다. "넌 불의 입맞춤을 받았잖아, 기억해? 행운의 상징이잖아. 널 죽이려면 화살 한 대로는 어림없지. 아에몬 학사님이 화살을 뽑고 고쳐주실 거야. 그리고 아픔을 달래줄 양귀비즙을 줄 거야."

그녀는 그 말에 미소만 지었다. "그 동굴 기억해? 우린 그 동굴에 남았어야 했어. 내가 그랬지."

"우린 그 동굴로 돌아갈 거야. 넌 죽지 않아, 이그리트. 넌 죽지 않을 거야."

"아." 이그리트는 두 손으로 그의 뺨을 감쌌다. "넌 아무것도 몰라, 존 스노우." 그녀는 죽어가며 한숨을 내쉬었다.

# 브랜

"또 텅 빈 성이야." 미라 리드가 황폐한 돌무더기와 폐허와 잡초를 보며 말했다.

'아니, 저건 나이트포트(Nightfort, 밤 요새)고, 여긴 세상의 끝이야.' 브랜은 생각했다. 산맥에 있을 때 브랜은 장벽에 도착해서 세눈박이 까마귀를 찾을 생각밖에 못 했지만, 이제 여기 도착하고 나니 두려움이 차올랐다. 브랜이 꾼 꿈…… 서머가 꾸었던 꿈은……. '아니야, 그 꿈에 대해선 생각하면 안 돼.' 그 꿈에 대해서는 리드 남매에게도 말하지 않았지만, 미라는 뭔가 잘못되었음을 감지한 것 같았다. 영영 입 밖에 내지 않으면 그런 꿈을 꾸었다는 사실도 잊을 수 있을지 모르고, 그러면 일어나지 않은 일이 되고 롭과 그레이윈드는 아직도…….

"호도." 호도가 무게중심을 옮겼고, 더불어 브랜도 움직였다. 호도는 피곤해했다. 몇 시간을 걸어온 차였다. 그래도 호도는 무서워하지는 않았다. 브랜은 이 장소가 무서웠고, 그 사실을 리드 남매에게 인정하기도 무서웠다. '난 북부의 왕자이고, 윈터펠의 스타크이고, 거의 어른이야. 나도 롭만큼 용감해져야 해.'

조젠이 짙은 녹색 눈으로 브랜을 올려다보았다. "여기엔 우릴 해칠 게 없어, 왕자님."

브랜은 그렇게 확신하기 힘들었다. 나이트포트는 낸 할멈이 해준 가장 무서운 이야기들에 나오는 곳이었다. 그 이름이 인간의 기억에서 지워지기 전에 밤의 왕이 통치한 곳이 여기였다. 쥐 요리사가 안달 왕에게 '왕자와 베이컨' 파이를 대접한 곳이 여기였고, 79명의 파수병들이 지키고 선 곳이 여기였으며, 용감한 어린 대니 플린트가 강간 살해당한 곳도 여기였다. 여기는 셰릿 왕이 옛 안달인에게 저주를 내린 곳이었고, 견습생 소년들이 밤에 찾아오는 것을 마주한 곳이었으며, 눈이 보이지 않는 별 눈의 시미언이 지옥견들의 싸움을 본 곳이었다. 한때 '미친 도끼'가 이 마당을 걷고 이 탑들을 올라, 어둠 속에서 제 형제들을 도살했다.

물론 그 모든 일이 수백 수천 년 전에 일어났고, 어떤 일은 아예 일어나지 않았을 수도 있었다. 루윈 학사는 언제나 낸 할멈의 이야기들을 그대로 받아들여선 안 된다고 했다. 브랜은 숙부가 아버지를 만나러 왔을 때 나이트포트에 대해 물어봤었는데, 벤젠 스타크는 그 이야기들이 진짜라고 말하지 않았지만 가짜라고 말하지도 않았다. 그저 어깨를 으쓱이며 이렇게만 말했다. "우린 200년 전에 나이트포트를 버렸지." 마치 그게 답이라는 듯이.

브랜은 억지로 주위를 둘러보았다. 새파란 하늘에 태양이 빛나고 있어 춥지만 밝은 아침이었는데, 들리는 소리가 마음에 들지 않았다. 바람은 무너진 탑 사이를 몸서리치며 지나가면서 불안한 휘파람 소리를 냈고, 아성들은 신음하며 주저앉았고, 대연회장 바닥 아래를 쑤석거리는 쥐 소리를 들을 수 있었다. '쥐 요리사의 자식들이 아버지에게서 달아나는 소리야.' 마당은 작은 숲이 되어 가냘픈 나무들이 헐벗은 가지를 마주 비볐고 죽은 잎사귀들이 오래된 눈밭을 바퀴벌레처럼 굴러다녔다. 마구간이 있던 자리에는 나무들이 자랐고, 주방의 둥근 지붕에 난 구멍으로 배배 꼬인 하얀 영목 한 그루가 밀고 나왔다. 여기에서는 서머도 불안해했다. 브랜이 잠시 서머 안으로 들어가서 느껴보니 냄새도 마음에 들지 않았다.

그리고 장벽을 지나갈 방법이 없었다.

브랜은 지나갈 수 없을 거라고 말했었다. 말하고 또 말했지만, 조젠 리드는 직접 봐야겠다고 고집했다. 녹색 꿈을 꿨다고, 녹색 꿈은 거짓말을 하지 않는다고 했다. '녹색 꿈이 문을 열어주지도 지.' 브랜은 생각했다.

나이트포트가 지키는 문은 검은 형제들이 노새와 조랑말에 짐을 싣고 딥레이크를 향해 떠난 후부터 쭉 봉해져 있었다. 쇠창살문은 내렸고, 그 문을 올리는 사슬은 떼어냈으며, 터널은 돌과 파편을 채워 넣고 함께 얼려서 장벽 그 자체처럼 뚫을 수 없게 만들었다. "존을 따라갔어야 했어." 브랜은 그 통로를 보고 말했다. 그는 서머가 폭풍 속을 뚫고 말을 달리는 존의 모습을 본 밤 이후 이복형 생각을 자주 했다. "왕의 가도를 찾아서 캐슬블랙으로 갔어야 했어."

"그럴 순 없어, 왕자님." 조젠이 말했다. "이유는 말했잖아."

"하지만 야인들이 있었어. 야인들이 어떤 남자를 죽였고 존도 죽이고 싶어 했어. 조젠, 야인이 백 명은 있었어."

"그래. 우린 네 명이고. 그게 정말 네 이복형이었다면 넌 형을 도운 셈이지만, 그러다가 서머를 잃을 뻔했어."

"나도 알아." 브랜은 비참한 기분으로 대답했다. 다이어울프는 놈들을 셋, 어쩌면 그보다 더 많이 죽였지만 상대가 너무 많았다. 놈들이 귀가 없는 키 큰 남자 주위에 원을 그리고 붙어 서자 그는 빗속을 뚫고 빠져나오려고 했지만, 화살 한 대가 뒤쫓아 날아왔고, 브랜은 갑작스레 찌르는 듯한 통증에 늑대 몸에서 쫓겨나 자기 몸으로 돌아오고 말았다. 폭풍이 겨우 잦아든 후, 그들은 불도 없이 어둠 속에 모여 앉아서 말없이 호도의 거친 숨소리에 귀를 기울이며, 야인들이 아침이면 호수를 건너려고 할까 생각했다. 브랜은 이따금씩 다시 서머에게 정신을 뻗었지만, 뜨겁게 달군 주전자를 잡으려고 하면 손을 움츠리게 되듯이 서머 안의 고통이 그를 쫓아냈다. 그날 밤에 잠을 잔 사람은 호도뿐이었는데, 이리저리 뒤척이고 "호도, 호도"거리면서 잤다. 브랜은 서머가 어둠 속에서 죽어가고 있을까 봐 겁에 질렸다. '제발, 옛 신들이시여, 윈터펠도 빼앗아 가고, 아버지도 빼앗아 가고, 제 다리도 빼앗았잖아요. 제발 서머까지 데려가진 마세요. 그리고 존 스노우도 보살펴주시고, 야인들을 쫓아주세요.' 그는 기도했다.

그 호수 속 바위섬에는 영목이 자라지 않았지만, 옛 신들이 어떻게든 기도를 들은 게 틀림없었다. 야인들은 다음 날 아침에 뜸을 들이며 동료들의 시신과 자기들이 죽인 노인의 시신에서 옷가지를 벗겨내고, 호수에서 물고기도 몇 마리 잡았다. 그리고 그중 세 명이 둑길을 발견하고 걸어오기 시작하는 무서운 순간이 닥쳤지만…… 둑길은 방향을 트는데 그들은 곧장 걸었기에, 두 명이 빠져 죽을 뻔하다가 다른 사람들에게 끌려 나갔다. 키 큰 대머리 남자가 조젠도 알지 못하는 언어로 호수에도 쩌렁쩌렁 울리게 고함을 치자 잠시 후에는 모두가 방패와 창을 들고 북동쪽으로, 존이 간 방향으로 행군을 시작했다. 브랜도 나가서 서머를 찾고 싶었지만, 리드 남매가 안 된다고 했다. "하룻밤 더 있을 거야." 조젠이 말했다. "우리와 야인들 사이에 거리를 벌려야지. 또 야인들과 마주치고 싶진 않을 것 아냐?" 그날 오후 늦게 서머가 뒷다리를 끌면서 은신처에서 돌아왔다. 서머는 여관에 남아 있던 시신을 조금 먹고, 까마귀들을 쫓아버린 후에 섬까지 헤엄쳐 왔다. 미라가 서머의 다리에서 부러진 화살을 뽑고 탑 아래쪽에 자라 있던 풀들의 즙을 내어 상처에 문질렀다. 다이어울프는 아직도 다리를 절었지만, 매일 조금씩 덜해지는 것 같았다. '신들이 기도를 들으셨을까.'

"다른 성에 가보는 게 어떨까." 미라가 동생에게 말했다. "어딘가 다른 곳이라면 문을 통과할 수 있을지도 몰라. 네가 원한다면 내가 정찰하러 갈

수 있어. 나 혼자라면 더 빨리 움직일 테니까."

브랜은 고개를 저었다. "동쪽으로 가면 딥레이크, 그다음은 퀸스게이트 야. 서쪽에는 아이스마크가 있어. 하지만 크기만 작을 뿐 다 똑같을 거야. 캐슬블랙, 이스트워치, 섀도타워를 제외한 모든 문이 봉해져 있어."

호도는 그 말에 "호도"라고 반응했고, 리드 남매는 시선을 교환했다. "그 래도 장벽 위까지 올라가보긴 해야지." 미라가 결정했다. "그 위라면 뭔가 보일지도 몰라."

"뭘 보겠다는 거야?" 조젠이 물었다.

"뭐든." 미라가 말했다. 이번만은 완고했다.

'내가 올라갔어야 하는데.' 브랜은 고개를 들고 장벽을 올려다보면서 얼 음 사이에 손가락을 밀어 넣고 발로 걷어차 디딜 곳을 만들면서 조금씩 올 라가는 스스로의 모습을 상상했다. 그런 상상을 하자 다른 모든 것에도 불 구하고, 그 꿈과 야인들과 존과 그 모든 것에도 불구하고 미소가 떠올랐다. 브랜은 어렸을 때 윈터펠의 벽과 모든 탑을 탔는데, 그 어떤 곳도 이렇게 높지는 않았고 모두 돌로만 이루어진 벽이었다. 장벽도 온통 회색인 데다 여기저기 패어 있어서 돌처럼 보이기도 했지만, 구름이 흩어지면서 햇빛이 다른 각도로 벽을 때리면 갑자기 변모하여 흰색과 푸른색으로 반짝였다. 장벽은 세상의 끝이라고, 낸 할멈은 언제나 그렇게 말했다. 그 반대편에는 괴물들과 거인들과 식시귀들이 있었지만, 장벽이 굳건하게 서 있는 한 넘어 올 수 없었다. '미라와 같이 저 위에 서고 싶어.' 브랜은 생각했다. '저 위에 서서 보고 싶어.'

하지만 그는 쓸모없는 다리가 달린 망가진 소년이었기에, 미라가 대신 올라가는 동안 아래에서 지켜볼 수밖에 없었다.

미라는 사실 예전 브랜처럼 벽을 타지 않았다. 미라는 그저 밤의 경비대 가 수백 년, 수천 년 전에 깎아놓은 계단을 딛고 올라갔다. 그리고 보니 루원 학사가 나이트포트는 장벽 자체의 얼음을 파서 계단을 만든 유일한 성이라고 말했던 것이 기억났다. 아니면 벤젠 숙부의 말이었는지도 모른다. 그보다 나중에 생긴 성들에는 나무 계단이나 돌계단, 아니면 흙과 자갈로 이루어진 긴 경사로가 있었다. 얼음은 너무 불안정했다. 그 점을 말해준 사람은 벤젠 숙부였다. 숙부는 장벽 겉면은 가끔 얼음 눈물을 흘리지만, 얼음 내부는 돌덩이처럼 단단하게 얼어붙어 있다고 했다. 그 계단은 마지막 검은 형제가 성을 버리고 떠난 후에 천 번을 녹았다가 다시 얼었을 테고, 매번 조금씩 줄어들고 미끄러워지고 둥글어지면서 점점 더 위험해졌다.

그리고 더 작아지기도 했다. '마치 장벽이 계단을 다시 집어삼키는 것 같아.' 미라 리드는 아주 안정적으로 움직였지만, 그런 미라도 올라갈수록 느려지고 있었다. 계단이 거의 없어지다시피 한 두 곳에서는 네 발로 기었다. '내려올 때는 더 힘들겠는데.' 브랜은 지켜보며 생각했다. 그렇다 해도 브랜은 그 자리에 있고 싶었다. 미라는 제일 높은 계단이 남긴 얼음 요철을 기어올라서 꼭대기에 도착한 후 시야에서 사라졌다.

"미라가 언제 내려올까?" 브랜은 조젠에게 물었다.

"내려올 때가 되면. 미라는 제대로 보고 싶을 거야……. 장벽과 그 너머를 말이야. 우리도 이 아래를 살펴봐야 해."

"호도?" 호도가 의심 가득한 소리로 말했다.

"뭔가 찾을 수 있을지 몰라." 조젠이 고집했다.

'아니면 뭔가가 우리를 찾을지도 모르지.' 하지만 브랜도 그 말을 하지는 못했다. 조젠에게 겁쟁이로 보이고 싶지 않았다.

그래서 그들은 탐험에 나섰다. 조젠 리드가 앞장서고, 브랜은 호도가 등에 멘 바구니에 탔고, 서머가 옆을 걸었다. 한번은 서머가 어두운 문 안으로 뛰어들었다가 회색 쥐 한 마리를 물고 돌아오기도 했다. '쥐 요리사.' 브랜은 생각했지만, 그 쥐는 색깔이 달랐고 고양이만 한 크기밖에 안 됐다. 쥐 요리사는 흰색이었고 암퇘지만큼 크다고 했다…….

나이트포트에는 어두운 문이 많았고, 쥐도 많았다. 브랜은 쥐들이 지하실과 금고실, 그 방들을 잇는 깜깜한 통로들의 미궁 속을 뛰어다니는 소리를 들을 수 있었다. 조젠은 그 아래를 뒤지고 싶어 했지만, 호도는 "호도"라고 했고 브랜은 "안 돼"라고 답했다. 나이트포트 아래 어둠 속에는 쥐보다 나쁜 것들이 있었다.

"여긴 오래된 곳 같아." 조젠은 빈 창문으로 뿌연 햇살이 떨어지는 회랑을 걸으면서 말했다.

"캐슬블랙의 두 배는 오래됐지." 브랜은 기억을 되살려 말했다. "장벽에 처음 생긴 성이었고, 제일 큰 성이기도 했어." 하지만 제일 처음 버려진 성이기도 했다. 무려 늙은 왕 때까지 거슬러 올라갔는데, 그때에도 이 성은 4분의 3이 비어 있었고 유지하기에 너무 많은 돈이 들었다. 선한 왕비 알리산느는 경비대가 더 작은 새 성으로, 10킬로미터 동쪽, 장벽이 아름다운 초록빛 호숫가를 따라 굽어지는 자리로 옮기라고 제안했다. 그래서 왕비의 보석으로 건축비를 대고 늙은 왕이 북쪽으로 보낸 남자들의 손으로 '딥레이크(Deep Lake, 깊은 호수)'가 지어지자, 검은 형제들은 나이트포트를 쥐들에게 버려두고 떠났다.

그러나 그것도 2세기 전의 일이었다. 이제는 딥레이크도 똑같이 비었고, 나이트포트는…….

"여기엔 유령들이 있어." 브랜이 말했다. 호도는 다 예전에 들은 이야기였지만, 조젠은 듣지 못했을지도 몰랐다. "늙은 왕보다 더 전에, 드래곤 아에곤보다도 더 전에 살았던 오래된 유령들이야. 남쪽으로 가서 무법자가 된 일흔아홉 탈영병이지. 한 명은 리스웰 공의 막내아들이었기 때문에 고분지대에 도착하자 리스웰 성에 피신하려고 했지만, 리스웰 공은 모두 잡아서 나이트포트로 돌려보냈어. 총사령관은 장벽 위에 구멍을 파고 탈영병들을 얼음 속에 산 채로 집어넣고 닫았지. 모두가 창과 나팔을 지니고 북쪽을 마주 보고 있었대. 그 사람들을 일흔아홉 파수병이라고 불러. 살아서 제 자리를 떠났으니, 죽어서 영원히 파수를 보는 거야. 나중에 리스웰 공은 늙어서 죽어가게 되자 명을 내려 나이트포트에 실려 왔어. 검은 옷을 입고 아들 곁에 설 수 있도록 말이야. 명예를 위해 아들을 장벽으로 돌려보내기는 했지만 여전히 아들을 사랑했기에, 아들과 함께 망을 보러 온 거지."

그들은 반나절 동안 성안을 뒤졌다. 탑 중에 몇 개는 무너져 내렸고 몇 개는 안전해 보이질 않았지만, 종탑(종은 사라지고 없었다)과 까마귀 방(새들은 없었다)에는 올라갔다. 맥줏집 아래에서는 거대한 참나무통이 가득한 금고를 발견했는데, 호도가 통을 두드려보니 빈 소리만 울렸다. 도서관도 찾아냈다(책장과 책꽂이는 무너졌고, 책은 다 사라졌으며, 사방에 쥐가 있었다). 죄수를 500명은 수용할 만한 감방이 갖춰진 축축하고 어두운 지하감옥도 찾아냈는데, 브랜이 녹슨 쇠창살을 하나 잡았더니 뚝 부러졌다. 대연회장에는 부서져 내리는 벽 하나만 남았고, 목욕탕은 땅속으로 가라앉은 것 같았으며, 옛날에 검은 형제들이 창과 방패와 검을 가지고 땀 흘렸을 무기고 밖 훈련장은 거대한 가시덤불이 차지했다. 그래도 무기고와 대장간은 아직 서 있었다. 칼날과 풀무와 모루가 있어야 할 자리를 거미집과 쥐와 먼지가 대신하긴 했지만 말이다. 가끔 서머는 브랜이 듣지 못하는 소리를 듣거나, 허공에 대고 이를 드러내면서 목덜미 털을 빳빳하게 세웠지만…… '쥐 요리사'나 일흔아홉 파수병, 아니면 미친 도끼가 나타나는 일은 없었다. 브랜은 마음이 확 놓였다. '어쩌면 여기는 그냥 폐허가 된 빈 성일지도 몰라.'

미라가 돌아왔을 때쯤에는 태양이 서쪽 언덕 위까지 내려와 있었다. "뭘 봤어?" 조젠이 누나에게 물었다.

"귀신 들린 숲을 봤어." 미라는 동경하는 투로 말했다. "눈 닿는 곳 어디 까지든 언덕들이 야생 그대로 솟아 있고, 어떤 도끼도 건드린 적 없는 나무들이 뒤덮여 있어. 햇빛 반짝이는 호수도 보고, 서쪽에서 몰려오는 구름도 봤어. 오래된 눈밭도 보고, 창처럼 긴 고드름들도 봤어. 심지어 독수리 한 마리가 맴도는 것도 봤어. 그 독수리도 날 본 것 같아. 손을 흔들어 줬지."

"내려갈 길은 보였어?" 조젠이 물었다.

미라는 고개를 저었다. "아니. 깎아지른 낭떠러지인 데다 얼음이 너무 미끄러워……. 튼튼한 밧줄과 손 잡을 곳을 만들 도끼가 있다면 나는 내려갈 수 있을지도 모르지만……."

"……우리는 어림없지." 조젠이 말을 맺었다.

"그래." 미라는 수긍했다. "네가 꿈속에서 본 게 여기가 확실해? 엉뚱한 성에 왔을지도 몰라."

"아니. 여기가 그 성이야. 여기에 문이 있어."

'문이야 있지만, 돌과 얼음으로 막혀 있지.' 브랜이 생각했다.

태양이 기울기 시작하자 탑 그림자가 길어지고 바람이 더 세게 불면서 치솟은 마른 낙엽들이 요란한 소리를 내며 마당을 휩쓸었다. 주위가 점점 어두워지자 브랜은 낸 할멈이 해주던 다른 이야기, 밤의 왕에 대한 이야기를 떠올렸다. 그는 밤의 경비대를 이끈 열세 번째 총사령관으로, 두려움을 모르는 전사였다고 했다. "그리고 그게 문제였지. 모든 인간은 두려움을 알아야 하거든." 낸 할멈은 그렇게 덧붙였다. 한 여자가 그의 몰락을 불렀다. 장벽 꼭대기에서 언뜻 본 여자, 달처럼 하얀 피부에 파란 별 같은 눈을 지닌 여자. 아무것도 두려워하지 않았던 그는 그 여자를 쫓아가서 붙잡고 사랑했지만, 그녀의 피부는 얼음처럼 차가웠고 그녀에게 씨를 뿌린 순간 그는 영혼도 줘버렸다.

그는 그 여자를 나이트포트로 데리고 돌아와서 왕비로 선포하고 왕을 자칭했으며, 이상한 마법으로 결의형제들을 자기 의지대로 움직였다. 결국 밤의 왕과 그의 시체 왕비는 경비대를 속박에서 풀어주기 위해 윈터펠의 스타크와 야인들의 조라문이 합세하기까지 13년간 그곳을 통치했다. 밤의 왕이 쓰러진 후, 그가 다른 자들의 제물이 된 상태였다는 사실이 드러나자 밤의 왕에 대한 모든 기록이 파괴되었고 그 이름은 금단의 것이 되었다.

"어떤 사람은 볼턴이었다고 하지요." 낸 할멈은 언제나 그렇게 끝을 맺었다. "어떤 사람은 스카고스에서 온 마그나였다고 하고, 어떤 사람은 엄버라거나, 플린트라거나, 노리였다고 해요. 어떤 사람은 강철인이 오기 전에 곰섬을 다스렸던 우드풋이었다고 생각하기도 하죠. 절대 아니었어요. 밤의 왕은 스타크였답니다. 자기를 쓰러뜨린 남자의 형제였지요." 낸 할멈은 언제나 그 대목에서 절대 잊지 말라고 코를 꼬집었다. "밤의 왕은 윈터펠의 스타크였으니, 혹시 또 알까요? 이름이 브랜던이었을지도 모르지. 바로 이 방, 이 침대에서 잤을 수도 있고."

'아니야.' 브랜은 생각했다. '하지만 이 성을 걷기는 했지. 오늘 밤 우리가 잘 곳을 말이야.' 도무지 마음에 들지 않는 생각이었다. 낸 할멈이 언제나 말하길, 밤의 왕도 낮에는 그저 사람일 뿐이었지만 밤은 그의 지배하에 있었다고 했다. 마침 어두워지고 있었다.

리드 남매는 주방에서 자기로 결정했다. 부서진 돔 아래 팔각형 모양의 석조 건물이었다. 거대한 중앙 우물 옆 판석을 뚫고 솟아난 비틀린 영목 한 그루가 지붕에 난 구멍으로 비스듬히 팔을 뻗으며 태양을 향해 새하얀 가지를 내밀고 있기는 해도, 대부분의 다른 건물보다는 나은 피난처 같았다. 기묘한 나무였고, 브랜이 이제까지 본 다른 영목들보다 더 말랐으며 얼굴도 없었지만, 그래도 그 나무가 있으니 옛 신들이 같이 있는 것처럼 느껴졌다.

그러나 주방에서 마음에 드는 건 그것뿐이었다. 지붕이 거의 온전했기에 비가 다시 온다 해도 젖지는 않겠지만, 이 안에 있으면 다시는 따뜻해지지 않을 것 같았다. 판석 바닥을 뚫고 올라오는 냉기를 느낄 수 있었다. 브랜은 그림자도 마음에 들지 않았고, 벌린 입들처럼 주위를 둘러싼 커다란 벽돌 오븐들도, 녹슨 고기 갈고리들도, 한쪽 벽에 놓인 푸주한용 도마에 보이는 흔적과 얼룩도 마음에 들지 않았다. '저게 쥐 요리사가 왕자를 토막 낸 자리야.' 그는 알았다. '그리고 이 오븐 중 하나에서 그 파이를 구웠겠지.'

그러나 제일 마음에 걸리는 건 우물이었다. 너비가 3.5미터에 달하는 돌 우물로, 벽면의 계단이 빙글빙글 어둠 속으로 내려갔다. 우물 벽은 축축했고 초석이 덮였지만, 아무도 바닥에 있는 물을 볼 수가 없었다. 날카로운 사냥꾼의 눈을 지닌 미라조차도 보지 못했다. "바닥이 없는지도 몰라." 브랜이 자신 없이 말했다.

호도가 무릎 높이의 우물 위로 몸을 굽히고 "호도!"라고 외쳤다. 그 말은 우물 아래로 메아리치며 "호도호도호도호도호도" 점점 희미해지다가, "호도호도호도호도호도" 속삭임에 불과해졌다. 호도는 깜짝 놀란 것 같더니 웃음을 터뜨리며 몸을 굽히고 바닥에서 깨진 판석 조각을 집어 들었다.

"호도, 하지 마!" 브랜이 말했지만, 너무 늦었다. 호도는 그 조각을 우물 안으로 던져 넣었다. "그러면 안 되는 거였어. 그 밑에 뭐가 있는지 모르잖아. 뭔가를 다치게 하거나…… 뭔가를 깨울 수도 있어."

호도는 천진난만하게 브랜을 보았다. "호도?"

멀리, 멀리, 멀리 아래에서 돌이 물을 찾아낸 소리가 들렸다. 첨벙 소리라고는 할 수 없었다. 그보다는 밑에 있는 뭔가가 떨리는 얼음 입을 열어서 호도가 던진 돌을 삼킨 것 같은 꿀꺽 소리에 가까웠다. 희미한 메아리가 우물을 타고 올라왔고, 브랜은 잠시 뭔가가 물속을 허우적대는 소리를 들은 것만 같았다. "여기 있으면 안 되는 거 아닐까." 그는 불안한 마음으로 말했다.

"우물가 말이야?" 미라가 물었다. "아니면 나이트포트?"

"응." 브랜이 말했다.

미라는 웃어버렸고, 땔나무를 모아 오라고 호도를 내보냈다. 서머도 나갔다. 그때쯤에는 거의 어두워졌고, 다이어울프는 사냥을 하고 싶어 했다.

호도는 죽은 나무와 부러진 가지를 품에 가득 안고 혼자 돌아왔다. 조젠 리드가 부싯돌과 칼로 불을 붙이는 동안 미라는 마지막에 건넌 개울에서 잡은 물고기를 발라냈다. 브랜은 나이트포트의 주방에서 식사를 준비한 지 몇 년이나 흘렀을까 궁금했다. 그 식사를 누가 조리했을지도 궁금했지만, 그건 모르는 편이 나을지도 몰랐다.

불이 제대로 타오르자 미라가 물고기를 올렸다. '그래도 고기 파이는 아니야.' 쥐 요리사는 양파와 당근, 버섯, 얇게 저민 베이컨, 짙은 붉은색의 도르네 와인에 소금과 후추를 잔뜩 친 커다란 파이에 안달 왕의 아들을 넣어 요리했다. 그런 다음 그 파이를 왕자의 아버지에게 대접했고, 안달 왕은 맛있다고 칭찬하며 두 번째 조각을 먹었다. 신들은 그 요리사를 자기 자식밖에 먹을 수 없는 거대한 흰 쥐로 변신시켰다. 그 후로 쥐 요리사는 나이트포트를 돌아다니며 제 자식들을 잡아먹었지만, 그래도 허기가 다스려지지 않았다. 낸 할멈은 이렇게 말했다. "신들이 저주를 내린 건 살인했기 때문이 아니고, 안달 왕에게 파이에 넣은 아들을 먹여서도 아니에요. 복수는 사람이 가진 권리니까요. 하지만 그 남자는 자기 집 지붕 밑에 들어온 손님을 죽였고, 신들은 그걸 용서할 수 없었지요."

"우린 잠을 자야 해." 조젠은 배가 부르자 엄숙하게 선언했다. 불은 낮게 타고 있었다. 조젠은 막대기로 불을 쑤셨다. "우리에게 길을 알려줄 녹색 꿈을 다시 꿀지도 몰라."

호도는 벌써 몸을 말고 가만히 코를 골고 있었다. 그는 가끔 망토 속에서 몸부림치고는, "호도" 같기도 한 말을 흐느꼈다. 브랜은 불가에 다가갔다. 따뜻한 느낌이 좋았고, 조용히 타닥거리는 불 소리가 마음을 달래주었지만, 잠은 오지 않았다. 밖에서는 바람이 진군시킨 낙엽 군대가 안뜰을 가로질러 문과 창문을 조용히 긁어댔다. 그 소리를 들으니 낸 할멈의 이야기들이 떠올랐다. 장벽 위에서 서로를 부르며 유령의 전투 나팔을 불어대는 유령 파수병들의 소리가 들리는 것만 같았다. 창백한 달빛이 돔에 생긴 구멍으로 비스듬히 떨어지면서 지붕을 향해 뻗어 올라가는 영목 가지를 적셨다. 마치 영목이 달을 잡아서 우물 속으로 끌어 내리려고 하는 것처럼 보였다. 브랜은 기도했다. '옛 신들이시여, 제 목소리가 들린다면 오늘 밤에는 꿈을 보내지 말아주세요. 혹시 꿈을 보내야 한다면 좋은 꿈으로 해주세요.' 신들은 대답하지 않았다.

브랜은 억지로 눈을 감았다. 어쩌면 잠시 잤는지도 모르고, 반쯤은 깨고 반쯤은 잠들었을 때 흔히 그렇듯이 비몽사몽으로 졸면서 미친 도끼나 쥐 요리사나 밤에 찾아오는 것에 대해 생각하지 않으려고 하고 있었는지도 모른다.

그러다가 그 소리가 들렸다.

브랜은 눈을 떴다. '뭐였지?' 숨을 멈췄다. '꿈이었나? 내가 바보 같은 악몽을 꾸는 중인가?' 악몽 때문에 미라와 조젠을 깨우고 싶지는 않았지만, 하지만…… 멀리서 조용히 뭔가가 스치는 소리가 났다……. '낙엽이야. 바깥 벽을 두드리고 서로 바스락거리는 낙엽 소리야……. 아니면 바람이겠지. 바람 소리일 수도 있어…….' 하지만 밖에서 들리는 소리가 아니었다. 브랜은 팔에 털이 곤두서는 것을 느꼈다. '소리가 안에서 들려. 우리와 같이 이 안에 있어. 게다가 점점 커져.' 브랜은 귀를 기울이며 한쪽 팔꿈치를 대고 일어났다. 바람 소리도 있었고, 낙엽이 날리는 소리도 있었지만, 이건 뭔가 다른 소리였다. '발소리야.' 누군가가 이쪽으로 오고 있었다. 뭔가가 이쪽으로 오고 있었다.

유령 파수병들은 확실히 아니었다. 그들은 장벽을 떠나지 않았다. 하지만 나이트포트에는 그 파수병들보다 더 무시무시한 다른 유령들이 있을 수도 있었다. 브랜은 낸 할멈이 해준 '미친 도끼' 이야기를, 어떻게 그가 도끼와 팔꿈치와 축축한 붉은 수염 끝에서 떨어지는 핏방울 말고는 위치를 드러내는 소리를 내지 않으려고 장화를 벗고 어둠 속에서 맨발로 성안을 돌아다녔는지에 대한 이야기를 떠올렸다. 아니면 이건 미친 도끼가 아니라, 밤에 찾아오는 것일지도 몰랐다. 낸 할멈은 견습생 소년들 모두가 그것을 봤지만, 나중에 총사령관에게 말했을 때는 모두의 설명이 다 달랐다고 했다. '그리고 세 명은 그 해에 죽었고, 네 번째 소년은 미쳐버렸고, 100년 후에 그것이 다시 찾아왔을 때는 견습생 소년들 모두가 사슬에 묶여서 그 뒤를 따라 걷고 있는 모습이 보였지.'

하지만 그건 옛날이야기에 불과했다. 브랜이 괜히 무서운 생각을 하고 있을 뿐이었다. 루윈 학사도 밤에 찾아오는 것 따위는 없다고 했다. 그런 게 있었다 해도 지금은 거인과 드래곤처럼 세상에서 사라졌다. '아무것도 아니야.' 브랜은 생각했다.

하지만 이제는 소리가 더 커졌다.

브랜은 그 소리가 우물에서 나온다는 사실을 깨달았다. 그러고 나니 더 무서워졌다. 뭔가가 땅속에서 올라오고 있었다. 어둠 속에서 나오고 있었다. '호도가 깨운 거야. 호도가 바보 같은 돌 조각을 던져서 깨웠고, 그게 오고 있어.' 호도가 코를 고는 소리와 브랜의 심장 뛰는 소리 때문에 잘 듣기는 어려웠다. 방금 그게 도끼에서 떨어지는 핏방울 소리였나? 아니면 멀리서 유령 사슬이 절그럭거리는 희미한 소리였나? 브랜은 더 열심히 귀를 기울였다. '발소리야.' 분명히 발소리였고, 점점 더 커졌다. 그러나 몇 사람의 발소리인지는 알 수 없었다. 우물 속에서 소리가 메아리쳤다. 물방울 떨어지는 소리나 사슬 소리는 들리지 않았지만, 뭔가 다른 소리가 들렸다……. 누군가 고통스럽게 흐느끼는 듯한 높고 가느다란 소리, 그리고 무겁게 억눌린 숨소리. 하지만 발소리가 제일 컸다. 발소리가 점점 가까워지고 있었다.

브랜은 너무 무서워서 소리도 지르지 못했다. 불은 거의 꺼져서 희미한 잉걸불만 남아 있었고 친구들은 모두 잠들어 있었다. 거의 자기 몸을 빠져나가서 늑대에게 정신을 뻗을 뻔했지만, 서머는 몇 킬로미터 떨어져 있을지도 몰랐다. 친구들이 우물 속에서 올라오는 것과 속수무책으로 마주하게 내버려둘 수는 없었다. '내가 여기 오지 말자고 했는데.' 브랜은 비참한 기분으로 생각했다. '내가 유령이 있다고 했잖아. 캐슬블랙으로 가야 한다고 했다고.'

브랜에게는 그 발소리가 무겁게 들렸다. 느리고 묵직하게 돌을 스치는 소리였다. '아주 큰 게 분명해.' 낸 할멈의 이야기에서 미친 도끼는 덩치가 컸고, 밤에 찾아오는 것은 괴물처럼 컸다. 윈터펠에 있을 때 산사는 담요 속에 숨어 있으면 어둠의 악마들이 브랜을 건드리지 못할 거라고 했었다. 이번에도 거의 담요 속에 숨을 뻔했다. 자신이 왕자이고, 거의 어른이라는 사실을 기억해내기 전까지는.

브랜은 죽은 다리를 질질 끌고 바닥을 기어 손을 뻗어서 미라의 발을 건드렸다. 미라는 즉시 깨어났다. 미라처럼 빨리 깨어나거나, 그렇게 빨리 경계 태세를 갖추는 사람은 본 적이 없었다. 브랜은 입술에 손가락 하나를 대고 말하지 말라는 신호를 보냈다. 미라의 표정을 보니 바로 그 소리를 들었음을 알 수 있었다. 우물 속에 메아리치는 발소리, 희미한 흐느낌, 무거운 숨소리까지.

미라는 한마디도 하지 않고 일어서서 무기를 챙겼다. 오른손에는 세 갈래 진 개구리 창을 들고 왼손에는 그물을 늘어뜨린 채 맨발로 우물가에

다가갔다. 조젠은 의식 없이 잠든 반면, 호도는 불안한 잠에 빠져 중얼거리고 몸부림을 쳤다. 미라는 고양이처럼 조용히 달빛을 피해가면서 어둠 속으로만 움직였다. 브랜은 내내 미라를 보고 있었는데도, 창에 맺힌 희미한 빛을 놓칠 뻔했다. '미라 혼자 저것과 싸우게 할 순 없어.' 그는 생각했다. '서머는 멀리 있지만……'

……브랜은 몸을 벗어나서 호도에게 정신을 뻗었다.

서머에게 들어가는 것과는 달랐다. 서머에게 들어가기는 이제 생각도 거의 필요 없을 만큼 쉬워졌다. 이건 오른발에 왼쪽 장화를 신으려는 것처럼 힘들었다. 모든 게 잘못된 느낌이었고, 장화 자체도 겁에 질렸으며, 장화는 무슨 일이 일어나는지 알지 못하고 발을 밀어내려고 했다. 브랜은 호도의 목 안쪽으로 나는 토사물 맛에 달아날 뻔했다. 그래도 그는 꿈틀거리며 일어나 앉아서 다리를— 크고 튼튼한 두 다리를 모으고 일어섰다. '내가 서 있어.' 그는 한 걸음을 걸었다. '내가 걷고 있어.' 너무 이상한 느낌이라 넘어질 뻔했다. 차가운 돌바닥 위에 앉은 자신을, 작고 망가진 몸을 볼 수 있었지만 지금 그는 망가진 아이가 아니었다. 그는 호도의 장검을 잡았다. 숨소리가 대장장이의 풀무 소리처럼 커졌다.

우물에서 곡소리가 흘러나왔다. 브랜을 칼처럼 관통하는 날카로운 소리였다. 거대한 검은 형체가 어둠 속에서 솟아오르더니 비틀거리며 달빛을 향해 왔고, 브랜은 공포가 너무나 짙게 차오르는 바람에 원래 하려던 대로 호도의 장검을 들어 올릴 생각도 하기 전에 바닥에 있는 자신으로 돌아와 있었다. 호도는 호수 탑에서 번개가 칠 때마다 그랬던 것처럼 "호도 호도 호도" 울부짖고 있었다. 하지만 밤에 찾아오는 것도 비명을 지르면서 미라의 그물 속에서 몸부림치고 있었다. 브랜은 어둠 속에서 튀어나온 미라의 창이 그 물체를 찌르려 들고, 그 물체가 그물과 씨름하면서 비틀거리다가 쓰러지는 모습을 보았다. 우물에서는 여전히 곡소리가 났다. 아까보다 더 크게 들렸다. 바닥에서는 검은 물체가 쓰러진 채 퍼덕거리면서 비명을 질렀다. "아니야, 아니야, 아니에요, 그러지……"

미라는 개구리 창 끝에 은색 달빛을 반짝이며 그를 내려다보고 서 있다가 물었다. "당신 누구야?"

"난 샘이에요." 검은 물체가 흐느꼈다. "샘, 샘, 난 샘이에요, 내보내줘요. 날 찔렀어요……" 그는 미라의 그물에 엉켜서 몸부림치고 퍼덕거리면서 달빛 웅덩이를 굴렀다. 호도는 아직도 "호도 호도 호도"라고 외치고 있었다.

막대기를 불 속에 집어넣고 타닥타닥 불이 옮겨붙을 때까지 후후 분 사람은 조젠이었다. 그러자 빛이 생겼고, 브랜은 우물가에 선 갸름한 얼굴의 창백한 여자를 보았다. 모피와 가죽으로 칭칭 감은 몸에 거대한 검은 망토를 둘러쓰고, 품에서 빽빽거리는 아기를 달래려 하고 있었다. 바닥에 있던 물체는 그물 속에서 칼을 꺼내려고 팔을 내밀었지만, 그물에 걸려서 잡을 수가 없었다. 그는 괴물도 아니었고, 피에 젖은 미친 도끼도 아니었다. 검은색 모직 옷과 검은색 모피, 검은색 가죽, 검은색 사슬 갑옷을 입은 크고 뚱뚱한 남자일 뿐이었다. "검은 형제야." 브랜이 말했다. "미라, 밤의 경비대 대원이야."

"호도?" 호도는 쪼그리고 앉아서 그물 속에 든 남자를 보았다. "호도." 그는 고함치며 다시 말했다.

"밤의 경비대, 맞아." 뚱뚱한 남자는 아직도 풀무처럼 헉헉대고 있었다. "난 경비대 대원이야." 끈 하나가 턱 밑을 파고들어 고개를 들고 있게 만들었고, 다른 끈이 뺨을 깊이 파고들었다. "제발, 난 까마귀야. 여기서 내보내줘."

브랜은 갑자기 자신이 없어졌다. "당신이 세눈박이 까마귀예요?" '저 사람이 세눈박이 까마귀일 리가 없어.'

"아닌 것 같은데." 뚱뚱한 남자가 눈을 굴렸지만, 그 눈은 두 개뿐이었다.

"난 그냥 샘이야. 샘웰 탈리. 내보내줘, 아파." 그는 다시 꿈틀거리기 시작했다.

미라가 넌더리를 냈다. "그만 좀 퍼덕거려요. 내 그물을 찢으면 저 우물에 다시 던져버릴 거예요. 그냥 가만히 누워 있으면 풀어줄게요."

"당신은 누구예요?" 조젠이 아기를 안은 여자에게 물었다.

"길리. 길리플라워를 딴 이름이에요. 저 사람은 샘이에요. 여러분을 겁줄 생각은 없었어요." 그녀는 아기를 흔들면서 계속 말을 걸었고, 아기는 마침내 울음을 멈췄다.

미라는 뚱뚱한 형제를 풀어주려 했다. 조젠은 우물로 가서 아래를 내려다보았다. "어디에서 온 거예요?"

"크래스터 요새요." 여자가 대답했다. "당신이 그 사람?"

조젠은 고개를 돌려 그 여자를 보았다. "그 사람?"

"샘보고 그 사람이 아니랬어요." 여자가 설명했다. "다른 사람이 있다고 했어요. 자기가 찾으러 나온 사람이 있다고."

"누가요?" 브랜이 물었다.

"콜드핸즈(Coldhands, 차가운 손)가요." 길리가 조용히 대답했다.

미라가 그물 한쪽을 걷어내자 뚱뚱한 남자가 겨우 일어나 앉았다. 덜덜 떨고 있었고, 아직도 숨을 고르려고 애쓰는 중이었다. "사람들이 있을 거랬어." 남자는 씩씩대며 말했다. "성안에 사람들이 있다고. 그렇지만 계단 바로 위에 있을 줄은 몰랐어. 나한테 그물을 던지거나 배를 찌를 줄도 몰랐어." 그는 검은 장갑을 낀 손으로 배를 만졌다. "피가 나나? 보이지가 않네."

"일으켜 세우려고 살짝 찔렀을 뿐이에요." 미라가 말했다. "어디 한번 봐요." 미라는 한쪽 무릎을 꿇고 남자의 배꼽 주위를 만져보았다. "사슬 갑옷을 입었네요. 살갗에 닿지도 못했어요."

"음, 그래도 아파." 샘이 투덜거렸다.

"진짜 밤의 경비대 대원 맞아요?" 브랜이 물었다.

뚱뚱한 남자가 고개를 끄덕이자 턱살이 흔들렸다. 피부가 창백하고 축 늘어진 느낌이었다. "집사긴 하지만. 난 모르몬트 사령관의 까마귀를 돌봤어." 그는 잠시 울음을 터뜨릴 것 같은 표정이었다. "하지만 최초인의 주먹에서 다 잃었어. 내 잘못이야. 나 때문에 우리도 길을 잃었어. 장벽도 찾질 못했어. 길이가 천 리에 높이가 200미터인데 그걸 못 찾다니!"

"음, 이젠 찾았어요." 미라가 말했다. "바닥에서 엉덩이 좀 들어봐요. 내 그물을 다시 접어야겠어요."

"어떻게 장벽을 통과한 거죠?" 샘이 힘겹게 일어서는데 조젠이 물었다. "저 우물이 지하 강으로 이어져요? 그리로 온 건가요? 몸이 젖지도 않았는데……."

"문이 있어." 뚱보 샘이 말했다. "장벽 자체만큼이나 오래된, 감춰진 문. 그 남자는 그걸 '검은 문'이라고 불렀어."

리드 남매가 시선을 주고받았다. "우물 바닥으로 내려가면 그 문을 찾을 수 있어요?" 조젠이 물었다.

샘은 고개를 저었다. "못 찾아. 내가 데려가야 해."

"왜죠?" 미라가 물었다. "문이 있다면……."

"못 찾을 거야. 찾는다 해도 열리지 않을 거고. 너희들에겐 안 열려. 그건 '검은 문'이야." 샘은 색 바랜 검은 모직 옷 소매를 잡아당겼다. "그 사람 말이 밤의 경비대 대원만 열 수 있댔어. 서약을 한 결의형제만."

"그 사람이 그……." 조젠은 얼굴을 찌푸렸다. "콜드핸즈예요?"

"진짜 이름은 아니에요." 길리가 아이를 흔들면서 말했다. "샘과 내가 그렇게 부를 뿐이에요. 손이 얼음처럼 차갑지만, 그 사람이, 그 사람과 그 사람 까마귀들이 우릴 죽은 사람들에게서 구해줬고, 엘크에 태워서 여기까지 데려다줬어요."

"엘크?" 브랜은 깜짝 놀라서 되물었다.

"엘크?" 미라도 놀라서 말했다.

"까마귀들?" 조젠이 말했다.

"호도?" 호도가 말했다.

"혹시 녹색이었어요?" 브랜은 알고 싶었다. "뿔이 달리고?"

뚱뚱한 남자는 당혹해했다. "엘크가?"

"콜드핸즈요." 브랜은 조바심을 냈다. "낸 할멈이 녹색인들은 엘크를 타고 다녔댔어요. 가끔 뿔도 달려 있고."

"녹색인은 아니었어. 경비대 대원처럼 검은 옷을 입었는데 시귀처럼 창백했고, 손이 어찌나 차가운지 처음에는 무서웠지. 하지만 시귀들은 눈이 새파랗고 혀가 없거나 혀를 어떻게 쓰는지 잊어버렸어." 뚱뚱한 남자는 조젠을 돌아보았다. "그 사람이 기다릴 거야. 가야 해. 좀 더 따뜻한 옷 없어? 검은 문은 춥고, 장벽 반대편은 더 추워. 혹시—"

"그 사람은 왜 같이 오지 않은 거죠?" 미라는 길리와 아기를 가리켰다. "저 사람들은 같이 왔는데, 왜 그 사람은 안 왔어요? 왜 검은 문 안으로 같이 데려오지 않은 거예요?"

"그…… 그 사람은 못 와."

"왜요?"

"장벽 때문이야. 장벽은 그냥 얼음과 돌만으로 이루어진 게 아니랬어. 주문이…… 오래되고 강력한 마법이 엮여 있댔어. 그 사람은 장벽을 넘어올 수 없어."

그때쯤 주방 안은 아주 조용해졌다. 브랜은 조용히 타닥거리며 장작불이 타는 소리, 밤공기 속에서 낙엽을 흔드는 바람 소리, 앙상한 영목이 달을 향해 손을 뻗으며 삐걱대는 소리를 들을 수 있었다. 브랜은 낸 할멈이 하던 말을 떠올렸다. '문 너머에는 괴물들과 거인들과 식시귀들이 살지만,

장벽이 튼튼하게 서 있는 한 넘어오지 못해요. 그러니 자요, 귀여운 브랜던, 우리 아기 도련님. 무서워할 필요 없어요. 여기엔 괴물이 없으니까.'

"당신한테 데려오라고 한 사람은 내가 아니에요." 조젠 리드가 얼룩지고 헐렁한 검은 옷차림의 뚱보 샘에게 말했다. "재예요."

"아." 샘은 브랜을 내려다보며 머뭇거렸다. 그는 그제야 브랜이 불구라는 사실을 깨달았을지도 몰랐다. "나…… 난 널 들고 갈 만큼 힘이 좋진 않은데, 내가……."

"호도가 업고 갈 수 있어요." 브랜은 바구니를 가리켰다. "저걸 타고 호도의 등에 업혀 다니죠."

샘은 브랜을 빤히 보았다. "네가 존 스노우의 동생이구나. 추락한……."

"아니야. 그 아이는 죽었어요." 조젠이 말했다.

"말하지 말아요. 제발." 브랜이 경고했다.

샘은 잠시 어리둥절하다가 마침내 말했다. "나…… 난 비밀을 지킬 수 있어. 길리도 그렇고." 샘이 쳐다보자 길리도 고개를 끄덕였다. "존은…… 존은 내 형제이기도 했어. 내 평생 가장 좋은 친구였는데, 반쪽 손 쿼린과 함께 서리엄니산맥을 정찰하러 가서 돌아오지 않았지. 우린 최초인의 주먹에서 존을 기다리다가…… 그러다가……."

"존은 여기 있어요." 브랜이 말했다. "서머가 봤어요. 야인들과 같이 있었는데, 야인들이 어떤 남자를 죽였고 존은 말을 타고 달아났어요. 분명히 캐슬블랙으로 갔을 거예요."

샘은 크게 뜬 눈으로 미라를 돌아보았다. "존이 확실해요? 당신이 봤어요?"

"난 미라예요." 미라는 미소 지으며 말했다. "서머는……."

구멍 난 돔에서 그림자 하나가 떨어져 나오더니 달빛 속으로 뛰어내렸다. 다친 다리로도 서머는 눈송이처럼 가볍고 조용히 바닥에 착지했다. 길리라는 여자가 겁에 질려 소리를 질렀고, 아기를 너무 꽉 끌어안는 바람에 아기가 다시 울기 시작했다.

"당신을 해치진 않아요." 브랜이 말했다. "저 녀석이 서머예요."

"존은 너희 모두에게 늑대가 한 마리씩 있다고 했지." 샘이 장갑을 벗었다. "난 고스트를 알아." 그는 떨리는 손을, 하얗고 부드러운 데다 소시지처럼 통통한 손가락을 내밀었다. 서머는 가까이 다가가서 그 손을 킁킁대더니 손을 핥았다.

그 순간 브랜은 마음을 정했다. "우린 당신과 같이 가겠어요."

"전부 다?" 샘은 그 점에 놀란 것 같았다.

미라는 브랜의 머리를 헝클어뜨렸다. "브랜은 우리의 왕자님이니까요."

서머는 킁킁거리며 우물 주위를 돌았다. 그리고 맨 위 계단에 멈춰 서서 브랜을 돌아보았다. '서머가 가고 싶어 해.'

"내가 돌아올 때까지 길리 혼자 여기 있어도 안전할까?" 샘이 그들에게 물었다.

"그럴 거예요." 미라가 말했다. "우리 불을 쬐어도 돼요."

조젠이 말했다. "성은 텅 비었어요."

길리는 주위를 둘러보았다. "크래스터가 성에 대한 이야기를 해주곤 했는데, 이렇게 클지는 몰랐어요."

'이건 주방일 뿐인데.' 브랜은 길리가 윈터펠을 보면 무슨 생각을 할지 궁금했다. 혹시라도 보게 된다면 말이다.

소지품을 모으고 브랜을 호도의 등에 진 바구니 의자에 앉히는 데 몇 분이 걸렸다. 다들 출발할 준비가 됐을 때 길리는 불가에 앉아서 아기를 먹이고 있었다. "나한테 돌아올 거죠?" 그녀는 샘에게 말했다.

"최대한 빨리 올게요." 그는 약속했다. "그다음엔 어딘가 따뜻한 곳으로 가요." 그 말을 듣고 브랜은 대체 지금 뭘 하고 있는 건가 생각했다. '내가

다시 따뜻한 곳에 가게 되긴 할까?'

"내가 길을 아니까 먼저 갈게." 샘은 계단 위에서 멈칫했다. "그냥, 계단이 너무 많아서." 그는 한숨을 내쉬고 내려가기 시작했다. 조젠이 뒤따르고, 그 다음에 서머가, 그다음에 브랜을 등에 진 호도가 내려갔다. 미라가 창과 그물을 들고 후위를 맡았다.

내려가는 길은 멀었다. 우물 위쪽은 달빛을 받았으나, 한 바퀴 돌 때마다 달빛이 점점 더 작아지고 희미해졌다. 젖은 돌에 발소리가 메아리쳤고, 물소리는 점점 커졌다. "횃불을 가져왔어야 하나?" 조젠이 물었다.

"눈이 적응할 거야." 샘이 말했다. "한 손을 벽에 대고 가면 떨어지지 않아."

한 바퀴 돌 때마다 우물이 점점 더 어둡고 추워졌다. 브랜이 겨우 고개를 들어서 우물 위를 올려다보았을 때는 우물 꼭대기가 반달보다 크지 않았다. "호도." 호도가 속삭이자 우물이 마주 속삭였다. "호도호도호도호도호도호도호도호도." 물소리가 가까워졌지만, 브랜이 아래를 내려다보아도 어둠밖에 보이지 않았다.

한두 바퀴 더 돌고 나서 샘이 딱 멈춰 섰다. 샘은 브랜과 호도에게서 4분의 1바퀴쯤 돌아서 2미터쯤 내려가 있을 뿐이었는데, 브랜의 눈에 보일 듯 말 듯했다. 그러나 문은 볼 수 있었다. 샘은 '검은 문'이라고 불렀지만, 그 문은 조금도 검지 않았다.

하얀 영목으로 만든 문이었고, 얼굴이 있었다.

나무는 우유처럼 혹은 달처럼 은은한 빛을 뿜었는데, 너무나 희미해서 문 테두리 너머로는 그 빛이 닿지 않는 것 같았다. 심지어 바로 앞에 선 샘도 비추지 않았다. 얼굴은 늙고 창백했으며 주름지고 쪼그라들었다. 죽은 것처럼 보였다. 입도 다물고, 눈도 닫혀 있었다. 뺨은 홀쭉했고, 이마는 메말랐으며, 턱은 축 늘어졌다. 사람이 천 년을 살면서 죽지 않고 계속 늙기만 한다면 그 얼굴이 이렇게 보일지도 몰랐다.

문이 눈을 떴다.

눈도 희었고, 앞을 보지 못했다. "누구냐?" 문이 묻자 우물이 마주 속삭였다. "누구—누구—누구—누구—누구—누구."

샘웰 탈리가 대답했다. "나는 어둠 속의 검이요, 장벽 위의 감시자로다. 나는 추위에 맞서 타는 불이요, 새벽을 가져오는 빛, 잠자는 이들을 깨우는 나팔이자, 인간의 나라를 지키는 방패로다."

"그렇다면 지나가라." 문이 말했다. 문이 입을 벌리더니 점점 더 크게, 더 크게 벌려서 주름진 둥근 테 안에 커다랗게 벌린 입만 남을 때까지 벌어졌다. 샘은 옆으로 비켜서서 조젠에게 먼저 통과하라고 손짓했다. 서머가 킹킹거리며 뒤따랐고, 그다음이 브랜 차례였다. 호도는 허리를 숙였지만 충분히 숙이지는 못했다. 문의 윗입술이 브랜의 머리 꼭대기를 부드럽게 쓸었고, 물방울이 떨어져서 브랜의 코를 타고 천천히 흘러내렸다. 이상하게 따뜻했고, 눈물처럼 짠 물이었다.

# 대너리스

미린은 아스타포와 융카이를 합친 것만큼 컸다. 자매 도시들과 마찬가지로 벽돌로 지었지만, 아스타포가 붉은색이고 융카이가 노란색이라면 미린은 수많은 색깔의 벽돌로 이루어졌다. 벽은 융카이보다 높고 더 수리 상태가 좋았으며, 능보(성벽의 돌출부로 공격에 용이하다)가 촘촘하고 굽이마다 거대한 방어탑이 있었다. 하늘 아래 거대하게 올라간 방어탑들 뒤로 대(大)피라미드 꼭대기를 볼 수 있었는데, 250미터 높이에 달하는 엄청난 건물로 꼭대기에는 청동 하피가 우뚝 서 있었다.

"하피는 비겁한 물건입니다." 다리오 나하리스는 그 하피를 보자 말했다. "여자의 심장에 닭의 다리를 지녔죠. 그 아들들이 벽 뒤에 숨은 것도 당연해요."

그러나 영웅을 자처한 자는 숨지 않았다. 그는 구리와 흑옥 미늘 갑옷을 입고 하얀 군마를 타고 도시 문 밖으로 달려 나왔다. 분홍색과 흰색 마갑이 영웅의 어깨에서 흘러내리는 비단 망토와 잘 어울렸다. 영웅이 든 분홍색과 흰색으로 회오리치는 기마 창은 길이가 4미터가 넘었으며, 머리카락은 모양을 잡고 빗고 칠을 해서 구부러진 거대한 양 뿔 모양으로 만들었다.

그는 화려한 색깔의 벽돌로 이루어진 벽 아래를 왔다 갔다 달리면서 포위군에게 일대일로 자신과 맞붙을 대전사를 보내라고 부추겼다.

대니의 혈맹기수들은 그자와 맞서 싸우고 싶어 들뜬 나머지 서로 툭탁거리기 직전까지 갔다. 대니는 말했다. "내 피 중의 피여, 너희들의 자리는 여기 내 옆이다. 저 남자는 귀찮은 파리에 불과하다. 무시하면 곧 사라질 것이다." 아고와 조고와 라카로는 용감한 전사들이었으나 젊었고, 위험을 감수하기엔 너무 귀중했다. 그들은 그녀의 칼라사르를 한데 묶어주었으며, 최고의 척후병들이기도 했다.

"현명한 처사였습니다." 대니의 천막 앞에서 함께 광경을 바라보던 조라 경이 말했다. "저 바보는 말이 지칠 때까지 달리면서 소리 지르라고 놔두지요. 우리에게 아무 해도 끼치지 못합니다."

"해가 됩니다." 흰 수염 아르스탄의 주장은 달랐다. "전쟁은 창검만으로 이기는 게 아닙니다, 경. 동등한 힘을 지닌 두 군대가 만나더라도 하나는 무너져 달아나는 반면 하나는 버텨 설 겁니다. 이런 영웅은 자기네 군대의 마음에 용기를 불어넣고 우리 군대의 마음에는 의심의 씨를 뿌립니다."

조라 경은 코웃음을 쳤다. "그리고 우리 대전사가 지면, 그때는 어떤 씨앗이 뿌려지요?"

"전투를 두려워하는 사람은 승리를 거두지 못합니다, 경."

"우린 전투를 이야기하는 게 아니오. 저 바보가 쓰러져도 미린의 문은 열리지 않아. 왜 아무 쓸데도 없이 목숨을 건단 말이오?"

"명예를 위해서라고 말씀드리지요."

"그만하면 됐소." 골치 아픈 다른 문제도 많은데 두 사람의 다툼까지 없을 필요는 없었다. 미린은 큰 소리로 욕을 해대는 분홍색과 흰색 영웅보다 훨씬 심각한 위험을 야기했고, 대니는 신경을 분산시킬 수 없었다. 그녀의 군대는 융카이를 떠난 후 8000명이 넘었으나, 그중에 병사는 4분의 1도

되지 않았다. 나머지는…… 조라 경은 그들을 발이 달린 입이라고 불렀고, 그들은 곧 굶주릴 것이었다.

미린의 '대단한 주인들(the Great Masters)'은 대니가 진격하기 전에 도시 안으로 물러나면서 수확할 수 있는 것은 모두 수확하고 나머지는 불태웠다. 가는 곳마다 새까맣게 탄 밭과 독이 든 우물이 그녀를 맞이했다. 그중 최악은, 융카이에서 미린까지 이어지는 해안 길을 따라 이정표마다 노예 어린아이를 못 박아놓았다는 점이었다. 그들은 아직 산 채로 창자를 쏟으며 못 박혔고, 모두 한쪽 팔은 미린 방향으로 뻗고 있었다. 선봉대를 이끌던 다리오는 대니가 보기 전에 그 아이들을 내리라고 명령했지만, 대니는 소식을 듣자마자 그 명령을 철회하게 했다. "내가 직접 보겠다. 하나도 빠짐없이 보고, 그 수를 헤아리고, 그 얼굴을 보겠다. 그리고 기억하겠다."

강을 옆에 끼고 소금 해안에 자리 잡은 미린에 도착했을 무렵, 그 숫자는 163에 달했다. '내 이 도시를 갖고 말겠다.' 대니는 다시 한번 스스로에게 맹세했다.

분홍색과 흰색의 영웅은 한 시간 동안 포위군을 놀리며 그들의 남성성, 어머니, 아내, 신들을 조롱했다. 미린 수비군은 도시 벽 위에서 영웅에게 환호했다. "저놈 이름은 오즈나크 조 팔입니다." 갈색 벤 플럼이 작전회의에 도착해서 말했다. 그는 둘째 아들들의 새로운 지휘관으로, 동료 용병들이 투표로 뽑은 인물이었다. "제가 둘째 아들들에 합류하기 전에 저놈 숙부를 한 번 경호한 적이 있습니다. 대단한 주인들은 무슨, 살찐 구더기 무더기예요. 여자들은 썩 나쁘지 않았지만, 여자를 잘못 쳐다봤다가는 목숨을 걸어야 했습니다. 제가 스카브라는 남자를 알았는데, 오즈나크가 그 사람 간을 끄집어냈어요. 귀부인의 명예를 지키기 위해서라면서, 스카브가 눈으로 그 여자를 범했다면서 말입니다. 대체 눈으로 계집을 어떻게 범합니까? 하지만 저놈 숙부가 미린에서 제일가는 부자인 데다 아버지는 도시 경비대를 지휘하니, 저까지 죽이기 전에 쥐새끼처럼 달아나야 했지요."

그들은 오즈나크 조 팔이 하얀 군마에서 내려 로브를 벗고 남근을 꺼내더니, 불탄 나무들 사이에 대니의 금빛 천막을 세워놓은 올리브 숲을 향해 오줌을 갈기는 모습을 보았다. 다리오 나하리스는 그자가 아직 오줌을 누고 있을 때 아라크를 손에 들고 말을 달려왔다. "제가 저놈 물건을 잘라서 입에 물려놓을까요, 여왕님?" 파란 갈래 수염 사이로 금니가 번득였다.

"내가 원하는 것은 그자의 하잘것없는 남근이 아니라 그자의 도시다." 그러나 대니도 슬슬 화가 났다. '더 무시한다면 내 백성들이 나를 약하게 보겠지.' 하지만 누굴 보낼 수 있단 말인가? 다리오도 혈맹기수들만큼이나 필요한 자였다. 그 화려한 티로시인이 없다면 프렌달 나 게즌과 대머리 살로르의 추종자들이 많았던 폭풍 까마귀 용병단을 유지할 수 없었다.

미린의 벽 높은 곳에서 환호가 커지더니, 이제 수비군 수백 명이 자기네 영웅을 따라 포위군에게 경멸을 표현하려고 난간 너머로 오줌을 누었다. '우리를 두려워하지 않는다는 걸 과시하려고 노예들에게 오줌을 뿌리다니.' 대니는 생각했다. '문밖에 있는 게 도트락의 칼라사르였다면 감히 저런 짓은 못 하련만.'

"이 도전에는 반드시 응해야 합니다." 아르스탄이 재차 말했다.

"그럴 것이오." 대니는 영웅이 남근을 집어넣는 동안 말했다. "힘센 벨와스에게 내가 부른다 전하시오."

그 몸집 거대한 갈색 내시는 대니의 천막 그늘에 앉아서 소시지를 먹고 있었다. 그는 세 입 만에 소시지를 먹어치우고 기름 묻은 손을 바지에 닦더니, 흰 수염 아르스탄에게 무기를 가져오라고 했다. 나이 많은 종자는 매일 저녁 벨와스의 아라크를 갈고 새빨간 기름을 먹여 문질러두었다.

흰 수염이 검을 가져오자 힘센 벨와스는 가늘게 뜬 눈으로 검날을 내려다보더니 끙 소리를 내며 가죽 검집에 다시 꽂고, 굵은 허리에 검대를 찼다. 아르스탄은 그의 방패도 가져왔다. 파이 접시만 한 강철 원반으로, 벨와스는 웨스테로스식으로 방패를 팔뚝에 매지 않고 빈손에 쥐었다. "간과 양파를 찾아봐, 흰 수염." 벨와스가 말했다. "지금 말고 나중에 먹게. 힘센 벨와스는 죽이면 배고파져." 그는 답을 기다리지 않고 올리브 숲에서 오즈나크 조 팔을 향해 걸어갔다.

"왜 저놈입니까, 칼리시?" 라카로가 물었다. "뚱뚱하고 멍청한데요."

"힘센 벨와스는 이곳 투기장의 노예였다. 상류층으로 태어난 오즈나크라는 자가 저런 이에게 쓰러진다면 대단한 주인들은 수치스럽겠지. 혹시 오즈나크가 이긴다 해도…… 흠, 저 잘난 놈에게는 쓰라린 승리겠지. 미린이 자랑스러워할 수 없는 승리." 그리고 조라 경과 다리오, 갈색 벤, 세 혈맹기수와 달리 그 내시 전사는 부대를 이끌지도, 전투 작전을 짜지도, 대니에게 조언을 하지도 않았다. 그는 먹고 호언장담하고 아르스탄에게 소리만 질렀다. 벨와스는 대니가 가장 쉽게 대체할 수 있는 사람이었다. 그리고 마지스터 일리리오가 그녀에게 어떤 경호원을 보냈는지 알아볼 때도 되었다.

벨와스가 느릿느릿 도시를 향해 걸어가는 모습을 본 포위군이 흥분해서 쿵쿵거리는 소리가 울렸고, 미린의 벽과 탑에서는 고함 소리와 야유가 울렸다. 오즈나크 조 팔은 다시 말에 올라 줄무늬 기마 창을 세워 들고 기다렸다. 군마는 초조하게 머리를 젖히고 모래밭을 긁었다. 육중한 몸집의 내시였지만 말에 오른 영웅 옆에서는 작아 보였다.

"기사다운 남자라면 말에서 내릴 겁니다." 아르스탄이 말했다.

오즈나크 조 팔은 기마 창을 내리고 돌격했다.

벨와스는 다리를 넓게 벌리고 멈춰 섰다. 한 손에는 작은 원형 방패를, 반대쪽 손에는 아르스탄이 열심히 관리한 아라크 곡도를 쥐고 있었다. 허리에 묶은 노란색 비단 장식 띠 위로 거대한 갈색 배와 늘어진 가슴이 드러나 있었고, 어이없을 정도로 작아서 젖꼭지도 가리지 못하는 징 박힌 가죽조끼 외에 다른 보호구는 없었다. "사슬 갑옷을 줘야 했는데." 대니가 갑자기 불안에 사로잡혀서 말했다.

"사슬을 걸치면 움직임이 느려질 뿐입니다." 조라 경이 말했다. "투기장에서는 갑옷을 걸치지 않습니다. 군중들이 보고 싶어 하는 건 피니까요."

하얀 군마의 발굽에서 먼지가 피어올랐다. 오즈나크는 어깨에 맨 줄무늬 망토를 휘날리며 힘센 벨와스에게 무섭게 달려갔다. 미린시 전체가 그를 응원하는 것 같았다. 그에 비해 포위군의 함성은 드물고 적었다. 대니의 거세병들은 말없이 대열을 갖추고 돌 같은 얼굴로 지켜보기만 했다. 벨와스도 돌로 만든 것 같았다. 그는 조끼가 꽉 끼는 넓은 등을 보인 채 말의 앞길에 버텨 서 있었다. 오즈나크의 기마 창이 그의 가슴 중앙을 겨눴다. 눈부신 강철 창 촉에서 햇빛이 깜박거렸다. '찔리고 말겠어.' 대니가 그렇게 생각한 순간…… 벨와스가 옆으로 몸을 핑 돌렸다. 그리고 눈 깜박할 사이에 말에 오른 남자는 그를 지나쳐서 기마 창을 들어 올리며 방향을 돌렸다. 벨와스는 그를 공격할 움직임도 보이지 않았다. 도시 벽에 선 미린인들은 더욱 크게 소리를 질러댔다. "벨와스가 뭘 하는 거지?" 대니가 물었다.

"군중들에게 볼거리를 주는 겁니다." 조라 경이 말했다.

오즈나크는 벨와스 주위로 크게 원을 그리더니 박차를 가해서 다시 돌격했다. 이번에도 벨와스는 기다렸다가 몸을 돌리고 창끝을 쳐냈다. 영웅이 그 옆을 지나쳐 가자 벨와스가 터뜨린 우렁찬 웃음소리가 평원 너머 대니에게까지 들렸다. "저 기마 창은 너무 길어요." 조라 경이 말했다. "벨와스는 창끝만 피하면 그만입니다. 저 바보는 저렇게 예쁘게 창으로 꿰려고 하지 말고 말을 몰아서 밟고 지나가야 합니다."

오즈나크 조 팔이 세 번째로 돌격했고, 이제는 대니도 그자가 웨스테로스 기사가 시합에서 적수에게 달려갈 때처럼 벨와스를 지나쳐 달린다는 사실을 똑똑히 볼 수 있었다. 적을 밟고 지나가는 도트락인처럼 그를 향해 똑바로 달리는 게 아니었다. 평평하고 고른 땅바닥은 군마가 빠르게 달릴 수 있게 해주었지만, 동시에 벨와스가 4미터가 넘는 성가신 기마 창을 피하기도 쉽게 만들어주었다.

미린의 분홍색과 흰색 영웅은 이번에는 예측해보려고 하면서, 마지막 순간에 기마 창을 옆으로 휘둘러 창끝을 피하는 힘센 벨와스를 잡으려 했다. 하지만 벨와스는 그것까지 예측했고, 이번에는 옆으로 돌아서 피하는 대신 아래로 몸을 낮췄다. 기마 창은 아무 해도 입히지 못하고 그의 머리 위를 지나갔다. 그리고 갑자기 벨와스는 몸을 굴리면서 면도날처럼 날카로운 아라크로 은빛 호선을 그렸다. 칼날이 다리를 파고들자 군마가 비명을 질렀고, 말이 쓰러지면서 영웅이 안장에서 굴러떨어졌다.

갑작스러운 정적이 미린의 벽돌 벽 난간을 휩쓸었다. 이제 소리를 지르며 환호하는 쪽은 대니의 군대였다.

오즈나크는 힘센 벨와스가 덮치기 전에 말에게서 벗어나 검을 뽑는 데 성공했다. 강철과 강철이 부딪치는 움직임이 너무 빠르고 맹렬해서 대니는 따라잡을 수가 없었다. 십여 초 만에 벨와스는 가슴 아래가 베여 가슴팍이 피로 흥건했고, 오즈나크 조 팔은 양 뿔 사이에 정통으로 아라크가 박혔다. 벨와스는 칼날을 뽑더니 흉포하게 목을 세 번 내리쳐서 영웅의 머리통을 몸에서 떼어냈다. 그는 미린인들이 볼 수 있게 그 머리통을 높이 치켜들었다가 도시 문 쪽으로 내던졌다. 머리통은 통통 튀다가 모래밭을 굴렀다.

"미린의 영웅은 이걸로 끝." 다리오가 껄껄대며 말했다.

"의미 없는 승리입니다." 조라 경이 경고했다. "한 번에 하나씩 수비군을 죽여서는 미린을 얻지 못합니다."

"그렇지." 대니도 동의했다. "하지만 이놈은 죽어서 기쁘군."

벽 위의 수비군은 벨와스에게 노궁을 쏘기 시작했지만, 화살이 그에게 미치지 못하고 떨어지거나 땅바닥을 스쳤다. 벨와스는 강철 촉이 달린 빗발에 등을 돌리고, 바지를 내리고 쪼그려 앉더니, 도시 방향에 대고 똥을 누었다. 그는 오즈나크의 줄무늬 망토로 뒤를 닦고도 느긋하게 영웅의 시신을 뒤진 후, 죽어가는 군마의 고통을 끝내준 후에야 터벅터벅 올리브 숲으로 돌아왔다.

포위군은 벨와스가 숙영지에 도착하자마자 소란스럽게 환영했다. 도트락인들은 와와 소리를 내며 고함을 쳐댔고, 거세병들은 창으로 방패를 두드려 엄청난 소음을 냈다. "잘했네." 조라 경이 말했고, 갈색 벤은 벨와스에게 잘 익은 자두를 던지며 말했다. "달콤한 싸움에는 달콤한 과일이지." 심지어 대니의 도트락인 시녀들에게도 칭송할 말이 있었다. 지키가 말했다. "머리를 땋아서 종을 달아주고 싶네요, 힘센 벨와스. 하지만 당신은 땋을 머리가 없죠."

"힘센 벨와스는 딸랑대는 종 필요 없어." 내시는 갈색 벤이 던진 큰 자두를 네 입 만에 먹어치우고 씨를 옆으로 던졌다. "힘센 벨와스는 간과 양파를 먹어야 해."

"먹게 될 것이다." 대니가 말했다. "힘센 벨와스가 다쳤구나." 젖가슴 아래 생긴 칼자국에서 피가 줄줄 흘러내려서 배가 시뻘겋게 물들어 있었다.

"아무것도 아니야. 난 누구든 죽이기 전에 한 번은 날 베게 해줘요." 그는 피투성이 배를 철썩 때렸다. "칼자국을 세어보면 힘센 벨와스가 얼마나 많이 죽였는지 알 거예요."

그러나 대니는 비슷한 부상으로 칼 드로고를 잃었기에, 치료도 받지 않고 넘어가게 할 수 없었다. 그녀는 미산데이를 보내 치료 기술로 유명한 융카이의 해방 노예를 찾아오게 했다. 벨와스는 울부짖으며 불평했지만, 대니는 그를 꾸짖고 커다란 대머리 아기가 따로 없다고 해가면서 치료사가 식초로 상처의 출혈을 멈추고, 꿰매고, 파이어와인에 적신 리넨 붕대로 묶게 했다. 대니는 그런 다음에야 지휘관들을 이끌고 작전회의를 하러 천막 안으로 들어갔다.

"내 이 도시를 꼭 가져야겠다." 대니는 드래곤들을 주위에 두고 방석 더미 위에 다리를 접고 앉아서 말했다. 이리와 지키가 와인을 따랐다. "이 도시의 곡창은 터질 지경이다. 피라미드 테라스에는 무화과와 대추야자와 올리브가 자라고, 지하실에는 소금에 절인 물고기와 훈제 고기 통들이 묻혀 있지."

"그리고 금화, 은화, 보석이 꽉 찬 궤짝들도 있지요." 다리오가 상기시켰다. "보석도 잊지 마십시다."

"뭍 쪽의 방벽을 살펴봤는데, 약한 지점이라곤 없습니다." 조라 모르몬트 경이 말했다. "시간이 있다면 탑 아래를 파서 돌파구를 마련할 수 있을지도 모르지만, 땅을 파는 동안에는 뭘 먹는단 말입니까? 저장고가 바닥났는데요."

"뭍 쪽 방벽에는 약점이 없다?" 대니가 말했다. 미린은 느린 갈색의 스카하자단강이 노예상만으로 흘러드는 자리에 있는 모래와 돌 반도에 서 있었다. 도시의 북쪽 벽은 강둑을 따라 이어졌고, 서쪽 벽은 노예상만의 해안가를 면했다. "그건 강이나 바다에서는 공격할 수 있다는 말이오?"

"배 세 척으로 말입니까? 그롤리오 선장에게 강가 벽을 잘 살펴보게 하긴 해야겠지만, 벽이 무너져가지 않는 한은 그저 죽음으로 가는 더 축축한 길일 뿐입니다."

"우리가 공성탑을 짓는다면? 비세리스 오빠에게 들은 이야기가 있어서 그런 걸 만들 수 있다는 건 아는데."

"공성탑은 나무로 짓습니다, 여왕님." 조라 경이 말했다. "노예상들이 사방 200리 안에 있는 나무란 나무는 다 불태웠습니다. 나무가 없으면 벽을 부술 투석기도, 벽을 타 넘을 사다리도, 공성탑도, 거북이(turtle, 공성 중에 병사들을 보호하는 병기로 거북이 등딱지를 닮았다)도, 충차도 없습니다. 도끼로 문을 공격할 수는 있지만……"

"도시 문 위에 달린 청동 머리들 보셨소?" 갈색 벤 플럼이 물었다. "줄줄이 입을 벌리고 있는 하피 머리통들 말이오. 미린인들이 그 입으로 끓는 기름을 내뿜어서 도끼잡이들을 그 자리에서 요리해버릴 수 있을 거요."

다리오 나하리스는 회색 벌레를 보고 미소 지었다. "거세병들이 도끼를 휘둘러야 할지도 모르겠군. 끓는 기름도 자네들에겐 따뜻한 목욕 정도 느낌에 불과하다고 들었어."

"사실이 아닙니다." 회색 벌레는 미소를 돌려주지 않았다. "이 몸들이 인간처럼 화상을 느끼지는 않으나, 끓는 기름에는 눈이 멀고 죽습니다. 그러나 거세병은 죽기를 두려워하지 않지요. 이 몸들에게 충차를 주시면 저 문들을 부수거나, 부수다가 죽겠습니다."

"죽겠지." 갈색 벤이 말했다. 융카이에서 둘째 아들들의 지휘권을 쥐었을 때 그는 백 번의 전투로 단련된 전문가라고 주장했다. "그 백 번의 전투에서 다 용감하게 싸웠다는 말은 안 하겠지만 말입니다. 늙은 용병과 대담한 용병이 있는데, 늙고 대담한 용병은 없다지요." 대니는 그때 들은 말이 사실임을 알아보았다.

대니는 한숨을 내쉬었다. "내 거세병들의 목숨을 마구 던지진 않겠다, 회색 벌레. 도시를 굶겨 죽일 수도 있겠지."

조라 경은 암울한 얼굴이었다. "놈들보다 저희가 훨씬 먼저 굶을 겁니다, 전하. 여기엔 식량도 없고, 노새와 말에게 먹일 사료도 없습니다. 여기 강물도 마음에 들지 않아요. 미린은 스카하자단강에 똥을 싸고 마실 물은 깊은 우물에서 길어 올립니다. 이미 우리 숙영지에는 열병과 갈변이 돌고, 이질 환자도 셋이나 나왔습니다. 버티면 버틸수록 환자가 늘어날 겁니다. 노예들은 행군으로 약해졌어요."

"해방 노예이고, 자유인이오." 대니가 바로잡았다. "이젠 노예가 아니야."

"노예이건 자유인이건 간에 그들은 굶주렸고 곧 아플 겁니다. 저 도시는 우리보다 양식이 넉넉하고, 강이나 바다로 재보급도 가능합니다. 전하의 배 세 척으로는 강과 바다 양쪽을 막을 수 없어요."

"그렇다면 조라 경의 조언은 뭔가?"

"마음에 안 드실 겁니다."

"그렇다 해도 들어보지."

"그렇다면, 저는 이 도시는 내버려두시라 말씀드리겠습니다. 세상 모든 노예를 해방시키실 순 없습니다, 칼리시. 여왕님의 전쟁은 웨스테로스에 있습니다."

"웨스테로스를 잊지는 않았네." 대니는 한 번도 본 적 없는 그 전설 속의 땅을 몇 날 밤이나 꿈꾸었다. "하지만 내가 미린의 낡은 벽돌 벽에 이렇게 쉽게 패배한대서야, 웨스테로스의 거대한 돌성들을 어떻게 빼앗겠나?"

"아에곤이 그랬듯, 불로 빼앗으시면 됩니다. 우리가 칠왕국에 도착할 때쯤이면 드래곤들이 성장해 있을 겁니다. 그리고 공성탑과 투석기도 있고, 여기에 없는 모든 게 있을 겁니다……. 하지만 긴 여름의 땅(the Lands of the Long Summer)을 가로지르는 여정은 길고 힘들며, 우리가 알지 못하는 위험이 도사리고 있지요. 전하께서 아스타포에 들르신 것은 전쟁을 시작하기 위해서가 아니라 군대를 사기 위해서였습니다. 여왕님의 창과 검은 칠왕국을 위해 아끼십시오. 미린은 미린인들에게 두고 서쪽 펜토스로 진군하십시오."

"패배해서 말인가?" 대니가 발끈해서 말했다.

"겁쟁이들이 큰 벽 뒤에 숨어 있을 때는, 그놈들이 패배한 쪽입니다, 칼리시." 코 조고가 말했다.

다른 혈맹기수들도 동의했다. "내 피 중의 피여, 겁쟁이들이 숨어서 식량과 사료를 불태울 때, 위대한 칼들은 더 용감한 적을 찾아 나서야 합니다. 잘 알려진 사실입니다." 라카로가 말했다.

"잘 알려진 사실입니다." 지키가 와인을 따르며 맞장구쳤다.

"나에게는 아니야." 대니는 조라 경의 조언을 중시했지만, 미린을 손대지 않고 떠나는 것만은 참을 수 없었다. 장대에 걸려서 새들에게 창자를 뜯기며 깡마른 팔로 해안 길을 가리키던 아이들을 잊을 수가 없었다. "조라 경, 우리에게 남은 식량이 없다고 했지. 내가 서쪽으로 행군한다면 해방 노예들을 어떻게 먹여 살릴 수 있소?"

"못 하십니다. 죄송합니다, 칼리시. 해방 노예들은 알아서 식량을 구하거나 굶어 죽어야 합니다. 예, 그 행군으로 많은 수가 죽어나갈 겁니다. 힘든 행군이 되겠지만, 구할 방법이 없습니다. 우리는 이 타버린 땅을 뒤로해야 합니다."

대니는 붉은 황야를 건널 때 발자취 뒤로 시신들을 남겨야 했다. 다시는 보고 싶지 않은 광경이었다. "안 돼. 내 백성들이 죽을 길을 가진 않겠네." '내 아이들.' "분명히 저 도시로 들어갈 방법이 있을 거야."

"제가 길을 하나 압니다." 갈색 벤 플럼이 희끗희끗한 수염을 쓰다듬었다. "하수구입니다."

"하수구라니? 무슨 뜻인가?"

"거대한 벽돌 하수구가 도시의 오물을 싣고 스카하자단으로 쏟아져요. 몇 사람 정도는 들어갈 수 있을지도 모릅니다. 스카브의 머리가 날아간 후에 제가 미린에서 도망친 방법이 그거였죠." 갈색 벤은 얼굴을 찡그렸다. "그 냄새는 평생 못 잊을 겁니다. 가끔은 꿈도 꾼다니까요."

조라 경은 미심쩍은 얼굴이었다. "들어가기보다는 나오기가 쉬울 것 같군. 그 하수구들이 강으로 쏟아진다고 했나? 그렇다면 입구가 벽 바로 아래에 있겠군."

"그리고 쇠창살로 막혀 있지요." 갈색 벤은 어려움을 인정했다. "녹슬어서 빠져나올 만한 데가 있었기에 망정이지, 똥물에 빠져 죽을 뻔했습니다. 일단 안으로 들어가면 깜깜한 어둠 속에서 길고 더러운 오르막으로 벽돌 미로 속을 통과해야 하는데, 영영 길을 잃기 십상이지요. 오물은 허리보다 낮아질 때가 없고, 벽에 남은 자국을 보니 머리 위까지 올라갈 때도 있는 것 같았고요. 게다가 그 밑에 돌아다니는 것들도 있지요. 평생 본 적 없이 커다란 쥐에다가, 그보다 더 지독한 것들. 불쾌한 것들까지."

다리오 나하리스가 웃음을 터뜨렸다. "기어 나왔을 때 댁만큼 불쾌할까? 누구든 그런 짓을 시도할 만큼 멍청하다 해도, 나타나는 순간 미린의 모든 노예상이 냄새로 알아차리겠구먼."

갈색 벤은 어깨를 으쓱였다. "여왕님께서 들어갈 방법이 있느냐 물으시기에 말씀드린 거요……. 하지만 벤 플럼은 칠왕국의 금을 다 준다 해도 다시는 그 하수구에 내려가지 않을 겁니다. 하지만 다른 사람들이 시도하고 싶다면야 환영이지요."

아고, 조고, 그리고 회색 벌레가 한꺼번에 말을 하려고 했지만 대니가 손을 들어 조용히 시켰다. "그 하수구는 유망해 보이지 않는군." 그녀가 명령한다면 회색 벌레는 거세병을 이끌고 하수구로 내려갈 테고, 혈맹기수들도 그렇게 할 터였다. 하지만 그들은 그 일에 적합하지 않았다. 도트락인들은 기마전사였고, 거세병의 힘은 전장에서의 기강에 있었다. '그렇게 작은 희망을 걸고 사람들을 어둠 속에서 죽으라고 보낼 수 있을까?' "이 문제는 좀 더 생각해봐야겠소. 다들 직무 복귀하시오."

지휘관들은 고개를 숙이고, 대니를 시녀들과 드래곤들 곁에 두고 나갔다. 갈색 벤이 나가려는데 비세리온이 하얀 날개를 펼치더니 퍼덕퍼덕 그의 머리를 향해 날아갔다. 날개 한쪽이 용병의 얼굴을 쳤다. 하얀 드래곤은 한쪽 발은 그 남자의 머리에, 다른 쪽 발은 어깨에 디디며 어색하게 내려앉더니 빽 소리를 지르고 다시 날아올랐다. "비세리온이 그대를 좋아하는군, 벤." 대니가 말했다.

"그럴 수도 있겠지요." 갈색 벤이 웃음을 터뜨렸다. "실은 제 몸에도 드래곤의 피가 조금 흐른답니다."

"그대에게?" 대니는 놀랐다. 플럼은 용병단원으로, 정감 가는 혼혈인이었다. 넓적한 갈색 얼굴에 부러진 코, 곱슬곱슬한 회색 머리가 특징이었고 도트락인 어머니에게서 커다란 검은색의 아몬드형 눈을 물려받았다. 그는 브라보스, 여름 군도, 이벤, 코호르, 도트락, 도르네, 웨스테로스의 피가 섞였다고 주장했지만 타르가르옌 피에 대해서는 대니도 처음 들었다. 그녀는 찬찬히 그를 살피며 말했다. "어떻게 그럴 수가 있나?"

"그게, 해넘이 왕국에서 드래곤 왕녀와 결혼한 플럼이 한 명 있었거든요. 할머니에게 들은 이야깁니다. 아에곤 왕 시절에 살았다나요."

"어느 아에곤 왕?" 대니가 물었다. "웨스테로스를 통치한 아에곤은 다섯 명이야." 대니의 조카가 여섯 번째 아에곤이 되었을 테지만, 찬탈자의 부하들이 그 아이의 머리를 벽에 내동댕이쳐 부쉈다.

"다섯이나 있었습니까? 그거 헷갈리네요. 몇 번째인지는 저도 모릅니다, 여왕님. 하지만 그 플럼은 영주였고, 분명히 전성기에는 유명해서 온 나라에 이름을 떨쳤을 겁니다. 여왕님께 아뢰기 좀 죄송하지만, 남근이 180센티미터에 가까웠거든요."

대니가 웃음을 터뜨리자 땋은 머리에 달린 종 세 개가 울렸다. "18센티미터겠지."

"180이라니까요." 갈색 벤은 단호했다. "18센티미터라면 누가 그걸 떠벌리고 싶겠습니까? 여왕님."

대니는 어린아이처럼 키득거렸다. "할머니께서 그 엄청난 걸 직접 보셨다던가?"

"그 노인네야 못 봤죠. 반은 이벤인, 반은 코호르인이라 웨스테로스는 가보지도 못했는걸요. 할아버지가 말해준 걸 겁니다. 할아버진 제가 태어나기도 전에 도트락인에게 죽었죠."

"그리고 할아버지의 지식은 어디에서 온 건가?"

"매춘굴에 도는 이야기 중 하나였겠죠." 갈색 벤은 어깨를 으쓱였다. "안타깝게도 몇 번째인지 모를 아에곤이나 늙은 플럼 공의 어마어마한 거시기에 대해 제가 아는 건 그게 답니다. 전 '아들들'을 보러 가는 게 좋겠군요."

"그러도록." 대니가 말했다.

갈색 벤이 나가고 나서 대니는 쿠션에 드러누웠다. "네가 다 컸다면……." 그녀는 드로곤의 뿔 사이를 긁어주며 말했다. "널 타고 저 벽 위로 날아가서 하피를 녹여버릴 텐데." 하지만 그녀의 드래곤들이 사람을 태울 만큼 크려면 몇 년은 남았다. '그리고 그때가 오면, 누가 이 드래곤들을 타지? 드래곤에게는 머리가 셋이지만, 나에겐 하나뿐이야.' 그녀는 다리오를 생각했다. '세상에 눈으로 여자를 범할 수 있는 남자가 있다면 분명…….'

그렇게 치자면 대니도 마찬가지였다. 대니는 지휘관들이 회의를 하러 올 때 저도 모르게 그 티로시인을 훔쳐보곤 했고, 가끔은 밤에 다리오가 웃을 때 금니가 번쩍이는 모습을 떠올리기도 했다. 그 미소, 그리고 그 눈. '그 새파란 눈.' 융카이에서 오는 길에 다리오는 보고하러 돌아오는 저녁마다 꽃이나 잔가지를 가져왔다……. 그녀가 땅을 배우는 데 도움이 될 거라면서 말이다. 말벌 버드나무, 어스름 장미, 야생 박하, 귀부인의 레이스, 단검잎, 빗자루, 가시투성이 벤, 하피의 금……. '죽은 아이들의 모습을 내게서 감추려고도 했지. 그러지 말았어야 했지만, 그래도 친절한 의도였어.' 그리고 다리오 나하리스는 그녀를 웃게 해주었다. 조라 경은 결코 하지 못하는 일이었다.

대니는 다리오가 입을 맞추게 두면 어떤 느낌일까, 배에서 조라가 했던 것처럼 입 맞춘다면 어떤 느낌일까 상상해보려 했다. 흥분되면서도 심란한 생각이었다. '위험부담이 너무 커.' 그 티로시 용병이 좋은 남자가 아니라는 사실은 누구에게 듣지 않아도 알았다. 미소와 농담 아래 위험을 숨긴 남자였고, 잔인하기도 했다. 그는 아침에 살로르와 프렌달의 동업자로 일어났다가, 그날 밤에 대니에게 둘의 머리통을 바쳤다. '칼 드로고도 잔인할 순 있었고, 그보다 더 위험한 남자도 없었지.' 그래도 대니는 칼 드로고를 사랑하게 되었다. '내가 다리오를 사랑할 수 있을까? 그자를 내 침대에 들인다면 무슨 뜻이 될까? 그게 그자를 드래곤의 머리 하나로 삼는 게 될까?' 조라 경이 분노하기야 하겠지만, 그녀가 두 남편을 둬야 한다고 말한 장본인이 조라였다. '둘 다와 결혼하고 끝내야 할지도 모르겠군.'

하지만 그건 어리석은 생각이었다. 그녀에겐 빼앗아야 할 도시가 있었고, 입맞춤과 어느 용병의 새파란 눈을 꿈꿔봐야 미린의 벽을 돌파하는 데엔 아무 도움도 되지 않았다. '나는 드래곤의 핏줄이야.' 대니는 스스로를 다시 일깨웠다. 그녀의 생각은 제 꼬리를 쫓는 쥐처럼 뱅글뱅글 맴을 돌고 있었다. 그녀는 갑자기 천막 안의 답답함을 견딜 수가 없어졌다. '바람을 얼굴에 맞고 바다 냄새를 맡고 싶어.' 그녀는 외쳤다. "미산데이, 내 은마에 안장을 얹게 해라. 네 말에도 안장을 얹고."

어린 통역관은 허리를 숙였다. "여왕님 명대로 하겠습니다. 호위할 혈맹 기수들을 부를까요?"

"아르스탄을 데려가겠다. 숙영지를 떠날 마음은 없어." 그녀의 아이들 중에는 적이 없었다. 그리고 늙은 종자라면 벨와스처럼 말이 많지도, 다리오처럼 그녀를 쳐다보지도 않을 터였다.

대니의 대형 천막이 서 있는 불탄 올리브 숲은 바닷가에 있었고, 도트락 진영과 거세병 진영 사이였다. 말에 안장을 올리고 대니와 두 동행은 바닷가를 따라 도시 반대쪽으로 출발했다. 그래도 등 뒤에서 그녀를 놀려대는 미린을 느낄 수 있었다. 어깨 너머로 돌아보니 미린이 서 있었고, 대피라미드 꼭대기의 청동 하피에 오후 햇살이 작열하고 있었다. 밖에서는 그녀의 아이들이 굶주리는데, 미린 시내의 노예상들은 곧 술 달린 토카를 입고 누워서 양고기와 올리브, 강아지 태아, 꿀에 절인 겨울잠쥐 등의 진미로 잔치를 벌일 터였다. 갑자기 거친 분노가 마음을 채웠다. '너희를 무너뜨려주마.' 그녀는 맹세했다.

거세병 진영을 둘러싼 말뚝과 구덩이를 지나 말을 몰면서 대니는 회색 벌레와 그의 부관들이 1개 중대에게 방패와 소검과 무거운 창 훈련을 시키는 소리를 들을 수 있었다. 또 한 중대는 하얀 리넨 천만 허리에 두른 채 바다에서 목욕을 하고 있었다. 대니가 지금까지 알아차린바 거세병들은 굉장히 깔끔했다. 용병들 중에는 그녀의 아버지가 철왕좌를 잃은 때부터 지금까지 씻지도 않고 옷도 갈아입지 않은 듯한 냄새를 풍기는 사람도 있었으나, 거세병들은 매일 저녁 목욕을 했고, 하루 종일 행군했어도 빠뜨리지 않았다. 물이 없을 때는 도트락 방식으로 모래 목욕을 했다.

거세병들은 그녀가 지나가자 무릎을 꿇고 꽉 쥔 주먹을 가슴께에 들어 올렸다. 대니도 마주 인사했다. 밀물이 들어오고 있었고, 파도가 은마의 발치에 거품을 일으켰다. 대니는 바다 저편에 선 자신의 배들을 볼 수 있었다. 발레리온호가 제일 가까이 떠 있었는데, 예전에 새듈레온이라는 이름이었던 그 거대한 범선은 돛을 접은 상태였다. 더 멀리에 예전에는 '조소의 장난'과 '여름태양'호였던 갤리선 메락세스와 바가르가 보였다. 사실 그 배들은 대니의 것이 아니라 마지스터 일리리오의 배였지만, 그녀는 생각도 거의 하지 않고 새로운 이름을 붙였다. 드래곤 이름일 뿐 아니라, 그 이상의 의미가 있었다. 발레리온, 메락세스, 바가르는 파멸 이전 옛 발리리아의 신이었다.

말뚝과 구덩이, 훈련하고 목욕하는 거세병들로 질서 정연한 영역 남쪽에 해방 노예들의 숙영지가 있었는데, 훨씬 더 시끄럽고 훨씬 더 혼란스러웠다. 대니는 노예였던 자들을 아스타포와 융카이에서 얻은 무기로 최대한 무장시켰고, 조라 경은 네 개의 강력한 중대로 전투원을 조직했지만, 여기에서는 훈련의 흔적이라곤 보이지 않았다. 일행은 백 명이 모여서 죽은 말을 굽고 있는 화톳불 옆을 지나쳤다. 대니는 고기 냄새를 맡았고 꼬챙이를 맡은 소년들이 고기를 돌리면서 나는 지글대는 소리를 들을 수 있었는데, 그 풍경에 얼굴이 찌푸려질 뿐이었다.

아이들이 깔깔거리고 깡총거리면서 일행의 말 뒤를 달렸다. 경례 대신 여기저기에서 와자지껄한 언어로 그녀를 부르는 목소리들이 들렸다. 해방 노예 몇 명은 그녀를 "어머니"라 부르며 반겼고, 또 어떤 이들은 소원을 빌거나 간청했다. 어떤 이들은 낯선 신들에게 그녀의 행복을 빌었고, 어떤 이들은 그녀더러 축복을 내려달라 빌었다. 대니는 왼쪽 오른쪽을 돌아보며 사람들이 뻗은 손을 만지고, 무릎을 꿇은 사람들이 그녀의 다리나 말 등자를 만지게 내버려두며 미소 지었다. 많은 해방 노예들이 대니와 접촉하면 행운이 따른다 믿었다. '그게 이들에게 용기를 준다면야, 만지게 두어야지.' 그녀는 생각했다. '힘겨운 시험이 앞에 놓였으니……'

대니가 드래곤의 어머니에게 아기 이름을 받고 싶어 하는 임산부와 이야기하느라 멈췄을 때 누군가가 손을 뻗더니 대니의 왼쪽 손목을 잡았다. 돌아보니 햇볕에 탄 얼굴에 머리를 박박 민 키 크고 남루한 남자였다. "그렇게 세게 잡지 말고……" 대니가 입을 열었지만, 그 말을 끝내기도 전에 남자가 그녀를 통째로 안장에서 끌어 내렸다. 은마가 히힝거리며 물러서는 사이 대니는 땅바닥에 부딪쳤고 놀라서 숨이 턱 막혔다. 대니는 멍한 채 몸을 옆으로 굴려 한쪽 팔꿈치를 대고 일어나다가……

……장검을 보았다.

"못 믿을 암퇘지가 이제 나타나셨군. 언젠가는 발에 입맞춤을 받으러 올 줄 알았지." 남자의 머리통은 멜론처럼 반질반질했고 코는 시뻘겋게 껍질이 벗겨졌지만, 그녀는 그 목소리와 엷은 녹색 눈동자를 알아보았다. "네년 젖가슴부터 잘라내주마." 대니는 미산데이가 도와달라고 외치는 소리를 어렴풋이 들었다. 해방 노예 하나가 앞으로 달려들었지만, 한 걸음뿐이었다. 한 번의 빠른 칼부림으로 그는 얼굴에 피를 철철 흘리며 무릎을 꿇었다. 메로는 그 남자의 바지에 장검을 닦았다. "다음은 누구야?"

"나다." 흰 수염 아르스탄이 말에서 뛰어내리더니, 두 손으로 긴 단목 지팡이를 움켜쥐고 바닷바람에 하얀 머리를 날리며 대니 앞에 섰다.

메로가 말했다. "늙은이, 내가 댁의 지팡이를 두 동강 내기 전에 도망—"

노인은 지팡이 한쪽 끝으로 치는 척하더니, 지팡이를 물렸다가, 대니가 믿을 수 없을 만큼 빠른 속도로 반대쪽 끝을 휘둘렀다. '거인의 서자'는 얻어맞은 입에서 피와 부러진 이빨을 뱉으며 비틀비틀 파도 속으로 물러섰다. 흰 수염은 대니를 가로막고 섰다. 메로가 그 얼굴에 칼을 휘둘렀다. 노인은 고양이처럼 잽싸게 물러섰다. 지팡이가 메로의 갈비뼈를 때려서 비틀거리게 만들었다. 아르스탄은 옆으로 물을 튀기며 떨어지는 검격을 쳐내고, 두 번째 공격은 춤추듯 피하고, 세 번째는 도중에 막았다. 대니가 따라잡을 수 없을 만큼 빠른 동작이었다. 미산데이가 대니를 일으키는 사이에 쩍 소리가 들렸다. 아르스탄의 지팡이가 부러진 줄 알았는데, 메로의 정강이에서 뼈가 부러져 튀어나와 있었다. 거인의 서자는 쓰러지면서 몸을 비틀어 던져 노인의 가슴에 칼끝을 겨냥했다. 흰 수염은 그 칼날을 거의 경멸하듯이 쳐내고 지팡이 반대쪽 끝으로 거한의 관자놀이를 찍었다. 메로는 밀려오는 파도 속에 대자로 뻗어서 입에서 피거품을 내뿜었다. 다음 순간, 해방 노예들이 우르르 몰려들어 미친 듯이 단검과 돌과 성난 주먹을 퍼부었다.

대니는 속이 메스꺼워서 고개를 돌렸다. 사건이 일어났을 때보다 지금 더 무서웠다. '그놈은 날 죽였을 거야.'

"전하." 아르스탄이 무릎을 꿇었다. "이 늙은 몸이 부끄럽습니다. 그자가 여왕님을 잡을 만큼 가까이 와선 안 되는 거였습니다. 제가 해이했습니다. 수염과 머리를 밀었다고 알아보지 못했습니다."

"그야 나도 그랬지." 대니는 떨리는 몸을 멈추려고 숨을 깊이 들이마셨다. '사방에 적이 있어.' "내 천막으로 데려다주게. 제발."

모르몬트가 도착했을 때쯤 대니는 사자 가죽을 둘러쓰고 웅크려 앉아서 향신료를 넣은 와인을 마시고 있었다. "강 쪽 벽을 보고 왔습니다." 조라 경이 말문을 열었다. "다른 벽보다 몇십 센티미터쯤 높고, 똑같이 튼튼합니다. 그리고 미린인들이 성곽 아래에 불더미 십여 개를 묶어놓아서—"

대니는 말을 잘랐다. "거인의 서자가 도망쳤다는 경고는 해줄 수도 있었잖나."

그는 얼굴을 찌푸렸다. "여왕님에게 두려움을 드릴 필요가 없었습니다. 그자의 머리통에 보상금을 내걸었고—"

"그 돈은 흰 수염에게 주게. 메로는 융카이에서부터 내내 우리를 따라왔어. 수염을 밀어버리고 해방 노예 사이에 숨어서 복수의 때를 기다렸지. 아르스탄이 죽였네."

조라 경은 노인을 오랫동안 쳐다보았다. "지팡이를 든 종자가 브라보스의 메로를 죽였다는 말씀입니까?"

"지팡이는 맞지만." 대니는 그 점을 확실히 했다. "이제 종자는 아니지. 조라 경, 아르스탄을 기사로 서임하고 싶네."

"안 됩니다."

큰 소리로 거부하는 것 자체만으로도 놀라웠는데, 더 이상하게도 두 사람이 동시에 안 된다고 말했다.

조라 경이 검을 뽑았다. "거인의 서자는 불쾌한 쓰레기였지. 그리고 살인에 능했어. 정체가 뭔가, 노인장?"

"경보다 나은 기사지." 아르스탄이 차갑게 말했다.

'기사라고?' 대니는 혼란에 빠졌다. "자네 입으로 종자라고 했잖나."

"종자 맞습니다." 아르스탄은 한쪽 무릎을 꿇었다. "저는 젊은 날에 스완 공의 종자 노릇을 했고, 마지스터 일리리오의 요청에 따라 힘센 벨와스를 섬겼습니다. 하지만 그사이 세월에는 웨스테로스의 기사였습니다. 여왕님께 거짓말은 하지 않았습니다. 하지만 제가 밝히지 않은 진실이 있으니, 그 점과 제 다른 모든 죄상에 대해서는 여왕님의 용서를 빌 뿐입니다."

"무슨 진실을 밝히지 않았다는 건가?" 대니는 이 상황이 마음에 들지 않았다. "말하게. 당장."

그는 고개를 숙였다. "콰스에서 제 이름을 물어보셨을 때, 저는 아르스탄이라고 불린다 말씀드렸지요. 거기까지는 사실입니다. 벨와스와 제가 여왕님을 찾아 동쪽으로 여행하는 동안 많은 이들이 저를 그 이름으로 불렀으니까요. 하지만 제 진짜 이름은 그게 아닙니다."

대니는 화가 나기보다는 어리둥절했다. '조라가 경고한 대로 날 속였지만, 방금 내 목숨을 구하기도 했어.'

조라 경의 얼굴이 시뻘겠다. "메로는 수염을 밀었지만, 당신은 수염을 길렀지. 그렇지 않소? 그렇게나 낯익은 느낌이었던 것도 당연하군……."

"경이 아는 사람인가?" 대니는 갈피를 잃고 망명 기사에게 물었다.

"십여 번은 봤을 겁니다……. 주로 멀리서였고, 자기 형제들과 서 있거나 어딘가의 마상 시합에서 달리는 모습을 봤지요. 하지만 칠왕국에서 대담한 바리스탄을 모르는 사람은 없습니다." 조라는 노인의 목에 칼끝을 겨눴다. "지금 칼리시 앞에는, 당신의 가문을 배신하고 찬탈자 로버트 바라테온을 섬긴 킹스가드 단장 바리스탄 셀미 경이 무릎 꿇고 있습니다."

노기사는 눈 하나 깜박하지 않았다. "까마귀가 큰까마귀보고 까맣다고 한다더니, 자네가 배신을 말하는군."

"왜 그대가 여기 있지?" 대니는 노기사에게 물었다. "로버트가 날 죽이라고 보낸 거라면, 왜 내 목숨을 구했지?" '저자는 찬탈자를 섬겼어. 라에가르의 추억을 배신하고, 비세리스가 망명해서 살다가 죽도록 버렸지. 그렇지만 내가 죽기를 원했다면 비켜서기만 하면 그만이었어……' "기사로서의 명예를 걸고 모든 진실을 말해주길 바란다. 그대는 찬탈자의 사람인가, 내 사람인가?"

"받아만 주신다면, 여왕님의 사람입니다." 바리스탄 경의 눈에 눈물이 고였다. "예, 저는 로버트의 사면을 받아들였습니다. 저는 킹스가드이자 소협의회원으로 로버트를 섬겼습니다. 킹슬레이어와 그 못지않게 나쁜 다른 자들, 제가 입은 하얀 망토를 더럽힌 자들과 함께 복무했습니다. 변명할 여지가 없습니다. 철왕좌에 앉은 그 못된 꼬마가 내쫓지 않았다면 제가 아직도 킹스랜딩에서 일하고 있을지 모른다는 점을 인정하자니 부끄럽습니다. 하지만 하얀 황소가 제 어깨에 얹어줬던 망토를 그놈이 벗겨내고 같은 날에 저를 죽이려 병사들을 보냈을 때, 그제야 제 눈에서 비늘이 떨어진 것 같았습니다. 그제야 제가 진정한 왕을 찾아서 그분을 섬기다가 죽어야 한다는 사실을 깨닫고ㅡ"

"그 소원은 내가 들어줄 수 있지." 조라 경이 위협조로 말했다.

"조용히." 대니가 말했다. "마저 듣겠다."

"저는 배신자의 죽음을 맞이해야 마땅한지도 모릅니다." 바리스탄 경이 말했다. "그래야 한다면, 저 혼자 죽지는 않겠지요. 저는 로버트의 사면을 받아들이기 전, 트라이던트에서 그에게 맞서 싸웠습니다. 자네는 그 전투에서 나와 반대편에 있었지, 모르몬트. 그렇지 않나?" 그는 답을 기다리지 않았다. "여왕님을 속여 죄송합니다. 제가 여왕님에게 왔다는 사실을 라니스터가 알지 못하게 할 방법이 그것뿐이었습니다. 오라버님과 마찬가지로 여왕님도 감시받고 계십니다. 바리스 공은 몇 년 동안 비세리스의 일거수 일투족을 보고했습니다. 제가 소협의회에 앉아 있는 동안 그런 보고를 백 번은 들었습니다. 그리고 여왕님이 칼 드로고와 결혼하신 날부터 여왕님 곁에서 여왕님의 비밀을 팔고, 거미에게 속삭여주면서 금과 약속을 받아 낸 정보원이 있었습니다."

'설마 그런 뜻은……' "잘못 알았네." 대니는 조라 모르몬트를 쳐다보았다. "잘못 알았다고 말하시오. 정보원 같은 건 없어. 조라 경, 말해. 우린 도트락의 바다와 붉은 황야를 함께 건넜고……." 대니의 심장이 덫에 걸린 새처럼 파닥거렸다. "말해, 조라. 저자에게 잘못 알았다고 말해."

"다른 자들에게나 잡혀가시오, 셀미." 조라 경은 장검을 카펫에 던졌다. "칼리시, 오직 처음에만 그랬습니다. 당신을 알기 전…… 당신을 사랑하기……."

"그 말을 입에 담지 마!" 대니는 조라에게서 물러섰다. "어떻게 그럴 수가 있지? 찬탈자가 무엇을 약속했기에? 금, 금이었나?" 불멸자는 그녀가 두 번 더 배신당하리라고, 한 번은 금 때문에, 한 번은 사랑 때문에 배신당하리라 했다. "뭘 약속받았는지 말하겠나?"

"바리스는…… 제가 집에 갈 수 있다고 했습니다." 조라가 고개를 숙였다.

'내가 그대를 집으로 데려갈 것이었어!' 드래곤들이 그녀의 격노를 감지했다. 비세리온이 포효하며 코로 회색 연기를 피워 올렸다. 드로곤은 검은 날개로 허공을 때렸고, 라에갈은 머리를 비틀어 젖히고 화염을 토했다. '내가 명령을 내려 저 둘을 태워버려야 마땅해.' 그녀가 믿을 수 있는 사람, 그녀를 안전하게 지켜줄 사람은 없는 것일까? "웨스테로스의 기사들은 다 그대들 둘처럼 거짓됐나? 내 드래곤들이 둘 다 구워버리기 전에 나가. 거짓말쟁이들은 구우면 어떤 냄새가 나지? 갈색 벤의 하수구처럼 냄새가 지독할까? 가!"

바리스탄 경이 느릿느릿 뻣뻣하게 일어섰다. 처음으로 그가 제 나이로 보였다. "어디로 갈까요, 여왕 전하?"

"지옥에나 가서 로버트 왕을 섬기게." 대니는 뺨 위로 흐르는 뜨거운 눈물을 느꼈다. 드로곤이 빽 소리를 지르며 꼬리를 휘저었다. "다른 자들이 두 사람 다 차지할 수 있겠지." '가버려, 영영 떠나버려, 둘 다. 다음에 당신네들 얼굴을 또 보면 배신자의 머리통을 떼버리겠어.' 하지만 그 말을 할 수가 없었다. '저들은 날 배신했어. 하지만 날 구하기도 했지. 하지만 거짓말을 했어.' "가……." '나의 곰, 나의 사납고 힘센 곰 없이 내가 어떻게 하지? 그리고 저 노인은, 내 오빠의 친구는.' "가버려…… 가……." '어디로?'

그 순간 그녀는 그들을 어디로 보낼지 알았다.

# 티리온

티리온은 함께 쓰는 침대에서 들리는 아내의 조용한 숨소리에 귀를 기울이며 어둠 속에서 옷을 입었다. '꿈을 꾸는군.' 산사가 뭔가 중얼거리며 몸을 뒤척이자 그는 생각했다. 이름 같기도 했지만, 너무 희미해서 단정할 순 없었다. 남편과 아내로서 그들은 혼인 침대를 함께 썼지만, 그게 다였다. 산사는 눈물조차 혼자 흘렸다.

오빠가 죽었다는 소식을 전할 때 그는 분노와 괴로움을 예상했으나, 산사의 얼굴은 잠시 동안 이해를 못 한 건가 싶을 정도로 고요했다. 나중에, 무거운 참나무 문을 사이에 두고서야 그녀가 흐느끼는 소리를 들을 수 있었다. 티리온은 그때 다시 산사에게 가서 최대한 위로해볼까 생각했다. '아니야.' 티리온은 스스로를 일깨워야 했다. '라니스터에게 위로를 구할 리가 없지.' 티리온이 할 수 있는 일이라곤 트윈스에서 전해지는 '핏빛 결혼식'의 추악한 세부 사항을 듣지 못하게 지켜주는 정도였다. 그는 산사가 오빠의 시신이 어떻게 훼손당했는지 들을 필요가 없고, 어머니의 시신이 어떻게 벌거벗겨진 채로 그린포크에 던져져서 툴리 가문의 장례 관습을 잔인하게 조롱당했는지 알 필요가 없다고 판단했다. 산사는 악몽에 먹일 먹이가 더 필요하지 않았다.

하지만 그 정도로는 부족했다. 그는 산사의 어깨에 망토를 둘러주고 그녀를 보호하겠다고 맹세했건만, 그건 프레이가 롭 스타크의 다이어울프 머리통을 머리 잃은 롭의 시체에 꿰매 달고 나서 얹어준 왕관처럼 잔인한 농담이었다. 산사도 그걸 잘 알았다. 산사가 그를 쳐다보는 눈길, 그가 침대에 들 때마다 긴장하는 모습…… . 그는 그녀와 함께 있을 때 단 한순간도 자신이 누구인지, 무엇인지 잊을 수가 없었다. 산사도 마찬가지였다. 그녀는 여전히 밤마다 신의 숲에 기도를 하러 갔고, 티리온은 그녀가 그의 죽음을 기도하지 않을까 궁금했다. 그녀는 집을 잃었고, 세상에 있을 곳을 잃었고, 사랑하거나 믿었던 사람 모두를 잃었다. '겨울이 오고 있다.' 스타크의 가언은 그렇게 경고했고, 실제로 스타크에게는 복수와 함께 겨울이 닥쳤다. '하지만 라니스터 가문은 한여름이지. 그런데 왜 난 이렇게 죽도록 추울까?'

그는 장화를 신고, 사자 머리 브로치로 망토를 여미고, 횃불이 켜져 있는 복도로 살그머니 빠져나갔다. 결혼해서 좋은 점이라고 말할 만한 것은 마에고르 성채에서 벗어날 수 있었다는 정도였다. 이제는 아내와 가솔이 생겼으니 아버지도 그에게 좀 더 적절한 거처가 필요하다는 데 동의했고, 자일스 공은 부엌 성 위에 자리 잡은 널찍한 거처에서 갑자기 쫓겨났다. 널찍할 뿐 아니라 아름다운 거처이기도 했고, 커다란 침실과 마침맞은 개인 방, 아내가 쓸 욕실 겸 의상실, 포드와 산사의 시녀들이 쓸 작은 곁방들도 있었다. 심지어 계단 옆에 붙은 브론의 방에도 창문 비슷한 게 있었다. 사실 창문이라기보다는 가느다란 활 구멍에 가까웠지만, 그래도 빛이 드는 틈이었다. 성 전체의 주요 부엌이 바로 뜰 너머에 있는 건 사실이었지만, 마에고르 성채를 누이와 함께 쓰는 것보다는 부엌의 소음과 냄새가 훨씬 좋았다. 세르세이를 덜 볼수록 더 행복했다.

티리온은 브렐라의 방 옆을 지나치면서 코 고는 소리를 들을 수 있었다.

샤에는 그 소리에 대해 불평했지만, 그만하면 사소한 대가였다. 바리스가 추천한 여자였는데, 예전에 렌리 공의 시내 거처에서 가사를 돌본 덕분에 보지 않고 듣지 않고 말하지 않는 연습이 충분히 되어 있었다.

그는 가느다란 양초를 켜고 하인들 계단으로 돌아서 아래로 내려갔다. 아래층들은 다 조용했고, 다른 발소리는 들리지 않았다. 그는 1층을 지나쳐, 둥그런 돌천장 아래 자리 잡은 어두운 지하실로 내려갔다. 성안은 많은 부분이 지하로 이어져 있었고, 부엌 성도 예외가 아니었다. 티리온은 뒤뚱거리면서 길고 어두운 통로를 걷다가 찾던 문을 발견하고는 밀고 들어갔다.

그 안에서는 드래곤 머리뼈들과, 샤에가 기다리고 있었다. "우리 나리가 절 잊으셨나 했네요." 샤에의 드레스는 그녀의 키만큼 큰 검은 이빨에 걸렸고, 그녀는 벌거벗은 몸으로 드래곤의 턱 안에 서 있었다. '발레리온이야.' 그는 생각했다. '아니면 바가르였나?' 드래곤의 머리뼈는 다 비슷해 보였다.

샤에의 모습을 보기만 해도 중심이 단단해졌다. "거기에서 나와."

"안 나갈래요." 그녀는 가장 짓궂은 미소를 지었다. "우리 나리께서 절 드래곤의 입속에서 꺼내주실 줄 알거든요." 하지만 티리온이 뒤뚱뒤뚱 다가가자 그녀는 몸을 내밀어 양초를 불어 껐다.

"샤에……." 그는 손을 뻗었지만, 그녀는 몸을 빙글 돌려 빠져나갔다.

"먼저 날 잡아야 해요." 샤에의 목소리가 왼쪽에서 들렸다. "우리 나리께서도 어렸을 때 괴물과 처녀 놀이를 했겠죠."

"날 괴물이라고 부르는 거야?"

"그럼 내가 처녀게요." 그녀는 그의 등 뒤에 있었다. 바닥을 밟는 발소리가 조용했다. "어쨌든 절 잡기부터 해야 해요."

결국은 티리온이 샤에를 잡았지만, 샤에가 잡혀줬기 때문이었다. 그녀가 그의 품에 안겼을 때 그는 드래곤 머리뼈 속으로 넘어지는 통에 얼굴이 벌게졌고 숨이 가빴다. 그래도 어둠 속에서 그녀의 작은 젖가슴이 그의 얼굴을 누르고, 딱딱해진 작은 젖꼭지가 그의 코가 있던 자리와 입술을 가볍게 스치는 것을 느끼자 그런 일은 다 잊혔다. 티리온은 그녀를 바닥으로 끌어내렸다. "나의 거인." 샤에는 그가 안으로 들어가자 숨을 내쉬었다. "내 거인이 날 구하러 오셨네."

그 후에, 드래곤 머리뼈들 사이에 뒤엉켜 누워서 그는 샤에와 머리를 맞대고 그녀의 머리카락에서 풍기는 잔잔하고 깨끗한 향기를 들이마셨다. "돌아가야 해." 그는 마지못해 말했다. "새벽이 다 됐어. 산사가 깨어날 거야."

"드림와인을 먹였어야죠." 샤에가 말했다. "탠다 부인이 롤리스에게 주는 것처럼요. 자기 전에 한 컵만 먹이면 바로 옆 침대에서 떡을 쳐도 안 깨요." 그녀는 키득거렸다. "어느 밤엔가 그래봐야 할지도 모르겠네요. 우리 나리 생각은 어때요?" 그녀의 손이 그의 어깨를 찾아내더니 뭉친 근육을 주무르기 시작했다. "목이 돌처럼 굳었네요. 뭐가 고민이에요?"

티리온은 얼굴 앞에 든 자기 손가락도 볼 수 없었지만, 그래도 손가락에 고민을 실어 꼽아보았다. "내 아내. 내 누이. 내 조카. 내 아버지. 티렐 가문." 반대쪽 손도 써야 했다. "바리스. 파이셀. 리틀핑거. 도르네의 붉은 독사." 이제 마지막 손가락이었다. "내가 세수할 때 물속에서 날 마주 보는 얼굴."

샤에는 그의 잘려 나가고 흉터 진 코에 입을 맞췄다. "용감한 얼굴이에요. 친절하고 좋은 얼굴. 지금 그 얼굴을 볼 수 있었음 좋겠어요."

그녀의 목소리에는 세상의 모든 달콤한 천진함이 다 깃들어 있었다. '천진해? 바보야, 저 여자는 창녀야. 저 여자가 남자에 대해 아는 거라곤 다리 사이에 달린 것뿐이라고. 바보, 멍청이.' "난 사양할게." 티리온은 일어나 앉았다. "우리 둘 다 긴 하루를 앞두고 있어. 그 양초를 끄지 말았어야지. 이래가지고 어떻게 옷을 찾아?"

샤에는 소리 내어 웃었다. "벌거벗은 채로 나가죠, 뭐."

'그랬다가 눈에 띄면 내 아버지가 널 목매달 거야.' 샤에를 산사의 시녀로 고용한 덕분에 이야기를 나누는 모습은 보여도 변명할 수 있었지만, 티리온은 그 정도로 안전하다고 스스로를 속이지 않았다. 바리스도 경고했었다. "샤에에게 가짜 과거를 만들어주긴 했지만 그건 롤리스와 탠다 부인에게 써먹을 내용이었습니다. 공의 누이분은 훨씬 의심이 많으시지요. 그분이 제게 아는 바를 물어보신다면……."

"영리한 거짓말을 해줘야겠지."

"아뇨. 전 샤에가 공께서 그린포크 전투 이후에 얻은 평범한 종군 매춘부이고 아버님의 특별한 지시가 있었는데도 어기고 킹스랜딩에 데려오셨다고 말할 겁니다. 전 왕대비에게 거짓말하지 않을 거예요."

"전에 거짓말을 한 적이 있을 텐데. 내가 그걸 일러바쳐야 할까?"

내시는 한숨을 내쉬었다. "그건 칼보다 아픈 공격이로군요. 저는 공을 충성스럽게 섬겨왔지만, 가능할 때는 누이분도 섬겨야 합니다. 제가 왕대비께 조금이라도 쓸모가 없어지면 그분이 절 얼마나 살려두실 것 같습니까? 제겐 제 몸을 지켜줄 사나운 용병도 없고, 제 복수를 해줄 용맹한 형제도 없고, 제 귀에 속삭여주는 작은 새들뿐입니다. 그런 속삭임을 가지고 매일매일 제 목숨을 새로 사야 하지요."

"내가 울어주지 않더라도 용서하시게."

"그야 그럴 테지만, 제가 샤에를 위해 울지 않는대도 용서하셔야 합니다. 고백건대, 그 여자에게 대체 뭐가 있어서 공처럼 영리한 남자가 이런 바보짓을 하는 건지 이해가 안 가는군요."

"거세당하지 않았다면 이해할지도 몰라."

"그런 겁니까? 남자가 분별력을 가지거나, 다리 사이에 고깃덩이를 가질 수는 있어도 둘 다는 안 되는 건가요?" 바리스가 키들거렸다. "그렇다면 제가 거세당한 것을 고마워해야 할지도 모르겠군요."

거미 말이 옳았다. 티리온은 비참한 기분으로 속옷을 찾아 드래곤 가득한 어둠 속을 더듬었다. 그는 지금 감수하는 위험 때문에 북에 씌운 가죽처럼 팽팽하게 긴장해 있었고, 죄책감도 느꼈다. '죄책감은 다른 자들이 가져가도 좋을 텐데.' 그는 머리 위로 튜닉을 뒤집어쓰면서 생각했다. '내가왜 죄책감을 느껴야 하는 거야? 내 아내는 나를 조금도 원하지 않고, 특히나 그 사람을 원하는 것처럼 보이는 부위는 더욱 원치 않아.' 어쩌면 그녀에게 샤에에 대해 말해야 할지도 몰랐다. 첩을 둔 남자가 티리온이 처음은아니었다. 산사의 그 고결하고 명예로우신 아버지도 산사에게 이복형제를주지 않았던가. 티리온이 아는 한 그의 아내는 남편이 샤에와 붙어먹고 있다는 사실을 알면 기뻐할 수도 있었다. 그래서 달갑지 않은 그의 손길을 피할 수만 있다면 말이다.

'아니, 그럴 순 없지.' 서약을 했든 안 했든 아내를 믿을 수는 없었다. 그여자가 다리 사이는 숫처녀일지 몰라도 배신에서도 경험이 없다고는 할 수없었다. 이미 세르세이에게 자기 아버지의 계획을 발설하기도 했고, 그 나이 또래 여자애들은 비밀을 잘 지키는 편이 아니었다.

안전한 길은 샤에를 떨쳐내는 것뿐이었다. '차타야에게 보낼 수도 있겠지.' 티리온은 마지못해 생각해보았다. 차타야의 매춘굴에서라면 샤에는원하던 온갖 비단과 보석에, 가장 점잖은 귀족 후원자들을 두게 될 터였다. 티리온이 찾아냈을 때의 삶보다는 훨씬 나은 삶이었다.

아니면, 혹시 누워서 밥벌이하는 데 질렸다면 결혼을 주선해줄 수도 있었다. '브론이라거나?' 그 용병은 자기 주인의 접시에 남은 음식을 먹는 데거리낌이 없을 테고, 이제는 기사가 됐으니 샤에가 꿈꿀 수 있는 어떤 결혼보다 나은 짝이었다. '아니면 탤러드 경?' 티리온은 탤러드가 샤에를 탐내는 눈으로 바라보는 모습을 한두 번 본 게 아니었다. '안 될 것 있나? 탤러드는 키도 크고 힘도 좋고 보기에도 나쁘지 않아, 모든 면에서 재능 있는 젊은 기사지.' 물론 탤러드는 샤에를 성에서 일하는 예쁜 시녀로만 알았다. 샤에와 결혼했다가 창녀라는 걸 뒤늦게 알게 되면…….

"우리 나리 어디 있어요? 드래곤들에게 잡아먹혔나요?"

"아니. 여기 있어." 그는 드래곤 머리뼈를 더듬었다. "신발 한 짝은 찾았는데, 아무래도 당신 것 같군."

"우리 나리 목소리가 엄청 진지하네요. 나 때문에 기분 상했어요?"

"아니." 그는 너무 무뚝뚝하게 대답해버렸다. "당신은 언제나 날 즐겁게 해줘." '우리의 위험도 바로 거기에 있지.' 티리온이 이렇게 가끔 샤에를 보내버릴까 꿈꿀지는 몰라도, 그런 생각이 오래가는 일은 없었다. 티리온은 어둠 속에서 늘씬한 다리에 모직 양말을 끌어 올리는 그녀의 희미한 모습을 보았다. '보이네.' 지하실 벽 높은 곳에 뚫린 길고 좁은 창을 통해 희미한 빛이 새어 들고 있었다. 타르가르옌 드래곤들의 머리뼈가 사방의 어둠 속에서 회색 배경의 검은색 그림자로 모습을 드러냈다. "날이 너무 빨리 밝는군." 새로운 날. 새로운 해. 새로운 세기였다. '난 그린포크와 블랙워터 전투에서도 살아남았어. 조프리 왕의 결혼식에서쯤이야 얼마든지 살아남을 수 있어.'

샤에는 드래곤 이빨에 걸린 드레스를 낚아채어 머리 위로 뒤집어썼다. "제가 먼저 올라갈게요. 브렐라가 목욕물 받는 걸 도와줬음 할 거예요." 그녀는 허리를 굽혀 티리온의 이마에 마지막 입맞춤을 남겼다. "나의 라니스터 거인. 당신을 정말 사랑해요."

'그리고 나도 당신을 사랑해.' 창녀일지는 몰라도 샤에는 그가 이제까지 준 것보다 나은 대접을 받을 자격이 있었다. '탤러드 경과 결혼시켜야겠어. 꽤 괜찮은 남자 같고, 키도 크고…….'

# 산사

'너무 달콤한 꿈이었어.' 산사는 졸음에 잠긴 채로 생각했다. 그녀는 윈터펠에 돌아가서 레이디와 함께 신의 숲을 뛰고 있었다. 아버지도 있었고, 형제들도 모두 따뜻하고 안전했다. '꿈이 이루어질 수만 있다면……'

그녀는 이불을 젖혔다. '용감해져야 해.' 그녀의 고통은 이렇게든 저렇게든 곧 끝날 것이다. '레이디가 여기 있다면 나도 무섭지 않을 텐데.' 하지만 레이디는 죽었다. 롭도, 브랜도, 리콘도, 아리아도, 아버지도, 어머니도, 모르데인 성사마저도 죽었다. '나 말곤 다 죽었어.' 이제 그녀는 세상에 홀로 남았다.

남편이 곁에 없었지만, 익숙한 일이었다. 티리온은 잠을 잘 자지 못했고 새벽이 오기 전에 일어날 때가 많았다. 보통은 개인 방에서 촛불을 옆에 두고 등을 구부린 채 낡은 두루마리나 가죽 장정본에 파묻혀 있었다. 가끔은 오븐에서 나온 아침 빵 냄새에 이끌려 주방에 가기도 했고, 때로는 지붕 정원에 올라가 있거나 혼자서 반역자의 길을 거닐기도 했다.

덧창을 열어젖히자 소름이 팔을 타고 올라오며 몸이 부르르 떨렸다. 동쪽 하늘에 뜬 구름 떼를 햇살이 꿰뚫고 있었다. 구름이 꼭 아침 하늘에 떠 있는 두 개의 거대한 성처럼 보였다. 산사는 무너진 성벽 돌 더미, 강력한 아성들과 옹성들까지 볼 수 있었다. 탑 꼭대기에는 가느다란 깃발이 휘날리며 빠른 속도로 희미해져가는 별들에 손을 뻗었다. 그 뒤로 태양이 떠오르고 있었고, 산사는 구름 성이 검은색에서 회색으로 변했다가 천 가지 색조의 장미색과 금색과 진홍색으로 변하는 과정을 지켜보았다. 곧 바람이 구름을 망쳐놓았고, 두 개의 성이 있던 자리에는 성 하나밖에 남지 않았다.

문이 열리는 소리가 나더니 시녀들이 목욕에 쓸 뜨거운 물을 가져왔다. 둘 다 새로 산사의 시중을 들게 된 시녀였다. 티리온의 말에 따르면, 이전까지 그녀를 돌보던 여자들은 모두 산사가 늘 의심했던 대로 세르세이의 첩자였다. "와서 봐. 하늘에 성이 떠 있어."

산사의 말에 시녀들이 창가로 왔다. "금으로 만든 성이네요." 샤에는 짧은 검은 머리에 대담한 눈동자가 특징이었다. 그녀는 시키는 일을 다 했지만, 가끔 산사에게 아주 버릇없는 시선을 던졌다. "다 금으로 만든 성이라니, 보기 좋은 풍경이에요."

"성이라고요?" 브렐라는 눈을 가늘게 떠야 했다. "저 탑은 쓰러진 것처럼 보이네요. 다 폐허예요."

산사는 쓰러진 탑과 폐허가 된 성에 대해 듣고 싶지 않았다. 그래서 덧창을 닫고 말했다. "우린 왕대비님과 아침 식사를 같이해야 해. 내 남편은 개인 방에 계신가?"

"아닙니다, 마님." 브렐라가 대답했다. "뵙지 못했어요."

"아버님을 뵈러 갔을 수도 있어요." 샤에가 말했다. "왕의 수관께서 나리의 조언을 필요로 하셨을지도요."

브렐라가 코를 홀쩍였다. "산사 마님, 물이 너무 식기 전에 욕조에 들어가시는 게 좋겠어요."

산사는 샤에가 잠옷을 머리 위로 벗기게 몸을 맡겼다가 커다란 나무 욕조에 들어갔다. 마음을 가라앉히기 위해 와인을 한 잔 달라고 할까 싶기도 했다. 결혼식은 도시 저편의 바엘로르 대성소에서 정오에 열릴 예정이었다. 그리고 저녁 때가 되면 알현실에서 연회가 열릴 것이다. 하객 천 명에 일흔 일곱 가지 코스 요리와 가수와 곡예사와 배우가 있을 것이다. 하지만 우선은 왕비의 무도실에서 라니스터와 티렐 남자들, 그리고 백 명 남짓한 기사와 소귀족이 모이는 조찬부터다. 티렐 여자들은 마저리와 함께 자기들끼리 아침을 먹을 예정이었다. '난 라니스터가 되어버렸지.' 산사는 비통하게 생각했다.

브렐라는 샤에에게 뜨거운 물을 더 가져오라고 해놓고 산사의 등을 밀었다. "떨고 계시네요, 마님."

"물이 충분히 뜨겁지 않아서 그래." 산사는 거짓말을 했다.

티리온은 시녀들이 산사에게 옷을 입히고 있을 때, 포드릭 페인을 달고 나타났다. "아름답구려, 산사." 그는 종자를 돌아보았다. "포드, 친절을 베풀어서 와인 한 잔 따라다오."

"아침 식사 자리에 와인이 나올 텐데요." 산사가 말했다.

"와인이야 여기도 있지요. 설마하니 내가 맨정신으로 누이를 대면하길 기대하는 건 아니겠지? 새로운 세기요, 부인. 아에곤의 정복으로부터 300년째 해." 난쟁이는 포드릭에게서 와인 잔을 받아 들고 높이 쳐들었다. "아에곤을 위하여. 얼마나 운 좋은 친구였던가. 누이 둘에 아내도 둘, 거기다가 커다란 드래곤 세 마리라니 남자가 뭘 더 바랄 수 있을까?" 그는 손등으로 입을 닦았다.

산사는 꼬마 악마의 옷이 지저분하고 흐트러져 있음을 알아보았다. 마치 그대로 입고 잔 것 같았다. "새 옷으로 갈아입으셔야지요? 새로 맞춘 더블릿이 아주 멋있어요."

"더블릿은 멋있지, 그래." 티리온은 잔을 내려놓았다. "가자, 포드. 내가 덜 난쟁이 같아 보이게 해줄 옷을 찾을 수 있나 어디 보자. 내 부인을 부끄럽게 만들고 싶지 않구나."

잠시 후에 돌아온 꼬마 악마는 보기 흉하지 않을 뿐 아니라 조금은 더 커 보이기도 했다. 포드릭 페인도 옷을 갈아입어서, 비록 코 옆에 난 커다란 붉은 여드름이 화려한 자주색과 흰색, 금색 의복의 효과를 망치기는 해도 이번만은 제대로 종자처럼 보였다. 포드는 너무나 소심한 소년이었다. 처음에 산사는 티리온의 종자를 경계했다. 그가 페인 가문 사람으로, 아버지의 목을 친 일린 페인 경의 친척이었으니 말이다. 하지만 산사는 자기가 일린 페인을 무서워하는 만큼이나 포드가 그녀를 무서워한다는 사실을 알게 되었다. 산사가 말을 걸 때마다 포드는 소스라치며 시뻘겋게 얼굴을 붉혔다.

"자주색, 금색, 흰색이 페인 가문의 색깔인가요, 포드릭?" 산사는 정중하게 물었다.

"아닙니다. 아니, 그러니까 맞습니다." 그는 얼굴을 붉혔다. "색깔은요. 저희 문장은 자주색과 흰색 격자무늬입니다, 부인. 금 동전들하고요. 격자무늬 안에요. 자주색과 흰색요. 둘 다요." 그는 산사의 발만 보며 말했다.

"그 동전에 얽힌 이야기가 있지." 티리온이 말했다. "언젠가는 포드가 그 이야기를 당신 발가락에 털어놓을 거요. 하지만 지금은 왕비의 무도실로 가봐야겠지. 가실까요?"

산사는 빠지게 해달라고 하고픈 유혹을 느꼈다. '속이 뒤집혔다고 하거나, 달거리가 왔다고 할 수도 있어.' 침대에 다시 기어 들어가서 장막을 내리고 싶은 마음뿐이었다. '난 롭처럼 용감해져야 해.' 산사는 다짐하면서 남편의 팔을 뻣뻣하게 잡았다.

왕비의 무도실에서 그들은 블랙베리와 견과류를 넣어 구운 꿀 케이크,

훈제한 돼지고기 스테이크, 베이컨, 빵가루를 입혀 바삭하게 튀긴 불가사리, 가을 배, 그리고 양파와 치즈와 저민 계란을 매운 고추로 조리한 도르네 요리로 아침을 먹었다. "일흔일곱 가지 코스의 연회에 입맛을 돋우기에는 푸짐한 아침 식사만 한 게 없지요." 티리온은 접시가 채워지는 동안 말했다. 마실 것으로는 우유와 꿀술, 그리고 가볍고 달콤한 금빛 와인병들이 있었다. 악사들이 탁자 주위를 돌아다니며 피리를 불고 깽깽이를 켜는 한편, 돈토스 경은 빗자루 말을 타고 뛰어다니고 문보이는 입으로 방귀 소리를 내고 손님들에 대해 무례한 노래를 불렀다.

산사는 티리온이 요리에는 거의 손을 대지 않고 와인만 몇 잔이나 마셨다는 사실을 알아차렸다. 산사 스스로는 도르네 계란 요리를 약간 먹어봤는데, 고추가 너무 매웠다. 그 외에는 과일과 생선과 꿀 케이크를 조금씩 먹었다. 조프리가 쳐다볼 때마다 속이 울렁거려서 박쥐를 산 채로 삼킨 느낌이었다.

음식을 치우자 왕대비가 마저리의 어깨에 씌울 신부의 망토를 조프리에게 엄숙하게 증정했다. "로버트가 나를 왕비로 맞았을 때 내가 입은 망토이고, 내 어머니 조안나 부인이 내 아버지와 결혼할 때 받은 망토이기도 합니다." 산사는 솔직히 올이 다 드러나 보인다고 생각했지만, 워낙 오래된 망토라 그럴지도 몰랐다.

그다음은 선물 증정 시간이었다. 리치 평원에서는 결혼식 날 아침에 신부와 신랑에게 선물을 주는 관습이 있었다. 내일은 부부로서 더 많은 선물을 받을 테지만, 오늘은 각각 선물을 받았다.

조프리는 잘라바르 쇼에게 거대한 금빛 나무 활과, 녹색과 진홍색 깃털이 달린 긴 화살이 담긴 화살통을 받았다. 탠다 부인에게는 탄력 있는 승마용 장화를, 케반 경에게는 화려한 붉은 가죽으로 만든 마상 시합용 안장을, 도르네의 오베린 공자에게는 전갈 모양으로 만든 적금 브로치를 받왔다. 아담 마브랜드 경에게서 은박차를, 마티스 로완 공에게서는 붉은 비단으로 만든 마상 시합용 대형 천막을 받았다. 팍스터 레드와인 공은 지금 아버에서 만들고 있는 노 200개짜리 전투 갤리선의 아름다운 나무 모형을 가져왔다. "전하만 괜찮으시다면 그 배를 '조프리 왕의 용맹'이라 이름하겠습니다." 그 말에 조프리는 아주 기쁘다고 하며 허락했다. "내 반역자 숙부인 스타니스를 죽이러 드래곤스톤으로 출항할 때 기함으로 삼겠소."

'오늘은 자애로운 왕 노릇을 하는구나.' 산사는 조프리가 형편에 맞을 때는 정중할 수 있다는 걸 알고 있었지만, 그런 일이 점점 더 적어지는 것 같았다. 실제로 티리온이 선물을 내놓자 조프리의 정중함은 한꺼번에 사라져 버렸다. 선물은 '네 왕의 삶'이라는 제목에, 가죽 장정을 씌워 화려하게 그림을 그려 넣은 크고 오래된 책이었다. 왕은 관심 없다는 듯 책장을 넘겨보았다. "이게 뭐지, 숙부?"

'책이지.' 산사는 조프리가 책을 읽을 때 그 통통한 벌레 같은 입술을 움직일까 궁금했다.

"캐스 대학사가 젊은 드래곤 다에론, 성왕 바엘로르, 자격 없는 왕 아에곤, 그리고 선한 왕 다에론의 치세를 쓴 역사서입니다." 산사의 자그마한 남편이 대답했다.

"모든 왕이 읽어야 할 책입니다, 전하." 케반 경이 말했다.

"내 아버지에겐 책을 읽을 시간이 없었어." 조프리는 두꺼운 책을 탁자 저편으로 밀었다. "꼬마 악마 숙부님도 책을 좀 덜 읽으면 지금쯤 산사 부인의 배 속에 아기가 있을 텐데 말이야." 그는 소리 내어 웃었고…… 왕이 웃자 궁정이 함께 웃었다. "슬퍼 말아, 산사. 일단 마저리 왕비에게 아이를 주고 나면 내가 그대의 침실을 방문해서 우리 꼬마 숙부에게 어떻게 하는 건지 보여주도록 하지."

산사는 시뻘게졌다. 그녀는 티리온이 무슨 말을 할지 두려워서 불안하게 그를 흘긋거렸다. 상황이 그들 결혼식 연회의 잠자리 의식 때만큼이나 보기 흉해질 수 있었다. 하지만 이번만은 난쟁이도 말 대신 와인을 입에 채웠다.

메이스 티렐 공이 선물을 하러 나섰다. 거의 1미터 높이에, 두 개의 화려한 장식 손잡이가 달리고 칠면에 보석이 반짝이는 금술잔이었다. "일곱 면은 전하의 일곱 왕국을 뜻합니다." 신부의 아버지는 그렇게 설명하며 어떻게 일곱 면이 일곱 대가문의 상징을 담고 있는지 보여주었다. 루비 사자, 에메랄드 장미, 마노 사슴, 은 송어, 청옥 매, 오팔 태양, 그리고 진주 다이어울프까지.

"아름다운 잔이군." 조프리가 말했다. "하지만 늑대는 뜯어내고 그 자리에 오징어를 넣어야 할 것 같은데."

산사는 듣지 못한 척했다.

"마저리와 내가 연회에서 잘 마시겠소, 장인." 조프리는 모두가 보고 감탄하도록 술잔을 들고 머리 위로 올렸다.

"저 망할 물건 키가 나만 하군." 티리온이 조용히 중얼거렸다. "저 잔을 반쯤 마시면 조프리가 취해서 쓰러지겠는데."

'잘됐네. 그러다가 목이 부러질지도 모르지.' 산사는 생각했다.

타이윈 공은 마지막까지 기다려서 왕에게 줄 선물을 내놓았다. 장검이었다. 검집은 체리나무와 금과 기름 먹인 붉은 가죽으로 만들어서 금으로 만든 사자 머리 단추로 장식했다. 산사는 그 사자들에 루비 눈이 달린 것을 보았다. 조프리가 검을 뽑아 머리 위를 찌르자 무도실이 정적에 싸였다. 강철 칼날의 붉고 검은 물결무늬가 아침 햇살을 받아 빛났다.

"비길 데 없군요." 마티스 로완이 말했다.

"노래로 남길 만한 검입니다, 전하." 레드와인 공이 말했다.

"왕의 검입니다." 케반 라니스터 경이 말했다.

조프리 왕은 너무 신이 난 나머지 바로 그 자리에서 누군가를 죽이고 싶다는 듯한 얼굴이었다. 그는 허공을 긋고 웃음을 터뜨렸다. "훌륭한 검에는 훌륭한 이름이 있어야지! 이 검을 뭐라 부를까요, 여러분?"

산사는 아리아가 트라이던트에 던져버린 검 '사자 이빨'과 조프리가 전투에 나가기 전에 입을 맞추라고 했던 '심장 먹는 검'을 떠올렸다. 이번 장검에는 마저리의 입맞춤을 받을까 궁금했다.

하객들이 너도나도 새 장검에 붙일 이름을 외쳤다. 조프리는 십여 개를 물리치고 나서 마음에 드는 이름을 골랐다. "과부의 통곡!" 그는 외쳤다. "그래! 이 검은 많은 과부를 만들기도 할 거요!" 그는 다시 검을 허공에 그었다. "그리고 스타니스 숙부와 만났을 땐 이 검이 스타니스의 마법 검을 두 동강 내겠지." 조프리가 검을 아래로 휘두르는 바람에 발론 스완 경이 서둘러 뒤로 물러서야 했다. 발론 경의 표정에 웃음소리가 울려 퍼졌다.

"조심하십시오, 전하." 아담 마브랜드 경이 왕에게 경고했다. "발리리아 강철은 위험하도록 날카롭습니다."

"기억하고 있네." 조프리는 '과부의 통곡'을 두 손으로 잡고서 티리온이 준 책에 무자비하게 내리쳤다. 무거운 가죽 장정이 한칼에 갈라졌다. "날카롭군! 말했듯이 난 발리리아 강철을 잘 알아." 그 두꺼운 책을 난도질하느라 대여섯 번은 더 칼질을 해야 했고, 다 끝냈을 때 조프리는 숨을 헐떡이고 있었다. 산사는 남편이 격분을 누르느라 애쓰고 있음을 느꼈다. 오스먼드 케틀블랙 경이 외쳤다. "그 무서운 칼날을 제 쪽으로 돌리시는 일이 없길 빕니다, 전하."

"나에게 그럴 만한 이유를 주지 않도록 하게, 경." 조프리는 검 끝으로 《네 왕의 삶》을 뒤적이더니 '과부의 통곡'을 검집에 다시 넣었다.

갈란 티렐 경이 말했다. "전하, 아마 모르셨을 테지만 그 책 중에서 캐스가 직접 그림을 넣은 판본은 웨스테로스 전체에 네 권밖에 없었습니다."

"이젠 세 권이로군." 조프리는 새로운 검대를 차려고 예전 검대를 풀었다. "꼬마 악마 삼촌과 산사 부인은 나에게 더 나은 선물을 줘야겠어. 이 선물은 산산조각이 났으니."

티리온은 짝짝이 눈으로 조카를 노려보고 있었다. "단검이 어떨까요. 장검과 어울리게 말입니다. 훌륭한 발리리아 강철로 만들어…… 드래곤 뼈로 손잡이를 단 단검이라든가?"

조프리는 그를 날카롭게 쏘아보았다. "당신……. 그래, 내 장검에 어울리는 단검이라니 좋군." 그는 고개를 끄덕였다. "루비가 박힌 금손잡이로 말이야. 드래곤 뼈는 너무 밋밋해."

"원하시는 대로 하지요, 전하." 티리온은 와인을 또 한 잔 마셨다. 그가 산사에게 쏟는 관심을 두고 보자면 개인 방에 혼자 있다고 해도 좋을 정도였다. 그러나 결혼식장으로 갈 시간이 되자 그는 산사의 손을 잡았다.

그들이 안뜰을 가로지르는 사이, 도르네의 오베린 공자가 검은 머리 연인을 품에 끼고 두 사람 옆으로 왔다. 산사는 호기심 어린 눈으로 그 여자를 슬쩍 보았다. 그 여자는 천출에 결혼도 하지 않고서 공자에게 서녀를 둘 낳아주었는데, 왕대비의 눈을 마주 보는 것도 두려워하지 않았다. 샤에는 이 엘라리아라는 여자가 리스의 사랑의 여신을 섬긴다고 말했다. "공자가 처음 만났을 때는 거의 창녀였다는 거예요, 마님." 시녀는 그렇게 말했다. "그런데 이젠 공자비에 가깝죠." 산사는 도르네 여인을 이렇게 가까이에서 본 적이 없었다. '정말 아름답다고는 못 하겠지만 뭔가 눈길을 끄는 데가 있어.' 산사는 속으로 그렇게 생각했다.

"예전에 시타델에 있는 《네 왕의 삶》을 보는 엄청난 행운을 누린 적이 있소." 오베린 공자는 산사의 남편에게 말했다. "삽화가 보기 경탄스러웠지만, 캐스는 비세리스 왕에게 지나치게 친절했더군."

티리온은 그를 쏘아보았다. "지나치게 친절해요? 제가 보기에는 비세리스에게 창피할 정도로 신경을 쓰지 않았는데요. '다섯 왕의 삶'이 되었어야 마땅합니다."

공자는 소리 내어 웃었다. "비세리스는 2주도 통치하지 않았잖소."

"1년 넘게 통치했어요." 티리온이 말했다.

오베린은 어깨를 으쓱였다. "1년이든 2주든 무슨 상관이오? 왕좌를 얻기 위해 자기 조카를 독살하고는, 왕좌에 앉아서는 아무것도 하지 않았는데."

"바엘로르는 단식을 하다가 굶어 죽었어요. 그 숙부인 비세리스는 수관으로 바엘로르를 충성스럽게 섬겼고, 그 전에는 젊은 드래곤을 섬겼지요. 비세리스의 치세는 1년이라지만 실제로는 다에론이 전쟁을 벌이고 바엘로르가 기도하는 동안 15년을 통치한 겁니다." 티리온은 얼굴을 찌푸렸다. "그리고 설령 비세리스가 조카를 제거했다 한들, 그걸 탓할 수 있겠습니까? 누군가는 왕국을 바엘로르의 어리석은 짓에서 구해야 했어요."

산사는 충격을 받았다. "하지만 성왕 바엘로르는 훌륭한 왕이셨어요. 도르네와 화평을 맺기 위해 뼈의 길을 맨발로 걸으셨고, 드래곤 기사를 뱀굴에서 구하셨죠. 독사들은 그분이 너무나 순수하고 성스러웠기에 공격하기를 거부했고요."

오베린 공자가 미소 지었다. "부인, 당신이 독사라면 성왕 바엘로르처럼 피도 없는 막대기를 깨물고 싶겠습니까? 나 같으면 좀 더 즙이 많은 사람을 위해 이빨을 아끼겠어요⋯⋯."

"공자님은 당신을 놀리는 거예요, 산사 부인." 엘라리아 샌드가 말했다. "성사와 가수는 뱀들이 바엘로르를 물지 않았다고 말하길 좋아하지만, 진실은 아주 달라요. 바엘로르는 50번 가까이 물렸고, 아마 그것 때문에 죽었을 거예요."

"차라리 그랬다면 비세리스가 12년을 통치했을 테고⋯⋯." 티리온이 말했다. "칠왕국에는 훨씬 좋은 일일 수도 있었겠지요. 어떤 이들은 바엘로르가 뱀독 때문에 정신착란이 온 거라고 믿습니다."

"그렇지." 오베린 공자가 말했다. "하지만 당신네 레드킵에는 뱀이 보이지 않는군. 그러니 조프리 왕에 대해서는 어떻게 설명하겠소?"

"설명하지 않는 쪽을 택하죠." 티리온은 뻣뻣하게 고개를 숙였다. "실례합니다. 저희 가마가 기다리는군요." 난쟁이는 산사가 가마에 오르도록 돕고 나서 서툴게 그 뒤를 따라 올라갔다. "부탁인데 커튼을 닫아줘요, 부인."

"그래야 하나요?" 산사는 커튼 뒤에 모습을 감추고 싶지 않았다. "정말 아름다운 날인데요."

"킹스랜딩의 선량한 시민들은 내가 가마 안에 있는 걸 보면 똥을 던지고 싶어 할 거요. 우리 두 사람을 위해 친절을 베풀어서 커튼을 닫아줘요."

산사는 그의 부탁대로 했다. 그들은 공기가 점점 덥고 답답해지는 가운데 가만히 앉아 있었다. "당신 책은 안타까워요." 산사는 억지로 말했다.

"내 책이 아니라 조프리의 책이었어요. 읽었다면 한두 가지는 배웠을지도 모르는데." 티리온은 다른 데 정신이 팔린 것 같았다. "진작 알았어야 했어. 진작…… 내가 아주 많은 걸 놓쳤어."

"단검이라면 조프리가 더 기뻐할지 몰라요."

난쟁이가 얼굴을 찡그리자 흉터가 팽팽해지며 뒤틀렸다. "그 녀석이 단검을 얻어냈다고?" 고맙게도 티리온은 그녀의 대답을 기다리지 않았다. "윈터펠에서 조프리는 당신 오빠인 롭과 싸웠지. 말해봐요, 혹시 브랜과 전하 사이에도 안 좋은 감정이 있었소?"

"브랜이요?" 어리둥절한 질문이었다. "브랜이 추락하기 전에 말인가요?" 애써 생각을 돌이켜봐야 했다. 너무 오래전이었다. "브랜은 다정한 아이였어요. 모두가 브랜을 사랑했죠. 브랜과 토멘이 나무칼로 싸운 게 기억이 나긴 하지만, 그건 그냥 놀이였어요."

티리온은 다시 음울한 침묵에 빠져들었다. 산사는 바깥 멀리서 사슬이 절그럭대는 소리를 들었다. 쇠창살문이 올라가는 소리였다. 잠시 후에 고함 소리가 들리더니 가마가 흔들리며 움직이기 시작했다. 지나가는 풍경을 볼 수 없게 된 산사는 남편의 짝짝이 눈을 불편하게 의식하면서 자신의 움켜쥔 두 손만 내려다보기로 했다. '왜 날 저런 식으로 보는 거지?'

"형제들을 사랑했겠지. 내가 제이미 형을 사랑하듯이."

'이건 내가 반역을 털어놓게 만들려는 라니스터의 덫일까?' "제 형제들은 반역자였고, 반역자의 무덤에 들어갔어요. 반역자를 사랑하는 것도 반역이에요."

그녀의 난쟁이 남편은 코웃음을 쳤다. "롭이야 정당한 왕에게 대항해 무기를 들었으니 법에 따라 반역자가 되겠지. 다른 형제들은 반역이 뭔지 알기에도 너무 어린 나이에 죽었어." 그는 코를 문질렀다. "산사, 윈터펠에서 브랜에게 무슨 일이 일어났는지 아시오?"

"브랜은 추락했죠. 브랜은 언제나 벽을 타고 다녔고, 결국엔 떨어진 거예요. 우린 언제나 브랜이 떨어지지 않을까 걱정했어요. 그리고 테온 그레이조이에게 죽었지만…… 그건 나중 일이죠."

"테온 그레이조이라." 티리온은 한숨을 내쉬었다. "당신 어머니가 언젠가 나를 비난하기를…… 흠, 추악한 세부 사항으로 짐을 지우진 않으리다. 아무튼 당신 어머니가 나에게 제기한 혐의는 거짓이었소. 난 당신 동생 브랜을 해친 적이 없어요. 그리고 당신에게 해를 끼칠 생각도 없소."

'내가 무슨 말을 하길 원하는 거지?' "알려주셔서 고맙습니다." 티리온은 산사에게 원하는 게 있었는데, 산사는 그게 뭔지 알지 못했다. '굶주린 아이처럼 날 보는데, 내겐 줄 음식이 없어. 왜 날 그냥 내버려두지 않지?'

티리온은 흉터 지고 딱지 앉은 코를 다시 한번 문질렀다. 그의 못생긴 얼굴을 다시 보게 만드는 안 좋은 습관이었다. "당신은 롭이나 어머니가 어떻게 죽었는지 나에게 물어본 적이 없지."

"전…… 차라리 모르고 싶어요. 악몽만 꿀 테니까요."

"그렇다면 더 말하지 않으리다."

"그건…… 친절하시네요."

"아, 그렇지." 티리온이 말했다. "나야 친절 그 자체지. 그리고 난 악몽에 대해서 좀 안다오."

# 티리온

그의 아버지가 교단에 선사한 새 관은 폭도들이 깨뜨린 이전 관의 두 배는 컸고, 수정과 금실로 만들어 아주 아름다웠다. 최고성사가 머리를 움직일 때마다 무지갯빛이 번득이고 일렁였지만, 티리온은 어떻게 사람이 그 무게를 견딜 수 있을까 생각할 수밖에 없었다. 그런 그도 조프리와 마저리가 우뚝 솟은 '아버지'와 '어머니' 도금 조각상 사이에 나란히 서자, 국왕 부부다운 모습이라고 인정해야 했다.

신부는 상앗빛 비단과 미르산 레이스를 입고, 치마는 작은 진주알로 도드라지는 꽃무늬를 장식해서 아름다운 모습이었다. 렌리의 과부로서 바라테온의 색상인 금색과 검은색을 입을 수도 있었겠지만, 마저리는 티렐로서 그들에게 왔기에 녹색 벨벳에 금사로 백 송이 장미를 수놓은 처녀의 망토를 걸쳤다. 티리온은 마저리가 정말 숫처녀일까 궁금했다. 조프리가 그 차이를 알 것 같지는 않았다.

어두운 장미색 더블릿을 입고 수사슴과 사자 문양을 넣은 진홍색 벨벳 망토를 걸친 왕도 신부 못지않게 찬란했다. 금빛 고수머리 위에 금빛 왕관이 편안하게 얹혀 있었다. '내가 저 녀석을 위해 저 망할 왕관을 지켰지.' 티리온은 한쪽 발에서 다른 쪽 발로 불편하게 무게중심을 옮겼다. 가만히 서 있을 수가 없었다. 와인을 너무 마셨다. 레드킵에서 출발하기 전에 소변을 봤어야 했다. 게다가 샤에와 함께 잠도 자지 않고 보낸 밤의 피로도 있었다. 그러나 무엇보다도 그는 망할 조카 왕을 목 조르고 싶었다.

'난 발리리아 강철을 잘 알아.' 조프리는 그렇게 큰소리를 쳤다. 성사들은 언제나 하늘에 계신 아버지께서 우리 모두를 심판하신다고 떠들어댔다. '그 아버지가 내려와서 조프리를 쇠똥구리처럼 짓이겨버린다면 내가 그 말을 믿을지도 모르겠군.'

오래전에 알아봤어야 했다. 제이미는 결코 누굴 죽이겠다고 다른 사람을 보낼 리 없었고, 세르세이는 자기에게 추적이 이어질 수 있는 단검을 쓸 만큼 멍청하지 않았지만, 조프리는, 그 오만하고 악랄하며 멍청한 꼬마 변태는…….

그는 윈터펠의 도서관에서 가파른 외부 계단을 내려갔다가 조프리 왕자가 사냥개와 함께 늑대를 죽이는 일에 대해 농담하는 소리를 들었던 추운 아침을 기억했다. '개를 죽이러 개를 보낸다.' 조프리는 그렇게 말했다. 그러나 아무리 조프리라도 산도르 클리게인에게 에다드 스타크의 아들을 죽이라고 명할 만큼 멍청하지는 않았다. 그랬다간 사냥개가 세르세이에게 갔을 것이다. 그래서 조프리는 그 대신 북쪽으로 가는 동안 왕의 일행에 달라붙은 불쾌한 자유기수와 상인과 종군 민간인 무리 속에서 꼭두각시를 찾아냈을 것이다. 어느 곰보 반편이가 왕자의 총애와 약간의 돈을 받겠다고 목숨을 걸고 나섰을 테고. 티리온은 로버트가 윈터펠을 떠난 후까지 기다려서 브랜의 목을 그으려 한 건 누구 생각이었을까 궁금했다. '조프리일 가능성이 높겠지.' 분명히 조프리는 그게 아주 똑똑한 움직임이라 생각했으리라.

티리온이 기억하기에 왕자의 단검은 칼자루 끝에 보석이 박혔고 칼날에는 금세공 장식이 들어가 있었다. 조프리도 그 단검을 쓸 정도로 바보는 아니었다. 대신 아버지의 무기들을 뒤져보러 간 것이다. 로버트 바라테온은 경솔하고 관대한 사내였고, 아들에게 원하는 단검은 뭐든 줬을 것이다……. 하지만 티리온은 조프리가 단검을 그냥 챙겼으리라 추측했다. 로버트는 길게 이어지는 기사와 신하에 무거운 대형 마차, 그리고 보급 행렬을 거느리고 윈터펠에 갔다. 분명히 근면한 하인이 왕이 하나라도 찾을 때에 대비해서 왕의 무기들을 딸려 보냈을 것이다.

조프리가 고른 칼은 질이 좋으면서도 소박했다. 금장식도, 손잡이에 박힌 보석도, 칼날에 은상감도 없었다. 로버트 왕은 그런 단검을 찬 적이 없었고, 그런 게 있다는 사실도 잊었을 것이다. 그러나 발리리아 강철은 무섭도록 날카로웠다……. 한 번 휘두르면 살가죽과 살과 근육을 가를 정도로 날카로웠다. '난 발리리아 강철을 잘 알아.' 하지만 몰랐던 게 분명하다. 그렇지 않은가? 그렇지 않고서야 리틀핑거의 단검을 고르는 바보짓은 하지 않았을 테니 말이다.

그 이유는 아직도 잘 알 수 없었다. 단순한 잔인함이었을까? 그의 조카가 넘치도록 잔인하기는 했다. 티리온은 마신 와인을 다 토해내거나, 바지에 오줌을 싸거나, 둘 다 저지르지 않도록 최선을 다해야 했다. 그는 불편하게 꼼지락거렸다. 아침 식사 자리에서 입을 다물고 있었어야 했다. '저 녀석은 이제 내가 알았다는 걸 알아. 하여간 이놈의 입이 날 죽이고 말 거야.'

일곱 서약이 이루어지고, 일곱 축복이 내려지고, 일곱 약속이 교환되었다. 결혼곡이 울려 퍼지고 반대하는 자는 나오라는 도전이 답 없이 지나가자 이제 망토를 교환할 시간이었다. 티리온은 짧은 한쪽 다리에서 반대쪽 다리로 무게중심을 옮기면서 아버지와 케반 숙부 사이를 보려고 했다. '신들이 공정하시다면 조프리도 이 부분을 망칠 텐데.' 그는 쓰디쓴 기분이 눈빛에 드러날까 싶어 산사를 쳐다보지 않았다. '무릎을 꿇을 수도 있었잖아,

빌어먹을. 그 뻣뻣한 스타크의 무릎을 좀 구부려서 내가 약간의 품위를 지키게 해주는 게 그렇게나 어렵던가?'

메이스 티렐은 딸이 입은 처녀의 망토를 부드럽게 벗겨냈고, 조프리는 동생인 토멘에게서 잘 접힌 신부의 망토를 넘겨받아 여봐란듯이 털었다. 열세 살 소년 왕은 열여섯인 신부와 키가 같았다. 어릿광대의 등을 밟고 설 필요가 없었다. 그는 마저리에게 진홍색과 금색의 망토를 둘러주고 몸을 가까이 기울여 목깃을 여몄다. 그렇게 쉽게 그녀는 아버지의 보호 아래에서 남편의 보호 아래로 넘어갔다. '하지만 조프리에게서는 누가 지켜줄까?' 티리온은 다른 킹스가드와 같이 선 꽃의 기사를 흘긋 보았다. '검을 잘 갈아두는 게 좋을 거야, 로라스 경.'

"이 입맞춤으로 나의 사랑을 맹세하노라!" 조프리가 잘 울리는 목소리로 선언했다. 마저리가 같은 말을 반복하자 그는 마저리를 끌어당겨 오랫동안 깊게 입을 맞췄다. 최고성사가 엄숙하게 바라테온과 라니스터 가문의 조프리와 티렐 가문의 마저리가 한 몸, 한 마음, 한 영혼이 되었다고 선언하자 다시 한번 무지갯빛이 춤을 추었다.

'좋아, 이제 됐어. 이제 망할 성으로 돌아가면 오줌을 눌 수 있겠지.'

하얀 미늘 갑옷을 입고 눈 같은 망토를 걸친 로라스 경과 메린 경이 성소에서 나가는 행렬을 이끌었다. 그다음에 토멘 왕자가 가면서 바구니에 든 장미 꽃잎을 왕과 왕비 앞에 뿌렸다. 국왕 부부 다음에는 세르세이 왕대비와 티렐 공이, 그다음에는 신부의 어머니가 타이윈 공과 팔짱을 끼고 걸었다. 가시 여왕은 한 손을 케반 라니스터 경의 팔에 얹고 반대쪽 손은 지팡이를 쥔 채 그 뒤를 휘청휘청 걸었고, 그녀의 쌍둥이 호위는 그녀가 쓰러질 경우에 대비해서 뒤에 바싹 붙어 갔다. 그다음에 갈란 티렐 경과 그 부인이 가고, 마지막이 두 사람 차례였다.

"부인." 티리온은 산사에게 팔을 내밀었다. 산사는 충실히 그 팔을 잡았지만, 그는 함께 통로를 걸어가면서 산사의 뻣뻣함을 느낄 수 있었다. 그녀는 단 한 번도 그를 내려다보지 않았다.

그는 문에 도착하기도 전에 바깥의 환호성을 들었다. 군중들은 마저리를 너무나 사랑한 나머지 조프리도 기꺼이 다시 사랑할 태세였다. 마저리는 렌리에게, 그들을 너무나 사랑한 나머지 무덤에서 돌아와 그들을 구해준 그 잘생긴 젊은 왕자에게 속한 사람이었다. 그리고 그녀와 함께 하이가든의 풍요가 남쪽에서부터 장미 가도를 타고 흘러왔다. 바보들은 애초에 장미 가도를 폐쇄하고 도시를 굶긴 사람이 메이스 티렐이었다는 사실은 기억하지 못하는 모양이었다.

그들은 산뜻한 가을 공기 속으로 걸어 나갔다. "영영 도망치지 못하는 건가 싶었네." 티리온이 빈정거렸다.

그 순간에는 산사도 그를 볼 수밖에 없었다. "저는…… 네, 맞아요. 말씀대로예요." 산사는 슬퍼 보였다. "그렇지만 참 아름다운 예식이었어요."

'우리 예식이 아름답지 않았던 만큼 말이지.' "길었다는 말은 해두겠소. 난 오줌을 제대로 누기 위해서라도 성에 돌아가야 해요." 티리온은 깎여 나간 코를 문질렀다. "차라리 도시 밖으로 나갈 임무를 맡았으면 좋겠군. 리틀핑거는 영리한 놈이었어."

조프리와 마저리는 킹스가드에 둘러싸인 채 넓은 대리석 광장을 마주한 계단 위에 서 있었다. 아담 경과 그의 황금 망토들이 군중들을 밀어내는 한편, 성왕 바엘로르의 조각상은 군중들을 자애롭게 굽어보았다. 티리온은 나머지 사람들과 함께 축하 인사를 위해 줄을 설 수밖에 없었다. 그는 마저리의 손가락에 입을 맞추고 행복을 기원했다. 고맙게도 차례를 기다리는 사람들이 뒤에 늘어서 있었기에 오래 꾸물거릴 필요는 없었다.

그들의 가마는 햇볕 속에 놓여 있었고, 커튼 안은 아주 더웠다. 가마가 기우뚱하며 움직이기 시작하자 티리온은 한쪽 팔꿈치를 대고 뒤로 기대

누웠고 산사는 앉아서 자기 손만 내려다보았다. '산사는 그 티렐 여자 못지 않게 예뻐.' 머리카락은 짙은 가을의 적갈색이었고, 눈은 툴리의 진한 푸른색이었다. 비탄 때문에 넋이 나간 듯 연약한 느낌이 더해졌는데, 오히려 그래서 더 아름다웠다. 그는 산사에게 닿고 싶었고, 산사가 두른 예의의 갑옷을 깨고 들어가고 싶었다. 그래서 입을 열고 말았을까? 아니면 그저 터질 듯한 방광에서 생각을 돌려야 했기에 말한 걸까?

"도로가 다시 안전해지면 캐스털리록으로 여행을 갈 수도 있겠다는 생각을 했소." '조프리와 내 누이에게서 멀리 떨어져서.' 조프리가 《네 왕의 삶》에 한 짓은 생각할수록 심란했다. '그 안엔 메시지가 담겨 있었어, 그렇고말고.' "당신에게 '금빛 회랑'과 '사자 입', 그리고 제이미와 내가 어렸을 때 놀았던 '영웅들의 회당'을 보여준다면 기쁘겠소. 바다가 짓쳐 들어오는 아래쪽에서는 천둥소리를 들을 수 있고……."

산사는 천천히 고개를 들었다. 그는 그녀가 무엇을 보고 있는지 알았다. 툭 튀어나온 조야한 이마, 뭉툭하게 베여 나간 코, 비뚤배뚤한 분홍색 흉터와 짝짝이 눈. 산사의 눈동자는 크고 푸르고 텅 비어 있었다. "제 남편이 가고 싶어 하시는 곳이라면 어디든 가지요."

"부인이 기뻐하지 않을까 싶었소만."

"제 남편이 기뻐하시는 일이 제게도 기쁜 일입니다."

티리온의 입매에 힘이 들어갔다. '이런 형편없는 난쟁이. 사자 입에 대해 떠들어대면 산사가 웃을 줄 알았어? 네가 황금 말고 다른 걸로 여자의 미소를 얻어낸 게 언제야, 대체?' "아니, 바보 같은 생각이었소. 캐스털리록을 사랑할 수 있는 사람은 라니스터뿐이지."

"네, 전 다 괜찮습니다."

티리온은 평민들이 조프리 왕의 이름을 연호하는 소리를 들을 수 있었다. '3년만 있으면 저 잔인한 꼬마가 성인이 되어 직접 통치를 하게 돼…….

그리고 정신이 조금이라도 박힌 난쟁이라면 그때까지는 킹스랜딩에서 멀리 떨어질 거야.' 올드타운도 괜찮을 것이다. 아니면 자유도시로 가거나. 그는 언제나 브라보스의 거인을 보고 싶었다. 그거라면 산사도 좋아할지 몰랐다. 그는 부드럽게 브라보스에 대해 이야기했고, 언젠가 북부에서 걸었던 장벽만큼이나 얼음 같고 단단한 벽 같은 음울한 예의에 마주쳤다. 그때나 지금이나 벽은 진저리가 났다.

그들은 남은 여정을 침묵 속에 행진했다. 잠시 후에 티리온은 저도 모르게 산사가 무슨 말이든, 무슨 말이라도, 아주 사소한 말이라도 해주기를 바라고 있었지만 그녀는 입을 열지 않았다. 가마가 성 안뜰에 멈추자 그는 산사가 마부의 도움을 받아 내리도록 두었다. "한 시간 후에 연회에 참석해야 해요, 부인. 곧 합류하리다." 그는 뻣뻣한 다리로 걸어갔다. 안뜰 저편에서 조프리가 안장에서 내려주자 마저리가 숨 가쁘게 웃는 소리가 들렸다. '저 녀석은 언젠가 제이미만큼 크고 힘센 남자가 되겠지.' 그는 생각했다. '그리고 난 여전히 그 발밑에 있는 난쟁이일 거야. 그리고 언젠가는 저놈이 내 키를 더 낮추려고 들겠지⋯⋯.'

그는 변소를 찾아서 아침에 마신 와인을 비우며 기분 좋게 한숨을 내쉬었다. 소변이 여자만큼이나 기분 좋게 느껴질 때가 있는데, 이번이 그런 경우였다. 의혹과 죄책감도 이렇게 쉽게 비워낼 수 있다면 얼마나 좋을까.

포드릭 페인이 그의 처소 밖에서 기다리고 있었다. "새 더블릿을 꺼내놓았습니다. 여기는 아니고, 나리 침대 위에요. 침실에."

"그래, 침대는 침실에 두지." 산사가 그 방에서 연회복을 입고 있을 것이다. 샤에도 함께. "와인을 다오, 포드."

티리온은 창가 자리에 앉아서, 아래 주방의 혼란을 내려다보며 와인을 마셨다. 태양은 아직 성벽 꼭대기까지 올라오지 못했지만, 빵과 고기를 굽는 냄새를 맡을 수 있었다. 곧 기대감에 가득 찬 하객들이 알현실로 쏟아져 들어갈 것이다. 하이가든과 캐스털리록이 결합하기 위해서만이 아니라, 아직까지 조프리의 통치에 대항할 생각을 할지 모르는 누구에게든 두 가문의 힘과 부를 과시하기 위해서도 고안된 호화롭고 노래 가득한 저녁이 될 터였다.

하지만 스타니스 바라테온과 롭 스타크에게 벌어진 일을 보고 난 지금 그 누가 조프리의 통치에 이의를 제기할 만큼 미쳤을까? 아직 강역에서 싸움이 이어지기는 했지만, 사방에서 매듭이 조여지고 있었다. 그레고르 클리게인 경은 트라이던트를 건너서 루비 여울을 장악한 후, 거의 노력도 없이 하렌홀을 손에 넣었다. 시가드는 검은 왈더 프레이에게 항복했고, 랜딜 탈리 공은 메이든풀, 더스큰데일, 그리고 왕의 가도를 장악했다. 서쪽에서는 대번 라니스터 경이 리버런으로 진군하기 위해 골든투스에서 폴리 프레스터 경과 합류했다. 라이먼 프레이 경이 트윈스에서 2000명의 창병을 이끌고 그들과 합세하러 가고 있었다. 그리고 팍스터 레드와인은 자신의 함대가 곧 아버를 출항하여 도르네를 돌고 징검돌 제도를 관통하는 긴 항해를 시작하리라 했다. 스타니스의 리스 해적들은 10대 1로 열세였다. 학사들이 '다섯 왕의 전쟁'이라 부르는 싸움은 거의 끝났다. 메이스 티렐이 타이윈 공에게 자기 몫의 승리를 남겨주지 않았다고 불평하는 소리가 들렸다.

"주인님?" 포드가 옆에 와 있었다. "옷을 갈아입으시겠습니까? 더블릿을 꺼내놓았습니다. 주인님 침대 위에요. 연회에 입으시게."

"연회?" 티리온은 퉁명스럽게 물었다. "무슨 연회?"

"결혼식 축하 연회요." 포드는 역시나 그의 비야냥을 이해하지 못했다. "조프리 왕과 마저리 부인요. 아니, 마저리 왕비님요."

티리온은 오늘 밤에 아주 많이 취하기로 결심했다. "좋아, 포드릭 군. 축제를 즐기러 가자."

그들이 침실에 들어갔을 때 샤에는 산사의 머리 손질을 돕고 있었다. '기쁨과 슬픔이여.' 그는 둘이 함께 있는 모습을 보고 생각했다. '웃음과 눈물이여.' 산사는 소매가 바닥까지 늘어지고, 가장자리에는 다람쥐 모피를 대고 안감으로는 부드러운 자주색 펠트를 댄 은빛 새틴 가운을 입었다. 샤에는 산사의 머리카락을 예술적으로 정돈해서 어두운 자주색 보석이 반짝이는 섬세한 은그물에 감쌌다. 티리온은 그렇게 아름다운 산사를 본 적이 없었지만, 그녀는 그 긴 새틴 소매에 슬픔을 달고 있었다. "산사 부인, 부인은 오늘 밤 연회장에서 가장 아름다운 여인일 거요."

"친절한 말씀이십니다."

"마님." 샤에가 간절하게 말했다. "저도 식탁 시중을 들러 갈 수 없을까요? 파이에서 날아오르는 비둘기를 보고 싶어 죽겠어요."

산사는 잘 모르겠다는 얼굴로 샤에를 보았다. "시중 들 사람은 왕대비께서 다 고르셨어."

"그리고 연회장은 너무 북적거릴 거다." 티리온은 짜증을 눌러야 했다. "하지만 성안 어디에나 악사들이 돌아다닐 테고, 바깥뜰에도 요리와 술이 차려질 거야." 그는 진홍색 벨벳으로 만들어서 어깨를 덧대고 부풀린 소매 트임으로 검은색 새틴 안감이 보이는 새 더블릿을 찬찬히 보았다. '멋있는 옷이군. 멋있는 남자가 입어주기만 바라게 생겼어.' "포드, 내가 이 옷을 입게 도와다오."

그는 와인을 한 잔 더 마시면서 옷을 입은 다음, 아내의 팔을 잡고 부엌 성에서부터 대동하여 알현실로 흘러드는 비단과 새틴과 벨벳의 강에 합류했다. 어떤 하객들은 장의자에 앉을 자리를 찾아 안으로 들어갔고, 어떤 하객들은 문 앞을 맴돌면서 계절에 맞지 않는 오후의 온기를 즐겼다. 티리온은 꼭 필요한 예의를 수행하기 위해 산사를 이끌고 안뜰을 돌았다.

'사교에는 타고났군.' 티리온은 산사가 자일스 공에게 기침 소리가 좀 나아진 것 같다고 하고, 엘리너 티렐의 가운을 칭찬하고, 잘라바르 쇼에게는 여름 군도의 결혼 풍습을 묻는 모습을 지켜보며 생각했다. 사촌인 란셀 경이 케반 경에게 이끌려 내려와 있었는데, 전투 이후 처음으로 병상을 떠난 셈이었다. '몰골이 말이 아니군.' 란셀의 머리카락은 하얗게 세어 약해졌고, 몸은 막대기처럼 말랐다. 옆에서 부축하는 아버지가 없었으면 쓰러졌을 것이다. 하지만 산사가 란셀의 용맹을 칭찬하고 다시 회복한 모습을 보아 얼마나 좋은지 말하자 란셀도 케반 경도 환하게 웃었다. '산사는 조프리에게 훌륭한 왕비이자 더 나은 아내가 되었을 거야. 그 녀석에게 산사를 사랑할 감각이 있었더라면.' 티리온은 조카가 누굴 사랑할 수 있기는 할까 궁금했다.

"참으로 아름답구나, 애야." 올레나 티렐 부인이 자기 몸무게보다 무거울 법한 금란 가운을 입고 휘청휘청 다가오더니 산사에게 말했다. "그런데 바람에 머리가 흩어졌어." 자그마한 노부인은 손을 뻗어 흘러내린 머리카락을 찾더니, 삐져나온 머리를 제자리에 밀어 넣고 머리그물을 바로잡았다. "네 상실에 대해 듣고 무척이나 안타까웠다." 그녀는 산사의 머리를 정돈해 주며 말했다. "네 오빠가 끔찍한 반역자인 줄은 안다만, 결혼식에서 사람을 죽이기 시작하면 다들 지금보다 더 결혼을 무서워하게 되지 않겠니. 자, 이제 좀 낫구나." 올레나 부인은 미소 지었다. "다행히도 나는 모레면 하이가든으로 떠난단다. 이 고약한 도시엔 있을 만큼 있었지 뭐냐. 혹시 남자들이 전쟁을 치르러 떠난 사이에 나와 동행해서 잠시 하이가든을 방문하지 않으련? 마저리와 마저리의 사랑스러운 친구들이 얼마나 그리울지. 네가 같이 있어준다면 참으로 달콤한 위안이 될 텐데."

"너무나 친절한 말씀이세요." 산사가 말했다. "하지만 제 자리는 남편 곁입니다."

올레나 부인은 티리온을 보고 이가 없이 주름진 미소를 날렸다. "오호? 어리석은 노파를 용서하시게, 공의 사랑스러운 아내를 훔치려던 건 아니라

네. 공은 라니스터군을 이끌고 어느 사악한 적과 싸우러 갈 줄 알았지."

"저야 드래곤과 사슴 군대를 이끌지요. 재무관은 궁정에 남아서 모든 군대가 돈을 받는지 살펴야 합니다."

"그야 물론이지. 드래곤과 사슴이라, 아주 영리하구먼. 그리고 '난쟁이의 동전'도 있잖나. 그 난쟁이의 동전에 대해 들었어. 그걸 받아내야 한다니, 실로 무시무시한 일일 테지."

"받아내는 일은 다른 이들에게 맡깁니다, 부인."

"아, 그래? 혹시 직접 살피고 싶어 할지도 모른다 생각했네. 왕실이 난쟁이의 동전을 가로채게 둘 순 없지 않나. 안 그런가?"

"신들이 금하실 일이지요." 티리온은 루터 티렐 공이 일부러 절벽으로 달려간 게 아닐까 싶어졌다. "실례합니다, 올레나 부인. 저희도 가서 앉을 시간이 되어서요."

"나도 마찬가지라네. 일흔일곱 가지 요리라. 좀 과하지 않나? 난 서너 입밖에 못 먹을 텐데 말이야. 하지만 자네와 난 아주 작은 사람들이니까, 그렇지?" 그녀는 산사의 머리를 다시 한번 도닥이고 말했다. "자, 가보거라, 얘야. 그리고 좀 더 즐거워하도록 하려무나. 내 호위병들은 어딜 갔지? 왼쪽, 오른쪽, 어디 있느냐? 내가 연단에 오르게 도와다오."

아직 저녁이 오려면 한 시간은 남았지만, 알현실은 이미 받침대마다 횃불을 켜서 휘황하게 밝았다. 의전관이 입장하는 귀족 남녀의 이름과 직함을 외치는 동안 하객들은 탁자를 따라 늘어서 있었다. 왕실 제복을 입은 시동들이 입장하는 하객을 넓은 중앙 통로로 안내했다. 위쪽에 달린 관람석은 악사들로 꽉 차 있었다. 북과 피리와 깽깽이, 현악기와 관악기와 타악기 연주자들이었다.

티리온은 산사의 팔을 꽉 잡고 무겁게 뒤뚱거리며 걸었다. 그에게 꽂히는 사람들의 시선을, 그를 이전보다 더 흉하게 만들어놓은 새 흉터를 보는 눈빛들을 느낄 수 있었다. '보라고 해.' 그는 자리에 올라앉으며 생각했다. '다들 만족할 때까지 쳐다보고 소곤거리라고 해. 저것들 좋으라고 숨진 않을 거야.' 가시 여왕이 작은 보폭으로 발을 끌며 뒤따랐다. 티리온은 누가 더 우스꽝스러워 보일까 생각했다. 그와 산사일까, 아니면 2미터짜리 쌍둥이 호위병 사이에서 걷는 쪼글쪼글한 노파일까.

조프리와 마저리는 어울리는 한 쌍의 흰 군마를 타고 알현실 안으로 달려 들어왔다. 시동들이 그 뒤를 따라 달리며 발굽 아래에 장미 꽃잎을 흩뿌렸다. 왕과 왕비도 연회를 위해 옷을 갈아입은 후였다. 조프리는 검은색과 진홍색의 세로 줄무늬 바지를 입고 검은색 새틴 소매에 마노 단추가 달린 금란 더블릿을 입었다. 마저리는 성소에서 입었던 음전한 가운을 훨씬 노출이 심한 옷으로 갈아입었는데, 양쪽 어깨를 드러내고 작은 젖가슴 위쪽까지 보이는 꼭 끼는 보디스에 연녹색 새마이트 가운이었다. 묶지 않은 부드러운 갈색 머리가 하얀 어깨와 등을 거쳐 거의 허리까지 흘러내렸다. 이마에는 가느다란 금관을 얹었다. 마저리의 미소는 수줍고도 달콤했다. '사랑스러운 여자야. 그리고 내 조카에게는 과분하게 친절한 운명이야.' 티리온은 생각했다.

킹스가드가 두 사람을 연단 위, 철왕좌의 그림자 아래에 자리한 주빈석으로 호위했다. 철왕좌는 이날을 위해 바라테온의 금색, 라니스터의 진홍색, 티렐의 녹색으로 만든 긴 비단 띠를 늘어뜨리고 있었다. 세르세이는 마저리와 포옹하고 양쪽 뺨에 입을 맞췄다. 타이윈 공도 똑같이 했고, 그다음에는 란셀과 케반 경이 했다. 조프리는 신부의 아버지와 새로 형제가 된 두 남자 로라스와 갈란에게 입맞춤을 받았다. 아무도 티리온에게 입을 맞추려고 서두르는 것 같지는 않았다. 왕과 왕비가 착석하자 최고성사가 기도를 드리려 일어섰다. '최소한 지난번 성사처럼 지독하게 웅얼거리진 않는군.' 티리온은 그렇게 위안했다.

티리온과 산사는 왕의 오른쪽 멀리, 갈란 티렐 경과 그 아내인 레오넷 부인 옆에 앉았다. 조프리에게 더 가까이 앉은 사람이 십수 명은 되었는데, 그가 얼마 전까지 왕의 수관이었다는 사실을 감안할 때 성질이 더 껄끄러운 남자라면 모욕으로 받아들일 수도 있는 일이었다. 티리온은 오히려 둘 사이에 백 명이 더 있다면 기뻐했을 것이다.

"잔을 채웁시다!" 신들에게 적절한 경의를 표하고 나자 조프리가 외쳤다. 조프리의 술잔 담당이 티렐 공이 아침에 선물한 결혼식용 황금 성배에 진한 붉은색의 아버 와인을 한 병 다 부었다. 왕은 두 손을 다 써서 잔을 들어야 했다. "내 아내인 왕비를 위하여!"

"마저리!" 알현실이 마주 외쳤다. "마저리! 마저리! 왕비님을 위하여!" 천 개의 잔이 부딪치고, 결혼 축하연이 제대로 시작되었다. 티리온 라니스터는 다른 이들과 같이 술을 마시고, 첫 번째 건배에서 잔을 비우고는 다시 앉자마자 술을 다시 채우라는 신호를 보냈다.

첫 번째 요리로 버터에 요리한 달팽이와 버섯을 넣은 크림수프가 도금한 그릇에 담겨 나왔다. 티리온은 아침 식사에 거의 손을 대지 않았고 이미 와인이 머리까지 들어갔기에, 환영하는 마음으로 순식간에 먹어치웠다. '하나 끝났고 앞으로 일흔여섯 가지. 이 도시엔 아직 굶어 죽는 아이들이 있고, 순무 하나에 사람을 죽일 남자들이 있는데 일흔일곱 가지 요리라. 지금 우리를 볼 수 있다면 티렐을 지금처럼 사랑하진 못할걸.'

산사는 수프를 한 숟가락 맛보고 그릇을 밀었다. "입맛에 맞지 않소, 부인?" 티리온이 물었다.

"나올 음식이 너무 많으니까요. 저는 배가 작답니다." 그녀는 불안하게 머리카락을 만지작거리며 조프리가 티렐 왕비와 함께 앉은 연단 저편을 쳐다보았다.

'마저리 자리에 자기가 있었으면 하는 건가?' 티리온은 얼굴을 찌푸렸다.

'어린아이라도 그것보다는 분별이 있을 텐데.' 그는 다른 생각을 하려고 고개를 돌렸지만 보이는 곳마다 여자들, 다른 남자에게 속한 아름답고 훌륭하고 어여쁘고 행복한 여자들뿐이었다. 조프리와 함께 거대한 칠각 결혼 성배로 같이 술을 마시며 달콤하게 미소 짓는 마저리는 물론이요, 은빛 머리에 잘생기고 아직도 당당한 모습으로 메이스 티렐 옆에 앉은 마저리의 어머니 알러리 부인. 새처럼 화려한 왕비의 어린 세 사촌. 크고 관능적인 검은 눈동자를 빛내는, 메리웨더 공의 검은 머리 미르인 아내. 도르네인들 사이에서(세르세이는 연단의 주빈석 바로 아래면서 이 방이 허락하는 한 티렐과는 최대한 먼 곳에 도르네인들의 식탁을 따로 마련했다) 붉은 독사가 한 말에 웃고 있는 엘라리아 샌드…….

그리고 왼쪽 세 번째 탁자 거의 끝에 한 여자가 앉아 있었다……. 아마 포소웨이 중 누군가의 부인이었을 텐데, 아이를 가져 무거운 몸이었다. 배가 그렇게 나왔어도 그 여자의 섬세한 아름다움이 손상되지는 않았고, 음식과 공연을 즐기는 기색도 완연했다. 티리온은 그 여자의 남편이 자기 접시에 담긴 음식을 아내에게 먹여주는 모습을 바라보았다. 그들은 같은 잔으로 술을 마셨고, 자주, 예기치 않은 순간에 입을 맞췄다. 입을 맞출 때마다 남편은 손을 아내의 배 위에 부드럽게 얹었다. 다정하고 보호하는 몸짓이었다.

지금 몸을 기울여 산사에게 입을 맞춘다면 어떻게 반응할까. '움찔하고 몸을 피하겠지. 아니면 용감하게 자기 의무를 견뎌내거나. 이 여자는, 내 아내는 의무감 빼면 시체야.' 그가 오늘 밤에 처녀성을 갖고 싶다고 말한다면 그것도 충실히 견뎌낼 테고, 필요 이상으로 울지도 않을 것이다.

그는 와인을 더 채우라 신호했다. 잔이 채워졌을 때쯤에는 두 번째 요리가 나왔는데, 돼지고기와 잣과 계란을 채운 페이스트리였다. 산사가 한 입도 먹지 않았을 때 의전관이 일곱 가수들 중 첫 번째를 호명했다.

회색 수염을 기른 하프쟁이 해미시가 "신과 인간의 귀에 칠왕국 전체가 이전에 들은 적 없는 노래"를 하겠다고 선언했다. 그는 그 노래를 〈렌리 공의 질주〉라고 했다.

해미시의 손가락이 하프 현을 훑으며 알현실을 달콤한 소리로 채웠다. "죽음의 군주는 뼈로 만든 왕좌에서 살해당한 영주를 굽어보았네." 해미시는 그렇게 시작해서 조카의 왕관을 찬탈하려던 것을 뉘우친 렌리가 어떻게 죽음의 군주에게 거역하고 형을 상대로 왕국을 지키기 위해 산 자들의 땅으로 돌아왔는지 이어나갔다.

'이걸 위해 가엾은 사이먼은 갈색 죽 그릇에 처박혔군.' 티리온은 생각했다. 마저리 왕비는 마지막에 가서 용감한 렌리 공의 그림자가 진정한 사랑의 얼굴을 마지막으로 한 번 훔쳐보려고 하이가든으로 날아가는 대목에서 눈물이 그렁그렁해졌다. 티리온은 산사에게 말했다. "렌리 바라테온은 생전에 아무것도 뉘우치지 않았지만, 내가 심판이라면 해미시가 방금 도금 류트를 따낸 것 같구려."

하프쟁이는 더 친숙한 노래도 몇 곡 불렀다. 〈황금 장미〉는 분명 티렐 가문을 위해서였고, 〈카스타미어에 내리는 비〉는 그의 아버지에게 아첨하려는 게 분명했다. 〈처녀와 어머니와 노파〉는 최고성사를 기쁘게 했고, 〈나의 귀한 아내〉는 로맨스를 마음에 품은 어린 소녀들 모두와 어린 소년들 몇 명을 만족시켰다. 티리온은 건성으로 들으면서 대추야자와 사과와 오렌지 조각을 넣어 구운 따뜻한 귀리 빵과 단옥수수튀김을 맛보고 멧돼지 갈비를 뜯었다.

그 후에는 요리와 기분 전환 거리가 와인과 에일의 홍수에 둥둥 떠서 믿기 힘들 만큼 풍성하게 이어졌다. 해미시가 나가고, 그 자리를 피리와 북소리에 맞추어 어색하게 춤추는 작고 나이 든 곰이 차지하는 사이 결혼식 하객들은 잘게 부순 아몬드에 감싸 조리한 송어를 먹었다. 문보이가 죽마를 타고 탁자 사이를 돌아다니며 티렐 공의 우스꽝스럽게 뚱뚱한 어릿광대 버터범프스를 쫓았고, 귀족 남녀는 구운 왜가리 고기와 치즈와 양파를 넣은 파이를 맛보았다. 펜토스의 곡예단이 재주넘기를 하고 물구나무서서 맨발에 접시를 얹더니, 서로의 어깨 위에 올라서서 피라미드를 만들었다. 그들의 재주에는 매운 동쪽 지방 양념에 삶은 게 요리, 당근과 건포도와 양파를 넣고 아몬드 우유에 끓인 양고기 조각, 그리고 오븐에서 갓 꺼내어 손가락이 델 정도로 뜨겁게 나온 생선 타르트가 함께했다.

그다음에는 의전관들이 또 다른 가수를 호명했다. 티로시의 콜리오 쾌이니스는 새빨간 수염에 사이먼이 약속했던 것만큼이나 익살맞은 억양이 특징이었다. 콜리오는 자기식으로 해석한 〈드래곤들의 춤〉으로 공연을 시작했는데, 그 노래는 원래 남성과 여성 두 명의 가수라야 제대로 부르는 노래였다. 티리온은 꿀과 생강에 버무린 자고새 요리와 와인 몇 잔의 도움을 받아 그 노래를 참아냈다. 발리리아의 파멸 중에 죽어가는 두 연인에 대한 잊을 수 없는 노래는, 콜리오가 그 노래를 고급 발리리아어로 부르지 않았다면 좀 더 좋은 반응을 얻었을 수도 있었다. 하객들 대부분은 발리리아어를 몰랐으니 말이다. 하지만 〈여급 베사〉는 상스러운 가사로 하객들의 호응을 되찾았다. 대추야자를 채워 통째로 구운 후에 화려한 깃털을 다시 꽂은 공작새가 나오는 동안 콜리오는 북 치는 주자를 하나 불러내고 타이윈 공에게 깊이 절하더니 〈카스타미어에 내리는 비〉를 시작했다.

'저 노래를 일곱 가지 판으로 들어야 한다면 플리바텀으로 내려가서 스튜에 대고 사과해야 할지도 모르겠군.' 티리온은 아내를 돌아보았다. "그래, 당신은 어느 쪽이 더 좋았소?"

산사는 그를 향해 눈을 껌벅였다. "네?"

"가수들 말이오. 어느 쪽이 더 좋았소?"

"죄…… 죄송합니다. 듣고 있지 않았어요."

'먹고 있지도 않았지.' "산사, 뭔가 잘못됐소?" 그는 생각 없이 말했다가 즉시 바보가 된 기분을 느꼈다. '친족은 다 학살당했고 나와 결혼해야 했는데 뭐가 잘못됐나 궁금해하다니.'

"아니에요, 여보." 산사는 그의 시선을 피하더니 대추야자로 돈토스 경을 때리고 있는 문보이에게 관심을 쏟는 척했다.

장인급의 화염술사 네 명이 화염 짐승을 부려 불 발톱으로 서로를 찢어 발기게 하는 동안 하인들은 블랜디서리(blandissory) 그릇을 날라 왔다. 묽은 소고기 수프와 끓인 와인을 섞어서 꿀을 넣고 껍질 벗긴 아몬드와 닭고기 조각이 들어간 요리였다. 그다음에는 돌아다니는 피리 연주자와 영리한 개들과 칼 삼키는 곡예사와 함께 버터에 조리한 완두콩, 저민 견과류, 그리고 사프란과 복숭아 소스에 데친 백조 고기가 나왔다.("또 백조라니." 티리온은 전투 전날 누이와 함께했던 저녁 식사를 떠올리며 중얼거렸다). 곡예사 하나가 장검 여섯 개와 도끼를 허공에 던져대는 사이 식탁에는 지글거리는 피소시지를 끼운 꼬치가 나왔는데, 티리온은 얄궂긴 해도 재치 있는 조합이라고 생각했다.

의전관들이 트럼펫을 불고 한 명이 외쳤다. "황금 류트를 위해 노래합니다. 카이의 갈리언입니다."

갈리언은 커다란 술통 같은 몸에 검은 수염을 기른 대머리 사내로, 알현실 구석구석에 울려 퍼지는 천둥 같은 목소리를 지녔다. 그는 적어도 여섯 명의 연주자를 데려왔다. "고귀하신 나리님들과 아름다운 마님들, 오늘 밤 저는 단 하나의 노래만 부르겠습니다." 그는 선언했다. "블랙워터 전투와 왕국이 어떻게 구원받았나에 대한 노랩니다." 북 연주자가 천천히 불길하게 북을 두드리기 시작했다.

갈리언이 노래를 시작했다. "사악한 영주는 탑 높은 곳에서 생각에 잠겼네. 밤처럼 캄캄한 성안에서."

"그의 머리만이 아니라 영혼도 검었지." 악사들이 합창을 했다. 플루트가 끼어들었다.

"그는 살인 충동과 질투를 포식했으며, 잔에는 악의를 가득 채웠네." 갈리언이 노래했다. "그는 고약한 아내에게 말했네, 내 형은 한때 일곱 왕국을 다스렸다고. 나는 형의 것을 빼앗아 내 것으로 만들겠다고. 내 단검을 형의 아들에게 맛보여주지."

"금빛 머리의 용감한 소년에게." 나무 하프와 깽깽이가 연주를 시작하고 악사들이 합창했다.

"혹시나 내가 다시 수관이 된다면 가수들을 다 목매달겠어." 티리온이 너무 큰 소리로 말해버렸다.

옆에서 레오넷 부인이 가볍게 웃음을 터뜨렸고, 갈란 경이 티리온 쪽으로 몸을 기울이고 말했다. "용맹한 행위는 노래로 불리지 않더라도 용맹한 행위지요."

"사악한 영주가 군단을 불러 모으자, 군대가 까마귀 떼처럼 영주를 에워싸고 모였네. 그들은 피에 굶주려 배에 올랐고……."

"……불쌍한 티리온의 코를 베어냈다네." 티리온이 끝을 대신 맺었다.

레오넷 부인이 키득거렸다. "공은 가수가 되셔야겠는데요. 운율이 저 갈리언 못지않아요."

"아니에요, 부인." 갈란 경이 말했다. "우리 라니스터 공은 위대한 일을 하러 태어난 분이지, 위대한 일을 노래할 사람이 아니에요. 이분의 쇠사슬과 와일드파이어가 아니었다면 적이 강을 건너왔을 겁니다. 그리고 티리온의 와일드파이어가 스타니스 공의 척후대를 대부분 없애지 않았다면 우린 결코 불시에 스타니스를 기습할 수 없었을 거예요."

티리온은 우습게도 그의 말에 고마운 기분을 느꼈고, 덕분에 갈리언이 소년 왕과 그 어머니인 황금빛 왕대비의 용맹을 끝도 없이 읊어대는 동안 마음을 진정할 수 있었다.

"왕대비는 저런 적 없어요." 산사가 불쑥 말했다.

"노랫말을 절대 믿지 말아요, 부인." 티리온은 하인을 불러 두 사람의 와인 잔을 다시 채웠다.

곧 높은 창문 밖은 깊은 밤이 되었는데, 그래도 갈리언은 노래를 계속했다. 그의 노래는 77절로 이루어져 있었지만, 천 절이 넘는 느낌이었다. '하객 한 명당 한 소절씩인가.' 티리온은 귀에 버섯을 쑤셔 넣고 싶은 충동을 참기 위해 술을 마시면서 마지막 20절을 버텨냈다. 가수가 인사를 할 때쯤에는 하객들 일부가 거나하게 취해서 의도치 않은 오락을 제공하기에 이르렀다. 여름 군도에서 온 무용수들이 화려한 깃털과 연기색 비단으로 만든 로브를 입고 빙글빙글 돌며 춤을 추는 동안 파이셀 대학사는 푹 잠들어 버렸다. 잘 익은 블루치즈를 채운 엘크 고기가 나오는 동안에는 로완 공의 기사 한 명이 도르네인 하나를 찔렀다. 황금 망토들이 둘 다 끌고 나가서 하나는 감옥에 처박고 하나는 발라바르 학사가 상처를 꿰매게 데려갔다.

티리온이 시나몬과 정향, 설탕, 아몬드 우유를 넣은 갈색 크림 요리를 깨지락거리는데 조프리 왕이 벌떡 일어섰다. "나의 왕실 마상 시합자들을 데려와라!" 조프리는 손뼉을 치며 와인에 취한 목소리로 외쳤다.

'내 조카가 나보다 더 취했군.' 티리온은 황금 망토들이 알현실 저편의 대문을 여는 동안 생각했다. 한 쌍의 기수가 나란히 들어오는데, 티리온이 앉은 자리에서는 줄무늬 기마 창 끄트머리밖에 보이지 않았다. 그들을 따라 왕에게까지 웃음의 파도가 쳤다. '조랑말을 탔나 보군.' 그는 그렇게 생각했다……. 그들이 제대로 보이기 전까지는.

그 마상 시합자들이란 한 쌍의 난쟁이였다. 하나는 다리가 길고 턱이 모난 못생긴 회색 개를 타고 있었다. 또 하나는 거대한 점박이 암퇘지를 탔다. 작은 기사들이 안장에서 위아래로 튀자 색칠한 나무 갑옷이 달그락거리며 부딪쳤다. 방패가 사람보다 더 컸고, 그들이 기마 창을 단호히 잡고 허우적대면서 이쪽저쪽으로 흔들거리는 모습이 웃음을 일으켰다. 기사 하나는 온통 금색 옷차림에 방패에는 검은색 수사슴을 그려 넣었고, 또 하나는 회색과 흰색 옷을 입고 늑대 문장을 그려 넣었다. 두 사람의 탈것도 마찬가지 조합의 마갑을 갖췄다. 티리온은 연단에 앉은 웃는 얼굴들을 쭉 훑어보았다. 조프리는 얼굴이 벌게져서 숨도 못 쉬고 웃었다. 토멘은 폭소하며 앉은 자리에서 깡충거렸고, 세르세이는 품위 있게 웃었으며, 타이윈 공마저도 살짝 재미있어하는 것 같았다. 높은 자리에 앉은 사람 중에서 오직 산사 스타크만이 웃지 않았다. 그 점만으로도 산사를 사랑할 수 있을 것 같았지만, 사실 산사의 눈은 앞에서 뛰어오는 우스꽝스러운 기수들을 아예 보지도 못한 것처럼 먼 곳을 향해 있었다.

'저 난쟁이들 탓은 아니지.' 티리온은 결심했다. '공연이 끝나면 저들을 치하하고 두둑한 은화 지갑을 줘야겠어. 그리고 내일이면 이 작은 공연을 계획한 게 누군지 찾아내서 다른 종류의 감사 인사를 해야지.'

난쟁이들이 왕에게 인사하려고 연단 아래에서 고삐를 당겼을 때, 늑대 기사가 방패를 떨어뜨렸다. 늑대 기사가 방패를 주우려고 몸을 굽히는 사이 수사슴 기사가 무거운 기마 창을 주체하지 못하고 그 등을 때려버렸다. 늑대 기사는 돼지에서 떨어졌고 그의 기마 창은 떨어지면서 상대의 머리통을 쳤다. 그들은 한데 엉켜서 바닥을 뒹굴었다. 일어섰을 때는 둘 다 개에 올라타려고 했다. 고함을 지르고 밀치는 과정이 뒤따랐다. 마침내 둘 다 안장에 다시 앉기는 했는데, 엉뚱한 방패를 들고 상대방의 탈것에 거꾸로 앉았다.

정리하는 데 시간이 좀 걸렸지만 결국 그들은 박차를 가해 서로 반대 방향으로 움직인 후, 서로를 공격하기 위해 방향을 돌렸다. 남녀 귀족들이 깔깔대고 키득거리는 동안 난쟁이들은 쾅 소리 나게 서로 충돌했고, 늑대

기사의 기마 창이 수사슴 기사의 투구를 때리고 머리통을 날려버렸다. 떨어진 머리통은 피를 튀기며 허공을 빙글빙글 돌다가 자일스 공의 무릎에 떨어졌다. 머리를 잃은 난쟁이는 팔을 휘두르며 탁자 사이를 달렸다. 개들이 짖어대고, 여자들은 비명을 지르고, 문보이는 죽마에 탄 채로 위험스럽게 기우뚱거리는 묘기를 선보이는 소란 끝에 자일스 공이 부서진 투구에서 붉은 즙이 떨어지는 멜론을 꺼냈다. 그 시점에 맞춰서 수사슴 기사가 갑옷에서 얼굴을 쏙 내밀었고, 다시 한번 웃음소리가 폭풍처럼 알현실을 뒤흔들었다. 기사들이 웃음소리가 사그라들기를 기다리다가 서로 갖은 모욕을 주고받고는 다시 한번 격돌하기 위해 갈라지려는데, 개가 주인을 바닥에 팽개치더니 암퇘지에 올라탔다. 커다란 돼지가 괴로움에 끼익거리는 동안 결혼식 하객들은 정신을 못 차리고 웃었고, 특히 수사슴 기사가 늑대 기사에게 달려들어 나무 바지를 내리고 아랫도리를 미친 듯이 흔들기 시작하자 더 크게 웃었다.

"항복, 항복." 밑에 깔린 난쟁이가 비명을 질렀다. "선량한 기사님, 장검을 뽑으세요!"

"그럴 거야. 네가 검집을 그만 움직이기만 하면!" 위에 올라탄 난쟁이가 대꾸해서 모두의 즐거움을 불러일으켰다.

조프리는 콧구멍으로 와인을 뿜고 있었다. 그는 헐떡이면서 일어나다가 손잡이가 두 개 달린 높은 술잔을 넘어뜨릴 뻔했다. "우승자." 그는 외쳤다. "우승자가 나왔다!" 알현실은 왕이 말을 하는 모습을 보고 조용해졌다. 난쟁이들도 왕의 치하를 기대하며 서로를 놓았다. 조프리가 말했다. "하지만 진정한 우승자는 아니야. 진정한 우승자라면 모든 도전자를 물리쳐야지." 왕은 탁자 위로 올라갔다. "누가 우리 작은 우승자에게 도전하겠는가?" 그는 쾌활한 미소를 지으며 티리온을 돌아보았다. "삼촌! 삼촌이 내 왕국의 명예를 지키지 않겠어? 돼지를 타도 좋아!"

웃음소리가 파도처럼 티리온을 휩쓸었다. 티리온 라니스터는 일어선 기억도, 의자 위에 올라간 기억도 없었지만 정신 차리고 보니 탁자 위에 서 있었다. 알현실의 횃불 빛 속에서 곁눈질하는 얼굴들이 흐릿하게 보였다. 그는 얼굴을 일그러뜨리고 칠왕국이 본 적 없는 흉악한 비웃음을 지었다. "전하, 제가 돼지를 타겠습니다……. 다만 전하가 저 개를 타신다면요!"

조프리는 어리둥절해서 얼굴을 찌푸렸다. "내가? 난 난쟁이가 아니야. 왜 나지?"

'너도 한번 당해봐, 조프리.' "그야 이 방에서 제가 확실히 이길 수 있는 남자는 전하뿐이니까요!"

티리온은 어느 쪽이 더 달콤한지 말할 수 없었다. 그 순간의 충격적인 정적인지, 그 뒤에 따라온 돌풍 같은 웃음소리인지, 아니면 조카의 얼굴에 떠오른 걷잡을 수 없는 격분의 표정인지. 티리온이 만족해서 바닥으로 뛰어내린 후에 뒤를 돌아보니 오스먼드 경과 메린 경이 조프리가 탁자에서 내려오도록 돕고 있었다. 세르세이가 자신을 노려보고 있음을 알아차린 티리온은 누이에게 입맞춤을 날렸다.

악사들이 연주를 시작하자 마음이 놓였다. 작은 마상 시합자들은 개와 돼지를 끌고 나갔고, 하객들은 머리 고기가 담긴 접시에 관심을 돌렸고, 티리온은 와인을 한 잔 더 받았다. 그러나 갑자기 갈란 경의 손이 그의 소매를 건드렸다. "티리온 공, 조심하세요." 기사는 그렇게 경고했다. "왕이……."

티리온은 앉은 채로 몸을 돌렸다. 조프리가 시뻘건 얼굴로 비틀거리면서 그를 덮치기 직전이었다. 두 손에 든 거대한 금제 결혼식 술잔 가장자리로 와인이 넘쳤다. "전하"까지 말하자마자 왕이 잔을 그의 머리 위에 엎었다. 와인이 붉은 격류가 되어 그의 얼굴로 흘러내렸다. 머리카락이 다 젖고 눈이 따끔거렸으며 상처가 타는 것 같았고, 뺨을 타고 흐른 와인이 새 더블릿의 벨벳까지 적셨다. "이건 어떠냐, 꼬마 악마?" 조프리가 비웃었다.

티리온은 눈이 불타는 것 같았다. 그는 소맷등으로 얼굴을 닦고 눈을 깜박여 세상을 다시 보려 했다. "이러시면 안 됩니다, 전하." 갈란 경이 조용히 하는 말이 들렸다.

"전혀 아닙니다, 갈란 경." 티리온은 이 사태가 더 추악해지게 둘 수 없었다. 여기에서는, 왕국의 절반이 보는 앞에서는 안 될 말이었다. "모든 왕이 보잘것없는 종복에게 고귀한 잔을 가져다주는 영예를 베푸시진 않지요. 와인이 쏟아져서 안타깝습니다."

"쏟아진 게 아니야." 티리온이 제시한 후퇴의 길을 받아들일 품위가 없는 조프리가 말했다. "그리고 너에게 술을 주려던 것도 아니야."

마저리 왕비가 돌연 조프리 옆에 나타났다. "사랑하는 전하." 티렐 가문의 여식이 간청했다. "가시죠. 자리로 돌아가세요. 다른 가수가 기다립니다."

"에이슨의 알라릭이라지." 올레나 티렐 부인이 지팡이에 기댄 채, 와인에 푹 젖은 난쟁이에게는 손녀만큼도 관심을 기울이지 않고 말했다. "알라릭이 〈카스타미어에 내리는 비〉를 연주해줬으면 좋겠군. 한 시간쯤 지났더니 가사가 생각이 안 나지 뭐야."

"아담 경도 축배를 들고 싶다네요." 마저리가 말했다. "전하, 부탁이에요."

"와인이 없어." 조프리가 말했다. "와인이 없는데 어떻게 축배를 들 수가 있어? 꼬마 악마 숙부, 숙부가 나에게 술을 따라줄 수 있겠지. 마상 시합을 안 할 거면 내 술잔 담당이 되는 거야."

"더없이 영광입니다."

"영광을 베풀려는 게 아니야!" 조프리는 소리를 질렀다. "허리 숙여서 내 잔을 집어." 티리온은 하라는 대로 했지만, 그가 손잡이를 잡으려 하자 조프리가 다리 사이로 잔을 걷어찼다. "집어! 못생기기만 한 게 아니라 제대로 움직이지도 못하나?" 티리온은 그 술잔을 찾으려고 탁자 밑을 기어야 했다. "좋아, 이제 와인을 채워." 티리온은 하녀에게서 와인병을 받아 들고 술잔의 4분의 3을 채웠다. "아니, 무릎 꿇고." 티리온은 무릎을 꿇고 무거운 잔을 들어 올리며 목욕을 한 번 더 하게 되려나 생각했다. 하지만 조프리는 한 손으로 그 잔을 받아 들고 꿀꺽꿀꺽 술을 마시더니 탁자 위에 내려놓았다. "이제 일어서도 돼, 삼촌."

일어서려는데 다리에 쥐가 나서 다시 넘어질 뻔했다. 티리온은 의자를 잡고 몸을 가누어야 했다. 갈란 경이 그를 부축했다. 조프리는 웃음을 터뜨렸고, 세르세이도 웃었다. 이어서 다른 사람들이 웃었다. 누구인지는 볼 수 없었으나, 소리는 들을 수 있었다.

"전하." 타이윈 공의 목소리는 흠잡을 데 없이 정확하게 울렸다. "파이를 가지고 들어오는군요. 전하의 검이 필요합니다."

"파이?" 조프리는 왕비의 손을 잡았다. "갑시다, 부인. 파이가 왔다는군."

거대한 파이가 활짝 웃고 있는 요리사 여섯 명에게 이끌려 천천히 알현실 안으로 굴러 들어오자 하객들이 일어서서 소리를 지르고 갈채를 보내며 와인 잔을 부딪쳤다. 너비가 2미터에, 껍질은 금갈색이었고, 파이 안에서 구구거리고 쿵쿵대는 소리를 들을 수 있었다.

티리온은 냉정을 찾고 다시 자리에 앉았다. 이제 비둘기 한 마리가 그에게 똥을 싸기만 하면 완벽한 하루가 될 터였다. 와인이 더블릿과 속옷까지 적셔놓아서 축축한 감촉이 느껴졌다. 옷을 갈아입어야 할 테지만, 잠자리 의식으로 넘어갈 때까지는 아무도 연회를 떠날 수 없었다. 아직 요리가 20~30개는 남았을 것이다.

조프리 왕과 그의 왕비는 연단 아래에서 파이를 맞이했다. 조프리가 검을 뽑자 마저리가 그의 팔에 손을 얹고 말렸다. "과부의 통곡은 파이를 자를 물건이 아닙니다."

"맞는 말이야." 조프리는 목소리를 높였다. "일린 경, 경의 검을 가져와!"

알현실 안쪽 그림자 속에서 일린 페인 경이 나타났다. '연회의 유령이로군.' 티리온은 왕의 집행관이 수척하고 음울한 모습으로 걸어 나오는 것을 지켜보며 생각했다. 그는 일린 경이 혀를 잃기 전에 어땠는지 알기엔 너무 젊었다. '그 시절엔 다른 사람이었을 테지만, 이제는 공허한 눈과 녹슨 사슬 갑옷 셔츠, 등에 짊어진 대검과 마찬가지로 침묵도 일린의 일부야.'

일린 경은 왕과 왕비 앞에서 허리를 굽히고, 어깨 너머로 손을 뻗어 룬 문자가 찬란하게 새겨진 180센티미터짜리 은빛 검을 뽑았다. 그리고 무릎을 굽히더니 대검을 손잡이 쪽으로 조프리에게 내밀었다. 손잡이 끝, 씩 웃는 해골 형상으로 조각한 드래곤 유리 덩어리에 박힌 루비 눈에서 붉은 불길이 반짝였다.

산사가 동요했다. "저건 무슨 검이죠?"

티리온은 아직도 와인 때문에 눈이 아팠다. 그는 눈을 깜박이고 검을 다시 보았다. 일린 경의 대검은 '얼음'만큼 길고 넓었지만, 얼음이라고 보기엔 너무 은빛으로 반짝였다. 발리리아 강철은 빛이 어두웠고, 그 혼에 연기가 스며 있었다. 산사가 그의 팔을 꽉 붙들었다. "일린 경이 제 아버지의 검에 무슨 짓을 한 건가요?"

'내가 얼음을 롭 스타크에게 보냈어야 했는데.' 티리온은 그렇게 생각하며 아버지 쪽을 흘긋 보았지만, 타이윈 공은 왕을 쳐다보고 있었다.

조프리와 마저리가 손을 포개어 대검을 들어 올렸다가, 은빛 호선을 그리며 내리쳤다. 파이 껍질이 부서지자 비둘기들이 하얀 깃털 소용돌이가 되어 터져 나오더니 사방으로 흩어지면서 창문과 서까래로 날아갔다. 장의자들에서 기쁨의 함성이 오르고, 관람석에서 깽깽이와 피리 주자들이 활기 넘치는 곡을 연주하기 시작했다. 조프리는 신부를 품에 안고 즐겁게 빙빙 돌렸다.

하인 하나가 티리온 앞에 뜨끈뜨끈한 비둘기 파이 한 조각을 갖다 놓고 레몬 크림 한 숟가락을 올렸다. 이 파이에 든 비둘기는 제대로 잘 조리된 상태였지만, 알현실 여기저기에서 퍼덕거리는 하얀 비둘기만큼도 식욕을 돋우지 못했다. 산사도 먹지 않고 있었다. "너무 창백하군요, 부인. 당신은 찬 공기를 마셔야겠고 난 새 더블릿으로 갈아입어야겠소." 그는 일어서서 산사에게 손을 내밀었다. "갑시다."

하지만 두 사람이 물러나기 전에 조프리가 돌아왔다. "삼촌, 어디 가? 삼촌이 내 술잔 담당인 거 잊었나?"

"새 옷으로 갈아입어야겠습니다, 전하. 나가봐도 괜찮을까요?"

"안 돼. 난 삼촌이 지금 모습인 게 좋아. 내 와인이나 따라."

왕의 술잔은 조프리가 내려놓은 그대로 탁자 위에 있었다. 티리온은 술잔에 손을 뻗으려고 의자에 다시 올라가야 했다. 조프리가 그의 손에서 잔을 낚아채더니 길게 술을 마셨다. 목젖이 아래위로 움직이면서 자줏빛 와인이 턱을 타고 흘러내렸다. 마저리가 말했다. "여보, 우린 우리 자리로 돌아가야 해요. 버클러 공이 축배를 올리고 싶어 해요."

"내 삼촌이 비둘기 파이를 먹지 않았어." 조프리는 술잔을 한 손에 든 채 반대쪽 손으로 티리온의 파이를 움켜쥐었다. "파이를 먹지 않으면 불운이 닥쳐." 그는 입에 뜨거운 비둘기 조각을 밀어 넣으며 꾸짖었다. "봐, 맛있잖아." 그는 빵껍질 조각을 뱉어내며 기침을 하다가 한 주먹 더 입에 넣었다. "하지만 퍽퍽하군. 마실 게 있어야겠어." 조프리는 와인을 한 모금 마시고 다시, 더 격하게 기침을 했다. "난 삼촌이, 쿨럭, 그 돼지를, 쿨럭 쿨럭, 타는 걸 보고 싶어. 난……." 조프리의 말이 기침 소리에 끊어졌다.

마저리가 걱정스러운 얼굴로 그를 보았다. "전하?"

"쿨럭, 파, 쿨럭, 파이가." 조프리는 와인을 한 모금 더 마셨다. 아니, 마시려고 했지만 다시 기침이 터져서 몸을 접었고 와인이 다시 다 튀어나왔다. 얼굴이 시뻘게져 있었다. "난, 쿨럭, 숨을, 쿨럭 쿨럭 쿨럭 쿨럭……." 술잔이 조프리의 손에서 미끄러지고 검붉은 와인이 연단 위에 흘렀다.

"숨을 못 쉬어." 마저리 왕비가 헉하고 숨을 들이마셨다.

마저리의 할머니가 옆으로 다가왔다. "저 가엾은 아이를 도와줘!" 가시여왕이 몸집의 열 배는 큰 목소리로 외쳤다. "얼간이들! 다들 멍청히 서서 쳐다만 볼 건가? 왕을 도와드려!"

갈란 경이 티리온을 밀어내고 조프리의 등을 두드리기 시작했다. 오스먼드 케틀블랙 경은 왕의 옷깃을 찢어 열었다. 소년의 목에서 무섭도록 높고 가는 소리가 새어 나왔다. 갈대로 강을 들이마시려는 사람이 낼 법한 소리였다. 그러다가 그 소리가 멎고, 더 끔찍한 정적이 뒤따랐다. "거꾸로!" 메이스 티렐이 누구랄 것도 없이 모두에게 대고 외쳤다. "몸을 돌려서, 발을 잡고 흔들어!" 다른 목소리는 "물을, 물을 좀 먹여!"라고 외치고 있었다. 최고 성사가 큰 소리로 기도하기 시작했다. 파이셀 대학사가 누가 좀 도와달라고, 방에 가서 약을 가져와야겠다고 외쳤다. 조프리는 제 목을 긁기 시작했다. 손톱이 제 살에 피투성이 상처를 남겼다. 그 피부 아래로 근육이 돌처럼 단단하게 불거져 나왔다. 토멘 왕자가 비명을 지르며 울었다.

'죽겠군.' 티리온은 퍼뜩 알아차렸다. 사방에 대혼란이 몰아치는데 그는 이상하게 차분했다. 사람들이 조프리의 등을 다시 때리고 있었지만, 얼굴은 점점 시커메지기만 했다. 개들이 짖어대고, 아이들은 울어대고, 남자들이 서로에게 쓸모없는 충고를 외쳐댔다. 결혼식 하객 절반이 일어서 있었고, 몇 사람은 더 잘 보려고 서로를 밀어댔으며, 또 몇 사람은 서둘러 벗어나려고 문으로 달려갔다.

메린 경이 왕의 입을 억지로 열고 목구멍에 숟가락을 밀어 넣었다. 그러는 사이에 조프리의 눈이 티리온의 눈과 마주쳤다. '제이미의 눈을 닮았군.' 다만 그렇게 겁에 질린 제이미의 모습을 본 적은 없었다. '저 아이는 이제 겨우 열세 살이야.' 조프리는 마르고 갈라진 소리를 내면서 말을 하려고 했다. 공포에 눈이 하얗게 불거지더니, 조프리가 한 손을 들어 올렸다……. 외삼촌에게 손을 뻗으려는 건지, 가리키려는 건지……. '내게 용서를 비는 건가, 아니면 내가 자길 구할 수 있다고 생각하는 건가?' 세르세이가 울부짖었다. "안 돼애애애애. 아버지 도와주세요, 누구든 도와줘, 내 아들, 내 아들……."

티리온은 저도 모르게 롭 스타크를 생각하고 있었다. '돌이켜보니 내 결혼식이 훨씬 나아 보이는군.' 산사가 이 상황을 어떻게 받아들이는지 보려고 했지만, 알현실 안이 너무 혼란스러워서 산사를 찾을 수가 없었다. 하지만 티리온의 시선은 잊힌 채 바닥을 뒹굴고 있는 결혼식 술잔에 떨어졌다. 그는 걸어가서 잔을 집어 들었다. 아직 짙은 자주색 와인이 약간 남아 있었다. 티리온은 잠시 생각해보다가 그 와인을 바닥에 부었다.

마저리 티렐이 할머니의 품에 안겨서 흐느끼고 있었다. 노부인은 말했다. "용기를 잃지 말아라. 용기를." 악사들은 대부분 달아났지만, 플루트 연주자 한 명이 관람석에서 슬픈 가락을 불고 있었다. 알현실 저편 문 근처에서는 실랑이가 벌어졌고, 하객들이 서로를 짓밟았다. 아담 경의 황금 망토들이 질서를 회복하려고 들어왔다. 하객들은 울기도 하고, 비틀거리며 구역질하기도 하고, 공포에 하얗게 질리기도 한 모습으로 밤공기 속으로 뛰쳐나갔다. 티리온은 뒤늦게 자신도 나가는 게 현명할지 모르겠다는 생각을 했다.

세르세이의 비명을 들었을 때, 그는 끝났음을 알았다.

'나가야 해. 지금.' 그렇게 생각하면서도 그는 세르세이에게 다가갔다.

누이는 아들의 시신을 끌어안고 와인 웅덩이 속에 주저앉아 있었다. 가운은 찢어지고 얼룩졌으며, 얼굴은 분필처럼 하얬다. 깡마른 검은 개 한 마리가 그 옆으로 다가와서 조프리의 시체를 킁킁거렸다. "그 아이는 떠났다, 세르세이." 타이윈 공이 말했다. 그는 위병 하나가 개를 쫓아버리는 사이 장갑 낀 손을 딸의 어깨에 얹었다. "이제 놓아줘라. 보내줘." 세르세이는 듣지 않았다. 세르세이의 손가락을 뜯어내는 데 킹스가드 두 명이 필요했고, 조프리 바라테온 왕의 몸뚱이는 생명 없이 바닥에 축 늘어졌다.

최고성사가 그 옆에 무릎을 꿇었다. "하늘에 계신 아버지시여, 우리의 선량한 왕 조프리를 정당하게 심판하소서." 성사가 죽은 자를 위한 기도를 올리기 시작했다. 마저리 티렐이 흐느꼈고, 티리온은 마저리의 어머니인 알러리 부인의 목소리를 들었다. "목이 막힌 거야, 아가. 파이에 목이 막혔어. 너와는 아무 관계도 없다. 목이 막힌 거야. 우리 모두가 봤어."

"목이 막힌 게 아니야." 세르세이의 목소리는 일린 경의 검만큼 날카로웠다. "내 아들은 독살당했어." 그녀는 무력하게 둘러선 하얀 기사들을 보았다. "킹스가드, 의무를 다하라."

"왕대비님?" 로라스 티렐 경이 머뭇거렸다.

"내 동생을 체포해." 세르세이는 그에게 명했다. "저 난쟁이가 한 짓이야. 저놈과 저놈의 어린 아내가. 저것들이 내 아들을 죽였어. 너희들의 왕을. 잡아! 둘 다 잡아!"

# 산사

도시 저 멀리서 종이 울리기 시작했다.

산사는 꿈속에 있는 것만 같았다. "조프리가 죽었어." 혹시 이러면 깰까 싶어서 나무들에 대고 말했다.

산사가 알현실을 떠날 때는 아직 조프리가 살아 있었다. 하지만 무릎을 꿇고 숨을 쉬려고 발버둥 치느라 목을 긁어대고 자기 살갗을 할퀴고 있었다. 지켜보기 끔찍한 광경이었고, 산사는 눈물을 흘리며 몸을 돌리고 달아났다. 탠다 부인도 달아나고 있었다. 그녀는 산사에게 말했다. "마음씨가 곱기도 하네요. 자기를 떼어놓는 걸로도 모자라서 난쟁이와 결혼시킨 남자를 위해 그렇게 울어주다니."

'고운 마음씨라. 내가 마음씨가 곱다고?' 발작적인 웃음이 목구멍을 타고 올라왔지만, 산사는 웃음을 꾹 눌렀다. 느리고 슬픈 종소리가 울리고 있었다. 울리고, 울리고, 또 울렸다. 로버트 왕이 죽었을 때도 똑같이 울렸었다. 조프리가 죽었다. 조프리가 죽었다. 죽었다, 죽었어, 죽었어. 춤을 추고 싶은 기분인데 왜 울고 있는 걸까? 기쁨의 눈물일까?

산사는 전날 밤에 숨겨둔 장소에서 옷을 찾아냈다. 도와줄 시녀가 없으니 입고 있는 가운 레이스를 푸는 데 생각보다 시간이 오래 걸렸다. 두 손이 이상하게 서툴렀지만, 더 겁에 질렸어야 마땅한데 그렇게 무섭지는 않았다. "신들도 잔인하시지. 그렇게 젊고 잘생겼는데, 심지어 결혼식 축하연에서 데려가시다니." 탠다 부인은 그렇게 말했었다.

'신들은 공정하셔.' 산사는 생각했다. 롭도 결혼 축하연에서 죽었다. 산사는 롭을 위해 울었다. 롭과 마저리를 위해서. 가엾은 마저리, 두 번 결혼하고 두 번 남편을 잃다니. 산사는 소매에서 팔을 빼내고 가운을 끌어 내려 힘겹게 빠져나왔다. 가운을 뭉쳐서 참나무 줄기에 쑤셔 넣고, 그 자리에 숨겨두었던 옷을 털었다. '따뜻하게 입으시고, 어두운색으로 입으세요.' 돈토스 경이 그렇게 말했는데, 검은 옷이 없었기에 두꺼운 갈색 모직 드레스를 골라두었다. 보디스에 담수 진주 장식이 들어가긴 했지만, 망토가 덮어 가려줄 것이다. 망토는 어두운 초록색이었고, 커다란 두건이 달려 있었다. 산사는 드레스를 머리 위로 뒤집어쓰고 망토를 걸쳤다. 두건은 잠시 쓰지 않고 두었다. 신발도 있었다. 단순하고 튼튼하며, 굽이 납작하고 앞코가 각진 구두였다. '신들이 내 기도를 들어주셨어.' 산사는 너무나 멍하고 꿈꾸는 기분이었다. '내 피부가 도자기로, 상아로, 강철로 변했어.' 두 손이 한 번도 머리카락을 풀어본 적 없는 것처럼 서툴고 어색하게 움직였다. 잠시 그녀는 샤에가 여기 있어서 머리그물을 벗겨주었으면 좋겠다고 생각했다.

겨우 그물을 풀자 긴 적갈색 머리채가 등과 어깨를 타고 흘러내렸다. 은실을 자아서 만든 그물이 손가락에 걸려 있었는데, 가느다란 금속이 부드럽게 반짝이고 군데군데 박힌 돌은 달빛을 받아 검게 빛났다. '아사이의 흑자수정.' 그런데 하나가 빠져 있었다. 산사는 그물을 들어 올려 자세히 살펴보았다. 돌이 빠져나간 은제 소켓에 검은 얼룩이 있었다.

산사는 갑작스레 공포에 질렸다. 갈비뼈 안에서 심장이 쿵쾅거렸고, 잠시 동안 숨을 멈춰야 했다. '왜 이렇게 겁이 나는 거야. 자수정일 뿐이야. 아사이에서 온 흑자수정, 그것뿐이야. 단단히 박혀 있지 않았던 것뿐이야. 헐 거워져서 떨어졌겠지. 지금쯤은 알현실 어딘가 아니면 마당에 떨어져 있을 거야. 혹시…….'

돈토스 경은 그 머리그물이 마법이라고, 그녀를 집으로 데려다줄 거라고 했었다. 오늘 밤 조프리의 결혼 축하연에 꼭 그 머리그물을 써야 한다고 했다. 은실이 손가락 관절 위에 팽팽하게 펴졌다. 그녀의 엄지손가락은 돌이 박혀 있던 자리에 남은 구멍을 문질렀다. 그만두려고 했지만, 손가락이 말을 듣지 않았다. 마치 빠져버린 이가 있던 자리에 혀가 자꾸 가듯이 엄지손가락이 그 구멍을 찾았다. '어떤 마법?' 왕은 죽었다. 오래전에 그녀의 멋진 왕자님이었던 잔인한 왕이 죽었다. 돈토스가 그 머리그물에 대해 거짓말을 한 거라면, 나머지도 거짓말이었을까? '돈토스가 오지 않으면 어쩌지? 바다에서 기다리는 배도, 강가에서 기다리는 조각배도 없다면, 탈출할 방법이 없다면?' 그때는 어떻게 되는 걸까?

희미하게 잎이 바스락거리는 소리가 들리자 산사는 은그물을 망토 주머니 깊숙이 쑤셔 넣고 외쳤다. "누구예요? 거기 누구죠?" 신의 숲은 어둡고 침침했고, 종소리는 조프리를 무덤까지 운반하며 울려대고 있었다.

"접니다." 그는 취해서 비틀비틀 나무 사이를 걸어 나오더니, 균형을 잡기 위해 산사의 팔을 잡았다. "사랑스러운 종퀼, 제가 왔습니다. 당신의 플로리안이 왔어요. 두려워 마십시오."

산사는 그의 손을 떼어냈다. "제가 그 머리그물을 꼭 써야 한다고 했죠. 은그물에 달린…… 그 돌들은 뭐죠?"

"자수정입니다. 아사이의 흑자수정요."

"그건 자수정이 아니에요. 그렇죠? 그렇죠? 당신은 거짓말을 했어요."

"흑자수정 맞아요." 그는 단언했다. "마법이 깃들어 있지요."

"살인이 깃들어 있었겠죠!"

"조용히 말씀하세요, 아가씨, 조용히요. 살인이 아닙니다. 비둘기 파이에 목이 막힌 거예요." 돈토스는 기쁘게 웃었다. "아, 맛나디맛난 파이. 그 머리그물은 은과 돌로 만든 거예요. 은과 돌과 마법으로."

종이 울리고 있었고, 바람 소리는 조프리가 숨을 들이마시려고 애쓸 때 내던 소리와 비슷했다. "당신이 독살했어요. 당신이. 내 머리에서 돌을 빼다가……."

"쉿, 그러다가 우리 둘 다 죽겠습니다. 전 아무 짓도 안 했어요. 어서 떠나야 합니다. 놈들이 아가씨를 찾을 거예요. 남편분이 체포됐어요."

"티리온이요?" 산사는 놀라서 말했다.

"남편이 또 있었나요? 꼬마 악마, 난쟁이 숙부요. 그 여자는 티리온 짓이라고 생각해요." 돈토스는 그녀의 손을 잡고 끌어당겼다. "이쪽입니다. 떠나야 해요. 어서요. 두려워 마십쇼."

산사는 저항하지 않고 따라갔다. '난 여자들의 눈물을 참을 수가 없어.' 조프리는 언젠가 그렇게 말했는데, 지금 우는 여자는 그의 어머니뿐이었다. 낸 할멈이 해주던 이야기 속에서 그럼킨은 소원을 실현시킬 수 있는 마법 물건들을 만들었다. '내가 조프리가 죽기를 소원했나?' 산사는 그런 생각을 하다가, 그럼킨을 믿기엔 자신의 나이가 많다는 사실을 기억해냈다. "티리온이 독살했다고요?" 그녀의 난쟁이 남편이 자기 조카를 싫어한다는 건 알고 있었다. 정말로 티리온이 죽였을 수도 있을까? '그 사람이 내 머리 그물에 대해, 흑자수정에 대해 알고 있었을까?' 티리온이 조프리에게 와인을 가져다주었다. 어떻게 와인에 자수정을 넣어서 사람을 질식시킬 수 있을까? '티리온이 한 일이라면 나도 가담했다고 생각할 거야.' 그녀는 퍼뜩 깨닫고 두려움에 찼다. 어찌 아니겠는가? 그들은 남편과 아내였고, 조프리는 그녀의 아버지를 죽이고 오빠의 죽음을 두고 그녀를 조롱했다. '한 몸, 한 마음, 한 영혼…….'

"이제 조용히 하세요, 사랑하는 아가씨." 돈토스가 말했다. "신의 숲을 벗어나면 소리를 내지 말아야 해요. 두건을 쓰고 얼굴을 가리세요." 산사는 고개를 끄덕이고 그 말대로 했다.

돈토스는 어찌나 취했는지, 쓰러지지 않게 가끔 산사가 팔을 빌려줘야 할 정도였다. 종소리는 도시를 가로질러 울려 퍼졌고, 점점 더 많은 종이 합세해서 울렸다. 산사는 고개를 숙이고 그늘 속으로만 다니며 돈토스 뒤에 붙어 움직였다. 구불구불한 계단을 내려가다가 돈토스가 비틀거리고 무릎을 꿇더니 구역질을 했다. '내 불쌍한 플로리안.' 그녀는 돈토스가 팔랑거리는 소매로 입을 닦는 모습을 보며 생각했다. 산사에게는 어두운 옷을 입으라고 했으면서, 정작 본인은 갈색 두건 달린 망토 안에 예전 전포를 입고 있었다. 검은색 바탕에 금관이 셋 들어가고 그 아래 빨간색과 분홍색 가로 줄무늬가 들어간 홀라드 가문의 문장이 그려져 있었다. "왜 전포를 입었죠? 조프리가 다시 기사처럼 입고 있다가 걸리면 사형이라고 했는데, 조프리가…… 아……." 조프리가 무슨 선언을 했든 이제는 상관없는 일이었다.

"기사가 되고 싶었습니다. 이번만이라도요." 돈토스는 비틀거리며 다시 일어서서 그녀의 팔을 잡았다. "갑시다. 이제 조용히 하세요. 질문도 하지 말고."

그들은 계속해서 구불구불한 계단을 내려가 움푹 꺼진 작은 마당을 가로질렀다. 돈토스 경은 육중한 문을 하나 밀어 열더니 가느다란 양초에 불을 붙였다. 그들은 긴 회랑 안에 있었다. 벽을 따라 속이 빈 데다 거무스름하고 먼지가 앉은 갑옷이 늘어섰는데, 투구에 솟아난 비늘이 등까지 쭉 이어져 있었다. 서둘러 지나가자 양초 불빛이 비늘 그림자를 길게 늘이고 비틀었다. '속이 빈 기사들이 드래곤으로 변하고 있어.' 산사는 생각했다.

계단을 하나 더 내려가자 쇠테를 두른 참나무 문이 나왔다. "이제 힘을 내세요, 종뢸. 거의 다 왔어요." 돈토스가 빗장을 올리고 문을 당겨 열자, 산사는 얼굴에 와 닿는 차가운 바람을 느꼈다. 그녀는 3.5미터 두께의 벽을 통과해서 성 밖에 나와 있었다. 벼랑 꼭대기에 서 있었다. 머리 위에는 하늘, 발아래에는 강이 있었고 하늘이나 강이나 똑같이 캄캄했다.

"아래로 내려가야 합니다." 돈토스 경이 말했다. "바다까지 내려가면 우리를 배까지 데려다줄 사람이 기다리고 있어요."

"떨어지고 말 거예요." 브랜은 벽 타기를 좋아했는데도 떨어졌다.

"아니, 아닙니다. 사다리 같은 게 있어요. 비밀 사다리가 돌에 새겨져 있죠. 여기, 만져질 겁니다, 아가씨." 그는 산사와 함께 무릎을 꿇고, 산사가 벼랑 가장자리로 몸을 내밀어 손가락으로 벼랑 표면에 새겨진 손잡이를 찾아내도록 도왔다. "줄사다리 가로대 못지않아요."

그렇다 해도 오랫동안 내려가야 했다. "못 해요."

"내려가셔야 합니다."

"다른 길은 없나요?"

"이게 길이에요. 아가씨처럼 건강한 젊은 분에게는 많이 힘들지 않을 겁니다. 꽉 잡고 아래를 내려다보지 않고 가시다 보면 순식간에 바닥에 도착할 거예요." 돈토스의 눈이 반짝거렸다. "아가씨의 불쌍한 플로리안은 뚱뚱하고 늙고 취하기까지 했으니, 저야말로 두려워해야지요. 전 말에서도 떨어지곤 했다는 거 기억나지 않으십니까? 우리 사이가 그렇게 시작됐지요. 전 취해서 말에서 떨어졌고 조프리가 제 멍청한 머리통을 베고 싶어 했는데, 아가씨가 절 구했어요. 아가씨가 절 구했습니다."

산사는 돈토스가 울고 있음을 알아차렸다. "그리고 이제는 당신이 날 구했죠."

"내려가셔야만 그렇지요. 내려가지 않으시면 제가 우리 둘을 죽인 셈입니다."

'돈토스였어. 돈토스가 조프리를 죽인 거야.' 산사는 내려가야 했다. 스스로를 위해서만이 아니라 그를 위해서도 가야 했다. "먼저 내려가세요, 경." 혹시 돈토스가 떨어진다면, 그녀의 머리 위로 굴러떨어져서 두 사람 다 벼랑에서 떨어지는 사태는 원치 않았다.

"분부대로 하지요." 그는 산사의 뺨에 질척하게 입을 맞추고 서툴게 절벽 너머로 다리를 내려 버둥거리다가 발디딤을 찾아냈다. "제가 조금 내려가게 기다렸다가 따라오세요. 오시는 거죠? 반드시 오셔야 합니다."

"갈게요." 산사는 약속했다.

돈토스 경의 모습이 사라졌다. 그가 내려가면서 씨근대고 헐떡거리는 소리를 들을 수 있었다. 산사는 종소리에 귀를 기울이며 횟수를 헤아렸다. 그리고 열 번이 울리자 조심스럽게 벼랑 가장자리로 몸을 넘겨 발가락으로 더듬더듬 발을 내려놓을 곳을 찾았다. 머리 위로 성벽이 커다랗게 솟아 있었고, 잠시 동안은 몸을 다시 끌어 올려 부엌 성에 있는 따뜻한 방으로 뛰어 돌아가고 싶은 마음이 간절했다. '용감해져.' 그녀는 스스로에게 말했다. '노래 속의 귀부인처럼 용감해지는 거야.'

산사는 차마 아래를 내려다보지 못했다. 벼랑 표면만 바라보면서 발을 확실히 딛고 나서야 다음 발 디딜 곳을 찾았다. 돌은 거칠고 차가웠다. 가끔은 손가락이 미끄러지는 느낌이 났고, 손잡이 간격이 마음에 들 만큼 고르지 않기도 했다. 종소리는 멈추지 않고 울려 퍼졌다. 반도 다 내려가기 전에 팔이 떨리기 시작했고 산사는 떨어질 거라 생각했다. '한 걸음만, 한 걸음만 더.' 그녀는 스스로를 타일렀다. 계속 움직여야 했다. 멈춰 서면 다시는 움직이지 못할 테고, 새벽이 오면 두려움에 얼어붙어 벼랑에 매달린 채 발견될 것이다. '한 걸음만, 한 걸음만 더.'

땅바닥은 느닷없이 찾아왔다. 산사는 비틀거리다가 넘어졌고 심장이 쿵쾅댔다. 고개를 돌려 내려온 길을 올려다보니 머리가 빙빙 돌았고, 손가락

은 흙을 긁었다. '내가 해냈어. 떨어지지 않고 해냈어. 내가 저길 내려왔고 이젠 집에 갈 거야.'

돈토스 경이 그녀를 일으켜 세웠다. "이쪽입니다. 조용히 움직이세요. 조용, 조용히." 그는 벼랑 아래에 짙게 깔린 검은 그림자에 바짝 붙어서 움직였다. 고맙게도 멀리 갈 필요는 없었다. 하류로 50미터쯤 가자 어떤 남자가 좌초되어 불타버린 대형 갤리선의 잔해 옆에 작은 배를 반쯤 숨기고 앉아 있었다. 돈토스는 씩씩거리며 절뚝절뚝 그에게 다가갔다. "오스웰?"

"이름은 됐소. 배에 타쇼." 노를 잡고 구부정하게 앉은 남자는 키가 크고 어색하게 움직이는 노인으로, 하얀 머리가 길고 매부리코가 큰데 눈은 두건 그림자에 가려졌다. "얼른얼른 타쇼." 그는 중얼거렸다. "떠나야 해요."

두 사람 다 안전하게 탑승하자 두건을 쓴 남자는 노를 물에 집어넣고 허리에 힘을 주며 노를 저어 물길로 향했다. 뒤에서는 아직도 소년 왕의 죽음을 알리는 종이 울리고 있었다. 어두운 강에는 그들뿐이었다.

그들은 느리고 흔들림 없고 규칙적으로 젓는 노에 힘입어 가라앉은 갤리선들 위를 미끄러지고, 부러진 돛대와 불타버린 선체, 찢어진 돛을 지나 하류로 향했다. 노걸이를 감싸두었기에 거의 소리 없이 움직였다. 물 위로 안개가 피어오르고 있었다. 산사는 꼬마 악마가 전투 대비용으로 세운 권양기 탑의 성벽을 보았지만, 지금은 거대한 사슬도 내려가 있었고 그들은 천 명이 불타버린 장소를 아무 방해 없이 지나쳤다. 해변이 멀어지고, 안개는 짙어지고, 종소리는 사그라들기 시작했다. 마침내는 불빛마저도 뒤쪽 어딘가로 사라졌다. 그들은 블랙워터만에 나와 있었고, 세상은 검은 물과 바람에 날리는 안개, 그리고 노 위로 몸을 굽힌 말 없는 남자만으로 쪼그라들었다. "얼마나 더 가야 하죠?" 산사가 물었다.

"말하지 마시오." 노잡이는 노인이었지만 보기보다 힘이 셌고, 목소리는 험악했다. 그의 얼굴에는 이상하게 친숙한 구석이 있었는데, 산사는 그게 뭔지 알 수가 없었다.

"멀지 않아요." 돈토스 경이 그녀의 손을 잡고 부드럽게 문질렀다. "아가씨의 친구가 가까이에서 기다리고 있습니다."

"말하지 말라니까!" 노잡이가 다시 으르렁거렸다. "소리가 물 위로 퍼져, 광대 경."

산사는 당혹해서 입술을 깨물고 말없이 웅크려 앉았다. 나머지 시간은 노를 젓고, 젓고, 젓는 동작으로만 채워졌다.

산사는 동쪽 하늘에 어렴풋이 새벽의 기운이 나타났을 때 마침내 앞쪽 어둠 속에 유령처럼 선 배를 보았다. 돛을 접은 무역용 갤리선 한 척이 노를 한 줄만 내놓고 천천히 움직이고 있었다. 가까이 다가가자 뱃머리 선상이 보였는데, 금관을 쓰고 거대한 소라고둥을 불고 있는 인어였다. 고함 소리가 들리더니 갤리선이 천천히 방향을 돌렸다.

그들이 옆으로 다가가자 갤리선이 난간 너머로 밧줄 사다리를 내렸다. 노잡이는 노를 끼워 넣고 산사를 부축해 일으켰다. "지금 올라가요. 가요. 내가 잡았어." 산사는 친절에 감사드린다고 인사했지만, 대답으로는 끙 소리밖에 돌아오지 않았다. 밧줄 사다리를 타고 오르는 것은 벼랑을 내려올 때보다 훨씬 쉬웠다. 노잡이 오스웰이 바싹 따라오고, 돈토스 경은 배 안에 남았다.

선원 두 명이 난간 옆에서 기다리고 있다가 그녀를 도와 갑판으로 올렸다. 산사는 떨고 있었다. "추운가 보군." 누군가가 말하더니 망토를 벗어서 그녀의 어깨에 걸쳐주었다. "자, 좀 나은가, 아가씨? 최악의 부분은 끝나고 지나갔으니 안심해."

아는 목소리였다. '하지만 그 사람은 협곡에 있을 텐데.' 그녀는 생각했다. 그 남자 옆에는 횃불을 든 로소르 브룬 경이 서 있었다.

"피터 공." 돈토스가 조각배에서 외쳤다. "난 누가 찾기 전에 노를 저어 돌아가야 해요."

피터 베일리시는 난간에 한 손을 얹었다. "하지만 그 전에 대가를 받고 싶겠지. 금화 만 닢이었던가?"

"만 닢 맞아요." 돈토스는 손등으로 입을 문질렀다. "공이 약속한 대로요."

"로소르 경, 보상을."

로소르 브룬이 횃불을 살짝 내렸다. 세 남자가 뱃전에 발을 딛더니, 노궁을 들어 올리고, 쏘았다. 화살 하나는 올려다보는 돈토스의 가슴에 박혀, 전포에 그려진 왼쪽 왕관을 뚫었다. 나머지는 목과 배를 찢었다. 너무나 순식간에 일어난 일이라 돈토스도 산사도 소리 한번 지를 겨를이 없었다. 다 끝나자 로소르 브룬은 횃불을 시체 위로 던졌다. 작은 조각배가 활활 타오르는 사이 갤리선은 움직이기 시작했다.

"당신이 죽였어요." 산사는 난간을 꽉 붙잡은 채 고개를 돌리고 구역질을 했다. 라니스터에게서 벗어나서 더 지독한 자의 손에 떨어진 걸까?

"아가씨." 리틀핑거가 중얼거렸다. "저런 놈을 위해 슬퍼하는 건 낭비야. 저놈은 주정뱅이고 누구의 친구도 아니야."

"하지만 날 구해줬어요."

"금화 만 닢을 주겠다는 약속에 널 팔았지. 네가 사라졌으니 놈들은 조프리를 죽인 게 너라고 의심할 거야. 황금 망토들이 수색에 나설 테고, 내시도 지갑을 흔들겠지. 돈토스는…… 흠, 말하는 걸 들었지. 그놈은 금화 때문에 널 팔았고, 술을 마시면서 그 돈을 다 써버리면 또 팔 거야. 금화 주머니로 한동안은 침묵을 살 수 있지만, 잘 겨눈 화살은 영원한 침묵을 살 수 있지." 그는 슬픈 미소를 지었다. "그놈이 한 일은 다 내 명령이었어. 내가 공개적으로 네 친구 노릇을 할 순 없었거든. 네가 조프리의 마상 시합에서 저놈의 목숨을 구해준 이야기를 듣고 돈토스가 완벽한 꼭두각시가 될 걸 알았단다."

산사는 속이 울렁거렸다. "자기가 내 플로리안이랬어요."

"네 아버지가 철왕좌에 앉았던 날 내가 한 말을 혹시 기억하나?"

그 순간이 선명하게 되살아났다. "인생은 노래가 아니라고 했죠. 언젠가 슬픈 방식으로 배우게 될 거라고요." 눈물이 차오르는 느낌이었지만, 돈토스 홀라드 경을 위해서 우는 건지, 조프리를 위해서인지, 티리온을 위해서인지, 아니면 스스로를 위해서인지 알 수가 없었다. "언제까지나 영원히, 모든 사람 모든 것이 다 거짓인가요?"

"거의 모든 사람이 거짓이지. 물론 너와 나만 빼고." 그는 미소 지었다. "집에 가고 싶다면 오늘 밤 신의 숲으로 오십시오."

"그 쪽지…… 당신이었어요?"

"신의 숲이어야만 했지. 레드킵의 다른 어떤 장소도 내시의 작은 새들…… 아니면 쥐새끼들에게서 안전하지 못하니까. 신의 숲에는 벽 대신 나무가 있어. 천장 대신 하늘이 있고. 바닥 대신 나무뿌리와 흙과 돌이 있으니 쥐새끼들도 돌아다닐 곳이 없지. 쥐새끼들이란, 인간의 검에 꿰이지 않으려면 숨어야 하거든." 피터 공이 산사의 팔을 잡았다. "네 선실로 안내해주마. 길고 힘겨운 하루를 보낸 걸 안다. 지쳤겠지."

이미 뒤에 남은 조각배는 연기와 불덩어리가 되어 광대한 동틀 녘 바닷속으로 사라지고 있었다. 돌아갈 길은 없었다. 산사에겐 앞으로 가는 길밖에 없었다. "많이 지쳤어요." 그녀는 인정했다.

그는 산사를 배 안으로 안내하면서 말했다. "연회에 대해 말해다오. 왕대비가 꽤나 애를 썼더구나. 가수들에 곡예사에 춤추는 곰에……. 네 작은 남편은 나의 마상 시합 난쟁이들을 재미있어하던가?"

"당신의?"

"브라보스까지 사람을 보내어 불러와서 결혼식 때까지 매춘굴에 숨겨둬야 했지. 비용이란 수고로울수록 커지기 마련. 난쟁이 하나를 숨기기가 놀랍도록 어려운 데다, 조프리는…… 왕을 물가로 안내할 수는 있지만, 조프리의 경우에는 물을 튀겨줘야 그 물을 마실 수 있다는 걸 깨달았거든. 내가 작은 깜짝 선물에 대해 말했더니 전하께서 이러시더군. '내가 왜 축하 연회에 못생긴 난쟁이들을 들이고 싶겠어? 난 난쟁이가 싫어.' 그래서 어깨를 잡고 속삭여줘야 했단다. '전하의 숙부만큼 싫어하시기야 하려고요' 라고."

발밑에서 갑판이 기우뚱거렸고, 산사는 세상 자체가 불안정해지는 듯한 느낌을 받았다. "그자들은 티리온이 조프리를 독살했다고 생각해요. 돈토스 경이 티리온이 잡혔다고 했어요."

리틀핑거는 미소 지었다. "산사, 너는 남편을 잃게 되겠구나."

그 생각을 하자 속이 간질거렸다. 이제 다시는 티리온과 한 침대에 누울 필요가 없을 것이다. 산사가 원했던 일이었다……. 안 그런가?

선실은 천장이 낮고 비좁았지만, 좀 더 편안하게 만들기 위해 좁은 잠자리 선반에 깃털 요를 놓고 두꺼운 모피를 쌓아놓았다. "작은 건 안다만, 아주 불편하지는 않을 거다." 리틀핑거는 현창 아래 놓인 삼나무 궤짝을 가리켰다. "저 안에 새 옷이 들어 있다. 드레스, 속옷, 따뜻한 스타킹, 망토까지. 유감이지만 모직물과 리넨만이구나. 이렇게 아름다운 처녀에게는 어울리지 않는 옷감이지만, 좀 더 좋은 옷을 찾을 수 있을 때까지 마른 몸으로 깨끗하게 있을 순 있겠지."

'이 모든 걸 날 위해 준비했어.' "피터 공, 저는…… 저는 이해가 안 가요……. 조프리가 공에게 하렌홀을 주고, 트라이던트의 지배자로 만들어줬는데…… 어째서……."

"어째서 조프리의 죽음을 원했냐고?" 리틀핑거는 어깨를 으쓱였다. "나에겐 어떤 동기도 없었다. 게다가 난 천 리 떨어진 협곡에 있지. 언제나 적을 혼란스럽게 만들어라. 적이 네가 누구인지, 네가 무엇을 원하는지 잘 알지 못하면 네가 다음에 무슨 일을 할지 알 수가 없지. 때로 적을 당황시키는 제일 좋은 방법은 아무 목적 없는 행동, 심지어는 네게 해가 되는 것처럼 보이는 행동을 하는 거야. 게임을 할 때는 그 점을 기억해라, 산사."

"무슨…… 무슨 게임이요?"

"유일한 게임. 왕좌의 게임이지." 그는 흘러내린 산사의 머리카락을 쓸어올렸다. "너도 네 어머니와 내가 친구 사이 이상이었다는 것 정도는 알 나이지. 내가 이 세상에서 원하는 게 캣밖에 없던 시절이 있었다. 난 감히 우리가 꾸려나갈 삶과 캣이 나에게 낳아줄 아이들을 꿈꿨어……. 하지만 캣은 리버런과 호스터 툴리의 딸이었다. 가족, 의무, 명예다, 산사. 가족, 의무, 명예란 내가 결코 캣의 손을 잡을 수 없다는 뜻이었지. 하지만 캣은 나에게 더 좋은 걸 줬단다. 여자가 평생 한 번밖에 줄 수 없는 선물을 줬지. 내어찌 그런 여인의 딸에게 등을 돌릴 수 있을까? 더 좋은 세상에서였다면 네가 에다드 스타크가 아니라 내 딸일 수도 있었는데. 나의 충실하고 사랑스러운 딸……. 조프리는 잊어버리려무나. 돈토스도, 티리온도 잊어버려. 다들 다시는 너를 힘들게 하지 못할 거다. 넌 이제 안전해. 중요한 건 그것뿐이야. 넌 나와 함께 안전하게 집으로 가고 있다."

# 제이미

왕이 죽었다고 했다. 그들은 조프리가 그의 주군일 뿐 아니라 아들이기도 하다는 사실을 알지 못하고 그렇게 말했다.

"꼬마 악마가 단검으로 목을 그었대." 그들이 밤을 보낸 길가 여관에서 어느 행상인은 그렇게 말했다. "커다란 금잔에 왕의 피를 담아 마셨다지." 다른 사람들과 마찬가지로 그 남자도 방패에 커다란 박쥐를 그려 넣은 외팔이 수염 기사를 알아보지 못했기에, 다른 때라면 삼키고 말았을 말들을, 누가 듣고 있는지 알았다면 하지 않았을 말들을 했다.

"독이었다니까 그러네." 여관 주인은 주장했다. "애 얼굴이 자두처럼 시커메졌대요."

"아버지께서 그자를 정당하게 심판하시길." 성사 한 명이 중얼거렸다.

"그 난쟁이의 아내가 같이 살인을 저질렀어." 로완 공의 제복을 입은 궁수 하나가 단언했다. "그 후에 그 여자는 펑 소리만 내고 사라져버렸고, 레드킵에서 유령 다이어울프가 피를 뚝뚝 떨구면서 돌아다니는 게 보였다더군."

제이미는 내내 그 말들이 밀려오게 내버려둔 채 말없이 앉아서, 성한 손에 쥔 에일 잔도 잊고 있었다. '조프리. 내 혈육. 내 첫 자식. 내 아들.' 그 아이의 얼굴을 떠올려보려고 했지만, 아이의 이목구비가 자꾸만 세르세이의 이목구비로 변했다. '슬퍼하고 있겠지. 머리가 다 흐트러지고 눈은 울다가 충혈되고, 말을 하려고 하면 입이 떨릴 거야. 날 보면 다시 울겠지만, 눈물을 밀어 넣으려 애쓰겠지.' 그의 누이는 그와 함께 있을 때가 아니면 잘 울지 않았다. 그녀는 다른 이들이 자신을 약하게 여기는 것을 참지 못했다. 오직 쌍둥이 형제에게만 상처를 보였다. '나에게 위안과 복수를 기대할 거야.'

다음 날 그들은 제이미의 주장대로 거세게 말을 몰았다. 그의 아들이 죽었고, 그의 누이가 그를 필요로 했다.

제이미 라니스터는 앞에 펼쳐진 도시와 어스름을 등지고 선 감시탑들을 보자 느린 구보로 강철 정강이 월튼에게 다가갔다. 화평의 깃발을 든 네이지 바로 뒤였다.

"저 끔찍한 악취는 뭡니까?" 북부인이 투덜거렸다.

'죽음.' 제이미는 생각했지만, 말은 달리했다. "연기와 땀과 똥 냄새지. 요컨대 킹스랜딩의 냄새랄까. 코가 좋다면 배신의 냄새도 맡을 수 있을 거야. 자넨 도시 냄새를 맡아본 적이 없나?"

"화이트하버 냄새는 맡아봤소만, 이런 악취가 나진 않았소."

"화이트하버를 킹스랜딩에 비교한다는 건 내 동생 티리온을 그레고르 클리게인 경에게 비교하는 꼴이지."

네이지가 앞장서서 낮은 언덕을 오르자 일곱 꼬리가 달린 화평의 깃발이 높이 솟아 바람에 펄럭이고, 깃대 위에 꽂힌 칠각별이 눈부시게 반짝였다. 제이미는 곧 세르세이를, 티리온을, 그리고 아버지를 보게 될 것이다. '내 동생이 정말로 그 아이를 죽였을 수도 있을까?' 제이미는 믿기 힘들었다.

그는 묘하게 차분했다. 자식이 죽으면 슬픔에 미쳐버리는 게 보통이라는 사실은 알고 있었다. 머리를 쥐어뜯고, 신들을 저주하고 핏빛 복수를 맹세하는 게 보통이었다. 그런데 왜 그는 이렇게 느낌이 없을까? '그 아이는 로버트 바라테온이 아버지라고 믿으면서 살다가 죽었어.'

제이미가 그 아이의 탄생을 본 건 사실이었다. 아이보다는 세르세이를 더 보았지만 말이다. 하지만 그 아이를 안아보지는 못했다. "그게 어떻게 보이겠어?" 누이는 여자들이 겨우 나가고 나자 제이미에게 경고했다. "안 그래도 널 닮았는데, 네가 조프리를 보고 넋 놓는 모습까지 보일 순 없어." 제이미는 싸우지도 않고 항복했다. 그 아이는 세르세이의 시간과 세르세이의 사랑, 세르세이의 젖가슴을 너무 많이 요구하며 빽빽대는 분홍색 물건이었다. 로버트가 아비 노릇을 대신한다면 환영이었다.

'그리고 이젠 죽었지.' 조프리가 독 때문에 시커메진 얼굴로 차갑게 식어 누운 모습을 그려보아도 아무 느낌이 없었다. 어쩌면 제이미는 사람들 말대로 괴물인지도 몰랐다. 하늘에 계신 아버지가 내려와서 아들을 돌려줄까 손을 돌려줄까 묻는다면, 제이미는 자신이 어느 쪽을 택할지 알았다. 아들은 하나 더 있었고, 자식을 더 둘 씨앗도 충분히 있었으니까. '세르세이가 자식을 또 갖고 싶어 한다면 줘야지…… 그리고 이번에는 내가 그 아이를 안을 거야. 그게 싫은 자들은 다른 자들에게 잡혀가라지.' 로버트는 무덤 속에서 썩고 있었고, 제이미는 거짓말이 지겨웠다.

그는 느닷없이 말을 돌려 브리엔느를 찾으러 달려갔다. '대체 내가 왜 이러나 모르겠군. 다시는 마주치는 불운을 겪고 싶지 않을 만큼 붙임성 없는 여자인데.' 그 계집은 일행과 상관없는 사람이라고 주장하듯 맨 뒤에서 옆으로 살짝 떨어져 잘 달리고 있었다. 그들은 오는 길에 브리엔느에게 맞는 남자 옷을 찾아주었다. 여기에서 튜닉 하나, 저기에서 짧은 외투 하나, 몸에 붙는 바지 한 벌과 두건이 달린 망토, 낡은 철제 흉갑까지 있었다. 남자처럼 입으니 한결 편해 보였지만, 어떤 옷을 입힌다 해도 용모가 좋아 보이지는 않았다. 행복해 보이지도 않았다. 일단 하렌홀을 벗어나자 평소의 완고한 고집이 곧 제자리를 찾았다. "내 무기와 갑옷을 돌려받고 싶소." 브리엔느는 그렇게 주장하기도 했다. "아, 우리도 강철 옷을 다시 입혀주고 싶은 마음은 굴뚝 같아." 제이미는 그렇게 대꾸했다. "특히 투구가 필요하겠군. 당신이 입 다물고 면갑을 내리고 있다면 우리 모두가 훨씬 행복해질 거야."

브리엔느도 그 정도는 들어주었지만, 그녀의 부루퉁한 침묵은 곧 콰이번의 끊임없는 알랑거림 못지않게 제이미의 기분을 갉아먹기 시작했다. '신들이시여, 내가 클레오스 프레이가 같이 있었으면 좋겠다는 생각까지 하게 될 줄이야.' 차라리 곰에게 죽도록 버려두고 올 걸 그랬다는 생각까지 들었다.

"킹스랜딩이야." 제이미는 브리엔느를 찾아내자 말했다. "여행은 끝났소, 아가씨. 당신은 맹세를 지켜 나를 킹스랜딩까지 데려왔어. 손 하나만 빼고 멀쩡하게."

브리엔느의 눈에는 열의가 없었다. "그건 내 맹세의 절반이었소. 난 캐틀린 부인께 따님들을 데리고 돌아가겠다고 했지. 아니면 산사만이라도. 그런데 이제……"

'롭 스타크를 만난 적도 없으면서, 내가 조프리 때문에 슬퍼하는 것보다 더 슬퍼하는군.' 아니면 브리엔느가 애통해하는 대상은 캐틀린 부인인지도 몰랐다. 그들은 브린들우드에 있을 때, 검은색과 노란색 줄무늬 바탕에 벌통 세 개를 그려 넣은 문장의 버트럼 비스버리 경이라는 붉은 얼굴의 뚱보 기사에게서 그 소식을 들었다. 비스버리가 말하기를, 파이퍼 공의 부하 한 부대가 바로 어제 브린들우드를 통과해 갔는데, 화평의 깃발을 들고 킹스랜딩으로 달려가는 중이었다고 했다. "젊은 늑대가 죽었으니 파이퍼도 계속 싸울 이유가 없는 거죠. 파이퍼의 아들은 트윈스에 포로로 잡혀 있어요." 브리엔느는 되새김질을 하다가 질식하기 직전인 암소같이 입만 벌리고 있었기에, 핏빛 결혼식 이야기는 제이미가 끌어내야 했다.

"모든 대영주에게는 그 자리를 넘보는, 다루기 힘든 휘하 영주가 있기 마련이지." 그는 나중에 브리엔느에게 말했다. "내 아버지에게는 레인과 타벡 가문이 있었고, 티렐에게는 플로렌트 가문이 있고, 호스터 툴리에게는 왈더 프레이가 있었어. 그런 자들이 분수를 지키게 할 방법은 무력뿐이야……. 그자들은 약해진 냄새를 맡는 순간 바로……. 영웅 시대에 볼턴은 스타크의 가죽을 벗겨 망토로 입고 다녔다지." 브리엔느는 제이미가 위로해주고 싶을 정도로 비참한 얼굴이었다.

그날 이후로 브리엔느는 반쯤 죽은 사람 같았다. 심지어 "계집"이라고 불러도 반응을 하지 않았다. 힘이 빠져나가고 말았다. 로빈 라이거의 머리 위로 바위를 떨어뜨렸고, 시합용 검을 들고 곰과 싸웠으며, 바고 호트의 귀를 물어뜯었고, 제이미가 녹초가 되게 싸웠던 여자인데…… 이제는 망가져 버렸다. "괜찮다면 아버지에게 말씀드려서 타스로 돌려보내주지." 그는 브리엔느에게 말했다. "혹시 남고 싶다면 궁정에 있을 자리를 마련해볼 수도 있고."

"왕대비를 수행하는 여성으로 말이오?" 브리엔느는 멍하니 말했다.

제이미는 분홍색 새틴 가운을 입은 브리엔느의 모습을 떠올리고, 누이가 그런 수행원에 대해 무슨 말을 할지 상상하지 않으려 했다. "도시 경비대원 자리라든가……."

"맹세를 깨는 자들과 살인자들과 같이 복무하진 않겠소."

'그렇다면 검은 왜 찬 거야?' 그렇게 말할 수도 있었지만, 제이미는 그 말을 삼켰다. "뜻대로 하게, 브리엔느." 그는 한 손으로 말을 돌려 브리엔느 곁을 떠났다.

그들이 도착했을 때 '신들의 문'은 열려 있었지만, 마차 수십 대가 길가에 늘어서 있었다. 짐마차에는 사과주 통이며 사과가 담긴 나무통, 건초 묶음과 제이미가 생전 처음 보는 커다란 호박들이 실려 있었다. 거의 모든 마차에 호위가 붙어 있었는데, 군소 영주의 휘장을 단 중장병, 사슬과 가죽 갑옷을 입은 용병에 때로는 끝을 불로 달궈 만든 창을 움켜쥔 발그레한 뺨의 농부 아들만 지켜 서기도 했다. 제이미는 말을 달려 지나가면서 그들 모두에게 미소를 지었다. 문에서는 황금 망토들이 마부에게 돈을 받고 나서야 마차를 통과시키고 있었다. "이건 뭐요?" 강철 정강이가 물었다.

"시내에서 물건을 팔 권리에 돈을 내야 합니다. 수관과 재무관의 명에 따라서요."

제이미는 길게 늘어선 짐마차와 수레, 짐말을 쳐다보았다. "그런데도 돈을 내려고 줄을 서나?"

"싸움도 끝났고 이젠 여기에서 돈을 꽤 벌게 될 테니까요." 제일 가까운 짐마차에 타고 있던 방앗간 주인이 명랑하게 말했다. "이제 도시를 쥐고 있는 건 라니스터입니다. 캐스털리록의 타이윈 공요. 그분은 똥도 은으로 싸신다더군요."

"금이야." 제이미는 건조하게 바로잡았다. "그리고 리틀핑거는 금빛 꽃으로 금을 만들어낼걸."

"지금 재무관은 꼬마 악마야." 관문을 지키던 경비대원이 말했다. "아니, 왕을 살해한 죄로 체포했으니 꼬마 악마였다고 해야겠군." 그는 북부인들을 의심스러운 눈으로 보았다. "댁들은 누구요?"

"볼턴 공의 부하들로, 왕의 수관을 뵈러 왔소."

경비대원은 화평의 깃발을 든 네이지를 흘긋 보았다. "무릎을 꿇으러 왔다는 뜻이겠지. 댁들이 처음은 아니오. 곧장 성으로 올라가시고, 말썽은 일으키지 마시길." 그는 손을 저어 그들을 통과시키고 짐마차들 쪽으로 돌아갔다.

킹스랜딩이 죽은 왕을 애도하고 있다 해도 제이미의 눈에는 그런 모습이 보이지 않았다. 씨앗 거리에서는 올이 풀린 로브를 입은 구걸하는 형제가 조프리의 영혼을 위해 큰 소리로 기도를 드리고 있었지만, 지나가는 사람들은 바람에 흔들리는 덧창에 기울일 관심만큼도 보이지 않았다. 다른 곳은 다 평소와 다름없이 군중들이 돌아다녔다. 검은색 사슬 갑옷을 입은 황금 망토들, 타르트와 빵과 뜨거운 파이를 팔고 다니는 빵집 소년들, 보디스 끈을 반쯤 풀고 창밖으로 몸을 내민 창녀들, 분뇨 냄새 풍기는 배수로까지. 그들은 어느 골목길 입구에서 죽은 말을 끌고 나오려 낑낑대는 남자 다섯 명을 지나쳤고, 다른 곳에서는 단검을 공중에 빙글빙글 던지면서 술 취한 티렐 병사들과 어린아이들을 즐겁게 해주는 곡예사를 보기도 했다.

북부인 200명과 사슬 목걸이가 없는 학사, 그리고 못생긴 별종 여인을 데리고 익숙한 길거리를 달리며 제이미는 자신을 두 번 쳐다보는 사람이 거의 없음을 알았다. 그 사실에 즐거워해야 할지, 짜증을 내야 할지 알 수 없었다. "다들 날 못 알아보는군." 그는 신발 수선 광장을 통과하며 강철 정강이에게 말했다.

"얼굴도 달라졌고, 문장도 다르니까요." 북부인은 그렇게 대답했다. "그리고 이 사람들에겐 이제 새로운 킹슬레이어가 있거든요."

레드킵 정문은 열려 있었지만, 보병 창으로 무장한 황금 망토 십여 명이 길을 막고 있었다. 그들은 강철 정강이가 말을 계속 달려오자 창끝을 내렸지만, 제이미는 그들을 지휘하는 하얀 기사를 알아보았다. "메린 경."

메린 트랜트 경은 처진 눈을 크게 떴다. "제이미 경?"

"기억해주니 참 좋군. 이자들을 치우게."

누군가가 그렇게 서둘러 그의 명에 복종하는 풍경이 오랜만이었다. 제이미는 그게 얼마나 좋았는지도 잊고 있었다.

그들은 외벽 안뜰에서 킹스가드를 두 명 더 만났다. 제이미가 여기 있었을 때는 하얀 망토를 입지 않았던 두 명이었다. '세르세이는 날 킹스가드의 지휘관으로 지명해놓고서 내게 상의도 없이 동료를 선택하길 좋아하는군.'

"누군가가 나에게 새로운 형제를 둘 선사했군." 그는 말에서 내리며 말했다.

"저희가 그 영예를 누리고 있습니다, 경." 꽃의 기사가 새하얀 미늘 갑옷과 비단옷 속에서 어찌나 아름답고 순수해 보이는지, 제이미가 대조적으로 더 남루하고 저속해진 느낌이었다.

제이미는 메린 트랜트를 돌아보았다. "경은 우리의 새 형제들에게 의무를 가르치는 데 태만했군."

"무슨 의무 말입니까?" 메린 트랜트가 방어적으로 말했다.

"왕을 살려두는 의무. 내가 도시를 떠난 이후에 왕실 분들을 몇이나 잃은 건가? 둘인가?"

그때 발론 경이 그의 팔을 보았다. "경의 손이⋯⋯."

제이미는 억지로 미소 지었다. "이제 난 왼손으로 싸운다네. 좀 더 다툴 만하지. 아버지는 어디 계신가?"

"티렐 공과 오베린 공자와 함께 개인 방에 계십니다."

'메이스 티렐과 붉은 독사가 같이 식사를? 갈수록 이상해지는군.' "왕대비님도 같이 계신가?"

"아닙니다." 발론 경이 대답했다. "왕대비께서는 성소에서 조프리 왕을 위해 기도를—"

"너!"

제이미는 마지막 북부인이 말에서 내렸고, 이제 로라스 티렐이 브리엔느를 보았음을 알았다.

"로라스 경." 브리엔느는 마구를 잡고 멍청히 서 있었다.

로라스 티렐은 그녀에게 성큼성큼 걸어갔다. "왜지? 넌 나에게 이유를 말해야 해. 그 사람은 널 친절하게 대했고 무지개 망토를 줬어. 왜 그 사람을 죽였지?"

"전 그런 적 없습니다. 차라리 그분을 위해 죽었을 겁니다."

"죽게 될 거야." 로라스 경이 장검을 뽑았다.

"제가 아니었어요."

"에몬 카이가 죽어가면서 너라고 맹세했어."

"카이는 천막 바깥에 있어서 보지도 못했─"

"천막 안에는 너와 스타크 부인밖에 없었어. 나이 든 부인이 단단한 강철을 뚫고 베었다고 주장할 작정이냐?"

"그림자가 있었습니다. 얼마나 미친 소리로 들리는지 알지만……. 전 렌리가 갑옷을 입게 돕고 있었는데, 촛불이 꺼지더니 사방에 피가 튀었어요. 스타니스였다고, 캐틀린 부인이 그렇게 말했습니다. 스타니스의…… 그림자였다고요. 전 아무 관계도 없었어요. 제 명예를 걸고……."

"네게 명예 같은 건 없다. 검을 뽑아라. 빈손일 때 베었다는 말은 듣지 않겠다."

제이미가 둘 사이에 끼어들었다. "검을 치우게, 경."

로라스 경은 제이미 옆으로 돌았다. "살인자로도 모자라서 비겁자이기까지 한가, 브리엔느? 그래서 그 사람의 피를 손에 묻힌 채로 도망친 건가? 검을 뽑아라, 여자!"

"그러지 않기를 바라네." 제이미는 다시 로라스를 가로막았다. "아니면 우리가 싣고 나갈 건 자네의 시체가 될 테니까 말이야. 저 계집은 그레고르 클리게인만큼이나 강해. 별로 예쁘진 않지만 말이지."

"이건 경이 상관할 일이 아닙니다." 로라스 경이 그를 옆으로 밀었다.

제이미는 성한 손으로 그를 잡아 당겼다. "난 킹스가드의 단장이야, 이 오만한 강아지야. 네가 그 하얀 망토를 입고 있는 한은 네 지휘관이란 뜻이지. 이제 그 망할 장검을 집어넣지 않으면 내가 빼앗아서 렌리도 찾지 못할 곳에 꽂아주지."

소년은 반 박자쯤 머뭇거렸고, 그 시간이면 발론 스완 경이 끼어들기엔 충분했다. "단장님 말씀대로 하게, 로라스." 황금 망토 몇 명이 칼을 뽑았고, 덕분에 드레드포트 사람들도 몇 명이 칼을 뽑은 상황이었다. '멋지군. 내가 말에서 내리기가 무섭게 안뜰에서 유혈 사태라니.' 제이미는 생각했다.

로라스 티렐 경이 장검을 탁 소리 나게 검집에 넣었다.

"그렇게 어렵지 않았지, 응?"

"저 여자를 체포했으면 합니다." 로라스 경이 손가락질을 했다. "브리엔느, 그대를 렌리 바라테온 공의 살해죄로 고발한다."

"내 생각일 뿐이지만……" 제이미가 말했다. "저 계집은 명예를 안다네. 내가 보기로는 경보다 많이 알아. 그리고 심지어 저 여자가 사실을 말하고 있을 수도 있지. 솔직히 말해서 영리하다고 할 만한 여자는 아닌 데다가, 거짓말을 하려고 한다면 내가 타는 말도 그것보다는 나은 거짓말을 짜낼 수 있을걸. 하지만 경이 그리 주장한다면…… 발론 경, 브리엔느 아가씨를 탑 위 감방으로 모셔 가서 감시병을 붙이게. 그리고 강철 정강이와 그 부하들은 내 아버지가 만나실 수 있을 때까지 적절한 거처를 찾아주게나."

"알겠습니다."

발론 스완과 황금 망토 십여 명에게 끌려가는 브리엔느의 커다란 푸른 눈에는 상처받은 기색이 가득했다. '오히려 나에게 입맞춤을 날려야지, 이 여자야.' 그렇게 말해주고 싶었다. 왜 사람들은 그가 하는 모든 일을 오해하고 마는 걸까? '아에리스. 다 아에리스 때문이지.' 제이미는 그 여자에게 등을 돌리고 안뜰을 성큼성큼 가로질렀다.

왕실 성소의 문은 하얀 갑옷을 입은 다른 기사가 지키고 있었다. 매부리 코에 검은 수염을 기르고 어깨가 넓은 키 큰 남자였다. 그는 제이미를 보자 비틀린 미소를 지으며 말했다. "어딜 가시는 건가?"

"성소 안에." 제이미는 잘린 팔을 들어 올려 문을 가리켰다. "바로 거기 있는 그 성소. 왕대비를 만나야겠어."

"전하께선 애도 중이시다. 왜 그분이 너 같은 놈을 만나고 싶어 하시 겠나?"

'그야 내가 왕대비의 애인이고 살해당한 아들의 아버지니까.' 그렇게 말 하고 싶었다. "대체 넌 누구지?"

"킹스가드의 기사다. 그러니 존중하는 법을 배우지 않으면 네놈의 반대 쪽 손까지 자르고 아침 포리지에 목이 막혀 죽게 해주마, 불구자 놈."

"나는 왕대비의 형제라네, 경."

하얀 기사는 그 말이 웃기다고 생각했다. "탈출했나 보지? 그리고 키도 좀 크시고?"

"다른 형제 말이야, 이 얼간아. 그리고 킹스가드의 단장이기도 하지. 이 제 비켜서지 않으면 후회하게 해주마."

그 얼간이도 이번에는 그를 한참 바라보았다. "혹시…… 제이미 경이십 니까." 그는 자세를 바로 했다. "죄송합니다, 나리. 몰라봤습니다. 영광스럽게 도 저는 오스먼드 케틀블랙 경이라고 합니다."

'거기 무슨 영광이 있나?' "누이와 둘만 시간을 보내고 싶군. 아무도 성 소에 들어오지 못하게 하게, 경. 방해를 받게 된다면 자네의 머리통을 갖 겠네."

"알겠습니다. 경의 분부대로 하지요." 오스먼드 경이 문을 열었다.

세르세이는 '어머니'의 제단 앞에 무릎을 꿇고 있었다. 조프리의 관대는 죽은 자들을 다른 세상으로 인도하는 신인 '이방인' 아래에 놓여 있었다. 공기 중에 향 냄새가 진했고, 백 개의 초가 타면서 백 개의 기도를 올리고 있었다. '조프리에게도 백 개의 기도가 다 필요하겠지.'

누이가 어깨 너머를 돌아보았다. "누구냐?" 그러고 나서 말했다. "제이미?" 그녀는 눈물 가득한 눈으로 일어섰다. "정말 너야?" 그러나 세르세이는 그에게 다가오지 않았다. '한 번도 먼저 온 적은 없었지.' 그는 생각했다. '언제나 내가 다가갈 때까지 기다렸어. 주기는 하지만, 내가 청해야만 주고.'

"더 빨리 왔어야지." 세르세이는 제이미가 끌어안자 중얼거렸다. "왜 더 빨리 와서 조프리를 안전하게 지켜주지 못한 거야? 내 아들······."

'우리 아들이지.' "최대한 빨리 왔어." 그는 포옹을 풀고 한 걸음 물러섰다. "밖은 전쟁이야."

"너무 말랐어. 그리고 머리카락, 네 금빛 머리······."

"머리는 다시 자랄 거야." 제이미는 잘린 팔을 들어 올렸다. 세르세이가 보아야 했다. "이건 다시 자라지 않겠지."

세르세이는 눈을 크게 떴다. "스타크가······."

"아니. 이건 바고 호트의 작품이야."

그 이름은 그녀에게 아무 의미가 없었다. "누구?"

"하렌홀의 염소. 한동안은 그랬지."

세르세이는 몸을 돌려 조프리의 관대를 보았다. 죽은 왕은 도금 갑옷을 입고 있었는데, 으스스할 정도로 제이미의 갑옷과 비슷했다. 투구의 면갑은 닫혀 있었으나, 촛불 빛이 도금 면에 부드럽게 반사되면서 죽은 소년이 찬란하고 용감하게 빛났다. 촛불 빛은 세르세이의 상복 보디스를 장식한 루비에 깃든 불도 깨웠다. 세르세이의 머리카락은 헝클어진 채 장식 없이 어깨 위로 흘러내렸다. "그놈이 죽었어, 제이미. 나한테 경고한 대로였어. 언젠가 내가 안전하고 행복하다고 생각할 때 나의 기쁨이 입안에서 재로 변하게 만들어주마 경고하더니."

"티리온이 그랬다고?" 제이미는 믿고 싶지 않았다. 친족 살해는 신과 인간의 눈에 왕을 살해하는 것보다 더 나쁜 행위였다. '티리온은 조프리가 내 아들임을 알고 있었어. 난 티리온을 사랑했어. 잘해줬지.' 글쎄, 한 번은 예외로 쳐야겠지만……. 꼬마 악마가 그 일의 진실을 알 리 없었다. '혹시 알았나?' "왜 티리온이 조프리를 죽이겠어?"

"어느 창녀 때문이지." 세르세이는 그의 성한 손을 두 손으로 꽉 잡았다. "걔가 나보고 이럴 거라고 말했어. 조프리도 알았어. 죽어가면서 자기를 살해한 자를 가리켰지. 우리의 비틀린 작은 괴물 동생을." 그녀는 제이미의 손가락에 입을 맞췄다. "날 위해 그 녀석을 죽여줄 거지? 우리 아들의 복수를 하는 거야."

제이미는 손을 잡아 뺐다. "티리온은 여전히 내 동생이야." 그는 혹시 세르세이가 보지 못할까 봐 잘린 팔을 그녀의 얼굴에 들이밀었다. "그리고 난 누굴 죽일 만한 상태가 못 돼."

"반대쪽 손도 있잖아? 전투에서 사냥개를 이기라고 부탁하는 게 아니야. 티리온은 감옥에 갇힌 난쟁이야. 위병들은 네가 가면 비켜설 거야."

그 생각을 하자 속이 뒤집혔다. "이 일에 대해 더 알아야겠어. 어떻게 벌어진 일인지."

"알게 될 거야." 세르세이가 다짐했다. "재판이 열릴 거야. 그놈이 한 짓을 다 듣고 나면 너도 나만큼이나 그놈을 죽이고 싶을 거야." 그녀는 그의 얼굴을 매만졌다. "난 너 없이 갈피를 잃었어, 제이미. 스타크가 나에게 네 머리통을 보낼까 두려웠어. 그랬다면 견디지 못했을 거야." 그녀가 그에게 입을 맞췄다. 가벼운 입맞춤으로 입술만 스쳤을 뿐이었는데, 그는 그녀를 끌어안으면서 떨고 있음을 느낄 수 있었다. "난 너 없이는 완전하지가 않아."

그가 돌려준 입맞춤에는 부드러움은 없이 굶주림만 있었다. 그녀가 입을 열어 그의 혀를 받아들였다. "안 돼." 그녀는 그의 입술이 목으로 내려가자 힘없이 말했다. "여긴 안 돼. 성사들이……."

"성사들은 다른자들에게나 잡혀가라지." 그는 다시 그녀에게 입을 맞췄다. 조용히 입 맞추고, 그녀가 신음할 때까지 입 맞췄다. 그 후에는 양초들을 밀어내고 그녀를 들어 올려 어머니의 제단에 앉힌 후에 치마와 그 아래에 입은 비단 속치마를 밀어 올렸다. 그녀는 힘없이 주먹으로 그의 가슴을 치며 위험에 대해, 아버지에 대해, 성사들에 대해, 신들의 분노에 대해 중얼거렸다. 그는 한마디도 듣지 않았다. 그저 바지를 내리고 그녀의 하얀 맨다리를 벌렸다. 한 손이 그녀의 허벅지를 타고 올라가서 속옷 안으로 들어갔다. 속옷을 뜯어내고 나니 월경 중이라는 사실이 드러났지만, 그래도 달라질 것은 없었다.

"서둘러." 그녀는 이제 속삭이고 있었다. "빨리, 빨리, 지금, 지금 해. 지금 들어와. 제이미 제이미 제이미." 그녀의 두 손이 그를 이끌었다. "그래." 세르세이는 그가 찌르고 들어가자 말했다. "내 동생, 사랑스러운 내 형제, 그래, 그렇게, 그래. 넌 내 안에 있어. 이제 집에 온 거야. 이제 집에 왔어, 집이야." 그녀는 그의 귀에 입을 맞추고 그의 뻣뻣한 짧은 머리를 쓸었다. 제이미는 그녀의 살 안에 파묻혔다. 자신의 심장 소리에 맞춰 두근거리는 세르세이의 심장을 느낄 수 있었고, 피와 정액이 질척하게 만나는 것을 느낄 수 있었다.

하지만 일을 마치자마자 왕대비는 말했다. "일으켜줘. 이런 꼴로 눈에 띄기라도 하면……."

그는 마지못해 몸을 굴려 일어나서 그녀가 제단에서 내려오도록 도왔다. 하얀 대리석에 피가 얼룩져 있었다. 제이미는 소매로 그 피를 닦아낸 후, 쓰러뜨렸던 양초들을 주웠다. 다행히도 떨어지면서 불은 다 꺼졌다. '성소에 불이 붙었다 해도 난 몰랐을지도 몰라.'

"이건 멍청한 짓이었어." 세르세이가 가운을 바로잡았다. "아버지가 성안에 계신데……. 제이미, 우린 조심해야 해."

"난 조심하는 데 신물이 나. 타르가르옌은 남매끼리 결혼했는데 왜 우린 안 돼? 결혼하자, 세르세이. 온 왕국 앞에 서서 네가 원하는 건 나라고 말해. 우리의 결혼식 축하연을 열고, 조프리를 대신할 아들을 갖는 거야."

세르세이가 물러섰다. "안 웃겨, 그런 말."

"내가 웃자고 하는 소리 같아?"

"머리를 리버런에 두고 왔어?" 세르세이의 목소리에 날이 서 있었다. "토 멘이 왕좌에 앉을 자격은 로버트에게서 오는 거야. 알잖아."

"캐스털리록을 갖게 될 텐데, 그걸로는 부족해? 왕좌에는 아버지가 앉으 라고 하자. 내가 원하는 건 너뿐이야." 그는 세르세이의 뺨을 만지려 했다. 오랜 습관은 쉽게 고쳐지지 않아서, 그가 들어 올린 것은 오른손이었다.

세르세이는 그의 팔 끝에서 몸을 뺐다. "그런…… 그런 말 하지 마. 무섭 잖아, 제이미. 멍청하게 굴지 마. 네가 엉뚱한 말 한마디만 하면 우리의 모 든 것을 잃게 돼. 그자들이 네게 무슨 짓을 한 거야?"

"내 손을 잘랐지."

"아니, 그 이상이야. 넌 변했어." 그녀는 한 걸음 물러섰다. "나중에 이야기 하자. 내일. 산사 스타크의 시녀들을 탑 감방에 가둬놨어, 난 가서 심문을 해야 해……. 넌 아버지에게 가봐야 하고."

"널 만나려고 만 리를 온 데다, 오는 길에 내 제일 좋은 부분은 잃어버렸 어. 가라고 하지 마."

"가봐." 세르세이는 몸을 돌리면서 다시 말했다.

제이미는 바지 끈을 묶고 세르세이가 하라는 대로 했다. 지치기는 했지 만 침대를 찾을 수는 없었다. 지금쯤이면 아버지도 그가 킹스랜딩에 돌아 왔음을 알 터였다.

수관의 탑은 라니스터의 집안 위병들이 지켰고, 그들은 제이미를 바로 알아보았다. "신들이 보우하사 경을 돌려주셨군요." 한 명이 문을 잡으며 말 했다.

"신들은 관여하지 않았네. 캐틀린 스타크가 날 돌려보냈지. 그 여자와 드레드포트의 영주가.”

계단을 올라가서 말없이 개인 방으로 밀고 들어가자 아버지가 불가에 앉아 있었다. 제이미는 타이윈 공 혼자라는 사실에 감사했다. 지금 메이스 티렐이나 붉은 독사에게 잘린 손을 전시하고 싶지는 않았다. 두 사람이 같이 있었다면 더 싫었을 테고 말이다.

“제이미.” 타이윈 공은 아침 식사 때 보고 다시 만났다는 듯이 말했다. “볼턴 공에게 들은 소식으로 더 빨리 볼 줄 알았다. 결혼식 때까지는 도착하길 희망했지.”

“지체됐습니다.” 제이미는 조용히 문을 닫았다. “누이가 대단하게 해냈다더군요. 일흔일곱 가지 요리에 국왕 시해라니, 그런 결혼식은 없었겠죠. 제가 풀려났다는 사실을 아신 지 얼마나 됐습니까?”

“네가 탈출하고 며칠 지나서 내시가 말했다. 널 찾으라고 강역에 사람들을 보냈지. 그레고르 클리게인, 샘웰 스파이서, 플럼 형제들까지. 바리스도 말을 전했는데, 조용히 추진했다. 우리 둘 다 네가 풀려났다는 사실을 아는 사람이 적을수록 널 사냥하려는 사람도 적으리라 생각했으니까.”

“바리스가 이것도 말했나요?” 그는 아버지에게 잘 보이도록 불가로 다가갔다.

타이윈 공은 의자를 밀어내고 일어서면서 잇새로 숨을 내뱉었다. “누가 한 짓이냐? 캐틀린 부인이 만약—”

“캐틀린 부인은 제 목에 검을 대고 자기 딸들을 돌려보내겠다고 맹세하라 시켰지요. 이건 아버지의 염소가 한 짓입니다. 바고 호트, 하렌홀의 영주가요.”

타이윈 공은 역겨워하며 고개를 돌렸다. “이제는 아니다. 그레고르 경이 성을 탈환했다. 용병들은 옛 대장을 버리고 다 도망갔고, 예전 휀트 부인의 사람들이 샛문을 열었지. 클리게인이 찾아냈을 때 바고 호트는 백 개의 난로가 놓인 방에 혼자 앉아 있었는데, 곪아버린 상처의 통증과 열 때문에 반쯤 미쳐 있었지. 귀의 상처였다고 들었다."

제이미는 웃을 수밖에 없었다. '이렇게 달콤할 데가! 귀라니!' 브리엔느에게 말해주고 싶어서 안달이 났다. 그 여자는 제이미만큼 웃기다고 생각하지 않을 테지만 말이다. "아직 안 죽었습니까?"

"곧 죽을 게다. 손발을 다 자르긴 했는데, 클리게인은 그 코호르 놈이 침 흘리는 모습이 재미있나 보다."

제이미의 미소가 굳었다. "용감한 형제단은 어떻게 됐죠?"

"하렌홀에 남아 있던 몇 놈은 죽었다. 나머지는 흩어졌다. 항구까지 가거나, 아니면 항구로 가려다가 숲속에서 길을 잃겠지." 타이윈 공의 시선이 다시 제이미의 팔에 돌아갔고, 분노로 그의 입매가 팽팽해졌다. "우린 놈들의 머리를 자를 거다. 한 놈도 빠짐없이. 왼손으로 장검을 쓸 수 있느냐?"

'아침에 옷도 제대로 못 입는데요.' 제이미는 아버지에게 살펴보라고 왼손을 들어 올렸다. "엄지손가락에 다른 손가락 네 개, 반대쪽 손과 거의 비슷한데 그만큼 잘 움직이지 않겠어요?"

"잘됐구나." 아버지가 앉았다. "잘됐어. 너에게 줄 선물이 있다. 네 귀환에 대비해서 만들었지. 바리스에게 듣고 나서……."

"새로운 손이 아니라면 기다리시죠." 제이미는 아버지 맞은편 의자에 앉았다. "조프리는 어떻게 죽은 겁니까?"

"독살이다. 음식 조각이 목에 걸려 질식한 것처럼 보이려고 했지만, 목을 갈라본 학사들이 어떤 방해물도 찾아내지 못했다."

"세르세이는 티리온 짓이라고 주장하는데요."

"네 동생이 왕에게 독이 든 와인을 주는 모습을 천 명이 보았다."

"그거 티리온치고는 멍청한데요."

"내가 티리온의 종자를 구속시켰다. 그 부인의 시녀들도 잡아넣었지. 그것들에게 할 말이 있는지 보자. 아담 경의 황금 망토들이 스타크 계집애를 찾고 있고, 바리스는 보상금을 내걸었다. 왕의 정의는 실현될 것이다."

왕의 정의라. "아들을 처형하시려고요?"

"티리온은 국왕을 시해한 혐의를 받고 있어. 무죄라면 두려울 게 없지. 우선 티리온에게 유리하거나 불리한 증거를 고려해야 한다."

증거. 제이미는 이 거짓말쟁이들의 도시에서 어떤 증거가 나올지 알고 있었다. "렌리도 그의 죽음이 스타니스에게 필요한 순간에 괴이하게 죽었습니다."

"렌리 공은 자기 호위에게 살해당했다. 타스에서 온 여자라던가."

"그 타스의 여자가 제가 이 자리에 서 있는 이유입니다. 로라스 경을 달래려고 감옥에 던져 넣기는 했지만, 전 그 여자가 렌리에게 해를 끼쳤다고 믿느니 차라리 렌리의 유령을 믿겠습니다. 하지만 스타니스는—"

"조프리를 죽인 건 마법이 아니라 독이었어." 타이윈 공은 제이미의 잘린 팔을 다시 한번 보았다. "검을 잡을 손이 없으면 킹스가드로 복무할 수 없—"

"할 수 있습니다." 그는 아버지의 말을 끊었다. "그리고 할 겁니다. 선례가 있어요. 원하신다면 '하얀 책'을 뒤져서 찾아드리죠. 불구가 되었든 아니든 킹스가드는 평생 복무합니다."

"세르세이가 나이를 이유로 바리스탄 경을 갈아치웠을 때 그 전통은 끝났다. 교단에 적절한 선물을 해서 설득하면 최고성사도 널 서약에서 풀어줄 거야. 네 누이가 바리스탄 셀미를 물러나게 한 것은 어리석은 일이었다만, 덕분에 이제 문이 열렸으니—"

"—누군가가 그 문을 다시 닫아야죠." 제이미는 일어섰다. "귀족 여인들이 제게 똥통을 걷어차는 데엔 질렸습니다, 아버지. 아무도 제게 킹스가드 단장이 되고 싶냐고 묻지 않았지만, 제가 단장인 모양입니다. 제겐 의무가 있고—"

"의무가 있지." 타이윈 공도 같이 일어섰다. "라니스터 가문에 대한 의무. 너는 캐스털리록의 후계자다. 네가 있어야 할 곳도 그곳이야. 토멘도 네 대자 겸 종자로 같이 갈 것이다. 토멘은 캐스털리록에서 라니스터가 되는 방법을 배워야 하고, 나는 그 아이가 어미에게서 떨어져 있길 바란다. 세르세이에게는 새 남편을 찾아줄 작정이다. 오베린 마르텔이 될 수도 있겠지. 그결합이 하이가든을 위협하지 않는다고 티렐 공을 설득하기만 하면…… 그리고 너도 결혼할 때가 지났다. 티렐은 이제 마저리를 토멘과 결혼시켜야한다고 주장하고 있다만, 내가 너를 대신 제안한다면—"

"아니요!" 제이미는 들을 만큼 들었다. 아니, 그보다 더 들었다. 지겨웠다. 귀족들과 거짓말들도 지겨웠고, 아버지도, 누이도, 이 모든 망할 짓거리들이 다 지겨웠다. "아니요. 안 됩니다. 안 돼요. 싫습니다. 제가 몇 번을 싫다고 해야 들으시겠습니까? 오베린 마르텔요? 그 남자가 악명이 높은 건 검에 독을 발라서만이 아닙니다. 그자는 로버트보다 더 서자가 많고, 남자애들과도 잠자리를 하지요. 그리고 혹시라도 제가 조프리의 과부와 결혼할거란 형편없는 생각을 하신다면……."

"티렐 공이 맹세하는데 그 여자는 아직 처녀다."

"그렇다면 계속 처녀로 있다 죽으라지요. 전 그 여자도 원치 않고, 아버지의 바위 성도 원치 않아요!"

"넌 내 아들이고—"

"전 킹스가드의 기사입니다! 킹스가드 단장요! 그 외에 다른 것이 될 생각은 없습니다!"

타이윈 공의 얼굴을 감싼 뻣뻣한 구레나룻을 불빛이 금빛으로 비쳤다. 타이윈 공의 목에 핏줄이 붉어졌지만, 말은 하지 않았다. 그리고 말을 하지 않았다. 말을 하지 않았다.

팽팽한 침묵은 제이미가 견딜 수 없어질 때까지 이어졌다. "아버지……." 제이미가 입을 열었다.

　　"너는 내 아들이 아니다." 타이윈 공이 얼굴을 돌렸다. "킹스가드의 단장이라고 했지. 오직 그것뿐이라고. 좋네, 경. 가서 의무를 다하게."

# 다보스

그들의 목소리는 재처럼 피어올라 자줏빛 저녁 하늘로 소용돌이쳐 올라갔다. "우리를 암흑으로부터 이끄소서, 오, 신이시여. 저희의 심장을 불로 채우시어, 당신의 빛나는 길을 걸을 수 있게 하소서."

모여드는 어둠에 맞서 밤의 불이 타올랐다. 거대한 빛의 야수는 오렌지색 불빛을 일렁이며 마당에 6미터가 넘는 그림자를 드리웠다. 드래곤스톤의 벽을 따라 늘어선 가고일과 괴물의 군대가 모두 움직이는 것 같았다.

다보스는 위층 회랑에서 아치 창문으로 마당을 내려다보았다. 멜리산드레가 일렁이는 불길을 끌어안으려는 듯 두 팔을 들어 올리는 모습이 보였다. "를로르시여." 그녀가 크고 또렷한 목소리로 노래했다. "당신은 저희 눈의 빛이요, 저희 심장의 불이며, 저희 아랫도리의 열이옵니다. 저희의 낮을 데우는 태양도 당신의 것이요, 어두운 밤에 저희를 안내하는 별들도 당신의 것이옵니다."

"빛의 군주시여, 저희를 지켜주소서. 밤은 어둡고 공포가 가득하니." 셀리스 왕비가 야윈 얼굴에 열기를 가득 드러내며 응답을 선창했다. 스타니스 왕은 이를 악물고 그 옆에 서 있었는데, 머리를 움직일 때마다 적금 왕관

끝이 번득였다. '같이 계시기는 하지만, 저들과 같지는 않아.' 다보스는 생각했다. 시린 왕녀가 두 사람 사이에 서 있었는데, 얼굴과 목의 얼룩덜룩한 회색 부분이 불빛을 받아 시커멓게 보였다.

"빛의 군주시여, 저희를 보호하소서." 왕비가 노래했다. 왕은 다른 사람들과 같이 응창하지 않았다. 불길 속을 응시하고 있었다. 다보스는 왕이 불길 속에서 무엇을 보는지 궁금했다. '이번에도 다가올 전쟁의 모습일까? 아니면 그보다 더 구체적인 무언가?'

"저희에게 숨결을 주신 를로르시여, 감사드립니다." 멜리산드레가 노래했다. "저희에게 낮을 주신 를로르시여, 감사드립니다."

"저희를 데워주는 태양에 감사드립니다." 셀리스 왕비와 다른 숭배자들이 응창했다. "우리를 지켜보는 별들에 감사드립니다. 무자비한 어둠을 저지해주는 난로와 횃불에 감사드립니다." 다보스가 듣기에는 전날 밤보다 응창하는 목소리가 줄어든 것 같았다. 불을 에워싸고 오렌지색 불빛을 받는 얼굴도 줄어들었다. 내일은 더 줄어들까…… 아니면 늘어날까?

액셀 플로렌트 경의 목소리는 트럼펫처럼 우렁차게 울렸다. 그는 떡 벌어진 가슴에 안짱다리로 서 있었고, 불빛은 거대한 오렌지색 혀처럼 그의 얼굴을 핥았다. 다보스는 액셀 경이 나중에 그에게 고마워할까 궁금했다. 그들이 오늘 밤에 할 일 덕분에 액셀 플로렌트 경은 그렇게 꿈꾸던 왕의 수관이 될 수도 있었다.

멜리산드레가 외쳤다. "당신의 은총으로 우리 왕이 되신 스타니스에 감사드립니다. 스타니스 왕의 순수한 하얀 불 같은 선량함에, 그분의 손에 잡힌 붉은 정의의 장검에, 그분이 충실한 백성들에게 품은 사랑에 감사드립니다. 를로르시여, 그분을 인도하고 지키시며, 적들을 벌할 힘을 주소서."

"그분에게 힘을 주소서." 셀리스 왕비, 액셀 경, 데반, 그리고 다른 사람들이 같이 외쳤다. "그분에게 용기를 주소서. 그분에게 지혜를 주소서."

다보스가 어렸을 때 성사들은 노파에게 지혜를, 전사에게 용기를, 대장장이에게 힘을 달라 기도하라고 가르쳤다. 하지만 지금 그가 기도하는 대상은 어머니 신이었다. 그는 사랑하는 아들 데반을 붉은 여인의 악마 신으로부터 안전하게 지켜달라 기도했다.

"다보스 공? 시작하는 게 좋겠습니다." 앤드류 경이 그의 팔꿈치를 살짝 건드렸다. "공?"

그 호칭은 아직도 귀에 설기만 했지만, 다보스는 창문에서 몸을 돌렸다. "그래. 시간이 됐군." 스타니스, 멜리산드레, 그리고 왕비의 사람들은 한 시간 이상 기도를 드릴 터였다. 붉은 사제들은 매일 해 질 무렵에 불을 피우고 를로르에게 막 끝나가는 낮을 감사드리며 내일도 태양을 돌려보내어 몰려드는 어둠을 떨쳐내달라 간청했다. '밀수꾼은 조수 간만을 알고 언제 이용할지를 알아야 하지.' 결국은 그리로 돌아갔다. 다보스는 결국 밀수꾼이었다. 손가락 끝이 없는 손이 행운을 찾아 목으로 올라갔다가 아무것도 찾지 못했다. 그는 손을 내리고 좀 더 빠르게 걸었다.

동반자들이 그의 걸음걸이에 맞추어 속도를 올렸다. 나이트송의 서자는 천연두로 얼굴이 얽었고 피폐해진 기사의 분위기를 풍겼다. 제랄드 가워 경은 몸집이 크고 퉁명스러운 금발의 남자였다. 앤드류 에스터몬트 경은 남들보다 머리 하나가 더 컸고 역삼각형으로 수염을 길렀으며 갈색 눈썹이 무성했다. 다보스는 모두 나름의 방식대로 훌륭한 사내들이라 생각했다. 그리고 이 밤의 일이 잘못 돌아간다면 모두가 곧 죽은 사내가 되리라.

"불은 살아 있는 생물이에요." 붉은 여인은 그가 불길 속에서 미래를 보는 방법을 가르쳐달라고 하자 그렇게 말했다. "언제나 움직이고, 언제나 변하지요……. 읽으려고 애쓰는 동안에도 글자가 춤을 추며 이동하는 책과 비슷해요. 불길 너머로 형상을 보려면 몇 년을 훈련해야 하고, 그 형상들로부터 일어날 수도 있는 일이나 일어난 일과 일어날 일을 구별하려면 그보다 더 배워야 합니다. 그런 다음에도 어렵고 어렵지요. 당신은, 해넘이 땅에서 태어난 당신들은 그걸 이해하지 못해요." 다보스는 그렇다면 어떻게 액셀 경은 그 재주를 그렇게 빨리 배웠느냐고 물었는데, 그 말에 멜리산드레는 그저 수수께끼처럼 미소 지으며 말했다. "어떤 고양이든 불 속을 노려보면 붉은 쥐가 노는 모습을 볼 수 있지요."

그는 자신이 모은 왕의 사람들에게 그 점에 대해서나 다른 무엇에 대해서나 거짓말을 하지 않았다. "붉은 여인은 우리의 의도를 알 수도 있소." 그는 그들에게 경고했다.

"그렇다면 그 여자부터 죽이고 시작해야겠네요." 생선 장수 르위스가 부추겼다. "잠복해서 습격할 만한 장소를 압니다. 우리 넷이서 날카로운 칼로……"

"그랬다간 우리 모두가 끝장이오." 다보스가 말했다. "크레센 학사가 그 여자를 죽이려 했더니 바로 알았지. 아마 불길 속에서 봤을 거요. 아무래도 본인에 대한 위협은 아주 빨리 감지하는 것 같은데, 분명히 모든 걸 보지는 못해. 그 여자를 무시하면 오히려 이 일을 알아차리지 못할 수도 있소."

"숨어서 몰래 움직여서야 명예롭지가 않아요." 탤리힐의 트리스턴 경이 항의했다. 건서 공이 멜리산드레의 불 속에 들어가기 전까지 선글라스 밑에 있던 인물이었다.

"불타 죽는 게 그리 명예롭소?" 다보스는 그에게 물었다. "선글라스 공이 죽는 모습을 봤을 텐데, 그게 경이 원하는 바요? 지금 나에게 명예로운 남자는 필요 없소. 나에겐 밀수꾼이 필요해요. 나와 함께하겠소, 말겠소?"

그들은 그와 함께했다. 신들이 보우하사, 그랬다.

필로스 학사는 다보스가 문을 밀어 열었을 때 에드릭 스톰에게 산수를 가르치고 있었다. 앤드류 경이 다보스 뒤에 바싹 붙었고, 다른 이들은 계단과 지하실 문을 지키기 위해 뒤에 남았다. 학사는 수업을 중단했다. "일단 이만하면 됐습니다, 에드릭."

소년은 침입에 어리둥절했다. "다보스 공, 앤드류 경. 산수를 익히고 있었어요."

앤드류 경은 미소 지었다. "내가 네 나이 때는 계산을 싫어했어, 사촌."

"난 별로 싫지 않아요. 하지만 역사가 제일 좋아요. 이야기가 가득하니까."

"에드릭." 필로스 학사가 말했다. "가서 망토를 가져오세요. 다보스 공과 함께 가는 겁니다."

"내가요?" 에드릭이 일어섰다. "어딜 가는데요?" 그는 고집스럽게 입매에 힘을 주었다. "빛의 군주에게 기도하러는 안 가요. 난 아버지와 마찬가지로 전사 신의 사람이야."

"압니다." 다보스가 말했다. "갑시다. 꾸물대선 안 됩니다."

에드릭은 염색하지 않은 모직물로 만든 두꺼운 두건 망토를 걸쳤다. 필로스 학사가 망토를 조이게 도와주고, 두건을 씌워 얼굴을 가렸다. "학사님도 같이 가나요?" 소년이 물었다.

"아니요." 필로스는 수많은 금속으로 이루어진 사슬 목걸이를 건드렸다. "제가 있을 곳은 여기 드래곤스톤입니다. 이제 다보스 공과 함께 가시고, 다보스 공 말대로 하세요. 이분이 왕의 수관이라는 점을 기억하세요. 제가 왕의 수관에 대해 뭐라고 말씀드렸지요?"

"수관이 하는 말이 곧 왕의 목소리라고요."

젊은 학사는 미소 지었다. "그렇습니다. 이제 가세요."

다보스는 필로스에 대해 확신하지 못했었다. 어쩌면 늙은 크레센의 자리를 빼앗았다는 원망도 있었을 텐데, 지금은 오직 필로스의 용기에 감탄할 뿐이었다. 이 일로 필로스의 목숨이 날아갈 수도 있었다.

학사의 거처를 나서자 제랄드 가워 경이 계단에서 기다리고 있었다. 에드릭 스톰은 호기심 어린 눈으로 그를 쳐다보았다. 그리고 내려가면서 물었다. "우린 어디로 가나요, 다보스 공?"

"바다로요. 배가 기다리고 있습니다."

소년은 발을 딱 멈췄다. "배?"

"살라도르 산의 배지요. 살라는 제 좋은 친구랍니다."

"내가 같이 갈 거야, 사촌." 앤드류 경이 안심시켰다. "무서워할 것 없어."

"난 무섭지 않아." 에드릭이 분연히 말했다. "다만…… 시린도 가나요?"

"아닙니다." 다보스가 대답했다. "왕녀님은 아버지, 어머니와 함께 여기 남으셔야 해요."

"그렇다면 시린을 봐야겠어요." 에드릭이 설명했다. "작별 인사를 하려요. 그렇지 않으면 시린이 슬퍼할 거예요."

'네가 불타는 모습을 볼 때만큼 슬프진 않을 거다.' 다보스는 말했다. "시간이 없습니다. 에드릭 님이 왕녀님 생각을 하셨다고 전하겠습니다. 그리고 목적지에 도착하시면 편지를 쓰실 수 있습니다."

소년은 얼굴을 찌푸렸다. "정말 내가 가야 하는 건가요? 왜 숙부님이 날 드래곤스톤에서 내보내시죠? 내가 언짢게 했나요? 그럴 생각은 없었는데." 소년은 다시 고집스러운 표정을 지었다. "숙부님을 보고 싶어요. 스타니스 왕을 뵙고 싶어."

앤드류 경과 제랄드 경이 눈빛을 교환했다. "그럴 시간이 없어, 사촌." 앤드류 경이 말했다.

"뵙고 싶다니까!" 에드릭이 더 큰 소리로 우겼다.

"전하께서 보고 싶어 하지 않으십니다." 다보스는 소년을 움직이기 위해 무슨 말이든 해야 했다. "저는 그분의 수관이고, 제 말이 곧 왕의 목소리입니다. 제가 전하에게 가서 도련님이 시키는 대로 하지 않으신다고 고해야 할까요? 그러면 그분이 얼마나 화내실지 아십니까? 숙부님이 화내시는 모습을 본 적 있습니까?" 그는 장갑을 벗어서 소년에게 스타니스가 잘라낸 네 손가락을 보여주었다. "저는 있습니다."

모두 거짓말이었다. 양파 기사의 손가락 끝을 잘랐을 때 스타니스 바라테온에게 분노는 전혀 없었다. 오직 강철 같은 정의감만 있었다. 하지만 에드릭 스톰은 그 당시엔 태어나지도 않았기에, 그 사실을 알 수가 없었다. 그리고 이 위협은 바라던 효과를 거두었다. "숙부님이 그러시면 안 되는 거였어." 소년은 그렇게 말했지만, 고집을 꺾고 다보스의 손에 이끌려 계단을 내려갔다.

나이트송의 서자가 지하실 문 앞에서 합류했다. 그들은 빠른 걸음으로 그림자 깔린 마당을 가로지르고 계단을 내려가며 얼어붙은 드래곤의 돌로 만든 꼬리 아래를 지났다. 생선 장수 르위스와 오머 블랙베리가 샛문 앞에서 기다렸고, 그곳을 지키던 위병 두 명은 그들의 발치에 묶여 뒹굴고 있었다. "배는?" 다보스가 물었다.

"저기 있습니다." 르위스가 말했다. "노잡이가 넷입니다. 갤리선은 갑을 지나면 바로 있습니다. '미친 프렌도스'호입니다."

다보스는 클클 웃었다. 광인의 이름을 딴 배라니. '그래. 어울리는군.' 살라에게는 해적 특유의 어두운 유머 감각이 있었다.

그는 에드릭 스톰 앞에 한쪽 무릎을 꿇었다. "이제 저는 가봐야 합니다. 갤리선까지 모셔다드릴 배가 기다리고 있습니다. 갤리선을 타시면 바다로 나가게 됩니다. 도련님은 로버트 왕의 아들이시니, 무슨 일이 일어나도 용감하실 줄 압니다."

"그럴 거예요. 다만……" 소년은 머뭇거렸다.

"모험이라고 생각하십시오." 다보스는 기운차고 쾌활하게 말하려고 했다. "도련님 인생의 대모험이 시작되는 겁니다. 전사께서 지켜주시기를."

"아버지께서 그대를 공정하게 심판하시길, 다보스 공." 소년은 사촌인 앤드류 경과 함께 샛문으로 나갔다. 나이트송의 서자만 빼고 다들 따라갔다. '아버지께서 나를 공정하게 심판하시길.' 다보스는 탄식하며 생각했다. 하지만 지금 그가 걱정하는 것은 왕의 심판이었다.

"이 둘은요?" 롤랜드 경이 샛문을 닫고 빗장을 지른 후에 위병들에 대해 물었다.

"지하실로 끌고 들어가게." 다보스가 대답했다. "에드릭이 안전하게 출발하면 풀어줘도 돼."

나이트송의 서자, 롤랜드 경은 짧게 고개를 끄덕였다. 더 할 말은 없었다. 쉬운 부분은 끝났다. 다보스는 행운을 잃지 않았더라면 좋았을 걸 그랬다고 생각하며 장갑을 꼈다. 그 손가락뼈 주머니를 목에 걸고 다닐 때의 그는 좀 더 용감하고 더 나은 남자였다. 그는 끄트머리가 잘린 손가락으로 숱이 줄어가는 갈색 머리를 쓸어 넘기면서 머리를 다듬어야 하나 생각했다. 왕 앞에 섰을 때 흉하지 않은 모습이어야 했다.

드래곤스톤이 이렇게 어둡고 무서워 보인 적이 없었다. 그는 검은 벽과 드래곤들 사이로 발소리를 울리며 천천히 걸었다. '이 석조 드래곤들이 영영 깨어나지 않기를.' 앞에 돌북 성이 거대한 모습을 드러냈다. 그가 다가가자 문을 지키는 위병들이 교차하고 있던 창을 치웠다. '양파 기사가 아니라 왕의 수관에게 하는 일이지.' 다보스는 적어도 들어갈 때는 수관으로 들어갔다. 나올 때는 무엇일지 알 수 없었다. '나올 수나 있다면 말이지만.'

계단이 전보다 더 길고 가파르게 느껴졌지만, 그저 다보스가 지쳐서일지도 몰랐다. '어머니 신은 날 이런 일에 맞게 만드시지 않았어.' 그는 너무 높이, 너무 빨리 올라와버렸고 이 산 위는 그가 숨 쉬기 힘들 정도로 공기가 희박했다. 어렸을 때 그는 부자가 되기를 꿈꾸었지만, 그것도 오래전 이야기였다. 나중에 어른이 되고 나서 원한 것은 오직 비옥한 땅 몇 에이커와 늘어갈 저택 하나, 아들들을 위한 더 나은 삶뿐이었다. '눈먼 사생아'는 그에게 영리한 밀수꾼은 도를 넘지 않고, 지나친 관심을 끌지 않는 법이라고 말하곤 했다. '땅 몇 뙈기에 나무 지붕, 이름 앞에 '경'이라는 칭호 정도면 만족했을 텐데.' 이 밤이 지나고도 살아남는다면 데반을 데리고 래스곳에 있는 집과 다정한 마리아에게 배를 저어 가리라. '함께 죽은 아들들을 애도하고, 살아 있는 아이들이 훌륭한 사람이 되도록 키우고, 왕들에 대해서는 말도 하지 말아야지.'

다보스가 들어갔을 때 지도 탁자의 방은 어둡고 텅 비어 있었다. 왕은 아직 멜리산드레와 왕비의 사람들과 함께 '밤의 불' 앞에 있을 시간이었다. 그는 무릎을 꿇고 난로에 불을 지펴 원형 방의 한기를 몰아내고 그림자를 구석으로 쫓아버렸다. 그런 후에 방을 한 바퀴 돌면서 차례차례 창문마다 가린 무거운 벨벳 커튼을 젖히고 나무 덧창을 열었다. 소금과 바다의 냄새가 진하게 담긴 바람이 불어 들어와 그의 수수한 갈색 망토를 흔들었다.

북쪽 창문에서 그는 창틀 위로 몸을 내밀고 차가운 밤공기를 들이마시면서 혹시 미친 프렌도스호가 돛을 올리는 모습을 볼 수 있을까 했지만, 바다는 눈 닿는 곳 어디까지나 새까맣고 텅 비어 보였다. '벌써 떠난 건가?' 그랬기를, 그리고 그 배에 에드릭이 있기를 비는 수밖에 없었다. 옅은 구름 사이로 높이 반달이 보였다가 가려지고, 다보스는 친숙한 별들을 볼 수 있었다. 서쪽으로 항해하는 '갤리선' 자리가 보였다. 금빛 연무를 에워싼 네 개의 밝은 별 '노파의 등잔'도 보였다. '얼음 드래곤'은 거의 구름에 가려져서 북쪽을 표시하는 새파란 눈만 보였다. 하늘에는 밀수꾼의 별들이 가득했다. 그 별들은 오랜 친구였다. 다보스는 그게 행운을 의미했으면 좋겠다고 생각했다.

그러나 하늘에서 성곽으로 시선을 내리자 과연 행운이 따를까 싶어졌다. 석조 드래곤들의 날개가 밤의 불빛을 받아 거대한 검은 그림자를 드리웠다. 그는 그래봐야 생명도 없는 차가운 조각상들에 불과하다고 스스로를 타이르려 했다. '여긴 한때 저들의 둥지였지. 드래곤과 드래곤 주인들의 집이자, 타르가르옌 가문의 권좌.' 타르가르옌은 옛 발리리아의 혈통이었고……

바람이 한숨짓듯 방 안을 쓸자 난로에 핀 불길이 치솟으며 소용돌이쳤다. 그는 장작이 타들어가며 불똥을 튀기는 소리에 귀를 기울였다. 다보스가 창가를 떠나자 그의 그림자가 크고 기다랗게 앞서가더니 장검처럼 지도 탁자 위에 떨어졌다. 그는 그 자리에 서서 오랫동안 기다렸다. 사람들이 올라오자 돌계단을 밟는 장화 소리가 들렸다. 왕의 목소리가 먼저 들렸다. "……셋이 아니다." 그렇게 말하고 있었다.

"셋은 셋입니다." 멜리산드레의 답변이 들렸다. "맹세코 제가 그 죽음을 보았고 그 어미의 통곡을 들었습니다, 전하."

"밤의 불 속에서 말이지." 스타니스와 멜리산드레가 함께 문을 통과했다. "불길에는 혼란이 가득해. 지금 일어나는 일, 앞으로 일어날 일, 일어날 수도 있는 일. 그러니 확신하며 말할 수가 없어……"

"전하." 다보스가 앞으로 나섰다. "멜리산드레 님이 맞게 봤습니다. 전하의 조카 조프리가 죽었습니다."

왕은 지도 탁자 앞에서 다보스를 보고 놀랐는지 여부를 전혀 드러내지 않았다. "다보스 공, 그 아이는 내 조카가 아니었다. 몇 년 동안 그렇게 믿고는 있었지만."

"결혼식 축하연에서 음식 조각에 질식했다고 합니다. 독살일 가능성도 있습니다."

"조프리가 세 번째입니다." 멜리산드레가 말했다.

"나도 숫자는 셀 수 있네." 스타니스는 탁자 옆을 걸어서 올드타운과 아버를 지나고 방패 군도와 맨더강 어귀까지 갔다. "요새는 결혼식이 전투보다 더 위험해진 것 같군. 독살자는 누구였나? 드러났나?"

"조프리의 외숙이라고 합니다. 꼬마 악마요."

스타니스는 이를 갈았다. "위험한 남자야. 블랙워터에서 알았지. 이 소식은 어떻게 알았나?"

"리스인들은 아직도 킹스랜딩에서 무역을 합니다. 살라도르 산이 제게 거짓말을 할 이유는 없습니다."

"그렇겠지." 왕은 지도 탁자를 손가락으로 훑었다. "조프리라……. 기억하기로는 언젠가 부엌 고양이가 있었는데…… 요리사들이 그 고양이에게 음식 부스러기와 생선 대가리를 먹이곤 했지. 그러다가 요리사 하나가 조프리에게 그 고양이가 새끼를 뱄다는 말을 했어. 아이가 새끼 고양이를 기르고 싶어 할지 모른다고 생각하고서 말이야. 조프리는 그 말이 사실인가 보려고 단검으로 그 가엾은 고양이의 배를 갈랐다. 그리고 새끼 고양이를 발견하자 아버지에게 그걸 보여주러 들고 갔지. 로버트가 어찌나 심하게 때리던지, 죽이는 게 아닐까 싶을 정도였어." 왕은 왕관을 벗어서 탁자 위에 놓았다. "난쟁이든 거머리든 간에 살인자는 왕국에 좋은 일을 한 거다. 이젠 나를 부르러 사람을 보내야 할 텐데."

"그러지 않을 겁니다." 멜리산드레가 말했다. "조프리에겐 동생이 있어요."

"토멘." 왕은 떨떠름하게 그 이름을 말했다.

"놈들은 토멘에게 왕관을 씌우고 그 이름으로 통치할 겁니다."

스타니스는 주먹을 쥐었다. "토멘은 조프리보다 순한 아이지만, 근친상간으로 태어나기는 마찬가지다. 성장 중인 또 다른 괴물이지. 땅에 붙은 또한 마리의 거머리야. 웨스테로스에는 어린아이가 아니라 어른의 손이 필요하다."

멜리산드레가 다가섰다. "저들을 구하십시오, 전하. 제가 돌 드래곤들을 깨우게 해주세요. 셋을 채웠으니 그 아이를 제게 주십시오."

"에드릭 스톰요." 다보스가 말했다.

스타니스는 그에게 차가운 분노를 쏟았다. "나도 이름은 안다. 비난은 아껴두게. 나도 자네만큼이나 이 일이 마음에 들진 않지만, 나에겐 왕국에 대한 의무가 있어. 내 의무는……." 그는 멜리산드레를 돌아보았다. "다른 방법은 없다고 맹세하나? 그대의 목숨을 걸고 맹세하라. 거짓말을 한다면 서서히 죽게 될 테니."

"전하는 강대한 다른자에게 맞서야 할 분입니다. 5000년 전에 오실 것이 예언된 분. 붉은 혜성은 전하의 도래를 알리는 전령이었습니다. 전하야말로 약속된 왕자이며, 전하가 실패한다면 세상도 패합니다." 멜리산드레는 붉은 입술을 벌리고 고동치는 루비를 단 채 그에게 다가가서 속삭였다. "그 아이를 제게 주시면, 제가 전하께 왕국을 드리지요."

"그러실 수가 없소." 다보스가 말했다. "에드릭 스톰은 떠났습니다."

"떠나다니?" 스타니스가 몸을 돌렸다. "떠나다니, 무슨 뜻인가?"

"리스 갤리선을 타고 안전하게 바다에 있습니다." 다보스는 멜리산드레의 희고 갸름한 얼굴을 지켜보았다. 그 얼굴에 번득인 경악을, 갑작스럽게 반신반의하는 기색을 보았다. '이건 보지 못한 거야!'

왕의 두 눈은 움푹 꺼진 얼굴에 자리 잡은 검푸른 멍이었다. "내 허락도 없이 그 서자를 드래곤스톤에서 탈취해 갔다고? 갤리선이라고 했나? 그 리스 해적이 그 아이를 이용해서 나에게 금화를 짜내려 한다면—"

"이건 전하의 수관이 한 일입니다." 멜리산드레가 다 안다는 눈빛으로 다보스를 보았다. "그 아이를 데려오세요. 데려올 겁니다."

"그 아이는 제 손이 닿지 않는 곳에 있습니다." 다보스가 말했다. "그리고 당신의 손도 닿지 않게 됐지요."

그녀의 붉은 눈을 보자 움찔할 수밖에 없었다. "경을 어둠 속에 내버려뒀어야 했소. 무슨 짓을 한 건지 압니까?"

"내 의무였어요."

"누군가는 반역이라 부를 수도 있지." 스타니스는 창가로 가서 밤을 내다보았다. '배를 찾으시는 걸까?' "내가 자네를 흙바닥에서 일으켜 세웠다, 다보스." 화가 났다기보다는 지친 목소리였다. "충성을 기대하는 게 그렇게 큰 바람이었나?"

"제 아들 넷이 블랙워터에서 전하를 위해 죽었습니다. 저도 목숨 바칠수 있었습니다. 전하께선 언제까지나 제 충성의 대상이십니다." 다보스 시워스는 다음에 할 말을 오랫동안 열심히 생각해두었다. 자신의 목숨이 지금부터 할 말에 달렸음을 알고 있었다. "전하, 전하께선 제게 정직한 조언을 드리고 즉각 복종하며, 적들에 맞서 전하의 왕국을 지킬 것을 맹세하라하셨습니다. 에드릭 스톰은 전하의 핏줄이 아닙니까? 제가 보호하겠다고 맹세한 분들 중 하나가 아닙니까? 저는 서약을 지켰습니다. 어찌 그것이 반역이 될 수 있습니까?"

스타니스는 다시 이를 갈았다. "난 이 왕관을 원한 적이 없다. 황금이란 차갑고 머리에 얹으면 무거울 뿐이지만, 내가 왕인 이상, 나에게 의무가 있지……. 백만 명을 어둠에서 구하기 위해 한 아이를 불길 속에 희생시켜야한다면……. 희생……은 결코 쉽지 않아, 다보스. 그렇지 않다면 진정한 희생이 아니지. 말해주게, 멜리산드레."

멜리산드레가 말했다. "아조르 아하이는 사랑하는 아내의 심장에서 나온 피로 '빛의 인도자'를 담금질했습니다. 천 마리 소 떼를 지닌 사람이 한마리를 신에게 바친다면 아무것도 아니지요. 하지만 자신이 가진 유일한 소를 바친다면……."

"저 여자가 말하는 것은 소입니다." 다보스는 왕에게 말했다. "저는 한 소년, 따님의 친구, 형님의 아들에 대해 말하고 있습니다."

"왕의 아들로, 그 핏줄에 왕의 피가 가진 힘이 깃들어 있지요." 멜리산드레의 목에 걸린 루비가 붉은 별처럼 빛났다. "당신이 그 아이를 구했다고 생각하나요, 양파 기사? 긴 밤이 내리면 에드릭 스톰이 어디 숨어 있든 다른 사람들과 같이 죽을 겁니다. 당신의 아들들도 마찬가지예요. 어둠과 추위가 지상을 뒤덮을 것입니다. 경은 이해하지도 못하는 일에 개입했어요."

"제가 이해하지 못하는 것은 많습니다." 다보스는 인정했다. "아닌 척한 적도 없습니다. 저는 바다와 강, 해안선의 생김새를 알고 바위와 모래톱이 어디 있는지를 압니다. 눈에 띄지 않게 작은 배를 상륙시킬 수 있는 숨은 만들도 압니다. 그리고 왕은 백성을 보호해야지, 그렇지 않으면 왕이 아니라는 사실도 압니다."

스타니스의 얼굴이 어두워졌다. "내 면전에서 나를 비웃는가? 내가 양파 밀수꾼에게 왕의 의무를 배워야 하나?"

다보스는 무릎을 꿇었다. "제게 심기가 상하셨다면 제 목을 치십시오. 살아 있을 때와 마찬가지로 전하의 충신으로 죽겠습니다. 하지만 먼저 제 말부터 들어주십시오. 제가 가져다드린 양파를 생각해서, 그리고 전하께서 가져가신 제 손가락을 생각해서 들어주십시오."

스타니스는 '빛의 인도자'를 검집에서 빼냈다. 장검의 빛이 방 안을 가득 채웠다. "하고 싶은 말을 하되, 빨리하라." 왕의 목에 근육이 밧줄처럼 불거졌다.

다보스는 망토 안을 뒤져서 구겨진 양피지 조각을 꺼냈다. 얇고 부서지기 쉬운 물건처럼 보였지만, 지금 그에게는 유일한 방패였다. "왕의 수관은 읽고 쓸 수 있어야 합니다. 필로스 학사가 그동안 저를 가르쳤습니다." 그는 편지를 무릎 위에 반듯하게 펴고 마법 검의 불빛에 의지하여 읽기 시작했다.

# 존

꿈속에서 그는 윈터펠에서 절뚝거리며 왕좌에 앉은 석조 왕들을 지나쳐 걷고 있었다. 왕들의 회색 화강암 눈이 지나가는 그를 따라왔고, 회색 화강암 손가락이 무릎에 놓인 녹슨 장검 손잡이를 꽉 쥐었다. '너는 스타크가 아니다.' 그들이 중후하고 단단한 목소리로 중얼거리는 소리를 들을 수 있었다. '여기엔 네 자리가 없다. 꺼져라.' 그는 어둠 속으로 더 깊이 걸어 들어가며 외쳤다. "아버지? 브랜? 리콘?" 아무도 대답하지 않았다. 싸늘한 바람이 목에 불어왔다. "숙부님? 벤젠 숙부? 아버지? 제발, 아버지, 도와주세요." 저 위에서 북소리가 들렸다. '다들 대연회장에서 연회를 벌이고 있는데, 난 환영받지 못했어. 나는 스타크가 아니고, 여긴 내가 있을 곳이 아니야.' 그는 목발이 미끄러지면서 무릎을 꿇었다. 지하묘지는 점점 어두워져 갔다. 어디선가 불빛 하나가 꺼졌다. "이그리트?" 그는 속삭였다. "날 용서해 줘. 제발." 하지만 나타난 것은 다이어울프였다. 피가 튄 회색 털의 유령 같은 다이어울프가 어둠 속에서 서글프게 금빛 눈을 빛냈다……

방은 어두웠고, 몸 아래 침대는 딱딱했다. 기억이 났다. 그의 침대였다. 늙은 곰의 거처 아래 집사용 방에 놓인 침대였다. 그 침대에서라면 좀 더 좋은 꿈을 꿨어야 했는데, 모피를 덮고서도 추웠다. 순찰을 떠나기 전에는 고스트가 방을 같이 쓰면서 차가운 밤에 온기를 더해주었다. 그리고 바깥에서는 이그리트가 같이 잤었다. 이젠 둘 다 없어졌다. 이그리트는 본인이 원했을 결말대로 존이 직접 불태웠고, 고스트는……. '어디 있어?' 고스트도 죽은 걸까. 꿈속에서 본 지하묘지의 피투성이 늑대가 그런 의미일까? 하지만 꿈속의 늑대는 흰색이 아니라 회색이었다. '브랜의 늑대와 같은 회색이었지.' 텐족이 퀸스크라운 일 이후에 뒤쫓아서 그 녀석을 죽인 걸까? 만약 그렇다면 브랜은 영영 잃어버린 셈이었다.

존이 그 꿈을 이해하려고 애쓰고 있을 때 나팔이 울렸다.

'겨울 나팔이야.' 그는 아직 잠에서 덜 깨어 혼란스러운 상태로 생각했다. 하지만 만스는 조라문의 나팔을 찾지 못했으니, 그럴 리가 없었다. 두 번째 나팔 소리가 따라왔다. 처음만큼 길고 장중한 소리였다. 존은 일어나서 장벽으로 가야 한다는 사실을 알았지만, 그러기가 너무 힘들었다…….

그는 모피를 밀어내고 앉았다. 다리의 통증은 둔해진 것 같았다. 참을 수 없을 정도는 아니었다. 조금이라도 따뜻하게 자려고 바지와 튜닉과 속옷을 입고 잤기 때문에, 장화를 신고 가죽과 사슬 갑옷을 입고 망토를 걸치면 그만이었다. 나팔이 다시 두 번 길게 울렸기에, 그는 한쪽 어깨 너머로 '긴 발톱'을 메고 목발을 찾아서 절뚝절뚝 계단을 내려갔다.

바깥은 캄캄한 밤이었고, 살을 에도록 추운 데다 음산했다. 검대를 찬 형제들이 탑과 아성에서 쏟아져 나와 장벽으로 걸어가고 있었다. 존은 핍과 그렌을 찾으려 했지만 찾지 못했다. 아마 둘 중 하나가 나팔을 분 파수였을 것이다. '만스야.' 그는 생각했다. '드디어 만스가 온 거야.' 잘된 일이었다. '이제 싸우고 나면 쉬게 되겠지. 살아서든 죽어서든, 쉬게 될 거야.'

장벽 아래 계단이 있던 자리에는 새까맣게 탄 나무와 깨진 얼음 더미만 엄청나게 쌓여 있었다. 이제는 권양기로 올라가야만 했고, 그 우리는 한 번에 열 명밖에 들어가지 못하는 크기였으며 존이 도착했을 때는 이미 올라가고 있었다. 내려올 때까지 기다려야 했다. 다른 사람들, 새틴과 멀리, 남는 장화, 맥주 통, 덩치 큰 금발의 뻐드렁니 하레스가 같이 기다렸다. 다들 하레스를 '망아지'라고 불렀는데, 몰스타운의 마구간지기로 캐슬블랙에 남은 몇 안 되는 마을 사람 중 하나였다. 나머지는 자기네 들판과 굴집 아니면 지하 매춘굴에 있는 침대로 되돌아갔다. 하지만 덩치 큰 뻐드렁니 바보 망아지는 검은 옷을 입고 싶어 했다. 노궁에 뛰어난 실력을 보여준 창녀 제이도 남았고, 노이는 계단에서 아버지를 잃은 고아 소년 세 명을 받아들였다. 아홉 살, 여덟 살, 다섯 살의 어린아이들이었지만 달리 아무도 그 아이들을 원치 않았다.

권양기 우리가 돌아오기를 기다리는 동안, 클라이다스가 모두에게 뜨거운 멀드와인을 가져왔고 세 손가락 홉은 검은 빵을 나눠 주었다. 존은 홉에게 빵을 한 덩이 받아서 씹었다.

"만스 레이더인가?" 새틴이 초조해하며 물었다.

"그렇기를 빌어야지." 어둠 속에는 야인보다 나쁜 것들이 있었다. 존은 최초인의 주먹에서 분홍색 눈밭에 서 있을 때 야인 왕이 했던 말을 기억했다. '시체가 걸어 다닐 때는 돌담과 말뚝과 장검에 아무 의미가 없지. 죽은 자와는 싸울 수 없다, 존 스노우. 그걸 나만큼 잘 아는 사람은 없어.' 그 생각만 해도 바람이 좀 더 차가워지는 것 같았다.

마침내 긴 쇠사슬 끝에 매달린 쇠 우리가 삐그덕삐그덕 흔들리며 내려왔고, 그들은 말없이 올라타서 문을 닫았다.

멀리가 설렁줄을 세 번 잡아당겼다. 잠시 후에 그들은 조금씩 조금씩, 그러다가 매끄럽게 올라가기 시작했다. 아무도 말을 하지 않았다. 다 올라가서는 쇠 우리가 옆으로 흔들거리는 가운데 한 명씩 내렸다. '망아지'가 존에게 손을 내밀어 얼음 위로 내려서게 도왔다. 한기가 주먹처럼 얼굴을 정통으로 때렸다.

장벽 위를 따라 줄줄이 늘어선 사람 키보다 큰 장대 위에 얹힌 쇠 바구니에서 불이 타올랐다. 차가운 칼바람이 불길을 휘저어놓아, 밝은 오렌지색 불빛이 계속 일렁거리고 있었다. 구할 수 있는 노궁 화살과 일반 화살, 창과 전갈석궁용 살 꾸러미가 준비되어 있었다. 돌맹이는 3미터 높이로 쌓였고, 역청과 등잔 기름이 든 커다란 나무통들이 그 옆에 줄지어 놓였다. 보웬 마시는 사람만 빼고 모든 물자를 잘 채워놓고 캐슬블랙을 떠났다. 창을 손에 들고 성곽을 따라 선 허수아비 파수들의 검은 망토를 바람이 후려쳤다. "나팔을 분 게 저 중 하나는 아니었겠죠." 존은 절뚝절뚝 도날 노이 옆으로 걸어가서 말했다.

"저 소리 들었나?" 노이가 물었다.

바람 소리와 말 울음소리 외에 뭔가가 더 있었다. "매머드, 매머드 소리예요." 존이 말했다.

무기 장인의 크고 넓적한 코에서 뿜어져 나오는 콧김이 하얗게 얼어붙었다. 장벽 북쪽은 끝없이 이어지는 듯한 어둠의 바다였다. 존은 나무 사이로 움직이는 먼 불빛의 흐릿한 붉은색을 알아볼 수 있었다. 만스였다. 해가 뜨는 것만큼이나 확실했다. 다른 자들은 횃불을 켜지 않았다.

"볼 수가 없다면 어떻게 저것들과 싸우지?" '망아지'가 물었다.

도날 노이는 보웬 마시가 제대로 작동하게 고쳐놓은 두 대의 거대한 트레뷰셋 쪽으로 몸을 돌렸다. "불을 밝혀라!" 노이가 고함을 쳤다.

급히 역청 통을 투석기에 놓고 횃불에 불을 붙였다. 바람이 불길을 부채질해서 활발하게 붉은 맹위를 떨치게 만들었다. "지금이다!" 노이가 외쳤다. 평형추가 아래로 떨어지고, 투석 팔이 쿵 소리를 내며 가로대를 때렸다. 불타는 역청이 어둠을 뚫고 날아가면서 아래 땅에 으스스하게 깜박이는 불빛을 드리웠다. 존은 희미한 빛 속에서 육중하게 움직이는 매머드들을 언뜻 보았다가 순식간에 놓쳤다. '열 마리, 어쩌면 그 이상.' 역청 통이 땅바닥을 때리며 폭발했다. 깊고 낮은 트럼펫 소리가 들리고, 거인 하나가 옛 언어로 뭔가 고함을 질렀다. 그 고대의 천둥 같은 목소리에 오한이 존의 등을 타고 흘렀다.

"다시!" 노이가 소리를 지르자 트레뷰셋이 다시 장전됐다. 불타는 역청통 두 개가 다시 어둠을 뚫고 날아가서 적진 가운데 떨어졌다. 이번에는 하나가 죽은 나무를 때리면서 불을 붙였다. 존은 매머드가 십여 마리가 아니라 백여 마리임을 보았다.

그는 벼랑 가장자리에 발을 디뎠다. '조심해. 떨어지는 길이 멀어.' 그는 스스로에게 상기시켰다. 붉은 알린이 다시 한번 파수 나팔을 불었다. '빠아아아아아아아아아아아아앙, 빠아아아아아아아아앙.' 그리고 이제 야인들이 화답했다. 나팔 하나가 아니라 십여 개의 나팔과 북과 피리까지 동원해서. '우리가 왔다.' 그렇게 말하는 것 같았다. '우리가 너희 장벽을 깨부수고, 너희들의 땅을 빼앗고 너희들의 딸을 훔치러 왔다.' 바람이 울부짖었고, 트레뷰셋은 삐걱거리며 쿵쿵대고, 나무통들이 날았다. 존은 거인들과 매머드들 뒤로 활과 도끼를 들고 장벽으로 전진하는 남자들을 보았다. 20명인지, 2만 명인지, 어둠 속에서는 알 수가 없었다. '이건 눈먼 자들끼리의 싸움이지만, 만스에게는 우리보다 수천 명이 더 있어.'

"문이야!" 핍이 외쳤다. "놈들이 문 앞에 왔어!"

장벽은 평범한 수단으로 강습하기에는 너무 거대했다. 사다리나 공성탑을 쓰기에는 너무 높고, 충차로 들이받기에는 너무 두꺼웠다. 어떤 투석기도 장벽에 틈을 낼 정도로 큰 돌을 날릴 수 없었고, 불을 붙이려고 해봐야 얼음이 녹아서 불을 덮어버렸다. 약탈자들이 그레이가드 근처에서 했던 것처럼 벽을 타고 오를 수는 있지만, 그것도 힘이 세고 건강하며 숙련되어 있을 때만 가능했고 그래도 자알처럼 나무에 꿰어 죽을 수도 있었다. '놈들

은 문을 점령해야 해. 문을 빼앗지 못하면 벽을 통과할 수 없어.'

그러나 그 문은 칠왕국의 어떤 성문보다 작고, 순찰자들이 조랑말을 끌고 한 줄로 움직여야 할 정도로 좁은 데다 구불구불하게 얼음을 뚫고 가는 터널이었다. 안쪽 통로는 세 개의 쇠 격자문으로 막혀 있었는데, 하나같이 사슬을 둘러 잠근 데다가 살인 구멍으로 방어하고 있었다. 바깥쪽 문은 오래된 참나무였는데, 두께가 20센티미터는 족히 넘었고 쇠못이 박혀서 부수기 쉽지 않았다. '하지만 만스에겐 매머드들과 거인들이 있지.' 존은 스스로를 일깨웠다.

"저 아래는 추울 거다." 노이가 말했다. "저놈들을 따뜻하게 데워줄까?" 절벽 위에 등잔 기름이 담긴 단지 십여 개가 줄지어 있었다. 핍이 횃불을 들고 걸으면서 하나하나 불을 붙였다. 미련퉁이 오언이 따라가면서 하나씩 밀었다. 단지들은 연노란색 불길의 헛바닥에 휘감기면서 아래로 떨어졌다. 마지막 단지까지 떨어지자 그렌이 역청 통을 받친 쐐기를 걷어차고 통을 굴려 아래로 떨어뜨렸다. 아래쪽에서 들리던 소리가 고함과 비명으로 바뀌었다. 그들의 귀에는 달콤한 음악이었다.

그러나 여전히 북은 계속 울리고, 트레뷰셋은 덜덜거리고 쿵쿵댔으며, 가죽 피리 소리는 이상하고 사나운 새들의 노랫소리처럼 밤공기를 떠돌며 날아왔다. 셀라다르 성사도 노래를 부르기 시작했는데, 와인 때문에 탁해진 목소리가 떨렸다.

> 다정하신 어머니, 자비의 원천이시여
> 우리 아들들을 전쟁에서 구하소서.
> 검을 멈추시고 화살을 멈추시고
> 저들이 알게 하소서……

도날 노이가 우렁차게 외쳤다. "여기서 한 놈이라도 검을 멈추면 내가 그 주름진 엉덩짝을 장벽 너머로 던져버린다……. 성사, 댁부터요. 궁수들! 우리에게 망할 궁수들이 있긴 하나?"

"여기요." 새틴이 말했다.

"여기도 있습니다." 멀리가 말했다. "하지만 어떻게 표적을 찾죠? 돼지 배 속처럼 깜깜한데요. 놈들이 어디 있는 거죠?"

노이는 북쪽을 가리켰다. "화살을 많이 날리다 보면 몇 놈쯤은 찾겠지. 적어도 놈들의 속은 태울 거야." 그는 빙 둘러서서 불빛을 받고 있는 얼굴들을 둘러보았다. "놈들이 문을 부술 경우에 대비해서 터널을 지킬 장궁들과 창잡이 둘의 도움이 필요하다." 열 명이 넘게 나섰고, 대장장이는 그 중에서 네 명을 골랐다. "존, 내가 돌아올 때까지 장벽은 네가 맡는다."

존은 잠시 잘못 들은 줄 알았다. 노이가 그에게 지휘권을 넘기는 것처럼 들렸다. "대장님?"

"대장? 난 대장장이다. 장벽은 네 책임이라고 했다."

존은 더 나이 많은 사람도 있고, 더 나은 사람도 있다고 말하고 싶었다. '전 아직 여름풀 같은 풋내기인 데다, 부상당했고, 탈영죄로 고발당했습니다.' 입이 바싹 말랐다. 그는 간신히 말했다. "알겠습니다."

그 후는 존 스노우에게 그날 밤에 꾼 꿈처럼 느껴졌다. 궁수들은 반쯤 얼어버린 손에 장궁이나 노궁을 움켜쥔 채 지푸라기 병사들과 나란히 서서, 보이지도 않는 사람들을 향해 백 발씩 화살을 날렸다. 가끔 야인의 화살이 화답하여 날아왔다. 그는 작은 투석기들에 인원을 배치하여 거인의 주먹만 한 날카로운 돌들로 허공을 채웠지만, 어둠은 마치 땅콩 한 줌을 털어 넣어 삼키는 사람처럼 바윗돌들을 삼켜버렸다. 어둠 속에서 매머드들이 나팔 소리를 내고, 낯선 목소리들이 더 낯선 언어로 소리를 질렀으며, 셀라다르 성사가 어쩌나 취한 사람처럼 큰 소리로 새벽이 오기를 기도

하는지 존이 직접 장벽 아래로 밀어버리고 싶을 지경이었다. 아래에서 매머드 한 마리가 죽어가는 소리가 들렸고 또 한 마리가 불이 붙은 채 숲속을 달리며 사람이고 나무고 할 것 없이 짓밟는 모습이 보였다. 바람은 점점 더 차갑게 불었다. 홉이 양파 수프가 담긴 잔들을 가지고 올라왔고, 오언과 클라이다스가 궁수들이 선 자리에서 화살을 날리면서 마실 수 있게 잔을 날랐다. 제이는 노궁을 들고 궁수들 사이에 자리 잡고 있었다. 몇 시간씩 단지와 짚 더미를 날리다가 우측 트레뷰셋에서 뭔가가 덜컹거리더니 평형추가 갑자기, 돌이킬 수 없이 떨어져 나가면서 투석 팔이 우지끈하고 옆으로 내동댕이쳐졌다. 좌측 트레뷰셋은 계속 작동했지만, 야인들은 금세 트레뷰셋 하나가 던지는 물건의 낙하 장소를 피할 줄 알게 되었다.

'우리에겐 트레뷰셋 두 대가 아니라 스무 대가 있어야 했어. 그리고 우리가 움직일 수 있게 썰매와 회전반 위에 올려놓아야 했어.' 헛된 생각이었다. 바라기로야 병사 천 명이나 드래곤 한 마리, 아니면 세 마리쯤을 바랄 수도 있으리라.

도날 노이도, 노이와 함께 시커멓고 차가운 터널을 지키러 내려간 사람들 아무도 돌아오지 않았다. '장벽은 내 책임이야.' 존은 힘이 다한다 싶을 때마다 스스로를 일깨웠다. 존도 장궁을 들고 있었고, 반쯤 언 손가락이 곱아서 뻣뻣했다. 열도 다시 올랐고, 다리는 억제할 수 없이 떨리면서 하얗게 달군 단검이 찌르는 듯한 통증을 선사했다. '한 대만 더 쏘고 쉬자.' 그는 50번째 스스로를 타일렀다. '한 대만 더.' 화살통이 빌 때마다 몰스타운의 고아 소년 하나가 다른 화살통을 가져왔다. '한 통만 더 쏘면 끝이야.' 새벽이 오래 남았을 리가 없었다.

정작 아침이 왔을 때는 아무도 바로 알아차리지 못했다. 세상은 아직 어두웠으나, 검은색이 회색으로 변했고 어둠 속에서 형태가 반쯤 모습을 드러내기 시작했다. 존은 활을 내리고 동쪽 하늘을 뒤덮은 구름 더미를 바라보았다. 구름 뒤에서 빛을 볼 수 있었지만, 그저 꿈인지도 몰랐다. 그는 화살을 하나 더 메겼다.

그때 솟아오르는 태양이 하얀 기마 창 같은 햇빛을 전장에 꽂았다. 존은 장벽과 숲 사이에 놓인 800미터가량의 빈터 너머를 보면서 저도 모르게 숨을 멈췄다. 밤 사이에 그들은 그 땅을 새까맣게 탄 풀과 부글거리는 역청, 흩어진 돌 더미와 시체들의 황야로 바꿔놓았다. 불에 탄 매머드 사체는 벌써 까마귀를 끌어모으고 있었다. 죽어 넘어진 거인들도 있었지만, 그들 뒤에는······.

왼쪽에서 누군가가 신음했고, 셀라다르 성사의 목소리가 들렸다. "어머니시여, 자비를 베푸소서. 아, 아, 아아, 어머니시여, 자비를."

나무들 밑에 세상의 야인들이 다 있었다. 약탈자들과 거인들, 와르그들과 변신자들, 산악민들, 소금 바다의 뱃사람들, 얼음강의 식인종들, 얼굴에 색을 물들인 동굴 거주자들, 얼어붙은 해안에서 온 개썰매꾼들, 무두질한 가죽처럼 발바닥이 단단한 뿔발족들, 만스 레이더가 장벽을 깨기 위해 끌어모은 온갖 기묘한 족속들이 다 있었다. '여긴 너희 땅이 아니야.' 존은 그들에게 소리치고 싶었다. '여기엔 너희가 있을 곳이 없어. 꺼져.' 거인의 재앙 토르문드가 그 말에 웃어대는 소리가 들릴 듯했다. "넌 아무것도 몰라, 존 스노우." 이그리트라면 그렇게 말했으리라. 이 위에서 장검을 쓸 일은 없을 줄 알면서도 그는 검을 쥐는 손을 쥐었다 펴면서 손가락을 풀었다.

열이 나면서 추웠고, 갑자기 장궁의 무게가 버거워졌다. 그는 마그나와의 싸움은 아무것도 아니었고, 간밤의 싸움은 그보다 더 아무것도 아닌 그저 탐색, 어둠 속에 들이밀어 그들의 허를 찌르려는 단도에 불과했음을 깨달았다. 진짜 전투는 이제야 시작이었다.

"저렇게 많을 줄은 꿈에도 몰랐어." 새틴이 말했다.

존은 알고 있었다. 이미 보기도 했다. 하지만 이런 식으로, 전열을 갖춘 상태로는 아니었다. 행군 중에 야인들의 행렬은 거대한 지렁이처럼 몇십 리에 걸쳐 구불구불 뻗어 있었으나, 그 모두를 한꺼번에 볼 수는 없었다. 하지만 이제는……

"놈들이 온다." 누군가가 꽉 잠긴 목소리로 말했다.

야인 행렬 중앙에 매머드들이 있었고, 거인 백여 명이 쇠메와 거대한 돌도끼를 움켜쥐고 그들의 등에 앉아 있었다. 더 많은 거인들이 그 옆을 성큼성큼 달리면서 끝을 뾰족하게 깎은 나무줄기를 거대한 나무 바퀴에 얹어 밀고 있었다. '충차구나.' 그는 암울하게 생각했다. 문이 아직 버티고 있다 해도 저 충차와 몇 번만 부딪치면 조각이 날 것이다. 거인들 양쪽으로 불에 달군 기마 창을 들고 가죽 마구를 채운 기마병들의 파도가, 달리는 궁수들의 무리가, 창과 휴대용 투석기와 곤봉과 가죽 방패를 든 보병 백여 명이 밀려왔다. 측면에서는 얼어붙은 해안에서 온 뼈 전차들이 거대한 하얀 개들에게 이끌려 돌맹이와 나무뿌리 위를 덜컹덜컹 달렸다. '야생의 맹위로구나.' 존은 높고 날카로운 가죽 피리 소리와 개들이 짖어대는 소리, 매머드들의 나팔 소리, 자유민들의 휘파람과 비명, 거인들의 우렁찬 옛 언어에 귀 기울이며 생각했다. 북소리가 우레처럼 얼음에 부딪쳐 메아리쳤다.

그는 사방의 절망감을 느낄 수 있었다. "십만 명은 될 거야." 새틴이 울부짖었다. "저렇게 많은 적을 어떻게 막을 수 있지?"

"장벽이 막을 거야." 존은 자기도 모르게 말했다. 그리고 몸을 돌려 더 큰 소리로 다시 말했다. "장벽이 막을 거다. 장벽은 스스로를 지키지." 공허한 말이었으나 그는 그 말을 해야 했고, 그의 형제들은 그 말을 들어야 했다. "만스는 숫자로 우리의 용기를 꺾고 싶어 해. 우리가 멍청하다고 생각하는 걸까?" 그는 이제 다리 상처도 잊고 소리치고 있었고, 모두가 귀를 기울이고 있었다. "전차며 기마병이며 걸어오는 바보들이며…… 저들이 이 위에 있는 우리를 어떻게 하겠어? 누구 벽을 타고 오르는 매머드 본 적 있어?"

그는 웃음을 터뜨렸고, 핍과 오언과 대여섯 명이 같이 웃었다. "저놈들은 아무것도 아니야. 여기 선 우리의 지푸라기 형제들만도 못해. 저놈들은 우릴 잡을 수 없고, 우릴 해칠 수 없고, 우리에게 겁을 주지 못해. 안 그래?"

"맞아!" 그렌이 외쳤다.

"저놈들은 아래에 있고 우린 이 위에 있어. 그리고 우리가 문을 지키는 한 놈들은 지나갈 수 없어. 지나갈 수 없어!" 그때쯤에는 모두가 고함을 지르고, 존이 한 말을 존에게 다시 외쳐대고, 붉어진 얼굴로 장검과 장궁을 허공에 흔들고 있었다. 존은 '맥주 통'이 옆구리에 전투 나팔을 끼고 선 모습을 보았다. "형제, 전투 신호를 울려." 그는 말했다.

맥주 통은 씩 웃으며 나팔을 입가에 대고 '야인'을 뜻하는 두 번의 긴 신호를 불었다. 다른 나팔들이 그 소리를 이어받더니 곧 장벽 전체가 몸을 떠는 것 같았고, 그 깊고 깊은 신음의 메아리가 다른 모든 소리를 집어삼켰다.

"궁수들." 존은 나팔 소리가 잦아들자 말했다. "하나도 빠짐없이 저기 충차를 지고 가는 거인들을 겨눠. 내가 쏘라고 할 때 쏘고, 그 전에는 쏘지 마. 거인들과 충차다. 놈들이 한 걸음 옮길 때마다 화살 비를 쏟아붓고 싶지만, 놈들이 사정거리에 들 때까지는 기다릴 거야. 화살을 하나라도 낭비하는 놈은 벽을 타고 내려가서 주워 와야 할 줄 알아. 알겠어?"

"알겠습니다." 미련둥이 오언이 외쳤다. "잘 알았습니다, 스노우 나리."

존은 소리 내어 웃었다. 술주정뱅이 아니면 미치광이처럼 웃었고, 같이 있던 사람들도 같이 웃었다. 이제는 측면의 전차들과 질주하는 기마병들이 중앙을 훌쩍 앞서 있는 것이 보였다. 야인들은 아직 300미터도 전진하지 않았는데 벌써 전열이 흩어지고 있었다. "트레뷰셋에 마름쇠를 장전해." 존은 말했다. "오언, 맥주 통, 투석기 각도를 중앙에 맞춰. 전갈석궁들은 불 붙인 창을 장전해서 내 명에 따라 쏜다." 그는 몰스타운 출신들을 가리켰다. "너, 너, 그리고 너, 횃불을 들고 옆에 서."

야인 궁수들이 전진하면서 화살을 쏘았다. 그들은 앞으로 질주하다가 멈추고 화살을 쏜 후 다시 10미터를 달렸다. 그 수가 워낙 많다 보니 허공에 계속 화살이 가득 찼고, 하나같이 닿지도 못하고 떨어져버렸다. '낭비야.' 존은 생각했다. '규율 부족이 드러나고 있어.' 자유민들이 쓰는 뿔과 나무로 만든 작은 활은 사정거리가 밤의 경비대가 쓰는 커다란 주목 활에 못 미쳤고, 야인들은 200미터 위에 있는 남자들을 맞히려 하고 있었다. "쏘게 내버려둬. 기다려. 그대로 유지." 형제들의 등 뒤로 망토가 펄럭였다. "바람이 마주 불고 있어서 사정거리가 줄어들 거다. 기다려." 더 가까이, 더 가까이. 가죽 피리가 울부짖고 북이 우르렁거렸고, 야인들의 화살이 파닥이며 떨어졌다.

"준비." 존은 자기 활을 들어 올려 화살을 귓가로 당겼다. 새틴도 똑같이 했고, 그렌도, 미련퉁이 오언도, 남는 장화도, 블랙잭 불워도, 아론과 엠릭도 똑같이 했다. 제이는 노궁을 어깨에 댔다. 존은 충차가 다가오는 모습을, 매머드들과 거인들이 양쪽에서 느릿느릿 움직이는 모습을 지켜보았다. 너무 작아 보여서 한 손에 잡고 으스러뜨릴 수 있을 것만 같았다. '내 손이 그렇게 크기만 하다면 말이지.' 그들이 죽음의 들판을 뚫고 전진했다. 야인들이 쿵쿵거리며 지나가자 죽은 매머드 사체에서 까마귀 백 마리가 날아올랐다. 좀 더 가까이, 좀 더 가까이…….

"발사!"

검은색 화살들이 깃털 날개를 단 뱀처럼 쉭쉭거리며 아래로 날아갔다. 존은 화살이 어디를 때리는지 보려고 기다리지 않았다. 첫 번째 화살이 시위를 떠나자마자 두 번째 화살에 손을 뻗었다. "준비, 조준, 발사." 화살이 날아가자마자 또 한 대를. "준비, 조준, 발사." 다시, 그리고 또 다시. 존은 트레뷰셋에 신호를 외치고, 삐걱거리는 소리와 묵직한 쿵 소리에 이어 백 개의 대못이 박힌 강철 마름쇠가 허공을 날아가는 소리를 들었다. "투석기, 전갈석궁. 궁수들, 자유로이 쏜다." 야인들의 화살은 이제 그들에게서 30미터쯤 아래 장벽을 때리고 있었다. 두 번째 거인이 빙글 돌면서 비틀거렸다. "준비, 조준, 발사." 존은 충차가 내팽개쳐지고, 충차를 밀던 거인들은 죽거나 죽어가고 있음을 보았다. "불화살." 그는 외쳤다. "저 충차를 불태워버려." 상처 입은 매머드들의 비명과 거인들의 우레 같은 외침이 북과 피리 소리와 뒤섞여서 불쾌한 음악을 연주했지만, 아직도 그의 궁수들은 다들 딕 폴라드처럼 귀가 들리지 않는 듯 화살을 쏘았다. 비록 예전 이 조직의 잔재일지는 몰라도 그들은 밤의 경비대 대원이거나, 그렇게 불려도 좋을 만큼 그에 가까운 사람들이었다. '그러니 저들은 지나가지 못해.'

매머드 한 마리가 광분해서 뛰어다니며 코로 야인들을 때려 부수고 발로 궁수들을 짓밟고 있었다. 존은 다시 한번 활시위를 당겼다가, 화살 하나를 그 매머드의 덥수룩한 등에 쏘아서 그 행동을 더 부추겼다. 동쪽과 서쪽에서는 야인 군대 양익이 저항 없이 장벽에 도착해 있었다. 전차들이 멈춰 서거나 방향을 돌리는 사이 기마병들은 솟아오른 얼음 절벽 아래를 목적 없이 돌아다녔다. "문 앞에!" 고함 소리가 올랐다. 남는 장화였을 것이다. "문 앞에 매머드!"

"불을." 존이 고함을 쳤다. "그렌, 핍."

그렌은 활을 옆으로 밀어놓고 기름이 든 나무통 하나를 낑낑대며 옆으로 누인 후 장벽 가장자리로 굴렸고, 핍은 나무통을 봉한 마개를 뽑고 천 조각을 꼬아 쑤셔 넣은 후에 횃불로 불을 붙였다. 그리고 둘이 같이 나무통을 밀었다. 나무통은 30미터를 내려가서 장벽을 때리고 터지면서 부서진 나뭇조각과 타는 기름을 허공에 퍼트렸다. 그때쯤에는 그렌이 두 번째 나무통을 가장자리로 굴리고 있었고, 맥주 통도 하나를 잡고 있었다. 핍이 두 통 모두 불을 붙였다. "맞혔어!" 새틴이 저러다가 떨어지겠다 싶을 정도로 멀리까지 고개를 내밀고 외쳤다. "맞혔어, 맞혔어, 맞혔다고!" 존은 불이 타오르는 소리를 들을 수 있었다. 불이 붙은 거인 하나가 비틀거리다가 바닥을 굴렀다.

그러더니 갑자기 매머드들이 달아나기 시작했고, 공포에 질린 나머지 연기와 불길로부터 도망쳐서 뒤에 있던 매머드들을 덮쳤다. 그것들도 뒤로 물러섰고, 그 뒤에 있던 거인들과 야인들이 앞다퉈 그 길에서 벗어나려 했다. 반 박자 만에 중앙군이 무너지고 있었다. 양익의 기마병들은 피해가 없었는데도 자기들이 버려진 것을 알고 같이 후퇴하기로 결정했다. 전차들도 무서운 모습을 보이고 시끄러운 소리를 낸 것 말고는 한 일이 없으면서 덜거덕덜거덕 물러났다. '무너질 때는 심하게 무너지는군.' 존 스노우는 그들이 물러나는 모습을 보면서 생각했다. 북소리도 다 멈춘 상태였다. '저 음악 소리가 어때, 만스? 도르네인의 아내 맛이 마음에 드나?' 존은 물었다. "누구 다친 사람 있어?"

"저 망할 것들이 내 다리를 맞혔어." 남는 장화가 화살을 뽑더니 머리 위로 흔들었다. "나무 의족을!"

군데군데에서 함성이 올랐다. 제이가 오언의 두 손을 잡고 빙글빙글 돌리더니 모두가 보는 앞에서 오랫동안 질척하게 입을 맞췄다. 그녀는 존에게도 입을 맞추려 들었지만, 그는 제이의 어깨를 잡고 부드럽지만 단호하게 밀어냈다. "안 돼." 그는 말했다. '입맞춤은 할 만큼 했어.' 갑자기 서 있기 힘들 만큼 지쳤고, 다리가 무릎부터 사타구니까지 끔찍이 아팠다. 그는 목발을 찾아 주위를 더듬었다. "핍, 나 좀 우리까지 부축해줘. 그렌, 장벽은 네가 맡아."

"내가?" 그렌이 말했다. "저 녀석이?" 핍이 말했다. 둘 중 누가 더 겁에 질린 목소리였는지 말하기 어려웠다. "그렇지만." 그렌이 더듬거리며 말했다. "그, 그렇지만 야인들이 다시 공격해오면 어떻게 해?"

"막아." 존이 말했다.

쇠 우리를 타고 내려가면서 핍이 투구를 벗고 이마를 닦았다. "땀이 얼어붙었네. 얼어붙은 땀만큼 역겨운 게 있을까?" 핍은 소리 내어 웃었다. "세상에, 이렇게 배가 고픈 적이 있었나 싶네. 들소 한 마리라도 통째로 먹을 수 있겠어. 홉이 우릴 위해 그렌을 요리해줄 것 같냐?" 그는 존의 얼굴을 보더니 미소를 잃었다. "왜 그래? 다리 때문에 그래?"

"내 다리." 존은 수긍했다. 그 말을 하는 데도 노력이 필요했다.

"그러면 전투 때문은 아닌 거지? 전투는 우리가 이겼어."

"그건 문을 본 다음에 물어봐." 존은 음울하게 대답했다. '난롯불을 쬐고, 뜨끈한 식사를 하고, 따뜻한 침대에 누워서 다리 통증을 멈춰줄 약을 먹고 싶어.' 그는 스스로에게 말했다. 하지만 우선은 터널을 확인하고 도날 노이가 어떻게 되었는지 알아내야 했다.

텐족과의 전투 이후에는 안쪽 문에서 얼음과 부서진 들보를 치우는 데에만 거의 하루가 걸렸었다. 그 잔해를 만스를 가로막는 또 다른 장애물 삼아서 그대로 내버려둘지를 두고 점박이 페이트와 맥주 통과 다른 건설자들 몇 명이 열띤 토론을 벌이기도 했다. 하지만 그건 터널 방어를 그만둔다는 뜻이 될 터였고, 노이는 받아들이지 않았다. 살인 구멍 안에 사람을 두고 내부 쇠살문마다 궁수와 창잡이를 두면 의지가 굳은 형제 몇 명만으로 백 배는 많은 야인들을 막아내고 그 시체로 길을 막을 수 있었다. 노이는 만스 레이더가 공짜로 얼음을 뚫고 들어오게 할 생각이 없었다. 그래서 그들은 곡괭이와 삽과 밧줄을 써서 부서진 계단을 치우고 다시 문까지 내려가는 길을 파냈다.

존이 차가운 쇠창살 옆에서 기다리는 동안 핍이 여벌 열쇠를 받으러 아에몬 학사에게 갔다. 놀랍게도 학사가 직접 핍과 함께 돌아왔고, 클라이다스도 등잔을 들고 따라왔다. "여기 일이 끝나면 날 보러 오거라." 핍이 열쇠

꾸러미를 들고 씨름하는 동안 노인은 존에게 말했다. "붕대를 갈고 새 습포를 붙여야 해. 그리고 통증을 다스릴 드림와인을 더 마시고 싶을 게다."

존은 힘없이 고개를 끄덕였다. 문이 열렸다. 핍이 앞장서 들어가고, 클라이다스와 등잔불이 그 뒤를 따랐다. 존은 아에몬 학사와 보조를 맞추는 데만도 온 힘을 다해야 했다. 사방에서 얼음이 바싹 조여왔고, 뼛속에 스미는 한기와 머리 위에 얹힌 장벽의 무게를 느낄 수 있었다. 마치 얼음 드래곤의 목 안으로 걸어 들어가는 느낌이었다. 터널이 방향을 틀고, 다시 틀었다. 핍이 두 번째 쇠창살의 자물쇠를 열었다. 그들은 더 걸어 들어가서 다시 방향을 바꾸고, 저 앞에 얼음을 뚫고 들어오는 희부연 빛을 보았다. '이건 나쁜데.' 존은 즉시 알았다. '아주 나빠.'

그때 핍이 말했다. "바닥에 피가 있어."

터널의 마지막 6미터가 그들이 싸우다가 죽은 곳이었다. 징을 박은 참나무로 만든 바깥문은 난도질을 당하고 부서지다가 결국에는 경첩에서 떨어지고 말았고, 거인 하나가 부서진 문을 비집고 기어 들어와 있었다. 등잔불이 우울한 붉은빛으로 그 소름 끼치는 장면을 비췄다. 핍은 속을 게워내느라 옆으로 몸을 돌렸고, 존은 아에몬 학사의 눈이 보이지 않는다는 사실을 부러워하고 있었다.

노이와 그의 병력은 안에서, 핍이 막 연 다른 두 문과 비슷한 무거운 쇠창살문 뒤에서 기다리고 있었다. 거인이 힘겹게 다가오자 노궁을 쥔 두 명이 십여 발의 화살을 쏘았고, 그 후에는 창잡이들이 앞으로 나가서 창살 사이로 찔러댄 게 분명했다. 그래도 거인은 힘이 남아서 팔을 뻗어 점박이 페이트의 머리를 비틀어 떼어내고, 쇠창살문을 움켜쥐고 뜯어냈다. 바닥에 망가진 사슬 고리들이 흩어져 있었다. '거인 하나. 이게 다 거인 하나가 한 짓이라니.'

"다 죽었나?" 아에몬 학사가 조용히 물었다.

"예. 도날이 마지막이었어요." 도날 노이의 장검은 거인의 목에 칼자루까지 파묻혀 있었다. 그 무기 장인은 존에게 정말 큰 덩치 같았는데, 거인의 육중한 두 팔 안에 갇혀서는 어린아이처럼 보였다. "거인이 도날의 척추를 으스러뜨렸어요. 누가 먼저 죽었는지 모르겠네요." 존은 잘 보려고 등잔을 받아서 좀 더 앞으로 나아갔다. "마그." '나는야 마지막 거인.' 이 상황에서 슬픔을 느낄 수도 있겠지만, 슬퍼할 시간이 없었다. "강대한 마그였네요. 거인들의 왕요."

태양이 간절해졌다. 터널 안은 너무 춥고 어두웠고, 피와 죽음의 악취에 질식할 것 같았다. 존은 등잔을 클라이다스에게 돌려주고, 시체 사이를 피하고 비틀린 쇠창살 사이를 빠져나가, 부서진 문 너머에 무엇이 있는지 보려고 햇빛을 향해 걸어갔다.

죽은 매머드의 거대한 사체가 앞을 반쯤 막고 있었다. 옆으로 빠져나가려다 매머드의 엄니에 걸려 망토가 찢어졌다. 바깥에는 거인이 세 명 더 쓰러져 있었는데, 돌과 눈 진창과 굳어버린 역청에 반쯤 묻혀 있었다. 불 때문에 장벽이 녹은 자리, 열 때문에 거대한 얼음장이 미끄러져 내려와서 시커멓게 탄 땅에 부딪쳐 부서진 자리를 볼 수 있었다. 그는 위를 올려다보았다. '여기에 서 있으면 어마어마해 보이지. 마치 날 으스러뜨릴 것처럼 보여.'

존은 다른 사람들이 기다리는 터널 안으로 돌아갔다. "바깥문을 최대한 수리한 후에 터널 이 부분을 막아야 해요. 돌무더기든, 얼음덩어리든 뭐로든요. 가능하다면 두 번째 문까지 다 막았으면 좋겠군요. 윈튼 경이 지휘권을 이어받아야 합니다. 마지막으로 남은 기사니까요. 그리고 윈튼 경이 당장 움직여야 해요. 거인들이 언제 돌아올지 몰라요. 윈튼 경에게—"

"윈튼 경에게 네가 뭘 할지 말거라." 아에몬 경이 조용히 말했다. "그러면 윈튼 경이 미소 지으며 고개를 끄덕이고 잊어버릴 게다. 30년 전에 윈튼 스타우트 경은 총사령관 투표에서 열몇 표 차이로 떨어졌지. 훌륭한 사령관이 됐을 거야. 10년 전이었어도 가능했을 게다. 이제는 아니야. 너도 도날만큼이나 잘 알지, 존."

사실이었다. "그렇다면 학사님이 지휘하세요." 존은 학사에게 말했다. "학사님은 평생 장벽에 계셨으니 다들 따를 겁니다. 저 문을 닫아야 해요."

"나는 사슬 목걸이를 걸고 서약을 한 학사다. 나는 섬기는 사람이야, 존. 우리는 조언을 하지, 지휘하지는 않아."

"누군가는 해야—"

"너다. 네가 이끌어야 해."

"안 돼요."

"된다, 존. 오래 이끌 필요는 없다. 수비군이 돌아올 때까지만이면 돼. 도날 노이가 널 선택했고, 그 전에는 반쪽 손 쿼린이 너를 선택했다. 모르몬트 총사령관이 너를 개인 집사로 삼았다. 너는 윈터펠의 아들이고, 벤젠 스타크의 조카다. 너 아니면 없어. 장벽은 네 책임이다, 존 스노우."

# 아리아

아리아는 매일 아침 깨어날 때마다 속에 뚫린 구멍을 느낄 수 있었다. 허기는 아니었다. 가끔 허기가 같이 있을 때도 있었지만. 그것은 텅 빈 자리, 심장이 있던 자리에 남은 빈 공간, 형제들이 살았고 부모님이 살았던 자리였다. 머리도 아팠다. 처음만큼 아프지는 않았지만 아직도 꽤 아팠다. 하지만 아리아는 그 아픔에 익숙해졌고, 최소한 부어오른 혹은 가라앉았다. 그래도 속에 뚫린 구멍은 그대로였다. '이 구멍은 영영 메워지지 않을 거야.' 아리아는 잘 때마다 스스로에게 말했다.

어떤 아침이면 아리아는 아예 깨어나고 싶지도 않았다. 눈을 꽉 감고 망토 속에 몸을 웅크린 채 억지로 다시 잠이 들려 했다. 사냥개가 아리아를 내버려두기만 했다면 낮이고 밤이고 계속 잤을 것이다.

그리고 꿈을 꾸었다. 꿈이 잠에서 가장 좋은 부분이었다. 아리아는 거의 매일 밤 늑대들 꿈을 꾸었다. 엄청난 규모의 늑대 무리로, 그녀가 우두머리였다. 그녀는 어느 늑대보다 몸집이 컸고, 강하고, 빠르고, 날랬다. 그녀는 말보다 빨리 달리고 사자와도 싸워 이길 수 있었다. 그녀가 이를 드러내면 수컷들도 달아났고, 그녀의 배는 오래 비어 있을 때가 없었으며, 바람이 차갑게 불어올 때면 털가죽이 따뜻하게 지켜주었다. 그리고 형제자매들이 같이 있었다. 무수히 많은 사납고 무시무시한 늑대들. 그 늑대들은 결코 그녀를 떠나지 않았다.

하지만 밤이 늑대들로 가득하다면 낮에는 개가 그 자리를 차지했다. 산도르 클리게인은 아리아가 원하든 원하지 않든 아침마다 일어나게 했다. 긁히는 목소리로 저주를 퍼붓거나, 일으켜 세워서 잡고 흔들었다. 한번은 투구에 찬물을 가득 담아서 아리아의 머리에 퍼붓기도 했다. 아리아는 식식거리고 몸을 떨며 튕겨 일어나서 그자를 걷어차려 했지만, 사냥개는 웃기만 했다. "몸 말리고 망할 말들에게 먹이 줘라." 그는 말했고, 아리아는 시키는 대로 했다.

그들에게는 이제 말이 두 마리였다. '이방인'과 밤색 승용마 암말이었는데, 아리아는 '비겁자'라고 이름 붙였다. 산도르가 그 말은 그들과 마찬가지로 트윈스에서 달아났을 거라고 했기 때문이다. 그들은 학살이 있은 다음 날 아침에 기수도 없이 들판을 헤매던 그 말을 발견했다. 충분히 좋은 말이었지만, 아리아는 겁쟁이를 사랑할 수 없었다. '이방인'이라면 싸웠을 것이다. 그래도 아리아는 최선을 다해 그 말을 돌봤다. 사냥개와 둘이서 한 마리를 타는 것보다는 나았다. 그리고 '비겁자'가 겁쟁이일지는 모르지만, 젊고 힘이 세기도 했다. 아리아는 필요해지면 그 말이 이방인보다 빨리 달릴 수 있을지 모른다고 생각했다.

사냥개는 이제 예전처럼 아리아를 엄중히 감시하지 않았다. 가끔은 아리아가 있는지 없는지조차 신경 쓰지 않는 것 같았고, 더는 밤에 망토 안에 묶어놓지도 않았다. '언젠가는 밤에 자고 있을 때 저놈을 죽여버릴 거야.' 그렇게 다짐했지만, 아리아는 그러지 않았다. '언젠가는 비겁자를 타고 달아나버릴 거야. 그러면 사냥개도 날 못 잡을 거야.' 그렇게 다짐했지만, 그러지도 않았다. 가면 어디로 간단 말인가? 윈터펠은 사라졌다. 외종조부가 리버런에 있기는 했지만 그 사람은 아리아를 몰랐고, 아리아도 그 사람을 몰랐다. 스몰우드 부인이 에이콘홀에 받아줄지도 모르지만, 받아주지 않을 수도 있었다. 게다가 아리아는 에이콘홀을 다시 찾을 수나 있을지 잘 알 수 없었다. 가끔은 샤나의 여관으로 돌아갈 수도 있다고 생각했다. 홍수에 여관이 쓸려 나가지만 않았다면…… 핫파이와 함께 머물 수도 있고, 거기 있으면 베릭 공이 아리아를 찾을 수도 있었다. 앤가이가 활 쏘는 방법을 가르쳐줄 테고, 젠드리와 함께 말을 타고 다니며 무법자가 될 수도 있을 것이다. 노래 속에 나오는 흰 사슴 웬다처럼.

하지만 그건 산사나 꿈꿨을 법한 멍청한 생각이었다. 핫파이와 젠드리는 기회가 오자마자 아리아 곁을 떠나버렸고, 베릭 공과 무법자들은 사냥개와 마찬가지로 아리아의 몸값을 받고 싶어 할 뿐이었다. 누구도 아리아를 곁에 두고 싶어 하지 않았다. '나랑 같은 무리가 아니었어. 핫파이와 젠드리도 아니었어. 같은 무리라고 생각한 게 멍청했지. 난 멍청한 꼬마 계집애일 뿐이야. 늑대도 아니야.'

그래서 아리아는 사냥개 곁에 머물렀다. 그들은 매일 말을 달렸고, 절대 같은 곳에서 두 번 자지 않았으며 도시와 마을과 성은 최대한 피했다. 한번은 산도르 클리게인에게 어디로 가는지 물었다. "멀리." 그는 대답했다. "네가 알아야 하는 건 그것뿐이야. 지금 넌 나에게 아무 가치도 없고, 네가 낑낑대는 소리를 듣고 싶지도 않아. 네가 그 망할 성안으로 뛰어들게 내버려뒀어야 하는 건데."

"그랬어야지." 아리아는 어머니를 생각하며 맞장구쳤다.

"그랬다면 넌 죽었을 거다. 나한테 고마워해야 해. 네 언니처럼 예쁘고 귀여운 노래라도 불러줘야지."

"언니도 도끼로 때렸어?"

"난 널 도끼를 눕혀서 쳤다. 이 멍청한 계집애야. 도끼날로 때렸다면 아직도 네 머리통이 그린포크를 떠내려가고 있겠지. 이제 그 망할 입 처다물어라. 내가 제정신이면 널 침묵의 자매들에게 줘버렸을 텐데. 그치들은 말이 너무 많은 여자애들의 혀를 자르거든."

온당한 말은 아니었다. 그때 한 번만 빼면 아리아는 거의 말을 하지 않았다. 둘 다 아무 말도 하지 않은 채 며칠이 지나가기도 했다. 아리아는 말을 하기엔 너무 텅 비어 있었고, 사냥개는 너무 화가 나 있었다. 아리아는 사냥개의 분노를 느낄 수 있었다. 얼굴에서도 볼 수 있었고, 입매에 힘이 들어가고 일그러지는 모양새나, 쳐다보는 눈빛에서 볼 수 있었다. 그는 불 피울 나무를 패려고 도끼를 잡을 때마다 차가운 격분에 빠졌고, 장작과 불쏘시개가 필요한 양의 스무 배는 나올 때까지 나무나 낙엽이나 나뭇가지를 두들겨 팼다. 가끔은 그 후에 지치고 몸이 쑤신 나머지 정작 불은 피우지도 않고 바로 누워 잠들어버리기도 했다. 아리아는 그럴 때가 싫었고, 사냥개도 싫었다. 도끼를 제일 오래 노려보는 것도 그런 밤이었다. '엄청 무거워 보이지만, 분명히 난 휘두를 수 있을 거야.' 그리고 도끼를 눕혀서 때릴 생각도 없었다.

때로는 헤매 다니다가 다른 사람들을 보기도 했다. 밭에 나와 있는 농부들, 돼지 치는 돼지치기들, 암소를 끌고 가는 젖 짜는 처녀, 편지를 가지고 바퀴자국 깊게 팬 길을 달리는 종자. 아리아는 누구에게도 말을 걸고 싶지 않았다. 그들은 어딘가 먼 곳에 살면서 이상하고 귀에 선 말로 말하는 것 같았다. 그들은 아리아와 아무 상관이 없었고, 아리아도 그들과 아무 상관이 없었다.

게다가 눈에 띄는 것은 안전하지 않았다. 이따금씩 기마병들이 구불구불한 농장 길을 지나다녔는데, 앞에 프레이의 쌍둥이 탑 깃발을 휘날렸다. "길 잃은 북부인들을 사냥하는 거다." 사냥개는 그들이 지나간 후에 말했다. "말발굽 소리가 들리면 얼른 고개를 숙여라. 친구일 리 없으니까."

어느 날 그들은 쓰러진 참나무 뿌리가 뽑히면서 남긴 구덩이 안에서 또다른 트윈스 생존자와 마주쳤다. 가슴에 붙은 휘장에는 비단 자락을 빙빙 돌리며 춤추는 분홍빛 처녀가 보였고, 그는 자신이 마크 파이퍼 경의 부하라고 했다. 활은 잃어버렸지만 궁수라고도 했다. 왼쪽 어깨와 팔 사이가 뒤틀리고 부어 있었다. 철퇴에 맞았다고, 어깨가 부러졌고 부서진 사슬 갑옷이 살 속 깊이 박혔다고 했다. "북부인이었어." 그는 울었다. "휘장은 피투성이 남자였고, 내 휘장을 보더니 뻘건 남자와 분홍 처녀라니 한데 맺어져야겠다는 농담을 던졌지. 나는 볼턴 경에게 건배했고 그놈은 마크 경에게 건배했고, 같이 에드무어 공과 로슬린 부인과 북부의 왕에게 건배하고 마시기도 했어. 그러고 나서 그놈이 날 죽였어." 그 말을 하는 두 눈이 열에 들떠 번득였다. 아리아는 그 말이 사실임을 알 수 있었다. 어깨가 기괴하게 부어올랐고, 고름과 피가 몸 왼쪽을 다 물들인 상태였다. 악취도 심했다. 시체 같은 냄새가 났다. 그 남자는 와인 한 모금만 달라고 애걸했다.

"와인이 있었으면 내가 마셨지." 사냥개가 말했다. "물은 줄 수 있다. 자비도 선물할 수 있고."

그 궁수는 오랫동안 사냥개를 보다가 말했다. "넌 조프리의 개로구나."

"이젠 혼자 다니는 개다. 물 마시고 싶나?"

"그래." 그 남자는 침을 삼켰다. "그리고 자비를 부탁한다. 제발."

그들은 조금 전에 작은 연못을 지나쳤다. 산도르가 투구를 주면서 물을 채워 오라고 했기에, 아리아는 터덜터덜 연못가로 돌아갔다. 장화 앞코에 진흙이 으깨졌다. 개 머리통 모양의 투구가 들통이었다. 물이 눈구멍으로 흘러나왔지만 투구 바닥만 해도 물이 많이 담겼다.

아리아가 돌아가자 궁수가 얼굴을 치켜들기에, 그 입에 물을 부어주었다. 궁수는 아리아가 쏟아붓는 속도만큼이나 빨리 물을 마셨고, 삼키지 못한 물은 뺨을 타고 흘러 구레나룻에 말라붙은 갈색 피를 적시다가 수염 끝에 연분홍색 눈물처럼 매달렸다. 물이 다 쏟아지자 궁수는 투구를 움켜쥐고 철을 핥았다. "좋군. 그래도 와인이었으면 좋았을 거야. 와인을 마시고 싶었어."

"나도다." 사냥개는 그 남자의 가슴에 상냥하기까지 한 태도로 단검을 찔러 넣었고, 몸무게를 실어서 전포와 고리 갑옷과 누비천을 뚫었다. 그는 단검을 빼내어 죽은 남자에게 닦고는 아리아를 쳐다보았다. "거기가 심장이 있는 곳이다. 사람을 죽이려면 이렇게 하는 거야."

'한 가지 방법이지.' "저 사람 묻을 거야?"

"뭐 하러?" 산도르가 말했다. "본인도 신경 쓰지 않았고, 삽도 없어. 늑대와 들개에게 남겨두지. 네 형제들과 내 형제들에게." 그는 냉엄하게 아리아를 보았다. "하지만 우선 저놈이 가진 것부터 턴다."

궁수의 지갑에는 은화 두 닢과 거의 서른 닢의 동화가 있었다. 단검 자루에는 예쁜 분홍색 돌이 박혀 있었다. 사냥개는 그 단검을 가늠해보더니 아리아 쪽으로 가볍게 던졌다. 아리아는 칼자루를 잡아채 허리띠에 찔러 넣고, 기분이 조금 나아졌다. '바늘'은 아니라도 무기였다. 죽은 남자에게는 화살통도 있었지만, 활 없는 화살은 별로 쓸모가 없었다. 그의 장화는 아리아에게는 너무 컸고 사냥개에게는 너무 작았기에 내버려뒀다. 아리아는 그 남자의 챙이 넓은 투구도 챙겼는데, 쓰면 코까지 내려와서 앞을 보기 위해 뒤로 젖혀야 했다. "말도 있었을 거다. 안 그랬다면 도망치지 못했겠지." 클리게인이 주위를 둘러보며 말했다. "하지만 벌써 달아나고 없겠지. 저놈이 여기 얼마나 있었는지 알 수가 있나."

달의 산맥 발치에 도착했을 무렵에는 비가 거의 그친 상태였다. 아리아는 태양과 달과 별들을 볼 줄 알았는데, 아무래도 그들이 동쪽을 향해 가고 있는 것 같았다. "우리 어디로 가는 거야?" 다시 물었다.

이번에는 사냥개도 답을 줬다. "네겐 이어리에 이모가 하나 있지. 그 여자가 네 앙상한 엉덩이에 몸값을 지불하고 싶어 할지도 몰라. 왜 그럴지는 신들도 모를 일이지만. 일단 하늘 가도를 찾아내서 그 길을 쭉 따라가면 피의 관문이다."

'라이사 이모.' 생각하자 텅 빈 기분이었다. 아리아가 원하는 건 어머니의 동생이 아니라 어머니였다. 어머니의 여동생이라니, 외종조부 검은 물고기만큼이나 알지 못하는 사람이었다. '그때 성으로 들어갔어야 해.' 그들은 어머니가 죽었는지, 롭이 죽었는지 제대로 알지 못했다. 어쨌든 죽는 모습도 그 무엇도 보지 못했다. 프레이 공이 그냥 인질로 잡았을 수도 있었다. 프레이가 두 사람을 사슬에 묶어서 지하감옥에 가뒀을 수도 있고, 조프리가 목을 칠 수 있게 두 사람을 끌고 킹스랜딩으로 가고 있을 수도 있었다. 모르는 일이었다. "우린 돌아가야 해." 아리아는 불쑥 결정했다. "트윈스로 돌아가서 어머니를 찾아야 해. 죽었을 리 없어. 우리가 구해야 해."

"머릿속에 노래만 들어찬 건 네 언니인 줄 알았는데." 사냥개가 으르렁댔다. "프레이가 몸값을 받으려고 네 어머니를 잡았을 수도 있다는 건 사실이다. 하지만 일곱 지옥에 걸고 나 혼자서 그 여자를 성에서 꺼낼 일은 절대로 없어."

"너 혼자가 아니야. 나도 갈 거야."

그는 웃음소리에 가까운 소리를 냈다. "그 늙은이가 겁먹어 지리겠군."

"넌 그냥 죽기가 무서운 것뿐이야!" 아리아는 경멸 조로 말했다.

이제 클리게인은 정말로 웃었다. "죽음은 무섭지 않다. 불만 무섭지. 이제 입 다물어라, 안 그러면 내가 직접 네 혀를 잘라서 침묵의 자매들이 할 일을 덜어주마. 우린 협곡으로 간다."

아리아는 그가 정말로 혀를 자를 거라 생각하지 않았다. '벌건 눈'이 죽도록 때리겠다고 말하던 것과 비슷하게 말뿐이었다. 그렇다곤 해도 시험해 볼 생각은 없었다. 산도르 클리게인은 벌건 눈이 아니었다. 벌건 눈은 사람을 반토막 내거나 도끼로 때리지 않았다. 도끼를 눕혀서라도 말이다.

그날 밤에 아리아는 어머니를 생각하면서 잠들었고, 자고 있을 때 사냥개를 죽이고 캐틀린 부인을 직접 구하러 가야 할까 생각했다. 눈을 감자 눈 안쪽에 어머니의 얼굴이 보였다. '냄새를 맡을 수 있을 만큼 가까워……'

……그리고 냄새를 맡을 수 있었다. 그 냄새는 다른 냄새들, 이끼와 진흙과 물 냄새며 썩어가는 갈대와 썩어가는 인간들의 악취 속에서 희미하게 다가왔다. 그녀는 천천히 푹신한 땅을 밟아 강가로 가서 물을 핥아 먹고는, 고개를 들어 냄새를 맡았다. 하늘은 잿빛으로 구름이 심했고, 강은 초록색이었으며 부유물이 가득했다. 죽은 인간들이 얕은 물을 막았고, 몇 구는 물에 밀려 아직까지 움직였으며 몇 구는 강둑으로 밀려 올라왔다. 그녀의 형제자매들이 몰려들어 무르익은 풍성한 살점을 뜯고 있었다.

까마귀들도 있어서 늑대들을 보고 소리를 지르고 퍼드덕대며 하늘을 메웠다. 죽은 인간보다는 까마귀들의 피가 더 뜨거웠기에, 그녀의 자매 하나가 날아오르는 까마귀 한 마리에게 달려들어 날개를 물었다. 그 모습을 보니 그녀도 까마귀를 잡고 싶어졌다. 까마귀의 피를 맛보고, 잇새에서 부서지는 뼈 소리를 듣고, 차가운 살이 아니라 따뜻한 살로 배를 채우고 싶어졌다. 그녀는 배가 고팠다. 사방에 고기가 널려 있었지만 그걸 먹을 순 없었다.

그 냄새가 더 강해졌다. 그녀는 귀를 쫑긋 세우고 무리의 낮은 그르렁거림에, 성난 까마귀들의 새된 울음소리에, 날개가 윙윙대는 소리와 흐르는 물소리에 귀를 기울였다. 어딘가 먼 곳에서 말발굽 소리와 산 사람들의 외침이 들렸지만, 중요한 건 그들이 아니었다. 중요한 건 그 냄새뿐이었다. 그녀는 다시 허공을 쿵쿵거렸다. 그 냄새가 거기 있었고, 이제는 보이기도 했다. 희끄무레한 하얀 것이 강을 따라 흘러가다가 나뭇가지를 스치면서 뒤집혔다. 그 앞에서 갈대들이 고개를 숙였다.

그녀는 첨벙거리면서 얕은 물을 헤치고 더 깊은 물속으로 뛰어들어 다리를 휘저었다. 물살이 강했지만 그녀는 더 강했다. 그녀는 코의 인도에 따라 헤엄쳤다. 강에서 풍기는 냄새들은 축축하고 풍성했지만, 그 냄새들은 그녀를 끌어당기지 않았다. 그녀는 차게 식은 피가 내놓는 강렬한 붉은 속삭임, 죽음이 풍기는 달콤하고 역겨운 악취를 따라 발을 휘저었다. 숲속에서 붉은 사슴을 뒤쫓다가 결국에는 쓰러뜨릴 때처럼 그 냄새를 쫓아가서 턱으로 그 희끄무레한 팔을 잡았다. 턱을 흔들어서 움직여보려고 했지만, 입안에는 죽음과 피밖에 없었다. 이제는 그녀도 지쳤고, 고작해야 그 몸뚱이를 끌고 물가로 돌아가는 게 다였다. 그녀가 그 몸뚱이를 진흙투성이 강둑으로 끌고 올라가자 어린 형제 하나가 혀를 길게 빼물고 다가왔다. 형제가 배를 채우지 않도록 그녀가 이를 드러내고 쫓아야 했다. 그런 다음에야 그녀는 멈춰 서서 털에 묻은 물을 털었다. 그 하얀 몸뚱이는 얼굴을 아래로 하고 진흙 속에 엎드려 있었고, 죽은 살은 주름지고 창백했으며, 목에서 차가운 피가 흘러내렸다. '일어나.' 그녀는 생각했다. '일어나서 우리와 같이 먹고 달려.'

그녀는 말들이 오는 소리에 고개를 돌렸다. '인간.' 바람이 불어 가는 쪽에서 다가와서 아직까지 냄새를 맡지 못했는데, 가까이에 있었다. 검은색과 노란색과 분홍색 날개를 퍼덕이고 손에는 길고 반짝이는 발톱을 들고 말을 탄 인간들이었다. 어린 형제들 몇이 찾아낸 음식을 지키려고 이를 드러냈지만, 그녀는 딱딱거리며 형제들을 흩어놓았다. 그게 야생의 방식이었다. 사슴과 토끼와 까마귀는 늑대들 앞에서 도망치고, 늑대들은 인간들 앞에서 도망쳤다. 그녀는 물속에서 끌고 나온 차갑고 하얀 상품을 진흙 속에 버려두고 달아나면서도 부끄러움을 느끼지 않았다.

아침이 왔을 때, 사냥개는 아리아에게 소리를 지르거나 흔들어서 깨울 필요가 없었다. 아리아가 먼저 깨어나서 옷을 갈아입고, 말들에게 물까지 준 상태였다. 침묵 속에서 아침을 먹다가 산도르가 말했다. "네 어머니 얘기 말인데……."

"그럴 필요 없어." 아리아가 흐린 목소리로 말했다. "어머니가 죽은 걸 알아. 꿈속에서 봤어."

사냥개는 오랫동안 바라보다가 고개를 끄덕였다. 더 할 말은 없었다. 그들은 산맥을 향해 말을 달렸다.

더 높은 곳으로 올라가자 회녹색 파수목과 키가 크고 푸르른 병정 소나무에 둘러싸인 작고 고립된 마을이 나왔다. 클리게인은 위험을 감수하고 그 마을에 들어가기로 했다. "식량이 필요해. 지붕 밑에서 자기도 해야 하고. 여기라면 트윈스에서 무슨 일이 일어났는지 모를 테고, 운이 따른다면 내가 누군지도 모를 거다."

마을 사람들은 집들 주위에 나무 울타리를 세우고 있었는데, 사냥개의 넓은 어깨를 보더니 식량과 쉴 곳과 심지어는 일한 대가로 돈까지 주겠다고 제안했다. "와인도 있다면 하지." 그는 으르렁거렸고, 결국 맥주로 만족해서 매일 밤 잠들 때까지 마셔댔다.

하지만 아리아를 어린 부인에게 팔겠다는 꿈은 그 산지에서 죽어버렸다. 마을 장로가 말했다. "더 올라가면 서리가 내리고 높은 고갯길엔 눈이 온다오. 얼어 죽거나 굶어 죽지 않으면 그림자삵이나 동굴곰에게 잡힐 거요. 산악민들도 있지. 불탄 남자는 애꾸눈 티멧이 전쟁터에서 돌아온 이후로 두려움을 몰라. 그리고 반년 전에는 군의 아들 군터가 돌까마귀 부족을 이끌고 여기에서 십몇 킬로미터 떨어진 마을에 내려왔지. 여자와 곡식은 모조리 빼앗고 남자들은 절반을 죽였네. 지금 그놈들에겐 질 좋은 강철 검과 쇠사슬 갑옷이 있고, 하늘 가도를 감시하고 있다네. 돌까마귀, 우유뱀, 안개의 아들들 할 것 없이 전부 다. 자네라면 몇 놈쯤은 잡을 수 있겠지만,

결국에는 놈들이 자넬 죽이고 딸을 잡아갈 거야.”

'난 이자의 딸이 아니야.' 아리아도 너무 지친 기분만 아니었다면 그렇게 외쳤을지 모른다. 이제 아리아는 누구의 딸도 아니었다. 아무도 아니었다. 아리아도, 족제비도, 낸이나 아리나 비둘기 고기도, 혹 머리도 아니었다. 그저 낮에는 한 마리 개와 함께 도망을 치고, 밤에는 늑대들 꿈을 꾸는 소녀일 뿐이었다.

마을 안은 조용했다. 그들은 이가 들끓지 않는 지푸라기 침대를 받았으며, 음식은 평범하지만 배불렀고, 공기에서는 소나무 냄새가 났다. 그래도 아리아는 곧 그 마을이 싫어졌다. 마을 사람들은 겁쟁이였다. 사냥개의 얼굴을 오래 보기는커녕 쳐다보는 사람조차 없었다. 여자들 중에는 아리아에게 드레스를 입히고 바느질을 시키려는 사람이 있었지만, 그들은 스몰우드 부인이 아니었고 아리아는 받아들이지 않았다. 그리고 아리아를 따라다니는 여자애가 하나 있었는데, 마을 장로의 딸이었다. 나이는 아리아와 비슷했지만 어린아이였다. 무릎이 까지면 울었고, 바보 같은 헝겊 인형을 가는 데마다 들고 다녔다. 중장병 비슷하게 만든 인형이라서 그 여자애는 인형을 '병정 경'이라고 부르고 자기를 어떻게 지켜주는지에 대해 허풍을 떨었다. “꺼져.” 아리아는 50번째로 말했다. “나 좀 내버려둬.” 하지만 그 여자애가 말을 듣지 않았기에, 결국 아리아는 인형을 빼앗아서 찢어버리고 손가락을 밀어 넣어 배 속에 채운 걸레를 끄집어냈다. “이제 진짜 병정 같아 보이네!” 아리아는 그렇게 말하고 인형을 개울에 던져버렸다. 그 후에 그 여자애는 귀찮게 굴기를 그만뒀고, 아리아는 비겁자와 이방인을 솔질하거나 숲속을 걸으면서 하루하루를 보냈다. 때로는 막대기를 찾아서 '바느질' 연습을 하기도 했지만, 그러다가 트윈스에서 일어난 일이 떠오르면 막대기가 부러질 때까지 나무를 때렸다.

“여기 한동안 머물러야 할지도 모르겠다.” 2주가 지나서 사냥개가 말했다. 그는 에일에 취해 있었지만, 졸기보다는 생각하고 있었다. "이어리에는 절대 못 갈 테고, 강역에선 프레이가 아직도 생존자를 사냥하고 있을 거다. 여기는 산악민들의 습격이 있으니 검 쓰는 사람이 필요할 거야. 좀 쉬면서 네 이모에게 편지를 보낼 방법을 찾을 수도 있겠지." 그 말을 듣자 아리아의 얼굴이 어두워졌다. 아리아는 여기 머물고 싶지 않았지만, 갈 곳도 없었다. 다음 날 아침, 사냥개가 나무를 베고 통나무를 옮기러 나가자 아리아는 침대에 다시 기어들었다.

하지만 그 일이 끝나고 높은 나무 말뚝 울타리가 완성되자 마을 장로는 그들이 있을 자리가 없다는 사실을 분명하게 밝혔다. "겨울이 오면 우리 마을 사람들 먹이기도 빡빡해질 걸세." 장로가 설명했다. "그리고 자네는…… 자네 같은 남자는 피를 부르지."

산도르의 입매에 힘이 들어갔다. "그러니까 내가 누군지 알고 있군."

"그래. 여기에 여행자들이 오지 않는 건 사실이지만, 우리도 장터에 가고 축제에 간다네. 조프리 왕의 개에 대해서는 알지."

"그 돌까마귀 놈들이 몰려오면 개가 한 마리 있는 게 기뻐질 수도 있어."

"그럴 수도 있겠지." 그 남자는 머뭇거리다가 용기를 끌어모았다. "하지만 다들 하는 말이 자네는 블랙워터에서 싸움에 입맛을 잃었다더군. 사람들 말이—"

"뭐라고들 하는지는 알아." 산도르의 목소리는 나무 톱 두 개를 서로 가는 소리 같았다. "일한 돈을 지불하면 떠나주지."

마을을 떠났을 때 사냥개에게는 동화가 가득한 지갑과 시큼한 에일 한 부대, 그리고 새 장검이 있었다. 사실대로 말하자면 아주 오래된 장검이었지만, 그에게는 새것이었다. 그는 트윈스에서 빼앗은 긴 자루 도끼, 아리아의 머리에 혹을 낸 그 도끼와 장검을 맞바꿨다. 에일은 하루도 지나지 않아 사라졌지만, 클리게인은 매일 밤 그 검을 갈면서 홈 하나, 녹슨 자국 하나마다 장검 주인을 욕했다. '싸울 마음을 잃었다면 왜 장검이 날카로운지 아닌지에 신경을 쓰겠어?' 아리아라도 감히 묻지 못할 질문이었지만, 생각은 많이 했다. 사냥개가 트윈스에서 달아나고 아리아를 데려온 게 그래서였을까?

강역으로 돌아가보니 빗물이 빠지고 범람한 물도 줄어들기 시작한 상태였다. 사냥개는 남쪽으로 방향을 틀어 트라이던트로 돌아가기 시작했다. "리버런으로 간다." 그는 자기가 죽인 산토끼를 구우면서 아리아에게 말했다. "검은 물고기가 암늑대를 사고 싶어 할지도 몰라."

"그 사람은 날 몰라. 내가 진짜 나라는 것도 몰라볼걸." 아리아는 리버런으로 가는 데 지쳤다. 몇 년이나 리버런으로 가려고 가려고 하다가 가지 못하고 있는 기분이었다. 리버런으로 갈 때마다 엉뚱한 곳에 떨어졌다. "너에게 몸값을 주지도 않을 거야. 그냥 네 목을 매달지도 몰라."

"시도는 자유지." 그는 꼬챙이를 돌렸다.

'싸울 배짱을 잃은 사람처럼 말하진 않는데.' "내가 갈 만한 곳을 알아." 아리아가 말했다. 아직 형제가 하나 남아 있었다. '다른 사람은 아무도 원치 않는다 해도, 존은 날 원할 거야. '동생아'라고 부르고 내 머리를 헝클어뜨릴 거야.' 하지만 먼 길이었고, 혼자서 거기까지 갈 수 있을 것 같지 않았다. 아리아 혼자서는 리버런조차 갈 수 없었다. "우린 장벽으로 갈 수 있어."

산도르의 웃음소리는 반쯤 으르렁대는 소리였다. "어린 늑대 계집애가 밤의 경비대에 들어가고 싶나 보지?"

"오빠가 장벽에 있어." 아리아는 고집스럽게 말했다.

산도르의 입매가 비틀렸다. "장벽은 여기에서 만 리는 떨어져 있다. 넥 지역까지만 가려고 해도 망할 프레이와 싸워서 뚫고 가야 해. 넥에는 매일 아침 식사로 늑대를 잡아먹는 도마뱀사자들이 있지. 그리고 설령 멀쩡한 몸으로 북부에 도착한다 해도, 거기 성들 가운데 절반에는 강철인들이 있을 테고 치사한 북부인들도 수천은 있을 거다."

"그자들이 겁나?" 아리아가 물었다. "정말로 싸움에 입맛을 잃은 거야?"

순간 아리아는 산도르가 때릴 줄 알았다. 하지만 그때쯤에는 토끼 고기가 갈색이 되어 껍질이 타닥거리며 요리 불에 기름을 뚝뚝 떨어뜨리고 있었다. 산도르는 토끼를 꼬챙이에서 빼내어 커다란 두 손으로 찢더니 반쪽을 아리아의 무릎에 던졌다. "내 입맛엔 아무 문제도 없다." 그는 다리를 뜯으며 말했다. "하지만 너나 네 오빠는 내 알 바 아니야. 나에게도 형제가 하나 있지."

# 티리온

"티리온." 케반 라니스터 경은 피곤하다는 듯 말했다. "정말로 네가 조프리의 죽음에 대해 결백하다면, 재판에서 그 사실을 증명하기는 어렵지 않을 거다."

티리온은 창가에서 몸을 돌렸다. "누가 재판하는데요?"

"심판은 왕좌의 몫. 왕은 죽었지만 네 아버지가 아직 수관이다. 본인의 아들이 고발당했고 손자가 피해자였기 때문에, 티렐 공과 오베린 공자에게 함께 판결석에 앉자고 청했다."

티리온은 별로 안심이 되지 않았다. 메이스 티렐은 짧은 기간이나마 조프리의 장인이었고, 붉은 독사는…… 흠, 뱀이었다. "결투 재판을 요청해도 될까요?"

"나는 권하지 않겠다."

"왜요?" 협곡에서는 결투 재판이 그를 살렸는데, 왜 여기서는 안 된단 말인가? "대답해주세요, 숙부님. 제가 결투 재판과, 제 결백을 증명할 대전사를 허락받을 수 있을까요?"

"정말 그걸 원한다면야 물론이지. 하지만 그런 재판이 일어날 경우에는 네 누이가 그레고르 클리게인 경을 대전사로 지명할 작정이라는 걸 알아 두는 게 좋겠구나."

'내가 뭘 해보기도 전에 내 수를 가로막는군. 케틀블랙을 고르지 않다 니 안타까운데.' 케틀블랙 삼형제라면 브론이 셋 중 누구든 쉽게 해치우겠 지만, 달리는 산더미는 완전히 다른 이야기였다. "내일까지 생각해봐야겠 군요." '브론과 이야기를 해야 해. 곧.' 이 일에 돈이 얼마나 들지는 생각하고 싶지 않았다. 브론은 제 몸뚱이의 가치를 아주 높게 잡고 있었다. "세르세 이에게 제 반대편 증인이 있나요?"

"매일 더 늘어나지."

"그렇다면 저도 증인을 찾아야겠군요."

"누굴 세울지 말해주면 아담 경이 경비대를 보내 재판에 데려올 거다."

"그보다는 제가 직접 찾고 싶은데요."

"너는 국왕 시해자이자 친족 살해자로 고발당했다. 정말로 너 좋을 대로 오가게 해줄 거라 생각하느냐?" 케반 경은 탁자 쪽으로 손을 내저었다. "너 에게는 펜과 잉크, 양피지가 있다. 네가 요청할 증인들의 이름을 적으면, 내 가 힘닿는 대로 데려오마. 라니스터의 이름을 걸고 약속한다. 하지만 너는 재판을 갈 때가 아니면 이 탑을 떠날 수 없어."

티리온은 애걸복걸로 품위를 떨어뜨리지 않았다. "제 종자라도 오가게 해주시겠습니까? 포드릭 페인이라는 아이인데요."

"그걸 원한다면야. 보내주마."

"그래주십시오. 빠르면 빠를수록 좋고, 지금이면 더 좋습니다." 그는 뒤뚱 뒤뚱 탁자로 걸어갔다. 하지만 문이 열리는 소리를 들었을 때 티리온은 돌 아보고 말했다. "숙부님?"

케반 경이 멈칫했다. "그래."

"제가 한 짓이 아닙니다."

"나도 그 말을 믿을 수 있었으면 좋겠다, 티리온."

문이 닫히자 티리온 라니스터는 의자에 앉아서 펜을 갈고, 텅 빈 양피지를 끌어당겼다. '누가 나를 위해 발언을 할까?' 그는 잉크병에 펜을 담갔다.

잠시 후에 포드릭 페인이 나타났을 때에도 그 종이는 여전히 깨끗했다. "나리." 포드가 말했다.

티리온은 펜을 내려놓았다. "즉시 브론을 찾아서 데려와라. 금이 걸렸다고, 꿈도 못 꿔본 금이라고 하고, 브론 없이는 올 생각도 하지 마."

"예, 나리. 그게, 그러니까, 브론 없이는 안 오겠습니다." 포드가 나갔다.

포드는 해가 질 때까지도, 달이 뜰 때까지도 돌아오지 않았다. 티리온은 창가 자리에서 잠들었다가 새벽에 뻣뻣하고 쑤시는 몸으로 깨어났다. 하인이 아침 식사로 포리지와 사과, 에일 한 잔을 가져왔다. 그는 탁자에서 텅 빈 양피지를 앞에 놓고 먹었다. 한 시간 후에 하인이 그릇을 가지러 돌아왔다. "내 종자를 못 봤나?" 티리온이 묻자 하인은 고개만 저었다.

그는 한숨을 내쉬며 탁자로 돌아가서 펜을 다시 적셨다. '산사.' 그는 양피지에 적었다. 그리고 이를 아프도록 악문 채 그 이름을 가만히 바라보았다.

조프리가 그냥 음식 조각이 목에 걸려서 죽은 게 아니라면, 티리온조차 받아들이기 힘들지만 산사가 독살했다고 볼 수밖에 없었다. 조프리는 자기 잔을 산사의 무릎 위에 내려놓은 셈이었고, 죽이고 싶을 만한 이유도 많이 선사했다. 산사가 사라지자 티리온이 품었을 어떤 의구심도 사라져버렸다. '한 몸, 한 마음, 한 영혼.' 티리온의 입이 일그러졌다. '그 서약이 어느 정도 의미가 있었는지 빨리도 증명했군, 그렇지 않아? 흠, 뭘 기대했어, 난쟁이?'

그렇다 해도…… 산사가 그 독을 어디에서 구했을까? 그 소녀가 이런 일을 혼자 했다고는 믿을 수 없었다. '내가 정말 산사를 찾고 싶은 걸까?' 재판관들이 정말로 티리온의 어린 신부가 남편이 알지도 못하는 채로 왕을 독살했다고 믿을까? '나라면 안 믿겠지.' 세르세이는 두 사람이 같이 한 짓이라고 주장할 터였다.

그래도 그는 다음 날 숙부에게 양피지를 넘겼다. 케반 경은 찌푸린 얼굴로 그 종이를 보았다. "산사 부인이 네 유일한 증인이냐?"

"다른 증인은 조만간 생각할게요."

"당장 생각하는 게 좋을 거다. 재판관들은 사흘 후에 재판을 시작할 작정이야."

"그건 너무 이른데요. 전 여기 경비병들을 두고 갇혀 있는데, 어떻게 제가 결백하다는 증인을 찾는단 말입니까?"

"네 누이는 네가 유죄라는 증인들을 아주 쉽게 찾았어." 케반 경은 양피지를 말았다. "아담 경이 부하들을 보내 네 아내를 쫓고 있다. 바리스는 산사가 어디 있는지 알려주면 은화 백 닢을, 본인을 데려오면 금화 백 닢을 주겠다고 내걸었다. 그 아이를 찾을 수만 있다면 찾아낼 것이고, 내가 직접 네게 데려오겠다. 남편과 아내가 같은 감옥을 쓰면서 서로에게 위안을 줘서 나쁠 건 없지."

"정말 친절하시네요. 제 종자는 보셨습니까?"

"어제 너에게 보냈을 텐데. 오지 않았더냐?"

"오긴 왔지요." 티리온은 인정했다. "그다음에 다시 나갔어요."

"다시 보내주마."

하지만 포드릭 페인이 돌아온 것은 다음 날 아침이었다. 포드는 얼굴에 두려움이 가득한 채 머뭇머뭇 방 안으로 들어왔다. 브론이 뒤따라왔다. 용병 기사는 은징이 박힌 가죽조끼를 입고 묵직한 승마용 망토를 둘렀으며, 검대에 장식이 훌륭한 가죽 장갑을 끼운 모습이었다.

티리온은 브론의 얼굴을 보자마자 배 속이 울렁거리는 느낌이었다. "오래도 걸렸군."

"이 녀석이 애걸해서 왔지, 아예 안 오려고 했소. 저녁을 먹으러 스토크워스 성에 가봐야 하거든."

"스토크워스?" 티리온은 침대에서 뛰어 일어났다. "스토크워스에 자네가 갈 이유가 뭐지?"

"신부요." 브론은 놓친 양을 생각하는 늑대처럼 미소 지었다. "난 모레 롤리스와 결혼한다오."

"롤리스라." '완벽하군, 빌어먹게 완벽해.' 탠다 부인의 모자란 딸은 기사 남편 겸 배 속에 든 사생아의 아버지 비슷한 존재를 얻고, 블랙워터의 브론 경은 한 계단 더 상승한다. 세르세이의 흔적이 가득 묻은 계획이었다. "내 못된 누이가 자네에게 다리 저는 말을 팔았군. 그 여자는 머리가 모자라."

"머리가 좋은 상대를 원했다면 댁과 결혼했겠지."

"롤리스는 다른 남자의 아이를 배고 있어."

"그 아이를 낳고 나면 내 아이를 배게 할 거요."

"롤리스는 스토크워스의 후계자도 아니야." 티리온이 지적했다. "언니가 있지. 팔리스라고, 결혼한 언니."

"결혼한 지 10년인데 아직 불임이죠." 브론이 말했다. "그 여자 남편이 잠자리를 피한다나. 숫처녀를 더 좋아한다네요."

"염소를 더 좋아한다 해도 상관없어. 그래도 탠다 부인이 죽으면 영지는 그 여자에게 넘어가."

"팔리스가 어머니보다 일찍 죽는다면 또 다르죠."

티리온은 세르세이가 탠다 부인에게 어떤 뱀을 내주었는지 알고 있을까 궁금했다. 그리고 안다면 상관이나 할까? "그러면 여긴 왜 온 건가?"

브론은 어깨를 으쓱했다. "언젠가 나보고 그랬죠. 누군가가 당신을 팔아넘기라고 하면, 당신은 값을 두 배로 쳐주겠다고."

'그랬지.' "두 아내를 원하나, 두 성을 원하나?"

"아내와 성은 하나씩이면 돼요. 하지만 내가 그레고르 클리게인을 죽여주길 원한다면 빌어먹게 큰 성이여야겠지요."

칠왕국에는 신분 높은 처녀가 잔뜩 있었지만, 왕국에서 가장 나이가 많고 가난하며 못생긴 노처녀라 해도 브론 같은 천한 쓰레기와 결혼하라고 하면 주저할 것이다. 몸도 물렁하고 머리도 물렁한 데다 50번을 강간당해서 아비 없는 아이를 배고 있지 않은 한 말이다. 탠다 부인은 롤리스에게 남편을 찾아주는 데 너무 절박한 나머지 티리온에게도 구혼한 적이 있었고, 그것도 심지어 킹스랜딩의 절반이 그 여자를 강간하기 전 이야기였다. 세르세이가 어떻게든 그 제안에 설탕을 친 게 분명했고, 브론은 이제 기사이기도 하니 한미한 가문의 둘째 딸에게는 어울리는 남편감이었다.

"당장은 불행히도 성과 귀족 처녀 둘 다 부족하군." 티리온은 인정했다. "하지만 전처럼 황금과 감사의 마음은 제공할 수 있네."

"금은 있소. 감사하는 마음으로 내가 뭘 살 수 있지?"

"놀랄지도 몰라. 라니스터는 꼭 빚을 갚거든."

"당신 누이도 라니스터요."

"내 부인은 윈터펠의 후계자야. 내가 머리통이 멀쩡하게 붙은 채로 이 방을 나가게 되면, 언젠가는 부인의 이름으로 북부를 통치할 수 있어. 그중에 큰 조각을 떼어줄 수도 있고."

"만약에 미래에 그럴 수도 있다……." 브론이 말했다. "게다가 그 위는 빌어먹게 춥지요. 롤리스는 부드럽고 따뜻하고 가까워요. 앞으로 이틀 후면 그 여자를 찔러댈 수 있어요."

"나 같으면 그런 전망을 그리 좋아하진 않겠어."

"그렇소?" 브론이 씩 웃었다. "인정하쇼, 꼬마 악마. 롤리스랑 뒹구는 것과 산더미와 싸우는 것 사이에서 고르라면, 댁은 누가 눈 한 번 깜짝하기도 전에 바지를 내리고 자지를 꺼낼걸."

'저놈은 날 너무 잘 알아.' 티리온은 다른 전략을 시도해보았다. "그레고르 경은 레드포크에서 부상을 입었고, 더스큰데일에서도 다쳤다고 들었어. 부상 때문에 느려졌을 거야."

브론은 짜증 내는 얼굴이었다. "애초에 빨랐던 적도 없지. 그저 괴물같이 크고 괴물같이 힘이 셀 뿐. 장담하는데 그 몸집의 남자치고는 빠를 거요. 팔은 괴물같이 길고, 맞아도 보통 사람처럼 타격을 느끼는 것 같지가 않아."

"그놈이 그렇게 무섭나?" 티리온은 브론을 도발하려고 물었다.

"그놈에게 겁을 먹지 않는다면 내가 망할 바보겠지요." 브론이 어깨를 으쓱였다. "어쩌면 내가 잡을 수도 있겠지. 그놈이 나에게 검을 휘두르다가 너무 지쳐서 검을 들어 올리지도 못할 때까지 춤을 추며 피해 다니는 거요. 어떻게든 그놈을 쓰러뜨리고. 드러누우면 아무리 키가 커도 상관이 없거든. 그렇다 쳐도 불확실해요. 한 발만 잘못 디디면 난 죽는 거요. 내가 왜 그런 위험을 무릅써야 하지? 내가 댁을 상당히 좋아하긴 해요, 못생기고 작은 잡종 양반……. 하지만 당신의 싸움에 내가 나서면, 어느 쪽이 되든 난 지는 거요. 산더미가 내 내장을 파내거나, 아니면 내가 그놈을 죽이고 대신 스토크워스를 잃겠지. 난 내 검을 돈 받고 팔지, 던져버리진 않소. 난 당신의 망할 형제가 아니야."

"그렇지." 티리온은 서글프게 말했다. "자넨 내 형제가 아니야." 그는 한 손을 내저었다. "그렇다면 가보게. 스토크워스와 롤리스 아가씨에게 달려가 봐. 자네는 결혼 침대에서 나보다 즐거움을 누리길 비네."

브론은 문 앞에서 머뭇거렸다. "어쩔 거요, 꼬마 악마?"

"그레고르를 내가 직접 죽여야지. 그거 끝내주는 노래가 되지 않겠나?"

"사람들이 그 노래를 부르는 걸 듣고 싶구만." 브론은 마지막으로 히죽 웃더니 문밖으로, 성 밖으로, 티리온의 인생 밖으로 걸어 나갔다.

포드가 어색하게 발을 끌었다. "죄송합니다."

"왜? 브론이 속이 시커멓고 오만한 악당인 게 네 잘못이냐? 브론은 언제나 속이 시커멓고 오만한 악당이었어. 나도 그 점을 좋아했고." 티리온은 와인을 한 잔 따라서 창가 자리로 갔다. 바깥 날씨는 흐리고 비가 왔지만, 그래도 티리온의 전망보다는 쾌적했다. 샤가를 찾아오라고 포드릭 페인을 보낼 수도 있을 테지만, 왕의 숲 깊은 곳에는 무법자들이 몇십 년씩 잡히지 않고 피해 다닐 만큼 숨을 곳이 많았다. '그리고 포드는 가끔 치즈를 가져오라고 보낸 부엌도 찾기 힘들어하지.' 티멧의 아들 티멧은 지금쯤 달의 산맥으로 돌아갔을 것이다. 그리고 브론에게 말은 그렇게 했지만, 그레고르 클리게인 경에게 직접 맞선다는 것은 조프리가 꾸민 마상 시합을 벌이던 난쟁이들보다 더 엄청난 웃음거리일 터였다. 티리온은 요란한 웃음소리를 들으면서 죽고 싶지 않았다. '결투 재판은 글렀군.'

케반 경은 그날 늦게 다시 들렀고, 그다음 날에도 찾아왔다. 숙부는 산사를 찾지 못했다고 정중하게 알렸다. 같은 날 밤에 사라진 광대 돈토스 경도 찾지 못했다. 티리온에게 소환하고 싶은 증인이 더 있는가? 없었다. '내가 조프리의 잔을 채우는 걸 천 명이 봤는데, 내가 와인에 독을 넣지 않았다는 걸 어떻게 증명하지?'

그날 밤 그는 잠을 아예 자지 못했다.

그 대신 그는 어둠 속에 누워서 천개를 올려다보며 유령들을 헤아렸다. 그에게 입을 맞추며 미소 짓는 티샤를 보고, 벌거벗고 두려움에 떠는 산사를 보았다. 목을 긁으며 얼굴이 시커메져서 피를 흘리던 조프리를 보았다. 세르세이의 눈빛을, 브론의 늑대 같은 미소를, 샤에의 짓궂은 미소를 보았다. 샤에를 생각해도 성욕이 일어나지 않았다. 발기를 시켜서 만족하고 나면 좀 더 쉽게 잘 수 있을지도 모른다고 생각하고 자위를 시도했지만, 소용없었다.

그러다가 새벽이 왔고, 재판을 시작할 때가 왔다.

그날 아침에 데리러 온 사람은 케반 경이 아니라 황금 망토 십여 명을 거느린 아담 마브랜드 경이었다. 티리온은 삶은 계란과 태운 베이컨, 튀긴 빵으로 아침을 먹고 제일 좋은 옷을 입었다. "아담 경. 아버지께서 날 재판에 호송하라고 킹스가드를 보낼지도 모른다고 생각했소. 아직은 내가 왕실의 일원 아니오?"

"왕실의 일원이십니다. 다만 안타깝게도 킹스가드는 대부분 반대 측 증인입니다. 타이윈 공께서는 반대 측 증인에게 공의 감시를 맡기는 것은 적절하지 않겠다 생각하셨습니다."

"적절하지 않은 짓은 뭐든 하면 안 되지. 부디, 앞장서시오."

그는 조프리가 죽은 알현실에서 재판받을 예정이었다. 티리온은 아담 경에게 이끌려 높이 솟은 청동 문을 통과하고 긴 카펫을 걸어가면서 날아오는 시선들을 느꼈다. 그의 재판을 보려고 수백 명이 모여 있었다. 적어도 그는 그게 그들의 목적이기를 빌었다. '아마 모두가 내 반대 측 증인이겠지.' 슬픔에 빠져 창백하고 아름다운 마저리 왕비가 위층 관람석에 보였다. 두 번 결혼하고 두 번 남편을 잃었는데 이제 고작 열여섯 살이었다. 마저리의 키 큰 어머니가 한쪽 옆에, 키 작은 할머니가 반대쪽에 서 있었고, 그녀의 시녀들과 아버지의 집안 기사들이 나머지 관람석을 꽉 채웠다.

텅 빈 철왕좌 아래 연단은 아직 그대로 서 있었는데, 탁자는 다 치우고 하나만 남겨두었다. 그 아래에 녹색 옷을 입고 짧은 금빛 망토를 두른 통통한 메이스 티렐 공과, 오렌지색과 노란색과 진홍색 줄무늬 로브를 입은 호리호리한 오베린 마르텔 공자가 앉아 있었다. 타이윈 라니스터 공이 둘 사이에 앉았다. '아직 나에게도 희망이 있을지 몰라. 도르네인과 하이가든

인은 서로를 싫어하지. 그걸 이용할 방법을 찾을 수만 있다면⋯⋯.'

최고성사가 기도를 시작하여 하늘에 계신 아버지에게 정의로 인도해주실 것을 부탁했다. 기도가 끝나자 땅에 계신 아버지가 몸을 내밀며 말했다. "티리온, 네가 조프리 왕을 죽였느냐?"

그는 한순간도 허비하지 않았다. "아뇨."

"흠, 그거 안심이 되는구려." 오베린 마르텔이 건조하게 말했다.

"그렇다면 산사 스타크가 죽였나?" 티렐 공이 물었다.

'내가 산사라면 그랬겠지.' 하지만 산사가 어디에 있고 이 일에서 어떤 역할을 수행했을지는 몰라도, 산사는 여전히 그의 아내였다. 비록 어릿광대의 등에 올라서서 해야 했지만 티리온이 직접 그녀 어깨에 보호를 뜻하는 망토를 둘러주었다. "신들께서 조프리를 죽이신 겁니다. 비둘기 파이에 목이 막혔어요."

티렐 공이 얼굴을 붉혔다. "제빵사를 탓하는 거요?"

"제빵사들 아니면 비둘기들이죠. 저만 빼주시면 됩니다." 티리온은 신경질적인 웃음소리를 듣고 실수했음을 알았다. '혀 간수 좀 잘해라, 이 꼬마 광대야. 이러다가 혀로 무덤을 파겠다.'

"너에게 불리한 증인들이 있다." 타이윈 공이 말했다. "우선 그들의 증언을 듣겠다. 그 후에 네 증인을 내놓을 수 있다. 너는 우리의 허락이 있어야만 말할 수 있다."

티리온으로서는 고개를 끄덕이는 수밖에 없었다.

아담 경 말대로였다. 첫 번째로 안내받아 들어온 사람은 킹스가드의 발론 스완 경이었다. 그는 최고성사를 따라 진실만 말할 것을 맹세한 후에 말을 시작했다. "수관님, 저는 아드님과 함께 배다리 위에서 싸우는 영광을 누렸습니다. 티리온 님은 몸집에 비해 용감한 남자이고, 저는 아드님이 이런 짓을 했다고 믿지 않으려 합니다."

웅성이는 소리가 홀 안을 휩쓸었고, 티리온은 세르세이가 어떤 미친 게임을 벌이는 걸까 궁금했다. '왜 내가 결백하다고 믿는 증인을 내세웠지?' 그는 곧 알게 되었다. 발론 경은 마지못한 태도로 폭동이 일어난 날 티리온을 어떻게 조프리에게서 떼어냈는지 증언했다. "아드님이 전하를 때리신 건 사실입니다. 격노의 분출이었을 뿐, 그 이상은 아닙니다. 여름 폭풍 같은 것이었지요. 폭도들이 우리 모두를 죽일 뻔했으니까요."

"타르가르옌 시절에 왕실 사람을 때린 자는 그 손을 잃었소." 도르네의 붉은 독사가 말했다. "난쟁이의 자그마한 손이 새로 자란 거요, 아니면 하얀 기사들이 의무를 잊은 거요?"

"티리온 본인도 왕실 사람이었습니다." 발론 경이 대답했다. "게다가 왕의 수관이셨고요."

"아니." 타이윈 공이 말했다. "나를 대신한 수관 대리였지."

메린 트랜트 경은 증인으로 나서서 기쁘게 발론 경의 설명을 부연했다. "왕을 바닥에 쓰러뜨리고 걷어차기 시작했습니다. 전하께서 폭도들로부터 무탈하게 도망친 것이 부당한 일이라고 외쳤지요."

티리온은 누이의 계획이 이해가 가기 시작했다. '정직하다고 알려진 남자로 시작해서, 할 수 있는 이야기를 다 쥐어짰군. 그 후에 뒤따른 증인들이 갈수록 지독한 이야기를 하다 보면 난 잔혹 왕 마에고르와 미친 왕 아에리스를 합친 후에 자격 없는 왕 아에곤을 양념으로 친 것만큼 지독해 보이겠어.'

메린 경은 산사 스타크에게 매질을 시키던 조프리를 티리온이 어떻게 막았는지로 넘어갔다. "난쟁이는 전하에게 아에리스 타르가르옌이 어떻게 되었는지 아느냐고 물었습니다. 보로스 경이 왕을 변호하자, 꼬마 악마는 보로스를 죽이겠다고 위협했지요."

보로스 블런트 본인이 그다음으로 나와서 그 유감스러운 이야기를 되풀이했다. 자신을 킹스가드에서 쫓아낸 세르세이에게 어떤 유감을 품고 있든 간에, 보로스 경은 세르세이가 원하는 이야기를 그대로 했다.

티리온은 더 이상 참을 수가 없었다. "재판관들께 조프리가 무슨 짓을 하고 있었는지도 말하지 그래?"

턱살 처진 덩치 큰 남자는 그를 노려보았다. "네놈은 내가 입을 열면 야만인들을 시켜서 날 죽이겠다고 했지. 난 그 말씀만 드릴 거다."

"티리온." 타이윈 공이 말했다. "너는 우리가 요청할 때만 말해야 한다. 경고로 여기거라."

티리온은 부글부글 끓는 심정으로 침묵했다.

케틀블랙 형제가 차례차례 나왔다. 오스니와 오스프리드는 블랙워터 전투 이전에 티리온이 세르세이와 저녁을 먹었던 일과, 그 자리에서 티리온이 내놓은 협박에 대해 말했다.

"왕대비 전하께 해를 끼치겠다고 말했습니다." 오스프리드 경이 말했다. "아픔을 주겠다고 했지요." 오스니 경은 더 자세하게 설명했다. "누나가 행복해하는 날까지 기다렸다가 그 입에서 기쁨이 재로 변하게 해주겠다고 했습니다." 둘 다 알라야야에 대해서는 언급도 하지 않았다.

티 하나 없는 미늘 갑옷과 새하얀 모직 망토를 걸친 기사의 귀감, 오스먼드 케틀블랙 경은 조프리 왕이 오래전부터 외삼촌인 티리온이 자신을 살해하려 한다는 사실을 알고 있었다고 맹세했다. "저에게 하얀 망토를 준 그날의 일입니다." 그는 재판관들에게 말했다. "용감한 소년 왕께서는 제게 이렇게 말했습니다. '선량한 오스먼드 경, 나를 잘 지켜주시오. 내 삼촌은 나를 사랑하지 않거든. 내 대신 왕이 되려 한다네.'"

도저히 티리온이 참아낼 수 없는 말이었다. "거짓말쟁이!" 그는 두 걸음 나선 후에 황금 망토들에게 끌려 물러났다.

타이윈 공이 얼굴을 찌푸렸다. "여느 도둑처럼 네 손발에 사슬을 채워야겠느냐?"

티리온은 이를 갈았다. '두 번째 실수야, 이 멍청하고 멍청한 난쟁이. 침착하지 못하면 넌 끝장이야.' "아닙니다, 죄송합니다, 여러분. 저자의 거짓말에 격동하고 말았습니다."

"경이 말한 진실에 격노했겠지." 세르세이가 말했다. "아버지, 아버지를 지키기 위해서라도 티리온에게 족쇄를 채우시길 간청합니다. 어떻게 구는지 보시면 아시겠지요."

"내 눈에는 난쟁이가 보이는데." 오베린 공자가 말했다. "내가 난쟁이의 격노를 두려워하는 날에는 차라리 포도주 통에 빠져 죽고 말겠소."

"족쇄는 필요 없다." 타이윈 공이 창문을 흘긋 보더니 일어섰다. "시간이 많이 흘렀군. 내일 계속합시다."

그날 밤, 텅 빈 양피지와 와인 한 잔을 놓고 탑 방에 혼자 앉은 티리온은 저도 모르게 아내를 생각하고 있었다. 산사가 아니라, 첫 번째 아내 티샤였다. '늑대 아내가 아니라 창녀 아내 말이야.' 그에 대한 티샤의 사랑은 거짓이었지만, 그래도 그는 그 사랑을 믿었고 그 믿음 속에서 행복했다. '나에게 달콤한 거짓말을 해주고, 쓰디쓴 진실은 가려줬지.' 그는 와인을 마시고 샤에를 생각했다. 밤이 되어 케반 경이 찾아오자 티리온은 바리스를 불러달라고 부탁했다.

"내시가 너를 변호할 거라 생각하는 거냐?"

"대화해보기 전에는 알 수 없지요. 괜찮다면 이리로 보내주세요, 숙부님."

"네가 원한다면 그러마."

재판 두 번째 날은 발라바르 학사와 프렌켄 학사가 열었다. 그들은 조프리 왕의 존귀한 시신을 부검했으며, 그 존귀한 목에서 비둘기 파이 조각은 물론이고 다른 어떤 음식 조각도 발견하지 못했다고 맹세했다. "그분을 죽인 것은 독입니다." 발라바르가 말했고, 프렌켄도 엄숙하게 고개를 끄덕였다.

그다음에는 배배 꼬인 지팡이에 몸을 무겁게 기대고 부들부들 떨면서 걷는 파이셀 대학사가 나왔다. 닭살이 돋은 긴 목에 하얀 수염이 몇 가닥 돋아 있었다. 서 있기에는 너무 약해진 몸이라서 재판관들이 파이셀이 앉을 의자와 탁자를 가져오도록 허락했다. 탁자 위에는 작은 병이 여러 개 놓여 있었다. 파이셀은 기꺼이 하나하나 이름을 말했다.

"두꺼비 똥으로 만든 회색고깔." 그는 떨리는 목소리로 말했다. "밤 그늘, 단잠, 악마의 춤입니다. 이건 맹안이지요. 이 독은 색깔 때문에 과부의 피라고 불립니다. 잔혹한 독이지요. 사람의 방광과 창자를 닫아버려서 자기가 만든 독에 빠져 죽게 만듭니다. 이건 투구꽃, 이건 바실리스크 독액, 그리고 이건 리스의 눈물입니다. 예, 저는 이 독들을 다 압니다. 꼬마 악마 티리온 라니스터가 제게 누명을 씌워 감옥에 넣었을 때 제 거처에서 훔쳐 갔습니다."

"파이셀." 티리온은 아버지의 분노를 감수하고 소리쳤다. "그 독 중에 사람의 숨을 틀어막는 독이 있소?"

"없습니다. 그런 효과를 노리려면 더 희귀한 독을 찾아야 합니다. 제가 시타델에 있었던 어린 시절에, 제 스승께서는 그 독을 단순히 '교살자'라고 부르셨지요."

"하지만 그 독은 발견되지 않았지?"

"그렇지요." 파이셀은 티리온을 보고 눈을 껌벅였다. "공께서 이 훌륭한 땅에 신들이 내려보내신 가장 고귀한 아이를 죽이는 데 다 써버리셨으니까요."

티리온은 분노에 분별력을 잃고 말았다. "조프리는 잔인하고 멍청한 녀석이었지만, 난 죽이지 않았어. 원한다면 내 머리통을 떼어 가도 좋지만 난 조카의 죽음에 손도 대지 않았다고."

"정숙!" 타이윈 공이 말했다. "벌써 세 번째 말한다. 다음에 또 그러면 재 갈을 물리고 사슬을 채우겠다."

파이셀 다음에는 끝도 없이 지루한 행렬이 이어졌다. 영주들과 귀부인들과 고결한 기사들, 귀족과 천민 할 것 없이 모두가 결혼 피로연에 있었고 모두가 조프리가 숨이 막히면서 도르네 자두처럼 얼굴이 시커메지는 모습을 보았다. 레드와인 공, 셀티가르 공, 플레멘트 브락스 경은 티리온이 왕을 협박하는 소리를 들었다. 하인 두 사람과 곡예사 하나, 자일스 공, 호버 레드와인 경과 필립 푸트 경은 티리온이 결혼 축하 잔에 와인을 채우는 모습을 보았다. 메리웨더 부인은 조프리와 마저리가 파이를 자를 때 난쟁이가 왕의 와인에 뭔가를 떨구는 모습을 보았다고 맹세했다. 늙은 에스터몬트, 젊은 페클던, 가수 카이의 갈리언, 종자 모로스 슬린트와 조토스 슬린트는 조프리가 죽어갈 때 티리온이 어떻게 그 잔을 집어 들고 남은 독 와인을 바닥에 쏟아버렸는지 말했다.

'내가 언제 이렇게 많은 적을 만들었지?' 메리웨더 부인만은 낯선 사람이어서, 티리온은 그 여자가 눈이 멀었을까 매수당했을까 궁금했다. 그래도 카이의 갈리언이 자기 진술에 가락을 붙이지 않았기에 다행이지, 하마터면 저주받을 77절의 진술을 들을 뻔했다.

그날 저녁 식사 후에 들른 숙부의 태도는 차갑고 멀었다. '숙부도 내가 했다고 생각하는군.' "부를 만한 증인이 있느냐?" 케반 경이 물었다.

"없습니다. 제 아내를 찾으시지 못했다면요."

숙부는 고개를 저었다. "재판이 너에게 아주 나쁘게 돌아가는 것 같구나."

"아, 그렇게 생각하세요? 전 눈치도 못 챘는데요." 티리온은 얼굴의 흉터를 만지작거렸다. "바리스가 오지 않았습니다."

"오지 않을 거다. 내일 너에 대해 반대 증언을 한다."

'멋져라.' "그렇군요." 티리온은 앉은 자리에서 몸을 움직였다. "궁금한데요. 숙부님은 언제나 공정한 분이었지요. 어느 부분에 설득당하셨습니까?"

"사용하지도 않을 거라면 파이셀의 독은 왜 훔쳤느냐?" 케반 경이 퉁명스럽게 말했다. "그리고 메리웨더 부인이 본 장면은—"

"—그 여자는 아무것도 못 봤습니다! 볼 게 없었어요. 하지만 제가 그걸 어떻게 증명하지요? 여기 갇혀서 제가 뭘 어떻게 증명합니까?"

"네가 자백할 때가 왔는지도 모르겠구나."

레드킵의 두꺼운 돌벽 너머로도 꾸준히 쏟아지는 빗소리를 들을 수 있었다. "다시 말씀해보시겠습니까, 숙부님? 분명히 제게 자백을 부추기신 것 같은데요."

"왕좌 앞에서 죄를 인정하고 네가 한 짓을 뉘우친다면, 네 아버지가 검을 내리치진 않을 게다. 검은 옷을 입을 수 있을 거야."

티리온은 웃어버렸다. "세르세이도 에다드 스타크에게 같은 조건을 내밀었지요. 우리 모두가 그 결말을 알 텐데요."

"네 아버지는 그 일과 관련이 없다."

'그것만은 사실이지.' "캐슬블랙에는 살인자와 도둑과 강간범이 우글거리지만, 거기 갔을 때 국왕 시해자는 별로 만나보지 못했습니다. 제가 왕 살해자 겸 친족 살해자라는 사실을 인정하면 제 아버지가 그저 고개를 끄덕이고 용서해주고는 따뜻한 모직 속옷과 함께 싸서 장벽으로 보낼 거라 믿으란 말씀입니까." 그는 무례하게 야유를 날렸다.

"용서에 대해서는 말한 적 없다." 케반 경은 엄하게 말했다. "자백하면 이 재판을 중단할 뿐이야. 네 아버지가 나에게 이 제안을 들려 보낸 것도 그래서이고."

"제 대신 상냥하게 감사 인사 전해주세요, 숙부님." 티리온은 말했다. "하지만 지금 전 자백할 기분이 아니라고 전해주십시오."

"내가 너라면 기분을 바꾸겠다. 네 누이는 네 머리통을 원하고, 적어도 티렐 공은 그쪽으로 기울어 있으니 말이다."

"그러니까 재판관 중에 한 명은 제 변호를 듣기도 전에 이미 유죄판결을 내렸다는 거군요?" 그 정도는 예상했다. "제가 아직 스스로를 변호하고 증인을 청할 수 있는 겁니까?"

"네겐 증인이 없다." 숙부가 상기시켰다. "티리온, 네가 정말 이 심각한 범죄를 저질렀다면 장벽은 네게 과분하도록 친절한 운명이다. 그리고 네가 무죄라면…… 북부에 싸움이 있다는 건 알지만, 그렇다 해도 이 재판의 결론이 어떻게 나든 네가 킹스랜딩에 있는 것보다는 안전할 게다. 폭도들은 네가 유죄라고 믿고 있다. 네가 멍청하게 길거리에 나가기라도 한다면, 폭도들이 네 사지를 뜯어낼 거야."

"그런 전망에 얼마나 속상하신지 알겠군요."

"넌 내 형의 아들이다."

"숙부님 형님께도 상기시켜주시죠."

"네가 형님과 조안나의 혈육이 아니었다면 형님이 네가 검은 옷을 입게 해줄 것 같으냐? 타이윈 형이 네게 엄혹해 보이는 건 안다만, 필요하지도 않은데 엄한 사람은 아니다. 우리 아버지는 온화하고 상냥한 사람이었지만, 너무나 약한 나머지 휘하 영주들이 술을 마시면서 비웃을 정도였지. 어떤 자들은 공공연히 아버지에게 반항하기도 했어. 다른 영주들은 우리 황금을 빌려 가서 굳이 갚을 생각을 하지 않았다. 궁정에서는 이빨 빠진 사자에 대한 농담을 해댔지. 심지어 아버지의 정부마저도 아버지에게서 물건을 훔쳤다. 창녀보다 조금 나을까 말까 한 여자인 주제에 내 어머니의 보석을 가져갔지! 라니스터 가문을 제자리에 돌려놓는 건 타이윈 형의 몫이었다. 스무 살도 안 됐을 때 이 왕국을 통치하는 임무가 맡겨진 것과 마찬가지였지. 형은 20년 동안 그 무거운 짐을 감내했는데, 그 덕분에 얻은 것이라곤 미친 왕의 질투뿐이었어. 형은 받아 마땅한 명예 대신 궁정 밖에서 모욕을 받아야 했지만, 그래도 칠왕국에 평화와 번영과 정의를 가져다줬다. 타이윈 형은 공정한 남자야. 너도 네 아버지를 믿는 게 현명할 게다."

티리온은 놀라움에 눈을 껌벅였다. 케반 경은 언제나 견실하고, 둔감하고, 실용적이었다. 한 번도 이렇게 열렬하게 말하는 것을 본 적이 없었다. "형님을 사랑하시는군요."

"내 형이다."

"말씀하신 내용은 생각해보겠습니다."

"잘 생각해보거라. 그리고 빨리 생각해라."

티리온은 그날 밤에 그 생각에만 매달렸지만, 아침이 왔을 때에도 아버지를 믿을 수 있을지 결정을 내리지 못한 상태였다. 하인이 아침 식사로 포리지와 꿀을 가져왔지만, 자백을 생각하면 담즙 맛밖에 느낄 수 없었다. '내가 죽는 날까지 날 친족 살해자라고 부르겠지. 내가 역사에 남는다면 천 년 동안이나 어린 조카를 결혼식 연회 자리에서 독살한 괴물 난쟁이로 남을 거야.' 그는 그 생각에 너무 화가 난 나머지 그릇과 숟가락을 방 저편으로 내던져서 벽에 포리지 자국을 남겼다. 아담 마브랜드 경은 티리온을 재판에 데려가려고 왔을 때 궁금하다는 눈으로 그 자국을 쳐다보았지만, 굳이 묻지는 않았다.

의전관이 말했다. "첩보관 바리스 공 드십니다."

분을 뿌리고 치장을 하고 장미수 냄새를 풍기는 거미는 내내 한쪽 손으로 다른 쪽 손등을 비비면서 말했다. '내 인생을 쓸어버리는군.' 티리온은 꼬마 악마가 어떻게 조프리를 사냥개의 보호에서 떼어놓으려고 계획했는지, 토멘이 왕이 되면 좋은 점에 대해 브론과 무슨 말을 했는지 구슬프게 늘어놓는 내시의 목소리에 귀 기울이며 생각했다. '절반의 진실은 철저

한 거짓말보다 낫지.' 그리고 다른 사람들과 달리 바리스에게는 문서가 있었다. 참고 사항, 세부 사항, 날짜, 대화 전체가 빼곡하게 적힌 양피지들이었다. 낭독에만 온종일이 걸리는 양이었고, 파멸적이기도 했다. 바리스는 티리온이 한밤중에 파이셀 대학사의 거처에 찾아가서 독약들을 훔쳤음을 확인해주었고, 티리온이 저녁 자리에서 세르세이에게 말한 위협도 확인해주었으며, 독살 자체만 빼고 다른 모든 것을 확인해주었다. 오베린 공자가 어떤 사건 현장에도 없었으면서 어떻게 이 모든 것을 알 수가 있느냐고 묻자, 내시는 키득거리기만 하다가 대답했다. "제 작은 새들이 말해줬지요. 아는 것이 작은 새들의 목적이고, 제 목적입니다."

'그 작은 새들을 심문할 수도 없고 말이지.' 티리온은 생각했다. '킹스랜딩에 오자마자 내시의 목부터 쳤어야 했어. 저주받을 놈. 그리고 저놈을 믿은 나도 저주받아 마땅하지.'

"다 들은 거냐?" 타이윈 공은 바리스가 홀을 떠나자 딸에게 물었다.

"거의 다요." 세르세이가 말했다. "내일 마지막 증인을 데려오는 것까지만 허락해주세요."

"네가 바라는 대로 하마." 타이윈 공이 말했다.

'아, 잘됐군.' 티리온은 사납게 생각했다. 이 재판극을 겪고 나니 처형당하는 것이 마음 놓일 지경이었다.

그날 밤, 창가에 앉아서 술을 마시던 티리온은 문밖에서 나는 목소리를 들었다. '케반 경이 내 대답을 들으러 왔나.' 바로 떠오른 생각은 그랬지만, 들어온 사람은 숙부가 아니었다.

티리온은 일어서서 오베린 공자에게 짐짓 고개를 숙였다. "재판관이 피의자를 찾아와도 되는 건가요?"

"나 정도 신분이면 가고 싶은 곳은 어디든 가도 돼. 자네 경비병들에겐 그렇게 말했네." 붉은 독사가 앉았다.

"내 아버지는 좋아하지 않으실 텐데요."

"타이윈 라니스터의 행복은 내 관심사에서 상위권에 오른 적이 없네. 마시고 있는 건 도르네 와인인가?"

"아버산입니다."

오베린은 얼굴을 찌푸렸다. "뻘건 물이로군. 자네가 독살했나?"

"아뇨. 당신이 했나요?"

오베린은 미소 지었다. "난쟁이들은 다 혓바닥이 자네 같은가? 조만간 누군가가 그 혀를 잘라버릴 거야."

"제게 그 말을 한 사람이 공자가 처음은 아닙니다. 제가 직접 잘라야 했을지도 모르겠네요. 이 혓바닥은 끝없이 말썽이라."

"그렇더군. 아무래도 나도 레드와인 공의 포도 주스를 좀 마실까 봐."

"얼마든지요." 티리온은 그에게 잔을 냈다.

오베린은 와인을 한 모금 마시고 입안에 돌리다가 삼켰다. "그럭저럭 먹을 만은 하군. 내일은 내가 독한 도르네 와인을 좀 보내주지." 그는 와인을 한 모금 더 마셨다. "내가 꿈꾸던 금발 창녀를 찾아냈네."

"차타야네에 가셨던가요?"

"차타야네에서는 검은 피부의 여자와 잤지. 알라야야라고 했던 것 같은데. 등에 채찍 자국이 나긴 했어도 아주 아름다웠어. 하지만 내가 말하는 창녀는 자네 누이라네."

"벌써 당신을 유혹했습니까?" 티리온은 놀라지 않고 물었다.

오베린은 큰 소리로 웃었다. "아니. 하지만 내가 가격을 맞춰주면 유혹할 거야. 왕대비는 심지어 결혼까지 암시하더군. 왕대비 전하께 남편이 다시 필요한데, 도르네 공자보다 나은 상대가 있겠나? 엘라리아는 내가 받아들여야 한다고 생각해. 그 난잡한 계집은 세르세이를 우리 침대에 끌어들인다고 생각만 해도 젖는다는군. 게다가 난쟁이의 동전도 지불할 필요가 없을 테고 말이야. 자네 누이가 나에게 요구하는 건 머리통 하나뿐이야. 약간 크고 코가 없는 머리지."

"그래서요?" 티리온은 기다렸다.

오베린 공자는 대답 대신 와인을 휘휘 돌리더니 말했다. "오래전에 젊은 드래곤이 도르네를 정복했을 때, 그자는 선스피어의 항복 이후에 하이가 든의 영주를 남겨 우리를 통치하게 했지. 그 티렐 놈은 이 성에서 저 성으로 옮겨 다니면서 반란군을 추적하고 우리가 계속 무릎을 굽히고 있게 했어. 군대를 끌고 와서 성 하나를 점령하고, 한 달쯤 있다가 다음 성으로 달려가는 식이었지. 원래 주인들을 거처에서 내쫓고 그들의 침대를 차지하는 게 그자의 습관이었네. 어느 날 밤 그자는 두꺼운 벨벳 천개 아래에 누워 있게 됐네. 설렁줄이 근처까지 늘어져 있는 걸 보려니, 계집을 하나 부르고 싶어졌다네. 그 티렐 공은 도르네 여자를 좋아했는데, 어찌 그걸 탓할 수 있겠나? 그래서 그자는 줄을 잡아당겼고, 그러자 천개가 갈라지더니 붉은 전갈 백 마리가 그자의 머리 위로 쏟아졌다네. 그자의 죽음이 붙인 불길은 곧 도르네를 휩쓸었고, 2주 만에 젊은 드래곤의 승리를 뒤엎었네. 무릎 꿇은 남자들이 일어섰고, 우린 다시 자유가 되었지."

"저도 그 이야기는 압니다." 티리온이 말했다. "그런데요?"

"그냥 이런 거야. 내 침대 옆에 늘어진 줄을 보고 그걸 잡아당기는 날이 온다면, 벌거벗은 왕대비의 아름다운 몸보다는 차라리 전갈이 쏟아지는 게 낫겠다는 거."

티리온이 히죽 웃었다. "그것만은 같은 마음이군요."

"물론 자네 누이에게 고마운 마음도 크지. 연회에서 자네 누이가 고발하지 않았다면, 내가 자네를 재판하는 게 아니라 자네가 날 재판하게 됐을 수도 있거든." 오베린 공자의 눈동자에 즐거운 기색이 짙게 드리웠다. "도르네의 붉은 독사보다 더 독에 대해 잘 아는 사람이 누가 있겠나? 그보다 더 티렐을 왕실에서 떨어뜨려놓고 싶어 할 사람은 누가 있고? 그리고 조프리가 무덤에 들어가면, 도르네 법에 따라 철왕좌는 그 바로 아래 동생인 미르셀라에게 넘어가야 해. 마침 그 미르셀라는 자네 덕분에 내 조카와 약혼한 사이이고 말이야."

"도르네 법은 적용되지 않습니다." 티리온은 자기가 처한 곤경에 사로잡힌 나머지 계승 문제를 생각해보지 않았다. "제 아버지가 토멘에게 왕관을 씌울 겁니다."

"여기 킹스랜딩에서는 그 말대로 토멘에게 왕관을 씌울지 모르지. 그렇다고 내 형이 선스피어에서 미르셀라에게 왕관을 씌우지 못할 건 없어. 자네 아버지가 자네 막내 조카를 위해 자네 조카딸과 전쟁을 벌일까? 자네 누이는 그럴까?" 오베린은 어깨를 으쓱였다. "자기 아들보다 딸을 지지한다는 조건으로 내가 세르세이 왕대비와 결혼해야 할지도 모르겠군. 누이가 받아들일 것 같나?"

'어림없지.' 티리온은 그렇게 말하고 싶었지만, 말이 목구멍에 막혀 나오지 않았다. 세르세이는 언제나 자기 성별 때문에 권력에서 배제당하는 데 원한을 품었다. '도르네 법이 서부에서도 적용된다면 세르세이는 캐스털리록의 계승자가 될 거야.' 세르세이와 제이미는 쌍둥이였지만 세상에 먼저 나온 사람은 세르세이였고, 그거면 충분했다. 미르셀라의 대의를 옹호함으로써 세르세이는 자신의 권리를 옹호하게 된다. "누나가 토멘과 미르셀라 중에 누굴 선택할지는 잘 모르겠군요." 그는 인정하기로 했다. "상관없습니다. 내 아버지가 선택권 자체를 주지 않을 테니까."

"자네 아버지가 영원히 살 수는 없어." 오베린 공자가 말했다.

그 말투를 듣자 티리온의 목덜미 털이 쭈뼛 일어섰다. 그는 갑자기 다시 엘리아를 떠올리고, 재투성이 들판을 가로지르며 오베린이 했던 모든 말을 떠올렸다. '오베린은 검을 휘두른 손만이 아니라 명령을 내린 머리통을 원해.' "레드킵에서 그런 반역의 언사를 입에 담는 것은 현명하지 않습니다, 공자님. 작은 새들이 듣고 있어요."

"그러라지. 사람은 죽기 마련이라는 말이 반역에 해당하나? 옛 발리리아어로는 '발라 모르굴리스'라고 한다네. 사람은 누구나 죽는다. 그리고 파멸이 와서 그 말을 증명했지." 도르네인은 창가로 가서 밤을 내다보았다. "자네에겐 내세울 증인이 없다던데."

"제 이 매력적인 얼굴을 보기만 해도 제가 결백하다는 사실이 설득이 되면 좋겠다는 마음입니다."

"잘못 생각하셨네. 하이가든의 뚱뚱한 꽃은 자네의 유죄를 거의 확신하고 있고, 자네가 죽는 꼴을 볼 작정이야. 그놈의 소중한 마저리가 같은 잔으로 술을 마시고 있었다는 사실을 우리에게 50번쯤은 상기시키더군."

"당신은요?" 티리온이 물었다.

"사람은 겉보기와 다를 때가 많지. 자네가 너무 유죄처럼 보여서 난 오히려 자네의 결백을 믿게 됐네. 그렇다 해도 자네는 유죄판결을 받을 가능성이 높아. 산맥 이쪽에서는 정의가 늘 부족하거든. 엘리아나 아에곤, 라에니스를 위한 정의도 이루어지지 않았지. 자네에게 정의가 작동할 이유가 뭐 있겠나? 조프리의 진짜 살인자는 곰에게 잡아먹혔을지도 몰라. 킹스랜딩에서는 그런 일도 꽤 흔히 일어나는 모양이더라고. 아, 가만, 이제 생각해보니 그 곰은 하렌홀에 있었지."

"지금 그게 우리가 하는 게임인가요?" 티리온은 상처 난 코를 문질렀다. 오베린에게 사실대로 말해서 잃을 것은 없었다. "하렌홀에 곰이 있었고, 그 곰이 아모리 로치 경을 죽였지요."

"거참 안타깝구만." 붉은 독사가 말했다. "자네에게도 안된 일이고. 코가 없는 남자들은 다 그렇게 거짓말이 서툰가?"

"거짓말 아닙니다. 아모리 경이 라에니스 왕녀를 아버지의 침대 아래에서 끌어내 찔러 죽였습니다. 중장병도 몇 놈 같이 있었는데, 그놈들 이름까지는 몰라요." 그는 몸을 앞으로 내밀었다. "아에곤 왕자의 머리를 벽에 짓부수고 그 피와 뇌수를 손에 묻힌 채로 당신 동생인 엘리아를 강간한 건 그레고르 클리게인 경이었습니다."

"이건 또 뭔가? 라니스터가 진실을 말한다?" 오베린은 차갑게 웃었다. "자네 아버지가 명령을 내린 거겠지?"

"아뇨." 그는 주저 않고 거짓말을 했고, 왜 그랬는지 자문하지도 않았다.

도르네인은 가느다란 검은 눈썹 한쪽을 들어 올렸다. "참으로 충실한 아들이로고. 그리고 참으로 형편없는 거짓말이야. 내 누이의 아이들을 진홍빛 라니스터 망토에 감싸서 로버트 왕에게 가져간 건 타이윈 공이었네."

"이 토론은 제 아버지와 하셔야 할지도 모르겠군요. 아버지는 거기 계셨으니까요. 저는 캐스털리록에 있었고, 제 다리 사이에 달린 게 오줌 싸는 데만 쓸모 있다고 생각하는 어린애였답니다."

"그랬지. 하지만 자네는 지금 여기 있고, 어려움에 처해 있네. 자네의 결백이 그 얼굴에 남은 흉터만큼이나 분명할지는 몰라도, 그 사실이 자넬 구해주진 못할 거야. 자네 아버지가 구해주지도 않을 것이고." 도르네 공자는 미소 지었다. "하지만 나는 또 모르지."

"당신요?" 티리온은 상대를 찬찬히 보았다. "세 재판관 중 한 명인데, 어떻게 절 구할 수 있다는 겁니까?"

"재판관으로서가 아니라, 대전사로서 말이야."

# 제이미

하얀 방 안의 하얀 탁자 위에 하얀 책이 놓여 있었다.

방은 둥글게 생겼고, 하얗게 칠한 돌벽에 하얀 모직 벽걸이들이 걸렸다. 만을 굽어보는 성벽 모퉁이에 지은 날씬한 4층짜리 건물인 '하얀 기사 탑' 1층이었다. 둥근 천장의 지하실에는 갑옷과 무기를 보관했고, 2층과 3층에는 킹스가드 형제 여섯 명의 작고 검소한 침실들이 있었다.

그 침실 중 하나가 18년 동안 그의 방이었지만, 그는 오늘 아침에 소지품을 단장의 거처로만 쓰이는 꼭대기 층으로 옮겼다. 그곳의 방들도 검소하기는 했지만 널찍했다. 그리고 외벽보다 위에 있었기에 바다를 내다볼 수 있었다. '난 저 풍경을 좋아하게 될 거야. 풍경도, 나머지도 모두.' 제이미는 생각했다.

제이미는 그 하얀 방에서 킹스가드의 하얀 옷을 입고 책 옆에 앉아서 결의형제들을 기다렸다. 허리에는 장검을 걸었는데 위치가 바뀌었다. 이전에 그는 언제나 장검을 왼쪽에 차고, 검집에서 뽑을 때는 몸을 가로질러 뽑았다. 왼손으로 똑같이 뽑기 위해 오늘 아침에 검을 오른쪽 엉덩이로 옮겼지만, 무게 배분이 이상하게 느껴졌고 검집에서 장검을 뽑으려고 했더니 동작 전체가 서툴고 부자연스러웠다. 옷도 잘 맞지 않았다. 그는 킹스가드의 겨울 복장대로 하얗게 표백한 모직 튜닉과 바지를 입고 무거운 하얀 망토를 걸쳤는데, 하나같이 몸에 헐렁했다.

제이미는 날마다 동생의 재판에 나가서 뒤편에 서 있었다. 티리온은 그를 보지 못했거나 봤어도 알아보지 못했는데, 후자라도 놀랍지는 않았다. 이제는 궁정 절반이 그를 알아보지 못하는 것 같았다. '내 집에서 이방인이 됐군.' 아들은 죽었고, 아버지는 그와 의절했으며, 누이는…… 그녀는 조프리가 촛불 사이에 누워 있던 왕실 성소에서 만난 첫날 이후 다시는 둘만의 시간을 허락하지 않았다. 심지어 조프리를 들고 도시를 가로질러 가 바엘로르 대성소에 있는 묘지에 안치할 때조차도 세르세이는 조심스럽게 거리를 유지했다.

제이미는 원형의 방을 다시 한번 둘러보았다. 하얀 모직 벽걸이가 벽을 뒤덮었고, 벽난로 위에는 하얀 방패 하나와 서로 엇갈린 두 자루 장검이 걸렸다. 탁자 뒤에 놓인 의자는 오래된 검은색 참나무로, 표백한 소가죽 쿠션이 놓였는데 가죽이 닳아서 얇았다. '대담한 바리스탄의 앙상한 엉덩이에 닳고, 그 전에는 제럴드 하이타워 경의 엉덩이에, 드래곤 기사 아에몬 왕자와 리암 레드와인 경과 대리의 악마, 키 큰 덩컨 경과 창백한 그리핀 알린 코닝턴의 엉덩이에 닳았지.' 어떻게 킹슬레이어가 그런 숭고한 이들 사이에 낄 수 있을까?

그럼에도 그는 여기에 있었다.

탁자는 오래된 영목으로 만들어서 뼈처럼 희었고, 세 마리 백마가 떠받친 거대한 방패 모양으로 조각되어 있었다. 일곱 킹스가드가 모두 모이는 드문 경우에는 전통에 따라 킹스가드 단장은 그 방패 위쪽에 앉고, 형제들은 양쪽에 세 명씩 앉았다. 그의 팔 옆에 놓인 책은 어마어마했다. 세로가 60센티에 가로는 45센티였고, 1000쪽 두께였으며 흰색 송아지 가죽으로 만든 책장들을 표백한 가죽 표지와 황금 경첩과 잠금쇠로 고정했다. 공식 이름은 '형제들의 책'이었으나, 그보다는 단순히 '하얀 책'이라고 불릴 때가 많았다.

그 하얀 책 안에는 킹스가드의 역사가 담겨 있었다. 킹스가드로 봉직한 모든 기사가 한 장씩을 얻어서 그 이름과 업적을 영원히 기록에 남겼다. 각 장 왼쪽 위 모퉁이에는 그 기사가 선택되던 당시에 들었던 방패를 그리고, 색깔을 풍성하게 채웠다. 오른쪽 아래 모퉁이에는 킹스가드의 방패, 눈처럼 하얗고 아무 문장도 없는 깨끗한 방패를 그렸다. 위쪽에 그려진 방패는 모두 달랐고, 아래쪽 방패는 모두 똑같았다. 그 사이 공간에는 각각의 인생과 봉직을 사실대로 적었다. 1년에 세 번 바엘로르 대성소에서 보낸 성사들이 문장과 삽화를 그려 넣었지만, 정보를 갱신하는 것은 단장의 의무였다.

'이젠 내 의무지.' 왼손으로 글씨 쓰기를 익히고 나면 말이다. '하얀 책'은 한참 뒤처졌다. 맨던 무어 경과 프레스턴 그린필드 경의 죽음을 기록해야 했고, 산도르 클리게인의 짧고 피투성이였던 킹스가드 봉직도 적어야 했다. 발론 스완 경, 오스먼드 케틀블랙 경, 그리고 꽃의 기사를 위한 새 기록도 시작해야 했다. '모두의 방패를 그릴 성사를 불러야겠군.'

제이미 이전의 단장은 바리스탄 셀미 경이었다. 그의 페이지 위에 그려진 방패는 셀미 가문의 문장으로, 갈색 바탕에 노란색으로 밀 세 줄기가 들어갔다. 바리스탄 경이 성을 떠나기 전에 짬을 내어 자신이 퇴거당했음을 기록한 것을 발견하자 놀랍지는 않고 재미있었다.

셀미 가문 출신의 바리스탄 경. 하비스트홀의 라이오넬 셀미 경의 첫째 아들. 만프레드 스완 경의 종자로 종사. 10세에 빌린 갑옷을 입고 수수께끼 기사로 블랙헤이븐 마상 시합에 나타났다가 잠자리 왕자 덩컨에게 패배하여 얼굴이 드러나면서 '대담한 바리스탄'이라는 별명을 얻었다. 16세에 킹스랜딩에서 열린 겨울 마상 시합에 수수께끼 기사로 출전하여 작은 덩컨 왕자와 당시 킹스가드 단장이었던 키 큰 덩컨 경을 이기는 대단한 역량을 선보인 후 아에곤 타르가르옌 5세에게 기사 서임을 받았다. 아홉 닢 왕들의 전쟁 중에 마지막 남은 블랙파이어 참칭자였던 괴물 마엘리스를 일대일 결투로 참살했다. 긴 기마 창 로르멜과 브론즈게이트의 서자 세드릭 스톰을 패퇴시켰다. 23세에 단장인 제럴드 하이타워 경이 킹스가드로 지명했다. 실버브리지의 마상 시합에서 모든 도전자를 방어해냈다. 메이든풀에서는 난전에서 승리했다. 더스큰데일의 반발 당시에는 가슴에 화살 상처를 입고서도 아에리스 2세를 안전한 곳으로 옮겼다. 결의형제인 그웨인 가운트 경이 살해당하자 복수했다. 왕의 숲 형제단으로부터 귀부인 제인 스완과 그녀의 성사를 구출하고, 시몬 토인과 웃는 기사를 무찔렀으며, 전자는 참살했다. 올드타운 마상 시합에서는 수수께끼 기사 블랙실드를 이겨 업랜드의 서자라는 정체를 드러냈다. 스톰스엔드에서 열린 스테폰 공의 마상 시합에서 유일한 우승자로, 로버트 바라테온 공과 오베린 마르텔 공자, 레이톤 하이타워 공, 존 코닝턴 공, 제이슨 말리스터 공, 그리고 왕자 라에가르 타르가르옌를 말에서 떨어뜨렸다. 트라이던트 전투에서 결의형제들과 드래곤스톤의 왕자 라에가르와 함께 싸우던 중 화살과 창과 장검에 부상을 입었다. 로버트 바라테온 1세에게 사면받고 킹스가드 단장으로 지명되었다. 라니스터 가문의 세르세이 아가씨가 로버트 왕과 결혼하기 위해 킹스랜딩으로 올 때 의장대로 일했다. 발론 그레이조이 반란 중 올드윅 공격을 이끌었다. 57세에 킹스랜딩에서 열린 마상 시합에서 우승했다. 61세에 나이가 많다는 이유로 조프리 바라테온 1세가 해직했다.

바리스탄 경의 이력 앞부분은 제럴드 하이타워 경의 크고 힘센 필체로 적혀 있었다. 트라이던트에서 부상당한 부분부터는 셀미 경의 더 작고 좀 더 우아한 필체가 이어받았다.

제이미의 페이지는 상대적으로 빈약했다.

라니스터 가문 출신의 제이미 경. 캐스틸리록의 타이윈 공과 조안나 부인 사이의 첫째 아들. 섬너 크레이크홀 공의 종자로 왕의 숲 형제단과 싸웠다. 15세에 전장에서의 용맹을 인정하여 킹스가드의 아서 데인 경이 기사로 서임했다. 15세에 아에리스 타르가르옌 2세가 킹스가드로 선택했다. 킹스랜딩 약탈 중에 철왕좌 아래에서 아에리스 2세를 베었다. 그 후 '킹슬레이어'로 알려졌다. 로버트 바라테온 1세에게 그 죄를 사면받았다. 누이인 세르세이 라니스터가 로버트 왕과 결혼하기 위해 킹스랜딩으로 올 때 의장대로 일했다. 결혼식을 맞이하여 킹스랜딩에서 열린 마상 시합에서 우승했다.

그렇게 요약해놓으니 그의 인생이 초라하고 보잘것없었다. 바리스탄 경은 하다못해 제이미가 우승한 다른 마상 시합이라도 몇 개 더 기록할 수 있었을 것이다. 그리고 제럴드 경은 아서 데인 경이 왕의 숲 형제단을 박살냈을 때 제이미가 수행한 역할에 대해 몇 마디 더 쓸 수도 있었을 것이다. 그는 배불뚝이 벤을 놓쳤지만, 그놈이 섬너 공의 머리를 부수려 했을 때 섬너 공을 구하기는 했다. 그리고 웃는 기사를 죽인 사람은 아서 경이었지만, 제이미도 웃는 기사와 맞붙기는 했다. '얼마나 대단한 싸움이었고, 얼마나 대단한 적수였던가.' 웃는 기사는 잔인함과 기사도를 마구 뒤섞어놓은 미치광이였지만, 두려움을 모르는 사내였다. 그리고 '여명'을 손에 든 아서 데인은…… 대결 끝 무렵에는 웃는 기사의 장검에 흠이 하도 많이 나서 아서 경이 잠시 멈추고 새 장검을 가져오게 할 정도였다. "내가 갖고 싶은 건 네놈의 하얀 검이다." 강도 기사는 대결을 재개하면서 그렇게 말했지만, 그때쯤에는 십여 군데 상처에서 피를 흘리고 있었다. "그렇다면 받아보시게, 경." 아침의 검은 그렇게 대꾸하고 끝을 냈다.

'그 시절엔 세상이 더 단순했지.' 제이미는 생각했다. '그리고 장검만이 아니라 사람도 더 질 좋은 강철로 만들어져 있었어.' 아니면 그저 제이미가 열다섯 살이어서였을까? 이제 그들은 모두 무덤 속에 있었다. 아침의 검과 웃는 기사, 하얀 황소와 르윈 공자, 냉소적인 농담을 잘하던 오스웰 휀트 경, 성실한 존 대리, 시몬 토인과 그의 왕의 숲 형제단, 늙은 허풍쟁이 섬너 크레이크홀. '그리고 나도, 그때 나였던 소년도……. 그 아이는 언제 죽은 걸까? 내가 하얀 망토를 걸쳤을 때? 아에리스의 목을 그었을 때?' 그 소년은 아서 데인 경이 되고 싶어 했지만, 어느샌가 웃는 기사가 되어 있었다.

문이 열리는 소리가 들리자 그는 '하얀 책'을 덮고 결의형제들을 맞이하려 일어섰다. 먼저 도착한 사람은 오스먼드 케틀블랙이었다. 그는 오랜 전우라도 되는 것처럼 제이미를 보고 씩 웃었다. "제이미 경, 저번에도 이런 모습이었다면 바로 알아봤을 텐데요."

"과연 그랬을까?" 제이미는 믿지 않았다. 하인들이 그를 씻기고, 면도시키고, 머리를 감기고 빗질을 했다. 거울을 들여다보자 브리엔느와 함께 강역을 가로지르던 남자는 보이지 않았지만…… 그렇다고 그 자신이 보이지도 않았다. 얼굴은 홀쭉하니 여위었고, 눈 아래에 주름이 잡혔다. '노인처럼 보이는군.' "경의 자리 옆에 서게."

케틀블랙은 그 말대로 했다. 다른 결의형제들이 하나씩 들어왔다. 제이미는 다섯 명이 다 모이자 의례적인 어조로 말했다. "경들, 왕은 누가 지키고 있나?"

"제 형제인 오스니 경과 오스프리드 경입니다." 오스먼드 경이 대답했다.

"그리고 제 형인 갈란 경이 있습니다." 꽃의 기사가 말했다.

"그들이 왕을 안전하게 지킬까?"

"그럴 겁니다."

"그렇다면, 앉게." 의례적으로 나누는 대화였다. 일곱 명 모두가 만나서 회의를 하려면 왕의 안전을 확인해두어야 했다.

보로스 경과 메린 경이 그의 오른쪽에 앉았고, 두 사람 사이에는 도르네로 떠난 아리스 오크하트 경이 앉을 자리를 비워두었다. 오스먼드 경, 발론 경, 로라스 경은 그의 왼쪽에 앉았다. '신구가 따로 앉았군.' 제이미는 거기에 무슨 의미가 있을까 생각했다. 역사를 돌이켜보면 킹스가드 자체가 분열된 때가 여러 번 있었는데, '드래곤들의 춤' 당시에 가장 뚜렷하고 가장 참담했다. 지금도 그런 반목을 두려워해야 하는 걸까?

그토록 오랫동안 대담한 바리스탄이 앉았던 단장석에 자신이 앉으니 이상했다. '불구가 되어 앉다니 더 이상하지.' 그럼에도 그것이 그의 자리였고, 이들이 그의 킹스가드였다. 토멘의 일곱 기사였다.

제이미는 메린 트랜트와 보로스 블런트와 몇 년을 같이 복무했다. 쓸 만한 전사들이었지만, 트랜트는 교활하고 잔인했으며 블런트는 으르렁대는 공기주머니나 다름없었다. 발론 스완 경이 그 망토에 더 잘 어울렸고, 물론 꽃의 기사는 모든 기사의 귀감이었다. 다섯 번째로, 오스먼드 케틀블랙이라는 자는 낯설었다.

아서 데인 경이라면 이 무리에게 뭐라고 말했을지 궁금했다. "킹스가드가 어쩌다 이렇게까지 떨어졌나'일 가능성이 높겠지. '제가 한 짓입니다'라고 말해야 할 거야. '제가 그 문을 열어버렸고, 해충들이 기어 들어와도 아무것도 하지 않았습니다'라고.'

"왕이 죽었네." 제이미가 입을 열었다. "내 누이의 아들인 열세 살 소년이, 본인의 대연회장에서, 본인의 결혼식 피로연에서 살해당했어. 자네들 다섯이 다 그 자리에 있었지. 자네들 다섯이 모두 지키고 있었어. 그런데도 왕은 죽었네." 그는 그들이 무슨 말을 할까 기다렸지만, 아무도 목청조차 가다듬지 않았다. 그는 티렐 소년이 화가 났고, 발론 스완은 부끄러워한다고 판단했다. 다른 셋에게서는 무관심한 반응밖에 느껴지지 않았다. "내 동생이 한 짓인가?" 그는 기사들에게 대놓고 물었다. "티리온이 내 조카를 독살했나?"

발론 경은 앉은 자리에서 불편한 듯 움직였다. 보로스 경은 주먹을 쥐었다. 오스먼드 경은 나른하게 어깨를 으쓱였다. 마침내 대답한 사람은 메린 트랜트였다. "티리온이 조프리 왕의 잔에 와인을 채웠습니다. 그러니 그때 독을 탄 게 틀림없습니다."

"독이 든 게 그 와인이었다는 건 확신하나?"

"달리 뭐가 있습니까?" 보로스 블런트 경이 말했다. "꼬마 악마는 남은 와인을 바닥에 쏟았습니다. 자신이 유죄라는 걸 증명할 와인을 없애려던 게 아니라면, 왜 그랬겠습니까?"

"티리온은 와인에 독이 들었다는 걸 알고 있었어요." 메린 경이 말했다.

발론 스완 경은 얼굴을 찌푸렸다. "연단 위에는 꼬마 악마만 있었던 게 아닙니다. 전혀 아니죠. 연회가 무르익어서 다들 일어서서 돌아다니고, 자리를 바꾸고, 변소를 찾아 나가고, 하인들도 왔다 갔다 하고 있었습니다……. 왕과 왕비가 막 결혼식 파이를 쪼갠 터라 모두가 두 분을 보거나 그 저주받을 비둘기들을 보고 있었어요. 아무도 와인 잔은 보지 않았습니다."

"연단 위에 또 누가 있었지?" 제이미가 물었다.

메린 경이 대답했다. "국왕의 가족분들과 신부의 가족, 파이셀 대학사, 최고성사……."

"그자가 독살자네요." 오스먼드 케틀블랙 경이 교활하게 웃으며 말했다. "지나치게 성스러워요, 그 노인은. 전 그 양반 생긴 게 도통 마음에 안 들더라고요." 그는 소리 내어 웃었다.

"아닙니다." 꽃의 기사가 웃지 않고 말했다. "독살자는 산사 스타크였어요. 모두 잊으셨나 본데, 제 누이도 같은 잔으로 술을 마시고 있었습니다. 연회장 안에서 국왕만이 아니라 마저리까지 죽기를 원할 이유가 있는 사람은 산사 스타크뿐이었습니다. 결혼식 잔에 독을 넣음으로써 둘 다 죽기를 기도했을 수 있어요. 그리고 죄가 있는 게 아니라면 왜 그 후에 달아났겠습니까?"

'저 녀석 말이 일리가 있군. 티리온은 결백할 수도 있겠어.' 하지만 아직 아무도 산사를 찾을 단서조차 잡지 못했다. 제이미가 직접 조사해야 할지도 몰랐다. 우선 산사가 어떻게 성을 빠져나갔는지 알아내면 좋을 것이다. '바리스에게 한두 가지 생각이 있을지 모르지.' 그 내시보다 레드킵을 잘 아는 사람은 없었다.

하지만 그 문제는 미뤄둘 수 있었다. 당장 제이미에게는 더 급한 걱정거리가 있었다. 아버지는 그에게 말했다. '킹스가드 단장이라고 했지, 가서 의무를 다하게.' 이 다섯 명은 제이미가 골랐을 법한 형제들이 아니었지만, 지금 그에게 주어진 형제들이기도 했다. 버릇을 제대로 가르칠 때였다.

"누가 했든 간에······." 그는 그들에게 말했다. "조프리는 죽었고, 이제 철왕좌는 토멘의 것이다. 나는 토멘 왕이 머리가 하얗게 세고 이가 다 빠질 때까지 왕좌에 앉아 있게 할 셈이다. 독 때문에 머리가 세고 이가 빠지는 일 없이." 제이미는 보로스 블런트 경을 돌아보았다. 최근 들어서 살이 붙기는 했지만, 이 일을 수행하기에 충분히 뼈대가 굵은 사내였다. "보로스 경, 자네는 음식을 즐기는 사람처럼 보이는군. 그러니 앞으로 토멘 왕이 먹거나 마시는 모든 음식의 맛을 보도록."

오스먼드 케틀블랙 경이 웃음을 터뜨렸고 꽃의 기사는 미소를 지었지만, 보로스 경은 얼굴이 시뻘게졌다. "난 음식이나 맛보는 사람이 아니오! 난 킹스가드 기사요!"

"슬프게도 그렇지." 세르세이는 보로스의 하얀 망토를 벗기지 말았어야 했다. 하지만 그들의 아버지가 그에게 자리를 되찾아주면서 상황은 더 악화되었다. "내 누이에게 자네가 티리온의 용병들에게 얼마나 빨리 내 조카를 내주었는지 들었다. 당근과 콩은 덜 위협적이겠지. 자네의 결의형제들이 마당에서 검과 방패로 훈련하는 동안 자네는 숟가락과 접시로 훈련할 수 있을 것이다. 토멘은 사과 케이크를 정말 좋아하지. 용병들이 케이크를 가지고 달아나는 일이 없도록 해보게나."

"당신이 나한테 이런 소리를 해? 당신이?"

"토멘을 빼앗기느니 죽었어야 했어."

"경이 아에리스를 지키다가 죽은 것처럼 말이오?" 보로스 경이 벌떡 일어나더니 칼자루를 움켜잡았다. "나는…… 난 이런 모욕은 못 참아. 나보다는 당신이야말로 시식 시종에 어울려. 불구자가 달리 어디 쓸 데나 있나?"

제이미는 미소 지었다. "동의해. 나는 자네만큼이나 왕을 지키는 데 부적합하지. 그러니 그 귀여워하는 검을 뽑아 들게. 자네의 두 손이 내 한 손보다 얼마나 나은지 보자고. 끝에 가서는 둘 중 하나가 죽을 테고, 킹스가드는 전보다 나아지겠지." 그는 일어섰다. "아니면 자네 직무에 복귀해도 좋아."

"카악!" 보로스 경은 초록색 가래를 게워 제이미의 발치에 뱉더니, 장검은 검집에서 뽑지 않은 채로 걸어 나갔다.

'저놈이 겁쟁이라 다행이지.' 아무리 뚱뚱하고 나이 먹은 데다 원래 평범한 수준이라 해도, 보로스 경은 제이미를 난도질할 수 있었다. '하지만 보로스는 그걸 모르지. 나머지도 몰라야 하고. 저들은 과거의 나를 두려워하지만, 지금의 나를 알면 동정할 거야.'

제이미는 다시 앉아서 케틀블랙을 돌아보았다. "오스먼드 경. 난 자네를 모르네. 그 점이 흥미롭군. 난 칠왕국 전역의 마상 시합과 난전, 그리고 전투에서 싸워봤어. 목책 안에서 기마 창을 부러뜨릴 만한 기술을 가졌다면 방랑기사와 자유기수, 아직 서임을 받지 못한 종자들까지 다 알지. 그런데 어떻게 자네에 대해서는 들어본 적이 없을까, 오스먼드 경?"

"그거야 제가 답할 수 없는 질문이지요." 오스먼드 경은 마치 제이미와 자기가 유쾌한 게임 중인 오랜 전우 사이라는 듯 활짝 웃고 있었다. "하지만 저는 마상 시합 기사가 아니라 군인입니다."

"내 누이가 찾아내기 전에는 어디에서 복무했나?"

"여기저기에서요."

"난 남쪽으로 올드타운, 북쪽으로 윈터펠까지 가봤네. 서쪽으로는 라니스포트, 동쪽으로는 킹스랜딩까지. 하지만 '여기'나 '저기'에 있었던 적은 없어." 제이미는 손가락 대신 잘린 팔로 오스먼드 경의 부러진 코를 가리켰다. "다시 한번 묻겠네. 어디에서 복무했지?"

"징검돌 제도에서요. 분쟁 지역에도 있었습니다. 거기엔 언제나 싸움이 있지요. 용병단 '용맹한 남자들'과 같이 말을 달렸습니다. 우린 리스를 위해 싸웠고, 가끔은 티로시를 위해 싸웠지요."

'돈을 지불한다면 누굴 위해서든 싸웠다는 얘기군.' "기사 작위는 어떻게 받았나?"

"전장에서요."

"누가 자넬 기사로 서임했지?"

"로버트…… 스톤 경이요. 지금은 죽었습니다."

"그렇겠지." 제이미는 로버트 스톤 경이 분쟁 지역에서 용병으로 일했던 협곡 출신 서자일 수도 있다고 생각했다. 또 한편으로는, 오스먼드 경이 죽은 왕과 성벽을 가지고 만들어낸 이름에 불과할 수도 있었다. '이런 놈에게 하얀 망토를 주다니, 세르세이가 무슨 생각을 한 거지?'

최소한 케틀블랙은 검과 방패를 쓸 줄은 알 것 같았다. 용병들은 썩 명예로운 남자들은 아닐지 몰라도, 살아남기 위해 확실한 무기 기술이 있어야 했다. "좋네, 경. 나가봐도 좋아." 제이미가 말했다.

케틀블랙은 얼굴에 웃음기가 돌아와서 건들거리며 나갔다.

"메린 경." 제이미는 적갈색 머리에 눈 아래가 툭 불거진 퉁명스러운 기사를 보고 미소 지었다. "조프리가 경을 이용해서 산사 스타크를 체벌했다는 말을 들었네." 그는 한 손으로 '하얀 책'을 돌렸다. "여기, 우리 서약 어디에 우리가 여자와 아이를 때리겠다고 맹세한 내용이 있는지 보여주겠나."

"난 전하의 명령대로 한 겁니다. 우린 명령에 복종하겠다고 맹세했지요."

"지금부터는 적당히 복종하도록 하게. 내 누이는 왕대비야. 내 아버지는 왕의 수관이고. 나는 킹스가드 단장이지. 우리의 명에 복종하게. 다른 명령은 말고."

메린 경은 고집스러운 표정을 지었다. "우리더러 왕의 명에는 복종하지 말라는 겁니까?"

"왕은 여덟 살이야. 우리의 첫 번째 의무는 왕을 보호하는 것이고, 그 의무에는 왕을 스스로에게서 보호하는 것도 포함되네. 자네가 투구 안에 넣어두는 못생긴 물건을 좀 써봐. 토멘 왕이 자네에게 말 안장을 얹어달라고 하면, 복종하게. 토멘 왕이 말을 죽이라고 하면, 나에게 오고."

"알겠습니다. 분부대로 하지요."

"나가보시게." 메린 경이 나가자 제이미는 발론 스완 경을 돌아보았다. "발론 경, 난 경이 기마 창을 찌르는 모습을 수없이 보았고, 난전에서 경과 싸워보기도 하고 경과 같이 싸우기도 했네. 블랙워터 전투 중에는 그 용맹을 백배로 증명했다고 들었네. 킹스가드는 경이 들어온 것을 영광으로 생각하네."

"제가 영광입니다, 단장님." 발론 경은 경계하는 것 같았다.

"내가 경에게 묻고 싶은 질문은 하나뿐이야. 자네가 우리에게 충성스러웠던 것은 사실이네만…… 바리스에게 들으니 자네 형제는 렌리와 함께했다가 그 후에는 스타니스와 함께했고, 자네 아버님은 휘하를 아예 소집하지 않고 싸움이 다 끝날 때까지 스톤헬름의 벽 안에 남아 계시기로 했다더군."

"제 아버지는 나이가 많으십니다. 마흔이 훌쩍 넘으셨지요. 싸우실 때가 지났어요."

"자네 형제는?"

"도넬은 전투 도중 부상을 당해서 엘우드 하트 경에게 항복했습니다. 그 후에 몸값을 내고 다른 많은 포로와 마찬가지로 조프리 왕에게 충성을 맹세했습니다."

"그랬지." 제이미가 말했다. "그렇다 해도…… 렌리, 스타니스, 조프리, 토멘이라니. 발론 그레이조이와 롭 스타크는 어쩌다 빠뜨렸다던가? 다 채웠으면 칠왕국 최초로 여섯 왕 모두에게 충성을 맹세한 기사가 될 수 있었을 텐데."

발론 경은 불안한 기색이 역력했다. "도넬이 실수를 하기는 했지만, 지금은 토멘 왕의 사람입니다. 제가 맹세합니다."

"내가 걱정하는 건 변함없는 도넬 경이 아니야. 자네지." 제이미는 몸을 내밀었다. "용감한 도넬 경이 또 다른 찬탈자에게 검을 바친다면, 그래서 어느 날 알현실로 쳐들어온다면 자네는 어떻게 할 건가? 하얀 옷을 입은 채로 자네의 왕과 자네의 혈육 사이에 서게 된다면, 어떻게 하겠나?"

"저는…… 단장님, 그런 일은 결코 일어나지 않을 겁니다."

"나에게는 일어났다네." 제이미가 말했다.

발론 스완은 하얀 튜닉 소매로 이마를 닦았다.

"답할 말이 없나?"

"단장님." 발론 경은 스스로를 추스렸다. "제 검에 걸고, 제 명예에 걸고,

제 아버지의 이름에 걸고 맹세합니다……. 저는 단장님처럼 행동하지 않을 것입니다."

제이미는 소리 내어 웃었다. "좋아. 직무 복귀하게……. 그리고 도넬 경에게는 방패에 풍향계라도 달라고 전하게."

그러고 나니 그와 꽃의 기사만 남았다.

검처럼 늘씬하고 몸이 유연하고 잘 단련된 로라스 티렐 경은 눈처럼 흰 리넨 튜닉과 하얀 모직 바지를 입고, 허리에는 황금 허리띠를 두르고 질 좋은 비단 망토를 황금 장미로 고정했다. 머리카락은 부드러운 갈색으로 흘러내렸고, 눈동자도 갈색이었는데 건방지게 반짝였다. '이게 마상 시합이라고 생각하고 막 공격 준비를 갖췄군.' "열일곱 살에 킹스가드 기사라니. 자랑스럽겠군. 드래곤 기사 아에몬 왕자가 지명받았을 때 열일곱이었지. 알고 있었나?"

"압니다, 단장님."

"그리고 나는 열다섯 살 때였다는 것도?"

"그것도 압니다, 단장님." 로라스가 미소 지었다.

제이미는 그 미소가 싫었다. "난 자네보다 더 실력이 좋았어, 로라스 경. 덩치가 더 큰 만큼 힘도 더 셌고, 더 빨랐지."

"그리고 이제는 나이가 드셨죠. 단장님." 소년이 말했다.

제이미는 웃을 수밖에 없었다. '이건 정말 우스꽝스럽군. 이런 새파란 녀석과 누가 더 큰지 자랑질이라니, 지금 대화를 티리온이 들을 수 있다면 무자비하게 비웃겠어.' "나이가 든 만큼 더 현명해졌다네. 경도 나에게 배워야할 거야."

"경께서 보로스 경과 메린 경에게 배우신 것처럼요?"

이번 화살은 과녁을 너무 가까이 맞혔다. "난 하얀 황소와 대담한 바리스탄에게 배웠네." 제이미는 날카롭게 대꾸했다. "오른손으로 오줌을 누면서 왼손만으로 자네들 다섯을 다 죽일 수 있었을 아침의 검 아서 데인 경에게도 배웠지. 도르네의 르윈 공자와 오스웰 휀트 경, 조노소 대리 경에게 배웠네. 하나같이 훌륭한 분들이었지."

"하나같이 죽은 분들이죠."

'저 녀석은 나야.' 제이미는 퍼뜩 깨달았다. '내가 나 자신에게, 과거의 자신만만하고 허울뿐인 기사도에 빠져 있던 나에게 말하고 있는 거야. 너무 어린 나이에 너무 뛰어나면 이렇게 되는 거지.'

칼싸움에서와 마찬가지로, 때로는 다른 공격을 시도해보는 게 좋다. "자네가 전투에서 훌륭하게 싸웠다고 들었네……. 자네 옆에 있던 렌리 공의 유령만큼이나 잘 싸웠다지. 결의형제는 단장에게 비밀을 두어서는 안 돼. 말해보게, 경. 그날 렌리의 갑옷을 입은 사람은 누구였나?"

로라스 티렐은 잠시 답을 거부하려는 듯 보였지만, 결국에는 서약을 기억하고 퉁명스럽게 답했다. "제 형이었습니다. 렌리는 저보다 키가 크고, 가슴이 넓었어요. 렌리의 갑옷은 제가 입기엔 헐렁했지만 갈란 형에겐 잘 맞았죠."

"그렇게 가장하자는 생각은 자네가 했나, 갈란 경이 했나?"

"리틀핑거 공이 제안했습니다. 그렇게 하면 스타니스의 무식한 중장병들이 겁에 질릴 거라고요."

"실제로 그랬지." '그리고 몇몇 기사들과 귀족들까지.' "흠, 자네가 가수들에게 노래로 만들 이야깃거리를 줬다는 점은 경시할 일이 아니지. 렌리는 어떻게 했나?"

"제 손으로 직접 묻었습니다. 언젠가 제가 스톰스엔드에서 종자로 일할 때 그분이 보여줬던 장소예요. 그곳이라면 아무도 렌리를 찾아내어 그의 휴식을 방해하지 못할 겁니다." 그는 반항적인 눈으로 제이미를 쳐다보았다. "전 온 힘을 다해서 토멘 왕을 지킬 것을 맹세합니다. 필요하다면 토멘 왕을 위해 목숨도 바치겠습니다. 하지만 말로든 행동으로든 렌리를 배신하진 않겠습니다. 렌리는 왕이 되셨어야 할 분입니다. 가장 뛰어난 분이었어요."

'가장 옷을 잘 입기는 했지.' 제이미는 그렇게 생각했지만, 이번만은 입 밖에 내지 않았다. 렌리에 대해 말하기 시작하자 로라스 경의 오만함이 싹 사라졌다. '대답도 진실하게 했어. 자부심 강하고 무모하고 호언장담만 가득할지는 몰라도, 가짜는 아니야. 아직은.' "자네 말대로겠지. 한 가지만 더 이야기하고 나면 직무 복귀해도 좋네."

"예, 단장님?"

"타스의 브리엔느는 아직 탑 방에 가둬두었네."

소년의 입매에 힘이 들어갔다. "검은 감옥이 더 나을 텐데요."

"그게 브리엔느에게 마땅한 자리라 확신하나?"

"브리엔느는 죽어 마땅합니다. 전 렌리에게 레인보우가드에는 여자가 있을 자리가 없다고 했습니다. 그 여자는 속임수로 난전에서 이겼어요."

"속임수를 좋아하던 다른 기사가 생각나는군그래. 한번은 그 기사가 성질 나쁜 종마를 탄 적을 상대로 발정기에 든 암말을 타고 나가기도 했지. 브리엔느가 쓴 속임수는 어떤 거였나?"

로라스 경은 얼굴을 붉혔다. "브리엔느는…… 그건 상관없어요. 그 여자가 이겼다는 건 저도 인정합니다. 전하께서 그 여자 어깨에 무지개 망토를 둘러주셨지요. 그런데 그분을 죽였습니다. 죽게 놔뒀거나요."

"그 둘 사이엔 큰 차이가 있는데." '내 범죄와 보로스 블런트의 수치만큼이나 다르지.'

"그 여자는 렌리를 지키겠다고 맹세했어요. 에몬 카이 경, 로바르 로이스 경, 파멘 크레인 경도 다 그렇게 맹세했습니다. 그 여자가 천막 안에 있었고 나머지는 바로 바깥에 있었는데, 누가 어떻게 렌리를 해칠 수 있었겠습니까? 그들이 한통속이 아니고서야."

"그렇게 치면 결혼식 연회에는 자네들 다섯이 있었지." 제이미가 지적했다. "어떻게 조프리가 죽을 수가 있었지? 자네들이 한통속이 아니고서야?"

로라스 경은 뻣뻣하게 가슴을 폈다. "저희가 할 수 있는 일은 없었습니다."

"그 계집이 하는 말도 똑같아. 렌리를 두고 자네만큼이나 슬퍼하고 있고. 장담하는데 난 아에리스를 두고 슬퍼한 적이 없어. 브리엔느는 못생겼고 말도 못 하게 고집덩어리지. 하지만 거짓말쟁이가 될 만한 머리는 없고, 터무니없을 정도로 충성스럽네. 그 여자는 나를 킹스랜딩으로 데려오겠다고 맹세했고, 난 지금 여기 앉아 있다. 내가 잃어버린 손은…… 흠, 이건 그 여자만이 아니라 내 잘못이기도 했어. 그 여자가 날 지키기 위해 한 모든 일을 고려하면, 렌리를 위해서도 싸웠을 거라 의심치 않네. 싸울 적만 있었다면 말이야. 하지만 그림자?" 제이미는 고개를 저었다. "로라스 경, 자네 검을 뽑아서 어떻게 그림자와 싸울지 보여주겠나. 나도 한번 보고 싶군."

로라스 경은 일어서려 하지 않았다. "그 여자는 달아났습니다. 그 여자와 캐틀린 스타크는, 렌리를 피 웅덩이 속에 버려두고 달아났어요. 자기들 작품이 아니라면 왜 그랬겠습니까?" 그는 탁자를 노려보았다. "렌리는 제게 선봉대를 맡겼어요. 그렇지만 않았어도 렌리에게 갑옷을 입히는 건 저였을 겁니다. 종종 제게 그 일을 맡겼으니까요. 우리는…… 우리는 그날 밤 같이 기도했어요. 전 렌리를 그 여자와 두고 나갔어요. 파멘 경과 에몬 경이 천막을 지켰고, 로바르 로이스 경도 같이 있었죠. 에몬 경은 브리엔느가 한 짓이라고 맹세했습니다……. 다만……."

"다만?" 제이미는 의심을 감지하고 뒷말을 재촉했다.

"목가리개가 잘려 나갔어요. 한 번에 깔끔하게 강철 목가리개를 갈랐더군요. 렌리의 갑옷은 가장 좋은 강철로 만든 최상품이었어요. 어떻게 그 여자가 그럴 수 있었을까요? 저도 해봤는데 불가능했어요. 여자치고는 괴물처럼 힘이 세긴 하지만, 그렇게 하려면 산더미라 해도 무거운 도끼를 들어야 했을 겁니다. 그리고 왜 굳이 갑옷을 입힌 후에 목을 잘랐을까요?" 로라스는 혼란스러운 표정으로 제이미를 보았다. "하지만 그 여자가 아니라면……. 어떻게 그림자가 그럴 수가 있습니까?"

"브리엔느에게 물어보게." 제이미는 결론에 이르렀다. "감옥에 가서 질문을 던지고 답을 들어봐. 그런 다음에도 여전히 그 여자가 렌리 공을 살해했다고 확신한다면, 내가 직접 그 여자가 책임을 지게 하겠네. 브리엔느를 고발할지 풀어줄지, 선택은 자네에게 맡기지. 다만 나는 자네가 기사로서의 명예를 걸고 공정하게 판단하기를 요청하네."

로라스 경이 일어섰다. "그러겠습니다. 제 명예를 걸고."

"그렇다면 됐네."

어린 기사는 문을 향해 걸었다. 하지만 문 앞에서 다시 돌아섰다. "렌리는 그 여자가 어처구니없다고 생각했어요. 남자 갑옷을 입고 기사인 척하는 여자라니."

"그 여자가 분홍색 새틴과 미르산 레이스를 걸친 모습을 봤다면 갑옷 정도로 불평은 못 했을걸."

"그 여자를 그렇게 기괴하게 생각한다면 왜 가까이 두느냐고 물어봤죠. 다른 모든 기사는 자신에게 원하는 게 있다고, 성이든 명예든 재산이든 뭔가를 원하는데, 브리엔느가 원하는 건 자신을 위해 죽는 것뿐이라고 하더군요. 난 렌리는 피투성이이고 그 여자는 달아났는데 세 명이 멀쩡한 모습을 보고는……. 만약 그 여자가 결백하다면 로바르와 에몬은……." 로라스는 차마 말을 하지 못하는 것 같았다.

제이미는 생각해보지 않은 측면이었다. "나라도 경과 똑같이 했을 거야." 거짓말이 쉽게 흘러나왔지만, 로라스 경은 고마워하는 것 같았다.

로라스가 나가고 나자 킹스가드 단장은 하얀 방에 혼자 남아서 생각했다. 꽃의 기사는 렌리를 잃은 슬픔에 미쳐버린 나머지 결의형제 두 명을 베어버렸지만, 제이미는 조프리를 지키지 못했다는 이유로 다섯 명을 죽일 생각조차 해보지 않았다. '내 아들이었는데, 내 비밀스러운 아들이었는데……. 내 핏줄의 복수를 위해 남은 한 손도 들어 올리지 않는다면, 난 대체 무엇일까?' 최소한 보로스 경이라도 죽였어야 했다. 치워버리기 위해서라도.

그는 잘린 팔을 보며 얼굴을 찌푸렸다. '이걸 어떻게든 해야겠어.' 자슬린 바이워터 경이 무쇠 손을 달았다면, 그는 황금 손을 달아야 했다. '세르세이가 좋아할지도 모르지. 황금 손으로 세르세이의 황금 머리카락을 쓰다듬고, 꽉 끌어안으면.'

하지만 손 문제는 미룰 수 있었다. 먼저 보살펴야 할 다른 일들이 있었다. 갚아야 할 빚이 더 남아 있었다.

# 산사

앞 갑판으로 올라가는 사다리는 가파르고 갈라진 데가 많아서, 산사는 로소르 브룬이 내민 손을 잡았다. '이젠 로소르 경이야.' 산사는 스스로를 일깨워야 했다. 그 남자는 블랙워터 전투에서 용맹을 보여 기사 서임을 받았다. 그러나 제대로 된 기사라면 누구도 그런 누덕누덕 기운 갈색 바지를 입고 닳아빠진 장화를 신지 않을 테고, 금이 가고 물 얼룩이 진 가죽조끼를 걸치지도 않을 터였다. 뭉개진 코에 엉키고 곱슬거리는 회색 머리카락이 특징인 각진 얼굴의 다부진 남자 로소르 브룬은 말수가 적었다. 하지만 보기보다 힘이 셌다. 산사의 손을 잡고 무게가 나가지 않는 것처럼 휙 끌어올리는 데서 알 수 있었다.

'인어 왕'호의 뱃머리 앞에는 나무 한 그루 없이 비바람에 노출된 썩 보기 좋지 않은 돌투성이 바닷가가 펼쳐져 있었다. 그런 황무지라 해도 반가웠다. 그들은 오랜 시간이 걸려 힘겹게 돌아왔다. 지난번 태풍은 그들을 육지가 보이지 않는 곳까지 휩쓸어 갔고, 갤리선 양옆으로 엄청난 파도를 퍼부어대는 바람에 산사는 모두 물에 빠져 죽을 거라고 생각했었다. 늙은 오스웰에게 들으니 그때 갑판 위에 있던 남자 두 명이 파도에 휩쓸렸고, 또 한 명은 돛대에서 떨어져서 목이 부러졌다고 했다.

산사는 갑판에도 거의 나가지 않고 지냈다. 작은 선실은 춥고 습했지만 어차피 산사는 항해 내내 아팠다……. 공포 때문에 속이 뒤집히거나, 열이 올라 아프거나, 아니면 뱃멀미를 했다……. 아무것도 목으로 넘길 수가 없었고, 잠도 잘 자지 못했다. 눈을 감을 때마다 조프리가 옷깃을 뜯던 모습, 부드러운 목살을 쥐어뜯던 모습, 입가에 파이 부스러기를 묻히고 더블릿에는 와인 얼룩을 묻힌 채 죽어가던 모습이 보였다. 그리고 밧줄을 뒤흔드는 바람 소리를 들으면 조프리가 공기를 빨아들이려고 사투를 벌이며 내던 가늘고 끔찍한 소리가 생각났다. 때로는 티리온도 꿈에 나왔다. "그 사람은 아무 짓도 안 했어요." 산사는 리틀핑거가 그녀의 상태를 살피기 위해 선실에 들렀을 때 말했다.

"티리온이 조프리를 죽이지 않은 건 사실이지만, 그 난쟁이의 손은 깨끗한 것과는 거리가 멀어. 너와 결혼하기 전에도 아내가 있었던 건 알고 있었니?"

"그 사람이 말했어요."

"그리고 그 여자가 지겨워지자 자기 아버지의 위병들에게 선물해버렸다는 이야기도 하더냐? 시간이 흐르면 너에게도 똑같은 짓을 했을지 몰라. 꼬마 악마를 위한 눈물 같은 건 흘리지 말아라, 아가씨."

바람이 소금기 어린 손가락으로 그녀의 머리카락을 훑었고, 산사는 몸을 떨었다. 이렇게 해안 가까이 와서도 배가 출렁이면 속이 울렁거렸다. 목욕을 하고 옷을 갈아입고 싶은 마음이 간절했다. '시체처럼 초췌한 데다 토사물 냄새를 풍기고 있을 거야.'

피터 공이 언제나처럼 쾌활한 모습으로 다가왔다. "좋은 아침이구나. 바다 공기가 상쾌하지 않니? 난 이 바람을 맞으면 언제나 식욕이 돋아." 그는 안타깝다는 듯 산사의 어깨를 감쌌다. "너는 괜찮은 거냐? 너무 창백한데."

"속이 울렁거려서 그래요. 뱃멀미예요."

"와인을 좀 마시면 도움이 될 거야. 뭍에 오르면 바로 한 잔 가져다주마." 피터는 황량한 회색 하늘을 이고 선 낡은 차돌 탑을 가리켰다. 그 아래 바위에 파도가 부서지고 있었다. "생기가 넘치지? 안타깝게도 여기엔 안전한 정박지가 없어. 작은 배를 타고 상륙할 거야."

"여기에요?" 산사는 여기에 상륙하고 싶지 않았다. 핑거스는 암울한 곳이라고 들었고, 이 작은 탑에는 황량하고 쓸쓸한 기운이 감돌았다. "화이트 하버로 출발할 때까지 전 그냥 배에 있으면 안 될까요?"

"인어 왕은 여기에서부터 동쪽으로 돌아서 브라보스로 간다. 우리 없이."

"하지만…… 공께서…… 공께서 우린 집으로 간다고 말씀하셨잖아요."

"그리고 집이 저기 있잖니. 비참한 꼴이긴 하지만, 우리 가문 대대로 내려온 집이란다. 안타깝게도 이름은 없구나. 대영주의 권좌에는 이름이 있어야 하는데 말이다. 그렇지 않니? 윈터펠, 이어리, 리버런, 그런 게 성이지. 이젠 하렌홀의 영주라, 달콤하게 들리긴 한다만 그 전의 나는 뭐였지? 양 똥밭의 영주이자 암울한 요새의 주인? 뭔가 부족하단 말이지." 그의 회녹색 눈동자가 천진하게 산사를 보았다. "많이 당황했구나. 우리가 윈터펠로 가고 있다고 생각했니, 아가? 윈터펠은 빼앗겨서 불타고 약탈당했어. 네가 알고 사랑했던 사람은 모두 다 죽었다. 강철인에게 쓰러지지 않은 북부인들은 자기들끼리 전쟁을 벌이고 있지. 심지어 장벽도 공격을 받고 있다. 산사, 윈터펠은 네 어릴 적 집이지만, 넌 이제 어린아이가 아니야. 넌 성인 여자이고, 너의 집을 만들어야 해."

"하지만 여긴 아니에요." 산사는 경악해서 말했다. "여긴 너무……."

"……작고 황량하고 초라하다고? 다 맞는 말이고, 그 이상이지. 핑거스는 돌멩이나 좋아할 곳이야. 하지만 두려워하지 말아라, 여기에는 2주 이상 머물지 않을 테니. 네 이모가 이미 우리를 만나러 달려오고 있을 거야."

그는 미소 지었다. "라이사 부인과 나는 결혼할 거란다."

"결혼요?" 산사는 어리벙벙해졌다. "공과 제 이모가요?"

"하렌홀의 주인과 이어리의 주인의 만남이지."

'당신이 사랑한 사람은 내 어머니라더니.' 하지만 물론 캐틀린 부인은 죽었으니, 설령 캐틀린이 피터를 비밀스럽게 사랑하고 처녀성을 주었다 해도 이젠 아무 상관이 없었다.

"너무 조용한데?" 피터가 말했다. "네가 축복의 말을 해주고 싶어 할 줄 알았는데 말이다. 돌멩이와 양 똥의 후계자로 태어난 남자가 호스터 툴리의 딸이자 존 아린의 과부와 결혼하는 건 흔치 않은 일이지."

"두…… 두 분이 오래도록 함께하시고, 자식도 많이 두고, 서로 많이 행복하시길 빌어요." 산사가 이모를 본 건 오래전 일이었다. '이모라면 어머니를 위해서라도 나에게 친절하겠지. 혈연이잖아.' 그리고 모든 노래가 아린 협곡은 아름다운 곳이라고 했다. 어쩌면 여기에 한동안 머무는 것도 그렇게 끔찍한 일은 아닐지 몰랐다.

로소르와 늙은 오스웰이 두 사람을 태우고 뭍까지 노를 저었다. 산사는 망토를 두르고 뱃머리에 웅크려 앉은 채 두건을 눌러 바람을 막으면서 앞에 무엇이 기다리고 있을까 생각했다. 탑에서 하인들이 마중을 나왔다. 깡마른 늙은 여자 하나와 뚱뚱한 중년 여자 하나, 심하게 늙은 백발 남자 둘, 그리고 한쪽 눈에 다래끼가 난 두세 살쯤 된 어린 소녀 하나였다. 그들은 피터 공을 알아보고 돌 위에 무릎을 꿇었다. "내 가솔들이야. 저 아이는 모르겠군. 켈라가 또 사생아를 낳은 거겠지. 켈라는 몇 년에 한 번씩 아비 모를 애를 낳거든."

늙은 남자 두 명이 허벅지까지 적시면서 걸어와서 산사를 배에서 들어올린 덕분에, 산사는 치마를 적시지 않았다. 오스웰과 로소르는 물을 튀기면서 걸어 나갔고, 리틀핑거도 그랬다. 그는 늙은 여자의 뺨에 입을 맞추고 중년 여자에게는 씩 웃어 보였다. "이 아이 아버지는 누구야, 켈라?"

뚱뚱한 여자는 큰 소리로 웃었다. "저도 제대로 말을 못 하겠네요. 제가 누구한테 안 된다고 하는 여자라야 말이죠."

"그리고 이 지역 청년들은 분명히 자네에게 고마워할 테지."

"주인님께서 집에 오시니 참 좋습니다." 늙은 남자 하나가 말했다. 못해도 여든은 되어 보였는데, 징 박힌 두정갑을 입고 허리에 장검을 차고 있었다. "얼마나 오래 지내실 겁니까?"

"가능한 한 짧게 있을 테니 걱정 마, 브라이엔. 지금 탑 안은 지낼 만한가?"

"주인님이 오시는 줄 알았으면 새 골풀을 깔았을 겁니다." 노파가 말했다. "지금은 똥을 태우고 있습죠."

"똥 타는 냄새만큼 집 같은 게 없지." 피터는 산사를 돌아보았다. "그리셀은 내 유모였는데, 지금은 내 성을 관리하지. 엄프레드는 내 집사이고, 브라이엔은…… 내가 지난번에 왔을 때 자네를 위병대장으로 임명하지 않았던가?"

"맞습니다, 주인님. 사람도 더 구해주겠다고 하셨지만 안 그러셨지요. 파수는 저와 개들이 다 본답니다."

"그리고 아주 잘 봤겠지. 아무도 내 돌멩이나 양 똥을 훔쳐 가지 않았다는 건 똑똑히 알겠어." 피터는 뚱뚱한 여자 쪽으로 손짓을 했다. "켈라는 내 엄청난 양 떼를 돌보지. 현재 내 양이 몇 마리지, 켈라?"

켈라는 잠시 생각을 해야 했다. "스물세 마리요. 스물아홉 마리였는데, 브라이엔의 개들이 한 마리를 죽였고 또 몇 마리는 저희가 잡아서 소금에 절였어요."

"아, 소금에 절인 차가운 양고기라. 확실히 집에 왔나 보군. 갈매기알과 해초 수프로 아침을 먹게 되면 더 확신이 생기겠지."

"주인님이 원하신다면요." 노파 그리셀이 말했다.

피터 공은 얼굴을 찡그렸다. "가세, 내 성이 내 기억만큼 암울한지 어디보자고." 그는 앞장서서 썩어가는 해초로 미끄러운 돌들을 타 넘어 해변을 올라갔다. 차돌로 만든 탑 아래쪽에는 양 몇 마리가 돌아다니면서 양 우리와 이엉지붕 마구간 사이에 돋아난 보잘것없는 풀을 뜯고 있었다. 산사는 발을 조심해서 디뎌야 했다. 사방에 양 똥이 떨어져 있었다.

안으로 들어가니 탑이 더 작아 보였다. 개방된 돌계단이 안쪽 벽을 따라 지하실부터 지붕까지 이어졌다. 한 층에 방 하나씩이었다. 하인들은 지상층에 있는 부엌에서 지내고 잠을 잤으며, 거대한 얼룩무늬 마스티프 한 마리와 대여섯 마리의 양치기 개들이 그 공간을 공유했다. 그 위에는 수수한 홀이 있었고, 더 위로 올라가야 침실이 나왔다. 창문은 없었지만, 외벽에는 구부러지는 계단을 따라 간격을 두고 화살 구멍이 하나씩 있었다. 벽난로 위에는 부러진 장검과 낡은 참나무 방패가 걸렸는데, 색칠이 갈라지고 떨어져 나갔다.

그 방패에 그려진 문장은 산사가 모르는 문장이었다. 밝은 녹색 바탕에, 불타는 눈을 지닌 회색 석두상. "내 할아버지의 방패지." 피터는 산사의 눈길을 보고 설명했다. "내 할아버지의 아버지는 브라보스에서 태어났는데 코브레이 공에게 고용된 용병으로 협곡에 왔고, 그래서 내 할아버지는 기사가 되었을 때 문장으로 거인의 머리를 선택했어."

"아주 사납네요." 산사가 말했다.

"나처럼 싹싹한 친구에게는 지나치게 사나운 문장이라고 해야겠지." 피터가 말했다. "난 저것보다 내 흉내지빠귀가 더 좋아."

오스웰은 식량을 내리느라 인어 왕호에 두 번 더 다녀왔다. 오스웰이 뭍으로 내린 짐 중에는 와인도 몇 통 있었다. 피터는 약속대로 산사에게 와인을 한 잔 따라주었다. "여기, 이게 네 속에 도움이 됐으면 좋겠구나."

발밑에 단단한 땅이 있는 것만으로도 도움이 됐지만, 산사는 순순히 두 손으로 술잔을 들어 올려 한 모금 마셨다. 아주 좋은 와인이었다. 아버산 빈티지 같았다. 참나무와 과일과 뜨거운 여름밤의 맛이 났고, 그 맛은 마치 태양을 보며 피어나는 꽃처럼 그녀의 입안에서 피어났다. 산사는 그저 그 술을 목구멍으로 넘길 수 있기만 빌었다. 피터 공이 너무나 친절하게 굴고 있는데, 거기다 대고 토해서 모든 걸 망치고 싶지 않았다.

그는 술잔 너머로 그녀를 살펴보고 있었는데, 반짝이는 회녹색 눈 가득한 기색은…… 즐거움일까? 아니면 다른 걸까? 산사는 잘 알 수가 없었다. "그리셀." 그가 노파를 불렀다. "먹을 것을 좀 가져와. 우리 아가씨는 속이 약하니 너무 무거운 건 말고. 과일이면 될 것 같군. 오스웰이 왕도에서 오렌지와 석류를 가져왔을 거야."

"네, 주인님."

"뜨거운 물로 목욕을 할 수 있을까요?" 산사가 물었다.

"켈라에게 물을 길어 오라고 하겠습니다, 아가씨."

산사는 와인을 한 모금 더 마시고 예의 바른 대화 소재를 생각해보려고 했는데, 피터 공이 수고를 덜어주었다. 그리셀과 다른 하인들이 나가자 그가 말했다. "라이사는 혼자 오지 않을 거야. 라이사가 도착하기 전에 네 정체를 확실히 해둬야 해."

"제 정체라니…… 이해가 안 가는데요."

"바리스는 사방에 정보원을 두고 있지. 산사 스타크가 협곡에서 모습을 보인다면 한 달이 지나지 않아 내시가 알게 될 테고, 그러면 불행한…… 문제가 생길 거야. 지금은 스타크로 있는 게 안전하지가 않아. 그러니 라이사 쪽 사람들에게는 네가 내 서녀라고 할 거야."

"서녀요?" 산사는 경악했다. "그러니까, 사생아라고요?"

"그야, 네가 내 적녀일 수는 없지 않겠니. 나는 아내를 맞이한 적이 없다는 사실이 잘 알려져 있으니 말이다. 이름은 뭐라고 할까?"

"저…… 제 어머니 이름을 딸 수도……."

"캐틀린? 그건 너무 뻔하지……. 하지만 내 어머니 이름을 땄다고 하면 통할 거야. 알레인. 마음에 드니?"

"예쁜 이름이네요." 산사는 그 이름을 기억할 수 있기를 빌었다. "하지만 그냥 공을 모시는 어느 기사의 적녀가 되면 안 될까요? 그 기사가 전투 중에 용맹하게 싸우다가 죽어서……."

"내 밑에는 용맹한 기사라곤 없단다, 알레인. 그런 이야길 늘어놓았다간 시체에 까마귀가 꼬이듯이 달갑지 않은 질문들이 꼬일 거야. 하지만 남자의 서녀를 두고 태생을 캐묻는 건 무례한 일이지." 그는 고개를 살짝 기울였다. "그래서, 네가 누구라고?"

"알레인…… 스톤이겠죠?" 그가 고개를 끄덕이자 그녀는 말했다. "하지만 제 어머니는 누군가요?"

"켈라?"

"제발, 안 돼요." 그녀는 당황해서 말했다.

"놀린 거야. 네 어머니는 브라보스의 상류층 여성으로, 대상인의 딸이었다. 우린 내가 걸타운 항구를 책임지고 있었을 때 그곳에서 만났지. 그녀는 널 낳다가 죽었고, 너를 교단에 맡겼어. 나에게 네가 훑어볼 만한 종교 서적이 몇 권 있으니, 그 책에서 인용구를 익혀두거라. 원치 않는 질문을 꺾는 데엔 줄줄이 이어지는 신실한 울음소리만 한 게 없지. 어쨌든, 꽃을 피울 무렵이 되자 너는 성사가 되고 싶지 않다고 결심하고 나에게 편지를 쓴거야. 나는 그때 처음으로 네 존재를 알았고." 그는 수염을 만지작거렸다. "다 기억할 수 있겠니?"

"그랬으면 좋겠어요. 게임 같은 거겠네요, 그렇죠?"

"게임을 좋아하니, 알레인?"

새로운 이름에 익숙해지는 데 시간이 조금 걸렸다. "게임을요? 그……
그건 아무래도 어떤 종류냐에 따라……."

피터가 뭔가 더 말하기 전에 그리셀이 커다란 쟁반을 들고 다시 나타났
다. 그리셀은 쟁반을 두 사람 사이에 놓았다. 사과와 배와 석류, 신선해 보
이지 않는 포도, 그리고 커다란 블러드오렌지가 있었다. 노파는 둥근 빵과
버터도 가져왔다. 피터는 단검으로 석류 하나를 쪼개더니 반쪽을 산사에
게 건넸다. "조금이라도 먹어봐."

"고맙습니다." 석류씨는 먹기에 너무 지저분했다. 산사는 석류 대신 배를
골라서 작게 베어물었다. 무르익은 배어서 과즙이 턱을 타고 흘러내렸다.

피터 공은 단검 끝으로 씨를 빼냈다. "아버지가 정말 그립겠지. 안다. 에
다드 공은 용감한 데다 정직하고 충성스러운 남자였어……. 하지만 가망
없는 선수이기도 했다." 그는 단검에 찍은 씨를 입으로 가져갔다. "킹스랜딩
에는 두 종류의 사람들이 있지. 선수와 게임 말."

"저는 게임 말이었나요?" 대답을 듣기가 무서웠다.

"그래. 하지만 그렇다고 힘들어할 건 없다. 넌 아직 반쯤 어린아이야. 모
든 남자는 게임 말로 시작하고, 모든 처녀도 마찬가지지. 자기가 선수라고
생각하는 사람들도 그렇단다." 그는 씨를 하나 더 먹었다. "이를테면 세르세
이가 그렇지. 자기가 교활하다고 생각하지만, 사실은 그렇게 예측하기 쉬울
수가 없어. 세르세이의 힘은 그 아름다움과 출생 신분, 그리고 재산에 달려
있지. 그중에서 온전히 자기 것이라곤 첫 번째뿐이고, 그것도 곧 떠나갈 거
야. 그 점에서 난 세르세이를 동정한다. 그 여자는 권력을 원하지만, 권력을
손에 넣었을 때 어떻게 할지에 대해선 아무 생각이 없거든. 모든 사람이 뭔
가를 원한단다, 알레인. 그리고 어떤 자가 무엇을 원하는지 알면 그자가 누
구인지 알고, 어떻게 그자를 움직일지 알게 되지."

"돈토스 경을 움직여서 조프리를 독살한 것처럼요?" 산사는 범인이 돈토

스일 수밖에 없다는 결론을 내리고 있었다.

리틀핑거는 웃음을 터뜨렸다. "붉은 기사 돈토스 경은 다리가 달린 와인 주머니였지. 그런 엄청난 일을 믿고 맡길 자는 못 됐어. 일을 망치거나 날 배신했을 거야. 아니, 돈토스가 해야 했던 일은 널 성에서 데리고 나오는 것뿐이었다……. 그리고 네가 그 은제 머리그물을 쓰게 하는 것."

'그 흑자수정.' "하지만…… 돈토스가 아니라면, 누구죠? 다른…… 게임 말들이 있나요?"

"킹스랜딩을 뒤집어엎는다 해도 심장 위에 흉내지빠귀를 수놓은 사람은 하나도 찾지 못할 테지만, 그렇다고 내가 친구가 없다는 뜻은 아니지." 피터 는 계단 쪽으로 걸어갔다. "오스웰, 이리 올라와서 산사 아가씨에게 자네 모습을 보여줘."

노인 오스웰은 몇 분 후에 나타나서 씩 웃으며 절을 했다. 산사는 머뭇 머뭇 그 노인을 보았다. "제가 뭘 봐야 하는 거죠?"

"알아보겠니?" 피터가 물었다.

"아뇨."

"더 자세히 봐라."

산사는 노인의 바람에 상하고 주름진 얼굴, 매부리코, 하얀 머리카락, 그리고 크고 울퉁불퉁한 두 손을 찬찬히 보았다. 어딘가 익숙한 구석이 있었 지만, 산사는 고개를 저을 수밖에 없었다. "모르겠어요. 전 그 배에 타기 전에 오스웰을 본 적이 없어요. 분명해요."

오스웰이 씩 웃으며 비뚤배뚤한 치아를 드러냈다. "그건 그렇지만, 아가 씨께선 제 아들놈 셋을 만나셨을지도 모릅니다."

'아들놈 셋'이라는 말과 그 미소가 단서였다. "케틀블랙!" 산사는 눈을 크 게 떴다. "케틀블랙이군요!"

"예, 맞습니다, 아가씨."

"아가씨가 즐거워서 어찌할 바를 모르는군." 피터 공은 손짓으로 그 남자를 물리고, 오스웰이 발을 끌며 계단을 내려가자 다시 석류로 관심을 돌렸다. "말해보렴, 알레인. 적이 휘두르는 단검과, 네가 본 적도 없는 누군가가 네 등을 누르고 있는 숨겨진 단검 중에 무엇이 더 위험할까?"

"숨겨진 단검요."

"영리하구나." 그는 석류씨로 빨갛게 물든 얇은 입술을 움직여 미소 지었다. "꼬마 악마가 위병들을 다른 곳으로 보내버리자 왕대비는 란셀 경에게 용병을 고용해 오라 시켰지. 란셀은 왕대비에게 케틀블랙 형제를 찾아다 줬는데, 네 작은 남편은 그 사실에 기뻐했단다. 왜냐하면 케틀블랙 형제는 그의 부하인 브론을 통해 돈을 지불하던 녀석들이었거든." 그는 쿡쿡 웃었다. "하지만 애초에 브론이 용병들을 찾는다는 소식을 듣고 오스웰에게 킹스랜딩으로 아들들을 보내라고 이른 사람은 나였지. 이제 숨겨진 단검 세 개가 완벽하게 자리를 잡았단다, 알레인."

"그러면 조프리의 잔에 독을 탄 사람은 케틀블랙 형제 중 하나였군요?" 산사는 오스먼드 경이 밤새 조프리 근처에 있었음을 기억했다.

"내가 그렇게 말했나?" 피터 공은 단검으로 블러드오렌지를 잘라서 반쪽을 산사에게 내밀었다. "그 녀석들은 그런 계략에 쓰기에는 믿을 수가 없어……. 특히 오스먼드는 킹스가드에 들어간 후부터 더 믿을 수가 없어졌지. 그 하얀 망토는 꽤 영향을 미친단 말이야. 심지어 그런 놈에게까지도." 그는 턱을 들고 입안에 떨어지게끔 블러드오렌지를 쥐어짰다. "즙은 좋지만 손가락이 끈적끈적해지는 건 싫단 말이지." 그는 손을 닦으면서 불평했다. "깨끗한 손이다, 산사. 뭘 하든 네 손은 깨끗하게 유지해야 해."

산사는 자기 몫의 오렌지에서 즙을 한 숟가락 떴다. "하지만 케틀블랙도 아니고 돈토스 경도 아니라면……. 공은 도시 안에 계시지도 않았고, 티리온일 리도 없고……."

"다른 추측은 없니, 아가?"

산사는 고개를 저었다. "저는 잘⋯⋯."

피터는 미소 지었다. "그날 저녁에 누군가가 네 머리그물이 비뚤어졌다고 하면서 바로잡아줬을 텐데."

산사는 한 손으로 입을 막았다. "설마 그런⋯⋯. 그분은 절 하이가든으로 데려가서 손자와 결혼시키고 싶어 하셨는데⋯⋯."

"온화하고 신실하고 마음씨 고운 윌라스 티렐과 말이지. 모면해서 다행이라 고마워해라. 죽도록 지루했을 테니까. 하지만 그 노파는, 지루하지 않다는 점 하나는 인정해야지. 무시무시한 마귀할멈인 데다가 연약한 척만 하지 사실은 아니거든. 내가 마저리와의 결혼 흥정을 하러 하이가든에 갔을 때, 그 노파는 아들이 미친 듯이 날뛰게 내버려두고 조프리의 본성에 대해 날카로운 질문을 던져대더구나. 나야 물론 조프리를 한껏 칭찬했지만⋯⋯ 그 사이에 내 부하들은 티렐 공의 하인들 사이에 심란한 이야기를 퍼뜨렸지. 게임이란 이렇게 하는 거야.

또 나는 로라스 경에게 하얀 옷을 입을 생각을 불어넣었지. 내가 직접 제안하진 않았어. 그건 너무 조잡한 짓이니까. 하지만 내 일행들은 폭도들이 프레스턴 그린필드 경을 죽이고 롤리스 아가씨를 강간한 일에 대해 소름 끼치는 이야기를 늘어놓았고, 티렐 공의 가수 부대에게 은화 몇 닢 찔러주고 리암 레드와인, 거울 방패 세르윈, 드래곤 기사 아에몬 왕자에 대한 노래를 부르게 했어. 잘 맞는 손에 들어가면 하프가 장검 못지않게 위험할 수 있지.

메이스 티렐은 사실 결혼 계약의 일부로 로라스 경을 킹스가드에 가입시키는 것이 본인 생각이라고 여겼지. 훌륭한 기사 오빠보다 자기 딸을 더 잘 지킬 사람이 누가 있겠어? 게다가 그렇게 하면 셋째 아들에게 영지와 신부를 찾아주는 어려운 과업도 덜 수 있었지. 원래도 쉽지 않은 일인데,

로라스 경의 경우엔 두 배로 어려웠거든.

그건 그렇고. 올레나 부인은 조프리가 귀하디귀한 손녀를 해치게 놓아두지 않을 작정이었지만, 자기 아들과 달리 로라스 경이 화려한 장식과 꽃무늬 아래로 제이미 라니스터 못지않게 다혈질을 품고 있다는 걸 알고 있었어. 조프리와 마저리와 로라스를 한 냄비 속에 던져 넣으면 킹슬레이어 스튜 제조법이 나오는 거지. 그 노파는 또 다른 것도 이해하고 있었어. 노파의 아들은 마저리를 왕비로 만들겠다고 작심하고 있었고, 그러려면 왕이 필요했지만…… 그게 꼭 조프리일 필요는 없다는 것. 곧 또 한 번의 결혼식이 있을 거다. 두고 봐. 마저리는 토멘과 결혼할 거야. 마저리는 왕비의 관과 처녀성을 유지할 테고, 양쪽 다 특별히 원하는 건 아닐 테지만 그게 무슨 상관이겠어? 서부의 대동맹은 유지될 거야……. 적어도 한동안은.”

'마저리와 토멘이라니.' 산사는 무슨 말을 해야 할지 몰랐다. 산사는 마저리 티렐을 좋아했고, 그녀의 자그맣고 신랄한 할머니도 좋아했다. 산사는 애석한 마음으로 하이가든의 안뜰과 음악가들, 맨더강에 뜬 유람선을 생각했다. 이 황량한 해안과는 현저히 다른 곳이었다. '적어도 여기에서 난 안전해. 조프리는 죽었으니 이제 날 해칠 수 없고, 이제 난 한갓 사생아일 뿐이야. 알레인 스톤에게는 남편도 없고 계승권도 없어.' 그리고 곧 이모가 올 것이다. 킹스랜딩의 긴 악몽도, 엉터리 결혼도 예전 일이었다. 피터 말대로 산사는 여기를 새로운 집으로 삼을 수 있었다.

라이사 아린이 도착하기까지 꼬박 여드레가 걸렸다. 그중 닷새 동안은 비가 내렸고, 그동안 산사는 늙고 눈먼 개를 옆에 두고 지루하고 초조한 마음으로 불가에 앉아 있었다. 그 개는 병들고 이가 다 빠져서 브라이엔과 같이 경비 일을 할 수가 없었고 주로 잠만 잤지만, 산사가 쓰다듬자 낑낑거리며 그녀의 손을 핥았고, 그 후에는 둘이 친해졌다. 비가 그치자 피터는 그녀를 데리고 소유지를 한 바퀴 돌았는데, 반나절도 걸리지 않았다. 그는 말했던 대로 돌멩이를 잔뜩 소유하고 있었다. 그중 한 곳에서는 바닷물이 바위 구멍을 통해 10미터 가까이 솟구쳤고, 또 어떤 곳에서는 누군가가 바윗돌에 새로운 신들을 뜻하는 칠각별을 새겨놓았다. 피터는 그 표시가 안달인이 바다를 건너와서 최초인으로부터 협곡을 빼앗았을 때 상륙한 곳 가운데 하나임을 뜻한다고 했다.

내륙으로 더 들어가자 이탄 습지 옆에 돌을 쌓아 만든 움막집들에 십여 가족이 살고 있었다. "내 영지민들이지." 피터는 그렇게 말했지만, 제일 나이 많은 사람들만 그를 알아보는 것 같았다. 그의 영지에는 은둔자의 동굴도 하나 있었지만, 은둔자는 없었다. "이제는 죽었지만, 내가 어렸을 때 아버지가 나를 데리고 은둔자를 보러 갔었지. 40년이나 씻지를 않았으니 냄새가 얼마나 심했을지 상상이 가겠지만, 그 은둔자에게는 예언 능력이 있다고 했어. 은둔자는 나를 살짝 더듬어보더니 내가 대단한 위인이 될 거라고 했고, 내 아버지는 그 예언의 대가로 와인 한 부대를 줬단다." 피터는 코웃음을 쳤다. "나라면 와인 반 잔만 줘도 같은 말을 했을 거야."

마침내 어느 바람 부는 흐린 오후, 브라이엔이 짖어대는 개들을 뒤에 달고 탑으로 뛰어오더니 남서쪽에서 기수들이 다가오고 있다고 고했다. "라이사로군." 피터 공이 말했다. "가자, 알레인. 맞이하러 가야지."

그들은 망토를 걸치고 밖에 나가서 기다렸다. 기수들은 스무 명도 되지 않았다. 이어리의 여주인치고는 수수한 호위였다. 시녀가 셋, 사슬과 판금 갑옷을 입은 가신 기사 십여 명이 같이 달려왔다. 라이사는 성사 한 명, 그리고 콧수염이 가늘고 모래색 곱슬머리를 길게 기른 잘생긴 가수 한 명도 데려왔다.

'저 사람이 내 이모라고?' 라이사 부인은 어머니보다 두 살이 어렸는데, 이 여자는 열 살은 많아 보였다. 숱 많은 적갈색 머리채가 허리 아래까지 흘러내렸지만, 값비싼 벨벳 가운과 보석 박힌 보디스 안의 몸은 살이 찌고 축 늘어졌다. 얼굴은 분홍빛에다 화장이 짙었고, 젖가슴은 묵직했으며, 팔다리는 굵었다. 라이사는 리틀핑거보다 키가 크고 몸도 무거웠으며, 말에서 내리는 어설픈 모습에는 어떤 우아함도 없었다.

피터는 무릎을 꿇고 그녀의 손가락에 입을 맞췄다. "왕의 소협의회에서 당신에게 구애해서 마음을 얻으라고 명하더군요. 저를 당신의 남편이자 주인으로 받아들이실 수 있겠습니까?"

라이사 부인은 입술을 내밀더니 피터를 끌어 올려 뺨에 입을 맞췄다. "오, 제가 설득이 될지도 모르지요." 그녀는 키득거렸다. "제 마음을 녹일 선물은 가져오셨나요?"

"왕의 평화를 가져왔지요."

"아, 평화는 됐다고 해요. 또 뭘 가져왔나요?"

"제 딸입니다." 리틀핑거는 한 손을 흔들어 산사를 앞으로 불렀다. "부인, 당신에게 알레인 스톤을 소개하겠습니다."

라이사 아린은 산사를 만나서 별로 기뻐하는 것 같지 않았다. 산사는 고개를 숙이고 깊이 절했다. "서녀라?" 이모가 말하는 소리가 들렸다. "피터, 못된 짓을 하고 다녔나요? 이 아이 어머니는 누구였죠?"

"그 여자는 죽었습니다. 알레인을 이어리로 데려갔으면 합니다만."

"내가 거기서 얘랑 뭘 하라고요?"

"몇 가지 생각이 있습니다만……." 피터 공이 말했다. "하지만 당장 나는 당신과 뭘 할지에 더 관심이 많군요."

이모의 동그란 분홍빛 얼굴에서 엄한 기색이 다 녹아 없어졌고, 산사는 순간 라이사 아린이 우는 줄 알았다. "상냥한 피터, 내가 당신을 얼마나 그리워했는지 당신은 모르지. 알 리가 없지. 욘 로이스는 내가 휘하를 소집해서 전쟁에 나가야 한다면서 온갖 곤란을 일으켰어. 다른 사람들은, 헌터와 코브레이와 그 끔찍한 네스토 로이스는 다들 내 주위에 몰려들어서 나와 결혼하고 내 아들을 대자로 삼고 싶어 했지만 날 정말로 사랑하는 사람은 하나도 없었어. 오직 당신뿐이야, 피터. 당신을 정말 오랫동안 꿈꿨어요."

"나도 그래요." 피터는 한 팔로 라이사를 감싸 안고 목에 입을 맞췄다. "얼마나 빨리 결혼할 수 있을까요?"

"지금요." 라이사 부인은 한숨을 내쉬며 말했다. "내가 성사와 가수, 그리고 결혼 피로연에 쓸 꿀술까지 챙겨 왔지요."

"여기에서요?" 피터는 기뻐하지 않았다. "난 당신 궁정이 다 참석한 가운데 이어리에서 결혼했으면 좋겠는데."

"궁정은 됐다 그래요. 너무 오래 기다려서 한시도 더는 못 기다리겠어요." 라이사는 피터를 끌어안았다. "오늘 밤 당신과 잠자리를 함께하고 싶어요. 아이를 하나 더 가졌으면 좋겠어요. 로버트에게 남동생 아니면 귀여운 여동생을 낳아줘요."

"나도 꿈꾸는 바예요. 하지만 협곡 전체를 초대해서 성대하게 결혼식을 하면 얻을 것이 많은데—"

"안 돼요." 그녀는 발을 굴렸다. "난 지금, 바로 오늘 밤에 당신을 원해. 그리고 경고해야겠는데, 침묵하고 속삭이면서 지낸 세월이 너무 길었으니, 당신이 날 사랑할 땐 소리소리 지르고 싶어. 이어리에서도 들릴 정도로 크게 소리를 지를 거야!"

"지금 잠자리를 하고 결혼식은 나중에 하면 어떨까요?"

라이사 부인은 어린 여자애처럼 키득거렸다. "아, 피터 베일리시, 짓궂기도 하지. 안 돼. 안 된다고. 난 이어리의 여주인이고, 바로 지금 나와 결혼하라고 명하겠어!"

피터는 어깨를 으쓱였다. "그렇다면야 명대로 해야지요. 나야 언제나 당신 앞에서는 속수무책이니."

그들은 한 시간 만에, 서쪽으로 해가 기우는 가운데 새파란 덮개 아래에 서서 결혼 서약을 했다. 그 후에는 작은 차돌 탑 아래에 가대 탁자를 놓고 메추라기와 사슴과 곰 고기구이로 잔치를 하며 맛 좋은 꿀술을 마셨다. 어스름이 깔리자 횃불이 켜졌다. 라이사의 가수가 〈말 못 한 서약〉과 〈내 사랑의 계절〉, 그리고 〈하나처럼 뛰는 두 개의 심장〉을 불렀다. 젊은 기사 몇 명은 산사에게 춤을 청하기도 했다. 이모도 춤을 추었고, 피터가 빙그르 돌리자 치맛자락이 휘돌았다. 꿀술과 결혼 덕분에 라이사 부인도 몇 년은 젊어졌다. 그녀는 남편 손을 잡고만 있으면 무엇을 보든 웃었고, 남편을 쳐다볼 때마다 눈을 반짝이는 것 같았다.

잠자리에 들 시간이 되자 기사들이 라이사를 지고 탑을 오르면서 음탕한 농담을 외치고 옷을 하나씩 벗겼다. '티리온은 저 부분을 빼줬지.' 산사는 기억을 돌이켰다. 그녀가 사랑하는 남자를 위해, 두 사람 모두를 사랑하는 친구들 손에 옷을 벗는다면 아주 나쁘지는 않을 것이다. '하지만 조프리 손에 벗었다면……' 산사는 몸을 떨었다.

이모는 시녀를 셋밖에 데려오지 않았기 때문에, 그들은 피터 공의 옷을 벗기고 결혼 침대로 올려 보내는 데 산사까지 돕도록 했다. 그는 짓궂은 농담을 듣는 만큼 던져가며 기꺼이 굴복했다. 옷을 벗기고 탑 안으로 밀어 넣었을 때쯤에는 다른 여자들이 다 끈이 풀리고 상의가 비뚤어지고 치마가 흐트러진 채 얼굴을 붉히고 있었다. 하지만 부인이 기다리는 침실로 밀려 올라가면서 리틀핑거는 산사에게만 미소를 던졌다.

라이사 부인과 피터 공은 3층 침실을 자기들끼리 썼지만, 탑 자체가 작았고…… 이모는 선언했던 대로 소리를 질러댔다. 바깥에 비가 오기 시작하면서 연회 참석자들이 바로 아래층 홀에 들어와야 했기에, 그들은 거의 모든 말을 다 들었다. "피터." 이모가 신음했다. "오, 피터, 피터, 다정한 피터, 오오오. 거기야, 피터, 거기. 거기가 당신이 있어야 할 곳이야." 라이사 부인의 가수가 〈우리 마님의 저녁 식사〉 야한 변형판을 부르기 시작했지만, 그 노래와 연주조차도 라이사의 소리를 묻지는 못했다. "나에게 아기를 만들어줘, 피터." 그녀는 소리를 질렀다. "나에게 사랑스러운 아기를 하나 더 만들어줘. 아, 피터, 내 소중한, 내 소중한, 피터어어어어어!" 마지막 비명이 어찌나 컸던지 개들이 짖어댈 정도였고, 이모의 시녀 두 명은 새어 나오는 웃음소리를 누르지 못했다.

산사는 계단을 내려가서 밤공기 속으로 나갔다. 연회의 잔해 위로 가벼운 비가 내리고 있었지만, 공기 냄새가 신선하고 깨끗했다. 티리온과 결혼한 밤의 기억이 많이 났다. '어둠 속에서는 내가 꽃의 기사요. 당신에게 잘해줄 수 있소.' 티리온은 그렇게 말했었다. 하지만 그건 또 다른 라니스터의 거짓말이었다. '개는 냄새로 거짓말을 알아.' 사냥개는 언젠가 그렇게 말했었다. 그의 거칠고 쉰 목소리가 들리는 것만 같았다. '네 주위를 보고 제대로 냄새를 맡아봐. 여긴 거짓말쟁이밖에 없어. 그리고 하나같이 너보다 거짓말을 잘하지.' 산도르 클리게인은 어떻게 되었을까 궁금했다. 그들이 조프리를 죽였다는 걸 알까? 안다고 한들 신경은 쓸까? 그는 몇 년 동안이나 조프리 왕자의 맹약위사였는데.

산사는 오랫동안 밖에 있었다. 마침내 젖고 차가워진 몸으로 자러 들어갔을 때는 희미한 토탄 불빛만이 어두워진 홀을 밝히고 있었다. 위층에서는 아무 소리도 나지 않았다. 젊은 가수는 구석에 앉아서 혼자 느린 노래를 연주하고 있었다. 이모의 시녀 하나는 피터 공의 의자에서 기사 하나와 입을 맞추고 있었는데, 둘 다 서로의 옷 안에서 손을 바쁘게 움직였다. 남자 몇은 취해서 잠들었고, 한 명은 변소에서 시끄럽게 속을 게우고 있었다. 산사는 계단 아래 작은 공간에서 브라이엔의 늙고 눈먼 개를 찾아 그 옆에 누웠다. 개가 깨어나서 그녀의 얼굴을 핥았다. "이 늙고 슬픈 사냥개야." 그녀는 털을 헝클어뜨리며 말했다.

"알레인." 이모의 가수가 앞에 서 있었다. "사랑스러운 알레인. 난 마릴리언이라고 해요. 빗속에서 들어오는 모습을 봤어요. 밤은 축축하고 차갑지요. 내가 몸을 데워줄게요."

늙은 개가 고개를 들고 으르렁거렸지만, 가수는 개를 살짝 때려서 깽깽대며 물러나게 만들었다.

"마릴리언?" 산사는 머뭇거리며 말했다. "제 생각을 해주다니…… 친절하지만, 그렇지만…… 용서하세요. 전 무척 피곤하네요."

"그리고 아주 아름답죠. 밤새 머릿속으로 당신을 위한 노래를 지었답니다. 당신의 눈동자를 위해 이야기 하나, 당신의 입술을 위해 발라드 하나, 당신의 가슴을 위해 이중주 하나. 하지만 그 노래들을 부르진 않을 거예요. 이런 아름다움에 어울리지 않는 형편없는 노래니까요." 그는 산사의 침대에 앉아서 그녀의 다리에 손을 올렸다. "대신 내 몸으로 노래하게 해줘요."

산사는 그의 숨결을 맡았다. "취했군요."

"난 절대 취하지 않아요. 꿀술을 마셔봤자 쾌활해질 뿐이죠. 난 불이 붙었어요." 그의 손이 그녀의 허벅지를 따라 올라왔다. "당신도 마찬가지죠."

"손 떼요. 당신 분수를 잊었네요."

"자비를 베풀어줘요. 난 몇 시간이나 사랑 노래를 불렀어요. 피가 끓는다고요. 그리고 당신도 피가 끓는 거 알아요……. 사생아로 태어난 여자만큼 욕정이 강한 여자는 없죠. 나 때문에 젖었나요?"

"난 처녀예요." 산사는 항의했다.

"정말? 아, 알레인, 알레인, 아름다운 아가씨, 나에게 당신의 순수를 선물로 줘요. 그렇게 하면 신들에게 고마워하게 될 거예요. 내가 라이사 부인보다 더 큰 소리로 노래하게 해줄게요."

산사는 겁에 질려서 그를 뿌리쳤다. "물러나지 않으면 내 이— 내 아버지가, 피터 공이 당신 목을 매달 거예요."

"리틀핑거가요?" 그는 쿡쿡거렸다. "라이사 부인은 날 아주 사랑하는 데다가, 난 로버트 공이 제일 좋아하는 가수예요. 당신 아버지가 내 기분을 상하게 하면 시 하나로 그 사람을 망쳐줄 겁니다." 그는 산사의 가슴에 손을 올리고 힘주어 잡았다. "이 젖은 옷은 벗겨줄게요. 찢어버리길 바라진 않을 테죠. 자요, 사랑스러운 아가씨, 당신의 마음에 귀 기울여—"

산사는 쇠가 가죽을 스치는 소리를 들었다. "가수." 거친 목소리가 말했다. "다시 노래를 하고 싶다면 꺼지는 게 좋을 거다." 빛은 희미했지만, 어렴풋이 칼날이 번득였다.

가수도 보았다. "넌 네 계집이나 찾—" 단검이 번득이더니 가수가 소리를 질렀다. "날 베었어!"

"꺼지지 않으면 더한 짓도 해주지."

그러자 마릴리언은 순식간에 사라졌다. 다른 한 명은 어둠 속에 남아서 산사에게 다가왔다. "피터 공이 아가씨를 지키라고 하셨습니다." 산사는 로소르 브룬의 목소리라는 것을 깨달았다. '사냥개가 아니야. 어떻게 그 사람이겠어? 당연히 로소르일 수밖에 없지…….'

그날 밤 산사는 거의 잠을 자지 못하고 인어 왕호에서처럼 이리저리 뒤척이기만 했다. 조프리가 죽는 꿈을 꾸었지만, 목을 긁어대고 손가락을 따라 피가 흘러내리는 모습을 보다 보니 끔찍하게도 조프리가 아니라 롭이었다. 그리고 그녀는 결혼식 밤에 대해서도 꿈을 꾸고, 옷을 벗는 그녀를 눈으로 집어삼킬 듯한 티리온을 보았다. 다만 티리온은 원래 모습보다 몸집이 컸고, 침대 위로 기어 올라왔을 때는 한쪽 얼굴이 흉터투성이였다. "네게 노래를 들어야겠어." 그는 쉰 목소리로 말했고, 퍼뜩 깨어나보니 늙고 눈먼 개가 다시 옆에 누워 있었다. "네가 레이디라면 좋을 텐데."

아침이 오자 그리셀이 아침 빵과 버터, 꿀, 과일, 크림이 담긴 쟁반을 들고 영주 부부의 침실로 올라갔다. 그리셀은 내려오더니 알레인을 부른다고 전했다. 산사는 아직 잠이 덜 깬 상태여서, 잠시 후에야 자신이 알레인임을 기억해냈다.

라이사 부인은 아직 침대 안에 있었지만, 피터 공은 일어나서 옷을 입고 있었다. "네 이모가 너와 이야기하고 싶어 하는구나." 그는 장화 한 짝을 당겨 신으며 말했다. "네가 누구인지 말했다."

'신들이시여 제발.' "고…… 고맙습니다, 공."

피터는 나머지 한 짝을 당겨 신었다. "집은 견딜 만큼 견뎠어. 오늘 오후에 이어리로 떠나지." 그는 아내에게 입을 맞추고 그 입술에 묻은 꿀을 핥더니 계단으로 향했다.

산사는 이모가 배를 하나 먹으면서 찬찬히 바라보는 동안 침대 발치에 서 있었다. "이제 알겠구나." 라이사 부인은 씨를 옆에 내려놓으며 말했다. "캐틀린을 많이 닮았어."

"친절한 말씀이세요."

"칭찬이라고 한 말 아니다. 솔직히 말하면 넌 캐틀린과 지나치게 비슷해. 어떻게든 해야겠구나. 이어리로 데려가기 전에 머리카락을 어둡게 물들이든가 해야겠어."

'내 머리를 검게 물들인다고?' "라이사 이모가 그렇게 생각하신다면요."

"날 그렇게 부르면 안 돼. 절대로 네가 여기 있다는 소식이 킹스랜딩에 흘러가서는 안 된다. 내 아들을 위험에 빠뜨릴 순 없어." 그녀는 벌집 모퉁이를 뜯어 먹었다. "난 협곡이 이 전쟁에 끼어들지 않게 지켰다. 수확은 풍성하고, 산맥이 우리를 지켜주고, 이어리는 난공불락이지. 그렇다 해도 타이윈 공의 분노를 우리에게 끌어들여선 곤란해." 라이사는 벌집을 내려놓고 손가락에 묻은 꿀을 빨았다. "피터에게 들으니 티리온 라니스터와 결혼했다면서. 그 역겨운 난쟁이."

"그자들이 결혼시켰어요. 전 절대로 그러고 싶지 않았어요."

"나도 그랬다." 이모가 말했다. "존 아린이 난쟁이는 아니었지만, 노인이었지. 지금 나를 보면 그런 생각이 안 들지 모르지만 결혼하던 날의 나는 네 어머니도 부끄럽게 만들 정도로 사랑스러웠어. 하지만 존이 바란 건 그이가 아끼는 소년들을 돕기 위해 내 아버지의 병력을 얻는 것뿐이었지. 그 청혼을 거절했어야 하는데, 그렇게 나이 든 사람이었으니 살면 얼마나 살겠나 했지. 이는 절반이 빠졌지, 숨결에서는 썩은 치즈 같은 냄새가 났지. 난 입 냄새가 나쁜 남자를 참을 수가 없어. 피터의 숨결은 언제나 상쾌하지……. 내가 처음 입을 맞춘 남자가 피터였단다. 아버지는 피터가 너무 출신이 낮다고 했지만, 난 그이가 얼마나 높이 솟아오를지 알고 있었어. 존은 날 기쁘게 해주려고 피터에게 걸타운 세관을 맡겼지만, 그이가 수입을 열 배로 올리자 내 남편도 그이가 얼마나 영리한지 알고 다른 임무들을 맡겼고, 심지어는 킹스랜딩에 데려가서 재무관으로 삼았지. 그이를 매일 보면서도 몸은 여전히 그 늙고 차가운 남자와 결혼한 상태라니, 어찌나 힘들었는지. 존은 침실에서 자기 의무를 다했지만, 내게 즐거움을 주지도 못했고 아이들을 안겨주지도 못했지. 씨가 늙고 약했던 거야. 내 아기들은 로버트만 빼고 다 죽었단다. 딸 셋에 아들 둘이 다. 내 사랑스럽고 귀여운 아기들이 다 죽었는데, 그 노인은 입김에서 악취를 내뿜으며 계속, 계속할 뿐이었어. 알겠니, 나도 고통을 당했다." 라이사 부인은 코웃음을 쳤다. "네 가엾은 어머니가 죽은 건 알고 있니?"

"티리온이 말해줬어요." 산사는 말했다. "프레이가 트윈스에서 살해했다고, 롭도 같이 죽였다고요."

갑자기 라이사 부인의 눈에 눈물이 솟았다. "너나 나나, 우린 이제 혼자 남은 여자들이로구나. 무섭니, 얘야? 용감해지거라. 난 절대 캣의 딸을 외면하지 않을 거야. 우린 혈연으로 맺어져 있어." 그녀는 산사를 가까이 불렀다. "내 뺨에 입을 맞춰도 좋아, 알레인."

산사는 순순히 다가가서 침대 옆에 무릎을 꿇었다. 이모는 달콤한 향기에 젖어 있었지만, 그 향기 아래로 시큼한 젖 냄새가 났다. 이모의 뺨에서는 화장품과 분가루 맛이 났다.

산사가 물러서는데 라이사 부인이 손목을 잡았다. "이제 말해봐라." 그녀는 날카롭게 말했다. "너 아이를 뱄니? 사실대로 말해. 거짓말은 딱 알아본다."

"아뇨." 산사는 그 질문에 깜짝 놀라서 대답했다.

"넌 꽃이 핀 여자 아니냐?"

"맞아요." 산사는 이어리에서 진실을 오래 숨길 수 없으리란 걸 알고 있었다. "티리온은…… 티리온은 전혀……" 뺨이 붉게 달아오르는 것을 느낄 수 있었다. "전 아직 숫처녀예요."

"그 난쟁이가 불능이었니?"

"아뇨. 단지…… 티리온은 단지……" 친절했다고? 그런 말을 할 수는 없었다. 여기에서는, 티리온을 너무나 싫어하는 이모에게 그럴 수는 없었다. "티리온에겐…… 창녀들이 있었어요. 그렇게 말했어요."

"창녀들이라." 라이사는 그녀의 손목을 놓아주었다. "물론 그랬겠지. 금화를 주지 않고서야 어떤 여자가 그런 괴물과 잠자리를 하겠어? 내 손에 잡혔을 때 그 꼬마 악마를 죽였어야 했는데, 그놈이 날 속였어. 그놈은 저급한 간계가 가득해. 그놈의 용병이 내 훌륭한 바디스 이겐 경을 죽였지. 내가 캐틀린에게 그놈을 데려오지 말았어야 했다고 했어. 캐틀린은 우리 외숙부도 빼 갔어. 그건 언니가 나빴어. 검은 물고기는 내 관문의 기사였는데, 숙부님이 떠난 후부터 산악민들이 아주 대담해졌거든. 하지만 피터가 곧 다 정리할 거야. 피터를 협곡의 호국공으로 삼을 테니까." 이모는 대화 중에 처음으로, 따뜻하기까지 한 미소를 지었다. "그이가 다른 사람들처럼 훤칠하거나 강해 보이진 않을지 몰라도, 누구보다 가치 있는 사람이야. 그

이를 믿고 하라는 대로 하거라."

"그럴게요, 이모…… 아니, 마님."

라이사 부인은 흡족해하는 것 같았다. "나도 조프리가 어떤 놈인지 알았지. 나의 로버트에게 잔혹한 욕을 하고, 한번은 나무칼로 때리기도 했어. 남자는 독이 명예롭지 않은 짓이라고 할 테지만, 여자의 명예는 달라. 어머니 신께서는 우리가 우리 아이들을 지키게 만드셨으니, 그 과업에 실패하는 것만이 우리의 불명예야. 너도 아이가 생기면 알게 될 거야."

"아이요?" 산사는 머뭇거리며 반응했다.

라이사는 됐다는 듯 한 손을 내저었다. "앞으로 한동안은 아니겠지. 넌 어미가 되긴 너무 어려. 그래도 언젠가는 아이들을 갖고 싶어질 거야. 결혼도 하고 싶어질 테고."

"저…… 전 결혼했어요."

"그래, 하지만 곧 과부가 되겠지. 꼬마 악마가 창녀들을 더 좋아했다는 점을 기뻐하거라. 난쟁이가 남긴 상대를 맺어주는 건 내 아들에게 어울리지 않지만, 한 번도 손대지 않았다면야……. 네 사촌인 로버트 공과 결혼하는 건 어떻겠니?"

생각하면 피곤하기만 했다. 산사가 로버트 아린에 대해 아는 것이라곤 어린 소년이고 병약하다는 것뿐이었다. '날 아들과 결혼시키고 싶어 하는 게 아니야. 내 계승권 때문이야. 사랑 때문에 나와 결혼할 사람은 없어.' 하지만 이제는 거짓말이 쉽게 나왔다. "어…… 어서 만나보고 싶네요. 하지만 아직 어린아이 아닌가요?"

"여덟 살이지. 튼튼하지도 않아. 하지만 정말 영특하고 똑똑한, 훌륭한 소년이란다. 그 아이는 대단한 남자가 될 거야, 알레인. 내 남편도 죽기 전에 '씨가 강하다'고 했어. 그게 유언이었지. 신들은 가끔 죽어가면서 미래를 엿보게 해준단다. 네 라니스터 남편이 죽었다는 소식이 전해지는 대로 결혼하지 못할 이유가 없겠지. 물론 비밀 결혼이 될 거야. 이어리의 영주가 사생아와 결혼한다는 건 생각도 하기 힘들고, 어울리지 않는 일이니까 말이다. 꼬마 악마의 머리통이 땅바닥에 구르고 나면 킹스랜딩에서 까마귀들이 소식을 가져올 거야. 그러면 다음 날에 너와 로버트가 결혼할 수 있겠지. 기쁘지 않겠니? 로버트도 어린 동반자가 생기면 좋을 거다. 처음 이어리에 돌아왔을 때는 바디스 이젠의 아들과 집사의 아들들과 같이 놀았다만, 그 아이들은 너무 거칠어서 보내버릴 수밖에 없었어. 글은 잘 읽니, 알레인?"

"모르데인 성사님이 그렇게 말씀하시긴 했어요."

"로버트는 눈이 약하다만, 누가 책을 읽어주면 좋아한단다." 라이사 부인이 털어놓고 말했다. "그 아이는 동물 이야기를 제일 좋아해. 여우처럼 차려입은 닭에 대한 짧은 노래 아니? 내가 그 노래를 늘 불러주는데, 절대 싫증을 내질 않아. 그리고 로버트는 개구리 뛰기와 장검 돌리기, 우리 성에 놀러 와 놀이도 좋아한다만, 언제나 그 애가 이기게 해줘야 해. 그래야 마땅하지 않겠니? 로버트는 이어리의 주인이야, 그 점을 절대 잊어선 안 된다. 너는 태생이 좋고, 윈터펠의 스타크는 언제나 자부심이 강했다만, 윈터펠은 함락됐고 넌 이제 사실상 거지나 다름없으니, 자부심은 치워두거라. 네 현재 상황에는 자부심보다 감사하는 마음이 더 잘 맞아. 그래, 그리고 순종도 잊지 말아야지. 내 아들은 감사하고 순종하는 아내를 얻게 될 거야."

# 존

낮이고 밤이고 도끼 소리가 울렸다.

존은 마지막으로 잔 게 언제였는지 기억할 수가 없었다. 눈을 감으면 싸우는 꿈을 꿨고, 깨어나면 싸웠다. 왕의 탑에 있어도 청동과 차돌과 훔쳐낸 철 무기가 쉼 없이 숲을 먹어드는 소리를 들을 수 있었고, 장벽 위의 보온 움막 안에서 쉬려고 하면 더 크게 들렸다. 만스의 대형 망치들도, 뼈와 차돌로 만든 긴 톱들도 작업 중이었다. 한번은 지칠 대로 지쳐서 잠에 빠져드는데 귀신 들린 숲에서 요란한 소리가 나더니, 파수목 한 그루가 먼지와 잎을 구름처럼 피워 올리며 쓰러지기도 했다.

오언이 왔을 때 그는 잠들지 않은 채로 보온 움막 바닥에 모피 더미를 덮고 불안하게 누워 있었다. "스노우 나리." 오언이 그의 어깨를 흔들며 말했다. "새벽이야." 그는 존의 손을 잡고 일으켜 세웠다. 다른 사람들도 깨어나서, 좁은 움막 안에서 밀치락달치락 장화를 신고 검대를 찼다. 아무도 말은 하지 않았다. 말을 하기엔 다들 너무 지쳤다. 최근에는 대부분이 장벽을 아예 떠나지 않았다. 쇠 우리를 타고 오르락내리락하는 데 시간이 너무 오래 걸려서였다. 캐슬블랙은 아에몬 학사와 윈튼 스타우트 경과 너무 늙거나 병들어서 싸울 수 없는 몇 명에게 맡겨졌다.

"왕이 오는 꿈을 꿨어." 오언이 즐겁게 말했다. "아에몬 학사님이 까마귀를 날렸고, 로버트 왕이 병력을 다 이끌고 왔지. 꿈속에서 왕의 금빛 깃발들을 봤어."

존은 애써 미소 지었다. "그거 반가운 풍경이었겠어, 오언." 그는 다리의 날카로운 아픔을 무시하고 어깨에 검은 모피 망토를 걸친 후, 목발을 찾아 쥐고 또 하루를 맞이하기 위해 장벽 위로 나갔다.

돌풍이 얼음장 같은 촉수로 존의 긴 갈색 머리를 헤집었다. 800미터 북쪽에서는 야인들의 숙영지가 움직이고 있었는데, 화톳불들이 연기색 손가락을 올려 흐릿한 새벽하늘을 긁었다. 야인들은 숲 가장자리를 따라 짐승 가죽과 모피로 만든 천막을 올리고, 심지어는 통나무와 나뭇가지를 엮은 조잡한 건물까지 세웠다. 동쪽에는 말들이, 서쪽에는 매머드들이 이어졌고 사람들은 온갖 곳에서 장검을 갈고 조잡한 창에 촉을 달고 가죽과 뿔과 뼈로 만든 임시 갑옷을 걸쳤다. 존은 눈에 보이는 사람 수의 스무 배가 숲 속에 있음을 알고 있었다. 숲이 그들에게 비바람을 피하고 증오하는 까마귀들의 눈으로부터 숨을 곳을 제공했다.

이미 야인 궁수들은 바퀴 달린 화살 막이를 밀면서 앞으로 나오고 있었다. "아침 화살 온다." 핍이 매일 아침 하던 대로 쾌활하게 선언했다. '핍이 농담을 할 수 있어서 다행이야.' 존은 생각했다. '누군가는 그래야지.' 사흘 전, 그 아침 화살 하나가 로즈우드의 붉은 알린의 다리를 맞혔다. 조심스럽게 몸을 내밀면 아직도 장벽 밑에 떨어진 알린의 시체를 볼 수 있었다. 존은 알린의 시체를 곱씹어 생각하기보다는 핍의 농담에 웃는 편이 낫다고 생각할 수밖에 없었다.

그 화살 막이는 기울어진 나무 방패였는데, 자유민 다섯 명은 뒤에 숨을 수 있을 만큼 넓었다. 궁수들은 화살 막이를 가까이 밀고 온 다음, 그 뒤에 무릎을 꿇고서 나무 방패에 난 틈으로 화살을 날렸다. 처음 야인들이 그걸 밀고 나왔을 때 존은 불화살을 쏘게 해서 대여섯 개를 불태웠지만, 그 후에는 만스가 나무 위에 생가죽을 덮기 시작했다. 이제는 온 세상 불화살을 다 쏘아도 불을 붙일 수가 없었다. 검은 형제들은 화살이 다 날아오기 전까지 어느 지푸라기 파수병이 제일 많은 화살을 받아낼지를 두고 내기까지 걸기 시작했다. 구슬픈 에드가 화살 네 대로 선두였지만, 오델 야윅과 텀버존, 롱레이크의 왓도 세 대씩 맞았다. 그 허수아비들에게 사라진 형제들의 이름을 붙여주기 시작한 사람도 핍이었다. "좀 더 우리 일원 같잖아." 그렇게 말하면서 말이다.

"배에 화살이 박힌 우리 일원이지." 그렌이 불평했지만, 그런 놀이라도 형제들에게는 기운을 북돋아주는 것 같았기에 존은 그 이름도, 내기도 그대로 두었다.

장벽 가장자리에는 세 개의 가느다란 다리 위에 화려한 황동제 '미르의 눈'이 놓여 있었다. 아에몬 학사는 예전에, 눈이 아직 멀쩡했을 때 그 망원경으로 별을 보곤 했다. 존은 망원경을 돌려서 적진을 보았다. 이 거리에서도 눈곰 가죽을 꿰매어 만든 만스 레이더의 거대한 하얀 천막은 놓칠 수가 없었다. 미르의 렌즈는 야인들의 얼굴을 알아볼 수 있을 정도로 가까이 보게 해줬다. 오늘 아침에는 만스 레이더 본인은 보이지 않았지만, 그의 여인 댈라는 천막 밖에서 불을 돌보고 있었고, 그 자매인 발은 천막 옆에서 암염소의 젖을 짜고 있었다. 댈라는 움직일 수 있다는 게 놀라울 정도로 배가 부풀었다. '아이가 곧 태어나겠군.' 존은 그렇게 생각하며 미르의 눈을 동쪽으로 돌려 천막과 나무 사이에서 '거북이'를 찾아냈다. 그것도 곧 태어날 터였다. 야인들은 밤새 죽은 매머드의 가죽을 벗겨냈고, 거북이 지붕 위에 피가 덜 마른 생가죽을 묶어서 양가죽들과 털가죽들 위에 방어막을 한 겹 더했다. 거북이는 위가 둥글고 거대한 바퀴가 여덟 개 있었으며, 몇 겹의 가죽 아래에는 튼튼한 나무 뼈대가 있었다. 야인들이 그 물건을 만들기 시작했을 때 새틴은 그게 배라고 생각했다. 아주 틀린 생각은 아니었다. 거북이는 뒤집으면 선체 모양이었고 앞뒤가 트여 있었다. 바퀴 달린 건물인 셈이었다.

"완성됐구나. 그렇지?" 그렌이 물었다.

"거의 다." 존은 망원경을 밀어냈다. "오늘 안에 올 가능성이 높아. 나무통들은 채웠어?"

"빠짐없이. 핍이 확인했는데, 밤사이에 단단히 얼었어."

그렌은 존이 처음 친구가 되었던 덩치 크고 어설프고 목이 벌건 소년에서 많이 변했다. 15센티미터는 컸고, 가슴과 어깨는 두꺼워졌으며, '최초인의 주먹'을 떠난 이후 머리카락을 자르지도 수염을 다듬지도 않았다. 덕분에 알리서 쏜 경이 훈련 중에 조롱하듯 붙여준 별명인 들소에 걸맞게 거대하고 텁수룩해졌다. 하지만 지금 그렌은 지쳐 보였다. 존이 지쳐 보인다고 말하자 그렌은 고개를 끄덕였다. "밤새 도끼 소리를 들었어. 그렇게 도끼질을 해대니 잘 수가 있어야지."

"그러면 지금 자."

"난 그럴 필요—"

"있어. 네가 쉬어뒀으면 좋겠어. 어서 가, 싸우는 내내 자게 내버려두진 않을 테니까." 존은 억지 미소를 지었다. "저 망할 나무통들을 움직일 수 있는 건 너뿐이야."

그렌은 툴툴거리면서 걸어갔고, 존은 망원경으로 돌아가서 야인 진영을 살폈다. 가끔 화살이 머리 위를 지나갔지만, 존은 그런 화살들을 무시하는 법을 익혔다. 사정거리가 길고 각도가 나빠서 맞을 확률이 별로 없었다. 아직도 진영에는 만스 레이더가 보이지 않았지만, 거인의 재앙 토르문드와 그 두 아들은 거북이 주위에 모습을 보였다. 토르문드가 구운 염소 다리를 뜯으며 명령을 외쳐대는 동안 두 아들은 매머드 가죽을 붙잡고 낑낑댔다. 그 외에는 그림자삵을 뒤에 달고 숲속을 걸어가는 야인 변신자 '여섯 몸의 바라미르'도 보였다.

존은 권양기 사슬이 삐걱거리는 소리와 우리 문이 열리는 쇳소리를 듣고 매일 아침 그랬듯이 아침 식사를 가져온 홉임을 알았다. 만스의 거북이를 보고 나자 존은 식욕이 가셨다. 기름은 다 떨어졌고, 마지막 남은 역청통은 이틀 전 밤에 장벽에서 굴려버렸다. 곧 화살도 떨어질 테고, 화살을 더 만들 깃털도 없었다. 그리고 전날 밤에는 서쪽에서 데니스 말리스터 경의 편지를 실은 까마귀가 왔다. 보웬 마시는 야인들을 쫓아서 섀도타워까지 간 데 그치지 않고 대곡지의 어둠 속으로 내려간 모양이었다. 그는 해골다리에서 울보와 야인 300명을 만나 피투성이 전투를 치렀고 이겼다. 그러나 값비싼 승리였다. 검은 형제들이 백 명 넘게 죽었고, 그중에는 앤드류타스 경과 알라데일 윈치 경도 있었다. 늙은 석류 본인은 심한 부상을 입고 섀도타워까지 실려 왔는데, 멀린 학사가 돌보고 있었지만 캐슬블랙으로 돌아올 정도로 회복하려면 시간이 걸릴 것 같았다.

존은 그 편지를 읽고 나서 제이를 가장 좋은 말에 태워 몰스타운에 장벽을 도울 사람들을 보내달라고 부탁하러 보냈다. 제이는 돌아오지 않았다. 뒤이어 멀리를 보냈더니, 돌아와서 마을 전체가 떠났다고 보고했다. 매춘굴까지 다 떠났다. 아마 제이도 그들을 따라 왕의 가도를 내려가고 있겠지. '우리 모두 그래야 할지도 몰라.' 존은 암담하게 생각했다.

배가 고프지 않아도 존은 억지로 아침을 먹었다. 잠을 자지 못한 것만으로도 나쁜데, 음식까지 먹지 않고 계속 버틸 수는 없었다. '게다가 이게 마지막 식사가 될 수도 있잖아. 우리 모두에게 마지막 식사일 수도 있어.' 그렇게 존이 빵과 베이컨, 양파, 치즈를 든든히 먹고 있는데 망아지가 외쳤다. "온다!"

뭐가 온다는 건지 물어볼 필요도 없었다. 존은 학사의 망원경을 빌리지 않아도 그게 천막과 나무 사이를 헤치고 기어 오는 모습을 볼 수 있었다. "별로 거북이처럼 생기지 않는데." 새틴이 평했다. "거북이에겐 털이 없다고."

"거북이에겐 대부분 바퀴도 없지." 핍이 말했다.

"전투 나팔을 불어." 존이 명령하자 맥주 통이 나팔을 두 번 길게 불어서 그렌과 밤새 망을 보고 나서 잠든 다른 형제들을 깨웠다. 야인들이 오고 있다면, 장벽에는 모두가 다 필요했다. '신들은 아시겠지만, 우린 너무 적어.' 존은 핍과 맥주 통과 새틴, 망아지, 미련퉁이 오언, 꼬인 혀 팀, 멀리, 남는 장화와 나머지들을 보면서 그들이 터널 속, 얼어붙도록 추운 어둠 속에서 몇 개의 쇠창살을 사이에 두고 악을 쓰는 백 명의 야인들과 엉겨 붙어 칼을 맞대는 모습을 상상해보려 했다. 문이 뚫리기 전에 저 거북이를 막지 못한다면 그렇게 될 터였다.

"크네." 망아지가 말했다.

핍이 입맛을 다셨다. "저 거북이로 얼마나 많은 수프를 만들 수 있을지 생각해봐." 그 농담은 태생부터 실패였다. 핍조차도 피곤한 목소리였다. '핍은 반죽음 꼴이야.' 존은 생각했다. '하지만 우리 모두가 그렇지.' 장벽 너머의 왕에게는 사람이 넘치도록 많아서 매번 새로운 공격자들을 보낼 수 있었지만, 공격이 올 때마다 장벽에서는 똑같은 한 줌의 검은 형제들이 맞이해야 했고, 덕분에 그들은 너덜너덜해졌다.

존은 그 나무와 가죽 아래 들어간 남자들이 어깨를 바싹 대고 바퀴가 계속 굴러가도록 힘껏 잡아끌고 있지만, 일단 거북이가 문에 맞닿으면 밧줄을 놓고 도끼를 쥘 것을 알고 있었다. 그나마 만스가 오늘은 매머드까지 보내지는 않았다. 존은 그 점이 기뻤다. 매머드의 엄청난 힘은 장벽을 상대로 낭비였고, 몸집 때문에 쉬운 과녁이 될 뿐이었다. 저번에 보낸 매머드는 죽는 데에 하루 하고도 반나절이 걸렸는데, 구슬픈 울음소리가 듣기 끔찍했다.

거북이는 돌밭과 나무 그루터기와 덤불 사이를 뚫고 천천히 전진했다. 이전의 공격들로 자유민은 백 명 정도를 잃었다. 대부분은 아직도 쓰러진 자리에 누워 있었다. 전투 소강기면 까마귀들이 와서 그 시체들에게 구애를 하곤 했지만, 지금은 까마귀들도 소리치며 달아났다. 존보다 더 거북이의 모습을 싫어하는 것 같았다.

새틴, 망아지, 그리고 다른 이들이 그를 쳐다보며 명령을 기다리고 있었다. 존은 너무 지쳐서 이제는 거의 아무것도 알 수 없어졌다. '장벽은 내 책임이야.' 그는 스스로를 일깨웠다. "오언, 망아지, 투석기로. 맥주 통, 너와 남는 장화는 전갈석궁으로. 나머지는 활에 시위를 메겨. 불화살로. 저걸 태워버릴 수 있나 보자." 존도 헛된 몸짓이 될 가능성이 높다는 건 알았지만, 무기력하게 서 있는 것보다는 나을 터였다.

크고 무거운 데다 느리게 움직이는 거북이는 쉬운 과녁이었고, 존의 장궁들과 노궁들은 곧 거북이를 느릿느릿 움직이는 나무 고슴도치로 만들어 놓았다…… 그러나 화살 막이가 그랬듯이 젖은 가죽이 몸체를 보호했고, 불화살은 가죽에 맞자마자 꺼져버렸다. 존은 속으로 욕을 하며 명령했다. "전갈석궁, 투석기."

전갈석궁의 화살은 가죽을 뚫고 깊이 박혔지만, 그렇다고 불화살보다 더 피해를 주지는 못했다. 돌덩어리는 거북이의 지붕에 맞고, 몇 겹의 두꺼운 가죽에 팬 자국만 남긴 채 튕겨 나갔다. 트레뷰셋으로 큰 돌을 던지면 부술 수 있을지도 모르지만 아직도 한 대가 망가진 상태였고, 야인들은 남은 한 대의 사정거리를 멀찍이 벗어나서 움직였다.

"존, 여전히 오고 있어." 미련퉁이 오언이 말했다.

존도 눈으로 볼 수 있었다. 거북이는 덜거덕거리고 흔들거리면서 시체들 사이를 지나 조금씩 조금씩, 1미터씩 1미터씩 다가오고 있었다. 일단 장벽에 대기만 하면 거북이는 야인들이 급하게 수리한 외문을 도끼로 부수는 동안 방패막이 되어줄 것이다. 문을 지나 얼음 아래 들어서면 터널에 쌓인 파편들을 치우는 데 몇 시간이 걸릴 테고, 그러고 나면 철문 두 개와 반쯤 얼어붙은 시체 몇 구, 그리고 존이 어둠 속에서 싸우다가 죽으라고 그 앞길에 던져 넣을 형제들을 제외하면 그들을 막을 장애물이 없을 것이다.

왼쪽에서 투석기가 쿵 소리를 내며 허공에 빙빙 도는 돌덩이를 날렸다. 돌덩이들은 우박처럼 거북이 위로 쏟아졌다가 아무 상처도 입히지 못하고 튕겨 나갔다. 야인 궁수들은 아직도 화살 막이 뒤에서 활을 쏘아대고 있었다. 화살 하나가 지푸라기 파수병의 얼굴에 박혔고, 핍이 말했다. "롱레이크의 왓에게 네 발! 동점이야!" 그러나 다음 화살은 윙 소리를 내며 그의 귀 옆을 지나갔다. "저런!" 그는 소리를 질렀다. "난 시합 참가자가 아니라고!"

"가죽은 타지 않을 거야." 다른 사람들에게만이 아니라 스스로에게 하는 말이기도 했다. 그들의 유일한 희망은 거북이를 장벽에 도착하기 전에 부수는 것이었다. 그걸 위해서는 바윗돌들이 필요했다. 거북이를 아무리 튼튼하게 만들었다 해도, 200미터 위에서 똑바로 떨어진 커다란 바위에 맞는다면 손상을 입을 수밖에 없었다. "그렌, 오언, 맥주 통, 때가 왔어."

보온 움막 옆에 튼튼한 참나무 술통 십여 개가 줄지어 서 있었다. 그 안에는 돌 조각이 가득했다. 검은 형제들이 장벽 위에서 미끄러지지 않도록 통로에 뿌리는 자갈이었다. 어제, 자유민들이 거북이에 양가죽을 씌우는 모습을 본 후 존은 그렌에게 그 나무통들에 최대한 물을 가져다 부으라고 지시했다. 물은 돌 조각 사이로 스며들었고, 밤새 단단히 얼어붙었다. 그들이 구할 수 있는 가장 바위에 가까운 물건이었다.

"왜 얼려야 하는데?" 그렌은 그렇게 물었었다. "왜 그냥 이대로 통을 굴리지 않고?"

존은 대답했다. "떨어지다가 장벽을 때리면 통이 터지고, 돌 조각이 사방으로 흩어질 거야. 저 망할 것에게 자갈 비를 뿌리고 싶은 게 아니야."

존은 그렌과 함께 통 하나에 어깨를 대고 밀었고, 맥주 통과 오언이 다른 통 하나를 잡았다. 그들은 통 밑을 바닥에 고정해버린 얼음을 깨기 위해 같이 통을 뒤흔들었다. "망할 것이 1톤은 나가나 봐." 그렌이 말했다.

"쓰러뜨려서 굴려." 존이 말했다. "조심해. 이 통이 네 발 위로 구르면 남는 장화 꼴이 될 거야."

통이 옆으로 누이자 존은 횃불을 집어 들고 장벽 표면 위로 이리저리 흔들어서 얼음을 살짝 녹였다. 얇게 깔린 물막 위로 통을 더 쉽게 굴릴 수 있었다. 사실은 너무 잘 굴러서 놓칠 뻔했다. 하지만 결국에는 네 명이 노력을 다해서 그들만의 바윗돌을 장벽 가장자리까지 굴려 간 후 다시 세우는 데 성공했다.

그들이 커다란 참나무 통 네 개를 문 위에 줄지어 세웠을 때 핍이 외쳤다. "문 앞에 거북이!" 존은 다친 다리를 버티고 몸을 내밀어 아래를 보았다. '가벽(hoarding, 현재는 공사장 임시 칸막이를 일컫는 말이지만, 중세에는 외벽에 설치해서 궁수들이 안전하게 적을 공격할 수 있게 만든 목조 건조물을 가리켰다), 보웬 마시가 가벽을 세웠어야 했어.' 그들이 했어야 하는 일은 많고도 많았다. 야인들은 문 앞에서 죽은 거인들을 끌어내고 있었다. 망아지와 멀리가 그 위로 돌멩이를 떨어뜨렸고, 존은 한 명이 쓰러지는 모습을 본 것 같았지만 거북이 자체에 영향을 주기에는 돌이 너무 작았다. 그는 자유민들이 앞을 가로막은 죽은 매머드를 어떻게 할지 궁금했는데, 곧이어 직접 볼 수 있었다. 거북이는 회관 건물만큼 넓었기에, 자유민들은 그저 그 물건을 매머드 시체 위로 굴려 넘어갔다. 존의 다리가 경련했지만, 망아지가 그의 팔을 잡고 안전하게 다시 끌어당겼다. "그렇게 몸을 내밀면 안 돼."

"가벽을 지었어야 했어." 존은 나무를 찍는 도끼 소리를 들었다고 생각했지만, 어쩌면 그저 공포 때문에 귀가 울리는 것일지도 몰랐다. 그는 그렌을 보았다. "실행해."

그렌은 통 하나를 골라 서서 어깨를 대고, 끙 소리를 내면서 밀기 시작했다. 오언과 멀리가 그렌을 도우러 움직였다. 그들은 나무통을 한 발자국, 또 한 발자국 밀었다. 그러다가 갑자기 통이 사라졌다.

그들은 통이 내려가다가 쿵 하고 벽을 때리는 소리를 들었고, 이어서 훨씬 더 커다랗게 쾅 하는 소리와 나무 쪼개지는 소리, 이어지는 고함과 비명을 들었다. 새틴이 와 함성을 질렀고 미련통이 오언이 빙빙 돌며 춤을 추는 사이에 핍은 몸을 내밀고 외쳤다. "거북이 안에 토끼가 가득 들어 있었네! 깡총거리며 도망치는 꼴 좀 봐!"

"다시." 존이 외쳤고, 그렌과 맥주 통이 다음 통에 어깨를 대고 밀어서 허공에 던졌다.

통을 다 떨어뜨렸을 때쯤에는 만스의 거북이 앞쪽이 부서지고 뭉개진 잔해가 되고, 야인들은 반대쪽으로 쏟아져 나가서 허둥지둥 진영으로 달려가고 있었다. 새틴이 노궁을 집어 들고 도망치는 자들에게 몇 발을 쏘아서 더 빨리 달리게 만들었다. 그렌이 수염 속에서 히죽 웃었고, 핍은 농담을 던져댔으며, 오늘은 아무도 죽지 않았다.

'하지만 내일은…….' 존은 움막 쪽을 보았다. 몇 분 전까지만 해도 돌 조각 통이 열두 개 놓여 있던 자리에 이제는 여덟 개만 남았다. 그 순간 존은 얼마나 피곤한지, 상처가 얼마나 아픈지 깨달았다. '난 잠을 자야 해. 몇 시간만이라도.' 아에몬 학사에게 드림와인을 받으러 가면 도움이 될지도 몰랐다. "난 왕의 탑에 내려간다." 그는 형제들에게 말했다. "만스가 뭔가 하려고 들면 불러. 핍, 장벽은 네 책임이다."

"나?" 핍이 말했다.

"저놈?" 그렌이 말했다.

존은 미소 지으며 그들을 내버려두고 쇠 우리를 타고 내려갔다.

드림와인 한 잔이 도움이 되기는 했다. 그는 방 안에 놓인 좁은 침대에 몸을 누이자마자 잠에 빠져들었다. 그의 꿈은 이상하고 혼란스러웠으며, 모르는 목소리들, 고함과 외침, 그리고 낮고 크게 울리는 전투 나팔 소리로 채워졌다. 깊고 우렁찬 나팔 소리 한 음이 허공에 길게 이어졌다.

깨어났을 때는 창문을 대신하는 활 구멍 바깥이 깜깜했고, 존이 알지 못하는 남자 네 명이 그를 굽어보고 서 있었다. 한 명은 등잔을 들고 있었다. "존 스노우." 제일 키가 큰 남자가 퉁명스럽게 말했다. "장화 신고 따라와라."

피로에 젖은 채로 처음 든 생각은 그가 자는 사이에 장벽이 함락되고, 만스 레이더가 거인을 더 보내거나 거북이를 보내서 문을 뚫고 들어왔다는 것이었다. 그러나 눈을 비비고 나서 보니 낯선 남자들 전원이 검은 옷을 입고 있었다. '밤의 경비대 사람들이야.' 존은 깨달았다. "어디로 가자는 겁니까? 당신들 누굽니까?"

키 큰 남자가 손짓하자 다른 두 명이 존을 침대에서 끌어냈다. 그들은 등잔불을 앞세워 존을 방에서 나가게 하더니 계단을 반 바퀴 올라 늙은 곰의 개인 방으로 데려갔다. 아에몬 학사가 두 손으로 검은 가시나무 지팡이를 잡고 불가에 선 모습이 보였다. 셀라다르 성사는 평소처럼 반쯤 취해 있었고, 윈튼 스타우트 경은 창가 자리에서 자고 있었다. 다른 형제들은, 한 명만 빼고 모두 낯설었다.

모피를 댄 망토와 반질반질한 장화에 티끌 하나 없는 알리서 쏜 경이 몸을 돌리고 말했다. "이제 변절자가 왔군요. 윈터펠의, 네드 스타크의 서자입니다."

"난 변절자가 아닙니다, 쏜." 존이 차갑게 말했다.

"알아보면 되겠지." 늙은 곰이 편지를 쓰던 탁자 뒤 가죽 의자에 존이 모르는, 군턱이 늘어지고 몸이 떡 벌어진 덩치 큰 남자가 앉아 있었다. "그래, 알아보면 되겠지." 그는 다시 말했다. "네가 존 스노우라는 사실을 부인하지는 않겠지? 스타크의 서자가 맞나?"

"스노우 나리라고 자칭하길 좋아하지요." 알리서 경은 옹골지고 근육이 꽉 짜인 야윈 사내였고, 지금 그의 차돌 같은 두 눈에는 즐거움이 짙었다.

"나한테 스노우 나리라는 별명을 붙인 건 당신인데요." 존이 말했다. 알리서 경은 캐슬블랙의 훈련대장으로 일할 때, 훈련시키는 아이들에게 별명을 붙이기를 좋아했다. 늙은 곰은 쏜을 바닷가 이스트워치로 보냈다. '이 사람들은 분명 이스트워치 형제들일 거야. 까마귀가 코터 파이크에게 도착해서, 파이크가 도움을 보낸 거야.' "몇 명이나 데려오셨습니까?" 존은 탁자 뒤에 앉은 남자에게 물었다.

"질문을 던질 사람은 나다." 군턱이 늘어진 남자가 대꾸했다. "너는 서약을 어기고, 비겁하게 행동했으며, 탈영한 죄목으로 고발당했다, 존 스노우. 네가 최초인의 주먹에서 죽어가는 형제들을 버리고 자칭 장벽 너머의 왕이라는 야인 만스 레이더에게 합류한 것을 부인하나?"

"버려요……?" 존은 그 말에 거의 숨이 막혔다.

그때 아에몬 학사가 입을 열었다. "존 스노우가 우리에게 돌아왔을 때 도날 노이와 제가 이 문제로 의논을 했고, 저희는 존의 설명에 만족했습니다."

"흠, 나는 만족하지 못했소, 학사." 군턱 늘어진 남자가 말했다. "그 설명을 내가 직접 듣겠소. 그러고말고!"

존은 분노를 삼켰다. "전 아무도 버리지 않았습니다. 최초인의 주먹을 떠났을 때는 반쪽 손 쿼린과 함께 귀곡성 고개를 정찰하러 간 겁니다. 야인들에게 합류한 것은 명령을 받아서였습니다. 반쪽 손은 만스가 겨울의 나팔을 찾아냈을지도 모른다고 걱정했고……."

"겨울의 나팔?" 알리서 경이 쿡쿡거렸다. "놈들의 스나크 숫자도 세라고 명령받았나, 스노우 나리?"

"아뇨. 하지만 거인들의 숫자는 최선을 다해 세었죠."

"경이다." 군턱의 남자가 날카롭게 말했다. "알리서 경은 경이라고 칭하고, 나는 사령관님이라고 불러라. 나는 하렌홀의 영주 자노스 슬린트이고, 보웬 마시가 수비군과 함께 돌아올 때까지 이곳 캐슬블랙의 지휘관이다. 그래, 넌 우리에게 예의를 갖춰야 한다. 알리서 경처럼 제대로 서임을 받은 기사가 배신자의 서자에게 조롱당하는 꼴은 참아주지 않겠다." 그는 한 손을 들어 올려 살찐 손가락으로 존의 얼굴을 가리켰다. "야인 여자를 침대에 들인 것을 부인하느냐?"

"아뇨." 지금 부인하기에는 이그리트에 대한 슬픔이 너무 생생했다. "아닙니다, 사령관님."

"그 씻지도 않는 창녀와 자라는 것도 반쪽 손의 명령이었겠지?" 알리서 경이 능글맞게 웃으면서 물었다.

"그 여자는 창녀가 아니었습니다, 경. 반쪽 손은 제게 야인들이 무슨 요구를 하든 주저하지 말라고 했습니다. 하지만…… 제가 해야 할 일을 넘어선 데까지 갔다는 사실을 부인하진 않겠습니다. 저는…… 그 여자에게 마음을 썼습니다."

"그렇다면 서약을 깼다는 사실을 인정하는 거군." 자노스 슬린트가 말했다.

존은 캐슬블랙 남자들 절반은 매춘굴에 묻힌 보물을 파려고 몰스타운에 다녔다는 사실을 알고 있었지만, 몰스타운의 창녀들과 똑같이 취급해서 이그리트의 이름을 더럽힐 순 없었다. "한 여자를 두고 서약을 깼다는 점은 인정합니다. 네."

"네, 사령관님이라고 해야지!" 슬린트가 얼굴을 찌푸리자 군턱이 흔들거렸다. 그는 늙은 곰 못지않게 몸이 떡 벌어졌고, 모르몬트만큼 산다면 머리도 똑같이 벗어질 것 같았다. 아직 마흔 살도 넘지 않았을 텐데 머리카락이 이미 반은 없었다.

"네, 사령관님." 존은 말했다. "저는 반쪽 손의 명령대로 야인들과 함께 말을 달리고 함께 먹었으며, 이그리트와 잠자리를 함께했습니다. 하지만 맹세코 변절하지는 않았습니다. 저는 최대한 빨리 마그나 옆을 탈출했으며, 제 형제들이나 왕국을 상대로 무기를 든 적이 없습니다."

슬린트 공의 작은 눈이 그를 살피더니 명령했다. "글렌던 경, 다른 죄수를 데려오라."

글렌던 경은 존을 침대에서 끌어냈던 키 큰 남자였다. 그는 다른 남자 네 명과 함께 방을 나갔다가, 손발에 족쇄를 찬 몸집 작고 혈색이 나쁜 초라한 포로를 데리고 금세 돌아왔다. 눈썹은 하나로 이어졌고, 이마 선이 V자였으며, 윗입술 위에 얼룩이 묻은 것처럼 보이는 콧수염을 길렀는데, 얼굴은 멍 자국이 요란한 데다 부어 있었고 앞니는 거의 다 깨져 나갔다.

이스트워치 남자들이 포로를 거칠게 바닥에 팽개쳤다. 슬린트 공은 그 남자를 보고 얼굴을 찌푸렸다. "이자가 네가 말한 놈이냐?"

포로가 누르스름한 눈을 껌벅였다. "맞소." 그 순간까지도 존은 래틀셔츠를 알아보지 못하고 있었다. '갑옷을 벗으니 다른 사람이로군.' 존은 생각했고, 야인은 거듭 말했다. "맞소. 저놈이 반쪽 손을 죽인 비겁자요. 서리엄니 산맥 위, 다른 까마귀들을 다 추적해서 하나도 빠짐없이 죽여버린 후였지. 이놈도 죽이려고 했는데, 제 쓸모없는 목숨을 구걸하면서 살려주면 합류하겠다고 했소. 반쪽 손은 비겁자부터 죽이겠다고 맹세했는데, 늑대가 쿼린을 물어뜯고 저놈이 목을 갈랐지." 그는 부러진 잇새로 존에게 미소를 던지더니, 발치에 피를 뱉었다.

"그러면?" 자노스 슬린트가 존을 다그쳤다. "이것도 부인하느냐? 아니면 쿼린이 자기를 죽이라고 명령했다고 주장하겠나?"

"반쪽 손은……" 말하기가 힘겨웠다. "반쪽 손은 저보고 놈들이 요구하는 건 뭐든 하라고 했습니다."

슬린트는 개인 방을 둘러보고, 다른 이스트워치 형제들을 보았다. "이 꼬마는 내가 머리라도 심하게 맞아서 정신이 나간 줄 아는 건가?"

"이젠 거짓말을 해봤자 소용없다, 스노우 나리." 알리서 쏜 경이 경고했다. "우린 진실을 끌어낼 거다, 서자."

"진실을 말한 겁니다. 우리 조랑말은 힘이 다해가고 있었고, 래틀셔츠가 바싹 쫓아오고 있었습니다. 쿼린은 야인들에게 합류하는 척하라고 했어요. '놈들이 뭘 요구하든 주저하지 말아야 한다'고 했지요. 놈들이 제게 자길 죽이라고 할 줄 알고 있었어요. 어차피 제가 하지 않아도 래틀셔츠가 죽일 거라는 것도 알고 있었고."

"그러니까 이젠 그 대단한 반쪽 손 쿼린이 이 짐승을 두려워했다고 주장하는 거냐?" 슬린트는 래틀셔츠를 보고 코웃음을 쳤다.

"뼈다귀 영주는 누구나 무서워해." 야인은 으르렁거렸지만 글렌던 경이 걷어차자 조용해졌다.

"전 그런 말은 안 했습니다." 존은 고집을 꺾지 않았다.

슬린트가 주먹으로 탁자를 쳤다. "다 들었다! 알리서 경이 널 제대로 가늠한 것 같구나. 넌 사생아답게 거짓말을 해댔어. 난 참아주지 않겠다. 참아주지 않아! 네가 불구 대장장이는 속였을지 몰라도 자노스 슬린트는 못 속이지! 암, 그렇고말고. 자노스 슬린트는 거짓말을 그리 쉽게 믿지 않거든. 내 머릿속에 양배추가 들어찬 줄 알았나?"

"전 사령관님 머릿속에 무엇이 들었는지 모릅니다."

"스노우 나리야 오만한 거 빼면 시체지." 알리서 경이 말했다. "저놈은 동료 변절자들이 모르몬트 공을 살해한 것처럼 쿼린을 살해했습니다. 그 모든 것이 잔인한 큰 계획의 일부였다 해도 놀라지 않겠습니다. 벤젠 스타크도 이 모든 일에 손을 댔을지 모릅니다. 그놈은 지금도 만스 레이더의 천막 안에 앉아 있을 겁니다. 스타크 놈들이 어떤지 아시지 않습니까, 사령관님."

"알지." 자노스 슬린트가 말했다. "지나치게 잘 알아."

존은 장갑을 벗어 화상 입은 손을 보였다. "저는 모르몬트 공을 시귀로부터 지키다가 손을 태웠습니다. 그리고 제 숙부님은 명예로운 사람이었습니다. 절대 서약을 저버리지 않았을 겁니다."

"너만큼이나 말이냐?" 알리서 경이 조롱했다.

셸라다르 성사가 목청을 가다듬었다. "슬린트 공, 이 아이는 성소에서 제대로 서약하기를 거부하고 장벽 너머로 나가서 심장 나무 앞에서 서약의 말을 읊었습니다. 자기 아버지의 신들이라고 했지만, 그건 야인의 신들이기도 하지요."

"그분들은 북부의 신이오, 성사." 아에몬 학사가 정중하지만 단호하게 말했다. "여러분, 도날 노이가 죽었을 때 장벽을 맡아서 북부 전체의 맹위를 상대로 지켜낸 사람은 이 청년 존 스노우였습니다. 이 청년은 자신이 용맹하고 충성스러우며 지략 있음을 증명했습니다. 이 청년이 아니었다면 슬린트 공이 도착하셨을 때 이곳에 만스 레이더가 앉아 있었을 겁니다. 크게 잘못하고 계십니다. 존 스노우는 모르몬트 공의 개인 집사 겸 종자였습니다. 최고사령관이 존 스노우를 택한 것은 그에게서 장래성을 보았기 때문입니다. 저도 같은 생각입니다."

"장래성?" 슬린트가 말했다. "글쎄, 장래성이야 그르칠 수 있지. 저놈의 손에는 반쪽 손 쿼린의 피가 묻어 있소. 모르몬트가 저놈을 믿었다지만, 그래서 뭐가 어떻단 거요? 난 믿는 상대에게 배신당하는 게 어떤 것인지 알아요. 아, 알고말고. 그리고 난 늑대들의 수법도 알지." 그는 존의 얼굴에 손가락질했다. "네놈 아비는 배신자로 죽었다."

"제 아버지는 살해당했습니다." 그들이 자신에게 무슨 짓을 하는지는 상관없었지만, 아버지에 대한 거짓말은 더 참아줄 수 없었다.

슬린트가 벌컥 성을 냈다. "살해? 이 버릇없는 강아지야. 에다드 공은 로버트 왕의 몸이 식기도 전에 그 아들에게 맞섰다." 그는 벌떡 일어섰다. 모르몬트보다 키는 작았지만, 가슴둘레와 팔은 더 굵었고 배 둘레는 비슷했다. 끝에 붉은 칠을 입힌 작은 황금 창이 어깨 부근에서 망토를 고정했다. "네 아버지는 참수형을 당했지만, 귀족이고 왕의 수관이었기 때문이지. 너는 올가미로 족할 것이다. 알리서 경, 이 변절자를 얼음감옥으로 데려가라."

"현명하십니다." 알리서 경이 존의 팔을 잡았다.

존은 그 손을 뿌리치고 알리서의 목을 잡았다. 어찌나 맹렬했던지, 알리서 경의 몸이 바닥에서 들릴 정도였다. 이스트워치 형제들이 떼어내지 않았다면 그대로 목을 졸라 죽였을 것이다. 쏜은 비틀거리면서 물러서더니, 존이 자기 목에 남긴 손가락 자국을 문질렀다. "형제들도 직접 봤겠지. 저놈은 야인이야."

# 티리온

동이 트자, 티리온은 음식을 생각하는 것도 무리임을 알았다. '저녁이면 내가 유죄 선고를 받을 수도 있어.' 배 속은 담즙으로 쓰라렸고, 코는 근질거렸다. 티리온은 나이프 끝으로 코를 긁었다. '증인을 하나만 더 참으면 내 차례야.' 하지만 뭘 한단 말인가? 모든 것을 부인할까? 산사와 돈토스 경을 고발할까? 장벽에서 여생을 보낼 희망을 걸고 자백할까? 주사위를 던지고 붉은 독사가 그레고르 클리게인 경을 이길 수 있기를 기도할까?

티리온은 내키지 않는 마음으로 기름진 회색 소시지를 찍으며 그게 누이였으면 좋겠다고 생각했다. '장벽 위는 더럽게 춥지만, 그래도 세르세이는 안 보겠지.' 자신이 순찰자감이라고는 생각하지 않았지만, 밤의 경비대에는 힘센 남자만이 아니라 영리한 남자도 필요했다. 티리온이 캐슬블랙에 갔을 때 모르몬트 사령관이 그렇게 말했다. '하지만 그놈의 불편한 서약이 있지.' 결혼도 끝나고 캐스털리록에 대해 주장할 수 있는 권리도 다 끝장나겠지만, 어차피 어느 쪽이든 즐길 만한 운명은 아닌 것 같았다. 그리고 아마 경비대 근처 마을에 매춘굴이 하나 있을 터였다.

그가 꿈꾼 적도 없는 삶이었지만, 그것도 삶이기는 했다. 그리고 그 삶을 얻기 위해 해야 할 일은 아버지를 믿고, 짧고 굽은 다리로 서서 이렇게 말하는 것뿐이었다. "그래요, 제가 했습니다. 자백합니다." 배 속이 꼬이는 기분이 드는 건 그 부분이었다. 어차피 그 일로 고통을 받아야만 한다면, 차라리 정말로 자기가 한 일이었으면 싶을 지경이었다.

"나리?" 포드릭 페인이 말했다. "왔습니다. 아담 경이요. 황금 망토들도요. 밖에서 기다립니다."

"포드, 사실대로 말해봐라……. 너도 내가 한 짓 같으냐?"

포드는 머뭇거렸다. 말을 하려고 했을 때도 가까스로 내놓은 소리는 약하게 침 튀기는 소리뿐이었다.

'난 망했군.' 티리온이 한숨을 내쉬었다. "대답할 필요 없다. 넌 나에게 좋은 종자였어. 내게 과분할 정도였지. 무슨 일이 일어나든 네 충실한 봉사는 고마웠다."

아담 마브랜드 경이 황금 망토 여섯 명을 거느리고 문 앞에서 기다리고 있었다. 오늘 아침에는 할 말이 없는 모양이었다. '여기에도 내가 친족 살해자라고 생각하는 좋은 사람이 하나 더 있군.' 티리온은 찾아낼 수 있는 품위를 한껏 끌어 올려 뒤뚱뒤뚱 계단을 내려갔다. 안뜰을 지나가는데 모두가 쳐다보는 것을 느낄 수 있었다. 성벽을 지키는 위병들도, 마구간 옆에 선 말구종들도, 접시닦이와 세탁부와 하녀도. 알현실 안으로 들어가자 기사들과 귀족들이 비켜서서 일행을 통과시키며 숙녀들에게 속삭거렸다.

티리온이 재판관들 앞에 자리를 잡자마자 또 한 무리의 황금 망토들이 샤에를 데리고 들어왔다.

차가운 손이 심장을 움켜잡았다. '바리스가 팔아넘겼군.' 그는 그렇게 생각했지만 곧 기억이 났다. '아니지. 내가 팔아넘긴 거야. 샤에를 롤리스 옆에 뒀어야 해. 산사의 시녀들이야 당연히 심문했겠지, 나라도 똑같이 했을 테니까.' 티리온은 코가 있던 자리에 남은 흉터를 문지르며 그렇다 해도 왜

세르세이가 이런 짓을 했을까 생각했다. '샤에는 나에게 해가 될 만한 정보를 아는 게 없어.'

"둘이 같이 짰어요." 그 여자가, 티리온이 사랑한 여자가 말했다. "젊은 늑대가 죽은 후에 꼬마 악마와 산사 부인이 같이 짰어요. 산사는 오빠의 복수를 하고 싶어 했고 티리온은 왕좌를 얻고 싶어 했어요. 그다음엔 누이를 죽이고, 그다음엔 자기가 토멘 왕자님의 수관이 될 수 있게 아버지도 죽이려고 했어요. 하지만 1년쯤 지나서, 토멘이 너무 나이 들기 전에 토멘까지 죽일 생각이었죠. 자기 머리에 왕관을 쓰려고요."

"그대가 어떻게 그 모든 것을 알 수 있지?" 오베린 공자가 물었다. "왜 꼬마 악마가 그런 계획을 부인의 시녀에게 누설했단 말인가?"

"몇 가지는 엿들었습니다." 샤에가 말했다. "마님은 말실수를 잘하시거든요. 하지만 대부분은 직접 들었습니다. 저는 산사 부인의 시녀이기만 했던 게 아닙니다. 킹스랜딩에 있는 내내 티리온의 창녀였습니다. 결혼식 날 아침에도 드래곤 두개골을 보관하는 곳으로 끌고 내려가서 사방에 괴물들을 둔 채로 절 범했습니다. 그리고 제가 울자 좀 더 고마워해야 마땅하다고, 아무 여자나 왕의 창녀가 되는 게 아니라고 했어요. 그때 자기가 어떻게 왕이 될 작정인지도 말했죠. 그 불쌍한 조프리는 절대로 자기가 날 아는 것처럼 자기 신부를 알지 못할 거랬어요." 샤에는 그 순간에 흐느끼기 시작했다. "전 절대 창녀가 될 마음이 없었습니다, 나리님들. 전 결혼할 거였어요. 기사 종자였는데, 태생이 좋은 착하고 용감한 청년이었지요. 하지만 꼬마 악마가 그린포크에서 절 보고는 저와 결혼하려던 청년을 선봉대 앞줄에 보내버렸고, 그이가 죽은 후에는 야인들을 보내 절 자기 천막으로 끌고 왔어요. 샤가라고, 덩치 큰 놈과 한쪽 눈이 불탄 티멧이요. 제가 즐겁게 해주지 않으면 그놈들에게 줘버릴 거라고 해서, 어쩔 수 없었어요. 그 후에는 원할 때 가까이 두려고 절 이 도시로 데려왔죠. 저에게 얼마나 수치스러운 짓들을 시켰는지……."

오베린 공자가 호기심 어린 표정을 지었다. "어떤 짓 말인가?"

"입에 담을 수 없는 짓들요." 그 예쁜 얼굴에 천천히 눈물이 흐르니, 알현실에 모인 남자들은 누구나 샤에를 품에 안고 위로하고 싶을 터였다. "제 입으로…… 그리고 다른 부분으로도요. 제 몸 온 군데로요. 절 온갖 방법으로 다 취하고는…… 그러고는 자기가 얼마나 큰지 말하게 했어요. 전 티리온을 나의 거인이라고 불러야 했죠. 나의 라니스터 거인이라고요."

오스먼드 케틀블랙이 제일 먼저 웃음을 터뜨렸다. 보로스와 메린이 합세했고, 그다음에는 세르세이가, 로라스 경이, 그리고 헤아릴 수 없이 많은 귀족 남녀가 웃었다. 갑작스럽게 터져 나온 웃음 폭풍이 서까래를 울리고 철왕좌를 흔들었다. "사실이에요." 샤에가 항변했다. "나의 라니스터 거인." 웃음소리가 두 배로 커졌다. 다들 즐거움에 입매가 씰룩이고 배가 흔들렸다. 너무 심하게 웃다가 콧물을 흘리는 사람마저 있었다.

'내가 너희 모두를 구했어.' 티리온은 생각했다. '내가 이 지독한 도시와 너희들의 무가치한 목숨을 다 구했어.' 알현실 안에는 수백 명이 있었는데, 그의 아버지만 빼고 모두가 다 웃고 있었다. 보기에는 그래 보였다. 붉은 독사조차도 킬킬거렸고, 메이스 티렐은 배가 찢어질 것 같았지만, 타이윈 라니스터 공은 두 사람 사이에 돌 조각상처럼 앉아서 턱 아래에 두 손을 모아 세우고 있었다.

티리온이 앞으로 나아갔다. "여러분!" 그가 소리를 질렀다. 들릴 가망이라도 있으려면 소리를 질러야 했다.

그의 아버지가 한 손을 들어 올렸다. 알현실 안이 조금씩 조용해졌다.

"이 거짓말쟁이 창녀를 제 앞에서 치워주시면, 원하시는 자백을 해드리겠습니다." 티리온이 말했다.

타이윈 공이 고개를 끄덕이고 손짓했다. 황금 망토들이 주위를 에워싸자 샤에는 반쯤 공포에 질린 얼굴이었다. 걸어 나가는 샤에의 눈이 티리온의 눈과 마주쳤다. 그 눈에 보인 것이 부끄러움이었을까, 두려움이었을까? 세르세이가 뭐라고 약속했을지 궁금했다. '황금이든 보석이든, 네가 뭘 요청했든 간에 다 받게 될 거야.' 그는 사라지는 샤에의 뒷모습을 보며 생각했다. '하지만 이달이 가기 전에 세르세이는 널 황금 망토들의 막사에서 일하는 노리개로 삼을 거다.'

티리온은 차갑고 밝은 금빛 반점이 떠다니는 아버지의 엄한 녹색 눈을 올려다보았다. "유죄." 그는 말했다. "너무나 유죄입니다. 그 말을 듣고 싶으셨나요?"

타이윈 공은 아무 말도 하지 않았다. 메이스 티렐이 고개를 끄덕였다. 오베린 공자는 약간 실망한 표정이었다. "왕을 독살했다고 인정하는 건가?"

"그런 유의 죄는 아닙니다." 티리온이 말했다. "조프리의 죽음에 대해서는 결백해요. 전 좀 더 소름 끼치는 범죄에 있어서 유죄입니다." 그는 아버지 쪽으로 한 걸음 내디뎠다. "전 태어났고, 살았고, 난쟁이라는 데 유죄라고 자백합니다. 그리고 제 훌륭한 아버지께서 아무리 여러 번 절 용서하셔도, 전 수치스러운 삶을 계속했지요."

"바보짓이다, 티리온." 타이윈 공이 선언했다. "당면한 문제만 말하라. 넌 난쟁이라는 죄로 재판받는 게 아니다."

"아버지가 잘못 아신 겁니다. 전 평생 난쟁이라는 죄로 재판받고 살았습니다."

"자기변호를 위해 할 말은 없는가?"

"이것밖에 없습니다. 제가 하지 않았습니다. 하지만 지금은 차라리 제가 했길 바랍니다." 그는 고개를 돌려 창백한 얼굴들의 바다를 마주했다. "당신들 전부를 죽일 독이 있었길 바랍니다. 당신들 덕분에 내가 모두가 바라는 괴물이 아니라는 점이 다 안타까워지지만, 말한 대로입니다. 난 결백하지만, 여기에선 어떤 정의도 얻지 못하겠지요. 당신들은 내게 신들에게 호소하는 선택지밖에 남겨주지 않았습니다. 결투 재판을 요청합니다."

"이제 더 쓸 머리도 없는 거냐?" 아버지가 물었다.

"아뇨. 머리를 쓴 겁니다. 전 결투 재판을 요구합니다!"

사랑스러운 누이는 그보다 더 즐거울 수가 없어 보였다. "티리온에겐 그럴 권리가 있습니다." 그녀는 재판관들에게 상기시켰다. "신들이 심판하게 하시죠. 그레고르 클리게인 경이 조프리를 대신할 겁니다. 그저께 밤에 돌아와서 제게 검을 바쳤습니다."

타이윈 공의 얼굴이 어찌나 어두운지, 티리온이 잠시 아버지도 독이 든 와인을 마셨나 생각할 정도였다. 그는 너무 화가 난 나머지 말도 하지 못하고 주먹으로 탁자만 두드렸다. 티리온을 돌아보고 질문한 사람은 메이스 티렐이었다. "그대의 결백을 변호할 대전사가 있소?"

"있습니다." 도르네의 오베린 공자가 일어섰다. "난쟁이가 저를 꽤 납득시켰거든요."

귀가 멀 듯한 소란이 일었다. 티리온은 특히 세르세이의 눈에 갑자기 스친 의혹을 만끽했다. 알현실을 다시 조용히 시키기 위해 황금 망토 백 명이 창으로 바닥을 때려야 했다. 그때쯤에는 타이윈 라니스터 공도 회복했다. "이 문제는 내일 결정합시다." 그는 강철 같은 목소리로 선언했다. "나는 손을 떼겠소." 그는 난쟁이 아들에게 차갑고 분노 가득한 눈빛을 던지더니 동생인 케반을 옆에 거느리고 성큼성큼 걸어서 철왕좌 뒤에 있는 왕의 문으로 나갔다.

나중에, 탑 방으로 돌아간 티리온은 와인을 한 잔 따르고 포드릭 페인을 보내 치즈와 빵과 올리브를 가져오게 했다. 지금은 그보다 무거운 음식을 소화시킬 수 있을 것 같지 않았다. '제가 순순히 갈 줄 알았습니까, 아버지?' 그는 촛불 빛을 받아 벽에 새겨진 그림자를 보고 물었다. '그러기엔 제가 아버지를 너무 닮았어요.' 삶과 죽음을 내릴 힘을 아버지의 손에서 빼앗아 신들의 손에 맡기고 나니 이상하게 평온했다. '신들이 있고 연극에 관심이나 있다면 말이지. 그게 아니라면 도르네인의 손에 달렸군.' 무슨 일이 벌어지든 간에, 티리온은 타이윈 공의 계획을 산산이 걷어차버렸다는 만족감을 얻었다. 오베린 공자가 이긴다면 하이가든과 도르네 사이의 적대감에 더 불을 붙일 것이다. 메이스 티렐은 자기 아들을 불구로 만든 남자가 자기 딸을 독살할 뻔했던 난쟁이를 도와서 정당한 처벌에서 벗어나게 하는 꼴을 보는 셈이니 말이다. 그리고 만약 산더미가 이긴다면, 도란 마르텔은 왜 동생이 티리온이 약속했던 정의 구현 대신 죽음을 맞이했는지 물어볼 것이다. 결국 도르네는 미르셀라에게 왕관을 씌울지도 몰랐다.

그가 일으킨 온갖 말썽을 아는 것만으로도 거의 죽을 가치가 있었다. '마지막엔 날 보러 올 거야, 샤에? 나머지와 같이 그 자리에 서서 일린 경이 내 못생긴 머리통을 떼어내는 모습을 볼 거야? 너의 라니스터 거인이 죽으면 그리워하긴 할까?' 그는 와인을 마시고 잔을 내던진 후에 힘차게 노래를 불렀다.

그는 높은 언덕에서 내려와
도시의 길거리를 내달렸네.
골목길과 계단과 자갈밭 위를 달려
한 여인의 한숨을 향해 갔다네.
그 여인은 그의 비밀스러운 보물이요,
그의 수치이자 행복이었기에.
그리고 한 여인의 입맞춤에 비하면
사슬도 성도 아무것도 아니라네.

그날 밤에는 케반 경이 찾아오지 않았다. 아마 타이윈 공과 함께 티렐 가문을 달래고 있으리라. '숙부님은 이제 못 만날지도 모르겠군.' 그는 와인을 한 잔 더 따랐다. 노랫말을 다 익히기 전에 은혀의 사이먼을 죽여버린 것이 안타까웠다. 솔직히 나쁜 노래는 아니었다. 특히나 앞으로 티리온에 대해 만들어질 노래들과 비교한다면 더욱 그랬다. "황금의 손은 언제나 차갑지만, 여인의 손은 따뜻하니." 그는 노래했다. 나머지 가사는 직접 적어야 할지도 몰랐다. 그만큼 오래 살게 된다면.

놀랍게도 그날 밤에 티리온 라니스터는 오랫동안 깊게 잤다. 그는 동이 틀 무렵에 푹 쉬고 식욕이 왕성한 상태로 깨어나서 튀긴 빵과 피소시지, 사과 케이크, 그리고 양파와 도르네의 매운 고추를 곁들여 요리한 계란 요리 두 그릇을 먹어치웠다. 그 후에는 위병들에게 대전사를 보러 가도 되겠냐고 허락을 구했다. 아담 경이 동의했다.

티리온이 찾아갔을 때 오베린 공자는 레드와인을 한 잔 마시면서 갑옷을 입고 있었다. 손아래의 도르네 귀족 네 명이 수행하고 있었다. "좋은 아침이로군." 공자가 말했다. "와인 한 잔 하겠나?"

"전투 전에 술을 마셔도 됩니까?"

"난 전투 전에 언제나 술을 마시지."

"그러다가 죽을 수도 있습니다. 그보다 더 나쁜 건, 그러다가 제가 죽을 수도 있다는 거죠."

오베린 공자가 웃음을 터뜨렸다. "신들은 죄 없는 자를 지키시지. 그대는 죄가 없다 믿는데?"

"조프리를 죽인 죄만 없지요." 티리온은 인정했다. "어떤 자를 대면하실지 알고 계셨으면 좋겠군요. 그레고르 클리게인은—"

"크다고? 그런 말은 들었네."

"키는 2미터 40센티미터에 육박하고 몸무게는 200킬로그램에 가까운

데, 그게 다 근육 무게입니다. 무기는 양손 대검을 쓰지만, 한 손으로도 휘두를 수 있지요. 일격에 사람을 반쪽 낸다고 알려져 있습니다. 갑옷은 어찌나 무거운지, 그보다 작은 남자들은 그걸 입고 움직이기는 고사하고 그 무게를 견디지도 못하지요."

오베린 공자는 대단하게 여기지 않았다. "난 그보다 큰 남자들도 죽여봤어. 쓰러지게만 하면 돼. 일단 쓰러지면, 죽은 목숨이지." 도르네인이 어찌나 쾌활하고 자신감이 넘치는지, 티리온도 안심할 뻔했다. 그러나 그것도 오베린이 몸을 돌려 말하기 전까지였다. "다에몬, 내 창을!" 다에몬 경이 창을 던지자 붉은 독사가 허공에서 잡아챘다.

"산더미와 창으로 싸우겠다고요?" 티리온은 다시 불안해졌다. 전투에서라면 밀집한 창병들이 가공할 전선을 형성하겠지만, 노련한 칼잡이를 상대로 싸우는 결투는 전혀 다른 문제였다.

"도르네에서는 창을 좋아하지. 게다가 그자의 긴 팔에 대응할 유일한 방법이야. 잘 보시게, 꼬마 악마 공. 하지만 만지지는 말게." 그 창은 2미터 40센티미터짜리로, 물푸레나무 창대가 굵고 매끈하고 무거웠다. 마지막 60센티미터는 강철이었는데, 날씬한 잎사귀 모양의 창 촉이 점점 가늘어지다가 대못처럼 뾰족해졌다. 가장자리는 면도를 해도 될 만큼 날카로워 보였다. 오베린이 두 손에 잡은 창 자루를 빙글 돌리자, 창 촉이 검은색으로 반짝였다. '기름? 아니면 독?' 티리온은 모르는 게 낫겠다고 생각했다. "그 창을 잘 다루셨으면 좋겠군요." 티리온은 미심쩍게 말했다.

"자네가 불평할 거리는 없을걸. 그레고르 경은 또 모르지. 그자의 갑옷이 아무리 두껍다 해도 관절 부위에는 틈이 있을 거야. 팔꿈치와 무릎 안쪽, 겨드랑이...... 장담하는데 난 그자를 간질일 위치를 찾아낼 거라네." 그는 창을 내려놓았다. "라니스터는 언제나 빚을 갚는다는 말이 있지. 오늘의 유혈 사태가 끝나면 나와 함께 선스피어로 가는 건 어떤가. 내 형 도란도 캐스털리록의 정당한 후계자를 만난다면 아주 기뻐할 거야……. 특히나 사랑스러운 아내인 윈터펠의 여주인을 데려간다면 더 좋겠지."

'이 독사가 내가 겨울을 위해 나무 열매 숨겨두듯 산사를 어딘가에 숨겨뒀다고 생각하는 건가?' 그렇다면, 티리온도 바로잡을 마음은 없었다. "생각해보니 도르네에 잠시 들르는 것도 아주 즐거울 것 같군요."

"긴 방문을 계획해보게." 오베린 공자가 와인을 마셨다. "자네와 도란 형이라면 의논할 만한 공통의 관심사가 많을 거야. 음악, 무역, 역사, 와인, 난쟁이의 동전…… 상속과 계승에 관한 법률까지. 앞으로 올 힘든 시기에 미르셀라 여왕에게도 외삼촌의 조언이 유익하겠지."

바리스가 작은 새들을 풀어 듣게 했다면, 오베린이 한바탕 들을 거리를 주고 있는 셈이었다. "저도 와인을 한 잔 마셔야겠군요." 티리온이 말했다. '미르셀라 여왕이라?' 산사를 망토 속에 감춰두었다면 더욱 유혹적일 이야기였다. '산사가 토멘보다 미르셀라를 지지한다고 선언한다면, 북부가 따라올까?' 붉은 독사가 내비치는 이야기는 반역이었다. 티리온이 정말로 토멘을 상대로, 아버지를 상대로 무기를 들 수 있을까? '세르세이가 피를 토하겠군. 그것만으로도 해볼 가치는 있을지 몰라.'

"처음 만났을 때 내가 해준 이야기 기억나나, 꼬마 악마?" 오베린 공자는 갓즈그레이스의 서자가 앞에 무릎을 꿇고 정강이받이를 조여주는 동안 물었다. "내 누이와 내가 캐스털리록에 갔던 건 자네의 꼬리를 보기 위해서만은 아니었어. 우린 일종의 탐색 여행 중이었지. 스타폴, 아버, 올드타운, 방패 군도, 크레이크홀을 거쳐 마지막으로 캐스털리록까지…… 하지만 우리의 진정한 목적지는 결혼이었다네. 도란 형은 노보스의 메랄리오 아가씨와 약혼한 상태였기에 선스피어의 수호성주로 뒤에 남아 있었지. 내 누이와 나는 아직 약속된 상대가 없었어.

엘리아는 몹시 들떴네. 그럴 만한 나이였고, 또 건강 때문에 여행을 많이

해보지 못했었거든. 나는 누이의 구혼자들을 조롱하면서 재미있어하는 게 더 좋았지. 작은 사팔눈 공에, 짓이긴 입술 종자, 내가 걸어 다니는 고래라고 이름 붙인 구혼자도 있었어. 그나마 반쯤이라도 가능성이 있어 보인 구혼자는 젊은 바엘로르 하이타워뿐이었다네. 예쁘장한 청년이었고, 내 누이도 반쯤 사랑에 빠져 있었는데 그 친구가 불행히도 우리가 있을 때 방귀를 뀌고 말았지. 난 잽싸게 그 친구에게 방귀쟁이 바엘로르라는 이름을 붙였고, 그 후부터 엘리아는 그 친구를 볼 때마다 웃음을 참지 못했어. 난 정말이지, 누군가가 내 악독한 혀를 베어버렸어야 마땅한 끔찍한 청년이었어."

'그건 그래.' 티리온은 소리 없이 맞장구쳤다. 바엘로르 하이타워는 이제 젊지 않았지만, 아직도 레이톤 공의 후계자로 남아 있었다. 부유하고, 잘생기고, 눈부신 평판을 지닌 기사였다. 지금 사람들은 그를 눈부신 미소의 바엘로르라고 불렀다. 엘리아가 라에가르 타르가르옌 대신 바엘로르와 결혼했다면, 그녀는 지금쯤 올드타운에서 키 큰 자식들에게 둘러싸여 있을지 몰랐다. 그는 그 방귀 한 번에 얼마나 많은 목숨이 죽었을까 생각했다.

"우리 항해의 끝이 라니스포트였네." 오베린 공자는 아론 쿼가일 경이 그에게 두툼한 가죽 튜닉을 입히고 등 부분의 끈을 매는 동안 이야기를 계속했다. "자네와 나의 어머니들이 예전에 서로 알던 사이라는 걸 알고 있었나?"

"그러고 보니 어렸을 때 궁정에 함께 계셨던 것 같군요. 라엘라 왕녀의 말벗이었던가요?"

"그랬지. 내 생각에는 어머니들끼리 계획을 짜뒀던 것 같아. 짓이긴 입술이나 그 비슷한 놈들, 내 앞을 행진했던 다양한 여드름쟁이 처녀들은 오직 우리의 입맛을 돋우려고 연회 전에 내온 전채 요리 같은 거였어. 연회의 주인공은 캐스털리록에서 나올 예정이었지."

"세르세이와 제이미였군요."

"영리한 난쟁이답군. 물론 엘리아와 내가 나이가 많았지. 자네 형과 누나는 여덟 살인가 아홉 살밖에 안 됐을 거야. 그래도 대여섯 살 차이는 대수롭지 않지. 그리고 우리 배에는 빈 선실이 있었다네. 고귀한 태생이 지내기에 적합한 아주 훌륭한 선실이었지. 마치 우리가 누군가를 데리고 선스피어로 돌아갈 것을 의도한 것처럼 말이야. 어린 시동이라든가, 엘리아의 친구라든가. 자네 어머님은 제이미를 내 누이와, 아니면 세르세이를 나와 약혼시키려고 했던 거야. 둘 다였을 수도 있고."

"그랬을지도 모르지요." 티리온이 말했다. "하지만 제 아버지는……."

"……칠왕국을 통치했지만, 집에서는 부인의 통치를 받는 분이었지. 내어머니는 늘 그렇게 말씀하셨다네." 오베린 공자는 다고스 맨우디 공과 갓즈그레이스의 서자가 머리 위로 사슬 갑옷을 씌울 수 있게 두 팔을 들어올렸다. "우리는 올드타운에서 자네 어머니가 돌아가셨고, 괴물 같은 아이를 낳았다는 소식을 들었네. 그 자리에서 배를 돌릴 수도 있었는데, 어머니는 계속 항해하는 쪽을 택하셨지. 그래서 캐스털리록에서 우리가 어떤 환대를 받았는지는 말했을 거야.

내가 자네에게 말하지 않은 건, 내 어머니가 적절한 시간을 기다려서 다시 자네 아버지에게 우리의 목적을 이야기했다는 점이네. 몇 년 후에 돌아가실 때쯤 말씀하시길, 타이윈 공이 퉁명스럽게 거부했다더군. 딸은 라에가르 왕자와 맺어주기로 했다고 하면서 말이야. 그리고 어머니가 그렇다면 제이미를 엘리아와 맺어주는 건 어떠냐고 묻자, 자네 아버지는 자네를 내밀었다네."

"어머님이 격분하셨을 법한 제안이군요."

"그랬네. 자네라도 그건 이해할 수 있겠지?"

"아, 물론이지요." 티리온은 생각했다. '그렇게 다 거슬러 올라가는군. 어머니들과 아버지들, 그 전의 부모들에게로. 우린 모두 먼저 있던 분들의 줄에 매달려 춤추는 꼭두각시 인형이고, 언젠가는 우리 자식들이 우리 대신 줄에 매달려 춤을 추겠지.' "흠, 라에가르 왕자는 캐스털리록의 세르세이 라니스터가 아니라 도르네의 엘리아와 결혼했으니, 그 시합에서는 공자의 어머님이 이기신 것 같은데요."

"어머니도 그렇게 생각했지." 오베린 공자도 동의했다. "하지만 자네 아버지는 그런 모욕을 잊을 사람이 아니었어. 예전에는 타벡 부부에게 그 점을 가르쳐줬고, 카스타미어의 레인 가문에게도 가르쳐줬지. 그리고 킹스랜딩에서는 내 누이에게 가르쳤네. 내 투구를, 다고스." 다고스 맨우디가 투구를 건넸다. 이마에 도르네의 태양을 뜻하는 구리 원반이 달린 높은 금색 투구였다. 티리온은 투구의 면갑이 제거되어 있음을 알아보았다. "엘리아와 그 아이들은 오랫동안 정의가 구현되기를 기다렸어." 오베린 공자는 부드러운 붉은색 가죽 장갑을 끼고, 창을 다시 들었다. "하지만 오늘은 얻게 될 거야."

결투 장소로 선택된 곳은 외벽 안뜰이었다. 티리온은 오베린 공자의 보폭을 따라잡기 위해 깡총거리며 뛰어야 했다. '독사의 열의는 충분해. 그만큼 유독하기도 하기를 빌어보자.' 티리온은 생각했다. 바람이 심하고 흐린 날이었다. 태양이 구름 사이를 뚫고 나오려 하고 있었지만, 티리온은 오늘 싸움에서 누가 이길지에 대해 그의 목숨을 쥔 사람만큼도 할 말이 없었다.

티리온이 죽을지 살지 보려고 천 명은 온 것 같았다. 성벽 길에 줄지어 서고 아성과 탑 계단에 올라서서 서로를 밀어대고 있었다. 마구간 문에서, 창문과 다리에서, 발코니와 지붕에서도 보고 있었다. 그리고 안뜰은 사람이 꽉 차서, 황금 망토와 킹스가드 기사들이 결투를 위해 넉넉한 공간을 확보하려고 사람들을 밀어내야 할 지경이었다. 어떤 사람들은 더 편하게 보려고 의자를 끌고 나왔고, 또 어떤 사람들은 나무통에 걸터앉았다. '드래곤핏에서 싸웠어야 하는 건데.' 티리온은 씁쓸하게 생각했다. '한 사람당

한 닢씩 받았으면 조프리의 결혼식과 장례식 비용도 치를 수 있었겠어.' 구경꾼들 중에는 잘 보이라고 어린아이를 목말 태운 사람도 있었다. 다들 티리온을 보고 소리를 지르며 손가락질했다.

그레고르 경 옆에 서 있으니 세르세이도 반쯤은 어린아이처럼 보였다. 갑옷을 입은 산데미는 너무 커서 사람 같지가 않았다. 그는 클리게인의 세 마리 검은 개가 들어간 긴 노란색 전포 속에 사슬 갑옷과 무거운 판금 갑옷을 갖춰 입었는데, 흐릿한 회색 강철이 전투로 찌그러지고 칼자국이 나 있었다. 그 갑옷 속에는 무두질한 가죽옷과 누비옷이 있을 것이다. 윗부분이 평평한 대투구가 목가리개에 꽉 조여졌는데, 입과 코 주위에 숨구멍이 있고 가느다란 눈구멍이 시야를 확보했다. 투구 위에는 돌 주먹 장식이 올라갔다.

그레고르 경이 부상으로 고통스러워하고 있다 해도, 티리온은 그런 징후를 도무지 알아볼 수 없었다. 마치 바위를 깎아 세운 듯한 모습이었다. 상처투성이의 180센티미터짜리 대검이 몸 앞의 땅에 박혀 있었다. 가제갑 강철 장갑을 낀 그레고르 경의 거대한 두 손은 십자 모양의 대검 칼자루 양쪽을 움켜쥐고 있었다. 오베린 공자의 연인마저도 그 모습을 보고 창백해졌다. "저것과 싸운다고요?" 엘라리아 샌드가 숨죽인 목소리로 말했다.

"저걸 죽일 거야." 그녀의 연인은 가볍게 대꾸했다.

이제 두 사람이 부딪치기 직전이 되니 티리온도 의심이 들었다. 오베린 공자를 보면, 저도 모르게 브론이 자신을 변호하고 있었으면 좋았을 거라 바라게 되었다……. 제이미라면 더 좋고 말이다. 붉은 독사는 갑옷을 가볍게 갖춰서, 정강이받이와 팔의 완갑, 목가리개, 어깨 갑옷, 강철 살보대가 다였고 그 외에는 유연한 가죽옷과 흐르는 듯한 비단옷을 입고 있었다. 사슬 갑옷 위에 반짝이는 구리 미늘 옷을 걸치기는 했지만, 사슬과 미늘을 합친다 해도 보호 효과는 그레고르가 입은 중갑옷의 4분의 1에도 미치지 못할 터였다. 면갑을 떼어낸 투구에는 코 보호대조차 없어서, 사실상 반투구보다 나을 게 없었다. 둥그런 강철 방패는 눈부시게 반짝이며 적금과 황금, 백금, 구리로 만든 태양과 창 문장을 과시했다.

'상대가 지쳐서 팔도 들어 올리지 못할 때까지 주위를 맴돌다가 쓰러뜨린다.' 붉은 독사는 브론과 같은 생각을 하는 것 같았다. 하지만 용병인 브론은 그런 전략의 위험성에 대해서도 직시했다. '일곱 지옥에 걸고, 당신이 뭘 하는지 알고 있길 빌어, 독사.'

수관의 탑 옆, 두 대전사 사이 중간에 연단이 세워져 있었다. 타이윈 공은 동생인 케반 경과 함께 그곳에 앉아 있었다. 토멘 왕은 보이지 않았다. 티리온도 그것만은 고마운 마음이었다.

타이윈 공은 난쟁이 아들을 쓱 보더니 손을 들어 올렸다. 나팔수 십여 명이 팡파르를 울려 군중을 조용히 시켰다. 최고성사가 높은 수정관을 쓰고 비척비척 걸어 나와 하늘에 계신 아버지께서 이 재판을 도우시고, 전사께서 정당한 이의 팔에 힘을 빌려주시길 기도했다. '그건 나야.' 티리온은 소리를 지를 뻔했지만, 그래봤자 모두 웃을 테고 비웃음의 대상이 되는 데엔 질릴 대로 질렸다.

오스먼드 케틀블랙 경이 클리게인에게 방패를 가져갔다. 무거운 참나무에 검은색 쇠테를 두른 엄청난 물건이었다. 산더미가 방패 끈을 왼팔에 끼우자, 티리온은 그 방패에 그려져 있던 클리게인의 사냥개 문장이 사라졌음을 알았다. 오늘 아침 그레고르 경은 안달인이 협해를 건너 최초인과 최초인의 신들을 압도했을 때 웨스테로스로 가져온 칠각별을 들고 있었다. '아주 독실하군, 세르세이. 하지만 신들이 감명받았을지는 잘 모르겠는걸.'

두 사람 사이에는 50미터의 거리가 있었다. 오베린 공자는 빠르게 전진했고, 그레고르 경은 좀 더 기분 나쁘게 움직였다. '저놈이 걷는다고 땅이 흔들리진 않아.' 티리온은 스스로를 타일렀다. '내 심장이 쿵쾅거리는 거야.'

두 남자가 10미터 정도 사이를 두게 되자 붉은 독사가 걸음을 멈추고 외쳤다. "내가 누구인지는 들었나?"

그레고르 경이 잇새로 으르렁거렸다. "죽은 놈이지." 그는 거침없이 걸음을 옮겼다.

도르네인은 옆으로 미끄러지듯 움직였다. "나는 도르네의 공자, 오베린 마르텔이다." 그는 산더미가 상대를 시야에서 놓치지 않으려 몸을 돌리자 말했다. "엘리아 공녀는 내 누나야."

"누구?" 그레고르 클리게인이 물었다.

오베린의 장창이 찔러 들어갔지만, 그레고르 경은 방패로 창끝을 받아내 밀치고 대검을 번득이며 오베린에게 반격했다. 도르네인은 털끝 하나 다치지 않고 몸을 돌려 피했다. 창이 앞으로 돌진했다. 클리게인이 창을 향해 검을 그었고, 오베린은 창을 뒤로 물렸다가 다시 찔렀다. 창 촉이 산더미의 가슴을 긁으면서 금속과 금속이 부딪치는 듣기 싫은 소리가 나더니, 창이 전포를 자르고 강철 갑옷 위에 길고 선명한 자국을 남겼다. "도르네 공녀, 엘리아 마르텔." 붉은 독사가 쉭 소리를 냈다. "네놈이 강간했지. 네놈이 살해했고. 엘리아의 아이들까지 죽였어."

그레고르 경은 끙 소리를 냈다. 그는 육중한 돌격으로 도르네인의 머리를 자르려 들었고, 오베린 공자는 쉽게 그 공격을 피했다. "네놈이 강간했지. 네놈이 살해했고, 그 아이들까지 죽였어."

"떠들러 온 거냐, 싸우러 온 거냐?"

"네 자백을 들으러 왔다." 붉은 독사는 산더미의 배를 빠르게 찔렀지만 아무 효과도 거두지 못했다. 그레고르는 오베린을 향해 칼을 그었으나 놓쳤다. 장창이 대검 위를 찔렀다. 오베린의 장창은 뱀 혓바닥처럼 날름거리면서 아래쪽을 공격하는 듯했다가 위를 공격하고, 사타구니를, 방패를, 눈을 찔러 들어갔다. '산더미가 커다란 과녁판이긴 해.' 티리온은 생각했다. 오베린 공자의 공격은 거의 빗나가지 않았지만, 어떤 공격도 그레고르 경의 중갑옷을 뚫지는 못했다. 도르네인은 계속 주위를 돌면서 가볍게 찔렀다가 날쌔게 물러나며 덩치 큰 상대가 계속 몸을 돌리게 만들었다. 클리게인은 시야에서 상대를 놓치고 있었다. 산더미의 투구는 눈구멍이 가늘어서 시야가 심하게 좁았다. 오베린은 그 점과 장창의 길이, 그리고 재빠른 몸놀림을 잘 활용하고 있었다.

싸움은 오랫동안 그런 식으로 이어지는 것 같았다. 그들은 공방을 주고받으며 왔다 갔다 안뜰을 가로지르고 빙글빙글 돌았고, 그레고르 경이 허공을 내리치는 동안 오베린의 장창은 그의 팔을 때리고, 다리를 때리고, 관자놀이를 두 번 때렸다. 그레고르의 커다란 나무 방패도 타격을 나눠 받으면서 새로 그린 칠각별 아래 개 머리가 드러났고, 칠이 벗겨져서 나뭇결이 보이기도 했다. 클리게인은 가끔 끙 소리를 냈고, 한번은 욕을 중얼대는 소리도 들은 것 같았지만, 그 외에는 뚱하니 침묵을 지키며 싸웠다.

오베린 마르텔은 달랐다. "넌 엘리아를 강간했어." 그는 속임수 공격을 펼치며 외쳤다. "넌 엘리아를 살해했어." 그는 포물선을 그리는 그레고르의 대검을 피하며 말했다. "그 아이들도 죽였지." 그는 창끝으로 거한의 목을 강타하며 외쳤다. 창 촉은 끼익 소리만 내고 두꺼운 강철 목가리개에 튕겨 나왔다.

"오베린이 저놈을 가지고 노는군요." 엘라리아 샌드가 말했다.

'어리석은 놀이야.' 티리온은 생각했다. "산더미는 누군가의 장난감이 되기엔 터무니없이 커요."

안뜰에 모여든 구경꾼들은 결투를 더 잘 보려고 조금씩 조금씩 앞으로 다가가면서 두 전사 쪽으로 밀려들고 있었다. 킹스가드가 커다란 하얀색 방패로 밀어내면서 선을 지키려 했지만, 구경꾼은 수백 명이었고 하얀 갑옷을 입은 남자는 여섯 명뿐이었다.

"넌 엘리아를 강간했어." 오베린 공자는 창 촉으로 사나운 공격을 쳐냈다. "넌 엘리아를 살해했어." 그는 엄청난 속도로 창끝을 클리게인의 눈으로 날렸고, 거한은 움찔하며 물러섰다. "그 아이들도 죽였지." 창이 옆으로, 아래로 번득이면서 산더미의 흉갑을 긁었다. "넌 엘리아를 강간했어. 엘리아를 살해했어. 그 아이들도 죽였지." 그의 장창은 그레고르 경의 장검보다 60센티미터가 길어서, 골치 아픈 거리를 유지하고도 남았다. 그레고르는 오베린이 찌르기 공격을 할 때마다 창대를 내리치며 창 촉에서 벗어나려 했지만, 파리 날개를 자르는 것보다 어려운 일이었다. "넌 엘리아를 강간했어. 엘리아를 살해했어. 그 아이들도 죽였지." 그레고르가 맹렬히 돌진하려 했지만 오베린은 휙 피하고 뒤로 돌아갔다. "넌 엘리아를 강간했어. 엘리아를 살해했어. 그 아이들도 죽였지."

"조용히 해." 그레고르 경은 전보다 좀 더 느리게 움직이는 것 같았고, 대검은 시합이 시작될 때만큼 높이 올라가지 않았다. "그 망할 입 좀 닥치라고."

"넌 엘리아를 강간했어." 공자는 오른쪽으로 이동하며 말했다.

"그만!" 그레고르 경은 두 걸음 크게 걸어서 오베린의 머리 위로 대검을 내리쳤는데, 도르네인은 다시 한번 뒷걸음질 쳐서 피했다. "넌 엘리아를 살해했어."

"닥쳐!" 그레고르가 창끝에 저돌적으로 달려들었고, 창끝은 그의 오른쪽 가슴을 때리고 끔찍한 쇳소리를 내면서 옆으로 미끄러졌다. 갑자기 산더미가 공격하기 충분한 거리까지 근접했고, 거대한 검이 강철빛으로 번득였다. 군중들도 비명을 지르고 있었다. 오베린은 첫 공격이 미끄러지고, 그레고르 경이 간격 안으로 들어왔으니 쓸모가 없어진 창을 놓아버렸다. 두 번째 검격은 도르네인의 방패를 쳤다. 귀가 찢어질 듯한 쇳소리가 울리면서 붉은 독사가 비틀거렸다. 그레고르 경은 포효하며 뒤따라갔다. '저놈은 말을 하지 않고 짐승처럼 포효만 하는군.' 티리온은 생각했다. 오베린의 후퇴는 가슴을, 팔을, 머리를 베어오는 대검을 바로 앞에 두고 이어지는 무모한 탈출로 변했다.

마구간이 그 뒤에 있었다. 구경꾼들이 비명을 지르며 도망치려고 서로를 밀었다. 한 명이 비틀거리다가 오베린의 등을 쳤다. 그레고르 경이 무시무시한 힘으로 대검을 내리쳤다. 붉은 독사는 옆으로 몸을 던져 굴렀다. 그 뒤에 있던 불운한 마구간지기는 그렇게 빠르지 못했다. 소년의 팔이 얼굴을 보호하려고 올라가자, 그레고르의 검이 팔꿈치와 어깨 사이를 잘라버렸다. "닥치라고!" 산더미는 마구간지기 소년의 비명을 듣고 울부짖더니, 이번에는 대검을 옆으로 휘둘러서 피와 뇌수를 뿌리며 소년의 머리 위쪽 절반을 안뜰 저편으로 날렸다. 구경꾼 수백 명이 서로를 밀어대며 안뜰에서 도망치려 드는 모습을 보니, 갑자기 티리온 라니스터가 무죄인지 유죄인지에 대한 관심은 다 사라진 것 같았다.

하지만 도르네의 붉은 독사는 장창을 손에 들고 다시 일어섰다. "엘리아." 그는 그레고르 경에게 외쳤다. "넌 엘리아를 강간했어. 엘리아를 살해했어. 그 아이들도 죽였어. 이제 그 이름을 말해봐."

산더미는 몸을 빙글 돌렸다. 투구, 방패, 대검, 전포 할 것 없이 머리부터 발끝까지 피가 튀어 있었다. "넌 말이 너무 많아." 그는 으르렁거렸다. "너 때문에 머리가 아프다."

"난 네놈 입으로 듣고 말겠다. 그 여자는 도르네의 엘리아였어."

산더미는 경멸 조로 콧방귀를 뀌고 공격을 계속했다……. 그 순간, 태양이 새벽부터 하늘을 가리고 있었던 낮은 구름을 뚫고 나왔다.

'도르네의 태양이야.' 티리온은 혼자 생각했지만, 먼저 움직여서 태양을 등진 사람은 그레고르 클리게인이었다. '둔하고 악랄한 남자지만 전사의 본능이 있어.'

붉은 독사는 몸을 웅크리고 눈을 가늘게 뜨더니 다시 장창을 앞으로 찔렀다. 그레고르 경은 그 창을 자르려 했지만, 그 공격은 속임수였다. 그레고르는 균형을 잃고 비틀거리며 한 걸음을 내디뎠다.

오베린 공자가 찌그러진 금속 방패를 기울였다. 햇빛 한 줄기가 광을 낸 황금과 구리에 반사되어 눈이 멀 듯한 광채를 상대의 투구에 난 좁은 눈구멍으로 쏘았다. 클리게인은 그 광선을 막으려고 방패를 들어 올렸다. 오베린 공자의 창이 번개처럼 번득여서 중갑옷의 틈을, 겨드랑이 관절 부분을 찾아냈다. 창끝이 사슬과 가죽을 뚫고 들어갔다. 그레고르가 목 졸린 신음 소리를 내는 사이 도르네인은 창을 비틀어 뽑아냈다. "엘리아다, 말해! 도르네의 엘리아라고!" 그는 다시 한번 창을 찌를 자세를 취하며 주위를 돌았다. "말해!"

티리온도 혼자 기도하고 있었다. '쓰러져 죽어라'라는 기도였다. '빌어먹을, 좀 쓰러져 죽어!' 지금 산더미의 겨드랑이에서 흘러내리는 피는 산더미의 피가 맞았고, 흉갑 안에서는 피를 더 심하게 흘리고 있을 게 분명했다. 그레고르가 한 발을 내디디려 하자 무릎이 풀렸다. 티리온은 그가 쓰러지는 줄 알았다.

오베린 공자가 그 뒤로 돌아가더니 고함을 쳤다. "도르네의 엘리아!" 그레고르 경이 몸을 돌리려 했지만, 너무 느렸고 너무 늦었다. 이번에는 창촉이 무릎 뒤쪽을 때리면서, 허벅지 갑옷과 종아리 갑옷 사이로 사슬과 가죽을 뚫었다. 산더미가 비틀거리더니 기우뚱하면서 땅바닥에 얼굴을 처박았다. 손에서 대검이 날아갔다. 그는 천천히, 무겁게 몸을 돌려 누웠다.

도르네인은 망가진 방패를 던져버리고, 양손으로 창을 잡더니 느긋하게 반대쪽으로 걸어갔다. 그 뒤에서 산더미는 신음하며 한쪽 팔꿈치를 대고 몸을 일으켰다. 오베린은 고양이처럼 빠르게 몸을 돌리더니 쓰러진 적에게 달려갔다. "에에에엘리이이이아아아아아아!" 그는 온몸의 무게를 실어서 창을 내리찍으며 외쳤다. 물푸레나무 창대 부러지는 소리가 세르세이가 격분해서 울부짖는 소리만큼이나 달콤했고, 한순간 오베린 공자에게는 날개가 달렸다. 그는 산더미를 훌쩍 뛰어넘었다. 오베린 공자가 몸을 굴리고 일어나서 먼지를 털어내는 사이 클리게인의 배에는 1미터가 넘는 부러진 창대가 솟아 있었다. 오베린은 부러진 창을 던져버리고 상대의 대검을 잡았다. "경이 그 이름을 말하지 않고 죽는다면 내가 일곱 지옥 어디까지라도 쫓아가겠다." 그는 단언했다.

그레고르 경이 일어나려고 했지만, 부러진 창이 몸을 땅바닥에 고정시킨 상태였다. 그가 두 손으로 창대를 잡고 끙 소리를 냈지만 뽑아낼 수가 없었다. 몸 아래에는 붉은 피 웅덩이가 번졌다. "갈수록 내가 결백해지는 기분이 드는군요." 티리온은 옆에 앉은 엘라리아 샌드에게 말했다.

오베린 공자가 가까이 다가갔다. "그 이름을 말해라!" 그는 산더미의 가슴팍에 발을 올리고 두 손으로 대검을 들어 올렸다. 그가 그레고르의 목을 칠 생각이었는지, 아니면 눈구멍으로 칼을 꽂을 생각이었는지는 티리온이 영원히 알 수 없었다.

클리게인의 손이 확 뻗어 올라가더니 도르네인의 무릎 뒤를 잡았다. 붉은 독사는 대검을 거칠게 휘둘렀지만 균형을 잃었고, 칼날은 산더미의 완갑에 찌그러진 자국밖에 남기지 못했다. 다음 순간 대검은 잊히고, 그레고르가 손에 힘을 주어 비틀면서 도르네인을 제 몸 위로 잡아당겨 쓰러뜨렸다. 그들은 부러진 창을 이리저리 흔들면서 흙과 피 속을 뒹굴었다. 티리온은 공포에 질린 채로 산더미가 거대한 팔 하나로 공자를 잡고, 마치 연인처럼 제 가슴팍에 꽉 끌어안는 모습을 지켜보았다.

"도르네의 엘라이아." 두 사람이 입이라도 맞출 만큼 바싹 붙었을 때, 모두가 그레고르 경의 목소리를 들었다. 투구 안에서 낮은 목소리가 메아리쳤다. "내가 그년의 낑낑대는 강아지를 죽였지." 그는 남은 손을 면갑이 없는 오베린의 얼굴에 찔러 넣고, 강철 같은 손가락으로 눈을 파고들었다. "그다음에 그년을 강간했고." 클리게인은 도르네인의 입안에 주먹을 때려 넣어 치아를 깨뜨렸다. "그다음엔 그년의 머리통을 짓이겼지. 이렇게." 그레고르가 거대한 주먹을 뒤로 물리자, 쇠 장갑에 묻은 피가 차가운 새벽 공기 속에 증기를 피워 올리는 것 같았다. 속이 뒤집히는 으드득 소리가 났다. 엘라리아 샌드가 공포에 질려 울부짖었고, 티리온의 아침 식사가 도로 올라왔다. 그는 무릎을 꿇고 베이컨과 소시지와 사과 케이크를, 양파와 매운 도르네 고추를 넣어 구운 계란 요리를 게워냈다.

티리온은 아버지가 선고를 내리는 소리를 듣지 못했다. 말이 필요 없었을지도 모른다. '난 붉은 독사의 손에 내 목숨을 맡겼고, 독사는 그걸 떨어뜨렸어.' 티리온은 뱀에게는 손이 없다는 사실을 너무 늦게 기억하고 미친 사람처럼 웃기 시작했다.

그는 구불구불한 계단을 반쯤 내려가고 나서야 황금 망토들이 그를 탑방으로 데려가는 게 아님을 깨달았다. "난 검은 감옥으로 넘어간 거군." 그는 말했다. 황금 망토들은 굳이 대꾸하지 않았다. '죽은 사람에게 뭐 하러 힘을 빼겠어?'

# 대너리스

대니는 테라스 정원에 자란 감나무 밑에서, 예전에 거대한 청동 하피가 서 있었던 대피라미드 꼭대기를 돌면서 술래잡기하는 드래곤들을 지켜보며 아침 식사를 했다. 미린에는 그보다 작은 피라미드가 스무 개쯤 있었지만, 하나같이 높이가 대피라미드의 절반에도 미치지 못했다. 여기에서는 도시 전체를 볼 수 있었다. 좁고 꼬불꼬불한 골목길과 넓은 벽돌 대로, 신전과 곡물 저장고, 오두막집과 궁전, 사창가와 목욕탕, 정원과 분수, 거대한 붉은 원 모양의 투기장들까지 전부 다. 그리고 성벽 너머로는 백랍 같은 바다, 구불구불 이어지는 스카하자단강, 메마른 갈색 언덕, 타버린 과수원, 그리고 새까매진 들판이 보였다. 이 위 정원에 있으면 대니는 가끔 세상에서 제일 높은 산꼭대기에 사는 신이 된 기분이 들었다.

'신들은 다 이렇게 고독할까?' 분명히 어떤 신들은 그럴 것이다. 그녀의 어린 서기, 미산데이는 나스의 평화인들이 숭배하는 '조화의 신'에 대해 이야기해주었다. 미산데이가 말하기를 그는 단 하나의 진정한 신으로 언제나 있었고 언제나 있을 신이며, 달과 별과 땅을 만들고 땅에 사는 모든 생물을 만든 신이라고 했다. '가엾은 조화의 신.' 대니는 그 신이 애처로웠다.

말 한마디로 만들 수도 없앨 수도 있는 나비 여인들의 시중을 받으며 언제나 혼자 지낸다는 건 얼마나 끔찍할까. 웨스테로스에는 그래도 신이 일곱 있었다. 하지만 비세리스가 말하길 어떤 성사들은 그 일곱이 모두 한 신의 일곱 측면이고, 하나의 수정에 보이는 일곱 면에 불과하다고 했다. 헷갈리는 이야기였다. 붉은 사제들은 두 신을 믿는다고 들었는데, 그 두 신은 영원히 전쟁 중이었다. 그런 이야기는 더 마음에 들지 않았다. 대니는 영원히 전쟁을 벌이고 싶지 않았다.

미산데이가 오리알과 개고기 소시지, 그리고 라임즙을 섞어 달게 만든 와인 반 잔을 가져왔다. 꿀 때문에 파리들이 날아왔지만, 향초가 벌레를 쫓았다. 파리들도 이 위에서는 도시의 나머지 곳들에서처럼 골치 아프지 않았다. 그것도 이 피라미드의 좋은 점이었다. "잊지 말고 파리들에 대해 뭔가 조치를 취해야겠어. 나스에도 파리가 많으냐, 미산데이?"

"나스에는 나비들이 있지요." 서기는 공용어로 대답했다. "와인을 더 드릴까요?"

"아니다. 곧 궁중 회의를 열어야 해." 대니는 미산데이를 무척 좋아하게 되었다. 커다란 금빛 눈의 어린 서기는 나이에 걸맞지 않게 현명했다. '또 용감하기도 하지. 그런 삶을 살아내려면 그래야 했을 거야.' 대니는 언젠가 그 이야기 속의 나스섬을 보고 싶었다. 미산데이는 그곳의 평화인들은 전쟁을 하지 않고 음악을 짓는다 했다. 그들은 짐승조차 죽이지 않고, 과일만 먹을 뿐 고기를 먹지 않았다. 조화의 신을 모시는 나비 정령들이 그들을 해치려 하는 자들로부터 섬을 지켰다. 많은 정복자들이 검에 피를 묻히려 나스로 항해해 갔다가, 병들어 죽기만 했다. '하지만 그 나비들도 노예선이 약탈하러 갔을 때는 도와주지 않았지.' "내 언젠가는 너를 집에 데려다주마, 미산데이." 대니는 약속했다. '내가 조라에게 같은 약속을 했다면, 그래도 날 팔았을까?' "맹세한다."

"이 노예는 전하 곁에 머무는 것만으로도 좋습니다. 나스는 언제나 그 자리에 있을 것입니다. 전하는 이 노예 ─ 아니, 저에게 잘해주십니다."

"너도 나에게 잘해주지." 대니는 소녀의 손을 잡았다. "내가 옷을 갈아입게 도와다오."

지키가 미산데이를 도와서 대니를 목욕시키는 동안 이리가 옷을 펼쳐놓았다. 오늘 대니는 자주색 새마이트 로브와 은장식 띠를 걸치고, 머리에는 콰스에서 전기석 형제단이 선물한 삼두룡 왕관을 썼다. 슬리퍼도 은으로 만들었는데, 굽이 너무 높아서 언제나 넘어질 것만 같은 기분이 가시지 않았다. 대니가 옷을 다 입자 미산데이가 그 모습을 직접 볼 수 있게 반질반질한 은거울을 가져왔다. 대니는 말없이 거울에 비친 자신을 보았다. '이게 정복자의 얼굴인가?' 대니의 눈에는 스스로가 아직도 어린 소녀처럼 보였다.

아직은 아무도 그녀를 정복자 대너리스라고 부르지 않지만, 그렇게 될지도 몰랐다. 정복자 아에곤은 세 마리 드래곤으로 웨스테로스를 얻었지만, 대니는 하수구 쥐들과 목제 남근 하나로 하루도 걸리지 않아서 미린을 함락시켰다. 불쌍한 그롤리오. 대니는 그롤리오가 아직도 잃어버린 배를 두고 슬퍼한다는 것을 알고 있었다. 전투용 갤리선이 다른 배를 들이받을 수 있다면, 성문은 못 들이받을 게 뭔가? 대니는 그런 생각으로 선장들에게 배를 뭍으로 몰라고 명령했다. 돛대는 충차가 되었고, 해방 노예들이 우글우글 몰려들어서 뜯어낸 선체는 화살 막이와 거북이, 투석기, 사다리가 되었다. 용병들은 충차마다 음탕한 이름을 붙였고, 동쪽 문을 부순 것은 메락세스호의 주 돛대였다. 그 배는 과거에 '조소의 장난'호였기에, 용병들은 그 돛대를 '조소의 남근'이라 불렀다. 싸움은 낮 내내 피를 흘리며 격렬하게 이어졌고, 밤이 되어서야 나무가 쪼개지기 시작하더니 메락세스호의 철제 선수상인 웃고 있는 광대 얼굴이 문을 뚫고 들어갔다.

대니는 직접 공격을 이끌고 싶었지만, 지휘관들은 만장일치로 그건 미친 짓이라고 말했다. 그녀의 지휘관들은 어떤 일에도 모두 같은 의견이었던 적이 없었는데 말이다. 그래서 대니는 후방에 남아, 긴 사슬 셔츠를 입고 은마에 앉아 있었다. 하지만 수비자들의 도전적인 외침이 공포의 소리로 바뀔 때, 5리 떨어진 곳에서도 도시가 함락되는 소리가 들렸다. 그 순간 그녀의 드래곤들은 한목소리로 포효하며 밤하늘에 불길을 내뿜었다. '노예들이 봉기하는구나.' 그녀는 즉시 알아차렸다. '내 하수구 쥐들이 노예들의 사슬을 물어 끊었구나.'

대니는 마지막 저항이 거세병에게 짓밟히고 약탈도 자연히 사그라들자 그녀의 도시 안으로 들어갔다. 부서진 문 앞에 시체가 어찌나 높이 쌓였는지, 해방 노예들이 한 시간을 매달려서야 겨우 대니의 은마가 지나갈 길을 낼 수 있었다. 조소의 남근과 그 충차를 보호하던 거대한 나무 거북이는 말가죽을 뒤집어쓴 채 문 안쪽에 버려져 있었다. 대니는 타버린 건물들과 깨어진 창문들을 지나치고, 뻣뻣하게 굳고 부어오른 시체들로 배수로가 다 막힌 벽돌 거리를 통과했다. 대니가 지나가자 노예들이 피 묻은 손을 들어 올리고 그녀를 "어머니"라 부르며 환호했다.

대피라미드 앞 광장에는 미린인들이 의지할 곳 없이 옹송그리고 있었다. 대단한 주인들은 아침 햇살 속에서 조금도 대단해 보이지 않았다. 보석과 술 달린 토카를 벗은 그들은 경멸스러웠다. 쪼그라든 불알과 검버섯 핀 피부의 늙은 남자들, 그리고 우스꽝스러운 머리 모양의 젊은 남자들 한 무리일 뿐이었다. 여자들은 부드럽고 살집이 있거나 오래된 꼬챙이처럼 말랐고, 얼굴 화장에 눈물이 흘러 엉망이었다. "너희 지도자들을 원한다." 대니는 그들에게 말했다. "지도자들을 넘기면 나머지는 살려주마."

"얼마나요?" 나이 든 여자 하나가 흐느끼며 물었다. "저희를 살려주시려면 얼마나 필요합니까?"

"163명." 대니가 대답했다.

대니는 그 163명을 광장을 빙 두른 나무 기둥에 못 박고, 각각 다음 사람을 가리키도록 했다. 명령을 내릴 때는 마음속에 분노가 맹렬하고 뜨거웠다. 복수하는 드래곤이 된 기분이었다. 하지만 나중에, 기둥에 박혀 죽어가는 남자들 앞을 지나칠 때면, 그들의 신음을 듣고 피와 오물 냄새를 맡을 때면…….

대니는 찌푸린 얼굴로 거울을 밀어냈다. '공정한 판결이었어. 공정했어. 그 아이들을 위해서 한 일이야.'

그녀의 알현실은 아래층에 있었는데, 자주색 대리석으로 벽을 두르고 천장이 높아서 소리가 울리는 방이었다. 실로 웅장하지만 싸늘했다. 그 방에는 왕좌가 놓여 있었는데, 흉포한 하피 모양으로 나무를 조각하고 금을 씌워서 만든 환상적인 의자였다. 대니는 그 왕좌를 오랫동안 보다가 쪼개어 장작으로나 쓰라고 명령했다. "난 하피의 무릎에 앉지 않겠다." 그녀는 그렇게 말했고, 그 왕좌 대신 단순한 흑단 장의자에 앉았다. 미린인들이 여왕에게 어울리지 않는다고 중얼거리는 소리가 들렸지만, 그녀는 그 의자로 충분했다.

혈맹기수들이 그녀를 기다리고 있었다. 기름을 발라 땋은 머리채에서 은종들이 딸랑거렸고, 죽은 자들의 황금과 보석을 걸치고 있었다. 미린은 상상 이상으로 부유했다. 그녀의 용병들조차도 당장은 만족한 것 같았다. 알현실 건너편에 선 회색 벌레는 단순한 거세병의 군복을 입고, 뾰족뾰족한 청동 모자를 옆구리에 끼고 있었다. 이들만큼은 그녀가 의지할 수 있었다. 적어도 그렇기를 희망했다……. 그리고 갈색 벤 플럼도, 희끗희끗한 머리에 삭은 얼굴로 그녀의 드래곤들에게 듬뿍 사랑받는 충실한 벤도 있었다. 그 옆에는 다리오가 번쩍번쩍하는 황금을 걸치고 서 있었다. 다리오와 벤 플럼, 회색 벌레, 이리, 지키, 미산데이……. 대니는 그들을 보면서 저도 모르게 이다음에는 누가 배신할까 생각하고 있었다.

'드래곤에게는 머리가 셋 있지. 내가 찾을 수 있다면 세상에 내가 믿을 수 있는 사람이 둘은 있는 거야. 찾기만 한다면 나도 외롭지 않을 거야. 우린 아에곤과 그 누이들처럼 셋이서 세상에 맞설 거야.'

"밤은 조용했던 것 같은데, 실제로도 그랬나?" 대니가 물었다.

"그랬던 것 같습니다, 전하." 갈색 벤 플럼이 대답했다.

대니는 만족했다. 새로 함락된 도시가 늘 그렇듯 미린도 잔혹하게 약탈당했지만, 대니는 이제 이 도시가 그녀의 것이 되었으니 약탈도 끝내기로 마음먹었다. 그녀는 살인자는 목을 매달고, 도둑은 손을 하나 자를 것이며, 강간범은 남근을 자르겠다고 선포했다. 살인자 여덟 명이 성벽에 매달렸고, 거세병들은 피 묻은 손과 물렁한 붉은 벌레로 큰 바구니 하나를 가득 채웠지만, 미린은 다시 조용해졌다. '하지만 얼마나 오래갈까?'

파리 한 마리가 머리 주위를 날아다녔다. 짜증이 난 대니가 손을 내저어 쫓았지만 바로 다시 돌아왔다. "이 도시엔 파리가 너무 많아."

벤 플럼이 짖듯이 웃었다. "오늘 아침 제 에일에도 파리가 들어 있었지 뭡니까. 한 마리는 삼켜버렸어요."

"파리는 죽은 자들의 복수랍니다." 다리오가 미소 지으며 턱수염 가운데 가닥을 쓸었다. "시체에선 구더기가 끓고, 구더기는 파리를 낳지요."

"그렇다면 시체를 없애야겠군. 아래 광장에 있는 시체들부터 시작하시오. 회색 벌레, 그대가 처리하겠나?"

"여왕님께서 명하시면 이놈은 복종할 뿐입니다."

"삽만이 아니라 자루도 가져가게, 회색 벌레." 갈색 벤이 조언했다. "저것들은 익어도 너무 익었어. 기둥에서 군데군데 떨어지고 바글바글하게……."

"회색 벌레도 알아. 나도 알고." 대니는 아스타포에서 징벌의 광장을 보았을 때 느꼈던 공포를 기억했다. '나도 그 못지않게 끔찍한 짓을 했지만, 그

자들은 그래도 싸. 가혹한 정의라도 정의는 정의야.'

"전하." 미산데이가 말했다. "기스인들은 명예로운 사자들을 저택 아래 지하묘소에 안치합니다. 시체를 끓여서 깨끗한 뼈를 친척들에게 돌려주시면 친절한 일이 될 겁니다."

'그래봤자 과부들은 똑같이 날 저주하겠지.' "그렇게 하라." 대니는 다리오를 손짓해 불렀다. "오늘 아침 알현을 청하는 사람이 얼마나 되지?"

"두 명이 여왕님의 광채를 쬐러 와 있습니다."

다리오는 미린에서 새로 옷장을 하나 채울 만큼 노략질을 했고, 그에 맞춰 세 갈래 수염과 곱슬머리를 짙은 자주색으로 염색했다. 덕분에 눈동자도 거의 자주색처럼 보이는 것이, 사라진 발리리아인 같았다. "콰스에서 출발한 무역선 '인디고스타'호를 타고 밤에 도착했습니다."

'노예상이라는 말이군.' 대니는 얼굴을 찌푸렸다. "누구인가?"

"인디고스타호의 선주와 아스타포의 말을 전하러 왔다고 주장하는 사람입니다."

"사절을 먼저 만나보겠네."

사절은 허여멀건한 족제비 얼굴에 목에는 밧줄과 금실을 꼬아 만든 무거운 줄을 건 남자였다. "예하! 제 이름은 가엘입니다. 아스타포의 클레온 왕, 위대한 클레온께서 드래곤의 어머니께 인사를 전하옵니다."

대니는 긴장했다. "난 아스타포를 다스리라고 협의회를 두고 왔다. 치료사 하나, 학자 하나, 사제 하나였지."

"폐하, 그 교활한 도둑놈들은 폐하의 신뢰를 배신했습니다. 그놈들이 훌륭한 주인들에게 권력을 돌려주고 사람들을 다시 사슬에 묶으려 했던 것이 발각됐습니다. 위대한 클레온께서 그놈들의 계획을 밝히고 고기 칼로 머리를 잘랐으며, 고마움을 아는 아스타포 사람들이 그 용맹의 대가로 그분에게 왕관을 씌웠습니다."

"고귀한 가엘이여." 미산데이가 아스타포어로 말했다. "말씀하시는 분이 예전에 그라즈단 모 울호르가 소유했던 그 클레온입니까?"

미산데이의 목소리는 순진했으나, 사절은 그 질문에 불안해하는 기색이 역력하더니 인정했다. "같은 분입니다. 위대한 분이시지요."

미산데이가 대니 쪽으로 몸을 기울이더니, 귓가에 속삭였다. "그라즈단의 부엌에서 일하는 푸주한이었습니다. 아스타포의 그 누구보다 돼지를 빨리 잡을 수 있다고들 했지요."

'내가 아스타포를 도살자 왕에게 줬구나.' 대니는 속이 울렁거렸지만, 사절에게 그 사실을 보여서는 안 된다는 사실을 알았다. "클레온 왕이 현명하게 잘 통치하기를 기도하겠네. 나에게 볼일은 뭔가?"

가엘이 입을 문질렀다. "좀 더 은밀하게 이야기해야 할 것 같습니다만, 예하?"

"나는 내 지휘관들에게 비밀이 없네."

"그러시다면 말씀드리겠습니다. 위대한 클레온께서는 제게 드래곤의 어머니에 대한 헌신을 선언하라 하셨습니다. 예하의 적이 곧 그분의 적이며, 그중에서도 융카이의 '현명한 주인들'이 제일가는 적이라고요. 그분은 융카이를 상대로 아스타포와 미린이 조약을 맺자고 제안하십니다."

"나는 융카이가 노예들을 풀어준다면 어떤 해도 끼치지 않겠다 맹세했다." 대니가 말했다.

"융카이 놈들은 믿을 수 없습니다, 예하. 지금도 그자들은 예하에게 대항하는 작전을 짜고 있습니다. 새로이 세금이 올랐고, 도시 벽 바깥에서는 군의 훈련 모습을 볼 수 있으며, 전함을 건조하고 있고, 사절단이 서쪽의 신(新)기스와 볼란티스로 가서 동맹을 맺고 용병들을 고용하고 있습니다. 예하를 덮칠 칼라사르를 데려오려고 바에스 도트락에 기마 연락도 보냈습니다. 위대한 클레온께서 두려워 마시라고 전해드리랍니다. 아스타포는 기억합니다. 아스타포는 예하를 저버리지 않습니다. 위대한 클레온께서는 신뢰를 증명하기 위해 혼인 동맹을 제안하십니다."

"혼인? 나와 말인가?"

가엘이 미소 지었다. 갈색으로 썩은 치아가 드러났다. "위대한 클레온께서는 예하께 튼튼한 아들을 많이 선사하실 겁니다."

대니는 말문이 막혔으나, 어린 미산데이가 그녀를 구하러 나섰다. "그분의 첫 번째 아내는 아들을 낳았던가요?"

사절은 불쾌한 얼굴로 미산데이를 보았다. "위대한 클레온은 첫 번째 아내에게 세 딸을 두었습니다. 그보다 더 새로운 아내 둘에게는 아이가 없습니다. 하지만 드래곤의 어머니께서 혼인에 동의하신다면 그 여자들은 모두 치울 생각이십니다."

"고결하기도 하지." 대니가 말했다. "그대가 말한 내용을 다 생각해보겠네." 그녀는 가엘에게 피라미드 낮은 층에 밤을 보낼 거처를 내어주라 명령했다.

'내 모든 승리가 내 손안에서 부스러져버리는군.' 대니는 생각했다. '무슨 짓을 하든 난 죽음과 공포만 만들어내.' 거리에 아스타포에서 어떤 일이 일어났는지에 대한 말이 돌면(당연히 돌겠지만) 새로 해방된 미린 노예 수만 명이 서쪽으로 가는 대니 뒤를 따르려 할 것이다. 남아 있을 경우에 그들을 기다리는 운명이 두려워서…… 하나 행군에서 그들을 기다리는 운명이 더 나쁠 수도 있었다. 설령 대니가 미린의 모든 곡물 창고를 털어서 미린을 굶어 죽게 두고 떠난다 해도, 어떻게 그 많은 수를 먹일 수 있겠는가? 대니 앞에 놓인 길에는 고난과 유혈과 위험이 가득했다. 조라 경이 그렇게 경고했었다. 조라 경은…… '아니, 조라 모르몬트에 대해서는 생각하지 않겠어. 조금만 더 미뤄두자.' "그 무역선 선장을 만나겠다." 대니는 선언했다. 새로운 알현자는 좀 더 나은 소식을 가져올지도 몰랐다.

헛된 희망이었다. 인디고스타호의 선장은 콰스인이었기에, 아스타포에 대한 질문을 받자 펑펑 울었다. "도시가 피를 흘리고 있습니다. 죽은 사내들이 묻히지도 못하고 길거리에서 썩어가고, 피라미드는 다 무장 병영이 되었으며, 시장에는 판매할 음식도 노예도 없습니다. 그리고 가엾은 아이들! 고기 칼 왕의 깡패들이 아스타포의 귀족 사내아이들은 모조리 잡아서 무역에 쓸 새로운 거세병을 만들려 합니다만, 훈련을 받으려면 몇 년은 걸릴 겁니다."

대니가 제일 놀란 부분은 자신이 별로 놀라지 않았다는 점이었다. 그녀는 저도 모르게 에로어를, 예전에 그녀가 보호하려 했던 그 라자르 처녀에게 어떤 일이 일어났는지를 떠올렸다. '내가 행군해 가고 나면 미린도 똑같이 되겠지.' 그녀는 생각했다. 살육을 위해 길러내고 훈련한 투기장 노예들은 이미 다루기 힘들고 다투기 좋아한다는 점을 증명했다. 그들은 이제 자기들이 이 도시를, 그리고 이 도시에 사는 모든 남자와 여자를 소유한다고 생각하는 것 같았다. 대니가 교수형을 명한 여덟 명 중에 두 명이 투기장 노예 출신이었다. '내가 할 수 있는 일은 더 없어.' 그녀는 스스로에게 말했다. "내게 무엇을 원하는가, 선장?"

"노예들입니다. 제 선창은 상아와 용연향, 얼룩말 가죽, 그 밖의 다른 고급 물건들로 터져 나갈 지경입니다. 여기에서 노예들과 맞바꾸어 리스와 볼란티스에 팔고 싶습니다."

"우리에겐 팔 노예가 없네." 대니가 말했다. "여왕님?" 다리오가 나섰다. "강가에 이 콰스인에게 스스로를 팔게 해달라고 빌고 있는 미린인들이 가득합니다. 파리 떼보다 더 우글우글해요."

대니는 충격을 받았다. "노예가 되고 싶어 한다고?"

"말씨도 세련되고 태생도 좋은 노예들입니다, 다정하신 여왕님. 그런 노예는 값어치가 높지요. 자유도시들에 가면 교사, 서기, 침실 노예가 되고 어쩌면 치료사와 사제도 될 겁니다. 부드러운 침대에서 자고, 기름진 음식을 먹고, 저택에 살겠지요. 여기에서 그자들은 모든 것을 잃고 두려움에 떨며 불결하게 살고 있습니다."

"그렇군." 아스타포 이야기가 사실이라면 이것도 그리 놀랍지 않은지도 몰랐다. 대니는 잠시 생각했다. "스스로를 노예상에게 팔고 싶어 하는 남자는 누구든 그렇게 해도 좋다. 여자도." 그녀는 한 손을 들어 올렸다. "하지만 자식을 팔거나, 남자가 아내를 파는 건 안 돼."

"아스타포에서는 노예가 주인을 바꿀 때마다 도시가 그 값의 10분의 1을 받습니다." 미산데이가 말했다.

"우리도 그렇게 하지." 대니가 결정했다. 전쟁에 이기려면 칼만이 아니라 금도 있어야 했다. "10분의 1로. 금화나 은화, 아니면 상아로 받겠네. 미린에 사프란이나 정향, 얼룩말 가죽은 필요가 없어."

"명하시는 대로 될 것입니다, 아름다우신 여왕님." 다리오가 말했다. "제 폭풍 까마귀단이 10분의 1 세금을 모으겠습니다." 대니는 폭풍 까마귀가 세금을 징수하면 최소한 받은 돈의 절반은 어떻게든 사라질 것을 알았다. 그러나 둘째 아들들도 똑같이 나빴고, 거세병들은 절대 부패하지 않는 대신 글자를 몰랐다. "반드시 기록을 해야 해. 해방 노예 중에서 읽고 쓰고 계산할 줄 아는 자들을 찾게."

볼일을 마친 인디고스타호의 선장은 절을 하고 나갔다. 대니는 흑단 장의자에 앉은 채로 불편하게 자세를 바꿨다. 다음에 올 일이 두려웠지만, 이미 그 일을 너무 오래 미뤘다는 사실을 알고 있었다. 융카이와 아스타포, 전쟁 위협, 혼인 제안, 서쪽으로의 진군이 한꺼번에 닥쳤고…… '나에겐 내기사들이 필요해. 그들의 검이 필요하고, 그들의 조언이 필요해.' 그러나 조라 모르몬트를 다시 본다는 생각만 해도 마치 파리를 한 숟가락 삼킨 기분이 들었다. 분노와 동요와 불안이 뒤섞였다. 배 속에서 윙윙거리고 돌아다니는 파리가 느껴질 지경이었다. '난 드래곤의 핏줄이야. 강해야 해. 그들을 대면할 때 내 눈에는 눈물이 아니라 불이 담겨 있어야 해.' "벨와스에게 내 기사들을 데려오라 이르게." 대니는 마음을 바꿀 겨를이 생기기 전에 명령했다. "나의 훌륭한 기사들을."

힘센 벨와스는 계단을 오르느라 씩씩대면서 두툼한 손으로 두 남자의 팔을 하나씩 꽉 붙잡고 안으로 들어왔다. 바리스탄 경은 고개를 높이 들고 걸었지만, 조라 경은 대리석 바닥만 보면서 걸었다. '하나는 떳떳하고, 하나는 유죄로군.' 노인은 하얀 수염을 면도했고 덕분에 열 살은 젊어 보였다. 하지만 머리가 벗어져가는 대니의 곰은 나이보다 늙어 보였다. 그들은 장의자 앞에 멈춰 섰다. 힘센 벨와스는 물러서서 흉터 가득한 가슴팍에 팔짱을 끼고 섰다. 조라 경이 목청을 가다듬었다. "칼리시……."

그 목소리가 정말 그리웠지만, 지금은 엄하게 대해야 했다. "조용히 하라. 언제 말해야 할지 내가 일러주지." 대니는 일어섰다. "그대들을 하수구로 들여보냈을 때, 마음 한구석으로는 그대들을 보는 게 마지막이길 바랐지. 노예상의 오물에 빠져 죽는 것이 거짓말쟁이들에게 알맞은 결말 같았어. 신들이 그대들을 처리하리라 생각했지만, 그대들은 나에게 돌아왔네. 내 용맹한 웨스테로스 기사들, 밀고자와 변절자. 내 오라비라면 둘 다 목을 매달았을 거야." 어쨌든 비세리스는 그랬을 터였다. 라에가르가 어떻게 했을지는 알지 못했다. "그대들이 이 도시를 얻는 데 도움을 주긴 했지만……."

조라 경의 턱에 힘이 들어갔다. "저희가 이 도시를 안겨드렸습니다. 저희 하수구 쥐들이요."

"조용히 하게." 그녀는 다시 말했다……. 그렇지만 조라의 말은 사실이었다. 조소의 남근과 다른 충차들이 도시 문을 부수고 궁수들이 벽 너머로 불화살을 쏘아대는 동안, 대니는 어둠을 틈타 200명을 강가로 보내 항구에 있는 배들에 불을 붙였다. 하지만 그것은 그들의 진정한 목적을 가리기 위해서였다. 불타는 배들이 벽 위에 있는 수비군의 눈길을 끄는 사이, 반쯤 미친 사람 몇 명이 헤엄쳐서 하수구 입구를 찾아내고 녹슨 쇠창살을 뜯어냈다. 조라 경, 바리스탄 경, 힘센 벨와스, 그리고 용병과 거세병과 해방 노예가 뒤섞인 스무 명의 용감한 바보들이 갈색 물에 미끄러져가며 벽돌 터널을 기어올랐다. 대니는 그들에게 가족이 없는 남자들만 고르라고 했고…… 기왕이면 후각이 둔한 사람으로 고르라고도 했다.

그들은 용감할 뿐 아니라 운도 좋았다. 마지막으로 비가 제대로 내린 지 한 달이 가까웠고, 하수구는 허벅지까지밖에 차오르지 않았다. 기름천으로 홰를 감싸서 물에 젖지 않게 했기에 불빛도 있었다. 해방 노예 몇 명이 거대한 쥐들을 무서워하기는 했지만 그것도 힘센 벨와스가 한 마리 잡고 씹어서 두 조각을 내기 전까지였다. 한 명은 어두운 물속에서 튀어나와 다리를 잡고 끌고 들어간 거대한 흰 도마뱀에게 죽었지만, 그다음에 수면에 파문이 일었을 때는 조라 경이 그 짐승을 죽여버렸다. 몇 번인가 길을 잘못 들기도 했으나 일단 지상을 찾아내고 나자 힘센 벨와스가 그들을 제일 가까운 투기장으로 이끌었고, 그곳에서 그들은 경비병 몇 명을 기습해서 죽이고 노예들의 사슬을 끊었다. 한 시간 만에 미린의 투기 노예 절반이 봉기했다.

"그대들은 이 도시를 얻는 데 도움을 줬어." 대니는 고집스럽게 그 말을 되풀이했다. "그리고 과거에 나를 잘 섬겼지. 바리스탄 경은 나를 거인의 서자에게서 구했고, 콰스에서는 비탄자에게서 구했어. 조라 경은 바에스 도트락의 독살자에게서 나를 구했고, 나의 태양이자 별이 죽은 후에는 드로고의 혈맹기수들로부터 구했지." 그녀가 죽기를 바란 사람이 워낙 많다 보니 가끔은 헤아리다가 잊어버리기도 했다. "그러나 그대들은 거짓말을 하고, 나를 속이고, 배신했네." 그녀는 바리스탄 경을 돌아보았다. "그대는 오랫동안 내 아버지를 지키고, 트라이던트에서는 내 오빠 옆에서 싸웠지만,

망명한 비세리스를 버리고 찬탈자에게 무릎을 꿇었어. 왜지? 진실을 말하게.”

“어떤 진실은 듣기가 힘든 법입니다. 로버트는…… 훌륭한 기사였습니다……. 기사답고, 용감했지요……. 제 목숨을 살려주었고, 다른 많은 이들을 살려주었습니다……. 비세리스 왕자님은 어린아이에 불과했고, 그분이 통치하기 걸맞은 나이가 되려면 여러 해가 걸릴 터였으며…… 용서하십시오, 여왕님. 그러나 진실을 요구하셨으니 말씀드리자면…… 어렸을 때도 비세리스 왕자님은 종종 그 아버지에 그 아들처럼 보였습니다. 라에가르 왕자님과는 전혀 다르게.”

“그 아버지에 그 아들이라고?” 대니는 얼굴을 찌푸렸다. “그게 무슨 뜻이지?”

노기사는 눈도 깜박이지 않았다. “아버님은 웨스테로스에서 ‘미친 왕’이라 불립니다. 아무도 말씀드리지 않았습니까?”

“비세리스가 말해줬다.” ‘미친 왕이라.’ “찬탈자가 그렇게 불렀다고. 찬탈자와 그 개들이.” ‘미친 왕.’ “그건 거짓말이었어.”

바리스탄 경이 가만히 말했다. “귀를 닫으실 거라면, 왜 진실을 말하라 하십니까?” 그는 머뭇거리다가 말을 이었다. “예전에 제가 여왕님에게 온 것을 라니스터가 모르게 하려고 가짜 이름을 썼다고 말씀드렸지요. 사실 그게 다는 아니었습니다, 전하. 사실은 전하께 제 검을 바치겠다 맹세하기 전에 한동안 지켜보고 싶었습니다. 전하께서…….”

“……그 아버지에 그 딸이 아닌지 확인하려고?” 그 아버지의 딸이 아니라면, 그녀는 누구란 말인가?

“……미치지 않으셨는지 확인하려고요.” 그는 말을 맺었다. “하지만 전하께는 어떤 기미도 보이지 않았습니다.”

“기미?” 대니는 발끈했다.

"제가 전하께 역사를 읊어드릴 수 있는 학사는 아닙니다. 책이 아니라 검이 제 인생이었지요. 하지만 타르가르옌이 언제나 광기에 너무 가까운 곳에서 춤을 췄다는 건 아이들도 다 압니다. 전하의 아버님이 처음도 아니었습니다. 재해리스 왕은 언젠가 제게 광기와 위대함은 같은 동전의 양면이라고 하셨습니다. 그분은 새로 타르가르옌이 태어날 때마다 신들이 허공에 동전을 던지고, 세상은 그 동전이 어느 면으로 떨어지는지 보려고 숨을 죽인다고 하셨지요."

'재해리스. 이 노인은 내 할아버지를 알고 지냈어.' 그 생각을 하자 대니는 멈칫했다. 그녀가 웨스테로스에 대해 아는 것은 대부분 비세리스에게 들었고, 나머지는 조라 경에게 들은 내용이었다. 바리스탄 경이 잊어버린 것들만 해도 그 둘이 평생 안 것보다 많으리라. '이 남자는 내가 어디에서 왔는지 말해줄 수 있어.' "그러니까 경은 내가 어느 신의 손에 잡힌 동전이다, 그런 말을 하는 건가?"

"아닙니다." 바리스탄 경은 대답했다. "전하께서는 웨스테로스의 적통 후계자이십니다. 전하께서 제가 다시 검을 쥘 가치가 있다고 보신다면 저는 죽는 날까지 전하의 충직한 기사로 남겠습니다. 그렇지 않다면 힘센 벨와스의 종자로 일하는 것만으로도 만족합니다."

"경이 내 어릿광대 정도의 가치밖에 없다고 한다면?" 대니는 경멸 조로 물었다. "아니면 내 요리삿감이라면?"

"그 또한 영광이겠습니다, 전하." 바리스탄 셀미는 조용하고 품위 있게 말했다. "저도 누구 못지않게 사과를 굽고 소고기를 끓일 수 있는 데다, 야영불에 오리를 구워본 경험도 많습니다. 껍질은 까맣게 태우고 뼈에는 피가 남도록 기름지게 굽는 것을 좋아하셨으면 좋겠군요."

그 말에는 대니도 미소 짓고 말았다. "그런 식사를 즐기려면 미쳐야 마땅하겠군. 벤 플럼, 와서 바리스탄 경에게 그대의 장검을 주게."

그러나 흰 수염은 그 검을 받지 않았다. "저는 제 검을 조프리의 발치에 던진 후 어떤 검도 건드리지 않았습니다. 제 여왕께서 직접 주실 때에만 장검을 다시 받겠습니다."

"원한다면 그리하지." 대니는 갈색 벤에게 장검을 받아서 손잡이 쪽을 내밀었다. 노인은 경건한 태도로 그 검을 받았다. "이제 무릎을 꿇고, 나를 섬기겠다고 맹세하게."

그는 한쪽 무릎을 꿇고 대니 앞에 검을 놓고서 맹세의 말을 했다. 대니는 거의 듣고 있지 않았다. '바리스탄은 쉬운 쪽이었어. 다른 하나는 더 힘들 거야.' 바리스탄 경이 맹세를 마치자, 그녀는 조라 모르몬트를 돌아보았다. "이제 경 차례야. 진실을 말하게."

덩치 큰 기사의 목이 벌겋다. 분노 때문인지, 부끄러움 때문인지는 알 수 없었다. "제가 전하께 진실을 말씀드리려 한 게 50번이 넘습니다. 제가 아르스탄은 보이는 대로가 아니라고 했지요. 자로와 피아트 프리는 믿어선 안 된다고 경고하기도 했습니다. 전하께 경고를—"

"경은 자신을 제외한 모두에 대해 경고했지." 그의 건방진 태도에 화가 났다. '더 겸손하게 굴어야지. 내게 용서를 빌어야지.' "조라 모르몬트 외에는 아무도 믿지 말라고 했지…… 그러면서 내내 그대는 그 거미의 부하였다니!"

"전 누구의 부하도 아닙니다. 예, 제가 내시의 돈을 받기는 했습니다. 암호를 약간 배워서 편지를 몇 통 썼습니다. 하지만 그게 다입니다—"

"그게 다라고? 그대는 나를 염탐하고 내 적들에게 팔아넘겼어!"

"한동안은 그랬지요." 그는 마지못해 말했다. "그러다 그만뒀습니다."

"언제? 언제 그만뒀지?"

"콰스에서 보고서를 한 통 보냈지만……."

"콰스에서?" 대니는 훨씬 일찍 끝났기를 바라고 있었다. "콰스에서 뭐라고 썼나? 이제는 내 사람이 되었으니, 그자들의 책략은 더는 됐다고 썼나?"

조라 경은 그녀와 눈을 마주치지 못했다. "칼 드로고가 죽었을 때, 경은 나에게 함께 이-티와 비취해로 가자고 했지. 그건 경의 소원이었나, 로버트의 바람이었나?"

"전하를 보호하려던 겁니다." 그는 주장했다. "그놈들로부터 멀리 떨어져 있게 하려고요. 전 그놈들이 어떤 독사들인지 알고……"

"독사라? 그럼 경은 뭐지?" 입에 담을 수조차 없는 생각이 떠올랐다. "경이 그자들에게 내가 드로고의 아이를 가졌다고 했군……"

"칼리시……"

"부인할 생각 말게." 바리스탄 경이 날카롭게 말했다. "내시가 소협의회에 그 소식을 전하고, 로버트가 대너리스 전하와 그 아이는 반드시 죽어야 한다고 선언했을 때 나도 그 자리에 있었어. 경이 정보원이었지. 사면을 받을 수 있다면 경이 직접 할 수도 있다는 이야기까지 있었네."

"거짓말입니다." 조라 경의 얼굴이 어두워졌다. "전 결코…… 대너리스, 당신이 그 와인을 마시지 못하게 막은 사람은 저였습니다."

"그랬지. 그런데 그 와인에 독이 든 것은 어떻게 알았을까?"

"저는…… 저는 의심할 수밖에……. 카라반이 바리스의 편지를 가져왔는데, 그런 시도가 있을 거라 경고했습니다. 바리스는 전하를 지켜보기만 원했지, 해치고 싶어 하지 않았습니다." 조라가 무릎을 꿇었다. "제가 말하지 않았어도 다른 누군가가 그들에게 전했을 겁니다. 아실 텐데요."

"나는 경이 날 배신했다는 것을 알아." 대니는 아들인 라에고가 죽어버린 곳을, 자기 배를 만졌다. "난 독살자가 내 아들을 죽이려 한 게 경 때문이라는 걸 알아. 내가 아는 건 그것뿐이야."

"아닙니다……. 아니에요." 그는 고개를 저었다. "전 결코 그럴 생각이……용서하십시오. 용서해주셔야 합니다."

"용서해야 한다고?" 너무 늦었다. '일단 용서부터 빌고 시작했어야지.' 그녀는 원래 의도한 대로 조라를 사면할 수가 없었다. 그녀는 그 와인 장수를 말 뒤에 매달고 아무것도 남지 않을 때까지 끌고 다녔었다. 그자를 데려온 사람은 같은 취급을 받지 않아도 될까? '이 사람은 조라야. 내 사나운 곰, 날 실망시킨 적 없는 오른팔. 이 사람이 없었다면 나도 죽었어. 하지만……' "난 경을 용서할 수 없어. 그럴 수가 없어."

"저 노인은 용서하시지 않았습니까……."

"바리스탄은 이름을 속였지. 경은 내 아버지를 죽이고 내 오빠의 왕좌를 훔친 남자에게 나의 비밀을 팔았어."

"전 당신을 보호했습니다. 당신을 위해 싸웠습니다. 당신을 위해 죽었습니다."

'나에게 입을 맞추고, 나를 배신했지.' 대니는 생각했다.

"전 쥐새끼처럼 하수구로 내려갔습니다. 당신을 위해서요."

'그곳에서 죽었다면 차라리 나았을 거야.' 대니는 아무 말도 하지 않았다. 할 말이 없었다.

"대너리스, 전 당신을 사랑했습니다."

바로 그거였다. '너는 세 번의 배신을 알리라. 한 번은 피로 한 번은 금으로 한 번은 사랑으로.' "신들이 하는 일은 무엇이나 목적이 있다고들 하지. 경은 전투에서 죽지 않았으니, 분명 신들에겐 아직 경이 쓸모 있을 거야. 하지만 나는 아니야. 난 경을 가까이 두지 않겠어. 경은 추방이야. 가능하다면 킹스랜딩에 있는 주인에게 돌아가서 사면을 받아. 아니면 아스타포에 가든가. 도살자 왕에게도 기사가 필요하겠지."

"안 돼요." 그는 대니에게 손을 뻗었다. "대너리스, 제발, 제 말을 좀……."

그녀는 그의 손을 쳐냈다. "다시는 나를 만지거나 내 이름을 부르려 들지 마. 새벽이 오기 전에 소지품을 챙겨서 이 도시를 떠나게. 동이 튼 후에도 미린에서 경의 모습이 보이면, 힘센 벨와스를 시켜서 그 목을 비틀어 뜯어내겠어. 그렇게 할 거야. 믿어도 좋아." 대니는 치맛자락을 빙글 돌리며 그에게 등을 보였다. '차마 얼굴을 볼 수가 없어.' "이 거짓말쟁이를 내가 보는 곳에서 치워라." 그녀는 명령했다. '울면 안 돼. 울면 안 돼. 울어버리면 용서하고 말 거야.' 힘센 벨와스가 조라 경의 팔을 잡고 끌고 나갔다. 대니가 돌아보았을 때, 그녀의 기사는 취한 사람처럼 비틀거리며 느릿느릿 걷고 있었다. 대니는 문이 열렸다 닫히는 소리가 들릴 때까지 그쪽을 외면하다가 흑단 장의자에 주저앉았다. '나의 곰도 가버렸군. 아버지도 어머니도 오빠들도, 윌렘 대리 경도, 나의 태양이자 별이었던 드로고도, 내 배 속에 있던 아들도 떠났고 이제는 조라 경도……'

"여왕님은 마음씨가 고우십니다." 다리오가 짙은 자주색 수염 사이로 가르릉거렸다. "하지만 저자는 모든 오즈낙과 메로를 다 합친 것보다 더 위험해요." 다리오의 힘센 두 손이 한 쌍의 검자루를, 검자루에 새겨진 외설스러운 황금 여인들을 쓰다듬었다. "한마디도 하실 필요 없습니다, 제 태양이시여. 아주 살짝 고개만 끄덕이시면 여왕님의 종 다리오가 저자의 못생긴 머리통을 가지고 돌아오겠습니다."

"내버려두게. 이제 저울에 균형이 잡혔으니, 집으로 돌아가게 돼." 대니는 조라가 늙고 울퉁불퉁한 참나무와 키 큰 소나무 사이를 걸어, 꽃이 흐드러진 가시덤불과 이끼 핀 회색 돌을 지나고 가파른 언덕 비탈을 차갑게 흘러내리는 작은 개울을 지나치는 모습을 그려보았다. 그녀는 벽난로 옆에 개들이 자고 있고 뿌연 공기 속에 고기와 꿀술 냄새가 진하게 나는 커다란 통나무 건물에 들어가는 조라를 보았다. "여기까지 하지." 그녀는 지휘관들에게 말했다.

넓은 대리석 계단을 달려 올라가지 않기 위해서만도 온 힘을 다해야 했다. 그녀는 이리의 시중을 받아 회의용으로 입은 옷을 벗고 좀 더 편한 옷으로 갈아입었다. 헐렁한 모직 바지와 느슨한 튜닉, 색칠한 도트락 조끼였다. "떨고 계세요, 칼리시." 이리가 무릎을 꿇고 대니의 샌들 끈을 매면서 말했다.

"춥구나." 대니는 거짓말을 했다. "어젯밤에 읽던 책을 가져다 다오." 글자 속에, 다른 시대 다른 장소에 파묻히고 싶었다. 그 두꺼운 가죽 장정본에는 칠왕국의 노래와 이야기가 가득했다. 사실은 아이용 동화였다. 진짜 역사라기엔 너무 단순하고 비현실적이었다. 영웅들은 다 키가 크고 잘생겼으며, 흔들리는 눈빛만 보아도 배신자를 가려낼 수 있었다. 그래도 대니는 그 이야기들을 좋아했다. 어젯밤 그녀는 왕이 아름답다는 죄로 붉은 탑에 가둬버린 세 공주 이야기를 읽고 있었다.

시녀가 책을 가져오자 대니는 어려움 없이 읽다 만 페이지를 찾아냈지만, 소용없었다. 그녀는 여섯 번이나 똑같은 대목을 읽고 또 읽었다. '조라 경은 내가 칼 드로고와 혼인한 날, 신부 선물로 이 책을 줬지. 하지만 다리오 말이 맞아. 조라를 추방하지 말았어야 했어. 데리고 있든가, 아니면 죽였어야지.' 대니는 여왕 역할을 하고 있었지만, 가끔은 여전히 겁에 질린 어린 소녀처럼 느껴졌다. '비세리스는 언제나 내가 얼마나 멍청한지 말했지. 비세리스가 정말 미친 거였을까?' 대니는 책을 닫았다. 원하기만 하면 아직도 조라 경을 다시 불러들일 수 있었다. 아니면 다리오를 보내 죽이거나.

대니는 그 선택으로부터 도망쳐서 테라스로 나갔다. 목욕장 옆에 라에갈이 녹색과 청동색 똬리를 틀고 햇볕을 쬐며 잠들어 있었다. 드로곤은 피라미드 꼭대기에, 대니가 끌어 내리라고 명하기 전까지 거대한 청동 하피가 서 있던 자리에 앉아 있었다. 드로곤은 대니를 보자 날개를 펼치고 날아올랐다. 비세리온은 보이지 않았지만, 난간으로 걸어가서 지평선을 훑어보자 멀리 강 위를 스치는 하얀 날개가 보였다. '사냥 중이구나. 갈수록 대담해지는군.' 그래도 드래곤들이 너무 멀리 날아가면 여전히 불안했다. '언젠가는 하나가 돌아오지 않을 수도 있어.' 그녀는 생각했다.

"전하?"

돌아보니 바리스탄 경이 뒤에 있었다. "무슨 볼일이 더 남았나, 경? 내 경을 용서하고 내 밑에 받아들였으니, 이제 날 좀 내버려두게."

"용서하십시오, 전하. 다만…… 이제는 전하께서도 제가 누구인지 아시니……." 노인은 머뭇거렸다. "킹스가드 기사는 낮이고 밤이고 국왕 곁에 있습니다. 그 이유 때문에 저희의 서약은 왕의 목숨만이 아니라 왕의 비밀도 지키기를 요구하지요. 하지만 아버님의 비밀은 이제 왕좌와 더불어 여왕님의 것이 되었으니…… 제게 질문이 있으실지 모른다 생각했습니다."

'질문?' 질문이 수백, 수천, 수만 개는 있었다. 그런데 왜 하나도 생각해낼 수가 없을까? "아버지가 정말로 미치셨던가?" 그녀는 불쑥 말해버렸다. '내가 왜 이걸 묻지?' "비세리스는 아버지가 미쳤다는 말은 다 찬탈자의 책략이었다고 했어……."

"비세리스 왕자님은 어렸고, 왕비님께서 최대한 비호하셨습니다. 지금 저는 아버님께 언제나 약간은 광기가 있었다고 생각합니다. 하지만 매력적이고 관대하기도 하셨기에, 그런 일탈들은 잊혔지요. 그분의 치세는 전도양양하게 시작했습니다……. 그러나 해가 갈수록 일탈이 더 잦아지다가 결국에는……."

대니는 그 말을 막았다. "내가 지금 그 이야기를 듣고 싶을까?"

바리스탄 경은 잠시 생각했다. "아마 아닐 겁니다. 지금은 아니겠지요."

"지금은 아니야." 대니는 동의했다. "언젠가는. 언젠가는 경이 다 말해줘야 해. 좋은 이야기도 나쁜 이야기도 다. 내 아버지에 대해서 좋은 이야기도 있긴 있겠지?"

"있습니다, 전하. 아버님에 대해서도, 그 전에 계셨던 분들에 대해서도요. 전하의 할아버님이신 재해리스와 그 형님, 그분들의 아버지인 아에곤, 또 전하의 어머님…… 그리고 라에가르. 특히 라에가르 님에 대해서요."

"내가 라에가르 오빠를 알았다면 좋으련만." 대니의 목소리에는 아쉬움이 담겼다.

"저도 그분이 전하를 알았다면 하고 바랍니다." 노기사가 말했다. "마음의 준비가 되시면 다 말씀드리겠습니다."

대니는 그의 뺨에 입을 맞추고 내보냈다.

그날 밤 시녀들은 양고기, 와인에 절인 건포도와 당근 샐러드, 그리고 꿀이 뚝뚝 떨어지는 얇고 따뜻한 빵을 가져왔다. 대니는 하나도 먹을 수가 없었다. '라에가르도 이렇게 피곤했을까?' 그녀는 궁금했다. '아에곤은, 정복 이후에 어땠을까?'

잠자리에 들 시간이 되자 대니는 이리를 침대로 데려갔다. 배에서의 일 이후 처음이었다. 하지만 해방감에 몸을 떨고 시녀의 숱 많은 검은 머리에 손가락을 감으면서도, 대니는 자신을 안고 있는 사람이 드로고인 척했다……. 다만 그의 얼굴이 자꾸만 다리오의 얼굴로 변했다. '다리오를 원한다면 말만 하면 돼.' 대니는 이리와 다리를 서로 얽은 채 누워 있었다. '오늘은 다리오의 눈이 거의 자주색으로 보였지…….'

그날 밤 대니의 꿈은 어두웠고, 반쯤 기억나는 악몽 때문에 세 번이나 깨어났다. 세 번째로 깬 이후에는 너무 불안해서 다시 잘 수가 없었다. 비스듬한 창문으로 쏟아지는 달빛이 대리석 바닥을 은색으로 물들였다. 열린 테라스 문으로 서늘한 바람이 불어 들어왔다. 옆에 누운 이리는 입술을 살짝 벌리고 깊이 잠들었는데, 짙은 갈색 젖꼭지 한쪽이 이불 위로 드러나 있었다. 대니는 잠시 유혹을 느꼈지만, 그녀가 원하는 건 드로고였다. 아니, 어쩌면 다리오일지도 몰랐다. 이리는 아니었다. 다정하고 능숙했지만, 이리의 입맞춤에서는 의무감의 맛이 났다.

그녀는 이리가 달빛 속에 자게 놓아두고 일어났다. 지키와 미산데이는 각자 자기 침대에서 자고 있었다. 대니는 로브를 걸치고 맨발로 대리석 바닥을 가로질러 테라스로 나갔다. 싸늘했지만, 발가락 사이로 풀을 밟는 감촉과 서로에게 속삭이는 잎사귀들의 소리가 좋았다. 바람이 일으키는 잔물결들이 작은 목욕장 수면 위로 쫓고 쫓기자 달 그림자가 일렁일렁 춤을 추었다.

대니는 낮은 벽돌 난간 위로 몸을 기대고 도시를 굽어보았다. 미린도 잠들어 있었다. '아마 더 친절한 나날을 꿈꾸고 있겠지.' 밤이 검은 담요처럼 길거리를 덮어, 시체들과 그 시체들을 뜯어 먹으러 하수구에서 올라온 회색 쥐들, 우글거리는 파리들을 감췄다. 멀리 파수병들이 순회하는 곳에서 횃불이 붉고 노랗게 깜박였고, 여기저기에서 골목길에 흔들리는 흐릿한 노란색 등불 빛이 보였다. 어쩌면 그중 하나는 천천히 말을 몰고 문으로 향하는 조라 경일지도 몰랐다. '잘 가라, 늙은 곰. 잘 가라, 배신자여.'

그녀는 폭풍의 딸 대너리스, 불타지 않는 자, 칼리시이자 여왕, 드래곤의 어머니, 흑마법사들을 죽인 자이며 사슬을 부수는 자였고, 세상에 그녀가 믿을 수 있는 사람은 하나도 없었다.

"전하?" 미산데이가 잠옷을 입고 나무 샌들을 신은 채 곁에 서 있었다. "깨어났는데 침대에 계시지 않아서요. 잘 주무셨나요? 뭘 보고 계세요?"

"나의 도시." 대니가 말했다. "붉은 문이 달린 집을 찾고 있었다만, 밤이라 모든 문이 다 까맣구나."

"붉은 문이요?" 미산데이는 어리둥절해했다. "그게 어떤 집인가요?"

"아무 집도 아니야. 중요하지 않아." 대니는 어린 소녀의 손을 잡았다. "나에게 절대 거짓말하지 말아라, 미산데이. 절대로 날 배신하지 마."

"절대로 안 그래요." 미산데이가 약속했다. "보세요, 새벽이 와요."

하늘이 지평선에서 천정까지 암청색으로 변해가고, 낮은 언덕들이 늘어선 동쪽에서는 희부연 금빛과 어두운 분홍빛 광채를 볼 수 있었다. 대니는 미산데이의 손을 잡고 서서 해가 뜨는 모습을 보았다. 온통 회색이었던 벽돌들이 붉은색, 노란색, 파란색, 녹색, 오렌지색으로 변했다. 투기장의 진홍색 모래가 대니의 눈앞에서 피 흘리는 상처로 변신했다. 다른 곳에서는 '은혜의 신전' 황금 돔이 눈부시게 빛났고, 떠오르는 태양이 거세병들의 뾰족한 투구를 건드리자 성벽을 따라 청동색 별들이 깜박였다. 테라스에서는 파리 몇 마리가 느릿느릿 움직였다. 새 한 마리가 감나무에서 지저귀기 시작하고, 두 마리가 더 합세했다. 대니는 고개를 기울이고 새소리를 들었지만, 그 소리는 오래지 않아 깨어나는 도시가 내는 온갖 소리에 파묻혀버렸다.

'내 도시의 소리.'

그날 아침 대니는 알현실로 내려가지 않고 지휘관들을 정원으로 불렀다. "정복자 아에곤은 웨스테로스에 불과 피를 가져왔지만, 그 후에는 평화와 번영과 정의를 내렸다. 하지만 내가 노예상만에 가져온 것은 죽음과 폐허뿐이야. 나는 여왕이라기보다는 칼처럼, 부수고 약탈한 후에 다른 곳으로 이동했지."

"머물 이유가 없으니까요." 갈색 벤 플럼이 말했다.

"전하, 노예상들이 파멸을 자초한 겁니다." 다리오 나하리스가 말했다.

"전하께선 자유도 가져오셨어요." 미산데이가 지적했다.

"굶을 자유 말이냐?" 대니가 날카롭게 반문했다. "죽을 자유? 내가 드래곤이냐, 하피냐?" '나는 미쳤나? 나에게 그 기미가 있나?'

"드래곤이십니다." 바리스탄 경이 확신을 담아 대답했다. "미린은 웨스테로스가 아니옵니다, 전하."

"하지만 내 도시 하나도 통치하지 못한다면 어찌 일곱 왕국을 다스릴 수 있을까?" 바리스탄에게도 그 질문의 답은 없었다. 대니는 그들에게서 고개를 돌려 다시 한번 도시를 내려다보았다. "내 아이들에겐 치유하고 배울 시간이 필요해. 내 드래곤들에겐 성장하고 날개를 시험할 시간이 필요하고. 나에게도 같은 시간이 필요하다. 이 도시가 아스타포와 같은 길을 가게 하지 않겠다. 융카이의 하피가 내가 해방시킨 이들에게 다시 사슬을 묶게 놓아두지 않겠어." 대니는 고개를 돌려 지휘관들의 얼굴을 보았다. "난 진군하지 않겠다."

"그러면 어떻게 하시겠습니까, 칼리시?" 라카로가 물었다.

"머물러야지. 통치하고. 그래서 진정한 왕이 되겠다."

# 제이미

왕은 방석을 잔뜩 쌓아놓고 탁자 상석에 앉아서 내미는 서류마다 서명을 하고 있었다.

"몇 개만 더 하시면 됩니다, 전하." 케반 라니스터 경이 장담했다. "이건 에드무어 툴리 공의 권리 박탈 문서로, 정당한 왕을 상대로 반역한 죄를 물어 리버런과 리버런의 모든 영토와 수입을 빼앗는 내용입니다. 이건 비슷한 내용으로, 그 숙부인 검은 물고기 브린덴 툴리 경에 대한 권리 박탈 문서입니다." 토멘은 펜에 조심스럽게 잉크를 묻혔다가 크고 어린아이다운 필체로 이름을 적어서 하나씩 서명했다.

제이미는 탁자 끝에서 그 모습을 지켜보며 왕의 소협의회에 앉기를 갈망하는 모든 귀족들을 생각했다. '염병할 내 자리를 가져가도 될 텐데. 이게 권력이라면, 왜 권태의 맛이 나지?' 그는 토멘이 다시 잉크병에 펜을 담그는 모습을 지켜보면서 별로 권력자가 된 기분을 느끼지 못했다. 지루하기만 했다.

그리고 몸이 쑤셨다. 온몸의 근육이 다 아팠고, 갈비뼈와 어깨는 두들겨 맞아서 멍이 들었다. 아담 마브랜드 경의 호의 덕분이었다. 생각만 해도 움찔하게 됐다. 그 남자가 입을 다물고 있어주기만 바랄 뿐이었다. 제이미는 아담 마브랜드가 캐스털리록에서 시동으로 일한 소년 시절부터 그를 알았고, 어지간한 사람보다 더 믿었다. 방패와 시합용 검을 들어달라고 부탁할 정도로 믿었다. 그는 왼손으로 싸울 수 있을지 알아보고 싶었다.

'그리고 이젠 알지.' 그게 아담 경에게 두들겨 맞은 것보다 더 고통스러웠다. 어찌나 심하게 맞았는지 오늘 아침에 옷을 입기도 힘들 지경이었는데 말이다. 그들이 본격적으로 싸웠다면 제이미는 스무 번도 넘게 죽었을 것이다. 손을 바꾸는 건 참 쉬워 보였지만, 쉽지가 않았다. 제이미의 모든 본능이 틀어졌다. 예전에는 그냥 움직이기만 하면 되었건만, 이제는 생각해야만 했다. 그리고 그가 생각하는 동안 아담 마브랜드는 그를 쳤다. 그의 왼손은 장검을 제대로 쥐고 있지도 못하는 것 같았다. 아담 경은 세 번이나 그를 무장해제시키고 장검을 날려버렸다.

"이 서류는 에몬 프레이 경과 그 아내인 젠나 부인에게 영지와 수입, 성을 주는 내용입니다." 케반 경이 왕에게 양피지를 또 한 장 내밀었다. 토멘은 잉크를 적셔 서명했다. "이 서류는 드레드포트의 영주 루스 볼턴 공의 서자에게 적법한 자식의 권리를 주는 칙령입니다. 그리고 이건 볼턴 공을 북부의 관리자로 지명하는 칙령입니다." 토멘은 펜을 담그고, 서명하고, 펜을 담그고, 서명했다. "이 서류는 롤프 스파이서 경에게 카스타미어 성의 소유권을 주고 영주의 반열에 올리는 내용입니다." 토멘은 서명했다.

'일린 페인 경을 찾아갔어야 했어.' 제이미는 생각했다. 왕의 집행관은 마브랜드 같은 친구가 아니었고, 제이미를 피떡이 되게 두들겨 팼을지도 모르지만…… 혀가 없으니 나중에 그 싸움에 대해 자랑할 리가 없었다. 아담 경이 술을 마시다가 무심코 대꾸만 한 번 잘못해도 순식간에 온 세상이 제이미가 얼마나 쓸모없어졌는지 알게 되리라. '이게 킹스가드 단장이라.' 잔인한 농담이었다……. 하지만 아버지가 보낸 선물만큼 잔인하지는 않았다.

"이건 가웬 웨스털링 공과 그 부인, 그리고 그 딸인 제인을 사면하고 왕의 평화 안으로 돌아오는 것을 환영하는 문서입니다." 케반 경이 말했다. "이건 스톤헤지의 조노스 브라켄 공에 대한 사면령입니다. 이건 밴스 공에 대한 사면령입니다. 이건 굿브룩 공에 대한 사면령입니다. 이건 메이든풀의 무튼 공에 대한 사면령입니다."

제이미는 일어섰다. "이런 문제들을 잘 처리하시는 것 같군요, 숙부님. 전하를 맡기겠습니다."

"그러려무나." 케반 경도 일어섰다. "제이미, 네 아버지께 가봐야 해. 지금 둘 사이의 틈은—"

"—아버지 작품이죠. 제게 조롱하는 선물을 보내신 덕에 나아지지도 않았고. 아버지를 티렐에게서 떼어놓으실 수 있다면 그렇게 전해주세요."

그의 숙부는 심란한 얼굴이었다. "그 선물은 진심이 담긴 물건이었다. 우린 그 선물이 널 격려—"

"—해서 새 손이라도 키울 줄 아셨어요?" 제이미는 토멘에게 몸을 돌렸다. 조프리와 같은 금빛 곱슬머리와 녹색 눈이었지만, 새 왕은 죽은 형과 거의 닮지 않았다. 토멘은 통통한 편이었고, 얼굴은 분홍빛으로 동그랬으며, 심지어 책 읽기를 좋아했다. '이 아이는, 내 아들은 아직 아홉 살도 안 됐어. 어른이 아니야.' 토멘이 직접 나라를 다스리려면 7년은 있어야 했다. 그때까지 왕국은 왕의 외조부 손아귀에 잡혀 있을 것이다. 제이미는 물었다. "전하, 나가봐도 되겠습니까?"

"원하는 대로 하세요, 숙부 경." 토멘은 케반 경을 돌아보았다. "이제 인장 찍어도 돼요, 종조부님?" 지금까지 토멘이 왕 노릇에서 제일 좋아하는 부분은 뜨거운 밀랍에 왕의 인장을 찍는 것이었다.

제이미는 성큼성큼 협의실을 나섰다. 문밖에는 하얀 미늘 갑옷을 입고 눈처럼 흰 망토를 걸친 메린 트랜트 경이 뻣뻣하게 서 있었다. '이 작자가 내가 얼마나 약한지 알게 된다면, 아니면 케틀블랙이나 블런트가 그 말을 듣는다면…….' "전하께서 업무를 끝내실 때까지 여기 있다가, 마에고르 성채로 모셔 가게."

트랜트가 고개를 살짝 숙였다. "단장님 지시대로 하겠습니다."

외벽 안뜰은 그날 아침에 시끄럽고 북적거렸다. 제이미가 마구간에 가보니 다수의 남자들이 말에 안장을 얹고 있었다. "강철 정강이!" 그는 외쳤다. "그럼, 떠나는 건가?"

"아씨를 말에 태우자마자요." 강철 정강이 월튼이 말했다. "볼턴 공께서 기다리시니까요. 이제 나오시네요."

말구종 하나가 마구간 문으로 멋진 회색 암말을 끌고 나왔다. 그 등에는 무거운 망토에 싸인 깡마르고 텅 빈 눈의 소녀가 앉아 있었다. 안에 입은 드레스와 마찬가지로 망토도 회색이었고, 가장자리에 흰 새틴을 둘렀다. 가슴께에서 망토를 고정하는 죔쇠는 늑대 모양으로 만들어서 가늘게 자른 오팔을 눈에 박았다. 소녀의 긴 갈색 머리가 바람에 흩날렸다. 제이미는 그 소녀가 예쁜 얼굴이지만 눈은 슬프고 경계심 가득하다고 생각했다.

그녀는 제이미를 보자 고개를 숙이더니, 가늘고 불안이 묻어나는 목소리로 말했다. "제이미 경. 배웅하러 와주시다니 친절하시네요."

제이미는 그 소녀를 찬찬히 뜯어보았다. "그렇다면, 나를 아시나?"

소녀는 입술을 깨물었다. "제가 더 어렸을 때라 경께서는 기억나지 않으실지 모르지만…… 로버트 왕께서 제 아버지인 에다드 공을 만나러 오셨을 때 윈터펠에서 만나 뵙는 영광을 누렸습니다." 소녀는 커다란 갈색 눈을 내리깔고 중얼거렸다. "전 아리아 스타크예요."

제이미는 아리아 스타크에게 별로 관심을 둔 적이 없었지만, 이 소녀는 좀 더 나이가 많아 보였다. "결혼할 예정이라고 들었는데."

"저는 볼턴 공의 아들인 램지와 결혼할 예정입니다. 예전에는 스노우였지만, 전하께서 볼턴으로 만들어주셨지요. 아주 용감한 사람이래요. 정말 기뻐요."

'그렇다면 왜 그렇게 겁에 질린 목소리지?' "아가씨의 행복을 기원하리다." 제이미는 강철 정강이를 돌아보았다. "약속받은 돈은 챙겼나?"

"그럼요. 다 나눠 가졌습니다. 감사드립니다." 북부인은 히죽 웃었다. "라니스터는 언제나 빚을 갚지요."

"언제나." 제이미는 그렇게 말하고 소녀를 마지막으로 한 번 더 보았다. 많이 닮기는 했을까 궁금했다. 상관없었다. 진짜 아리아 스타크는 플리바텀의 이름도 없는 무덤에 묻혀 있을 가능성이 높았다. 형제들이 다 죽고 부모도 죽었는데 누가 이건 가짜라고 하겠는가? "행운을." 그는 강철 정강이에게 말했다. 네이지가 화평 깃발을 들었고, 북부인들은 어깨에 걸친 모피 망토만큼이나 조잡한 대열을 갖추고 성문 밖으로 말을 몰았다. 회색 암말을 탄 깡마른 소녀는 그 사이에서 작고 외로워 보였다.

말 몇 마리는 아직도 단단한 땅바닥에 남은 어두운 얼룩을 피했다. 그레고르 클리게인이 마구잡이로 죽여버린 마구간지기 소년의 피를 마신 땅이었다. 그 얼룩을 보자 제이미는 다시 화가 났다. 분명히 킹스가드에게 군중들을 가까이 오지 못하게 하라 일렀는데, 미련한 보로스 경이 결투에 정신이 팔려버렸다. 물론 그 어리석은 소년 탓도 없지는 않았다. 죽은 도르네인 탓이기도 했다. 그리고 누구보다 클리게인의 탓이었다. 소년의 팔을 자른 첫 번째 검격은 실수였다 쳐도 두 번째 공격은……

'흠, 그레고르는 지금 그 대가를 치르고 있지.' 파이셀 대학사가 부상을 치료하고는 있지만, 학사 거처에서 울려 퍼지는 괴성을 들으면 치료가 썩 잘 되어가는 것 같지 않았다. "살에는 괴저가 생기고 상처에서 고름이 나옵니다." 파이셀은 소협의회에 그렇게 말했다. "너무 썩어서 구더기들도 건

드리지 않으려 합니다. 경련이 너무 심해서 자기 혀를 물어 끊지 않게 재갈을 물려야 했습니다. 위험할 정도로 많은 조직을 잘라내고 끓인 와인과 빵 곰팡이로 썩은 부분을 치료했습니다만 소용이 없습니다. 팔의 핏줄이 다 시커메져갑니다. 거머리로 피를 빨아냈더니 거머리가 다 죽었어요. 여러분, 전 오베린 공자가 창에 대체 어떤 사악한 물건을 발랐는지 알아야 합니다. 정보를 더 줄 때까지 다른 도르네인들을 붙들어두시지요."

타이윈 공은 그 제안을 거절했다. "오베린 공자의 죽음만 두고도 선스피어와 마찰은 충분할 거요. 그 일행을 붙잡아둬서 문제를 더 악화시킬 마음은 없소."

"그렇다면 그레고르 경은 죽겠군요."

"그야 죽어야지. 내가 도란 대공에게 동생의 시신과 함께 보낸 편지에서도 그렇게 맹세했소. 하지만 그레고르를 죽이는 건 독 바른 창이 아니라 왕의 집행관이 쥔 대검이어야 해. 그러니 치료하시오."

파이셀 대학사는 당황해서 눈을 껌벅였다. "수관님……."

"치료하시오." 타이윈 공은 짜증을 내며 다시 말했다. "바리스 공이 드래곤스톤 주위 바다에 어부들을 잠입시켰다는 건 알고들 계시겠지. 보고에 따르면 그 섬을 방어할 병력은 한 줌밖에 남지 않았다고 하는군. 리스인들은 만에서 사라졌고, 스타니스 공의 병력 대부분도 같이 사라졌다오."

"그거 아주 잘됐군요." 파이셀이 말했다. "스타니스는 리스에서 썩으라지요. 그자와 그자의 야심이 없어진다면 환영할 일입니다."

"티리온이 수염을 밀어버렸을 때 아주 바보가 된 거요? 그자는 스타니스 바라테온이오. 끝까지 싸우고도 더 싸울 작자야. 그자가 사라졌다면, 그건 전쟁을 재개할 작정이라는 뜻밖에 안 돼. 스톰스엔드에 상륙해서 폭풍 영주들을 봉기시키려고 할 가능성이 높겠지. 만약 그런 거라면 스타니스는 끝장이오. 하지만 좀 더 대담한 남자라면 도르네에 주사위를 던져볼

지도 모르고. 스타니스가 선스피어를 끌어들인다면, 이 전쟁을 몇 년은 끌수도 있소. 그러니 우린 어떤 이유로든 더는 마르텔의 기분을 상하게 하지 않을 거요. 도르네인들은 자유롭게 떠날 것이고, 대학사는 그레고르 경을 치료하는 거요."

그렇게 해서 산더미는 낮이고 밤이고 비명을 질렀다. 타이윈 라니스터 공은 '이방인'조차 겁을 주어 쫓을 수 있는 모양이었다.

제이미는 하얀 기사 탑의 나선계단을 오르면서 보로스 경이 자기 방에서 코 고는 소리를 들었다. 발론 경의 문도 꽉 닫혀 있었다. 밤새 왕을 지켰기에 낮 시간 내내 잘 터였다. 보로스 블런트의 코골이를 제외하면 탑 안은 아주 조용했다. 제이미에게는 알맞은 상황이었다. '난 좀 쉬어야 해.' 어젯밤에는 아담 경과 춤을 한 판 추고 나니 너무 아파서 잠을 자지 못했다.

하지만 침실에 발을 들인 순간, 그를 기다리던 누이를 발견했다.

그녀는 열린 창가에 서서 외벽 너머 바다를 보고 있었다. 바닷바람이 회오리치며 가운이 몸에 달라붙어, 그 모습을 보는 제이미의 맥박이 빨라졌다. 가운은 벽에 걸린 벽걸이와 침대에 드리운 휘장과 마찬가지로 흰색이었다. 작은 에메랄드 소용돌이가 넓은 소매 끝을 빛내고 나선을 그리며 보디스로 내려갔다. 금빛 머리채를 묶은 황금 머리그물에는 더 큰 에메랄드가 여러 개 박혀 있었다. 앞이 파인 가운이라 어깨와 가슴 윗부분이 드러나 보였다. '이렇게 아름답다니.' 그녀를 품에 안고 싶은 마음만 간절했다.

"세르세이." 그는 조용히 문을 닫았다. "왜 여기 있는 거야?"

"달리 내가 갈 수 있는 곳이 어디 있어?" 그를 돌아본 세르세이의 눈에는 눈물이 맺혀 있었다. "아버지는 내가 소협의회에 참석하길 원치 않는다는 점을 분명히 했어. 제이미, 아버지에게 얘기하지 않을 거야?"

제이미는 망토를 벗어서 벽에 박힌 못에 걸었다. "난 매일 타이윈 공과 이야기해."

"꼭 그렇게까지 고집을 부려야 해? 아버지가 원하시는 건……."

"내가 킹스가드를 그만두고 캐스털리록으로 돌아가게 하는 것뿐이지."

"그렇게 끔찍한 일도 아니잖아. 아버지는 나도 캐스털리록으로 돌려보내시려고 해. 토멘을 마음껏 움직일 수 있게 내가 멀리 떨어져 있길 원하시니까. 토멘은 내 아들인데! 아버지 아들이 아니라!"

"토멘은 왕이야."

"어린아이야! 형이 결혼식에서 살해당하는 꼴을 보고 겁에 질린 어린아이라고. 그런데 이젠 토멘보고 결혼해야 한다지. 나이가 두 배는 많은 데다 두 번이나 과부가 된 여자와!"

그는 멍든 근육의 아픔을 무시하려고 애쓰면서 의자에 앉았다. "티렐이 고집을 부리고 있어. 내가 보기에도 나쁠 건 없고. 토멘은 미르셀라가 도르네에 가버린 후 외로웠잖아. 마저리와 그 주변 아가씨들을 좋아하더라. 결혼시켜."

"그 아인 네 아들이야……."

"내 씨앗이지. 날 아버지라고 부른 적은 없어. 조프리도 마찬가지고. 네가 나에게 그 아이들에게 절대 지나친 관심을 보여선 안 된다고 천 번은 경고했지."

"아이들을 지키기 위해서였어! 너를 지키기 위해서이기도 했고. 내 남동생이 왕의 자식들에게 아비 노릇을 했다면 어떻게 보였겠어? 아무리 로버트라도 의심스러워했을 거야."

"글쎄, 이젠 의심할 처지가 아니지." 로버트의 죽음은 아직도 제이미의 입안에 쓴맛을 남겼다. '그놈을 죽인 건 세르세이가 아니라 나였어야 해.' "내 두 손으로 죽였으면 좋았을 텐데." '나에게 아직 손이 두 개였을 때.' "로버트가 자주 말했듯이 내가 왕을 죽이는 걸 습관으로 삼았더라면, 온 세상이 보게 널 아내로 맞이할 수 있었겠지. 널 사랑하는 건 조금도 부끄럽지 않아. 그걸 감추기 위해 한 짓들만 부끄럽지. 윈터펠의 그 아이……."

"내가 그 아이를 창밖으로 던지라고 했어? 내가 애원한 대로 네가 사냥에 따라가기만 했어도 아무 일 없었을 거야. 하지만 안 그랬지. 넌 날 가져야만 했어. 넌 이 도시로 돌아올 때까지 기다릴 수가 없었어."

"난 충분히 오래 기다린 상태였어. 로버트가 매일 밤 비틀거리며 네 침대에 드는 꼴을 지켜보면서 오늘 밤은 저놈이 남편의 권리를 주장하려고 할지도 모른다는 생각을 하는 게 싫었고." 제이미는 갑자기 윈터펠에 대해 신경 쓰이던 다른 문제를 기억해냈다. "리버런에서, 캐틀린 스타크는 내가 자기 아들의 목을 그으려고 웬 노상강도를 보냈다고 믿는 것 같았어. 내가 자객을 보냈다고."

"그거." 세르세이는 경멸 조로 말했다. "티리온도 나에게 그걸 물었지."

"단검이 있긴 했어. 캐틀린 부인의 손에 남은 흉터는 진짜였어. 나에게 보여줬지. 혹시 네가……?"

"아, 터무니없는 소리 마." 세르세이는 창문을 닫았다. "그래, 난 그 아이가 죽었으면 했어. 너도 그랬지. 로버트조차도 그게 최선일 거라 생각했어. '우린 다리가 부러진 말을 죽이고, 눈이 먼 개도 죽이지만, 불구가 된 아이들에게 똑같은 자비를 베풀기엔 너무 마음이 약하지'라고 말하더라. 그때는 로버트도 취해서 뵈는 게 없었지."

'로버트?' 제이미도 왕을 지킨 세월이 있다 보니 로버트 바라테온이 술을 마시면서 다음 날이면 화를 내며 부인할 말을 많이 한다는 것 정도는 알고 있었다. "로버트가 그 말을 할 때 너만 있었어?"

"아무려면 네드 스타크에게 그런 말을 했을까? 당연히 우리 둘만 있었지. 우리와 아이들." 세르세이는 머리그물을 벗어서 침대 기둥에 걸더니, 금빛 곱슬머리를 흔들어 풀어 내렸다. "미르셀라가 그 남자에게 단검을 들려 보냈을지도 모른다고 생각해?"

비웃는다고 한 말이었지만, 세르세이는 문제의 핵심을 찔렀다. 제이미는 바로 이해했다. "미르셀라가 아니야. 조프리였어."

세르세이는 얼굴을 찌푸렸다. "조프리가 롭 스타크를 좋아하진 않았지만, 그 동생에겐 아무 관심 없었어. 조프리도 어린아이에 불과했고."

"네가 아버지라고 믿게 만든 술고래가 머리라도 한번 쓰다듬어주길 간절히 바라던 어린아이였지." 불편한 생각이 떠올랐다. "티리온은 그 망할 단검 때문에 죽을 뻔했어. 티리온이 그 모든 게 조프리 짓이었다는 걸 알았다면, 어쩌면 그래서……."

"왜 그랬든 상관없어." 세르세이가 말했다. "이유는 지옥에나 가져가라고 해. 조프리가 어떻게 죽었는지 네가 봤다면……. 그 애는 싸웠어, 제이미. 숨을 들이쉴 때마다 싸웠는데, 어떤 악령이 그 아이 목을 조르는 것 같았어. 눈에 담긴 공포가 어찌나……. 그 아인 어렸을 때 겁에 질리거나 다치면 나에게 달려왔고 난 그 아이를 지켜줬지. 하지만 그날 밤에는 내가 할 수 있는 일이 없었어. 티리온이 내 앞에서 그 아이를 살해했는데, 내가 할 수 있는 일이 아무것도 없었어." 세르세이는 제이미가 앉은 의자 앞에 무릎을 꿇고 두 손으로 제이미의 성한 손을 잡았다. "조프리는 죽었고 미르셀라는 도르네에 있어. 나에게 남은 건 토멘뿐이야. 아버지가 그 아이를 내게서 빼앗아 가게 둬선 안 돼. 제이미, 제발."

"타이윈 공은 내 승낙을 구한 적이 없어. 말은 해볼 수 있지만, 듣지 않을 거야……."

"네가 킹스가드를 떠나겠다고만 하면 들으실 거야."

"난 킹스가드를 떠나지 않아."

누이가 눈물을 밀어 넣었다. "제이미, 넌 나의 빛나는 기사야. 가장 필요할 때 날 버릴 순 없어! 아버지가 내 아들을 훔쳐 가고 날 멀리 보내버리려고 해……. 게다가 네가 막지 않는다면, 아버지는 날 다시 결혼시킬 거야!"

놀라지 말아야 할 일이었지만, 그래도 제이미는 놀랐다. 그 말은 아담 마브랜드 경이 준 어떤 타격보다 세게 그의 배 속을 쳤다. "누구와?"

"그게 중요해? 영주 중에 누군가겠지. 아버지가 필요하다고 생각하는 사람. 난 상관 안 해. 다른 남편은 두지 않을 거야. 내가 다시 침대에 들이고 싶은 남자는 오직 너뿐이야."

"그렇다면 아버지에게도 그렇게 말해!"

세르세이는 손을 떼어냈다. "또 미친 소리를 하는구나. 어머니가 우리가 노는 모습을 발견했을 때 그랬던 것처럼 모든 걸 망가뜨리고 싶어? 토멘은 왕좌를 잃고, 미르셀라는 결혼 상대를 잃을 거야……. 나도 네 아내가 되고 싶어. 우린 서로의 것이야. 하지만 그럴 순 없어, 제이미. 우린 친동기간이야."

"타르가르옌은……."

"우린 타르가르옌이 아니야!"

"조용히 해." 그는 조소하며 말했다. "그렇게 소리치다가 내 결의형제들을 깨우겠어. 그럴 순 없잖아. 그렇지? 사람들이 네가 날 보러 왔다는 사실을 알게 될지도 모르니까."

"제이미." 세르세이가 흐느꼈다. "나는 너만큼 그걸 원하지 않는 줄 알아? 날 누구와 결혼시키든 상관없어. 내가 옆에 두고 싶은 건 너야. 내가 침대에 들이고 싶은 건 너야. 내 안에 있었으면 하는 건 너야. 우리 사이는 아무것도 달라지지 않았어. 내가 증명할게." 그녀는 그의 튜닉을 밀어 올리고 바지 끈을 풀기 시작했다.

제이미는 몸이 반응하는 것을 느꼈다. "아니, 여기선 안 돼." 하얀 기사 탑에서는 한 번도 한 적 없는 짓이었다. 하물며 단장실에서라니. "세르세이, 여긴 적당치 않아."

"넌 성소에서 날 가졌잖아. 여기도 다르지 않아." 그녀는 그의 성기를 꺼내고 그 위로 고개를 숙였다.

제이미는 잘린 팔로 그녀를 밀어냈다. "안 돼. 여기선 안 된다고 했잖아." 그는 애써 일어섰다.

순간 그는 세르세이의 반짝이는 녹색 눈에서 혼란을, 그리고 두려움을 볼 수 있었다. 그러다가 격분이 그 자리를 대신했다. 세르세이는 정신을 차리고 일어서서 치맛자락을 바로잡았다. "하렌홀에서 잘라낸 게 네 손이야, 아니면 남성이야?" 그녀가 고개를 젓자 하얀 맨어깨 주위로 머리카락이 흘러내렸다. "여길 온 내가 바보였어. 넌 조프리의 복수를 할 용기도 없는데, 왜 난 네가 토멘을 지켜줄 거라 생각했을까? 말해봐, 꼬마 악마 놈이 네 자식 셋을 다 죽인다면, 그때는 격분할 거야?"

"티리온은 토멘이나 미르셀라를 해치지 않아. 난 아직 그 녀석이 조프리를 죽였는지도 잘 모르겠어."

분노에 세르세이의 입매가 일그러졌다. "어떻게 그런 말을 할 수가 있어? 그 온갖 위협을 듣고서—"

"위협은 아무 의미가 없어. 티리온은 자기가 한 짓이 아니라고 맹세했어."

"아, 맹세했다 이거지? 그리고 난쟁이들은 거짓말을 하지 않는다, 그렇게 생각하는 거야?"

"나에게는 안 해. 너와 마찬가지로."

"이 어마어마한 바보야. 티리온은 네게 천 번은 거짓말을 했고, 나도 마찬가지야." 그녀는 머리를 다시 묶어 올리더니 침대 기둥에 걸어두었던 머리그물을 집었다. "어떻게 할지 생각해봐. 그 작은 괴물은 검은 감옥에 있고, 곧 일린 경이 목을 자를 거야. 기념 삼아 그 머리통을 가지고 싶을지도 모르겠네." 세르세이는 베개 쪽을 흘긋 보았다. "네가 차갑고 하얀 침대에서 혼자 잘 때 그 녀석이 내려다볼 수 있게 말이야. 뭐, 그것도 눈이 썩어 없어질 때까지겠지만."

"가보는 게 좋겠어, 세르세이. 너 때문에 화가 나려고 해."

"아, 화난 불구라니 무섭기도 하지." 세르세이가 웃음을 터뜨렸다. "타이윈 라니스터 공에게 아들이 하나도 없었다니 안타깝기도 해라. 난 아버지가 원하는 후계자가 될 수 있었는데, 정작 내겐 남근이 없었지. 말이 나온 김에 말인데, 네 것도 밀어 넣는 게 좋겠어. 그렇게 바지 사이에 늘어져 있으니 참 애처롭고 작아 보이네."

세르세이가 나가자 제이미는 그 충고를 받아들여 한 손으로 바지 끈을 추슬렀다. 사라진 손가락에 뼈저린 아픔이 느껴졌다. '난 손 하나와 아버지, 아들, 누이, 그리고 연인을 잃었고 곧 동생도 잃게 될 거야. 그런데도 사람들은 내게 라니스터 가문이 이 전쟁에 이겼다고 말하지.'

제이미가 망토를 걸치고 아래층으로 내려가자, 휴게실에서 보로스 블런트 경이 와인을 마시고 있었다. "와인을 다 마시거든 로라스 경에게 내가 그 여자를 만나볼 준비가 됐다고 전하게."

보로스 경은 겁쟁이라 기껏해야 그를 노려보기만 했다. "누굴 보러 갈 준비가 됐다고요?"

"로라스에게 그렇게만 말해."

"예." 보로스 경이 잔을 비웠다. "알겠습니다, 단장님."

하지만 그렇게 말하고서 여유를 부렸거나, 꽃의 기사를 찾기가 힘들었던 모양이었다. 날씬하고 잘생긴 청년과 덩치 크고 못생긴 처녀가 같이 도착했을 때는 몇 시간이 지난 후였다. 제이미는 혼자 둥근 방에 앉아서 한가롭게 '하얀 책'을 넘겨 보고 있었다. "단장님." 로라스 경이 말했다. "타스의 처녀를 보고 싶다고 하셨습니까?"

"그랬지." 제이미는 왼손으로 가까이 오라 손짓했다. "경이 이야기를 해본 모양이군?"

"단장님이 명하신 대로 했습니다."

"그래서?"

청년은 몸을 긴장시켰다. "저는…… 그녀의 말대로 된 일일지도 모르겠습니다. 스타니스였을지도요. 확실히는 모르겠습니다."

"바리스에게 들으니 스톰스엔드의 수호성주도 이상하게 죽었다더군." 제이미가 말했다.

"코트네이 펜로즈 경 말입니까." 브리엔느가 애석해했다. "훌륭한 분이었는데요."

"완고한 남자였지. 어느 날 드래곤스톤의 왕 앞에 단호히 맞섰는데, 그다음에 탑에서 뛰어내렸어." 제이미는 일어섰다. "로라스 경, 이 이야기는 나중에 더 하지. 브리엔느는 두고 가도 좋네."

티렐이 나가고 나자 제이미는 변함없이 못생기고 어색한 여자라고 생각했다. 누군가가 또 브리엔느에게 여자 옷을 입혀놓았는데, 이 옷은 그래도 염소가 입혔던 끔찍한 분홍색 누더기보다는 훨씬 잘 어울렸다. "파란색이 잘 어울리는군." 제이미가 평했다. "눈동자 색깔과 잘 어울려." '눈 하나는 놀랍도록 아름다워.'

브리엔느는 당황해서 제 모습을 내려다보았다. "도니즈 성사가 보디스에 속을 넣어서 모양을 잡았소. 당신이 보냈다고 하던데." 그녀는 언제라도 도망칠 생각인 듯 문가에 남아 있었다. "당신 모습이……."

"달라 보이나?" 그는 억지로 미소 비슷한 것을 끌어냈다. "옆구리에 살이 좀 붙고 머리에는 이가 적어졌을 뿐이야. 잘린 팔은 똑같네. 문 닫고 이리 와."

그녀는 시키는 대로 했다. "그 하얀 망토는……."

"……새것이지. 얼마 안 가서 더럽힐 게 분명하지만."

"그게 아니라…… 아주 잘 어울린다고 말하려고 했소."

그녀는 머뭇거리면서 다가왔다. "제이미, 로라스 경에게 한 말이 진심이었소? 그…… 렌리 왕과 그림자에 대해서?"

제이미는 어깨를 으쓱였다. "전장에서 만났다면 내가 직접 렌리를 죽였을 텐데, 누가 목을 그었는지가 무슨 상관이야?"

"내가 명예를 아는 사람이라고 했고……."

"난 빌어먹을 킹슬레이어라는 거 기억하나? 내가 명예를 아는 사람이라고 한다는 건, 창녀가 당신이 처녀라고 보장하는 것과 비슷해." 그는 등을 기대고 그녀를 올려다보았다. "강철 정강이가 북부로 떠났어. 아리아 스타크를 루스 볼턴에게 데려가기 위해서."

"아리아를 그놈에게 넘겼소?" 그녀는 경악해서 외쳤다. "캐틀린 부인에게 맹세를 해놓고서……."

"내 목에 칼날이 닿은 채로 한 맹세지만, 그거야 신경 쓸 일은 아니고. 캐틀린 부인은 죽었어. 그 딸들이 내 손에 있다 해도 캐틀린 부인에게 돌려보낼 수가 없네. 그리고 내 아버지가 강철 정강이에게 딸려 보낸 여자애는 아리아 스타크가 아니었어."

"아리아 스타크가 아니라고?"

"들었잖아. 내 아버지가 엇비슷한 나이에 엇비슷한 머리색의 깡마른 북부 여자애를 찾아냈어. 그 여자애에게 하얀색과 회색 옷을 입히고, 은제 늑대 브로치로 망토를 여미게 하고서 볼턴의 서자와 결혼하라고 보내버렸지." 그는 잘린 팔을 들어 브리엔느를 가리켰다. "그 여자애를 구하겠다고 뛰쳐나갔다가 쓸모도 없이 죽어버리기 전에 말해주고 싶었어. 자네가 검 실력은 나쁘지 않지만, 그렇다고 혼자서 200명을 상대할 정도로 엄청난 실력은 아니니까."

브리엔느는 고개를 저었다. "볼턴 공이 당신 아버지가 가짜 돈을 지불했다는 걸 알면……."

"아, 그놈은 알아. 라니스터는 거짓말을 한다는 거 기억하나? 그래도 상관이 없는 거야. 그 여자애는 볼턴의 목적에 부합할 테니까. 이제 와서 그 애가 아리아 스타크가 아니라는 말을 할 사람이 누가 있겠어? 가까운 사람은 언니 빼고 다 죽었고, 그 언니는 사라졌는데."

"그게 사실이라면 왜 나에게 이 모든 사실을 말해주는 거지? 당신 아버지의 비밀을 발설하고 있잖아."

'수관의 비밀이지. 나에겐 이제 아버지가 없어.' 그는 생각했다. "착한 사자가 다 그렇듯이, 나도 빚을 갚는다네. 난 스타크 부인에게 딸들을 돌려주겠다고 약속했어……. 그리고 그중 하나는 아직 살아 있어. 내 동생이 산사가 어디 있는지 알지도 모르지만, 그렇다 해도 말하지는 않을 거야. 세르세이는 산사가 내 동생을 도와서 조프리를 살해했다고 믿고 있거든."

계집의 입매가 고집스러워졌다. "난 그 온화한 소녀가 독살자라고는 믿지 않겠소. 캐틀린 부인은 산사가 사랑스러운 마음씨를 지녔다고 하셨어. 독살자는 당신 동생이야. 로라스 경이 재판이 있었다고 했소."

"사실은 두 번의 재판이었지. 말로 하는 재판도, 검으로 하는 재판도 그 녀석을 저버렸네. 피투성이 난장판이었지. 창문에서 내려다봤나?"

"내 방은 바다가 보이는 곳이오. 하지만 고함 소리는 들었지."

"도르네의 오베린 공자가 죽었고, 그레고르 클리게인은 죽어가고 있고, 티리온은 신과 인간의 눈앞에서 유죄가 됐어. 처형할 때까지 검은 감옥에 가둬놓고 있지."

브리엔느가 그를 쳐다보았다. "당신은 그자가 했다고 믿지 않는군."

제이미는 굳은 미소를 던졌다. "봤지? 우린 서로를 지나치게 잘 알아. 티리온은 걸음마를 뗄 때부터 내가 되고 싶어 했지만, 절대로 날 따라서 킹슬레이어가 됐을 리는 없어. 산사 스타크가 조프리를 죽였어. 내 동생은 그 아이를 보호하려고 침묵을 지켰어. 그 녀석은 가끔 그런 만용을 부리거든. 지난번에 그런 짓을 했을 땐 코가 날아갔지. 이번에는 머리통이 날아가게 생겼고."

"아니야." 브리엔느가 말했다. "내가 모시는 분의 따님이 한 짓은 아니오. 그랬을 리가 없어."

"이제야 내가 기억하는 고집 세고 멍청한 계집답군."

브리엔느의 얼굴이 벌게졌다. "내 이름은……."

"타스의 브리엔느지." 제이미는 한숨을 쉬었다. "자네에게 줄 선물이 있어." 그는 단장 의자 밑으로 손을 뻗어서, 진홍색 벨벳 천에 싸인 물건을 꺼냈다.

브리엔느는 그 꾸러미가 물기라도 할 것처럼 조심스레 접근하더니, 주근깨가 가득한 커다란 손을 내밀어 천을 젖혔다. 루비가 불빛을 받아 반짝였다. 그녀는 조심조심 그 보물을 집어 들더니, 가죽 손잡이에 손가락을 감고 천천히 검을 검집에서 뽑았다. 물결무늬가 핏빛과 검은빛으로 빛났다. 불빛한 자락이 칼날에 반사되면서 붉은 기운이 흘렀다. "이건 발리리아 강철이오? 이런 색깔은 본 적이 없어."

"나도 처음 봐. 내가 이런 검을 휘두를 수만 있다면 오른손이라도 주겠다 생각하던 때가 있었지. 이제는 그렇게 됐고, 그러니 이 칼을 내가 갖는 건 낭비야. 받아." 그는 브리엔느가 거절할 생각도 하기 전에 말을 이었다. "이렇게 아름다운 검에는 이름이 있어야지. 이 검을 '서약의 수호자 (Oathkeeper)'라고 부른다면 기쁘겠네. 하나 더. 이 칼에는 대가가 있어."

브리엔느의 얼굴이 어두워졌다. "말했을 텐데, 난 절대……."

"……우리 같은 더러운 족속을 섬기지 않는다고 했지. 그래, 기억해. 끝까지 들어, 브리엔느. 우리 둘 다 산사 스타크를 두고 맹세한 게 있어. 세르세이는 그 아이가 어디 있든 간에 찾아내서 죽일 작정이고……."

브리엔느의 못생긴 얼굴이 분노로 일그러졌다. "내가 장검 한 자루 받고 내 주인의 딸을 해칠 거라 믿는다면 당신은—"

"그냥 좀 들어." 그는 브리엔느의 추측에 화가 나서 날카롭게 말했다. "자네가 먼저 산사를 찾아서, 어딘가 안전한 곳으로 데려갔으면 해. 그러지 않고서 우리 둘이 자네의 그 귀한 죽어버린 캐틀린 부인에게 한 멍청한 서약을 어떻게 지키겠나?"

브리엔느는 눈을 껌벅였다. "나…… 나는……."

"무슨 생각을 했는지 알아." 갑자기 제이미는 그 여자를 보는 데 진절머리가 났다. '망할 양처럼 울어대는군.' "네드 스타크가 죽었을 때, 그 대검은 왕의 집행관에게 주어졌어. 하지만 내 아버지는 그렇게 좋은 칼을 처형 집행인이 쓴다는 건 낭비라고 생각했지. 그래서 일린 경에게는 새 검을 주고, '얼음'을 녹여서 다시 만들게 했네. 새 장검을 두 개 만들 수 있었지. 자네가 들고 있는 게 그중 하나야. 그러니까 자넨 네드 스타크의 무기로 네드 스타크의 딸을 지키게 될 거야. 그게 무슨 차이가 있다면 말이지만."

"경, 나는…… 경에게 사과를……."

그는 말을 잘랐다. "내가 마음 바꾸기 전에 그 빌어먹을 검을 가지고 가. 마구간에 자네만큼이나 못생기긴 했지만 훈련은 더 잘 받은 구렁말이 한 마리 있을 거야. 강철 정강이를 쫓아가든, 산사를 찾아 나서든, 사파이어 섬으로 돌아가든 난 상관없어. 더는 자네를 보고 싶지 않아."

"제이미……."

"킹슬레이어야." 그는 브리엔느를 일깨웠다. "그 검으로 귀를 파면 딱이겠군. 이야기 끝났네."

그녀는 고집스럽게 말을 계속했다. "조프리는 당신의……."

"내 왕이었지. 그쯤 해둬."

"산사가 조프리를 죽였다면서, 왜 산사를 보호하지?"

'나에게 조프리는 세르세이의 질 안에 남긴 씨앗에 불과하니까. 그리고 그 녀석은 죽어 마땅했으니까.' "난 왕들을 추대하고 또 없었어. 산사 스타크는 내가 명예를 지킬 마지막 기회야." 제이미는 희미하게 미소 지었다. "게다가, 킹슬레이어들끼리 뭉쳐야지. 그래서 가기는 갈 건가?"

브리엔느의 커다란 손이 서약의 수호자를 꽉 쥐었다. "그러겠소. 그리고 산사를 찾아서 안전하게 지키겠소. 그 어머님을 위해서. 그리고 당신을 위해서." 그녀는 뻣뻣하게 허리를 숙이더니 몸을 휙 돌려서 나갔다.

제이미는 방 안 깊숙이 그림자가 기어드는 동안 탁자 앞에 혼자 앉아 있었다. 땅거미가 내려앉기 시작하자, 그는 촛불을 켜고 하얀 책에서 자신의 페이지를 펼쳤다. 펜과 잉크는 서랍 속에서 찾아냈다. 그는 바리스탄 경이 마지막으로 써 넣은 내용 밑에, 학사에게 처음 쓰기를 배운 여섯 살짜리나 썼을 법한 서툰 글씨로 이렇게 적었다.

다섯 왕 전쟁 중에 속삭이는 숲에서 젊은 늑대 롭 스타크에게 패배했다. 리버런에 포로로 잡혀 있다가 이루지 못할 약속을 몸값으로 치르고 풀려났다. 용감한 형제단에게 다시 포로로 잡혔고, 그 대장인 바고 호트의 명령으로 뚱보 졸로의 칼에 오른손을 잃고 불구가 되었다. 타스의 처녀 브리엔느의 보호로 킹스랜딩에 안전하게 돌아왔다.

다 쓰고 나서도 위쪽에 그려진 진홍색 방패 속 금색 사자와 아래쪽에 그려진 새하얀 방패 사이에 채워야 할 공간이 4분의 3은 남아 있었다. 그의 역사는 제럴드 하이타워 경이 쓰기 시작했고, 바리스탄 셀미 경이 이어받아 적었으나, 나머지는 제이미 라니스터가 직접 써야 할 터였다. 앞으로는 무엇이든 그의 마음대로 쓸 수 있었다.

무엇이든 그의 마음대로……

동쪽에서 바람이 불어왔다. 그 기세가 어찌나 강한지, 돌풍이 물어뜯을 때마다 무거운 쇠 우리가 덜컹거렸다. 장벽이 구슬피 통곡하고, 얼음이 흔들리고, 존의 망토가 펄럭거리며 쇠창살에 부딪쳤다. 하늘은 석판 같은 회색이었고, 태양은 구름 뒤에 숨은 희미한 광채에 지나지 않았다. 전장 저편으로 타오르는 천 개의 모닥불 빛을 볼 수 있었지만, 그 빛도 이 추위와 어스름 속에서는 작고 무력해 보였다.

'암울한 날이군.' 존 스노우는 장갑을 낀 두 손으로 쇠창살을 쥐고, 바람이 다시 한번 쇠 우리를 두드려대는 동안 꽉 잡고 있었다. 발아래를 똑바로 내려다보니 땅이 어둠에 잠겨서, 마치 바닥 없는 무저갱 속으로 내려가는 것만 같았다. '흠, 죽음은 바닥 없는 무저갱 비슷하긴 해.' 그는 생각했다. '그리고 오늘 일이 끝나면 내 이름도 영영 어둠 속에 묻히겠지.'

사람들은 사생아란 욕정과 거짓말로 태어난다고들 했다. 본성이 난잡하고 믿을 수가 없다고도 했다. 한때 존은 그런 말들이 틀렸음을 증명하고, 아버지에게 롭만큼이나 훌륭하고 충실한 아들이 될 수 있음을 보여주려 했었다. '그건 망쳐버렸지.' 롭은 영웅 왕이 되었다. 존이 기억에 남는다면 변절자, 서약을 깬 자, 살인자로서 기억될 것이다. 에다드 공이 살아서 이런 수치를 보지 못해 다행이었다.

'이그리트와 함께 그 동굴에 남았어야 해.' 혹시 이번 생 이후에 다른 생이 있다면 이그리트에게도 말해주고 싶었다. '이그리트는 독수리처럼 내 얼굴을 할퀴고 겁쟁이라고 욕하겠지만, 그래도 난 똑같이 말해줄 거야.' 그는 아에몬 학사에게 배운 대로 검을 쥐는 손을 쥐었다 폈다. 이제는 완전히 몸에 밴 습관이었고, 만스 레이더를 살해할 기회 비슷한 거라도 쥐려면 손가락이 잘 움직여야 했다.

그들은 나흘 동안 그를 얼음 속에 가둬두었다가 오늘 아침에 끌어냈다. 가로세로 높이가 다 1.5미터씩이라서 존이 일어서기엔 너무 낮고, 등을 대고 눕기엔 너무 좁은 방이었다. 집사들은 장벽 기단부를 깎아내어 만든 얼음 저장고 속에서는 식량과 고기가 더 오래간다는 사실을 오래전에 알아냈다……. 하지만 죄수들은 그 반대였다. "넌 여기서 죽을 거다, 존 스노우." 알리서 경은 무거운 나무 문을 닫기 직전에 그렇게 말했고, 존도 그렇게 믿었다. 그런데 그들은 오늘 아침에 와서 그를 다시 끌어내더니, 경련을 일으키며 떨고 있는 그를 왕의 탑으로 끌고 다시 한번 턱살 늘어진 자노스 슬린트 앞에 세웠다.

"늙은 학사 말이 널 목매달 순 없다는군." 슬린트가 말했다. "코터 파이크에게 편지를 썼고, 뻔뻔스럽게도 나에게까지 그 편지를 보여줬어. 네가 변절자가 아니라고 말이야."

"아에몬은 너무 오래 살았습니다, 사령관님." 알리서 경이 장담했다. "눈이 멀었듯이 분별력도 맛이 간 겁니다."

"그래." 슬린트가 말했다. "목에 사슬을 건 눈먼 늙은이 주제에, 자기가 누구라고 생각하는 거야?"

'아에몬 타르가르옌이지. 한 왕의 아들이고 한 왕의 형제이며 왕이 될 수도 있었던 사람.' 존은 그렇게 생각했지만 아무 말도 하지 않았다.

"그렇다 해도, 자노스 슬린트가 부당하게 누군가를 목매달았다는 말이 돌게 하진 않겠다. 그럴 수야 없지. 네가 네 주장대로 충성스럽다는 사실을 증명할 마지막 기회를 주기로 했다, 스노우 나리. 네 의무를 다할 마지막 기회다. 그렇고말고!" 슬린트는 일어섰다. "만스 레이더가 우리와 협상을 원한다. 자노스 슬린트가 왔으니 자기에게 기회가 없다는 걸 알고 이 장벽 너머의 왕이란 놈이 대화를 하고 싶어 하는 게지. 하지만 그놈은 겁쟁이라, 우리에게 오진 않을 거야. 여기 왔다간 내가 매달아버릴 걸 아는 거지. 암, 60미터짜리 밧줄에 발을 묶어서 장벽 위에서 매달아야지! 하지만 그놈은 오지 않을 거야. 우리더러 사절을 하나 보내라는군."

"우린 널 보낼 거다, 스노우 나리." 알리서 경이 미소 지었다.

"나를." 존의 목소리는 무덤덤했다. "왜 나를?"

"넌 저 야인들과 같이 말을 달렸지." 알리서 쏜이 말했다. "만스 레이더는 널 알아. 널 믿는 쪽으로 더 기울 거다."

너무 말이 안 되는 소리라서 존이 웃어버렸는지도 몰랐다. "거꾸로 알고 계시는군요. 만스 레이더는 처음부터 절 의심했습니다. 제가 다시 검은 망토를 걸치고 숙영지에 나타나서 밤의 경비대를 대변한다면, 제가 배신했음을 알게 되겠지요."

"그놈이 사절을 보내라고 했고, 우린 사절을 보내는 거다." 슬린트가 말했다. "그 변절자 왕을 대면하기가 너무 겁이 난다면야, 얼음 감옥으로 돌려보낼 수도 있지. 이번에는 모피 옷 없이 가는 게 좋겠군. 그렇지."

"그러실 필요 없습니다, 사령관님." 알리서 경이 말했다. "스노우 나리는 우리가 하라는 대로 할 겁니다. 본인이 변절자가 아니라는 사실을 보여주고 싶어 하니까요. 충성스러운 밤의 경비대원이라는 사실을 증명하고 싶어 해요."

존은 알리서 쏜이 둘 중에서 훨씬 영리한 쪽이라는 사실을 깨달았다. 이 일에는 알리서 쏜의 냄새가 가득했다. 존은 덫에 걸렸다. "가겠습니다." 그는 퉁명스럽게, 딱 부러지는 목소리로 말했다.

"사령관님." 자노스 슬린트가 일깨웠다. "나한테는 꼬박꼬박—"

"가겠습니다, 사령관님. 하지만 실수하시는 겁니다, 사령관님. 사람을 잘 못 보내시는 겁니다, 사령관님. 만스 레이더는 절 보기만 해도 화를 낼 겁니다. 사령관님께서 다른 사람을 보내시는 편이 타협에 이를 가능성이 훨씬—"

"타협이라니?" 알리서 경이 클클 웃었다.

"자노스 슬린트는 무법자 야만인들과 타협 같은 것은 하지 않는다, 스노우 나리. 암, 그럴 리가 있나."

"만스 레이더와 대화를 하라고 널 보내는 게 아니다." 알리서 경이 말했다. "만스 레이더를 죽이라고 보내는 거다."

바람이 쇠창살 사이로 쌩쌩 불어 들어왔고, 존 스노우는 몸을 부르르 떨었다. 다리가 욱신거렸고 머리도 아팠다. 새끼 고양이 한 마리 죽일 상태가 아니었는데, 그래도 그는 여기에 있었다. '날카로운 덫이로구나.' 아에몬 학사가 존의 결백을 주장하고 있으니, 자노스 공도 존이 얼음 속에서 죽게 내버려둘 수는 없었다. 이 편이 나았다. "왕국만 안전하다면, 우리의 명예엔 우리의 목숨만 한 가치도 없다." 반쪽 손 쿼린은 서리엄니에서 그렇게 말했다. 존도 그 말을 기억해야 했다. 만스를 죽이는 데 성공하든, 시도했다가 실패하든 상관없이 자유민들은 그를 죽일 것이다. 탈영은, 설령 그럴 마음이 있다 해도 불가능했다. 만스에게 존은 증명된 거짓말쟁이이자 배신자였으니까.

쇠 우리가 덜컹하면서 멈춰 서자, 존은 땅 위로 훌쩍 뛰어내리고 '긴 발톱' 칼자루를 덜걱덜걱 움직여서 검집에 든 잡종검을 느슨하게 풀었다. 문이 몇 미터 왼쪽에 있었는데, 아직도 부서진 거북이 잔해와 썩어가는 매머드 사체에 막혀 있었다. 다른 시체들도 부서진 나무통과 단단하게 굳은 역청, 타버린 풀밭 사이 여기저기에 널린 채로 모두 장벽의 그림자에 잠겨 있었다. 존은 여기에 길게 머물고 싶지 않았다. 그는 바위에 머리가 부서진 거인의 시체를 지나쳐서 야인 숙영지를 향해 걷기 시작했다. 까마귀 한 마리가 거인의 부서진 두개골 사이로 뇌 조각을 뜯어내고 있었다. 까마귀는 걸어가는 존을 올려다보고 소리쳤다. "스노우. 스노우, 스노우." 그러고는 날개를 펴고 날아가버렸다.

존이 출발하자마자 야인 숙영지에서 말 탄 기수가 나타나 그에게 달려왔다. 혹시 만스가 중간 지대에서 협상을 하러 나오는 걸까 궁금했다. 그렇다면 일이 좀 더 쉬워질지 몰랐다. 정말로 쉬워질 리는 없어도. 하지만 양쪽의 거리가 줄어들고 보니 말 탄 남자는 키가 작고 어깨가 떡 벌어졌으며, 굵은 두 팔에는 금팔찌가 줄줄이 번쩍이고, 넓은 가슴팍에 하얀 수염이 펼쳐져 있었다.

"하!" 둘이 만나자 토르문드가 우렁차게 외쳤다. "까마귀 존 스노우로군. 자넬 다시는 못 보는 거 아닌가 두려웠는데 말이야."

"당신이 두려워하는 게 있는 줄은 몰랐는데요, 토르문드."

그 말에 야인은 씩 웃었다. "말 잘했네, 젊은이. 망토가 검은색이로군. 만스가 좋아하지 않을 거야. 혹시 또 편을 바꾸러 온 거라면, 당장 저 장벽을 기어 올라가는 게 나을걸."

"장벽 너머의 왕과 교섭을 하라고 절 보낸 겁니다."

"교섭?" 토르문드는 껄껄 웃었다. "말 한번 거창하군. 하! 뭐, 만스가 이야기를 나누고 싶어 하는 건 사실이지. 하지만 자네와 이야기하고 싶어 할지는 잘 모르겠는걸."

"저들이 보낸 사람은 접니다."

"나도 그건 알아. 그렇다면 같이 가는 게 좋겠지. 말에 오르고 싶나?"

"걸을 수 있습니다."

"자넨 여기서 맹렬히 싸웠어." 토르문드는 조랑말을 야인 숙영지 쪽으로 돌렸다. "자네와 자네 형제들 말이야. 그건 인정해주지. 200명이 죽었고, 거인도 십여 명은 죽었네. 마그가 직접 그 문으로 들어갔다가 나오지 못했지."

"도날 노이라는 용감한 사나이의 검에 죽었습니다."

"그래? 그 도날 노이라는 놈은 어디 대단한 영주였나? 강철 속옷을 입은 반짝이는 기사 나리였나?"

"대장장이였습니다. 팔이 하나뿐이었죠."

"외팔이 대장장이가 강대한 마그를 죽였다고? 하! 그거 볼만한 싸움이었겠구만. 만스가 노래를 지어 부를 거야. 어디 안 그러나 보라고." 토르문드는 안장에 걸린 물주머니를 집더니 코르크 마개를 뽑았다. "몸이 좀 데워질 거야. 도날 노이를 위해, 그리고 강대한 마그를 위해." 그는 벌컥벌컥 마시고 존에게 주머니를 건넸다.

"도날 노이를 위해, 그리고 강대한 마그를 위해." 그 주머니에는 꿀술이 가득 들었는데, 존의 눈에 눈물이 고이고 가슴속까지 불길이 뻗어 들어갈 정도로 독한 꿀술이었다. 얼음 감옥에 있다가 쇠 우리를 타고 추위에 떨며 내려온 후라 그 온기가 반갑기는 했다.

토르문드는 술 부대를 돌려받아서 다시 쭉 들이켜더니 입가를 닦았다. "텐족의 마그나는 우리가 노래를 부르며 건들건들 통과하기만 하면 되게 문을 활짝 열어두겠다고 맹세했지. 장벽 전체를 무너뜨리겠다고 했어."

"부분적으로 무너뜨리긴 했습니다. 자기 머리 위로요." 존이 말했다.

"하!" 토르문드가 말했다. "뭐, 스티르 놈은 좋았던 적이 없어. 사나이에게 수염도 머리털도 귀도 없으면, 싸울 때 어딜 붙잡을 수가 없잖아." 그는 존이 절룩거리며 같이 걸을 수 있게 말을 천천히 움직였다. "그 다리는 어떻게 된 건가?"

"화살에 맞았죠. 아마 이그리트였을 겁니다."

"자네에게 딱 맞는 여자로군. 하루는 입을 맞추고, 다음 날엔 화살을 쏘아대고."

"죽었습니다."

"그래?" 토르문드는 서글프게 고개를 저었다. "안타깝구만. 열 살만 젊었어도 내가 훔쳤을 텐데. 굉장한 머리카락이었어. 뜨거운 불일수록 빨리 타버리는 법이지." 그는 꿀술 부대를 들어 올렸다. "불의 입맞춤을 받은 이그리트를 위하여!" 그는 술을 길게 마셨다.

"불의 입맞춤을 받은 이그리트를 위하여." 존은 토르문드에게 술 부대를 다시 받고 그 말을 되풀이했다. 그리고 토르문드보다 더 길게 술을 마셨다.

"자네가 죽였나?"

"내 형제였죠." 어느 형제였는지는 알지 못했고, 앞으로도 영영 알고 싶지 않았다.

"망할 까마귀들." 토르문드의 목소리는 거칠었지만, 이상하게 온화하기도 했다. "장창 놈이 내 딸을 훔쳐 갔어. 내 귀여운 가을 사과, 문다를 말이야. 문다의 형제 넷이 다 있었는데도 내 천막에서 훔쳐냈지. 막돼먹은 토레그 놈은 내내 자기만 했고, 토르윈드는…… 순둥이 토르윈드라는 별명이 할 말은 다 해주지 않나? 하지만 어린 놈들은 장창과 싸웠지."

"문다는요?" 존이 물었다.

"문다는 내 핏줄이야." 토르문드는 자랑스럽게 말했다. "문다가 그 녀석 입술을 터뜨리고 귀를 반쪽은 뜯어낸 데다가, 듣자 하니 그 녀석 등에 상처를 하도 많이 내서 망토를 입을 수가 없을 지경이라더군. 그래도 문다는 그놈을 꽤 좋아해. 왜 안 좋아하겠나? 그놈은 창을 들고 싸우지 않아. 한 번도 창을 든 적이 없었지. 그런데 장창이라는 별명이 왜 붙었겠어? 하!"

존도 웃을 수밖에 없었다. 심지어 지금, 심지어 여기에서도. 이그리트는 장창 릭을 좋아했다. 그는 릭이 토르문드의 딸 문다와 즐겁게 살기를 빌었다. 누군가는 어딘가에서 즐거움을 찾아야 했다.

"넌 아무것도 몰라, 존 스노우." 이그리트라면 그렇게 말했으리라. '나도 내가 죽을 거라는 건 알아. 그래도 그 정도는 안다고.' 존은 생각했다. 거의 이그리트의 목소리가 들리는 것만 같았다. "어떤 남자든 결국엔 죽어. 여자도 다 죽고, 날거나 헤엄치거나 뛰어다니는 짐승들 모두가 죽어. 중요한 건 언제 죽느냐가 아니라 어떻게 죽느냐야, 존 스노우." 그는 대화하듯 생각했다. '말은 쉽지. 넌 적의 성을 급습해서 싸우다가 용감하게 죽었어. 난 변절자이자 살인자로 죽을 거야.' 게다가 만스의 검에 죽지 않는 한, 빨리 죽지도 못할 터였다.

곧 그들은 천막들 사이로 들어갔다. 흔히 보는 야인 숙영지였다. 요리 불과 용변 구덩이가 마구잡이로 흩어져 있고, 아이들과 염소들이 자유로이 돌아다니고, 양들은 나무 사이에서 매매거리고, 말가죽을 말리려고 여기 저기 박아둔 숙영지. 아무 계획도, 질서도, 방어선도 없었다. 하지만 사방에 남자와 여자와 짐승이 있었다.

많은 사람이 그를 무시했지만, 자기 볼일에 바쁜 사람의 열 배는 되는 사람이 멈춰 서서 그를 쳐다보았다. 불가에 쪼그려 앉은 아이들, 개 수레에 탄 늙은 여인들, 얼굴에 색칠을 한 동굴 거주민들, 방패에 발톱과 뱀과 잘린 머리통들을 그려 넣은 약탈자들 모두가 고개를 돌려 그를 보았다. 숲 사이로 한숨짓는 소나무 향 바람에 긴 머리채를 흩날리는 창 마누라들도 보였다.

여기에 언덕이라고 할 것은 없었지만, 만스 레이더의 하얀 모피 천막은 숲 가장자리에 솟아오른 높고 돌이 많은 지대에 세워져 있었다. 장벽 너머의 왕은 붉은색과 검은색의 너덜너덜한 망토를 바람에 휘날리며 바깥에서 기다리고 있었다. 장벽 저편을 기습하고 속이던 개 머리 하르마가 돌아와 있었고, 여섯 몸의 바라미르도 그림자삵과 두 마리의 여윈 회색 늑대들을 거느리고 함께 있었다.

밤의 경비대가 누구를 보냈는지 본 하르마는 고개를 돌리고 침을 뱉었고, 바라미르의 늑대 한 마리는 이를 드러내고 으르렁거렸다. "아주 용감하거나 아주 멍청한 게 틀림없군, 존 스노우." 만스 레이더가 말했다. "검은 망토를 걸치고 우리에게 돌아오다니."

"밤의 경비대원이 달리 어떤 망토를 걸치겠습니까?"

"죽여버려." 하르마가 부추겼다. "저놈 시체를 쇠 우리에 넣어 돌려보내고 다른 놈을 보내라고 해. 저놈 머리통은 내가 군기로 쓸게. 변절자는 개보다 못해."

"저놈이 가짜라고 경고했잖소." 바라미르의 말투는 온화했지만, 그의 그림자삵은 가늘게 째진 회색 눈으로 맹렬히 존을 노려보았다. "저놈 냄새가 도통 마음에 안 들더라니."

"발톱 집어넣어라, 짐승." 거인의 재앙 토르문드가 말에서 뛰어내렸다. "이 녀석은 여기에 얘길 들으러 온 거야. 이놈에게 앞발 하나라도 올리면 내가 계속 갖고 싶었던 그림자삵 가죽으로 망토를 만들어버릴지 몰라."

"까마귀 좋아하는 토르문드." 하르마가 비웃었다. "넌 엄청난 허풍선이야, 늙은이."

변신자는 얼굴이 잿빛에 어깨는 둥글고, 머리가 벗어졌으며 늑대의 눈을 지닌 쥐 같은 남자였다. "말이 일단 안장을 얹게 되면, 누구나 그 말을 탈 수 있지." 변신자는 부드러운 목소리로 말했다. "짐승이 일단 인간에게 연결되면 어떤 변신자나 그 안으로 들어갈 수가 있어. 오렐이 깃털 안에서 시들어가고 있기에, 그 독수리를 내 것으로 삼았어. 하지만 그런 연결은 양

방향으로 작동해, 와르그. 오렐은 이제 내 안에 살면서 너를 얼마나 증오하는지 속삭여대지. 그리고 난 장벽 위를 날면서 독수리의 눈으로 볼 수 있어."

"그래서 우린 안다." 만스가 말했다. "우린 너희가 거북이를 막았을 때 얼마나 적은 숫자였는지 알아. 이스트위치에서 몇 명이나 왔는지도 알아. 너희 물자가 얼마나 줄어들었는지도 알아. 역청, 기름, 화살, 창도 다 줄어가고 있지. 심지어 계단도 사라졌고, 그 쇠 우리는 그렇게 많이 옮기지 못해. 우린 알아. 그리고 이제 넌 우리가 안다는 걸 알지." 만스는 천막 문을 젖혔다. "들어와라. 나머지 너희들은 여기에서 기다려."

"뭐야, 나도?" 토르문드가 말했다.

"특히 넌 빠져야 해. 언제나."

안은 따뜻했다. 연기 구멍 아래에서 작은 모닥불이 타고 있었고, 댈라가 창백한 얼굴로 누워서 땀을 흘리고 있는 모피 더미 근처에서는 화로가 연기를 올리고 있었다. 댈라의 동생이 그녀의 손을 잡고 있었다. '발이었지.' 존은 기억을 되살렸다. "자알이 떨어진 일은 유감입니다." 그는 발에게 말했다.

발은 옅은 회색 눈으로 그를 쳐다보았다. "자알은 언제나 너무 빨리 올라갔지." 그녀는 존의 기억대로 아름다웠다. 날씬하면서 가슴은 풍만했고, 쉬고 있을 때조차도 우아했으며, 광대뼈가 높이 솟았고 숱 많은 꿀빛 머리채가 허리까지 늘어졌다.

"댈라가 아이 낳을 때가 다 됐어." 만스가 설명했다. "댈라와 발은 여기 있을 거다. 내가 무슨 말을 하려는지 알거든."

존은 얼음처럼 잔잔한 얼굴을 유지했다. '휴전 중에 상대를 상대의 천막에서 베는 것만 해도 지저분한데, 자식을 낳고 있는 아내 앞에서 죽여야 하나?' 존은 오른손을 꾹 쥐었다. 만스는 갑옷을 입지 않았지만, 왼쪽 허리에 장검을 차고 있었다. 그리고 천막 안에는 다른 무기들이 있었다. 단검과 비수, 활과 화살통, 청동 촉이 달린 창 옆에 크고 검은……

……나팔.

존은 숨을 들이켰다.

'전투 나팔이야. 빌어먹게 큰 전투 나팔.'

"그래." 만스가 말했다. "옛날에 조라문이 땅속의 거인들을 깨우기 위해 불었던 그 겨울의 나팔이다."

어찌나 거대한지, 굽은 몸체가 2.5미터는 되는 데다가 입구는 존이 팔꿈치까지 집어넣을 수 있을 정도로 넓었다. '이게 들소의 뿔이라면 역사상 가장 큰 들소였겠군.' 처음에는 나팔을 두른 띠가 청동이라고 생각했지만, 더 자세히 보니 금이었다. 노란색이라기보다는 갈색에 가까운 오래된 금으로, 룬 문자가 새겨져 있었다.

"이그리트는 당신이 나팔을 찾지 못했다고 했는데."

"거짓말을 할 수 있는 게 까마귀들만이라고 생각했나? 넌 사생아치고 꽤 마음에 들었다만…… 널 믿은 적은 없어. 내 믿음은 거저 얻을 수 있는 게 아니야."

존은 그를 마주 보았다. "내내 조라문의 나팔을 가지고 있었다면, 왜 사용하지 않은 겁니까? 왜 굳이 거북이를 만들고 우리가 잘 때 죽이라고 텐족을 보낸 겁니까? 이 나팔이 노래 속에서 말하는 그대로의 물건이라면, 왜 그냥 나팔을 불어서 끝내버리지 않아요?"

그의 질문에 대답한 사람은 댈라였다. 아이를 밴 댈라, 화로 옆 모피 더미에 누운 댈라였다. "우리 자유민들은 무릎 꿇는 너희들이 잊어버린 것들을 알거든. 때로는 가장 빠른 길이 가장 안전한 길은 아니야, 존 스노우. 뿔 달린 왕은 예전에 마법이란 칼자루 없는 검이라고 했지. 그걸 안전하게 쥘 방법은 없다고."

만스는 거대한 나팔 곡선을 따라 손을 움직였다. "화살통에 화살을 하나만 넣어놓고 사냥을 나가는 사람은 없지. 난 스티르와 자알이 네 형제들을 기습해서 문을 열어주길 기대했다. 속임수 공격과 기습과 부수적인 공격들로 너희 수비군도 끌어냈지. 보웬 마시는 내 예상대로 미끼를 덥석 물었지만, 네가 이끄는 불구자와 고아 집단은 예상보다 끈질겼어. 그렇지만 우리를 막았다고는 생각하지 말아라. 사실 너희는 너무 적고, 우리는 너무 많아. 난 여기 공격을 계속하면서도 만 명을 뗏목에 태워 바다표범만을 건너서 이스트워치의 뒤를 칠 수 있다. 섀도타워도 급습할 수 있지. 살아 있는 그 누구보다 그 요새로 가는 방법을 잘 알거든. 사람들과 매머드들을 보내너희가 버려둔 성들의 문을 파낼 수도 있어. 한꺼번에 전부 다라도."

"그렇다면, 왜 그렇게 하지 않습니까?" 존은 그 순간에 '긴 발톱'을 뽑을 수도 있었지만, 만스가 꼭 하려는 말을 듣고 싶었다.

"피 때문이다." 만스 레이더가 말했다. "그래, 난 결국엔 이기겠지. 하지만 너희는 피를 낼 것이고, 내 백성들은 이미 피를 충분히 흘렸어."

"당신네 쪽 손실은 그렇게 크지 않았는데요."

"너희에게 당한 손실은 그렇지." 만스는 존의 얼굴을 찬찬히 뜯어보았다. "너는 최초인의 주먹을 봤지. 그곳에서 무슨 일이 일어났는지 알아. 넌 우리가 무엇을 직면했는지 안다."

"다른 자들이……."

"놈들은 낮이 짧아지고 밤이 추워질수록 강해진다. 처음에는 너희를 죽이고, 그다음엔 죽은 너희 시체를 너희에게 보내지. 거인들은 놈들에게 맞설 수 없어. 텐족도, 얼음강 부족들도, 뿔발족도."

"당신도?"

"나도 안 돼." 인정하는 말 속에 분노가, 그리고 말로 표현할 수 없을 만큼 깊은 쓰라림이 깃들어 있었다. "붉은 수염 레이먼, 방랑시인 바엘, 겐델과 고르네, 뿔 달린 왕, 다들 정복하기 위해 남쪽으로 왔지. 하지만 난 다리 사이에 꼬리를 말고 너희 장벽 뒤에 숨으려고 여기 왔다." 그는 나팔을 쓸었다. 다시. "내가 겨울의 나팔을 불면, 장벽이 무너질 거야. 노래들에 따르면 그래. 내 백성들 중에는 그보다 더 바라는 게 없는 자들도 있지만……."

"하지만 장벽이 무너지면, 다른자들을 뭘로 막겠어?" 댈라가 이어서 말했다.

만스는 댈라에게 애정 어린 미소를 날렸다. "내가 참 현명한 여자를 찾았지. 진정한 여왕이야." 그는 다시 존을 돌아보았다. "돌아가서 놈들에게 문을 열고 우리를 통과시키라고 말해. 그렇게만 한다면 내가 나팔을 내어줄 거고, 그러면 장벽은 세상이 끝나는 날까지 서 있을 것이다."

'문을 열고 이들을 통과시킨다.' 말은 쉽지만, 그 뒤에 무엇이 따라올까? 윈터펠의 폐허에서 야영하는 거인들? 늑대 숲 속의 식인족, 고분 지대를 휩쓰는 전차들, 화이트하버의 선박 장인과 은세공사에게서 딸을 훔치고 스토니쇼어에서 어부 여인을 훔쳐 오는 자유민들? "당신 정말로 왕입니까?" 존이 불쑥 물었다.

"내 머리에 왕관을 얹은 적도 없고 망할 왕좌에 엉덩이를 걸친 적도 없어. 그걸 묻는 거라면." 만스가 대꾸했다. "내 출신은 최하층이고, 어떤 성사도 내 머리에 향유를 바른 적 없고, 성 하나 없으며, 내 왕비는 비단과 사파이어가 아니라 모피와 호박을 걸치지. 내가 나의 대전사이자 어릿광대이자 하프 연주자야. 장벽 너머의 왕은 아버지가 왕이라서 얻는 자리가 아니야. 자유민들은 이름을 따르지 않고, 어느 형제가 먼저 태어났는지도 신경 쓰지 않아. 자유민들은 전사를 따르지. 내가 섀도타워를 떠났을 때는 자기들도 왕이 될 만한 재목이라고 소란을 피워대는 놈들이 다섯 있었어. 토르문드도 그중 하나였고, 마그나도 그랬지. 다른 셋은 날 따르느니 싸우겠다는 사실을 명확히 했을 때 내가 베어 죽였다."

"당신이 적을 죽일 수 있다는 건 알겠어요." 존이 퉁명스럽게 말했다. "하지만 당신의 동지들은 통치할 수 있습니까? 우리가 당신네들을 통과시키면, 당신 힘으로 다들 왕의 평화를 지키고 법을 따르게 할 수 있을까요?"

"누구의 법 말인가? 윈터펠과 킹스랜딩의 법?" 만스는 소리 내어 웃었다. "우리가 법을 원한다면 직접 만들겠지. 너희들이야 너희 왕의 정의를 지키고 너희 왕의 세금도 지켜도 좋아. 내가 제안하는 건 저 나팔이지, 우리의 자유가 아니야. 너희에게 무릎 꿇지는 않아."

"우리가 그 제안을 거절한다면?" 존은 경비대의 거절을 의심치 않았다. 늙은 곰이었다면, 3만에서 4만의 야인을 칠왕국에 풀어놓는다는 생각에 멈칫거리기는 했을지라도 귀 기울여 듣기는 했을지 모른다. 하지만 알리서 쏜과 자노스 슬린트는 고려조차 하지 않을 것이다.

"거절한다면……" 만스 레이더가 말했다. "거인의 재앙 토르문드가 앞으로 사흘 후, 동이 틀 때 겨울 나팔을 불 거야."

그 전언을 듣고 캐슬블랙에 돌아가서 나팔에 대해 말할 수도 있겠지만, 존이 만스를 살려둔다면 자노스 공과 알리서 경이 그 사실을 존이 변절자라는 증거로 이용할 터였다. 존의 머릿속에 수많은 생각이 스쳐 지나갔다. '내가 저 나팔을 부술 수 있다면, 지금 이 자리에서 박살을 낸다면……' 하지만 그 생각을 더 이어나가기 전에 다른 나팔 소리가 들렸다. 천막의 가죽 벽 때문에 희미해져서 낮은 신음 소리처럼 들렸지만, 나팔이었다. 만스도 그 소리를 들었다. 그는 얼굴을 찌푸리고 문가로 향했고 존도 그 뒤를 따랐다.

밖으로 나가자 전투 나팔 소리가 커졌다. 그 소리가 야인 숙영지를 뒤흔들었다. 뿔발족 세 명이 장창을 들고 뛰어 지나갔다. 말들이 히힝거리며 콧소리를 냈고, 거인들은 옛 언어로 포효했으며, 매머드들까지도 들썩였다.

"별동대 나팔이야." 토르문드가 만스에게 말했다.

"뭔가가 온다." 바라미르가 반쯤 언 땅에 다리를 접고 앉아 있었고, 그의 늑대들이 가만히 있지 못하고 그 주위를 맴돌았다. 그림자 하나가 그 위를 스치고 지나갔고, 존이 고개를 들어 보니 독수리의 회청색 날개가 보였다. "동쪽에서 온다."

존은 기억했다. '시체가 걸어 다닐 때는 돌담과 말뚝과 장검이 아무 의미가 없지. 죽은 자와는 싸울 수 없다, 존 스노우. 그걸 나만큼 잘 아는 사람은 없어.'

하르마가 험상궂은 표정을 지었다. "동쪽? 시귀들은 뒤에 있을 텐데."

"동쪽에서." 변신자가 되풀이해서 말했다. "뭔가가 온다."

"다른자들?" 존이 물었다.

만스가 고개를 저었다. "다른자들은 해가 떠 있을 때 오지 않아." 뼈를 갈아서 만든 창을 흔드는 기수로 가득한 전장을 전차들이 덜거덕거리며 가로질렀다. 왕이 신음했다. "대체 다들 어딜 가는 줄이나 알고 가는 거야? 쿠엔, 저 머저리들을 원래 자리로 후퇴시켜. 누가 내 말을 가져와. 종마 말고 암말로. 갑옷도 필요해." 만스는 의심스러운 눈으로 장벽을 보았다. 얼음 난간 위에서는 지푸라기 병사들이 화살을 받아내고 있었지만, 다른 움직임은 보이지 않았다. "하르마, 네 약탈자들 말에 태워. 토르문드, 아들들을 찾아서 창병을 세 줄로 세워."

"알았어." 토르문드가 성큼성큼 걸어가며 말했다.

쥐새끼 같은 자그마한 변신자가 눈을 감더니 말했다. "보인다. 개울물과 짐승 길을 따라오고 있어……."

"누구야?"

"인간이야. 말에 탄 남자들. 강철을 입고 검은 옷을 입은 남자들."

"까마귀들이로군." 만스는 욕설을 뱉더니 존을 돌아보았다. "내 예전 형제들이 우리가 대화하는 도중에 공격해 오면 내가 바지를 내리고 있을 때

잡을 수 있다고 생각한 거냐?"

"공격 계획이 있었다 해도 나한테는 말해주지 않았어요." 존은 공격 계획이 있었으리라고 생각지 않았다. 자노스 공에게는 야인 숙영지를 공격할 병력이 부족했다. 게다가 자노스 공은 장벽 반대편에 있었고, 문은 돌무더기에 막혀 있었다. '자노스는 다른 종류의 배신을 생각하고 있었어. 이게 그자의 작품일 리 없어.'

"또 거짓말을 한다면 살아서 여길 떠나지 못할 거다." 만스가 경고했다. 그의 호위병들이 말과 갑옷을 가져왔다. 존은 숙영지 여기저기에서 사람들이 어수선하게 뛰어다니는 모습을 보았다. 어떤 남자들은 장벽을 급습하려는 듯 대형을 갖추는 반면 또 어떤 남자들은 숲속으로 들어갔고, 여자들이 개 썰매를 끌고 동쪽으로 가는가 하면 매머드들은 서쪽으로 어정거렸다. 존은 300미터 떨어진 숲 가장자리에서 순찰자들의 대열이 나타난 순간 어깨 너머로 손을 뻗어 '긴 발톱'을 뽑았다. 그 순찰자들은 검은 사슬 갑옷을 입고 검은 반투구를 쓰고 검은 망토를 걸쳤다. 만스가 갑옷을 반쯤 갖춘 채로 검을 뽑았다. "넌 이걸 전혀 몰랐다 이거지?" 그는 존에게 차갑게 물었다.

문제의 순찰대는 차가운 아침에 흘러내리는 꿀처럼 천천히, 가시금작화 무더기와 나무 지대 사이를 누비고 나무뿌리와 돌멩이를 건너뛰며 야인 숙영지를 향해 다가왔다. 야인들이 함성을 지르고 몽둥이와 청동 검과 차돌 도끼를 휘두르면서 오랜 적을 맞이하려 뛰쳐나갔다. '함성을 지르고, 무기를 휘두르고, 용감하고 훌륭하게 죽는 거지.' 존은 형제들이 자유민의 싸움 방식에 대해 하는 말을 들은 적이 있었다.

"믿고 싶은 대로 믿어요." 존은 장벽 너머 왕에게 말했다. "하지만 난 어떤 공격에 대해서도 아는 바가 없었어."

만스가 대꾸하기 전에 하르마가 서른 명의 약탈자들을 이끌고 요란하게 말발굽을 울리며 지나갔다. 앞세운 군기는 창에 꽂힌 죽은 개로, 달릴 때마다 피 보라를 뿌렸다. 만스는 하르마가 순찰자들에게 짓쳐 들어가는 모습을 지켜보더니 말했다. "네가 사실대로 말하는 것일 수도 있겠지. 저들은 이스트워치 사람들 같군. 말에 오른 뱃사람들이야. 코터 파이크는 언제나 분별력보다 배짱이 앞섰지. 롱배로에서 뼈다귀 영주를 잡았으니, 나도 잡겠다고 생각했을지 몰라. 그렇다면 그놈은 바보다. 그놈에겐 그만한 병력이 없어—"

"만스!" 고함 소리가 날아왔다. 거품을 문 말을 타고 숲속에서 튀어나온 정찰병이었다. "만스, 더 있어. 사방에, 강철, 철이야. 강철 대군이야."

만스는 욕을 하며 안장에 뛰어올랐다. "바라미르, 남아서 댈라가 아무해도 입지 않도록 지켜." 장벽 너머의 왕은 장검으로 존을 가리켰다. "그리고 남는 눈 몇 개는 이 까마귀를 지켜봐. 도망치면 목을 찢어버리고."

"그래, 그러지." 변신자는 존보다 머리 하나는 작았고 구부정하고 연약한 몸이었지만, 그의 그림자삵은 한 발로 존의 내장을 찢을 수 있었다. "놈들이 북쪽에서도 와." 바라미르가 만스에게 말했다. "가보는 게 좋겠어."

만스는 큰까마귀 날개가 달린 투구를 썼다. 그의 호위병들도 말에 올랐다. "화살촉 대형." 만스가 날카롭게 말했다. "내 쪽으로, 쐐기 대형을 만들어라." 그러나 만스가 발꿈치로 암말을 재촉해서 들판 너머 순찰자들을 향해 달려갔을 때, 그를 따라잡으려고 달려가는 이들은 대형 비슷한 모양도 갖추지 못했다.

존은 겨울 나팔을 생각하면서 천막을 향해 한 걸음 내디뎠지만, 그림자삵이 꼬리를 휘두르며 앞을 막아섰다. 그림자삵의 콧구멍이 벌름거리고, 구부러진 앞니에서 침이 흘러내렸다. '저놈은 나의 두려움을 냄새로 알아.' 그 어느 때보다 더 고스트가 그리웠다. 늑대 두 마리는 등 뒤에서 으르렁거리고 있었다.

"깃발." 바라미르가 중얼거리는 소리가 들렸다. "금빛 깃발이 보여, 아……." 매머드 한 마리가 등에 얹은 나무 탑에 활잡이 여섯 명을 실은 채 요란한 울음소리를 내며 걸어갔다. "왕이야…… 안 돼……."

다음 순간 변신자는 고개를 젖히고 비명을 질렀다.

귀를 찌르는 데다 고통이 가득한 비명 소리가 충격적이었다. 바라미르는 온몸을 비틀면서 쓰러졌고, 그림자삵도 비명을 질렀다……. 그리고 동쪽 하늘 높은 곳에서는 구름 벽 앞을 날던 독수리가 불타는 모습이 보였다. 독수리는 한순간 별보다 더 밝게 타오르면서 붉은색과 금색과 오렌지색 불길에 휩싸이더니, 고통에서 달아날 수 있다는 듯 두 날개로 거칠게 허공을 때렸다. 독수리는 높이, 더 높이, 더 높이 날아올랐다.

비명 소리를 들은 발이 창백한 얼굴로 천막에서 나왔다. "무슨 일이야, 어떻게 된 거야?" 바라미르의 늑대들은 서로 싸우고 있었고, 그림자삵은 숲속으로 달아나버렸지만 바라미르는 여전히 땅바닥에서 몸을 비틀고 있었다. "저 사람은 뭐가 잘못된 거야?" 발은 공포에 질려서 물었다. "만스는 어디 있어?"

"저기에." 존은 그 방향을 가리켰다. "싸우러 갔습니다." 장벽 너머의 왕은 엉망진창인 쐐기 대형을 이끌고 장검을 번득이면서 순찰자들 사이를 파고들었다.

"갔다고? 다른 때도 아니고 지금 이럴 순 없어. 시작됐단 말이야."

"전투요?" 존은 하르마의 피투성이 개 머리 앞에서 흩어지는 순찰자들을 보았다. 약탈자들은 소리를 지르고 무기를 휘두르면서 검은 옷을 입은 남자들을 쫓아 숲으로 들어갔다. 하지만 숲에서 사람들이 더 나오고 있었다. 기병 행렬이었다. 그것도 무장한 말에 오른 기사들이었다. 하르마는 전열을 가다듬어 방향을 돌리고 그들을 맞이해야 했지만, 그녀의 병사들 절반은 너무 앞서 달려가버린 상태였다.

"출산 말이야!" 발이 존에게 고함을 질렀다.

사방에서 요란하게 놋쇠 나팔 소리가 울려 퍼졌다. '야인들에게는 뿔로 만든 전투 나팔만 있지, 금속 나팔은 없어.' 존만이 아니라 야인들도 잘 알고 있었다. 금속 나팔 소리를 들은 자유민들은 혼란에 빠져 뛰었다. 어떤 이들은 싸움을 향해 뛰고, 어떤 이들은 그 반대쪽으로 뛰었다. 세 남자가 양 떼를 서쪽으로 몰고 가려고 하는데 매머드 한 마리가 양 떼를 밟고 지나갔다. 북소리가 울리면서 야인들이 직사각형으로 대형을 이루려 달려갔지만, 너무 늦었고, 너무 무질서했으며, 너무 느렸다. 적은 숲속에서, 동쪽에서, 북동쪽에서, 북쪽에서 오고 있었다. 중기병이 크게 3열 종대였는데, 모두 어둡게 반짝이는 강철 갑옷을 입고 눈부신 모직 전포를 걸쳤다. 이스트워치 대원들이 아니었다. 이스트워치에는 정찰병 한 줄 정도밖에 사람이 없었다. 이건 군대였다. '왕이라고?' 존도 야인들 못지않게 당황스러웠다. 롭이 돌아온 걸까? 철왕좌에 앉은 소년이 마침내 분발해서 일어난 걸까? "천막 안으로 돌아가는 게 좋겠어요." 존은 발에게 말했다.

들판 저편에서는 기병 한 대열이 개 머리 하르마를 덮쳤다. 또 한 대열은 토르문드와 그 아들들이 필사적으로 방향을 돌리려 하고 있던 창병들 옆구리를 치고 들어갔다. 하지만 거인들이 매머드에 올라타 있었고, 마갑을 갖춘 말에 오른 기사들은 매머드와 거인을 좋아하지 않았다. 존은 군마와 전투마가 느릿느릿 움직이는 산을 보고 비명을 올리며 흩어지는 모습을 볼 수 있었다. 다만 야인들 측에도 공포가 번져서 여자와 아이 수백 명이 전투에서 달아나고 있었고, 그중 일부는 잘못 뛰어들어 조랑말의 말발굽에 짓밟혔다. 어느 노파의 개 수레가 전차 세 대의 앞길에 뛰어들면서 전차들이 서로 충돌하는 장면이 보였다.

"신들이시여." 발이 속삭였다. "신들이시여, 저들이 왜 이러는 거지?"

"안으로 들어가서 델라 곁에 있어요. 여긴 안전하지 않아요." 천막 안이라고 대단히 안전할 수는 없겠지만, 발에게 그런 말을 할 필요는 없었다.

"난 산파를 찾아야 해." 발이 말했다.

"당신이 산파예요. 난 만스가 돌아올 때까지 여기 있겠습니다." 존은 만스의 모습을 놓쳤다가 다시 찾아냈다. 지금 만스는 말 탄 병사들 사이를 가로지르고 있었다. 매머드들이 중앙 대열을 흩어놓았지만, 다른 두 대열은 족집게처럼 조여들고 있었다. 숙영지 동쪽 가장자리에서 궁수 몇 명이 천막에 불화살을 날리고 있었다. 매머드 한 마리가 코로 안장에 앉은 기사를 하나 집어 들어 100미터 넘게 날려버리는 모습이 보였다. 야인들이 줄줄이 지나갔다. 여자들과 아이들이 전투를 피해 도망치고, 때로는 남자들이 도망치는 이들을 재촉하고 있었다. 그런 남자들 몇 명은 존에게 험상궂은 눈빛을 던졌지만, 그의 손에 '긴 발톱'이 들려 있으니 아무도 성가시게 굴지 않았다. 바라미르조차도 네 발로 기어서 도망쳤다.

숲속에서는 점점 더 많은 남자들이 쏟아져 나왔는데, 이제는 기사들만이 아니라 자유기수들과 기마 궁수들, 가죽 상의를 입고 철모를 쓴 중장병들도 수십 수백 명씩 쏟아졌다. 병사들 앞에 깃발이 휘날렸다. 바람이 너무 거세게 깃발을 흔드는 바람에 문장이 제대로 보이지는 않았지만, 존은 언뜻 해마 그림, 새들의 들판, 꽃 고리를 본 것 같았다. 그리고 노란 깃발, 노란 깃발이 정말 많았다. 붉은색 문장이 들어간 노란 깃발, 저건 누구 문장일까?

동쪽과 북쪽과 동북쪽에서 야인들 무리가 맞서 싸우려 하고 있었지만, 공격 부대는 그들을 짓밟고 달렸다. 자유민들이 아직 수는 더 많았으나, 공격 부대에는 강철 갑옷과 군마가 있었다. 싸움이 가장 심한 곳에서 만스가 등자를 밟고 높이 서 있는 모습이 보였다. 붉고 검은 망토와 까마귀 날개 투구 덕분에 알아보기 쉬웠다. 만스는 장검을 들어 올렸고 남자들이 그 곁에 모이는 가운데 쐐기 대형의 기사들이 마창과 장검과 긴 자루 도끼를 들고 짓쳐 들었다. 만스의 암말은 뒷다리로 일어서서 발길질을 해대다가 가슴팍에 창을 맞았다. 그 후에는 강철의 물결이 만스에게 밀려갔다.

'끝났어. 놈들은 무너지고 있어.' 존은 생각했다. 야인들이 무기를 던지고 달아나고 있었다. 뿔발족과 동굴 거주민들과 청동 미늘 옷을 입은 텐족 모두 달아나고 있었다. 만스는 사라졌고, 누군가가 장대에 꽂힌 하르마의 머리통을 흔들고 있었으며, 토르문드의 전열은 무너졌다. 매머드에 올라탄 거인들만이 붉은 철의 바닷속에 뜬 털투성이 섬처럼 버티고 있었다. 천막에서 천막으로 불길이 옮겨붙고 키 큰 소나무 몇 그루를 타고 올라갔다. 그리고 연기를 뚫고 또 하나의 쐐기 대형을 이룬 무장 기수들이 마갑을 갖춘 말을 타고 왔다. 그 무리 위에는 이제까지 본 중에 가장 큰 깃발이 휘날렸는데, 이불만큼 큰 왕기였다. 노란색 바탕에 길고 뾰족한 혓바닥같이 생긴 불타는 심장이 그려진 깃발, 그리고 금박 같은 바탕에 검은색 수사슴이 뛰어가는 깃발이 바람에 물결쳤다.

'로버트.' 존은 정신이 들지 않은 한순간, 가엾은 오언의 꿈을 떠올리며 그렇게 생각했지만, 금속 나팔 소리가 다시 울리고 기사들이 돌진하면서 외친 이름은 그게 아니었다. "스타니스! 스타니스! 스타니스!"

존은 몸을 돌려 천막 안으로 들어갔다.

# 아리아

　여관 바깥, 비바람에 시달린 교수대에는 여자 해골 하나가 바람이 불 때마다 빙빙 돌면서 덜그럭거리고 있었다.

　'난 이 여관을 알아.' 하지만 아리아가 산사와 함께 모르데인 성사의 감시를 받으며 묵었을 때는 문밖에 교수대가 없었다. 아리아는 불쑥 결심했다. "들어가고 싶지 않아. 유령들이 있을지도 몰라."

　"내가 와인 한 잔 마신 지 얼마나 오래됐는지 아냐?" 산도르는 안장에서 훌쩍 뛰어내렸다. "게다가 우린 루비 여울을 누가 점령하고 있는지 알아내야 해. 원한다면 말들과 같이 밖에 있든지. 난 상관없다."

　"널 알아보면 어쩌게?" 산도르는 이제 굳이 얼굴을 가리지 않았다. 누가 자길 알아보든 신경 쓰지 않는 것 같았다. "널 포로로 잡고 싶어 할지도 몰라."

　"해보라고 해." 그는 검집에 든 장검을 느슨하게 해놓고 문을 밀고 들어갔다.

　아리아에게 이보다 더 좋은 탈출 기회는 없을 터였다. '비겁자'에 타서 '이방인'까지 끌고 가버릴 수도 있었다. 아리아는 입술을 씹다가 두 마리 말을 마구간에 끌어다 놓고 산도르 클리게인을 따라 들어갔다.

'알아보는군.' 정적이 알려주었다. 하지만 그게 최악은 아니었다. 아리아도 그들을 알아보았다. 깡마른 여관 주인이나 여자들, 벽난로 옆에 모인 농사꾼들이 아니라 다른 사람들을. 병사들, 아리아는 그 병사들을 알았다.

"형님을 찾나, 산도르?" 폴리버의 손은 무릎에 앉은 여자의 보디스 안에 들어가 있다가, 이제 빠져나왔다.

"와인 한 잔 찾는다. 여관 주인, 레드와인 한 병 내와." 산도르 클리게인은 동화 한 줌을 바닥에 던졌다.

"전 말썽을 원치 않습니다, 경." 여관 주인이 말했다.

"그렇다면 날 경이라고 부르지 말아라." 그의 입가가 비틀렸다. "귀 먹었나, 멍청이? 와인을 주문했다." 여관 주인이 달려가자 클리게인은 그 뒤에 대고 외쳤다. "잔은 두 개다! 얘도 목이 마르니까!"

'셋뿐이야.' 아리아는 생각했다. 폴리버는 아리아를 흘긋 보고 말았고 그 옆에 있던 소년은 아예 쳐다보지도 않았지만, 세 번째 놈은 지그시 쳐다보았다. 키도 몸집도 중간쯤에, 얼굴은 몇 살인지 가늠하기 힘들 정도로 평범했다. '티클러야. 티클러와 폴리버 둘 다 있어.' 소년은 나이와 옷차림으로 보아 기사 종자였다. 코 한쪽 옆에 커다란 하얀 뾰루지가 났고, 이마에는 붉은 여드름이 몇 개 있었다. "이게 그레고르 경이 말했던 길 잃은 강아지야?" 소년이 티클러에게 물었다. "강에다 오줌을 싸고 달아나버렸다는 그 강아지?"

티클러가 경고하듯 소년의 팔에 손을 올리고는 짧게 고개를 가로저었다. 아리아는 그 뜻을 명확하게 읽어냈다.

종자는 읽지 못했거나, 신경 쓰지 않았다. "그레고르 경 말씀이 킹스랜딩에서 전투가 너무 뜨끈해졌을 때 강아지 동생이 다리 사이에 꼬리를 말았다던데. 동생이 낑낑거리면서 달아났다고 하더라고." 그는 사냥개를 향해 멍청하게 조롱의 웃음을 지었다.

사냥개는 그 소년을 찬찬히 뜯어보며 아무 말도 하지 않았다. 폴리버가 무릎에 앉은 여자를 밀어내고 일어섰다. "이 녀석은 취했어." 중장병 폴리버는 거의 사냥개만큼 키가 컸지만, 그만큼 근육질은 아니었다. 턱과 목살을 뒤덮은 역삼각형 모양의 수염은 숱이 많은 검은색으로 깔끔하게 다듬었지만, 머리는 많이 벗어져 있었다. "와인을 제대로 소화시키지 못하는 거야. 그것뿐이야."

"그렇다면 와인을 마시지 말았어야지."

"강아지가 뭐 무섭다고……." 소년이 입을 열었지만, 티클러가 아무렇지도 않게 두 손가락으로 그 귀를 잡고 비틀었다. 나오던 말이 고통스러운 꽥 소리로 변했다.

여관 주인이 백랍 쟁반에 병 하나와 돌로 만든 잔 두 개를 담아서 종종 걸음으로 돌아왔다. 산도르는 병을 입가로 가져갔다. 아리아는 와인을 꿀꺽꿀꺽 삼키는 산도르의 목 근육 움직임을 볼 수 있었다. 산도르가 병을 탁자에 탁 소리 나게 내려놓았을 때는, 와인이 절반은 사라지고 없었다. "이제 따라도 된다. 저 동화도 챙기는 게 좋을 거야. 오늘 보게 될 돈은 저것뿐일 테니까."

"우리도 술을 다 마시면 돈을 낼 거야." 폴리버가 말했다.

"너희는 술을 다 마시면 여관 주인을 간질여서 금을 어디다 감췄는지 알아내겠지. 늘 그런 식이잖아."

여관 주인은 갑자기 부엌에서 볼일을 떠올렸다. 지역 주민들도 나갔고, 여자들도 사라졌다. 휴게실에 남은 소리라곤 벽난로에서 장작이 타들어가는 희미한 소리뿐이었다. '우리도 가야 해.' 아리아는 알았다.

"그레고르 경을 찾는다면, 너무 늦었어." 폴리버가 말했다. "하렌홀에 있었지만 지금은 아니야. 왕대비가 불렀거든." 아리아는 폴리버의 허리띠에 칼이 세 자루 있음을 보았다. 왼쪽 옆구리에 장검 하나, 오른쪽에는 단검 하나에 비수치고는 너무 길고 장검치고는 너무 짧은 가느다란 칼 하나가 걸려 있었다. 폴리버가 덧붙여 말했다. "그나저나, 조프리 왕이 죽었어. 자기 결혼식 연회에서 독살당했지."

아리아는 안으로 더 들어갔다. '조프리가 죽었다고.' 금빛 곱슬머리와 못된 미소와 통통하고 부드러운 입술이 눈앞에 떠오를 듯했다. '조프리가 죽었어!' 아리아는 그 소식에 기뻐해야 마땅했지만, 어째서인지 여전히 속이 텅 빈 느낌이었다. 조프리가 죽었지만, 롭도 죽었다면 무슨 상관이란 말인가?

"내 용감한 킹스가드 형제들이 그렇지 뭐." 사냥개는 경멸 조로 코웃음을 쳤다. "누가 죽었나?"

"꼬마 악마라는 것 같아. 그놈과 그놈의 어린 마누라."

"무슨 마누라?"

"깜박했군. 넌 바위 밑에 숨어 있었지. 그 북부 여자애. 윈터펠의 딸 말이야. 그 여자애가 주문으로 왕을 죽이고는 박쥐처럼 커다란 가죽 날개가 달린 늑대로 변신해서 탑 창문으로 날아가버렸다나. 그렇지만 난쟁이는 뒤에 남겨졌고, 세르세이는 그놈의 머리통을 자를 생각이라지."

'멍청한 소리야.' 아리아는 생각했다. '산사는 노래만 알지 주문은 모르고, 꼬마 악마와 결혼했을 리도 없어.'

사냥개는 문에 제일 가까운 장의자에 앉았다. 입가가 떨렸지만, 불에 탄 쪽만이었다. "그 여자가 난쟁이를 와일드파이어에 담갔다가 구워버려야 할 텐데. 아니면 검은 달이 뜰 때까지 간질이거나." 그는 와인 잔을 들어 올리더니 쭉 마셨다.

'이자도 한패야.' 아리아는 그 모습을 보고 생각했다. 입술을 어찌나 세게 깨물었는지 피 맛이 났다. '저놈들과 똑같아. 잘 때 죽였어야 했어.'

"그래서, 그레고르가 하렌홀을 점령했다고?" 산도르가 말했다.

"점령이고 자시고 할 것도 없었어." 폴리버가 대답했다. "용병들은 우리가 간다는 걸 알고 거의 다 달아났지. 요리사 하나가 우리에게 샛문을 열어줬어. 자기 발을 자른 바고 호트에 대한 복수로 말이야." 폴리버가 키득거렸다. "우리를 위해 요리하라고 그놈은 살려뒀지. 우리 침대를 데울 계집 몇하고. 나머지는 다 베어버렸어."

"나머지 다?" 아리아가 불쑥 말했다.

"아, 그레고르 경이 시간 때우기용으로 바고 호트를 남겼지."

산도르가 말했다. "검은 물고기는 아직 리버런에 있나?"

"오래가진 못할걸. 포위당했어. 검은 물고기가 항복하지 않으면 늙은 프레이가 에드무어 툴리를 목매달아버릴 거야. 진짜 싸움이 벌어지는 곳은 레이븐트리 정도야. 블랙우드와 브라켄이 싸우고 있지. 브라켄은 이제 우리 쪽이거든."

사냥개는 아리아에게 와인을 한 잔 따라주고 자기 잔에도 따르더니, 벽난로 불을 바라보면서 쭉 들이켰다. "작은 새가 날아가버렸단 말이지? 거 잘됐군. 꼬마 악마의 머리에 똥을 갈기고 날아가버렸다니."

"찾아낼 거야." 폴리버가 말했다. "캐스털리록의 황금 절반이 드는 한이 있어도."

"예쁜 애라던데. 꿀처럼 달콤하고." 티클러가 입맛을 다시더니 빙긋 웃었다.

"게다가 예의 바르지." 사냥개가 맞장구를 쳤다. "제대로 된 어린 숙녀야. 그 망할 동생과는 달라."

"그 동생도 찾아냈대. 볼턴의 서자와 결혼시킨다더라." 폴리버가 말했다.

아리아는 다들 자기 입을 보지 못하게 와인을 홀짝였다. 폴리버가 무슨 말을 하는지 이해가 가지 않았다. '산사에게 다른 여동생은 없는데.' 산도르 클리게인은 큰 소리로 웃었다.

"뭐가 그렇게 웃겨?" 폴리버가 물었다.

사냥개는 아리아에게 눈길 한번 주지 않았다. "내가 왜 웃는지 알리고 싶었으면 네놈에게 말을 했겠지. 그래서, 솔트팬스(Saltpans, 염전)에 배는 있나?"

"솔트팬스에? 내가 그걸 어떻게 알아? 메이든풀에는 무역상들이 돌아왔다고 들었어. 랜딜 탈리가 그 성을 점령하고 무튼을 탑 방에 가뒀다지. 솔트팬스에 대해선 뭐 들은 게 없네."

티클러가 몸을 내밀었다. "형님에게 작별 인사도 안 하고 바다에 나가려고?" 티클러가 질문을 던지는 소리를 듣자 아리아는 오싹해졌다. "경은 네가 우리와 같이 하렌홀로 돌아가길 바라실 거야, 산도르. 분명히 그러실걸. 아니면 킹스랜딩으로 가거나……."

"염병할 소리 하네. 그레고르는 꺼지라 그래. 너도 꺼지고."

티클러는 어깨를 으쓱이고 자세를 바로 하더니, 한 손을 머리 뒤로 뻗어서 목덜미를 문지르려고 했다. 다음 순간 모든 일이 한꺼번에 벌어진 것 같았다. 산도르가 뛰쳐 일어나고, 폴리버가 장검을 뽑고, 티클러의 손이 휙 움직이더니 은빛으로 번득이는 무언가가 휴게실을 가로질렀다. 사냥개가 이미 움직이고 있지 않았더라면 그 단검이 목에 정통으로 꽂혔을지 모르지만, 단검은 산도르의 옆구리를 스치고 날아가서 문가 벽에 꽂혔다. 산도르가 웃음을 터뜨렸다. 마치 깊은 우물 바닥에서 올라오는 것처럼 차갑고 허허로운 웃음소리였다. "너희가 멍청한 짓을 하길 빌고 있었지." 검집에서 빠져나온 장검이 폴리버의 첫 번째 공격을 제때 쳐냈다.

아리아는 강철 검들의 노래가 시작되자 한 걸음 물러섰다. 티클러가 한 손에 소검을, 반대쪽 손에는 단검을 들고 장의자에서 일어났다. 통통한 갈색 머리 종자까지 일어나서 검대를 더듬거리고 있었다. 아리아는 탁자에 놓인 와인 잔을 집어서 종자의 얼굴에 던졌다. 트윈스에서보다 조준 실력이 좋아졌다. 잔은 정확히 종자의 커다란 흰색 뾰루지를 맞혔고 소년은 엉덩방아를 제대로 찧었다.

폴리버는 냉혹하고 체계적인 싸움꾼이었고, 무거운 장검을 무자비하고도 정확하게 움직이면서 착실히 산도르를 뒤로 밀어냈다. 사냥개의 공격은 그보다 허술했고, 받아넘기기에 급급했으며, 발은 느리고 서툴렀다. '취했어.' 아리아는 그 사실을 깨닫고 낙담했다. '배 속에 넣은 것도 없이 너무 빨리 너무 많이 마셨어.' 그리고 티클러가 벽을 따라 그 뒤로 돌아가고 있었다. 아리아는 두 번째 와인 잔을 집어 들고 티클러에게 던졌지만, 그는 종자 소년보다 빨라서 제때 고개를 숙였다. 티클러가 아리아에게 던진 눈빛은 나중에 어떻게 갚을지를 차갑게 약속했다. '마을 안에 감춰둔 금이 있나?' 티클러가 묻는 소리를 들을 수 있을 것 같았다. 멍청한 종자는 탁자 가장자리를 잡고 몸을 끌어 올려 무릎을 세웠다. 아리아는 목 안쪽에서 공포와 당황의 맛을 느낄 수 있었다. '공포가 칼보다 더 위험하다. 공포가 칼보다 더 위험하다……'

산도르가 아픔에 소리를 냈다. 타버린 쪽 얼굴이 관자놀이부터 뺨까지 붉어졌고, 귀 끝이 사라지고 없었다. 그는 그 사실에 화가 난 모양이었다. 그는 맹렬한 공격으로 폴리버를 밀어내고, 산속에서 맞바꾼 낡고 흠집 많은 장검을 상대에게 내리쳐댔다. 폴리버는 밀려났지만, 공격은 어느 것 하나 닿지 않았다. 이어서 티클러가 뱀처럼 잽싸게 장의자를 뛰어넘더니 소검으로 사냥개의 목덜미를 그었다.

'놈들이 산도르를 죽일 거야.' 아리아에겐 남은 잔이 없었지만, 던질 만한 더 좋은 물건이 있었다. 아리아는 죽어가던 궁수에게서 챙긴 단검을 뽑아서 티클러가 했던 것처럼 던지려고 했다. 하지만 돌멩이나 능금을 던지는 것과는 달랐다. 단검은 흔들거리며 날아가다가 칼자루부터 티클러의 팔을 때렸다. 티클러는 눈치도 채지 못했다. 클리게인에게 온통 집중하고 있었다.

티클러가 찌르는 순간, 클리게인은 거칠게 몸을 비틀어서 반 박자 유예를 얻었다. 얼굴에 피가 흐르고 목에 베인 상처에서도 피가 흘렀다. 산더미의 부하들은 둘 다 거세게 그를 쫓아서, 폴리버는 머리와 어깨에 칼을 내리쳤고 티클러는 잽싸게 움직여 등과 배를 찌르려고 했다. 돌로 만든 무거운 술병이 아직 탁자 위에 있었다. 아리아는 두 손으로 술병을 잡았지만, 병을 들어 올리는 사이에 누군가가 그녀의 팔을 잡았다. 술병이 미끄러져서 바닥에 부딪쳤다. 몸이 확 비틀려 돌아가더니, 아리아는 종자 소년과 코를 맞대고 있었다. '멍청이, 이 녀석을 완전히 잊고 있었어.' 소년의 커다란 흰색 뾰루지가 터져 있었다.

"넌 강아지의 강아지냐?" 소년은 오른손에 장검을 쥐고 왼손으로 아리아의 팔을 잡고 있었지만, 아리아의 두 손은 자유로웠기에 검집에 든 소년의 단검을 뽑아서 다시 그의 배에 꽂아 넣고 비틀었다. 소년은 사슬 갑옷은커녕 가죽 방호복조차 입지 않았기에, 단검은 킹스랜딩에서 마구간지기 소년을 죽였을 때 '바늘'이 그랬듯이 쑥 들어갔다. 종자는 눈을 크게 뜨더니 잡고 있던 팔을 놓았다. 아리아는 몸을 빙글 돌려 문으로 달려가서 벽에 꽂힌 티클러의 단검을 비틀어 뽑았다.

폴리버와 티클러는 사냥개를 장의자 뒤 구석으로 몰아넣었고, 둘 중 한 명이 사냥개의 허벅지 위쪽에 보기 흉한 붉은 흉터를 만들어놓았다. 산도르 클리게인은 벽에 기대어 피를 흘리며 거친 숨을 몰아쉬고 있었다. 싸우기는 고사하고 제대로 서 있기도 힘들어 보였다. "장검을 버리면 하렌홀로 데려가주지." 폴리버가 말했다.

"그래서 그레고르가 직접 끝내게?"

티클러가 말했다. "나한테 넘겨줄지도 몰라."

"날 갖고 싶으면 와봐." 산도르는 벽에서 몸을 떼더니 장의자 뒤에 반쯤 몸을 굽히고 서서 자기 몸 앞으로 장검을 비껴들었다.

"우리가 안 그럴 것 같나?" 폴리버가 말했다. "넌 취했어."

"난 취했을지도 모르지만, 넌 죽었어." 사냥개의 발이 획 움직이더니 장의자를 걷어차서 폴리버의 정강이를 세게 때렸다. 폴리버는 용케 서 있었지만, 사냥개는 고개를 숙여 거친 휘두르기 공격을 피하고 장검을 사납게 올려 쳤다. 피가 천장과 벽에 다 튀었다. 검은 폴리버의 얼굴 한중간에 박혀 있었고, 사냥개가 칼을 비틀어 뽑자 머리통 절반이 같이 딸려 왔다.

티클러가 뒤로 물러섰다. 아리아는 놈의 공포를 냄새 맡을 수 있었다. 티클러의 손에 들린 소검은 갑자기 사냥개가 든 장검에 비하면 장난감처럼 보였고, 티클러는 갑옷도 입지 않은 채였다. 그는 산도르 클리게인에게서 눈을 떼지 않고 가볍고 날래게 움직였다. 아리아가 그 뒤로 다가가서 찌르는 것은 세상에서 제일 쉬운 일이었다.

"마을 안에 숨겨둔 금이 있나?" 아리아는 단검을 티클러의 등에 밀어 넣으면서 외쳤다. "은은? 보석은?" 그녀는 두 번 더 찔렀다. "식량은 있나? 베릭 공은 어디 있지?" 그때쯤 아리아는 티클러를 타고 앉아서 계속 찔러대고 있었다. "베릭 공은 어디로 갔나? 몇 명이나 같이 있었나? 기사는 몇이었고, 궁수는 몇이었나? 몇이었어, 몇이었어, 몇이었어, 몇이었어, 몇이었어, 몇이었냐고? 마을에 금이 있나?"

산도르가 그 몸에서 뜯어냈을 때 아리아의 손은 시뻘겋게 물들어 끈적끈적했다. "그만 됐다." 산도르는 그 말밖에 하지 않았다. 본인도 도살당한 돼지처럼 피를 흘리고 있었고, 걸을 때는 한쪽 다리를 끌었다.

"한 놈 더 있어." 아리아가 일깨웠다.

종자는 배에 꽂힌 단검을 뽑고 두 손으로 피를 막으려 하고 있었다. 사냥개가 잡아 일으키자 비명을 지르며 아이처럼 횡설수설하기 시작했다. "자비를. 제발 살려주세요. 죽이지 마세요. 어머니의 자비를." 소년은 울었다.

"내가 네 염병할 어미처럼 보이냐?" 사냥개의 목소리는 전혀 사람 같지 않았다. "네가 이놈도 죽였다." 그는 아리아에게 말했다. "배를 제대로 찔렀으니 끝난 거야. 다만 죽는 데 오래 걸리겠지."

소년은 그 말을 듣는 것 같지 않았다. "난 여자들 때문에 왔어." 소년이 낑낑거렸다. "폴리버가, 날 남자로 만들어준다고……. 아, 신들이시여, 제발 날 성으로 데려가줘……. 학사, 학사님에게 데려가줘. 내 아버지에게 금이 있어……. 난 그저 여자들 보러 온 것뿐이야……. 자비를 베푸십쇼, 경."

사냥개는 소년의 얼굴을 한 대 쳐서 다시 비명을 내지르게 만들었다. "경이라고 부르지 말랬다." 그는 아리아를 돌아보았다. "이놈은 네 거다, 암늑대야. 네가 해라."

아리아는 그게 무슨 뜻인지 알았다. 아리아는 폴리버에게 가서 피 웅덩이 속에 무릎을 꿇고 검대를 풀었다. 단검 옆에 가느다란 칼이 한 자루 있었다. 비수치고는 너무 길고, 장검치고는 너무 짧았지만…… 아리아의 손에는 딱 맞는 검이.

"심장이 어디인지 기억하냐?" 사냥개가 물었다.

아리아는 고개를 끄덕였다. 종자가 눈을 굴렸다. "자비를."

'바늘'이 종자의 갈비뼈 사이를 파고들어 자비를 내렸다.

"잘했다." 산도르의 목소리에는 고통이 가득했다. "이 세 놈이 여기서 계집질을 하고 있었다면, 그레고르가 하렌홀만이 아니라 루비 여울도 점령한 거야. 그놈의 애완동물들이 언제 또 올지 모른다. 오늘 치 염병할 골칫거리들은 충분히 죽였다."

"그러면 어디로 가?" 아리아가 물었다.

"솔트팬스." 산도르는 넘어지지 않으려고 커다란 손을 아리아의 어깨에 얹었다. "와인 좀 가져와라, 암늑대야. 그리고 저놈들이 가진 돈도 챙겨라.

필요할 거다. 솔트팬스에 배가 있다면 바다로 협곡에 갈 수 있겠지." 귀가 있던 자리에서 피가 더 흘러내리자 그는 아리아를 보고 입을 비틀었다. "라이사 부인이 널 어린 로버트와 결혼시킬지도 모르지. 내가 보고 싶은 결합인데그래." 그는 웃기 시작했다가 곧 신음했다.

떠날 때가 오자, 그는 '이방인'의 등에 다시 오르기 위해 아리아의 도움을 받아야 했다. 그는 목에 천 조각을 묶고 허벅지에도 묶었으며, 문가에 걸려 있던 종자의 망토를 챙겼다. 하얀 사선 위에 초록색 화살이 그려진 녹색 망토였지만, 사냥개가 뭉쳐서 귀를 누르자 곧 붉은색으로 변했다. 아리아는 출발하자마자 사냥개가 쓰러지지 않을까 두려웠지만, 그는 어찌어찌 안장에 붙어 있었다.

루비 여울을 지키는 자들과 마주칠 위험은 감수할 수 없었기에, 그들은 남동쪽으로 구부러진 왕의 가도를 따라 잡초투성이 들판과 숲과 늪 지대를 통과했다. 그들은 몇 시간 만에 트라이던트 강둑에 도착했다. 비가 쏟아지면서 차올랐던 갈색 격류는 사라지고, 강은 온순하게 이전의 익숙한 물길로 돌아가 있었다. '지치기도 한 것 같아.' 아리아는 그 풍경을 보고 생각했다.

그들은 물가 근처에서 풍상에 닳은 돌 더미 사이로 자라난 버드나무들을 찾아냈다. 돌 더미와 나무들이 강과 길 양쪽으로부터 숨을 수 있는 자연 요새를 형성했다. "여기면 되겠군. 말들에게 물을 먹이고 불 피울 죽은 나뭇가지를 모아 와." 사냥개는 말에서 내리면서 쓰러지지 않으려고 나무 줄기를 잡아야 했다.

"연기가 눈에 띄지 않겠어?"

"우릴 찾고 싶은 사람이 있다면 내 핏자국만 따라오면 돼. 물과 나무. 하지만 우선 나에게 와인 부대부터 다오."

산도르는 불을 피우고 불 속에 투구를 던져 넣더니, 그 안에 와인 부대에 든 술을 절반쯤 따르고 나서 다시는 일어날 마음이 없는 사람처럼 이끼 덮인 돌 위에 쓰러졌다. 그는 아리아를 시켜서 종자의 망토를 빨고 가느다란 조각으로 찢었다. 그 천 조각들도 투구 안으로 들어갔다. "와인이 더 있었다면 세상모르고 잘 때까지 술이나 마실 텐데. 널 그 망할 여관에 돌려보내서 와인 부대를 두세 개 더 받아 와야 할지도 모르겠다."

"안 돼." 아리아가 말했다. '그러진 않을 거야. 그렇지? 정말 그러면 난 그냥 말을 타고 떠나버릴 거야.'

산도르는 아리아의 얼굴에 드러난 두려움을 보고 웃어버렸다. "농담이다, 늑대야. 염병할 농담. 나뭇가지 하나 찾아와라. 길면서 너무 굵진 않은 걸로. 그리고 진흙은 씻어내. 난 진흙 맛이 싫다."

그는 아리아가 가져간 나뭇가지를 두 번 다 마음에 들어 하지 않았다. 겨우 알맞은 나뭇가지를 찾아냈을 때는 불길이 개 머리 모양 투구의 주둥이부터 눈까지 새까맣게 태운 후였다. 안에 담긴 와인은 팔팔 끓고 있었다. "내 침낭에서 잔을 꺼내서 저걸 반쯤 채워라. 조심해. 투구를 엎기라도 하면 더 받아 오라고 돌려보낸다. 와인을 잔에 담아서 내 상처에 부어라. 할 수 있겠냐?" 아리아는 고개를 끄덕였다. "그럼 뭘 기다리는 거야?" 산도르가 으르렁거렸다.

처음 잔을 채울 때는 아리아의 손가락 마디가 강철 투구를 스치면서 물집이 잡히도록 심한 화상을 입었다. 아리아는 비명을 참기 위해 입술을 깨물어야 했다. 사냥개는 같은 목적으로 입술 대신 나뭇가지를 써서, 아리아가 와인을 붓는 동안 꽉 물고 있었다. 아리아는 허벅지에 난 상처부터 소독한 다음, 목덜미에 난 얕은 상처에 와인을 부었다. 아리아가 다리에 와인을 부을 때는 산도르가 오른손을 꽉 쥐고 땅을 쾅쾅 두드렸다. 목으로 올라가서는 턱에 힘이 너무 들어가는 바람에 나뭇가지가 부러져버려서, 새 나뭇가지를 찾아야 했다. 아리아는 그의 눈동자에 비친 공포를 볼 수 있었다. "머리 돌려." 아리아가 귀가 있던 자리에 남은 붉은 살덩이 위로 와인을 붓자, 갈색 피와 붉은 와인이 턱으로 흘러내렸다. 사냥개는 나뭇가지를 물고서도 비명을 지르더니, 고통 때문에 기절해버렸다.

나머지는 아리아가 알아서 했다. 종자의 망토로 만든 붕대를 투구 바닥에서 건져내서 상처를 묶었다. 귀의 상처에서 나는 피를 멈추기 위해 머리통 절반을 싸매야 했다. 다 끝났을 때는 트라이던트강 위로 땅거미가 지고 있었다. 아리아는 말들에게 풀을 뜯긴 다음, 밤에 대비해서 다리를 묶고 스스로는 바윗돌 두 개 사이에 최대한 편하게 자리를 잡았다. 불은 한동안 타다가 사그라들었다. 아리아는 머리 위 나뭇가지 사이로 달을 올려다보았다.

"산더미 그레고르 경." 그녀는 조용히 읊었다. "던센, 친절한 라프, 일린 경, 메린 경, 세르세이 왕대비." 폴리버와 티클러를 빼고 읊으니 기분이 이상했다. 조프리도 뺐다. 조프리가 죽었다니 기뻤지만, 그 자리에서 있어 죽는 꼴을 볼 수 있었다면 좋았을 것이다. 아니면 직접 죽일 수 있었다면 더 좋았겠지. '폴리버는 산사가, 그리고 꼬마 악마가 조프리를 죽였댔어. 그게 정말일까?' 꼬마 악마는 라니스터였고, 산사는……. '내가 늑대로 변신해서 날개를 달고 날아가버릴 수 있다면 얼마나 좋을까.'

산사도 사라졌다면 스타크는 아리아밖에 남지 않았다. 만 리 떨어진 장벽에 존이 있기는 했지만 존은 스노우였고, 사냥개가 아리아를 팔아넘기고 싶어 하는 이모며 종조부며 외삼촌은 다 스타크가 아니었다. 그들은 늑대가 아니었다.

산도르가 신음했고, 아리아는 옆으로 몸을 돌려 그를 보았다. 그러고 보니 이름을 읊을 때 사냥개도 빠뜨렸다. 왜 그랬을까? 미카를 생각하려고 했지만, 어떻게 생겼는지도 떠올리기 힘들었다. 어차피 오래 안 사이도 아니었다. '미카가 한 일이라곤 나랑 같이 칼싸움 놀이를 한 것뿐이었어.' "사냥개." 그녀는 속삭이고, 이어서 말했다. "발라 모르굴리스." 아침이면 그가 죽어 있을지도 몰랐다…….

하지만 희부연 새벽빛이 나무 사이로 뚫고 들어왔을 때, 장화 끝으로 아리아를 건드려 깨운 사람은 사냥개였다. 아리아는 다시 늑대가 되어 무리를 이끌고 기수 없는 말을 쫓아 언덕을 달려 올라가는 꿈을 꾸었지만, 말을 죽이려고 다가가는 순간에 사냥개의 신발이 제자리로 불러왔다.

사냥개는 아직 약했고, 모든 움직임이 느리고 어색했다. 안장에 앉은 채로 축 늘어져서 땀을 흘렸고, 귀에서는 붕대 사이로 피가 새어 나오기 시작했다. 그는 이방인에서 떨어지지 않기 위해서만도 온 힘을 다해야 했다. 아리아는 산더미의 부하들이 추격해 온다면 사냥개가 장검을 들어 올릴 수나 있을까 의심스러웠다. 어깨 너머로 돌아보았지만, 그들 뒤에는 나무 사이를 돌아다니는 까마귀 한 마리밖에 없었다. 들리는 소리라곤 강물 소리뿐이었다.

산도르 클리게인은 정오가 되기 한참 전부터 휘청거렸다. 그리고 아직 낮의 햇빛이 몇 시간은 남았을 때 멈추자는 신호를 보냈다. 그는 "쉬어야겠다"고만 말했고, 이번에 말에서 내릴 때는 떨어졌다. 그는 말에 다시 오르려고 애쓰는 대신 힘없이 나무 아래로 기어가더니, 나무줄기에 등을 대고 앉았다. "제기랄." 그는 욕을 했다. "지랄맞을." 그는 자신을 빤히 쳐다보고 있는 아리아를 보더니 말했다. "와인 한 잔만 주면 산 채로 네 가죽이라도 벗기겠다."

아리아는 와인 대신 물을 갖다주었다. 그는 물을 조금 마시고 진흙 맛이 난다고 불평하더니, 시끄럽고 열에 들뜬 잠에 빠져들었다. 만져보니 피부가 절절 끓었다. 아리아는 루윈 학사가 베이거나 긁힌 상처를 봐줄 때 가끔 그랬던 것처럼 붕대 냄새를 맡았다. 피는 얼굴 상처에서 제일 심하게 났지만, 냄새가 이상하다 싶은 쪽은 허벅지 상처였다.

솔트팬스라는 곳이 얼마나 멀지, 혼자서도 찾아갈 수 있을지 궁금했다. '사냥개를 죽일 필요도 없어. 그냥 말을 타고 떠나버리면 자기 혼자 죽을 거야. 열병으로 죽어서 세상 끝나는 날까지 저 나무 밑에 누워 있을 거야.' 하지만 아리아가 직접 죽이는 편이 더 좋을지도 몰랐다. 여관에서, 고작해야 아리아의 팔을 잡았을 뿐인 종자 소년도 죽이지 않았던가. '사냥개는 미카를 죽였어. 미카만이 아니야. 미카를 몇백 명은 죽였을 거야.' 몸값 때문이 아니었다면 아마 아리아도 죽였을 것이다.

뽑아 든 '바늘'이 반짝였다. 폴리버가 그래도 날카롭게 잘 유지해두긴 했다. 아리아는 생각도 하지 않고 물의 춤꾼 자세로 옆으로 돌아섰다. 발밑에서 낙엽이 바스락거렸다. '뱀처럼 빠르게. 여름 비단처럼 매끄럽게.' 아리아는 생각했다.

사냥개가 눈을 떴다. "심장이 어딘지 기억하냐?" 그는 쉰 목소리로 속삭였다.

아리아는 돌처럼 가만히 섰다. "나…… 난 그저……."

"거짓말 마." 그는 으르렁거렸다. "난 거짓말쟁이들이 싫다. 엉터리 사기는 더 싫어. 해라, 어서 해." 아리아가 움직이지 않자 그는 말했다. "내가 네 푸주한 소년을 죽였다. 거의 반쪽을 내놓고는 웃었지." 그는 이상한 소리를 냈다. 아리아는 조금 후에야 그가 흐느끼고 있음을 깨달았다. "그리고 작은 새, 네 예쁜 언니 말이지, 난 하얀 망토를 입고 거기 서서 놈들이 네 언니를 때리는 걸 막지 않았다. 그 망할 노래도 내가 뺏은 거야. 작은 새가 준 게 아니라. 아예 그 몸뚱이도 뺏을 작정이었지. 그랬어야 해. 그 난쟁이 놈에게 주느니 피가 나도록 범하고 심장을 뜯어내버렸어야 해." 고통스러운 경련에 그의 얼굴이 뒤틀렸다. "내가 애걸복걸하게 만들고 싶으냐? 해치워! 자비의 선물을…… 네 미카엘의 복수를……."

"미카야." 아리아는 그에게서 발길을 돌렸다. "넌 자비의 선물을 받을 자격이 없어."

사냥개는 열에 들떠 번쩍이는 눈으로 아리아가 '비겁자'에 안장을 얹는 모습을 지켜보았다. 일어나서 막을 생각은 하지도 않았다. 하지만 아리아가 말에 오르자 그는 말했다. "진짜 늑대라면 상처 입은 짐승을 끝장냈을 거다."

'진짜 늑대들이 널 찾아낼지도 모르지.' 아리아는 생각했다. '해가 지면 네 냄새를 맡고 올지도 몰라.' 그러면 산도르도 늑대들이 개들에게 무슨 짓을 하는지 알게 되리라. "넌 도끼로 날 때리지 말았어야 해. 내 어머니를 구했어야 해." 아리아는 말을 돌려 달려가면서 한 번도 뒤를 돌아보지 않았다.

엿새가 지난 화창한 아침, 아리아는 트라이던트강이 넓어지고 공기에서 나무 냄새보다 소금 냄새가 더 나는 곳에 이르렀다. 물가에 붙어서 들판과 농장을 지나치다 보니, 정오가 조금 지났을 때 앞에 마을이 나타났다. '솔트팬스.' 희망사항이었다. 작은 성 하나가 마을을 지배하고 있었는데, 외벽과 안뜰을 갖춘 높은 사각 아성으로 사실 성이라기보다는 그냥 요새에 가까웠다. 항구 주변의 상점과 여관과 맥줏집은 대부분 약탈당하거나 불탔지만, 아직 주민이 사는 곳도 있는 것 같았다. 그래도 항구는 그대로였고, 동쪽으로 '꽃게만(the Bay of Crabs)'이 펼쳐져서 햇빛 속에 청록색으로 빛나고 있었다.

그리고 선박들이 있었다.

'세 척이야. 세 척이 있어.' 아리아는 생각했다. 두 척은 트라이던트강을 왕복하기 위해 만든 얕은 수위용 강배에 불과했다. 세 번째 배는 더 커서, 노 두 줄과 금칠한 뱃머리, 그리고 자주색 돛을 걷어 올린 높은 돛대 세 개를 갖춘 해상 무역선이었다. 선체도 자주색으로 칠했다. 아리아는 그 배를 더 잘 보려고 '비겁자'를 타고 부둣가로 내려갔다. 항구에서는 작은 마을에서보다 낯선 사람들이 덜 낯선 느낌이었고, 아무도 아리아가 누구인지, 왜 여기에 와 있는지 신경 쓰는 것 같지 않았다.

'은화가 필요해.' 문득 깨달은 아리아는 입술을 깨물었다. 그들은 폴리버에게서 은화 한 닢과 동화 십여 닢을, 아리아가 죽인 여드름쟁이 종자에게서 은화 여덟 닢을 찾아냈고 티클러의 지갑에서는 동화 몇 닢밖에 찾지 못했다. 하지만 사냥개는 티클러의 장화를 벗기고 피에 젖은 옷을 잘라 열어보라고 했고, 그랬더니 발가락마다 은화가 한 닢씩 들었고 조끼 안감에는 금화가 세 닢 꿰매져 있었다. 하지만 그 돈은 다 산도르가 가졌다. '불공평해. 그 돈은 내 것이기도 했어.' 아리아가 그에게 자비의 선물을 베풀었더라면……. 하지만 베풀지 않았다. 돌아갈 수도 없었고, 도움을 구할 수도 없었다. '도움을 구해봐야 아무것도 얻을 수 없어.' 아리아는 '비겁자'를 팔아야 했다. 그걸로 충분하길 바랄 뿐이었다.

부둣가 어느 소년에게 들으니 마구간은 타버렸지만, 그 마구간의 소유주였던 여자가 아직 성소 뒤에서 거래를 하고 있다고 했다. 아리아는 그 여자를 쉽게 찾아냈다. 덩치가 크고 강건했으며 건강한 말 냄새가 났다. 그 여자는 '비겁자'를 첫눈에 마음에 들어 했고, 아리아에게 어떻게 얻었냐고 묻더니 대답을 듣고 씩 웃었다. "품종 좋은 말이라는 건 척 봐도 알겠고, 보나마나 기사의 말이었겠구나, 아가야. 하지만 그 기사가 네 죽은 형제는 아니지. 난 저기 성과 오랫동안 거래를 해와서 귀족이 어떤 사람들인지 알거든. 이 암말은 품종이 좋지만 너는 아니야." 여자는 아리아의 가슴팍을 손가락으로 찔렀다. "우연히 발견했든 훔쳤든, 어느 쪽인지는 몰라도 그런 식이었겠지. 너같이 초라한 어린애가 승용마를 탈 방법은 그것뿐이야."

아리아는 입술을 깨물었다. "그래서 사지 않겠다는 건가요?"

여자는 쿡쿡 웃었다. "내가 주는 대로 받으라는 뜻이야, 아가. 그렇지 않으면 저 성으로 가는 거고, 그러면 넌 아마 아무것도 못 받을 거야. 아니면 기사의 말을 훔쳤다고 목을 매달 수도 있어."

다른 솔트팬스 주민 대여섯 명이 오가면서 볼일을 보고 있었기에, 아리아는 그 여자를 죽일 수 없었다. 그래서 아리아는 입술을 깨물고 속이는 대로 넘어가야 했다. 받아 든 지갑은 비참할 정도로 납작했고, 안장과 마구와 담요 몫으로 더 달라고 했더니 여자는 그냥 웃어넘겼다.

'사냥개를 상대했다면 절대 속이지 않았을 거야.' 아리아는 부두까지 돌아가는 먼 길을 걸으며 생각했다. 말에서 내리고 나니 거리가 더 멀어진 것 같았다.

자주색 갤리선은 아직 그 자리에 있었다. 사기당하는 동안 그 배까지 떠나버렸다면 감당하기 너무 힘들었을 것이다. 아리아가 도착했을 때는 판자 위로 꿀술 통을 굴려 올리고 있었다. 아리아가 따라 올라가려고 했더니 갑판 위에서 선원이 알아들을 수 없는 언어로 소리쳤다. "선장님을 보고 싶어요." 아리아가 말했다. 그는 더 큰 소리로 고함치기만 했다. 하지만 그 소란이 자주색 모직 외투를 입은 튼튼하고 머리가 센 남자를 불러냈고, 그 남자는 공용어로 말했다. "내가 선장이다. 뭘 바라냐? 빨리 말해라, 얘야. 우린 어서 떠나야 한다."

"북쪽으로, 장벽으로 가고 싶어요. 여기, 삯은 낼 수 있어요." 아리아는 지갑을 내밀었다. "밤의 경비대에 바닷가 성이 하나 있어요."

"이스트워치 말이지." 선장은 은화를 손바닥에 쏟더니 얼굴을 찌푸렸다. "가진 게 이게 다냐?"

'부족하구나.' 아리아는 듣지 않고도 알았다. 선장의 얼굴에서 읽을 수 있었다. "선실이나 그런 건 필요 없어요. 선창에서 잘 수도 있고 또……."

"선실 여급으로 받죠." 한쪽 어깨에 모직물 한 필을 지고 지나가던 노잡이가 말했다. "나랑 같이 자도 되는데."

"말조심해라." 선장이 날카롭게 반응했다.

"일을 할 수도 있어요. 갑판을 문질러 닦을 수 있을 거예요. 예전에 성 계단 청소도 했으니까. 아니면 노를 젓거나······."

"아니, 넌 못 해." 선장은 아리아에게 돈을 돌려줬다. "그런 일을 할 수 있다 해도 별 차이가 없다, 애야. 북부는 우리가 갈 데가 아니야. 거긴 얼음과 전쟁과 해적이 있어. 크랙클로포인트를 돌면서 북으로 향하는 해적선 십여 척을 봤는데, 그놈들과 또 마주치고 싶진 않다. 우린 여기에서 노를 저어 집으로 갈 거다. 너도 그렇게 해라."

'난 집이 없어.' 아리아는 생각했다. '나에겐 무리가 없어. 그리고 이제는 말도 없어.'

아리아는 선장이 몸을 돌리려고 할 때 말했다. "이건 무슨 배예요?"

그는 멈칫하고 지친 미소를 지었다. "이건 자유도시 브라보스의 갤리선, '거인의 딸'이다."

"잠깐만요." 아리아는 불쑥 말했다. "다른 게 있어요." 안전하게 보관하려고 속옷 깊숙이 넣어두었기에 찾아내려고 옷 안을 들쑤셔야 했고, 그동안 노잡이들은 웃어대고 선장은 눈에 띄게 조바심을 내며 기다리다가 결국 말했다. "은화 한 닢 더 있다고 달라질 건 없다, 애야."

"은화가 아니에요." 아리아의 손가락이 그 쇠 주화를 쥐었다. "쇠예요. 여기요." 아리아는 자켄 하가르가 준 작은 검은색 쇠 주화를, 너무 닳아서 머리통에 이목구비가 다 사라진 동전을 선장의 손바닥에 내려놓았다. '아마 아무 가치 없겠지만······.'

선장은 그 동전을 뒤집어보더니 눈을 껌벅이다가 아리아를 다시 보았다. "이건······ 어떻게······?"

자켄 하가르는 그 말도 해야 한다고 했다. 아리아는 가슴팍에 팔짱을 끼고, 마치 그게 무슨 뜻인지 안다는 듯 큰 소리로 말했다. "발라 모르굴리스."

"발라 도하에리스." 선장은 두 손가락으로 아리아의 이마를 만지며 대답했다. "물론 선실을 내드려야죠."

# 샘웰

"내 아이보다 더 세게 빠네요." 길리는 아이를 젖꼭지에 댄 채로 머리를 쓰다듬었다.

"배가 고파서 그래." 검은 형제들이 야인 공주님이라고 부르는 금발 여인, 발이 말했다. "지금까지 염소젖과 그 눈먼 학사가 주는 약만 먹고 살았거든."

길리의 아이와 마찬가지로 이 아이도 아직 이름이 없었다. 그게 야인의 방식이었다. 만스 레이더의 아들이라 해도 세 살이 될 때까지는 이름을 얻지 못하는 모양이었다. 샘의 형제들이 이 아이를 "어린 왕자"니 "전쟁터의 자식"이라고 부르는 소리를 듣기는 했지만 말이다.

샘은 그 아이가 길리의 젖을 빠는 모습을 보다가, 그 모습을 보는 존을 보았다. 존은 미소 짓고 있었다. 슬픈 미소이긴 해도 미소였다. 샘은 그 표정을 보고 기뻤다. '돌아온 후 처음 보는 존의 미소야.'

그들은 장벽을 시야에서 놓치는 일 없이 한 성에서 다음 성으로 이어지는 좁은 길을 따라 나이트포트에서 딥레이크까지, 그리고 딥레이크에서 퀸스게이트까지 걸었다. 캐슬블랙을 하루 반나절 정도 거리에 두고 굳은살

박인 발로 터벅터벅 걷다가 길리가 등 뒤에서 나는 말 울음소리를 들었고, 돌아보니 서쪽에서 검은 기마병 대열이 오고 있었다. "내 형제들이에요." 샘은 길리를 안심시켰다. "이 길은 밤의 경비대만 써요." 알고 보니 섀도타워에서 나온 데니스 말리스터 경으로, 부상을 입은 보웬 마시와 해골 다리 싸움의 나머지 생존자들이 함께 있었다. 샘은 디웬과 '거인'과 구슬픈 에드 톨렛을 보고 울음을 터뜨렸다.

장벽 너머 전투에 대해 들은 것도 그들을 통해서였다. "스타니스가 이스트워치에 기사들을 상륙시켰고, 코터 파이크가 스타니스를 이끌고 순찰자용 길로 야인들을 기습했대." 거인이 말했다. "스타니스가 놈들을 박살냈어. 만스 레이더는 포로로 잡혔고, 개 머리 하르마를 포함해서 그놈의 제일가는 군사 천 명이 죽었다지. 나머지는 폭풍 앞의 낙엽처럼 흩어져버렸다고 들었어." '신들이시여, 고맙습니다.' 샘은 생각했다. 만약 샘이 크래스터 요새에서 남쪽으로 오다가 길을 잃지 않았더라면, 샘과 길리는 전투 한복판으로 걸어 들어갔을지도 몰랐다……. 아니면 만스 레이더의 숙영지에 걸어들어갔거나. 길리와 아이에게는 그것도 괜찮았을지 모르지만, 샘에게는 아니었다. 샘은 야인들이 포로로 잡은 까마귀에게 무슨 짓을 하는지에 대해 온갖 이야기를 다 들었다. 몸서리가 났다.

그렇지만 형제들에게 들은 말로 캐슬블랙의 상태를 예상하지는 못했다. 휴게실 건물은 깨끗이 타버렸고 거대한 나무 계단은 부서진 얼음과 새까맣게 그을린 목재 더미가 되어 있었다. 도날 노이는 죽었고, 래스트와 귀머거리 딕, 붉은 알린, 그 밖의 많은 수가 죽었지만 정작 캐슬블랙은 샘이 이제껏 본 적 없이 붐볐다. 검은 형제들이 아니라 천 명이 넘는 왕의 병사들로 꽉 차 있었다. 왕의 탑에는 산 사람들이 기억하는 한 처음으로 진짜 왕이 있었고, 기마 창 탑, 하딘의 탑, 회색 아성, 방패관은 물론이고 오랫동안 버려진 채 비어 있던 다른 건물들에도 깃발이 나부꼈다. "저 큰 깃발, 검은

수사슴이 그려진 금색 깃발요, 저게 바라테온 가문의 왕기예요." 그는 깃발
이라는 걸 본 적이 없는 길리에게 말했다. "여우와 꽃이 그려진 건 플로렌
트 가문이고요. 거북이는 에스터몬트 가문, 황새치는 바르 에몬, 그리고 교
차한 금속 나팔은 웬싱턴 가문이죠."

"다들 꽃처럼 알록달록하네요." 길리가 지적했다. "난 저기 저, 불꽃이 그
려진 노란 깃발이 좋아요. 옷에 같은 그림을 붙인 병사들도 있던데요."

"불타는 심장 말이죠. 저건 누구 문장인지 모르겠네요."

샘은 곧 알게 되었다. "왕비의 사람들이야." 핍이 말해주었다. 환성을 지
르고 "도망쳐서 문에 빗장을 질러라, 젊은이들. 슬레이어 샘이 무덤에서 돌
아오셨다"라고 외친 후에, 그렌이 샘의 갈비뼈를 부러뜨릴 기세로 끌어안고
있는 동안에 말했다. "하지만 그 왕비가 어디 있는지는 묻지 않는 게 좋아.
스타니스가 딸과 함대와 함께 이스트워치에 두고 왔거든. 붉은 여인 말고
는 여자를 하나도 데려오지 않았어."

"붉은 여인?" 샘은 자신 없이 물었다.

"아샤이의 멜리산드레." 그렌이 대답했다. "왕의 여마법사야. 스타니스가
북쪽으로 항해하면서 좋은 바람을 맞을 수 있었던 건 그 여자가 드래곤스
톤에서 어떤 남자를 산 채로 불태워서래. 그 여자가 전투 중에도 왕 옆을
달렸고, 왕에게 마법 검을 줬어. '빛의 인도자'라는 이름이지. 한번 기다려
봐. 안에 태양 조각을 품은 것처럼 번쩍거리는 장검이야." 그렌은 샘을 다시
보고는 억누르지 못하고 멍청하게 활짝 웃었다. "아직도 네가 여기 있다는
게 안 믿긴다."

존 스노우도 샘을 보고 미소 지었지만, 그건 지금과 마찬가지로 피곤한
미소였다. "결국 돌아왔구나. 길리까지 데리고서 말이야. 잘했어, 샘."

그렌에게 들으니 존은 그냥 잘한 정도가 아니었다. 그러나 겨울 나팔을
손에 넣고 야인 왕자를 잡았어도 알리서 쏜 경과 그 친구들에게는 부족해

서, 그들은 아직도 존을 변절자라고 불렀다. 아에몬 학사가 부상은 순조롭게 낫고 있다고 했지만, 존은 눈가의 상처보다 훨씬 깊은 다른 상흔을 안고 있었다. '그 야인 여자 때문에, 그리고 형제들 때문에 슬퍼하는 거야.'

"이상하지." 존이 샘에게 말했다. "크래스터는 만스를 좋아한 적이 없고, 만스도 크래스터를 좋아한 적이 없는데 지금은 크래스터의 딸이 만스의 아들에게 젖을 먹이고 있으니."

"저는 젖이 돌고……." 길리가 조용하고 수줍은 목소리로 말했다. "내 아이는 조금밖에 안 먹어요. 이 녀석처럼 욕심을 부리질 않아요."

야인 여자 발이 그들을 돌아보았다. "왕비의 사람들이 그러는데 붉은 여인은 만스가 회복하는 대로 불태울 거래."

존은 지친 눈으로 발을 보았다. "만스는 밤의 경비대 탈영병입니다. 탈영의 처벌은 죽음이에요. 경비대에게 잡혔다면 지금쯤 벌써 목이 매달렸을 텐데, 만스는 왕의 포로가 됐고 왕의 심중은 그 붉은 여인 말곤 아무도 모르죠."

"만스를 보고 싶어." 발이 말했다. "만스에게 아들을 보여주고 싶어. 죽이기 전에 그 정도는 누릴 만도 하잖아."

샘이 설명하려고 했다. "아에몬 학사님 말고는 아무도 만나지 못해요, 부인."

"내 힘으로 할 수 있는 일이라면 만스는 아들을 안을 수 있을 테지만……." 존은 미소를 지웠다. "미안합니다, 발." 그는 몸을 돌렸다. "샘과 나에겐 돌아가서 할 일이 있어요. 아니, 어쨌든 샘에게는 있어요. 당신이 만스를 만날 수 있을지 물어는 보겠습니다. 내가 약속할 수 있는 건 그게 다예요."

샘은 뒤에 남아서 길리의 손을 힘주어 잡고 저녁 식사 이후에 다시 오겠다고 약속한 다음 서둘러 존을 뒤쫓았다. 문밖을 지키는 병사들이 있었는데, 창을 든 왕비의 사람들이었다. 존은 이미 계단을 반쯤 내려갔지만, 샘이 씩씩거리며 뒤쫓아 가는 소리를 듣자 멈춰 서서 기다렸다. "너 길리를 정말 좋아하는구나. 그렇지?"

샘은 얼굴을 붉혔다. "길리는 착해. 착하고 상냥해." 긴 악몽이 끝나서 기뻤고, 캐슬블랙에 돌아와서 형제들과 있게 되어 기뻤다…… 하지만 어떤 밤에 방에 혼자 있을 때면 샘은 아기를 사이에 두고 모피 아래 옹송그렸을 때 길리의 몸이 얼마나 따뜻했는지 생각했다. "길리는…… 길리는 날 더 용감하게 만들어줘, 존. 정말 용감한 건 아니지만, 그래도…… 원래보다는 용감하게."

"계속 데리고 있을 수 없다는 건 알지." 존은 부드럽게 말했다. "내가 이그리트와 함께 있을 수 없었던 것과 마찬가지야. 넌 서약을 했어, 샘. 나와 같은 서약이었지. 우리 모두와 같은 서약."

"나도 알아. 길리는 내 아내가 되겠다고 했지만…… 난 그 서약에 대해서, 그게 무슨 뜻인지 말해줬어. 길리가 그걸 알고 슬펐는지 기뻤는지는 모르겠지만, 어쨌든 난 말했어." 샘은 불안하게 침을 삼키고 말했다. "존, 거짓말도 명예로울 수 있을까? 좋은…… 좋은 목적으로 한 거짓말이라면?"

"그 거짓말이 뭐고 목적이 뭔지에 달렸겠지." 존은 샘을 보았다. "거짓말은 추천하지 않겠어. 넌 거짓말에 어울리지가 않아, 샘. 넌 얼굴을 붉히고 목소리가 뒤집히고 말을 더듬지."

"그건 그래." 샘은 말했다. "하지만 편지로는 거짓말을 할 수 있어. 손에 펜을 쥐면 좀 낫거든. 내가 생각을…… 해봤어. 여기 상황이 좀 더 안정되면, 길리에게 제일 좋은 길은 어쩌면…… 길리를 혼힐로 보낼 수 있을지도 모른다는 생각을 했어. 내 어머니와 누이들과 내 아…… 아, 아, 아버지한테 말이야. 길리가 저 아이가 내, 내 아이라고 한다면……." 샘은 다시 얼굴을 붉혔다. "어머니는 아이를 기르고 싶어 하실 거야. 길리가 지낼 곳도 찾아주실 테고, 무슨 일을 하든 크래스터 밑에 있을 때만큼 힘들진 않을 거야. 그리고 래, 랜딜 공은…… 랜딜 공은 그러라고 말은 하지 않겠지만, 그래도 내가 야인 여자에게 사생아를 뒀다고 생각하면 기뻐하실지도 몰라. 그러면 내가 여자와 자서 아이를 만들 정도로는 남자라는 증명이 되니까 말이야. 언젠가 나보고 그랬거든. 분명히 난 동정인 채로 죽을 거라고, 어떤 여자도 나하고는……. 무슨 말인지 알지? 존, 내가 그렇게 한다면, 그런 거짓말을 쓴다면…… 그건 좋은 일일까? 저 아이가 얻을 삶은…….”

“할아버지의 성에서 서자로 성장하는 삶?” 존은 어깨를 으쓱였다. “그건 네 아버지에게 달렸고, 저 아이가 어떤 아이인지에 달렸지. 만약 아이가 널 닮는다면……”

“그런 일은 없어. 진짜 아버지는 크래스터야. 너도 봤다시피 크래스터는 늙은 나무 그루터기처럼 단단했어. 길리도 보기보다 강해.”

“저 아이가 장검이나 기마 창 다루는 실력을 보여준다면, 못해도 네 아버지의 집안 위병 자리는 얻을 수 있을 거야. 서자들을 종자로 훈련시켜서 기사 작위까지 주는 경우도 드물진 않아. 하지만 길리가 그런 게임을 설득력 있게 해내도록 해야 해. 너에게 들은 대로라면, 랜딜 공은 속는 것을 좋게 받아들이지 않을 거야.”

탑 바깥 계단에도 병사들이 보초를 서고 있었다. 다만 이들은 왕의 사람들이었다. 샘은 그 차이를 빨리 익혔다. 왕의 사람들은 여느 병사들과 다름없이 저속하고 불경한 반면, 왕비의 사람들은 아사이의 멜리산드레와 그녀가 모시는 빛의 군주에게 열렬히 헌신했다. “또 연습장에 갈 거야?” 샘은 마당을 가로지르면서 물었다. “다리가 다 낫기도 전에 그렇게 맹렬히 훈련하는 게 현명할까?”

존은 어깨를 으쓱였다. “달리 내가 할 일이 뭐가 있어? 보웬 마시는 내가 아직 변절자일까 봐 어떤 직무도 맡기지 않아.”

“그렇게 믿는 사람은 얼마 안 돼.” 샘은 장담했다. “알리서 경과 그 친구들뿐이야. 대부분 형제들은 제대로 알고 있어. 스타니스 왕도 분명히 제대로 알고 계시고. 네가 겨울 나팔을 왕에게 가져왔고 만스 레이더의 아들도 잡아 왔잖아."

"난 야인들이 달아날 때 약탈자들에게 맞서 발과 아기를 보호하고, 순찰자들이 찾아올 때까지 데리고 있었을 뿐이야. 난 아무도 사로잡지 않았어. 스타니스 왕이 자기 사람들을 잘 통제한다는 건 분명해. 약탈을 약간은 허용했지만, 강간당한 여자는 세 명뿐이었고 그 짓을 한 남자들은 거세당했다고 들었어. 아마 난 달아나는 자유민들을 죽였어야 했을 거야. 알리서 경은 내가 검을 뽑았을 때는 우리의 적들을 보호해야 했을 때뿐이라고 떠들어 댔지. 내가 만스 레이더를 죽이지 못한 건 그 사람과 결탁했기 때문이라고 말이야."

"그런 소릴 하는 건 알리서 경뿐이야. 다들 알리서 경이 어떤 사람인지 알아." 샘이 말했다. 고귀한 출생, 기사 작위, 그리고 경비대에서 지낸 긴 세월이 있으니 알리서 쏜 경은 총사령관 자리의 강력한 도전자가 될 수도 있었지만, 쏜이 훈련대장으로 지내면서 훈련시킨 사람들은 거의 다 그를 싫어했다. 물론 쏜의 이름도 나왔지만, 첫날은 6등에 그쳤고 둘째 날에는 사실상 새로운 표가 나오지 않자 쏜은 포기하고 자노스 슬린트 공을 지지하기로 했다.

"모두가 아는 건 알리서 경이 고귀한 집안에서 적자로 태어난 기사인 반면, 나는 반쪽 손 쿼린을 죽이고 창 마누라와 잠을 잔 서자라는 거야. 날 와르그라고 부르는 소리도 들었어. 늑대도 없는데 내가 어떻게 와르그가 될 수 있지?" 존의 입매가 비틀렸다. "이젠 고스트의 꿈도 꾸지 않아. 내 꿈은 전부 다 지하묘지와 왕좌에 앉은 돌조각 왕들뿐이야. 가끔은 롭의 목소리, 그리고 아버지의 목소리가 들리기도 해. 마치 연회를 하는 것처럼. 하지만 우리 사이엔 벽이 있고, 난 나에게 마련된 자리는 없다는 걸 알지."

'죽은 자의 연회에는 산 사람 자리가 없는 거야.' 그 순간 샘은 침묵을 지키느라 심장이 갈가리 찢기는 기분이었다. '브랜은 죽지 않았어, 존.' 말해주고 싶었다. '브랜은 친구들과 같이 있고, 거대한 엘크를 타고서 귀신 들린 숲 깊숙한 곳에 있는 세눈박이 까마귀를 찾으러 북쪽으로 가고 있어.' 너무 미친 소리라서 샘 탈리 본인도 다 꿈에서 본 게 틀림없다고, 열과 두려움과 굶주림이 빚어낸 요술이라고 생각할 때가 있었지만…… 그렇다 해도, 맹세를 하지만 않았더라면 다 말해버렸을 것이다.

그는 비밀을 지키겠다고 세 번 맹세했다. 한 번은 브랜에게, 한 번은 그 이상한 소년 조젠 리드에게, 그리고 마지막으로 콜드핸즈에게. 그를 구해준 콜드핸즈는 헤어지면서 그렇게 말했다. "세상은 저 아이가 죽었다고 믿고 있다. 그 뼈가 방해받지 않고 누워 있게 하거라. 우리를 뒤쫓는 사람은 없길 바란다. 맹세하거라, 밤의 경비대 샘웰. 나에게 빚진 목숨을 걸고 맹세해라."

샘은 비참한 기분으로 무게중심을 옮기고 말했다. "자노스 공은 절대 총사령관으로 뽑히지 않을 거야." 그게 샘이 존에게 줄 수 있는 최선의 위로, 아니 유일한 위로였다. "그런 일은 일어나지 않아."

"샘, 넌 상냥한 바보야. 눈을 떠. 이미 상황이 그렇게 흘러간 지 며칠째인데." 존은 눈가로 흘러내린 머리를 걷어내고 말했다. "내가 아무것도 모를지는 몰라도 그건 알아. 이제 실례 좀 할게. 난 검으로 누군가를 아주 세게 때려야겠어."

샘은 존이 무기고와 연습장을 향해 성큼성큼 걸어가는 모습을 지켜볼 수밖에 없었다. 그곳에서 존 스노우는 깨어 있는 시간 대부분을 보냈다. 엔드류 경이 죽고 알리서 경은 무관심했기에, 캐슬블랙에는 훈련대장이 없었다. 그래서 존은 그 자리를 맡아서 새틴, 망아지, 굽은 발의 홉로빈, 아론과 엠릭 등의 풋내기 신병들과 훈련을 했다. 그리고 그들이 맡은 일에 나가면 혼자 장검과 방패와 창을 가지고 몇 시간씩 훈련을 하거나, 누구든 받아들이는 사람과 시합을 벌였다.

'샘, 넌 상냥한 바보야.' 학사의 성으로 돌아가는 길 내내 샘의 머릿속엔 존의 목소리가 쟁쟁했다. '눈을 떠. 이미 상황이 그렇게 흘러간 지 며칠째인데.' 설마 정말 그럴까? 밤의 경비대 총사령관이 되려면 결의형제들 3분의 2의 표를 얻어야 했는데, 아흐레 동안 아홉 번을 투표하도록 아무도 그 수치에 근접하지 못했다. 자노스 경이 표를 늘려가고 있는 건 사실이어서 처음에는 보웬 마시를, 그다음에는 오델 야윅을 제쳤지만, 그래도 아직 섀도타워의 데니스 말리스터 경과 바닷가 이스트워치의 코터 파이크에게는 한참 뒤졌다. '분명히 그 둘 중 하나가 새로운 사령관이 될 거야.' 샘은 스스로에게 말했다.

스타니스는 학사의 거처 문 앞에도 위병들을 세워두었다. 안으로 들어가니 방은 따뜻했고 전상자들이 가득했다. 검은 형제들, 왕의 사람들, 왕비의 사람들 셋 다 섞여 있었다. 클라이다스는 염소젖과 드림와인병을 들고 환자 사이를 돌아다니고 있었지만, 아에몬 학사는 만스 레이더에게 아침 왕진을 갔다가 아직 돌아오지 않았다. 샘은 망토를 못에 걸고 일을 도우러 움직였다. 하지만 병을 가져가서 붓고 붕대를 갈면서도 존의 말이 계속 따라다녔다. '샘, 넌 상냥한 바보야. 눈을 떠. 이미 상황이 그렇게 흘러간 지 며칠째인데.'

샘은 한 시간을 족히 보내고 나서야 까마귀들에게 먹이를 주러 갈 수 있었다. 까마귀 방으로 올라가는 길에 샘은 어젯밤의 득표 기록을 확인했다. 선택을 시작할 때는 서른 개 넘는 이름이 나왔지만, 대부분은 이길 수 없다는 사실이 분명해지자 기권했다. 어젯밤에는 일곱 명이 남았다. 데니스 말리스터 경이 213표를 모았고, 코터 파이크가 187표, 슬린트 공이 74표, 오델 야윅이 60표, 보웬 마시가 49표, 세 손가락 홉이 다섯 표, 그리고 구슬픈 에드 톨렛이 한 표였다. '핍이 저지르는 멍청한 장난이란.' 샘은 이전의 득표수를 뒤적였다. 데니스 경, 코터 파이크, 보웬 마시는 모두 셋째 날부터 표가 떨어지고 있었고, 오델 야윅은 엿새째부터 표를 잃고 있었다. 자노스 슬린트 공만이 하루하루 표를 더해갔다.

까마귀 방에서 깍깍대는 소리가 들렸기에 샘은 종이를 내려놓고 먹이를 주러 올라갔다. 큰까마귀 세 마리가 더 돌아온 것을 보니 기뻤다. "스노우." 까마귀들이 외쳤다. "스노우, 스노우, 스노우." 샘이 가르친 말이었다. 새로 돌아온 녀석들이 있어도 까마귀 방은 울적하도록 비어 보였다. 아에몬이 날려 보낸 몇 마리는 아직 돌아오지 않았다. 하지만 그중 한 마리는 스타니스에게 도착했다. 한 마리가 드래곤스톤을, 그리고 아직 이곳에 신경을 쓰는 왕을 찾아냈다. 샘은 만 리 남쪽에서 아버지가 철왕좌에 앉아 있는 소년에게 탈리 가문의 힘을 더했다는 사실을 알고 있었지만, 조프리 왕도 어린 왕 토멘도 경비대가 도와달라고 외칠 때 꿈쩍하지 않았다. '왕국을 지키지 않으려는 왕이 무슨 소용이야?' 샘은 최초인의 주먹에서 겪은 밤을, 그리고 어둠과 공포와 쏟아지는 눈 속에서 크래스터 요새까지 가던 끔찍한 여행을 떠올리며 화가 나서 생각했다. 왕비의 사람들이 꺼림칙하기는 했지만, 그래도 그들은 여기에 와주었다.

그날 밤 저녁 식사 시간에 샘은 존 스노우를 찾으려 했지만, 휴게실을 잃은 후에 형제들이 식당으로 쓰는 동굴 같은 석실 어디에도 존이 보이지 않았다. 결국 샘은 다른 친구들이 있는 장의자에 앉았다. 핍은 구슬픈 에드에게 어느 지푸라기 병사가 야인 화살을 제일 많이 받아냈는지 헤아리던 내기에 대해 말하고 있었다. "구슬픈 에드가 제일 앞서 나가고 있었지만, 롱레이크의 왓이 마지막 날에 세 대를 맞아서 추월했어요."

"난 1등을 하는 법이 없다니까." 구슬픈 에드가 불평했다. "하지만 신들은 언제나 왓에게 미소를 지어주지. 야인들이 해골 다리에서 그 녀석을 때려눕혔을 때도, 용케 딱 좋은 깊은 웅덩이에 떨어졌단 말이야. 바위를 다 피하고 떨어지다니 얼마나 행운이야?"

"심하게 떨어졌어요?" 그렌이 알고 싶어 했다. "웅덩이에 떨어져서 목숨을 구한 건가요?"

"아니." 구슬픈 에드가 대답했다. "머리에 도끼를 맞고 벌써 죽어 있었어. 그래도 바위를 피해 떨어지다니 행운이지."

세 손가락 홉은 몇 표라도 더 얻어내고 싶어서인지 그날 밤에 매머드 다리 구이를 내놓겠다고 약속했다. '이걸로 인기를 얻고 싶었다면 더 어린 매머드를 찾아야 했어.' 샘은 잇새에서 연골을 빼내면서 생각했다. 그리고 한숨을 내쉬며 음식을 밀어냈다.

곧 다시 투표가 있을 예정이라, 긴장감이 연기보다 더 짙었다. 코터 파이크는 이스트워치 순찰자들에게 둘러싸여 불가에 앉아 있었고, 데니스 말리스터 경은 그보다 적은 수의 섀도타워 형제들과 함께 문가에 있었다. 샘은 자노스 슬린트가 불길과 외풍 사이 가장 좋은 자리에 있다는 사실을 깨달았다. 창백한 얼굴에 초췌하고 아직 붕대를 둘둘 감고 있는 보웬 마시가 그 옆에서 자노스 공이 하는 모든 말에 열심히 귀 기울이는 모습을 보니 불안해졌다. 샘이 친구들에게 그 사실을 지적하자, 핍이 말했다. "그리고 저길 봐. 알리서 경이 오델 야윅과 소곤거리고 있어."

식사가 끝나자 아에몬 학사가 일어나서 투표하기 전에 하고 싶은 말이 있는 형제가 있는지 물었다. 구슬픈 에드가 평소와 다름없이 침울하고 무표정한 얼굴로 일어났다. "제게 한 표를 던진 게 누군지는 몰라도, 난 형편없는 사령관이 될 거라는 말을 해두고 싶습니다. 하지만 여기 다른 분들도 다 마찬가지죠." 뒤이어 보웬 마시가 슬린트 공의 어깨에 한 손을 얹고 일어섰다. "형제들이자 친구들이여, 내 이름을 이번 선택에서 빼주기를 요청합니다. 나는 아직 부상에 시달리고 있고, 안타깝게도 이 과업은 내가 감당하기에 너무 큽니다……. 하지만 오랫동안 킹스랜딩에서 황금 망토들을 지휘하신 여기 자노스 공에게는 그렇지 않지요. 모두 자노스 공에게 지지를 보냅시다."

샘은 코터 파이크가 있는 쪽에서 터져 나온 성난 투덜거림을 들었고, 데니스 경은 동료 하나를 보며 고개를 저었다. '너무 늦었어. 일은 이미 터졌어.' 존이 어디 있는지, 왜 거리를 두는지 궁금했다.

검은 형제들은 대부분 문맹이었기에, 전통에 따라 선택은 세 손가락 홉과 미련퉁이 오언이 부엌에서 끌고 나온 크고 뚱뚱한 쇠 주전자에 토큰을 떨어뜨리는 형태로 이루어졌다. 투표자들이 어떤 선택을 했는지 보이지 않도록, 토큰이 든 나무통들은 한쪽 구석에 두고 두꺼운 휘장을 쳐두었다. 직무 수행 중이라면 친구에게 투표를 맡길 수도 있었기에, 어떤 이들은 토큰을 두 개, 세 개, 네 개까지도 썼고 데니스 경과 코터 파이크는 요새에 두고 온 수비군 몫까지 투표했다.

마침내 홀 안이 비자, 샘과 클라이다스는 아에몬 학사 앞에 주전자를 쏟았다. 조개껍질과 돌멩이와 구리 동전의 폭포가 탁자를 덮었다. 아에몬의 주름진 손은 놀랄 만한 속도로 토큰을 가려내어 조개껍질을 이쪽에, 돌멩이를 저쪽에, 구리 동전을 한쪽 옆에 쌓고 가끔 나오는 화살촉과 못과 도토리를 따로 모았다. 샘과 클라이다스가 쌓인 더미를 헤아려 각각 기록했다.

오늘 밤은 샘이 먼저 결과를 말할 차례였다. "데니스 말리스터 경에게 203표. 코터 파이크에게 169표. 자노스 슬린트 공 137표, 오델 야윅 72표, 세 손가락 홉 다섯 표, 그리고 구슬픈 에드에게 두 표."

"내가 센 코터 파이크 표는 168표였어." 클라이다스가 말했다. "제 계산에 따르면 두 표가 빠졌는데, 하나는 샘의 표입니다."

"샘의 계산이 정확하다." 아에몬 학사가 말했다. "존 스노우는 투표를 하지 않았어. 상관없다. 아무도 3분의 2에 근접하지 못했구나."

샘은 실망하기보다는 안도했다. 보웬 마시의 지지를 받고도 자노스 공의 표는 3분의 1밖에 되지 않았다. "계속 세 손가락 홉에게 투표하는 이 다섯 명은 누굴까요?" 샘은 궁금했다.

"홉을 부엌에서 내보내고 싶어 하는 형제들?" 클라이다스가 말했다.

"데니스 경의 표가 어제보다 열 표 줄었어요." 샘이 지적했다. "코터 파이크는 스무 표가 줄었고. 좋지 않네요."

"분명히 그 둘이 사령관이 될 희망에는 좋지 않지." 아에몬 학사가 말했다. "하지만 결과적으로 밤의 경비대에는 좋을 수도 있어. 우리가 판단할 일은 아니다. 열흘 정도는 과하게 긴 기간은 아니야. 예전엔 700표 정도로 선택에 이르는 데 2년이 걸린 적도 있었다. 형제들은 차차 결정에 이를 거야."

'그렇겠죠. 하지만 어떤 결정요?' 샘은 생각했다.

몇 시간 후, 핍의 방에서 물 탄 와인을 몇 잔 마신 샘은 혀가 풀려서 저도 모르게 큰 소리로 생각을 말하고 있었다. "코터 파이크와 데니스 말리스터 경은 후퇴하고 있지만, 그래도 둘을 합치면 거의 3분의 2야." 샘은 핍과 그렌에게 말했다. "둘 중 누구든 사령관감으로 훌륭해. 누군가가 한 명이 기권하고 다른 하나를 지지하도록 설득해야 해."

"누군가?" 그렌이 의심스럽다는 듯 말했다. "어떤 누군가?"

"그렌이 워낙 멍청하다 보니 그 누군가가 자기일 수도 있다고 생각하나 봐." 핍이 말했다. "그 누군가가 코터 파이크와 데니스 말리스터를 설득하고 나면 스타니스 왕을 세르세이 왕대비와 결혼시켜야겠는걸."

"스타니스 왕은 결혼했어." 그렌이 항의했다.

"내가 이 녀석을 데리고 뭘 하는 걸까, 샘?" 핍이 한숨을 내쉬었다.

"코터 파이크와 데니스 경은 서로를 엄청 싫어해." 그렌은 굽히지 않고 주장했다. "사사건건 다툰단 말이야."

"그래. 하지만 그건 그 둘이 경비대에 무엇이 최선인지를 두고 생각이 다르기 때문일 뿐이야." 샘이 말했다. "우리가 설명을 하면……."

"우리?" 핍이 말했다. "어쩌다가 누군가에서 우리로 바뀐 거야? 난 극단 원숭이라는 거 기억해? 그리고 그렌은, 흠, 그렌이지." 핍은 샘을 보고 웃으면서 귀를 움직였다. "그렇지만 너는…… 너는 영주의 아들이고, 학사의 개인 집사고……."

"그리고 슬레이어 샘이지." 그렌이 말했다. "넌 다른자를 죽였어."

"그걸 죽인 건 드래곤 유리였어." 샘은 백 번째로 또 말했다.

"영주의 아들인 데다 학사의 개인 집사인 슬레이어 샘." 핍이 말했다. "너라면 그 사람들에게 말할 수 있을 거야. 혹시……."

"할 수 있겠지." 샘은 구슬픈 에드 못지않게 침울한 목소리로 말했다. "내가 그분들을 정면으로 마주하기에 너무 겁쟁이만 아니라면."

# 존

존은 장검을 쥐고 천천히 새틴 주위로 원을 그리면서 그가 몸을 돌리게 만들었다. "방패 올려." 존이 말했다.

"너무 무거워." 올드타운 소년이 불평했다.

"장검을 막기 위해 필요한 무게야. 이제 방패 들어 올려." 존은 검을 내리그으며 앞으로 전진했다. 새틴은 제때 방패를 들어 올려 가장자리로 장검을 막고, 존의 옆구리를 향해 검을 휘둘렀다. "좋아." 존은 방패에 막힌 검격을 느끼고 말했다. "잘했어. 하지만 공격에 네 몸을 실어야 해. 장검에 무게를 실으면 팔 힘만으로 때리는 것보다 더 큰 타격을 주지. 자, 다시 해봐. 나에게 덤벼봐. 하지만 방패를 계속 올리고 있지 않으면 내가 네 머리를 종처럼 두드릴 거야……."

새틴은 시키는 대로 하는 대신 한 걸음 물러서서 면갑을 올렸다. "존." 불안한 목소리였다.

돌아보니 등 뒤에 그 여자가, 왕비의 사람들 여섯 명에게 둘러싸여 서 있었다. 연습장이 그렇게 조용해진 것도 당연했다. 이전에도 밤의 불 앞에서 멜리산드레를 보기는 했고, 성안을 돌아다니는 모습도 보았지만 이렇게 가까이에서 본 적은 없었다. '아름답군.' 존은 생각했지만…… 그 붉은 눈에는 뭔가 마음이 불편해지는 구석이 있었다. "사제님."

"왕께서 이야기를 하고 싶어 하시네, 존 스노우."

존은 연습용 칼을 땅에 박았다. "옷을 갈아입어도 될까요? 전하 앞에 설 만한 몰골이 아닙니다."

"우린 장벽 위에서 기다리고 있을 거야." 멜리산드레가 말했다. 존은 똑똑히 들었다. '전하가 아니라 우리라. 사람들 말대로군. 이스트워치에 남은 사람이 아니라 이 사람이 진짜 왕비야.'

존은 사슬과 판금 갑옷을 무기고 안에 걸어놓고, 방으로 돌아가서 땀에 젖은 옷을 벗어 던지고 깨끗한 검은 옷을 갖춰 입었다. 쇠 우리 안은 춥고 바람이 심할 테고, 얼음 장벽 위는 그보다 더 춥고 더 바람이 심할 테니 두건이 달린 무거운 망토를 골랐다. 망토를 입고 마지막으로 '긴 발톱'을 등에 짊어졌다.

멜리산드레는 장벽 아래에서 그를 기다리고 있었다. 왕비의 사람들은 쫓아 보내고 혼자였다. "전하께서 제게 뭘 원하십니까?" 존은 그녀와 같이 쇠 우리로 들어가면서 물었다.

"존 스노우 자네가 바쳐야 하는 건 뭐든. 그분은 왕이시네."

존은 문을 닫고 설렁줄을 당겼다. 권양기가 돌아가기 시작했다. 쇠 우리가 올라갔다. 화창한 날이었고 장벽은 울고 있어서, 표면을 따라 길게 흐르는 물이 햇빛을 받아 반짝였다. 좁은 쇠 우리 안에서 존은 붉은 여인의 존재감을 강렬하게 느꼈다. '이 여자는 냄새마저 붉어.' 그 향기를 맡으니 미켄의 대장간이, 쇠가 빨갛게 달아올랐을 때 나는 냄새가 떠올랐다. 연기와 피의 향기가. '불의 입맞춤을 받은 색.' 그는 이그리트를 떠올리며 생각했다. 바람이 멜리산드레의 긴 붉은색 로브를 흔들어, 펄럭이는 옷자락이 바로 옆에 선 존의 다리에 달라붙었다. "춥지 않으십니까?" 그는 물었다.

그녀는 소리 내어 웃었다. "전혀." 목에 건 루비가 심장박동에 맞추어 고동치는 것 같았다. "군주님의 불이 내 안에 살아 있다네, 존 스노우. 느껴봐." 그녀는 존의 뺨에 손을 뻗더니, 얼마나 그 손이 따뜻한지 느끼도록 가만히 쥐었다. "생명이란 이런 느낌이어야 해. 죽음만이 차가운 것이지."

스타니스 바라테온은 장벽 가장자리에 홀로 서서 생각에 잠긴 얼굴로 이긴 전장이었던 들판을, 그리고 그 너머의 거대한 초록색 숲을 보고 있었다. 그는 밤의 경비대 형제가 입을 법한 검은 바지와 튜닉을 입고 검은 장화를 신고 있었다. 망토만 달라서, 가장자리에 검은 모피를 댄 무거운 금색 망토를 불타는 심장 모양의 브로치로 고정했다. "윈터펠의 서자를 데려왔습니다, 전하." 멜리산드레가 말했다.

스타니스가 몸을 돌리고 존을 살펴보았다. 툭 튀어나온 이마 아래 두 눈은 바닥 없는 푸른 웅덩이 같았다. 홀쭉하게 들어간 뺨과 강한 턱을 덮은 검푸른 수염 자국은 수척한 인상을 거의 감추지 못했고, 이는 앙다물고 있었다. 목과 어깨에도 힘이 들어가 있었고, 오른손도 마찬가지였다. 존은 언젠가 도날 노이가 바라테온 형제들에 대해 했던 말을 떠올렸다. '로버트는 진짜 강철이었지. 스타니스는 검고 단단하고 강한 순철이지만, 순철이 그렇듯이 부서지기가 쉬워. 구부러지기 전에 부러질 게다.' 존은 왜 이 부러지기 쉬운 왕이 그를 불렀을까 생각하며 어렵사리 무릎을 꿇었다.

"일어나라. 너에 대해 많은 이야기를 들었다, 스노우 공."

"전 공이 아닙니다, 전하." 존은 일어섰다. "무슨 말을 들으셨는지 압니다. 제가 변절자요, 비겁자라는 이야기겠지요. 제가 야인들에게 목숨을 구하려 형제인 반쪽 손 쿼린을 죽였다고도 했을 것이고요. 제가 만스 레이더와 함께 말을 달리고, 야인 아내를 얻었다고도 했을 겁니다."

"그래, 그 모든 이야기와 또 다른 이야기를 들었지. 네가 와르그이고, 밤에 늑대가 되어 걷는 변신자라더군." 스타니스 왕은 굳은 미소를 지었다.

"그중 얼마나 진실이냐?"

"제겐 고스트라는 다이어울프가 있었습니다. 그레이가드 근처에서 장벽을 타고 오를 때 떠나보냈는데, 그 후에 모습을 보지 못했습니다. 반쪽 손 쿼린은 제게 야인들에게 합류하라고 명령했습니다. 놈들이 제 뜻을 증명하고 싶으면 쿼린을 죽이라고 할 것을 알고, 뭐든 놈들이 시키는 대로 하라고 했습니다. 그 여자 이름은 이그리트였습니다. 저는 서약을 깨고 그 여자와 함께했습니다만, 제 아버지의 이름을 걸고 맹세하는데 절대 변절한 적은 없습니다."

"네 말을 믿는다." 왕이 말했다.

존은 깜짝 놀랐다. "왜죠?"

스타니스는 코웃음을 쳤다. "난 자노스 슬린트를 안다. 그리고 난 네드 스타크도 알았지. 네 아버지는 내 친구가 아니었지만, 네드 스타크의 명예나 정직함을 의심하는 건 바보들뿐일 게다. 너에겐 아버지의 모습이 있다." 스타니스 바라테온은 덩치가 커서 존을 압도했지만, 너무 초췌해서 자기 나이보다 열 살은 늙어 보였다. "난 네 생각보다 많은 것을 안다, 존 스노우. 난 랜딜 탈리의 아들이 다른자를 베어 죽일 때 쓴 드래곤 유리 단검을 찾아낸 사람이 너라는 걸 안다."

"고스트가 찾은 겁니다. 그 칼날은 순찰자의 망토에 싸여서 최초인의 주먹 아래 묻혀 있었습니다. 다른 것들도 있었지요……. 창 촉, 화살촉, 다 드래곤 유리였습니다."

"난 네가 여기 문을 지켰다는 걸 안다." 스타니스 왕이 말했다. "그러지 않았다면 내가 너무 늦게 온 셈이 됐겠지."

"문은 도날 노이가 지켰습니다. 저 아래 터널 속에서 거인들의 왕과 싸우다가 죽었죠."

스타니스는 얼굴을 찌그렸다. "노이는 내 첫 번째 검을 만들어줬고, 로버트의 전투 망치도 만들어줬지. 신께서 노이를 살려주셨다면 지금 티격태격하고 있는 저 바보들 중 누구보다 좋은 사령관이 됐을 텐데."

"코터 파이크와 데니스 말리스터 경은 바보가 아닙니다, 전하. 훌륭한 사람들이고, 능력도 있지요. 오델 야윅도 나름 괜찮습니다. 모르몬트 공은 세 사람을 다 믿으셨습니다."

"너의 모르몬트 공은 너무 쉽게 믿었다. 그러지 않았다면 그런 식으로 죽지 않았을 거야. 하지만 우린 너에 대해 이야기하고 있지 않느냐. 난 우리에게 마법 나팔을 가져오고, 만스 레이더의 아내와 아들을 잡아 온 것이 너라는 점을 잊지 않았다."

"댈라는 죽었습니다." 존은 아직도 그 사실에 슬퍼졌다. "발은 댈라의 동생입니다. 발과 그 아기는 사로잡고 자시고 할 것도 없었습니다, 전하. 전하께서 야인들을 쫓아버리셨고, 만스가 왕비를 지키라고 남겨둔 변신자는 독수리가 불탔을 때 미쳐버렸지요." 존은 멜리산드레를 쳐다보았다. "그게 당신이 한 일이라고도 하던데요."

멜리산드레는 긴 구릿빛 머리카락이 흘러내린 얼굴로 미소 지었다. "빛의 군주께선 불의 발톱을 지니셨다네, 존 스노우."

존은 고개를 끄덕이고 왕에게 다시 고개를 돌렸다. "전하, 말이 나온 김에 말씀드립니다. 발이 만스 레이더를 면회하기를 청했습니다. 아들을 데려가고 싶다고요. 허락하신다면…… 친절한 일이 될 겁니다."

"그 남자는 너희 조직의 탈영병이다. 네 형제들은 모두 그자가 죽어야 한다고 주장하고 있지. 왜 내가 그런 자에게 친절을 베풀어야 하나?"

존에게는 대답할 말이 없었다. "만스 레이더를 위해서가 아니라면 발을 위해서요. 아이 어머니인 발의 언니를 위해서요."

"그 발이라는 여자를 좋아하느냐?"

"잘 알지도 못합니다."

"듣자 하니 예쁜 여자라더구나."

"아주 예쁘지요." 존은 인정했다.

"아름다움이란 위험할 수 있다. 내 형은 세르세이 라니스터에게 교훈을 얻었지. 그 여자가 형을 살해했다는 건 의심할 여지가 없어. 네 아버지와 존 아린도 죽었고." 그는 험상궂은 표정을 지었다. "너는 저 야인들과 같이 말을 달렸지. 저들에게 명예가 있다고 생각하느냐?"

"예." 존은 대답했다. "하지만 저들 방식의 명예입니다, 전하."

"만스 레이더에게는?"

"예. 있다고 생각합니다."

"뼈다귀 영주에게는?"

존은 멈칫했다. "저희는 그자를 래틀셔츠라고 불렀습니다. 위험하고 피에 주린 사내지요. 그자에게 명예가 있다면 뼈다귀 갑옷 깊은 곳에 감춰뒀을 겁니다."

"그리고 또 다른 자는, 전투 이후에 우리 손아귀를 빠져나간 그 수많은 이름의 토르문드라는 자는 어떠냐? 솔직하게 대답해라."

"거인의 재앙 토르문드는 제게 좋은 친구이자 지독한 적이 될 만한 남자로 보였습니다, 전하."

스타니스는 무뚝뚝하게 고개를 끄덕였다. "네 아버지는 명예로운 남자였다. 내 친구는 아니었지만, 나도 그 남자의 가치는 알아봤지. 네 형은 반역자였고 내 왕국의 절반을 훔치려 한 배신자였다만, 누구도 그 용기에 의문을 표할 순 없을 것이다. 너는 어떠냐?"

'내가 자기를 사랑한다고 말하길 바라는 건가?' 존은 딱딱하고 정중하게 대답했다. "저는 밤의 경비대 대원입니다."

"말, 말, 말. 말은 바람 같은 것이지. 내가 왜 드래곤스톤을 버리고 장벽으로 항해해 왔다고 생각하나, 스노우 공?"

"저는 공이 아닙니다, 전하. 저희가 도움을 청했기에 오셨다고 믿고 싶습니다. 다만 왜 이렇게 오래 걸리셨는지는 모르겠습니다."

놀랍게도, 스타니스는 그 말에 미소를 지었다. "스타크라고 해도 손색없이 대담하군. 그래, 더 빨리 왔어야 했다. 내 수관이 아니었다면 아예 오지 않았을지도 모른다. 시워스 공은 비천한 출신이지만, 내가 나의 권리만 생각하고 있었을 때 내 의무를 일깨워줬지. 다보스는 내가 말 앞에 수레를 놓고 있다고 했다. 내가 왕좌를 얻으려면 왕국부터 구해야 했는데, 거꾸로 왕국을 구하기 위해 왕좌를 얻으려 하고 있었지." 스타니스는 북쪽을 가리켰다. "저기에 내 적이 있다. 난 그 적과 싸우기 위해 태어났지."

"그 이름을 말해선 안 돼." 멜리산드레가 조용히 덧붙였다. "그자는 밤과 공포의 신이라네, 존 스노우. 그리고 그 눈 속의 그림자들은 그자의 피조물이지."

"네가 걸어 다니는 시체 하나를 죽여서 모르몬트 공의 목숨을 구했다 들었다." 스타니스가 말했다. "이건 너의 전쟁이기도 할지 모른다, 존 스노우. 나를 돕는다면 말이다."

"제 검은 밤의 경비대에 바쳤습니다, 전하." 존 스노우는 조심스럽게 대답했다.

왕은 그 답변을 좋아하지 않았다. 스타니스는 이를 갈더니 말했다. "난 네 검만 필요한 게 아니다."

존은 갈피를 잃었다. "예?"

"내겐 북부가 필요해."

'북부.' "저는…… 제 형제 롭이 북부의 왕이었고……"

"네 형제는 윈터펠의 정당한 영주였지. 왕관을 쓰고 강역을 정복하러 달려 나가는 대신 집에 남아서 의무를 다했다면, 지금도 살아 있을지 몰라. 그럼에도…… 내가 로버트가 아니듯, 너도 롭이 아니지."

그 냉혹한 말은 존이 스타니스에게 품었을지 모르는 공감을 싹 날려버렸다. "저는 롭을 사랑했습니다."

"나도 형을 사랑했다. 하지만 그들은 그들이고, 우리는 우리지. 난 북부든 남부든 가릴 것 없이 유일한 웨스테로스의 왕이다. 그리고 너는 네드 스타크의 서자야." 스타니스는 검푸른 눈으로 존을 살폈다. "타이윈 라니스터가 네 형을 배신한 보상으로 루스 볼턴을 북부의 관리자로 임명했다. 강철인들은 발론 그레이조이가 죽은 후부터 자기들끼리 싸우고 있지만, 그래도 아직 모트카일린, 딥우드모트, 토르헨스퀘어, 그리고 스토니쇼어 대부분을 쥐고 있다. 네 아버지의 영지가 피를 흘리고 있는데, 나에게는 출혈을 막을 힘도 시간도 없다. 필요한 것은 윈터펠의 영주야. 충성스러운 윈터펠의 영주."

'날 보고 있어.' 존은 아연히 생각했다. "윈터펠은 이제 없습니다. 테온 그레이조이가 불태웠어요."

"화강암은 쉽게 타지 않는다. 성은 때가 되면 다시 지을 수 있다. 영주를 만드는 것은 성벽이 아니라 사람이다. 너희 북부인들은 나를 모르고, 나를 사랑할 이유도 없지만, 나는 앞으로 올 전쟁에서 북부인들의 힘을 필요로 할 것이다. 내겐 북부를 내 휘하로 끌어올 에다드 스타크의 아들이 필요해."

'나를 윈터펠의 영주로 만들 생각이야.' 돌풍이 불고 있었고, 존은 어질어질한 나머지 바람에 휩쓸려 장벽 너머로 떨어지지 않을까 두려웠다. "전하, 잊으셨습니까. 저는 스타크가 아니라 스노우입니다."

"잊고 있는 건 너다." 스타니스 왕이 대꾸했다.

멜리산드레가 따뜻한 손을 존의 팔에 얹었다. "왕은 펜 한 번 놀려서 사생아의 오명을 없앨 수 있네, 스노우 나리."

'스노우 나리.' 알리서 쏜이 그를 스노우 나리라고 부른 것은 출생을 비웃기 위해서였다. 많은 형제들이 그 별명을 받아들였다. 애정을 담아 그렇게 부르기도 하고, 상처를 주려고 부르기도 했다. 하지만 갑자기 존의 귀에 그 말이 다르게 울렸다. 마치…… 진짜처럼 울렸다. 존은 머뭇머뭇 말했다. "예. 왕들은 이전에도 서자에게 정당성을 부여한 적이 있지요. 하지만…… 그래도 여전히 전 밤의 경비대 형제입니다. 심장 나무 앞에 무릎 꿇고서 땅을 소유하지 않고 자식을 두지 않겠다고 맹세했습니다."

"존." 멜리산드레가 숨결의 온기가 느껴질 만큼 가까이 서 있었다. "를로르만이 단 하나 진정한 신이시네. 나무에게 한 맹세는 신발에 대고 한 맹세만큼도 힘이 없어. 마음을 열고 군주님의 빛을 받아들이시게. 영목은 태워버리고, 빛의 군주가 내리시는 선물로 윈터펠을 받아."

존은 아주 어렸을 때, 서자라는 게 무슨 뜻인지 이해하지 못할 만큼 어렸을 때 언젠가는 윈터펠이 자신의 것이 될 수도 있다는 꿈을 꾸곤 했다. 나중에 더 나이가 들자 그런 꿈을 꾸었다는 사실이 부끄러워졌다. 윈터펠은 롭에게 갔다가 그의 아들에게 가거나, 혹시 롭이 자식 없이 죽는다면 브랜이나 리콘에게 갈 것이었다. 그다음에는 산사와 아리아가 있었다. 다른 꿈을 꾸는 것만으로도 불충 같았고, 마음속으로 형제들을 배신하고 형제들의 죽음을 바라는 것 같았다. '난 이런 일을 원한 적 없어.' 존은 푸른 눈의 왕과 붉은 여인 앞에 서서 생각했다. '난 롭을 사랑했어. 형제들 모두를 사랑했어……. 누구에게든 어떤 해도 미치길 바란 적 없었는데, 모두 죽어버렸어. 이젠 나뿐이야.' 한마디만 하면 그는 더 이상 스노우가 아니라 존 스타크가 될 것이었다. 이 왕에게 충성을 맹세하기만 하면 윈터펠이 그의 것이었다. 존이 해야 하는 일은 그저……

……맹세를 다시 저버리는 것뿐이었다.

그리고 이번에는 책략이 아닐 것이다. 아버지의 성을 손에 넣으려면 아버지의 신들에게 정말로 등을 돌려야 했다.

스타니스 왕은 황금색 망토를 휘날리며 다시 북쪽 먼 곳을 보았다. "내가 너를 잘못 판단했을 수도 있다, 존 스노우. 우리 둘 다 사람들이 서자들에 대해 어떤 말을 하는지 알지. 네게는 네 아버지의 명예나, 네 형제 같은 전쟁 능력이 없을 수도 있어. 하지만 너는 군주께서 나에게 주신 무기다. 네가 최초인의 주먹 아래 감춰진 드래곤 유리를 발견했듯 나는 여기에서 너를 발견했고, 너를 써먹을 작정이다. 아조르 아하이조차도 홀로 전쟁에서 이기지는 못했다. 내가 야인 천 명을 죽이고 또 천 명을 포로로 잡고 나머지를 흩어버렸다고는 하나, 우리 둘 다 야인들이 돌아올 것을 알지. 멜리산드레가 불 속에서 보았다. 바로 지금도 천둥 주먹 토르문드라는 자가 야인들을 다시 모으고, 새로운 공격을 계획하고 있다. 그리고 우리가 서로의 피를 흘리면 흘릴수록, 진짜 적이 들이닥쳤을 때는 모두가 더 약해져 있을 것이다."

존도 같은 깨달음에 도달한 터였다. "말씀하시는 대로입니다, 전하." 왕의 이야기가 어디로 흘러갈지 궁금했다.

"네 형제들이 누가 지도자가 될지를 두고 씨름하는 동안 나는 만스 레이더와 대화를 하고 있었다." 왕이 이를 갈았다. "고집이 센 데다가 건방진 남자야. 그자는 내게 불태우는 것 외에 다른 선택지를 남겨주지 않을 거다. 하지만 다른 포로들, 다른 지도자들도 있지. 자칭 뼈다귀 영주라는 자와 몇몇 부족장, 그리고 텐족의 새로운 마그나. 네 형제들이 좋아하진 않을 테고, 네 아버지의 휘하 영주들도 마찬가지겠다만, 난 야인들이 장벽을 넘게 해줄 작정이다……. 나에게 충성을 맹세하고, 왕의 평화와 왕의 법을 지키겠다고 서약하고, 빛의 군주를 유일한 신으로 받아들이는 자들에 한해서. 거인들도 받아줄 생각이야. 그 커다란 무릎이 구부러진다면 말이지만. 그들을 '선물'의 땅에 정착시킬 생각이다. 일단 너희 새 사령관에게서 그 땅을 거둔 후에……. 찬바람이 불면 우린 같이 살거나, 같이 죽을 거다. 공동의

적에 대항해서 동맹을 맺을 때가 왔어." 그는 존을 보았다. "동의하느냐?"

"제 아버지는 '선물'의 땅에 사람들을 다시 이주시킬 꿈을 꾸셨지요." 존은 인정했다. "아버지와 벤젠 숙부님이 그 이야기를 나누곤 했습니다." '그렇지만 야인들을 정착시킬 생각은 해본 적도 없을 거야……. 하지만 아버지는 야인들과 같이 달려본 적도 없지.' 존은 스스로를 속이지 않았다. 자유민들은 다루기 힘든 백성이자 위험한 이웃이 될 것이다. 그러나 이그리트의 붉은 머리카락과 시귀의 차가운 파란 눈을 저울질해본다면, 선택은 쉬웠다. "동의합니다."

"좋아." 스타니스 왕이 말했다. "새로 동맹을 맺는 가장 확실한 방법은 결혼이지. 난 내 윈터펠 영주를 야인 공주와 결혼시킬 생각이다."

자유민들과 너무 오래 같이 다녔는지, 존은 웃을 수밖에 없었다. "전하. 포로든 아니든 간에 발을 제게 그냥 주실 수 있다고 생각하신다면, 안타깝지만 야인 여자들에 대해 더 배우셔야 할 겁니다. 그 여자와 결혼할 남자는 누구든 간에 탑 창문으로 기어올라서 발을 둘러메고 나올 준비를 해야……."

"누구든 간에?" 스타니스는 존을 평가하는 눈빛으로 보았다. "그건 너는 그 여자와 결혼하지 않겠다는 뜻인가? 경고하는데, 네가 네 아버지의 이름과 아버지의 성을 원한다면 그 여자 또한 네가 치러야 할 대가에 들어간다. 이 결합은 우리의 새로운 백성들에게 충성을 받아내기 위해 꼭 필요해. 거절하는 거냐, 존 스노우?"

"아닙니다." 존은 대답했다. 너무 빠른 대답이었다. 왕이 말하는 대상은 윈터펠이었고, 윈터펠은 가볍게 거절할 게 아니었다. "제 말은 그저…… 모든 게 너무 갑작스럽습니다, 전하. 잠시만 생각할 시간을 청할 수 있을지요?"

"좋도록 하라. 하지만 빨리 생각해라. 네 검은 형제들이 곧 알게 될 테지만, 나는 인내심 강한 남자가 아니다." 스타니스는 뼈만 앙상한 손을 존의 어깨에 얹었다. "오늘 이 자리에서 의논한 내용은 발설하지 마라. 누구에게 도. 하지만 다시 올 때는 그저 무릎을 굽히고, 네 검을 내 발치에 놓고, 나에게 충성을 맹세하기만 하면 된다. 그러면 너는 윈터펠의 영주 존 스타크 로 다시 태어날 것이다."

# 티리온

감방의 두꺼운 나무 문 너머로 소리가 들렸을 때, 티리온 라니스터는 죽을 준비를 했다.

그는 생각했다. '진작 왔어야지. 어서 와, 어서 끝을 내줘.' 그는 몸을 일으켜 세웠다. 계속 접고 있었더니 다리가 저렸다. 그는 허리를 굽히고 다리를 문질러 풀었다. '처형대까지 비틀거리면서 갈 수야 없지.'

그들이 여기 이 지하의 어둠 속에서 그를 죽일지, 아니면 일린 페인 경이 목을 딸 수 있게 도시 저편까지 끌고 갈지 궁금했다. 요란한 희극 같았던 재판 이후인 만큼, 그의 상냥한 누이와 애정 넘치는 아버지는 공개 처형의 위험을 감수하기보다 조용히 그를 치우고 싶어 할지도 몰랐다. '말을 하게 해준다면 폭도들에게 엄선한 이야기를 몇 가지 할 수 있는데 말이야.' 하지만 그들이 그렇게 멍청할 리 없었다.

열쇠 돌아가는 소리가 들리고 감방 문이 삐걱 소리를 내면서 안쪽으로 밀리자, 티리온은 무기가 있었으면 좋겠다고 생각하면서 축축한 벽에 등을 붙였다. '그래도 아직 깨물고 걷어찰 순 있어. 피 맛을 느끼면서 죽을 순 있을 테니 그게 어디야.' 뇌리에 남을 만한 마지막 말을 생각해낼 수 있다면 좋으련만. "다 벼락이나 맞아라" 정도로는 역사 속에서 대단한 자리를 얻어내지 못하리라.

횃불 빛이 얼굴 위로 떨어졌다. 그는 한 손을 들어 눈을 가렸다. "어이, 설마 난쟁이가 무섭냐? 해봐, 이 하찮은 창녀의 자식아." 그동안 말을 하지 않아서 목소리가 잠겨 있었다.

"그거 혹시 우리 귀한 어머니 얘기야?" 남자는 횃불을 왼손에 들고 앞으로 다가왔다. "여긴 리버런에서 내가 지내던 감옥보다 더 지독하군. 축축함은 덜하지만 말이야."

티리온은 잠시 숨을 쉬지 못했다. "형?"

"뭐, 온전히 다는 아니고." 제이미는 머리를 짧게 잘랐고 수척했다. "하렌홀에 손을 하나 두고 왔지. 협해 건너에서 용감한 형제단을 데려온 건 아버지가 썩 잘한 일에 들어가진 않았어." 제이미가 팔을 들어 올리자 티리온도 그 손이 없어졌음을 보았다.

그의 입술 사이로 히스테릭한 웃음소리가 터져 나왔다. "아, 신들이시여. 제이미 형, 정말 미안해. 하지만…… 신들이시여, 맙소사, 우리 둘을 좀 봐. 손 없는 놈과 코 없는 놈, 라니스터 형제들이라니."

"내 손에서 나는 냄새가 하도 지독해서 차라리 코가 없었으면 할 때도 있었지." 제이미는 횃불을 내려서 동생의 얼굴에 빛을 비췄다. "거 멋진 흉터로구나."

티리온은 불빛에서 얼굴을 돌렸다. "날 지켜줄 형도 없이 전투를 치러야 했거든."

"네가 도시를 거의 다 태워버렸다던데."

"더러운 거짓말이야. 강밖에 안 태웠어." 티리온은 퍼뜩 여기가 어디인지, 그리고 왜 여기에 있는지 기억해냈다. "날 죽이러 온 거야?"

"그것 참 배은망덕하구나. 그렇게 무례하게 굴면 그냥 여기서 썩게 두고 간다."

"내가 산 채로 썩는 건 세르세이가 생각한 운명이 아닐 텐데."

"솔직히 말하면, 그렇긴 해. 넌 내일, 옛 마상 시합장에서 처형당할 예정이야."

티리온은 다시 웃었다. "음식도 나오려나? 마지막 말을 생각해내게 형이 도와줘야겠어. 지하 저장실에 사는 쥐처럼 재치가 다 달아나버렸거든."

"마지막 말은 필요 없을 거야. 내가 구출 중이니까." 제이미의 목소리는 이상하게 엄숙했다.

"누가 내가 구출을 명했대?"

"저기 말이다, 네가 얼마나 짜증 나는 꼬맹이인지 거의 잊고 있었어. 이제 생각해보니 아무래도 세르세이가 네 목을 날려버리게 내버려둘까 봐."

"아니야, 그럴 순 없지." 그는 뒤뚱뒤뚱 감방을 나섰다. "저 위는 낮이야, 밤이야? 시간 감각을 다 잃어버렸어."

"자정이 지난 지 세 시간이다. 도시는 잠들어 있어." 제이미는 횃불을 감방들 사이 벽에 마련된 횃불 걸이에 다시 두었다.

복도 조명이 너무 어두운 나머지 티리온은 차가운 돌바닥에 뻗어 있는 간수에게 걸려 넘어질 뻔했다. 그는 발가락 끝으로 간수를 툭툭 쳤다. "죽었어?"

"잠들었지. 다른 셋도 마찬가지야. 내시가 와인에 단잠을 탔는데, 죽일 정도로 많은 양은 아니야. 어쨌든 내시가 맹세하기로는 그래. 내시가 성사의 로브를 입고 계단 앞에서 기다리고 있다. 넌 하수구로 내려갔다가, 거기에서 강으로 갈 거야. 만에 갤리선 한 척이 기다리고 있어. 바리스가 자유도시들에 둔 사람들이 네게 자금이 부족하지 않게 살필 거야……. 하지만 너무 눈에 띄지는 말아라. 분명히 세르세이가 널 추적하려고 사람들을 보낼 거다. 아예 다른 이름을 쓰는 게 좋을지도 몰라."

"다른 이름? 아, 물론이지. 그리고 얼굴 없는 자들이 날 죽이러 오면 이렇게 말해야지. '아니, 사람 잘못 봤어요. 난 흉측한 얼굴 상처가 있는 다른 난쟁이요'라고." 라니스터 형제는 그 우스꽝스러운 상황극에 소리 내어 웃었다. 다음 순간 제이미는 한쪽 무릎을 꿇고 티리온의 양쪽 뺨에 짧게 한 번씩 입을 맞췄다. 제이미의 입술이 잔주름 잡힌 흉터 자국을 스쳤다.

"고마워, 형." 티리온이 말했다. "목숨을 구해줘서."

"그건…… 네게 진 빚을 갚는 거야." 제이미의 목소리가 이상했다.

"빚이라니?" 티리온은 고개를 옆으로 기울였다. "무슨 말인지 모르겠는걸."

"잘됐네. 어떤 문은 닫힌 채로 두는 게 좋아."

"아, 이런. 혹시 그 문 뒤에 추악하고 음침한 게 있는 거야? 예전에 누군가가 나에 대해 했던 잔인한 말이라거나? 울지 않도록 노력할게. 말해봐."

"티리온……."

'제이미가 두려워하고 있어.' "말해." 티리온은 다시 말했다.

그의 형은 시선을 피하고 조용히 말했다. "티샤."

"티샤?" 배 속이 조여들었다. "티샤가 왜?"

"티샤는 창녀가 아니었어. 내가 널 위해 산 게 아니었어. 그건 아버지가 하라고 명령한 거짓말이었어. 티샤는…… 보이는 그대로였어. 우연히 길에서 만난 농부의 딸이었어."

티리온은 코에 남은 흉터로 공허하게 빠져나가는 자신의 희미한 숨소리를 들을 수 있었다. 제이미는 눈을 마주치지 못했다. '티샤.' 티샤가 어떻게 생겼는지 기억해보려고 했다. '어렸어. 어린 소녀에 불과했어. 산사보다도 나이가 많지 않은.' 그는 껄껄거리는 목소리로 말했다. "내 아내였어. 나와 결혼했어."

"아버지는 네 돈을 노린 거라고 했어. 그 여자는 비천한 태생이고, 너는 캐스털리록의 라니스터였어. 그 여자가 원한 건 돈뿐이었고, 그러니까 창녀와 다를 게 없다고, 그래서…… 그러니까 완전히 거짓말은 아니라고, 그리고…… 아버지는 네가 따끔한 교훈을 얻어야 한다고 했어. 교훈을 얻고 나중에는 나에게 고마워할 거라고……."

"고마워해?" 티리온의 목소리가 꽉 잠겼다. "아버진 티샤를 위병들에게 줬어. 막사 가득한 위병들에게. 그리고 내가…… 보게 했어." '보기만 한 게 아니었지. 나도 범했어…… 내 아내를…….'

"아버지가 그럴 줄은 몰랐어. 그것만은 날 믿어줘야 해."

"아, 그래야 해?" 티리온은 으르렁거렸다. "무엇이 됐건 내가 왜 형을 믿어야 해? 티샤는 내 아내였어!"

"티리온……."

그는 제이미를 쳤다. 손등으로 때렸을 뿐이지만 온 힘을 다 실었다. 공포와 격분과 고통을 다 실었다. 제이미는 균형을 잡지 않고 쪼그려 앉아 있었기에, 타격을 받고 바닥에 넘어졌다. "이건…… 아마 내가 자초한 거겠지."

"아, 그 이상을 자초했어, 제이미. 형과 내 상냥한 누나와 우리의 애정 가득하신 아버지, 그래, 당신들이 뭘 자초했는지 말로 다 하지도 못하겠어. 하지만 대가는 꼭 치르게 될 거야. 맹세하지. 라니스터는 언제나 빚을 갚아." 티리온은 뒤뚱거리면서 걸어가다가, 서두르는 바람에 또 한 번 간수에게 걸려 넘어질 뻔했다. 그리고 10미터도 가기 전에 통로를 막고 있는 쇠문에 부딪쳤다. '아, 신들이시여.' 비명을 지르지 않기만도 힘이 들었다.

제이미가 뒤에 다가섰다. "나에게 감옥 열쇠가 있어."

"그럼 열쇠를 써." 티리온은 옆으로 비켜섰다.

제이미는 열쇠를 돌리고 문을 밀어 연 다음에 통과해 지나갔다. 그리고 어깨 너머를 돌아보았다. "올 거냐?"

"형과는 안 가." 티리온은 문을 통과했다. "열쇠를 주고 가버려. 바리스는 나 혼자 찾을 거야." 그는 고개를 옆으로 기울이고 짝짝이 눈으로 형을 올려다보았다. "제이미, 왼손으로 싸울 수 있어?"

"너보다도 못할 거다." 제이미는 씁쓸하게 말했다.

"잘됐네. 그렇다면 다시 만날 땐 좋은 상대가 되겠는걸. 불구와 난쟁이라니."

제이미가 열쇠 꾸러미를 건넸다. "난 네게 진실을 말했다. 너도 내게 같은 빚을 졌어. 네가 한 짓이냐? 네가 죽였어?"

그 질문은 그의 배 속을 비트는 또 다른 칼날이었다. "정말 알고 싶어?" 티리온은 물었다. "조프리는 아에리스보다 더 지독한 왕이 됐을 거야. 제 아비의 단검을 훔쳐서 어느 노상강도에게 주고는 브랜던 스타크의 목을 그으라고 시켰지. 알고 있었어?"

"나도…… 나도 그랬을지 모른다고 생각했지."

"흠, 아들은 아버지를 닮는다니까. 조프리는 권력을 잡고 나면 나도 죽였을 거야. 작고 못생겼다는 죄로 말이야. 물론 그거라면 내가 명명백백하게 유죄지."

"내 질문에 대답 안 했어."

"이 멍청하고 불쌍한 눈먼 불구자 바보야. 일일이 읊어줘야 알겠어? 좋아. 세르세이는 거짓말쟁이 창녀야. 그동안 란셀과 오스먼드 케틀블랙과 붙어먹었고 어쩌면 문보이와도 잤을지 몰라. 그리고 난 모두가 말하는 대로 괴물이야. 그래, 내가 네 악독한 아들을 죽였어." 티리온은 억지웃음을 지었다. 횃불 빛만 비추는 어둠 속에서 그야말로 보기 끔찍한 얼굴이었으리라.

제이미는 한마디 말도 없이 돌아서서 걸어가버렸다.

티리온은 길고 튼튼한 다리로 성큼성큼 걸어가는 형의 뒷모습을 지켜보았다. 마음속 한구석에서는 사실이 아니라고 외치고, 용서를 구하고 싶었다. 하지만 그러다가 티샤를 생각한 그는 침묵을 지켰다. 그는 멀어져가는 발소리를 듣다가 그 소리가 더 들리지 않자 뒤뚱뒤뚱 바리스를 찾으러 갔다.

내시는 좀먹은 갈색 로브를 입고 창백한 얼굴을 두건으로 가린 채, 꼬불꼬불한 나선계단의 어둠 속에 숨어 있었다. "오래도 걸리셨네요. 혹시 뭔가 잘못됐나 했습니다." 바리스는 티리온을 보고 말했다.

"아, 그럴 리가." 티리온은 독살스러운 목소리로 장담했다. "잘못될 일이 뭐가 있겠나?" 그는 고개를 외로 꼬고 바리스를 올려다보았다. "재판 중에 공을 불렀는데."

"전 갈 수 없었습니다. 왕대비께서 낮이고 밤이고 감시하셨어요. 감히 도와드릴 수가 없었습니다."

"지금은 돕고 있잖소."

"그런가요? 아." 바리스가 키득거렸다. 이 차가운 돌과 메아리 울리는 어둠 속에서는 이상하게 어울리지 않는 웃음소리였다. "형님께선 대단히 설득력을 발휘하실 수 있어서요."

"바리스, 당신이 민달팽이처럼 차갑고 끈적거린다는 말을 아무도 안 해 줬소? 당신은 날 죽이기 위해 최선을 다했지. 나도 답례를 해야 할지도 모르겠군."

내시는 한숨을 내쉬었다. "충직한 개는 발길질을 당하고, 거미는 어떤 실을 잣는다 해도 사랑받지 못하지요. 하지만 이 자리에서 절 베신다면 공이 곤란해질 겁니다. 다시는 햇빛을 보러 나갈 방법을 찾지 못하실지 몰라요." 바리스의 눈이 일렁이는 횃불 빛을 받아 어둡고 촉촉하게 반짝였다. "이 터널들엔 방심한 이를 노리는 함정이 가득하거든요."

티리온은 코웃음을 쳤다. "방심? 역사상 나보다 더 경계심 많은 사람은 없을 거요. 당신 덕분이지." 그는 코를 문질렀다. "그러니 말해보시오, 마법사. 내 순진무구한 처녀 아내는 어디 있소?"

"말씀드리기 슬프지만 킹스랜딩에서는 산사 부인의 흔적을 찾아내지 못했습니다. 돈토스 홀라드 경도 찾지 못했지만, 그 작자는 지금쯤 어딘가에서 만취해 있겠지요. 그 둘은 산사 부인이 사라진 날 밤에 구불구불한 계단에서 같이 있었습니다. 그 후에는 아무 흔적이 없어요. 그날 밤에는 혼란이 심했지요. 제 작은 새들도 조용합니다." 바리스는 난쟁이의 소매를 살짝 잡아당겨 계단에 발을 들이게 했다. "이제 떠나야 합니다. 공이 갈 길은 내리막입니다."

'적어도 그건 거짓이 아니군.' 티리온은 내시를 따라 뒤뚱뒤뚱 움직였다. 아래로 내려가면서 발꿈치가 거친 돌을 스쳤다. 계단통은 무척이나 추웠고, 뼈에 스미는 습기 찬 추위여서 걷기 시작하면서부터 몸이 떨리기 시작했다. "여긴 지하감옥 어느 부분이오?"

"잔혹 왕 마에고르는 성에 지하감옥을 4층으로 만들라 명했습니다." 바리스가 대답했다. "맨 위층에는 평범한 죄수들을 함께 가둘 수 있는 커다란 감방이 있지요. 벽 높은 곳에 좁은 창문이 난 방들입니다. 2층에는 귀족 포로들을 가둘 더 작은 방들이 있습니다. 창문은 없지만, 복도에 꽂아 둔 횃불 빛이 쇠창살 사이로 들어가지요. 3층의 감방들은 더 작고 쇠창살이 아니라 나무 문이 달렸습니다. 사람들은 그곳을 검은 감옥이라 부르지요. 티리온 공이 갇혀 있던 곳, 그리고 이전에 에다드 스타크 공이 갇혔던 곳이 거깁니다. 하지만 아직 한 층 아래가 있어요. 예전에 4층으로 끌려 내려간 사람은 다시는 해를 보지 못하고, 다시는 사람 목소리를 듣지 못하며, 다시는 끔찍한 고통 없이 숨 쉬고 살지 못했습니다. 마에고르는 4층 방들을 고문을 위해 지었어요." 그들은 계단 바닥에 이르렀다. 앞에 불빛 없는 문 하나가 열려 있었다. "여기가 4층입니다. 손을 주십시오. 여기에서는 어둠 속을 걷는 편이 더 안전합니다. 보고 싶지 않으실 만한 것들이 있거든요."

티리온은 잠시 망설였다. 바리스는 이미 그를 한 번 배신했다. 내시가 어떤 게임을 하고 있는지 누가 알까? 그리고 아무도 존재를 알지 못하는 어둠 속 공간보다 더 사람을 죽이기 좋은 곳이 있을까? 그의 시신조차 발견되지 않을 수도 있었다.

반면, 그에게 어떤 선택지가 있단 말인가? 계단을 다시 올라가서 정문으로 걸어 나갈까? 아니, 그럴 수는 없었다.

'제이미라면 두려워하지 않았을 거야.' 그는 그런 생각을 하고 나서야 제이미가 그에게 무슨 짓을 했는지 기억했다. 그는 내시의 손을 잡고, 가죽이 돌을 스치는 조용한 소리를 따라 암흑 속을 걸어갔다. 바리스는 잽싸게 걸었고, 가끔 "조심하십시오, 앞에 계단이 세 개 있습니다"라거나 "여기부터는 터널이 아래로 경사졌어요"라고 속삭였다. 티리온은 생각했다. '난 왕의 수관으로 이 도시에 도착해서, 나에게 충성을 맹세한 이들을 거느리고 말을 달려 성문을 통과했는데, 이제는 거미와 손을 잡고서 어둠 속을 종종걸음 치는 쥐새끼처럼 떠나는구나.'

앞에 햇빛이라기에는 너무 흐린 빛이 나타나더니, 서둘러 다가가면서 밝아졌다. 잠시 후에는 그것이 또 다른 쇠문으로 막힌 아치형 출입구라는 사실을 알아볼 수 있었다. 바리스가 열쇠를 꺼냈다. 그 문을 통과하니 작고 둥근 방이었다. 그 방에서 나가는 문은 다섯 개였고, 각각 철봉이 막고 있었다. 천장에도 문이 있었고, 그 아래 벽에 위로 올라가기 위한 사다리 가로대가 있었다. 방 한쪽에는 드래곤의 머리 모양을 한 화려한 화로가 놓였는데, 쩍 벌린 입안에 든 석탄은 거의 다 타들어갔지만 그래도 아직 침울한 오렌지색으로 빛을 냈다. 흐린 불빛이긴 해도 깜깜한 터널을 지나서 빛을 보니 반가웠다.

그 외에는 텅 빈 교차점이었지만, 바닥에는 붉은색과 검은색 타일로 삼두룡 모자이크가 새겨져 있었다. 티리온은 잠시 뭔가가 마음에 걸렸다가,

생각해냈다. '여기가 샤에가 말했던 장소야. 바리스가 처음 샤에를 내 침대로 데려왔을 때 말한 곳.' "우린 수관의 탑 아래에 있군."

"맞습니다." 바리스가 오랫동안 닫혀 있던 문을 당기자 얼어붙은 경첩이 항의의 비명을 질렀다. 녹 조각이 후드득 바닥으로 떨어졌다. "이리로 가면 강으로 나갑니다."

티리온은 천천히 사다리 쪽으로 걸어가서 제일 낮은 가로대를 손으로 쓸었다. "이리로 가면 내 침실로 올라가겠군."

"이젠 아버님의 침실이지요."

그는 수직 통로를 올려다보았다. "얼마나 올라가야 하지?"

"그런 멍청한 짓을 하기엔 몸이 너무 약해져 있을 텐데요. 게다가 시간이 없습니다. 지금 가야 해요."

"난 저 위에 볼일이 있소. 얼마나 가야 하냐니까?"

"가로대 230개입니다. 하지만 무슨 생각을 하시건 간에―"

"가로대 230개를 올라서, 그다음엔?"

"왼쪽 터널로 갑니다. 하지만 제 말을 좀 들어―"

"침실까지는 얼마나 가야 하지?" 티리온은 한 발을 들어 사다리에 올렸다.

"180미터 정도입니다. 벽에 한 손을 대고 움직이세요. 그러면 문을 만질 수 있을 텐데, 침실은 세 번째 문입니다." 바리스는 한숨을 내쉬었다. "이건 어리석은 짓이에요. 형님이 목숨을 돌려주셨는데, 그걸 팽개치실 겁니까? 제 목숨까지 같이요?"

"바리스, 지금 이 순간에 내가 내 목숨보다 가치를 두지 않는 딱 하나가 당신 목숨이오. 여기서 기다려요." 그는 내시에게 등을 돌리고 조용히 숫자를 헤아리면서 올라가기 시작했다.

그는 가로대를 하나씩 밟으며 어둠 속으로 올라갔다. 처음에는 손에 잡은 가로대의 윤곽과 그 뒤에 버텨 선 돌의 거친 회색 질감을 알아볼 수 있었지만, 올라갈수록 어둠이 짙어졌다. '13, 14, 15, 16.' 30개쯤 올라가자 몸을 끌어 올리던 팔이 부들부들 떨렸다. 그는 잠시 멈춰서 숨을 고르고 아래를 내려다보았다. 저 아래, 그의 발에 반쯤 가려진 희미한 빛의 원이 빛났다. 티리온은 다시 올라가기 시작했다. '39, 40, 41.' 50개쯤 되자 다리가 타는 것 같았다. 사다리는 끝도 없이 감각을 마비시켰다. '68, 69, 70.' 80개쯤 올라가자 등이 둔한 아픔을 호소했다. 그래도 그는 계속 올라갔다. 어째서인지는 알 수 없었다. '113, 114, 115.'

230개째에도 통로는 깜깜하기만 했지만, 티리온은 마치 거대한 야수의 입김처럼 왼쪽 터널에서 불어오는 따뜻한 바람을 느낄 수 있었다. 그는 어색하게 한쪽 발로 옆을 더듬으면서 사다리를 빠져나갔다. 터널은 수직 통로보다 더 비좁았다. 보통 남자라면 손발을 대고 기어야 했을 테지만, 티리온의 작은 키로는 서서 걸을 수 있었다. '마침내 난쟁이들에게 딱 맞는 곳에 왔군.' 장화가 조용히 돌을 스쳤다. 그는 걸음 수를 헤아리고, 벽에 난 구멍을 만져가며 천천히 걸었다. 곧 목소리가 들리기 시작했다. 처음에는 웅얼거리고 불분명한 목소리였다가, 점점 또렷해졌다. 그는 좀 더 귀를 기울였다. 아버지의 위병 둘이서 꼬마 악마의 창녀에 대해 농담을 주고받고 있었다. 그 여자를 안으면 얼마나 달콤할지, 그 여자가 난쟁이의 덜 자란 작은 물건 대신 진짜 남근을 얼마나 원할지에 대해서 말이다. "그놈 건 굽어 있을 거야." 럼이 말했다. 그러더니 내일 티리온이 어떻게 죽을지에 대한 이야기로 넘어갔다. "여자처럼 질질 짜면서 살려달라고 빌걸. 두고 봐." 럼이 주장했다. 레스터는 라니스터는 라니스터라 사자처럼 용감하게 도끼를 마주할 거라고 생각했고, 거기에 새 장화도 걸 마음이 있었다. "아, 장화는 집어치워." 럼이 말했다. "네 장화가 내 발에 맞을 리도 없잖아. 이렇게 하자. 내가 이기면 내 망할 사슬 갑옷을 보름간 네가 닦아."

몇 걸음 걷는 동안은 그들의 입씨름을 낱낱이 들을 수 있었지만, 계속 걸어가자 목소리가 순식간에 희미해졌다. '내가 이 망할 사다리를 오르는 게 달갑지 않았을 만도 하네.' 티리온은 어둠 속에서 미소 지으며 생각했다. '바리스의 작은 새들이 이거였군.'

그는 세 번째 문에 이르러서 한참을 더듬거리다가 두 돌 사이에 박힌 작은 쇠고리를 찾아냈다. 그 고리를 아래로 내리자, 정적 속에서는 산사태처럼 크게 들리는 잔잔한 끼익음이 울리더니 왼쪽에 흐릿한 오렌지색 사각형이 빠끔 열렸다.

'벽난로야!' 그는 웃음을 터뜨릴 뻔했다. 벽난로 안에는 뜨거운 재가 가득했고, 시커먼 장작 하나가 뜨거운 오렌지색 심장을 태우고 있었다. 그는 조심스럽게 가장자리에 몸을 붙이고, 장화를 태우지 않게 잽싼 걸음을 옮겼다. 따뜻한 숯덩이가 발아래에서 부드럽게 부서졌다. 한때 그의 침실이었던 공간에 들어선 그는 한참 그대로 서서 적막을 들이마셨다. 아버지가 소리를 들었을까? 아버지가 장검에 손을 뻗으며 고함을 지를까?

"우리 나리?" 여자 목소리가 울렸다.

'내가 아직 아픔을 느끼는 사람이었을 때라면 저 소리가 꽤 아팠겠는데.' 첫 번째 걸음이 제일 힘들었다. 침대에 도착한 티리온이 휘장을 걷었더니 그녀가 있었다. 그녀가 입가에 잠에 취한 미소를 걸고 그에게 몸을 돌렸다. 그 미소는 그를 보자 사그라들었다. 그녀는 마치 그게 자기 몸을 지켜줄 거라는 듯, 담요를 턱까지 끌어 올렸다.

"좀 더 키가 큰 누군가를 기대했나 봐, 자기?"

커다란 눈물방울이 그렁그렁해졌다. "진심은 아니었어요. 다 왕대비가 시킨 말이에요. 제발요. 당신 아버지가 얼마나 무서웠는데요." 그녀가 일어나 앉자 담요가 무릎까지 흘러내렸다. 목걸이 외에는 알몸이었다. 금으로 만든 손들이 서로를 잡으면서 연결된 금목걸이 외에는.

티리온은 조용히 말했다. "나의 샤에. 난 검은 감옥에 앉아서 죽기만 기다리는 내내 당신이 얼마나 아름다웠는지 기억했지. 비단옷을 입든, 거친 옷을 입든, 아무것도 입지 않든⋯⋯."

"나리께서 곧 돌아오실 거예요. 가봐야 해요. 아니면⋯⋯ 혹시 날 데리러 온 건가요?"

"좋아하기는 했어?" 그는 그녀의 두 뺨을 감싸면서 이전에 이렇게 했던 모든 순간을 떠올렸다. 두 손으로 그녀의 허리를 감싸고, 작고 단단한 젖가슴을 쥐고, 짧은 검은 머리를 쓰다듬고, 입술을 만지고, 뺨을 만지고, 귀를 만졌던 모든 순간들을. 손가락으로 그녀를 열어 달콤한 비밀을 탐색하고 그녀의 신음을 끌어냈던 모든 시간들을. "내 손길이 좋기는 했어?"

"그 무엇보다 좋았어요, 나의 라니스터 거인."

'그보다 더 지독한 말을 할 순 없었을 거야, 내 사랑.'

티리온은 아버지의 목걸이를 잡고, 비틀었다. 목걸이가 바싹 당겨지면서 그녀의 목을 파고들었다. "황금의 손은 언제나 차갑지만, 여인의 손은 따스하니." 그는 따뜻한 두 손이 그의 눈물을 털어내는 동안 그 차가운 손들을 다시 비틀었다.

그 후에 그는 침대 협탁에서 타이윈 공의 단검을 찾아내 허리띠에 찼다. 벽에는 사자 머리 곤봉과 전투용 도끼, 그리고 노궁 하나가 걸려 있었다. 도끼는 성안에서 휘두르기엔 불편할 테고, 곤봉은 너무 높은 곳에 걸려서 손이 닿지 않았지만 노궁 바로 밑에는 커다란 나무와 쇠 궤짝이 놓여 있었다. 그는 궤짝 위에 올라가서 활과 노궁용 화살이 꽉 들어찬 가죽 화살통을 내리고는, 발걸이에 한 발을 밀어 넣고 눌러서 시위를 팽팽히 당겼다. 그런 다음 화살 하나를 시위에 메겼다.

제이미에게 노궁의 문제점을 한두 번 들은 게 아니었다. 어디선가 잡담 중인 럼과 레스터가 튀어나온다면 재장전을 할 시간은 없겠지만, 그래도 하나는 확실히 지옥에 데리고 갈 수 있을 것이다. 선택지가 있다면 럼으로 하리라. '넌 네 사슬 갑옷을 직접 닦아야 할 거야, 럼. 네가 졌어.'

그는 뒤뚱뒤뚱 문가로 걸어가서 잠시 귀를 기울이다가 천천히 문을 열었다. 돌 벽감 안에 든 등잔불이 빈 복도에 힘없는 노란 불빛을 뿌리고 있었다. 움직이는 것이라곤 그 불길뿐이었다. 티리온은 노궁을 다리에 대고 살그머니 밖으로 나갔다.

아버지는 그의 예상대로 침대용 로브를 허리까지 올리고서 어둑어둑한 변소에 앉아 있었다. 발소리가 들리자 타이윈 공이 눈을 들었다.

티리온은 조롱하듯 반쯤 절을 했다. "수관님."

"티리온." 타이윈 라니스터는 설령 두려움을 느꼈다 해도 전혀 티를 내지 않았다. "누가 감옥에서 널 풀어준 거냐?"

"말씀드리고야 싶지만, 성스러운 맹세를 해서요."

"내시로군." 아버지는 혼자 결론을 내렸다. "이 일로 그놈의 목을 치겠다. 그건 내 노궁이냐? 내려놔라."

"제가 거부한다면 벌하시려고요, 아버지?"

"이런 탈출은 어리석은 짓이다. 혹시 죽음을 두려워하는 거라면, 널 죽일 일은 없다. 아직도 난 널 장벽으로 보낼 생각이다만, 티렐 공의 동의 없이는 그럴 수가 없어. 그 노궁 내려놓고 내 방으로 돌아가서 이야기하자."

"여기서도 이야기는 잘할 수 있습니다. 어쩌면 제가 장벽에 갈 마음이 없는지도 모르지요, 아버지. 거긴 욕 나오게 추운데, 추위라면 아버지에게 충분히 맛봤거든요. 그러니 이것만 말해주시면 제 갈 길 가겠습니다. 단순한 질문 하나예요. 제게 그 정도는 해주셔야죠."

"난 네게 빚진 게 없다."

"평생 제게 그만큼도 안 해주셨지만, 그래도 이건 답하셔야 할 겁니다. 티샤를 어떻게 하셨습니까?"

"티샤?"

'이름도 기억 못 하는 건가.' "저와 결혼했던 여자요."

"아, 그래. 네 첫 번째 창녀 말이지."

티리온은 아버지의 가슴팍을 겨눴다. "그 말을 한 번만 더 하면 죽여버리 거야."

"네겐 그럴 용기가 없다."

"한번 알아볼까요? 짧은 단어인 데다 아버지 입술에서 쉽게도 흘러나오는 모양인데." 티리온은 짜증을 내며 노궁을 들어 올렸다. "티샤요. 제게 그 작은 교훈을 주신 후에 티샤를 어떻게 했습니까?"

"기억나지 않는다."

"더 노력해보세요. 죽였습니까?"

아버지는 입술을 오므렸다. "제 분수를 알았는데 그럴 이유까지는 없었지……. 그러고 보니 하루 치 일당도 두둑이 받았고 말이다. 집사가 보내줬을 거다. 물어볼 생각도 하지 않았다."

"어디로 갔다는 겁니까?"

"어디든 창녀들이 가는 곳으로 갔겠지."

티리온의 손가락에 힘이 들어갔다. 노궁은 타이윈 공이 일어서려고 하는 바로 그 순간에 튕겨 나갔다. 화살이 타이윈 공의 사타구니 바로 위를 맞혔고 그는 끙 소리를 내며 주저앉았다. 화살 깃까지 깊이 박힌 상처 주위로 피가 배어 나와서 음모와 맨허벅지에 뚝뚝 떨어졌다. "날 쐈어." 그는 충격에 멍해진 눈으로 믿을 수 없다는 듯 말했다.

"당신은 언제나 상황 파악이 빨랐죠. 그래서 왕의 수관이신가 봅니다." 티리온이 말했다.

"넌…… 너는…… 내 아들이 아니야."

"거기서 틀리셨네요, 아버지. 전 제가 작게 줄인 당신이라고 생각합니다.

이제 부탁이니 빨리 죽어주세요. 전 배를 잡아타야 하거든요."

이번만은 아버지도 티리온의 부탁대로 했다. 그 증거는 죽음의 순간에 장이 비워지면서 난 악취였다. '흠, 마침 딱 맞는 곳에 있었군.' 티리온은 생각했다. 하지만 변소 안을 가득 채운 악취는 그의 아버지에 대해 자주들 하는 농담이 또 다른 거짓말에 불과했다는 증거였다.

그러니까, 타이윈 라니스터 공은 똥 대신 금을 싸는 사람이 아니었다.

# 샘웰

왕은 화가 나 있었다. 샘은 바로 알아차렸다.

검은 형제들이 하나씩 들어와서 앞에 무릎을 꿇자, 스타니스는 아침 식사로 먹던 딱딱한 빵과 소금에 절인 소고기, 삶은 계란을 밀어내고 차가운 눈으로 그들을 보았다. 그 옆에서는 붉은 여인 멜리산드레가 재미있는 장면이라도 본 듯한 표정을 지었다.

'여긴 내가 있을 곳이 아니야.' 샘은 그녀의 붉은 눈이 자신에게 향하자 초조하게 생각했다. 누군가는 아에몬 학사가 계단을 오르도록 부축해야 했다. '날 쳐다보지 말아요, 난 그냥 학사님 개인 집사예요.' 기권은 했지만 수호성주이자 집사장으로 남아 있는 보웬 마시만 빼고, 다른 사람들은 다 늙은 곰의 지휘권에 도전하는 사람이었다. 샘은 왜 멜리산드레가 자신에게 그렇게 흥미를 보이는지 이해할 수 없었다.

스타니스 왕은 이례적으로 오랜 시간 동안 검은 형제들이 무릎을 꿇고 있게 내버려두었다가, 마침내 말했다. "일어나게." 샘은 아에몬 학사를 부축해 일으켰다.

팽팽한 침묵을 깬 것은 자노스 슬린트 공이 목청을 가다듬는 소리였다.

"전하, 이 자리에 불려 와 얼마나 기쁜지 말씀드리고 싶습니다. 장벽에서 전하의 깃발을 보았을 때 저는 왕국이 구원을 받았음을 알았습니다. '저기 결코 의무를 잊는 일이 없는 분이 오시는군.' 훌륭한 알리서 경에게도 이렇게 말했지요. '강인한 남자요, 진정한 왕이야'라고요. 야만인들을 상대로 거두신 승리를 축하드려도 될지요? 분명 가수들이 노래를 많이 만들 것입—"

"가수들이야 저 좋을 대로 하겠지." 스타니스가 말을 끊었다. "아첨은 그만두게, 자노스. 그런다고 좋을 것도 없으니까." 스타니스는 일어서서 모두를 향해 얼굴을 찌푸렸다. "멜리산드레 사제에게 들으니 아직도 총사령관을 선택하지 못했다더군. 불만스럽네. 이 어리석은 짓거리가 얼마나 이어져야 하는 건가?"

"전하." 보웬 마시가 방어적인 말투로 대답했다. "아직 아무도 득표수의 3분의 2를 얻지 못했습니다. 아직 열흘밖에 지나지 않았고요."

"아흐레도 너무 길다. 나에겐 처리해야 할 포로들과 질서를 잡아야 할 왕국, 싸워야 할 전쟁이 있어. 해야 할 선택들이 있고, 장벽과 밤의 경비대에 결부된 결정들도 내려야 해. 당연히 그대들의 총사령관이 그런 결정에 목소리를 더해야 하고."

"그야 물론이지요." 자노스 슬린트가 말했다. "하지만 말을 해줘야 합니다. 저희 형제들은 단순한 군인들에 불과해서요. 예, 군인들이지요! 전하께서도 군인들은 명령을 받을 때 가장 편안하다는 걸 아실 겁니다. 저희가 전하의 인도를 받는다면 유익할 겁니다. 왕국의 안녕을 위해서. 형제들이 현명하게 선택하도록 말입니다."

다른 몇 명은 그 제안에 발끈했다. "왕이 우리 엉덩이까지 닦아주길 바라는 거요?" 코터 파이크는 화가 나서 그렇게 말했다. "총사령관 선택은 결의 형제들 몫이고, 오직 형제들만의 일이오." 데니스 말리스터 경은 그렇게 주장했다. "현명하게 선택한다면야 날 선택하진 않겠지." 구슬픈 에드는 그렇게 투덜거렸다. 언제나처럼 차분한 아에몬 학사는 말했다. "전하, 밤의 경비대는 건설자 브랜던이 장벽을 지은 이후 줄곧 스스로 지도자를 선택해 왔습니다. 제오 모르몬트까지 끊이지 않고 이어진 997명의 총사령관 모두가 자신이 이끌어야 할 사람들에게 선택을 받았습니다. 수천 년의 전통입니다."

스타니스는 이를 갈았다. "그대들의 권리와 전통에 간섭하고자 함이 아니오. 국왕의 인도에 대해서는, 자노스, 내가 그대의 형제들에게 그대를 선택하라고 말해야 한다는 뜻이라면 배짱 있게 제대로 말하게."

자노스 공은 그 말에 화들짝 놀랐다. 그는 애매한 미소를 짓고 땀을 흘리기 시작했지만, 그 옆에 선 보웬 마시가 말했다. "한때 황금 망토들을 지휘했던 사람보다 더 검은 망토들을 잘 지휘할 사람이 있겠습니까, 전하?"

"그대들 중 누구라도 그보다는 낫겠지. 요리사라도." 왕이 자노스 슬린트에게 던진 눈빛은 차가웠다. "분명히 자노스가 뇌물을 받은 최초의 황금 망토는 아니지만, 자리와 승진을 팔아서 제 지갑을 불린 경비대장은 자노스가 처음이었을 거야. 마지막쯤 가서는 도시 경비대 장교 절반은 자노스에게 봉급 일부를 바쳤을걸세. 안 그런가, 자노스?"

자노스 슬린트의 목이 벌게졌다. "거짓말입니다. 다 거짓이에요! 강한 남자는 적을 만드는 법입니다. 전하도 그건 아시겠지요. 사람들이 뒤에서 어떤 거짓말들을 속삭이는지요. 증명된 건 하나도 없습니다. 앞으로 나선 사람은 하나도……."

"앞으로 나설 준비를 했던 남자 두 명이 근무 중에 갑자기 죽었지." 스타니스의 눈매가 가늘어졌다. "날 우롱할 생각 말게. 난 존 아린이 소협의회에서 내놓은 증거를 봤어. 내가 왕이었다면 공은 자리만 잃고 끝나지 않았을 테지만, 로버트는 자네의 사소한 일탈을 가볍게 넘겼지. 아직도 로버트가 하던 말이 기억나는군. '어차피 다 훔치는데 뭘. 우리가 아는 도둑이 모르는 도둑보단 낫지 않나. 다음 놈은 더 나쁠 수도 있으니까.' 분명히 말만 로버트가 했지 피터 공이 불어넣었을 말이야. 리틀핑거는 돈 냄새를 기가 막히게 맡았으니, 분명히 왕실이 자네의 부패로부터 자네 못지않은 이익을 얻도록 일을 처리했을 테지."

슬린트 공의 목살이 떨리고 있었지만, 그가 더 항의하기 전에 아에몬 학사가 말했다. "전하, 법에 따라 누구든 서약을 하고 밤의 경비대 결의형제가 되면 과거의 위반과 범죄는 깨끗이 지워집니다."

"그 점은 잘 알고 있소. 여기 자노스 공이 밤의 경비대가 내놓을 수 있는 최선이라면, 나도 이를 악물고 받아들일 거요. 선택을 하기만 한다면 누가 선택된다 해도 나에겐 상관없는 일이오. 우리에겐 싸워야 할 전쟁이 있으니."

데니스 말리스터 경이 조심스럽게 예의를 지키며 말했다. "전하, 혹시 야인들에 대해 하시는 말씀이라면……."

"아닐세. 그리고 경도 내 말뜻을 알지."

"그렇다면 저희가 만스 레이더를 상대로 한 싸움에서 전하가 저희에게 제공하신 도움에 지극히 감사드리기는 하지만, 왕좌를 노리는 전하의 싸움에는 저희가 아무 도움도 드릴 수 없다는 사실을 아실 텐데요. 밤의 경비대는 칠왕국 안의 전쟁에 관여하지 않습니다. 8000년 동안……."

"나도 그대들의 역사를 아네, 데니스 경." 왕은 퉁명스럽게 말했다. "약속하는데, 그대들에게 나를 괴롭히는 반역자와 찬탈자를 상대로 검을 들라는 요청은 하지 않아. 나는 그대들이 언제나 그랬듯 장벽을 지키기를 기대하고 있네."

"저희는 마지막 한 사람까지 장벽을 지킬 겁니다." 코터 파이크가 말했다.

"그 마지막은 아마 나겠죠." 구슬픈 에드가 체념하는 투로 말했다.

스타니스는 팔짱을 꼈다. "그 외에 몇 가지 다른 것들을 요구하기는 할 걸세. 얼른 내놓을 수 없을 만한 것들이지. 난 성채들을 원하네. '선물'의 땅을 원하고."

그 직설적인 말은 검은 형제들 사이에서 화로에 던진 와일드파이어 단지처럼 터졌다. 마시와 말리스터와 파이크가 한꺼번에 말을 하려고 했다. 스타니스 왕은 그들이 말을 하게 내버려두다가, 다 끝나자 말했다. "내겐 그대들의 세 배에 달하는 군사가 있네. 그러니 내가 원한다면 그 땅을 빼앗을 수도 있지만, 그보다는 그대들의 동의를 얻어 합법적으로 처리하고 싶군."

"'선물'은 밤의 경비대에 영구적으로 주어진 땅입니다, 전하." 보웬 마시가 주장했다.

"그건 그대들에게서 법적으로 몰수하거나, 박탈하거나, 빼앗을 수 없다는 뜻이지. 하지만 한번 주어진 것은 다시 주어질 수 있네."

"'선물'을 어떻게 하시려고요?" 코터 파이크가 물었다.

"지금 그대들보다는 잘 써먹어야지. 성채들에 대해서라면, 이스트워치와 캐슬블랙, 섀도타워는 그대들 것으로 남을 거야. 언제나 그랬듯 각각 수비군을 두되, 우리가 장벽을 지키려면 나머지 성채들은 내가 가져와서 내 군을 주둔시켜야겠네."

"사람이 없으실 텐데요." 보웬 마시가 항의했다.

"버려진 성채들 몇 곳은 폐허에 불과합니다." 제1건설자인 오델 야윅이 말했다.

"폐허는 재건할 수 있어."

"재건요?" 야윅이 말했다. "하지만 누가 그 일을 한답니까?"

"그건 내가 알아서 할 일이지. 각 성채의 현재 상태를 상세히 기록하고 복구하기 위해 무엇이 필요할지 적은 목록을 요구하겠네. 난 1년 안에 모든 성채에 수비군을 두고, 문 앞에 밤의 불을 피우게 할 작정이야."

"밤의 불요?" 보웬 마시는 멜리산드레를 자신 없는 눈길로 보았다. "이젠 저희가 밤의 불을 피우는 겁니까?"

"그래요." 여인이 진홍색 비단자락을 빙그르르 돌리며 일어나자, 긴 구릿빛 머리카락이 어깨 위로 흘러내렸다. "무기만으로는 그 어둠을 저지하지 못합니다. 오직 군주님의 빛만이 어둠을 물리칠 수 있지요. 훌륭하신 경들과 용맹한 형제들이여, 착각하지 마세요. 여러분이 싸우게 될 전쟁은 땅과 명예를 두고 벌이는 하찮은 다툼이 아닙니다. 우리의 전쟁은 생명 그 자체를 위한 전쟁이고, 우리가 실패하면 온 세상이 우리와 함께 죽습니다."

샘은 고위직들이 그 말을 어떻게 받아들여야 할지 모르는 것을 알 수 있었다. 보웬 마시와 오델 야윅은 의혹에 찬 눈빛을 주고받았고, 자노스 슬린트는 씩씩대고 있었으며, 세 손가락 홉은 부엌으로 돌아가서 당근이나 썰고 싶은 얼굴이었다. 하지만 아에몬 학사가 중얼거리자 모두가 놀란 것 같았다. "새벽을 위한 전쟁 말씀이시군요. 하지만 약속된 왕자는 어디 있습니까?"

"당신 앞에 서 있어요." 멜리산드레가 선언했다. "당신에게는 볼 눈이 없겠지만 말이지요. 스타니스 바라테온은 불의 전사, 아조르 아하이의 재림입니다. 이분에게서 예언이 실현됩니다. 붉은 혜성이 이분이 오신 것을 알리기 위해 하늘을 가로질러 빛났고, 이분이 영웅들의 붉은 검 '빛의 인도자'를 지니셨으니."

샘은 그녀의 말 때문에 왕이 엄청나게 불편해한다는 것을 알아보았다. 스타니스는 이를 갈다가 말했다. "그대들이 도움을 청했고 나는 왔네. 이제 여러분은 나와 함께 살거나 죽어야 해. 익숙해지는 게 좋을 거야." 그는 무뚝뚝하게 손짓했다. "그게 다일세. 학사님, 잠시 남아주시오. 그리고 탈리, 너도. 나머지는 가도 좋소."

'나?' 샘은 형제들이 허리를 굽히고 밖으로 나가는 동안 공포에 질려서 생각했다. '나한테 뭘 원하시지?'

"눈밭에서 그 물건을 죽인 게 너였지." 넷만 남자 스타니스 왕이 말했다.

"슬레이어 샘." 멜리산드레가 미소 지었다.

샘은 얼굴이 시뻘게지는 것을 느꼈다. "아닙니다, 부인. 전하. 아니, 그게, 그러니까, 네. 제가 샘웰 탈리이긴 합니다."

"네 아버지는 유능한 군인이다." 스타니스 왕이 말했다. "애시포드에서 내 형을 이기기도 했지. 메이스 티렐이 그 승리의 영예는 자기 것이라고 주장했지만, 티렐이 전장을 찾아내기도 전에 모든 사안을 결정하고 있었던 건 랜딜 공이었어. 랜딜 공은 거대한 발리리아 강철 검으로 카페런 공을 베어 그 머리를 아에리스에게 보냈지." 왕은 한 손가락으로 턱을 문질렀다. "너는 그런 사내가 두었을 법한 아들이 아니다만."

"저…… 저는 아버지가 원하셨던 아들이 아닙니다, 전하."

"네가 검은 옷을 입지만 않았어도 유용한 인질이 됐을 텐데 말이다." 스타니스가 말했다.

"샘은 검은 옷을 입었습니다, 전하." 아에몬 학사가 지적했다.

"나도 그 점은 잘 알고 있소. 난 그대가 생각하는 것보다 많이 알고 있다오, 아에몬 타르가르옌."

노인은 고개를 약간 숙였다. "저는 그냥 아에몬입니다, 전하. 저희는 학사의 사슬 목걸이를 만들 때 가문 이름을 포기하지요."

왕은 그것도 알고 있고 신경 쓰지 않는다는 듯이 짧게 고개를 끄덕였다. "네가 흑요석 단검으로 그 물건을 죽였다고 들었다." 그는 샘에게 말했다.

"그, 그렇습니다, 전하. 존 스노우가 준 단검입니다."

"드래곤 유리." 붉은 여인의 웃음소리는 음악 같았다. "옛 발리리아어로는 '얼어붙은 불'이라고 부르지. 그게 다른자의 차가운 아이들에게 저주가 되는 것도 놀랍지 않습니다."

"내 권좌인 드래곤스톤에서는, 산 아래 오래된 터널에서 흑요석을 흔히 볼 수 있다." 왕은 샘에게 말했다. "덩어리로도 있고, 바윗돌에 암괴까지 있지. 내 기억에 대부분은 검은색이었지만, 녹색이나 붉은색, 자주색도 있었다. 내 수호성주인 롤랜드 경에게 채굴을 시작하라는 서한을 보내두었다. 안타깝게도 내가 드래곤스톤을 오래 쥐고 있지는 못할 것 같지만, 빛의 군주께서 성이 함락되기 전에 우리가 저 물건들을 상대로 무장할 만한 얼어붙은 불을 허락하실지도 모르지."

샘은 목청을 가다듬었다. "저, 전하. 그 단검은…… 그 드래곤 유리는 시귀를 찌르려고 했을 때는 그냥 부서져버렸습니다."

멜리산드레가 미소 지었다. "사령술이 그 시귀들을 움직이기는 하지만, 그들은 그래봐야 죽은 살덩이에 불과하지. 그들에게는 강철과 불이 먹힐 것이야. 네가 '다른자들'이라 부르는 상대는 그 이상이고."

"눈과 얼음과 추위로 빚어낸 악마들." 스타니스 바라테온이 말했다. "태고의 적. 정말로 중요한 유일한 적이다." 그는 샘을 다시 찬찬히 보았다. "너와 그 야인 여자가 장벽 아래를 통과했다고 들었다. 모종의 마법 문을 통했다지."

"거, 검은 문입니다." 샘은 말을 더듬었다. "나이트포트 아래에요."

"나이트포트는 장벽에서 가장 크고 가장 오래된 성이지. 내가 이 전쟁을 치르는 동안 그곳을 내 권좌로 삼을 생각이다. 나를 그 문으로 안내해라."

"그, 그, 그러겠습니다. 만약……." '만약 그 문이 아직 그 자리에 있다면. 그 문이 검은 형제가 아닌 사람에게도 열린다면. 만약…….'

"넌 안내할 거다." 스타니스가 말을 잘랐다. "때가 오면 말해주마."

아에몬 학사가 미소 지으며 말했다. "전하, 물러나기 전에 혹시 저희에게 큰 영광을 베풀어, 모두가 익히 들어온 그 놀라운 검을 보여주실 수 있을

지요.'

"'빛의 인도자'를 보고 싶다고? 눈이 멀었으면서?"

"샘이 제 눈이 될 겁니다."

왕은 얼굴을 찌푸렸다. "다른 모두가 그 검을 보았는데, 눈먼 사내라고 안 될 것이 있겠나?" 검대와 검집은 벽난로 근처에 걸려 있었다. 왕은 검대를 내려 장검을 뽑았다. 강철이 나무와 가죽을 스치고 나오더니, 광채가 방 안을 가득 채웠다. 금색, 주황색, 붉은색으로 불의 모든 밝은 색채가 일렁이고 너울거리며 춤을 추었다.

"말해봐라, 샘웰." 아에몬 학사가 샘의 팔을 건드렸다.

"빛납니다." 샘은 숨죽인 목소리로 말했다. "마치 불이 붙은 것처럼 빛나요. 불길은 없는데 강철이 노란색, 붉은색, 주황색으로 온통 번쩍거리고 번득여요. 마치 물에 비친 태양 빛 같은데 그보다 더 예쁘네요. 학사님도 보실 수 있다면 좋을 텐데요."

"나도 보인다, 샘. 햇빛이 가득한 장검이 보여. 보기 아까울 정도로 아름답구나." 노인은 뻣뻣하게 허리를 숙였다. "전하. 사제님. 친절에 감사드립니다."

스타니스 왕이 빛나는 검을 검집에 넣자, 창밖에서 햇빛이 비쳐 들어오는데도 방 안이 아주 어두워진 것만 같았다. "좋아, 이제 검을 봤으니 직무로 돌아갈 수 있겠지. 그리고 내가 한 말을 기억하시오. 그대의 형제들은 오늘 밤에 총사령관을 선택해야 해. 그러지 않으면 후회하게 해주겠소."

아에몬 학사는 샘의 부축을 받아 좁은 나선계단을 내려가는 내내 생각에 잠겨 있었다. 하지만 그는 마당을 가로지르면서 말했다. "열기는 느껴지지 않더구나. 너는 느꼈느냐, 샘?"

"열기요? 그 검에서요?" 샘은 돌이켜 생각해보았다. "검 주변의 공기가 일렁이기는 했습니다. 뜨거운 화로 위 공기처럼요."

"그런데 열기는 느끼지 못했단 말이지? 그리고 그 검을 넣어둔 검집은, 나무와 가죽이었지? 전하께서 검을 뽑으실 때 소리를 들었다. 그 가죽이 까맣게 탔더냐, 샘? 나무가 타거나 그을었더냐?"

"아니요." 샘은 수긍했다. "제가 보기엔 아니었어요."

아에몬 학사는 고개를 끄덕였다. 그는 거처로 돌아가자 샘에게 불을 지피고 벽난로 옆에 놓인 의자까지 데려다 달라고 부탁했다. "이렇게 늙는다는 건 힘든 일이야." 그는 방석 위에 앉으면서 한숨을 내쉬었다. "그리고 눈이 멀었다는 건 더 힘들지. 태양이 그립구나. 책도 보고 싶고. 책이 제일 그리워." 아에몬은 한 손을 내저었다. "선택 시간까지는 네가 필요할 일이 더 없겠다."

"그 선택 말인데요…… 학사님, 학사님이 하실 수 있는 일이 뭔가 없을까요? 전하께서 자노스 공에 대해 말씀하신 건……."

"나도 기억한다." 아에몬 학사가 말했다. "하지만 샘, 나는 사슬을 걸고 서약을 한 학사란다. 내 직무는 누가 됐든 간에 총사령관에게 조언하는 거야. 내가 어떤 도전자를 다른 도전자보다 선호하는 모습이 보여서는 안 된다."

"저는 학사가 아니에요. 저는 뭔가 할 수 있을까요?" 샘이 말했다.

아에몬은 보이지 않는 하얀 눈을 샘의 얼굴 쪽으로 돌리더니, 부드럽게 미소 지었다. "글쎄다, 나는 모르겠구나, 샘웰. 할 수 있겠느냐?"

'할 수 있어.' 샘은 생각했다. '해야 해.' 그것도 지금 바로 실행해야 했다. 망설이다간 용기를 잃을 게 분명했다. '난 밤의 경비대 대원이야.' 샘은 서둘러 마당을 가로지르면서 스스로를 일깨웠다. '난 밤의 경비대야. 할 수 있어.' 모르몬트 공이 쳐다보기만 해도 떨면서 끽끽거리던 때도 있었지만 그건 최초인의 주먹과 크래스터 요새를 겪기 전, 시귀들과 콜드핸즈를 만나기 전, 죽은 말에 올라탄 다른자를 만나기 전의 예전 샘이었다. 지금 그는 전보다 용감했다. '길리가 날 더 용감하게 만들어줘.' 그는 존에게 그렇게 말했다. 사실이었다. 사실이어야 했다.

코터 파이크가 두 지휘관 중 더 무서운 쪽이었기에, 샘은 아직 용기가 달아올라 있는 동안 그를 먼저 찾아갔다. 코터 파이크는 낡은 방패관에서 이스트워치 형제 세 명과, 스타니스와 함께 드래곤스톤에서 온 붉은 머리 장교 하나와 주사위 놀이를 하고 있었다.

그러나 샘이 잠시 이야기를 하게 해달라고 빌자 코터 파이크는 명령을 내렸고, 다른 사람들은 주사위와 동전을 챙겨서 나갔다.

코터 파이크를 두고 잘생겼다고 말할 사람은 없었지만, 징 박힌 두정갑 갑옷과 조악한 천 바지 속에 든 몸은 군살 없고 단단하면서 강인했다. 눈은 작고 한데 몰렸으며, 코는 부러졌고, 이마에 난 V자 머리털은 창 촉처럼 날카로웠다. 얽은 자국이 얼굴을 심하게 망가뜨렸고, 흉터를 가리려 기른 수염은 성기고 불규칙했다.

"슬레이어 샘!" 그는 인사 대신 말했다. "어떤 아이가 만든 눈사람 기사가 아니고 다른 자를 찌른 건 확실하냐?"

'시작이 좋진 않네.' "그걸 죽인 건 제가 아니라 드래곤 유리였습니다." 샘은 힘없이 설명했다.

"그야 물론 그랬겠지. 흠, 얼른 말해라, 슬레이어. 학사님이 보내신 거냐?"

"학사님요?" 샘은 침을 꿀꺽 삼켰다. "바…… 방금까지 뵙고 오는 길입니다." 거짓말은 아니었지만, 파이크가 그 말을 잘못 받아들인다면 샘의 말에 더 귀 기울일지 몰랐다. 샘은 숨을 깊이 들이마시고 웅변을 시작했다.

파이크는 샘이 스무 마디도 말하기 전에 말을 잘랐다. "내가 무릎을 꿇고 말리스터 놈의 예쁜 망토 끝에 입을 맞추라 이거군. 내 이럴 줄 알았어. 너희 귀족 놈들은 양 떼처럼 몰려다닌다니까. 아에몬에게 영감님 호흡과 내 시간만 낭비했다고 전해라. 누군가가 기권한다면 말리스터여야 해. 그 사람은 사령관을 맡기엔 너무 늙었어. 그 말도 전해야 할지 모르겠군. 그 사람을 선택했다간 1년 안에 여기 돌아와서 다른 사람을 선택해야 할걸."

"나이가 많으시죠." 샘은 동의했다. "하지만 경험이 많으십니다."

"자기 탑에 앉아서 지도를 뒤적거린 경험은 많겠지. 그 양반이 뭘 하겠다는 거야, 시귀들에게 편지라도 쓰겠대? 그 사람은 훌륭한 기사지만 투사가 아니고, 난 그 사람이 50년 전에 어느 멍청한 마상 시합에서 누굴 말 아래 떨어뜨렸든 관심 없어. 전투는 다 반쪽 손이 했다는 것쯤은 늙고 눈먼 사람이라도 알아야지. 그리고 저 망할 왕이 나타난 이상, 그 어느 때보다 더 투사가 필요해. 오늘은 폐허와 텅 빈 들판을 달리니 좋은데, 전하께서 내일은 또 뭘 원하실까? 말리스터가 스타니스 바라테온과 그 붉은 계집년에게 맞설 배짱이 있을 것 같으냐?" 그는 껄껄 웃었다. "아니라고 본다."

"그러면 말리스터를 지지하지 않으실 건가요?" 샘은 낙담해서 물었다.

"넌 슬레이어 샘이냐, 귀머거리 딕이냐? 그래, 난 말리스터를 지지하지 않을 거다." 파이크는 샘의 얼굴을 손가락질했다. "잘 들어라, 꼬마야. 난 그 망할 자리를 원하지 않아. 한 번도 원한 적 없지. 난 말이 아니라 갑판 위에서 제일 잘 싸우는 사람이고, 캐슬블랙은 바다에서 너무 멀어. 하지만 새도타워에서 온 멋쟁이 독수리에게 밤의 경비대를 넘겨주느니 뜨겁게 달아오른 칼을 쥐고 말겠다. 노인장에게 뛰어가서, 어떻게 됐냐고 묻거든 내가 이렇게 말했다고 전해도 좋아." 그는 일어섰다. "내 앞에서 꺼져."

샘은 남아 있는 모든 용기를 쥐어짜서 말했다. "호, 혹시 다른 사람이 있다면요? 다른 사람이라면 지, 지지하실 수 있나요?"

"누구? 보웬 마시? 그놈은 숟가락이나 세라고 해. 오델은 졸개로 타고나서 시키는 일은 잘 하지만 그 이상은 못 돼. 슬린트는…… 흠, 그놈 부하들은 그놈을 좋아하긴 하더군. 그놈을 귀하신 배퉁이에 쑤셔 넣어서 스타니스가 게워내나 보는 것만으로도 가치가 있을지는 모르겠다만, 아니야. 그놈에겐 킹스랜딩 냄새가 너무 나. 두꺼비가 날개를 키워서 제가 드래곤이라고 생각하는 격이지." 파이크는 껄껄 웃었다. "그럼 누가 남지, 홉? 홉을 뽑을 수도 있겠지만, 그러고 나면 양고기는 누가 끓이냐, 슬레이어? 넌 그 놈의 양고기 요리를 좋아할 것 같다만."

더 할 말이 없었다. 샘은 패배해서 간신히 고맙다는 말만 더듬거리고 그 자리를 떴다. '데니스 경에게는 더 잘할 거야.' 성안을 걸으면서 스스로에게 다짐하려고 해보았다. 데니스 경은 출신 좋고 말씨가 점잖은 기사였고, 길에서 샘과 길리를 발견했을 때 아주 정중하게 대해주었다. '데니스 경은 내 말에 귀를 기울일 거야. 그래야 해.'

섀도타워의 지휘관은 시가드의 울림 탑 아래에서 태어났고, 어느 모로 보나 말리스터였다. 흑담비 모피가 옷깃을 장식하고 검은색 벨벳 더블릿 소매에도 올라갔다. 포개어진 망토 자락을 은독수리가 발톱으로 거머쥐어 고정했다. 수염은 눈처럼 희고, 머리털은 거의 다 빠졌으며 얼굴에는 주름이 깊게 진 것이 사실이었다. 그러나 아직 그의 몸짓에는 우아함이, 입안에는 멀쩡한 치아가 남아 있었고 세월도 그의 청회색 눈이나 예의를 흐리지는 못했다.

"탈리 공." 그는 집사가 섀도타워 사람들이 머무는 '기마 창' 탑 안으로 샘을 안내하자 말했다. "시련에서 회복한 모습을 보니 기쁘구려. 와인 한 잔 괜찮겠소? 공의 어머님은 플로렌트였지, 아마. 언젠가 내 같은 마상 시합에서 공의 할아버지 두 분을 다 말에서 떨군 이야기를 해줘야겠군. 하지만 오늘은 아니야. 오늘은 더 시급한 걱정거리가 있다는 걸 알고 있소. 분명히 아에몬 학사가 보내서 왔겠지. 학사님께서 내게 해주실 조언이 있소?"

샘은 와인을 한 모금 마시고, 신중하게 말을 골랐다. "사슬을 걸고 서약을 한 학사란…… 학사가 총사령관 선택에 영향을 미치는 모습을 보이는 것은 부적절한 일입니다……"

노기사는 미소 지었다. "그래서 직접 오시지 못한 것이겠지. 그래, 나도 이해하오, 샘웰. 아에몬과 나는 둘 다 노인이고, 그런 문제에 있어 현명하지. 하러 온 말을 해보시오."

와인은 달았고, 데니스 경은 코터 파이크와 달리 진지하게 예의를 갖추어 샘의 탄원에 귀 기울였다. 하지만 샘의 말이 끝나자 노기사는 고개를 저었다. "왕이 우리의 총사령관을 지명한다면 우리 역사에 어두운 날이 되리라는 데에는 동의하오. 이 왕은 특히 그렇지. 왕관을 오래 유지하지 못할 가능성이 높으니 말이야. 하지만 솔직히 말해서, 기권할 사람은 파이크요, 샘웰. 내가 파이크보다 지지자가 많고, 총사령관직에도 더 잘 어울려요."

"맞습니다." 샘은 동의했다. "하지만 코터 파이크도 괜찮을 수 있습니다. 전투에서 자주 가치를 증명했다더군요." 경쟁자를 칭찬해서 데니스 경의 마음을 상하게 할 생각은 없었지만, 달리 어떻게 기권을 설득할 수 있단 말인가?

"많은 형제가 전투로 가치를 증명했소. 그걸로는 부족해요. 어떤 문제는 전투 도끼로 해결할 수 없소. 아에몬 학사님은 그걸 이해하시겠지만, 코터 파이크는 이해 못 해요. 밤의 경비대 총사령관은 무엇보다도 통치자요. 다른 통치자, 영주들을 다룰 수 있어야지…… 왕들도 다뤄야 하고 말이오. 그러니 존경받을 만한 남자여야 마땅해." 데니스 경은 몸을 앞으로 기울였다. "우리는 대영주의 아들들이오. 우리는 출신과 핏줄, 결코 대신할 수 없는 초기 교육의 중요성을 알지요. 난 열두 살에 종자가 되고, 열여덟 살에 기사가 되었으며 스물두 살에는 우승자가 됐소. 새도타워 지휘관으로 33년을 보냈고, 핏줄, 출신, 그리고 훈련 덕분에 나는 왕들을 적절히 다룰 수 있소. 파이크는…… 오늘 아침에 전하께서 엉덩이를 닦아주길 바라는 거냐고 하는 소리 들었소? 샘웰, 내 형제들에 대해 무정한 말을 하는 것은 내 습관이 아니오만, 솔직해집시다……. 강철인은 해적들과 도둑들이고,

코터 파이크는 아직 소년이나 다름없었을 때 강간하고 살인하던 자요. 하문 학사가 그 대신 편지를 읽고 써준 지 오래됐지. 아니오, 아에몬 학사님을 실망시키기는 싫지만, 도의상 이스트워치의 파이크를 위해 비켜설 수는 없소이다."

이번에는 샘도 준비가 되어 있었다. "다른 사람이라면 어떨까요? 좀 더 적절한 사람이라면?"

데니스 경은 잠시 생각했다. "난 총사령관의 영예 자체를 원했던 적이 없소이다. 지난번 선택에서도 난 모르몬트 공의 이름이 나왔을 때 고마운 마음으로 물러섰고, 그 전 선택에서 쿼가일 공에게도 똑같이 했지. 난 밤의 경비대가 훌륭한 손에 맡겨지기만 한다면 만족해. 하지만 보웬 마시는 그 일에 맞지가 않고, 오델 야윅도 마찬가지요. 그리고 소위 하렌홀의 영주라는 자는 라니스터 덕에 벼락출세한 푸주한의 아들이오. 그자가 부패하고 타락한 것도 당연하지."

"한 명 더 있습니다." 샘이 불쑥 말했다. "모르몬트 총사령관께선 그 사람을 믿었습니다. 도날 노이와 반쪽 손 쿼린도 믿었고요. 경만큼 고귀한 태생은 아니지만, 그래도 오래된 혈통을 타고났습니다. 성에서 태어나 성에서 자랐고, 기사에게 검과 기마 창을 배우고 시타델에서 온 학사에게 글을 배웠습니다. 아버지는 영주였고, 형제는 왕이었지요."

데니스 경은 긴 흰 수염을 쓸었다. "어쩌면." 그는 한참 후에 말했다. "나이가 많이 어리기는 하지만……. 어쩌면. 그래, 그 정도면 괜찮을 수 있겠구려. 내가 더 적합하기는 하지만 말이오. 그 점은 의심하지 않소. 내가 더 현명한 선택일 거요."

'존은 올바른 이유 때문이라면 거짓말도 명예로울 수 있다고 했어.' 샘은 말했다. "오늘 밤에 총사령관을 선택하지 않으면, 스타니스 왕이 코터 파이크를 지명할 작정입니다. 오늘 아침에 다들 나가신 후에 아에몬 학사님께 그렇게 말씀하셨어요."

"그렇군." 데니스 경이 일어섰다. "생각을 해봐야겠소. 고맙소, 샘웰. 아에몬 학사님께도 감사 인사 전해주시오."

샘은 기마 창 탑을 나설 때 몸을 덜덜 떨고 있었다. '내가 무슨 짓을 한 거야? 내가 무슨 말을 했지?' 그들이 샘의 거짓말을 알아차린다면 분명히…… '그래서 뭐? 날 장벽으로 보낼 거야? 내 내장을 뜯어낼 거야? 날 시귀로 만들 거야?' 갑자기 모든 게 터무니없이 느껴졌다. 까마귀가 작은 폴의 얼굴을 뜯어 먹는 모습도 봤으면서, 코터 파이크와 데니스 말리스터 경을 그렇게 무서워하다니?

파이크는 샘이 다시 나타나자 좋아하지 않았다. "또 너냐? 빨리 말해. 너 때문에 짜증이 나려고 한다."

"잠시면 됩니다." 샘은 장담했다. "데니스 경을 위한 기권은 안 되지만, 다른 사람이라면 할 수도 있다고 하셨지요."

"이번엔 누구냐, 슬레이어? 너냐?"

"아뇨. 투사입니다. 야인들이 왔을 때 도날 노이는 그 사람에게 장벽을 맡겼고, 그 사람은 늙은 곰의 종자였습니다. 다만 문제는 서자로 태어났다는 거죠."

코터 파이크는 껄껄 웃었다. "빌어먹을. 그거 말리스터의 엉덩이에 창을 박아 넣는 꼴이 되겠는데? 그것만으로도 해볼 가치가 있겠어. 그 녀석이 나빠봐야 얼마나 나쁘겠어?" 그는 코웃음을 쳤다. "하지만 내가 더 낫지. 지금 필요한 게 나라는 건 어떤 바보라도 알 수 있어."

"어떤 바보라도 알지요." 샘은 맞장구를 쳤다. "저도 아닙니다. 하지만…… 음, 이런 말씀 드리면 안 되지만…… 스타니스 왕은 오늘 밤에 우리가 한 명을 선택하지 못하면 데니스 경을 지명하려고 합니다. 다른 분들이 나가신 후에 아에몬 학사님께 하는 말을 들었어요."

# 존

강철 에멧은 팔다리가 길고 마른 젊은 순찰자로, 그의 지구력과 근력과 검술 실력은 이스트워치의 자랑이었다. 존은 언제나 그와의 대련에서 쓰리고 결리는 몸으로 돌아왔고, 다음 날이면 멍이 가득해서 깨어났다. 존이 원하는 대로였다. 새틴과 망아지 같은 이들을 상대로는 영영 나아질 길이 없었고, 그렌이라 해도 마찬가지였다.

대개는 존도 받은 만큼 줬다고 생각하고 싶었지만, 오늘은 아니었다. 존은 간밤에 거의 잠을 자지 못했고, 한 시간 정도 초조하게 뒤척이다가 결국 잠을 청하려는 마음마저 포기하고 옷을 입고서, 해가 뜰 때까지 장벽 위를 걸으며 스타니스 바라테온의 제안을 고민했다. 이제 수면 부족이 영향을 미치고 있었고, 에멧은 무자비하게 존을 공격하면서 마당을 가로질러, 긴 호선을 그리는 검격을 연달아 떨쳐서 존을 뒷걸음질 치게 만들고, 덤으로 한 번씩 방패로도 때렸다. 존의 팔은 타격의 여파로 마비되어버렸고, 날을 세우지 않은 연습용 검도 시간이 갈수록 무거워지는 것 같았다.

존이 검을 내리고 중단을 선언하려는 찰나에 에멧이 아래를 공격하는 척하다가 방패를 넘어서 무지막지한 포핸드 공격으로 존의 관자놀이를 때렸다. 존은 타격에 투구와 머리가 둘 다 울리는 가운데 비틀거렸다. 반 박자 정도는 눈구멍 너머 세상이 다 흐릿했다.

그 순간 몇 년의 세월이 사라지고, 존은 사슬과 판금 갑옷 대신 누빈 가죽 외투를 입고 다시 한번 윈터펠에 서 있었다. 손에 든 무기는 목검이었고, 앞에 선 상대는 강철 에멧이 아니라 롭이었다.

그들은 걸음마를 뗀 후부터 매일 아침 함께 훈련했다. 스노우와 스타크 둘이서 빙빙 돌고 검을 휘두르면서 윈터펠 안 빈터를 헤집으며 고함을 치고 웃어댔고, 달리 보는 사람이 없을 때는 울기도 했다. 싸울 때만큼은 그들도 어린 소년이 아니라 기사였고 강력한 영웅이었다. "난 드래곤 기사 아에몬 왕자야." 존이 그렇게 외치면, 롭은 마주 소리치곤 했다. "그럼 난 광대 플로리안." 아니면 롭이 "난 젊은 드래곤이야"라고 말하면 존이 대꾸하곤 했다. "난 리암 레드와인 경이다."

그날 아침에는 존이 먼저 외쳤다. "난 윈터펠의 영주다!" 이전에도 백 번은 그런 식으로 외쳤었다. 다만 이번에는, 이번만은 롭이 대답하지 않았다. "넌 윈터펠의 영주가 될 수 없어. 넌 서자야. 어머니가 그러시는데 넌 절대 윈터펠의 영주가 될 수 없대."

'잊은 줄 알았는데.' 존은 조금 전에 받은 타격으로 입안에 고인 피 맛을 느낄 수 있었다.

결국에는 할더와 망아지가 달려들어서 팔을 한 쪽씩 잡고 존을 강철 에멧에게서 뜯어내야 했다. 순찰자는 방패가 반쪽이 나고 투구 면갑은 비스듬히 기울어진 상태로 멍하니 바닥에 주저앉아 있었고, 들고 있던 검은 6미터는 떨어져 있었다. "존, 그만해." 할더가 외쳤다. "쓰러졌어. 네가 무장 해제했다고. 이제 충분해!"

'아니야. 충분치 않아. 충분했던 적이 없어.' 존은 검을 떨구고 중얼거렸다. "미안해. 에멧, 다쳤어?"

강철 에멧은 부서진 투구를 벗었다. "항복에 이해 못 할 부분이라도 있었어, 스노우 나리?" 하지만 말투는 온화했다. 에멧은 온화한 남자였고, 검의 노래를 사랑했다. "전사시여, 절 지켜주소서." 그는 신음했다. "이제 반쪽 손 쿼런이 어떤 기분이었을지 알겠어."

감당 못 할 말이었다. 존은 친구들을 뿌리치고 혼자 무기고로 물러났다. 에멧에게 받은 타격 때문에 아직도 귀가 울렸다. 그는 장의자에 앉아서 두 손에 머리를 묻었다. '왜 이렇게 화가 나지?' 스스로에게 물어봤지만, 멍청한 질문이었다. '윈터펠의 영주. 난 윈터펠의 영주가 될 수 있어. 아버지의 후계자가.'

하지만 앞에 떠다니는 것은 에다드 공의 얼굴이 아니라, 캐틀린 부인의 얼굴이었다. 짙푸른 눈과 차갑고 단단한 입매가 조금은 스타니스처럼 보이기도 했다. '무쇠 같아서, 부서지기 쉽지.' 그녀는 예전 윈터펠에서 존이 검술이나 산수나 다른 무엇으로든 롭을 이길 때마다 쳐다보던 눈빛 그대로 그를 보고 있었다. '너는 누구냐?' 그 눈빛은 언제나 그렇게 말하는 것 같았다. '여긴 네가 있을 곳이 아니다. 왜 여기 있는 거냐?'

친구들은 아직 연습장에 있었지만, 존은 그들을 마주할 상태가 아니었다. 그는 무기고 뒷문으로 빠져나가, 가파른 돌계단을 내려가서 캐슬블랙 안의 아성과 탑을 땅밑에서 연결하는 터널인 지렁이 길에 들어섰다. 목욕탕까지는 짧은 길이었고, 그곳에서 존은 찬물로 땀을 씻어내고 뜨거운 돌 욕조에 몸을 담갔다. 따뜻한 물이 근육의 아픔을 약간은 덜어준 덕분에 신의 숲에서 수증기를 올리며 보글거리던 윈터펠의 진흙 웅덩이들이 떠올랐다. '윈터펠. 테온이 불타고 무너진 채로 놔두고 떠났다지만, 내가 복구할 수 있어.' 분명히 아버지도, 롭도 그걸 원할 것이다. 그 성을 폐허로 내버려 두고 싶어 할 리 없었다.

'넌 윈터펠의 영주가 될 수 없어. 넌 서자잖아.' 다시 롭의 목소리가 들렸다. 그리고 돌로 깎은 왕들이 화강암 혀를 놀리며 존을 향해 으르렁거렸다. '넌 여기 속한 자가 아니다. 여긴 네가 있을 곳이 아니다.' 존이 눈을 감자 하얀 줄기에 붉은 잎사귀를 달고 엄숙한 얼굴을 한 심장 나무가 보였다. 에다드 공은 언제나 그 영목이 윈터펠의 심장이라고 말했다……. 그러나 존이 그 성을 구하려면 우선 그 심장을 오래된 뿌리째로 뽑아서 붉은 여인의 굶주린 불의 신에게 먹여야 할 것이다. '내겐 그럴 권리가 없어.' 존은 생각했다. '윈터펠은 옛 신들에게 속한 곳이야.'

그는 둥근 천장에 메아리치는 목소리들 때문에 캐슬블랙으로 돌아왔다. "모르겠네요." 누군가가 의심이 가득한 목소리로 말하고 있었다. "그 사람을 더 잘 알았다면 몰라도……. 스타니스 공이 그분을 별로 좋게 평하지 않았다는 점은 확실한데요."

"언제는 스타니스 바라테온이 누구에 대해서든 좋게 평한 적이 있소?" 알리서 경의 냉혹한 목소리는 못 알아들을 수가 없었다. "스타니스가 우리 총사령관을 선택하게 됐다간 그자의 휘하에 들어가는 꼴이오. 타이윈 라니스터는 그 점을 잊지 않을 테고, 마지막에 승리하는 게 타이윈 공이라는 정도는 알 테지. 이미 블랙워터에서 스타니스를 한 번 꺾었잖소."

"타이윈 공은 슬린트를 좋아하십니다." 보웬 마시가 안달하며 초조하게 말했다. "타이윈 공의 편지를 보여드릴 수도 있어요, 오델. '우리의 충실한 벗이자 하인'이라고 부르셨어요."

존 스노우가 갑자기 일어나 앉자, 세 남자 모두 물소리에 놀라 얼어붙었다. "안녕하십니까." 그는 차갑게 예의를 차렸다.

"여기서 뭘 하는 거냐, 서자?" 알리서 쏜이 물었다.

"목욕을 하고 있지요. 하지만 여러분의 회의를 방해할 수야 없군요." 존은 물에서 나가 몸을 닦고, 옷을 입은 후에 세 사람이 음모를 계속 짜게 두고 나갔다.

밖으로 나가고 보니 어디로 가야 할지 알 수 없었다. 그는 예전에 늙은 곰을 시체로부터 구해냈던 '사령관의 탑' 빈껍데기를 지나쳐 걸었다. 이그리트가 슬픈 미소를 지은 채 죽은 곳을 지나쳤다. 그와 새틴과 귀머거리 딕 폴라드가 함께 마그나가 이끄는 텐족을 기다렸던 '왕의 탑'을 지나쳤다. 까맣게 타버린 거대한 나무 계단의 잔해가 쌓인 곳을 지났다. 안쪽 문이 열려 있었기에 존은 장벽 안으로 통하는 터널을 내려갔다. 사방의 한기와 머리 위를 내리누르는 얼음의 무게를 느낄 수 있었다. 그는 도날 노이와 강대한 마그가 싸우다가 같이 죽은 지점을 지나서 새로 만든 바깥문을 통과하여 다시 차갑고 흰 햇빛 아래로 나갔다.

그런 다음에야 겨우 멈춰 서서 숨을 고르고 생각을 할 수 있었다. 오델 야윅은 나무와 돌과 모르타르에 관한 문제가 아니면 확고한 신념이라곤 없었다. 늙은 곰도 그 점을 알고 있었다. '쏜과 마시가 흔들어대면 야윅은 자노스 공을 지지할 테고, 자노스 공이 총사령관으로 선택받을 거야. 그러고 나면 나에게 윈터펠 말고 뭐가 남지?'

장벽에 몰아치는 바람이 그의 망토를 잡아당겼다. 불에서 열기가 나오듯, 그 얼음에서 스며 나오는 한기를 느낄 수 있었다. 존은 두건을 올리고 다시 걷기 시작했다. 오후 시간이 지나가고 해가 서쪽에 낮게 걸렸다. 100미터쯤 걸어가자 스타니스 왕이 둥글게 판 도랑과 날카로운 말뚝, 높은 나무 울타리로 야인 포로들을 가둬둔 숙영지가 나왔다. 왼쪽에 거대한 불구덩이 세 개가 보였는데, 승리자들이 커다란 털투성이 거인이나 자그마한 뿔발족이나 할 것 없이 장벽 아래에서 죽은 자유민들 모두의 시체를 모아다 태운 구덩이였다. 죽음의 들판은 여전히 새까맣게 탄 잡초와 굳어버린 역청이 널린 황무지였고, 만스의 사람들은 사방에 흔적을 남겨두었다. 천막의 일부였을 법한 찢어진 생가죽, 거인의 쇠메, 전차 바퀴, 부러진 창, 매머드 똥 더미까지. 예전에 천막들이 서 있었던 귀신 들린 숲 가장자리에서 존은 참나무 그루터기를 하나 찾아내 앉았다.

'이그리트는 내가 야인이 되기를 원했지. 스타니스는 내가 윈터펠의 영주가 되길 원해. 하지만 내가 원하는 건 뭐지?' 해가 하늘을 슬금슬금 기어 내려오더니 서쪽 언덕들을 통과하며 굽은 장벽 뒤로 내려갔다. 존은 우뚝 솟은 거대한 얼음벽이 황혼의 붉은색과 분홍색으로 물드는 광경을 바라보았다. '자노스 공에게 변절자로 교수형을 당하는 게 나을까, 서약을 저버리고 발과 결혼해서 윈터펠의 영주가 되는 게 나을까?' 이렇게 표현하면 쉬운 선택 같았다……. 만약 이그리트가 아직 살아 있었다면 더 쉬운 선택이 되었을지도 모른다. 발은 존에게 낯선 사람이었다. 분명 보기에 나쁜 외모는 아니었고, 만스 레이더의 왕비의 동생이었으나, 그렇다 해도…….

'발의 사랑을 원한다면 내가 훔쳐내야 하겠지만, 그 여자가 나에게 아이들을 낳아줄 수도 있어. 언젠가 내 품에 내 피가 이어진 아들을 안을 수도 있어.' 존 스노우가 장벽에서 살아가기로 결정한 이후 단 한 번도 꿈꾸지 못한 게 있다면 바로 아들이었다. '이름을 롭이라고 지을 수도 있겠지. 발이 언니의 아들을 데리고 있고 싶어 할 테지만, 윈터펠에 양자로 들일 수 있어. 길리의 아들도 데려가고. 그러면 샘도 거짓말할 필요가 없을 거야. 길리가 있을 곳도 찾아주고, 샘이 1년에 한두 번씩 찾아올 수도 있겠지. 내가 롭과 같이 자랐듯, 만스의 아들과 크래스터의 아들이 형제로 자라는 거야.'

존은 그때 자신이 원하는 것을 깨달았다. 세상 그 무엇도 그만큼 원한 적이 없었다. '난 언제나 그걸 원했던 거야.' 그는 죄책감을 느끼며 생각했다. '신들이시여, 용서하소서.' 그것은 그의 내면에 자리 잡은 굶주림, 드래곤 유리 칼날처럼 날카로운 굶주림이었다……. 느낄 수 있었다. 그에게는 먹을 것이 필요했다. 사냥감, 공포의 냄새를 풍기는 붉은 사슴이나 당당하고 반항적인 대형 엘크. 그걸 죽여서 신선한 고기와 뜨겁고 검붉은 피로 배를 채워야 했다. 그 생각만으로 입에 침이 고였다.

그는 시간이 꽤 지나고 나서야 무슨 일이 벌어진 것인지 이해했다. 그리고 이해한 순간 튕겨 일어났다. "고스트?" 존이 숲 쪽으로 몸을 돌리자, 그곳에 고스트가 있었다. 녹색 어스름 속에서 소리 없이 걸어 나오는데, 벌린 입에서 내뿜는 더운 숨이 하얗게 보였다. "고스트!" 존이 외치자 다이어울프가 달리기 시작했다. 이전보다 여위었지만 몸집은 더 커졌고, 달리면서 내는 소리라곤 발아래 부서지는 낙엽 소리뿐이었다. 고스트는 존 앞에 다다르자 펄쩍 뛰어올랐고, 그들은 머리 위로 별들이 나오는 동안 갈색 풀밭과 긴 땅거미 속을 함께 뒹굴었다. "맙소사, 이 늑대야, 어디 있었던 거야?" 존은 고스트가 팔뚝을 물고 흔들기를 그만두자 말했다. "롭과 이그리트와 다른 모두처럼 너도 날 두고 죽어버린 줄 알았어. 장벽을 오른 이후부터는 네가 느껴지질 않았어. 꿈속에서조차도." 다이어울프는 대답 없이 젖은 사포 같은 혀로 존의 얼굴을 핥았고, 두 눈은 마지막 햇빛을 받아 커다란 붉은 해처럼 빛났다.

'붉은 눈이지만, 멜리산드레와는 달라.' 존은 문득 깨달았다. 고스트는 영목의 눈을 지녔다. '붉은 눈에 붉은 입, 하얀 털. 심장 나무처럼 피와 뼈의 색깔이야. 이 녀석은 옛 신들에게 속해 있어.' 그리고 모든 다이어울프 중에서도 고스트만 하얀 색이었다. 존과 롭이 늦여름 눈밭에서 찾아낸 새끼 여섯 마리 중에 다섯은 다섯 스타크를 위한 회색과 검은색과 갈색이었고, 한 마리만 흰색이었다. 스노우— 눈과 같은 흰색.

존은 답을 얻었다.

장벽 아래에서는 왕비 쪽 사람들이 밤의 불을 지피고 있었다. 왕과 함께 터널에서 나오는 멜리산드레가 보였다. 어둠을 밀어내준다고 믿는 기도를 이끌기 위해서였다. "가자, 고스트." 존은 늑대에게 말했다. "같이 가자. 배고 픈 거 알아. 나도 느낄 수 있어." 그들은 뻗어 오른 불길이 밤의 검은 배를 할퀴어대는 밤의 불 주변을 멀찍이 돌아서 문으로 달려갔다.

캐슬블랙 마당에는 왕의 사람들이 많이 보였다. 그들은 존이 지나가자 멈춰 서서 입을 딱 벌렸다. 존은 아무도 다이어울프를 본 적이 없으리라는 사실을 깨달았다. 게다가 고스트는 남부의 초록 숲을 돌아다니는 보통 늑대들의 두 배는 컸다. 존은 무기고를 향해 걷다가 슬쩍 시선을 올려 탑 창문 앞에 선 발을 보았다. '미안해요. 난 당신을 거기서 훔쳐낼 남자가 아니에요.'

연습장에서는 횃불과 긴 창을 손에 든 왕의 사람들 십여 명과 마주쳤다. 장교는 고스트를 보더니 험상궂은 표정을 지었고, 그의 부하 몇 명은 창을 낮춰 잡았다. 그들을 이끄는 기사가 말했다. "비켜서서 지나가게 해줘." 그리고 그는 존에게 말했다. "저녁 식사에 늦었군."

"그렇다면 제 앞에서 비키시죠, 경." 존이 대꾸하자 기사는 비켜섰다.

존은 계단 밑에 다다르기도 전부터 소리를 들을 수 있었다. 높아진 목소리들이며 욕하는 소리, 누군가가 탁자를 두드리는 소리까지. 존은 눈에 띄지 않게 석실 안으로 들어갔다. 그의 형제들은 장의자와 탁자 주변에 몰려 있었으나, 앉아 있기보다는 서서 고함을 치는 사람이 더 많았고, 식사를 하는 사람은 아무도 없었다. 음식도 없었다. '대체 무슨 일이야?' 자노스 슬린트 공은 변절자와 반역에 대해 외쳐대고, 강철 에멧은 검을 뽑아 들고 탁자 위에 서 있었으며, 세 손가락 홉은 섀도타워에서 온 순찰자를 욕하고 있었고…… 이스트워치 형제 몇 명이 주먹으로 탁자를 두드리고 또 두드리면서 조용히 하라고 했지만, 그래봤자 석실 천장에 메아리치는 소음만 더할 뿐이었다.

제일 먼저 존을 본 사람은 핍이었다. 핍은 고스트를 보더니 씩 웃고는, 입가에 손가락 두 개를 대고 극단 출신만 불 수 있는 휘파람을 불었다. 그 날카로운 소리는 장검처럼 소란을 가르고 울려 퍼졌다. 존이 탁자 쪽으로 걸어가자 형제들 몇 명이 더 알아차리고 조용해졌다. 지하실 안에 정적이

퍼지더니, 들리는 소리라고는 돌바닥을 밟는 존의 발소리와 벽난로에서 타닥거리는 장작 소리밖에 남지 않았다.

알리서 쏜 경이 그 정적을 깨뜨렸다. "변절자 놈이 드디어 납셨군."

자노스 공은 시뻘건 얼굴로 부들부들 떨면서 숨을 몰아쉬었다. "저 짐승, 봐라! 반쪽 손의 목숨을 빼앗은 그 짐승이다. 와르그가 우리 사이를 걷고 있다, 형제들. 와르그야! 이…… 이 물건은 우릴 이끌기에 어울리지 않아! 이 짐승은 살 가치도 없어!"

고스트가 이를 드러냈지만, 존은 고스트의 머리에 한 손을 얹고 말했다. "실례지만, 여기 무슨 일이 벌어진 건지 말씀해주시겠습니까?"

대답은 반대쪽 멀리 있던 아에몬 학사였다. "네 이름이 총사령관 선택에 나왔다, 존."

너무나 터무니없는 이야기라 존은 웃고 말았다. "누가 냈는데요?" 존은 친구들을 찾으며 말했다. 분명히 핍의 장난일 것이었다. 하지만 핍은 어깨만 으쓱였고, 그렌은 고개를 저었다. 일어선 사람은 구슬픈 에드 톨렛이었다. "내가 했다. 그래, 친구에게 하기엔 끔찍하고 잔인한 짓이다만, 그래도 네가 나보단 낫지."

자노스 공은 다시 침을 튀기기 시작했다. "이건, 이건 무지막지한 짓이야. 우린 저 녀석을 목매달아야 해. 그렇고말고! 목을 매달아. 변절자에다 와르그로 저놈 친구인 만스 레이더와 함께 목을 매달아야지. 총사령관? 난 못 받아들여. 못 참아!"

코터 파이크가 일어섰다. "못 참는다고? 그놈의 황금 망토들은 그 망할 엉덩이를 핥아주고 살았을지 몰라도 지금 넌 검은 망토를 입고 있거든."

"어떤 형제든, 어떤 이름이라도 제시할 수 있소. 서약을 한 남자이기만 하면 말이오." 데니스 말리스터 경이 말했다. "톨렛은 뜻대로 할 권리가 있소이다, 자노스 공."

십여 명이 한꺼번에 말하기 시작했고, 하나같이 다른 사람들보다 크게 말하려고 했으며, 곧 석실 안에 있는 사람 반이 다시 소리를 지르고 있었다. 이번에는 알리서 쏜 경이 탁자 위로 뛰어올라서 조용히 하라고 두 손을 들어 올렸다. "형제들!" 그는 외쳤다. "이래봐야 얻을 게 없소. 투표합시다. 왕의 탑을 점령한 저 왕이 문마다 사람들을 배치해서 우리가 선택을 이루기 전에는 먹지도 못하고 떠나지도 못하게 해놨소. 할 수 없지! 우린 사령관을 얻을 때까지 선택하고 또 선택할 거요. 필요하다면 밤새도록 해야지⋯⋯. 하지만 토큰을 던지기 전에, 우리 제1건설자가 할 말이 있는 것 같소."

오델 야윅이 찌푸린 얼굴로 천천히 일어섰다. 그 덩치 큰 건설자는 긴 주걱턱을 문지르더니 말했다. "흠, 내 이름은 그만 빼겠습니다. 나를 원했다면 선택할 기회가 열 번은 있었는데, 다들 날 선택하지 않았지요. 어쨌든 충분한 수가 선택하진 않았어요. 원래는 나에게 표를 던졌던 형제들은 자노스 공을 선택해야 마땅하다고 말하려고⋯⋯."

알리서 경이 고개를 끄덕였다. "슬린트 공이야말로 최선의—"

"내 말 안 끝났어요, 알리서." 오델 야윅이 투덜거렸다. "슬린트 공이 킹스랜딩에서 도시 경비대를 지휘했다는 건 우리 모두가 알고, 또 하렌홀의 영주이기도 했고⋯⋯."

"하렌홀은 본 적도 없을걸." 코터 파이크가 외쳤다.

"그건 그렇지요." 오델 야윅은 말했다. "어쨌든, 이 자리에 서서 생각해보니 왜 슬린트가 좋은 선택이라고 생각했는지 기억이 나지 않는군요. 그건 스타니스 왕의 입을 걷어차는 격이 될 텐데, 그래서 우리에게 좋을 게 없지요. 스노우가 나을 수도 있겠어요. 스노우가 장벽에 더 오래 있었고, 벤 스타크의 조카이기도 하고, 늙은 곰의 종자로도 일했고." 그는 어깨를 으쓱였다. "다들 나만 빼고 원하는 대로 뽑아요." 그리고 앉았다.

존은 자노스 슬린트의 얼굴이 붉은색에서 자주색으로 변했지만, 알리서 쏜 경은 창백해진 것을 보았다. 이스트워치 형제가 다시 탁자를 주먹으로 두드리고 있었는데, 이번에는 주전자를 내오라고 외치고 있었다. 그의 친구들 몇 명이 합세하더니 한목소리로 소리쳤다. "주전자! 주전자, 주전자, 주전자!"

그 주전자는 벽난로 옆 구석에 놓여 있었다. 커다란 손잡이 두 개에 무거운 뚜껑이 달린 크고 뚱뚱한 검은색 주전자였다. 아에몬 학사가 샘과 클라이다스에게 지시하자 둘이 가서 손잡이를 하나씩 잡고 탁자 위로 주전자를 옮겼다. 클라이다스가 뚜껑을 열다가 발등에 떨어뜨릴 뻔하는 와중에도 형제들은 이미 토큰 통 앞에 줄을 서고 있었다. 요란한 울음소리와 날갯짓 소리가 들리더니 큰까마귀 한 마리가 주전자에서 튀어나왔다. 그 까마귀는 아마도 대들보나 빠져나갈 만한 창문을 찾는 듯 날개를 퍼덕였지만, 석실 안에는 대들보도 창문도 없었다. 그 까마귀는 갇혀버렸다. 까마귀는 큰 소리로 울면서 홀 안을 한 바퀴, 두 바퀴, 세 바퀴 돌았다. 그리고 존은 샘웰 탈리의 고함 소리를 들었다. "난 저 새를 알아! 저건 모르몬트 공의 까마귀야!"

그 까마귀는 존에게 제일 가까운 탁자 위에 내려앉았다. "스노우." 지저분하고 흙투성이가 된 늙은 새였다. "스노우." 까마귀가 다시 말했다. "스노우, 스노우, 스노우." 녀석은 탁자 끝까지 걸어오더니 다시 날개를 펼치고는, 존의 어깨 위로 날아왔다.

자노스 슬린트 공은 쿵 소리가 날 정도로 털썩 주저앉았지만, 알리서 경은 요란하게 비웃었다. "돼지 경이 우리가 다 바보인 줄 아나 본데, 형제들. 저 녀석이 새에게 저런 하찮은 재주를 가르친 거야. 다들 스노우라는 말을 하지. 까마귀 방에 올라가서 직접들 들어봐. 모르몬트의 새는 스노우보다 아는 단어가 많았다고."

큰까마귀는 고개를 기울이고 존을 쳐다보았다. "옥수수?" 녀석은 희망에 차서 말했다. 그리고 옥수수도, 대답도 얻지 못하자 까악거리고 중얼댔다. "주전자? 주전자? 주전자?"

나머지는 화살촉, 쏟아지는 화살촉, 화살촉의 홍수였다. 마지막 몇 개 남은 돌맹이와 조개껍질은 물론이고 구리 동전도 다 묻어버릴 정도의 화살촉이 나왔다.

집계가 끝났을 때, 존은 사람들에게 에워싸여 있었다. 어떤 이들은 그의 등을 두드렸고, 또 어떤 이들은 존이 진짜 영주라도 된다는 듯이 무릎을 꿇었다. 새틴, 미련퉁이 오언, 할더, 토드, 남는 장화, 거인, 멀리, 왕의 숲 출신 울머, 다정한 도넬 힐, 그리고 50명 정도가 주위에 몰려들었다. 디웬은 나무 의치를 달각거리며 말했다. "신들이시여, 우리의 총사령관은 아직 배내옷도 못 벗은 어린애구먼." 강철 에멧은 말했다. "이게 다음에 훈련할 때 제가 흠씬 두들겨 패면 안 된다는 뜻은 아니길 빕니다, 사령관님." 세 손가락 홉은 존이 계속해서 모두와 함께 식사를 할지, 아니면 개인 방으로 식사를 올려 보냈으면 좋겠는지 알고 싶어 했다. 보웬 마시조차도 와서 스노우 나리가 바란다면 기꺼이 집사장으로 계속 일하고 싶다고 했다.

"스노우 나리." 코터 파이크가 말했다. "이 일을 망치면 네놈 간을 뜯어내서 양파와 함께 씹어 먹을 거다."

데니스 말리스터 경은 좀 더 예의를 갖추었다. "여기 젊은 샘웰이 요청한 바는 나에게 쉽지 않았소." 노기사는 그렇게 고백했다. "쿼가일 공이 선택받았을 때 난 스스로에게 이렇게 말했지. '어쨌든 쿼가일이 너보다 장벽에 오래 있었어. 때가 올 거야.' 모르몬트 공이 됐을 때는 이렇게 생각했지. '모르몬트는 사납고 강하지만 나이가 많으니, 아직 때가 올지도 몰라.' 하지만 스노우 공은 아직 반쯤 소년이니, 이제 난 나의 때가 결코 오지 않을 것을 알고 새도타워로 돌아가야겠구려." 그는 지친 미소를 지었다. "내가 후회하며 죽지 않게 해주시오. 공의 숙부는 대단한 사내였소. 공의 아버님과 그 아버님도 그랬지. 공에게도 기대가 크오."

"맞아." 코터 파이크가 말했다. "그리고 왕의 부하들에게 선택이 끝났다는 말부터 하시지. 우린 망할 저녁 식사를 먹고 싶다고."

"저녁." 까마귀가 외쳤다. "저녁, 저녁 식사."

왕의 부하들은 선택이 끝났다고 말하자 문을 열었고, 세 손가락 홉과 대여섯 명이 음식을 가지러 부엌으로 달려갔다. 존은 식사를 기다리지 않았다. 그는 어깨에 까마귀를 얹고 발치에는 고스트를 거느린 채 성안을 걸으며, 혹시 이게 꿈인가 생각했다. 핍과 그렌과 샘이 수다를 떨면서 따라왔지만, 존은 거의 한마디도 듣지 못하다가 그렌의 속삭임을 겨우 들었다. "샘이 해냈어." 이어서 핍이 말했다. "샘이 해냈어!" 핍은 와인 부대를 들고 왔는데, 쭉 들이켜고 나서 노래를 했다. "샘, 샘, 마법사 샘, 놀라운 샘, 샘, 샘, 경이로운 사람, 샘이 해냈다네. 하지만 그 까마귀는 언제 주전자 속에 숨긴 거야? 그리고 대체 어떻게 그 까마귀가 존에게 날아갈 줄 알았어? 그 까마귀가 자노스 슬린트의 둥그런 머리통에 앉기로 결정했다면 모든 걸 망쳤을 텐데."

"그 새는 나와 아무 관계도 없어." 샘이 주장했다. "그 녀석이 주전자에서 뛰쳐나왔을 때 나도 오줌을 지릴 뻔했다고."

존은 웃음을 터뜨렸고, 아직 웃는 방법을 기억하고 있다는 사실에 조금 놀랐다. "너희는 하나같이 미친 바보들 떼거리야, 그거 알지?"

"우리?" 핍이 말했다. "우리더러 바보들이라고? 밤의 경비대 998번째 총사령관으로 뽑힌 사람은 우리가 아니거든. 와인 좀 마시는 게 좋겠네요, 존 사령관님. 와인이 잔뜩 필요할 겁니다."

그래서 존 스노우는 핍의 손에서 와인 부대를 받다가 한 모금을 삼켰다. 하지만 한 모금만이었다. 장벽은 그의 것이었고, 밤은 어두웠으며, 그는 왕을 마주해야 했다.

# 산사

산사는 신경이 바싹 곤두서서 퍼뜩 깨어났다. 잠시 동안은 여기가 어디인지 기억하지 못했다. 어렸을 때, 아직 아리아와 침실을 같이 쓰던 시절 꿈을 꾸고 있었다. 하지만 잠에 취해 뒤척이는 사람은 동생이 아니라 시녀였고, 여기는 윈터펠이 아니라 이어리였다. '그리고 난 사생아로 태어난 알레인 스톤이지.' 방 안은 춥고 캄캄했지만, 담요 속은 따뜻했다. 새벽은 아직 오지 않았다. 가끔은 일린 페인 경이 나오는 꿈을 꾸고 심장이 덜컹거리며 깨어나기도 했지만, 이 꿈은 그렇지 않았다. '집. 집에 대한 꿈이었어.'

이어리는 집이 아니었다. 크기는 마에고르 성채보다도 작았고, 새하얀 벽 바깥에는 하늘 성과 눈 성과 돌 성을 지나 계곡 바닥에 있는 달의 관문까지 이어지는 길고 위험천만한 내리막길과 산밖에 없었다. 갈 곳도 없고할 일도 별로 없었다. 나이가 많은 하인들은 산사의 아버지와 로버트 바라테온이 존 아린의 대자로 와 있던 시절에는 웃음소리가 홀마다 울렸다고했지만, 그 시절은 오래전에 지나갔다. 이모는 적은 수의 가솔만 유지했고, 달의 관문을 지나 올라와도 좋다는 허락을 받는 손님도 드물었다. 나이 든시녀를 제외하면 산사와 어울리는 사람이라곤 세 살배기에 가까운 여덟 살 로버트 공뿐이었다.

'그리고 마릴리언이 있지. 언제나 마릴리언이 있어.' 저녁 식사 때 그들을 위해 연주하는 젊은 가수는 종종 산사에게 직접 노래하는 것처럼 보였다. 이모는 마음에 들어 하지 않았다. 라이사 부인은 마릴리언에게 홀딱 빠져 있었고, 그에 대해 거짓말을 했다는 이유로 하녀 둘에다 시동 하나까지 없애버렸다.

라이사도 산사만큼이나 외로웠다. 그녀의 새 남편은 산꼭대기보다는 산 아래에서 시간을 더 많이 보내는 것 같았다. 지금도 그는 코브레이 가문과 만나느라 나흘이나 성을 비웠다. 산사는 이리저리 엿들은 조각들로 존 아린 휘하 영주들이 라이사의 결혼에 분개했고 피터가 협곡의 수호자로 얻은 권위를 못마땅해한다는 점을 알았다. 로이스의 직계 가문은 이모가 롭의 전쟁을 돕지 않은 데 대해 공공연히 반란하기 직전이었고, 웨인우드, 레드포트, 벨모어, 템플턴 가문도 그들을 지지하고 있었다. 산악민들도 말썽이었고, 늙은 헌터 공이 너무 갑자기 죽는 바람에 그의 둘째와 셋째 아들은 아버지를 살해했다고 형을 비난하고 있었다. 아린 협곡이 최악의 전쟁은 모면했을지 몰라도, 라이사 아린이 말하던 이상적인 장소는 아니었다.

'다시 잠이 들진 못하겠어. 머릿속이 너무 혼란스러워.' 산사는 마지못해 베개에서 머리를 떼고, 담요를 젖히고, 창가로 가서 덧창을 열었다.

이어리에 눈이 내리고 있었다.

바깥에는 눈송이가 추억처럼 부드럽고 조용히 내려앉았다. '이것 때문에 깬 걸까?' 벌써 아래 정원에 눈이 두껍게 쌓여서 풀밭을 가리고, 관목과 조각상 위에 흰 가루를 뿌리고, 나뭇가지를 내리누르고 있었다. 그 풍경을 보자 산사는 오래전의 추운 밤들로, 어린 시절의 긴 여름으로 돌아간 것 같았다.

윈터펠을 떠나던 날 이후 처음 보는 눈이었다. '그때는 지금보다 가벼운 가루눈이었지.' 산사는 기억하고 있었다. '롭이 날 끌어안을 때 머리에 묻은 눈송이가 녹고 있었고, 아리아가 뭉쳐보려던 눈덩이는 자꾸만 손안에서 흩어졌어.' 그날 아침 얼마나 행복했던지를 기억하니 가슴이 아팠다. 산사는 헐렌의 도움을 받아서 말에 올랐고, 소용돌이치는 눈송이 사이로 말을 달려 드넓은 세상을 보러 떠났다. '난 그날 나의 노래가 시작되는 줄 알았는데, 사실은 거의 끝난 거였어.'

산사는 덧창을 열어둔 채로 옷을 입었다. 춥기야 추울 테지만, 이어리의 탑들이 정원을 에워싸고 최악의 산바람을 막아주었다. 산사는 비단 속옷을 입고 리넨 치마를 입은 후, 그 위에 파란색 양털로 만든 따뜻한 드레스를 입었다. 다리에는 호스를 두 겹으로 껴입고, 무릎까지 올라오는 장화를 신고, 무거운 가죽 장갑을 끼고, 마지막으로 두건이 달린 부드러운 흰 여우털 망토를 걸쳤다.

창문으로 눈이 날려 들어오자 시녀가 담요를 몸에 단단히 감았다. 산사는 조용히 문을 열고 나선계단을 내려갔다. 정원 문을 열자 보이는 풍경이 어찌나 찬란하던지, 산사는 그런 완벽한 아름다움을 방해하고 싶지 않은 마음에 숨을 멈추고 말았다. 눈은 유령처럼 고요히 떨어지고 또 떨어져서 땅바닥에 두껍게 쌓였다. 모든 색깔이 달아나버렸다. 그곳은 흰색과 검은색과 회색으로만 이루어진 장소였다. 하얀 탑과 하얀 눈과 하얀 조각상, 검은 그림자와 검은 나무, 그리고 머리 위에는 짙은 회색 하늘. '순수한 세상이야.' 산사는 생각했다. '여긴 내가 있을 곳이 아니야.'

그럼에도 산사는 밖으로 걸음을 옮겼다. 장화가 매끄러운 하얀색 눈 표면에 발목까지 오는 구멍을 뚫었지만, 소리는 나지 않았다. 산사는 서리 내린 관목과 시커멓게 마른 나무 사이를 부유하면서, 아직 꿈속에 있는 걸까 생각했다. 떨어지는 눈송이가 연인의 입맞춤처럼 가볍게 그녀의 얼굴을 스치고는 뺨에 닿아 녹아내렸다. 정원 중앙, 깨어진 채로 땅속에 반쯤 묻힌 우는 여자 조각상 옆에서 산사는 고개를 하늘로 들어 올리고 눈을 감았다. 속눈썹에 닿는 눈송이의 감촉을 느끼고, 입술에 닿는 눈의 맛을 느낄 수 있었다. 그것은 윈터펠의 맛이었다. 순수의 맛. 꿈의 맛이었다.

다시 눈을 떴을 때, 산사는 무릎을 꿇고 있었다. 주저앉은 기억은 나지 않았다. 하늘이 조금 더 밝은 회색으로 변한 것 같았다. '새벽이야. 또 하루가 왔어. 또 하루, 새로운 날이.' 산사가 갈망하는 것, 기도하는 것은 옛날이었다. 하지만 누구에게 기도할 수 있단 말인가? 그 정원은 한때 신의 숲으로 조성하려 했던 곳이었지만, 영목이 뿌리를 내리기엔 토양이 너무 척박하고 돌이 많았다. '신들이 없는 신의 숲이라니, 나처럼 비어 있구나.'

산사는 눈을 한 줌 퍼서 꽉 쥐었다. 무겁고 촉촉한 눈이라 쉽게 뭉쳐졌다. 산사는 눈덩이를 만들기 시작했고, 이리저리 뭉치고 매만져서 둥글고 하얗고 완벽한 공 모양으로 빚었다. 윈터펠에서 여름 눈이 내린 어느 아침, 아성을 나서는데 아리아와 브랜이 매복해 있었던 일을 기억했다. 둘 다 눈덩이를 열 개씩은 가지고 있었는데, 산사에게는 하나도 없었다. 브랜은 지붕 다리 위에 걸터앉아 있어서 손이 닿지 않았지만, 산사는 아리아를 쫓아 숨이 턱에 찰 때까지 마구간을 통과하고 부엌 주위를 돌았다. 아리아를 잡을 수도 있었지만, 그러다가 얼음에 발이 미끄러졌다. 아리아는 산사가 다쳤는지 보려고 돌아왔다. 산사가 다치지 않았다고 대답했더니 아리아는 눈덩이를 산사의 얼굴에 맞혔는데, 산사가 그 다리를 잡아당겨 쓰러뜨려서 아리아의 머리에다 눈을 문질렀다. 지나가던 조리가 큰 소리로 웃으면서 그들을 떼어냈다.

'난 눈덩이로 뭘 하고 싶은 걸까?' 산사는 자기가 만든 서글픈 작은 무기를 보았다. 그 눈을 던질 상대는 없었다. 산사는 만들다 만 눈덩이를 떨어뜨렸다. '눈사람 기사를 만들 수도 있을 거야. 아니면……'

산사는 눈덩이 두 개를 합치고, 세 번째 눈덩이를 더하고, 그 주위에 눈을 더 뭉친 다음 이리저리 두드려서 원통 모양으로 빚었다. 원통이 완성되자 조심해서 세우고, 새끼손가락 끝으로 창문에 해당하는 구멍을 뚫었다. 꼭대기를 두른 요철 벽에는 좀 더 주의를 기울여야 했지만, 다 끝내자 탑이 생겼다. '이제 성벽하고 아성이 필요해.' 산사는 작업에 착수했다.

눈은 내려오고 성은 올라갔다. 발목 높이의 벽이 두 겹이었는데, 안쪽 벽이 바깥쪽보다 높았다. 큰 탑과 작은 탑들, 아성과 계단, 원형 부엌, 사각형 무기고, 서쪽 벽 안을 따라 늘어선 마구간. 만들기 시작할 때는 그냥 성이었으나, 산사는 오래지 않아 그것이 윈터펠임을 알았다. 산사는 눈 밑에서 잔가지와 굵은 가지를 찾아 꺾어서 신의 숲에 선 나무들을 만들었다. 묘지에 선 묘석들로는 나무껍질 조각을 이용했다. 곧 장갑과 장화에 하얗게 눈이 덮이고, 두 손은 얼얼해졌으며, 발은 젖어서 한기가 스몄지만 산사는 신경 쓰지 않았다. 중요한 건 그 성뿐이었다. 기억하기 힘든 부분도 있었지만 대부분은 어제 본 듯 쉽게 떠올랐다. 바깥 표면을 따라 구불구불 올라가는 가파른 돌계단이 달린 도서관 탑. 문루와 두 개의 거대한 보루, 두 보루 사이에 자리 잡은 아치문, 꼭대기를 빙 두른 요철……

눈은 그동안에도 계속 내려, 산사가 건물을 짓는 족족 그 주변에 쌓였다. 대연회장의 경사진 지붕을 토닥거리다가 목소리를 듣고 올려다보니 창문에서 시녀가 부르고 있었다. "아가씨, 괜찮으세요? 아침 식사 하시겠어요?" 산사는 고개를 젓고 다시 눈을 빚는 작업으로 돌아가서 대연회장 한쪽 끝, 안에 벽난로가 있을 위치에 굴뚝을 달았다.

새벽은 도둑처럼 슬그머니 정원에 침투했다. 회색 하늘이 좀 더 밝아지더니, 눈옷을 걸친 나무와 관목이 진녹색으로 변했다. 하인 몇 명이 나와서 잠시 동안 산사를 지켜보았지만, 산사가 아무 신경도 쓰지 않자 그들은 곧 따뜻한 건물 안으로 돌아갔다. 라이사 부인이 여우 털을 가장자리에 두른 파란 벨벳 로브를 걸치고 발코니에서 내려다보는 모습도 보였는데, 다시 올려다보니 이모는 사라지고 없었다. 콜먼 학사가 까마귀 방에서 몸을 내밀더니, 깡마른 몸으로 벌벌 떨면서도 호기심을 품고 한동안 아래를 내려다보았다.

다리들은 자꾸만 무너졌다. 무기고와 주성 사이에 지붕 다리가 하나 있었고, 종탑 4층과 까마귀 방 2층을 잇는 다리가 또 하나 있었는데, 아무리 조심스럽게 만들어봐도 버텨 서질 못했다. 세 번째로 다리가 무너져 내리자 산사는 큰 소리로 욕을 하고는 어쩔 수 없는 좌절감에 주저앉아버렸다.

"막대기 주위에 눈을 뭉쳐봐라, 산사."

그가 얼마나 오랫동안 지켜보고 있었는지, 협곡에서는 언제 돌아온 건지 알 수 없었다. "막대기요?" 산사는 물었다.

"그렇게 하면 버틸 힘이 생기지 싶구나." 피터가 말했다. "제가 아가씨의 성안으로 들어가도 괜찮을까요?"

산사는 경계했다. "부수지 마세요. 좀……"

"조심해달라고?" 그는 미소 지었다. "윈터펠은 나보다 사나운 적들도 이겨 냈을 텐데. 윈터펠 맞지?"

"네." 산사는 인정했다.

그는 성벽 바깥쪽을 따라 걸었다. "캣이 에다드 스타크와 함께 북쪽으로 간 후에 몇 년이나 그곳을 꿈꾸곤 했지. 내 꿈속에서는 언제나 어둡고 추운 곳이었어."

"아니에요. 언제나 따뜻했어요. 눈이 올 때도요. 온천물이 벽을 따라 흘러서 내부를 데웠고, 유리 정원 안은 언제나 뜨거운 여름날 같았죠." 산사는 몸을 일으켜 거대한 하얀 성 위로 우뚝 섰다. "정원의 유리 지붕은 어떻게 해야 할지 모르겠어요."

리틀핑거는 턱을 쓰다듬었다. 라이사가 밀어버리라고 하기 전까지는 수염이 있었던 자리였다. "그 유리는 틀 안에 끼워져 있었겠지? 잔가지가 답이 될 거다. 껍질을 벗겨내고 교차해서 나무껍질로 한데 묶어 틀을 만드는 거야. 내가 보여주마." 피터는 정원 안을 돌아다니며 잔가지와 막대기를 모아서 눈을 털어냈다. 충분히 모았다 싶자 그는 한걸음에 성벽을 타 넘더니 마당 한중간에 쪼그려 앉았다. 산사는 그가 뭘 하는지 보려고 가까이 다가갔다. 피터의 두 손은 흔들림 없고 날래어, 오래지 않아 잔가지로 윈터펠의 유리 정원 지붕에 있던 것과 많이 닮은 격자를 만들어냈다. "유리는 상상하는 수밖에 없겠지." 그는 산사에게 나무 격자를 건네면서 말했다.

"딱 좋아요." 산사가 말했다.

피터가 그녀의 얼굴을 만졌다. "이것도 그렇구나."

산사는 이해하지 못했다. "뭐가요?"

"네 미소 말이다, 아가씨. 하나 더 만들어줄까?"

"괜찮으시다면요."

"그보다 더 기쁜 일은 없을 거다."

산사가 유리 정원의 벽을 세우는 동안 리틀핑거는 지붕을 만들었고, 그 작업이 끝나자 그는 성벽을 확장하고 위병소를 짓는 작업을 도왔다. 지붕 다리를 만들 때 막대기를 썼더니 피터 말대로 잘 버텼다. 최초의 아성은 낡고 둥근 원형 탑이라 단순했지만, 꼭대기를 두른 가고일들에 이르자 산사는 다시 좌절했다. 이번에도 피터에게 답이 있었다. "아가씨의 성에는 눈이 내렸어요." 그는 지적했다. "가고일들에 눈이 덮이면 어떻게 보일까?"

산사는 눈을 감고 기억 속을 더듬었다. "그냥 하얀 혹이 되죠."

"그렇지. 가고일은 어렵지만, 하얀 혹은 쉬울 거야." 실제로 그랬다.

무너진 탑은 더 쉬웠다. 그들은 함께 높은 탑을 만들었다. 둘이 나란히 무릎을 꿇고서 탑을 둥글게 빚어냈고, 일으켜 세운 다음에는 산사가 윗부분에 손을 찔러 넣고 눈을 한 줌 움켜쥐어 그의 얼굴에 뿌렸다. 피터는 눈이 옷깃 사이로 스며들자 힉 소리를 냈다. "기사답지 않은 행동이었습니다,

아가씨."

"절 집으로 데려다준다고 맹세하고 여기로 데려오신 것도 그렇죠."

산사는 어디에서 그렇게 솔직하게 말할 용기가 났는지 몰랐다. '윈터펠일 거야. 윈터펠의 벽 안에 있으면 난 더 강해져.'

피터의 얼굴이 심각해졌다. "그래, 그 부분에서는 널 속였지……. 그리고 속인 게 하나 더 있어."

산사의 배 속이 떨렸다. "어떤 거요?"

"너를 도와서 성을 만드는 것보다 더 기쁜 일은 없을 거라고 했지. 안타 깝게도 그것 역시 거짓말이었다. 나에게 더 기쁜 일이 따로 있어." 그는 가까이 다가섰다. "이거야."

산사는 뒷걸음질 치려고 했지만, 피터가 그녀를 품에 끌어안더니 갑자기 입을 맞췄다. 힘없이 몸을 뒤틀어보았지만, 오히려 그에게 더 바싹 몸을 붙이는 결과밖에 낳지 못했다. 그의 입이 그녀의 입술을 막고 말을 삼켜버렸다. 그에게서 박하 맛이 났다. 그녀는 아주 잠깐 동안 그의 입맞춤에 항복했다가…… 고개를 돌리고 몸을 뗐다. "뭐 하시는 거예요?"

피터가 망토를 여몄다. "눈 처녀에게 입 맞추고 있지."

"입을 맞춰야 하는 사람은 달리 있잖아요." 산사는 라이사의 발코니를 올려다보았지만, 지금은 아무도 없었다. "부인께 하셔야죠."

"그거야 하지. 라이사는 불평할 이유가 없어." 그는 미소 지었다. "네가 스스로를 볼 수 있다면 좋겠구나. 너무나 아름다워. 어린 새끼 곰처럼 눈을 뒤집어썼지만, 얼굴은 발그레하고 숨이 가쁘지. 여기 얼마나 나와 있었던 거냐? 많이 추울 텐데. 내가 따뜻하게 해주마, 산사. 장갑을 벗고 나에게 손을 다오."

"안 돼요." 피터는 거의 결혼식 날 밤에 심하게 취했던 마릴리언처럼 말했다. 다만 이번에는 로소르 브룬이 나타나서 그녀를 구해줄 리가 없었다.

로소르 경은 피터를 위해 일하는 사람이었다. "저한테 입 맞추시면 안 돼요. 전 아저씨 딸로 태어날 수도 있었는데……."

"그럴 수도 있었지." 그는 후회 가득한 미소를 지으며 인정했다. "하지만 아니잖니. 안 그래? 넌 에다드 스타크의, 그리고 캣의 딸이야. 하지만 넌 네 어머니가 네 나이였을 때보다도 더 아름다운 것 같구나."

"피터, 제발요." 산사의 목소리는 너무나 약하게 들렸다. "제발……."

"성이다!"

크고 날카로운 어린아이 목소리였다. 리틀핑거가 산사에게서 몸을 돌렸다. "로버트 공." 그는 가볍게 허리를 굽혔다. "눈밭에 나오는데 장갑도 끼지 않으신 건가요?"

"리틀핑거 공이 만든 눈 성이에요?"

"알레인이 대부분 만들었습니다."

산사가 말했다. "윈터펠을 본떴어요."

"윈터펠?" 로버트는 여덟 살치고 작았고, 빼빼 마른 데다 피부는 얼룩덜룩하고 눈에서는 늘 진물이 흐르는 소년이었다. 한쪽 옆구리에는 어디에나 가지고 다니는 올 풀린 천 인형을 끼고 있었다.

"윈터펠은 스타크 가문의 권좌랍니다." 산사는 미래의 남편감에게 말했다. "북부에 있는 큰 성이죠."

"그렇게 크지도 않은데." 소년은 문루 앞에 무릎을 꿇었다. "봐, 여기 성을 무너뜨릴 거인이 간다." 소년은 인형을 눈 속에 세우더니 홱홱 움직였다. "쿵쾅쿵쾅 나는 거인이다, 나는 거인이다." 로버트가 읊조렸다. "호호호, 성문을 열지 않으면 짓이기고 으깨어버릴 테다." 그는 인형의 다리를 잡고 휘둘러서 문루 탑 하나를 무너뜨리고 또 하나를 무너뜨렸다.

산사는 더 참을 수가 없었다. "로버트, 그만해요." 그러나 소년은 다시 인형을 휘둘렀고, 벽이 터져 나갔다. 산사는 그의 손을 잡으려 했지만 그 대신 인형이 잡혔다. 얇은 천이 찢어지면서 커다란 소리가 울렸다. 정신을 차려보니 산사는 인형의 머리를, 로버트는 다리와 몸뚱이를 잡고 있었고 안에 들어 있던 넝마와 톱밥이 눈밭에 쏟아지고 있었다.

로버트 공의 입매가 파들거렸다. "네가 죽였어어어어어어어." 로버트가 울부짖더니, 몸을 떨기 시작했다. 처음에는 가벼운 몸서리에 지나지 않았지만, 몇 초 후에는 성 위에 쓰러져서 격렬하게 팔다리를 휘저었다. 하얀 탑들과 눈으로 만든 다리들이 사방으로 부서지고 무너져 내렸다. 산사는 공포에 질려 일어섰지만, 피터 베일리시가 소년의 손목을 잡고 학사를 외쳐 불렀다.

순식간에 위병들과 하녀들이 도착해서 소년을 진정시키려 했고, 콜먼 학사가 조금 후에 도착했다. 로버트 아린의 발작은 이어리 사람들에게 새로운 일이 아니었고, 라이사 부인은 소년이 소리를 지르자마자 모두가 뛰어가도록 훈련해두었다. 학사는 어린 영주의 머리를 잡고 달래는 말을 중얼거리며 드림와인 반 잔을 먹였다. 서서히 격렬한 발작이 잦아들더니, 살짝 떨리는 두 손을 제외하면 아무 자취도 남기지 않았다. "내 거처로 모셔 가게." 콜먼이 위병들에게 말했다. "거머리 치료가 진정시키는 데 도움이 될 거야."

"제 잘못이에요." 산사는 그들에게 인형 머리를 보였다. "제가 인형을 반으로 찢어버렸어요. 그러려던 건 아닌데……"

"영주님께서 성을 부수고 있었지." 피터가 말했다.

"거인이야." 소년은 울면서 속삭였다. "내가 아니야. 성을 해친 건 거인이라고. 그런데 쟤가 거인을 죽였어! 쟤 싫어! 사생아도 싫어! 거머리 치료 받기 싫어!"

"영주님, 피를 묽게 만들어야 합니다." 콜먼 학사가 말했다. "나쁜 피 때문에 화가 나고, 그 분노가 발작을 부르는 거예요. 가시지요."

그들은 소년을 데려갔다. '내 남편.' 산사는 윈터펠의 폐허를 응시하며 생각했다. 눈은 그쳤고, 바깥은 전보다 더 추워졌다. 로버트 공이 결혼식에서도 몸을 떨까 궁금했다. 그래도 조프리는 몸은 건강했다. 미친 듯한 격노가 그녀를 사로잡았다. 그녀는 부러진 나뭇가지를 집어 들고 찢어진 인형 머리를 꽂은 다음, 그녀가 만든 눈 성의 부서진 문루 위에 꽂았다. 하인들은 경악한 얼굴이었지만, 리틀핑거는 그녀가 한 짓을 보자 소리 내어 웃었다. "전해지는 이야기가 사실이라면, 윈터펠의 성벽에 머리가 내걸린 거인이 이 녀석이 처음은 아니지."

"그건 옛날이야기일 뿐이에요." 산사는 그렇게 말하고 그 자리를 떠났다.

침실로 돌아간 산사는 망토와 젖은 장화를 벗고 불가에 앉았다. 로버트 공의 발작에 대한 책임을 져야 할 게 분명했다. '라이사 부인이 날 멀리 보내버릴지도 몰라.' 이모는 불쾌감을 준 사람은 누구든 재빨리 없애버렸고, 그녀에게 자기 아들을 학대했다는 의심이 드는 사람만큼 불쾌한 존재는 없었다.

산사는 추방이 반가웠다. 달의 관문은 이어리보다 훨씬 컸고, 활기가 넘쳤다. 네스토 로이스 공은 무뚝뚝하고 엄했지만 그 딸인 미란다가 성을 지키고 있었고, 다들 미란다가 얼마나 장난기 넘치는지 말했다. 아래에 내려가면 산사가 사생아라는 거짓 신분도 대단한 의미를 지니지 못할지 몰랐다. 로버트 왕의 서녀 하나가 네스토 공을 섬기고 있었는데, 그녀와 미란다 아가씨는 자매처럼 가까운 친구 사이라고들 했으니 말이다.

'이모에게 난 로버트와 결혼하고 싶지 않다고 할 거야.' 여인이 서약을 거부하면 최고성사라 해도 성혼 선언을 할 수 없었다. 이모가 뭐라고 하든, 산사는 거지가 아니었다. 그녀는 열세 살이었고, 꽃을 피우고 결혼도 한 여인이었으며, 윈터펠의 후계자였다. 가끔은 어린 사촌 동생이 안타깝기도 했으나, 그의 아내가 되고 싶어질지 모른다고는 상상도 할 수 없었다. '차라리 티리온과 다시 결혼하고 말지.' 라이사 부인이 그 사실을 알면 분명 내쫓을 것이다……. 로버트의 토라짐과 발작과 진물 나는 눈으로부터, 마릴리언의 진득한 시선으로부터, 피터의 입맞춤으로부터 멀리 가버릴 수 있다. '이모에게 말할 거야. 말할 거라고!'

라이사 부인은 그날 오후 늦게야 그녀를 불렀다. 산사는 온종일 용기를 그러모으고 있었지만, 마릴리언이 문 앞에 나타나자마자 온갖 의심이 다 돌아왔다. "라이사 부인께서 하늘 회랑으로 부르십니다." 가수는 말하면서도 눈으로 그녀의 옷을 벗겼는데, 이제는 산사도 익숙해졌다.

마릴리언이 반반한 용모라는 점은 부인할 수 없었다. 소년같이 호리호리하고, 피부는 매끄러웠으며, 모랫빛 머리에 매력적인 미소를 지녔다. 하지만 그는 협곡에서 산사의 이모와 어린 로버트 공 외에는 모두의 미움을 사는 데 성공했다. 하인들의 말을 들으니 그의 접근으로 고통받은 처녀가 산사가 처음이 아니었고, 다른 처녀들에게는 몸을 지켜줄 로소르 브룬이 없었다. 하지만 라이사 부인은 마릴리언에 대한 어떤 불평도 듣지 않았다. 그 가수는 이어리에 온 이후 라이사가 가장 총애하는 측근이 되었다. 그는 매일 밤 로버트 공에게 자장가를 불러주고, 라이사 부인의 구혼자들에게는 약점을 놀리는 노래를 부르며 약을 올렸다. 산사의 이모는 그에게 금과 선물을 쏟아부었다. 값진 옷이며 금팔찌, 문스톤이 박힌 허리띠, 훌륭한 말까지. 심지어는 죽은 남편이 가장 아끼던 매까지 가수에게 내렸다. 덕분에 마릴리언은 라이사 부인이 있을 때는 기대에 어긋남 없이 예의 발랐고, 바깥에서는 기대에 어긋남 없이 오만했다.

"고마워요." 산사는 그에게 뻣뻣하게 대꾸했다. "길은 내가 알아요."

그는 떠나지 않았다. "부인께서 데려오라고 하셨습니다."

'데려오라고?' 마음에 들지 않는 말이었다. "이젠 위병이 된 건가요?" 리틀핑거는 이어리의 위병대장을 해고하고 그 자리에 로소르 브룬 경을 앉했다.

"호위가 필요하신가요?" 마릴리언은 가볍게 말했다. "그나저나 제가 새로운 노래를 짓고 있답니다. 당신의 얼어붙은 심장도 녹일 만큼 달콤하고 슬픈 노래죠. 제목은 '길가의 장미'라고 하려고 해요. 너무나 아름다워서 눈길이 닿는 남자마다 홀리는 미천한 소녀 얘기죠."

'나는 윈터펠의 스타크야.' 그렇게 말하고 싶었지만, 산사는 고개만 끄덕이고 마릴리언을 따라 탑 계단을 내려가서 다리를 건넜다. 하늘 회랑은 산사가 이어리에 온 이후 줄곧 닫혀 있었다. 왜 이모가 그곳을 열었을까 궁금했다. 보통 이모는 편안한 자기 개인 방 아니면 폭포가 내다보이는 아늑하고 따뜻한 아린 공의 접견실을 선호했다.

조각이 새겨진 하늘 회랑의 나무 문 양쪽에 하늘색 망토를 걸친 위병 둘이 창을 들고 서 있었다. "알레인이 라이사 부인과 함께 있는 동안에는 아무도 들이지 마." 마릴리언이 위병들에게 말했다.

"예." 위병들은 두 사람을 통과시키고 나서 창을 교차했다. 마릴리언이 문을 닫더니 위병들이 든 것보다 더 길고 굵은 세 번째 창으로 빗장을 질렀다.

산사는 껄끄러운 기분이었다. "왜 그런 거죠?"

"부인께서 기다리십니다."

산사는 머뭇머뭇 주위를 둘러보았다. 라이사 부인은 연단 위, 영목을 깎아 만든 등받이 높은 의자에 혼자 앉아 있었다. 그 오른쪽에 파란 방석이 쌓인 더 높은 의자가 있었지만 로버트 공은 없었다. 산사는 로버트가 회복했기를 빌었다. 하지만 마릴리언은 로버트에 대해 말해주지 않으려 했다.

산사는 기마 창처럼 가늘고 세로로 홈이 새겨진 기둥들 사이로 뻗은 파란 비단 카펫을 밟으며 걸어갔다. 하늘 회랑의 바닥과 벽은 푸른 줄무늬가 있는 우윳빛 대리석으로 만들어졌다. 동쪽 벽을 따라 난 좁은 아치형 창문들에서 흐릿한 햇살이 비스듬히 떨어졌다. 창문 사이마다 높은 쇠 걸이에 홰가 꽂혀 있었지만, 불이 붙은 것은 없었다. 산사의 발이 카펫을 조용히 밟았다. 바깥에는 차갑고 외로운 바람이 불었다.

이렇게 새하얀 대리석 사이에 있으려니 어쩐지 햇빛마저도 싸늘해 보였다……. 하지만 이모만큼 싸늘하지는 않았다. 라이사 부인은 크림색 벨벳 가운을 입고 사파이어와 문스톤 목걸이를 걸고 있었다. 적갈색 머리카락은 굵게 땋아서 한쪽 어깨에 늘어뜨렸다. 높은 의자에 앉아서 조카가 다가오는 모습을 지켜보는 얼굴이 화장은 했어도 붉게 부어 있었다. 그 뒤 벽에는 거대한 깃발이 걸렸는데, 크림색과 파란색으로 이루어진 아린 가문의 달과 매 문장이었다.

산사는 연단 앞에 멈춰 서서 무릎을 굽혀 절했다. "부르셨습니까, 부인." 아직도 바람 소리와, 마릴리언이 회랑 저편에서 연주하는 부드러운 화음을 들을 수 있었다.

"네가 무슨 짓을 하는지 봤다." 라이사 부인이 말했다.

산사는 치마 주름을 매만졌다. "로버트 공은 나았겠죠? 그 인형을 찢을 생각은 없었습니다. 로버트가 제 눈 성을 부수는 바람에, 그저……."

"나에게 그 깜찍한 내숭을 떨려고?" 이모가 말했다. "로버트의 인형 얘기가 아니야. 네가 그이에게 입 맞추는 걸 봤다."

하늘 회랑이 조금 더 추워지는 것 같았다. 벽과 바닥과 기둥이 얼음으로 변해버린 것 같았다. "그분이 입 맞추신 거예요."

라이사는 콧구멍을 벌름거렸다. "그이가 왜 그런 짓을 하겠어? 그이를 사랑하는 아내가 있는데 말이야. 그것도 어린 계집애가 아니라 성숙한 여인이지. 그이에겐 너 같은 게 필요 없어. 자백해라. 네가 그이에게 몸을 던졌지. 그렇게 된 거야."

산사는 한 발자국 뒤로 물러섰다. "그건 사실이 아니에요."

"어딜 가려고? 무섭니? 그런 난잡한 행동은 벌을 받아야 마땅하지만, 네게 가혹하게 굴진 않겠다. 우린 자유도시의 관습에 따라 로버트 대신 매 맞는 아이를 두고 있어. 그 아이의 건강이 워낙 까다롭다 보니 직접 매를 맞을 수가 없거든. 평민 계집애를 하나 찾아서 너 대신 채찍을 맞도록 하마. 하지만 우선 네가 한 짓을 자백해야 해. 거짓말쟁이는 참아줄 수 없다, 알레인."

"전 눈 성을 짓고 있었어요. 피터 공이 도와주시다가 제게 입을 맞추셨어요. 그 모습을 보신 거예요."

"네겐 도의도 없니?" 이모가 날카롭게 말했다. "아니면 날 바보로 아는 거야? 그렇구나. 그렇지? 날 바보로 아는 거야. 그래, 이제 알겠다. 난 바보가 아니야. 넌 젊고 아름답다는 이유로 원하는 남자는 누구든 가질 수 있다고 생각하지. 네가 마릴리언에게 짓는 표정을 내가 못 봤을 줄 아니. 난 이어리에서 일어나는 일은 모조리 알고 있어, 꼬마 아가씨. 그리고 너 같은 계집은 전에도 알았지. 하지만 커다란 눈과 매춘부 같은 미소로 피터를 쟁취할 생각을 한다면 잘못 안 거야. 그이는 내 사람이야." 라이사 부인이 일어섰다. "다들 나에게서 그이를 빼앗아 가려 했어. 내 아버지도, 내 남편도, 네 어머니도……. 캐틀린이 특히 심했지. 캣도 나의 피터에게 입 맞추길 좋아했어. 아, 그랬고말고."

산사는 또 한 걸음 물러섰다. "제 어머니가요?"

"그래, 네 어머니, 네 귀한 어머니, 내 사랑하는 캐틀린 언니 말이다. 순진한 척 날 속일 생각 말아라, 이 극악한 꼬마 거짓말쟁이야. 리버런에서 지낸 시절 내내 언니는 피터를 장난감처럼 가지고 놀았어. 미소와 부드러운 말과 음탕한 눈빛으로 그이를 놀리고, 그이의 밤을 고통스럽게 만들었지."

"아니에요." 산사는 악을 쓰고 싶었다. '어머니는 죽었어요. 어머니는 당신 언니였고, 죽었다고요.' "그렇지 않아요. 그랬을 리 없어요."

"네가 어떻게 알아? 네가 거기 있었어?" 라이사가 치맛자락을 휘몰며 높은 의자에서 내려왔다. "브라켄 공과 블랙우드 공이 분쟁을 해결해달라고 우리 아버지를 찾아왔을 때 너도 따라왔었니? 브라켄 공의 가수가 우릴 위해 노래했는데, 캐틀린은 그날 밤에 피터와 여섯 번이나 춤을 췄지. 여섯 번이야. 내가 세어봤어. 영주들이 다투기 시작하자 아버지는 두 사람을 접견실로 데려가셨고, 우리가 술을 마시는 걸 막을 사람은 아무도 없었지. 에드무어는 어린 만큼 많이 취했고…… 피터는 네 어머니에게 입 맞추려 했는데, 캣은 그이를 밀어냈지. 그이를 비웃었어. 그이가 어찌나 상처 입은 얼굴이던지 내 심장이 터져버릴 것만 같았고, 그 후에 그이는 탁자 위에 널브러져 정신을 잃을 때까지 술을 마셨어. 아버지가 그이의 그런 모습을 보기 전에 브린덴 숙부가 침대로 업고 갔어. 하지만 넌 그런 건 하나도 기억 못 하겠지, 안 그래?" 이모는 화가 나서 산사를 내려다보았다. "안 그래?"

'취한 걸까, 미친 걸까?' "전 그때 태어나지도 않았어요."

"넌 태어나지도 않았지. 하지만 난 그 자리에 있었으니, 주제넘게 무엇이 사실인지 말할 생각 말아라. 난 무엇이 진실인지 알아. 네가 그이에게 입 맞춘 거야!"

"그분이 입 맞추셨어요." 산사는 다시 주장했다. "전 원한 적이 없—"

"조용히 해. 말해도 좋다고 허락한 적 없다. 넌 그날 밤 리버런에서 네 어미가 그랬듯이 미소와 춤으로 그이를 유혹했어. 내가 잊을 수 있을 것 같아? 바로 그날 밤에 난 그이의 침대에 몰래 들어가서 그이를 위로했어. 난 피를 흘렸지만, 그건 세상에서 제일 달콤한 아픔이었지. 그이는 날 사랑한다고 말했지만, 잠들기 직전엔 날 캣이라고 불렀어. 그래도 난 하늘이 밝아올 때까지 그이와 함께 있었지. 네 어머니는 그이를 얻을 자격이 없었어. 심지어 그이가 브랜던 스타크와 싸울 때 정표조차 주지 않았어. 나라면 정표를 줬을 거야. 난 그이에게 모든 걸 줬어. 그이는 이제 내 사람이야. 캐틀린도, 너도 못 뺏어 가."

산사가 했던 결심은 이모의 맹공 앞에서 시들어버렸다. 라이사 아린은 세르세이 왕대비보다 더 무서웠다. "네, 그분은 부인 남편이세요." 산사는 온순하고 회한에 찬 목소리를 내려고 했다. "이제 가봐도 될까요?"

"안 돼." 이모의 숨결에서 와인 향이 났다. "다른 사람이었다면 추방했을 거야. 달의 관문에 있는 네스토 공에게 내려보내거나, 핑거스로 돌려보냈겠지. 그 황량한 해안에서 더러운 여자들과 양털에 둘러싸여 여생을 보내면 어떨 것 같니? 내 아버지가 피터에게 한 짓이 그거였어. 다들 그게 브랜던 스타크와의 그 멍청한 결투 탓이라고 생각했지만, 그게 아니었어. 아버지는 존 아린같이 대단한 영주가 더럽혀진 나를 기꺼이 받아주다니 신들에게 고마워해야 한다고 했지만, 난 그게 오직 군사를 얻기 위해서였단 걸 알았지. 난 존과 결혼해야 했어. 안 그러면 아버지가 자기 동생에게 한 것처럼 나도 내쫓아버렸을 거야. 하지만 나와 이어져야 할 사람은 피터였어. 내가 네게 이 모든 이야기를 하는 건, 그래야 너도 우리가 서로를 얼마나 사랑하는지, 우리가 얼마나 오랫동안 고통받으며 서로를 꿈에 그렸는지 이해할 테니까." 라이사는 마치 아직 그 안에 아이가 있다는 듯 두 손을 배에 댔다. "놈들이 그이를 내게서 훔쳐 갔을 때, 난 절대로 다시는 그런 일이 일어나게 하지 않겠다고 맹세했어. 존은 내 사랑하는 로버트를 드래곤스톤으로 보내고 싶어 했고, 그 술고래 왕은 로버트를 세르세이 라니스터에게 주려고 했지만 난 용납하지 않았지⋯⋯. 네가 나의 리틀핑거 피터를 훔쳐 가게 둘 생각도 없어. 내 말 듣고 있니, 알레인? 아니면 산사, 아니면 뭐라고 부르든 간에 말이야. 내가 하는 말 듣고 있어?"

"네. 맹세할게요. 다시는 그분에게 입 맞추지도 않고, 그리고⋯⋯ 유혹하지도 않을 거예요." 산사는 그게 이모가 듣고 싶어 하는 말이라고 생각했다.

"그럼 이제 인정하는 거니? 역시 네 짓일 줄 알았어. 넌 네 어머니만큼 음탕하구나." 라이사는 산사의 손목을 잡았다. "따라와라. 너에게 보여주고 싶은 게 있다."

"아파요." 산사는 버둥거렸다. "제발, 라이사 이모. 전 아무 짓도 하지 않았어요. 맹세해요."

이모는 그녀의 저항을 무시하고 외쳤다. "마릴리언! 네가 필요해, 마릴리언! 네가 필요하다고!"

가수는 신중하게 회랑 끝에 남아 있었지만, 아린 부인이 외쳐 부르자 즉시 다가왔다. "네, 부인?"

"노래를 불러다오. 〈사기꾼과 미녀〉를 불러."

마릴리언의 손가락이 현을 탔다. "영주는 비 오는 날 말을 타고 왔다네, 헤이―노니, 헤이―노니, 헤이―노니 헤이……."

라이사 부인은 산사의 팔을 잡아끌었다. 걷지 않으면 질질 끌려갈 판이라 산사는 걷는 쪽을 택했고, 회랑을 반쯤 내려가서 한 쌍의 기둥 사이, 대리석 벽에 박힌 하얀 영목 문 앞까지 걸었다. 그 문은 무거운 청동 빗장 세 개로 단단히 잠겨 있었지만, 산사는 바깥에서 그 문을 잡아 흔드는 바람 소리를 들을 수 있었다. 나무에 새겨진 초승달을 본 산사는 우뚝 서버렸다. "달의 문." 그녀는 손목을 떼어내려 했다. "왜 제게 달의 문을 보여주시는 거죠?"

"이젠 쥐새끼처럼 찍찍대는구나. 하지만 정원에서는 꽤나 대담하지 않았니, 응? 눈 속에서는 아주 대담했지."

"숙녀는 비 오는 날 앉아서 바느질을 하고 있었지, 헤이―노니, 헤이―노니, 헤이―노니 헤이." 마릴리언이 노래했다.

"문을 열어라." 라이사가 명령했다. "열라고 했어. 네가 열지 않으면 위병들을 부를 거야." 그녀는 산사를 앞으로 밀었다. "네 어미는 그래도 용감하긴 했어. 빗장을 올려라."

'시키는 대로 하면 보내줄 거야.' 산사는 청동 빗장 하나를 잡고 잡아 빼서 던졌다. 두 번째 빗장이 대리석 바닥에 달가닥 떨어지고, 세 번째 빗장도 떨어졌다. 산사가 걸쇠에 손을 대자마자 무거운 나무 문이 회랑 안쪽으로 확 열리더니 쾅 소리를 내며 벽에 부딪쳤다. 문틀 주변에 쌓여 있던 눈이 한꺼번에 불어 들어왔고, 눈을 실어 온 찬바람에 산사는 몸을 떨었다. 뒷걸음질 치려고 했지만, 이모가 바로 뒤에 있었다. 라이사는 산사의 손목을 잡고 반대쪽 손을 등에 대고 열린 문 쪽으로 밀었다.

그 문 너머에는 눈이 쏟아지는 하얀 하늘밖에 없었다.

"아래를 봐." 라이사 부인이 말했다. "아래를 봐."

벗어나려고 해봤지만, 이모의 손가락은 갈고리 발톱처럼 산사의 팔을 파고들었다. 라이사가 다시 등을 밀자 산사는 날카로운 비명을 질렀다. 왼발이 얼어붙은 눈을 깨뜨려 떨어뜨렸다. 앞에는 텅 빈 허공, 그리고 200미터를 내려간 산비탈에 달라붙은 산성밖에 없었다. "하지 마세요!" 산사는 비명을 올렸다. "무서워요!" 뒤에서는 마릴리언이 아직도 나무 하프를 연주하며 노래하고 있었다. "헤이—노니, 헤이—노니, 헤이—노니 헤이."

"아직도 가도 좋다는 허락을 받고 싶니? 그래?"

"아니에요." 산사는 발을 버티고 뒤쪽으로 물러나려 했지만, 이모는 꿈쩍도 하지 않았다. "이 길로는 아니에요. 제발……." 한 손을 올리자 손가락이 문틀을 긁었지만, 문틀을 제대로 잡을 수는 없었고 발은 젖은 대리석 바닥 위로 미끄러지고 있었다. 이모는 산사를 가차 없이 앞으로 밀었다. 이모는 산사보다 20킬로그램은 더 나갔다. "숙녀는 건초 더미에 누워 입을 맞추네." 마릴리언이 노래하고 있었다. 산사는 공포에 질려 옆으로 몸을 비틀다가, 한 발이 허공으로 미끄러져 나갔다. 그녀는 비명을 질렀다. "헤이—노니, 헤이—노니, 헤이—노니 헤이." 바람이 그녀의 치마를 걷어 올리고 차

가운 이빨로 맨다리를 물어뜯었다. 뺨에 닿아 녹아내리는 눈송이를 느낄
수 있었다. 산사는 몸부림을 치다가 라이사의 땋아 내린 적갈색 머리채에
손이 닿자 꽉 움켜쥐었다. "내 머리!" 이모가 새된 비명을 질렀다. "내 머리
놔!" 산사는 몸을 떨며 울었다. 그들은 문가에 불안정하게 서 있었다. 멀리
서 위병들이 들어가게 해달라고 창으로 문을 치는 소리가 들렸다. 마릴리
언이 노래를 멈췄다.

"라이사! 이게 무슨 짓이야?" 그 외침은 울음소리와 거친 숨소리를 가르
고 울려 퍼졌다. 발소리가 하늘 회랑에 메아리쳤다. "거기서 물러서! 라이
사, 뭐 하는 거야?" 위병들은 아직 문을 두드리고 있었다. 리틀핑거는 뒤쪽
으로, 연단 뒤에 있는 영주 전용 출입구로 들어온 게 분명했다.

라이사가 몸을 돌리자 손아귀 힘도 산사가 벗어날 수 있을 정도로 약해
졌다. 산사가 넘어져서 무릎을 꿇자 피터 베일리시가 그 모습을 보고 멈춰
섰다. "알레인. 여기 무슨 말썽이 생긴 거지?"

"이년." 라이사 부인이 산사의 머리털을 한 줌 움켜쥐었다. "이년이 말썽이
야. 이년이 당신에게 입을 맞췄지."

"말해주세요." 산사는 애걸했다. "우린 그냥 성을 짓고 있었을 뿐이라고
말 좀……."

"조용히 해!" 이모가 빽 소리를 질렀다. "말해도 좋다고 허락한 적 없다.
그 성인지 뭔지는 아무래도 상관없어."

"어린아이야, 라이사. 캣의 딸이라고. 무슨 짓을 하고 있었던 거야?"

"난 앨 로버트와 결혼시키려고 했어! 얘는 고마운 줄을 몰라. 푸, 품위라
곤 없어. 당신은 얘가 입 맞춰도 되는 상대가 아니야. 아니라고! 그래서 가
르침을 주고 있었을 뿐이야."

"그렇군." 피터는 턱을 쓰다듬었다. "이젠 이해했을 거야. 그렇지 않니, 알
레인?"

"네." 산사는 흐느꼈다. "이해했어요."

"앨 여기 두고 싶지 않아." 이모의 눈이 눈물로 반짝였다. "왜 애를 협곡으로 데려온 거야, 피터? 여긴 얘가 있을 곳이 아니야. 이 아인 여기 사람이 아니야."

"그러면 보내버리지. 당신이 원한다면 킹스랜딩으로 돌려보낼게." 피터는 두 사람 쪽으로 한 발자국 다가왔다. "이제 그만해. 이제 아이를 그 문에서 벗어나게 해줘."

"안 돼!" 라이사는 산사의 머리채를 다시 잡아당겼다. 눈이 두 사람 주위로 회오리치며 치맛자락을 요란하게 펄럭였다. "당신이 이년을 원할 순 없어. 그럴 순 없어. 앤 멍청하고 머리가 텅 빈 어린 계집애에 불과해. 나처럼 당신을 사랑하지 않는단 말이야. 난 언제나 당신을 사랑했어. 난 내 사랑을 증명했잖아, 안 그래?" 이모의 통통하고 불그레한 얼굴에 눈물이 흘러내렸다. "당신에게 내 처녀성을 줬지. 아들도 낳아줬을 거야. 하지만 그 작자들이 달차를 끓여서, 탠지와 박하와 약쑥에 꿀 한 숟가락과 페니로열 한 방울을 타서 그 아이를 죽여버렸어. 내가 그런 게 아냐. 난 전혀 몰랐어. 난 그저 아버지가 준 차를 마셨을 뿐이야……."

"다 지난 일이야, 라이사. 호스터 공은 죽었고, 늙은 학사도 죽었어." 리틀 핑거가 다가왔다. "또 와인을 마신 거야? 당신은 말을 좀 줄여야 해. 알레인이 지나치게 많이 알면 곤란하잖아. 마릴리언도 그렇고."

라이사 부인은 그 말을 무시했다. "캣은 당신에게 아무것도 준 게 없어. 당신에게 첫 일자리를 얻어준 사람도 나였고, 서로에게 가까이 있을 수 있도록 당신을 궁정으로 데려가게 한 것도 나였어. 당신도 절대 잊지 않겠다고 약속했지."

"잊지 않았어. 우린 당신이 언제나 원했던 대로, 우리가 언제나 계획했던 대로 함께야. 산사의 머리채나 놓아주고……."

"싫어! 둘이 눈 속에서 입 맞추는 모습을 봤어. 애도 제 어미와 똑같아. 캐틀린은 신의 숲에서 당신에게 입을 맞췄지만 진심도 아니었고 당신을 원하지도 않았지. 왜 캣을 제일 사랑한 거야? 나였어, 언제나 나, 나였다고!"

"나도 알아, 내 사랑." 피터가 한 걸음 더 내디뎠다. "그리고 난 여기 있어. 당신은 내 손을 잡기만 하면 돼, 어서." 그는 라이사에게 손을 내밀었다. "이렇게 눈물 흘릴 필요 없어."

"눈물, 눈물, 눈물." 라이사는 히스테릭하게 울었다. "눈물은 필요 없다고⋯⋯? 하지만 킹스랜딩에서 한 말은 달랐잖아. 당신이 존의 와인에 눈물을 타라고 해서 그 말대로 했어. 로버트를 위해서, 그리고 우리를 위해서! 그리고 당신 말대로 캐틀린에게 편지를 써서 라니스터가 내 남편을 죽였다고 했어. 영리한 술수였지⋯⋯. 당신은 언제나 영리했어. 아버지에게도 그렇게 말했는데, 피터는 정말 영리하다고, 크게 출세할 거라고, 그럴 거라고, 그이는 상냥하고 다정하고 내 배 속엔 그이의 아이가 있다고⋯⋯. 왜 얘한테 입 맞췄어? 왜? 우린 이제 함께 있는데, 그토록 오래, 그렇게나 오래 떨어져 있다가 이제 다시 함께 있게 됐는데 왜 저년에게 입을 맞추고 싶었어?"

"라이사." 피터는 한숨을 쉬었다. "그 모든 폭풍을 함께 견뎌냈는데 날 좀 더 믿어야지. 맹세할게. 우리 둘이 살아 있는 동안에는 절대 다시는 당신 곁을 떠나지 않을 거야."

"정말?" 라이사는 울면서 물었다. "아, 정말로?"

"정말이지. 이제 그 애는 놓고 나에게 와서 입 맞춰줘."

라이사는 울면서 리틀핑거의 품에 뛰어들었다. 그들이 포옹하고 있는 사이에 산사는 네 발로 기어서 달의 문을 벗어나 제일 가까이에 있는 기둥을 끌어안았다. 심장이 쿵쾅거렸다. 머리카락에는 눈이 쌓였고 오른쪽 신발은 없어졌다. '떨어졌을 거야.' 산사는 몸서리를 치고 기둥을 더 꽉 끌어안았다.

리틀핑거는 잠시 동안 라이사가 가슴에 기대어 울게 내버려두다가, 그녀의 두 팔을 잡고 가볍게 입 맞췄다. "내 사랑스럽고 바보 같은 질투 많은 아내." 그는 쿡쿡 웃으며 말했다. "확실히 말해줄게. 난 오직 한 여자만 사랑했어."

라이사 아린은 떨면서 미소 지었다. "오직 한 여자만? 아, 피터, 정말 맹세하는 거야? 한 여자뿐이라고?"

"오직 캣뿐이었어." 그는 그녀를 홱 밀었다.

라이사는 젖은 대리석에 발이 미끄러지면서 비틀비틀 뒤로 넘어졌다. 그리고 사라졌다. 비명조차 지르지 않았다. 아주 오랫동안 들리는 소리라곤 바람 소리뿐이었다.

마릴리언이 입을 딱 벌렸다. "당신…… 당신……."

밖에서는 위병들이 무거운 창끝으로 문을 치며 고함을 지르고 있었다. 피터 공은 산사를 잡아 일으켰다. "다치지 않았니?" 산사가 고개를 내젓자 그는 말했다. "그렇다면 달려가서 위병들을 들여보내렴. 서둘러라. 우물쭈물할 시간이 없어. 이 가수가 내 아내를 죽였으니."

# 에필로그

올드스톤스로 올라가는 길은 정상에 이르기 전에 언덕 주위를 두 바퀴 돌았다. 돌투성이에 잡초가 웃자라서 상태가 좋을 때라 해도 느렸을 텐데, 간밤에 내린 눈 때문에 진흙탕이기까지 했다. '강역에 가을 눈이 내리다니, 비정상이야.' 메렛은 음울하게 생각했다. 사실 눈이라고 부르기도 애매하기는 했다. 하룻밤 동안 땅을 덮을 정도만 내렸다. 대부분은 해가 뜨자마자 녹아내리기 시작했고 말이다. 그래도 메렛은 그 눈을 나쁜 징조로 여겼다. 비, 홍수, 불, 전쟁 때문에 벌써 두 번의 수확을 망쳤고 세 번째 수확도 상당량을 잃었다. 이른 겨울이란 강역 전체에 기근이 온다는 뜻이었다. 아주 많은 사람이 배를 곯을 테고, 그중 일부는 굶어 죽을 것이다. 메렛은 자신이 그중 하나가 되지 않기만 빌었다. '하지만 그렇게 될지도 몰라. 내 운이면, 그럴지도 몰라. 뭐 행운이 따른 적이 있어야 말이지.'

폐허가 된 성 아래 낮은 언덕 비탈은 숲이 어찌나 우거졌는지, 무법자가 50명은 족히 숨어 있을 만했다. '지금도 날 지켜보고 있을지 몰라.' 메렛은 주위를 흘끔거렸지만 소나무와 회녹색 파수목 사이에 가시금작화와 고사리, 엉겅퀴, 왕골, 블랙베리 덤불밖에 보이지 않았다. 다른 곳에는 해골 같은 느릅나무와 물푸레나무와 작은 참나무가 잡초처럼 땅을 메우고 있었다. 무법자들은 보이지 않았지만, 그건 별 의미가 없었다. 무법자들이란 정직한 사람들보다 잘 숨는 법이었다.

솔직히 메렛은 숲이 싫었고, 무법자들은 더 싫었다. "무법자들이 내 인생을 훔쳐 갔어." 그는 술에 취할 때마다 그렇게 투덜거리기로 유명했다. 그리고 아버지 말에 따르면 그는 자주 술에 취했고, 그것도 요란하게 취했다. '너무 맞는 말씀이야.' 그는 후회 속에 생각했다. 트윈스에서는 뭐라도 튀어야지, 그렇지 않으면 사람들이 살아 있다는 사실조차 잊기 십상이었지만, 성에서 제일가는 술꾼이라는 명성은 그의 전망에 별 도움이 되지 않았다. '한때는 나도 역사상 최고의 기마 창 기사가 되고 싶었지. 그 꿈은 신들이 빼앗아 가버렸어. 왜 가끔 와인 한 잔씩도 못 해? 두통에 도움이 되는데. 게다가 아내는 성질이 더럽지, 아버지는 날 멸시하지, 애들은 쓸모가 없지. 내가 제정신을 유지해서 뭘 해?'

하지만 지금 그는 맑은 정신이었다. 아침을 먹으면서 에일을 두 잔 마시고 출발할 때 레드와인을 작은 잔으로 마시긴 했지만, 그건 머리가 쿵쿵 울리지 않게 막아주는 정도였다. 메렛은 두통이 머릿속에 쌓이는 것을 느낄 수 있었고, 찰나의 기회라도 줬다가는 곧 두 귀 사이에 천둥이 몰아치는 경험을 하게 될 터였다. 가끔은 두통이 어쩌나 심한지 울음이 나올 정도로 아팠다. 그럴 때는 축축한 천을 눈 위에 얹고 어두운 방 안 침대에 누워 쉬면서 불운을 저주하고 그에게 이런 짓을 한 이름 없는 무법자를 저주할 수밖에 없었다.

그 생각만 해도 불안해졌다. 지금은 두통에 시달릴 여유가 없었다. '피터를 집에 안전하게 데려간다면 내 운도 다 바뀔 거야.' 금도 가져왔고, 지금 할 일이라곤 올드스톤스 꼭대기까지 올라가서 폐허가 된 성안에서 그 망할 무법자들을 만나 교환하는 것뿐이었다. 간단한 인질 교환이었다. 아무리 메렛이라도 그걸 망칠 순 없었다……. 두통이, 말을 계속 탈 수가 없을 정도로 지독한 두통이 오지만 않는다면 말이다. 길 옆에서 몸을 웅크리고 훌쩍거릴 게 아니라, 해질 무렵까지는 폐허에 도착해야 했다. 메렛은 손가락 두 개로 관자놀이를 문질렀다. '언덕 주위를 한 바퀴만 더 돌면 도착이야.' 전언이 오고 메렛이 몸값을 전달하러 가겠다고 나섰을 때, 아버지는 눈을 가늘게 뜨고 말했다. "메렛, 네가?" 그러더니 콧바람을 뿜으면서 웃기 시작했다. 그 끔찍한 흐흐흐 소리를 내면서 말이다. 메렛은 금화 주머니를 맡겨달라고 그야말로 빌어야 했다.

길 옆 덤불 속에서 뭔가가 움직였다. 메렛은 고삐를 세게 당기고 장검에 손을 뻗었지만, 그냥 다람쥐 한 마리였다. "멍청하긴." 그는 장검을 다 뽑지도 않고 검집에 다시 밀어 넣으며 스스로에게 말했다. "무법자들에겐 꼬리가 달리지 않았어. 빌어먹을, 메렛, 정신줄 잡아." 마치 첫 원정에 나서는 풋내기처럼 심장이 쿵쿵 뛰었다. '마치 여기가 왕의 숲이고, 내가 마주할 상대가 번개 영주의 불쌍한 도적 떼가 아니라 옛 형제단 같은 기분이군.' 잠시 언덕 아래로 말을 달려 제일 가까운 맥줏집을 찾을까 싶은 유혹을 느꼈다. 그 금화 주머니면 에일을 잔뜩 살 수 있었다. 여드름 피터에 대해서는 완전히 잊을 수 있을 만큼 많이. '그 녀석은 목매달라고 해. 자초한 일이지. 바큇자국 따라가는 수사슴도 아니고, 망할 종군 매춘부와 함께 돌아다니다니 이런 꼴을 당해도 싸.'

머리가 욱신거리기 시작했다. 지금은 약하지만 심해질 게 뻔했다. 메렛은 콧대를 문질렀다. 사실 그에게는 피터를 나쁘게 생각할 권리가 없었다. '나도 그 나이 땐 똑같은 짓을 했지.' 그의 경우에는 그 대가로 매독을 얻었을 뿐이지만, 그렇다 해도 비난해선 안 될 일이었다. 창녀들에게는 매력이 있었고, 특히 피터 같은 얼굴이라면 더 매력적으로 느낄 터였다. 그 가엾은 녀석에겐 분명 아내가 있었지만, 문제의 절반은 그 여자였다. 나이가 피터의 두 배일 뿐 아니라, 소문이 사실이라면 피터의 형인 왈더와도 자고 있었다. 트윈스에는 언제나 소문이 잔뜩 돌았고 그중 진짜는 별로 없었지만, 이 경우에는 메렛도 믿었다. 검은 왈더는 원하는 건 뭐든 손에 넣는 남자였다. 동생의 아내라 해도 마찬가지였다. 그가 에드윈의 아내와 잤다는 건 누구나 아는 사실이었고, 아름다운 왈다는 가끔 그의 침대에 숨어든다고 알려져 있으며, 혹자는 그가 일곱 번째 프레이 부인을 필요 이상으로 잘 알았다고 했다. 검은 왈더가 결혼을 거부하는 것도 당연했다. 사방에 젖을 짜달라고 매달리는 젖통이 가득한데 뭐 하러 암소를 사겠는가?

메렛은 속으로 욕을 하면서 발꿈치로 말 옆구리를 찔러 언덕을 달려 올라갔다. 술을 마셔서 그 금을 없애버리고 싶은 유혹은 컸지만, 여드름 피터 없이 혼자 돌아간다면 아예 돌아가지 않느니만 못할 것이 뻔했다.

왈더 공은 곧 92세가 된다. 귀가 들리지 않기 시작했고, 눈도 거의 보이지 않았으며, 통풍이 너무 심해서 제 발로는 아무 데도 가지 못했다. 왈더 공이 오래 버티지 못하리라는 데에는 아들들 모두가 같은 의견이었다. 그리고 왈더 공이 죽으면 모든 것이 변할 테고, 그게 더 나은 변화는 아닐 터였다. 아버지는 강철 같은 의지와 말벌 같은 혀를 지닌 짜증 많고 고집스러운 노인이었지만, 그래도 자기 가족을 돌봐야 한다고 믿는 사람이었다. 불쾌하거나 실망스러운 자식들이라 해도 전부 다. 심지어 이름을 기억하지 못하는 자식들도 말이다. 하지만 아버지가 죽고 나면⋯⋯.

스테브론 경이 후계자였을 때는 또 달랐다. 노인장은 60년 동안 스테브론을 다듬으면서 그 머릿속에 핏줄은 핏줄이라는 생각을 때려 박았다. 하지만 스테브론은 젊은 늑대와 함께 서부 원정을 갔다가 죽었고―까마귀가 그 소식을 전했을 때 절름발이 로타르가 재치 있게 표현하기를 "기다리는 데 지쳐서 죽었다"고 했다―그 아들과 손자들은 다른 종류의 프레이였다. 이제는 스테브론의 아들인 라이먼 경이 계승할 예정이었는데, 머리가 둔하고 고집이 세며 탐욕스러운 남자였다. 라이먼 경 다음 순번은 그 아들인 에드윈과 검은 왈더였고 이들은 더 지독했다. 절름발이 로타르는 예전에 이렇게 말했다. "다행히도 그 녀석들은 우릴 싫어하는 것 이상으로 서로를 싫어하지."

메렛은 과연 그게 다행인지 잘 알 수 없었고, 솔직히 그렇게 치면 그 둘보다 로타르가 더 위험한 인물일 수도 있었다. 로슬린의 결혼식에서 스타크를 학살하라는 명령은 왈더 공이 내렸지만, 루스 볼턴과 함께 계획을 짜고 어떤 노래를 연주할지까지 고른 사람은 절름발이 로타르였다. 로타르는 같이 술을 마시기엔 아주 재미있는 친구였지만, 메렛은 절대로 로타르에게 등을 돌리는 멍청한 짓은 하지 않았다. 트윈스에서는 믿을 수 있는 상대는 부모가 같은 동기간뿐이고, 그나마도 멀지 않은 사이만이라는 사실을 일찌감치 배우게 된다.

노인장이 죽으면 아들들 모두가, 그리고 딸들 모두가 스스로밖에 믿지 못하게 될 것이다. 물론 새로운 크로싱의 영주는 숙부와 사촌과 조카 일부를 트윈스에 남겨둘 테지만, 자기가 좋아하거나 믿는 사람들, 아니면 자기에게 쓸모 있겠다 싶은 사람들만일 터였다. '나머지 우리들은 자립하라고 밀어내겠지.'

메렛은 그 전망이 말로 표현 못 할 만큼 걱정스러웠다. 마흔 살까지 3년도 남지 않았다. 방랑기사로 살기에는 너무 늙은 나이였다……. 설령 기사였다 해도 그럴 텐데, 하물며 그는 기사도 아니었다. 그에게는 땅도 없고, 따로 재산도 없었다. 몸에 걸친 옷 말고는 가진 물건이 별로 없었고, 지금 탄 말도 그의 것이 아니었다. 학사가 될 만큼 영리하지도, 성사가 될 만큼 신실하지도, 용병이 될 만큼 흉포하지도 못했다. '신들은 나에게 출신 말고는 아무 선물도 주지 않은 데다가, 그 선물도 인색했어.' 부유하고 강력한 가문의 아들로 태어난다 한들, 아홉째 아들이라면 무슨 소용이 있을까?

왈더 공의 손자들과 증손자들까지 계산하면 메렛이 트윈스를 계승할 가능성은 최고성사로 뽑힐 가능성보다도 낮았다.

'난 운이 없어.' 그는 비통하게 생각했다. '도무지 운이라곤 따랐던 적이 없어.' 그는 덩치가 큰 남자여서, 보통 키치고는 가슴팍과 어깨가 넓었다. 지난 10년간 스스로가 살찌고 물렁해졌다는 건 알지만, 젊었을 때 메렛은 호스틴 경 못지않게 튼튼했다. 한배 형제 중에 큰형으로, 흔히 왈더 프레이 공의 가족 중에서 가장 힘이 세다고 알려진 호스틴 말이다. 어렸을 때 메렛은 어머니 집안의 시동으로 종사하기 위해 크레이크홀에 갔었다. 노(老) 섬너 공이 그를 종자로 삼았을 땐 모두가 몇 년만 있으면 그가 메렛 경이 될 거라 생각했는데, 왕의 숲 형제단의 무법자들이 그 계획을 망쳐버렸다. 동료 종자였던 제이미 라니스터가 영예를 빛낸 반면, 메렛은 종군 매춘부에게 매독이 옮았다가, 그다음엔 '흰 사슴'이라는 별명의 여자에게 포로로 잡히고 말았다. 섬너 공이 몸값을 내고 무법자들에게서 풀어주기는 했지만, 그는 바로 다음 싸움에서 철퇴에 맞아 떨어지면서 투구가 깨지고 의식을 잃은 채로 2주를 보냈다. 나중에 사람들은 모두가 그를 죽었다 생각했노라 말했다.

메렛은 죽지 않았지만, 싸움의 나날은 끝나버렸다. 머리에 아주 가벼운 타격만 와도 눈이 멀 듯한 고통이 엄습하면서 눈물이 쏟아졌다. 그런 상태로 기사는 언감생심이었다. 섬너 공은 나름 정중하게 그 뜻을 전했다. 그는 트윈스로 돌아가서 왈더 공의 독약 같은 경멸을 마주해야 했다.

그 후 메렛의 운은 갈수록 나빠지기만 했다. 아버지는 어찌어찌 그에게 괜찮은 결혼 상대를 잡았고, 그는 대리 공의 딸과 결혼했다. 대리 가문이 아에리스 왕의 총애를 듬뿍 받던 시절이었다. 그러나 메렛이 신부의 처녀성을 가져오기가 무섭게 아에리스가 왕좌를 잃었다. 프레이와 달리 대리는 유명한 타르가르엔 충성파였고, 덕분에 영지의 절반과 재산 대부분, 그리고 이전에 지닌 권력을 거의 다 잃었다. 그의 아내로 말할 것 같으면, 처음부터 남편에게 대단히 실망했고, 몇 년 내리 딸만 낳기를 고집했다. 그녀는 멀쩡한 딸 셋을 낳고 하나를 사산하고 하나는 아기 때 죽은 후에야 마침내 아들을 하나 낳았다. 메렛의 큰딸은 난잡했고 둘째는 식충이였다. 애미가 마구간에서 마부 셋과 함께 있다가 발각됐을 때, 메렛은 그 아이를 어느 빌어먹을 방랑기사와 결혼시킬 수밖에 없었다. 그는 상황이 이보다 더 나빠질 순 없다고 생각했지만…… 그것도 페이트 경이 그레고르 클리게인 경을 이겨서 명성을 얻을 수 있다고 결심하기 전까지였다. 메렛에게는 실망스럽고 분명히 트윈스에 있는 모든 마구간지기들에게는 기쁘게도, 애미는 과부가 되어 돌아왔다.

루스 볼턴이 날씬하고 어여쁜 사촌들을 제치고 그의 딸 왈다와 결혼하겠다고 했을 때는 메렛도 드디어 운이 바뀌나 희망을 품었다. 볼턴과의 동맹은 프레이 가문에 중요했고 그의 딸은 그 동맹을 굳히는 데 도움을 주었으니, 분명히 그게 감안이 될 거라고 생각했다. 노인장은 곧 메렛의 생각을 바로잡아주었다. "그놈이 걜 고른 건 뚱뚱해서다. 걔가 네 새끼라는 데 볼턴이 신경이나 쓸 것 같으냐? 볼턴이 앉아서 이런 생각을 한다고 상상해봐라. '흠, 얼간이 메렛이라, 내가 꿈에 그리던 장인이로군' 그럴까? 네 딸 왈다는 비단옷을 입은 암돼지고, 볼턴도 그래서 고른 거야. 그걸로 네게 고마워할 마음은 없다. 네 작은 돼지 새끼가 가끔이라도 숟가락을 좀 내려놨더라면 똑같은 동맹을 맺는 데 반값이면 됐을 게다."

마지막 모욕은 절름발이 로타르가 로슬린의 결혼식에서 그가 맡을 역할을 논의하러 불렀을 때, 미소와 함께 전해졌다. "모두가 각각의 재능에 맞춰서 자기 역할을 수행해야 해." 그의 이복형제는 그렇게 말했다. "메렛 너는 한 가지, 딱 한 가지 일만 맡을 거야. 하지만 잘 맞는 임무라고 믿어. 그레이트존 엄버가 싸우기는 고사하고 제대로 서 있을 수도 없을 만큼 취하게 만들어."

'그리고 난 그 일조차 실패했지.' 그는 그 북부 거한이 보통 사람이라면 세 명은 죽일 만한 와인을 마시게 만들었지만, 그래도 로슬린이 잠자리를 하러 간 후 그레이트존은 제일 처음 다가간 남자의 검을 빼앗고 그 과정에서 팔까지 부러뜨렸다. 그레이트존을 쇠사슬로 묶는 데 여덟 명이 필요했고, 그 과정에서 두 명이 중상을 입고 한 명은 죽었으며 가엾은 노 레슬린 하이 경은 귀가 반쪽 떨어져 나갔다. 엄버는 손으로 싸울 수가 없게 되자 치아로 싸웠던 것이다.

메렛은 잠시 멈춰서 눈을 감았다. 머리가 그 결혼식 때 울리던 북소리처럼 지끈거렸고, 잠시 동안은 안장 위에서 버티기만도 힘에 부쳤다. '계속 가야 해.' 그는 스스로를 타일렀다. 여드름 피터를 데리고 돌아갈 수 있다면, 라이먼 경의 호감을 살 수 있다. 피터가 형제 중에 못난 녀석일지는 몰라도, 에드윈처럼 차갑거나 검은 왈더처럼 불같은 성미는 아니었다. '그 녀석은 내 역할에 고마워할 테고, 그러면 그 녀석 아버지도 내가 충직하고 곁에 둘 만한 남자라는 걸 알아줄 거야.'

하지만 그것도 금을 가지고 해 질 녘까지 도착할 때 이야기였다. 메렛은 하늘을 흘긋 보았다. 시간이 딱 맞았다. 손을 안정시켜야 했다. 그는 안장에 걸어둔 물주머니를 빼내 마개를 열고 꿀꺽꿀꺽 마셨다. 그 와인은 달고 걸쭉했으며, 검은색에 가까울 정도로 색이 짙었지만 욕이 나올 정도로 맛이 좋았다.

예전에 올드스톤스의 외벽은 왕의 머리에 얹힌 왕관처럼 언덕 위를 에워싸고 있었다. 이제는 그 초석만 남았고, 허리까지 오는 무너진 돌 더미 몇 개가 이끼를 덮어쓰고 흩어져 있을 뿐이었다. 메렛은 벽을 따라 말을 몰다가 과거 문루가 서 있었을 자리에 이르렀다. 이쯤 오자 폐허의 범위가 넓어졌고, 그는 말에서 내려 승용마를 끌고 폐허 사이를 통과해야 했다. 서쪽에서는 태양이 층층이 쌓인 낮은 구름 뒤로 사라졌다. 가시금작화와 고사리가 비탈을 뒤덮었고, 사라진 성벽 안으로 들어가자 잡초가 가슴까지 올라왔다. 메렛은 검집에 든 장검을 느슨하게 풀어두고 조심스럽게 주위를 둘러보았지만, 무법자는 보이지 않았다. '내가 엉뚱한 날에 왔나?' 멈춰 서서 엄지손가락으로 관자놀이를 문질렀지만, 그래봤자 머릿속에 쌓이는 압력은 덜어지지 않았다. '일곱 지옥이여······.'

성안 깊숙한 곳 어딘가에서 희미한 음악 소리가 나무 사이를 뚫고 흘러나왔다.

메렛은 망토를 걸쳤으면서도 몸을 덜덜 떨었다. 그는 물주머니를 열어서 다시 와인을 마셨다. '그냥 말에 올라서 올드타운까지 달려간 후에 이 금화만큼 마셔버릴 수도 있어. 무법자들과 거래해봤자 좋은 일은 생기지 않아.' 그 못된 계집 웬다는 그를 포로로 잡고 있는 동안 엉덩이에 사슴 모양 화상 자국을 냈다. 아내가 그를 경멸하는 것도 무리가 아니었다. '난 이 일을 해내야 해. 에드윈에겐 아들이 없고 검은 왈더에겐 서자들뿐이니까 언젠가는 여드름 피터가 크로싱의 영주가 될 수도 있어. 피터는 누가 자길 데리러 왔는지 기억할 거야.' 메렛은 와인을 한 모금 더 마시고 나서 주머니를 닫고, 승용마를 이끌고 깨진 돌과 금작화와 바람에 흔들리는 가느다란 나무 사이를 누비며 음악 소리를 따라 성 안뜰이었던 곳으로 향했다.

땅바닥에는 대살육전 이후의 병사들 시체처럼 낙엽이 쌓여 있었다. 누덕누덕 기운 색 바랜 녹색 옷의 남자 하나가 풍상에 닳은 돌무덤에 앉아서 나무 하프를 타고 있었다. 아련하고 슬픈 음악이었다. 메렛도 아는 노래였다. '사라져버린 왕들의 회랑 안에서, 제니는 유령들과 함께 춤을 췄네······.'

"거기서 내려와. 왕을 깔고 앉아 있잖나." 메렛이 말했다.

"트리스티퍼는 내 앙상한 엉덩이쯤 신경 쓰지 않을 거야. 사람들은 그를

'정의의 망치'라고 불렀지. 새로운 노래를 들어본 지 아주 오래됐을걸." 무법자는 풀쩍 뛰어내렸다. 날씬하고 호리호리했으며, 얼굴은 가늘고 여우 같은 인상이었지만, 입은 커서 웃으면 입이 귀까지 찢어지는 느낌이었다. 이마에 가느다란 갈색 머리털 몇 올이 흘러내렸다. 그는 빈손으로 머리를 쓸어 올리고 말했다. "날 기억하시나, 나리?"

"아니." 메렛은 얼굴을 찌푸렸다. "내가 왜 널 기억해야 하지?"

"댁의 딸 결혼식에서 내가 노래를 했거든. 그리고 꽤 잘했다고 생각해. 댁의 딸이 결혼한 그 페이트는 내 사촌이었지. 세븐스트림스에서는 모두가 사촌이거든. 그래도 나에게 대가를 지불해야 했을 때 그놈이 인색해지는 건 막을 수 없더군." 그는 어깨를 으쓱였다. "댁의 영주 아버지는 왜 내가 트윈스에서 연주하게 해주지 않았을까 몰라? 내가 그 양반 격에 맞을 만큼 시끄럽지가 않나? 듣자 하니 시끄러운 음악을 좋아한다던데."

"금은 가져왔나?" 등 뒤에서 좀 더 거친 목소리가 물었다.

메렛은 목이 바싹 말랐다. '망할 무법자 놈들, 언제나 덤불 속에 숨어 있지.' 왕의 숲에서도 똑같았다. 다섯 명을 잡았다고 생각하면, 열 명이 엉뚱한 데서 튀어나오는 식이었다.

몸을 돌려보니 사방에 있었다. 질긴 피부의 못생긴 노인들과 여드름 피터보다 더 어린 매끄러운 뺨의 젊은이들 한 무리가 거칠게 짠 누더기와 가죽 방호구, 죽은 사람들의 갑옷 조각을 걸치고 서 있었다. 여자도 한 명 있었는데, 제 몸집보다 세 배는 큰 두건 달린 망토 안에 싸여 있었다. 너무 당황해서 수를 세지는 못했지만, 적어도 열 명은 넘는 것 같았다. 스무 명은 될지도 몰랐다.

"내가 물었잖아." 말한 사람은 비뚤배뚤한 초록색 치아에 부러진 코가 특징인 수염을 기른 거한이었다. 메렛보다 키가 컸지만, 배 둘레는 크지 않았다. 머리에는 반투구를 쓰고, 떡 벌어진 어깨에는 누덕누덕 기운 노란 망토를 걸쳤다. "우리 금은 어딨어?"

"내 안낭에 있어. 금화 백 닢." 메렛은 목청을 가다듬었다. "내가 피터를 보고 나서—"

메렛의 말이 끝나기도 전에 애꾸눈의 땅딸한 무법자 하나가 성큼성큼 걸어가서 거침없이 안낭에 손을 넣더니 금화 자루를 찾아냈다. 메렛은 그자를 잡으려다가 생각을 달리했다. 무법자는 끈을 풀고 금화를 하나 꺼내 깨물었다. "맛은 제대로야." 그 남자는 자루를 가늠해보았다. "느낌도 제대로고."

'놈들이 금도 가져가고 피터도 데리고 있으려는 거야.' 메렛은 갑자기 공포를 느꼈다. "그게 몸값 전부야. 너희가 요구한 돈 전부." 손바닥에 땀이 배어 나왔다. 그는 바지에 손을 닦았다. "누가 베릭 돈다리온이지?" 돈다리온은 무법자가 되기 전에 영주였으니, 아직 명예를 알지도 몰랐다.

"그야 물론 나지." 애꾸눈이 말했다.

"잭, 이 망할 거짓말쟁이야." 노란 망토를 걸친 덩치 큰 수염이 말했다. "이번엔 내가 베릭 공이 될 차례야."

"그럼 내가 토로스가 되어야 하나?" 가수가 웃음을 터뜨렸다. "말씀드리기 죄송하지만, 베릭 공은 다른 곳에 가셔야 했답니다. 시절이 하 수상하니 전투가 많아서 말이지요. 하지만 베릭 공이 말씀하신 대로 처리해드릴 테니 두려워 마시길."

메렛은 많이 두려웠다. 머리도 욱신거렸다. 이 상황이 길어지면 울고 말 것이다. "금을 챙겼으니 내 조카를 내줘. 그러면 가지." 피터는 사실 그의 이복 종손이었지만, 그렇게 자세히 파고들 필요는 없었다.

"그 친구는 신의 숲에 있어." 노란 망토의 사내가 말했다. "거기까지 데려다주지. 노치, 저 말 지키고 있어."

메렛은 마지못해 말고삐를 건넸다. 달리 선택지가 있어 보이지 않았다.

"내 물주머니." 그는 저도 모르게 말했다. "와인 한 모금만, 내가—"

"우린 너 같은 놈들과 술을 마시지 않아." 노란 망토가 퉁명스럽게 말했다. "이쪽이다. 따라와."

발밑에서 낙엽이 부서졌고, 걸음을 옮길 때마다 찌르는 듯한 통증이 메렛의 관자놀이를 때렸다. 그들은 돌풍 속에서 말없이 걸었다. 메렛이 옛 아성의 마지막 흔적인 이끼투성이 흙무더기를 기어오르자 지는 해가 던지는 마지막 햇살이 눈을 찔렀다. 그 뒤가 신의 숲이었다.

여드름 피터는 길고 가느다란 목에 올가미가 단단히 걸린 채 참나무 가지에 매달려 있었다. 시커먼 얼굴에서 툭 튀어나온 눈이 비난하듯 메렛을 내려다보았다. '너무 늦게 왔어.' 그렇게 말하는 것 같았다. 하지만 그는 늦게 오지 않았다. 늦지 않았다! 그들이 오라는 시간에 왔단 말이다. "피터를 죽였군." 그는 쉰 목소리로 말했다.

"이 친구 참 예리하기도 하구먼." 애꾸눈이 말했다.

메렛의 머릿속을 들소 떼가 짓밟고 있었다. '어머니시여, 자비를 베푸소서.' "금을 가져왔잖아."

"그건 잘해줬어." 가수가 상냥하게 말했다. "좋은 일에 쓰도록 하지."

메렛은 피터에게서 몸을 돌렸다. 목 안쪽에서 쓴맛을 느낄 수 있었다. "너희…… 너희에겐 이럴 권리가 없었어."

"우리에겐 밧줄이 있었지. 그거면 충분해." 노란 망토가 말했다.

무법자 두 명이 메렛의 팔을 잡고 등 뒤로 단단히 묶었다. 메렛은 충격에 빠진 나머지 저항조차 하지 않았다. "아니야." 그가 겨우 뱉은 말은 그게 다였다. "난 피터의 몸값을 치르러 왔어. 해 질 녘까지 금화를 받으면 피터를 해치지 않겠다고 했잖아……."

"흠." 가수가 말했다. "거기서 딱 걸렸네. 그게 말이지, 거짓말 비슷한 거였어."

애꾸눈 무법자가 긴 교수형 밧줄 타래를 들고 나섰다. 그는 메렛의 목에 밧줄을 돌리더니 단단히 묶고, 귀 밑에서 단단하게 매듭지었다. 그리고 밧줄 반대쪽 끝은 참나무 가지 위로 던졌다. 노란 망토를 걸친 거한이 내려온 밧줄을 잡았다.

"뭐 하는 거야?" 메렛은 얼마나 멍청하게 들릴지 알면서도, 그 순간까지도 무슨 일이 일어나는 건지 믿을 수가 없었다. "감히 프레이를 목매달아 죽일 순 없어."

노란 망토는 소리 내어 웃었다. "저 녀석, 저 여드름쟁이도 똑같은 말을 했지."

'진심은 아닐 거야. 그럴 리가 없어.' "내 아버지가 몸값을 치르실 거야. 난 몸값이 꽤 나가. 피터보다 더 나가지. 두 배는 될 거야."

가수가 한숨을 내쉬었다. "왈더 공이 반쯤 장님에다 통풍 환자라곤 해도 똑같은 미끼를 두 번 물 정도로 멍청하진 않아. 다음번엔 금화 백 닢 대신 병사 백 명을 보내지 않을까."

"그럴 거다!" 메렛은 단호하게 말하려 했지만, 목소리가 마음대로 나오지 않았다. "병사 천 명을 보내 너희를 다 죽여버릴 거다."

"우릴 잡기부터 해야 할걸." 가수는 가엾은 피터를 흘긋 올려다보았다. "그리고 우릴 두 번 목매달 순 없잖아. 안 그래?" 그는 나무 하프로 구슬픈 음을 탔다. "자, 바지 적시지 말고. 질문 하나에만 답을 해주면, 내가 이 친구들에게 댁을 놔주라고 할게."

메렛은 목숨을 구할 수 있다면 뭐든 말할 생각이었다. "뭘 알고 싶나? 사실대로 말하지. 맹세해."

무법자는 그를 격려하듯 미소 지었다. "마침 우리가 도망친 개 한 마리를 찾고 있거든."

"개?" 메렛은 갈피를 잃었다. "무슨 개 말이야?"

"산도르 클리게인이라고 하는 개지. 토로스는 그 녀석이 트윈스로 향하고 있었다고 해. 우린 그 녀석을 태워서 트라이던트를 건네준 뱃사공도 찾았고, 왕의 가도에서 그 녀석이 물건을 빼앗은 불쌍한 술고래도 찾았어. 혹시 그 녀석을 결혼식에서 봤나?"

"핏빛 결혼식 말인가?" 메렛은 머리가 당장이라도 쪼개질 것 같았지만 최선을 다해서 기억을 더듬었다. 그때는 워낙 혼란스러웠지만, 분명히 누군가가 조프리의 개가 트윈스 주위를 쿵쿵거린다는 말을 했었다. "성안에는 없었다. 주 연회 자리에는……. 서자들 연회에 있었거나, 숙영지에 있었을 순 있는데……. 아니야, 누군가가 말을 했을 거야……."

"어린아이를 하나 데리고 있었을 거야." 가수가 말했다. "열 살쯤 된 빼빼 마른 여자애. 아니면 그 나이의 남자애."

"아니었을 거야." 메렛이 말했다. "내가 아는 이야기는 없어."

"그래? 거 안됐군. 자, 밧줄 올라간다."

"안 돼." 메렛은 큰 소리로 빽빽거렸다. "안 돼, 그러지 마. 답을 했잖아. 답을 하면 보내준다며."

"내가 한 말은 저 친구들에게 널 놔주라고 하겠다는 거였지." 가수는 노란 망토를 쳐다보았다. "렘, 저놈 놔줘."

"꺼져." 덩치 큰 무법자는 퉁명스럽게 대꾸했다.

가수는 메렛에게 어쩔 수 없다는 듯 어깨를 으쓱이더니 〈검은 로빈을 교수형에 처한 날〉을 연주하기 시작했다.

"제발." 메렛에게 남은 마지막 용기가 다리를 따라 흘러내리고 있었다. "난 댁들에게 아무 해도 끼치지 않았어. 시키는 대로 금도 가져왔고 질문에 답도 했잖아. 나에겐 애들이 있어."

"젊은 늑대는 영영 아이를 두지 못하지." 애꾸눈 무법자가 말했다.

메렛은 욱신거리는 머리 때문에 생각을 제대로 할 수가 없었다. "그놈은 우리에게 수치를 줬어. 온 왕국이 비웃고 있었다고. 우리의 명예에 얼룩진 오점을 닦아내야 했어." 그의 아버지가 한 말은 그 이상이었다.

"그럴지도 모르지. 빌어먹는 농부들이 귀족의 명예에 대해 뭘 알겠어?" 노란 망토가 밧줄 끝을 메렛의 머리에 세 바퀴 돌려 감았다. "하지만 우리도 살인에 대해선 좀 알아."

"살인이 아니야." 메렛의 목소리가 찢어졌다. "그건 복수였어. 우리에겐 복수할 권리가 있었어. 전쟁이었어. 아에곤, 우린 그 녀석을 징글벨이라고 불렀는데, 아무도 해친 적 없는 불쌍한 반편이였는데, 스타크 부인이 그 녀석 목을 그었어. 숙영지에서도 사람을 50명을 잃었어. 키라의 남편 가이스 굿브룩 경, 제러드의 아들 타이토스 경…… 누군가가 도끼로 그 녀석 머리를 부숴버렸지…… 스타크의 다이어울프는 우리 늑대개 네 마리를 죽이고 견사장의 팔을 뽑아버렸어. 노궁 화살을 온몸에 맞은 후에도 그랬다고……."

"그래서 다이어울프의 머리를 롭 스타크의 목 위에 꿰매 붙이셨군." 노란 망토가 말했다.

"아버지가 한 짓이야. 난 술만 마셨어. 술 마셨다고 사람을 죽일 순 없어." 메렛은 그때 뭔가를, 어쩌면 자신을 구해줄 수도 있는 뭔가를 기억해냈다. "사람들 말이 베릭 공은 언제나 재판을 하고, 재판에서 죄가 증명되지 않으면 죽이지 않는다던데. 내가 저지른 죄를 증명할 순 없을걸. 핏빛 결혼식은 내 아버지 작품이고, 라이먼과 볼턴 공 작품이야. 천막이 무너지게 해놓고 관람석에 악사와 노궁수를 같이 배치한 건 로타르가 한 일이고, 숙영지 공격은 검은 왈더가 이끌었어……. 너희가 원하는 건 내가 아니라 그놈들이야. 난 와인밖에 안 마셨어……. 증인도 없을걸."

"공교롭게도, 그 점은 틀렸어." 가수가 두건을 쓴 여인을 돌아보았다. "부인?"

그녀가 앞으로 나서자 무법자들은 말없이 길을 텄다. 그녀가 두건을 젖히자, 메렛은 가슴속이 확 조여들었고 잠시 동안 숨을 쉴 수가 없었다. '아니야. 아니야, 분명히 죽는 걸 봤어. 옷을 다 벗기고 강에 던져버리기 전까지 하룻낮 하룻밤 동안 죽은 채였어. 레이먼드가 저 여자의 목을 이쪽 귀에서 저쪽 귀까지 그었어. 분명히 죽었다고.'

망토와 옷깃이 그의 형제가 남긴 칼자국은 가려줬으나, 얼굴은 그의 기억보다 더 지독했다. 물에 불어서 살이 푸딩처럼 물렁해졌고 굳은 우유 같은 색깔로 변했다. 머리카락은 절반이 빠졌고 나머지 절반은 하얗게 센 데다 노파의 머릿결처럼 뻣뻣했다. 엉망이 된 두피 아래 얼굴은 그녀가 손톱으로 긁은 자리마다 피부가 찢어지고 검은 피가 굳어 있었다. 하지만 가장 무시무시한 건 눈이었다. 그를 바라보는 그녀의 두 눈은 증오를 뿜어냈다.

"말씀은 못 해." 노란 망토를 걸친 거한이 말했다. "너희 저주받을 개자식들이 목을 너무 깊게 베어놔서 말이야. 하지만 기억은 또렷하지." 그는 죽은 여인을 돌아보고 말했다. "어떻습니까, 부인? 이놈도 가담했나요?"

캐틀린 부인은 메렛에게서 시선을 돌리지 않고 고개만 끄덕였다.

메렛 프레이는 애원하려고 입을 열었지만, 올가미가 나오는 말을 막아버렸다. 바닥에서 발이 뜨고, 밧줄이 턱 아래 부드러운 살 속을 깊이 파고들었다. 허공에 뜬 그는 경련하며 몸을 비틀고 발길질을 했다. 높이, 높이, 더 높이.

# 부록

— 왕들과 그 궁정 —

## ❧ 철왕좌의 왕 ❧

조프리 왕의 깃발에는 금색 바탕에 검은색으로 바라테온의 왕관 쓴 수사슴이, 진홍색 바탕에 금색으로 라니스터의 사자가 들어가며 서로 싸우고 있다.

**조프리 바라테온** 조프리 1세, 13세 소년으로 로버트 바라테온 1세와 라니스터 가문의 왕비 세르세이 사이에서 태어난 맏아들

**세르세이 왕대비** 조프리의 어머니, 라니스터 가문, 섭정대비 겸 왕국의 수호자
　**세르세이의 맹약검사**
　› **오스프리드 케틀블랙 경** 킹스가드 오스먼드 케틀블랙 경의 동생
　› **오스니 케틀블랙 경** 오스먼드 경과 오스프리드 경의 동생
　**미르셀라 왕녀** 조프리의 여동생, 9세 소녀, 선스피어의 도란 마르텔 대공의 대녀
　**토멘 왕자** 조프리의 남동생, 8세 소년, 철왕좌의 후계자
　**타이윈 라니스터** 조프리의 외조부, 캐스틸리록의 영주, 서부의 관리자, 왕의 수관

부계 친척
**스타니스 바라테온** 아버지의 동생, 반란을 일으킨 드래곤스톤의 영주, 스타니스 1세를 자칭
　› **시린 스타니스의 딸, 11세 소녀
**{렌리 바라테온}** 아버지의 동생, 반란을 일으킨 스톰스엔드의 영주, 자기 군영에서 살해당함
**엘던 에스터몬트 경** 친조모의 형제
　› **아에몬 에스터몬트 경** 엘던 경의 아들
　›› **알린 에스터몬트 경** 아에몬 경의 아들

## 모계 친척

**제이미 라니스터 경** 어머니의 동생, 일명 킹슬레이어, 리버런의 포로

**티리온 라니스터** 어머니의 동생, 일명 꼬마 악마, 난쟁이, 블랙워터 전투에서 부상
- **포드릭 페인** 티리온의 종자
- **블랙워터의 브론 경** 티리온의 위병대장, 용병 출신
- **샤에** 티리온의 첩, 종군 매춘부였다가 지금은 롤리스 스토크워스의 시녀로 일함

**케반 라니스터 경** 외조부의 동생
- **란셀 라니스터 경** 케반 경의 아들, 로버트 왕의 종자 출신, 블랙워터 전투에서 부상, 빈사 상태

**{타이겟 라니스터}** 외조부의 동생, 매독으로 사망
- **타이렉 라니스터** 타이겟의 아들, 종자, 대폭동 이후 실종 상태
- **에메산드 헤이포드** 타이렉의 어린 아내


## 천출 형제(로버트 왕의 사생아)

**미아 스톤** 19세 처녀, 달의 관문에서 네스토 로이스 공을 섬김

**겐드리** 견습 대장장이, 강역에서 도망자로 지냄, 자신의 혈통을 모름

**에드릭 스톰** 로버트 왕이 유일하게 인지한 서자, 드래곤스톤에서 숙부인 스타니스의 대자로 지냄


## 킹스가드

**제이미 라니스터 경** 단장

**메린 트랜트 경**

**발론 스완 경**

**오스먼드 케틀블랙 경**

**로라스 티렐 경** 꽃의 기사

**아리스 오크하트 경**


## 소협의회

**타이윈 라니스터 공** 왕의 수관

**케반 라니스터 경** 법률관

**피터 베일리시 공** 일명 리틀핑거, 재무관

**바리스** 내시, 일명 거미, 첩보관

**메이스 티렐 공** 해군관

**파이셀 대학사**


신하와 가신

**일린 페인 경** 왕의 심판관, 처형 집행인

**화염술사 할린 공** 연금술사 길드의 현자

**문보이** 어릿광대

**올드타운의 오몬드** 왕실 가수 겸 하프 연주자

**돈토스 홀라드** 어릿광대이자 주정뱅이, 과거에는 붉은 기사 돈토스 경이었음

**잘라바르 쇼** 여름 군도의 망명자, 붉은 꽃 협곡의 왕자

**탠다 스토크워스 부인**

> **팔리스** 딸, 발만 버치 경과 혼인

> **롤리스** 딸, 34세로 미혼, 머리가 모자람, 강간으로 임신

> **프렌켄 학사** 치료자 겸 조언자

**자일스 로스비 공** 병든 노인

**탤러드 경** 유망한 젊은 기사

**모로스 슬린트 공** 종자, 전임 도시 경비대장의 맏아들

> **조토스 슬린트** 그 동생, 종자

> **다노스 슬린트** 그 동생, 시동

**보로스 블런트 경** 전임 킹스가드 기사, 비겁함 때문에 세르세이 왕대비가 해임

**조스민 페클던** 종자, 블랙워터 전투의 영웅

**필립 푸트 경** 블랙워터 전투에서 보인 용맹으로 도르네 변경지 영주로 임명

**로소르 브룬 경** 블랙워터 전투에서의 업적으로 일명 사과 먹는 로소르로 불림, 과거 베일리시 공을 섬기던 자유기수


킹스랜딩에 있는 그 밖의 영주와 기사

**마티스 로완** 골든그로브의 영주

**팍스터 레드와인** 아버의 영주

> **호라스 경과 호버 경** 팍스터 공의 쌍둥이 아들, 호러(골칫덩이)와 슬로버(침흘리개)라는

별명이 있음
 › **발라바르 학사** 레드와인 공의 치료사
**아드리안 셀티가르** 클로섬의 영주
**알레산더 스태드먼** 일명 돈 귀신
**보니퍼 헤이스티 경** 일명 선량한 보니퍼 경, 유명한 기사
**도넬 스완 경** 스톤헬름의 후계자
**로넷 코닝턴 경** 일명 '붉은 로넷', 그리핀스루스트의 기사
**오레인 워터스** 드리프트마크의 서자
**비 숲의 더못 경** 유명한 기사
**스치는 검 티몬 경** 유명한 기사


**킹스랜딩 사람들**
**도시 경비대(황금 망토)**
 › **{자슬린 바이워터 경}** 일명 무쇠 손, 도시 경비대장, 블랙워터 전투 중에 부하에게 참살됨
 › **아담 마브랜드 경** 도시 경비대장, 자슬린 경의 후임
**차타야** 값비싼 매춘굴의 주인
 › **알라야야** 그 딸
 › **댄시, 마레이, 제이드** 차타야의 여자들
**토보 모트** 무기제조 장인
**아이언벨리** 대장장이
**하프쟁이 해미시** 유명한 가수
**콜리오 콰이니스** 티로시 가수
**아름다운 손가락 베타니** 여자 가수
**에이슨의 알라릭** 멀리 여행 다니는 가수
**카이의 갈리언** 노래가 길기로 악명 높은 가수
**은혀의 사이먼** 가수

# 북부의 왕
# 트라이던트의 왕

북부의 왕이 휘날리는 깃발은 수천 년째 그대로이다. 윈터펠의 스타크를 상징하는 회색 다이어울프가 새하얀 바탕을 뛰어가는 모습이다.

**롭 스타크** 윈터펠의 영주이자 북부의 왕이며 트라이던트의 왕, 윈터펠의 영주 에다드 스타크와 툴리 가문의 캐틀린 부인 사이에서 태어난 맏아들

**그레이윈드** 롭의 다이어울프
**캐틀린 부인** 롭의 어머니, 툴리 가문, 에다드 스타크 공의 과부

#### 롭의 형제
**산사 왕녀** 여동생, 12세 소녀, 킹스랜딩의 포로
› **{레이디}** 산사의 다이어울프, 대리 성에서 살해됨
**아리아 왕녀** 여동생, 10세 소녀, 실종되어 사망 추정
› **니메리아** 아리아의 다이어울프, 트라이던트 근처에서 실종
**브랜던 왕자** 남동생, 일명 브랜, 북부의 후계자, 9세 소년, 사망 추정
› **서머** 브랜의 다이어울프
   **브랜의 동료 겸 보호자**
› **미라 리드** 16세 처녀, 그레이워터워치의 영주 하울랜드 리드의 딸
› **조젠 리드** 그 남동생, 13세
› **호도** 모자란 마구간지기, 키가 2미터가 넘음

**리콘 왕자** 남동생, 4세 소년, 사망 추정
> **섀기독** 리콘의 다이어울프
> **리콘의 동료 겸 보호자**
> **오샤** 윈터펠에서 부엌데기로 일한 야인 포로
**존 스노우** 이복 형제, 밤의 경비대에 서약한 형제
> **고스트** 존의 다이어울프

부계 친척
{브랜던 스타크} 아버지의 형, 아에리스 타르가르옌 2세의 명령으로 참살됨
{리안나 스타크} 아버지의 여동생, 로버트의 반란 중에 도르네 산맥에서 사망
**벤젠 스타크** 아버지의 남동생, 밤의 경비대 대원, 장벽 너머에서 실종

모계 친척
**라이사 아린** 어머니의 여동생, 이어리의 여주인이자 존 아린 공의 과부
> **로버트 아린** 아들, 이어리의 영주
**에드무어 툴리 경** 어머니의 남동생, 리버런의 후계자
**브린덴 툴리 경** 외조부의 남동생, 일명 검은 물고기

맹약검사와 동료
**올리바 프레이** 종자
**웬델 맨덜리 경** 화이트하버 영주의 둘째 아들
**파트렉 말리스터** 시가드의 후계자
**데이시 모르몬트** 매기 모르몬트 여영주의 맏딸이자 곰섬의 후계자
**존 엄버** 일명 스몰존, 라스트허스의 후계자
**도넬 로크, 오언 노리, 로빈 플린트 등** 북부인

휘하 영주와 지휘관
(서부에 있는 롭의 군대)
**브린덴 툴리 경** 일명 검은 물고기, 척후대와 별동대 지휘
**존 엄버** 일명 그레이트존, 선봉대 지휘

**리카드 카스타크** 카홀드의 영주

**갤버트 글로버** 딥우드모트의 주인

**매기 모르몬트** 곰섬의 여영주

**{스테브론 프레이 경}** 왈더 프레이 공의 맏아들이자 트윈스의 후계자, 옥스크로스에서 사망

› **라이먼 프레이 경** 스테브론 경의 맏아들

›› **검은 왈더 프레이** 라이먼 경의 아들

**마틴 리버스** 왈더 프레이 공의 서자


(하렌홀에 있는 루스 볼턴의 군대)

**루스 볼턴** 드레드포트의 영주

**아에니스 프레이 경, 제러드 프레이 경, 호스틴 프레이 경, 댄웰 프레이 경**

› **로넬 리버스** 그들의 천출 이복형제

**윌리스 맨덜리 경** 화이트하버의 후계자

› **카일 콘돈 경** 그 아래에 있는 기사

**로넬 스타우트**

**바고 호트** 자유도시 코호르 출신, 용병 부대 '용감한 형제단'의 단장

› **어스윅** 부관, 일명 신실한 어스윅

› **우트 성사** 부관

› **도르네의 티미온, 로지, 이고, 뚱보 졸로, 바이터, 이벤의 토그 조트, 피그, 세 발가락** 그 부하들

› **콰이번** 목걸이 없는 학사이자 때로는 사령술사, 바고 호트의 치료사


(더스큰데일을 공격 중인 북부군)

**로벳 글로버** 딥우드모트 출신

**헬만 톨하트 경** 토르헨스퀘어 출신

**해리온 카스타크** 리카드 카스타크 공의 아들 중 유일한 생존자로 카홀드의 후계자


(에다드 공의 뼈를 가지고 북부를 이동 중)

**할리스 몰렌** 윈터펠 위병대장

**잭스, 퀜트, 샤드** 위병들

**북부의 휘하 영주와 수호성주**

**와이먼 맨덜리** 화이트하버의 영주

**하울랜드 리드** 그레이워터워치의 영주, 호상민

**까마귀 밥 모스 엄버, 창녀잡이 호서 엄버** 그레이트존 엄버의 숙부들로 라스트허스의 공동 수호성주

**리에사 플린트** 위도스워치의 여영주

**온드류 로크** 올드캐슬의 영주, 노인

**{클레이 세르윈}** 세르윈의 영주, 14세 소년, 윈터펠 전투에서 살해당함

  › **조넬레 세르윈** 누이, 32세 처녀, 현재 세르윈의 여영주

**{레오발드 톨하트}** 헬만 경의 동생으로 토르헨스퀘어의 수호성주, 윈터펠 전투에서 살해당함

  › **베레나** 레오발드의 아내, 혼우드 가문

  › **브랜던** 레오발드의 아들, 14세 소년

  › **베렌** 레오발드의 아들, 10세 소년

  › **{벤프레드}** 헬만 경의 아들, 스토니쇼어에서 강철인들에게 살해당함

  › **에다라** 헬만 경의 딸, 9세 소녀, 토르헨스퀘어의 후계자

**시벨 부인** 로벳 글로버의 아내, 딥우드모트에서 아샤 그레이조이에게 포로로 잡힘

  › **가웬** 로벳의 아들, 3세, 딥우드모트의 정당한 후계자, 아샤 그레이조이의 포로

  › **에레나** 로벳의 딸, 1세 아기, 아샤 그레이조이의 포로

  › **라렌스 스노우** 혼우드 공의 서자이자 갤버트 글로버의 대자, 13세, 아샤 그레이조이의 포로

## 협해의 왕

스타니스 왕은 그 깃발에 빛의 군주를 상징하는 불타는 심장을 집어넣었다. 노란색 바탕에 오렌지색 불길에 둘러싸인 붉은 심장 모양이다. 그 심장 안에는 검은색으로 바라테온 가문의 상징인 왕관 쓴 수사슴이 들어간다.

**스타니스 바라테온** 스타니스 1세, 스테폰 바라테온 공과 에스터몬트 가문의 카사나 부인 사이에 태어난 둘째 아들, 과거 드래곤스톤의 영주

**셀리스 부인** 아내, 플로렌트 가문
**시린 공주** 두 사람의 딸, 11세 소녀
> **패치페이스** 공주의 멍청한 어릿광대

**에드릭 스톰** 천출 조카, 12세 소년, 로버트 왕이 델레나 플로렌트에게 얻은 서자
**데반 시워스와 브라이엔 파링** 종자

신하와 가신
**알레스터 플로렌트 공** 브라이트워터킵의 영주이자 왕의 수관, 왕비의 숙부
**액셀 플로렌트 경** 드래곤스톤의 수호성주이자 왕비 측 사람들의 지휘자, 왕비의 숙부
**아샤이의 멜리산드레** 일명 붉은 여인, 빛의 군주이며 불꽃과 그림자의 신인 를로르의 여사제
**필로스 학사** 치료사이자 교사이자 조언자
**다보스 시워스 경** 일명 양파 기사, 때로는 반손이, 과거 밀수업자
> **마리아 부인** 다보스의 처, 목수의 딸
  **두 사람의 일곱 아들**

- ›› {데일} 블랙워터에서 실종
- ›› {알라드} 블랙워터에서 실종
- ›› {매토스} 블랙워터에서 실종
- ›› {매릭} 블랙워터에서 실종
- ›› 데반 스타니스 왕의 종자
- ›› 스타니스 9세 소년
- ›› 스테폰 6세 소년

**살라도르 산** 자유도시 리스 출신, 자칭 협해의 왕자 겸 블랙워터만의 영주, 발리리안호와 그 자매선들의 주인
- › 메이조 마르 그에게 고용된 내시
- › 코레인 사스만테스 갤리선 샤얄라의 춤호 선장

**포리지와 장어** 두 명의 간수


### 휘하 영주

**몬테리스 벨라리온** 타이드의 영주이자 드리프트마크의 주인, 6세 소년

**듀람 바르 에몬** 샤프포인트의 영주, 15세 소년

**길버트 파링 경** 스톰스엔드 수호성주
- › 엘우드 메도스 공 길버트 경의 2인자
- › 저언 학사 길버트 경의 조언자 겸 치료사

**루코스 치터링 공** 일명 꼬마 루코스, 16세 청년

**레스터 모리겐** 크로스네스트의 영주


### 기사와 맹약검사

**로마스 에스터몬트 경** 왕의 외숙부
- › 앤드류 에스터몬트 경 아들

**롤랜드 스톰 경** 일명 나이트송의 서자, 고(故) 브라이엔 카론 공의 천출 아들

**파멘 크레인 경** 일명 자주색 파멘, 하이가든에 포로로 잡혀 있음

**에렌 플로렌트 경** 셀리스 왕비의 남동생, 하이가든에 포로로 잡혀 있음

**제랄드 가워 경**

**탤리힐의 트리스턴 경** 과거 건서 선글라스 공을 섬김

**르위스** 일명 생선 장수

**오머 블랙베리**

# 바다 건너의 여왕

대너리스 타르가르옌의 깃발은 정복자 아에곤과 그가 세운 왕조의 깃발이다. 검은색 바탕에 붉은색으로 삼두룡이 그려져 있다.

**대너리스 타르가르옌** 대너리스 1세, 도트락인들의 칼리시, 일명 폭풍의 딸 대너리스, 불타지 않는 분, 드래곤의 어머니, 아에리스 타르가르옌 2세의 유일한 생존 후계자, 도트락의 칼이었던 드로고의 과부

**드로곤, 비세리온, 라에갈** 성장 중인 드래곤들
**퀸스가드**
› **조라 모르몬트** 과거 곰섬의 영주, 노예 무역 때문에 망명
› **조고** 코이자 혈맹기수, 채찍을 지닌 자
› **아고** 코이자 혈맹기수, 활을 지닌 자
› **라카로** 코이자 혈맹기수, 아라크를 지닌 자
› **힘센 벨와스** 과거 미린의 투기장에서 싸우던 내시 노예
›› **흰 수염 아르스탄** 벨와스의 나이 많은 종자, 웨스테로스 사람
**시녀**
› **이리** 도트락 소녀, 15세
› **지키** 도트락 소녀, 14세
**그롤리오** 대형 상선 발레리온호의 선장, 일리리오 모파티스에게 고용된 펜토스인 뱃사람

**사망한 친족**

**{라에가르}** 오빠, 드래곤스톤의 왕자이며 철왕좌의 후계자였음, 트라이던트에서 로버트 바라테온에게 참살됨

> › **{라에니스}** 도르네의 엘리아와 라에가르의 딸, 킹스랜딩 약탈 중 살해당함

> › **{아에곤}** 도르네의 엘리아와 라에가르의 아들, 킹스랜딩 약탈 중 살해당함

**{비세리스}** 오빠, 자칭 비세리스 3세, 일명 거지 왕, 바에스 도트락에서 칼 드로고에게 참살됨

**{드로고}** 남편, 도트락의 위대한 칼, 전투에서 한 번도 진 적이 없으나 부상으로 사망

> › **{라에고}** 칼 드로고와의 사이에서 가진 사산아, 미리 마즈 두르에 의해 배 속에서 참살됨

**알려진 적**

**칼 포노** 한때 드로고의 코였음

**칼 자코** 한때 드로고의 코였음

> › **마고** 그의 혈맹기수

**콰스의 불멸자들** 흑마법사 무리

> › **피아트 프리** 콰스인 흑마법사

**비탄자** 콰스의 암살자 길드

**과거와 현재의 불확실한 우군**

**자로 쇼안 닥소스** 콰스의 상인 왕자

**퀘이트** 아사이 출신의 가면 쓴 그림자술사

**일리리오 모파티스** 자유도시 펜토스의 마지스터, 칼 드로고와의 혼인을 주선함

**아스타포에서 만난 사람**

**크라즈니스 모 나클로즈** 부유한 노예상

> › **미산데이** 그의 노예, 10세 소녀, 나스의 평화인 출신

**그라즈단 모 울호르** 늙은 노예상, 매우 부유함

> › **클레온** 그의 노예, 푸주한 겸 요리사

**회색 벌레** 거세병

융카이에서 만난 사람

**그라즈단 모 에라즈** 사절이자 귀족

**브라보스의 메로** 일명 거인의 서자, 용병대 둘째 아들들의 대장

› **갈색 벤 플럼** 둘째 아들들의 장교로 혈통이 모호한 용병

**프렌달 나 게즌** 기스인 용병, 용병대 폭풍 까마귀 대장

**대머리 살로르** 콰스인 용병, 폭풍 까마귀 대장

**다리오 나하리스** 화려한 티로시인 용병, 폭풍 까마귀 대장


미린에서 만난 사람

**오즈나크 조 팔** 도시의 영웅

## ⁂ 군도와 북부의 왕 ⁂

**발론 그레이조이** 회색 왕 이후로 세면 발론 9세, 자칭 강철 군도와 북부의 왕, 소금과 바위의 왕, 바닷바람의 아들, 파이크의 사신

**알라니스 왕비** 아내, 할로우 가문
  **두 사람의 자녀**
  › {**로드릭**} 맏아들, 그레이조이 반란 당시 시가드에서 참살됨
  › {**마론**} 둘째아들, 그레이조이 반란 당시 파이크에서 참살됨
  › **아샤** 딸, 블랙윈드호의 선장이며 딥우드모트의 정복자
  › **테온** 막내아들, 바다 요물호의 선장이며 짧은 기간 동안 윈터펠의 왕자였음
    ›› **웩스 파이크** 테온의 종자, 보틀리 공의 이복형제의 서자, 말을 못하는 12세 소년
    ›› **우르젠, 생선 수염 마론 보틀리, 스티그, 게빈 할로우, 캐드월** 테온의 선원들, 바다 요물호 소속

**형제**
**유론** 일명 까마귀 눈, 침묵호의 선장, 악명 높은 무법자, 해적, 약탈자
**빅타리온** 강철 함대의 함대장, 강철 승리호의 주인
**아에론** 일명 젖은 머리, 익사한 신의 사제

**파이크의 가신**
**웬다미르 학사** 치료사 겸 조언자
**헬리야** 성 관리인

**전사와 맹약검사**

**갈라진 턱 다그머** 거품 고래호의 선장

**파란 이빨** 장선 선장

**울러, 스카이트** 노잡이이자 전사

**웃지 않는 안드릭** 거한

**콸** 일명 처녀 콸, 수염이 없지만 치명적임


**로드스포트 사람**

**절름발이 오터** 여관 주인이자 포주

**시그린** 선박 장인


**휘하 영주**

**사웨인 보틀리** 파이크섬 로드스포트의 영주

**윈치 공** 파이크섬 아이언홀트의 영주

**올드윅섬의 스톤하우스, 드럼, 굿브러더**

**그레이트윅섬의 굿브러더 공, 스파르, 멀린 공, 파윈드 공**

**할로우섬의 할로우 공**

**할로우섬의 볼마크, 마이어, 스톤트리, 케닝**

**오크몬트섬의 오크우드와 타우니**

**블랙타이드섬의 블랙타이드 공**

**솔트클리프섬의 솔트클리프 공과 선덜리 공**

— 다른 가문들 —

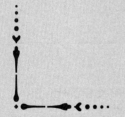

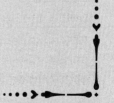

## 아린 가문

아린 가문은 산과 협곡의 왕들로부터 내려오는, 안달 귀족 중에서도 가장 오래되고 순수한 혈통 중 하나이다. 아린 가문은 다섯 왕의 전쟁에 참여하지 않고, 아린 협곡을 지키기 위해 힘을 비축하고 있다. 아린의 문장은 하늘색 바탕에 하얀 달과 매. 아린의 가언은 '명예만큼 드높게'이다.

**로버트 아린** 이어리의 영주, 협곡의 방어자, 동부의 관리자, 병약한 8세 소년

**라이사 부인** 어머니, 툴리 가문, 「존 아린 공」의 세 번째 아내이자 과부이며 캐틀린 스타크의 여동생

**가신**
**마릴리언** 젊은 가수, 라이사 부인에게 총애를 받음
**콜먼 학사** 조언자이자 치료사, 교사
**마르윈 벨모어 경** 위병대장
**모드** 잔혹한 간수

**휘하 영주와 기사와 신하**
**네스토 로이스 공** 협곡의 고위 집사이며 달의 관문 수호성주, 로이스 가문의 방계
 › **알바르 경** 네스토 공의 아들
 › **미란다** 네스토 공의 딸
 › **미아 스톤** 그를 섬기는 서녀, 로버트 바라테온 왕의 사생아
**욘 로이스 공** 일명 청동 욘, 룬스톤의 영주, 로이스 가문의 직계로 네스토 공의 사촌

> **안다르 경** 욘 공의 맏아들
> **{로바르 경}** 욘 공의 둘째 아들, 렌리 왕의 레인보우가드 기사, 스톰스엔드에서 로라스 티렐 경에게 참살됨
> **{웨이마르 경}** 욘 공의 막내아들, 밤의 경비대 대원, 장벽 너머에서 실종

**린 코브레이 경** 라이사 부인의 구혼자
> **미첼 레드포트** 그의 종자

**아냐 웨인우드 부인**
> **모턴 경** 아냐 부인의 맏아들이자 후계자, 라이사 부인의 구혼자
> **도넬 경** 아냐 부인의 둘째 아들, 관문의 기사

**이언 헌터** 롱보우홀의 영주, 노인이며 라이사 부인의 구혼자

**호턴 레드포트** 레드포트의 영주

# 플로렌트 가문

브라이트워터킵의 플로렌트 가문은 리치의 옛 왕가인 가드너 가문과 혈연관계가 있다는 점에서 하이가든을 가질 자격이 더 있음에도, 티렐 가문의 휘하에 있다. 다섯 왕 전쟁 발발 당시 알레스터 플로렌트 공은 티렐 가문을 따라 렌리 왕에 대한 지지를 선언했으나, 그 동생으로 이미 수년간 드래곤스톤 수호성주로 일했던 액셀 경은 스타니스 왕을 선택했다. 그들의 조카인 셀리스는 스타니스 왕의 비다. 렌리가 스톰스엔드에서 죽자 플로렌트 가문은 렌리의 휘하 중 첫 번째로 전 병력을 스타니스에게 넘겼다. 플로렌트 가문의 상징은 꽃의 원 안에 들어간 여우 머리다.

**알레스터 플로렌트** 브라이트워터의 영주

**멜라라 부인** 아내, 크레인 가문
  **두 사람의 자녀**
  › **알레킨** 브라이트워터의 후계자
  › **멜레사** 랜딜 탈리 공과 결혼
  › **리아** 레이톤 하이타워 공과 결혼

형제
**액셀 경** 드래곤스톤의 수호성주
**{리암 경}** 낙마로 사망
  › **셀리스 왕비** 리암 경의 딸, 스타니스 왕과 결혼
  › **{임리 경}** 리암 경의 아들, 블랙워터에서 스타니스 바라테온의 함대를 지휘하다가 맹위호와 함께 실종

›  **에렌 경** 리암 경의 둘째 아들, 하이가든에 포로로 잡혀 있음

**콜린 경**

›  **델레나** 콜린 경의 딸, 호스먼 노크로스 경과 결혼

››  **에드릭 스톰** 델레나의 아들, 로버트 왕의 서자, 12세

››  **알레스터 노크로스** 델레나의 아들, 8세

››  **렌리 노크로스** 델레나의 아들, 2세

›  **오머 학사** 콜린 경의 아들, 올드오크에서 봉직

›  **메렐** 콜린 경의 아들, 아버에서 종자로 봉직

**라일린** 그의 누이, 리처드 크레인 경과 결혼

# ⤜⤬⤬⤬ 프레이 가문 ⤬⤬⤬⤝

강력하고 부유하며 수가 많은 프레이 가문은 툴리 가문의 휘하에 있지만, 언제나 의무를 성실히 수행하지는 않았다. 로버트 바라테온이 트라이던트에서 라에가르 타르가르옌과 맞붙었을 때, 프레이 가문은 전투가 끝날 때까지 도착하지 않았고, 그 후로 호스터 툴리 공은 언제나 왈더 공을 '늦장 프레이 공'이라고 불렀다. 자기 바지 속에서 나온 사람만으로 군대를 편성할 수 있는 영주는 칠왕국에 프레이 공 하나 뿐이라는 말이 있다. 다섯 왕 전쟁 발발 당시 롭 스타크는 그의 딸이나 손녀딸 중 한 명과 결혼하겠다는 맹세로 왈더 공의 충성을 얻어냈다. 왈더 공의 손자 두 명은 윈터펠에 대자로 갔다.

## 왈더 프레이 크로싱의 영주

**첫 번째 아내**, 로이스 가문 출신의 {페라 부인}
**{스테브론 경}** 그들의 맏아들, 옥스크로스 전투에서 사망
　결혼 {코레나 스완} 쇠약 질환으로 사망
　› **라이먼 경** 스테브론의 맏아들, 트윈스의 후계자
　　› **에드윈** 라이먼의 아들, 재니스 헌터와 결혼
　　　› **왈다** 에드윈의 딸, 8세 소녀
　　› **왈더** 라이먼의 아들, 일명 검은 왈더
　　› **피터** 라이먼의 아들, 일명 여드름 피터
　　　› **밀렌다 카론** 아내
　　　› **페라** 피터의 딸, 5세 소녀
　결혼 {제인 리든} 낙마로 사망
　› **아에곤** 스테브론의 아들, 일명 징글벨이라 불리는 반편이

› › {마에겔} 스테브론의 딸, 대핀 밴스 경과 결혼, 출산 중 사망

› › › 마리안느 마에겔의 딸, 처녀

› › › 왈더 밴스 마에겔의 아들, 종자

› › › 파트렉 밴스 마에겔의 아들

결혼 {마르셀라 웨인우드} 출산 중 사망

› 월튼 스테브론의 아들, 디아나 하딩과 결혼

› › 스테폰 월튼의 아들, 일명 사탕

› › 왈다 월튼의 딸, 일명 아름다운 왈다

› › 브라이언 월튼의 아들, 종자

에몬 경 젠나 라니스터와 결혼

› 클레오스 경 에몬의 아들, 제인 대리와 결혼

› › 타이윈 클레오스의 아들, 11세의 종자

› › 윌렘 클레오스의 아들, 애시마크에서 시동으로 지냄, 9세

› 라이오넬 경 에몬의 아들, 멜레사 크레이크홀과 결혼

› 티온 에몬의 아들, 리버런의 포로

› 왈더 에몬의 아들, 일명 붉은 왈더, 캐스털리록에서 종자로 지냄

아에니스 경 출산 중 사망한 {티아나 와일드}와 결혼

› 아에곤 블러드본 아에니스의 아들, 범법자

› 라에가르 아에니스의 아들, 제인 비스버리와 결혼

› › 로버트 라에가르의 아들, 13세 소년

› › 왈다 라에가르의 딸, 10세 소녀, 일명 하얀 왈다

› › 조노스 라에가르의 아들, 8세 소년

페리안 레슬린 하이 경과 결혼

› 하리스 하이 경 페리안의 아들

› › 왈더 하이 하리스의 아들, 4세 소년

› 도넬 하이 경 페리안의 아들

› 알린 하이 페리안의 아들, 종자


두 번째 아내, 스완 가문의 {시레나 부인}

제러드 경 그들의 맏아들, {알리스 프레이}와 결혼

›  **타이토스 경** 제러드의 아들, 조이 블레인트리와 결혼

›› **지아** 타이토스의 딸, 14세 처녀

›› **재커리** 타이토스의 아들, 12세 소년, 올드타운의 성소에서 훈련 중

›  **키라** 제러드의 딸, 가아스 굿브룩 경과 결혼

›› **왈더 굿브룩** 키라의 아들, 9세 소년

›› **제인 굿브룩** 키라의 딸, 6세

**루시언 성사** 킹스랜딩의 바엘로르 대성소에서 봉직 중


**세 번째 아내, 크레이크홀 가문의 {애머레이 부인}**

**호스틴 경** 그들의 맏아들, 벨레나 하윅과 결혼

›  **아우드 경** 호스틴의 아들, 리엘라 로이스와 결혼

›› **리엘라** 아우드의 딸, 5세 소녀

›› **앤드로와 알린** 아우드의 쌍둥이 아들, 3세

**리테네 부인** 루시아스 바이프렌 공과 결혼

›  **엘리아나** 리테네의 딸, 존 와일드 경과 결혼

›› **리카드 와일드** 엘리아나의 아들, 4세

›  **데이먼 바이프렌 경** 리테네의 아들

**사이먼드** 브라보스의 베사리오스와 결혼

›  **알레산더** 사이먼드의 아들, 가수

›  **알릭스** 사이먼드의 딸, 17세 처녀

›  **브라다마** 사이먼드의 아들, 10세 소년, 브라보스 상인 오로 텐디리스의 대자로 브라보스에 가 있음

**댄웰 경** 위나프레이 휀트와 결혼

›  {많은 사산과 유산}

**메렛** 마리야 대리와 결혼

›  **애머레이** 메렛의 딸, 보통 애미로 불림, 16세의 과부, 블루포크의 {페이트 경}과 결혼

›  **왈다** 메렛의 딸, 일명 뚱뚱한 왈다, 15세 처녀, 루스 볼턴 경과 결혼

›  **마리사** 메렛의 딸, 13세 처녀

›  **왈더** 메렛의 아들, 일명 작은 왈더, 7세 소년, 캐틀린 스타크 부인의 대자로 가 있던 윈터펠에서 포로로 잡힘

**{제레미 경}** 익사, 캐롤레이 웨인우드와 결혼
- **산도르** 제레미의 아들, 12세 소년, 도넬 웨인우드 경의 종자
- **신시아** 제레미의 딸, 9세 소녀, 아냐 웨인우드 부인의 대자

**레이먼드 경** 베오니 비스버리와 결혼
- **로버트** 레이먼드의 아들, 16세, 올드타운 시타델에서 훈련 중
- **말원** 레이먼드의 아들, 15세, 리스에서 연금술사 견습생 생활 중
- **세라와 사라** 레이먼드의 쌍둥이 딸, 14세 처녀들
- **세르세이** 레이먼드의 딸, 6세, 일명 작은 벌


**네 번째 아내, 블랙우드 가문의 {알리사 부인}**

**로타르** 그들의 맏아들, 일명 절름발이 로타르, 레오넬라 레포드와 결혼
- **티산** 로타르의 딸, 7세 소녀
- **왈다** 로타르의 딸, 4세 소녀
- **엠벌레이** 로타르의 딸, 2세 소녀

**자모스 경** 살레이 페이지와 결혼
- **왈더** 자모스의 아들, 일명 큰 왈더, 8세 소년, 캐틀린 스타크 부인의 대자로 가 있던 윈터펠에서 포로로 잡힘
- **디콘과 마티스** 자모스의 쌍둥이 아들, 5세

**휠렌 경** 실와 페이지와 결혼
- **호스터** 휠렌의 아들, 12세 소년, 데이먼 페이지 경의 종자
- **메리안느** 휠렌의 딸, 일명 메리, 11세 소녀

**모리야 부인** 플레멘트 브락스 경과 결혼
- **로버트 브락스** 모리야의 아들, 9세, 캐스털리록에 시동으로 가 있음
- **왈더 브락스** 모리야의 아들, 6세 소년
- **존 브락스** 모리야의 아들, 3세 아기

**티타** 일명 처녀 티타, 29세의 처녀


**다섯 번째 아내, 휀트 가문의 {사리아 부인}**
- 소생 없음

**여섯 번째 아내, 로스비 가문의 {베타니 부인}**
**퍼윈 경** 그들의 맏아들
**벤프레이 경** 사촌인 지안나 프레이와 결혼
  › **델라** 벤프레이의 딸, 일명 귀머거리 델라, 3세 소녀
  › **오스먼드** 벤프레이의 아들, 2세 소년
**윌라멘 학사** 롱보우홀에서 봉직
**올리바 롭** 스타크를 섬기는 종자
**로슬린** 16세 처녀


**일곱 번째 아내, 파링 가문의 {아나라 부인}**
**아르윈** 14세 처녀
**웬델** 그들의 맏아들, 13세 소년, 시가드에 시동으로 가 있음
**콜마** 교단에 들어가기로 되어 있음, 11세
**왈티르** 일명 티르, 10세 소년
**엘마** 아리아 스타크와 약혼, 9세 소년
**시레이** 6세 소녀


**여덟 번째 아내, 에렌포드 가문의 조유즈 부인**
  › 현재까지 소생 없음


**여러 여자에게서 태어난 왈더 공의 사생아들**
**왈더 리버스** 일명 서자 왈더
  › **아에몬 리버스 경** 서자 왈더의 아들
  › **왈다 리버스** 서자 왈더의 딸
**멜위스 학사** 로스비에서 봉직
**제인 리버스, 마틴 리버스, 라이거 리버스, 로넬 리버스, 멜라라 리버스** 등

## 〜〜 라니스터 가문 〜〜

캐스털리록의 라니스터 가문은 철왕좌에 대한 권리를 주장하는 조프리 왕의 중요 지지자로 남아 있다. 그들은 영웅 시대 전설적인 트릭스터 '영리한 란'의 후손이라고 자랑한다. 캐스털리록과 골든투스의 황금 덕분에 대가문 중에서 가장 부유하다. 라니스터의 상징은 진홍색 바탕에 금색 사자이며 가언은 '내 포효를 들으라!'이다.


**타이윈 라니스터** 캐스털리록의 영주, 서부의 관리자, 라니스포트의 방패, 왕의 수관

**제이미 경** 아들, 일명 킹슬레이어, 세르세이와 쌍둥이, 킹스가드 단장, 동부의 관리자, 리버런의 포로
**세르세이 왕대비** 딸, 제이미와 쌍둥이, 로버트 바라테온 1세의 과부, 아들 조프리의 섭정대비
  › **조프리 바라테온 왕** 아들, 13세 소년
  › **미르셀라 바라테온 공주** 딸, 9세 소녀, 도르네의 도란 마르텔 대공의 대녀
  › **토멘 바라테온 왕자** 아들, 8세 소년, 철왕좌의 후계자
**티리온** 난쟁이 아들, 일명 꼬마 악마 또는 반쪽이, 블랙워터에서 부상과 흉터를 입음


형제
**케반 경** 첫째 남동생
  › **도르나** 케반 경의 아내, 스위프트 가문
  › **란셀 경** 아들, 과거 로버트 왕의 종자, 부상을 입고 빈사 상태
  › **윌렘** 아들, 마틴과 쌍둥이, 종자, 리버런의 포로
  › **마틴** 아들, 윌렘과 쌍둥이, 종자, 롭 스타크의 포로

> 제이네 딸, 2세 소녀

**젠나** 누이, 에몬 프레이 경과 혼인

> **클레오스 프레이 경** 아들, 리버런의 포로

> **라이오넬 경** 아들

> **티온 프레이** 아들, 종자, 리버런의 포로

> **왈더** 아들, 일명 붉은 왈더, 캐스틸리록에서 종자로 지냄

**{타이겟 경}** 둘째 남동생, 매독으로 사망

> **달레사** 타이겟의 미망인, 마브랜드 가문

> **타이렉** 타이겟의 아들, 왕의 종자, 실종

**{제리온}** 막냇동생, 바다에서 실종

> **조이** 제리온의 서녀, 11세

**친척**

**{스태퍼드 라니스터 경}** 사촌, 고 조안나 부인의 남자 형제, 옥스크로스에서 참살됨

> **세레나와 미리엘 스태퍼드** 경의 딸들

> **대븐 경** 스태퍼드 경의 아들

**다미언 라니스터 경** 시에라 크레이크홀 부인과 결혼

> **루시온 경** 아들

> **라나** 딸, 안타리오 재스트 공과 결혼

**마고트** 티투스 피크 공과 결혼

**가신**

**크렐린 학사** 치료사, 교사 겸 조언자

**바일러** 위병대장

> **럼과 붉은 레스터** 위병들

**하얀 미소 왓** 가수

**베네딕트 브룸 경** 훈련대장

**휘하 영주**

**데이먼 마브랜드** 애시마크의 영주

› **아담 마브랜드 경** 그의 아들이자 후계자

**롤란드 크레이크홀** 크레이크홀의 영주

› **{버튼 크레이크홀 경}** 그 형제, 베릭 돈다리온 공과 그의 무법자들 손에 살해됨

› **티볼트 크레이크홀 경** 그 아들이자 후계자

› **라일 크레이크홀 경** 둘째 아들, 일명 힘센 멧돼지, 핑크메이든의 포로

› **멀론 크레이크홀 경** 막내아들

**{안드로스 브락스}** 혼베일의 영주, 리버런 외곽 주둔지 전투 중 익사

› **{루퍼트 브락스 경}** 그 형제, 옥스크로스에서 참살됨

› **타이토스 브락스 경** 큰아들, 현재 혼베일의 영주, 트윈스의 포로

› **{로버트 브락스 경}** 둘째 아들, 여울 전투에서 참살됨

› **플레멘트 브락스 경** 셋째 아들, 현재 후계자

**{레오 레포드 공}** 스톤밀에서 익사

**레지나드 에스트렌** 윈드홀의 영주, 트윈스의 포로

**가웬 웨스털링** 크래그의 영주, 시가드의 포로

› **시벨 스파이서 부인** 아내

›› **롤프 스파이서 경** 그녀의 동생

›› **샘웰 스파이서 경** 그녀의 사촌

**두 사람의 자녀**

›› **레이널드 웨스털링 경**

›› **제인** 16세 처녀

›› **엘레니아** 12세 소녀

›› **롤럼** 9세 소년

**르위스 리든** 딥덴의 영주

**안타리오 재스트 공** 핑크메이든의 포로

**필립 플럼 공**

› **데니스 플럼 경, 페터 플럼 경, 그리고 일명 하드스톤 하르윈 플럼 경** 아들들

**퀜튼 베인포트** 베인포트의 영주, 조노스 브라켄 공의 포로


**기사와 지휘관**

**하리스 스위프트 경** 케반 라니스터 경의 장인

› **스테폰 스위프트 경** 하리스 경의 아들

›› **조안나** 스테폰 경의 딸

› **셜리** 하리스 경의 딸, 멜윈 사스필드 경과 결혼

**폴리 프레스터 경**

**가스 그린필드 경** 레이븐트리홀의 포로

**라이먼드 비카리 경** 웨이페어러스레스트의 포로

**셸몬드 스택스피어 공**

› **스테폰 스택스피어 경** 아들

› **알린 스택스피어 경** 아들

**테런스 케닝** 케이스의 영주

› **케이스의 케노스 경** 그 아래 있는 기사

**그레고르 클리게인 경** 일명 달리는 산더미

› **폴리버, 치즈윅, 친절한 라프, 던센, 티클러 등** 그 밑에 있는 병사들

**{아모리 로치 경}** 하렌홀 함락 이후 바고 호트가 곰 먹이로 던져줌

# 마르텔 가문

도르네는 일곱 왕국 중에서 마지막으로 철왕좌에 충성을 맹세한 왕국이었다. 도르네인은 혈통, 관습, 역사 모든 면에서 다른 왕국들과 다르다. 다섯 왕 전쟁이 터졌을 때, 도르네는 아무 역할도 맡지 않았다. 미르셀라 바라테온을 트리스탄 공자와 약혼시키면서 선스피어는 조프리 왕을 지지하겠다고 선언하고 휘하를 소집했다. 마르텔의 깃발은 금색 창에 꿰뚫린 붉은 태양이며 가언은 '굽히지 않고, 휘지 않고, 꺾이지 않으리'다.

**도란 니메로스 마르텔** 선스피어의 영주, 도르네 대공

**멜라리오** 아내, 자유도시 노보스 출신
　**두 사람의 자녀**
　› **아리안느 공녀** 맏딸, 선스피어의 후계자
　› **쿠엔틴 공자** 맏아들
　› **트리스탄 공자** 둘째 아들, 미르셀라 바라테온과 약혼

**형제**
**{엘리아 공녀}** 누이, 라에가르 타르가르옌 왕자와 혼인, 킹스랜딩 점령 중에 참살됨
　› **{라에니스 공주}** 엘리아의 딸, 어린 소녀로 킹스랜딩 점령 중에 참살됨
　› **{아에곤 왕자}** 엘리아의 아들, 아기로 킹스랜딩 점령 중에 참살됨
**오베린 공자** 남동생, 일명 붉은 독사
　› **엘라리아 샌드** 오베린 공자의 정부
　› **오바라, 니메리아, 티엔, 사렐라, 엘리아, 오벨라, 도리아, 로레자** 오베린 공자의 서녀, 일명 모

래 뱀들

**오베린 공자의 일행**

› **하면 울러** 헬홀트의 영주

　› › **얼윅 울러 경** 하먼의 동생

› **리온 알리리온 경**

　› › **다에몬 샌드 경** 리온 경의 아들, 갓즈그레이스의 서자

› **다고스 맨우디** 킹스그레이브의 영주

　› › **모스와 디콘 다고스**의 아들들

› **마일스 맨우디 경** 다고스의 동생

› **아론 쿼가일 경**

› **데지엘 달트 경** 레몬우드의 기사

› **미리아 조데인** 토르의 후계자

› **라라 블랙몬트** 블랙몬트의 여영주

　› › **지네사 블랙몬트** 딸

　› › **페로스 블랙몬트** 아들, 종자


**가신**

**아레오 호타** 노보스 출신의 용병, 위병대장

**칼레오트 학사** 조언자, 치료사, 가정교사


**휘하 영주**

**하먼 울러** 헬홀트의 영주

**에드릭 데인** 스타폴의 영주

**델론 알리리온** 갓즈그레이스의 여영주

**다고스 맨우디** 킹스그레이브의 영주

**라라 블랙몬트** 블랙몬트의 여영주

**트레먼드 가갈렌** 솔트쇼어의 영주

**앤더스 이론우드** 이론우드의 영주

**니멜라 톨랜드**

# 툴리 가문

리버런의 에드민 툴리 공은 정복자 아에곤에게 제일 먼저 충성을 맹세한 강역 영주였다. 승리한 아에곤은 툴리 가문에 트라이던트 전역의 지배권을 줌으로써 이를 보상했다. 툴리의 문장은 푸른색과 붉은색 물결 바탕에 은색으로 뛰어오르는 송어이며 툴리의 가언은 '가족, 의무, 명예'다.

## 호스터 툴리 리버런의 영주

**{미니사 부인}** 아내, 휀트 가문, 출산 중 사망
  **두 사람의 자녀**
- › **캐틀린** 만딸, 윈터펠의 에다드 스타크 공의 과부
  - ›› **롭 스타크** 첫째 아들, 윈터펠의 영주, 북부의 왕, 트라이던트의 왕
  - ›› **산사 스타크** 첫째 딸, 12세 처녀, 킹스랜딩의 포로
  - ›› **아리아 스타크** 딸, 10세, 1년째 실종 상태
  - ›› **브랜던 스타크** 아들, 8세, 사망 추정
  - ›› **리콘 스타크** 아들, 4세, 사망 추정
- › **라이사** 이어리의 존 아린 공의 과부
  - ›› **로버트** 아들, 이어리의 영주이자 협곡의 방어자, 병약한 7세 소년
- › **에드무어 경** 하나뿐인 아들로 리버런의 후계자
  - **에드무어 경의 친구와 동료**
  - ›› **마크 파이퍼 경** 핑크메이든의 후계자
  - ›› **라이몬드 굿브룩 공**
  - ›› **로날드 밴스 경** 일명 악당
    - ››› **휴고 경, 엘러리 경, 커스 밴스** 로날드의 형제

›› 파트렉 말리스터, 루카스 블랙우드, 퍼윈 프레이 경, 트리스탄 라이거, 로버트 페이지 경
브린덴 경 동생, 일명 검은 물고기

**가신**
**바이먼 학사** 조언자, 치료사, 교사
**데스몬드 그렐 경** 훈련대장
**로빈 라이거 경** 위병대장
›**껏다리 루, 엘우드, 델프** 등 위병들
**유세리데스 웨인** 리버런의 집사
**운문가 라이먼드** 가수

**휘하 영주**
**조노스 브라켄** 스톤헤지의 영주
**제이슨 말리스터** 시가드의 영주
**왈더 프레이** 크로싱의 영주
**클레멘트 파이퍼** 핑크메이든의 영주
**캐릴 밴스** 웨이페어러스레스트의 영주
**노버트 밴스** 아트란타의 영주
**테오마르 스몰우드** 에이콘홀의 영주
›**라벨라 부인** 아내, 스완 가문
›**캐럴런** 딸
**윌리엄 무튼** 메이든풀의 영주
**셸라 휀트** 쫓겨난 하렌홀의 여영주
**할먼 페이지 경**
**타이토스 블랙우드** 레이븐트리의 영주

## ᘒ᙮ᝲᝲᘒᝲ 티렐 가문 ᘒᝲᝲᘒᝲ᙮ᘒ

티렐은 도르네 변경 지역과 블랙워터 급류에서 남서쪽으로 일몰해 바닷가에 이르는 비옥한 평원을 포함하는 영토를 거느렸던 '리치 평원의 왕' 집사 가문으로 일하면서 권세를 얻었다. 모계로는 최초인으로, 덩굴과 꽃으로 만든 왕관을 쓰고 땅을 꽃피웠다고 하는 가스 그린핸드의 혈통을 주장한다. 가드너 가문의 마지막 왕이었던 머른 9세가 '불의 들판'에서 참살되자, 그의 집사였던 할렌 티렐이 아에곤 타르가르옌에게 하이가든을 바쳤다. 아에곤은 그에게 하이가든 성과 리치 평원의 지배권을 허락했다. 티렐 문장은 풀색 바탕에 황금색 장미이며 가언은 '강하게 자라리'이다.

다섯 왕 전쟁이 터지자 메이스 티렐 공은 렌리 바라테온에 대한 지지를 선언하고, 딸인 마저리와 결혼시켰다. 렌리가 죽자 하이가든은 라니스터 가문과 동맹을 맺었고, 마저리는 조프리 왕과 약혼했다.


**메이스 티렐** 하이가든의 영주, 남부의 관리자, 변경의 방어자, 리치의 고위 원수

**알러리 부인** 아내, 올드타운의 하이타워 가문
  **두 사람의 자녀**
  › **윌라스** 맏아들, 하이가든의 후계자
  › **갈란 경** 일명 용사, 둘째 아들
    ›› **레오넷 부인** 그 아내, 포소웨이 가문
  › **로라스 경** 꽃의 기사, 막내아들, 킹스가드
  › **마저리** 딸, 15세 과부, 조프리 바라테온 1세와 약혼
    **마저리의 일행과 시녀**
    ›› **메가 티렐, 앨라 티렐, 엘리너 티렐** 친척
      ››› **알린 앰브로즈** 엘리너의 약혼자, 종자

>> **알리산느 불워** 여영주 8세 소녀

>> **메레디스 크레인** 일명 메리

>> **미르의 타에나** 오턴 메리웨더 공의 처

>> **알리스 그레이스포드 부인**

>> **니스테리카 성사** 교단의 자매

**올레나 부인** 홀어머니, 레드와인 가문, 일명 가시 여왕

> **에릭과 아릭** 올레나 부인의 호위병, 일명 왼쪽과 오른쪽

**누이**

**미나** 아버의 영주 팍스터 레드와인 공과 혼인

> **호라스 레드와인** 아들, 호버와 쌍둥이, '호러'라고 놀림당함

> **호버 레드와인** 아들, 호라스와 쌍둥이, '슬로버'라고 놀림당함

> **데스메라 레드와인** 딸, 16세 처녀

**잔나** 존 포소웨이 경과 혼인

**숙부와 사촌**

**가스** 숙부, 하이가든의 대집사

> **가아스와 가렛 플라워스** 가스의 서자

**모린 경** 숙부, 올드타운의 도시 경비대장

> **{루터 경}** 모린의 아들, 엘린 노리지 부인과 결혼

>> **테오도어 경** 루터의 아들, 리아 세리 부인과 결혼

>>> **엘리노르** 테오도어의 딸

>>> **루터** 테오도어의 아들, 종자

>> **메드윅 학사** 루터의 아들

>> **올렌** 루터의 딸, 레오 블랙바와 결혼

> **레오** 모린의 아들, 일명 게으름뱅이 레오

**고르몬 학사** 숙부, 시타델의 학자

**{퀜틴 경}** 친척, 애시포드에서 사망

> **올리머 경** 퀜틴의 아들, 라이사 메도스 부인과 결혼

>> **레이먼드와 리카드** 올리머의 아들들

> ›› **메가 올리머**의 딸
**노먼드 학사** 친척, 블랙크라운에서 봉직
**{빅터 경}** 친척, '왕의 숲 형제단' 웃는 기사에게 참살됨
> › **빅타리아** 빅터의 딸, 여름 열병으로 사망한 {존 불워 공}과 결혼
>> ›› **알리산느 불워** 그들의 딸, 8세
> › **레오 경** 빅터의 아들, 알리스 비스버리 부인과 결혼
>> ›› **앨라와 레오나** 레오의 딸들
>> ›› **라이오넬, 루카스, 로렌트** 레오의 아들들

**하이가든의 가신**
**로미스 학사** 조언자, 치료사, 교사
**이곤 바이어웰** 위병대장
**보티머 크레인 경** 훈련대장
**버터범프스** 어릿광대, 심하게 뚱뚱함

**휘하 영주**
**랜딜 탈리** 혼힐의 영주
**팍스터 레드와인** 아버의 영주
**아르윈 오크하트** 올드오크의 여영주
**마티스 로완** 골든그로브의 영주
**알레스터 플로렌트** 브라이트워터킵의 영주, 스타니스 바라테온을 지지한 반란자
**레이톤 하이타워** 올드타운의 목소리, 항구의 주인
**오턴 메리웨더** 롱테이블의 영주
**아서 앰브로즈 공**

**기사와 맹약검사**
**마크 멀런도어 경** 블랙워터 전투 중 불구가 됨
**존 포소웨이 경** 초록 사과 포소웨이 가문
**탠튼 포소웨이 경** 붉은 사과 포소웨이 가문

— 반란군, 떠돌이, 그리고 결의형제들 —

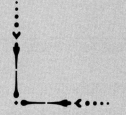
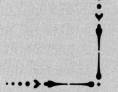

## ✦ 밤의 경비대 결의형제들 ✦

**장벽 너머 순찰 중**

**제오 모르몬트** 일명 늙은 곰, 밤의 경비대 사령관

   ›› **존 스노우** 윈터펠의 서자, 사령관의 집사 겸 종자, 귀곡성 고개 정찰 중 실종

     ›››**고스트** 그의 다이어울프, 하얀색에 소리를 내지 않음

   ›› **에디슨 톨렛** 일명 구슬픈 에드, 사령관의 종자

 › **토렌 스몰우드** 순찰자들을 지휘

   ›› **디웬, 비수, 조용한 발, 그렌, 거인 베드윅, 잘린 손 올로, 그럽스, 갈색 베나르, 검은 베나르, 팀 스톤, 왕의 숲의 울머, 회색 깃털 가스, 그리너웨이의 가스, 올드타운의 가스, 로스비의 앨런, 로넬 하클레이, 아에단, 라일스, 마우니** 순찰자들

 › **자먼 벅웰** 정찰대 지휘

   ›› **배넨, 흰눈 케지, 텀버존, 포니오, 고디** 순찰자와 정찰병들

 › **오틴 위더스 경** 후위부대 지휘

 › **말라도어 로크 경** 수송대 지휘

   ›› **도넬 힐** 일명 다정한 도넬, 종자 겸 집사

   ›› **헤이크** 집사 겸 요리사

   ›› **체트** 못생긴 집사, 사냥개 관리자

   ›› **샘웰 탈리** 뚱뚱한 집사, 까마귀 관리자, 돼지 경이라고 조롱당함

   ›› **시스터맨 라크, 그 사촌인 시스터턴의 롤레이, 굽은 발 카를, 마슬린, 작은 폴, 톱질, 왼손잡이 루, 고아 오스, 투덜쟁이 빌** 집사들

 › **{반쪽 손 쿼린}** 섀도타워에서 온 순찰자들을 지휘, 귀곡성 고개에서 참살됨

›› {종자 달브리지, 에벤} 순찰자들, 귀곡성 고개에서 참살됨

›› 바위뱀 순찰자이자 산악인, 귀곡성 고개에서 도보 중 실종

›› 블레인 반쪽 손 쿼린의 2인자, 최초인의 주먹에서 섀도타워 대원들을 지휘

›› 바이엄 플린트 경


**캐슬블랙**

**보웬 마시** 집사장 겸 수호성주

› **아에몬 (타르가르옌)** 학사 조언자 겸 치료사, 장님, 100세

›› **클라이다스** 그의 집사

› **벤젠 스타크** 제1순찰자, 실종, 사망 염려

›› **윈튼 스타우트 경** 80세의 순찰자

›› **알라데일 윈치 경, 피파, 귀머거리 딕 폴라드, 털북숭이 할, 블랙잭 불워, 엘론, 매타** 순찰자들

› **오델 야윅** 제1건설자

›› **남는 장화, 젊은 헨리, 할더, 알벳, 맥주 통, 메이든풀의 점박이 페이트** 건설자들

› **도날 노이** 무기제조인이자 대장장이, 집사, 외팔이

› **세 손가락 홉** 집사 겸 요리장

›› **꼬인 혀 팀, 이지, 멀리, 늙은 헨리, 쿠겐, 장미 숲의 붉은 알린, 제렌** 집사들

› **셀라다르 성사** 주정뱅이 종교인

› **앤드류 타스 경** 훈련대장

›› **래스트, 아론, 엠릭, 새틴, 홉로빈** 훈련 중인 신병들

› **콘위, 구에렌** 신병 모집자


**바닷가 이스트워치**

**코터 파이크** 이스트워치 지휘관

› **하문 학사** 치료사 겸 조언자

› **알리서 쏜 경** 훈련대장

› **자노스 슬린트** 과거 킹스랜딩 도시 경비대장, 잠시 하렌홀의 영주였던 자

› **글렌던 휴윗 경**

› **대리언** 집사이자 가수

› **강철 에멧** 힘이 세기로 유명한 순찰자

**섀도타워**
**데니스 말리스터 경** 섀도타워 지휘관
› **윌러스 메시** 개인 집사 겸 종자
› **멀린 학사** 치료사 겸 조언자

# 깃발 없는 형제단, 무법자 조직

**베릭 돈다리온** 블랙헤이븐의 영주, 일명 번개 영주, 자주 사망 보고가 나옴

**미르의 토로스** 그의 오른팔, 붉은 사제

**에드릭 데인** 그의 종자, 스타폴의 영주, 12세

**추종자들**

› **렘** 일명 레몬클록 렘, 과거 병사 출신
› **하윈** 헐렌의 아들, 과거 윈터펠의 에다드 스타크 공을 섬겼음
› **초록 수염** 티로시 용병
› **일곱 개울의 톰** 소문이 수상한 가수, 일명 일곱 현의 톰, 일곱 톰이라고도 함
› **궁수 앤가이** 도르네 변경 지역 출신의 활잡이
› **행운아 잭** 수배자, 애꾸눈
› **미친 사냥꾼** 스토니셉트 출신
› **카일, 노치, 데넷** 장궁수
› **문타운의 메렛, 방앗간지기 와티, 그럴싸한 루크, 머지, 수염 없는 딕** 무법자들

**무릎 꿇은 남자 여관**

› **샤나** 여관 주인, 요리사 겸 산파
› **일명 남편** 그 남편
› **소년** 전쟁고아

**스토니셉트 마을의 매음굴 '복숭아'**

› **탠지** 붉은 머리의 매음굴 주인

› **알리스, 캐스, 라나, 지젠, 헬리, 벨라** 복숭아들


**스몰우드 가문의 권좌 에이콘홀**

› **라벨라 부인** 스완 가문, 테오마르 스몰우드 공의 아내


**그 밖의 이곳저곳**

› **라이몬드 리체스터 공** 정신이 왔다 갔다 하는 노인, 예전에는 다리에서 메이너드 경을 잡
기도 함

›› **루운 학사** 그를 돌보는 젊은 관리자

› **하이하트의 유령**

› **목엽 마님**

› **샐리댄스의 어느 성사**

## <sub></sub> 야인 또는 자유민 <sub></sub>

**만스 레이더** 장벽 너머의 왕

**댈라** 그의 임신한 아내
> **발** 그녀의 여동생

**족장과 지휘관**
**하르마** 일명 개 머리, 선봉 부대 지휘
**뼈다귀 영주** 조롱 삼아 래틀셔츠라 불림, 한 전단의 지도자
> **이그리트** 젊은 창 마누라, 전단원
> **장창 릭** 전단원
> **래그와일, 레닐** 전단원들
> **존 스노우** 포로, 배신한 까마귀
>> **고스트** 존의 다이어울프, 하얀색이며 소리를 내지 않음
**스티르** 텐족의 마그나
**자알** 젊은 약탈자, 발의 연인
> **염소 그리그, 에록, 쿠오트, 보저, 델, 종깃덩어리, 삼줄 댄, 투구 헨크, 렌, 발 손가락, 돌 엄지** 약탈자들
**토르문드** 러디홀의 꿀술 왕, 일명 '거인의 재앙, 허풍쟁이, 나팔수, 얼음 깨는 사나이, 천둥 주먹, 곰들의 남편, 신들에게 말하는 자, 만군의 아버지', 한 전단의 지도자
> **키다리 토레그, 순둥이 토르윈드, 도르문드, 드린** 아들들

› **문다** 딸

› **{오렐}** 일명 독수리 오렐, 변신자로 귀곡성 고개에서 존 스노우에게 참살됨

› **마그 마르 툰 도 웨그** 일명 강대한 마그, 거인

› **여섯 몸의 바라미르** 변신자, 세 마리 늑대와 그림자삵 한 마리, 눈곰 한 마리의 주인

› **울보** 약탈자이며 한 전단의 지도자

› **{까마귀 살해자 알핀}** 약탈자, 밤의 경비대 반쪽 손 쿼린에게 참살됨


**크래스터** 아무에게도 무릎 꿇지 않는 야인

› **길리** 그의 딸이자 아내, 만삭

› **디야, 페니, 넬라** 그의 열아홉 아내 중 세 명

# 검의 폭풍 2

**얼음과 불의 노래 제3부**

1판 1쇄 발행 2005년 3월 10일
1판 12쇄 발행 2015년 2월 2일
개정판 1쇄 발행 2018년 7월 27일
개정판 5쇄 발행 2023년 10월 6일

지은이 · 조지 R. R. 마틴
옮긴이 · 이수현
펴낸이 · 주연선

책임편집 · 이경란
표지 및 본문 디자인 · 이지선
마케팅 · 장병수 최수현 김다은 이한솔 강원모
관리 · 김두만 유효정 박초희

**(주)은행나무**
04035 서울특별시 마포구 양화로11길 54
전화 · 02)3143-0651~3 | 팩스 · 02)3143-0654
신고번호 · 제 1997-000168호(1997. 12. 12)
www.ehbook.co.kr
ehbook@ehbook.co.kr

ISBN 979-11-88810-46-8  04840
ISBN 978-89-5660-898-3 (세트)

# 장벽 너머의 땅

겨울뿐인 땅
(알려지지 않은 땅)

- 마을 ◆ 성
- ❖ 폐허가 된 성

텐

서리엄니산맥

우유강

거국성 고개

최초인의 주먹

귀신 들린 숲

크래스터의 요새

화이트트리

장벽

브랜던의 선물

퀸스크라운

아래에 상세 표시

얼음만

새로운 선물

전율하는 바다

스카네

바다표범만

스카고스

N

화이트트리

창벽

대왕검지

섀도타워

그레이가드

스톤도어

아이스마크

나이트포트

딥레이크

퀸스게이트

섀도블랙

캐슬블랙

왕의 가도

전동가 유 2-3 웨이

동베로

바닷가

이스트위치

퀸스크라운

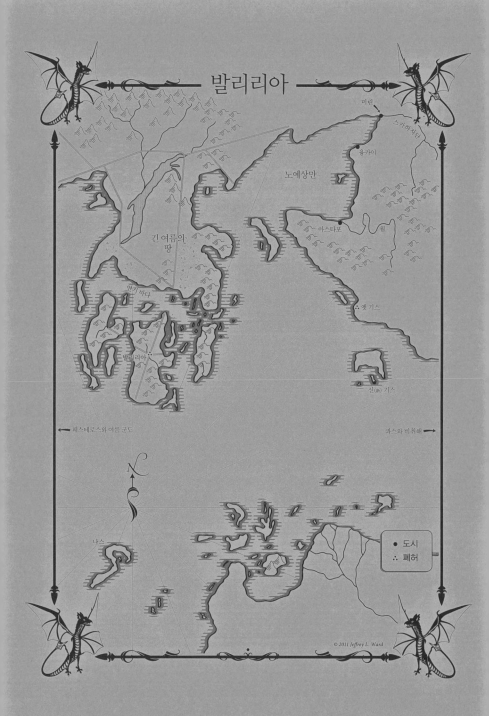